HEYNE <

W0183276

DAS BUCH

Die erfolgreichste Science-Fiction-Serie aller Zeiten kehrt zurück – zu ihren Anfängen. Lesen Sie hier, wie der blutjunge Captain James T. Kirk auf seinem ersten Flug mit der U.S.S. Enterprise eine hochbrisante Mission übernimmt, während er noch mit dem Misstrauen seiner neuen Crew zu kämpfen hat. Erfahren Sie mehr über den ersten Kontakt der Menschheit mit der Rasse der Klingonen, und erleben Sie den einmaligen Auftritt von Captain Kirks Vater auf der Brücke der Enterprise! Dies ist der Aufbruch in die unendlichen Weiten des Weltraums – und es ist erst der Anfang …

DIE AUTOREN

Vonda N. McIntyre, 1948 in Kentucky geboren, ist die Autorin einiger Romanversionen der Star-Trek-Kinofilme. Ihre eigenen Romane wurden bereits mehrfach ausgezeichnet.

Margret Wander Bonanno hat sich nicht nur als erfolgreiche Science-Fiction-Autorin einen Namen gemacht, sie ist auch als Autorin ernster Literatur durchaus bekannt. Sie lebt in New York.

Diane Carey schreibt schon seit über 20 Jahren Star-Trek-Romane, viele davon zusammen mit ihrem Mann Greg Brodeur. Sie hat außerdem als Autorin an der Entwicklung des PC-Spiels *Star Trek: Starfleet Academy* mitgewirkt.

STAR TREK

DIE ANFÄNGE

Drei Romane in einem Band

WILHELM HEYNE VERLAG
MÜNCHEN

Titel der amerikanischen Originalausgaben:

VONDA M. McINTYRE: ENTERPRISE: THE FIRST ADVENTURE
MARGRET WANDER BONANNO: STRANGERS FROM THE SKY
DIANE CAREY: FINAL FRONTIER

Deutsche Übersetzungen von Andreas Brandhorst

FSC
Mix
Produktgruppe aus vorbildlich bewirtschafteten Wäldern und anderen kontrollierten Herkünften

Zert.-Nr. SGS-COC-1940
www.fsc.org
© 1996 Forest Stewardship Council

Verlagsgruppe Random House FSC-DEU-0100
Das für dieses Buch verwendete FSC-zertifizierte Papier
München Super liefert Mochenwangen.

Ungekürzte Neuausgabe 05/2009
Copyright © 1986, 1987, 1988 by Paramount Pictures Corporation
Copyright © 2009 dieser Ausgabe by
Wilhelm Heyne Verlag, München,
in der Verlagsgruppe Random House GmbH
Printed in Germany 2009
Umschlagillustration: Paramount Pictures Corporation
Umschlaggestaltung: Nele Schütz Design
Druck und Bindung: GGP Media GmbH, Pößneck

ISBN 978-3-453-52563-4

www.heyne-magische-bestseller.de
www.heyne.de

Vonda N. McIntyre

Die erste Mission

Für Linda M., Katya, Rosie, Dottie, Mary,
Liz und Beth.
Für Ann, Anne und Vera.
Für Susan & Danny,
für die vielen Donnerstagabende.
Und auch für Pat und Staarla.

PROLOG

Blut fließt, bildet seltsame Muster in der Schwerelosigkeit...

Jim Kirk schrie, sprang und streckte die Arme aus...

»Gary, nein...!«

Gary Mitchell brach zusammen, und Jim näherte sich ihm, versuchte, ihn im Auge zu behalten, kämpfte gegen den Schock an, gegen die Ohnmacht, gegen die Schmerzen im zerschmetterten Knie, im Brustkasten, gegen den Druck in seinen Lungen, die sich langsam mit Blut füllten. Wenn er diesen Kampf verlor, drohte seinem besten Freund der Tod.

Ein scharlachrotes Netz verschleierte seinen Blick, und er glaubte sich blind.

Jim schreckte hoch, schnappte nach Luft. Ein Traum. Nur ein Traum. »Carol...?« Er wollte sich an sie schmiegen, sie festhalten, sich auf diese Weise davon überzeugen, daß er neben ihr im Bett lag, die Katastrophe von Ghioghe überstanden hatte.

Dann erinnerte er sich, und es schien, als erwache er aus einem zweiten Traum: Er wohnte nicht mehr in Carol Marcus' Haus, schlief nicht mehr in ihrem Bett. Er war allein.

Die Sensoren des Zimmercomputers reagierten auf ihn, schalteten das Licht ein. Kirk berührte die Narbe auf seiner Stirn, wischte kalten Schweiß fort. Ghioghe... Bevor die Schwerkraftgeneratoren ausfielen, strömte Blut aus der Wunde, tropfte ihm in die Augen.

Er sehnte sich, wieder schlafen zu können — ohne den Alptraum; doch wenn er die Lider schloß, kehrten die Schreckensvisionen zurück. Außerdem: Die Bettdecke war klamm und zerwühlt, feucht von seinem Schweiß. Er schob sie beiseite.

Jim Kirk, gerade zum Captain von Starfleet befördert, der jüngste Offizier in diesem Rang, Held von Axanar und jetzt auch Ghioghe, der neue Kommandant des Raumschiffs *Enterprise* — seit zwei Wochen wohnte er in einer gemieteten Schlafkammer für Reisende, in einer von hundert identischen Ruhenischen, die einen großen Block bildeten, einen von hundert anderen am Raumhafen.

Ein ganz besonderer emotionaler Zustand hinderte ihn daran, sich der Schäbigkeit seiner Umgebung bewußt zu werden: Aufregung über sein neues Kommando, Besorgnis in bezug auf Gary Mitchell, Seelenschmerz und Verwirrung in Hinsicht auf das Ende seiner Beziehung zu Carol Marcus. Kirk sah sich um: Seine eigenen Möbel, die er für die Dauer des Abstechers zur Erde in einem entsprechenden Lager deponiert hatte, waren nicht viel besser als der Kunststoffstandard solcher Schlafkammern. Es handelte sich dabei größtenteils um abgenutzte Überbleibsel aus seiner Studentenzeit. Abgesehen von einigen Gegenständen aus massiver Eiche, die aus dem Farmhaus in Iowa stammten, und einem kleinen Perserteppich, den er in einer Laune gekauft hatte, ohne zuvor nach dem Preis zu fragen.

Die Ruhenische bot kaum genug Platz, um aufrecht zu stehen. Kirk blieb auf der schmalen Koje liegen, widerstand der Versuchung, sich zu strecken, ließ den Blick durch die Kammer wandern. Vergeblich trachtete er danach, seine Umgebung mit den Begriffen ›Heim‹ und ›Gemütlichkeit‹ zu assoziieren. Er wäre nicht einmal in der Lage gewesen, Einzelheiten zu beschreiben. Gleichgültigkeit verwandelte sich plötzlich in Abscheu.

Er zog den Koffer aus der kleinen Ablage, öffnete ihn und stopfte seine wenigen Besitztümer hinein: einige Bücher — darunter auch eins, das seinem Vater gehört hatte —, mehrere Familienfotos, einen Brief von Carol. Er spielte mit dem Gedanken, ihn zu zerknüllen und wegzuwerfen, zweifelte jedoch daran, ob das den Heilungsprozeß seiner inneren Wunden beschleunigte.

»Computer.«

»Bereitschaft.«

»Streich mich aus der Wohnliste.«

»Bestätigung.«

Jim schloß den Koffer und verließ die Schlafkammer, ohne sich noch einmal umzudrehen.

Draußen herrschte noch immer die Dunkelheit der Nacht, obwohl es nicht mehr lange bis zur Morgendämmerung dauern konnte. Kirk streifte die letzten Reste der Müdigkeit von sich ab, verdrängte die Unheilsbilder des Alptraums, die am Rande seines Blickfeldes lauerten. Es war immer der gleiche Traum: Nie ging es um die Destrukturierung des Musters, die Mißverständnisse und fehlerhafte Kommunikation, die schließlich zur Konfrontation führten, nicht einmal um den Kampf selbst. Der Traum verwehrte ihm sogar Erinnerungen an die eigenen Entscheidungen, die viele Besatzungsmitglieder vor dem Tod bewahrten, sein Schiff – die *Lydia Sutherland* – jedoch als Wrack im Raum zurückließen. Statt dessen wiederholten sich ständig die wenigen Minuten in der Rettungskapsel, jene Szenen, die den schwerverletzten Gary Mitchell zeigten.

Jim ging die Treppe vor dem Ausbildungskrankenhaus Starfleets hoch und achtete darauf, das rechte Knie nicht zu sehr zu belasten. Heute stellte es keine große Behinderung dar. Er wanderte zur Regenerationsabteilung, und niemand hielt ihn auf. Er hatte Bitten formuliert, hatte gefordert, sich an Vorgesetzte gewandt und Beziehungen spielen lassen, um eine außerordentliche Besuchserlaubnis zu erhalten. Schließlich entschied er, die Vorschriften schlicht und einfach zu ignorieren, und inzwischen waren alle daran gewöhnt.

Seit seiner Entlassung aus dem Reg-Tank besuchte er Gary jeden Tag. Er betrat das Zimmer, beobachtete den reglosen Mann, der bis zum Hals in grünem, durchsichtigem Heilgel lag.

Gary hatte es stets gehaßt, krank zu sein, und gerade deshalb bot er einen bedrückenden Anblick. Die Spezialisten versicherten immer wieder, er mache enorme Fortschritte, aber Jim sah einen dünnen, ausgemergelten Körper, gewann einmal mehr den Eindruck, als sauge das Gel die Jugend aus Mitchell heraus. Vor einer Weile hätte er seinen dreißigsten Geburtstag feiern sollen, doch die Regenerierungsstarre hinderte ihn daran. Jim war anderthalb Jahre jünger als sein Freund, gerade neunundzwanzig geworden. Die Nachwirkungen seiner eigenen Verletzungen erfüllten ihn nach wie vor mit Unruhe, mit dem Verlangen, wieder aktiv zu werden, und er wünschte Gary eine rasche Genesung.

Er setzte sich neben ihn und sprach, als könne Gary ihn hören.

»Die Ärzte meinen, du würdest bald erwachen«, sagte Jim. »Ich hoffe, das stimmt. Du liegst hier schon viel zu lange, und das ist nicht fair. Du hättest Ghioghe ohne einen Kratzer überstanden, wenn du nicht wegen mir zurückgekommen wärst.« Jim streckte das rechte Bein, beugte versuchsweise das Knie. Allmählich vertraute er dem neuen Gelenk. Durch die Bewegungstherapie gewann es an Stabilität, so daß er nicht dauernd das Gleichgewicht verlor und fiel. Man erwartete von ihm, daß er die Übungen jeden Tag fortsetzte.

»Sie behaupten auch, in deinem jetzigen Zustand könntest du mich nicht hören. Aber sie irren sich. Und es ist mir völlig gleich, ob man mich für übergeschnappt hält, weil ich mit dir rede.« Kirk entsann sich an seine letzten Tage in der Regeneration, an ein mentales Zwielicht aus Halbschlaf, Verwirrung und Träumen. »Ich ahnte bei Ghioghe, daß etwas schiefging. Ich konnte die Entwicklung voraussehen. Es ist mir nach wie vor ein Rätsel, wieso Sieren ein solcher Fehler unterlief. Ich... Himmel, es mag sich seltsam anhören, Gary, aber ich sah das sich anbahnende Muster. Ich *wußte*, daß wir die Krise überstehen würden, wenn sich alle Beteiligten nur dreißig Sekunden lang beruhigten, wenn die Kommandeure noch eine Minute mit dem Feuerbefehl warteten. Aber das war nicht der Fall. Meine

Güte, ich habe Sieren bewundert.« Jim konnte Sierens Versagen nicht fassen — ein Fehler, der so viele Todesopfer verlangt hatte. Er holte tief Luft. »Ich sah das Muster, und ich wußte auch, worauf es ankam, um es in Ordnung zu bringen. Aber mir waren die Hände gebunden. Erging es Sieren ähnlich? Mußte auch er sich den Schicksalskräften der Situation fügen? Axanar hätte ebenfalls in einer Katastrophe enden können, aber statt dessen geschah das Gegenteil. Wir überstanden die Gefahren, kehrten ruhmvoll und mit einem Friedensvertrag heim. Nur ein Glücksfall?«

Jim glaubte zu sehen, wie Garys Lider zuckten. Vielleicht nur ein Reflex. Oder seine Phantasie.

»Mach dir nichts draus«, fuhr er fort. »Schlaf. Erhol dich wieder. Ich muß bald zur *Enterprise*, aber ich bin sicher, das Raumschiff kommt einige Monate lang ohne einen Ersten Offizier zurecht. Ich habe dich für diesen Posten vorgeschlagen, und du wirst ihn sofort nach deiner Entlassung bekommen.«

»Guten Morgen, Captain.«

Jim beugte sich vor, strich eine dunkle Haarsträhne aus Garys Stirn.

»Captain?«

Kirk sah auf. Christine Chapel stand neben ihm; sie gehörte zum Medo-Team der Intensivstation. Jim hatte sie gehört, aber nicht begriffen, daß sie ihn meinte. Er mußte sich erst an seinen neuen Rang gewöhnen. Er war noch während seiner Behandlung im Regenerationstank befördert worden, schlief als Kommandant eines zerstörten Kreuzers ein — und erwachte als Captain eines Raumschiffs der Constellation-Klasse. »Entschuldigen Sie, Miß Chapel. Guten Morgen.«

»Commander Mitchells Biotelemetrie ist bereits besser geworden. Ein gutes Zeichen.« Christine Chapel sah hinreißend aus, trug ihr blondes Haar hochgesteckt.

»Warum erwacht er dann nicht?« fragte Jim.

»Das wird er«, erwiderte Chapel. »Wenn er sich ganz erholt hat.«

Sie reichte ihm einen dünnen Ausdruck.

Jim kannte sich inzwischen mit solchen Dingen aus und brummte zufrieden, während er die grafischen Darstellungen beobachtete, die Datenangaben las. Das wulstartige Neuronenknäuel in Garys wachsender Wirbelsäule wirkte nun wieder stabil und strukturiert, und aus den geisterhaften Schatten der Knorpel waren neue, feste Wirbelknochen geworden. Die verletzten inneren Organe schienen vollständig geheilt zu sein. Jim gab den Ausdruck zurück.

»Offenbar hat er das Herz eines Achtzehnjährigen«, sagte er.

Chapel lächelte. Dieser Regenerationswitz war ein alter Hut – und hatte Dutzende von Pointen. Eine der möglichen Antworteten lautete: »Ja, in einem Einmachglas, das in seinem Nachtschränkchen steht.«

»Hat sich Dr. McCoy nach ihm erkundigt?«

»Nein«, antwortete Chapel.

»Seltsam. Man erwartet uns im Raumdock, und ich hoffte, Gary könne uns begleiten...«

»Vielleicht hat Dr. McCoy beschlossen, seinen Urlaub ein wenig zu verlängern.«

»Durchaus möglich.« Jim lächelte reumütig. »Anscheinend habe ich meine Überzeugungskraft unterschätzt, als ich ihm riet, er solle für ein paar Tage ausspannen. Ich weiß nicht einmal, wo er ist.«

»Darf ich Sie etwas fragen?«

»Natürlich.«

»Warum nennt Dr. McCoy Commander Mitchell ›Mitch‹, während Sie ihn mit ›Gary‹ ansprechen?«

»Alle nennen Gary ›Mitch‹ – ich bin die einzige Ausnahme. Diesen Spitznamen hatte er schon während unseres ersten Ausbildungsflugs. Doch damals kannte ich ihn bereits seit einem Jahr, und ich konnte mich einfach nicht umgewöhnen.«

»Wie spricht er Sie an?«

Jim spürte, wie ihm das Blut ins Gesicht schoß, und er fragte sich, ob er mit einer Lüge durchkam, ob er behaupten sollte, Gary nenne ihn Jim, wie alle anderen. Doch die Wahrheit kam spätestens ans Licht, wenn er erwachte.

»Er nennt mich ›Junge‹«, sagte er. »Ich bin ein wenig jünger als er, und daran erinnert er mich dauernd.« Er ließ unerwähnt, daß seine Klassenkameraden mindestens ein Jahr älter gewesen waren als er, ahnte Chapels Antwort: »Ziemlich frühreif, nicht wahr?« Wenn man mit fünfzehn oder gar zwanzig als ›frühreif‹ bezeichnet wurde – nun gut, es gab Schlimmeres. Doch einem Neunundzwanzigjährigen gegenüber klang so etwas absurd und lächerlich.

»Sie kennen Commander Mitchell schon seit einer ganzen Weile, nicht wahr?«

»Seit zehn Jahren. Nein, seit elf.« Jim hatte drei Monate im Reg-Bett verbracht. Er machte sich im Frühling auf den Weg nach Ghioghe, als der Winterregen die Hügel im Osten der Stadt in ein grünes Gewand kleidete. Als er erwachte, nur zwei subjektive Wochen später, lösten goldene Farbtöne und trockene Sommerhitze die smaragdenen Farben ab. Jetzt begann der Herbst, und Gary ruhte noch immer im Genesungstank.

»Er *wird* sich erholen, Captain. Das verspreche ich Ihnen.«

»Danke, Miß Chapel. Äh...«

»Ja, Captain?«

»Darf ich Sie um einen Gefallen bitten?«

»Kommt ganz darauf an.«

Jim zögerte und erinnerte sich an die Meinung der Spezialisten, die seine Bemühungen belächelten. »Ich weiß, daß man so etwas für Unsinn hält, aber kurz vor meinem Erwachen aus der Regeneration... Ich glaubte, etwas zu hören, doch ich konnte die Augen nicht öffnen, hatte keine Ahnung, wo ich mich befand und was geschehen war. Würden Sie mit... Gary sprechen, während er schläft? Erklären Sie ihm alles. Sagen Sie ihm, er brauche sich keine Sorgen zu machen.«

Chapel nickte. »Gern.«

»Vielen Dank.« Jim stand widerstrebend auf. »Ich muß

bald zum Raumdock. Kann ich Gary eine Nachricht hinterlassen?«

»Im Büro dort drüben finden Sie etwas zum Schreiben.«

Es fiel Kirk nicht leicht, die richtigen Worte zu finden, aber schließlich gelang es ihm, einige aufmunternde Sätze zu formulieren.

Als er zurückkehrte, blieb er in der Tür stehen. Carol Marcus kehrte ihm den Rücken zu, stand mit Dr. Eng, einer der Reg-Spezialistinnen, neben Garys Tank. Sie prüften die Anzeigen der Lebensindikatoren und verglichen sie mit einigen Soll-Werten. Carol war keine Ärztin wie Dr. Eng, sondern Genetikerin. Sie hatte das Behandlungsprotokoll für Gary und Jim entwickelt.

Kirk erinnerte sich an ihre erste Begegnung, an die ersten Worte, die Carol an ihn richtete. Als er mit der Bewegungstherapie begann, hielt er zunächst nur für Minuten lang durch. Schweißgebadet zitterte er vor Erschöpfung, und sein ganzer Körper schmerzte. Er kam sich wie ein Schwächling vor, spürte Carols sondierenden Blick auf sich ruhen und hätte sich am liebsten in Luft aufgelöst. Es war ihm mehr als nur peinlich, daß ihn jemand in diesem Zustand sah. Die gluckenhafte Fürsorge Dr. McCoys genügte ihm völlig.

Aber Carol achtete weder auf Jims Schwäche noch auf seine Stirnnarbe und das nasse Haar, das an den Schläfen klebte. Sie sagte schlicht: »Ich wollte den Mann mit diesem Chromosomensatz kennenlernen.«

Sie war ernst und elegant, lustig und humorvoll, gehörte zu den wenigen Wissenschaftlern, deren intellektuelle Sprünge bahnbrechend sein konnten. Eine außergewöhnlich schöne Frau, mit langem blondem Haar und großen blauen Augen. Jim fühlte sich sofort zu ihr hingezogen. Zwar erforderte ihre Arbeit keine Besuche in der Intensivstation, und sie brauchte auch nicht die Therapie zu überwachen, aber trotzdem kam sie häufig, um sich nach seinen Fortschritten zu erkundigen.

Sie begleitete Jim, als er das Krankenhaus zum erstenmal verließ, führte ihn in einen nahen Park. Sie verliebten sich ineinander, und als er entlassen wurde, bot sie ihm an, bei ihr zu wohnen.

Drei Monate später zog er wieder aus, und inzwischen hatte er sie seit zwei Wochen nicht mehr gesehen. Kirk verspürte den irrationalen Drang, von der Tür zurückzuweichen und im Büro zu warten, bis sie das Behandlungszimmer verließ.

Sei kein Narr, dachte er. Wir sind beide erwachsen und sollten uns auch so benehmen.

Er ging auf sie zu.

»Was haben Sie jetzt vor?« fragte Dr. Eng. Sie strich ihr kurzes schwarzes Haar hinters Ohr zurück und deutete auf den Ausdruck.

»Was ich vorhabe?« erwiderte Carol. »Ich leite all die Maßnahmen ein, die unter den gegebenen Umständen erforderlich sind. Halten Sie die bisherigen Erfolge vielleicht für einen Zufall?«

»Nein, natürlich nicht, aber... Oh, Captain Kirk! Nett, Sie zu sehen. Sie scheinen sich gut erholt zu haben.«

Carol drehte sich um, und erstaunlicherweise wirkte sie nervös. »Jim...«

»Hallo, Carol.« Kirk blieb stehen. Er wollte ihr all das sagen, was er auf dem Herzen hatte — oder schweigen. Er wollte sie lieben — oder für immer vergessen.

»Wir sprechen uns später«, sagte Dr. Eng taktvoll und trat auf den Flur.

»Wie geht es dir, Jim?«

Er überhörte die Frage, fühlte, wie sich sein Pulsschlag beschleunigte. »Es freut mich, daß wir uns noch einmal begegnen. Ich muß bald los. Können wir... Ich würde mich gern mit dir unterhalten. Darf ich dich zu einem Drink einladen?«

»Lieber nicht«, sagte sie. »Aber was hältst du von einem kleinen Spaziergang?«

Jim verharrte neben Gary, hoffte noch immer, daß er die Augen aufschlug. Doch Mitchell schlief. »Bis bald, mein Freund«, sagte er und reichte Chapel den Zettel, auf dem er eine kurze Nachricht für den Genesenden notiert hatte.

Sie brauchten sich nicht auf ein Ziel für die Wanderung zu einigen. Dafür kam nur der Park in Frage. *Ihr* Park.

Es steckte zwar keine bewußte Absicht dahinter, aber Jim stieß immer wieder gegen Carol. Seine Schulter berührte die ihre, und mit den Fingerkuppen strich er über den Handrücken der jungen Frau. Zunächst rückte sie von ihm fort.

»Ach...«, machte sie dann, griff entschlossen nach Jims Hand und drückte sie. »Wir *sind* noch immer Freunde, oder?«

»Ja«, sagte Jim. Er wollte sich davon überzeugen, daß das erotische Prickeln zwischen ihnen nicht mehr existierte, spürte es jedoch viel zu deutlich. In Carols Nähe fühlte sich Kirk in eine energetische Aura gehüllt, die Leidenschaft und Begehren verstärkte.

»Schläfst du jetzt besser?« fragte sie.

Jim zögerte zwischen Wahrheit und Lüge. »Ich kann nicht klagen«, antwortete er.

Carol musterte ihn kurz, und Jim begriff, daß sie ihn durchschaute. Sie hatte ihn zu oft in ihren Armen gehalten, wenn sich seine Gedanken des Nachts in den Entsetzensbildern des Alptraums verloren.

»Wenn du darüber sprechen möchtest...«, begann sie.

»Nein«, entgegnete er scharf und schüttelte den Kopf. Entsprechende Schilderungen halfen ihm nicht, gaben ihm nur einen Vorwand für Kummer und Bedauern. Gerade von diesen Empfindungen wollte er sich befreien, und bestimmt lag der jungen Frau nichts daran, derartige Dinge zu hören. Außerdem: Wenn er Carol jetzt eingestand, daß er noch immer aus dem Schlaf schreckte, gefangen im Grauen, umgeben von schweißfeuchten Laken und Erinnerungsfetzen, die sich einfach nicht auflösen wollten, ihm Blut und Tod zeigten... Wenn er ihr berichtete, daß er in einer der viel zu engen, unbequemen und eintönigen

Schlafkammern untergekommen war... Wenn er ihr sagte, daß er dort vergeblich versuchte, Ruhe zu finden, stundenlang wach lag und sich verzweifelt wünschte, ihren warmen Körper an seiner Seite zu spüren... Vielleicht glaubte sie dann, er appelliere an ihr Mitleid, damit sie ihn erneut bei sich aufnahm.

»Nein«, wiederholte er, etwas sanfter. »Ich möchte nicht darüber sprechen.«

Sie hielten sich noch immer an den Händen, erreichten den kleinen Park und folgten dem Verlauf des Pfads, der am Teich vorbeiführte. Enten schwammen dicht vor dem Ufer und schnatterten laut.

»Wir vergessen immer, ihnen etwas mitzubringen«, sagte Carol. »Wie oft sind wir schon hierhergekommen, und immer wollten wir Brot mitnehmen, um die Enten zu füttern.«

»Wir waren mit den Gedanken... woanders.«

»Ja.«

»Carol, es muß doch irgendeine Möglichkeit geben...«

Jim brach ab, als sich die junge Frau plötzlich versteifte.

»Zum Beispiel?« fragte sie.

»Wir... wir könnten heiraten.«

Sie sah ihn an, und einige Sekunden lang befürchtete Jim, sie würde ihn auslachen.

»Was?« brachte sie hervor.

»Wir könnten heiraten. Im Raumdock. Admiral Noguchi wäre sicher bereit, uns zu trauen.«

»Warum denn ausgerechnet eine Heirat?«

»In meiner Familie ist so etwas üblich«, erwiderte Jim steif.

»Aber nicht in meiner«, entgegnete Carol. »Und außerdem würde es kaum klappen.«

»Warum denn nicht? Diese Tradition besteht schon seit vielen Generationen, und sie funktioniert bestens.« Wobei meine Eltern allerdings eine Ausnahme bilden, fügte er in Gedanken hinzu. »Carol, ich liebe dich. Du liebst mich.

Wenn ich auf einem Wüstenplaneten strande und in der Lage wäre, einen Begleiter zu wählen, würde ich mich sofort für dich entscheiden. Wir hatten eine Menge Spaß miteinander. Erinnerst du dich, als wir das Dock aufsuchten und uns zu einer ganz privaten Besichtigungstour an Bord der *Enterprise* schlichen...?« Er unterbrach sich erneut, als er Carols Gesichtsausdruck bemerkte. »Das stimmt doch, oder?«

»Ja, du hast recht«, bestätigte sie. »Und ich habe dich vermißt. Ohne dich erscheint mir mein Haus viel zu leer und still.«

»Dann bist du also einverstanden?«

»Nein. Wir haben das alles doch schon ausführlich diskutiert. Eigentlich spielt es gar keine Rolle, wie wir uns entscheiden. Ich kann nicht bei dir sein, und du mußt mich verlassen.«

»Nicht unbedingt. Wenn ich um eine Versetzung zum Hauptquartier bitte...«

»Jim...!« Carol drehte sich zu ihm um, griff nach beiden Händen und sah ihm in die Augen. »Ich weiß noch, wie glücklich du warst, als man dir das Kommando über die *Enterprise* gab. Ich liebe dich zu sehr, um dir diese Freude zu nehmen. Und was ist mit dir? Könntest du mich noch lieben, wenn ich dich dazu zwänge, auf die *Enterprise* zu verzichten?«

»Ich liebe dich«, sagte Kirk. »Ich möchte dich nicht verlieren.«

»Ich dich auch nicht. Aber ich *habe* dich bereits verloren, als ich dich zu lieben begann. An die Stille und Leere kann ich mich gewöhnen. Nicht aber daran, daß du nur für einige Wochen zurückkehrst, um dann wieder aus meinem Leben zu verschwinden, für viele Monate, vielleicht sogar Jahre.«

Jim suchte nach einer anderen Lösung, obgleich er wußte, daß es keine gab.

»Du hast recht«, murmelte er niedergeschlagen. »Ich dachte nur...«

In Carols dunkelblauen Augen glänzte es feucht.

Sie küßten sich, ein letztes Mal. Sie schlang die Arme um ihn, und er legte den Kopf auf ihre Schulter, das Gesicht zur Seite gewandt. Er war ebenfalls den Tränen nahe.

»Ich liebe dich, Jim«, hauchte sie. »Aber wir leben nicht auf einem Wüstenplaneten.«

Im sumpfigen Teil der Insel, dort, wo seichtes, warmes Salzwasser ans Ufer reichte, wuchsen Mangrovenbäume aus dunklem Schlamm. Die Ebbe setzte ein, und das Meer wich zurück, hinterließ einen durchdringenden, modrigen Geruch. Die Nacht begann, und der irdische Mond ging auf, eine pockennarbige Scheibe, die silbern auf den Ozean herabschimmerte.

Commander Spock von Starfleet, wissenschaftlicher Offizier der *Enterprise*, Bürger des Planeten Vulkan, beobachtete den Sumpf, lauschte und schnupperte. In diesem Bereich der Insel zeigten sich keine Spuren von Menschen oder anderen intelligenten Wesen. Das üppige Ökosystem faszinierte ihn. Er hörte den akustischen Dopplereffekt, der diesmal von Moskitos stammte: ein dumpfes Brummen, wenn sie sich näherten, ein höherfrequentes Surren, wenn sie sich entfernten. Eulen schrien, und er vernahm auch die Ultraschallsignale von Fledermäusen, das ledrige Knistern ihrer Schwingen. Die Eulen flogen in eleganten, anmutigen Bögen, während die Fledermäuse ebenso häufig wie abrupt die Richtung änderten. Eine Schlange kroch über den Schlamm und verschwand im Wasser, und das Geräusch des Gleitens veränderte sich kaum, als sie das Meer erreichte. Kleine Krabben tanzten über den Morast. Die Krallen eines großen Waschbären kratzten über Mangrovenborke, und kurz darauf berührten die Pfoten feuchten Boden — ein leises, dumpfes Pochen, wie ein kaum hörbarer Trommelschlag in der Ferne. Zähne mahlten und knirschten. Am nächsten Morgen erinnerte vermutlich nur noch ein zerfetzter Panzer an die gefangene Krabbe.

Die Bewohner der Insel meinten, einige wilde Pumas

durchstreiften noch immer das Dickicht, aber Spock argwöhnte, diese Behauptungen dienten nur dazu, Touristen anzulocken.

Als der Morgen dämmerte, segelte ein blauer Reiher vom immer noch dunklen Himmel herab und landete im seichten Wasser. Der große Vogel stakte umher, starrte nach unten, stieß dann und wann mit dem langen Schnabel zu. Spock fragte sich, was er jagte. Der Vulkanier streifte die Stiefel ab, rollte die Hosenbeine hoch und watete durch den Schlamm. Unter den Sohlen spürte er vibrierendes Leben, einem schwachen elektrischen Strom gleich. Der große Zeh stieß an etwas Hartes. Spock bückte sich, griff nach dem Gegenstand, spülte ihn im Meer ab.

Eine Molluske, etwa halb so lang wie sein Daumen. Das Gehäuse der einschaligen Muschel wies ein komplexes Muster aus schwarzen und weißen Tönen auf, und am Ende zeigten sich mehrere spiralförmige Spitzen. Das kleine Geschöpf hatte sich in die Schale zurückgezogen, und das hornige Operculum schloß die Öffnung. Spock stand völlig reglos, wartete, bis der Gastropode langsam Fühler und Kopf ausstreckte. Der Rest des Körpers folgte, und einige Sekunden später kroch der Bauchfüßer über die Hand des Mannes.

Spock legte die Muschel wieder ins Wasser, drehte sich um und ging in Richtung Konferenzzentrum zurück. Er wählte einen Umweg, wanderte übers Ufer, und allmählich wich der Sumpf weißem Strand, Dünengras und Palmen. Kurze Zeit später stieg die Sonne über den Horizont, und Spock erreichte eine kleine Bucht. Er sprang ins Meer, schwamm, maß seine Kräfte mit der Strömung.

Er hatte nicht schon als Kind schwimmen gelernt. Auf seiner Heimatwelt Vulkan, die heiß und trocken eine alte, karmesinrote Sonne umkreist, existierten keine großen und offenen Wasserflächen. Die natürliche Feuchtigkeit genügte gerade als Grundlage für das Ökosystem. Früh am ersten Morgen der Konferenz, bevor alle anderen aufstanden, hatte sich Spock allein auf den Weg zum Strand gemacht und zu schwimmen versucht. Sein großer, schlanker Körper tauchte sofort unter, aber nach einigen vergeblichen und recht ungeschickten Bemühungen gelang es ihm, wenigstens den Kopf über Wasser zu halten. Er analysierte das entsprechende Bewegungsmuster von Armen und Beinen, lernte schnell.

Einige hundert Meter vor der Küste verharrte er und sah sich um. Die Insel schien geschrumpft zu sein, bestand nur noch aus einer dünnen weißen Linie — der Strand —, an die sich eine niedrige grüne Mauer anschloß, die Vegetation. Der Vulkanier atmete tief durch und hielt die Augen geöffnet, als er sich unter die Wasseroberfläche sinken ließ. Ein Barrakuda beobachtete ihn aus starr blickenden Augen, der silbrige, torpedoförmige Körper völlig reglos, abgesehen vom gelegentlichen Zucken einer Flosse. Spock vermutete, daß es sich um einen Raubfisch handelte, horchte in sich hinein, hielt in seinem mentalen Kosmos nach Furcht Ausschau. Er fand keine solchen Empfindungen. Die vulkanische Selbstdisziplin bewahrte emotionalen Gleichmut sogar unter den außergewöhnlichsten Umständen, aber Spock forderte dieses Ideal immer wieder heraus, unterzog sich ständigen Selbsttests. Er widerstand Furcht und Schmerz, und mit dem gleichen Erfolg schaffte er es, Stolz und Verzweiflung auf Distanz zu halten, Freude und Kummer. Und auch Liebe.

Der Barrakuda starrte ihn einige Sekunden lang an, und dann sauste er fort. Wie ein lebender Pfeil zuckte er davon, und Spock war wieder allein. Vielleicht interessierte sich der Raubfisch nicht für das grüne, auf Kupfer basierende Blut des Alien. Oder er war nicht hungrig.

Spock schwamm wieder zum Ufer, trocknete sich ab und glättete das kurze schwarze Haar. Dann zog er sich an und überquerte den Strand. An den weißen Sand schloß sich Dünengras an, und es folgten Büsche und Bäume. Es hatten sich bereits einige Menschen eingefunden und nahmen ein Sonnenbad. Der Homo sapiens besaß einen natürlichen Schutz vor der ultravioletten Strahlung — der Vorteil einer langen Evolution unter dem gelben Gestirn –, aber Spock fand trotzdem, daß die Männer und Frauen ein unnötiges Risiko eingingen. Einige von ihnen trugen Badekostüme, was ihm unlogisch erschien. Einerseits schützte jene Kleidung nicht vor der Sonne, und andererseits behinderte sie nur beim Schwimmen. In Hinsicht auf die ästhetischen Aspekte einer derartigen Kleidung wagte er kein Urteil.

Helles Tageslicht fiel auf das Konferenzzentrum, als Spock das Foyer betrat und feststellte, daß niemand an den Tischen saß. Die meisten Teilnehmer waren entweder am Vortag abgereist, nach der Präsentation der letzten Dokumente, oder hatten bis tief in die Nacht gefeiert und schliefen noch. Insbesondere die Deltaner zeigten in dieser Hinsicht ein bemerkenswertes Talent: Tagsüber wurden sie nicht müde, intellektuelle Diskussionen zu führen, und den größten Teil der Nacht verbrachten sie mit fröhlichen Zechgelagen. Allerdings veranstalteten sie ihre ausschweifenden Parties in privaten Zimmern und behaupteten, sie wollten ihre Kollegen mit weniger Durchhaltevermögen nicht zu sehr belasten. Die ›Kollegen‹, zu denen auch Menschen gehörten, fühlten sich dadurch herausgefordert. Das lärmende Durcheinander, das jeden Abend begann, half Spock bei dem Beschluß, die lauten Bereiche des Konferenzzentrums zu meiden und seine Nächte statt dessen in der stillen Wildnis zu verbringen.

»Bitte entschuldigen Sie, Commander Spock. Es ist ein Paket für Sie eingetroffen.«

Der Vulkanier trat an den Tresen heran. Jemand hatte viel Geld ausgegeben und sich große Mühe gemacht, um ihm etwas zu schicken, anstatt die betreffenden Dinge am Zielort synthetisieren zu lassen. Dutzende von Beförderungsmarken klebten auf dem Karton. Spock nahm ihn entgegen, las die Adresse – die Handschrift seiner Mutter.

Er zog sich in seine Unterkunft zurück und betrachtete das Paket eine Zeitlang, bevor er die Siegel löste. Zwar befand er sich schon seit einigen Monaten auf der Erde, und derzeit weilten auch seine Eltern auf diesem Planeten, aber bisher hatte er es vermieden, sie zu besuchen oder sich mit ihnen zu verständigen. Sein Vater Sarek, vulkanischer Botschafter, mißbilligte Spocks Entscheidung, in die Dienste Starfleets zu treten. Der Bruch zwischen ihnen dauerte nun schon seit einigen Jahren, und Spock fand sich damit ab, da er keine Möglichkeit sah, die Beziehung zu seinem Vater zu verbessern. Auch zu seiner Mutter unterhielt er nurmehr sporadische Kontakte. Im Gegensatz zu Sarek akzeptierte sie es, daß ihr Sohn sein Leben selbst in die Hand nahm, eigene Entscheidungen traf: Sie versuchte nie, ihn für den Standpunkt ihres Mannes zu gewinnen. Aber der Zwist zwischen Sarek und Spock brachte sie in eine unangenehme Situation; in gewisser Weise stand sie zwischen den Fronten. Die Entfremdung führte bei Spock zwar nicht zu einer emotionalen Belastung, doch den Gefühlen seiner Mutter stand er keineswegs gleichgültig gegenüber.

Wer ihm begegnete, sah einen hochgewachsenen, schlanken Mann, der sich völlig in der Gewalt hatte, nie die Beherrschung verlor. Die Haut offenbarte eine olivfarbene Tönung, und die Augenbrauen bildeten zwei gewölbte Linien. Darunter glänzten dunkle, tief in den Höhlen liegende Augen. Das kurze, schwarze Haar war glatt zurückgekämmt, und die Ohren liefen spitz zu. Ein typischer Vulkanier, mochte man meinen. Und doch verband ihn eine genetische Brücke mit dem Leben auf der Erde, denn seine Mutter, Amanda Grayson, stammte von dieser Welt. Sie besaß all die Gefühle, die Menschen auszeichneten. Manchmal wünschte sich Spock, sie sei in der Lage, ihren Emotionen wenigstens manchmal zu entkommen, aber er machte sich nichts vor: Die Spannungen zwischen ihm und Sarek setzten ihr sehr zu. Die einzige, wenn auch nicht besonders zufriedenstellende Lösung bestand darin, sich von ihr fernzuhalten.

Er öffnete das Paket. Es enthielt eine kleine Grußkarte, mit der ihm Amanda alles Gute wünschte, sein Schweigen unerwähnt ließ und kaum zu erkennen gab, was sie empfand. Nur die Unterschrift unterschied sich von dem kühlen Tonfall: »In Liebe, Amanda.«

Spock packte den Karton aus, fand ein Hemd aus braunem Samt, mit goldenen Stickmustern am Kragen und den Ärmeln. Er starrte verwundert darauf herab und fragte sich, was seine Mutter dazu bewegt hatte, ihm ausgerechnet so etwas zu schicken. Solche Kleidungsstücke trug man bei einer Party, und Amanda wußte sicher, daß er nur die offiziellen Empfänge besuchte, die Starfleet-Uniformen erforderten. Als Mensch war seiner Mutter ein subtileres Wesen zu eigen, und ihr Denken ging über die strenge vulkanische Logik hinaus – was jedoch nicht bedeutete, daß es ihrem Verhalten an Bedeutung und Intention mangelte. Spock überlegte eine Zeitlang und glaubte sie zu verstehen. Das Hemd stellte ein Symbol dar: Amanda hoffte, daß er nicht nur in seiner Arbeit Erfüllung fand, sondern auch in anderen – privaten – Dingen. Sie wünschte ihm Glück.

Er streifte das Hemd über, und es überraschte ihn nicht, daß es perfekt paßte. Der Stoff fühlte sich angenehm an, erfüllte durchaus seinen Zweck, fand Spock. Er faltete das Geschenk seiner Mutter zusammen, legte es zu seinen anderen Habseligkeiten, unter ihnen einige Memorialmoduln und eine gebundene Kopie der Papiere, die er für die Konferenz mitgebracht hatte.

Sein Urlaub war zu Ende. Es wurde Zeit, zur *Enterprise* zurückzukehren.

Kadett Hikaru Sulu tänzelte zurück, sprang dann plötzlich vor und wich zur Seite, bevor seine Wettkampfgegnerin zum entscheidenden Stoß ausholen konnte. Er griff schnell hintereinander an – und irgendwann, nach einer halben Ewigkeit, gab die Anzeigetafel den Sieger bekannt.

Hikaru Sulu hatte den letzten und entscheidenden Punkt bei den Fechtmeisterschaften der Inneren Planeten gewonnen.

Er achtete kaum auf die Reaktion des Publikums, schnappte nach Luft, von dem langen Kampf erschöpft.

Keuchend hob er die Maske und grüßte seine Gegnerin. Sulu war auch während der interkontinentalen Meisterschaft gegen sie angetreten, nach zehn Jahren der erste Starfleet Akademie-Fechter, der ins panirdische Team aufgenommen wurde. Die Frau, die nun vor ihm stand, hatte damals die Position des Teamcaptains bekleidet, und die meisten anderen Gruppenmitglieder gehörten zu ihrer Schule.

Zum erstenmal war es ihm gelungen, sie zu schlagen.

Sie hielt den Kopf gesenkt, und die Spitze des Degens deutete zu Boden. Zweimal hintereinander hatte sie diese Meisterschaft gewonnen. Sie betrachtete den Titel als ihr *Eigentum,* erhob im Namen von Tradition und Herkunft Anspruch darauf. Sie stammte aus einer der einflußreichsten Familien in der ganzen Föderation, aus der Finanzaristokratie, die sich auf ihren alten Lorbeeren ausruhte. Das Fechten erachtete sie als ihre Domäne. Wie konnte es ein Amateur von der Starfleet Akademie, ein Provinzler und praktisch sogar Kolonist, wagen, ihre Führungsrolle bei dieser Kampftechnik in Frage zu stellen, sie zu demütigen?

Als sie die Maske hob, blitzten ihre Augen so verblüfft und zornig, daß Sulu befürchtete, sie könne die Höflichkeitsregeln vergessen.

Er zog den einen Handschuh ab, streckte seiner Gegnerin die rechte Hand entgegen. Für gewöhnlich bewegte sie sich mit athletischem Geschick, so anmutig und elegant wie eine Katze, aber jetzt wirkte sie ungelenk, als sie seinen Gruß erwiderte.

An der Seitenlinie versuchte Sulu, einige aufmunternde Worte an sie zu richten, aber die Frau schleuderte Maske und Degen zu Boden, stieß den Trainer beiseite, der sie trösten wollte.

Sie starrte Hikaru an. »Du ungebildeter Prolet!« fauchte sie und marschierte in Richtung Umkleidekabine davon, gefolgt vom Trainer, ihren Teamkameraden und Fans.

»›Ungebildeter Prolet‹?« Hikaru fühlte sich versucht, aus einem klassischen Werk zu zitieren, um das Gegenteil zu beweisen. Wenn die Eltern seiner Gegnerin, die nur von Erinnerungen lebten und eifersüchtig auf ihre gesellschaftliche Stellung achteten, literarische Ambitionen hatten, so standen in ihren Regalen bestimmt auch einige Bücher von Sulus Vater. Zum Beispiel *Kaltes Feuer* oder *Neun Sonnen.*

Vermutlich ungelesene Ausgaben, dachte er verdrießlich.

Einer seiner Gruppenkameraden blieb zurück. »Na, bist du jetzt stolz auf dich?«

»Ja«, sagte Hikaru. »Das bin ich.« Zwar wußte seine Gegnerin nicht, wie man mit Anstand und Würde verlor, aber sie war die beste Fechterin, die er kannte. Er hatte nicht damit gerechnet, sie zu besiegen.

»Sie wäre die erste von uns gewesen, die dreimal hintereinander den Titel errang.«

»Was erwartest du jetzt von mir?« erwiderte Hikaru aufgebracht. »Soll ich aus lauter Reue Selbstmord begehen?«

Der andere Mann schnitt eine finstere Miene und ging fort.

Hikaru hatte gehofft, von seinen Kameraden akzeptiert zu werden, wenn er im Umgang mit dem Degen ausreichendes Geschick bewies. Aber sie erinnerten ihn ständig an seine einfache Herkunft, an die Armut seiner Familie, respektierten nur ihresgleichen. Von Anfang an sahen sie einen Außenseiter in ihm, und nun zeigten sie ihm endgültig die kalte Schulter. Selbst wenn die beruflichen Laufbahnen seiner Eltern erfolgreicher gewesen wären: Die Bewertungsmaßstäbe der anderen beschränkten sich auf altes Geld, auf alten Ruhm, auf alte Beziehungen.

Trotz dieser Überlegungen begann Hikaru plötzlich zu lachen. Endlich machte ihm der Snobismus seiner ›Freunde‹ nichts mehr aus. In seinem inneren Fokus rückten sie jetzt ins rechte Licht, traten auf die Bühne der Lächerlichkeit. Sulu empfand fast so etwas wie Mitleid für sie.

Er nahm seine Medaille entgegen, ließ die Siegerehrung über sich ergehen, verstaute den Degen und kehrte im Anschluß daran sofort zur Akademie zurück, um sein Studium fortzusetzen.

Hikarus Mutter arbeitete als agronomische Beraterin, und deshalb hatte er seine Kindheit auf verschiedenen Welten verbracht. Auf einigen Fachgebieten war seine Bildung lückenlos, auf anderen so gut wie nicht existent. An der Akademie mußte er sich dauernd bemühen, mit den anderen Studenten Schritt zu halten. Gelegentlich aber kam es auch vor, daß er besser als der Professor hätte unterrichten können.

Starfleet hatte ihm den gewünschten Posten in Aussicht gestellt, doch ob er ihn auch wirklich bekam, hing von seinem Offizierspatent ab. Und dafür mußte er gute Noten vorweisen, nicht nur ein weniger als mittelmäßiges ›Ausreichend‹.

Hikaru hielt die kühle Medaille in der Hand, in der anderen den Degenkasten. Er dachte an seine Teamkameraden, die nun irgendwo die Niederlage ihres Champions beklagten, anstatt seinen Sieg zu feiern, und er fragte sich, ob es nicht besser gewesen wäre, die Gruppe schon vor einigen Monaten zu verlassen. Das hätte ihm mehr Zeit für die Akademie gegeben. Andererseits: Er liebte das Fechten, und im Training fand er die Kraft fürs Studium. Außerdem stellte es einen guten Ausgleich dar. Selbst als er begriff, daß er den bevorzugten Sport einer ganz anderen sozialen Schicht gewählt hatte, fand er zu großen Gefallen daran, um einfach aufzuhören.

Jetzt, eine Woche später, wanderte Hikaru allein über den Strand, trat nach kleinen Steinen und versuchte, die Erinnerungen an die Fechtmeisterschaft aus seinem Gedächtnis zu löschen. Er beobachtete kleine Wellen, die über glattgeschliffene Kiesel spülten. Das Meer, der Sand, der Wind — allem haftete der kühle Hauch des beginnenden Herbstes an.

Er hatte sowohl die Meisterschaft gewonnen als auch seinen akademischen Grad bekommen. Er besaß nun das ersehnte Offizierspatent und auch die Versetzungspapiere.

Das Fechten, die Abschlußprüfungen der Akademie — Vergangenheit.

Er kehrte zu seinem Strandlager zurück. Der Geruch des Feuers vermischte sich mit dem salzigen Tangaroma des Ozeans. Funken stoben, als er ein Stück Treibholz in die Glut schob.

Hikaru nahm Platz, lehnte sich an den wie poliert wirkenden, silbrig glänzenden Stamm einer entwurzelten Zeder. Der obere Rand der Sonne glitt hinter dem Horizont hervor, und die Luft war so rein, der Himmel so klar, daß die Farben des Tages nur zögernd aus der Nacht krochen. Im Osten erhellte sich das Firmament, und weit oben verharrte ein dunkles, glühendes Indigo. Im Westen funkelten nach wie vor die Sterne.

Nur noch wenige Stunden, bevor Hikarus Landurlaub zu Ende ging — einige Stunden des Friedens, der Ruhe und Einsamkeit auf seiner Heimatwelt. Er war auf der Erde geboren, doch seine Kindheits- und Jugenderinnerungen verbanden sich mit vielen anderen Planeten. Die letzten drei Jahre hatte er hier verbracht, aber Studium und Fechten beanspruchten seine ganze Zeit. Bis jetzt.

Er verbrachte seine freien Tage nicht etwa deshalb am Meer, weil das seinem Wunsch entsprach, sondern weil ihm das nötige Geld für eine bessere Urlaubsgestaltung fehlte. Als Zwanzigjähriger hatte er Berge gesehen, die höher emporragten als der Himalaya, größere, trockenere und ödere Wüsten als die Sahara. Er war mit Dutzenden von planetaren und stellaren Wundern vertraut. Die Geschichten von der Schönheit der Erde beeindruckten ihn nicht.

Doch nach einigen Tagen allein an der See genoß er die Pracht seiner unbekannten Heimatwelt.

Bisher glaubte ich, mich überall zu Hause fühlen zu können, dachte er. Aber jetzt weiß ich, daß ich nie eine richtige Heimat hatte. Wie schön, am Ufer des größten irdischen Ozeans zu sitzen...

Bald mußte er aufbrechen. Bald begann seine Reise zum Rand, zur *Aerfen* Captain Hunters.

Sulu schauderte wohlig in der Wärme des flackernden Feuers und döste ein.

Koronin schritt über das dunkle Landefeld und ignorierte die schäbigen Konturen im Staub. Raumschiffe, die das Arktur-System ansteuerten, hatten die besten Jahre längst hinter sich, ganz gleich, woher sie stammten: aus der Föderation oder dem klingonischen Imperium. Bei einigen Kreuzern handelte es sich um seltsam anmutende, zusammengeflickte Hybriden. Die Schweißnähte auf den Hüllen bildeten komplexe Zickzackmuster.

Ein Schiff aber unterschied sich von allen anderen.

Der kalte, böige Nachtwind zerrte an Koronins Mantel und wehte feinen Sand über ihre Stiefel, zupfte an ihrem langen, kupferfarbenen Haar, strich über die hohe Stirn, die vorgewölbten Brauenhöcker. Der lose Schleier flatterte wie eine Fahne.

Koronin blieb einige Schritte vor dem schnittigen Raumschiff stehen. Sternenlicht glänzte auf den glatten Flanken. Nein, niemand im Arktur-System hatte jemals ein solches Schiff gesehen. Sie betrachtete die breiten Schwingen, die lange, dünne Mittelsektion, den kugelförmigen Bug — deutliche Hinweise auf die beim klingonischen Militär übliche Konstruktionstechnik. Doch in diesem besonderen Fall war das Ergebnis einzigartig.

Und nun gehörte der Kreuzer Koronin, einer Geächteten auf der Flucht.

Sie schob den Schlüssel in die Abtastöffnung des geschlossenen Schotts, und es erfolgte eine intensive elektronische Kommunikation zwischen dem Codegeber und den Bordcomputern. Koronin dachte an die Möglichkeit, daß der Schlüssel eine vorbereitete Falle aktivieren konnte, irgendeinen Zerstörungsmechanismus, aber sie versuchte, an ihrer Philosophie des Fatalismus festzuhalten. Die Aufregung darüber, das Raumschiff zu übernehmen, dominierte alle anderen Gefühle.

Das Schott öffnete sich, und sie betrat die Schleuse.

Der Kommandobalkon konnte warten. Koronin trat auf die Pforte der Betriebskammer zu, und dicker Stahl schob sich vor ihr beiseite.

»Mein Lord...« Der Sergeant brach ab, als er Koronin sah. Seine Brauenhöcker zuckten, und verblüfft musterte er die Frau.

Koronin ahnte seine Verwirrung und fand Gefallen an der Situation. Schweigend blieb sie stehen, gab keinen Ton von sich.

»Lady«, sagte der Sergeant rasch. »Der Aufenthalt hier in der Betriebskammer geziemt sich nicht für eine... Bürgerin Ihres Standes. Wenn Sie gestatten, zeige ich Ihnen den Weg zum Kommandobalkon, wo Sie es wesentlich bequemer haben. Ich schlage vor, Sie warten dort auf meinen Lord.«

Koronin lächelte. Es amüsierte sie, für die Partnerin des vorherigen Schiffseigentümers gehalten zu werden. Anerkennend stellte sie fest, daß sich der Sergeant schnell von seiner Überraschung erholte — oder sie verbarg. Sie sah einen fähigen Assistenten in ihm. Vorausgesetzt natürlich, es gelang ihr, ihn ihren Interessen zu unterwerfen.

Sie hob eine dünne, goldene Kette, an deren Ende eine Lebensscheibe baumelte. Die Farben verblaßten bereits, wichen dem klaren Grau des Todes.

»Dein Lord wird nicht zurückkehren«, sagte sie. »Dieses Schiff gehört jetzt mir.«

Die anderen Besatzungsmitglieder hatten ihr nur flüchtige Beachtung geschenkt, hatten ebenfalls geglaubt, sie sei die neue Gespielin des Bordherrn. Als sie jetzt Anspruch auf seinen Posten erhob, fühlte sie verwunderte und auch erschrockene Blicke auf sich ruhen. Einige reagierten mit Freude und Erleichterung, bevor sie begriffen, daß Koronin nur eine geringe Chance hatte, das Schiff zu behalten. Sofort entschieden sie sich, einen neutralen Standpunkt einzunehmen und abzuwarten.

Der Sergeant starrte sie groß an und versuchte, die Frau zu verstehen. »Sie haben meinen Lord getötet, ihn... bestohlen?« stieß er hervor – und unterbrach sich erneut. Niemand konnte einen elektronischen Schlüssel entwenden und damit an Bord kommen. Einige speziell programmierte Sicherheitskomponenten schlossen diese Möglichkeit aus.

»Dein Lord hat das Schiff auf mich übertragen. Er verlor es bei einem ehrlichen Spiel. Aber nachher wollte er sich nicht an die getroffene Übereinkunft halten.«

Ruckartig bewegte sich die Kette, und dadurch zuckte die Lebensscheibe nach oben. Koronin fing sie auf, krümmte ihre Finger um die scharfen Kanten. Als sie die Scheibe an ihrem Gürtel befestigte, wandte sie dem Sergeant mit voller Absicht den Rücken zu.

Er griff sofort an, und Koronin wirbelte um die eigene Achse, wehrte den ersten Hieb ab. Die Wucht des Schlages ließ sie taumeln, aber ihr Widerstand raubte dem Mann das Gleichgewicht. Er winkte, riß einen Blaster hervor. Seine Gegnerin hielt es für unter ihrer Würde, eine Energiewaffe einzusetzen. Statt dessen zog sie die Duellklinge und stieß damit nach dem Arm des Sergeants. Er gab einen schmerzerfüllten Schrei von sich, ließ den Blaster fallen. Koronin ergriff den Strahler und steckte ihn ein.

Der Mann hockte auf dem Boden und versuchte, die Blutung zu stillen. Eine große Lache bildete sich auf dem Stahl, aber eigentlich war es keine sehr schlimme Wunde. Koronin hatte sorgfältig darauf geachtet, nicht die wichtigsten Adern zu verletzen. Sie wollte niemanden umbringen, den sie vielleicht noch brauchte.

»Steh auf.« Sie hielt die Klingenspitze an die Kehle des Sergeants.

Er stöhnte entsetzt, trachtete erneut danach, sich zu widersetzen. Dann gab er auf. Die Brauenhöcker erblaßten im Schock. Zitternd erhob er sich, und sein Blick klebte an der Klinge fest. Koronins gläserne Waffe absorbierte die Flüssigkeit, die darauf glitzerte, und das Blutschwert gewann eine dunklere Tönung.

»Dieses Schiff gehört mir«, wiederholte die Frau.

»Ebenso du und die restliche Mannschaft. Ich erlaube es dir, dein Schicksal selbst zu bestimmen. Du kannst mir einen Treueschwur leisten – oder sterben.«

Der frühere Eigentümer des Schiffes hatte Schande auf sich geladen. Entweder akzeptierte der Sergeant diese Schande oder er lehnte sie ab und diente Koronin.

Er entschied sich für die Ehre.

»Die Besatzung und ich schwören Ihnen Treue.« Er zögerte.

»Ich heiße Koronin.«

»Ich füge mich Ihrem Willen, Koronin.«

Sie ließ die Klinge sinken, schob sie in die Scheide zurück. Ein einzelner Blutstropfen rann über den Hals des Sergeants. »Meine Sachen treffen bald ein. Wenn du sie auf dem Kommandobalkon verstaut und das Schiff für den Start vorbereitet hast, darfst du dich um deine Wunde kümmern.«

Der Mann nickte, bestätigte damit Koronins Recht, ihren Angelegenheiten absoluten Vorrang zu geben. »Danke, Lady.«

»Mein Name ist Koronin!« erwiderte sie zornig, und ihre rechte Hand schloß sich erneut um den Griff des Blutschwerts.

Der Sergeant zögerte. Er hatte ihr den Titel aus reiner Höflichkeit angeboten, aber sie lehnte ihn ab. Der Grund dafür blieb ihm ein Rätsel. Schmerz, Schock und Furcht veranlaßten ihn dazu, eine entsprechende Frage zu stellen.

»Ich benutze keine Titel«, antwortete Koronin. Ihre Stimme klang scharf, aber nicht mehr wütend. »Führ jetzt deine Befehle aus.«

Langsam sank er vor ihr auf die Knie. »Ja, Koronin.«

Sie drehte sich um, wandte ihm und der Crew erneut den Rücken zu. Niemand unternahm etwas gegen sie, und ein dünnes Lächeln umspielte ihre Lippen. Sie verließ die Betriebskammer, verriegelte das Schott nur für die anderen Besatzungsmitglieder, nicht für den Sergeant. Dann eilte sie zum Kommandobalkon und begann, sich mit den Kontrollen vertraut zu machen.

Sie wollte eine möglichst große Entfernung zwischen sich und das Arktur-System legen, bevor die Herrscher des klingonischen Imperiums von ihrem neuesten Verlust erfuhren.

Koronin plante bereits erste Raubzüge im stellaren Territorium der Föderation.

KAPITEL 1

Commander Spock zögerte vor der Kabine, die dem Kommandanten des Raumschiffs *Enterprise* als Unterkunft diente. In elf Jahren hatte er sie nicht ein einziges Mal betreten, obgleich er mit Christopher Pike enger zusammenarbeitete als mit irgendeinem anderen Menschen. Pike legte großen Wert auf seine Privatsphäre, und der Vulkanier billigte die Reserviertheit des Captains.

Spock klopfte an und rechnete nicht mit einer Antwort.

»Herein.« Die Tür glitt beiseite.

Der wissenschaftliche Offizier blieb auf der Schwelle stehen, wußte nicht so recht, was er sagen sollte.

Pike saß an seinem Schreibtisch, die Arme angewinkelt, das Kinn auf die Hände gestützt. Er beobachtete mehrere bunte und unterschiedlich geformte Kristalle, die vor ihm lagen: Einige enthielten bewegungslose Bilder, andere Szenen, die sich ständig veränderten. Spock bemerkte vertraute Porträts und Landschaften, erfuhr erst jetzt, daß Captain Pike Andenken an die Welten sammelte, die er mit seinem Schiff besucht hatte.

Pike sah auf, und der nachdenkliche Ausdruck in seinen Zügen verflüchtigte sich. Er hob die Hand, strich über die Memorialkristalle, die daraufhin sofort durchsichtig wurden. Die Bilder in ihnen lösten sich auf.

»Guten Tag, Mr. Spock.«

»Commodore Pike...«

»Nein, nicht ›Commodore‹! *Noch* nicht. Bis heute abend bleibe ich Captain.« Pike griff nach den Kristallen und verstaute sie in einem Beutel. Es klirrte leise.

»Wie Sie meinen, Captain«, sagte Spock.

»Was führt Sie hierher?«

»Die *Enterprise* ist für den Kommandowechsel bereit, Sir.«

»In Ordnung.« Pike zog die Schnüre zu, legte den Beutel in einen fast leeren Koffer. »Nicht viel für elf Jahre, oder?«

»Captain?«

»Schon gut. Ach, ich glaube, ich werde langsam alt.«

Spock überlegte. Captain Pike war Ende Vierzig — nach dem Terra-Standard. Auf Vulkan hielt man ihn nach wie vor für einen jungen Mann. Vermutlich freute er sich auf seine Reife.

»Ja, Captain. Herzlichen Glückwunsch, Sir.«

»Wie bitte?«

»Ich meine Ihre Beförderung. Ihren größeren Verantwortungsbereich.«

»Oh, ja.« Pike lächelte schief und humorlos.

Spock verstand die Reaktion seines Vorgesetzten nicht.

»Möchten Sie irgend etwas Besonderes mit mir besprechen, Mr. Spock?« fragte Pike.

»Der Kommandowechsel gibt nur wenig Gelegenheit für Konversation, Captain. Ich bin nur gekommen, um mich von Ihnen zu verabschieden.«

»›Nur‹?«

»Ja«, bestätigte Spock. »Die üblichen Abschiedsgrüße sind eigentlich nicht logisch, da sie auf Aberglauben basieren: Man wünscht sich gegenseitig viel ›Glück‹ und dergleichen...« Spock suchte nach den richtigen Worten. »Ich habe viel von Ihnen gelernt, Captain.«

»Das ist ein großes Kompliment, Mr. Spock«, sagte Pike. »Vielen Dank.«

»Vielleicht bekommen wir irgendwann Gelegenheit, erneut zusammenzuarbeiten.«

»Belastet Sie das, Mr. Spock?«

»Captain?«

»Ich habe Sie nicht gefragt, ob Sie ebenfalls befördert und von der *Enterprise* versetzt werden möchten. Ich hätte eine entsprechende Empfehlung an Starfleet Command richten können. Dann wären Sie jetzt vermutlich mein Adjutant und mit mir auf dem Weg zu einer Starbase.«

»Dieser Tradition bin ich mir durchaus bewußt, Sir«, erwiderte Spock. »Captain Kirk hat zwei seiner Seniorоffiziere für Posten an Bord der *Enterprise* vorgeschlagen. Das ist sein gutes Recht. Und Sie haben die Möglichkeit, die Zusammensetzung Ihres Mitarbeiterstabs zu bestimmen.«

»Ich hätte darüber mit Ihnen reden sollen«, sagte Pike. Er rückte die wenigen Gegenstände in seinem Koffer zurecht, schloß ihn dann. »Statt dessen habe ich Ihnen die Entscheidung abgenommen — weil ich befürchtete, Sie mit einem Angebot unter Druck zu setzen. Sie zu zwingen, die *Enterprise* zu verlassen. Verstehen Sie?«

»Sir?« fragte der Vulkanier verwirrt.

»Sie haben ein ausgeprägtes Verantwortungsbewußtsein, Mr. Spock. Für gewöhnlich treffen Sie nicht die Wahl, die am besten für Sie ist.«

Spock interpretierte Pikes Bemerkung als Kritik, wußte jedoch nicht, worauf er hinauswollte. »Der Bedeutungsinhalt des Ausdrucks ›am besten‹ wird durch subjektive Erwägungen definiert, Captain«, entgegnete er. »Vulkanier sind immer bestrebt, bei ihren Entscheidungen nicht auf die eigene Person zu achten. Das Ziel eines Vulkaniers mit meinem Ausbildungshintergrund besteht darin, den von intelligenten Wesen angehäuften Wissensschatz zu vergrößern.«

»Nun, dann habe ich offenbar richtig gehandelt.« Captain Pike holte tief Luft. »Wenn sich Menschen mit meinem Ausbildungshintergrund verabschieden, schütteln sie sich die Hände. Bei Vulkaniern...«

»Wenn Sie möchten, bin ich gern bereit, Ihnen die Hand zu reichen, Sir«, sagte Spock.

Der Captain und sein wissenschaftlicher Offizier berührten sich zum ersten und letzten Mal.

Uhura beamte sich an Bord der *Enterprise*, zufrieden, ausgeruht und glücklich darüber, zurück zu sein. Gleichzeitig aber bedauerte sie, daß das Festival bereits zu Ende war. Sie verstaute das Gepäck in ihrer Kabine, programmierte dann den Kommunikator: Das Gerät sollte sie benachrichtigen, wenn die Lieferung eintraf, solange sich das Schiff noch im Dock befand. Das hielt sie zwar für wenig wahrscheinlich, aber sie konnte diese Möglichkeit nicht ausschließen. Kurz darauf streifte sie das Festkostüm ab, ein langes, dunkelrotes Gewand mit keltischen Stickereien am Kragen und an den Ärmeln, kleidete sich statt dessen in ihre Uniform. Aus Uhura, der Musikerin, Bürgerin der Bantu-Nation des Vereinten Afrika, wurde ein Lieutenant von Starfleet, Kommunikationsoffizier an Bord der *Enterprise.*

Für einen Fremden mußte die auf der Brücke herrschende Aktivität den Eindruck von Chaos erwecken, doch Uhura kannte diese Art von Hektik, sah eine Struktur darin, die Regelmäßigkeit von Ebbe und Flut. Das Durcheinander veränderte und entwickelte sich. Uhura rechnete in diesem Zusammenhang sogar mit einem evolutionären Sprung, mit dem Umschlagen von Quantität in eine neue Qualität.

Captain Pike war befördert worden, und am Abend würde er das Kommando seinem Nachfolger übergeben. Überall im Schiff vermischten sich Aufregung und Neugier in bezug auf den neuen Captain mit Niedergeschlagenheit angesichts der Trennung von einem allseits beliebten und respektierten Kommandanten.

Der Geräuschpegel auf der Brücke sank rapide.

Commander Spock trat aus der Kabine des Turbolifts, und daraufhin schwiegen alle. Nicht etwa aus Furcht, Antipathie oder der Sorge, getadelt zu werden, sondern weil Spocks Gegenwart zu einer ernsteren Haltung riet.

Der Vulkanier ließ seinen Blick durch den Brückenraum schweifen, ging dann zur wissenschaftlichen Station, schien gar nicht zu bemerken, welche Auswirkungen seine Präsenz auf die anderen Offiziere hatte. Doch Uhura bezweifelte, ob ihm irgend etwas entging, das mit der *Enterprise* in Verbindung stand.

»Guten Morgen, Mr. Spock«, sagte sie.

»Lieutenant Uhura...«

»Wie war Ihr Urlaub?«

»Er hat mich intellektuell stimuliert«, lautete die Antwort des Vulkaniers. Uhura hatte ihn seit rund einem Monat nicht mehr gesehen, und er wirkte noch unnahbarer und beherrschter als sonst.

»Ich habe eine irische Harfe gekauft«, sagte Uhura.

»Bitte?«

»Beim Festival der irischen Harfen in Mandela City. Dort nahm ich die gute Gelegenheit wahr, ein solches Musikinstrument zu bestellen. Vielleicht wird Siobhan mit der Arbeit fertig, bevor wir aufbrechen. Wenn nicht... Nun, dann muß ich mich eben bis zu unserer Rückkehr gedulden.«

»Warum wurde ein Festival irischer Harfen ausgerechnet in Mandela City veranstaltet? Jener Ort liegt doch gar nicht in Irland.«

»Derzeit finden praktisch überall auf der Erde Harfenkonzerte statt, Mr. Spock. Es ist sogar eins auf dem Mond geplant. Meine Güte, inzwischen gibt es mehr Harfenspieler als Iren. Man braucht nicht einmal rotes Haar vorzuweisen.« Uhura lächelte. »Siobhan *ist* rothaarig — aber sie hat noch dunklere Haut als ich. Sie stellt die wundervollsten Harfen her, die ich kenne.«

»Ich würde gern erfahren, wie man auf einem solchen Instrument spielt.«

»Ich zeig's Ihnen — vorausgesetzt, es trifft rechtzeitig ein. Irgendeine Ahnung, wohin wir fliegen? Und wie lange wir unterwegs sind?«

»Der Einsatzbefehl wird natürlich zuerst dem neuen Captain übermittelt«, erwiderte Spock. »Aber...«

Normalerweise leistete der Vulkanier keine Beiträge für die Gerüchteküche an Bord, doch meistens war er bestens über irgendwelche Veränderungen in den Plänen und der Politik Starfleets informiert.

»Ja, Mr. Spock?« hakte Uhura nach.

»Die *Enterprise* hat nicht genug Vorräte für eine lange

Reise an Bord, und außerdem muß der wissenschaftliche Stab erst noch vervollständigt werden. Das läßt den Schluß zu, daß der Flug von kurzer Dauer ist.«

»Ich verstehe.« Uhura fühlte sich enttäuscht. Man munkelte von neuen Forschungsunternehmen der Föderation, und alle Besatzungsmitglieder hofften, an einer derartigen Mission teilnehmen zu können.

Die beiden Türhälften des Turbolifts schoben sich auseinander, und Chefingenieur Montgomery Scott stürmte auf die Brücke.

»Ich bin Onkel!« platzte es aus ihm heraus. »Möchten Sie eine Zigarre, Lieutenant Uhura? Mr. Spock, eine Zigarre, um das Ereignis zu feiern!«

Scott begann mit einer hastigen Runde, verteilte dunkle, zylinderförmige Objekte. Uhura fragte sich, was sie mit dem zusammengerollten Tabak anstellen sollte.

»Herzlichen Glückwunsch, Mr. Scott«, sagte sie, als der Chefingenieur zu ihr zurückkehrte und vor Stolz strahlte. »Vielen Dank. Allerdings sollten wir besser darauf verzichten, die Dinger hier zu rauchen.«

»Welchem Zweck dient dieser Gegenstand?« erkundigte sich der Vulkanier.

»Es ist eine Zigarre, Mr. Spock. Die Tradition verlangt, Zigarren zu verschenken, wenn ein Baby geboren wurde. Meine kleine Nichte ist zwei Tage alt. Dannan Stuart, so heißt sie. Ein heroischer Name! Ich bin zum erstenmal Onkel geworden.« So leise, als verrate er ein Geheimnis, fügte er hinzu: »Allerdings ist das Mädchen noch ziemlich klein.«

Uhura lächelte. »Es wird bestimmt größer, Mr. Scott. Verlassen Sie sich drauf.«

»Ich begreife noch immer nicht, was es hiermit auf sich hat. Mit der ›Zigarre‹.« Spock drehte sie zwischen seinen langen Fingern. Der Tabak knisterte.

»Seien Sie vorsichtig, Mr. Spock! Sonst zerquetschen Sie sie noch. Und so etwas mögen Zigarren nicht.«

»Ganz offensichtlich besteht das Objekt aus trockenen

Blättern«, sagte Spock. »Wie können Blätter etwas ›mögen‹ oder nicht...? Er hob den Zylinder, schnupperte daran, ließ ihn rasch wieder sinken. »Das ist Tabak, Mr. Scott. Er enthält giftige Substanzen.«

»Aye, das stimmt schon«, gab der Chefingenieur zu. »Aber es ist eine *Tradition*, verstehen Sie?«

Der Vulkanier starrte auf die Zigarre. »Ja, ich glaube schon«, erwiderte er nach einigen Sekunden. »Während einer Überbevölkerungskrise erforderte die Geburt eines Kindes den Tod eines Erwachsenen, um ein Gleichgewicht zu schaffen. Aus diesem Grund wurde eine Art Lotterie entwickelt, mit der man entschied, wer sterben mußte. Ihre Bräuche sind... faszinierend. Nicht besonders wirkungsvoll, aber interessant.«

»Ich glaube, das sehen Sie falsch, Mr. Spock...«

Der wissenschaftliche Offizier gab ihm die Zigarre zurück. »Ich erachte Ihr Angebot als eine Geste der Höflichkeit, doch ich ziehe es vor, auf eine Teilnahme an Ihrer Lotterie zu verzichten.«

Als Jim Kirk das Raumdock erreichte, dachte er erneut an Carol, verfluchte sich dafür, ihr einen Heiratsantrag gemacht zu haben. *Himmel, ich kannte ihre Antwort, wußte, daß sie ablehnen würde. Und sie hat recht. Erinnerst du dich nicht mehr daran, was es bedeutet, zur Familie eines Starfleet-Offiziers zu gehören? Was ist mit deinem festen Vorsatz, andere vor so etwas zu bewahren?*

»Jäm? Jäm Kirk!«

Er drehte sich um, als er die vertraut klingende Stimme vernahm. »Agovanli!«

Das große Wesen vor ihm griff mit den Kniezangen nach seinen Waden und drehte sich auf dem mittleren Bein. Jim hielt sich an der langen Mähne fest. Agovanli setzte ihn wieder ab, schnaufte ihm seinen warmen, duftenden Atem ins Gesicht – das Äquivalent einer Umarmung.

»Härzlichen Glückwunsch«, sagte Vanli. Sein Dröhnen konnte Bilder von den Wänden reißen. »Härzlichen

Glückwunsch dafür, daß Sie die *Enterprise* bekommen haben. Ich bin ganz außer mir vor Aufregung, gespannt darauf, was Sie mit dem Schiff anstellen wärden.«

»Das verstehe ich als Kompliment«, sagte Kirk. »Glaube ich jedenfalls.«

»Ich gebe Ihnen ein Essen und einen Drink aus. Um zu feiern.«

Das hielt Jim für eine gute Idee.

Vanli führte ihn in sein Lieblingsrestaurant: Drei Viertel der Halle waren wie eine tropische Insel bei Nacht gestaltet, und der Rest entsprach einer Raumstation. Sie nahmen in einem Bereich Platz, der im Dock als *al fresco** galt. Es handelte sich dabei um eine Aussichtsblase, die aus der Seite der Station ragte und einen Blick auf die Sterne gewährte. Ein riesiger, gelbrot fluoreszierender Rhododendron ragte hinter Kirks linker Schulter auf.

»Jäm, während meiner letzten Dienstsequenz habe ich eine erstaunliche Feststellung gemacht. Einige Menschen — oh, bei Ihrem Volk gibt es so viele unterschiedliche Kulturen; vielleicht wissen Sie nichts davon — mischen verschiedene alkoholische Spezialitäten, um näue Empfindungen zu schaffen.«

»Davon habe ich schon gehört«, sagte Kirk.

»Oh, wunderbar. Lassen Sie uns einige ausprobieren.« Vanli richtete den Blick auf die im Tisch eingelassene elektronische Anzeige der Speisekarte, zwinkerte mit seinen großen, orangefarbenen Augen. »Ah, das klingt interessant.« Er verknotete mehrere Tentakel seiner Hände und betätigte die Bestelltaste. Eine Klappe glitt beiseite, und eine kleine, tablettartige Plattform schob sich aus der Öffnung.

Jim starrte auf die beiden Gläser, beobachtete darin mehrere, unterschiedlich gefärbte Flüssigkeitsschichten.

Strohhalme und Fruchtstücke ragten daraus hervor.

---

* *al fresco:* kommt aus dem Italienischen und bedeutet soviel wie ›im Freien‹; Anmerkung des Übersetzers.

»Ein ›tropischer Sommbi‹«, bemerkte Vanli. »Ist meine Aussprache rächtig?«

»Fast. Sie meinen ›Zombie‹.«

»Ein herrliches Wort. Sehr klangvoll. Sind Sie mit dem Idiom vertraut? Kennen Sie die Bedeutung des Ausdrucks?«

»Nun, ich weiß nicht, aus welcher Sprache er stammt, aber mir ist durchaus klar, was damit gemeint ist. Zombies sind Tote, die herumlaufen und glauben, sie seien noch immer lebendig.«

»Wie originell. Ach, Ihre Bräuche entzücken mich immer wieder. Und worauf bezieht sich das ›tropisch‹?«

»Vermutlich auf die Früchte.«

»Oh, natürlich. Selbst Sommbis müssen essen.«

Jim hob vorsichtig sein Glas.

»Nein, nein, nein!« grunzte Vanli. »Benutzen Sie den Strohhalm! Sonst beleidigen Sie denjenigen, der die Schichten gebaut hat.«

»Vanli, niemand ›baut‹ diese Drinks. Der Tisch synthetisiert sie für uns.«

»Was jedoch nichts am Prinzip ändert. Die Getränke werden in Schichten serviert und müssen daher auch in Schichten getrunken wärden.«

»Na schön. Wenn Sie unbedingt wollen...«

Jim nahm einen kleinen Schluck vom dunkelsten Segment im Glas.

Der bernsteinfarbene Flüssigkeit schien ihm auf der Zunge zu explodieren, brannte sich durch die Kehle. Kirk war ziemlich sicher, daß das Zeug mindestens hundertachtzigprozentig war. Er schnappte nach Luft und unterdrückte einen Hustenanfall, wodurch dichter, ätzender Dunst in seine Atemwege geriet. Jim fühlte sich innerlich in Flammen gehüllt.

»Köstlich«, sagte Vanli und achtete nicht auf die Reaktion des Menschen. »Värmutlich wissen Sie, daß ich Alkohol nicht besonders gut vertrage, aber dieses Getränk schmeckt wirklich hervorragend. Was meinen Sie?«

»Darauf gebe ich Ihnen nach einer Operation an meinen Geschmacksknospen Antwort«, keuchte Kirk.

Vanli trank erneut. »Eine wahre Gaumenfreude«, behauptete er kühn.

»Bitte entschuldigen Sie«, sagte Jim und kippte die Obstscheibe über den Rand des Glases. »Das Fruchtstück ist zu Boden gefallen.« Er bückte sich und schüttete den größten Teil des Zombies in den Rhododendrontopf. Die Pflanze beugte sich näher heran, als verlange sie nach mehr.

Nur noch einige wenige Tropfen erinnerten an Vanlis Drink.

»Ausgezeichnet«, sagte er. »Ein höchst vergnügsames kulinarisches Experiment. Vielleicht sollte ich mich nicht mit einem begnügen. Möchten Sie noch etwas, Jäm?«

»Wie wär's mit einer Jungfrau Maria?« Im Raumdock mochte gerade die Cocktailstunde begonnen haben, aber nach Kirks Empfinden war es noch immer früh am Morgen.

Vanli musterte den Mann. »Sie scherzen, nicht wahr?«

»Zombies haben's echt in sich«, sagte Jim. »Es kann sicher nicht schaden, zwischendurch auch mal mit Mineralwasser oder Tomatensaft nachzuspülen.« Er fühlte den Rum in seinem Magen, so heiß wie eine glühende Kohle. Er hatte kein Frühstück eingenommen und entsann sich an Vanlis Einladung zum Essen. Alkoholhaltige Getränke enthielten Enzyme, die langfristige Vergiftungserscheinungen verhüteten, aber das änderte nichts an den kurzfristigen Auswirkungen — und die bekam er nun zu spüren.

»Jäm, Jäm, Sie wissen doch, daß ich näue Drinks nur vorsichtig probiere, nie ganz trinke.« Offenbar übersah er das leere Glas. »Oh, das hier klingt verlockend. ›Schwarzer Samurai‹.«

»Nein«, sagte Kirk. »Ich kapituliere vor Saki und bitterem Lakritzlikör. Das Zeug muß man in Flaschen aufbewahren, die für Positronendepots gedacht sind.«

Vanli schmollte und deutete auf die elektronische Liste. »Was halten Sie von einem Fruchtpunsch? Ist bestimmt ganz harmlos.«

Er betätigte die Taste, bevor Kirk widersprechen konnte. Diesmal lieferte der Tisch zwei Kugeln, die eine vage Ähnlichkeit mit Ananas aufwiesen. Ganz offensichtlich stellte der Synthesizer die Früchte in geschlossenem Zustand her, füllte sie anschließend mit einer Spezialität. Die einzige Öffnung bestand aus einem kleinen Loch für den Strohhalm.

Jim fragte sich, wie er diesen Drink in den Rhododendrontopf schütten sollte, begriff dann, daß Vanli gar nicht feststellen konnte, ob er seine Ananaskugel ausgetrunken hatte. Es sei denn, er griff danach und schüttelte sie — was ihm durchaus zuzutrauen war.

Vanli sog nur noch leere Luft und gestikulierte zufrieden. »Schmeckt's Ihnen?«

Trotz seiner ersten Erfahrung ließ sich Jim dazu hinreißen, den neuen Drink zu probieren. Er versuchte zu antworten, aber Feuer lähmte Zunge und Stimmbänder. Rasch bestellte er das erste Getränk, dessen Name Kühle und einen geringen Alkoholgehalt versprach. Als es aus der Klappe glitt, schloß er die Hand ums Glas und setzte es an die Lippen. Er nahm ein scharfes Pfefferminzaroma wahr, und das Brennen ließ allmählich nach.

Vanli sah wieder auf die Karte. »Was trinken Sie da? Einen ›Fließenden Frühling‹? Ich glaube, ich genehmige mir auch einen. Ach, was für phantasievolle Namen!« Vanli schnurrte und brummte anerkennend.

Jim warf erneut einen Blick auf die elektronische Darstellung. Ein ›Fließender Frühling‹ bestand aus Wodka und Pfefferminz. Der ›Fruchtpunsch‹ enthielt mehrere fermentierte und destillierte Fruchtsäfte, weder Ananas noch anderes irdisches Obst; hinzu kam eine großzügige Portion Ingwer. Als der Pfefferminzgeschmack nachließ, fühlte sich seine Zunge wie ein Aschefladen an. Kein Wunder.

Und vor seinen Augen begann sich alles zu drehen.

Jim tastete nach einer kleinen, unzerbrechlichen Vase auf dem Tisch, ließ sie fallen — diesmal steckte mehr Zufall als Absicht dahinter — und nutzte die Gelegenheit, um den Rest seines Fließenden Frühlings im Rhododendrontopf verschwinden zu lassen. Er hoffte nur, daß die Pflanze den Aufenthalt im Restaurant genutzt hatte, um sich an Alkohol zu gewöhnen. Ein Zweig sank auf seine Schulter herab, als wolle sich der Rhododendron abstützen — oder als brauche er jemanden, der ihn nach Hause fuhr.

Besser er als ich, dachte Kirk. Außerdem: Bestimmt bin ich nicht der erste, der den hiesigen Pflanzen hochprozentigen Dünger gibt. Existiert vielleicht eine Gesellschaft zur Verhütung von Grausamkeit gegenüber Rhododendrons? Wenn ja, bin ich in Schwierigkeiten.

Er prüfte seine jüngsten Gedankengänge und kam zu dem Schluß, daß seine Probleme bereits begonnen hatten.

Kälte weckte Hikaru Sulu, und er sah, daß das Lagerfeuer erloschen war. Sein Atem kondensierte, wehte als graue Fahne von den Lippen. Die aufgehende Sonne projizierte ein purpurnes Glühen über den östlichen Horizont. Hikaru schob feuchten Sand über die graue Asche und kletterte die grasbewachsene Uferböschung hoch.

Er hörte das Piepen des Kommunikators, noch bevor er die Tür der kleinen Hütte öffnete. Rasch trat er ein, zog die Reisetasche auf und fand das Gerät ganz unten.

»Hier Sulu.«

»Raumdock. Wir versuchen schon seit Stunden, Sie zu erreichen.«

»Ich habe Urlaub.«

»Es sind neue Anweisungen für Sie eingetroffen. Bereiten Sie sich auf den Transfer vor.«

»Ich brauche eine Weile, muß mich erst noch anziehen und packen.«

»Fünf Minuten, mehr nicht, Lieutenant.«

Hikaru streifte sich die Uniform über, stopfte die anderen Kleidungsstücke in seine Tasche, stülpte den Trageriemen des alten Degens über die Schulter. Aufregung entstand in ihm. Vielleicht hatte Starfleet eine Transportmöglichkeit für ihn gefunden, ein Schiff, das ihn zum Rand bringen sollte. *Man schickt mich zu Captain Hunter und seiner* Aerfen! dachte er.

»Sind Sie fertig, Lieutenant?«

»Ja.« Diese Chance will ich nicht verpassen, fuhr es ihm durch den Sinn.

»Transferkontrolle wird an *Enterprise* übergeben. Bitte warten Sie.«

»*Enterprise?* He, einen Augenblick. Das muß ein Irrtum sein. Ich...«

Das kalte Prickeln des Entmaterialisierungsstrahls erfaßte ihn...

Einen Sekundenbruchteil später stand er auf der Transporterplattform eines Raumschiffs.

»Willkommen an Bord der *Enterprise.* Ich bin Kyle.« Der Transfer-Techniker schüttelte ihm die Hand. Ein hochgewachsener Mann mit glattem, hellbraunem Haar. Er lächelte freundlich, und daraufhin bildeten sich kleine Falten in den Augenwinkeln.

»Ich heiße Sulu. Wer ist der Kommandant dieses Schiffes?« Seine gute Laune war wie weggewischt.

»Nun«, erwiderte Kyle nachdenklich, »Commodore Pike hat uns bereits verlassen, und Captain Kirk ist noch nicht eingetroffen. Der Kommandowechsel findet erst heute abend statt. Damit bleibt nur Mr. Spock.«

»Wo kann ich ihn erreichen?«

»Überall und nirgends«, sagte der Transfer-Techniker mit beabsichtigter Doppeldeutigkeit. »Versuchen Sie's auf der Brücke.«

Hikaru stellte seine Tasche ab und ging durch die Tür.

»He, warten Sie!« rief ihm Kyle nach. »Sie haben Ihre Sachen vergessen.«

»Nein«, widersprach Hikaru. Sobald er alles in Ordnung gebracht hatte, wollte er in den Transporterraum zurückkehren und sich zusammen mit seinem Gepäck zurückbeamen lassen.

Sulu befand sich nun zum erstenmal an Bord eines Raumschiffs der Constellation-Klasse. Während der Ausbildung war es ihm mit List und einigen kleinen Tricks gelungen, die kleineren und wesentlich wendigeren Schiffe zu fliegen, die ihn am Rand erwarteten.

Schon nach wenigen Minuten bedauerte er es, Kyle nicht nach dem Weg gefragt zu haben. Mißmutig marschierte er durch den Korridor, ohne zu wissen, wohin er sich wenden sollte – und geriet prompt in eine Sackgasse. Seine Stimmung verschlechterte sich weiter, als er zurückkehrte, die Codezeichen an den Abzweigungen beobachtete und schließlich den Turbolift fand.

»Ziel?« fragte die Sprachprozessorstimme des Liftcomputers.

»Brücke.«

Einige Sekunden später öffnete sich die Tür, und Sulu verließ die Kabine. In dem Raum vor ihm wimmelte es von Technikern, Offizieren und anderen Besatzungsmitgliedern. Jeder schien mit mehreren Dingen gleichzeitig beschäftigt zu sein. Eine Frau eilte in Richtung Lift, stieß fast gegen Hikaru, weil sie den Blick auf einen elektronischen Kontrollblock gerichtet hielt und mit einem Lichtstift bestimmte Punkte abhakte.

»Entschuldigen Sie...« Sie versuchte, sich an ihm vorbeizuschieben.

Hikaru versperrte ihr den Weg, und die Frau hob verwundert den Kopf.

»Wer ist Mr. Spock?« fragte er.

Sie deutete zur wissenschaftlichen Station, und Sulu sah eine hochgewachsene, in Blau gekleidete Gestalt, die vor der Computerkonsole saß, still und reglos. Der Rücken schien eine Barriere zu bilden, die den Mann vom Rest der Welt abschirmte.

»Mr. Spock?« Hikaru wartete. »Mr. Spock!«

Der Mann drehte sich um, erhob sich mit einer fließenden, geschmeidigen Bewegung und starrte auf den Neuankömmling herab. Wenn ihn die Störung verärgerte, so ließ er sich nichts anmerken. Sulu erkannte ihn als Vulkanier.

»Ja?«

»Ich heiße Sulu...«

»Der neue Navigationsoffizier. Dort ist Ihre Station.« Commander Spock wandte sich von ihm ab.

Hikaru zupfte an seinem Ärmel, und der Vulkanier versteifte sich. Sein Gesicht blieb völlig ausdruckslos, als er einen Schritt zur Seite trat, so daß Sulu ihn nicht länger berührte.

»Gibt es sonst noch etwas?«

»Ja. Es muß ein Mißverständnis vorliegen. Eigentlich habe ich hier überhaupt nichts verloren.«

»Sie sind der *Enterprise* zugewiesen worden.«

»Woher wollen Sie das wissen? Sie haben sich nicht die Versetzungsliste angesehen, keine Überprüfung vorgenommen!«

Mit unerschütterlicher Geduld trat Spock an den Computer heran, und seine Finger tanzten über die Tasten. Hikarus Name glühte in goldenen Lettern auf dem Schirm. Hikaru Sulu. Navigationsoffizier. Raumschiff *Enterprise.*

»Das verstehe ich nicht«, sagte der junge Mann. »Ich hatte andere Befehle. Ich sollte auf dem Weg zum Rand sein, um mich dort Captain Hunters Schwadron anzuschließen.«

»Dann seien Sie froh, daß die Anweisungen geändert wurden«, erwiderte Spock ruhig.

»Ganz im Gegenteil! Ich habe mich bereits darauf gefreut, zu Captain Hunters Gruppe zu gehören!«

»Tatsächlich?« meinte Spock. »Faszinierend.«

»Starfleet hat mir versprochen...«

Der Vulkanier hob eine Braue. »In dieser Hinsicht verspricht Starfleet nie etwas.«

»Aber...«

»Starfleet berücksichtigt bei der Personalzuweisung sowohl das individuelle Fähigkeitspotential als auch allgemeine Nützlichkeitsfaktoren. Die Anfrage eines Captains hat dabei Vorrang gegenüber persönlichen Wünschen. Captain James Kirk hat um Ihre Versetzung zur *Enterprise* gebeten.«

»Warum?« fragte Hikaru verwirrt.

»Darauf kann ich Ihnen leider keine Antwort geben«, entgegnete Spock.

»Ich habe nicht die geringsten Erfahrungen in bezug auf die Navigation eines Raumschiffs der Constellation-Klasse. Er muß mich mit jemandem verwechselt haben. Oder vielleicht ist ihm schlicht und einfach ein Fehler unterlaufen. Das ist doch lächerlich!«

»Wenn Sie Ihrem vorgesetzten Offizier mitteilen möchten, daß Sie ihn für einen Narren halten, so ist das Ihre Angelegenheit«, sagte Spock. »Wir dem auch sei: Meine Beobachtungen des menschlichen Humors deuten darauf hin, daß derartige Bemerkungen nicht gerade mit Freude zur Kenntnis genommen werden.«

»Ich möchte wieder der *Aerfen* zugewiesen werden.«

»Ist es Ihnen wirklich lieber, in der Randpatrouille zu dienen anstatt an Bord der *Enterprise*, die eine genügend große Reichweite hat, um die Grenzen des erforschten Raums weiter hinauszuschieben?«

»Ja«, antwortete Hikaru sofort.

»Das verstehe ich nicht.«

»Dann sind Sie nie auf Ganjitsu gewesen.« Sulu biß sich auf die Lippe, wünschte sich, die letzten Worte zurücknehmen zu können. Er war wütend, wollte weder über Ganjitsu noch die *Aerfen* oder Captain Hunter sprechen. Innerlich bereitete er sich darauf vor, daß der wissenschaftliche Offizier ihn mit einem durchdringenden Blick maß und eine Erklärung verlangte.

Aber zu Sulus Überraschung reagierte Spock völlig anders.

»Ganjitsu«, sagte er nachdenklich. »Das erklärt eine Menge. Nun, derzeit läßt sich nichts ändern. Morgen verläßt die *Enterprise* das Dock, und in so kurzer Zeit können wir keinen anderen Navigationsoffizier finden. Beantragen Sie einen späteren Transfer.«

»Und dann?«

»Dann gedulden Sie sich.«

Hikaru seufzte enttäuscht.

»Und in der Zwischenzeit...«, sagte Spock. »Der Bordcomputer hat Ihrer Station eine Liste der Aufgaben übermittelt, die erledigt werden müssen.«

Sulu nahm die neue Situation als zeitweiligen Rückschlag hin.

»Sie wissen sicher, daß der Captain Ihren Versetzungsantrag billigen muß, bevor Sie ihn an Starfleet richten können«, fügte der Vulkanier hinzu.

»Nein«, erwiderte Hikaru. »Das wußte ich nicht.« Aber es hätte mir klar sein sollen, dachte er. Er ging am Sessel des Befehlsstands vorbei, blieb an der Navigationskonsole stehen.

Zu seinen Pflichten gehörte auch ein Beitrag für die Startvorbereitungen des Schiffes, und darüber hinaus enthielt die Liste Informationen über seine Unterkunft, die Zeremonie des Kommandowechsels und die Order, einen Termin mit dem Bordarzt zu vereinbaren, um sich gründlich untersuchen zu lassen. Hikaru schnitt eine Grimasse. Er haßte derartige Kontrollen, überlegte, ob er sich irgendwie davor drücken oder das Ergebnis manipulieren konnte, ließ diese Idee jedoch fallen. Wenn er nicht gesund genug war, um an Bord der *Enterprise* zu bleiben, die über eine moderne und voll ausgerüstete Krankenstation verfügte, schickte man ihn wohl kaum zum Rand, wo man sich mit medizinischer Flickschusterei begnügen mußte.

Die Scheide seines Degens stieß an den Sessel, als er vor der Station Platz nahm. Er streifte den Riemen ab, legte das Futteral mit der Waffe unter die Konsole.

Er hatte nie ein Raumschiff dieser Größe geflogen, doch von den Simulatoren her wußte er, wie sich Einheiten der Constellation-Klasse verhielten: Sie waren träge und schwerfällig und langsam.

Sulu dachte an die Möglichkeit, sich inkompetent zu geben, um von der *Enterprise* versetzt zu werden, kam dann aber zu dem Schluß, daß er damit nichts erreichte. Gespielte Unfähigkeit würde nur seiner Reputation schaden und konnte außerdem das Raumschiff in Gefahr bringen. Andererseits: Vielleicht verdiente er sich seinen Transfer, wenn er es seinem Nachfolger gestattete, ihn ohne große Probleme abzulösen.

Mit anderen Worten: Er mußte sich Mühe geben.

Sulu machte sich an die Arbeit, konzentrierte sich so sehr, daß er die Zeit vergaß.

Koronin räkelte sich in geschmuggelter Seide. Sie genoß die vielen Schichten aus weichem Samt, die dicken, exotischen Pelze, erinnerte sich voller Wohlbehagen an den Oligarchietransporter, den sie überfallen und ohne Schwierigkeiten aufgebracht hatte. Der Kommandobalkon ihres Schiffes enthielt nun die Beute. Koronin dachte nicht daran, welcher Preis sich dafür auf den zentralen Welten des klingonischen Imperiums erzielen ließ. Sie mochte Profit, aber sie zog Luxus vor.

Der Kommandobalkon ihres Kreuzers erstreckte sich über der Betriebskammer. Durch polarisierte Bodenfenster, die den Blick nur in einer Richtung gestatteten, konnte man die Besatzungsmitglieder beobachten. Armierte Sensoren wachten mit elektronischer Unermüdlichkeit. Koronin hielt nichts von diesen Sicherheitsvorkehrungen. Der Sergeant in der Kammer hatte ihr Treue geschworen, und es gab niemanden, der den Tod des Regierungsoffiziers und früheren Besitzers des Schiffes bedauerte.

Zweifellos war er der Crew gegenüber ebenso gleichgültig und indifferent gewesen wie in bezug auf seine Verwandten. Als er das Schiff an Koronin verlor, verkaufte er damit auch die Zukunft der Familie, denn die Regierung würde nicht zögern, seine Angehörigen zu ruinieren, um den Verlust wettzumachen. Er hätte es besser wissen müssen, als er einen Einsatz anbot, den er sich gar nicht leisten konnte. Nun, Tote kannten keine Sorgen.

Die *Quundar*, wie Koronin ihren Kreuzer nannte, war nicht nur sehr schnell, sondern auch bestens bewaffnet. Und die neue Eigentümerin vertraute ihren Fähigkeiten als

Pilotin. Um Schiff und Mannschaft zurückzubekommen, mußte die Regierung sie erst einmal erwischen.

Wenn es Koronin gelang, lange genug frei zu bleiben, um zwei oder drei wagemutige Angriffe auf Raumer oder Stützpunkte der Föderation zu unternehmen, setzte die Oligarchie ihren Namen vielleicht auf die Liste der Unabhängigen. Fragwürdige Übereinkünfte und stillschweigende Neutralität hinderten die offiziellen Streitkräfte der Oligarchie an direkten militärischen Vorstößen gegen die Föderation. Unabhängige besaßen mehr Bewegungsfreiheit.

Koronin lachte verächtlich. Sie konnte sich amüsieren, ihren Reichtum mehren, den Kommandobalkon mit an Dekadenz heranreichenden Luxus füllen, außerhalb des Gesetzes leben – und durfte dafür auch noch mit Belobigungen rechnen. Die Oligarchen wagten es bestimmt nicht, sie aufzuhalten. Wie auch? Indem sie Killer schickten? Als sich Koronin für eine Karriere als Piratin entschied, kalkulierte sie ein, daß irgendwann jemand kommen mochte, um sie zu töten. Diese Vorstellung ließ sie völlig kalt. Und was die Waffen der Beschlagnahme und des Ruins anging: Abgesehen von dem Schiff hatte Koronin keine Besitztümer, die von der Regierung konfisziert werden konnten, keine Familie, die sich als Druckmittel eignete. Nein, keine Familie: Dafür hatte die Förderation gesorgt – und ihre eigene Regierung hatte tatenlos zugesehen. Nur Koronin war mit dem Leben davongekommen, damals kaum mehr als ein Kind, ohne Freunde und Patrone, die ihre Sache vertreten konnten. Jetzt, als Erwachsene, strebte sie danach, die alte Rechnung zu begleichen, sowohl mit den Oligarchen als auch mit der Föderation.

Sie berührte eine Taste, und daraufhin bildete sich eine dreidimensionale Sternenkarte vor ihr. Die von der Föderation kontrollierten Raumsektoren glühten rot, eine große, sich ausbreitende Masse, wie ein wuchernder Tumor im All. Koronin beobachtete einen langen, schmalen Auswuchs, der bis in die klingonischen Quadranten hineinreichte: die Phalanx der Föderation. Ihre Existenz kam einer Beleidigung und Herausforderung gleich. Im Arktur-System, wo sich Ausgestoßene und Geächtete beider Einflußbereiche unter Bedingungen gleichgültiger Neutralität begegneten, nahmen die Leute von der Föderation kein Blatt vor den Mund, erzählten laut demütigende Witze und lachten grölend. Den Kumburanya mangelte es an der Moral, jenen Spott als Affront zu erachten, doch Koronin, eine Rumaiy, fand ihn geradezu unerträglich.

Sie erwartete auch nichts anderes von den Kumburanya, der Mehrheit im klingonischen Imperium. Kumburanische Adlige bildeten die Oligarchie, kontrollierten Industrie und Expansion, diskriminierten die Rumaiy-Minderheit, der Koronin angehörte.

Koronin wandte sich von Samt und Pelzen ab. Sie brauchte nicht ständig die Anzeigen im Auge zu behalten – ihr Schiff kam auch ohne sie zurecht. Die Leute in der Betriebskammer konnten nicht feststellen, wann ihre Herrin beobachtete oder ruhte, wann sie einen Fehler bemerkte und strafte. Koronin hatte umfassende Macht über sie, denn die Dienstverpflichtung durch die Oligarchie machte sie zum legalen Inventar des Raumschiffes und seines Eigners. Die Frau spielte mit dem Gedanken, dem Computer ein Aufsichtsprogramm einzugeben; sie wußte, daß der grausamen Phantasie in dieser Hinsicht keine Grenzen gesetzt waren. Aber wenn sie einen solchen Weg beschritt, erwartete sie echte Dekadenz: nicht allein das von physischem Luxus bereitete Vergnügen, sondern Schlaffheit von Körper und Geist, die ebenso sicher zum Tod führte wie Blutschwert oder Blaster.

Sie kämmte ihr langes, kupferfarbenes Haar, strich sich über die dichten Brauen, wählte als Kleidung ein Gewand aus Seide und Leder. Dann griff sie nach dem Gürtel, schlang ihn um die Hüften, betrachtete stolz die Trophäenfransen, die bis zu den Knien herabreichten. Ihre Finger ertasteten ein Band aus weichem, goldenem Stoff, und sie preßte es an die Stirn, um die Ecken des Schleiers zurückzuhalten, der ihr lose auf die Schulter fiel. Als Geächtete lehnte sie es ab, das Gesicht zu bedecken. Alle ihre Verwandten hatten einen so hohen Rang bekleidet, daß sie auch in der Öffentlichkeit Schleier tragen durften, aber die Familie existierte nicht mehr, entstand erst wieder, wenn sie eine neue gründete.

»Hier spricht Commander Spock. Ich bitte die Offiziere der *Enterprise* um ihre Aufmerksamkeit.«

Sulu zuckte unwillkürlich zusammen, als die Stimme des Vulkaniers seine Konzentration störte.

»Die Zeremonie des Kommandowechsels beginnt in genau dreißig Minuten auf dem Freizeitdeck. Formelle Kleidung. Ihre Anwesenheit wird erwartet.«

Sulu fragte sich, ob ›wird erwartet‹ im Bereich zwischen ›willkommen‹ und ›befohlen‹ anzusiedeln war. Da die auf der Brücke befindlichen Personen sofort ihre Stationen verließen, vermutete er, daß es sich nicht um eine freundliche Einladung sondern eine direkte Order handelte. Er blickte auf seine Konsole herab, stellte fest, daß es noch immer eine Menge Arbeit zu erledigen galt. Außerdem: Er hatte nicht zur Besatzung des beförderten Kommandanten gehört, und er mußte sich erst noch bei dem neuen Captain melden. Ein Kommandowechsel zwischen zwei ihm unbekannten Offizieren betraf weder ihn noch seinen recht nebulösen Posten an Bord der *Enterprise.* Hikaru rief neue Daten ab und begann mit einer analytischen Korrelation.

»Mr. Sulu.«

Er sah auf. Spock stand direkt hinter ihm.

»Ja, Sir?«

»Sie gehen ganz in Ihrer Arbeit auf, und das ist bewundernswert. Offenbar haben Sie meine Ankündigung eben nicht gehört.«

»Ich dachte, sie beträfe nur die anderen, Commander.«

»Nun, in Hinsicht auf Befehle nehmen Sie einen... interessanten Standpunkt ein. Vielleicht sollten wir dieses Thema einmal ausführlich diskutieren — zu einem späteren Zeitpunkt, wenn die wichtigsten Aufgaben erledigt sind.«

»Ich gehörte nicht zur Mannschaft Commodore Pikes, und ich...« Sulu brach ab, als er begriff, daß seine Erklärungen Spock gegenüber nutzlos blieben.

»Wenn Sie die Brücke sofort verlassen, können Sie sich noch vorbereiten und pünktlich zum Zeremoniebeginn auf dem Freizeitdeck eintreffen«, sagte der Vulkanier und ignorierte Sulus letzte Worte.

»Ja, Sir.« Hikaru schlang sich den Trageriemen der Säbelscheide um die Schulter.

»Mr. Sulu?«

»*Ja,* Sir.«

»Die förmliche Kleidung erfordert keine solche Waffe.«

Sulu errötete. »Ich weiß, Sir.«

Er wandte sich von seiner Station ab; bis sich die Doppeltür des Turbolifts hinter ihm schloß, spürte er Spocks durchdringenden Blick an einer empfindlichen Stelle zwischen seinen Schulterblättern.

Der Speicher des Bordcomputers enthielt bereits alle notwendigen Daten über Hikaru. Als er seine Kabine fand, erkannte ihn der Türsensor und gestattete ihm Zugang. Er trat ein, legte das Futteral beiseite.

Zuerst fiel ihm auf, daß jemand sein Gepäck hierhergebracht hatte. Dann stellte er fest, daß die Unterkunft im Vergleich mit seinem Akademiezimmer geradezu riesig war. Sie enthielt ein schmales Bett, einen Schreibtisch samt Sessel, ein Kommunikationsterminal, einen Synthesizer und einen gewaltigen Schrank. Wenn man zum Rand flog, nahm man nur sehr wenig Gepäck mit, machte sich praktisch mit leeren Händen auf den Weg und kehrte ebenso zurück. Die Kampfschiffe boten nur für das Notwendigste Platz, verfügten nicht über genug Treibstoff, um zusätzliche Masse zu beschleunigen.

Über dem Schreibtisch sah Sulu einige Haken an der Wand. Ein perfekter Platz für seinen Degen...

Einen Augenblick, dachte er. Ich werde nicht lange genug an Bord der *Enterprise* bleiben, um mir es hier gemütlich zu machen.

Er eilte zum Synthesizer und berührte die Kontrollfläche. Bevor er Gelegenheit bekam, dem Gerät eine Anweisung zu geben, glitt eine Uniform durch die Klappe des Ausgabefachs.

»Commander Spocks Anweisung«, sagte der Computer.

Nach Hikarus Geschmack lief alles zu reibungslos.

Er duschte kurz, zog dann hastig Uniform und Stiefel an. Es blieb ihm nicht genug Zeit, sich vom Duft des Meeres zu befreien; neuer Ärger regte sich in ihm, als er die Kabine verließ und mit der Suche nach dem Freizeitdeck begann.

Zwar vermied es Jim, die Drinks zu probieren, die Vanli bestellte, aber das änderte kaum etwas an seinem Zustand. Das große Wesen ihm gegenüber wurde immer fröhlicher und ausgelassener, setzte seine kulinarischen Experimente fort und steuerte geradewegs auf eine Alkoholvergiftung zu.

»Einen Toast auf Captain Kirk! Ich habe immer gesagt, daß Sie es noch vor Ihrem dreißigsten Geburtstag bis zum Admiral bringen oder ins Gefängnis wandern.«

»Ich bin jetzt neunundzwanzig, Vanli, sollte mich also beeilen, um Ihren Erwartungen zu genügen.«

»Oh, aber Sie sind bereits Captain, und ich bin nur ein einfacher Lieutenant Commander. Sie sind schnell und weit gereist.«

Kirk hatte noch immer nichts gegessen, und dadurch breitete sich die Wirkung der Drinks wie eine Infektion in ihm aus, beeinträchtigte nicht nur Sehvermögen und Gleichgewichtssinn, sondern auch seine allgemeine Stimmung. Er begriff plötzlich, daß er die meisten Erfolge mit einer Kombination aus Glück, richtiger Intuition und gutem Timing errungen hatte, nicht etwa aufgrund bewußter intellektueller, physischer oder ethischer Bemühungen. Die Aufregung des Triumphs stieg ihm zeitweilig zu Kopf, stärkte die irrige Überzeugung, er könne problemlos alle Hindernisse überwinden. Doch die stolze

Arroganz verflüchtigte sich schnell und ließ nackte Wahrheit zurück.

»Versuchen Sie deshalb, mich in einen Rausch zu dirigieren?«

»Was? Nein! Sie verdienen Ihre Auszeichnungen, so wie ich mein eigenes Schicksal — das eigentlich gar nicht so schlecht ist, wenn man genauer darüber nachdenkt. Es sei denn natürlich, man vergleicht es mit Ihrem Werdegang. Nein, oh, nein... Als ich Sie sah, fiel mir nur Robbies Beförderung ein...« Vanli brach am Tisch zusammen. Seine Tentakel zitterten und krümmten sich, strichen über die Augen, und heißer Atem wehte in abrupten Böen, als das große Wesen lachte.

Jim fühlte, wie seine Wangen heiß wurden. Damals hatte er es für einen prächtigen Scherz gehalten, Robbie Alkohol einzuflößen. Während der Feier zu seinen Ehren wirkte sein Gesicht auffallend grün. Da es sich dabei nicht um seine natürliche Hautfarbe handelte, wurde der vorgesetzte Offizier aufmerksam. Glücklicherweise führte er Robbies Zustand auf angespannte Nerven zurück. Rückblickend hielt Jim diesen Streich für kindisch und gemein.

»Vanli?« Der Atem seines Freundes zischte nun gleichmäßig. Er war eingeschlafen. »Kommen Sie, Vanli. Wir sollten jetzt gehen.«

Wenn Vanli einnickte, gewann sein ganzer Körper die Konsistenz der Tentakel.

Kirk warf einen Blick auf die Uhr, zuckte erschrocken zusammen und erhob sich. Wenn er sich nicht sehr beeilte, kam er zu spät zur Zeremonie.

»Vanli!« Er zerrte am Arm des massigen Geschöpfs, das daraufhin leise brummte. Jim rammte die Schulter unter Vanlis Seite und stemmte ihn in die Höhe. Da er einige Tonnen wog, konnte ihn Kirk nur bewegen, wenn er gehen wollte. Vanli stand auf, wankte und taumelte glücklich.

»Besuchen wir eine andere Party?«

»Wir kehren jetzt zu Ihrem Schiff zurück«, sagte Jim.

Vanli versuchte, wieder Platz zu nehmen, hätte Kirk

dabei fast unter sich zerquetscht. Im rechten Knie des Captains stach dumpfer, warnender Schmerz.

»Nun, vielleicht findet irgendwo eine Party statt.« In dieser Beziehung konnte Kirk natürlich nicht sicher sein, aber das verlieh seiner Bemerkung keineswegs das Etikett der Lüge.

»Oh, na schöön.« Der Druck auf Jims Schulter ließ ein wenig nach, drohte ihn nicht mehr zu zermalmen. »Eine andere Paarty...«

Jim tastete nach seinem Kreditrecorder und verzog das Gesicht, als er die Rechnungssumme sah. Mit der einen Hand bezahlte er die Drinks, und mit der anderen führte er Vanli vom Tisch fort.

»Gehen wir.«

»Okäi, Jäm.« Vanli surrte und schnurrte leise vor sich hin, sein Äquivalent eines zufriedenen Brummens. Zwar konnte er schneller sein als der flinkste Mensch, aber jetzt schlurfte er wie in Zeitlupe.

»*Los*, Vanli. Wenn *Sie* sich nicht beeilen, komme *ich* zu spät. Zum Teufel mit Ihrem sogenannten Sinn für Humor!«

Vanli kicherte. »Sie wärden mir dankbar sein, Jäm.«

»Dankbar? Dafür, daß Sie mich vor dem Kommandowechsel betrunken machen wollten?«

»Manche Zeremonien lassen sich nur ertragen, wenn man einiges intus hat«, erklärte Vanli. »Mit einem Filter für die bittere Wirklichkeit.« Er lachte erneut.

»Himmel, Vanli, können Sie nicht selbst gehen? Wenn Sie sich weiterhin so auf mich stützen, muß ich in die Intensivstation zurück.«

Kirk löste sich aus dem Durcheinander von Vanlis Tentakeln, rieb sich die schmerzende Schulter.

»Sselbsst gehen? Wie Ssie meinen...«

Vanli ähnelte einem großen entwurzelten Baum, der sich ganz langsam und betont würdevoll zur Seite neigte. Jim hielt ihn fest, stemmte sich mit aller Kraft gegen seinen Freund, um ihn vor einem Sturz zu bewahren.

»Sehen Sie?« fragte Vanli etwas deutlicher. »Ich bin durchauss in der Lage, allein surechtsukommen. Lassen Sie mich hier surück.«

»Kommt nicht in Frage«, erwiderte Kirk. »Ohne Sie fühle ich mich viel zu einsam.«

Sie erreichten die Hangarsektion, in der sowohl Vanlis Schiff als auch die *Enterprise* angedockt hatten.

Kirk nutzte das Taumeln Vanlis aus, um ihn zu stoßen, ihm ein zusätzliches Bewegungsmoment zu verleihen. Auf diese Weise geleitete er das große Wesen durch den Hauptkorridor, durch leere Konferenzzimmer und das Lager. Seine Absicht bestand darin, den Weg abzukürzen durch die Küche, in der sich um diese Zeit eigentlich niemand aufhalten durfte; und von dort aus war es nicht mehr weit bis zu Vanlis Schiff. Er plante, ihn an Bord zu bringen, in seine Kabine — und hoffte, daß sein alter Bekannter bis dahin die ›andere Party‹ vergaß.

Stimmen erklangen in der Küche: Vermutlich waren einige Personen damit beschäftigt, dort aufzuräumen. Kirk vermutete, daß sie Mahlzeiten für irgendwelche VIPs zubereitet hatten, für Leute, die sich nicht mit dem Synthesizer-Essen zufriedengaben. Er überlegte, was für eine Feier stattgefunden haben mochte, ob er die Einladung dazu aufgrund der Probleme mit Carol und Gary übersehen hatte.

Jim stieß die Küchentür auf.

Dampf und der Duft mehrerer Außenweltspezialitäten wehten ihm entgegen. Erstaunt blieb er stehen.

Was ist hier los? dachte er. Befinden sich irgendwelche Lamettaträger im Raumdock, von denen ich nichts weiß? Für gewöhnlich bin ich immer auf dem laufenden, was Starfleet-Angelegenheiten betrifft. Fast immer kenne ich die neuesten Gerüchte.

Es sei denn, ich habe die letzten Wochen in der Regeneration verbracht.

Kirk entschied, Vanli trotzdem durch die Küche zu führen, anstatt den ganzen Weg zurückzukehren. Er stemmte sich gegen ihn, schob ihn durch die Tür.

»Mhm, lecker«, sagte Vanli und sah sich hungrig um. Seine großen, orangefarbenen Augen zwinkerten, als er den Arm nach einem Tablett ausstreckte, auf dem verschiedene Kuchenteile ein sorgfältig arrangiertes Muster bildeten.

»Hände weg, Vanli!«

»Sah zu symmetrisch aus.« Vanli schmatzte genüßlich. »Nicht übel.«

Ein hochgewachsenes Geschöpf mit silbriger Haut trat ihnen entgegen. Es trug den hohen, weißen Hut eines Chefkochs, und in der siebenfingrigen Hand hielt es einen Schneebesen, an dem Teigflocken klebten.

»Was machen Sie hier?«

»Wir haben uns verlaufen«, behauptete Kirk. »Aber keine Sorge: Wir stören Sie nicht, sind nur auf der Durchreise.« Er deutete auf die gegenüberliegende Tür und gab seinem Mündel einen neuerlichen Stoß.

Vanli hob den Arm und strich einen Teigfladen vom Schneebesen. Das verschlug dem Koch die Sprache: Mit wortloser Entrüstung starrte er Vanli an, blickte dann auf das Instrument in seiner Hand.

Kirk versuchte, das große Geschöpf an den Tischen vorbeizudirigieren, aber Vanli rührte sich nicht von der Stelle, leckte in aller Seelenruhe den Tentakel ab.

»Mhm«, wiederholte er. »Schmeckt toll. Schokolade. Mag ich besonders gern. Der wichtigste irdische Beitrag fürs gastronomische Spektrum der Galaxis.«

»*Verschwindet* von hier!« Der Koch winkte mit seinem Schneebesen. Schokoladenteig spritzte durch die Küche, auf Vanli und Jim. Das Wesen mit der silbrigen Haut scheuchte sie zum nächsten Ausgang. Kirk half Vanli, und gleichzeitig versuchte er, sich die schwarzen Flecken vom Hemd zu wischen.

Der Koch jagte sie aus der Küche und auf den Korridor. Hinter ihnen glitt die Tür zu, und ein leises Summen deutete auf eine elektronische Verriegelung hin.

Jim verharrte abrupt. Sie befanden sich nun in unmittelbarer Nähe des Dockbereichs, der die *Enterprise* beherbergte, und vor dem Zugang hatten sich bereits einige Leute eingefunden. Die meisten standen an den Fenstern, wandten Kirk den Rücken zu, beobachteten das große Raumschiff und die Aktivitäten im Hangar. Niemand bemerkte Jim und Vanli, aber der Captain vernahm Schritte in einem Seitengang, glaubte Admiral Noguchis Stimme zu hören, die Christopher Pike zu seiner Beförderung gratulierte.

Der Koch und seine Assistenten bereiteten keineswegs ein Festmahl für unbekannte VIPs vor. Ihre Bemühungen galten dem Offizier, den er, Jim, ablöste. Er kannte Chris Pikes Ruf, und deshalb hätte ihm eigentlich klar sein müssen, daß nicht nur eine schlichte Zeremonie stattfinden sollte, die sich auf den eigentlichen Kommandowechsel beschränkte.

»Vanli, wir müssen von hier verschwinden«, flüsterte er, hielt sich zwischen seinem alten Bekannten und der Wand.

»Ich komme, ich komme«, donnerte Vanlis Stimme durch den Gang.

Kirk duckte sich, hoffte, daß die anwesenden Offiziere nur die Gestalt vor ihm sahen. Vergeblich trachtete er danach, Vanli zur Eile anzutreiben. Gemütlich schlenderte dieser durch den Flur, wankte um die nächste Ecke.

Jim seufzte erleichtert, als er direkt voraus das Schott sah, hinter dem Vanlis Schiff auf sie wartete.

Der weibliche Offizier vom Dienst gewährte ihnen die Erlaubnis, an Bord zu gehen. Die Frau gab vor, Vanlis Trunkenheit zu übersehen, hob nicht einmal die Brauen, als ihr Blick auf die Schokoladenflecken fiel.

Jim zerrte seinen Begleiter zum nächsten Turbolift, und als sich die Tür schloß, vernahm er ein leises Kichern. Benommen schüttelte er den Kopf, wußte nicht so recht, ob er sich das Lachen nur eingebildet hatte.

Der Lift brachte sie zum Offiziersdeck. Kirk suchte Vanlis Kabine, fand sie schließlich und ließ das massige Wesen ächzend auf die Koje sinken.

»Dort drüben im Schrank steht eine Flasche mit saurianischem Brändy«, sagte Vanli. »Lassen Sie uns einen Schluck auf Ihre Mission trinken.«

»Ich glaube, wir beide sollten auf Cognac verzichten, selbst auf saurianischen«, erwiderte Kirk, betätigte die Tasten des Synthesizers, zog hastig seine zivile Kleidung aus und trat in Vanlis Duschkabine. Die Ultraschallwellen vibrierten Schokoladenteig aus seinem Haar, und als er die kleine Kammer wieder verließ, lag eine Uniform für ihn bereit. Vanli schlief geräuschvoll. Jim stieg in die Hose, streifte die Jacke über, verfluchte den Schmuckgürtel, hätte fast die Stiefel vergessen und kämmte sich mit den Fingern.

An der Tür zögerte er kurz und sah noch einmal zu Vanli zurück.

»Schlaf gut«, murmelte er.

Kirk rannte in Richtung Turbolift.

Einige Sekunden später stürmte er zum Hangar, kam dabei am Offizier vom Dienst vorbei.

»Hals- und Beinbruch, Captain!« rief sie ihm nach.

KAPITEL 2

Jim eilte durch den Korridor, der zur *Enterprise* führte, und nach einigen Dutzend Metern blieb er stehen. Voraus hörte er murmelnde Stimmen. Er schnappte nach Luft, glättete seine Uniform.

Ihm war noch immer schwindlig, er keuchte, zwang sich dazu, gleichmäßig zu atmen, straffte die Gestalt und versuchte, würdevoll auszusehen.

Dann ging er um die Ecke. Hochrangige Persönlichkeiten hatten sich im Zugangstunnel versammelt: Starfleet-Offiziere, zivile Honoratioren, Journalisten von allen Nachrichtenmedien der Föderation. Doch ihre Aufmerksamkeit galt dem anderen Ende des Flurs.

»Entschuldigen Sie«, sagte Kirk zu jemandem, der weiter hinten stand. »Ich werde dort vorn erwartet.« Als er sich einen Weg durch die Menge bahnte, spürte er immer mehr Blicke, die sich auf ihn richteten. Alle waren gekommen, um Christopher Pike zu seiner Beförderung zum Commodore zu gratulieren, aber jetzt galt das Interesse der Anwesenden in erste Linie Jim.

Captain James T. Kirk blieb äußerlich ruhig und gelassen, erweckte den Anschein, als ignoriere er die Abgesandten Starfleets. Er trat auf Admiral Noguchi und Commodore Pike zu.

Er schritt an blauen, roten und goldenen Uniformen vorbei, an der schwarzen Baumwolle oder glänzenden Seide der Zivilisten, und plötzlich bemerkte er zwei einfacher gekleidete Personen. Er verharrte jäh, und seine erste Miene wich einem erfreuten Strahlen.

»Mom! Sam!« Er lief auf sie zu, umarmte seine Mutter, schüttelte seinem älteren Bruder die Hand. »Was macht ihr hier? Wie seid ihr hierhergekommen? Wie lange bleibt ihr?«

Die Frau lächelte. »Wir wollten dabeisein, wenn du das Kommando der *Enterprise* übernimmst«, sagte sie.

»Aber wenn du dich nicht sputest«, fügte Sam hinzu, »wird es an den Meistbietenden versteigert.«

Jim sah zu Noguchi und Pike. Der Admiral dachte natürlich nicht daran, jemand anders zum Kommandanten zu ernennen. Nachsichtig und amüsiert faßte er sich in Geduld. Wer viel Zeit im All verbrachte, verstand die Freude, nach langer Trennung Freunden oder Verwandten zu begegnen. So etwas sprengte jedes Protokoll.

Aber warum starrte ihn Chris Pike so finster an?

Erneut umarmte Jim seine Mutter, klopfte Sam auf die Schulter und gesellte sich dann zu Noguchi und Pike, nahm links neben dem Commodore Haltung an. Gemeinsam gingen sie durch den Zugangstunnel zur *Enterprise.* Die übrigen Leute folgten ihnen.

Es geschah zum erstenmal, daß Kirk offiziell an Bord des Raumschiffs kam. Er mußte sich so verhalten, als hätte er es noch nie zuvor gesehen, als sei er nicht bereits durch die leeren Korridore geschlichen, durch Brücke, Maschinenraum und Krankenstation, durch Laboratorien, Computersäle, sogar durchs Arboretum und übers Freizeitdeck.

Ein großer, asketisch hagerer Vulkanier stand vor der Schleuse der *Enterprise.* Er trug eine förmliche Uniform im Blau der wissenschaftlichen Abteilung.

Vermutlich Commander Spock, wissenschaftlicher Offizier der *Enterprise.* Kirk kannte seine Reputation, doch sonst wußte er nichts über diesen Mann.

Mit wissenschaftlichen Offizieren konnte Jim nichts anfangen. Dauernd boten sie unerbetene Informationen an, die bei irgendwelchen Problemen viel zu sehr ins Detail gingen. Einige Male war ihm der Fehler unterlaufen, Fragen an einen wissenschaftlichen Offizier zu richten, und meistens bestand die Antwort aus einem längeren Vortrag, der Kirk an seine Akademiezeiten erinnerte.

Wahrscheinlich bekam er nicht viel mit Commander Spock zu tun. Mit ein wenig Glück gehörte der Vulkanier zu den introvertierten intellektuellen Typen, die es vorzogen, den größten Teil ihrer Zeit in den schiffsinternen Laboratorien zu verbringen.

»Bitte um Erlaubnis, an Bord kommen zu dürfen, Commander Spock.«

»Erlaubnis erteilt«, antwortete der Vulkanier monoton und trat zur Seite, um Commodore Pike Platz zu machen. »Das Schiff steht zur Ihrer Verfügung, Sir.«

Schweigend betrat Pike die *Enterprise.*

Als Jim an Spock vorbeiging, musterte ihn der Vulkanier kühl und gleichgültig, schien ihm nur beiläufige Beachtung zu schenken.

Doch dieser Eindruck täuschte. Spock beobachtete den jungen Captain mit erheblichem Interesse, als Kirk Commodore Pike folgte. Der wissenschaftliche Offizier hatte bereits einige Nachforschungen angestellt und wußte daher, daß Starfleet das Schiff einem Helden gab.

Mit Helden konnte Commander Spock nichts anfangen. Ganz gleich, welche Opfer man brachte, wie bewundernswert die Handlungen einer betreffenden Person sein mochten: Heldentum erforderte eine Umgebung, in der Chaos und Verheerung die größte Rolle spielten. Der Vulkanier vertrat die Ansicht, daß Weitblick und Vernunft die Entwicklung eines derartigen Ambientes verhüten sollten. Er fragte sich, ob sich James Kirk bei einer Krise für Rationalität entscheiden mochte — oder der Verlockung des Heroismus erlag.

Das Freizeitdeck war in einen Empfangssaal verwandelt worden, und alle Offiziere der *Enterprise* warteten dort. Auf der einen Seite hatte man ein Podium mit Rednerpult errichtet, und auf langen Tischen an den Wänden standen Tabletts mit Delikatessen, Dutzende von Champagnerflaschen und glitzernde Kristallgläser.

Commodore Pike geleitete Admiral Noguchi und James Kirk zum Podest. Noguchi bat das Publikum, Platz zu nehmen, räusperte sich und begann mit einer Ansprache.

Jim war zwar nicht betrunken, aber die Alkoholmenge

in seinem Blut genügte, um eine imaginäre Barriere zwischen ihm und dem allgemeinen Geschehen zu schaffen. Seine Aufmerksamkeit blieb ohne Fokus. Er hielt nach seiner Mutter und Sam Ausschau, fragte sich einmal mehr, wie lange sie blieben und wieviel Zeit er mit ihnen verbringen konnte. Einerseits freute es ihn sehr, daß sie gekommen waren, aber andererseits bedauerte er die gegenwärtigen Umstände, die ihn daran hinderten, sich ihnen ganz zu widmen.

Mom sieht gut aus, dachte er. Viel besser als damals, als sie entschied, nach Deneva zu reisen, um Aurelan und Sam zu besuchen. Vaters Tod hat uns alle sehr getroffen, aber sie besonders schlimm.

Die Konturen vor seinen Augen verschwammen. Das Publikum applaudierte, und Jim zwinkerte, konzentrierte sich wieder auf das Hier und Jetzt. Admiral Noguchi beendete gerade seine Rede. Kirk klatschte höflich und hoffte, daß niemand die Tränen in seinen Augen bemerkte. Er wußte nicht, was der Admiral gesagt hatte. Vielleicht schloß seine Ansprache mit einem Kompliment, das dem jüngsten Captain Starfleets galt — und in einem solchen Fall machte sich Kirk lächerlich, wenn er ebenfalls Beifall spendete.

Noguchi ging von dem Pult fort, und Pike nahm seinen Platz ein, zögerte und holte tief Luft.

Jim kannte den Commodore kaum. Seit einigen Jahren hatten sie sich nicht mehr gesehen. Trotzdem empfand er das äußere Erscheinungsbild Pikes als schockierend. Er war nur fünfzehn Jahre älter als Kirk, und doch wirkte er fast wie ein Greis! Graue Strähnen zeigten sich in seinem dunklen Haar, und zwei vertikale Linien furchten die Wangen. Der matte Glanz in den Augen kündete von Schmerz und Kummer.

»Und ich weiß, daß sich Captain Kirk auf die *Enterprise* und ihre Mannschaft ebenso verlassen kann wie ich«, sagte Pike.

Auch der Commodore schien den Tränen nahe zu sein.

Ohne sein Schiff war er an einen Planeten gebunden, an einen Schreibtisch. Sein Verantwortungsbereich betraf nicht mehr Forschungsmissionen im All, sondern Verwaltung und Bürokratie. Zwar nahm Pike einen höheren Rang ein, aber James Kirk hätte um nichts in der Welt mit ihm tauschen wollen.

»Captain...«, fügte Pike ernst hinzu. »Ich übergebe Ihnen hiermit das Raumschiff *Enterprise.*« Er schüttelte Jims Hand.

Erneut folgte höflicher Applaus, und dann schwieg das Publikum. Alle Blicke richteten sich auf Kirk. Mom und Sam sahen ihn an, ebenso Pike und Noguchi. Jim hatte mehrere Tage lang überlegt, was er bei dieser Gelegenheit sagen sollte, aber aus irgendeinem Grund war er nie dazu gekommen, eine Rede vorzubereiten, sie schriftlich zu fixieren. Seine Hände wurden kalt und feucht.

Inständig hoffte er, daß man sein Zögern als Würde oder Bescheidenheit interpretierte, nicht als den Schrekken, der ihn nun erfaßte, seine innere Stabilität mit Nachdruck erschütterte. Er haßte öffentliche Ansprachen. Sein Vater war in dem Ruf eines Meisterredners gestanden, aber Jim trat nicht in seine Fußstapfen. Während seiner Ausbildung an der Akademie suchte er nach einem möglichst krassen Gegensatz zur Rhetorik — und schloß sich dem Judoteam an. Wenn er vor der Wahl stand, an einem Abend hundertmal auf die Matte geworfen zu werden oder vor hundert Leuten zu sprechen, entschied er sich für die erste Option. Aber in diesem besonderen Fall gab es keine solche Alternative. Er mußte ins sprichwörtlich kalte Wasser springen und schwimmen lernen.

Seine Hände schlossen sich hart und fest um den Rand des Pults, spürten scharfe Holzkanten. Jim stellte sich vor, daß ihn nun die ganze Crew der *Enterprise* beobachtete, ihn skeptisch mit Chris Pike verglich, und er glaubte, dabei nicht besonders gut abzuschneiden. Er stellte sich vor, wie die Lamettaträger von Starfleet zu zweifeln begannen und überlegten, was den Heldenruf des verunsicherten, schwitzenden und sprachlosen Proto-Commanders erklären mochte. Ihm gingen ähnliche Gedanken durch den Kopf, und zwar nicht zum erstenmal.

Am wichtigsten Punkt seiner Karriere fehlten ihm plötzlich die Worte. Wenn er den Erwartungen seiner Vorgesetzten gerecht werden, wenn er Familie und Freunde nicht enttäuschen, vor sich selbst bestehen wollte, brauchte er enorm viel Kraft und Disziplin, mehr vielleicht, als er besaß — und das erschreckte ihn.

Aber das Publikum im Saal erwartete natürlich ganz andere Bemerkungen von ihm.

»Ich...« Jim brach ab, flehte eine Inspiration herbei. Er begegnete Sams Blick, bemerkte die stolze Aufmerksamkeit in den Zügen seines Bruders. Jim senkte den Kopf. »Ich werde mir alle Mühe geben, die Tradition fortzusetzen, die Commodore Pike begann. Für die *Enterprise*, ihre Offiziere und Mannschaftsmitglieder.« Die Silben reihten sich von ganz allein aneinander, platzten aus ihm heraus, schienen überhaupt keinen Sinn zu ergeben. Er befürchtete, schallend zu lachen, wenn er jetzt Sam ansah, wäre am liebsten vor Verlegenheit im Boden versunken. Zwei Sätze — und sie klangen so dumm und banal, daß sich sogar ein zehn Jahre junger Klassensprecher geschämt hätte.

Und doch klatschten die Männer und Frauen, spendeten ihm ebenso höflichen Applaus wie zuvor Noguchi — obgleich sie ihm die begeisterte Bewunderung vorenthielten, mit der sie Pike gefeiert hatten. Jim erinnerte sich an die wichtigste Regel eines jeden Redners: Fasse dich kurz.

Verstohlen rieb er sich die feuchten Finger an der Hose ab, bevor er Admiral Noguchis Hand ergriff.

Jim rechnete damit, daß Noguchi nun wieder ans Pult trat und die nächste Mission der *Enterprise* verkündete. Und er hoffte, daß seine Erwartungen dabei nicht enttäuscht wurden. Die Föderation plante ein großangelegtes Forschungsprogramm, um den erforschten Raumbereich weiter auszudehnen, und Jim wünschte sich nichts sehnlicher, als daran teilzunehmen, neue Welten zu entdecken,

Kontakte zu fremden Intelligenzen herzustellen. Er wußte, daß Starfleet eine Expedition in Richtung Milchstraßenzentrum vorbereitete, zu einer stellaren Region mit vielen Sonnen vom G-Typ. Solche Systeme boten eine hohe Wahrscheinlichkeit für auf Kohlenstoff basierende Organismen — »Leben, wie wir es kennen.«

Jim ersehnte sich eine derartige Mission — ein Traum, den er vielleicht verwirklichen konnte. Es gab einige vage Hinweise darauf, daß sein Wunsch in Erfüllung ging. Und Starfleet schuldete ihm einen Gefallen.

Man konnte nur einen einzigen Einwand erheben: Kirk hatte noch nie die Quadranten der Föderation verlassen; ihm fehlten Erstkontakt-Erfahrungen.

Ganz im Gegensatz zu Christopher Pike, der jedoch keinen entsprechenden Auftrag bekam.

Woraus nur ein Schluß zu ziehen ist, dachte Jim. Ich stehe an erster Stelle auf jener Liste.

Noguchi erwähnte mit keinem Wort, was dem neuen Captain bevorstand. Ein leises Läuten leitete den gemütlicheren Teil der Zeremonie ein. Kellner zogen Korken aus den Flaschen, und die allgemeine Atmosphäre veränderte sich, ähnelte der einer Party.

»Herzlichen Glückwunsch, Captain.« Noguchi lächelte verschmitzt. »Ich habe eine Überraschung für Sie. Nein, fragen Sie mich nicht. Es ist fast soweit. Sie brauchen sich nicht mehr lange zu gedulden.«

Jim sah darin einen weiteren Hinweis darauf, daß man ihm eine Forschungsmission anvertraute. Er platzte fast vor Aufregung und Freude.

»He, Jim...«

Sam berührte ihn an der Schulter, und Kirk wandte sich seinem grinsenden älteren Bruder zu, lachte laut.

»Eine großartige Rede«, sagte Sam.

»Der Meinung bin ich auch«, pflichtete ihm ihre Mutter bei. Sie lächelte.

»Danke, oh, vielen Dank.« Jim verneigte sich in alle Richtungen.

»Winona«, sagte Admiral Noguchi zu der Frau. »Es freut mich, Sie wiederzusehen. Gerade jetzt.«

»Es ist schon eine Weile her, nicht wahr, Kimitake?«

»Ja, in der Tat. Seit...« Noguchi unterbrach sich. »Nun, ich glaube, George wäre sehr stolz gewesen.«

»Bestimmt.«

Der Admiral bot Jims Mutter den Arm an. »Wir sollten die Köche nicht beleidigen, indem wir ihr Tageswerk ignorieren«, sagte er. »Sie haben sich große Mühe für uns gegeben.«

»Kann man wohl sagen«, bestätigte Kirk und fügte dann rasch hinzu: »Ich meine... das habe ich gehört.«

Noguchi musterte ihn. »Man sagte mir, der Schokoladenkuchen sei besonders köstlich, Winona?«

»Danke, Kimi.«

Arm in Arm wanderten sie fort, und Jim starrte ihnen verwirrt nach.

»Ich gratuliere dir«, sagte Sam. »Und ich meine es ernst.«

Jim legte seinem Bruder die Hände auf die Schultern. »Himmel, es freut mich, dich wiederzusehen. Wann seid ihr hier eingetroffen? Wo ist Aurelan? Wie geht's meinem Neffen? Warum habt ihr mich nicht benachrichtigt?«

»Wir sind erst seit kurzem hier. Um eine xenobiologische Konferenz zu besuchen. Dadurch haben wir die Reisekosten gespart. Nun, wir wußten nicht genau, ob wir es rechtzeitig zum Raumdock schaffen, hofften darauf, dich überraschen zu können. Peter geht es bestens; er lernt gerade Geometrie. Und Aurelan...« Sam lächelte sanft. »Sie läßt dich grüßen. Und entschuldigt sich. Sie führt derzeit ein wichtiges Experiment durch.«

»Du siehst großartig aus, Sam. Wie steht's? Ich meine: Ist alles in Ordnung?«

»Könnte gar nicht besser sein.«

Sam war eine Handspanne größer als Jim, auch etwas breiter in den Schultern. Das Leben auf einer Pionierwelt hatte seine Haut gebräunt, und in Mund- und Augenwinkeln zeigten sich dünne Falten — Falten, die auf häufiges Lachen hindeuteten, auf den Blick in die Ferne einer noch zu erschließenden Welt. Seine nußbraunen Pupillen ähnelten denen Jims und ihres Vaters. Sein vormals aschblondes Haar glänzte nun in einem satten, goldenen Ton — eine der Auswirkungen von Denevas Sonne.

Sie traten ans Büfett heran, und Sam reichte Jim ein Glas Champagner, nahm selbst eins und prostete ihm zu.

»Auf meinen kleinen Bruder und sein Raumschiff«, sagte er und trank.

Jim nickte nur. Ihm stand nicht gerade der Sinn danach, den Alkoholspiegel in seinem Blut weiter zu erhöhen, und deshalb tauschte er den Champagner gegen Mineralwasser.

»Was ist mit Mitch?« fragte Sam. »Und wo steckt Len McCoy?«

»Gary erholt sich. Behaupten die Ärzte jedenfalls. Und was McCoy angeht: Ich weiß nicht, wo er sich verkrochen hat. Hör mal, Sam: Starfleet hat mir noch keine neue Einsatzorder für die *Enterprise* übermittelt. Wenn mich meine Ahnungen nicht trügen — wenn sich meine Hoffnungen erfüllen —, dauern die Vorbereitungen eine Weile. Dann kann ich vielleicht ein wenig Zeit für dich und Mom erübrigen.«

»Das wäre großartig, aber ... Nun, seit fünfzehn Jahren hast du auf diesen Tag gewartet, und wir sind nicht gekommen, um dir die Freude zu verderben. Mach dir keine Sorgen um uns. Wenn wir jetzt nicht zusammen feiern können, so holen wir das später nach. Irgendwann.«

»Ja ... Meine Güte, es ist so lange her, seit wir uns zum letztenmal gesehen haben.«

»Mom kehrt jetzt zur Erde zurück«, sagte Sam. »Deneva hat ihr sehr gut getan. Und sie gefällt sich in der Rolle der Großmutter. Sie liebt es, Peter zu verwöhnen. Jim, du solltest ...« Er unterbrach sich, als er den Gesichtsausdruck seines jüngeren Bruders bemerkte.

Ich sollte ihm sagen, wie närrisch ich mich heute nachmittag Carol gegenüber benommen habe, dachte Jim.

»Du solltest uns einmal besuchen und den Onkel spielen«, sagte Sam. »Tja, wie dem auch sei: Mom, Aurelan und ich haben einen Artikel geschrieben — er erscheint bald im Maxen. Sie möchte ihre Forschungen auf der Erde fortsetzen. In Iowa, in unserem alten Heim.«

»Das freut mich«, erwiderte Jim. Wenn Mutter wieder in der Lage war, in ihrem alten Fachgebiet zu arbeiten, dachte er, hatte sie tatsächlich die Depressionen nach Vaters Tod überwunden. Zwar drückte sich Sam ziemlich lässig aus, aber die Veröffentlichung eines Artikels im Magazin für Xenobiologie brachte einen hohen Prestigegewinn.

»Captain Kirk.«

Jim drehte sich um. »Commodore Pike«, sagte er. »Das ist mein Bruder, Sam Kirk.«

»Dr. Kirk...« Pike nickte knapp. »Bitte entschuldigen Sie uns.«

»Natürlich«, entgegnete Sam höflich, obgleich er Pikes Code verstand. Entschlüsselt lautete seine Bemerkung: *Verschwinden Sie. Stören Sie uns nicht.* »Bis später, Jim.«

Der Commodore wanderte davon, und Jim blieb gar keine andere Wahl, als ihm zu folgen.

»Die *Enterprise* ist ein gutes Schiff«, sagte Pike. »Und sie hat eine hervorragende Besatzung.« Er hätte die Spannung zwischen ihnen verringern können, indem er Jim anbot, ihn mit dem Vornamen anzusprechen. Statt dessen bestand er auf Förmlichkeit. »Die Crew wird sich um Sie kümmern, Captain. Seien Sie freundlich zu ihr.«

»Ich werde mich bemühen, Commodore.«

»Nun gut. Sicher möchten Sie jetzt Ihre Kollegen kennenlernen. Der frühere Erste Offizier der *Enterprise* hat ein eigenes Kommando erhalten. Ihr wissenschaftlicher Offizier nimmt nun diese Stelle ein.«

Jim war viel zu überrascht, um diplomatisch zu sein. »Commodore, es tut mir leid, wenn das im Widerspruch zu Commander Spocks Plänen steht, aber ich habe Gary Mitchell für den Posten des Ersten Offiziers nominiert...« Während er sprach, kam es hinter ihm zu einer der zufälligen Gesprächsunterbrechungen, und plötzlich herrschte Stille. Jim preßte die Lippen aufeinander, hörte einen schottischen Akzent.

»Ich begreife einfach nicht, warum Starfleet darauf *besteht,* das beste Schiff in der ganzen Flotte einem unerfahrenen Grün...« Der Mann hörte seine eigene Stimme und brach ab.

Pike führte Jim zu einer Gruppe aus drei Offizieren. Sie drehten sich um, überlegten vermutlich, ob er die letzte Bemerkung gehört hatte. Gleichzeitig fragte sich der neue Captain, ob er laut genug gewesen war.

»Captain Kirk«, sagte Pike. »Commander Spock.«

»Commander Spock«, wiederholte Jim. Er widerstand der Versuchung, dem Mann die Hand zu reichen, entsann sich daran, daß Vulkanier nicht berührt werden wollten.

»Captain Kirk.« Spock grüßte ihn, indem er kurz den Kopf neigte. Er gab durch nichts zu erkennen, Jims Gespräch mit Pike gehört zu haben.

»Chefingenieur Montgomery Scott.«

»Mr. Scott...«

»Wie geht es Ihnen, Sir«, sagte der Ingenieur steif. Der mittelgroße, untersetzte Scott nahm sein Champagnerglas umständlich in die linke Hand, bevor er die rechte ausstreckte. Er trug eine normale Uniformjacke, darunter einen Schottenrock samt Felltasche. »Sie müssen den Anforderungen des prächtigsten Schiffes in der ganzen Flotte genügen, Captain.«

»Ich weiß, Mr. Scott.« Jim versuchte, die steinerne Miene des Vulkaniers nachzuahmen, sich nicht anmerken zu lassen, daß er wußte, was Scott von ihm hielt. Er vermied es, auf die Herausforderung in den Worten des Chefingenieurs einzugehen.

»Und Lieutenant Uhura, Ihr Kommunikationsoffizier.«

»Captain Kirk«, sagte sie mit dunkler, melodischer Stimme.

Ihre lange, schmale Hand schloß sich um Jims Finger, und er erwartete zarte Sanftmut. Statt dessen spürte er

Kraft und Intensität, die Festigkeit hoher Intelligenz. Er vergaß sein Unbehaben, Scotts Respektlosigkeit, das ausdruckslose Gesicht Spocks.

Seit seinem ersten Kommando bestand eins der wichtigsten Prinzipien Jims darin, sich auf keine zu engen Beziehungen mit Leuten einzulassen, denen er vielleicht einmal Befehle erteilen mußte. Die Interaktionen zwischen Kommandant und Untergebenen durften nicht über eine unpersönliche Ebene hinauswachsen. Wenn sich ein Captain nicht auf förmliche Höflichkeit beschränkte, bestand für die Moral an Bord größere Gefahr als durch eine externe Krise. Aus diesem Grund zwang sich Jim, nicht auf Schönheit zu reagieren, zumindest nicht unter Bordbedingungen. Er schirmte sich vor dem weiblichen Reiz ab, wahrte kühle Distanz zu allen Besatzungsmitgliedern, ob Mann oder Frau.

Die Begegnung mit Uhura ließ den Wunsch in ihm entstehen, noch immer ein einfacher Lieutenant zu sein, frei von der Verantwortung, die ein Captain trug — so daß er vor ihr sitzen, in die dunkelbraunen Augen sehen und einer Stimme lauschen konnte, die wie Musik klang.

Sie zog die Hand zurück, und Jim begriff, daß er sie wie ein pubertärer Knabe angestarrt hatte.

»Äh, ja, Lieutenant Uhura. Freut mich, Sie kennenzulernen.«

Die drei Offiziere hatten jahrelang Zeit gehabt, sich aneinander zu gewöhnen, sich auf eine gemeinsame Verhaltensformel zu einigen. James Kirk stellte eine Unbekannte in dieser Gleichung dar. Sie musterten ihn, maßen ihn mit ihren Blicken, überlegten wahrscheinlich, ob er sich ihrem Orbit anpassen konnte — oder aber einem galaktischen Irrläufer ähnelte, der auf einem hyperbolischen Kurs in ihr System eindrang, Umlaufbahnen veränderte und Chaos hinterließ.

Pike klappte den Mund auf, überlegte es sich dann aber anders und schwieg.

»Ich habe noch einen wichtigen Termin und muß mich

daher schon jetzt von Ihnen verabschieden«, sagte er schließlich. »Uhura, Scotty...«

»Auf Wiedersehen, Sir.«

»Leben Sie wohl, Sir.«

»Und Mr. Spock...«

»Glück und langes Leben, Commodore Pike.«

»Danke.«

Er drehte sich um und ging steifbeinig davon.

Auf der anderen Seite des Freizeitdecks stand Hikaru Sulu, abseits der anderen, griff nach einem Glas Champagner, um irgend etwas in der Hand zu halten. Eigentlich wollte er gar nichts trinken — ein Schluck genügte, um ihn auf der Stelle einschlafen zu lassen. Abgesehen von dem Nickerchen am Strand war er praktisch schon seit zwei Tagen auf den Beinen.

Verglichen mit den Parties im Wohnheim der Akademie haftete diesem Fest etwas an, das Hikaru in Gedanken als seriöse Langeweile bezeichnete. Vermutlich traf das auf die meisten offiziellen Empfänge Starfleets zu. Sulu kannte niemanden. Die anderen Gäste bildeten Gruppen, gaben ihm kaum Gelegenheit, sich vorzustellen.

Seine derzeitigen Erfahrungen erinnerten ihn an ein Ereignis, das inzwischen schon fünf Jahre zurücklag. Damals, auf Ganjitsu, hatte er sich an Bord der *Aerfen* geschlichen und sich dort umgesehen. Natürlich schnappte man ihn. Aber Captain Hunters Stellvertreter jagte den fünfzehnjährigen Kolonisten nicht etwa von Bord, sondern führte ihn herum. Hikaru entsann sich an den freundlichen Empfang. An Bord der *Enterprise* hingegen fühlte er sich völlig fehl am Platz.

Was soll's? dachte er. *Mit ein wenig Glück werde ich versetzt, bevor ich mit jemandem Freundschaft schließen kann.*

Er hörte einige Gespräche, und nach einer Weile begann er, die gedrückte Stimmung zu verstehen. Die Offiziere der *Enterprise* bedauerten es, von Christopher Pike Abschied zu nehmen, und sie wußten nicht so recht, was sie von dem neuen Captain halten sollten. Sie kannten die verwirrenden Berichte über Ghioghe: James Kirk hatte sein Schiff in einer Katastrophe verloren, es aufgegeben — und dadurch vielen seiner Kameraden das Leben gerettet, das eigene aufs Spiel gesetzt. Er wurde befördert, bekam eine Auszeichnung... und die *Enterprise.* Man wußte auch, welcher Ruf ihm vorauseilte: der jüngste Fähnrich, den man jemals in der Akademie aufgenommen hatte, der jüngste Captain in der ganzen Sternenflotte. Aber niemand konnte sagen, auf welche Weise Kirk seine Mannschaft behandelte. War er ein Hitzkopf, der in seinen Crewmitgliedern nur Befehlsempfänger sah, menschliche Roboter, die sich ihm fügen mußten? Beanspruchte er den ganzen Ruhm für sich? Oder strebte er eine Partnerschaft an, in der es Platz gab für gegenseitigen Respekt, sogar für Freundschaft, für ein Teilen der Ehre und der Risiken?

»Hikaru?«

Sulu drehte sich um, überrascht, daß jemand seinen Namen nannte.

»Dr. Kirk!« entfuhr es ihm.

»Also habe ich mich nicht getäuscht — Sie sind es wirklich«, sagte Sam Kirk. »Wie geht es Ihnen? Lieber Himmel, als ich Sie das letztemal sah, waren Sie noch ein kleiner Junge.« Er lächelte und schüttelte reumütig den Kopf. »Warum sagt man das immer zu den Kindern seiner Freunde?«

»Ich weiß nicht, Doktor«, erwiderte Sulu.

»Ich heiße Sam. Als Zwölfjähriger haben Sie mich Dr. Kirk genannt, und damals war das durchaus in Ordnung. Aber jetzt sind Sie hier, gehören zu Starfleet. Studieren Sie noch?«

»Hab' gerade meinen Abschluß hinter mir.«

»Ich gratuliere Ihnen. Wie steht's mit Ihren Eltern?«

»Alles bestens. Glaube ich. Manchmal sind Briefe nicht besonders aussagekräftig. Ich rufe sie an, wenn sich eine Gelegenheit ergibt.«

»Wann waren Sie zuletzt bei ihnen?«

»Seit ich zur Akademie kam, bin ich nicht mehr zu Hause gewesen. Eine zu weite Reise, zu teuer. Ich hatte gehofft, sie bald besuchen zu können, aber...« Sulu seufzte, erinnerte sich wieder an sein Heimweh während des ersten Studienjahrs, versuchte, den Enttäuschungsschmerz zu unterdrücken. »Nun, ich fürchte, es wird nicht klappen.« Er wechselte das Thema. »Sind Sie mit Captain Kirk verwandt?«

»Jim ist mein jüngerer Bruder. Er setzte die Familientradition fort.« Sam hob die Hand, deutete auf das Raumschiff, meinte Starfleet im allgemeinen. »Schade, daß Ihre Mutter nicht an der Xenokonferenz teilnimmt.«

»Sie ist verhindert, hält sich derzeit am Rand auf, im Orion-Sektor. Der Flug mit einem Passagierliner würde zehn Wochen dauern. Sie konnte es sich nicht leisten, die ganze Vegetationszeit zu verpassen.«

»Und Ihr Vater? Ich habe gerade seinen neuen Gedichtband gekauft. Es gelingt ihm wirklich gut, Leben und Arbeit auf einer fremden Welt zu beschreiben.« Sam lachte leise. »Als ich seine Gedichte zum erstenmal las, dachte ich: Nun, das erscheint mir nicht besonders schwer; jeder kann Dichter werden. Daraufhin hab' ich's selbst versucht. Es ist *alles andere* als einfach. Meine Reime taugten überhaupt nichts.«

»Nur wenige haben das Zeug zu einem guten Dichter«, sagte Hikaru. Früher hatte er sich häufig gefragt, was sein Vater eigentlich machte. Oft sah es so aus, als denke er nur nach. Einige Jahre später, als er sich ebenfalls mit der Dichtkunst befaßte, mußte er feststellen, wieviel Kreativität man brauchte. Selbst das Nachdenken war harte Arbeit.

»Schreibt er ein neues Werk?«

»Er hat gerade *Neun Sonnen* fertiggestellt«, erwiderte Sulu zurückhaltend, »ruht sich nun ein wenig aus.« Dauernd bekam er die gleichen Fragen zu hören.

»Oh, ja, ich verstehe«, sagte Sam Kirk. »Gefällt Ihnen die *Enterprise?*«

»Nun, ich weiß nicht...«

»Seien Sie ganz offen. Keine Angst: Ich verpetze Sie nicht bei meinem kleinen Bruder.«

»Im Ernst: Ich weiß es nicht. Ich bin erst seit heute nachmittag hier, hatte keine Möglichkeit, Commodore Pike kennenzulernen. Captain Kirk bin ich noch nicht begegnet, und was die übrigen Offiziere angeht...« Sulu zuckte mit den Schultern. »Ich habe damit gerechnet, zum Rand versetzt zu werden.«

»Nun, bestimmt kommt bald alles in Ordnung. Jim kann zwar ziemlich stur sein...« Sam Kirk zögerte kurz und lächelte schief. »Aber im Grunde genommen ist er ein feiner Kerl.«

»Freut mich, das zu hören«, entgegnete Hikaru in einem vorsichtig-neutralen Tonfall.

Sam sah durch den Saal. »Pike scheint mit ihm fertig zu sein. Kommen Sie. Ich stelle Sie Jim vor.«

Sulu folgte ihm nervös und dachte daran, wie er den Captain auf seinen Transfer ansprechen sollte.

Jim nippte Fruchtsaft und empfand das Schweigen, das Commodore Pike zurückgelassen hatte, zunehmend als Belastung.

»Sind die offiziellen Dinge erledigt?« Sam legte Jim den Arm um die Schultern.

Der Captain zuckte zusammen, hatte seinen Bruder gar nicht bemerkt.

Sam sah Pike nach, der das Freizeitdeck durch den Hauptausgang verließ, ohne sich umzudrehen, ohne ein Wort an jemanden zu richten.

»Was wollte Pike von dir?« fragte er. »Erteilte er dir Nachhilfeunterricht im Verhalten eines Offiziers und Gentleman?«

Jim stieß seinen älteren Bruder mit dem Ellenbogen in die Rippen. An diesem Abend waren bereits zu viele Taktlosigkeiten ausgesprochen worden. Vielleicht hatte Pike einen guten Grund für sein schroffes Gebaren, vielleicht auch nicht. Es spielt keine Rolle. Gespräche über ihn, gleich welchen Inhalts, durften nicht vor seinen früheren Kameraden stattfinden.

Commander Spocks Miene wurde noch steinerner, als er Sams Frage vernahm.

»Auch ich muß mich noch um einige Dinge kümmern, wie Commodore Pike«, sagte er ruhig. »Wenn Sie mich bitte entschuldigen würden...«

»Ich begleite Sie«, warf Scott hastig ein. »Das Triebwerk, äh, muß kontrolliert werden.«

Jim nickte. »Wie Sie meinen.«

Sie verließen den Saal.

Uhura hatte den kurzen Wortwechsel zwischen Commodore Pike und dem neuen Captain gehört, und deshalb vermutete sie, daß auch Spock Bescheid wußte. Hinzu kam Scotts herablassende Bemerkung, die James Kirk kaum entgangen sein konnte. Uhura überlegte, ob sie sich so verhalten sollte, als sei überhaupt nichts geschehen.

»Captain«, sagte sie und drückte sich sehr vorsichtig aus, »wir haben ziemlich lange mit Commodore Pike zusammengearbeitet. Manche von uns gewöhnen sich nicht so schnell an Veränderungen.«

»Ich verstehe«, erwiderte Jim. »Und manche brauchen dazu mehr Zeit als andere.«

Sam schien nicht zu spüren, welche Spannung herrschte. »Jim«, sagte er fröhlich, »ich möchte dir Hikaru Sulu vorstellen. Aurelan und ich sind seit langem mit seinen Eltern befreundet. Hikarus Mutter ist eine Kollegin.«

»Sir«, sagte Hikaru.

»Oh, Mr. Sulu.« James Kirk streckte die Hand aus, drückte fest zu. »Sind Sie bereits Lieutenant Uhura begegnet?«

»Nur kurz, Sir.«

»Es freut mich, daß Sie Ihren Urlaub beendet haben, um sich uns anzuschließen«, meinte Kirk.

»Ja, Captain. Übrigens: Darüber würde ich gern...«

»Wie sind die Fechtmeisterschaften gelaufen?«

»Äh, ich habe gewonnen, Sir«, erwiderte Hikaru. Es erstaunte ihn, daß der Captain davon wußte.

»In welcher Sparte?«

»In allen, Sir.«

»In allen! Herzlichen Glückwunsch. Nun, an der Akademie habe ich ebenfalls einen Degen in die Hand genommen, ab und zu. Vielleicht können wir einmal gegeneinander antreten.«

»Gern, Sir«, sagte Hikaru. Hoffentlich wurde er versetzt, bevor er gezwungen war, seinen kommandierenden Offizier im Fechten zu besiegen. »Äh, Sir...«

»Sam, was hältst du von einer Besichtigungstour durch die *Enterprise?* Zusammen mit Mom?«

»Captain...«, begann Sulu erneut.

»Gute Idee«, sagte Sam. »Aber vorher... Hikaru, neulich ging ich ins Laboratorium. Ich brauchte eine ganz normale menschliche Blutprobe...«

»Was?« fragte Sulu geistesabwesend. Seine Hände fühlten sich kalt und feucht an, und das Herz pochte ihm bis zum Hals, als der Adrenalinspiegel weiter stieg: Er versuchte, einem Captain von Starfleet mitzuteilen, daß ihm ein Fehler unterlaufen war – alles andere als eine leichte Aufgabe.

»Ich wollte damit eine Kontrolle durchführen«, fuhr Sam fort. »Nun, ich wandte mich an einen meiner Studenten und meinte, einige Kubikzentimeter Blut genügten. Doch als der junge Mann die harmlose Spritze sah, wich er mit halber Lichtgeschwindigkeit zurück und rief: ›Nein, nein, Sie dürfen mir kein Blut abzapfen – ich bin fakultativer Hämophiler!‹«

Sam wartete gespannt.

Hikaru starrte ihn groß an. Und lachte schallend.

James Kirk musterte sie beide und schien zu argwöhnen, daß sie den Verstand verloren hatten.

»Ein guter Witz«, sagte Sulu. »Aber ich fürchte, nur wenige Leute verstehen ihn.«

»Ich spiele mit dem Gedanken, ihn bei der Konferenz zu

erzählen, aber vorher wollte ich ihn ausprobieren, feststellen, welche Wirkung er hat.«

»Du solltest ein Übersetzungsmodul benutzen, wenn du ihn zum besten gibst«, schlug Jim trocken vor.

Sam schmunzelte. »Hikaru, Lieutenant Uhura... bitte entschuldigen Sie uns. Komm, Jim, sehen wir uns dein Schiff an. Ich erkläre dir alles.«

Sie schritten fort, traten auf Winona und Admiral Noguchi zu, die über die alten Zeit sprachen und sich an George Samuel Kirk Senior erinnerten. Noguchi und Jims Vater hatten gemeinsam gedient, und als der Admiral nun Ereignisse schilderte, von denen Jim zum erstenmal etwas hörte, spürte er fast so etwas wie Neid. Vermutlich war George Kirk mit Noguchi öfter und länger zusammen gewesen als mit seiner Familie. Das typische Leben eines Starfleet-Offiziers — und Winona wußte, worauf sie sich einließ, als sie ihn heiratete.

Aber Georges berufliche Laufbahn hinderte ihn daran, prägenden Einfluß auf Jim und Sam zu nehmen. Der Vater blieb seinen beiden Söhnen fremd. Vielleicht hätten sie ihn lieben und schätzen gelernt, wenn er noch am Leben gewesen wäre, doch solche Überlegungen stellten nur Spekulationen dar. Jim bezweifelte, ob Vater und Sohn als Erwachsene Freunde werden konnten, wenn der Sprößling nur mit der Mutter aufwuchs.

George Kirk empfand es als einen schweren Schlag, daß Sam sich gegen ein Studium an der Starfleet Akademie entschied, und bis zu seinem Tod gelang es ihm nicht, diese Enttäuschung zu überwinden. Schließlich war es Jim, der seinem Beispiel folgte. *Doch ich werde ein völlig anderes Leben führen als er,* versicherte sich der neue Captain der *Enterprise.* Plötzlich war er froh, daß Carol ihn abgewiesen hatte. Jim würde niemanden zurücklassen, der auf ihn wartete.

Langsam erholte er sich von seinem Nachmittag mit Vanli, ging fort und griff nach einem Glas Champagner. Als er zurückkehrte, unterhielten sich Winona und Sam mit einem alten Starfleet-Bekannten, und Jim verharrte neben Noguchi.

Der Admiral lächelte schelmisch. »Ich werde bald etwas bekanntgeben, Jim«, sagte er. »Eine Überraschung für Sie.«

»Commodore Pike meinte, Commander Spock sei zum Ersten Offizier ernannt worden.«

»Das stimmt. Ich habe die Beförderung selbst befürwortet.«

»Ich dachte eigentlich, bei der Zusammensetzung meines Offizierstabs hätte ich ein Wörtchen mitzureden.«

»Man konnte Sie nicht konsultieren, als die Entscheidung getroffen werden mußte. Haben Sie irgendwelche Einwände gegen Spock?«

»Nicht in dem Sinne. Aber ich hoffte, Gary Mitchell bekäme jenen Posten. Wenn Sie die Nominierung unterstützen ...«

Noguchi schüttelte den Kopf. »Nein, Jim. Unmöglich.«

»Warum?«

»Nun, ich könnte Ihnen natürlich helfen, doch in diesem besonderen Fall ... Jim, einer der Vorteile Starfleets heißt Vielfalt. Sie und Mitch ähneln sich zu sehr. Ein Erster Offizier muß die Schwächen des Kommandanten kompensieren, ihm die Möglichkeit geben, seine Stärken zu entfalten. Ich möchte, daß Sie mit jemandem zusammenarbeiten, der eine Art Synergie schafft.«

»Ich wußte gar nicht, daß Sie Schwächen in mir sehen, die einen Ausgleich benötigen«, erwiderte Jim steif.

»Fühlen Sie sich nicht gleich auf den Schlips getreten«, sagte Noguchi. »He, Kopf hoch. Dies ist eine Party.«

»Dann schlage ich vor, wir diskutieren diese Angelegenheit in einer angemesseneren Umgebung.«

»Diskussionen erübrigen sich«, entgegnete der Admiral knapp, wandte sich von dem jungen Captain ab und suchte einen anderen Gesprächspartner.

Jim sah ihm wütend nach, dachte daran, daß ihm bis zur Diensttauglichkeit Garys noch einige Monate Zeit blieben.

Vielleicht konnte er Noguchi bis dahin umstimmen... Er verdrängte diese Überlegungen, davon überzeugt, daß der Admiral seine Meinung ändern würde.

»Bist du jetzt für die Besichtigungstour bereit?« fragte Sam fröhlich.

»Klar.« Jim vergaß seinen Ärger, besann sich auf die Freude darüber, Mutter und Bruder wiederzusehen. »Kommt, verschwinden wir von hier.«

Sie gingen durch die leeren Korridore des Raumschiffs, und Stille verdrängte das Murmeln und Brummen der vielen Stimmen hinter ihnen.

»Ist alles in Ordnung mit dir, Jim?« erkundigte sich Winona.

»Natürlich, Mom. Ich bin wieder ganz der alte. Mach dir keine Sorgen um mich.«

»Besorgnis ist das Recht der Mutter.«

Sam fluchte leise. »Verdammt, du hast uns nie eine Nachricht geschickt. Es war ein ziemlicher Schock für uns, als wir erfuhren, daß du im Krankenhaus lagst.«

»Was hättet ihr denn machen können? Zur Erde zurückkehren? Bis zu eurer Ankunft wäre bereits alles entschieden gewesen — so oder so.«

»Unter *welchen* Umständen hältst du eine Verständigung deiner Familie für angeraten?« fragte Winona. »Bei deinem Tod?«

»Im Prinzip schon. Ich weiß, wie du empfindest, aber etwas anderes ergibt keinen Sinn. Bestimmt hat Vater ähnliche Anweisungen hinterlassen.«

»Ja«, gestand Winona ein. »Du hast recht. Ich hoffte nur, du sähest das ein wenig anders.«

Jim hütete sich, eine Antwort zu geben, die er später vielleicht bereute. Er wollte einen Streit mit seiner Mutter vermeiden, obwohl er den Eindruck gewann, daß sie ihm gerade einen Tiefschlag versetzt hatte.

»Übrigens, Jim...« Sams Heiterkeit klang gezwungen. »In der letzten Zeit schiebt die Gerüchteküche der Biologen Überstunden.«

»Ach? Worum geht's?«

»Das weißt du nicht?«

»Woher denn?«

»Nun, man munkelt nicht nur über theoretische Biologie.«

Jim nickte langsam. »Mit anderen Worten: Carol Marcus und ich sind in aller Munde.«

»Du hast es erfaßt, Brüderchen. Wie sieht's aus?«

»Finster«, erwiderte Jim glatt. »Und was die Gerüchteküche angeht: Ich bin sicher, in den nächsten Tagen werden die Töpfe kalt.«

»Oh«, brummte Sam. »Schade. Ich hatte gehofft... Carol Marcus ist wirklich nett, Jim.«

»Vorsicht, Glatteis«, sagte Jim und wechselte das Thema. »Wollt ihr die Besichtigungstour oder nicht? Es gibt hier eine Menge zu sehen. Die Brücke ist unglaublich.« Als er das Raumschiff beschrieb, gerieten die Sorge über Gary und die Enttäuschung in bezug auf Carol in den Hintergrund, wichen der Begeisterung für die *Enterprise,* einem Gefühl, das stärker und intensiver war als alle anderen. »Mom, Sam — warum beantragt ihr kein Forschungsprojekt im All? Die Laboratorien an Bord sind einmalig. Aber zuerst möchte ich euch das Aussichtsdeck zeigen...«

Jim führte Sam und Winona durch die *Enterprise,* und nach einer Weile erreichten sie einen ganz gewöhnlich wirkenden Aufenthaltsraum im hinteren Teil der Diskussektion.

»Gebt jetzt gut acht«, sagte er. »Schilde hoch!«

Stahlplatten wichen von der kristallenen Wand zurück, gewährten einen ungehinderten Blick in die inneren Gewölbe des Raumdocks. Ein Techniker im Druckanzug schwebte vorbei.

»Von hier aus solltet ihr einmal das interstellare All beobachten!«

»Das würde ich gern«, sagte Winona. »Jim...«

»Ja, Mom?«

»Ich kehre heim. Das Haus steht schon seit fünf Jahren leer, und...« Sie unterbrach sich. »Jim, wenn du mich dort besuchen möchtest, wenn du genug Zeit erübrigen kannst...«

»Ich...« Die Vorstellung einer Rückkehr nach Iowa fiel ihm schwer. Seit der Beerdigung seines Vaters war er nicht mehr dort gewesen. Er verband viele Erinnerungen mit der Farm, gute und schlechte, und befürchtete, sie nicht länger verdrängen zu können, wenn er seine alte Heimat wiedersah. Als er daran dachte, glaubte er, den Duft von Heu wahrzunehmen, das in der Sonne trocknete. Er schüttelte den Kopf, versuchte, die Eindringlichkeit der Reminiszenzen zu belächeln. Tief in ihm regte sich Unbehagen.

»Ich frage mich, ob die Baumhütte die letzten fünf Winter überstanden hat«, sagte Sam.

»Vielleicht komme ich, Mom.« Jim hoffte, daß diese Worte der Wahrheit entsprachen. »Irgendwann. Hängt von meinen Befehlen ab.«

Er schloß die Schilde wieder, und die Lichter und Betriebsamkeit des Raumdocks verschwanden hinter der massiven Abschirmung. Jim wünschte sich, bereits mit der *Enterprise* unterwegs zu sein, inmitten der Sterne, in der Weite des Kosmos. Dort draußen ließen sich schwierige Entscheidungen leichter treffen, und die Probleme des normalen Lebens erschienen weniger belastend.

»Kommt«, sagte er. »Ich möchte euch noch die Laboratorien zeigen.«

Sam musterte ihn neugierig. »Offenbar kennst du dich schon recht gut auf diesem Schiff aus.«

Jim errötete. »Nun, ich...« Er seufzte. »Um ganz ehrlich zu sein: Ich bin nicht zum erstenmal hier. Carol und ich haben uns an Bord geschlichen. Ich konnte der Versuchung einfach nicht widerstehen. Aber behaltet das für euch. Wenn Noguchi davon erfährt...« Sie verließen das Aussichtsdeck, gingen zum Turbolift.

»Eines Tages, Jim, schlägst du zu sehr über die Stränge,

und dann wird jemand Anstoß daran nehmen.« Winona klang nicht vorwurfsvoll, eher besorgt.

»Ich müßte einem echten Paragraphenreiter begegnen, um wegen meines vorzeitigen Streifzugs durch die *Enterprise* in Schwierigkeiten zu geraten.«

»Bei Starfleet wimmelt es von solchen Leuten.«

»In Starfleet bringt man es nur zu etwas, wenn man die Vorschriften großzügig auslegt. Wenn nicht, versauert man an einem Schreibtisch.«

»Was auch der Fall ist, wenn man sie *zu* großzügig interpretiert«, warf Sam ein. »Chris Pike ist ein mahnendes Beispiel dafür.«

»Was meinst du damit?«

»Es heißt, Pike habe zu wenig Zeit damit verbracht, sich an die Regeln Starfleets zu halten. Er verärgerte die falschen Leute, handelte zu oft auf eigene Faust.«

»Und deshalb wurde er zum Commodore befördert? Als Strafe?«

»Ja. Eigentlich ist er zu bemitleiden.« Die Kabine des Turbolifts wurde langsamer, hielt an.

»Lächerlich!« stieß Jim hervor.

»Du solltest den Rat deines Bruders ernster nehmen«, sagte Winona. »Es ist nicht annähernd so lächerlich, wie du ...« Sie brach abrupt ab, als sich die Tür öffnete. »Ich wußte gar nicht, daß Starfleet-Schiffe wie ein Pferdestall riechen.«

Der durchdringende Geruch weckte neuerliche Erinnerungen an Heu, und Jim runzelte die Stirn. »Normalerweise ist das auch nicht der Fall.« Verwundert ging er los. Seltsame Vorgänge an Bord eines Raumschiffs deuteten oft auf Gefahren hin.

Der Pferdestallduft wurde intensiver, und Jim argwöhnte zunächst einen Defekt in der Klimaanlage. Dann stellte er fest, daß der Geruch vom Shuttledeck am Ende des Korridors stammte.

Die beiden Schotthälften glitten auseinander. Jim zwinkerte im trüben Licht, betrat den Laufsteg oberhalb des Decks.

Die Shuttles der *Enterprise* waren zur Seite geschoben worden, und mobile Wände trennten sie von einem mehrere hundert Quadratmeter großen Bereich.

Verwirrt beobachtete Jim einen improvisierten Pferch. Stroh lag auf dem Boden, und innerhalb der Begrenzung bewegte sich eine schattenhafte Gestalt.

»Was in aller Welt...«, begann Winona und trat an die Seite ihres Sohnes.

»Licht«, sagte Jim. Der Bordcomputer schaltete die Lampen ein.

Das schimmernde Geschöpf schnaubte, sprang auf, scharrte mit den Hufen, hob den kleinen Kopf. Die Ohren stülpten sich vor, und die Nüstern erweiterten sich. Das Fell schillerte in schwarzen, purpurnen und grünen Tönen.

»Träume ich?« hauchte Sam verdutzt.

Das Wesen sah sie. Es schnaubte erneut, stampfte aufs Deck, stieg kurz auf die Hinterläufe und schrie. Jim erwartete ein lautes Wiehern, aber statt dessen hörte er ein adlerartiges Krächzen.

Es neigte den Hals, und ein leises, dumpfes Rauschen erklang, als es lange, schwarze Schwingen ausbreitete.

KAPITEL 3

Jim, Winona und Sam rissen die Augen auf.

»Und ich dachte, ich sei wieder nüchtern«, murmelte Jim. »Himmel, bilde ich mir das nur ein oder ...?«

»Phantastisch«, sagte Sam. »Ich hatte keine Ahnung, daß die Gentechnik schon so weit fortgeschritten ist! Handelt es sich um eine irdische Spezies? Oder stammt das Wesen von einer Außenwelt?«

»Woher soll ich das wissen?« erwiderte Jim verärgert. Er fragte sich in erster Linie, wie das Tier an Bord seines Schiffes gekommen war. Und warum.

Das Geschöpf schlug mit den Schwingen und krächzte erneut.

»Mom — es ist gefährlich!«

»Was machen Sie hier?«

Als Jim diese Stimme hörte, blieb ihm gerade Zeit genug, den Kopf zu drehen. Eine kleine, schwarzgekleidete Gestalt stürmte an Winona vorbei, eilte die Treppe herab und schien die Stufen kaum zu berühren. Ihr funkelndes, schwarzes Haar wehte wie ein Banner. Sie lief übers Deck, auf das ängstliche Pferd — Pferd? — zu, ließ die Stiefel fallen, die sie in der einen Hand hielt, duckte sich unter der Korralstange hinweg. Jim folgte ihr, aus Sorge um die Unbekannte, aus Furcht davor, das Tier im Pferch könne sie mit den Hufen angreifen.

Das geflügelte Roß schnaubte, beruhigte sich allmählich. Noch immer zitterten die ausgebreiteten Schwingen, und Jim stellte sich einen Adler vor, der auf dem Arm eines Falkners gelandet war und versuchte, das Gleichgewicht zu wahren. Es senkte den Kopf, preßte die Schnauze an die Achsel der jungen Frau.

Sie flüsterte dem Wesen etwas zu, kraulte es hinter den

Ohren, klopfte ihm auf den Kopf und hauchte ihren Atem in die weit geöffneten Nüstern. Das Tier seufzte erleichtert, und die Frau streichelte seinen Hals, zupfte an der langen Mähne. Stroh knisterte, als es das Gewicht verlagerte und sich näher heranschob. Nur einige wenige Zentimeter trennten die Hufe von nackten Füßen.

»Um Himmels willen, passen Sie auf!« rief Jim.

»Ganz ruhig«, sagte die junge Frau in einem sanften, tröstenden Tonfall, drehte sich nicht um.

»Das Tier wird Ihnen auf die Füße treten!«

»Nein, es besteht keine Gefahr. Sie ist gar nicht beschlagen — und paßt gut auf.« Die Fremde lächelte, wurde wieder ernst, als sie Jims Gesichtsausdruck sah. »Sie ist sehr erschrocken. Was haben Sie gemacht?«

»Das Licht eingeschaltet«, entgegnete Jim. Aus dem Ärger in ihm wurde brodelnder Zorn. »Ich wollte wissen, wer sich auf meinem Shuttledeck häuslich eingerichtet hat.«

»Sind Sie der Deckoffizier? Admiral Noguchi meinte, Sie hätten bis heute abend Urlaub, und anschließend seien Sie beschäftigt. Er sagte, hier drohe ihr keine Gefahr, niemand würde sie stören.«

»Admiral Noguchi...?«

»Die Reise wird recht lang sein, und dieser Ort hier eignet sich am besten.«

»Was für eine lange Reise?« entfuhr es Jim.

Die junge Frau gab dem Tier eine Möhre; der Captain hätte schwören können, daß ihre Hände zuvor leer gewesen waren. »Sie ist völlig harmlos. Solange sie nicht erschrickt.«

»Ich bin nicht der Deckoffizier.«

»Ach. Wer denn?«

»Der Captain«, sagte Jim. Er wandte sich um, nahm drei Stufen der Treppe auf einmal und hielt auf den Turbolift zu. Als er ihn erreichte, glitten die beiden Türhälften auseinander. Admiral Noguchi trat aus der Kabine, so sehr auf eine Com-Folie konzentriert, daß Jim rasch ausweichen mußte, um eine Kollision zu vermeiden.

»Sir! Admiral!«

»Jim!« Noguchi wirkte enttäuscht. »Was machen Sie hier? Vermutlich wissen Sie jetzt von meiner Überraschung. Haben Sie bereits mit Miß Lukarian gesprochen? Hat Sie Ihnen gesagt, worum es geht?«

»Aber ich dachte... Wer ist Miß Lukarian? Meinen Sie die... die Amazone auf meinem Landedeck, die versucht, ihr geflügeltes Roß unter Kontrolle zu halten?«

»Beruhigen Sie sich, Jim! Sie sind ja fast hysterisch. Was ist los mit Ihnen? Haben Sie zuviel getrunken?«

»Nein, Sir. Das heißt: Ich glaube nicht. Admiral, ein Tier blockiert mein Shuttledeck.«

»Halb so schlimm, Jim. Bei dieser Mission brauchen Sie bestimmt kein Shuttle.«

»Worin besteht mein Auftrag?« fragte der neue Captain und argwöhnte, daß ihm die Antwort nicht sonderlich gefiel.

Noguchi reichte ihm die Com-Folie. »Kennen Sie das mathematische Problem des Handelsreisenden? Dies hier scheint mir eine recht elegante Lösung zu sein.«

Jim starrte auf die Unterlagen und fragte sich verwirrt, was ihm der Admiral mitzuteilen versuchte. Ganz offensichtlich plante Noguchi eine drei Monate lange Reise für die *Enterprise*, und während dieser Mission sollte das Schiff dreißig verschiedene Raumstationen ansteuern, angefangen mit Starbase Dreizehn.

»Die Phalanx?« fragte Jim. »Starbase 13? Himmel, jene Basis ist ein Synonym für die Verschwendung von Zeit und Ressourcen. Sie sollte aufgegeben werden.«

»Starbase 13 hat enorme strategische Bedeutung. Nun, die Mathematiker gerieten ganz schön ins Schwitzen, als ich darauf bestand, daß Ihre Tour dort beginnen soll.« Noguchi lachte leise und erklärte, wie schwer es sei, den kürzesten Weg zwischen verschiedenen Zielen zu bestimmen. Das entsprechende Problem war in zwei Dimensionen gelöst, doch die dritte führte zu einer umfassenden Zunahme der Komplexität.

»Ich... ich verstehe nicht«, sagte Jim. »Worin *besteht* die Mission?«

»Ich mußte drei verschiedene Faktoren berücksichtigen«, antwortete der Admiral. »Erstens: Sie sollen Gelegenheit bekommen, sich wieder ganz zu erholen...«

»Mir geht es bestens!« erwiderte Jim scharf. »Meine Rekonvaleszenz ist abgeschlossen.«

Noguchi ignorierte den Protest des Captains. »Zweitens: Ich wollte Ihnen Zeit geben, mit Schiff und Besatzung vertraut zu werden.«

»Gerade deshalb habe ich einen wichtigen Auftrag erwartet, eine Herausforderung...«

»Und drittens: Ich halte es für angemessen, daß Sie sich ein Bild von der Lage in den Raumstationen machen. Kennen Sie die betreffenden Berichte?«

»Nein, Sir. Ich konnte mich leider nicht damit befassen. Ich lag einige Monate lang in der Regeneration. Aber das ist inzwischen ein *abgeschlossenes* Kapitel. Ich bin wieder ganz der alte.«

»Die Meldungen von den Basen sind in höchstem Maße besorgniserregend. In allen von uns kontrollierten Stationen läßt die Moral sehr zu wünschen übrig. Das ist insbesondere bei Starbase 13 der Fall. Nun, wir schicken unsere Leute in irgendeinen abgelegenen Winkel des Universums, fort von ihren Freunden und Familien — ohne an ihre Bedürfnisse zu denken. Ich werde das ändern. Und um diese Absicht zu verwirklichen, brauche ich Sie.«

Sie erreichten den Laufsteg, und der Admiral ging die Treppe hinab. Jim folgte ihm. Sam und Winona standen noch immer am Pferch, und Miß Lukarian griff nach einem Handtuch, rieb die schweißfeuchten Schultern des Tiers ab. Jims Mutter kraulte das Wesen hinter den Ohren, während Sam sich die Gelenke der Flügelansätze betrachtete.

»Miß Lukarian«, sagte Admiral Noguchi.

Die junge Frau drehte sich um und lächelte. Als sie Jim sah, verfinsterte sich ihre Miene. »Admiral«, entgegnete sie und fügte unsicher hinzu: »Captain...«

»Jim, ich möchte Ihnen Amelinda Lukarian vorstellen, die Geschäftsführerin der Warpschnellen Klassischen Varietégesellschaft. Miß Lukarian, das ist Captain James T. Kirk.«

»Wie geht es Ihnen, Captain?«

Jims Finger schlossen sich um ihre kleine und schmale Hand, die jedoch überraschend fest zudrückte. Er spürte Schwielen.

»›Varieté‹? Was soll das heißen?« Jim versuchte vergeblich, diesen Begriff mit Hochenergiephysik in Verbindung zu setzen, was der Zusatz ›warpschnell‹ anzudeuten schien. Der Ausdruck ›Gesellschaft‹ hingegen ließ einen Zusammenhang mit den kommerziellen Anwendungen des überlichtschnellen Raumflugs vermuten. Und das Flügelpferd? Was hatte es damit auf sich? Handelte es sich um eine Art Warenzeichen? Einen Werbetrick? Und wenn das zutraf: Wie kam Starfleet ins Spiel?

»Varieté bedeutet Unterhaltung«, erklärte Lukarian.

»Während der Reise stehen Sie der Gesellschaft zur Verfügung.«

Das verschlug Jim die Sprache. Wortlos und schockiert starrte er Noguchi an.

»Das Tier ist einmalig, Jim«, sagte Sam. »Das anatomische Problem der Schwingen...«

»Admiral, wollen Sie etwa behaupten, Starfleet beauftrage die *Enterprise* mit...«

»Pst, Athene, ganz ruhig«, murmelte Winona und versuchte, das Geschöpf zu beruhigen. Die laute Stimme des Captains erschreckte es erneut. »Jim...«

Er räusperte sich. »Gibt Starfleet einem Raumschiff der Constellation-Klasse mit über vierhundert Besatzungsmitgliedern tatsächlich die Anweisung, ein... ein Mutantenpferd und seine Dompteuse herumzukutschieren?« Jim hatte das Gefühl, daß sich selbst seine Mutter gegen ihn wandte.

»Schreien Sie nicht«, sagte Lukarian. »Athene ist arabischer Abstammung und daher sehr nervös. Sie jagen ihr einen Schrecken ein.«

Der Admiral blieb gelassen. »*Ich* gebe Ihnen den Auftrag, die Varietégesellschaft zu den Raumstationen zu fliegen, damit dort Vorstellungen für das Starfleet-Personal stattfinden können. Ich erwarte von Ihnen, daß Sie sich an Ihre Order halten, ohne sie in Frage zu stellen. Denken Sie daran, daß Sie das Kommando über dieses Schiff mir zu verdanken haben. Derartige Befehle sind keineswegs ehern, können jederzeit revidiert werden. Haben Sie verstanden?«

Bei den letzten drei Worten klang Noguchis Stimme wesentlich schärfer. Jim begegnete seinem Blick. Als er in die braunen Augen des älteren Offiziers sah, fielen ihm die Gerüchte über das Temperament des Admirals ein. Es hieß, normalerweise sei er so kalt wie Eis, doch unter den mentalen Gletschern brodle ein emotionaler Vulkan.

»Irgendwelche anderen Fragen, *Captain* Kirk?«

Jim zögerte kurz, fast eine Sekunde zu lang. »Nein, Sir«, sagte er hastig, bevor das Magma im Admiral eruptieren konnte.

Noguchi kehrte ihm den Rücken zu. »Miß Lukarian, hat es Ihre Gruppe bequem genug? Haben Sie alles, was Sie brauchen?«

»Einige von uns sind ein wenig mitgenommen«, erwiderte die junge Frau. »Die meisten meiner Leute hatten bisher noch keine Gelegenheit, einen Transporter zu benutzen. Athene und ich kamen mit einem Kurierschiff, und deshalb ist sie recht unruhig. Normalerweise reisen wir mit dem Zug.«

»Bestimmt gewöhnen Sie sich bald an das Raumschiff. Das All hat durchaus seinen Reiz.« Der Admiral schmunzelte. »Außerdem werden Sie bald feststellen, daß es hier wesentlich mehr Bewegungsfreiheit für Sie gibt als in einem Zugwaggon.« Noguchi griff nach Lukarians kleiner Hand. »Sie gingen auf meine Bitte ein, obwohl Ihnen nur wenig Zeit für die Vorbereitungen blieb, und dafür bin ich Ihnen sehr dankbar. Außerdem freue ich mich darauf, die Sache bekanntzugeben. Wollen Sie mir dabei Gesellschaft leisten?«

»Gern. Sobald mich einer der Takler bei Athene ablösen kann. Möchten Sie wirklich auf eine Vorführung verzichten?«

»Ihr Angebot ist sehr großzügig«, sagte Admiral Noguchi. »Aber heute abend sollen Sie Gäste sein. Und bei Starfleet brauchen Gäste für ihr Essen nicht mit Gesang und Kunststücken zu bezahlen.«

»In Ordnung. Ich führe meine Leute gleich nach oben.«

»Gut. Falls es irgendwelche Probleme gibt: Bitte zögern Sie nicht, sich mit mir in Verbindung zu setzen. Mein Büro weiß immer, wo ich zu erreichen bin.«

Admiral Noguchi ging die Treppe zum Laufsteg hoch und verschwand im Korridor. Jim und Lukarian blieben zurück, musterten sich.

»Das ist absurd«, stöhnte der Captain. »Vollkommen absurd.«

»Ich kann es mir nicht leisten, diesen Auftrag zu verlieren«, erwiderte die junge Frau. »Wir bleiben in Ihrem Schiff – und ich hoffe, Sie werfen uns nicht einfach über Bord.«

»Manche Hoffnungen trügen.«

»Immer mit der Ruhe, Jim«, sagte Sam.

»Unsere Lage ist verzweifelt genug«, zischte Lukarian. »Schlimmer kann's kaum noch werden.«

»Fordern Sie mich nicht heraus«, erwiderte Jim in einem drohenden Tonfall. »Das wäre sehr dumm von Ihnen.«

»Ebenso dumm ist es, gegen das Lieblingsprojekt eines Admirals zu opponieren«, sagte Winona. Ihre Worte galten nicht etwa Lukarian, sondern Jim.

»Ich *werde* Noguchis Auftrag wahrnehmen«, fauchte die junge Frau entschlossen. Das geflügelte Roß hinter ihr spürte die Anspannung zwischen den Menschen. Es schnaubte, scharrte mit den Hufen, tänzelte von einer Seite des Pferchs zur anderen.

»Sie verängstigen Athene«, stellte die junge Frau fest. »Gehen Sie jetzt bitte.«

»Jim«, warf Winona ein, bevor er Antwort geben konnte. Sie klang sowohl zornig als auch enttäuscht.

»*Was ist*, Mutter?«

»Gib nach, Jim. Du hast gar keine andere Wahl.«

Jim vertrat die Ansicht, daß er ein Recht darauf hatte, wütend zu sein. Er glaubte sogar, sich unter den gegebenen Umständen erstaunlich gut zu beherrschen. Andererseits: Seine Verärgerung galt nicht in erster Linie Amelinda Lukarian, sondern Admiral Noguchi.

Athene stieß die junge Frau mit der Schnauze an, und daraufhin drehte sich Lukarian um, klopfte auf den Hals des Tieres und flüsterte ihm etwas zu. Zärtlich preßte sie die Wange an die dunkle Stirn des Flügelpferdes. »Gehen Sie jetzt«, sagte sie.

Winona berührte Jims Arm und deutete zum Ausgang.

»Versuchen Sie, das Biest unter Kontrolle zu halten. Miß Lukarian«, sagte der Captain.

Auf dem Rückweg zum Freizeitdeck schwiegen Mutter, Sohn und Bruder. Als sie die Stimmen der Partygäste hörten, blieb Winona stehen.

»Es war ein langer Tag«, sagte sie. »Ich bin ziemlich müde.«

»Soll ich dich zum Hotel begleiten?« fragte Sam.

»Das ist nicht nötig. Bleib ruhig hier, Sam, und vergnüg dich. Jim, ich möchte mit dir reden.«

»Meine Pflichten...«

»Es wird nicht lange dauern.« Winona setzte sich wieder in Bewegung, wanderte durch den Korridor, der zur Raumdock-Gangway führte.

Sam klopfte seinem jüngeren Bruder mitfühlend auf die Schulter. Sie wußten beide, wie sinnlos es war, ihrer Mutter zu widersprechen, wenn sie jenen Tonfall anschlug.

Winona verschränkte die Arme, senkte den Kopf und starrte nachdenklich zu Boden.

»Was ist los, Mom?« fragte Jim.

»In Hinsicht auf die Starfleet-Politik beziehst du einen seltsamen Standpunkt. Deine Reaktionen sind recht... unkonventionell.«

»Aber ich dachte... der Admiral gab mir zu verstehen...«

»Kimi trifft seine Entscheidungen nie aus dem Stegreif, hat immer gute Gründe dafür. Doch das spielt derzeit gar keine Rolle. Wir sprechen nicht über sein Verhalten, sondern über deins. Er gab dir einen Befehl, und du hast die Anweisungen kritisiert – weil sie dir nicht in den Kram passen!«

»Er hätte mir wenigstens...«

»Wir diskutieren nicht über ihn!« warf Winona zornig ein. »Erinnerst du dich nicht mehr an den Rat deines Vaters? Hast du selbst die Fehler vergessen, die ihm unterliefen? Wenn du sicher im Kosmos der Starfleet-Politik navigieren willst, darfst du deinen Kurs nicht von Arroganz bestimmen lassen! Eines Tages wirst du dazu gezwungen sein, die Befehle eines vorgesetzten Offiziers zu mißachten, und dann mußt du dich rechtfertigen. Wenn du dann im Ruf stehst, ein hochmütiger Hitzkopf zu sein, der meint, alles besser zu wissen, gerätst du in erhebliche Schwierigkeiten. Es wäre vielleicht das Ende deiner Karriere.«

»Ich glaube, meine Handlungen sprechen für sich selbst.«

»Ach? Und welche Schlußfolgerungen lassen sie zu? Nehmen wir ein Beispiel: Du warst äußerst unfreundlich zu dem kleinen Mädchen...«

»Zu dem ›kleinen Mädchen‹? Sie ist erwachsen – und hat ein Monster auf meinem Shuttledeck untergebracht.«

»Sie ist kaum zwanzig, für ein ganzes Varieté verantwortlich. Und was ihr ›Monster‹ angeht...« Winona seufzte. »Begreifst du denn nicht, wieviel ihr an diesem Auftrag liegt?«

»Nein.«

»Hätte ich mir eigentlich denken sollen. Man braucht Menschenkenntnis, um solche Dinge zu beurteilen. Lukarian klang so, als sei dies die letzte Chance für ihre Gruppe.«

»Und wenn schon. Wer dauernd am Rande des Konkurses manövriert, hat es verdient, aus dem Geschäft gedrängt zu werden.«

Einige Sekunden lang starrte Winona ihren Sohn ungläubig an, schüttelte schließlich den Kopf. »Wirklich schade, daß nicht alle so perfekt und erfolgreich sein können wie Sie, Captain Kirk.«

Abrupt drehte sie sich um, ging fort und verließ die *Enterprise*. Jim folgte ihr einige Schritte weit, blieb dann stehen. Er wußte gar nicht, was er seiner Mutter sagen sollte. Sie waren beide aufgebracht, und wenn er nun darauf bestand, die Diskussion fortzusetzen, kam es vermutlich zu einem regelrechten Streit. In einem Punkt hatte Winona sicher recht: Für sein Verhalten gegenüber Amelinda Lukarian gab es keine Entschuldigung.

Er wanderte in Richtung Freizeitdeck, wünschte sich dabei, nicht ausgerechnet zur Party zurückkehren zu müssen.

Sam wartete dort, wo Jim ihn zurückgelassen hatte. Lässig lehnte er an einem Schott, das rechte Bein angezogen, den Fuß an der Wand.

»Alles klar?«

Jim zuckte mit den Schultern.

»Hat sie dir den Kopf gewaschen?« fragte Sam.

»Nun, sie ist nicht gerade stolz auf mich«, antwortete Jim. »Verdammt, Sam: Ich habe mir eine anständige Einsatzorder von Noguchi gewünscht, damit *gerechnet*. Ich verdiene etwas anderes als...«

»Möchtest du eine Mission, die dir Gelegenheit gibt, dich mit mehr Ruhm zu bekleckern?«

»Ruhm?« Wütend wandte sich Jim zu seinem Bruder um. »Glaubst du, ich bin deshalb bei Starfleet? Meinst du, man erringt Ruhm, wenn einem das Schiff zerschossen wird?«

»Nein. Aber was ist mit dir?«

»Ich bin kein Narr, Sam. Himmel, die letzten sechs Monate waren alles andere als angenehm.«

»Warum gönnst du dir dann nicht ein wenig Ruhe? Genau darum geht es Kimi. Er möchte, daß du dich schonst.«

»Aber ich will mich nicht schonen. Und schon gar nicht von einem vorgesetzten Offizier dazu gezwungen werden.«

»Er meint es doch nur gut. Hör mal, Jim. Noguchi kennt unsere Familie schon seit langer Zeit...«

»Nett«, brummte Jim. »Genau das brauche ich: einen Admiral, der mich so behandelt, als sei ich noch immer fünfzehn.«

Sam lächelte. »Nein, da irrst du dich. Er behandelt *mich*, als sei ich fünfzehn. In dir sieht er noch immer einen Achtjährigen.«

»Du verstehst es wirklich, jemanden zu trösten«, sagte Jim voller Sarkasmus.

»Ich weiß. Deshalb treten viele Leute an mich heran – damit ich sie aufmuntere. Wie dem auch sei: Ich bin davon überzeugt, daß Kimitake Noguchi dir ein Geschenk macht. Nimm es an – und versuche, seine Motive zu verstehen.«

»Wenn er die Sache bekanntgibt, lachen mich bestimmt alle aus! Mann, so einen Auftrag erteilt man jemandem, der zu nichts anderem fähig ist, dem man nicht mehr vertrauen kann, der keinen Mumm mehr in den Knochen hat, der verbraucht und ausgebrannt ist...« Jim unterbrach sich und schnappte nach Luft, fürchtete plötzlich, daß der Schmerz zurückkehrte, der Schmerz und die Leere.

»Jim!« Sam hielt ihn an den Schultern fest.

Der junge Captain drehte sich verlegen um.

»Hast du davor Angst?« fragte sein älterer Bruder.

»Nein, ich...«

»Hör endlich auf! Warum versuchst du, etwas vor mir zu verbergen? Anderen Leuten gelingt es vielleicht nicht, hinter deine Maske zu sehen, aber ich durchschaue dich!«

Jims Stimme war kaum mehr als ein heiseres Flüstern, als er sagte: »Ich brauche eine gefährliche Mission, um zu erfahren, wie ich dabei reagiere. Ich muß sicher sein, Sam. Ich muß wissen, ob ich...«

»Ob du durchhältst, Jim? Ob du nicht die Nerven verlierst?«

Der junge Captain gab keine Antwort.

»Ghioghe hat dich nicht in einen Feigling verwandelt, Jim. Du hast noch immer Mumm. Bei allen Raumgeistern, Jim: Ich würde es sofort spüren, wenn mit dir etwas nicht stimmt.«

»Ich muß es mir selbst beweisen!«

Sam zögerte einige Sekunden lang. »Ich glaube, es war richtig von Kimi, dir diese Mission zu geben«, sagte er schließlich. »Nutze sie, um dich zu erholen.«

»Ich brauche keine Schonfrist, verdammt. Und ich kann auch auf die ach so guten Ratschläge meiner Familie verzichten!«

Jim floh zur Party, versteckte sich in der Menge.

Kurze Zeit später traf die Varietégruppe ein. Jim versuchte, aufmerksam zuzuhören, als Admiral Noguchi ihn vorstellte, doch den größten Teil seiner inneren Kraft benötigte er, um sich nichts anmerken zu lassen. Mit eiserner Selbstdisziplin versuchte er den Eindruck zu erwecken, als finde er Gefallen an der Vorstellung, während der nächsten drei Monate mit einem Raumzirkus durch die Phalanx zu gondeln.

Koronin beobachtete ihren kleinen Liebling. »Komm, Starfleet!«

Der rosafarbene Primat krächzte leise, lag in dem Nest, das er jeden Abend baute, direkt vor den Füßen seiner Herrin. Er strich seine Pelzdecke beiseite, sauste übers Bett und sprang auf Koronins Schulter.

»Bist du hungrig?« fragte sie. »Sei ein braves Tier. Wenn du dein Kostüm anziehst, gebe ich dir das Frühstück.«

Starfleet verstand nur etwa ein Wort von hundert, aber die Begriffe ›hungrig‹, ›Kostüm‹ und ›Frühstück‹ bildeten einen wichtigen Teil seines Vokabulars. Er kletterte an Koronins Bein herab, lief ums Bett herum und suchte nach der Kleidung: schwarze Hose, goldenes Samthemd.

Es amüsierte die Frau, daß der Primat so große Ähnlichkeit mit einem Menschen aufwies. Viele Spezies gehörten zur Föderation, doch Koronins besondere Verachtung galt dem sogenannten Homo sapiens. Sie lächelte vergnügt, wenn sie das Tier in der Offiziersuniform Starfleets sah. Doch der Umstand, daß sich der kleine Affe so ungeschickt mit den drolligen Stiefeln anstellte, erfüllte sie mit Ärger. Koronin konnte Starfleet natürlich zwingen, sie zu tragen, aber er taumelte dauernd, wenn er damit zu gehen versuchte, verlor das Gleichgewicht, fiel, hockte dann auf dem Boden und nagte am Leder, wimmerte traurig, bis seine Herrin ihn von dem Schuhwerk befreite. Koronin lachte schallend, solange sie das Stolpern, Wanken und Fallen des Primaten sah, aber das Winseln und Jammern langweilte sie. Wenn er in einem solchen Zustand war, half nicht einmal eine ordentliche Ohrfeige. Aus diesem Grund verzichtete Koronin derzeit auf die Stiefel, nahm sich jedoch vor, ihren kleinen Liebling doch noch darauf zu konditionieren. Sie duldete keinen Widerstand.

Während Starfleet mit dem Eifer eines verblödeten Kindes nach seinen Sachen suchte, überprüfte Koronin die Kontrollinstrumente des Schiffes. Goldene Intarsien bildeten filigrane Muster auf Pulten aus durchsichtiger, rosafarbener Jade. Der Regierungsoffizier hatte große Summen für die optische Dekoration des Kommandobalkons ausgegeben, und die eher spartanische Atmosphäre seines persönlichen Quartiers deutete auf ein bewußtes Schuldbewußtsein in bezug auf den verschwenderischen Luxus hin. Das war Koronin nur recht: Sie hätte sich kaum die Mühe gemacht, die Kontrollsektionen des Kreuzers auf diese Weise ihrem Geschmack anzupassen, beschränkte sich darauf, die harte Koje verschwinden zu lassen, die Kabine ihren Wünschen gemäß einzurichten.

Sie fragte sich, wie viele loyale Untertanen wußten, zu welchen Zwecken ihre Steuern von der Oligarchie verwendet wurden. Koronin lächelte schief, als sie daran dachte, daß kaum jemand etwas von den Oligarchen ahnte. Sie selbst war dazu erzogen worden, die Kaiserin zu verehren, doch bei der höchsten Klasse im Imperium galt es als offenes Geheimnis, daß die Oligarchen eine machtlose, senile und alleinstehende Herrscherin kontrollierten. Die Geächteten kannten die Wahrheit und glaubten selbst die verrücktesten Gerüchte. Koronin wußte aus verschiedenen Quellen, daß die Oligarchie ganz bewußt den Hirnzerfall der Kaiserin zuließ und den Körper mit elaborierten Mechanismen und extensiver Transplantationstherapie am Leben erhielt. Vor einigen Jahren hätte Koronin solche Schilderungen vielleicht in Frage gestellt, doch inzwischen zweifelte sie nicht mehr daran.

»Starfleet!«

Der Primat wimmerte ängstlich, hoppelte auf sie zu und duckte sich.

»Heute hast du das Hemd richtig angezogen«, sagte die Frau. »Also darfst du frühstücken.«

Das Tier krächzte leise und zitterte vor Freude. Koronin hielt eine Frucht hoch und lachte, als der Affe danach sprang.

»Sei still!«

Starfleet kauerte sich zu Boden, bebte am ganzen Leib. Sein Blick klebte an dem Obst fest.

»Gut«, sagte Koronin und gab ihm den Leckerbissen.

Der Primat griff gierig danach, verschlang ihn, bettelte um mehr.

Koronin vergaß ihn, betrachtete die holografische Sternenkarte und suchte nach einem Sektor, von dem aus sie Phalanxschiffe angreifen konnte. Wenn sie sich den zentraleren Föderationsbereichen zu sehr näherte, mußte sie damit rechnen, von einer Patrouille verfolgt zu werden, und am Ende des Keils bestand die Gefahr, das Verteidigungspotential einer Starbase herauszufordern. Aber das Zentrum... Ja, die Mitte erschien ihr geeignet.

»Sergeant?«

»Ja, Koronin?«

Er antwortete respektvoll und demütig, in der richtigen Form. An ihrem ersten Tag als Kommandantin der *Quundar* hatte sie den Sergeant getadelt, als er sie mit ›Lady‹ ansprach. Wenn Mitglieder einer geächteten Mannschaft solche Titel verwendeten, so mußte Koronin darin eine Beleidigung sehen.

Sie nahm diesen Titel sehr ernst, konnte ihn aber erst wieder benutzen, wenn sie ihn nach Meinung der Gesellschaft ihrer Heimat verdiente. Koronin war sicher, daß sie dieses Ziel erreichte.

»Berechne einen Kurs zur Föderationsphalanx.«

Die Starfleet-Stewards achteten darauf, daß sich nirgends Partymüll ansammelte. Halbleere Gläser, schmutzige Teller, Tabletts und offene Flaschen verschwanden sofort, kaum hatte sie jemand irgendwo abgestellt. Als nur noch wenige Gäste übrigblieben, hielt ein Tisch mehrere Champagnerflaschen, einige hochstielige Gläser und ein Hors-d'œuvre-Arrangement bereit – so als beginne nun eine andere, wesentlich kleinere Party.

Jim saß an einem Aussichtsfenster, blickte gelegentlich ins Raumdock. Der hohe Adrenalinspiegel in seinem Blut verbannte Müdigkeit aus Körper und Geist. Er wollte seiner Mutter erklären, warum er so verärgert gewesen war. Er wünschte sich eine Gelegenheit, mit Sam zu sprechen, sich bei ihm zu entschuldigen. Aber Winona schlief sicher längst, und Sam hatte sich gerade eine Gitarre ausgeliehen. Er spielte leise, begleitete Lieutenant Uhura, die an den Saiten einer Harfe zupfte und sang. Im Saal hielten sich noch einige Angehörige der Varietégruppe auf, aber von Lukarian war weit und breit nichts mehr zu sehen.

Jim stand auf, trat an den Serviertisch heran, nahm zwei Gläser und eine Flasche Champagner.

»He, Jim, warte!«

Vor dem Turbolift gesellte sich Sam zu ihm. In der einen Hand hielt er ein drittes Glas, in der anderen einen kleinen Behälter.

»Endlich hast du dich aufgerafft und zu einer Entscheidung durchgerungen«, sagte Sam.

»Aber vielleicht nicht zu der, die du erwartest. Möglicherweise möchte ich mich nur vollaufen lassen.« Die Tür des Turbolifts öffnete sich, und die beiden Männer traten in die Kabine.

»Mein kleiner Bruder, der heimliche Trinker«, erwiderte Sam und grinste. »Ich frage mich nur, wozu du *zwei* Gläser brauchst.«

Jim lächelte schief. »Um mir selbst zuzuprosten.«

Sam warf den Behälter hoch in die Luft, fing ihn wieder auf. Hinter den durchsichtigen Seitenflächen sah Jim einige Gemüsestücke.

»Was hältst du davon, wenn wir mit einem ganz besonderen Pferd Freundschaft schließen?« fragte Sam.

Sie verließen den Lift, wanderten zum Shuttledeck und blieben auf dem Laufsteg stehen. Lukarian hatte ein Faltbett neben dem Pferch aufgestellt, so daß sie nur die Hand auszustrecken brauchte, am Athene zu berühren. Das geflügelte Roß stand neben ihr und döste; die Schnauze strich sanft über die Finger der jungen Frau. An den Ohrenspitzen und Beinen ging der schwarze Glanz des Fells in dunkles Purpur und schimmerndes Pfauenblau über. Auf dem Rücken und an den Flanken zeigten sich hellere Flekken. In Mähne und Schweif funkelten wechselnde Farbmuster aus Schwarz, Dunkelblau, Purpur und irisierendem Grün. Die breiten Schwingen waren nun an den Seiten zusammengefaltet, und die Konturen der Federn verschmolzen mit dem Rest des Körpers.

»Wir sollten unseren Besuch auf später verschieben«, sagte Jim.

Athene hörte seine Stimme, hob den Kopf und schnaubte. Lukarian setzte sich auf und zwinkerte schläfrig.

»Was wollen Sie?« Sie strich die Decke beiseite, und Jim sah, daß sie sich umgezogen hatte. Sie trug nun keinen schwarzen Anzug mehr, sondern eine Kordelhose und ein weites Hemd.

Jim ging die Treppe hinab, hielt Flasche und Gläser in einer Hand.

»Ich bin hier, um mich zu entschuldigen«, sagte er.

»Wir möchten Ihnen ein Friedensangebot machen.« Sam öffnete den Behälter und holte einige Gemüsestücke hervor. »Mag Athene zarte Möhren?«

»Ja. Sehr sogar. Und wenn sie zart sind — um so besser.«

Jim öffnete die Flasche, Sam bot dem geflügelten Roß die Karotten an. Es trat langsam auf ihn zu, mit zitternden Flügeln, näherte sich so vorsichtig und mißtrauisch, als argwöhne es eine Falle. Zögernd beugte es den Hals, leckte die Möhre von Sams Hand.

»Hat Ihnen der Admiral befohlen, zu mir zu kommen?« fragte Lukarian. »Es spielt keine Rolle, ob Sie sich entschuldigen oder nicht — ich bleibe hier, was auch geschieht. Ich komme zwar lieber dort unter, wo man mich und meine Freunde willkommen heißt, aber wir können uns nicht den Luxus der Pingeligkeit leisten.«

»Er hat mich nicht aufgefordert, Sie um Verzeihung zu bitten«, erwiderte Jim. »Und es gibt keinen Grund, den Auftrag abzulehnen.« Er lachte, zwar humorlos, aber mit einer gewissen Ironie, die ihm selbst galt. »Außerdem: Ganz gleich, wie Sie sich jetzt auch entscheiden — es ändert nichts an der Entschlossenheit des Admirals. Wenn Sie einen Rückzieher machen, sucht er sich einfach jemand anders.«

»Und wenn Sie Widerspruch einlegen?« fragte Lukarian.

»Das ist mir verboten«, sagte Jim. Mit dem Daumen drückte er den Korken aus der Flasche, ganz langsam und vorsichtig, um das Flügelpferd nicht mit einem lauten Knall zu erschrecken.

Die junge Frau kaute nachdenklich auf der Unterlippe. »Sie haben etwas anderes erwartet, nicht wahr?«

»Allerdings.«

»Frieden?« bot Lukarian an.

»Frieden.«

Sie schüttelten sich die Hände, lächelten.

Athene verspeiste noch eine zweite Karotte, hob dann den Kopf über die Pferchstange und stieß Lukarian an.

Amelinda streckte den Arm aus, und das Schwingenroß leckte etwas von ihren Fingern. Athenes Zähne zermahlten eine Möhre, und Jim fragte sich verwirrt, ob Sam der jungen Frau ein Gemüsestück gegeben hatte. Ihre Hände waren leer gewesen, und doch... Er zuckte mit den Schultern, schenkte Champagner aus.

»Auf unsere... Freundschaft«, sagte er.

Die Gläser stießen aneinander, klirrten leise.

»Wie sind Sie Captain geworden?« Geistesabwesend kraulte Lukarian das Flügelpferd hinter den Ohren.

Rote Flecken bildeten sich auf Jims Wangen. »Reines Glück, schätze ich.«

Die junge Frau errötete ebenfalls. »So habe ich das nicht gemeint. Ich wollte sagen... Sind Sie nicht ein wenig zu jung für Ihren Rang?«

»Ich bin neunundzwanzig«, erwiderte Jim. »Den Kinderschuhen entwachsen. Und Sie? Sind *Sie* nicht zu jung, um eine... eine Varietégesellschaft zu leiten?«

»Das ist etwas ganz anderes«, behauptete Lukarian. »Ich habe diesen Job von meinem Vater geerbt.«

»Das ist auch bei Jim der Fall«, warf Sam ein und grinste.

»Ich wußte gar nicht, daß bei Starfleet so etwas üblich ist«, sagte Amelinda.

»Ich auch nicht«, brummte Jim. »Mein Bruder hat einen recht ungewöhnlichen Sinn für Humor.«

»Oh.« Lukarian musterte die beiden Männer verwirrt.

»Wozu dient der Pferch?« fragte Jim. »Warum fliegt Athene nicht einfach darüber hinweg?«

»Du solltest die Flügelgröße mit dem Körpergewicht vergleichen«, riet ihm Sam. »Bei einer Schwerkraft von 1 *g* kann das Tier unmöglich abheben.«

»Das stimmt«, sagte Lukarian. »Aber es wäre durchaus imstande, über die Stange zu springen. Wenn es erschrokken genug ist.«

»Wir sollten vermeiden, daß Athene frei auf dem Shuttledeck herumläuft«, meinte Jim.

»Irgend jemand leistet ihr ständig Gesellschaft und paßt auf. Reines Pech, daß Sie ausgerechnet hierherkamen, als ich für eine Minute fortging. Ich wollte mich nur rasch umziehen, einige Vorbereitungen treffen.«

»Wozu haben Sie ein Flügelpferd, das gar nicht fliegen kann?«

»Mein Vater bekam es als Fohlen. Ich war dagegen, es zu kaufen. Unser Varieté hat einige Tiernummern, aber Athene... Schon damals konnte ich mir die Enttäuschung des Publikums vorstellen, wenn wir ein Schwingenroß präsentieren, das nicht fliegen kann. Ich behielt recht. Außerdem sind Vogelpferde häufig unberechenbar, schnappen irgendwann über. Wie dem auch sei: Als Athene zu uns kam, erlag ich sofort ihrem Reiz. Ich war damals genau im richtigen Alter.«

»›Vogelpferd‹?« wiederholte Jim. »Nicht ›Pegasus‹?«

»Nein. Pegasus ist eine Legende; Athene ist ein Teil der Wirklichkeit. Darüber hinaus halte ich ›Vogelpferd‹ für einen angemessenen Begriff. In ihrer Genstruktur gibt es einen Faktor, der Vergleiche mit Raubvögeln zuläßt. Zum Beispiel kann Athene Fleisch fressen. Sie haben nicht zufällig Krevetten mitgebracht, oder? Sie ist ganz verrückt danach.«

»Beim nächstenmal denken wir daran.«

»Wie viele Exemplare gibt es von ihrer Spezies?« erkundigte sich Sam. »Wie funktioniert in diesem Fall die Technik der genetischen Manipulation? Warum habe ich noch nichts davon gehört?«

»Oben – ich meine: *unten* – im Nordwesten lebt ein Typ, der eine ganze Herde – oder einen Schwarm? – von Vogelpferden hat. Er legt keinen großen Wert auf Publicity, möchte Konfrontationen mit den Genidealisten vermeiden.« Lukarian verzog das Gesicht. »Solche Leute sind bereit, Sojaprotein zu kaufen, das wie ein saftiges Steak schmeckt. Dadurch fallen ihre Nahrungsmittelrechnungen weniger hoch aus. Allerdings übersehen sie dabei, daß zur Herstellung derartiger Substanzen weitaus größere Genverschmelzungen notwendig sind als bei einer Kreuzung von Vögeln und Säugetieren. Aber wenn man sagt: He, Jungs, wie wär's mit einer Chimäre, einem fliegenden Pferd? Dann ertönt überall empörtes Geschrei, und man spricht von heidnischer Zauberei und ähnlichem Unsinn!«

Sam lachte leise, konnte sich entsprechende Personen offenbar gut vorstellen. »Sie meinten eben, Schwingenrösser — Vogelpferde — seien häufig unberechenbar und neigten zum Überschnappen. Weil sie nicht imstande sind, wirklich zu fliegen?«

»Weil sie glauben, eigentlich fliegen zu müssen. Verstehen Sie den Unterschied?«

»Unter welchen Gravitationsbedingungen wären sie dazu in der Lage?« fragte Sam.

»Rein theoretisch bei 0,1 *g*. Aber bisher hat das noch niemand versucht. Es ist zu teuer, das Schwerkraftfeld in einem ausreichend großen Bereich zu verändern.«

»Kann eigentlich gar nicht soviel kosten«, sagte Jim, sah sich auf dem Shuttledeck um und seufzte enttäuscht. Der Abstand zwischen Boden und Decke betrug nur fünfzehn Meter, bot dem geflügelten Pferd nicht genug Bewegungsfreiheit.

»Es ist zu teuer, wenn man das Budget einer Varietégesellschaft zum Maßstab nimmt«, erklärte Lukarian. »Aber es wäre sicher ein toller Anblick, nicht wahr?«

»Und ob«, bestätigte Jim.

»Meine Freunde nennen mich Lindy«, sagte die junge Frau.

»Seine Freunde nennen ihn Jim«, warf Sam ein.

Lukarian blickte die beiden Männer fragend an.

»Er hat recht«, sagte Jim. »Meine Freunde nennen mich Jim.«

KAPITEL 4

Jim Kirk saß im Sessel des Befehlsstands und mußte sich eisern beherrschen, um nicht mit den Fingern auf die Armlehnen zu trommeln. Er wollte unter allen Umständen vermeiden, seinen Offizieren zu zeigen, wie aufgeregt und nervös er war.

An diesem Morgen hatte er sich so wortreich von Winona und Sam verabschiedet, daß sie sich schließlich erleichtert von ihm trennten. Er konnte ihnen deshalb kaum einen Vorwurf machen. Seine zunehmende Besorgnis hinderte ihn an einigermaßen geistreicher Konversation, und immerhin gab es nur wenige verschiedene Möglichkeiten, ›Auf Wiedersehen‹ zu sagen.

Nach einer gründlichen Inspektion der *Enterprise* sprach er mit Lieutenant Uhura über die Kommunikationssysteme, ließ sich anschließend von Commander Spock die Datenanalyse erläutern. Der Vulkanier beantwortete Jims Fragen emotionslos und detailliert, benutzte dabei Ausdrücke, die Jim kaum verstand. Trotz seines stoischen Gebarens schien Spock zu vermuten, der Captain überprüfe seine Kompetenz, suche nach einem Vorwand, um ihn von seinem Posten als Erster Offizier zu entbinden.

Jim wandte sich sogar an Amelinda Lukarian und fragte die junge Frau, ob sie zusätzliche Ausrüstungsmaterialien oder andere Dinge brauche. »Ich benötige einen guten Jongleur«, antwortete sie. »Sie können wahrscheinlich nicht jonglieren, oder?«

Jim hütete sich, eine anders lautende Antwort zu geben. Tatsächlich jonglierte er ab und zu, wenn er allein war, wenn ihn niemand beobachtete, aber er wagte es nicht, Lukarian davon zu erzählen — als Angst, sich demnächst auf einer Starbase-Bühne wiederzufinden. Und sich aller

Wahrscheinlichkeit nach bis auf die Knochen zu blamieren. Gelegentlich spielte er mit drei kleinen Kugeln, hielt zwei davon in den Händen und versuchte, die dritte in der Luft zu halten.

Meistens fiel sie zu Boden.

Amelinda freute sich so sehr über ihren Starfleet-Auftrag und die erste interstellare Reise, daß sie nicht begriff, worauf es Jim wirklich ankam. Er suchte nach einem Grund, noch einen weiteren Tag im Dock zu bleiben.

Der junge Captain glaubte zu wissen, was sie empfand. Es mochte ihm durchaus gelingen, Lukarian an seiner ganz privaten Verschwörung zu beteiligen. Vielleicht hätte sie ihm dabei geholfen, den Abflug der *Enterprise* zu verzögern – aber sicher nur widerstrebend. Möglicherweise fürchtete sie, die noch zarten Freundschaftsbande zwischen ihnen zu sehr zu belasten, wenn sie Jim die Unterstützung verweigerte – und andererseits die guten Beziehungen zu Noguchi aufs Spiel zu setzen, wenn sie einen weiteren Aufschub befürwortete. Zumindest für die Besorgnis in Hinsicht auf den zweiten Punkt gab es eine reale Grundlage. Der Admiral hatte sich bereits einmal mit Jim in Verbindung gesetzt und verdächtig beiläufig gefragt, wann der Captain aufzubrechen gedenke.

Kurz gesagt: Die *Enterprise* befand sich schon viel zu lange im Raumdock, und man erwartete von Jim, daß er den Startzeitpunkt festlegte.

Aber er wollte die Reise nicht ohne Dr. Leonard McCoy beginnen. Und von ihm fehlte jede Spur.

Die letzten Monate waren für McCoy besonders schwer gewesen. Es gelang ihm, Jim, Gary und die anderen Überlebenden von Ghioghe vor dem Tod zu bewahren, aber nach der Rückkehr zur Erde beteiligte man ihn nicht an der Behandlung. Dazu seien Spezialisten notwendig, meinten die Experten.

Als Jim aus der Regeneration erwachte und den Kummer des Arztes bemerkte, forderte er ihn auf, Urlaub zu machen, auszuspannen. *Ich habe ihn praktisch fortgejagt, ihm gar keine andere Wahl gelassen*, dachte Kirk. Aber wo steckte er jetzt?

McCoy hinterließ keine Nachricht, und wenn er einen Kommunikator bei sich führte, reagierte er nicht auf die Anrufe.

Die *Enterprise* brauchte einen Bordarzt. Das Raumdock ohne einen medizinischen Offizier zu verlassen, wäre Schiff und Crew gegenüber nicht nur unfair gewesen, sondern sogar gefährlich. Wenn McCoy nicht bald eintraf, mußte Jim einen anderen Doktor anfordern. *Und vielleicht sollte ich gleichzeitig eine Suchgruppe schicken.*

»Captain Kirk«, sagte Lieutenant Uhura, »das Kontrollzentrum des Raumdocks übermittelt Ihnen Grüße und fragt, ob Sie jetzt einen Starttermin bestimmen möchten.«

Noguchis Werk, vermutete Jim.

»Danken Sie dem Kontrollzentrum für die Anfrage... Nein, danken Sie Admiral Noguchi, der sich in der Koordinierungszentrale aufhalten dürfte. Bitten Sie um Starterlaubnis für 16.00 Uhr.«

»Aye, Captain.«

Uhura übermittelte die Nachricht, und Jim lächelte zufrieden vor sich hin. Sechzehn Uhr – das kam praktisch der Rush-Hour im Raumdock gleich. Wahrscheinlich hatten andere Kommandanten schon vor ihm einen Starttermin für diesen Zeitpunkt reserviert, und Jim hoffte, daß er dadurch einige Stunden gewann.

Er dachte an die möglichen Antworten. »Nun gut, wenn das Kontrollzentrum den Verkehr nicht koordinieren kann, um uns die Möglichkeit zu geben, zu einer vernünftigen Zeit aufzubrechen, starten wir eben um 02.00 Uhr.« Jim beabsichtigte, diese Worte mit kühlem Spott zu untermalen.

»Das Kontrollzentrum bestätigt 16.00 Uhr für geplanten Abflug der *Enterprise*«, sagte Uhura.

Jim fluchte lautlos.

»Ausgezeichnet, Lieutenant«, erwiderte er. »Vielen Dank.« Er stand auf. »Ich ziehe mich in mein Quartier zurück.«

Er verließ die Brücke, wütend darüber, sich selbst hereingelegt zu haben. Er hätte achtzehn oder sogar zwanzig Uhr angeben können und wäre sicher damit durchgekommen, aber nun blieb ihm nur noch eine Stunde. Und wenn er McCoy in dieser Zeit nicht fand, mußte er ihn als vermißt melden, einen anderen Arzt anfordern — und sich vor Admiral Noguchi verantworten.

Kurz darauf betrat er seine Kabine und öffnete einen privaten Kommunikationskanal. Er erhielt keine Antwort, als er die Codenummer für McCoys Apartment in Macon, Georgia, eintastete. Es meldete sich nicht einmal ein Com-Automat. In seiner Wohnung duldete der Arzt weder Computer noch anderes modernes Gerät. Wenn er einmal zu Hause aß, was selten genug geschah, spülte er sogar selbst ab. Im Club wußte man nicht, wo sich McCoy aufhielt.

Jim überlegte, rief dann eine alte Freundin des Doktors an, die er noch von seiner Studienzeit her kannte.

Dr. Chhay mochte etwa dreißig Jahre älter sein als McCoy, aber sie teilte seine altmodische Einstellung in Hinsicht auf Roboterdienste nicht. Jim hörte die Sprachprozessorstimme eines automatischen Anrufbeantworters.

»Bitte gedulden Sie sich. Ich stelle fest, ob Dr. Chhay das Gespräch entgegennehmen kann.«

Wenige Sekunden später erschienen Chhays Züge auf dem Schirm. Jim hatte McCoys Mentorin nur einmal gesehen, erinnerte sich aber an die ebenso faszinierende wie einzigartige Mischung in ihrem Erscheinungsbild: goldene asiatische Augen, goldbraunes Haar mit osteuropäischen Locken, Café-au-lait-Haut, wobei die Betonung auf dem Café lag. Als junge Frau mußte sie atemberaubend schön gewesen sein, und die Reife verlieh ihr Eleganz und Anmut. Die erste Begegnung mit ihr kam für Jim zunächst einem Schock gleich, und später wurde er sich auf eigentümliche, fast beklemmende Weise bewußt, daß er etwas Majestätisches sah, nicht etwa den banalen Abklatsch, den man sich seit Jahrhunderten darunter vorstellte, sondern echte Erhabenheit.

»Hallo«, sagte die Frau. »Sie sind... Commander Kirk, nicht wahr? Leonards Freund.«

»Ja, Ma'am«, erwiderte Jim. »Inzwischen bin ich Captain.«

»Herzlichen Glückwunsch.«

»Danke.« Er spürte, wie ihm das Blut ins Gesicht schoß. *Warum gebe ich mit meiner Beförderung an?* dachte er und räusperte sich verlegen. »Es tut mir leid, Sie zu stören. Haben Sie Leonard in letzter Zeit gesehen?«

»Nein, seit unserem gemeinsamen Dinner nicht mehr. Und das liegt nun schon über ein Jahr zurück, nicht wahr?«

Jims einzige angenehme Erinnerungen an jenes Essen galten Dr. Chhay. Die förmliche, steife Höflichkeit zwischen Leonard und seiner Frau war schlimmer gewesen als ein unmittelbarer Streit. Einige Wochen später beschlossen sie endlich, sich zu trennen.

»Ja, Ma'am. Inzwischen sind fast zwei Jahre vergangen.«

»Wie geht es ihm?«

»Gut. Glaube ich wenigstens. Leider kann ich ihn derzeit nicht erreichen.«

Chhays Blick brachte sowohl Skepsis als auch sanfte Heiterkeit zum Ausdruck. »Bestimmt weiß Jocelyn, wo er sich aufhält.«

»Das bezweifle ich.« Jim hätte sich am liebsten selbst geohrfeigt, fügte rasch hinzu: »Ich meine, ich habe noch nicht mit ihr gesprochen.« Offenbar wußte Dr. Chhay nichts von McCoys Scheidung. Vielleicht sollte ich es ihr sagen, überlegte Jim. Das heißt: Nein, es steht mir nicht zu, Leonards Freunden von seinem Privatleben zu erzählen. Außerdem ist es ohnehin zu spät.

»Grüßen Sie ihn von mir, wenn Sie ihn sehen, Captain«, sagte Dr. Chhay. »Wir sollten uns mal wieder treffen.«

»Ja«, erwiderte Jim. »Das sollten wir. Gute Idee. Danke.«

»Auf Wiedersehen, Captain«, sagte die Frau.

»Auf Wiedersehen, Dr....« Er brach ab, denn das Bild auf dem Schirm verblaßte bereits.

Warum mache ich einen solchen Narren aus mir? fuhr es Jim durch den Sinn. Er seufzte und tröstete sich mit dem Gedanken, daß er nicht der erste Mann war, der sich Dr. Chhay gegenüber in einen stotternden Trottel verwandelte.

Einige Sekunden lang überlegte er, und dann setzte er sich mit dem früheren Bordarzt der *Enterprise* in Verbindung. McCoy hatte geplant, mit ihm über das Schiff und die Besatzung zu sprechen. Vielleicht wußte sein Vorgänger, wo Leonard den Urlaub verbringen wollte.

Kurz darauf wich das Grau auf dem Monitor einem menschlichen Gesicht. Vielen Dank, Dr. Piper, dachte Jim, erleichtert, daß der Arzt den Anruf persönlich entgegennahm.

»Hier spricht Mark Piper«, klang es aus dem Lautsprecher. Jim setzte zu einer Antwort an, doch das Bild fuhr fort: »Bitte hinterlassen Sie Namen und Com-Nummer. Vielleicht rufe ich zurück. Vielleicht aber auch nicht.«

Jim fluchte leise, als ihn die Aufzeichnung informierte, Dr. Piper habe sich in den Ruhestand zurückgezogen und sei fest entschlossen, das häusliche Leben zu genießen. Er wolle nur in wirklich dringenden Fällen gestört werden. Jim nannte seinen Namen, aber wenn Piper nicht sofort zurückrief, konnte er von ihm keine Hilfe erwarten.

Er hatte mit dem Gedanken gespielt, Piper zu bitten, in den aktiven Dienst zurückzukehren und McCoy zu vertreten, aber auch davon mußte er Abstand nehmen. Vermutlich wäre der Arzt auch gar nicht dazu bereit gewesen; die Aufzeichnung klang so, als sei er froh über die Pensionierung.

Jim spürte, wie seine Besorgnis immer mehr zunahm, gab eine letzte Nummer ein.

Der Schirm zeigte ihm ein audiovisuelles Wartesignal, und elektronische Interferenzen deuteten darauf hin, daß der Anruf über mehrere Vermittlungsstellen weitergeleitet wurde. Erst New York, und dann? Wer weiß, wo sich Jocelyn niedergelassen hatte. Vielleicht befand sie sich nicht einmal mehr auf der Erde.

Die Darstellung flackerte, stabilisierte sich wieder.

»Oh«, sagte Jocelyn. »Hallo, Jim.«

In den vergangenen zwei Jahren schien sie sich kaum verändert zu haben. Jim musterte eine ernst blickende, hagere Frau mit schwarzem Haar, mit einer modischen Chignon-Frisur. Wie McCoy lehnte sie die modernen Annehmlichkeiten ab, machte sich keine Mühe, die grauen Strähnen zu verbergen.

»Hallo, Jocelyn. Ist schon eine Weile her, nicht wahr?«

»Rufst du wegen Leonard an?« Sie saß am Schreibtisch, in einem ihrer Büros, und hinter ihr erstreckte sich die Skyline von Singapur. Selbst damals, als McCoy und sie noch zusammen gewesen waren, hatte sie nie viel Zeit in Macon verbracht. Wenn Jim an sie dachte, stellte er sie sich in New York oder London vor.

»Ja«, antwortete er. Wenn sie wußte, wo sich McCoy aufhielt, wenn er ihr Gesellschaft leistete, hatten sie sich vielleicht wieder vertragen und begannen mit einer neuen Partnerschaft. Das hätte Jim überrascht – bis er sich daran erinnerte, daß Leonard immer für eine Überraschung gut war.

»Sag ihm, es hat keinen Zweck«, fuhr Jocelyn fort. »Jim, bitte: Ich möchte ihn nicht noch einmal verletzen, und was mich selbst angeht: Ich kann auf neue seelische Wunden verzichten.«

»Äh...« Jim begriff, daß er sie falsch verstanden hatte. Ihre Frage bedeutete nicht etwa, ob er mit Leonard sprechen wollte, sondern ob er sich in seinem Namen an sie wandte. »Ich weiß, Jocelyn, und ich kann dich sehr gut verstehen.« Er fragte sich, wie er das Gespräch beenden sollte, ohne neue Peinlichkeiten zu beschwören, ohne sie in Hinblick auf einen Mann zu beunruhigen, den sie nicht mehr lieben konnte.

»Was *will* er denn?«

»Wie? Oh, nichts weiter. Ich habe nur angerufen, um ... Nun, ich bin gerade auf der Erde, muß aber bald wieder los. Ich habe mich an die guten alten Zeiten erinnert und dachte mir: He, warum sprichst du nicht kurz mit Jocelyn und grüßt sie?«

»Und warum hast du gesagt, du riefst wegen Leonard an?«

»Ich, äh ... Es tut mir leid. Offenbar habe ich dich falsch verstanden. Als du mich fragtest, kam es zu einer Störung. Diese Frequenz scheint nicht ausreichend abgeschirmt zu sein. Statik.«

»Ich verstehe«, sagte sie und wartete. Das Schweigen zog sich in die Länge.

»Nun, ich wünsche dir alles Gute«, sagte Jim mit erzwungener Fröhlichkeit. »Gib auf dich acht.«

»Auf Wiedersehen, Jim«, entgegnete Jocelyn. Der Bildschirm wurde wieder dunkel.

Enttäuscht und niedergeschlagen ließ sich Jim in seinem Sessel zurücksinken. Er hatte alle Möglichkeiten genutzt, um McCoys Aufenthaltsort in Erfahrung zu bringen, wußte nicht, wo er sonst noch nach ihm suchen sollte. Außerdem: Es blieb ihm keine Zeit mehr. Die letzte Frist war verstrichen, schon vor zehn Minuten.

Das Schlauchboot tanzte auf den gischtenden Wellen, erreichte das Ufer und knirschte über Kies. Leonard McCoy stieg aus, schnappte unwillkürlich nach Luft, als ihm das eisige Wasser des Colorado bis zu den Knien emporspülte. Seine Füße waren längst taub geworden, und deshalb hatte er die Kälte vergessen. Sie kroch nun durch die schmalen Risse im Neoprenanzug, kam einen Schock gleich — bis die Körperwärme den nassen Frost verdrängte.

McCoy und die anderen griffen nach den Seilen, zogen das Boot auf den Strand und legten die Schwimmwesten ab.

Dann umarmten sie sich, lachten glücklich und erschöpft, freuten sich, die Woche überstanden zu haben —

und bedauerten gleichzeitig, daß die Reise nun zu Ende war.

Sie zogen die Schutzanzüge aus, und warmer Sand vertrieb die Kühle aus ihren Füßen. Anschließend kramten sie in ihrem Gepäck, holten verschlissene Kanevasschuhe hervor.

Zu Beginn des Abenteuers fiel McCoy der Umgang mit den archaisch anmutenden Verschlüssen der Neoprenkleidung ziemlich schwer, aber nach einigen Tagen war er damit so vertraut, als hätte er sein Leben lang nichts anderes getragen.

Trotzdem stellte er sich nun recht ungeschickt damit an. Tränen strömten ihm in die Augen, als er sich an die vergangene Woche erinnerte, an Begeisterung und wilde Freude. Er wußte zwar, daß er sich verspätete, aber das änderte nichts an seinem Enthusiasmus: Es hatte keinen Sinn, sich über Dinge Sorgen zu machen, die man nicht kontrollieren konnte.

Langsam und fast widerstrebend streifte er den Gummianzug ab, wie eine zweite Haut. McCoy lächelte, als er an die metaphorische Bedeutung dieses Vergleichs dachte. Darunter kamen ein dünnes Hemd und zerknitterte, fransige Bermudashorts zum Vorschein — beide Kleidungsstükke erschienen ihm jetzt wie Relikte aus einer anderen Welt.

»Jean-Paul«, sagte er.

Der Reiseführer klopfte ihm auf die Schulter. »Ist schon in Ordnung«, erwiderte er. »Kehren Sie zu Ihrem Schiff zurück. Aber glauben Sie nur nicht, Sie kämen noch einmal so einfach davon! Beim nächstenmal bleiben Sie hier und helfen, das Boot zu entladen.« Er lächelte. »Ich mache Sie noch zu meinem Nachfolger.«

McCoy zögerte, winkte dann zum Abschied und lief in Richtung Büro.

Der Angestellte sah auf, als er eintrat. »Oh«, brummte er. »Sie sind spät dran. Haben es alle geschafft?«

Die Vorstellung, eins der Schlauchboote samt Besatzung zu verlieren, beeindruckte den Mann offenbar nicht sehr, und McCoy erwiderte betont beiläufig: »Ich glaube schon. Kann ich Ihren Kommunikator benutzen?«

Der Angestellte deutete auf ein zerkratztes, viele Jahre altes Gerät in der Ecke.

McCoy setzte sich mit der *Enterprise* in Verbindung. Es dauerte einige Minuten, bis eine Boden-All-Frequenz frei wurde, und McCoy wartete ungeduldig, spürte, wie die Nervosität in ihm wuchs. Warum hatte er nicht seinen eigenen Kommunikator mitgebracht?

Dann dachte er: Du hast ganz bewußt auf ihn verzichtet. Zunächst einmal: Es ist gegen die Regeln. Und außerdem: Du kannst dem Piepen des Apparats nicht zuhören, ohne zu antworten. Ach, Leonard, alter Knabe, laß dich nicht wieder von der üblichen Hektik im Rest des Universums erfassen.

Er lächelte still vor sich hin.

»Hier ist die *Enterprise,* Lieutenant Uhura.«

»Leonard McCoy, Erster Medo-Offizier. Wie sieht's aus?«

»Dr. McCoy! Wie lauten Ihre Transporter-Koordinaten?«

»Keine Ahnung«, sagte er.

Der Angestellte nannte ihm einige Zahlen.

»Wir beamen Sie an Bord«, verkündete Lieutenant Uhura.

Das Prickeln des Transferfeldes erfaßte ihn, entmaterialisierte seinen Körper.

Der Lift trug Jim Kirk zur Brücke, und er hoffte auf einen plötzlichen Defekt im Turbomechanismus. Ein dünnes Lächeln umspielte seine Lippen, als er sich vorstellte, irgendwo in der *Enterprise* festzusitzen, vielleicht mehrere Stunden lang. Das würde ihn vor der unangenehmen Pflicht bewahren, einen Freund als vermißt zu melden, ein Besatzungsmitglied, das ohne Erlaubnis vom Dienst fernblieb. Als er überlegte, welche Erklärung er Admiral Noguchi anbieten sollte, schnitt er eine Grimasse.

Der Lift hielt an. Jim straffte die Schultern, betrat die Brücke, viel zu angespannt, um einen Gruß an die Offiziere zu richten. »Lieutenant Uhura, öffnen Sie einen Com-Kanal zu Starfleet Command.«

»Aye, Captain«, bestätigte sie. »Sir, eben hat sich Dr. McCoy gemeldet. Inzwischen müßte er im Transporterraum eingetroffen sein.«

Bevor Jim eine Chance bekam, seine Erleichterung zu genießen, fühlte er, wie diese von Ärger und Zorn abgelöst wurde. Offenbar hatte McCoy keinen Unfall erlitten, der ihm das Gedächtnis raubte, die Erinnerung an seine Pflichten aus ihm tilgte — warum also kam er erst jetzt, mit solcher Verspätung? Glaubte er vielleicht, sich größere Freiheiten herausnehmen zu können, weil sein Freund Captain des Raumschiffes war?

Jim lehnte sich zurück, stützte die Ellenbogen auf die Armlehnen des Sessels. »Vergessen Sie den letzten Befehl«, sagte er ruhig. »Ich empfange Dr. McCoy hier auf der Brücke.«

»Ja, Captain.« Uhura übermittelte die Botschaft. »Er meint, er wolle erst in seine Kabine, und anschließend käme er sofort hierher.«

Jim holte tief Luft. »Sagen Sie Dr. McCoy, daß ich ihn *unverzüglich* im Kontrollraum erwarte.«

Uhuras Antwort deutete darauf hin, daß McCoy Einwände erhob, aber Jim konnte die Anweisung jetzt nicht mehr zurücknehmen. Er sah darin eine gute Gelegenheit, seinen übrigen Offizieren zu beweisen, daß er niemandem Privilegien einräumte. Mit steinerner Miene blickte er auf den großen Wandschirm.

Als sich die Tür des Turbolifts öffnete, vernahm Jim das überraschte Murmeln Uhuras. Sulu drehte den Kopf und versuchte, ein Grinsen zu unterdrücken, bevor er sich wieder auf sein Pult konzentrierte.

Jim wandte sich um.

Leonard McCoy trug feuchte, zerknitterte Kleidung und abgenutzte Turnschuhe, sah aus wie jemand, den man gerade durch die Mangel gedreht hatte. Die Sonne hatte Gesicht, Hals und Arme gerötet, und die Blässe der Beine bildete einen auffallenden Kontrast dazu. Am linken Oberschenkel zeigte sich ein breiter Striemen, der schwarze, purpurne und grüne Tönungen in sich vereinte. Jim beobachtete wirres, zerzaustes Haar, an Kinn und Wangen einen zwei Tage alten Bart. In einem unschuldigen Tonfall sagte McCoy: »Melde mich an Bord, Captain.«

Jim sprang auf. »Lieber Himmel, Pille!«

Er preßte die Lippen zusammen und merkte, daß es auf der Brücke mucksmäuschenstill geworden war. In McCoys Augen blitzte es schelmisch.

»Bitte begleiten Sie mich, Dr. McCoy«, sagte Jim und benutzte dabei die förmliche Anrede. »Ich glaube, wir müssen einige Dinge besprechen. Mr. Spock, Sie haben das Kommando. Bereiten Sie alles für den Start um 16.00 Uhr vor.«

Jim ging an McCoy vorbei und rechnete jeden Augenblick damit, daß die Offiziere schallend lachten. Vielleicht warteten sie damit, bis sich die Doppeltür des Turbolifts hinter ihm schloß, doch andererseits... Aus irgendeinem Grund hielt er es für möglich, daß sie in seiner Gegenwart kicherten, sich jedoch vor solchen Reaktionen hüteten, solange Commander Spock das Kommando hatte.

Der Vulkanier beobachtete mit zurückhaltendem Interesse, wie der neue Captain den heruntergekommen wirkenden Bordarzt von der Brücke führte.

»Das war Dr. McCoy?« fragte Lieutenant Uhura, als sich die Tür schloß.

»Das *ist* Dr. McCoy«, erwiderte Spock. »Erster Medo-Offizier der *Enterprise.*« Captain Kirks heimliche Versuche, den Arzt zu erreichen, waren ihm nicht entgangen. Er hatte überlegt, ob er ihm seine zweifellos sehr kompetente Hilfe anbieten sollte, entschied sich dann aber dagegen, weil Kirk daran gelegen zu sein schien, daß niemand von seinen Bemühungen erfuhr. Vielleicht deshalb, weil er mit einem derart entwürdigenden Zustand McCoys rechnete.

Doch wenn das zutraf — warum dann der Befehl, unverzüglich die Brücke aufzusuchen? Spock fragte sich, ob er jemals die Beweggründe menschlicher Wesen verstehen konnte.

»Ich hoffe, es ist alles in Ordnung mit ihm«, sagte Uhura. »Er sah aus, als habe er einen Unfall erlitten.«

Und der Zustand seiner Verletzung läßt die Schlußfolgerung zu, daß seit jenem Ereignis bereits einige Tage vergangen sind, dachte der Vulkanier.

»Ich will nur hoffen, daß er auf seine Patienten besser achtgibt als auf sich selbst«, sagte er laut.

Im Turbolift drehte sich Jim zu McCoy um und musterte ihn mit einer Mischung aus Erleichterung und Wut.

»Was ist geschehen, Pille?«

»Nichts.« McCoy blickte an sich selbst herab, so als werde er sich erst jetzt seiner Aufmachung bewußt. »Warum fragst du? Hältst du nichts von der neuesten Mode?«

»Sie...« Jim beobachtete ihn. »Nun, an Bord eines Raumschiffes ist sie... nicht ganz angemessen.«

»Du hast mir nicht genug Zeit gegeben, mich umzuziehen. Deshalb wollte ich zuerst in meine Kabine.« Er bückte sich, zog einen der verschlissenen Schuhe aus. Sand rieselte aufs Deck. McCoy griff auch nach dem anderen Schuh, und auf dem Boden blieben zwei kleine, körnige Haufen zurück. »Was ist mit Mitch?«

»Er liegt noch immer in der Regeneration. Die Spezialisten meinen, er erhole sich langsam.«

»Und Carol?«

»Ich nehme an, es geht ihr gut.«

»Das *nimmst du an?*«

»Es lief nicht so, wie ich es mir wünschte!« erwiderte Jim scharf. »Schwamm drüber.«

»Aber...«

»Ich möchte nicht über Carol Marcus reden!«

McCoy runzelte die Stirn. »He, ist alles in Ordnung mit dir?«

»*Ja,* verdammt! Warum fragt man mich dauernd, ob mit mir alles in Ordnung sei? Zum Teufel auch, Pille: Wo hast du gesteckt? Was ist mit deinem Bein passiert? Ich wollte schon eine Suchgruppe schicken. Du wurdest vor zwei Tagen an Bord erwartet!«

»Ich weiß. Und ich habe deine Party verpaßt.« McCoy hob die Hand, strich mit den Fingern durchs Haar. Die Sonne hatte seinen Strähnen einen kupfernen Ton verliehen, in den Augenwinkeln dünne weiße Linien hinterlassen.

»Wo bist du gewesen? Ich hätte dich fast als vermißt gemeldet!«

»Reg dich ab, Jim. Jetzt bin ich hier, oder? Ich habe Urlaub gemacht. Auf dein Drängen hin.«

»Ja, ich weiß.«

»Eine Flußfahrt. Als wir das Ziel erreichten und ans Ufer zurückkehrten, habe ich mich sofort mit der *Enterprise* in Verbindung gesetzt. Ich nahm mir nicht einmal die Zeit, beim Zusammenfalten des Bootes zu helfen.«

»Beim *Zusammenfalten* des *Bootes?*«

»Ja. Es bestand aus Gummi. Man muß es abwaschen, anschließend die Luft herauslassen und es zu einem Bündel verschnüren.«

»Die Fahrt über den Fluß fand in einem Schlauchboot statt?«

»Genau.«

»Mann, hast du einen Sonnenstich?«

»Wir waren im Grand Canyon unterwegs«, sagte McCoy in einem schwärmerischen Tonfall. »Eine Wildwasserfahrt. Hast du so was mal versucht?«

»Nein.«

»Es ist unglaublich. Einfach herrlich. Menschenskind, wir stoßen immer weiter ins Universum vor und vergessen dabei, was für prächtige Regionen es auf unserem Heimatplaneten gibt. Eine tolle Sache, Jim.«

»Das behauptest du auch von den Mint Juleps*«, sagte

* Mint Julep: ein Würzwhisky; Anmerkung des Übersetzers

Jim. »Was ist mit deinem Bein? Und außerdem: Ich warte nach wie vor auf eine Erklärung dafür, warum du dich verspätet hast. Eine kurze Nachricht von dir hätte mich vor vielen ausweichenden Antworten bewahrt.«

»Der Canyon ist historisches Schutzgebiet. Dort sind nicht nur moderne Kommunikatoren verboten, sondern auch so altertümliche Dinge wie Radios und mobile Telefone.«

»Meine Güte, wie kommt man ohne so etwas zurecht?« entfuhr es Jim. »Und du hast auch noch dafür *bezahlt?«*

»Sogar einen Aufpreis!« erwiderte McCoy. »Es handelt sich nicht um eine gewöhnliche Reise, Jim. Man muß eine spezielle Versicherung abschließen und beim Motorrad der Großmutter schwören, daß man den Veranstalter nicht verklagt, wenn man aus dem Boot fällt und ertrinkt.«

»Ich begreife nicht, warum dich so etwas reizt«, sagte Captain Kirk.

»Meine Güte, in meinem ganzen Leben habe ich nie soviel Spaß gehabt. Jim, wir verlassen uns viel zu sehr auf den ganzen High-Tech-Kram.«

»Ohne ihn kämen wir in erhebliche Schwierigkeiten. Wenn du modernes Behandlungsgerät benutzt hättest, sähe dein Bein jetzt ganz anders aus.« Als Jim den breiten Striemen betrachtete, glaubte er, pochenden Schmerz in seinem eigenen Knie zu spüren.

McCoy lächelte und zuckte mit den Schultern. »Das Boot kenterte, und ich stieß gegen einen Felsen. Wir verloren einen Teil unserer Ausrüstung und auch zwei Mitglieder unserer Gruppe. Glücklicherweise fanden wir sie kurz darauf wieder. Aus diesem Grund bin ich so spät dran.« Sein Lächeln wurde zu einem breiten Grinsen, als er sich erinnerte. »Einige unserer Vorräte gingen über Bord, und wir mußten unseren Proviant rationieren. Während der letzten beiden Tage knurrte uns dauernd der Magen.«

»Warum habt ihr nichts zu euch beamen...« Jim unterbrach sich. McCoy hatte ihm gerade gesagt, der Canyon sei historisches Schutzgebiet, und er wußte, daß in solchen

Bereichen der Einsatz von Transferfeldern untersagt war. Andererseits: Er empfand die Transportertechnik als so selbstverständlich, daß er sich kaum vorstellen konnte, auf sie zu verzichten. Wenn man etwas brauchte, gab man einfach die Koordinaten durch, und wenige Sekunden später trafen die gewünschten Gegenstände ein. Moderne Magie, dachte er. Und absolut zuverlässig. Unter allen Umständen.

Die Tür des Turbolifts öffnete sich, und vor den beiden Männern erstreckte sich das Offiziersdeck. McCoy verließ die Kabine. »Es war ein großartiger Urlaub, Jim.«

»Bist du sicher? Für mich hört es sich eher so an, als brauchtest du einen Urlaub, um dich vom Urlaub zu erholen. Ich wünschte, du hättest irgendeinen Hinweis hinterlassen...« Die beiden Türhälften glitten bereits wieder zu, und Jim hielt die Hand vor den Sensor.

»Ich wollte nicht, daß mich jemand findet, Kontakt mit mir aufnimmt!« entgegnete McCoy schroff. In dem sonnengebräunten Gesicht wirkten die Augen größer und ausdrucksvoller. »Ich wollte nicht um Hilfe rufen können, sollte es einmal brenzlig werden. Es kam mir darauf an, mich selbst zu testen, mich zu beweisen – ohne ein Sicherheitsnetz, das einen sofort abfängt, wenn man in Gefahr gerät. Verstehst du das, Jim?«

Captain Kirk runzelte die Stirn und zögerte. »Ja, ich glaube schon«, sagte er nach einigen Sekunden. »Ja, ich verstehe dich. Tut mir leid, daß ich dich so angefahren habe. Ich war sehr besorgt, wußte nicht mehr, wo mir der Kopf stand.«

»Schon gut. Bleibt mir genug Zeit, zu duschen und mich umzuziehen, bevor ich mit der Arbeit beginnen muß?«

»Eigentlich nicht, aber das spielt wohl keine Rolle, oder? In diesem Zustand jagst du deinen Patienten nur einen Schrecken ein. Übrigens: Du solltest dich auch rasieren.«

»Ich dachte daran, mir einen Bart wachsen zu lassen.«

McCoy nahm ihn auf den Arm. Jim lächelte. »Nicht einmal bei Starfleet gibt es Vorschriften, die Albernheit verbieten.«

»Bitte geben Sie den Lift frei«, sagte eine elektronische Stimme.

»Ich wünschte, es gäbe Vorschriften gegen sprechende Aufzüge«, brummte McCoy.

»Bis später.«

McCoy wanderte bereits durch den Korridor davon, winkte, blieb dann noch einmal stehen und drehte sich um.

»Jim...«

Erneut schob der Captain die Hand zwischen die beiden Türhälften, und mit einem leisen Zischen glitten sie wieder auseinander. Der Kabinencomputer aktivierte ein brummendes Signal — die letzte Warnstufe vor einem geradezu ohrenbetäubenden lauten Schrillen.

»Wieviel Mühe hast du dir gemacht, mich zu finden?«

Jim zog den Arm zurück, als der pfeifende Alarm begann.

»Die Antwort würde dir kaum gefallen«, sagte er, bevor sich die Tür schloß.

Sulu rieb sich nervös die Hände und überlegte, was bei seinem ersten Versuch, ein Raumschiff der Constellation-Klasse zu fliegen, schiefgehen konnte. Sicher durfte er mit einer Versetzung rechnen, wenn er die *Enterprise* gegen die Außenschotts des Raumdocks steuerte, aber er bezweifelte, ob man dabei seine Wünsche berücksichtigte. Wahrscheinlich schickte man ihn in irgendein Bergwerk, damit er die für die Reparatur von Dock und Schiff notwendigen Metalle schürfte.

Es war auch möglich, daß ihm ein nicht annähernd so folgenschwerer Fehler unterlief, der ihn in den Augen seiner Kollegen zu einem Narren machte. Andererseits: Sein bisheriger Eindruck von der *Enterprise* deutete darauf hin, daß kaum jemand darauf achten würde, wenn er irgend etwas verpatzte. Sulu lächelte, erinnerte sich an die Reaktion des Captains auf das seltsame Erscheinungsbild Dr. McCoys.

Ich wünschte, James Kirk wäre an Bord gewesen, als ich

mit meinem Degen eintraf, dachte er. Wahrscheinlich hätte ich die Versetzungspapiere bekommen, ohne einen Antrag zu stellen.

Die Datenangaben vom Computer und den Besatzungsmitgliedern glichen einer sanften, akustischen Flut, die den Steuermann umspülte. Der Captain befahl, die Gravitationsanker zu lösen, und Sulu spürte, wie sich die Lage des Raumschiffes veränderte. Mit einem Sinn, für den es keinen Namen gab, fühlte er, daß die *Enterprise* frei schwebte. Es überraschte Hikaru, daß sich trotz der Größe dieses Schiffes ein derartiges Empfinden in ihm regte. Er war sicher, daß es sich ebenso elegant manövrieren ließ wie ein mit Antimaterie angetriebener Asteroid. Bestimmt verhinderte die enorme Masse schnelle Kurswechsel, und er nahm sich vor, das gewaltige Trägheitsmoment bei den Schubwechseln zu berücksichtigen.

Zeit, aktiv zu werden, dachte Sulu und berührte die Kontrollen.

Die *Enterprise* trieb nach Steuerbord ab, neigte sich wie ein verwundeter Vogel zur Seite.

»Mr. Sulu!« rief der Captain.

Hikaru zwang das Schiff nach Backbord, gab dabei zuviel Energie auf die Triebwerke und verursachte damit eine Taumelbewegung. Sofort versuchte er, sie auszugleichen, und die *Enterprise* zitterte wie ein mit Sonnenenergie betriebener Solarsegler. Sulu schluckte.

»Mr. Spock, übernehmen Sie das Ruder.«

»Ich bin derzeit beschäftigt, Sir«, erwiderte der Vulkanier.

»Ich bin durchaus in der Lage, das Schiff aus dem Dock zu steuern!« sagte Sulu. Die Demütigung rötete seine Wangen.

»Daran zweifle ich nicht, Mr. Sulu. Ich frage mich nur, was nachher vom Raumdock übrigbleibt.«

Sulu protestierte, aber Captain Kirk achtete nicht darauf. Seine Aufmerksamkeit galt den Anfragen aus verschiedenen Sektionen des Schiffes, und der Maschinenraum bewies dabei eine besondere Hartnäckigkeit. Chefingenieur Scott beklagte den Mißbrauch seiner Manövriertriebwerke mit solchem Nachdruck, als sähe er darin eine persönliche Beleidigung. Zunächst versuchte Kirk vergeblich, selbst zu Wort zu kommen.

Sulu hatte noch immer die Kontrolle über die *Enterprise*, die im Augenblick den Aussichtsfenstern des Docks entgegendriftete. Vorsichtig und behutsam lenkte er das Schiff auf einen sicheren Kurs.

»Mr. Scott!« wiederholte Kirk zum drittenmal.

Der Chefingenieur unterbrach sich. »Aye, Captain?«

»Schadensbericht, Mr. Scott.«

»Die Triebwerke und Wandler... es ist nicht vorgesehen, sie auf diese Weise einzusetzen...«

Sulu gab neuerlichen Schub, und das Schiff näherte sich langsam den Außenschotts.

»Geben Sie den Schaden an, Mr. Scott«, sagte Kirk.

»Nun, Sir, bisher sind noch keine Defekte aufgetreten, aber...«

»Warum setzen Sie sich dann mit der Brücke in Verbindung? Haben Sie nichts zu tun?«

Scott schwieg einige Sekunden lang und erwiderte dann: »Äh, bestimmt finde ich irgend etwas, um mich zu beschäftigen, Captain.«

»In Ordnung, Mr. Scott. Kehren Sie an die Arbeit zurück.«

Die *Enterprise* schwebte aus dem Dock, und vor ihr erstreckte sich der leere Raum.

Schwindel erfaßte Sulu, und er ließ den Atem entweichen, begriff erst jetzt, daß er die Luft angehalten hatte.

»Mr. Sulu«, sagte Kirk.

Hikaru drehte nicht den Kopf, gab vor, zu sehr auf die Anzeigen seiner Konsole konzentriert zu sein. Er fürchtete den Gesichtsausdruck des Captains.

»Ja, Sir.«

»Das Raumdock existiert noch immer.«

»Ja, Sir.«

»Es wurde nichts beschädigt.«

»Nein, Sir.«

»Und niemand ist verletzt. Ich bin erleichtert.«

»Ich auch, Captain«, sagte Sulu. Erleichterung war eine Untertreibung.

»Navigator, programmieren Sie den Kurs zu Starbase Dreizehn...«

Sulu gab Gegenschub und brachte die *Enterprise* zum relativen Stillstand.

Kirk brach ab, und plötzliche Stille herrschte auf der Brücke.

Der Kollisionsalarm ertönte. Sulu bestätigte die Warnmeldung und desaktivierte das akustische Signal. »Ein Solarsegler, Captain.« Er veränderte die Zoomstufe des großen Wandschirms, und die Offiziere sahen ein fragil wirkendes Gefährt, das langsam vor der *Enterprise* durchs All glitt. Das Segel war um ein Vielfaches größer als die kleine Kapsel, schwarz wie die Nacht zwischen den Sternen, nur zu erkennen, wenn es das Leuchten ferner Sonnen schluckte. Der Solarsegler ging auf Backbordbug, und die vergoldete Seite der hauchdünnen und viele Quadratkilometer großen Antriebsplane reflektierte eine glitzernde Sichel auf die Sensoren des Raumschiffs.

Die Automatik des Wandschirms reagierte mit einem elektronischen Helligkeitsfilter.

»Ich verstehe, Mr. Sulu«, sagte Captain Kirk. »Gute Arbeit. Jener Skipper scheint das Risiko zu lieben.«

»Und in von Menschen kontrollierten Regionen wie dieser hier hat er das Recht, als erster zu passieren«, warf Spock ein.

»Tradition, Mr. Spock«, entgegnete Kirk. »Vulkanier achten Traditionen, nicht wahr?«

»In der Tat, Sir. Allerdings sind vulkanische Bräuche rational geprägt.«

Kirk musterte ihn skeptisch, und Sulu spürte, wie die Anspannung auf der Brücke nachließ. Der Solarsegler schwebte dicht an der *Enterprise* vorbei, und als die Entfernung zu ihm wieder wuchs, beschleunigte Hikaru das Schiff.

»Kurs zur Starbase Dreizehn programmiert, Captain«, meldete die Navigatorin.

»Flugschneise frei, Sir«, sagte Sulu. »Alles klar für Warpgeschwindigkeit.«

»Warp-Faktor eins, Mr. Sulu.«

»Warp-Faktor eins, Sir.«

Die *Enterprise* tauchte majestätisch ins Meer der Sterne.

Eigentlich schade, daß ich eine Versetzung beantragen muß, dachte Sulu. Ich könnte Gefallen an diesem Schiff finden.

Der Direktor des klingonischen Aufsichtskomitees — eine andere Bezeichnung für die Geheimpolizei der Oligarchen — versuchte, einen Kontakt mit dem Commander des neuesten Kampfschiffes der Flotte herzustellen, aber er erhielt keine Antwort. Bei dem Kreuzer handelte es sich um einen Prototyp, der erst noch getestet werden mußte und auf den man allseits große Hoffnungen setzte. Der Direktor veranlaßte Nachforschungen und mußte besorgt zur Kenntnis nehmen, daß das Schiff spurlos verschwunden war.

Seine Besorgnis verwandelte sich in Zorn. Wenn der befehlshabende Offizier den neuen Kreuzer verloren hatte — durch Meuterei, einen Unfall, vielleicht auch dadurch, sich zu nahe an die Grenzen der Föderation gewagt zu haben —, so durfte er nicht mit Nachsicht rechnen. Und wenn er so dumm gewesen war, es an den Feind zu verlieren, an Starfleet, noch dazu in unversehrtem Zustand... Nun, zum erstenmal dachte der Direktor mit einer gewissen Befriedigung daran, daß Starfleet Gefangene schonte, sie lebend und unverletzt auslieferte. In dem unwahrscheinlichen Fall, daß der Offizier wirklich als ehemaliger Gefangener der Föderation zurückkehrte, würde sich der Direktor selbst um seine Bestrafung kümmern.

Der Ärger in ihm verdrängte alle übrigen Empfindungen, auch Kummer und Sorge. Und als in seinem Zorn ein anderes Gefühl zu vibrieren begann, handelte es sich nicht um Gram, sondern Furcht. Wenn die Regierung schuldhaftes Verhalten entdeckte, wenn sie in bezug auf den Offizier Inkompetenz oder Fahrlässigkeit feststellte, mußte die Familie des Kommandanten für das verlorene Schiff aufkommen.

Der Direktor des Aufsichtskomitees hatte lange und hart gearbeitet, um dem betreffenden Offizier jenen Kreuzer zur Verfügung zu stellen, um während seiner Amtszeit Macht und Reichtum zu erringen. Jetzt aber sah er alle seine Erfolge bedroht: Eine Anweisung der Oligarchie genügte, um ihn zu ruinieren, ihn um sein Lebenswerk zu bringen.

Er wies alle unter seinem Befehl stehenden Einheiten an, nach dem neuen Schiff Ausschau zu halten, dem Kreuzer seines Sohnes.

Jim lud Lindy und ihre Gruppe zum Abendessen ein. Am Bordnachmittag beschäftigte er sich kurz mit den Papieren, die sich bereits auf seinem Schreibtisch stapelten, entschied dann, die Verwaltungsarbeit auf später zu verschieben. Statt dessen setzte er seine Inspektionstour durch die *Enterprise* fort.

Ein großer Teil der wissenschaftlichen Abteilung stand leer. Die entsprechenden Besatzungsmitglieder kamen erst nach der gegenwärtigen Mission an Bord: Starfleet sah keinen Sinn darin, mehr als hundert Wissenschaftler einem Raumschiff zuzuweisen, das gar keinen Forschungsauftrag erhalten hatte. Jim fragte sich einmal mehr, wie er die nächsten drei Monate überstehen sollte.

Er blieb vor dem Maschinenraum stehen.

Warum zögerst du? dachte er. Dein Chefingenieur mag dich für einen unerfahrenen Grünschnabel halten, aber er wird sich hüten, dir das zu sagen.

Jim trat ein.

»Guten Tag, Mr. Scott.«

»Oh ... Captain Kirk.«

»Ich hielt es für angebracht, mich mit dem Schiff vertraut zu machen.«

»Gute Idee, Captain.« Scott verharrte an Ort und Stelle, bot Jim keine Hilfe an, beobachtete ihn.

Der junge Captain wanderte durch den Saal.

Überall funkelte poliertes Metall, und nirgends entdeckte er den kleinsten Schmutzfleck. Kein Wunder, daß die *Enterprise* und Commander Scott in Starfleet einen so guten Ruf genossen. Jim hatte sich zunächst darüber gewundert, aber jetzt sah er, daß der griesgrämige Ingenieur seine Reputation verdiente.

»Ich bin sehr beeindruckt, Mr. Scott.«

»Dann ... wollen Sie sicher einen Geschwindigkeitstest durchführen, nicht wahr, Captain?« fragte Scott hoffnungsvoll.

Jim konnte der Verlockung kaum widerstehen, nahm sich aber Zeit genug, um das Pro und Contra gegeneinander abzuwägen. Wenn sie mit Höchstgeschwindigkeit zu Starbase Dreizehn flogen, dauerte der dortige Aufenthalt einige Tage länger, und er fragte sich, wie die klingonischen Oligarchen darauf reagieren mochten: Sie wußten schließlich nicht, daß die *Enterprise* mit einer rein zivilen Mission beauftragt war. Außerdem mußten sie dann den Treibstoffvorrat genau einteilen, um den Zickzack-Flug durch die Phalanx zu beenden und wieder nach Hause zurückzukehren. Jim dachte erst gar nicht an die Möglichkeit, bei der Starbase neuen Brennstoff aufzunehmen, denn alle Nachschubgüter der Raumstation mußten über weite Strecken transportiert werden, und das verursachte erhebliche Kosten.

»Nicht jetzt, Mr. Scott. Vielleicht bei einer anderen Gelegenheit.«

»Aber ...«

Jim ahnte, daß er der Versuchung doch noch nachgab, wenn er sich zu sehr bedrängen ließ. »Später, Mr. Scott«, sagte er scharf.

Daraufhin schwieg der Chefingenieur. Jim verließ den Maschinenraum, verärgert über sich selbst: Fast wäre er bereit gewesen, seine eigenen Wünsche dem Wohl des Schiffes voranzustellen.

Er beschloß, in seine Kabine zurückzukehren und sich um die Verwaltungsarbeit zu kümmern.

In Spocks Bewegungsrhythmus kam es zu einer kaum merklichen Veränderung, und er unterdrückte die Überraschung angesichts des Anblicks, der sich ihm in der Messe darbot. Er spielte kurz mit dem Gedanken, sich in seine Unterkunft zurückzuziehen, entschied dann aber, seine übliche Tagesroutine beizubehalten.

Die *Enterprise* beförderte nur selten Zivilisten, zumindest nicht so viele. Ihre Kostüme — und es schienen tatsächlich Kostüme zu sein, keine modische oder von ethnischen Traditionen bestimmte Kleidung — fielen inmitten der Starfleet-Uniformen sofort auf. Sie sprachen ungezwungen, lachten ungewohnt laut, vermutlich deswegen, weil sie sich keinem vorgesetzten Offizier gegenüber verantworten mußten, nur einer Geschäftsführerin unterstanden. Die Frau saß an dem zentralen Tisch, begleitet von ihren Mitarbeitern und einem Starfleet-Offizier — es handelte sich um den neuen Bordarzt, Dr. McCoy. Gewaschen, rasiert und ordentlich gekleidet sah er wesentlich respektabler aus, ähnelte kaum mehr dem Mann, der sich am frühen Nachmittag auf der Brücke gemeldet hatte.

Der Stuhl am Ende des Tisches war frei.

Die Geschäftsführerin umarmte einen ihrer Akteure. Spock bezweifelte, ob ein solches Verhalten die Disziplin förderte.

Zwei Menschen in weiten, schwarzweiß karierten Anzügen standen auf, hoben und senkten die Füße und verursachten mit ihrem Schuhwerk klackende Geräusche. Die anderen feuerten sie mit lauten und begeisterten Rufen an. Spock fragte sich, ob er gerade Zeuge einer Auseinandersetzung wurde, die sein Eingreifen verlangte. Nein, ihr

Verhalten schien auf einen ungezwungenen Wettstreit hinzudeuten: Jeder klopfte mit den Füßen eine individuelle Taktfolge, die nachgeahmt werden mußte. Als die dritte Variation begann, befanden sich die beiden Personen im Fokus der allgemeinen Aufmerksamkeit, und der Jubel kam einer Kakophonie gleich. Spock trat an den Synthesizer heran, bestellte Salat und näherte sich dann seinem üblichen Tisch.

Einige der neuen Offiziere – Sulu, die Navigatorin Commander Cheung, und Hazarstennaj, ein Lieutenant aus dem Maschinenraum – saßen dort, beobachteten die Vorführung, sprachen angeregt miteinander, lachten und scherzten. Der Vulkanier zögerte, aber einige Stühle waren nach wie vor frei, und kein logischer Grund hinderte ihn daran, einen davon zu benutzen.

Die beiden Tänzer beendeten ihre Darbietung, indem sie sich tief vor dem Publikum verneigten. Donnernder Applaus ertönte. Spock blieb gelassen, stellte sein Tablett auf dem Tisch ab.

Die drei jüngeren Offiziere sahen betreten zu ihm auf, ließen die Hände sinken und schwiegen. Spock nickte ihnen zu, spürte ihre Blicke auf sich ruhen, als er Platz nahm.

»Äh, Mr. Spock«, sagte die Navigatorin.

»Ja, Lieutenant?«

»Oh, nichts weiter. Ich wollte Sie nur... begrüßen.«

Der Vulkanier spießte ein Salatblatt auf, doch als er die Gabel zum Mund führte, nahm er ein ungewohntes Aroma wahr. Er ließ sie wieder sinken und blickte auf den Teller. Zwar zog Spock bei seiner vegetarischen Kost einen deutlichen Chlorophyllgeschmack vor und lehnte Hämoglobin, Myohämatin und andere tierische Proteine ab, aber er war auch bereit, sich mit einer fehlerhaften Zusammenstellung der Nährstoffe abzufinden. Andererseits wußte er inzwischen, daß die Moral an Bord eines Raumschiffes auch von der Qualität angebotener Speisen abhing. Derzeit nahm er den Posten des Ersten Offiziers ein, und das bedeutete, er mußte selbst auf Dinge achten, die ihm persönlich unwichtig erschienen.

Der Salat roch, als sei der Fleischanteil nicht etwa vernachlässigbar gering, sondern mindestens sechzig oder siebzig Prozent groß. Tatsächlich duftete er wie eins der Lieblingsgerichte von Captain Pike: Bœuf bourguignon. Ein abscheuliches Gebräu aus tierischem Protein und fermentiertem Fruchtbrei. Pike gehörte zu den wenigen Menschen, die Spock vollauf respektierte, aber leider teilte er einige menschliche Schwächen. In der Vorliebe für Bœuf bourguignon sah der Vulkanier fast so etwas wie einen Charakterfehler.

Er betrachtete das Essen der anderen Leute am Tisch. Sulu hatte gebackenen Fisch gewählt, die Navigatorin eine Außenweltvariation kandierten Geflügels, und der weibliche Lieutenant aus dem Maschinenraum ein Steak. Als Vertreterin einer Katzenspezies zog sie rohes Fleisch vor. Als Spock das Steak sah, wünschte er, sich für einen anderen Tisch entschieden zu haben, und er überlegte kurz, warum ihm der typische Geruch entgangen war.

Keiner von ihnen schien besonderen Appetit zu haben.

»Sind Ihre Mahlzeiten zufriedenstellend synthetisiert?« fragte der Vulkanier.

Die Offiziere wechselten bedeutungsvolle Blicke, und die Navigatorin kicherte leise.

»Fehlerhafte Funktionen des Synthesizers sind ein ernstes Problem«, fuhr Spock fort. »Meine Bemerkung war keineswegs scherzhaft gemeint.«

»Ich weiß«, erwiderte Cheung. »Wir haben gerade über das Essen gesprochen. Seit heute morgen ist es noch schlimmer geworden.«

»Schmeckt die Nahrung an Bord eines Raumschiffes immer so schlecht?« fragte Sulu.

»Der Synthesizer muß neu programmiert werden«, erwiderte die Navigatorin. »Offenbar haben die Wartungstechniker des Raumdocks daran herumgefummelt.«

»Nun«, brummte Sulu, »nach frischem Lachs muß man

mit Enttäuschungen rechnen. Aber das hier... Der Geschmack erinnert an Hühnchen.«

»Ich ahnte schon, daß ich die Kapazität des Synthesizers überfordern würde«, sagte Cheung. »Vielleicht hab' ich's gar nicht anders verdient.«

Spocks Versuch, eine Syntaxanalyse vorzunehmen, blieb ohne großen Erfolg. »Ich bitte um Entschuldigung, Lieutenant, aber meinen Sie damit, daß Sie die gewünschte Mahlzeit bekommen haben? Oder ist das Gegenteil der Fall?«

Cheung verzog das Gesicht. »Weder noch. Und gleichzeitig stimmt beides. Ich bestellte Ente *lu-se-te,* eine Variante von Ente à l'orange. Lu-se stammt von meiner Heimatwelt und ist grün. Und, ich rechnete damit, daß der Synthesizer mit meiner Order nichts anfangen konnte, aber er wies sie nicht zurück. Allerdings stellte er irgend etwas Komisches mit dem Rezept an. Das hier schmeckt wie... Zellulose mit Zuckersirup.«

Das klang schrecklich, fand Spock, aber die meisten bei Menschen gebräuchlichen Speisen waren für Vulkanier wenig appetitanregend. »Gehe ich richtig in der Annahme, daß dies nicht dem von Ihnen erwarteten Geschmack entspricht?«

»Ja«, bestätigte die Navigatorin.

»Im Vergleich hiermit wären Zellulose und Zuckersirup eine Köstlichkeit!« knurrte Hazarstennaj und hielt Spock einen blutigen Fleischstreifen unter die Nase. »Versuchen Sie mal!«

Spock beherrschte sich gerade noch rechtzeitig, um nicht zurückzuweichen. »Ihre Auskunft genügt mir völlig. Eine Verifikation ist nicht notwendig.«

»Sie sollten das Zeug trotzdem probieren, um genau Bescheid zu wissen«, sagte Hazarstennaj. »Es schmeckt wie...« Sie fauchte leise und sträubte das silbrige Fell. »Wie *Gemüse.*«

Spock hob eine Braue, nahm den Bissen aus Hazarstennajs langen, dünnen Fingern, schnupperte daran, schob ihn sich in den Mund und kaute.

Sah man einmal von den visuellen Stimuli ab, gab es kaum etwas auszusetzen. Die äußere Beschaffenheit der Speise ähnelte Fleisch, aber sie schmeckte wie eine Avokadobirne, eine irdische Frucht, die Spock sehr gerne mochte, jedoch nur selten genoß, um seine Selbstdisziplin zu wahren.

Der Vulkanier aß ein Salatblatt, bot den Rest Hazarstennaj an. »Vielleicht ist das hier besser für Sie geeignet.«

»Sie wird sich daran den Magen verderben, Mr. Spock«, warf Lieutenant Cheung ein. »Sie kann kein Gemüse vertragen.«

»Sie wird damit vorliebnehmen müssen, wenn sie auf tierisches Protein in ihrer Nahrung Wert legt«, erwiderte der wissenschaftliche Offizier.

Hazarstennaj knurrte und nahm das Blatt von Spocks Gabel. Zögernd beleckte sie es, stopfte es sich dann in den Mund, offensichtlich bereit, es sofort wieder auszuspukken. Nach einigen Sekunden schloß sie die Augen und schluckte es herunter. *»Gekocht«*, sagte sie.

Der Vulkanier nickte. »Ja.«

Sie zwinkerte, betrachtete erst das Steak, dann den Salat, tauschte mit Spock den Teller. »Besser als gar nichts«, sagte sie. »Nehmen Sie meine Mahlzeit.«

»Wie Sie meinen.« Spock zerschnitt die als Steak getarnte Avokadobirne. »Lieutenant Cheung, Lieutenant Sulu — möchten Sie etwas davon? Vermutlich schmeckt es Ihnen besser als Zellulose mit Zuckersirup.« Er schätzte das ›Steak‹ auf gut ein Kilogramm, und die Vorstellung, es allein zu essen, empfand er als würdelos. Darüber hinaus stand so etwas im Widerspruch zu seiner asketischen Lebensweise.

»Danke.«

Spock, Cheung und Sulu teilten sich das Essen des Lieutenants. Hazarstennaj, die nur einmal am Tag Nahrung zu sich nahm, verschlang den Salat geradezu und bestellte sich sofort einen zweiten. Sie verspeiste ihn mit großem Appetit, wickelte dann den Schwanz um die Füße und kaute gelegentlich auf einem ›Blatt‹, während die übrigen Offiziere ihre Mahlzeit beendeten.

Ein anderer Vertreter von Hazarstennajs Spezies näherte sich dem Tisch, und Spock sah auf. Es handelte sich nicht um das Katzenwesen, das als Sicherheitsoffizier an Bord der *Enterprise* arbeitete, sondern ein ihm unbekanntes Individuum. Unter dem silbrig glänzenden Pelz zeichneten sich straffe Muskeln ab.

»Sie bringen dich sogar dazu, Gemüse zu essen«, wandte sich der Katzenmann in einem verächtlichen Tonfall an Hazarstennaj. »Haben sie dir auch die Krallen gestutzt?«

Der weibliche Lieutenant bewegte sich mit träger Geschmeidigkeit, drehte sich um und legte die Ohren an. In den Schultern zuckte es, als Hazarstennaj eine drohende Haltung einnahm.

»Ignoranz schickt sich nicht für uns«, sagte sie.

»Ebensowenig wie Gemüse!«

Hazarstennaj fauchte zornig und stürzte sich auf das andere Katzenwesen. Sulu sprang auf, wollte offenbar versuchen, die beiden Geschöpfe voneinander zu trennen, als sie über den Boden rollten, zischten und knurrten.

»Mr. Sulu!«

Der junge Offizier hörte nicht auf ihn. Spock überwand seine Abneigung und griff nach Hikarus Arm.

»Setzen Sie sich, Mr. Sulu.«

»Sir — sie werden sich verletzen!«

»Nehmen Sie Platz.« Spock achtete darauf, nicht zu großen Druck auszuüben, als er die Hand langsam sinken ließ. Es blieb Sulu nichts anderes übrig, als sich zu fügen.

»Sie bringen sich um!«

»Ich habe Ihnen einen Befehl erteilt!«

Sulu zögerte, schien mit dem Gedanken zu spielen, sich dem Vulkanier zu widersetzen — was noch törichter gewesen wäre als das Bestreben, Hazarstennaj und ihrem neuen Bekannten gegenüber als Schlichter aufzutreten. Aber bevor er eine entsprechende Entscheidung treffen konnte, wurde aus dem zornig klingenden Fauchen ein leises

Schnurren. Die beiden Wesen standen auf, rieben sich unter dem Kinn — eine Begrüßungsgeste. Sulu beobachtete sie verblüfft.

»Wie lautet dein Name? Dein Geruch ist mir vertraut.«

»Ich bin Hazarstennaj.«

»Und ich heiße Tzesnashstennaj!«

Sie unterhielten sich in ihrer Sprache, von der Spock einige Worte verstand. Die Ähnlichkeit der beiden Namen deutete darauf hin, daß in fernster Vergangenheit einige ihrer Vorfahren aus der gleichen Familiengruppe stammten. Das behaupteten jeweils die Legenden, und die beiden Katzenwesen glaubten daran.

Sulu starrte sie aus großen Augen an.

»Sie haben sich nur begrüßt«, sagte Spock und erklärte das Beleidigungs- und Kampfritual.

»Oh.«

Hazarstennaj nahm ein Salatblatt von ihrem Teller und bot es Tzesnashstennaj an. Die Schnurrhaare des Katzenmannes zitterten angewidert, aber da es ausgesprochen unhöflich gewesen wäre, das Angebot abzulehnen, nahm er den Bissen entgegen und aß ihn. Überrascht neigte er die Ohren nach vorn.

»An Bord dieses Schiffes gibt es ungewöhnliche Fleischtiere«, knurrte er.

Hazarstennaj zwinkerte zufrieden. »Setz dich«, sagte sie. »Leiste mir Gesellschaft.« Tzesnashstennaj nahm neben ihr Platz. Gemeinsam leerten sie den Teller.

»Nimmst du an Vorführungen teil?« fragte Tzesnashstennaj.

»Schon seit vielen Jahren nicht mehr. Es ist schwer, genug Leute zu versammeln.«

»Schließ dich uns an«, schlug der Katzenmann vor.

»Gern. Übrigens: Ein weiteres Mitglied unseres Volkes gehört zur Besatzung der *Enterprise.*«

»Ausgezeichnet. Unsere Truppe ist klein, und daher nehmen wir gern neue Personen auf. Komm, ich stelle dir die anderen vor.«

Chefingenieur Scott trat an den Tisch heran. »Lieutenant Hazarstennaj!«

»›Hazarstennaj‹«, wiederholte die Katzenfrau. Spock hörte den Unterschied, bezweifelte jedoch, ob er auch Menschen auffiel.

»Ich brauche Sie im Maschinenraum, Lieutenant«, sagte Scott. »Unser Captain hält nichts davon, die Leistungsfähigkeit der Triebwerke zu testen, und deshalb müssen wir darauf achten, daß die neuen Wandlerplatten sauber bleiben.« Er zögerte, blickte auf den Salat. »Sind Sie Vegetarierin geworden?«

Tzesnashstennajs Ohren zitterten entrüstet.

»Es gefällt mir nicht, von... Außenstehenden beleidigt zu werden«, erwiderte Hazarstennaj. »Nicht einmal dann, wenn sie vorgesetzte Offiziere sind.«

Spock wußte, daß der Begriff ›Außenstehende‹ in Hazarstennajs Sprache eigentlich mit ›Nicht-Leute‹ übersetzt werden mußte. Aber um die Kooperation verschiedener Spezies nicht zu belasten, wählten die Katzenwesen taktvollere Ausdrücke.

Dann sah Spock die Reste von Spocks Steak, und aus seiner Überraschung wurde ein regelrechter Schock.

»Ist alles in Ordnung mit Ihnen, Mr. Scott?« fragte Cheung.

»Aye, mit mir schon...« Er schüttelte den Kopf. »Geht es Ihnen gut, Mr. Spock?«

»Selbstverständlich, Commander Scott.«

»Aber...« Der Chefingenieur brach ab, schüttelte wieder den Kopf. Er setzte zu einer neuerlichen Bemerkung an, doch bevor er etwas sagen konnte, sah er Sulu, der gehofft hatte, seiner Aufmerksamkeit zu entgehen. »Sulu! Sie sind doch der neue Steuermann, nicht wahr?«

»Ja, Sir.«

»Gehen Sie nie wieder so mit meinen Triebwerken um!« entfuhr es Scott. »Ach, es ist eine Schande: Offenbar hat man es heutzutage an der Akademie sehr leicht.«

Sulu spürte, wie ihm das Blut ins Gesicht schoß, seine

Wangen zu glühen begannen. Wut über die Demütigung brodelte in ihm, doch er beherrschte sich, blieb still. Der Versuch, irgend etwas zu erklären, hätte alles nur noch schlimmer gemacht.

»Mr. Scott«, sagte der Vulkanier.

»Zu meiner Zeit mußte man noch büffeln und echt was auf dem Kasten haben, um die Prüfungen zu bestehen.«

»Der Captain hat den Zwischenfall bereits vergessen. Ich halte es für angebracht, daß Sie und ich seinem Beispiel folgen.«

Scott brummte etwas über die Unfähigkeit der jüngsten Starfleet-Offiziere, aber er sprach so leise, daß Spock ihn ignorierte.

Schließlich wandte sich der Chefingenieur wieder an Hazarstennaj. »Ich brauche Sie im Maschinenraum, Lieutenant«, wiederholte er und bedachte Sulu mit einem bedeutungsvollen Blick. »Ich fürchte, wir müssen mit besonderen Belastungen der Triebwerke rechnen.«

»Danke für das ausgezeichnete Essen, Mr. Spock«, sagte die Katzenfrau.

Scott riß die Augen auf, als Hazarstennaj die letzten Salatblätter verspeiste. Tzesnashstennaj begleitete sie, als sie aufstand und ihr Tablett zum Abfallvertilger brachte. Scott verließ die Messe, und die beiden Katzenwesen wanderten Schulter an Schulter durch den Ausgang.

Commander Cheung versuchte mit nur wenig Erfolg, ein Kichern zu unterdrücken, griff nach Teller und Besteck.

»Ich bin verabredet, muß mich beeilen.«

Sie hastete auf den Korridor. Spock stellte die Tabletts zusammen und erhob sich, aber Sulu blieb sitzen.

»Commander Spock ...«, begann der Steuermann.

»Ja?«

»Warum haben Sie das getan?«

»Weil mein Körper Betriebsenergie braucht, Mr. Sulu. Manchmal muß man ästhetische Aspekte anderen Dingen unterordnen.«

»Das meinte ich nicht.«

»Dann erläutern Sie Ihre Frage.«

»Warum haben Sie mich Mr. Scott gegenüber verteidigt? Warum gaben Sie mir auf der Brücke eine zweite Chance?«

»Wie ich schon Captain Kirk sagte: Ich war beschäftigt.«

»Lieber Himmel, Sie hätten die *Enterprise* mit geschlossenen Augen und nur einer Hand aus dem Raumdock steuern können. Niemand an Bord stellt Ihre Kompetenz in Frage.«

»Die *Enterprise* ist einzigartig. Neue Piloten — selbst diejenigen, die an Schiffe dieser Größe gewöhnt sind und sie nicht nur von Simulatoren her kennen — brauchen eine gewisse Einarbeitungszeit...«

Sulu errötete erneut. Ganz offensichtlich hatte Spock seine Personalakte geprüft und die Trainingsanomalien bemerkt.

»...um alle Steuerungssysteme perfekt zu beherrschen. Eigentlich wäre es meine Pflicht gewesen, Sie darauf hinzuweisen, aber da meine Aufmerksamkeit *tatsächlich* anderen Faktoren galt, ergab sich keine Gelegenheit dazu.«

»Vielen Dank«, sagte Sulu.

Spocks Gesicht blieb ausdruckslos, als er den jungen Mann musterte. »Ich finde es in höchstem Maße seltsam, daß Sie mir für meine Pflichtvernachlässigung danken.«

»Trotzdem, ich stehe in Ihrer Schuld«, erwiderte Sulu.

»Ich lege keinen Wert darauf, daß Sie sich mir verpflichtet fühlen«, sagte Spock kühl.

Er nahm sein Tablett und ging. Sulu sah ihm verwirrt nach und fragte sich, warum der wissenschaftliche Offizier seine Dankbarkeit ablehnte. Hikaru wußte, daß ihn Spock vor einem jähen Ende seiner Karriere bewahrt hatte...

Vielleicht war der Umgang mit Vulkaniern noch schwieriger, als es die Gerüchte vermuten ließen.

Leonard McCoy saß am Tisch des Captains und versuchte, Jims Abwesenheit zu erklären. Erst lud er die Mitglieder

der Varietégesellschaft zum Abendessen ein, und dann ließ er sich nicht blicken...

»Bitte entschuldigen Sie mich«, sagte er. »Ich komme gleich zurück.«

Eine Minute später verließ er den Turbolift, betrat das Offiziersdeck und näherte sich der Kabine des Captains. Schon seit Jahren hatte er sich körperlich nicht mehr so gut gefühlt. Der dumpfe Schmerz im Oberschenkel erinnerte ihn an Augenblicke der Freude und des Triumphes.

Er klopfte an die Tür.

»Herein.« Die Stimme hatte kaum Ähnlichkeit mit der Jims. Sie klang müde und erschöpft, nervös und gereizt, und das wunderte McCoy. Für gewöhnlich verbesserte sich Kirks Laune schlagartig, wenn er ins All zurückkehrte.

»Deine Gäste warten«, sagte er.

Jim sah von dem Bildschirm auf und rieb sich die Augen. Com-Folien bildeten hohe Stapel auf dem Schreibtisch, und daneben standen mehrere leere Plastikbecher mit Kaffeeresten. Kirk ließ eine elektronische Liste sinken.

»Meine Gäste?«

»Ja. Die Leute vom Varieté. Du hast sie zum Abendessen eingeladen.«

»Himmel!« Er sprang auf. »Das hab' ich völlig vergessen. Mann, es ist kaum zu fassen – ich bin bereits mit der Verwaltungsarbeit im Rückstand.«

McCoy deutete auf die vielen Unterlagen. »Was hat es damit auf sich?«

Jim gestikulierte vage. »Ach, du weißt schon. Der übliche Papierkrieg.«

»Warum befaßt *du* dich damit?«

»Irgendwer muß diesen Kram schließlich erledigen«, erwiderte der Captain. »Ich habe mich immer selbst darum gekümmert. Aber so viele Formulare auf einem Haufen...« Er ließ die Schultern hängen.

»Wo ist dein Adjutant?«

»Was für ein Adjutant?«

»Du hast keinen?« fragte McCoy verblüfft.

»Ich brauchte nie einen.«

»Aber jetzt bist du Kommandant der *Enterprise.«*

Jim stöhnte leise. »Ein Verwaltungsoffizier hätte mir gerade noch gefehlt. Solche Leute halten einem dauernd irgendwelche Sachen unter die Nase, die man unterschreiben soll. Sie erinnern einen ständig an irgend etwas, halten es für extrem wichtig, daß man die richtigen Streifen an der Uniform trägt.«

McCoy zog sich einen Stuhl heran und nahm Platz. »Jim, erlaub deinem alten Onkel Pille, dir einen freundschaftlichen Rat zu geben. Unter deinem Kommando stehen doppelt so viele Personen wie vorher. Im Vergleich zur Größe der Besatzung nimmt die Verwaltungsarbeit Starfleets geometrisch oder sogar logarithmisch zu.«

»Es dürfte wohl kaum mehr ein Problem sein, sobald ich alles auf den neuesten Stand gebracht habe.«

»Das schaffst du *nie.* Und du *weißt* auch, daß so etwas völlig unmöglich ist. Außerdem: Du hast ganz andere Pflichten wahrzunehmen.«

»Willst du mir eine magische Lösung anbieten?«

»Nun, du könntest die Unterlagen einfach verbrennen und vergessen...« McCoy unterbrach sich, als er die Veränderung in Jims Gesichtsausdruck beobachtete. Wenn ihm etwas daran lag, daß der Captain seinen Rat zu Herzen nahm, durfte er ihn nicht verspotten. Andernfalls schaltete Kirk einfach auf stur. »Jim, such das Büro des Quartiermeisters auf, schnapp dir dort einen Buchhalter und befördere ihn.«

»Es würde mich mehr Zeit kosten, jemanden auszubilden, als diese Dinge selbst zu erledigen.«

»Nicht auf lange Sicht. Wähl jemanden, der sich bereits mit solchen Arbeiten auskennt.«

Kirk seufzte. »Seit ich an Bord dieses Schiffes gekommen bin, fordert man mich dauernd zum Nachgeben auf. Meine Mutter meinte sogar, mir bliebe gar keine andere Wahl.«

»Was?« fragte McCoy verwirrt.

Jim winkte ab. »Was soll's, ein Versuch kann sicher nicht schaden.«

»Gut. Komm jetzt.« Der Bordarzt lächelte. »Glaub nur nicht, ein Hinweis auf angebliche Arbeitsüberlastung könnte dich vor dem bewahren, was der Synthesizer ›Essen‹ nennt.«

Jim begleitete McCoy zur Messe.

»Es tut mir schrecklich leid, Lindy«, sagte er. »Ich mußte mich um einige Schiffsangelegenheiten kümmern. Ich hoffe, Sie und Ihre Gruppe sehen mir meine unentschuldbare Verspätung nach...«

Ein älterer Mann – hager und dunkelhaarig, gekleidet in einen tadellos sitzenden Anzug – gab Lukarian keine Gelegenheit, dem Captain zu antworten. »Wie sollen wir Ihnen verzeihen, wenn Ihre Verspätung unentschuldbar ist?« Er verzog die Lippen, wodurch sich die Spitzen des schwarzen Schnurrbarts nach oben neigten.

»Schon gut, Jim, ich kann Sie durchaus verstehen.« Lindy wechselte einen kurzen Blick mit dem älteren Mann. »Mr. Cockspur scherzt nur.«

»Ihr jungen Leute achtet viel zu wenig auf die wahre Bedeutung der Sprache«, erwiderte Mr. Cockspur. »Wir sollten uns alle bemühen, präzise Ausdrücke zu wählen.«

»Darf ich Sie vorstellen, Jim?« fragte Lindy. »Einige meiner Mitarbeiter sind schon gegangen. Nun, Mr. Cockspur, unseren neo-shakespearischen Schauspieler kennen Sie bereits.«

Die Kühle zwischen Lindy und dem steif sitzenden Mann ging über unfreundliche Scherze hinaus. Jim hoffte, daß es während der Tour zwischen den Angehörigen der Varietégruppe nicht zu Auseinandersetzungen kam.

Lindy machte ihn mit den anderen Leuten am Tisch bekannt: Philomela Thetis, eine hochgewachsene, elegante und kräftig gebaute Frau, die als Sängerin auftrat; die beiden Steptänzer Greg und Maris, die schwarzweiße Hahnentrittmuster-Anzüge trugen; der Pantomime Marcellin, ein schlanker, überaus gelenkiger Mann, der sich mit selbstbewußtem Geschick bewegte.

Eine nachgerade bemitleidenswert kleine Gruppe, fand Jim – und fragte sich, wie Lukarian und ihre Kollegen das Publikum von dreißig Raumstationen für sich gewinnen wollten. Alle begrüßten ihn höflich. Jim trat an den Synthesizer heran, um sein Abendessen zu bestellen, und sah verwundert auf eine blinkende Anzeige: »Defekt.«

»Da kannst du von Glück sagen«, meinte McCoy. »Die Mahlzeit hätte dir bestimmt nicht geschmeckt. Die einzelnen Rezepte scheinen erheblich durcheinandergeraten zu sein.«

Jim kehrte an den Tisch zurück, um seinen Gästen Gesellschaft zu leisten, insbesondere der jungen Frau. »Übrigens, Lindy«, sagte er, »raten Sie mal, wer uns Grüße übermittelt...« Er unterbrach sich, als er in Cockspurs Zügen Empörung sah.

»Ich habe gerade von meinem Aufenthalt in Lissabon erzählt«, verkündete der ältere Mann.

»Bitte fahren Sie fort«, sagte Jim und versuchte, freundlich zu sein.

»Wie ich schon sagte: Die Vorführung war ein enormer Erfolg...«

Er redete wie ein Wasserfall, legte nur kurze Pausen ein, um Luft zu holen. Captain Kirk wartete vergeblich auf eine Gelegenheit, mit Lindy zu sprechen.

KAPITEL 5

Das Raumschiff erbebte, und Blut bedeckte Jims Hände.

Ruckartig richtete er sich auf. Licht verdrängte die Dunkelheit, als die Zimmersensoren auf ihn reagierten. Er war in seiner Kabine an Bord der *Enterprise*.

Jemand klopfte an die Tür.

»Was...?« begann Jim und räusperte sich. »Einen Augenblick.«

Er versuchte, sich von der Benommenheit des Schlafs zu befreien, als er aus dem Bett kletterte und nach dem Morgenmantel tastete. Irgendwie gelang es ihm, das Kleidungsstück über die Schultern zu streifen und die Ärmelöffnungen zu finden.

»Herein.«

Die Tür glitt beiseite, und eine junge Frau blieb auf der Schwelle stehen, musterte den Captain erschrocken.

»Hallo«, sagte er.

»Hallo.« Sie senkte den Kopf, mied seinen Blick.

»Was haben Sie auf dem Herzen?«

»Äh, nichts, Sir. Ich... Es tut mir leid, Sir, aber der Quartiermeister meinte, ich solle mich heute morgen bei Ihnen melden. Offenbar habe ich ihn falsch verstanden...«

Jim rieb sich die Augen und gähnte, sah dann auf die Anzeige des Chronometers.

»Lieber Himmel, wissen Sie eigentlich, wie spät es ist?«

»Ja, Sir. Es ist Morgen, Sir.«

»Von wegen ›Morgen‹. Nach meinem Empfinden hat noch nicht einmal die Dämmerung begonnen!«

»Ich kehre später zurück, Sir...«

»Nein, nein, schon gut. Kommen Sie herein. Ich brauche nur eine ordentliche Tasse Kaffee. Um wach zu werden.«

Der Synthesizer schien inzwischen repariert worden zu sein.

»Ich soll Ihnen bei Ihren elektronischen Akten helfen?« Jim lauschte dem Tonfall der jungen Frau, verstand ihre Worte als Frage.

»Ja. Dort drüben.« Er deutete auf das Com-Terminal. Kurz darauf traf sein Kaffee ein. Er nippte daran und schnitt eine Grimasse. »Das Zeug schmeckt selbst dann scheußlich, wenn der Synthesizer funktioniert. Die Programmierer des Apparats scheinen seltsame Vorstellungen von Kaffee zu haben, verwechseln ihn offenbar mit Spülwasser.«

Die junge Frau ging am Rand des Zimmers entlang, wahrte eine möglichst große Distanz zu ihm, starrte nach wie vor zu Boden.

Der erste Tag in ihrem neuen Job, dachte Jim. Es geht allen so.

»Oh!« entfuhr es ihr, als sie den Com-Anschluß sah. »Was für ein Durcheinander!«

Am vergangenen Tag hatte Kirk stundenlang versucht, die Daten zu ordnen. Das Ergebnis seiner Bemühungen bestand aus einer Anzeige, die in sechzehn verschieden große Bildschirmfenster unterteilt war, untereinander mit Linien und Pfeilen verbunden, an deren Bedeutung er sich nicht mehr erinnerte. Und jetzt mußte er sich Kritik von einem unsicheren und eingeschüchterten Besatzungsmitglied gefallen lassen.

»Wie Sie meinen«, sagte er schroff. »Bringen Sie die Sache in Ordnung.«

Sie riß die Augen auf und starrte ihn fast ängstlich an. »Ich...« flüsterte sie. »Ich...«

Es ist noch viel zu früh für solche Angelegenheiten, dachte Jim und floh in die Hygienezelle.

Die Ultraschalldusche und der Kaffee – obwohl er scheußlich schmeckte – vertrieben die Müdigkeit aus ihm.

Hab' ich sie angeschnauzt? überlegte er und versuchte,

sich vom Gegenteil zu überzeugen. Verlegen zog er sich an und kehrte in die Kabine zurück.

Die junge Frau saß am Com-Terminal und wandte ihm den Rücken zu. Sie neigte die Schultern nach vorn, wodurch sie noch kleiner wirkte, als sie es ohnehin schon war. Jim versuchte, sich an ihr Erscheinungsbild zu erinnern, entsann sich aber nur an große blaue Augen und kurzgeschorenes, blondes Haar.

Er räusperte sich.

Seine Besucherin sprang auf und wirbelte um die eigene Achse.

»Beruhigen Sie sich«, sagte Jim. »Ich wollte Sie nicht erschrecken.« Er zeigte auf das Gerät. »Sieht schon wesentlich besser aus. Adjutant, habe ich Sie eben angeschnauzt?«

»O nein, Sir«, hauchte sie.

»Ich glaube doch.« Er lächelte. »Bitte entschuldigen Sie. Kurz nach dem Aufwachen bin ich nicht zu genießen. Fangen wir noch einmal von vorn an. Guten Morgen. Ich heiße Jim Kirk.«

»Rand, Sir«, flüsterte die junge Frau.

»Können Sie das Zeug entwirren, oder müssen Sie ganz von vorn anfangen?«

Nervös berührte sie einige Tasten, gab keine Antwort. Sie schien im Umgang mit elektronischen Datenspeichern geübt zu sein, aber ihr Verhalten wirkte seltsam, und Jim fragte sich, ob irgend etwas nicht stimmte. Schließlich hielt Rand inne, ließ zitternde Hände auf den Schoß sinken.

»Ist es so schlimm, Adjutant?« Sie zuckte jedesmal zusammen, wenn er sie ansprach, und das ging ihm auf die Nerven.

»Es tut mir leid, Sir, ich fürchte, es wird eine Weile dauern, um...« Sie unterbrach sich und begann erneut. »Es tut mir leid, Sir... ich... ich muß erst noch Erfahrungen sammeln...« Ihre Stimme verklang.

Vermutlich schreckte sie davor zurück, ihrem vorgesetzten Offizier mitzuteilen, was für ein Chaos er angerichtet hatte. Jim wollte ihr sagen, sie solle sich keine Sorgen machen, doch dann fiel ihm seine Reaktion auf ihre erste Bemerkung ein: Sie hatte wohl kaum Grund zu glauben, er nähme Kritik gelassen hin – und in diesem Punkte mußte er ihr recht geben. Viel zu häufig fuhr er die metaphorischen Krallen aus, wenn jemand etwas an ihm auszusetzen fand. Er seufzte innerlich. Vielleicht war es am besten, wenn er ging und später zurückkehrte, der jungen Frau die Möglichkeit gab, in aller Ruhe zu arbeiten.

»Sie kommen bestimmt damit zurecht, Adjutant«, sagte er. »Wenn Sie irgendwelche Fragen haben: Lieutenant Uhura auf der Brücke kann Ihnen jederzeit sagen, wo ich zu erreichen bin.«

»Ja, Sir«, sagte Rand erleichtert. »Danke, Sir.«

Als der Bordcomputer Hikaru Sulu in die Krankenstation bestellte und die Sprachprozessorstimme seinen Namen falsch betonte, empfand der Steuermann vage Genugtuung. Er spürte noch immer Verlegenheit, wenn er sich an seine Manöver im Innern des Raumdocks erinnerte, und es freute ihn zu wissen, daß er nicht der einzige an Bord der *Enterprise* war, dem Fehler unterliefen.

»Wie geht es Ihnen, Mr. Sulu? Ich bin Dr. McCoy.« Die beiden Männer schüttelten sich die Hände, und der Arzt blickte auf die Medounterlagen. »›Hikaru‹«, sagte er und sprach den Namen ebenfalls falsch aus. »Hm, ich glaube, ich bin noch nie jemandem begegnet, der so heißt.«

»Ich auch nicht«, erwiderte Sulu. »Übrigens, Doktor: Die Betonung liegt nicht auf der zweiten, sondern der ersten Silbe. Und das R ist sehr weich.« Er formulierte das Wort, gab McCoy damit ein Beispiel.

Der Bordarzt wiederholte es, diesmal war seine Aussprache besser, wenn auch nicht ganz fehlerfrei.

»Was bedeutet er?« fragte McCoy.

»Warum glauben alle, ein Name, der aus einer fremden Sprache stammt, müsse etwas bedeuten?« entgegnete Sulu und spürte, wie seine Wangen heiß wurden. Er kannte natürlich die Transkription. Auf Standard lautete sie ›der Glänzende‹ – und damit verband sich eine Menge Spott, mehr als Sulu lieb war. Er hoffte, der Frage des Arztes ausweichen zu können, indem er hinzufügte: »Wissen Sie denn, was es mit Ihrem Vornamen auf sich hat?«

»Ich glaube, er ließe sich mit ›Löwenherz‹ oder etwas in der Art umschreiben«, sagte der Doktor. »Aber ich verstehe, was Sie meinen.« Er lächelte. »Kommen wir wieder zur Sache. Lieutenant, Sie sind erstaunlich gesund, selbst für jemanden in Ihrem Alter.«

»Danke, Sir.«

»Hüten Sie sich nur davor, am allgemeinen Müßiggang an Bord dieses Raumschiffs teilzunehmen.«

»Diesen Rat nehme ich gern an. Wissen Sie, ohne körperliche Übungen werde ich schon bald unruhig.«

McCoy blickte auf die Sensoren, die über Sulus Liege blinkten und glühten. »Ihr Puls ist bemerkenswert niedrig. Sind Sie einige Zeit Hochschwerkraft-Bedingungen ausgesetzt gewesen?«

»Ja, Sir, fast ein Jahr lang.«

McCoy nickte. »Das dachte ich mir schon. Nun, die Sensoren zeigen Narben auf Ihrem Rücken und auch an den Beinen. Was dagegen, wenn ich sie mir ansehe?«

»Sind kaum der Rede wert.« Sulu streifte die obere Hälfte des Untersuchungsoveralls ab. Es beeindruckte ihn, daß der Bordarzt eine Verbindung zwischen den Narben und seinem Gesundheitszustand sah. Nur wenige Menschen irdischer Abstammung lebten auf Super-G-Welten. Und nicht einmal die Akademieärzte hatten Sulu nach den Hautverhärtungen oder dem niedrigen Puls gefragt.

McCoy berührte die alten, dünnen Hornstriemen unter Hikarus Schulterblättern.

»Meine Mutter arbeitete als Beraterin auf Hafjian«, erklärte Sulu. »Wir besaßen einen Antigravgenerator, gerade groß genug für unsere Wohnung, aber wenn wir nach draußen gingen, mußten wir Leiber-Exoskelette benutzen.« Diese Worte weckten Erinnerungen an das besondere Gefühl, einen derartigen Harnisch stunden- oder gar tagelang zu tragen. Der Metallrahmen stützte den menschlichen Körper in hoher Schwerkraft. Er erfüllte durchaus seinen Zweck, aber die stärkeren Belastungen ausgesetzten Stellen hatten häufig Abschürfungen. Und natürlich verhinderte er nicht die Auswirkungen der Supergravitation auf den Kreislauf.

»Wie alt waren Sie damals? Dreizehn? Vierzehn?«

»Richtig getippt«, bestätigte Sulu. »Wir brachen kurz vor meinem vierzehnten Geburtstag auf. Woher wußten Sie das?«

»Sie trugen das Exoskelett während Ihrer wichtigsten Wachstumsphase«, sagte der Arzt leichthin. »Dadurch gewinnen die Narben eine charakteristische Form.« Er löste einige Verschlüsse des Overalls und betrachtete Sulus Beine. Dicht über und hinter den Knien zeigten sich dünne Linien. »Sie sind gut verheilt«, stellte McCoy fest. »Haben Sie jemals Schmerzen?«

»Nein, Sir. Nie.«

»Man hätte Sie mit Fiberplast behandeln sollen«, brummte der Bordarzt. »Neue Haut anstatt Narben.«

»Jene Technik gab es damals nicht. Jedenfalls nicht auf Hafjian. Zu teuer.«

»Hmm. Heute steht sie uns zur Verfügung — und zwar kostenlos, soweit es Sie betrifft. Wenn Sie möchten...«

»Nein, Sir, das ist nicht notwendig«, antwortete Sulu, überrascht darüber, daß er sich eigentlich gar nicht von den alten Narben trennen wollte. Sie erinnerten ihn viel zu sehr an seine Jugend.

»Nun gut. Da wäre noch etwas.« McCoy sah wieder auf die Sensoren. »Der Gravitationsstreß scheint keine nachteiligen Auswirkungen hinterlassen zu haben, aber manchmal dauert es recht lange, bis sich Konsequenzen ergeben. In einigen Jahren könnte es soweit sein. Nun, die Wahrscheinlichkeit dafür ist eher gering, und Sie brauchen sich deshalb keine Sorgen zu machen. Doch Sie sollten daran denken.«

»Was für Konsequenzen meinen Sie?« fragte Sulu verwirrt. Bisher hatte ihn noch kein Arzt auf so etwas hingewiesen. »Und was verstehen Sie unter ›einigen Jahren‹?«

»Nun, hauptsächlich Herzprobleme. Ich rate Ihnen, sich nach dem siebzigsten Geburtstag regelmäßig untersuchen zu lassen, in Abständen von höchstens sechsunddreißig Monaten.«

»Ich werde versuchen, das im Gedächtnis zu behalten, Dr. McCoy«, erwiderte Sulu und dachte: In *einigen* Jahren?

Ein halbes Jahrhundert erschien ihm wie eine Ewigkeit.

Commander Spock traf genau zum vereinbarten Zeitpunkt in der Krankenstation ein, doch der neue Bordarzt schien nicht viel von Pünktlichkeit zu halten. Er hatte Mr. Sulus Untersuchung noch nicht beendet, obwohl der Steuermann schon seit fünf Minuten auf der Brücke zurückerwartet wurde.

»Wenn Sie einen neuen Termin nennen, kehre ich später zurück«, sagte der Vulkanier schlicht.

»Was? Oh, Commander Spock. Nein, das ist nicht nötig.« Er warf dem wissenschaftlichen Offizier einen Analyseoverall zu – eine Kombination, die für Diagnosesensoren transparent war, aber für das menschliche Auge undurchsichtig blieb. Dann deutete er auf eine der kleinen Nischen. »Ich bin gleich bei Ihnen«, fügte er hinzu und schloß den Vorhang.

Spock zog sich um und bedauerte es, daß die Nische kein Com-Terminal enthielt, das es ihm erlaubt hätte, seine Arbeit fortzusetzen.

Es war reine Routine, jemanden zu untersuchen, der seine biologischen Prozesse kontrollieren und unmittelbaren Einfluß auf alle Körperfunktionen nehmen konnte. Aber Starfleet bestand darauf, daß der Bordarzt eines Raumschiffes detaillierte Medo-Akten für alle Besatzungsmitglieder anlegte. Die Kontrolle hatte nur wenig mit Spock zu tun, diente vor allen Dingen dazu, den Doktor mit einem Organismus vertraut zu machen, den er später vielleicht einmal behandeln mußte. Dennoch empfand Spock seinen Abstecher in die Krankenstation als lästige Pflicht, die ihn nur wertvolle Zeit kostete. Hinzu kam nun eine weitere Verzögerung.

Schließlich betrat Dr. McCoy die kleine Kammer, in der Spock auf ihn wartete. »Commander – willkommen in meiner Abteilung. Ich glaube, Sie sind der erste, der pünktlich zur Stelle ist.«

»Ich *war* pünktlich«, erwiderte der Vulkanier. »Aber inzwischen sind bereits elf Minuten vergangen.«

»Ich meinte nur... Nun, schon gut. Beginnen wir.«

Der wissenschaftliche Offizier streckte sich auf der Diagnoseliege aus. Sensoren leuchteten, und Indikatoren bewegten sich, bildeten exakt das Muster, mit dem Spock gerechnet hatte.

»Wie Sie sehen, Doktor, entspricht mein physischer Zustand...«

»Immer mit der Ruhe, Mr. Spock«, unterbrach ihn McCoy. Fasziniert betrachtete er die Kontrollen an der Wand. »Um ganz ehrlich zu sein: Ich habe noch nie zuvor solche Werte gesehen.«

»Sie entsprechen alle der vulkanischen Norm.«

»Aber einige von ihnen sind nahe der unteren oder oberen Toleranzgrenze.« McCoy starrte auf die Sensoren. »Man sollte eigentlich annehmen, einige Ihrer menschlichen Eigenschaften seien deutlicher ausgeprägt.«

»Das vulkanische Genom ist dominant«, sagte Spock.

»Überlegene Gene, wie? Höre ich da einen Hauch von vulkanischem Chauvinismus?« McCoy grinste bei diesen Worten. Spock wußte, daß manche Menschen lächelten, wenn sie andere beleidigten, doch gelegentlich offenbarten sie ein solches Mienenspiel auch dann, wenn sie spotteten, ohne jemanden verletzen zu wollen. Unglücklicherweise fiel es ihm außerordentlich schwer, zwischen diesen beiden Möglichkeiten zu unterscheiden.

»Ganz und gar nicht«, erwiderte er. »Es handelt sich

vielmehr um eine wissenschaftlich nachweisbare Tatsache. In der vulkanischen Sprache sind Begriffe wie ›dominant‹ und ›rezessiv‹ keine Synonyme für Über- oder Unterlegenheit. Tatsächlich könnte man in Ihrem Verhalten eine Neigung zu chauvinistischen Tendenzen erkennen, denn es deutet auf den Wunsch hin, daß sich menschliche Gene durchsetzen — obwohl alle betreffenden Experimente das Gegenteil erkennen lassen. Sind Sie jetzt fertig, Doktor?«

»Nein, noch lange nicht. Bleiben Sie hübsch brav liegen. Ich hatte kaum Gelegenheit, Vulkanier zu untersuchen.« McCoy grinste erneut. »Wie wär's, wenn Sie zu meiner Weiterbildung beitragen?«

»Ich habe meinen Verpflichtungen Rechnung getragen, indem ich hierherkam. Ich sehe keinen Sinn darin, noch mehr Zeit zu verlieren, nur um Ihre Neugier zu befriedigen.«

»Ihre Verpflichtungen sind erst erfüllt, wenn ich sage, daß die Untersuchung zu Ende ist. Es freut Sie bestimmt zu erfahren, daß es an Ihrem Gesundheitszustand nichts auszusetzen gibt.«

»Das war mir bereits klar.«

»Aber wie sieht es mit den psychologischen Aspekten aus? Mit Ihren Gefühlen? Haben Sie in dieser Hinsicht irgendwelche Probleme, die Sie mit mir erörtern möchten?«

»Gefühle sind Vulkaniern fremd.«

»Selbst Gleichmut ist ein Gefühl!« widersprach McCoy. »Außerdem: Ihre physischen Faktoren werden vielleicht überwiegend von Genen bestimmt, aber das trifft nicht auf die psychologische Seite Ihres Selbst zu. Zu Ihren Erfahrungen gehören komplexe kulturelle Interaktionen, exotische Philosophien...«

»Wir alle stellen Produkte unserer Umwelt dar«, sagte Spock. »Sonst wären wir keine intelligenten, lernfähigen Wesen. Andererseits sind wir keine passive Prägemasse. Wir können zwischen Einflüssen, die uns verändern, wählen, sie in gewisser Weise kontrollieren. Zwischen meiner Abstammung und den während der letzten Jahre gesammelten Erfahrungen gibt es keinen Konflikt. Die vulkanische Weltanschauung gestattet es mir, ein Leben zu führen, das nicht von Gefühlen bestimmt wird.«

»Eigentlich schade«, murmelte McCoy.

»Glauben Sie? Meine bisherigen Beobachtungen menschlicher Wesen deuten darauf hin, daß Emotionalität mit Unglück gleichzusetzen ist. Captain Kirk ist ein gutes Beispiel dafür.«

»Was veranlaßt Sie zu der Annahme, Jim Kirk sei unglücklich?«

»Er ließ entsprechende Empfindungen erkennen, als er erfuhr, daß sein Nominierungsvorschlag für den Ersten Offizier abgelehnt wurde.«

»Zu Ihren Gunsten.«

»Das spielt in diesem Zusammenhang keine Rolle.«

»Wirklich nicht? Sind Sie nicht stolz auf Ihre Beförderung?«

»Stolz? Ein derartiges Gefühl ist mir unbekannt.«

»Wahrscheinlich behaupten Sie auch, Sie wären nicht enttäuscht gewesen, wenn man *Mitch* Ihren Posten zugewiesen hätte.«

»Nicht im geringsten, Doktor. Commander Mitchell steht in dem Ruf, ein sehr fähiger Offizier zu sein. Wie dem auch sei: Sie sollten sich nicht um meinen emotionalen Zustand Sorgen machen, sondern um den des Captains.«

»Sind Sie wirklich völlig kalt in Ihrem Innern? Haben Sie keine Wünsche, keine Sehnsüchte?«

»Vulkanier kommen sehr gut ohne Wünsche und Sehnsüchte zurecht. Und *wenn* ich Gefühle hätte, Dr. McCoy, so gingen sie Sie nichts an.«

»Alles, was direkt oder indirekt mit dem Schiff zu tun hat, fällt in meinen Zuständigkeitsbereich. Zum Beispiel: Sie haben lange mit Christopher Pike zusammengearbeitet. Was halten Sie davon, daß er abgelöst wurde?«

Spock erinnerte sich an einen Anflug von Niedergeschlagenheit, doch diesen Mangel an Selbstkontrolle wollte er einem Fremden gegenüber nicht zugeben.

»Keine Enttäuschung?« fragte McCoy. »Keine menschliche Reaktion in Ihrem vulkanischen Gleichmut?«

Spock hatte die Sticheleien des Arztes satt. »Doktor, glauben Sie vielleicht, Sie seien der erste, der mich auf die inhärenten Widersprüche in den Umständen meiner Existenz hinweist?«

»Was soll das heißen, Mr. Spock?«

»Zwar war ich nicht dazu verpflichtet, Ihnen meine Wahlphilosophie zu erklären, aber ich bin dennoch dazu bereit gewesen. Sie hingegen lehnen mein Weltbild ab, stellen sogar mein Recht in Frage, auf die Weise zu leben, die ich für richtig halte. Ich unterbreite keine Vorschläge, um Ihnen zu einer rationaleren Haltung zu verhelfen — obwohl ich dazu durchaus in der Lage wäre.«

»Mr. Spock, sind Sie etwa sauer auf mich?«

»Nein, Dr. McCoy. Ich bin nicht ›sauer‹, wenn Sie damit ›verärgert‹ meinen. Aber ich sehe keinen Sinn darin, noch mehr Zeit mit nutzlosen Diskussionen zu verschwenden.«

»Na schön, Mr. Spock, wenn Sie so empfinden...«

»Ich *denke* so«, berichtigte der wissenschaftliche Offizier. »Das ist ein Unterschied, den Sie offenbar übersehen.«

McCoy griff nach einem Injektor. »Von mir aus können Sie denken, was Sie wollen — sobald ich Ihnen ein wenig Blut abgezapft habe.«

»Eine Blutprobe ist nicht notwendig. Die Sensoren haben alle für eine Basisanalyse erforderlichen Daten gespeichert.«

»Ich weiß, aber ich möchte einige zusätzliche Tests durchführen...«

Spock stand auf. Manchmal — sehr selten — erschütterten rudimentär geglaubte und gnadenlos unterdrückte Emotionen das stabile Gebäude seiner Selbstbeherrschung. Der Vulkanier versuchte, sich nicht anmerken zu lassen, wie sehr ihm die beiläufige Bemerkung des Arztes zusetzte.

»Ob Mensch oder Vulkanier — ich bin nicht Ihr Versuchskaninchen.«

»Warten Sie, Spock. Um Himmels willen, so war das doch nicht gemeint...«

Der Vulkanier verließ die Krankenstation, trug noch immer den Overall. Er wollte lieber in seine Kabine zurückkehren, um sich dort umzuziehen. Ihm fiel kein logischer Grund ein, der ihn dazu zwang, McCoys Stiche — sowohl die mit dem Injektor als auch die des allzu menschlichen Spotts — noch länger zu ertragen.

Doch im Korridor blieb er stehen und dachte nach, zwang die Gefühle wieder unter Kontrolle, zermalmte den Ärger, den McCoy in ihm geweckt hatte. Das Empfinden der Demütigung, mit dem er auf den Zorn reagierte, verurteilte er als emotionale Hemmungslosigkeit.

Er erwog das Anliegen des Bordarztes, drehte sich um und kehrte ohne zu zögern in die Krankenstation zurück.

Dr. McCoy bearbeitete gerade einige Akten und sah auf.

»Ja, Mr. Spock?« fragte er steif. »Was ist?«

»Wenn Sie es für notwendig erachten, eine Probe von meinem Blut zu nehmen, so ist es meine Pflicht, Ihren Wünschen zu genügen«, sagte der Vulkanier.

Das Gesicht des Bordarztes blieb steinern. »Ach, tatsächlich? Danke für Ihre Herablassung, Commander Spock. Ich vereinbare einen Termin mit Ihnen. Wie Sie sehen, habe ich derzeit zu tun.«

Spock musterte ihn, hob eine Braue, stellte jedoch keine Frage.

»Wie Sie meinen, Doktor«, sagte er ruhig. »Ich stehe Ihnen zur Verfügung.« Und damit wandte er sich ab.

McCoy sah dem wissenschaftlichen Offizier nach. Jetzt deutete nichts mehr auf seinen kurzen Gefühlsausbruch hin, und die Abfuhr akzeptierte er mit der für ihn typischen Gelassenheit. Er bewegte sich wie immer, ging mit gleichmäßigen, leisen Schritten.

McCoy starrte auf die ungelesene Akte.

Zum Teufel mit deinem irischen Temperament, fuhr es ihm durch den Sinn. Spock hat nicht nur deine Autorität anerkannt, sondern dir auch ein Friedensangebot gemacht. Und du hast es einfach abgelehnt.

Einige Sekunden lang spielte er mit dem Gedanken, Spock zu folgen, aber schließlich entschied er sich dagegen, hielt es für besser, sein erhitztes Gemüt zunächst abkühlen zu lassen. Der Hinweis des Commanders, zusätzliche medizinische Tests seien nicht nötig, brachte McCoy aus dem inneren Gleichgewicht – vielleicht deshalb, weil der Vulkanier recht hatte. Wenigstens zum Teil. Besondere Individuen brauchten eine besondere Behandlung, und McCoys Absicht bestand in erster Linie darin, sich auf Notfälle vorzubereiten. Selbst wenn er bei dieser Mission mit keinen Krisensituationen rechnete.

Andererseits konnte er nicht leugnen, daß der Forscher in ihm darauf brannte, die Zellstruktur eines Wesens zu untersuchen, das zur einen Hälfte Mensch und zur anderen Vulkanier war.

McCoy lächelte schief. Commander Spock, dachte er, Sie können von Glück sagen, daß ich keine Gewebebiopsie verlangte. Wie hätten Sie wohl darauf reagiert?

McCoy bereitete sich auf seinen nächsten Besucher vor, beschloß, bei einer passenden Gelegenheit Frieden mit Spock zu schließen. Er war sicher, daß er den Vulkanier nicht nur verärgern, sondern seine allgemeine Stimmung auch verbessern konnte.

Ich appelliere einfach an seine menschliche Seite, dachte McCoy. Das klappt bestimmt.

Lindy stützte die Ellenbogen auf das Geländer der Treppe und rutschte vom Laufsteg zum Shuttledeck.

»Irgendwann werden Sie sich dabei etwas brechen.« Marcellin verließ seinen Platz in unmittelbarer Nähe von Athene. Selbst wenn er kein Make-up trug und sprach, bewegte er sich wie auf der Bühne. Lindy liebte es, die Pantomime zu beobachten.

»Danke für Ihre Anteilnahme. Ich passe auf. Wie geht's ihr?«

»Athene ist sehr unruhig. Ich schätze, an Bord dieses Kahns gibt es keine Rennbahn, oder?«

»Nein, ich fürchte nicht.«

»Schade. Die *Enterprise* ist groß genug.«

»Danke, daß Sie das Vogelpferd gehütet haben. Wir sehen uns bei der Besprechung.«

»Bis später.«

Lindy sah Marcellin nach, als er davonschlenderte, bewunderte seinen anmutigen Gang, den schlanken, dunklen Körper.

Athene schnaubte, streckte den Kopf über die oberste Stange des Korrals, hielt nach einem Leckerbissen Ausschau. Lindy gab ihr eine Proteinpille, kraulte sie hinter den Ohren, unterm Kiefer, auf der breiten Stirn.

»Du glaubst, ich habe immer was für dich, nicht wahr? Und wenn ich irgendwann das Fingerspitzengefühl verliere?« Sie zauberte ein zweites Kügelchen hervor. Athene plusterte sich auf und scharrte mit den Hufen. Sie sehnte sich danach, die Schwingen zu strecken, brauchte Auslauf. Das Shuttledeck bot zwar genug Platz, doch der Metallboden eignete sich nicht für das geflügelte Roß. Es konnte darauf ausrutschen und sich verletzen.

»Ich weiß, wie schwer es dir fällt, so lange stillzustehen, aber du mußt Geduld haben. Bestimmt finden wir eine Möglichkeit, dir mehr Bewegungsfreiheit zu verschaffen.« Athene versuchte, ihre Schnauze in eine von Lindys Taschen zu schieben. »Nein, laß nur. Zwei Proteinpillen genügen für dich.«

Während die junge Frau den Pferch des Vogelpferds ausmistete, träumte sie von der Zukunft ihrer Gruppe. Sie strebte ehrgeizige Ziele an, stellte sich vor, einen Sternenkreuzer zu kaufen und auf vielen Welten der Föderation aufzutreten. Sie wünschte sich einen Kulturaustausch mit dem klingonischen Imperium, der nicht nur die Beziehungen zwischen den Völkern verbesserte, sondern auch die zwischen den Regierungen.

Aber zuerst mußte sie ihren gegenwärtigen Auftrag erledigen. Sie fragte sich besorgt, welche Wirkung ein kulturelles Relikt von der Erde auf ein Außenweltpublikum erzielen mochte. Nun, die Vorführungen waren zumindest unterhaltsam. Einige Leute meinten, solche Dinge seien seit mehr als dreihundert Jahren überholt. Lindy zog es vor, in diesem Zusammenhang von einer tausendjährigen Geschichte zu sprechen.

Sie ersehnte sich mehr Informationen übers Varieté. Die Grundlagen ihrer Gesellschaft bestanden eigentlich nur aus vagen Ideen. Es existierten weder Laser- noch Magnetbandaufzeichnungen über das einstige Varieté; es gab nur wenige Filme und Bücher darüber, und man mußte viel Zeit und Geduld opfern, um in modernen Datenbanken betreffende Dateien zu finden. Eine von Lindys Angewohnheiten bestand darin, sich in der Bibliothek jeder Stadt umzusehen, die sie besuchte, und dort hielt sie nach Informationen Ausschau, die nicht auf Computerbasis gespeichert waren. Sie fand verstaubte Bücher, Broschüren, Theaterplakate, manchmal auch zerkratzte Mikrofilme, für die sich seit Jahrhunderten niemand mehr interessierte. Als sie die Nachfolge ihres Vaters antrat, der ihrer Ansicht nach einige Fehler gemacht hatte, leitete sie Veränderungen in die Wege.

Gelegentlich fügte Lindy anachronistisch anmutende Nummern hinzu, zum Beispiel eine Jagdszene, doch dafür konnte sie gute Gründe anführen.

Ab und zu, dachte sie, mußte man einen Teil der Authentizität opfern, um den Unterhaltungswert zu erhöhen. Wenn das echte Varieté zu Jagddarstellungen in der Lage gewesen wäre, hätten sie sicher zum Programm gehört.

Kurze Zeit später begann Lindy damit, das Vogelpferd zu striegeln. Sie strich mit der Bürste über das glänzende Fell, benutzte die Hände, um die Schwingen zu putzen. Wie viele Geschöpfe, die ihre Existenz der Gen-Technik verdankten — selbst diejenigen, die durch selektive Auswahl entstanden, vor der Erfindung des sogenannten Gen-

Spleißens* —, teilte Athene nicht alle Fähigkeiten, die ›normale‹ Tiere im Zuge der Evolution entwickelt hatten, brauchte in dieser Hinsicht menschliche Hilfe. Schon seit Jahrtausenden konnten sich Korngewächse ohne das Eingreifen des Menschen nicht mehr fortpflanzen. Mit ihren scharfen Vorderzähnen war das geflügelte Roß in der Lage, die Schwingen zu reinigen, aber ihm fehlten Schnabel und Krallen. Deshalb mußte Lindy die Federn glätten, das darin enthaltene natürliche Öl gleichmäßig verteilen.

Schließlich nahm sich Lukarian die Hufe vor. Als sie den muffigen Geruch einer leichten Pilzinfektion wahrnahm, fluchte sie leise.

Lindy richtete sich auf und klopfte auf Athenes Schulter. »Mach dir keine Sorgen, Liebes. Ich sorge dafür, daß dein Aufenthalt hier angenehmer für dich wird. Ich weiß noch nicht wie, aber bestimmt fällt mir etwas ein.«

Athene beschnupperte ihre Kleidung, versuchte herauszufinden, welche geheime Tasche Möhren enthielt.

Nach einer Weile seufzte die junge Frau und erinnerte sich an eine Pflicht, die sie nicht länger aufschieben konnte. Die nächste Stunde verbrachte sie damit, ein Plakat für die Tour zu entwerfen.

Die beiden Türhälften des Turbolifts zischten und brummten, als die Sensoren ein Hindernis registrierten.

Uhura sah auf. Ein junges Besatzungsmitglied — sie hatte die Frau nur ein- oder zweimal gesehen — trat verunsichert vor, schien die Kabine nur deshalb zu verlassen, weil sie einen Tadel des Computers befürchtete.

---

* Gen-Spleißen *(gene splicing):* der Mechanismus, durch den aus RNS-Vorläufermolekülen die Introns entfernt und benachbarte Exons miteinander verbunden werden. Enzyme, die an diesen Reaktionsabläufen beteiligt sind, nennt man oft ›Spleiß‹-Enzyme. Der Ausdruck Gen-Spleißen wird häufig als allgemeine Bezeichnung für die rekombinante DNS-Technologie benutzt. Man sagt zum Beispiel: Ein fremdes Gen wird in einen Vektor gespleißt. — Anmerkung des Übersetzers.

Uhura musterte die junge Frau. Sicher wäre sie sehr attraktiv gewesen, wenn sie nicht so verängstigt gewirkt hätte. Hinzu kam das viel zu kurz geschorene, struppige Haar. Sie sollte es entweder wachsen oder gleichmäßig schneiden lassen, dachte sie. Diese Art der Frisur, wenn man überhaupt davon sprechen kann, steht ihr nicht.

Plötzlich glätteten sich die Züge der Frau, und die Unsicherheit verflüchtigte sich, als sie voller Entzücken auf den großen Wandschirm starrte. Uhura bemerkte ihren Blick, wandte den Kopf und beobachtete bunte Sterne auf schwarzem Samt. Die kleinen Aussichtsfenster und Monitoren in den Mannschaftsquartieren vermittelten nur eine vage Ahnung von der atemberaubenden Schönheit des Alls bei Warpgeschwindigkeit.

Uhura stand auf und durchquerte die Brücke. »Haben Sie sich verirrt?«

Die junge Frau zuckte zusammen. Ehrfürchtige Begeisterung verschwand und wich erschrockener Nervosität.

»Ich beiße nicht.« Uhura lächelte. »Was führt Sie hierher?«

»Ich ... ich bin Adjutantin, und ich glaube, der Captain erwartet mich ...«

»Willkommen auf der Brücke. Ich heiße Uhura.« Sie wartete auf eine Antwort der Adjutantin.

Die junge Frau senkte den Kopf und starrte zu Boden, und Uhura bemerkte einen Becher, dessen Klappe leise rasselte. Die Hände des Mädchens zitterten!

»Ich meine ... Äh, ich weiß nicht genau, ob es richtig war, hierherzukommen ... Wissen Sie, ich ...«

»Wie lautet Ihr Name?« fragte Uhura sanft.

»Janice Rand.«

»Kommen Sie, Janice. Ich stelle Sie vor.«

»Ich möchte niemanden stören ...«

»Oh, machen Sie sich keine Sorgen. Die anderen freuen sich bestimmt über eine Ablenkung. Schon viel zu lange müssen sie den Anschein erwecken, beschäftigt zu sein.« Uhura deutete auf den Becher. »Möchten Sie ihn irgendwo abstellen?«

»Er... er ist für den Captain.«

»Er wird gleich zurück sein. Sein Platz befindet sich dort drüben.«

Uhura ließ den Becher auf der Armlehne des Sessels zurück und griff nach Janice' Hand; die harten Schwielen an den Fingeransätzen überraschten sie. Zuerst führte sie die junge Frau zu dem Vulkanier.

»Mr. Spock, das ist die Adjutantin des Captains, Janice Rand. Janice – Commander Spock. Er ist wissenschaftlicher Offizier und stellvertretender Kommandant der *Enterprise.*«

Janice wich zurück, so als jage ihr Spock einen noch größeren Schrecken ein als alles andere.

»Freut mich, Sie kennenzulernen, Adjutantin.« Er wandte sich wieder seinen Konsolen zu.

Uhura geleitete Janice zum unteren Bereich der Brücke. »Mr. Spock ist sehr zurückhaltend«, flüsterte sie. »Nehmen Sie es nicht persönlich.«

»Stimmt es, daß er... Gedanken lesen kann?«

»Ja, in gewisser Weise«, sagte Uhura leise, und als sie Janice' Reaktion sah, fügte sie hastig hinzu: »Aber dazu muß er die betreffende Person berühren, und das gefällt ihm nicht sonderlich. Ich glaube, er mag es nicht sehr, seine speziellen mentalen Fähigkeiten einzusetzen. Ich habe so etwas nur einmal erlebt, und damals ging es um Leben und Tod.« Captain Pike hatte den Zwischenfall weder in seinem offiziellen Bericht noch im Logbuch des Captains erwähnt, aber es gab Zeugen, die genau wußten, wozu der Vulkanier imstande war.

Uhura bemerkte, daß Janice noch immer zitterte.

Hikaru Sulu, der Steuermann, und Mariette Cheung, die Navigatorin, begrüßten Janice mit einem freundlichen Lächeln, und daraufhin entspannte sich die junge Frau ein wenig. Sie erklärten ihr die Anzeigen der Konsolen, und außerdem waren sie ebenfalls recht jung. Uhura fragte sich, wie alt Janice sein mochte. Sie wirkte nicht einmal wie eine Achtzehnjährige.

»Allerdings geschieht derzeit nichts Interessantes«, sagte Lieutenant Cheung. »Es ist ziemlich langweilig, von einer Starbase zur anderen zu fliegen.«

Janice blickte auf den Wandschirm. »Was für ein herrlicher Anblick«, seufzte sie. »Und Sie können ihn die ganze Zeit über genießen.« Die Sterne faszinierten sie.

Auch Sulu und Cheung sahen auf die breite Projektionsfläche.

Die junge Frau wurde sich plötzlich ihres Verhaltens bewußt und wandte sich von dem großen Schirm ab. »B-bitte entschuldigen Sie, ich ...« Rote Flecken bildeten sich auf ihren blassen Wangen.

»Schon gut, Janice«, sagte Uhura. »Sie haben völlig recht. Es *ist* ein herrlicher Anblick. Wir sind viel zu sehr daran gewöhnt und wissen jene Pracht nicht mehr zu schätzen. Es war richtig von Ihnen, uns daran zu erinnern.« Sie drückte Janice' Hand.

»Oh, Adjutant Rand, Sie sind bereits hier.«

Janice zuckte einmal mehr zusammen, riß ihre Hand zurück. Captain Kirk kam aus dem Turbolift und betrat die Brücke.

»Uhura hat Sie bereits vorgestellt? Danke, Lieutenant. Adjutant, ich möchte Sie nun mit Ihren neuen Pflichten vertraut machen.«

Janice sah Uhura so entsetzt an, als fürchte sie, Löwen zum Fraß vorgeworfen zu werden.

»Sie brauchen keine Angst zu haben. Bestimmt kommen Sie gut damit zurecht.«

Uhura kehrte an ihren Platz zurück. Sie beneidete Janice Rand nicht darum, sich um die Verwaltungsarbeit kümmern zu müssen, den Terminkalender des Captains zu ordnen und zu überwachen, ihn auf Probleme aufmerksam zu machen oder die entsprechenden Sektionsleiter zu benachrichtigen, wenn die Anweisungen zu banal waren, um die Autorität des Kommandanten zu erfordern. Eine Liste dieser Aufgaben erschien eher trivial, aber Uhura wußte, was geschehen konnte, wenn der Adjutant des Captains keinen

Ordnungssinn besaß. In einem solchen Fall entstand schon nach kurzer Zeit das reinste Chaos, und dann galt der Verwaltungsunteroffizier als unfähig und inkompetent. Ein Adjutant, der seinen Pflichten gerecht wurde, erhielt nur wenig Anerkennung und Komplimente.

Jim zeigte Janice Rand die Konsole auf der Backbordseite der Brücke. »Die Tradition verlangt, daß Sie die Station der Ambientenkontrolle benutzen«, sagte er.

Die junge Frau starrte auf die entmutigend komplizierte Konsole.

»Lassen Sie sich von der Komplexität der Anzeigen nicht beeindrucken«, riet ihr Jim rasch und hoffte, seine Adjutantin zu beruhigen. »Der Computer überwacht alle Lebenserhaltungssysteme. Sie können an dieser Anlage arbeiten, wenn Sie auf der Brücke sind.«

»Ja, Sir.«

»Stellen Sie so bald wie möglich einen Terminplan für mich zusammen. Ich möchte mindestens eine halbe Stunde für jede Person an Bord. Vereinbaren Sie Gespräche für die Transitzeit, wenn wir zwischen den verschiedenen Raumstationen unterwegs sind. Packen Sie nicht alles in ein oder zwei Wochen, und achten Sie darauf, daß mich kein Besatzungsmitglied während seines oder meines Schlafzyklus besuchen muß. Klammern Sie Stabsbesprechungen oder Inspektionen aus. Weisen Sie darauf hin, es handele sich um zwanglose Begegnungen, die nur einer kleinen Plauderei dienen, aber akzeptieren Sie keine ablehnenden Antworten. Haben Sie verstanden?«

»Ja, Captain.«

Kirk nickte. »Versuchen Sie, sich an Ihre Station zu gewöhnen. Ich brauche Sie gleich: Eine Ihrer Pflichten besteht darin, Logbucheintragungen zu registrieren und mir das Siegel zur Unterschrift vorzulegen. Aber der Eintrag wird nur kurz sein«, fügte er gelangweilt hinzu und wünschte sich, bei einer ereignislosen Reise auf Logbuchberichte verzichten zu können.

»Ja, Sir.«

Jim nahm nicht etwa im Sessel des Befehlsstands Platz, sondern blieb stehen, blickte auf den Wandschirm und überlegte, wie er den Routineeintrag formulieren sollte: Keine besonderen Vorkommnisse? Das war zwar korrekt, aber er bezweifelte, ob sich Starfleet damit zufriedengab.

Er glaubte, Kaffee zu riechen — und zwar jene Art von Kaffee, die er mochte. Verwundert fragte er sich, woher das Aroma stammte.

Die beiden Türhälften des Turbolifts glitten auseinander, und Jim bemerkte Lindy. In der einen Hand hielt sie eine Papierrolle, in der anderen einen Aktenordner. Sie trug ein Kostüm aus weißem, weichem Leder, und das schillernde schwarze Haar folgte ihr wie ein langer, seidener Schleier.

»Haben Sie eine Minute Zeit für mich, Jim?«

Kirk stellte fest, daß er wie ein Narr grinste. Er setzte eine ernstere Miene auf. »Ich stehe zu Ihrer Verfügung.«

»Ich könnte Hilfe bei diesem Poster gebrauchen.« Sie zeigte ihm ihren Entwurf.

Jim fehlten Erfahrungen in bezug auf Grafik oder Malerei, und zu seinem Leidwesen fiel ihm kein Vorwand ein, Lindys Bitte selbst nachzukommen. Er beschloß, Rand damit zu beauftragen — um festzustellen, wie sie unabhängige Arbeit handhabte.

»Adjutant Rand«, sagte er.

Sie zuckte zusammen, als er ihren Namen nannte. »Ja, Captain?«

Janice' geradezu pathologische Schreckhaftigkeit weckte Verdruß in Kirk. Mißmutig rollte er das Plakat zusammen. »Lindy, mein Verwaltungsunteroffizier wird Ihnen zu Diensten sein. Adjutant Rand, ich ermächtige Sie hiermit, innerhalb eines vernünftigen Rahmens auf die Schiffsressourcen zurückzugreifen, um Miß Lukarians Wünschen zu genügen. Sicher brauchen Sie ein grafikorientiertes Com-Gerät. Alles klar?«

»Ja, Sir«, hauchte Janice.

»Danke, Jim«, sagte Lindy.

Die beiden jungen Frauen verließen die Brücke, um sich ein grafisches Terminal zu besorgen. Jim sah ihnen nach und fragte sich, warum Rand so unsicher und furchtsam auf ihn reagierte. Ihre Ängstlichkeit blieb ihm ein Rätsel, und er wünschte sich eine Möglichkeit, die ständige Anspannung seiner Adjutantin zu lindern, dachte dann an Lindy und bedauerte es, nicht mehr Zeit mit ihr verbringen zu können. Schließlich bemerkte er wieder den verlockenden Kaffeeduft.

Als er seinen Platz einnahm, fiel ihm der Becher auf. Ein köstliches Aroma wehte aus der kleinen Klappenöffnung.

»Was ist das?«

»Janice Rand brachte es für Sie mit«, sagte Uhura.

Jim hob den Deckel, und sofort wurde der Kaffeeduft intensiver. Er trank einen vorsichtigen Schluck, und der Geschmack enttäuschte ihn nicht, entsprach dem Geruch.

Verwirrt betrachtete er den Becher, starrte dann auf die Tür des Turbolifts, die sich hinter seiner Adjutantin geschlossen hatte.

Janice Rand erreichte die Designkammer, und der große Grafikschirm erhellte sich.

»Bitte erklären Sie mir, was für ein Muster Sie sich vorstellen, Miß Lukarian.«

»Nun, Ma'am, es soll Aufmerksamkeit erwecken.«

»Sie brauchen mich nicht ›Ma'am‹ zu nennen«, erwiderte Janice. »Man hat mich gerade erst zum Unteroffizier befördert, und ich bin noch nicht einmal registriert.«

»Wie soll ich Sie ansprechen?«

»Oh, mit ›Adjutantin‹, wenn Sie möchten. Oder mit ›Rand‹.«

»Wie wär's mit Janice? Und Sie nennen mich einfach Lindy.«

»Wenn Sie wollen...«

»Das ist weniger förmlich, nicht wahr?«

»Na schön... Einfach – Lindy.«

Lukarian schmunzelte.

»Wir sollten uns jetzt besser um Ihr Poster kümmern«, sagte Janice und wurde wieder ernst.

Lindy öffnete die Aktenmappe und zeigte ihr einige farbenprächtige Zeichnungen. Von wem sie auch stammten: Der Maler schien Freude an seiner Arbeit zu haben.

»Das sind reproduzierte Plakate klassischer Varietégesellschaften.« Sie entrollte ihr eigenes Bild und glättete die Ecken. »Mein Entwurf gefällt mir nicht besonders...« Schon seit zwei Jahren zeichnete Lindy Poster, und nie war sie zufrieden mit den Ergebnissen ihrer Bemühungen. Ständig hatte sie das Gefühl, als fehle irgend etwas. »Ich schätze, ich muß mich damit abfinden – zu einem besseren Design bin ich leider nicht in der Lage. Mein Vater entwickelte für jede Stadt, in der wir auftraten, ein neues Plakat. Sie unterschieden sich alle, aber trotzdem konnte man auf den ersten Blick erkennen, daß sie von unserer Gruppe stammten. Unglücklicherweise habe ich dieses Talent nicht von ihm geerbt.« Sie runzelte die Stirn, als sie das Poster betrachtete. »Vielleicht kann der Computer einige Fehler ausbügeln.«

Janice richtete den Scanner auf Lindys Entwurf.

Lukarian stöhnte unwillkürlich, als das wesentlich vergrößerte Muster auf dem Schirm erschien. »Ich wollte es gleichzeitig klassisch und modern wirken lassen. Meine Güte, es sieht schrecklich aus.«

»So schlimm ist es eigentlich gar nicht«, sagte Janice. Ihre Fingerkuppen strichen über die berührungsempfindliche Projektionsfläche. Die Buchstaben wuchsen in die Breite, formten eine Art Neo-Deko-Stil.

»Es gelingt mir nie, meine Vorstellungen zu Papier zu bringen.«

»Wir könnten eine Vorlage benutzen, zum Beispiel eins der Plakate Ihres Vaters.«

»Nein!« Ihre heftige Ablehnung stimmte Lindy verlegen. »Ich meine, es muß anders beschaffen sein. Wir bieten nicht die gleichen Vorstellungen wie damals.«

Janice sah erneut auf Lindys Entwurf. »Nun, im Prinzip

gibt es nichts daran auszusetzen«, meinte sie. »Aber wenn wir diesen Teil nach dort verschieben und den anderen in die Ecke versetzen...« Sie nahm die notwendigen Berichtigungen vor. »Und wenn wir den Hintergrund in Pinselstrichart gestalten, diese Linie hier begradigen...«

Verblüfft beobachtete Lindy die neue Darstellung.

»Es tut mir leid.« Janice klang erschrocken. »Ich wollte nicht...« Sie streckte die Hand aus, um den Schirm zu berühren.

»Nein, warten Sie!« entfuhr es Lindy. »Janice, es ist wundervoll. Wie haben Sie das gemacht?«

»Die notwendigen Elemente waren bereits vorhanden. Nun, es gibt da noch eine andere Sache, aber ich möchte mich nicht in Ihre Arbeit einmischen.«

»Ich bin ganz Ohr.«

»Verschiedene Wesen sehen in verschiedenen Spektralbereichen. Wenn Sie also die Bandbreite der Farben ausdehnen...« Ihre Fingerspitzen tippten auf den Schirm.

»Ist das nicht zu dunkel?« fragte Lindy skeptisch.

»Ultraviolett- oder infrarotsensitive Geschöpfe wären bestimmt anderer Meinung. Aber ich kann die für uns normalen Farben verstärken.« Janice nahm eine weitere Veränderung vor. »Für einen Correllianer wäre dies das richtige Spektrum.« Der Computer simulierte, und das Poster wurde fast schwarz. »Jetzt sähe es für ihn folgendermaßen aus.« Das Bild erhellte sich wieder, unterschied sich jedoch vom Original.

»Daran habe ich überhaupt nicht gedacht«, gestand Lindy ein. »Wie sind Sie darauf gekommen?«

»Ich bin auf mehreren verschiedenen Welten gewesen, und dadurch gewöhnt man sich an so etwas.«

»Möchten Sie einen Job?« fragte Lindy.

»Was?«

»Ich brauche eine Zeichnerin. Was halten Sie davon, sich unserer Gruppe anzuschließen? Sie können nicht zufällig jonglieren, oder?«

Janice zögerte so lange, daß Lindy hoffte, sie nähme ihr Angebot an.

»*Sie* sind doch die Designerin.« Die Stimme der Adjutantin vibrierte.

»Nein, ich bin die Geschäftsführerin, unter anderem. Nun, wie lautet Ihre Antwort? Sind Sie einverstanden?«

Janice senkte den Kopf. »Ich kann nicht jonglieren.«

»Das spielt keine Rolle. Ich meine, es war nur ein Scherz. *Sind* Sie bereit, für mich zu arbeiten?«

»Das geht leider nicht.« Janice' Tonfall veränderte sich. Sie klang nun wieder eingeschüchtert und ängstlich. »Ich habe mich für zwei Jahre bei Starfleet verpflichtet.«

»Oh«, seufzte Lindy enttäuscht. »Wie dem auch sei: Wenn Sie Ihre Meinung ändern... Das Angebot gilt weiterhin.« Sie bewunderte Janice' Poster. »He, haben Sie bereits gegessen? Darf ich Sie einladen?«

»Nein. Ich meine, äh, es tut mir leid, ich kann Sie nicht begleiten, habe viel zu viele Papiere auf Captain Kirks Schreibtisch zurückgelassen, es tut mir leid, aber ich muß jetzt gehen.«

»In Ordnung«, sagte Lindy, als Janice forteilte. Offenbar kenne ich Jim noch nicht gut genug, dachte sie. Ich hätte es nicht für möglich gehalten, daß er wütend wird, wenn seine Adjutantin Mittagspause macht.

Janice Rand kehrte in die Kabine des Captains zurück und seufzte. Sie war im Rückstand mit ihrer Arbeit, weil sie Miß Lukarian bei ihrem Poster geholfen hatte. Sie fand Gefallen an der Entwicklung des Farbmusters — bis sie plötzlich feststellte, daß sie so mit der Geschäftsführerin sprach, als seien sie Gleichrangige. Sie schien nicht beleidigt gewesen zu sein, aber manchmal verbargen solche Leute ihren Ärger, ließen ihn eine Zeitlang tief in sich brodeln — und explodierten dann.

Janice beneidete Lukarian um ihre Freiheit — um die Freiheit, Handeln, Kleidung und Aussehen selbst zu bestimmen. Für sie gab es keine Vorschriften, Gesetze und

Verbote; sie war ihr eigener Herr. Rand gestattete sich einige Sekunden der Muße und überlegte, ob sie jetzt, da sie zu Starfleet gehörte, ihr Haar ein wenig länger wachsen lassen sollte. Dann schüttelte sie den Kopf, erschrocken über ihre Frivolität.

Sie konzentrierte sich wieder auf die Verwaltungsarbeit. Captain Kirk hatte tatsächlich ein großes Durcheinander angestellt – Janice fragte sich kurz, warum er zunächst versuchte, die Angelegenheiten selbst zu erledigen –, aber mit der Hilfe des Computers gelang es ihr, die Akten und Dateien zu ordnen, sie so zu gestalten, daß sich eine verständliche Struktur aus ihnen bildete.

Das Com-Gerät des Kommandanten stellte ihr weitaus mehr Rechnerkapazität zur Verfügung als die Terminals des Quartiermeisters. Es versetzte sie in die Lage, sich die Arbeit einzuteilen, und außerdem konnte sie direkt mit dem Computer sprechen. Der Quartiermeister hingegen erlaubte seinen Untergebenen nur, innerhalb eines strikt reglementierten und von ihm selbst festgelegten Rahmens tätig zu werden. Er mochte es gar nicht, wenn jemand Verbesserungsvorschläge machte, um die allgemeine Routine zu rationalisieren.

Janice hütete sich davor, alle Winkel des elektronischen Systems auszuleuchten, befürchtete, dabei auf Schranken zu stoßen, irgendeinen Alarm auszulösen, weil sie sich mit Dingen beschäftigte, die sie nichts angingen.

Nach einer Weile neigte sie den Rücken zurück und streckte sich.

»Ist alles in Ordnung mit Ihnen, Adjutant?«

Janice sprang jäh auf, als sie die Stimme hörte.

»He, ganz ruhig, ich bin's.« Captain Kirk musterte sie verwundert.

»Es tut mir leid, Sie haben mich erschreckt, ich dachte, ich sei allein ...« Ihre Hände schlossen sich krampfhaft fest um den Rand des Schreibtischs. »Es tut mir leid, Sir, ich ...« Sie hatte mit offenen Augen geträumt, und dafür gab es keine Entschuldigung. »Es tut mir leid.«

»Sie machen Überstunden — offenbar waren die Unterlagen wirklich in einem jämmerlichen Zustand.«

»O nein, Sir.« Janice konnte ihm kaum die Wahrheit sagen: Sie wußte bereits, daß der Captain keine Kritik liebte. Die gefährlichsten Personen baten zunächst darum, auf Fehler hingewiesen zu werden — und bestraften einen dann, wenn man ihrer Aufforderung nachkam.

»Für heute haben Sie genug gearbeitet. Ich bin Ihnen sehr dankbar. Kommen Sie morgen wieder.«

»Es... es tut mir leid, aber ich bin noch nicht fertig, Sir, doch es wird noch nur einige Minuten dauern, Sir, ganz bestimmt, Sir.« Sie setzte ihre Arbeit fort, und das Unbehagen in ihr nahm rasch zu, als sie spürte, daß ihr der Kommandant über die Schulter sah. Kurz darauf ging er fort.

Ein Ledersessel knarrte, und Jim nahm mit einem leisen Ächzen Platz. Die Seiten eines Buches knisterten, als er nach der richtigen Stelle suchte.

»Adjutant, ich erinnere mich nicht daran, den Steward gerufen zu haben — und doch ist hier alles aufgeräumt.«

Janice hob den Kopf, fühlte, wie ihre Wangen vor Furcht erblaßten, dann Verlegenheitsröte zeigten. Sie verabscheute es, daß ihre helle Haut so deutlich offenbarte, welche Emotionen sich in ihr regten.

Ich hätte es gleich wissen sollen, dachte sie. Der Captain will nicht, daß man seine Sachen anrührt... Angenommen, er sucht nach irgendeinem Gegenstand, ohne ihn finden zu können — dann hält er mich vielleicht für eine Diebin. Oh, warum habe ich all die Dinge nicht an ihren Platz zurückgelegt?

Aber sie hatte sich die entsprechenden Stellen nicht eingeprägt, wollte in dieser Hinsicht keinen Fehler machen. Wenn der Kommandant einen Unterschied bemerkte, argwöhnte er möglicherweise, sie habe herumgeschnüffelt. »Es tut mir leid, Sir, ich wollte nicht...«

»Adjutant, hören Sie endlich damit auf, sich dauernd zu entschuldigen.«

»Es tut mir leid, Sir, ich meine, ja, Sir.«

Kirk schnitt eine Grimasse. »Es lag nicht in meiner Absicht, Sie zu kritisieren. Es war nicht notwendig von Ihnen, meine Kabine aufzuräumen – das ist die Aufgabe des Stewards. Trotzdem vielen Dank.«

»Ja, Sir, gern geschehen, Sir.«

Janice versuchte zu arbeiten, aber der Captain rutschte in seinem Sessel hin und her, räusperte sich, blätterte in dem Buch. Seine Ungeduld zerrte an ihren Nerven. Wenn er sie doch nur allein ließe...

»Adjutant...«

»Ich bin fast fertig, Sir, ganz ehrlich, Sir.«

»*So* wichtig sind die Akten nicht. Es liegt kein Notfall vor, der es erfordert, sie noch heute abend auf den neuesten Stand zu bringen.«

»Nein, Sir?« fragte Janice verblüfft. »Sind Sie sicher, Sir?«

»Ja. Ich dachte, ich hätte Sie bereits darauf hingewiesen. Beenden Sie jetzt Ihre Arbeit. Nehmen Sie ein frühes Abendessen ein. Ruhen Sie sich aus. Entspannen Sie sich. Schwimmen Sie. Spielen Sie eine Partie Jai alai* oder gehen Sie irgendeinem Hobby nach. Morgen haben Sie genug Zeit, um die restlichen Akten zu ordnen.«

»Oh. Na schön, Sir, wie Sie meinen, Sir.« Wahrscheinlich wollte er die bisher von ihr erzielten Ergebnisse prüfen, um jemand anders zu beauftragen, wenn er Fehler fand. Hoffentlich stellte er nicht fest, daß sie gerade erst mit dem Terminkalender begonnen hatte.

Sie schaltete das Com-Gerät aus, bedauerte es, aufhören zu müssen. Sie konnte nicht schwimmen. Ihre Stubengenossin gehörte zu einem Jai-alai-Team, aber das gefährliche Spiel erschreckte Janice. Und was ein Steckenpferd anging... Viele Besatzungsmitglieder schlossen sich zu Hobbygruppen zusammen, aber bestimmt nahm man sie

---

* Jai alai: ein dem Racket ähnliches spanisches Ballspiel; Anmerkung des Übersetzers

nicht auf. Darüber hinaus zog sie es vor, erst spät am Abend zu essen, wenn sich niemand sonst im Speisesaal aufhielt. Sie hoffte, sich inzwischen mit den Tischmanieren auszukennen, befürchtete jedoch, erneut ins sprichwörtliche Fettnäpfchen zu treten — und dann würden sie alle auslachen.

Ein frühes Essen bedeutete, daß ein langer, einsamer Abend in der Kabine folgte. Selbst wenn ihre Stubengenossin mit Freunden zugegen war, sprach vermutlich niemand mit ihr. Janice wich Fragen aus, und deshalb hielt man sie für eine hochnäsige Einzelgängerin. Zu spät begriff sie, daß man kaum jemals Auskunft über seine eigene Vergangenheit zu geben brauchte, wenn man sich nach dem Werdegang der anderen Personen erkundigte.

»Wie alt sind Sie, Adjutant?« fragte Captain Kirk.

»Was? Sir...?« Janice' Knie zitterten, und sie sank vor dem Com-Terminal in sich zusammen, versuchte, den Anschein zu erwecken, noch eine letzte Datei zu speichern. Entsetzt überlegte sie, ob James Kirk der Telepath an Bord war und nicht etwa der wissenschaftliche Offizier. Wenn er tatsächlich Gedanken lesen konnte, wußte er nun um ihr Geheimnis. Janice überlegte, ob sie alles gestehen sollte, aber vielleicht kannte der Kommandant keine Gnade und schickte sie zurück. Ein Erziehungscamp wäre ihr lieber gewesen, sogar das Gefängnis. Dann hatte sie wenigstens Gelegenheit, ein wenig Geld zu verdienen, oder? Sie mußte den Anschein erwecken, gemein, durchtrieben und reuelos zu sein — dann wurde sie vielleicht nicht ausgeliefert.

»Wie alt sind Sie?«

»Ich... ich bin fast zwanzig, Sir, ich weiß es nicht genau, Sir, muß dazu erst in den Terra-Standard umrechnen, Sir.«

»Sie sehen nicht wie zwanzig aus«, sagte Kirk.

Janice mißtraute seinem Lächeln, versuchte zu lachen. Es klang gezwungen, nervös. »Das sagt man mir häufig, Sir.«

»Sie haben sich schon in jungen Jahren fürs All entschlossen, nicht wahr? Wie ich. Eine Familientradition? Oder war es Ihr eigener Entschluß?«

Furcht ließ sie all die sorgfältig erfundenen Details vergessen. »Mein eigener Entschluß, Sir«, erwiderte sie und hoffte inständig, daß sie niemandem eine anders lautende Auskunft gegeben hatte. Bevor der Captain eine weitere Frage stellen konnte, sagte sie: »Wie war es bei Ihnen, Sir?«

Kirk erzählte von seiner Vergangenheit, von der Familie, vom besten Freund, der im Krankenhaus lag. Zuerst hörte Janice gar nicht richtig hin; sie war viel zu sehr bemüht, gegen den Schrecken in ihr anzukämpfen. Aber dann erwachte ihr Interesse, und sie beruhigte sich ein wenig, lauschte den Schilderungen des Captains. Er hatte faszinierende Dinge gesehen, sich an faszinierenden Orten aufgehalten, und seine Beschreibungen waren geistreich und charmant.

Die Freundlichen, dachte Janice, sind noch weitaus gefährlicher als die Gedankenlosen und Grausamen.

Schließlich unterbrach sich der Captain. »Nun, ich will Sie nicht länger aufhalten, Adjutant. Gehen Sie jetzt. Wir sehen uns morgen.«

Janice floh.

Als sich die Tür hinter ihr schloß, bat Jim um eine Subraum-Verbindung zur Erde.

Er mußte schon bald mit Kommunikationsproblemen rechnen. Die Phalanx war ein langer Föderationstentakel mit der Starbase Dreizehn am Ende. Dort gab es keine Subraum-Relaisstationen, und klingonische Patrouillen würden sicher nichts unversucht lassen, Com-Signale zu stören. Vielleicht war dies Jims letzte Chance, eine verständliche Antwort von der Erde zu erhalten, bevor sein Schiff die Starbase erreichte, in der es Sendeanlagen mit leistungsfähigen Verstärkern gab.

Bei diesen Überlegungen regte sich Unbehagen in Kirk. Es galt sowohl der Phalanx selbst als auch der Vorstellung, in jenem Ausläufer des Föderationsraums zu manövrieren. Starbase Dreizehn schützte ein Planetensystem, das nur durch Zufall zur Föderation gehörte und in Hinsicht auf ökonomische oder bevölkerungsspezifische Erwägungen kaum von Interesse war. Die Umsiedlung der Einwohner auf einen anderen Planeten und die Stillegung der Raumstation hätten vermutlich nicht annähernd so hohe Kosten verursacht wie ein einjähriger Unterhalt der Starbase, ihre Versorgung mit Ausrüstungsgütern.

Ungeduldig wartete Jim auf den Kontakt.

Hinzu kam, daß die klingonischen Oligarchen angesichts der Phalanx immer paranoider wurden. Kirk konnte ihnen deshalb kaum einen Vorwurf machen. Ihm wäre es ebenfalls gegen den Strich gegangen, wenn das Imperium einen mehrere hundert Lichtjahre langen Keil in das stellare Territorium der Föderation getrieben hätte.

Während des Fluges durch die Phalanx mußte er besondere Vorsicht walten lassen, sich davor hüten, die Grenzen des klingonischen Reiches zu verletzen. So etwas mochte ihm ein Kriegsgerichtsverfahren einbringen und seiner Karriere ein jähes Ende setzen. Vorausgesetzt natürlich, die *Enterprise* entkam den Imperialen Wächtern.

Der Com-Schirm flackerte, und die Projektionsfläche zeigte das geometrische Muster eines Anrufbeantworters.

»Ausbildungskrankenhaus von Starfleet. Handelt es sich um einen Notfall?«

»Nein, aber hier spricht Captain...«

»Bitte warten Sie.«

Das Bild wich wogenden Pastellfarben. Leise Musik drang aus dem Lautsprecher.

Jim kannte natürlich die Argumente gegen eine Aufgabe von Starbase Dreizehn und die Umsiedlung der planetaren Bevölkerung. Die Klingonen würden einen Rückzug darin sehen. Doch der junge Captain hielt eine solche Entscheidung für weitaus weniger provokativ. Allein die Existenz der Phalanx stellte eine Herausforderung für die Klingonen dar; sie verletzte ihren Stolz, und wenn sich genug Zorn angesammelt hatte, mochte daraus ein Weltenbrand werden, ein regelrechter Krieg.

»Danke für Ihre Geduld«, sagte die elektronische Stimme. »Bitte nennen Sie Ihren Namen.«

»Ich bin Captain James T. Kirk, Kommandant der *Enterprise.*«

»Was ist Ihr Anliegen?«

»Ich möchte mit Lieutenant Commander Gary Mitchell sprechen.«

»In welcher Beziehung stehen Sie zu Commander Mitchell?«

»Ich bin sein vorgesetzter Offizier.« Der Hinweis, sein ›bester Freund‹ zu sein, führte bei der Hospitalbürokratie zu nichts.

Auf dem Schirm formte sich das Bild eines Krankenzimmers.

»Gary?«

Mitchell lag noch immer im Regenerationsgel. Seine Augen waren geschlossen, und das dunkle Haar fiel ihm in die Stirn. Jim stellte sich vor, wie Mitch es in einer für ihn typischen Geste zurückwarf und dann scherzhaft meinte, er müsse mal wieder zum Friseur. Anschließend lachte er, wenn einige Strähnen zurückrutschten.

Gary wirkte ausgezehrt und schwach. Kirk sah ein schmales Gesicht, und die Augen, unter denen sich dunkle Ringe zeigten, lagen tief in den Höhlen. Jim zwinkerte — und Ghioghe kehrte zurück, der Schmerz seiner gebrochenen Rippen, das Stechen im Knie, der scharlachrote Dunst, der das ganze Universum auszufüllen schien und von der tiefen Stirnwunde ausging. Auch andere intelligente Wesen waren verletzt. Er erinnerte sich deutlich daran. Blut strömte übers Deck, bildete in der Schwerelosigkeit kugelförmige Tropfen, die wie seltsame Seifenblasen dahinschwebten. Rotes und gelbes Blut, das eigenartige Mischungen bildete, ein verbrannt wirkendes Orange. Blaues Blut, dicht und ölig, floß in einzelnen Rinnsalen unter dem Rot, bildete hier und dort kleine, glitzernde Lachen.

Jim schnappte nach Luft und schüttelte die gräßlichen Visionen ab. Überrascht stellte er fest, daß sie ihn noch immer heimsuchten, den wiedergewonnenen inneren Frieden bedrohten.

Mitchells Lider zitterten.

»Gary...?«

Der Mann im Reg-Gel bewegte sich unruhig, kam abrupt zu Bewußtsein und stöhnte leise. Jim wußte, wie man sich kurz nach dem Erwachen aus der Heilstasis fühlte, glaubte erneut, den sanften, aber unnachgiebigen Widerstand des Abschirmfeldes zu spüren, das nur geringe Bewegungen zuließ. Der Patient wollte sich im Schlaf von einer Seite zur anderen drehen, kämpfte gegen die hemmende Energie an. Die letzten Reste der Stasis führten zu Verzweiflung und depressiver Niedergeschlagenheit, lockten mit — noch — unerreichbarer Freiheit.

»Jim...?« Garys Stimme klang so zittrig wie die eines Greises. »He, Junge... haben wir's geschafft?«

»Klar, Gary. Es ist in erster Linie dir zu verdanken.«

»Für derartige Krisen muß uns eine andere Antwort einfallen«, sagte Gary. »So etwas darf sich nie wiederholen.«

»Da bin ich ganz deiner Meinung«, erwiderte Jim. »Gary, ich wollte nur sehen, wie's dir geht.« Er konnte es nicht über sich bringen, ihm mitzuteilen, daß man seinen Vorschlag für den neuen Ersten Offizier der *Enterprise* ignoriert hatte. Gary wünschte sich die Beförderung ebenso wie Jim einen Stellvertreter, den er kannte und der sein unbedingtes Vertrauen verdiente. Die schlechten Nachrichten konnten warten, bis Gary wieder ganz zu Kräften gekommen war. »Es freut mich, daß du dich erholt hast«, sagte Jim. »Schlaf jetzt. Ich weiß, wie du dich fühlst. Ruh dich aus.«

»Wie soll man schlafen, solange man in grünem Schleim steckt?« entgegnete Gary und stöhnte leise.

»Versuch's trotzdem.« Kirk klammerte sich an seiner Erleichterung fest, hielt Kummer und Schmerz auf Distanz.

Garys Lider sanken herab, zuckten dann wieder hoch.

»Brich bloß nicht ohne mich auf, Junge. Wenn du den Föderationsraum ohne mich verläßt, drehe ich dir den Hals um.« Er wehrte sich gegen die Müdigkeit, aber schließlich erlag er ihr doch.

»Mach dir keine Sorgen, mein Freund«, sagte Jim. »Ich warte auf dich.«

Er unterbrach die Verbindung.

Jim betrat McCoys Büro, ließ sich in einen Sessel sinken, stützte die Füße auf den Schreibtisch und grinste zufrieden, als seine Stiefel auf festes Holz trafen.

»Komm herein«, sagte der Bordarzt. »Setz dich. Mach es dir bequem.«

»Ich habe gute Neuigkeiten: Gary ist wach.«

»He, *das* freut mich wirklich, Jim.«

»Ich habe gerade mit ihm gesprochen. Natürlich ist er noch immer ziemlich groggy, aber er hat's bald überstanden, Pille.«

»Unkraut vergeht nicht«, brummte McCoy. »Und die schlechten Nachrichten?«

»Nun, ich habe deinen Rat beherzigt...«

»Und bist freiwillig hierher gekommen, um dich untersuchen zu lassen – halleluja, es geschehen noch Wunder!« Er stand auf. »Ich gebe dir sofort einen Overall.«

»Nein, nein, dafür bleibt mir nicht genug Zeit. Ich meinte deinen Rat in Hinsicht auf einen Adjutanten.«

»Und?«

»Nun, es ist eine Adjutan*tin.* Und jedesmal, wenn ich sie anspreche, zuckt sie zusammen. Ein echt schwieriger Fall. Sie entschuldigt sich dauernd.«

»›Dauernd‹?«

»Ja, verdammt. Ich übertreibe nicht. Wenn sie was sagt, beginnt sie *dauernd* mit ›Es tut mir leid‹.«

»Scheint sich um eine Art Neurose zu handeln.«

»Wenn das stimmt: Was hat sie dann in Starfleet zu suchen?«

McCoy lachte. »Willst du mich auf den Arm nehmen,

Jim? Wenn Starfleet neurotische Leute ablehnte, bliebe gerade genug Personal für einen Raumkreuzer übrig. Für einen *sehr kleinen.«*

»Aber...«

»Wir alle haben unsere Macken. Auch du und ich.«

»Wobei Mr. Spock die einzige Ausnahme bildet, nehme ich an.«

»Spock! Mann, er ist von uns allen am schlimmsten! Er unterdrückt die eine Hälfte seines genetischen Erbes und wahrscheinlich auch einen großen Teil der anderen. Die Neurose der Vulkanier besteht darin, daß sie sich für völlig normal halten!«

»Was meinst du mit ›einer Hälfte seines genetischen Erbes‹?« fragte Jim.

»Er ist halb Mensch. Soweit ich weiß, stammt seine Mutter von der Erde.«

»Ich dachte, er sei Vulkanier.«

»Das glaubt er ebenfalls«, erwiderte McCoy trocken.

»Was weißt du sonst noch über ihn?«

»Er ist nicht sonderlich redselig. Nun, ich habe natürlich schon von ihm gehört, und hinzu kommen die medizinischen Aufzeichnungen mit den üblichen Angaben. Er hat eine unglaubliche Ausbildung hinter sich und seine Chancen gut genutzt, mit vielen Leuten zusammengearbeitet, die einen phänomenalen Ruf genießen.«

»Was soll das heißen, Pille? Hat er gute Beziehungen oder ist er besonders helle?«

»›Helle‹? Das scheint mir kaum ein angemessener Ausdruck zu sein. Er ist brillant, Jim. Und was seine ›Beziehungen‹ betrifft... Nun, zu seiner Familie gehören sowohl hochrangige Diplomaten als auch erstklassige Wissenschaftler.« McCoy lächelte. »Um ganz ehrlich zu sein: Praktisch alle Vulkanier haben gute Kontakte.« Jim blieb ernst. »Ist das der Grund, warum man ihn Gary vorzog?«

»Weil im Gegensatz zu Mitch eine einflußreiche Familie hinter ihm steht? Keine Ahnung. Warum fragst du ihn nicht selbst?«

»Soll ich ihm etwa sagen: ›He, Commander Spock, haben Sie Ihren Erfolg Vetternwirtschaft zu verdanken?‹« Jim schüttelte den Kopf. »Ich bin ihm gegenüber nicht fair, und das ist mir auch klar. Ich sollte ihm eine Gelegenheit geben, seine Fähigkeiten zu beweisen. Andererseits...« Er zuckte mit den Schultern, wechselte das Thema. »Was soll ich mit Adjutant Rand machen?«

»Leistet sie schlechte Arbeit?«

»Ganz und gar nicht. Sie weist mich auf ihre mangelnde Erfahrung hin — und dann drückt sie zwei Tasten und bringt damit alle Dateien in Ordnung.«

»Suchst du nach irgendeinem Vorwand, sie zu degradieren und zum Quartiermeister zurückzuschicken?«

»Nein, ich möchte nur, daß sie nicht mehr zusammenzuckt, wenn ich mit ihr rede! Und ich mag es nicht besonders, zwei Stunden vor dem Frühstück von einer jungen Frau geweckt zu werden, die ganz versessen darauf ist, mit der Arbeit zu beginnen. Zu so früher Stunde vertrage ich keinen derartigen Enthusiasmus.«

»Hmm«, brummte McCoy.

»Sie muß mein Com-Terminal benutzen«, verteidigte sich Jim.

»Warum?«

»Wo soll sie denn sonst ihren Aufgaben nachgehen? Erwartest du von ihr, daß sie die Akten überall auf der Brükke verteilt?«

»Ist ihr Com-Gerät defekt?«

»*Ihr* Com-Gerät?«

McCoy seufzte und starrte wie flehentlich zur Decke empor. »Jim, du denkst noch immer wie der Captain eines Raumkreuzers. Du solltest unbedingt dein Schiff besser kennenlernen. Sieh dir zum Beispiel mal die Kabine des Adjutanten an, die an den gleichen Korridor grenzt wie deine.« Etwas leiser fügte er hinzu: »Jim, hast du Rand zum Verwaltungsunteroffizier ernannt und sie im Mannschaftsquartier gelassen?«

»Der Quartiermeister schickte sie zu mir, und deshalb

habe ich sie befördert. Von der Adjutantenunterkunft wußte ich bisher überhaupt nichts.«

»Ein harter Schlag für ihre Moral. Sorg dafür, daß sie umzieht – dann dürfte eins deiner Probleme gelöst sein. Vielleicht sogar gleich zwei. Möglicherweise zuckt sie deshalb zusammen, weil sie nach der Beförderung von ihren Freunden aufgezogen wurde.«

»Das bezweifle ich. Sie war von Anfang an schreckhaft.«

»Nun, dann mußt du damit rechnen, daß es noch eine Weile dauert, bis sie sich beruhigt und an dich gewöhnt. Wenn sie wegen der obligatorischen Untersuchung zu mir kommt, spreche ich mit ihr. Falls sich dabei irgend etwas ergibt, benachrichtige ich dich.«

»Hör mal, Pille: Wenn sie einen Dachschaden hat...«

»Jim! Oft sind es gerade unsere Neurosen, die dazu führen, daß wir uns unter bestimmten Umständen auf die übliche Art und Weise verhalten. Ich könnte dir Beispiele nennen, die auch den Captain dieses Schiffes betreffen, aber leider habe ich nicht genug Zeit für eine ausführliche Psychoanalyse. Obwohl ich durchaus imstande gewesen wäre, dich zu untersuchen, wenn wir sofort damit begonnen hätten.«

Jim lächelte. »Ich habe also noch mal Glück gehabt.«

»Aufgeschoben ist nicht aufgehoben. Verzieh dich jetzt. In zehn Minuten erwartet mich mein nächster Termin.«

»›Verzieh dich‹? Spricht man so mit seinem vorgesetzten Offizier?«

»Verzieh dich, *Sir.*«

Spock saß in einer abgetrennten Nische der Offiziersmesse und begann mit der Analyse eines Problems, das dreidimensionales Schach betraf.

Der Vulkanier konnte sich so sehr konzentrieren, daß er keine Stimmen oder anderen Geräusche mehr hörte. Doch an diesem Abend stahl sich ein monotones Brummen in seinen stillen Frieden.

An einem nahen Tisch saßen einige der jüngeren Offiziere, Dr. McCoy und Chefingenieur Scott. Mr. Scott schien in dem neuen Bordarzt einen Gleichgesinnten gefunden zu haben. Spock respektierte die Kompetenz des Ingenieurs, doch seine Vorliebe für fermentierte und destillierte Getränke hielt er, gelinde gesagt, für kaum wünschenswert. Der Vulkanier fügte der kurzen mentalen Liste über die weniger positiven Qualitäten Scotts einen weiteren Punkt hinzu: seine offensichtliche Sympathie für McCoy.

In seiner freien Zeit hielt sich der Chefingenieur oft und gern in der Messe auf und gab die verrücktesten Geschichten zum besten. Seine Zuhörer, meistens Junioroffiziere, hörten ihm hingerissen zu, ohne die geringsten Anzeichen von Skepsis zu offenbaren. Spock kannte viele der Erzählungen, und es spielte eigentlich keine Rolle, ob er sie glaubte oder nicht: Es gelang ihm immer, nicht darauf zu achten, den schottischen Akzent aus seinem Wahrnehmungsspektrum zu verbannen.

Diesmal aber hatte sich noch jemand anders Scotts Kreis angeschlossen. Mr. Cockspur – er gehörte zur Varietégesellschaft – war ein älterer Mann, der sein dichtes, schwarzes Haar halblang und sorgfältig gekämmt trug. Die Spitzen seines Schnurrbarts neigten sich nach oben.

Cockspur schlüpfte in Scotts Rolle als Alleinunterhalter. Spock fand zwar keinen Unterhaltungswert in Scotts Schilderungen – die Bezeichnung ›Seemannsgarn‹ erschien ihm angemessener, da Phantasie einen nicht unbeträchtlichen Anteil daran hatte –, doch er würdigte die Ästhetik seiner Darbietungen. Wenigstens paßte er seinen Tonfall den einzelnen Vortragssequenzen an. Cockspur hingegen mangelte es an diesem Ausdrucksvermögen. Seine Stimme hallte ebenso laut wie monoton durch den Saal, und die Geschichten wiesen kaum interessante Punkte auf. Um so erstaunlicher war es, daß die Offiziere mit offensichtlicher Faszination lauschten.

In Hinsicht auf sein Verständnis des menschlichen Wesens machte sich der Vulkanier nichts vor. Er hatte den größten Teil seiner Kindheit auf Vulkan verbracht. Als er auf der Erde weilte, beschäftigte er sich hauptsächlich mit dem Studium der Wissenschaften, befaßte sich nicht mit den Terranern und ihrer verwirrend komplexen psychischen Welt. Obwohl zur einen Hälfte Mensch, erachtete er das Verhalten des Homo sapiens oft als höchst rätselhaft.

Das war auch jetzt der Fall.

Die unerklärliche Unterhaltungsvariante schien darin zu bestehen, alle Theater zu nennen, die Mr. Cockspur mit einem Auftritt beehrt hatte, und außerdem erwähnte er die entsprechenden dramaturgischen Werke. Spock dachte an eine Analogie. Moderne Leser des irdischen Dichters Homer fanden die Schiffsdiensttabellen in der *Ilias* ausgesprochen langweilig, aber von den alten Griechen hieß es, sie hätten Rhapsoden – fahrenden Sängern – enorme Summen bezahlt, damit sie bei feierlichen Anlässen die betreffenden Angaben wiederholten. Bürger der griechischen Stadtstaaten gewannen hohes Ansehen, wenn sie ihren Stammbaum bis zu einem Kapitän der Achäer-Schiffe zurückverfolgen konnten. Vielleicht wußten Cockspurs Zuhörer von Stücken, bei denen er mitgewirkt hatte. Vielleicht kannten sie die Theater. Vielleicht glaubten sie, dadurch an seinem Ruhm teilzuhaben. Der Vulkanier hielt es trotzdem für sonderbar, einen Abend auf diese Weise zu verbringen – aber das Freizeitgebaren der Menschen war immer für eine Überraschung gut.

Mit reiner Willenskraft konzentrierte sich Spock auf das Schachproblem, prüfte die Konstellation der Figuren.

»Brauchen Sie einen Spielgegner?«

»Nein, Captain«, erwiderte der Vulkanier, ohne aufzusehen. Er hatte die Schritte gehört, kannte bereits das für Kirk charakteristische Bewegungsmuster. Der Kommandant blickte über die Schulter seines wissenschaftlichen Offiziers und beobachtete den Schachwürfel.

»Warum spielen Sie allein?«

»Weil es an Bord dieses Schiffes niemand mit mir aufnehmen kann.«

»Sie sind bescheiden, nicht wahr?« meinte der Captain.

»Ich bin weder bescheiden noch anmaßend – das sind wesensmäßige Qualitäten, für die es in der vulkanischen Evolution keinen Platz gab. Ich habe nur eine Tatsache genannt.« Er bedauerte die Störung, den Verlust seiner inneren Ruhe, erinnerte sich dann daran, daß ›Bedauern‹ nicht zur psychologischen Matrix eines Vulkaniers gehörte.

»Spielen Sie mit den weißen oder schwarzen Figuren?«

»Natürlich mit beiden«, sagte Spock.

»Aber Schwarz ist am Zug?« fragte der Captain. »Natürlich?«

Klang Kirks Stimme sarkastisch oder ironisch? Oder traf die Bezeichnung ›herausfordernd‹ zu?

Spock brummte unverbindlich. Wenn der Kommandant aufgrund der Konstellation feststellen konnte, daß Schwarz zog, mochte er ein adäquater Gegner sein... Andererseits hatte er eine Chance von fünfzig Prozent, die richtige Farbe zu wählen, und das hielt der Vulkanier für die wahrscheinlichere Möglichkeit.

Erneut konzentrierte er sich auf den Schachkubus. Dame zum Damenbauern D4, um den weißen König zu bedrohen? Er bewegte die Figur und ließ nachdenklich die Hand sinken.

»Weiß setzt in drei Zügen schachmatt«, sagte der Captain.

Spock hob ungläubig den Kopf. Kirk lächelte, drehte sich um und schlenderte fort.

Jim sah McCoy an einem nahen Tisch und näherte sich ihm. Zu spät bemerkte er Mr. Cockspur.

»Und ein Jahr später, als ich zurückkehrte... Nun, Sie können sich kaum vorstellen, wie man mich feierte...«

»Hallo, Jim«, unterbrach McCoy den Monolog des Schauspielers, bevor der Captain fliehen konnte. Die Offiziere standen auf.

»Bleiben Sie ruhig sitzen.«

Der Bordarzt zog einen weiteren Stuhl heran. »Möchtest du uns Gesellschaft leisten?« fragte er und unterdrückte ein Grinsen.

Die übrigen Leute blickten den Captain fast flehentlich an. Cockspur bildete die einzige Ausnahme.

»Nimm Platz, Jim«, sagte McCoy. »Es ist *interessant.*«

»Ja«, bestätigte Cockspur. »Setzen Sie sich, während ich weitererzähle.«

»Danke.« Jim versuchte, sich nichts anmerken zu lassen. »Aber leider habe ich den Anfang Ihrer Geschichte verpaßt, und ich fürchte, deshalb bleiben mir Ihre subtilen Pointen verborgen.«

»Damit dürftest du recht haben«, pflichtete ihm McCoy bei. »Aber genieß wenigstens den Rest.«

McCoy mußte sich eisern beherrschen, um nicht schallend zu lachen. Jim erinnerte sich an einen Rat, den ihm Winona vor zwei Tagen — waren erst achtundvierzig Stunden vergangen? — gegeben hatte: *Gib nach, Jim. Du hast gar keine andere Wahl.* Er warf McCoy einen durchdringenden Blick zu und schloß sich der Gruppe an.

Cockspur räusperte sich dramatisch und fuhr fort. »Ich habe Ihrer Mannschaft gerade von meinem Auftritt in Campbell City berichtet.« Seine Stimme kam einem Schlag in die Magengrube gleich. Sprach er immer so, als stünde er auf der Bühne? Er ließ kein Detail aus, als er die Darbietungen auf dem Mond beschrieb, behauptete sogar, das Stück selbst geschrieben zu haben. Die Angaben erschienen Jim vage vertraut, doch Cockspur wäre ihm bestimmt im Gedächtnis geblieben, wenn er ihn in einem Theater erlebt hätte. Es sei denn natürlich, er war bei der Vorstellung eingeschlafen. Die monotone Stimme wirkte wie ein starkes Betäubungsmittel.

»Sechs Wochen lang begeisterte mein Werk die Bevölkerung auf der dunklen Seite des Mondes. Ein enormer Erfolg. Nun, wie Sie sehen, bin ich in Hinsicht auf interstellare Reisen an Bord Ihrer Raumkreuzer nicht ganz unerfahren.«

Jim fragte sich, seit wann man die Flüge zwischen Erde und Luna als ›interstellar‹ bezeichnete, wie Cockspur mehr als zwei Wochen — die Länge der lunaren Nacht — auf der

Rückseite des irdischen Mondes verbringen und sie trotzdem ›dunkel‹ nennen konnte. Außerdem: Was mochten die Offiziere davon halten, wenn man sie als ›Mannschaft‹ bezeichnete?

»Die *Enterprise* ist kein Raumkreuzer, sondern ein Raum*schiff*, Mr. Cockspur«, sagte Jim sanft.

»In der Tat«, erwiderte der Schauspieler.

»Ich meine ...«

Cockspur unterbrach ihn. »Und ein ziemlich großes Raumschiff noch dazu«, sagte er. »Es sollte eigentlich nicht dazu eingesetzt werden ...« – er räusperte sich demonstrativ – »... Varietégruppen oder selbst echte Künstler zum Ende des Universums zu transportieren.«

Zwar vertrat Jim eine ähnliche Ansicht, aber er fühlte sich nun dazu verpflichtet, Cockspur zu widersprechen.

»Wir sind nicht unbedingt zum Ende des Universums unterwegs.«

»Das spielt keine Rolle. Ihre Zeit und das Potential des Schiffes wären im Kampf gegen die Feinde der Föderation weitaus besser genutzt.«

Jim gab sich Mühe, die Beherrschung zu wahren. Glaubte dieser Narr vielleicht, Starfleets Aufgabe bestehe vor allen Dingen darin, klingonische Planeten zu verwüsten?

»Derzeit sind wir nicht im Krieg, Mr. Cockspur.«

»Das mag sein. Aber viele Welten warten nur darauf, erobert zu werden.«

»Haben Sie jemals gekämpft?«

»Diese Ehre hatte ich leider nicht.«

»Ehre ...!« entfuhr es dem Captain entrüstet. »Man sollte meinen, daß die Angehörigen unserer modernen, zivilisierten Gesellschaft in moralischer Hinsicht soweit gewachsen sind, daß sie gewaltsame Kolonisation ablehnen und keinen Völkermord mehr befürworten.«

»Offenbar nehmen Sie das persönlich, Captain.«

»Ja, das stimmt. Aufgrund meiner Erfahrungen. Und weil der Stammbaum meiner Mutter bis zu den Sioux zurückreicht. Ihre Familiengeschichte ...«

»Captain, Captain! Sie sprechen von Ereignissen, die schon viele Jahrhunderte zurückliegen! Sie bilden ein abgeschlossenes Kapitel unserer Vergangenheit, haben für die heutige Welt überhaupt keine Bedeutung.«

»Da irren Sie sich gewaltig«, widersprach Jim. Warum hatte er sich auf diese Diskussion eingelassen? Er überlegte, ob er sich mit seinen Pflichten entschuldigen und gehen konnte, ohne zu unhöflich zu wirken. Die Offiziere am Tisch mieden betreten seinen Blick, und nur Cockspur schien kein Unbehagen zu empfinden.

Der Schauspieler begann damit, dem Captain einen Vortrag über Kolonisation zu halten.

Jemand trat auf sie zu, und Jim sah auf. Commander Spock stand neben ihm, legte die Hände auf den Rücken und gab keinen Ton von sich.

Selbst Cockspur bemerkte den Vulkanier. Er brach ab und starrte zu Spock empor, musterte ihn wie einen Kunstbanausen, der es wagte, ihn in seiner hehren Kreativität zu stören.

»Würde mir der Captain Antwort auf eine Frage gewähren?« erkundigte sich der wissenschaftliche Offizier mit steifer Förmlichkeit.

»Selbstverständlich, Mr. Spock.« Er wandte sich an Cockspur, verbarg seine Erleichterung. »Bitte entschuldigen Sie. Dienstangelegenheiten.«

»Verzeihen Sie, Captain«, sagte der Vulkanier. »Vielleicht hätte ich einen anderen Zeitpunkt wählen sollen...«

»Keineswegs«, erwiderte Jim hastig. »Ein Anliegen des stellvertretenden Kommandanten hat Vorrang vor der Muße des Captains.«

Gerade noch rechtzeitig widerstand er der Versuchung, nach dem Ellenbogen Spocks zu greifen und den Vulkanier vom Tisch fortzuführen. Sie wandten sich von Cockspur und seinem Publikum ab, gingen Seite an Seite davon.

»Ich benötige nur wenige Sekunden Ihrer Zeit«, sagte Spock. »Es lag nicht in meiner Absicht, Sie von Ihrem... Vergnügen abzuhalten.«

»Von meinem *Vergnügen,* Mr. Spock?« Jim lachte. »Nun, auf Vulkan scheinen in diesem Zusammenhang recht seltsame Vorstellungen zu herrschen.«

»Es geht um das Schachmatt in drei Zügen...«

»Bitte entschuldigen Sie meine Einmischung.«

Spock hob eine Braue. »Meinen Sie damit, Weiß sei nicht in der Lage, Schwarz in drei Zügen zu schlagen?«

»Doch, das schon. Hielten Sie meine Bemerkung für einen Scherz?«

»Ich bin nie ganz sicher, wann menschliche Wesen scherzen«, antwortete der Vulkanier.

»Für gewöhnlich lachen wir dabei«, sagte Jim.

»Aber nicht immer.«

»Nein, nicht immer. Wie dem auch sei: Ich habe es ernst gemeint.«

»Verzeihen Sie mir, Captain, aber... Ihr Hinweis hat meine Neugier geweckt.«

»Nun, wenn das so ist, bin ich gern bereit, Ihnen die entsprechenden Züge zu erklären.« Sie erreichten die abgetrennte Nische, und Jim stellte fest, daß Spock die Konstellation der Figuren nicht verändert hatte. »Commander, ich dachte, Vulkanier seien völlig emotionslos. Und doch geben Sie zu, neugierig zu sein.«

»Neugier ist kein Gefühl, Captain«, entgegnete der wissenschaftliche Offizier, als sie Platz nahmen. »Es handelt sich vielmehr um eine psychische Stimulierung, die intelligente Wesen veranlaßt, Erkenntnisse anzustreben. Ihr Zug, Captain.«

Jim setzte den Damenspringer.

Spock blickte in den Kubus, und eine schwarze Braue wölbte sich empor. Er starrte so auf die Figuren, als habe er seinen Verstand in den Computermodus umgeschaltet, als analysiere er jetzt alle möglichen Züge und ihre Auswirkungen. Jim hatte diesen Zug nicht bewußt erkannt, sondern erahnt, und nun regten sich plötzliche Zweifel in ihm. Er betrachtete den Schachwürfel, überlegte, ob er etwas übersehen hatte, fürchtete plötzlich einen banalen Anfängerfehler.

Der Captain nahm sich ein Beispiel an der steinernen Miene des Vulkaniers, versuchte, ebenso ruhig und gelassen zu bleiben. Dennoch zuckte er fast zusammen, als Spock die Hand ausstreckte und den König zur Seite kippte.

»Ich gebe auf«, sagte er.

Jim musterte ihn, glaubte, dünne Furchen in der Stirn zu erkennen. Brachte Spocks Miene einen Hauch von Verwirrung zum Ausdruck?

»Mit Ihrem Zug haben Sie sowohl die Dame als auch die Springer in Gefahr gebracht«, sagte der Vulkanier. »Das war... unlogisch.«

»Aber wirkungsvoll«, meinte Jim.

»In der Tat...«, erwiderte Spock leise. »Welche Einschätzungstechnik benutzen Sie? Sinhawk? Oder verwenden Sie eine eigene Methode?«

»Eine, die ich... selbst entwickelte, könnte man sagen. Ich habe keine Analyse vorgenommen, sondern den Zug *gesehen*, Spock. Intuition. Oder einfach Glück.«

»Ich glaube nicht an Glück«, erwiderte der wissenschaftliche Offizier. »Und in bezug auf Intuition fehlen mir Erfahrungen.«

»Wie dem auch sei: Meine Methode besteht genau darin.«

Spock betätigte eine Taste, und daraufhin nahmen die Figuren wieder ihre Ausgangsstellung ein.

»Was halten Sie von einer vollständigen Partie?« fragte er.

KAPITEL 6

Als Jim Kirk am nächsten Morgen die Brücke betrat, fühlte er sich großartig. Er hatte gut geschlafen, ohne von Alpträumen über Ghioghe geplagt zu werden. Gary Mitchell würde in einigen Tagen die Regeneration verlassen, und die *Enterprise* war ohne Zwischenfälle auf dem Weg zur Starbase Dreizehn. Darüber hinaus hatte Jim am vergangenen Abend das Schachspiel gewonnen. Seine Belohnung bestand in der sprachlosen Verblüffung des Ersten Offiziers.

Jim lächelte zufrieden, als er im Sessel des Befehlsstands Platz nahm, versuchte, die letzten Reste der Müdigkeit abzustreifen, fragte sich einmal mehr, wo Rand den köstlichen Kaffee aufgetrieben hatte. *Vielleicht gibt es irgendwo einen geheimen Vorrat davon,* dachte er und begann zu hoffen, daß ihm seine Adjutantin erneut einen Becher brachte.

Diesmal konnte er nicht etwa Janice Rand für seine Schläfrigkeit verantwortlich machen. McCoys Taktik schien zu funktionieren: Die junge Frau hatte ihn nicht zwei Stunden vor dem Frühstück geweckt.

Nein, die Benommenheit war seine eigene Schuld. Jims Lächeln wuchs in die Breite, als er sich an den vergangenen Abend erinnerte. Die Schachpartie mit Commander Spock dauerte mehrere Stunden, bis tief in die Nacht. Die meiste Zeit über blieb der Vulkanier im Vorteil, aber schließlich gewann Kirk mit einigen gewagten, geradezu tollkühnen Zügen.

Spock nahm bereits seinen Platz an der wissenschaftlichen Station ein, wirkte so ausgeruht wie immer.

»Guten Morgen, Commander Spock.«

»Guten Morgen, Captain.«

»Das Spiel gestern abend hat mir sehr gefallen.«

»Es war...« Der Vulkanier zögerte. »Es war lehrreich für mich.«

Jim sah in dieser Bemerkung das vulkanische Äquivalent für ›Ich hatte Spaß‹.

Einige Sekunden später fiel dem Captain ein, daß sich Spock praktisch immer auf der Brücke befand. Der Vulkanier kam früh und ging spät. Vielleicht wollte er damit beweisen, wie ernst er seine Funktionen als Erster und wissenschaftlicher Offizier nahm. Ging es ihm darum, mit diesem Verhalten zu zeigen, daß Admiral Noguchi die richtige Entscheidung getroffen hatte?

Oder sind die beiden Verantwortungsbereiche zuviel für eine Person, dachte Jim. Noguchi hätte die Wahl des Ersten Offiziers mir überlassen sollen. Und Spocks Gebaren erinnert mich ständig daran, daß mein Nominierungsvorschlag ignoriert wurde.

Kurz darauf nahm Jim die Statusmeldungen der einzelnen Brückenstationen entgegen: Sie liefen praktisch darauf hinaus, daß es nichts zu berichten gab. Alle Bordsysteme arbeiteten einwandfrei. Die *Enterprise* folgte weiterhin dem programmierten Kurs. Keine dringenden Nachrichten von Starfleet. Alles bestens und in Ordnung.

Unter solchen Umständen konnten Raumreisen sehr langweilig sein. Jim wünschte sich, daß irgend etwas passierte.

Ob Rand bereits mit der Zusammenstellung seines Terminkalenders begonnen hatte? Und wo steckte sie überhaupt? Er erwartete von ihr, daß sie zu Beginn der Arbeitszeit auf die Brücke kam, um Tagesanweisungen von ihm entgegenzunehmen, aber vielleicht wußte sie gar nicht, daß dies zu ihren Pflichten gehörte.

Jim versuchte, sie in der Adjutantenkabine zu erreichen. Zwar hatte er die Order für sie hinterlassen, das Quartier zu wechseln, aber die Computersensoren registrierten niemanden in der Kabine.

Der Captain sah auf seinen Dienstschirm — ein einziger

Termin für diesen Tag, sonst nichts. Er seufzte und fragte sich, ob seine Adjutantin dazu neigte, alles im letzten Augenblick zu erledigen.

Dann stellte er fest, mit wem das erste Gespräch vereinbart war – mit Leonard McCoy.

Die Tür des Turbolifts öffnete sich. Janice Rand eilte zur Station der Ambientenkontrolle und nahm hastig Platz.

»Unteroffizier Rand«, sagte Jim kühl.

»Ja, Captain?« flüsterte sie.

»Was meine Termine betrifft...«

»Ja, Sir, ich habe die Aufstellung hier, Sir.«

»Ich soll mich heute mit Leonard McCoy treffen«, brummte Jim. »Dr. McCoy und ich kennen uns schon seit Jahren. Ist Ihnen nicht aufgefallen, daß wir vom gleichen Schiff zur *Enterprise* versetzt wurden?«

»Nein, Sir. Das erwähnte er nicht, Sir. Es tut mir leid, Sir.«

Verdammt, sie entschuldigte sich schon wieder. Und zuckte erneut zusammen. Der Captain setzte zu einer besänftigenden Bemerkung an, sah dann die Aufmachung seiner Adjutantin.

Ihre Uniform war mindestens zwei Nummern zu groß, das Haar trotz des kurzen Schnitts zerzaust. Tränen glänzten in den großen, weit aufgerissenen Augen. Die junge Frau kauerte sich so in ihrem Sessel zusammen, als wolle sie am liebsten unsichtbar werden.

»Unteroffizier Rand, ist alles in Ordnung mit Ihnen?«

»Ja, Captain«, hauchte sie.

»Welche Erklärung haben Sie für Ihr seltsames Erscheinungsbild?«

»Keine, Sir.«

»Haben Sie meine Anweisung erhalten, in die Adjutantenkabine umzuziehen?«

»Ja, Sir. Sie erreichte mich vor einigen Stunden.«

»Und warum sind Sie ihr nicht nachgekommen?«

»Ich... ich weiß nicht, Sir, es tut mir leid, Sir.« Sie sprach so leise, daß Jim sie kaum verstehen konnte.

»Holen Sie das jetzt nach. Und kommen Sie nie wieder – ich wiederhole: *nie* wieder – in einem derartigen Zustand auf die Brücke.«

Ängstlich begegnete sie seinem Blick, kämpfte gegen die Tränen an. Mit einem Satz sprang sie auf, sauste zum Lift.

Uhura musterte Captain Kirk und konnte es kaum fassen, daß er in einem so schroffen Tonfall mit einem Mädchen wie Janice Rand sprach. Sie schaltete ihre Konsole auf Bereitschaft.

»Bitte entschuldigen Sie mich«, sagte sie kühl. »Ich bin gleich wieder da.« Sie wartete keine Antwort des Captains ab, betrat den Turbolift. Die Tür schloß sich hinter ihr. »Das gleiche Ziel wie bei deinem letzten Passagier«, sagte sie.

Einige Sekunden später erreichte sie einen leeren Korridor außerhalb der Offiziers- und Mannschaftssektion. Uhura fragte sich, warum Janice ausgerechnet diesen Bereich des Schiffes aufgesucht hatte. Aber vielleicht hinderte sie ihr gegenwärtiger emotionaler Zustand an klaren Überlegungen. Möglicherweise wollte sie nur fort von der Brücke, irgendwo allein sein.

Uhura fand sie schließlich im zweiten Besprechungszimmer. Janice Rand saß am Tisch und schluchzte wie ein Kind.

»Weinen Sie nicht. Es wird alles wieder gut, glauben Sie mir.« Uhura nahm neben Janice Platz und legte ihr den Arm um die Schultern.

Die junge Frau zuckte von ihr fort, erbebte am ganzen Leib, versuchte vergeblich, sich zu beruhigen. Die Tränen bildeten glitzernde Rinnsale auf den Wangen.

»Machen Sie sich keine Sorgen. Der Captain hat es nicht so gemeint.« Uhura strich über das kurze, wirre Haar der Adjutantin.

»Ach, es tut mir ja so leid«, brachte Janice mit zittriger Stimme hervor. »Ich verstehe, warum mich Roswind jetzt haßt, aber sie lehnte mich auch vorher ab, als sie gar keinen Grund dazu hatte. Es ist nicht meine Schuld.«

»Natürlich nicht«, bestätigte Uhura und rätselte darüber, was Janice meinte. Sie klopfte ihr auf die Schulter, versuchte, sie zu trösten.

Nach etwa zehn Minuten versiegte Janice' Tränenvorrat. Ihr Gesicht glühte, und die Augen blickten trübe. Ab und zu schniefte sie leise. Uhura musterte sie und nickte kummervoll: Mit dem struppigen Haar und der viel zu großen Uniform bot sie tatsächlich einen erbärmlichen Anblick. Sie ging ins nahe Zimmer des Stewards, kehrte mit einem Handtuch zurück und reichte es der jungen Frau.

»Geht's jetzt besser?« fragte sie. »Hier, trocknen Sie Ihre Wangen. Putzen Sie sich die Nase. Holen Sie tief Luft. Ja, richtig so. Und nun... Erzählen Sie mir, was geschehen ist.«

Janice begann stockend und unsicher. Das Konzept des Schikanierens schien ihr völlig fremd zu sein. Irgendwann in ihrem Leben machte sie die Erfahrung, daß man nicht versuchen sollte, sich zu behaupten, daß es besser war, Demütigungen einfach hinzunehmen. Uhura überlegte besorgt, ob Janice' Psyche einen irreparablen Schaden erlitten hatte.

»Und dann heute morgen«, fuhr die Adjutantin fort. »Ich ging in die Kabine, um meine Sachen zu holen und ins Unteroffiziersquartier umzuziehen, und weil ich so müde war, legte ich mich für einige Sekunden hin. Ich schlief ein und erschrak, als ich aufwachte, zog die Uniform an, sah plötzlich, daß sie mir gar nicht paßte, ich wußte, daß ich die richtige bestellt hatte, aber als ich erwachte, fand ich sie nicht, jemand muß sie vertauscht haben. Ich wollte mir keine neue bestellen und dadurch noch mehr Zeit verlieren, hielt es für besser, mich sofort auf den Weg zur Brücke zu machen, und Roswind lachte schallend, lachte mich aus, bis ich die Unterkunft verließ.« Janice' Lippen zitterten, und erneut war sie den Tränen nahe. »Sie ist so schön, und zuerst habe ich sie sehr bewundert, aber sie zog mich immerzu auf, lachte dauernd.«

»Warum haben Sie nicht ebenfalls gelacht?«

Die junge Frau starrte Uhura verblüfft an. »Ich mußte zur Arbeit.«

»Roswind hat sich einen Scherz mit Ihnen erlaubt und dabei ein wenig übertrieben, das ist alles. Sie hat es bestimmt nicht böse gemeint – hoffe ich jedenfalls. Nun, vielleicht gehört sie zu den Leuten, die feststellen möchten, wie weit sie gehen können. Es kommt nur darauf an, sich nicht alles gefallenzulassen.«

Janice gab keine Antwort. Sie saß ganz still, nahm Uhuras Bemerkungen einfach hin. Ihr Gesichtsausdruck verdeutlichte, daß sie aufmerksam zuhörte, doch die Augen blickten in weite Ferne, hoffnungslos und niedergeschlagen.

»Woher kommen Sie, Janice?«

»Was? Es tut mir leid, ich...«

»Von welchem Planeten stammen Sie?«

»Oh«, murmelte Janice, gab sich dann einen inneren Ruck und erwiderte mit falscher Fröhlichkeit: »Eine Heimatwelt in dem Sinn habe ich gar nicht. Wir sind viel herumgekommen.«

»Wer ist ›wir‹? Ihre Familie? Eine Gemeinschaft? Und wohin sind Sie gereist?«

»Warum stellen Sie mir all diese Fragen?« schluchzte Janice. »Warum sind Sie so neugierig? Was liegt Ihnen an mir?«

»Es bereitet mir Kummer, jemanden so verängstigt zu sehen wie Sie. Ich lege großen Wert auf eine gute Zusammenarbeit an Bord dieses Schiffes, und die ist leider nicht möglich, solange Sie sich wie eine verunsicherte und schreckhafte Sechzehnjährige benehmen.«

Janice keuchte und erbleichte. Uhura fürchtete schon, die Adjutantin könne in Ohnmacht fallen, doch statt dessen sank sie vor ihr auf die Knie.

»Wie haben Sie das herausgefunden? Oh, bitte, bitte, verraten Sie niemandem etwas...«

»Janice!«

»Bitte, ich unterwerfe mich ganz Ihrem Willen! Verraten Sie nichts!«

»Stehen Sie auf, Janice!« Verlegen und entsetzt griff Uhura nach den Schultern der jungen Frau und zog sie hoch. »Was soll der Unsinn?«

Janice wich zurück. *»Wie haben Sie es herausgefunden?«* entfuhr es ihr schrill.

Uhura begriff, was die Adjutantin meinte. *Wie eine verunsicherte und schreckhafte Sechzehnjährige,* wiederholte sie in Gedanken. Genau darin bestand Janice' Geheimnis.

»Das spielt keine Rolle«, sagte sie.

»Wenn Sie dem Captain Bescheid geben, bringe ich mich um! Ich werde Sie töten! Ich...«

Uhura lächelte unwillkürlich, beugte sich vor und umarmte das Mädchen. »Niemand wird sterben, weder Sie noch ich oder irgend jemand anders. Beruhigen Sie sich.«

Nach einer Weile verklang das Schluchzen, und Janice schmiegte sich an Uhura, als suche sie bei ihr Trost.

»Wie sind Sie als Sechzehnjährige von Starfleet aufgenommen worden? In dieser Hinsicht gibt es strenge Vorschriften.« Zwar konnten jüngere Kadetten — Offiziersanwärter — an überwachten Ausbildungsflügen teilnehmen, aber sie durften erst nach dem siebzehnten Geburtstag in die reguläre Besatzung aufgenommen werden. Das traf zumindest auf Menschen zu. Besondere Kontrollmaßnahmen verhinderten, daß abenteuerlustige Kinder verschiedener intelligenter Völker in der Raumflotte Aufnahme fanden.

Aber Uhura vermutete, daß Abenteuerlust nicht als Erklärung für Janice Rands Verhalten in Frage kam.

»Als ich klein war«, hauchte das Mädchen, »begann meine Familie eine interstellare Reise. Das Warptriebwerk fiel aus, und deshalb mußten wir den Flug im Normalraum fortsetzen. Wir beschleunigten bis fast auf Lichtgeschwindigkeit, und deshalb dauerte es nur wenige Wochen subjektiver Zeit, bis wir das Ziel erreichten. In Wirklichkeit aber vergingen drei Jahre.«

»Und niemand korrigierte die Personalunterlagen?«

Janice schüttelte den Kopf.

»Es ist mir trotzdem ein Rätsel, wie Sie damit durchgekommen sind.« Nach Uhuras Empfinden sah die Adjutantin nicht annähernd wie eine Zwanzigjährige aus, sondern wie ein sechzehnjähriges Mädchen. Aber offenbar hatte niemand Verdacht geschöpft.

»Ich habe gelogen«, gestand Janice kleinlaut ein. »Es blieb mir gar nichts anderes übrig. Wenn man Nachforschungen angestellt hätte... Nun, viele Leute glauben einem, wenn man unverschämt genug lügt. Sie meinen, niemand würde sich erdreisten, derartige Geschichten zu erfinden.«

Uhura lachte, wurde dann wieder ernst. »Was sollen wir jetzt mit Ihnen anstellen?«

Janice musterte sie, schien einmal mehr der Panik nahe zu sein. »Sie wollen mich *doch* verraten!«

Die Vorstellung, daß Janice einmal mehr vor ihr auf die Knie sank, entsetzte Uhura. Sie murmelte einige beschwichtigende Worte, versprach jedoch nichts. »Sie brauchen keine Angst zu haben. Lassen Sie uns darüber reden. Wäre es denn so schlimm, nach Hause zurückgeschickt zu werden? Sie sind noch nicht erwachsen, Janice. Sie sollten zur Schule gehen, bei Ihrer Familie sein...«

»Nein! Ich kehre nie wieder heim! Auf keinen Fall!«

»Bestimmt machen sich Ihre Angehörigen Sorgen um Sie. Würde es sie nicht freuen zu erfahren, daß Sie wohlauf sind — ganz gleich, was Sie angestellt haben?«

»*Ich* bin völlig unschuldig«, behauptete Janice, obgleich sich Zweifel in ihr regten. »Aber ich... ich möchte lieber ins Gefängnis gesteckt werden, als nach Saweoure zurückzukehren!«

»Niemand denkt daran, Sie ins Gefängnis zu stecken, Janice. Und von einem Planeten namens Saweoure höre ich jetzt zum erstenmal.«

»Jene Welt steuerten wir im Paradoxflug an. Wir hatten nicht genug Geld, um das Warptriebwerk zu reparieren, und deshalb verkauften wir das Schiff und blieben dort. Aber wenn man auf Saweoure lebt, ohne reich zu sein, braucht man einen ›Schutzpatron‹.« Mit überraschender Ruhe erzählte Janice den Rest.

Als sie ihren Bericht beendet hatte, wischte Uhura Tränen aus den Augen.

»Janice...« Sie atmete tief durch. »Was Sie mir gerade beschrieben haben, grenzt an Sklaverei! Wie ist so etwas möglich? Warum unternimmt niemand etwas dagegen?«

Janice' Stimme klang bitter, als sie erwiderte: »Woher soll ich das wissen? Vielleicht glaubt die Föderation, es sei alles in Ordnung. Vielleicht will niemand etwas ändern, und deshalb werden die Zustände auf Saweoure geheimgehalten.«

Uhura begrüßte Janice' Bitterkeit und Zorn. Ihre Reaktion bewies, daß sie innerlich noch nicht ganz erstarrt war. »Wie sind Sie entkommen?«

»Meine Brüder und ich gingen an Bord eines Frachtshuttles. Wir wußten damals gar nicht, daß eine derartige Flucht als unmöglich galt. Als die Fähre das Mutterschiff erreichte, hielten wir uns versteckt. Es war eigentlich gar nicht so schwer. Wir krochen in einen Container und warteten dort. Nach der Landung schlichen wir uns in das Faience-Flüchtlingscamp...«

»Ihr habt euch hinein*geschlichen?*« Über das Camp kursierten die gräßlichsten Gerüchte. Es galt als ein Beispiel für inkompetente Verwaltung und Grausamkeit; viele Menschen starben dort einen sinnlosen Tod.

Janice zuckte mit den Schultern, und Uhura bewunderte die Kühle, mit der das Mädchen die Vergangenheit akzeptierte — und vielleicht auch die Gegenwart.

»Dort war es nicht so schlimm wie auf Saweoure«, sagte Janice schlicht. »Schließlich kamen Starfleet-Schiffe, um uns umzusiedeln, und bei jener Gelegenheit fand ich heraus, daß ich rein rechtlich gesehen drei Jahre älter bin. Das einzige Dokument, das ich vorweisen kann, ist eine Geburtsurkunde.«

»Und Ihre Brüder?« Uhura entschied, beim ›Sie‹ zu bleiben, obwohl sie in Janice nach wie vor kaum mehr als ein Kind sah.

»Sie besaßen nicht einmal solche Unterlagen. Die Beamten von Faience klopften ihnen auf die Schultern und meinten: ›Ach, ihr armen Kinder.‹ Dann nahmen sie Ben und Sirri in die Verzeichnisse auf, und da ich als Volljährige anerkannt wurde, bekam ich die Vormundschaft. Ich suchte für sie eine gute Schule und bewarb mich um Aufnahme in die Raumflotte, um die Ausbildung meiner Brüder zu bezahlen.«

Es erschütterte Uhura, als sie daran dachte, was Janice durchgemacht und überstanden hatte. Sie suchte nach einer Möglichkeit, die Adjutantin aufzumuntern, ihr Mut zuzusprechen.

Einige Sekunden lang herrschte Stille, und die Gelassenheit der Adjutantin wich neuerlicher Furcht, als sie ahnte, daß ihr zukünftiges Schicksal wieder von einer anderen Person abhing, die vollständige Macht über sie hatte.

»Ich bin fast siebzehn«, flüsterte Janice. »Glaube ich jedenfalls. Die Berechnungen sind ziemlich kompliziert. Ich werde allen Anforderungen meiner Arbeit gerecht.« Sie zögerte. »Obwohl Sie heute wahrscheinlich einen gegenteiligen Eindruck gewannen.«

»Ich glaube, Sie sollten die Karten offen auf den Tisch legen«, entgegnete Uhura.

»Nein!«

»Ich meine, Sie sollten Ihren Fall vor der Rechtskommission der Föderation zur Sprache bringen — und damit helfen, das Entsetzen auf Saweoure zu beenden.«

»Ich *kann nicht.*«

»Janice...«

»Sie verstehen nicht, Uhura! Ich habe ein Verbrechen begangen, indem ich an Bord des Frachtshuttles ging.«

»Es ist illegal, die Bewegungsfreiheit von Bürgern der Föderation einzuschränken...«

»Aber es ist keineswegs verboten, viel Geld für den Transport von einem Ort zum anderen zu verlangen, und ich habe kein Flugticket bezahlt. Auf Saweoure werden blinde Passagiere ebenso behandelt wie Leute, die ein Raumschiff stehlen. Wenn ich mich tatsächlich zu einer

Aussage entschlösse, würde man mich als Kriminelle, Lügnerin und Diebin bezeichnen. Und die saweourenischen Behörden wären sogar imstande, entsprechende Beweise vorzulegen. Ihre Anklagen sind nicht aus der Luft gegriffen. Bitte, Uhura, behalten Sie alles für sich.«

»*Sie* sollten an die Öffentlichkeit treten und den Autoritäten berichten, was Sie mir eben erzählt haben.«

»Den Autoritäten?« zischte Janice zornig. »Wem denn, zum Beispiel? Captain Kirk? Er würde mir bestimmt nicht glauben. Vermutlich führte er alles auf ausschweifende Phantasie oder dergleichen zurück.«

Uhura zögerte. Wenn Captain Pike jetzt noch Kommandant der *Enterprise* gewesen wäre, hätte sie nicht gezögert, ihn sofort einzuweihen. Sie kannte Kirk nicht gut genug, um zu wissen, wie er auf Janice' Schilderungen reagieren mochte. Und was die Adjutantin anging... Für sie gab es kaum einen Grund, Kirk zu vertrauen, auf sein Mitgefühl zu hoffen. Nicht nach dem Zwischenfall auf der Brücke.

»Bitte, Uhura«, drängte Janice. »Sagen Sie niemandem etwas.«

»Na schön«, erwiderte Uhura widerstrebend. »Ich verspreche es Ihnen. Und mein Wort bedeutet mir etwas. Sie können sich auf mein Schweigen verlassen.«

»Vielen Dank.«

»Trotzdem... Denken Sie wenigstens über die Möglichkeit nach, sich an die Rechtskommission zu wenden.« Uhura wechselte rasch das Thema, bevor es Janice erneut mit der Angst zu tun bekam. »Ich schlage vor, Sie ziehen sich jetzt um und kehren anschließend zur Brücke zurück. Je eher Sie diesen Morgen vergessen, desto besser.«

»Es... es befinden sich noch einige Sachen in meiner alten Kabine. Und vielleicht ist Roswind da.«

»Über Ihre ehemalige Stubengenossin brauchen Sie sich keine Sorgen zu machen. Gehen Sie ins Adjutantenquartier. Waschen Sie Ihr Gesicht. Besorgen Sie sich eine neue Uniform. Ich kümmere mich um die anderen Dinge.«

»Oh, das ist sehr nett von Ihnen.«

Uhura lächelte verschmitzt. »Überlassen Sie alles mir.«

Jim Kirk saß steif und verärgert im Sessel des Befehlsstands, die Arme auf der Brust verschränkt. Zum Teufel mit Rand – sie hatte seine gute Laune ruiniert. Die übrigen Offiziere gaben vor, weder die Verlegenheit der Adjutantin noch Uhuras Empörung bemerkt zu haben. Sicher vertraten sie alle die Ansicht, er sei Rand gegenüber zu hart gewesen.

Sollten sie denken, was sie wollten. Jim konnte ebenso freundlich und zuvorkommend sein wie alle anderen, aber wer glaubte, sich besondere Freiheiten herausnehmen zu können, irrte sich gründlich. Er verabscheute es, wenn jemand mit Tränen an sein Mitleid appellierte.

Die Lifttür öffnete sich, und Lindy sprang auf die Brükke. Jim wünschte, Janice Rand hätte sich ein Beispiel an Lukarian oder Uhura genommen. Wie war es ihr überhaupt gelungen, dem Synthesizer eine Uniform in der falschen Größe abzuringen? Das erforderte eine Menge Talent.

»Hallo, Jim, ich habe...«

Lautes Kläffen übertönte Lindys Stimme. Kleine Tiere sausten an ihr vorbei, bellten, winselten, knurrten, sprangen übereinander und begannen mit einer Erforschung des Kontrollraums. Die schnuppernden Schnauzen ließen keinen Winkel aus. Zuerst dachte Jim, es handele sich um Außenweltwesen, erlebte dann eine alptraumhafte Vision, die ihm eine von Ratten heimgesuchte *Enterprise* zeigte – und schließlich erkannte er Hunde. Zwei oder drei Dutzend pastellfarbene, mit bunten Bändern geschmückte Hunde. Winzige Pullover bedeckten krauses Fell.

Hunde. Jim war großzügig genug, diese Kategorie auf Zwergpudel zu erweitern.

»Fifi! Toto! Mimi! Bei Fuß! Sitz!«

Ein Riese stand dicht vor dem Turbolift und rief den kleinen Geschöpfen mit tiefer, dröhnender Stimme Befehle zu.

Die Pudel achteten überhaupt nicht auf ihn, tollten vor Jims Füßen. Sie bellten sich gegenseitig an – und schnappten nach den Stiefeln des Captains. Einer grub die Zähne in das rechte Hosenbein Jims, schüttelte den Kopf und zerrte an dem Stoff.

»He, laß los! Hast du nicht gehört? Au! Verdammt!« Kirk zog die Hand zurück – das kleine Monster hatte ihn gebissen! Rote Streifen bildeten sich unter seinen Fingern.

»Er hat es nicht böse gemeint, Captain.« Lindys Begleiter griff nach dem knurrenden Wesen. »Hast du deine guten Manieren vergessen, Fifi? Du weißt doch, daß du niemanden beißen sollst!«

Jim stand auf.

»Sorgen Sie dafür, daß diese Tiere...« – er lehnte es ab, sie mit der Bezeichnung ›Hunde‹ zu würdigen – »...von meiner Brücke verschwinden!«

»Seien Sie unbesorgt, Captain, sie werden niemanden verletzen. Sie sind jetzt zum erstenmal an Bord eines Raumschiffs und daher sehr aufgeregt.« Fifi, ein rosafarbener Zwergpudel mit paillettiertem Pullover, verschwand fast in der gewaltigen Hand.

»Jim«, sagte Lindy, »das ist mein Mitarbeiter Newland Yanagimachi Rift. Er ging gestern abend, bevor Sie eintrafen.«

Die kleinen Geschöpfe sprangen um Jim, Lindy und Rift herum, bellten und winselten, ließen Pudelhaar und weißen Speichel auf der Uniformhose des Captains zurück. Er sah sich von einem lebenden Wirbel umgeben, der aus pastellfarbenem Fell, bunten Bändern, winzigen Zähnen und braunen, glänzenden Augen bestand. Er hätte die Hunde einfach zu Brei zertreten können, entschied sich aber, sie zu ignorieren.

»Freut mich, Sie kennenzulernen, Captain«, donnerte Rift.

Jim sah Lindy an, die einen Lachanfall zu unterdrücken versuchte.

»Welche Rolle spielen Sie in der Varietégruppe, Mr.

Rift?« fragte Kirk. Es fiel ihm schwer, durch zusammengebissene Zähne zu sprechen. »Singen Sie?«

»Oh, nein, Captain, das ist Philomelas Spezialität. Ich arbeite mit meinen kleinen Lieblingen. Sie erstaunen mich immer wieder — ich hoffe, Sie finden Gelegenheit, eine unserer Vorstellungen zu besuchen.« Er setzte Fifi wieder auf den Boden. »Sei hübsch brav! Sitz!«

Fifi hielt offenbar nichts davon, brav zu sein. Er sprang los, lief an Sulu und Cheung vorbei und verschwand unter der Navigationskonsole.

Der Steuermann ging in die Hocke. »He, komm da raus.«

»Sie sind ganz außer Rand und Band, weil hier alles neu für sie ist«, erklärte Rift stolz. »Auf der Bühne verhalten sie sich völlig anders.«

»Sind Ihre... Hunde stubenrein?«

»Natürlich, Captain.«

Rift war ein bemerkenswertes Exemplar der Gattung Homo sapiens. Er mochte gut zwei Meter groß sein, und die Schulterbreite betrug mindestens hundert Zentimeter. Die leicht ellipsoiden Augen glänzten in einem hellen Blau, und seine Haut zeigte einen noch goldeneren Ton als die Sulus. Das lockige, feuerrote Haar bildete einen dichten Knoten. Jim fragte sich, warum ihm diese seltsame Frisur so vertraut erschien. Schließlich erkannte er sie als die traditionelle Haartracht von Sumu-Ringern.

Dieser Sport erfreute sich in Japan noch immer so großer Beliebtheit wie schon vor tausend Jahren. In welcher Beziehung stand Rift dazu? Jim hatte noch nie etwas von rothaarigen Sumu-Ringern gehört, doch das schloß ihre Existenz wohl kaum aus.

»Bitte entschuldigen Sie mich einen Moment, Captain.«

Rift half Sulu und Cheung, Fifi unter der Konsole hervorzuholen.

»Es stellt sich allerdings die Frage, ob die Pudel auch raumschiffrein sind«, sagte Lindy so leise, daß nur Jim sie verstehen konnte. Als sie seinen Gesichtsausdruck sah, begann sie zu kichern.

Newland Rift kehrte zurück, den eigensinnigen Fifi in einer großen Hand.

»Ungezogenes Hündchen«, sagte er. »Sag ihm, daß es dir leid tut.« Rift hielt den rosafarbenen Pudel dicht vor Jims Nase. Das winzige Geschöpf knurrte und bleckte weizenkorngroße Zähne.

»Mr. Rift«, sagte Kirk mit erzwungener Ruhe, »bringen Sie Ihre Tiere weg.«

Der Hüne schmollte. »Na schön, Captain«, brummte er beleidigt. »Wenn Sie unbedingt wollen...« Er pfiff und rief den Pudeln etwas zu, woraufhin sie erneut herumtollten. Doch als Rift den Turbolift betrat, folgten sie ihm sofort, und der letzte bunte Schwanz verschwand in der Kabine, bevor sich die Tür schloß.

Lindy versuchte nicht länger, sich zu beherrschen: Sie lachte laut und fröhlich. Die Brückenoffiziere stimmten mit ein.

Jim preßte kurz die Lippen zusammen. »Haben Sie nichts zu tun?« fragte er scharf.

Spock sah auf. »Doch, Captain. Aber wenn Sie mich mit etwas beauftragen möchten...«

»Schon gut, Commander Spock«, erwiderte Jim und wandte sich an Lindy. »Was führt Sie hierher, Miß Lukarian?«

»Ich wollte Sie Newland vorstellen.«

»Das ist bereits geschehen.«

»Und außerdem bin ich gekommen, um Janice das erste druckfrische Poster zu geben.« Die junge Frau wurde wieder ernst und entrollte das Papier. »Eine enorm gute Arbeit. Sie sollten stolz auf sie sein, Jim. Obgleich sie nicht jonglieren kann. Was hielte Starfleet wohl davon, wenn ich Janice entführe?«

Jim widerstand der Versuchung, ihr Unteroffizier Janice Rand auf der Stelle zu überlassen, betrachtete statt dessen das Poster. »Es ist wirklich interessant«, gestand er ein.

»Janice hat es praktisch ganz allein entwickelt«, erklärte

Lindy. »Ich hab' auch ein Exemplar für Sie mitgebracht, doch das erste gebührt Janice. Wo ist sie?«

»Sie... äh... hat derzeit auf einem anderen Deck zu tun, wird aber bald zurückkehren.« In dieser Beziehung war er nicht annähernd so zuversichtlich, wie er den Anschein zu erwecken versuchte.

»Na schön, dann warte ich. Übrigens: Ich wollte Sie noch um einen anderen Gefallen bitten. Es geht um Athene, Jim. Das Shuttledeck ist zu hart für sie...«

Für was hält sie mich eigentlich? dachte Kirk. Für den Kommandanten einer interstellaren Arche? Noch ein paar Tiere mehr, und ich schnappe über...

Adjutant Rand betrat die Brücke. Sie hatte die Uniform gewechselt und sich das Haar gekämmt, wirkte niedergedrückt und unglücklich. Aber wenigstens weinte sie jetzt nicht mehr. Wortlos nahm sie an ihrer Station Platz.

»Besprechen Sie alle Probleme, die Ihre Gruppe — oder Ihre Tiere — betreffen, mit meiner Adjutantin, Miß Lukarian«, sagte Jim. »*Ich* habe nämlich zu tun, offenbar im Gegensatz zu meinen Offizieren.«

Lindy lächelte, sprang die Treppe hoch und blieb neben Janice Rand stehen. Jim fragte sich, ob sie nie normal ging — und wie er sie dazu bringen konnte, ihn erneut auf diese Weise anzulächeln.

»Bitte entschuldigen Sie, Captain.« Rand sprach so leise, daß Jim sie kaum verstand.

»Bitte erfüllen Sie Miß Lukarians Wünsche, solange sie innerhalb vernünftiger Grenzen bleiben.«

»Natürlich, Sir. Nun, Sie baten mich um die Zusammenstellung Ihres Terminkalenders. Der Computer ist jetzt damit fertig. Wenn Sie sich die Liste ansehen und eventuelle Veränderungen vornehmen möchten...« Janice zögerte. »Das Mißverständnis in Hinsicht auf Dr. McCoy bedaure ich sehr. Er erwartet Sie in zehn Minuten. Soll ich mich mit ihm in Verbindung setzen und den Termin streichen?«

»Schon gut, Adjutantin. Lassen Sie nur.«

Jim gab sich beschäftigt, rief die Übersicht auf seinen Datenschirm und ging sie kurz durch.

Diesmal hatte Rand allen seinen Anforderungen genügt: Die einzelnen Gesprächsvereinbarungen erstreckten sich über einen Zeitraum von drei Monaten. Der Captain hielt es für wichtig, alle Besatzungsmitglieder seines Schiffes kennenzulernen.

Er stand auf. »Während der nächsten halben Stunde bin ich in der Krankenstation zu erreichen«, verkündete er.

Niemand antwortete ihm.

Das Chaos auf der Brücke schien zumindest ein zeitweiliges Ende gefunden zu haben, aber Spock befürchtete, daß es sich bei dem Zwischenfall im Kontrollraum um die sprichwörtliche Ausnahme handelte, die die Regel bestätigte. Als Captain Pike die *Enterprise* befehligte, herrschte immer Ordnung an Bord des Raumschiffs.

Der Vulkanier öffnete eine elektronische Datei und begann damit, einen Versetzungsantrag zu formulieren.

Als Uhura Janice Rands Kabine erreichte, öffnete eine Frau die Tür und bedachte sie zunächst mit einem gleichgültigen Blick. Dann sah sie Uhuras Offiziersabzeichen und sprang auf.

»Lieutenant!« sagte sie. »Äh...« Sie war hochgewachsen und außerordentlich attraktiv, eine regelrechte Schönheit. Uhura verstand nun, warum Janice in ihrer Gegenwart einen Minderwertigkeitskomplex entwickelte.

»Sie sind...«, begann Uhura und beschloß, Rands Stubengenossin schwitzen zu lassen.

»Äh, Roswind, Ma'am.«

»Roswind, ich glaube, Unteroffizier Rand ließ einige ihrer Sachen zurück, als sie das Quartier wechselte.«

»Äh, ja, Ma'am. Sie liegen dort drüben.«

»Danke.« Sie sammelte die Dinge ein und dachte dabei: Nun, Roswind, Vorgesetzten gegenüber sind Sie nicht annähernd so hochnäsig, oder?

»Wie kommt Janice zurecht, Ma'am?«

»Captain Kirk scheint sehr beeindruckt von ihr zu sein«, erwiderte Uhura — das entsprach der Wahrheit, zumindest in gewisser Weise. »Oh, übrigens, Roswind: Leiden Sie an irgendwelchen Allergien? Zum Beispiel Heuschnupfen?«

»Nein, Ma'am, nicht daß ich wüßte.«

»Ausgezeichnet.« Uhura ließ sich Zeit, als sie Janice' Sachen ordnete und zu einem Bündel verschnürte. Einige Sekunden lang betrachtete sie es kritisch, klemmte es sich dann unter den Arm und ging zur Tür.

»Äh, Ma'am?«

»Ja, Roswind?«

»Warum, Ma'am?«

»Warum was?«

»Warum fragten Sie, ob ich an Allergien leide, Ma'am?«

»Wegen Ihrer neuen Zimmergefährtin.«

»Ich versteh' nicht, Ma'am.«

»Manche Menschen reagieren negativ auf ihre Spezies, meistens mit Heuschnupfen. Aber Sie haben sicher nichts zu befürchten.«

»Zu welcher Spezies gehört sie, Ma'am?«

Uhura warf ihr einen durchdringenden Blick zu. »Sie haben doch keine xenophobischen Neigungen, oder?«

Xenophobie konnte dazu führen, daß man unehrenhaft aus Starfleet entlassen wurde. Das wußte Roswind, und deshalb widersprach sie heftig.

»Nein, Ma'am, natürlich nicht! Solche Vorurteile sind mir fremd! Ich war nur... neugierig.«

»Ich verstehe. Nun, bestimmt gelingt es Ihnen, mit Ihrer neuen Stubengenossin Freundschaft zu schließen. Sie ist sehr intelligent, hat ein sanftes Wesen. Allerdings sollten Sie auf eine Sache achten.«

»Und die wäre, Ma'am?«

»Die Rotationsperiode ihres Heimatplaneten beträgt sechzig Stunden. Der Aktivitäts-Ruhe-Zyklus unterscheidet sich also von dem, an den Sie gewöhnt sind. Das Wesen, das diese Kabine mit Ihnen teilen wird, bleibt länger wach als Sie, schläft auch länger. Außerdem: Die Angehörigen ihres Volkes stehen in dem Ruf, recht übel zu reagieren, wenn man sie weckt. Sie sollten also vorsichtig sein.«

»Was bedeutet ›übel‹, Ma'am? Muß ich damit rechnen, daß sie aufspringt und um sich schlägt?«

»Nein, nein, Sie brauchen nicht zu befürchten, verletzt zu werden. Wie ich eben schon sagte: Ihre neue Gefährtin ist recht sanft. Aber ein Schock könnte sie dazu bringen, zu hibernieren. Wenn das passiert, schläft sie wochenlang, und so etwas wäre ihrer Karriere sicher nicht förderlich.«

»Oh«, machte Roswind. »Ich verstehe. Nun, ich bin sicher, wir kommen gut miteinander aus.«

»Prächtig. Nun, Roswind, danke für Ihre Hilfe.« Uhura trat auf die Tür zu.

»Lieutenant?«

»Ja, Roswind?«

»Könnten Sie mir meine Stubengenossin beschreiben, Ma'am? Äh, damit ich sie erkenne...«

»Oh, in dieser Hinsicht haben Sie sicher keine Schwierigkeiten«, erwiderte Uhura. »Sie ist grün.«

Jim schlenderte in Leonards Büro.

»Wie geht es Ihnen, Dr. McCoy? Ich bin James T. Kirk, Ihr Captain. Nett, Sie kennenzulernen. Haben Sie irgendwelche Probleme? Mit den Ausrüstungsgütern alles in Ordnung? Was halten Sie von dem Schiff?«

»Hallo, Captain«, sagte McCoy. »Es ist alles bestens.« Er warf Jim eine Kombination zu.

»Was ist das?«

»Ein Untersuchungsoverall.«

»Ich *weiß*, aber...«

»Nur für diagnostische Signale transparent...«

»Auch das ist mir bekannt...«

»Und du hast eine halbe Stunde Zeit.«

Jim runzelte die Stirn. »Du hast alles vorbereitet, nicht wahr? Dich vielleicht sogar mit meiner Adjutantin abgesprochen, stimmt's?«

»Janice trifft nicht die geringste Schuld. Sie meinte nur, du wolltest deine Besatzung kennenlernen.«

»Und rein zufällig hast du vergessen, unsere alte Freundschaft zu erwähnen.«

»Nun, du hättest ihr sagen können, ein Termin mit mir sei nicht notwendig.«

»Ich dachte, es sei ihr bekannt, daß wir schon vorher zu einem Kommando gehörten.«

»Oh, ich verstehe.« McCoy nickte ernst. »Janice lernt gerade eine neue Arbeit, bringt dein Verwaltungsdurcheinander in Ordnung, wird die nächste Woche damit beschäftigt sein, einen ziemlich umfangreichen Terminkalender zusammenzustellen — und außerdem erwartest du von ihr, daß sie sich praktisch über Nacht alle Personalakten einprägt.«

»Nein, natürlich nicht.« Aber es wäre sicher nützlich gewesen, wenn sie eine Verbindung zwischen mir und Leonard hergestellt hätte, fügte Jim in Gedanken hinzu. Dann fiel ihm etwas ein. *Wird die nächste Woche damit beschäftigt sein*... Er schwang McCoys Com-Schirm herum.

Leonard hatte gerade ein elektronisches Formular ausgefüllt, mit dem er um die Lieferung einer Reg-Basiskultur bat.

»Fühl dich ganz wie zu Hause«, bemerkte der Bordarzt ironisch.

Jim ignorierte ihn, gab vor, den Antrag zu übersehen, rief die von Rand erstellte Übersicht aus dem Speicher des Bordcomputers. Er ging die ›Blätter‹ durch, verglich die einzelnen Termine mit der Zeitplanung und fand ein regelmäßiges, progressives Muster. Im Verlauf der letzten vierundzwanzig Stunden hatte seine Adjutantin mehrere hundert Gespräche für ihn vereinbart, jeweils einige wenige pro Tag. Die Planung berücksichtigte sowohl die verschiedenen Arbeitszyklen der Besatzungsmitglieder als auch die unterschiedlichen Aktivitäts- und Ruhezyklen der Nichtmenschen an Bord. Darüber hinaus stellte Kirk fest, daß kein einziger Termin seine frühe Morgenphase betraf.

»Sie hat keine Woche gebraucht«, sagte er.

»Was?«

»Erst deine Bemerkung eben machte mir klar, wie kompliziert eine solche Aufgabe ist. Aber irgendwie hat sie's geschafft, ist fast fertig. Sie muß sich die ganze Nacht um die Ohren geschlagen haben.«

McCoy sah über die Schulter des Captains. »Weißt du, Jim, du solltest von deiner Adjutantin nicht verlangen, so hart zu arbeiten, daß sie kaum Gelegenheit hat, ihre Koje zu benutzen. Ich glaube, so etwas ist gegen die Vorschriften.«

»Heute morgen bin ich recht grob mit ihr umgegangen.« Jim warf den Overall auf McCoys Schreibtisch. »Wir sehen uns später.« Er hielt auf die Tür zu.

»He, warte, Jim. Was ist mit der Untersuchung?« McCoy folgte ihm in den Korridor. »Wenn du sie hinter dich gebracht hast, brauchst du dir deshalb keine Sorgen mehr zu machen.«

»Wer macht sich Sorgen?« erwiderte Jim und ging weiter.

Er wollte McCoy keine Gelegenheit geben, sich sein Knie anzusehen.

»Warum lassen sich viele Leute so ungern untersuchen?« klagte McCoy, als sich die Tür des Turbolifts zwischen ihnen schloß.

Der Bordarzt schüttelte den Kopf, faltete den Overall zusammen und legte ihn ins Regal zurück. Jim Kirk konnte einen an den Rand der Verzweiflung bringen, aber wenigstens war er nie langweilig. McCoys Gedanken kehrten einige Jahre in die Vergangenheit zurück; er erinnerte sich an den Lieutenant namens Kirk, einen draufgängerischen und ungeduldigen Mann, arrogant zu denen, die nicht so fähig waren wie er — und dazu gehörten auch viele Vorgesetzte. Als McCoy James Kirk kennenlernte, wußte er sofort, daß es dieser junge Offizier entweder zu einem herausragenden Commander bringen oder aber wegen Insubordination in einer Arrestzelle enden würde. Seine bisherige berufliche Laufbahn kam einer Gratwanderung zwischen diesen beiden Möglichkeiten gleich.

Als Lieutenant war James Kirk wie ein Fohlen mit zu straff angezogenen Zügeln. Seine Beförderung zum Kommandanten der *Lydia Sutherland* ließ ihn reifen. Die wesentlich größere Verantwortung kühlte die Hitze von Arroganz und Ungeduld.

In bezug auf Jim Kirks Leistungen empfand McCoy so etwas wie onkelhaften Stolz.

Wenn es ihm doch nur endlich gelänge, ihn auf die Untersuchungsliege zu bringen...

Roswind gegenüber blieb Uhura ernst, ließ sich nichts anmerken, aber als sie in der Kabine des Turbolifts stand, begann sie zu kichern.

Auf halbem Wege zum Offiziersdeck hielt der Aufzug an. Captain Kirk gesellte sich zu ihr.

»Ich könnte eine Aufmunterung vertragen, Lieutenant«, meinte er. »Verraten Sie mir, was Sie so erheitert?«

»Nein, Sir«, erwiderte Uhura. Sie ärgerte sich noch immer darüber, wie schroff er Janice behandelt hatte. »Captain, manche Leute sind einem Druck ausgesetzt, von dem Sie nichts ahnen.«

Jim hob die Arme, als wolle er sein Gesicht vor einem drohenden Schlag schützen. Einige irrationale Augenblikke lang fürchtete Uhura, er könne Janice' Beispiel folgen und ebenfalls vor ihr auf die Knie sinken.

»Ich lege ein vollständiges Geständnis ab! *Mea culpa!*« Uhura vernahm einen ernsten Unterton in der spöttisch klingenden Stimme des Captains. Er ließ die Hände wieder sinken. »Pille hat mir bereits die Leviten gelesen, und eigentlich kann ich Ihnen keinen Vorwurf machen, wenn auch Sie mir eine Standpauke halten. Begnadigen Sie mich, wenn ich verspreche, mich bei Unteroffizier Rand zu entschuldigen?«

»Ich glaube, Sie sollten sie vor allen anderen um Verzeihung bitten«, sagte Uhura.

Jim schürzte die Lippen, überlegte, nickte schließlich. »In Ordnung«, entgegnete er. »Ich habe sie in aller Öffentlichkeit angepfiffen, und deshalb ist es nur recht und billig, daß ich den Fehler auch vor den übrigen Offizieren eingestehe. Was ist nun mit der Begnadigung?«

»Sehr gern, Sir«, sagte Uhura. »Mit Unterschrift und Siegel.«

»Und erklären Sie mir jetzt, worüber Sie eben lachten?« Jim wirkte wie ein kleiner Junge, der zum erstenmal begriff, daß seine Streiche Kummer und Schmerz bewirkten. Er sah aus wie jemand, der Zuspruch benötigte. Wenn er nicht ausgerechnet der Kommandant des Raumschiffs gewesen wäre, hätte ihm Uhura ihre Pläne für Roswind erläutert.

»Nein, Sir«, antwortete sie. »Es handelt sich um eine persönliche Angelegenheit.«

Auf dem Offiziersdeck verließ Lieutenant Uhura den Turbolift, und Jim kehrte allein zur Brücke zurück. Seine Adjutantin unterhielt sich gerade mit Lindy, sah den Captain kurz an, senkte dann den Kopf und mied seinen Blick.

»Würden Sie uns bitte entschuldigen, Lindy?« fragte Jim. Er sprach so laut, daß ihn alle Besatzungsmitglieder im Kontrollraum hörten. »Unteroffizier Rand, heute morgen habe ich mich Ihnen gegenüber auf ungebührliche Weise verhalten. Ich bitte deshalb um Verzeihung.«

Stille herrschte, und die junge Frau starrte ihn groß an.

»Bitte begleiten Sie mich.« Jim hatte kein besonderes Ziel im Sinn, führte seine Adjutantin durch einen leeren Korridor, in dem sie ungestört miteinander reden konnten. »Wann haben Sie zum letztenmal geschlafen?«

»Ich ... ich ...« Janice Rand holte tief Luft. »Ich bin eingenickt, Sir. Deshalb kam ich zu spät.«

»Vielleicht sollte ich Sie besser fragen, wie lange Sie gearbeitet haben.« Die junge Frau schwieg. »Die ganze Nacht über?«

»Es tut mir leid, Sir. Ich wollte fertig werden ...«

»Ich bewundere Ihren Arbeitseifer, Adjutantin, aber Sie

nützen mir nicht viel, wenn Sie zu müde sind, um ... um die richtige Uniform vom Synthesizer anzufordern.«

»Das ist nicht meine Schuld ...!«

Jim hörte Protest und Zorn in ihrer Stimme, aber Janice unterbrach sich sofort.

»Wessen dann?«

Janice gab keine Antwort.

Kirk seufzte. Die junge Frau war noch immer schüchtern und schreckhaft. »Man kann auch zu gewissenhaft sein, und dadurch läuft man Gefahr, sich vorzeitig zu erschöpfen.«

»Es tut mir leid ...«, sagte Rand.

Jim mußte sich beherrschen, um nicht selbst zusammenzuzucken. Fast verzweifelt fragte er sich, welche Worte er an die junge Frau richten sollte, um sie zu beruhigen, ihr die Angst zu nehmen. »Sie brauchen sich nicht für Ihr Pflichtbewußtsein zu entschuldigen. Ich bin kein Tyrann — zumindest versuche ich, keiner zu sein. Aber vielleicht verlange ich einmal von Ihnen, zwei Schichten hintereinander zu arbeiten, oder gar rund um die Uhr. Vielleicht gebe ich Ihnen höchst undankbare Aufträge, an die ich nie erinnert werden möchte. Vielleicht vergesse ich sogar, Sie lobend zu erwähnen. Vielleicht schmücke ich mich mit Ihren Lorbeeren, und Sie gehen ganz leer aus. Verstehen Sie, was ich meine?«

»Ja, Sir«, sagte Janice kleinlaut.

»Es könnte passieren, daß Sie irgendwann einmal härter arbeiten müssen als jemals zuvor in Ihrem Leben.« Jim bemerkte das ironische Lächeln der jungen Frau, das nur einen Sekundenbruchteil später wieder von ihren Lippen verschwand. »Aber solange das nicht der Fall ist, können Sie sich alles selbst einteilen. Verlassen Sie sich auf Ihr Urteilsvermögen.«

»Das habe ich, Sir«, erwiderte Janice nervös.

»Sie hielten es für erforderlich, die ganze Nacht über an einem Auftrag zu arbeiten, für den Sie drei Monate Zeit hatten?«

»›Stellen Sie so schnell wie möglich einen Terminkalender zusammen‹ – so lautete Ihre Anweisung. Ich war sicher, mich *Ihrem* Urteilsvermögen stellen zu müssen, und ich wußte nicht, ob ... Ich meine, ich kenne Sie noch nicht gut genug.«

»Ich verstehe.« Sie erreichten das Aussichtsdeck, und Jim öffnete die Schilde. Dahinter glitzerten die Sterne.

Janice schnappte nach Luft.

»Ein toller Anblick, nicht wahr?« meinte der Captain. »Setzen Sie sich. Ich schlage vor, wir unterhalten uns ein wenig.« Er deutete auf einen Stuhl dicht vor der nun transparenten Wand.

»Aber Ihre Verpflichtungen ...«

»Eigentlich bin ich jetzt mit Dr. McCoy verabredet, und mir bleiben noch etwa fünfzehn Minuten. Übrigens: Auch deshalb hätte ich Sie nicht tadeln sollen.« Jim lächelte. »Er glaubte, eine Möglichkeit gefunden zu haben, seine Diagnosesensoren an mir auszuprobieren. Bitte, nehmen Sie Platz.«

Die junge Frau kam seiner Aufforderung nach.

»Gestern war ich ziemlich gedankenlos«, sagte Kirk. »Und heute morgen habe ich Sie regelrecht angeschnauzt. Dafür möchte ich mich noch einmal entschuldigen.«

»Das ist nicht nötig, Captain.«

»Doch, ich glaube schon. Sie haben das Recht, mit dem Respekt behandelt zu werden, den jedes intelligente Wesen verdient. Niemand darf einfach so Ihre Gefühle verletzen.«

»Wenn Sie meinen, Sir«, erwiderte Janice rasch. Sie sprach mit fester Stimme und hoffte, daß sie die richtige Antwort gab.

»Steht auch ein Gesprächstermin für Sie auf dem Terminkalender?«

Die junge Frau erblaßte. »Nein, Sir. Daran ... habe ich nicht gedacht.«

»Erzählen Sie mir ein bißchen von sich.«

Einige Sekunden lang sah sie ihn offen an, doch dann drehte sie den Kopf und beobachtete die Sterne. »Da gibt es nicht viel zu erzählen, Sir«, entgegnete sie verunsichert. »Ich ging zur Schule, und anschließend bewarb ich mich bei Starfleet.«

»Und Ihre Eltern?«

»Gewöhnliche Leute, die gewöhnlicher Arbeit nachgehen.«

»Schwestern? Brüder?«

Janice blieb still.

»Ein Goldfisch im Glas?«

Sie lächelte fast.

»Schon besser. Tja, Adjutantin, Sie sind mir ein Rätsel. Zu schade, daß die Fremdenlegion aufgelöst wurde.«

»Was meinen Sie damit?«

»Eine militärische Organisation, die es vor mehreren Jahrhunderten gab. Meistens schlossen sich ihr Leute an, die keine... Fragen beantworten wollten.«

Erneut wandte sie den Blick von ihm ab und sah ins All. Der Warpflug der *Enterprise* verwandelte die Galaxis in einen breiten, diagonalen Streifen, der auf schwarzem Samt glühte.

»Nun, spielt keine Rolle, Adjutantin«, sagte Jim schließlich. »Sie sind erwachsen und haben ein Recht auf Ihre Privatsphäre. Aber wenn Sie irgendwann einmal das Bedürfnis verspüren, mit jemandem zu sprechen...« Wieder schwieg Janice, und der Captain stand auf. »Ich glaube, wir sollten jetzt besser zur Brücke zurückkehren.«

Rand folgte ihm aus der Kammer, blieb noch einmal stehen, um nach draußen zu sehen. Langsam stülpten sich die Schilde über die durchsichtige Wand.

»Da fällt mir gerade ein...« brummte Jim. »Lindy hat Ihre Arbeit in den höchsten Tönen gelobt. Wo haben Sie Design gelernt?«

»Hier und dort. Was Miß Lukarian betrifft, Sir...«

»Was wollte sie diesmal?«

»Erde, Captain.«

»Erde...?«

»Brücke an Captain Kirk.«

Jim eilte zum nächsten Intercom. »Hier Kirk.«

»Sir, wir empfangen ein Subraum-Signal ...«

»Von Starfleet?« Jims Adrenalinspiegel stieg. Ein Notfall? Und die Zivilisten an Bord? Gary fiel ihm ein. Vielleicht ging es in der Nachricht um ihn.

»Nein, Sir. Ein privates Schiff. Der Eigner meinte, er ... er könne jonglieren.«

Jim starrte auf das Intercom. »Jonglieren?« Plötzlich lachte er. »Ist Miß Lukarian noch immer auf der Brücke?«

»Ja, Sir.«

»Ich vermute, die Mitteilung ist für sie bestimmt. Geben Sie einen Kanal für sie frei. Ich bin gleich zurück.« Er schmunzelte, als er den nächsten Turbolift betrat. Rand folgte ihm. »Was sagten Sie eben, Adjutantin? *Erde?«*

»Ja, Sir. Das Shuttledeck ist zu hart für die Hufe des Flügelpferds, und der Pferch läßt Athene nicht genügend Bewegungsfreiheit. Miß Lukarian möchte eine ausreichend dicke Schicht Erde im Hangar ...«

»Himmel, wir haben keine Erde an Bord!« entfuhr es Jim. »Soll ich etwa unseren Vorrat an molekularem Synthesematerial verwenden, um *Erde* herzustellen? Kommt überhaupt nicht in Frage. Humus auf meinem Shuttledeck? Lächerlich!«

»Ich habe mit Mr. Sulu, Mr. Spock und Lieutenant Uhura gesprochen. Es ließe sich durchaus bewerkstelligen.« Janice schilderte die Einzelheiten ihres Vorschlags, als der Lift sie zur Brücke trug.

»Nein«, sagte Jim. »Ich möchte den Warpflug nicht unterbrechen.«

»Aber Athene ...«

»Athene muß sich eben gedulden. Eigentlich hat sie überhaupt nichts an Bord eines Raumschiffes zu suchen!« Die Tür öffnete sich, und die letzten Worte des Captains hallten durch die Brücke.

Miß Lukarian saß im Sessel des Befehlsstands und drehte sich um.

»Oh, hallo Lindy«, sagte Kirk. »Äh ...«

»Ich habe einen Jongleur für unsere Gruppe gefunden, Jim.«

Auf dem großen Wandschirm wirbelten fünf lodernde Fackeln, und hinter ihnen zeichnete sich eine undeutliche Gestalt ab.

Der Mann fing die Fackeln nacheinander, warf die letzte hoch in die Luft und griff danach, als sie aus dem Erfassungsbereich der Übertragungsoptik geriet. Geschickt löschte er die Flammen, drehte den Kopf und löste das blaue Nackenband. Langes, golden glänzendes Haar wogte, als er sich verneigte.

»Sie sind eingestellt!« rief Lindy begeistert.

Die dünnen, asketischen Linien des Gesichts formten ein strahlendes Lächeln. Der Mann legte die Fackeln beiseite. Das Haar reichte ihm bis zu den Schultern herab, und er trug einen einzelnen, rubinroten Ohrring. Das helle Blau seiner Augen kam fast einem farblosen Grau gleich.

»Wie wär's, wenn wir uns bei Starbase Dreizehn treffen?« fragte Lindy.

Der Mann runzelte die Stirn. »Eine ziemlich weite Reise für mich, und mein Schiff ist unbewaffnet. Warum unterbrechen Sie Ihren Flug nicht und lassen mich andocken?«

Lindy sah sich um. »Jim?«

»Ich kenne diese Streuner«, sagte der Captain verärgert. »Er will bloß eigenen Treibstoff sparen.«

Der Jongleur lächelte freundlich. »Und ich möchte kein Lösegeld an Klingonen bezahlen, die in der Phalanx auf Raubzug sind. Ich käme vielleicht mit heiler Haut davon, aber mein Schiff wäre ich los.« Er hob eine blasse Braue – eine Geste, die an Spock erinnerte. »Gehört es nicht zu Ihren Aufgaben, uns Zivilisten zu schützen?«

Jim lag nichts an einem Zwischenstop irgendwo im Raum, aber die Frage des Jongleurs appellierte an sein Gewissen. Es war tatsächlich sehr gefährlich, sich unbewaffnet und ohne Eskorte in die Phalanx zu wagen.

»Na schön«, sagte er. »Nennen Sie meinem Navigator die Koordinaten...«

»Danke«, erwiderte der Mann. »Sie sind ... ?«

»Captain James T. Kirk.«

»Nennen Sie mich Stephen.« Als er das Haar zurückwarf, bemerkte Jim die spitz zulaufenden Ohren des Jongleurs.

Stephen war Vulkanier.

Aus einem Reflex heraus drehte sich der Captain zu Commander Spock um.

Der wissenschaftliche Offizier starrte auf den Wandschirm, und sein Gesicht, jetzt nicht mehr steinern und ausdruckslos, zeigte schockiertes Erstaunen und mit aller Gewalt unterdrückten Zorn.

KAPITEL 7

Spock beherrschte sich nach seinem unschicklichen Gefühlsausbruch. James Kirk wich seinem Blick aus, aber der Erste Offizier wußte, daß der Captain seine Reaktion beobachtet hatte.

Eine Zeitlang lauschte er den Stimmen auf der Brücke. Lukarian und Rand sprachen mit Captain Kirk über die Erde auf dem Shuttledeck. Trotz seines intellektuellen Interesses an diesem Projekt schwieg Spock.

In Hinsicht auf das neue Mitglied der Varietégruppe schien der Kommandant bereits angemessenen, vielleicht sogar adäquaten Verdacht zu schöpfen. Möglicherweise konnte Spock auf einen entsprechenden Hinweis verzichten. Nur wenige Menschen verstanden die Komplexität der politisch-sozialen Struktur auf seiner Heimatwelt. Erklärungsversuche führten in den meisten Fällen zu Verwirrung.

Spock versuchte, sich von der kühlen Exaktheit seiner Analyse zu überzeugen, doch ein Rest von Zweifel verblieb in ihm. Gab er dem Wunsch, ungestört zu sein, den Vorrang vor seinen Pflichten?

Er schaltete die Konsolen der wissenschaftlichen Station aus, stand auf und verließ die Brücke.

Spock zog sich in seine Kabine zurück, blickte kurz auf die geschlossene Tür – eine Barriere, die den kalten, feuchten und gelben Kosmos des Homo sapiens von ihm fernhielt. Er zog das heiße, trockene, scharlachrote Ambiente Vulkans vor, streckte sich auf dem Meditationsstein aus, fixierte seine Gedanken auf die Entspannungssequenzen, lockerte nacheinander die Muskeln und versank in der Besinnungstrance.

Als Mr. Spock ohne ein Wort der Erklärung den Turbolift betrat, sah ihm Jim nur stumm nach. Ärger regte sich erst in ihm, als der wissenschaftliche Offizier nicht nach einigen Minuten zurückkehrte.

Zuerst Lieutenant Uhura — und jetzt auch Commander Spock, fuhr es ihm durch den Sinn. War es unter dem Kommando von Chris Pike allgemein üblich gewesen, einfach die Brücke zu verlassen, wenn einem etwas nicht paßte? Jim beschloß, hart durchzugreifen, wenn sich so etwas wiederholte.

Adjutant Rand beendete die Erläuterung des Plans. Er würde sicher funktionieren, denn seine Verwirklichung erforderte nur den Einsatz konventioneller Technik. Dennoch konnte sich Jim nicht so recht mit dem Projekt anfreunden. Die Vorstellung, den Boden des Shuttlehangars mit Erde — oder *Dreck* — zu bedecken, erfüllte ihn nach wie vor mit Unbehagen. Es hätte ihm eine gewisse Genugtuung bereitet, Lindys Anliegen strikt abzulehnen. Banale Rache, dachte er. Und er wußte auch, warum er so empfand: An diesem Tag war ihm zuviel über die Leber gelaufen.

»Mr. Sulu, Kurs für Rendezvousmanöver. Halten Sie den Treibstoffverbrauch möglichst gering. Wenn wir in den Normalraum zurückfallen, werde ich entscheiden, was aus dem Hangarprojekt werden soll.«

Er erhob sich und ging.

Kirk erreichte Commander Spocks Kabine, klopfte an und wartete ungeduldig.

Die Tür glitt beiseite. Jim zwinkerte, als ihm mattes, rotes Licht entgegenflutete. In dem karmesinroten Schein zeichnete sich eine hochgewachsene Gestalt ab.

»Darf ich hereinkommen, Commander Spock?«

»Die meisten Menschen fänden den Aufenthalt in meinem Quartier eher unbequem«, erwiderte der Vulkanier.

»Ich werd's ertragen«, sagte Jim.

»Die Schwerkraft...«

Jim trat ein, bevor er begriff, was Spock meinte. Er stolperte auf ebenem Boden, hatte plötzlich das Gefühl, eine hohe Stufe verfehlt zu haben. Der Gravitationsquotient veränderte sich, und ein jähes Gewicht schien am Captain zu zerren. Er wankte und taumelte, spürte stechenden Schmerz im Knie. Irgendwie gelang es ihm, auf den Beinen zu bleiben, und er bedachte den Boden mit einem finsteren Blick, bevor er sich wieder seinem wissenschaftlichen Offizier zuwandte.

Ein langer Block aus glattgeschliffenem, grauem Granit stand an der Wand der spartanisch eingerichteten und nur trüb erhellten Kabine. Jim fragte sich, ob die vulkanische Ästhetik das Schlafen auf hartem Stein verlangte.

Spock musterte ihn gelassen.

»Möchten Sie jetzt Ihr Verhalten auf der Brücke erklären?«

»Nein, Captain.«

Kirk musterte ihn überrascht, begriff dann, daß ihm der Vulkanier auswich, indem er die Frage wortwörtlich interpretierte. Jim beschloß, direkter zu sein.

»Kennen Sie Lindys neuen Jongleur?«

Spock zögerte.

»Ja, Captain.«

»Erzählen Sie mir von ihm.«

»Da gibt es nicht viel zu erzählen. Es ist ganz offensichtlich: Er stammt von Vulkan.«

»Man begegnet nicht jeden Tag einem vulkanischen Jongleur.«

»Das Jonglieren ist eine ausgezeichnete Methode, um die Koordination von Augen und Händen zu verbessern, Captain Kirk«, erwiderte Spock.

Jim glaubte fast, so etwas wie Groll in der Stimme seines wissenschaftlichen Offiziers zu hören.

»Man braucht dazu hohe Konzentration, viel Geduld und eine Menge Übung.«

»Sie klingen wie ein Fachmann«, sagte Jim.

»Viele Vulkanier besitzen diese Fähigkeit, und ich stelle da keine Ausnahme dar«, erklärte Spock.

»Nun, vielleicht brauchen wir den Burschen überhaupt nicht. Warum bieten Sie Lindy nicht Ihre Hilfe an?«

»Sie hat mich nicht gefragt, Captain.«

Jim merkte, daß er abgelenkt worden war, und er fragte sich, ob Absicht dahintersteckte. Die Hitze in der Kabine machte ihm sehr zu schaffen. »Berichten Sie mir von Ihrem vulkanischen Freund.«

»Er ist nicht mein Freund«, erwiderte Spock. Einige Sekunden lang sah er an Jim vorbei. Sein Blick reichte durch das scharlachrote Glühen, fokussierte etwas, das nur er sehen konnte. »Er gehört zu einer tadellosen Familie, genoß eine exzellente Ausbildung und erwies sich als sehr begabt. Aber er ließ seine Talente ungenutzt, und die erzielten Leistungen sind unwesentlich. Er hat nur wenige Hemmungen und kaum Disziplin. Er verhält sich so, wie es... ihm gefällt.«

Jim runzelte die Stirn. »Ich verstehe nicht, wo das Problem liegt, Commander. Sie haben so auf ihn reagiert, als sei er ein gefährlicher Verbrecher. Doch er scheint ›tadellos‹ zu sein.« Er verlagerte das Gewicht vom einen Bein aufs andere. Hitze und hohe Schwerkraft waren seiner Stimmung keineswegs förderlich.

»Er steht in dem Ruf, ein Unruhestifter zu sein, jemand, der Schwierigkeiten sucht und meistens auch findet. Außerdem: Er nutzt... Gelegenheiten aus. Nun, wie dem auch sei: Vermutlich haben Sie bereits entsprechende Schlüsse gezogen, und ich sehe keinen Sinn darin, Ihnen Dinge zu erläutern, die Ihnen schon bekannt sind.«

»Ich gewinne den Eindruck, daß Sie mir ausweichen«, meinte Jim. »Sagen Sie mir, was Sie wirklich gegen ihn haben.« Schweiß tropfte von seinen Brauen, und er wischte sich mit dem Ärmel über die Stirn.

»Er...« Spock zögerte. »Er sucht nach emotionalen Erfahrungen.«

Kirk hätte schwören können, daß der wissenschaftliche Offizier verlegen war — obgleich Vulkaniern solche Empfindungen fremd sein sollten. Er wartete vergeblich darauf, daß Spock fortfuhr.

»Ist das *alles?*«

»Ja, Captain.«

»Herr im Himmel! Sie haben sich aufgeführt, als seien Sie einem Kettensägenmörder begegnet.«

Spock dachte kurz nach. »Dieser Vergleich hat durchaus etwas für sich. Stephen ist pervers.«

Jim lachte unwillkürlich. »Danke für die Warnung, Commander Spock. Ich werde daran denken, wenn ich Lindys neuem Rekruten gegenübertrete.« Sein rechtes Knie begann zu schmerzen, erinnerte ihn daran, daß der Rekonvaleszenzprozeß noch immer nicht abgeschlossen war. Hinzu kam, daß ihm das trübe Licht Kopfschmerzen bereitete. »Erweisen Sie uns die Ehre, auf die Brücke zurückzukehren? In absehbarer Zeit?«

»Wie Sie meinen, Captain.«

Als Kirk auf den Gang trat, mußte er sich sehr beherrschen, um nicht zu hinken.

Die *Enterprise* verließ den Warpflug und fiel in den Normalraum zurück, setzte den Flug mit ihren Impulstriebwerken fort. Sulu richtete die Sensoren auf Stephens Schiff, und Uhura projizierte ein betreffendes Bild auf den Wandschirm.

Als Jim die *Dionysus* betrachtete, verstand er, warum es der vulkanische Jongleur vorzog, während der Reise durch die Phalanx an das Starfleet-Schiff anzudocken. Die ehemalige Admiralsjacht hatte schon bessere Zeiten erlebt.

»*Enterprise* an *Dionysus.*«

»Ich empfange Sie.«

»Wir aktivieren das Dockmodul an der Backbordseite des Shuttledecks«, sagte Jim. »Ich schlage vor, wir richten einen Traktorstrahl auf Sie und ...«

»Machen Sie sich keine Mühe.«

»Ich möchte ihn persönlich begrüßen«, sagte Lindy und stand auf.

»Ich begleite Sie.« Kirk freute sich darauf, den außergewöhnlichen Vulkanier kennenzulernen. Spocks Ablehnung vergrößerte sein Interesse nur. An der Tür des Turbolifts blieb der Captain stehen und sah zurück. »Commander Spock, was halten Sie davon, zugegen zu sein, wenn Ihr alter Bekannter an Bord kommt?«

»Darauf möchte ich lieber verzichten«, erwiderte der wissenschaftliche Offizier.

Jim trat an Lindys Seite, und die Transportkabine trug sie nach achtern.

»Ich bin Ihnen sehr dankbar für Ihre Hilfe«, sagte die junge Frau.

»*Meine* Hilfe?« entgegnete er. »Ich bin nicht für den unglaublichen ›Zufall‹ verantwortlich, daß sich die Rendezvouskoordinaten ausgerechnet in der Oort-Wolke dieses Systems befinden.«

Lindy lächelte. »Irgendwo müssen wir Stephen ja aufnehmen, und er erklärte sich bereit, zum Rand des Sonnensystems zu kommen.«

Der Lift hielt an, und Jim verließ die Kabine. Der Schmerz in seinem rechten Knie verstärkte sich jäh, stach bis zur Hüfte hoch, bis zum Fußknöchel hinab. Er knickte ein.

»Jim! Jim, was...«

Kirk lag auf dem Deck, beide Hände aufs Knie gelegt. Er preßte die Lippen zusammen, wurde sich vage der Schweißperlen auf seiner Stirn bewußt, spürte kaltes Metall unter sich, die Gegenwart der jungen Frau in unmittelbarer Nähe. Sein innerer Kosmos schien nur aus heißer Pein zu bestehen.

»Ich hole Hilfe.«

Er hielt Lindy am Arm fest, bevor sie davoneilen konnte. »Nein. Nein, ich bin in Ordnung.« Er rieb das Knie, und allmählich ließ der Schmerz nach.

»Es ist nichts weiter von Bedeutung«, behauptete er und stemmte sich in die Höhe. »In Mr. Spocks Kabine herrschen vulkanische Umweltbedingungen, und ich... ich trat auf einen Gravitationssims, von dem ich nichts ahnte.« Das war zwar nicht die vollständige Wahrheit, aber andererseits handelte es sich nicht um eine Lüge. Vorsichtig belastete er das rechte Bein mit seinem Gewicht. Das Knie hielt stand, und das Stechen wurde zu einem dumpfen Bohren.

»Na schön«, sagte Lindy. »Sie sind erwachsen, und Ihre Gesundheit geht nur Sie etwas an.«

Jim gab sich große Mühe, nicht zu humpeln, als er den Laufsteg überquerte und die Treppe herunterging. Athene bewegte sich unruhig im Pferch, scharrte nervös mit den Hufen. Zwei Katzenwesen — eins gehörte zur Varietégesellschaft, das andere zur Besatzung der *Enterprise* — saßen in der Nähe.

»Hallo, Gnash, Hazard«, rief ihnen Lindy zu. Das Vogelpferd stand völlig still, als die junge Frau die Hand ausstreckte und es streichelte.

»Athene wird sich sehr über die Erde freuen«, sagte Tzesnashstennaj. »Der Stahl eignet sich nicht für sie.« Er duckte den Kopf unter Hazarstennajs Kinn. Die beiden Körperfelle strichen mit einem statischen Knistern übereinander, und Hazarstennaj schnurrte.

»Ich weiß«, erwiderte Lindy. »Bald ist es soweit.«

Jim wanderte übers Deck, näherte sich dem Dockmodul und öffnete die Beobachtungsluken.

Die junge Frau verharrte neben ihm. »Was ist ein Gravitationssims?« fragte sie.

»Die Diskontinuität zwischen zwei Schwerkraftfeldern, die nicht mit einem Absorptionsgefälle verbunden sind«, antwortete Jim. »Wenn man einen Bereich mit Normal-Schwerkraft verläßt und ein Segment mit zwei *g* betritt, fühlt es sich an, als ginge man eine Stufe hoch — obgleich der Boden völlig eben ist.«

Stephens Schiff war noch nicht in Sicht. Wahrscheinlich brauchte die alte Jacht einen halben Tag, um anzudocken, dachte der Captain. Ich hätte doch einen Traktorstrahl auf die *Dionysus* richten und sie einfach hierherziehen sollen.

»Läßt sich die Schwerkraft an Bord ganz nach Belieben verändern?«

»Nun, wir erzeugen sie – sonst befänden wir uns ständig im freien Fall oder würden vom Andruck der Beschleunigung zermalmt. Ja, sie kann verändert werden. Andererseits: Die erforderlichen Anpassungsmaßnahmen sind alles andere als einfach.« Jim öffnete einen Com-Kanal zur Brücke. »Lieutenant Uhura, wo bleibt unser Gast?«

»Er meint, er sei unterwegs, Sir.«

Jim sah erneut durch die Beobachtungsfenster, doch das Blickfeld blieb begrenzt, und von der *Dionysus* war weit und breit nichts zu sehen.

»Wie dem auch sei...«, fuhr Kirk mit seiner Erklärung fort. »In der *Enterprise* gibt es verschiedene, interagierende Gravitationsfelder. An Bord praktisch aller Raumschiffe existieren sogenannte Nullknoten, in denen Schwerelosigkeit herrscht, und ich vermute, das trifft auch auf die *Enterprise* zu.« Er erinnerte sich an die Akademie, daran, daß neue Studenten sofort nach den Nullknoten Ausschau hielten.

»Hm.«

Jim dachte an die Zero-g-Zonen an Bord seines Schiffes, warf Lindy einen kurzen Blick zu.

Die junge Frau starrte ins All, in die lichtjahrtiefe Ferne, und sie wirkte sehr nachdenklich. Ihr schimmerndes Haar neigte sich nach vorn, beschattete das Gesicht.

Jim spürte plötzlichen Neid – Neid auf die Schatten, die über Lindys Wangen strichen, auf das Flügelpferd, das ihren Nacken berühren durfte, auf die Mitglieder der Varietégruppe, die sie unbefangen umarmten. Er fragte sich, ob sie zu irgend jemandem engere Beziehungen pflegte – oder ob sie wie er bei Antritt seines neuen Kommandos beschlossen hatte, Distanz zu den Untergebenen zu wahren.

»Captain!«

Uhuras Ausruf erschreckte Lindy, und ruckartig hob sie den Kopf. Für einen Sekundenbruchteil begegnete sie Jims Blick.

Dann wurde der Captain auf den alarmierten Unterton in Uhuras Stimme aufmerksam. Draußen in der leeren Schwärze bewegte sich etwas.

»Sehen Sie nur!« entfuhr es Lindy. Sie trat noch näher an das Fenster heran, wölbte die Hände an Schläfen und Glas, um störende Reflexionen zu verbannen.

Im Vakuum des Weltraums sauste die *Dionysus* mit gespenstischer Lautlosigkeit heran, hielt direkt auf die *Enterprise* zu.

Jim fluchte leise, ballte wütend die Fäuste, preßte sie an die dicke Scheibe. Es formten sich bereits die Schilde, aber es geschah viel zu spät... So hatte es bei Ghioghe begonnen: ein plötzlicher Vorstoß, dann die Kollision...

Die bugwärtigen Bremstriebwerke der *Dionysus* feuerten, und schlagartig wurde die Jacht langsamer. Die Sensoren des Fensters reagierten sofort, aktivierten einen Filter, um die Augen der Beobachter zu schützen, aber das plötzliche Aufblitzen blendete Jim trotzdem.

Dann wurde das dicke Glas wieder klar, und der Captain sah, wie die *Dionysus* dicht neben der *Enterprise* schwebte. Heißes Plasma wehte aus den Korrekturdüsen, formte einen diffusen Schleier vor dem Sternenfunkeln, verflüchtigte sich schließlich. Die alte Jacht dockte ohne den geringsten Ruck an.

»Meine Güte!« stieß Lindy hervor. »Ich dachte, er wollte Treibstoff sparen.«

Jim spürte so etwas wie widerstrebende Bewunderung für das spektakuläre Andockmanöver, aber er besann sich auf seinen Zorn, öffnete das Schott, sobald sich die hermetischen Siegel zwischen den beiden Raumschiffen geschlossen hatten. Der Pilot der *Dionysus* kam an Bord der *Enterprise*.

»Was fällt Ihnen ein, so auf mein Schiff zuzurasen?« fauchte Kirk.

»Ich dachte, Sie seien in Eile.« Stephen lächelte. Auf seiner Schulter hockte eine große, gefleckte Katze. »Freut mich, Sie kennenzulernen, Captain Kirk.« Der Vulkanier streckte die Hand aus.

Jim erwiderte die Geste: Die soziale Konditionierung hatte den Reflex viel zu tief in ihm verankert, war wesentlich stärker als der Wunsch, Stephen die Faust ins Gesicht zu rammen.

Die Katze sprang auf ihn zu, fuhr die Krallen aus und kletterte an seinem Arm empor. Jim gab einen überraschten Schrei von sich.

»Wie geht es Ihnen, Miß Lukarian?« fragte Stephen.

»Bitte nennen Sie mich Lindy.«

Sie begrüßten sich, schienen dabei Jims Anwesenheit zu vergessen, dessen Aufmerksamkeit in erster Linie der Katze galt. Das große Tier zischte und knurrte, bohrte ihm seine Klauen in Schulter und Arm, hob eins der Vorderbeine, um ihm die Augen auszukratzen. Kirk griff mit der freien Hand danach und versuchte, sich von dem Geschöpf zu befreien.

»Ilya!« sagte Stephen. »Hör auf damit. Komm her.«

Das Wesen spannte die Muskeln, sprang zu dem Vulkanier und zerriß dadurch Jims Hemd. Die Katze landete auf Stephens Schulter, streckte den geschmeidigen Leib hinter seinen Kopf. Der auffallend lange Schwanz schlang sich um den Arm des Jongleurs.

Kirk ballte erneut die Fäuste, nicht nur aus Wut. Er wollte feststellen, ob er überhaupt noch dazu in der Lage war, die Finger zu krümmen. Die Kratzer auf Unterarm und Handrücken brannten.

»Er mag Sie, Captain«, sagte Stephen. »Und normalerweise schließt er nicht so schnell Freundschaft.«

»Er mag mich! Was stellte er denn mit Leuten an, die ihm unsympathisch sind?«

Stephen schüttelte den Kopf. »Es gibt Dinge, die Menschen besser nicht wissen sollten.«

»Ist er wirklich das, wofür ich ihn halte?« fragte Lindy.

Soweit es Jim betraf, handelte es sich schlicht und einfach um eine Katze, und es stimmte ihn verlegen, bei der Auseinandersetzung den kürzeren gezogen zu haben. Er betrachtete das Tier eingehender, das rund anderthalbmal so groß war wie eine normale Katze. Es hatte das zimtfarbene Fell gesträubt, wodurch es noch massiger wirkte, und es starrte ihn aus grün glänzenden Augen an. Die pelzbesetzten Ohren stülpten sich nach vorn, neigten sich dann wieder zurück. Die Pfoten erschienen im Vergleich zum Körper überdimensioniert, und Kirk bemerkte Haare zwischen den Zehen. Der Schwanz mochte rund einen Meter lang sein und stellte ein Greiforgan dar.

»Eine gewöhnliche gefleckte Katze.« Stephen lächelte. »Nun, Sie haben recht. Ilya ist ein kleiner siberianischer Tiger.«

»So ein Wesen sehe ich jetzt zum erstenmal. Kann er irgendwelche Kunststücke?« Lindy streckte behutsam die Hand aus, und die Katze beschnüffelte ihre Fingerspitzen, rieb die Stirn am Handrücken.

»Zum Beispiel jonglieren?«

Die junge Frau lachte. »Seid ihr ein Team?«

Stephen schüttelte den Kopf. »Um ganz ehrlich zu sein: Ilya hat wirklich was drauf, aber er zeigt seine Fähigkeiten nur, wenn er Lust dazu hat. Zumindest in dieser Hinsicht ist er eine ganz normale Katze.«

»Schade.« Lindy beobachtete das Tier nachdenklich, schien zu überlegen, ob sie es bei ihren Vorstellungen einsetzen konnte.

Einige sofort ins Auge fallende Differenzen unterschieden Ilya von durchschnittlichen Katzen, und in gewisser Weise traf das auch auf Stephen zu: Man sah auf den ersten Blick, daß er kein gewöhnlicher Vulkanier war. Er mochte vier oder fünf Zentimeter größer sein als Spock, doch seine schlanke Statur erinnerte an die des wissenschaftlichen Offiziers. Zwar gab es nur wenige blonde und blauäugige Vulkanier, aber sie galten keineswegs als einzigartig.

Andererseits: Wer von Vulkan stammte, hielt seine Körperhaltung ebenso unter Kontrolle wie den Gesichtsausdruck. Stephen hingegen bewegte sich mit unbefangener Gelassenheit, und seine Miene war alles andere als eine steinerne Maske.

Außerdem hatte Jim noch nie einen Vulkanier gesehen, der sein Haar bis auf Schulterlänge wachsen ließ.

»Danke für Ihre Gastfreundschaft, Captain«, sagte der Jongleur. »Ich bin nicht sicher, ob es die gute alte *Dionysus* mit ihrem begrenzten Treibstoffvorrat durch die Phalanx und wieder zurück geschafft hätte.«

»Sie sind gerade ziemlich verschwenderisch damit umgegangen«, erwiderte Kirk aufgebracht. »Die Art Ihres Andockens war ebenso tollkühn wie dumm. Verzichten Sie in der Nähe der *Enterprise* auf solche Manöver.«

»Kommen Sie, Jim«, warf Lindy ein. »Es ist doch überhaupt nichts passiert.«

»Was nichts an der Gefahr ändert, in die er uns alle brachte«, knurrte Kirk. Es ärgerte ihn, daß die junge Frau Stephen in Schutz nahm, sich ganz offensichtlich von ihm beeindrucken ließ.

»Sie meinten, Sie hätten es recht eilig«, sagte Stephen in einem vorwurfsvollen Ton.

»Nicht so eilig, daß ich das Risiko eingehe, mein Schiff rammen zu lassen.«

»Es lag nicht in meiner Absicht, Sie zu erschrecken«, erklärte der Jongleur. »Seien Sie unbesorgt: So etwas wird sich nicht wiederholen.«

Jim konnte sein Temperament kaum mehr zügeln, mußte sich sehr beherrschen, um nicht laut zu brüllen. »Das hoffe ich«, brummte er.

Stephen sah dem jungen Captain nach. Man konnte Menschen so leicht vor den Kopf stoßen, und ihre Reaktionen waren immer wieder interessant.

»Willkommen in meiner Gruppe«, sagte Amelinda Lukarian. »Ihre Vorführung hat mich begeistert. Möchten Sie sich uns auf Dauer anschließen?«

»Warum nicht?« Die Aufregung angesichts des gewagten Andockmanövers verflüchtigte sich und ließ emotionale Leere zurück.

»Kommen Sie, ich stelle Sie den anderen vor.«

Stephen folgte Lindy zum Pferch. Er hatte Athene bereits bemerkt, und sein scharfer, analytischer Verstand begann mit einer Beurteilung des Genmusters, der komplexen Spleiß-Technik, der das geflügelte Roß seine Existenz verdankte. Schon nach kurzer Zeit kam er zu dem Schluß, daß einige Charakteristika durchaus eine Verbesserung verdienten. Erst als Lindy auf den Hals des Vogelpferds klopfte und es ›hübsches Ding‹ nannte, fiel ihm der ästhetische Aspekt auf. Athene war tatsächlich wunderschön — und auch Lindy.

»Tzesnashstennaj, Hazarstennaj«, sagte die junge Frau. »Das ist Stephen, unser neuer Jongleur.«

Die beiden Katzenwesen standen auf und traten argwöhnisch näher. Ilya sträubte sein Fell: Er saß noch immer auf der Schulter des Vulkaniers und starrte aus großen Augen auf die beiden Gestalten herab.

»Und wer ist das?« fragte Tzesnashstennaj.

»Ilya.«

»In welcher Beziehung steht er zu Ihnen?«

»Er gehört mir«, sagte Stephen.

»Er ›gehört‹ Ihnen? Sie haben ein anderes Geschöpf versklavt?«

»Davon kann wohl kaum die Rede sein«, erwiderte der Vulkanier. »Aber er erweist mir wertvolle Dienste.«

Die beiden Katzenwesen wechselten einen kurzen Blick.

»Anthropoidenhumor«, kommentierte Hazarstennaj.

»Raubtiere brauchen Freiheit«, sagte Tzesnashstennaj.

»Ilya ist ebenso frei wie ich. Ohne Verantwortung tragen zu müssen.«

»Typisch. Alle Anthropoiden glauben, die anderen Spezies existierten nur zu ihrem Vergnügen. Komm her, kleiner Bruder.«

Ilya fauchte und spuckte.

Tzesnashstennaj knurrte leise. »Er hat die Bedeutung der Freiheit ganz vergessen.«

»Einen Augenblick«, warf Stephen ein. »Für ein Tier ist Ilya ziemlich intelligent, aber es handelt sich bei ihm nicht um ein vernunftbegabtes Geschöpf. Warum regt ihr euch so auf?«

»Tzesnashstennaj«, sagte Lindy, »du bist noch immer sauer auf den dummen Tölpel in der Boise, der die Jagdszene als Tiervorstellung bezeichnete, stimmt's? Ärger ist Gift für die Gruppensolidarität. Vergiß jenen Zwischenfall.«

»Der ›Tölpel‹ lehrte mich die Konfliktträchtigkeit von Interspezieskontakten«, antwortete Tzesnashstennaj. »Ich empfinde den Eigentumsanspruch in bezug auf Tiere als... provokativ.«

»Es steht Ihnen frei, Ilya von Ihrem Standpunkt zu überzeugen«, meinte Stephen. »Ich befürchte allerdings, daß er kaum Interesse daran zeigen wird.«

»Bitte streitet euch nicht darüber«, sagte Lindy. »Ihr wißt doch, wozu so etwas führt.«

Tzesnashstennaj schnaubte abfällig.

»Nein«, widersprach Stephen. »Das weiß ich nicht. Wozu?«

»Zu einer Gruppenversammlung«, erklärte die junge Frau in einem unheilvollen Tonfall.

»Zu vielen Stunden schrecklicher Langeweile«, fügte Tzesnashstennaj düster hinzu. »Zu endlosen Vorträgen von Mr. Cockspur.«

»Vielleicht sollten wir Frieden schließen«, schlug Stephen vor. Tzesnashstennaj fauchte.

Jim kehrte auf die Brücke zurück, und als sich die Tür des Turbolifts vor ihm öffnete, ließ er seinen Blick durch den Kontrollraum schweifen. Uhura und Rand stellten die Terminlisten zusammen; Sulu plante die Waffenstrategie, und Cheung berechnete den Kurs; McCoy lehnte lässig am Befehlsstand.

»Wie ich hörte, steht uns eine Abwechslung bevor«, sagte der Bordarzt.

»Offenbar«, erwiderte Jim. Er nahm im Sessel des Kommandanten Platz.

Einige Minuten später trafen auch Lindy und Stephen ein, unterhielten sich und lachten. Jim musterte sie unauffällig und mißtrauisch. Allem Anschein nach verstanden sie sich prächtig.

Spock hob den Kopf.

Diesmal erlaubte er sich nicht die geringste Reaktion, sah Stephen nur kühl an. Er wollte sich gerade wieder umdrehen, als ihn der andere Vulkanier bemerkte und näherkam.

»Was für eine...«

Spock stand auf, und seine Miene verhärtete sich. Stephen brach ab, wählte andere Worte.

»Wie geht es Ihnen... Spock?«

»Gut.«

Die übrigen Offiziere auf der Brücke gaben vor, nicht auf die beiden Männer zu achten. McCoy bildete die einzige Ausnahme, beobachtete sie neugierig.

»Ich kann nicht mit Ihnen sprechen«, sagte Spock. »Ich muß meinen Pflichten nachgehen.« Und daraufhin kehrte er Stephen den Rücken zu.

»Aktivieren Sie den Wandschirm«, wandte sich Jim an Uhura. »Mal sehen, womit wir es zu tun haben.«

Einige Sekunden später zeigte die breite Projektionsfläche einen unregelmäßig geformten Brocken aus schmutzigem Eis. Träge drehte er sich um die eigene Achse.

»Er passiert uns in... neunundachtzig Sekunden«, sagte Commander Spock. »Wenn Mr. Sulu gut genug mit den Photonentorpedos umzugehen versteht, sollte er in der Lage sein, einen Teil des Asteroiden in Wasserdampf und Felspartikel zu verwandeln.«

»Verstanden, Mr. Spock«, erwiderte der Steuermann. »Zweihundert Tonnen Dreck nähern sich uns.«

Sulu fixierte die Nahsensoren auf den Materiebrocken. Die *Enterprise* befand sich nun in der Oort-Wolke des Sonnensystems, in jenem Ring aus Felsen, Staub, Meteoren und kleinen Asteroiden, die noch an die Entstehung des Sterns und der Planeten erinnerte. Die Zone erstreckte sich weit außerhalb der Umlaufbahn des sonnenfernsten Trabanten, und ab und zu geschah es, daß eins der kosmischen Trümmerstücke in den Schwerkraftsog des Systems geriet, eine elliptische Bahn beschrieb, sich dem Zentralgestirn näherte und zu einem Kometen wurde.

Die Materiekonzentration war hier wesentlich größer als im interplanetaren Raum, doch zwischen ›wesentlich größer‹ und ›direkt sichtbar‹ gab es einen erheblichen Unterschied. Die Wolke enthielt Millionen von Tonnen Masse, aber sie verteilte sich in einem ausgedehnten Bereich, so daß eine visuelle Wahrnehmung ohne die Hilfe von Beobachtungsinstrumenten so gut wie ausgeschlossen war.

Das Zoom holte den kleinen Asteroiden heran, vergrößerte sein Abbild auf dem Wandschirm. Sulu wartete, betrachtete die taumelnden Rotationsbewegungen des Brokkens, suchte nach einer geeigneten Stelle, orientierte sich.

Dann betätigte er den Auslöser.

Photonentorpedos rasten aus den energetischen Katapulten, kurze Blitze, die sich vom stählernen Leib der *Enterprise* lösten, durch die Schwärze zuckten, das Ziel trafen. Eis verdampfte, kondensierte innerhalb weniger Sekundenbruchteile zu Myriaden Kristallen, die das Sternenlicht glitzernd reflektierten, wie winzige Juwelen davonstoben. Das Bewegungsmoment des Protokometen veränderte sich. Staub und Felsfragmente trieben aus einem Krater, formten eine lange, glühende Spirale.

Eine Wolke aus Steinpartikeln wogte, dehnte sich langsam aus.

Lindy juchzte begeistert, sprang zu Sulu und Cheung, küßte sie.

»Hikaru, Marietta – ich bin euch ja so dankbar!« Sie umarmte den Captain. »Jim, Athene wird sehr glücklich sein!« Mit wehendem Haar rannte sie die Stufen hoch, griff nach den Händen Uhuras und Rands. »Was für eine tolle Idee, Janice! Sie müssen alle kommen und Athene zusehen, wenn sie läuft. Sie ist so wunderschön!« Lindy blieb vor dem wissenschaftlichen Offizier stehen. »Danke, Mr. Spock.«

»Sie brauchen sich nicht zu bedanken«, erwiderte der Vulkanier. »Sie beschrieben ein intellektuelles Problem, und ich half dabei, es zu lösen.«

»Sie sollten das Vogelpferd besser in den Reparaturhangar bringen«, sagte Jim. »Wir müssen ein Vakuum auf dem Shuttledeck schaffen, bevor wir die Materie an Bord bringen können, und außerdem wird es dabei recht laut zugehen. Der Stahlboden überträgt die Vibrationen – Athene könnte unruhig werden, vielleicht sogar in Panik geraten.«

»Ich bleibe bei ihr, bis alles vorbei ist«, antwortete Lindy. Sie breitete die Arme aus, vollführte eine Geste, die die ganze Brücke umfaßte. »Ich danke Ihnen allen!«

Dann verschwand sie im Turbolift. Jim bemerkte, daß Stephen ihr folgte.

Kirk hatte das Gefühl, gerade einen Wirbelsturm überstanden zu haben und wunderte sich, welche Stille plötzlich im Kontrollraum herrschte.

»Richten Sie einen Traktorstrahl aus, Mr. Sulu«, sagte er. »Übrigens: gute Arbeit.«

»Danke, Captain.«

Es erschien ihm seltsam, einen seiner Offiziere für etwas zu loben, das er nach wie vor für Zeitverschwendung hielt. An der Akademie hatten Gary und er oft davon geträumt, welche Raumschiffe sie einst fliegen würden, mit welchen Missionen man sie betrauen mochte. Der für sie schlimmste denkbare Auftrag bestand darin, einen Erzfrachter zu befehligen, der Schlacke von Minen zu Verarbeitungsanlagen transportierte.

Und das Zeug, das ich nun an Bord hole, ist nicht einmal Erz, dachte Jim. Ich hoffe, daß ich irgendwann einmal, vielleicht in einigen Jahren, über diese Sache lachen kann. Derzeit erscheint sie mir alles andere als lustig.

Geistesabwesend rieb er sich den Arm. Die an Ilyas Krallen erinnernden Kratzspuren brannten noch immer.

»Was ist passiert?« fragte McCoy.

»Wie?«

Der Bordarzt deutete auf die Kratzer. Jim stellte plötzlich fest, daß Stephens gefleckte Katze einen Hemdärmel zerrissen hatte, und die Fransen am rechten Bein zeugten von Fifis Zähnen. Darüber hinaus zeigten sich überall purpurne Flecken auf seiner Uniform.

»Oh, das ist eine lange Geschichte.«

»Was hältst du davon, sie mir zu erzählen? In der Krankenstation, während ich die Wunden behandle.«

Nach dem jähen Schmerz im Knie wollte sich Jim nicht untersuchen lassen.

»Um die Wahrheit zu sagen, Pille: Eigentlich liegt mir gar nichts daran, deine Neugier zu befriedigen.«

Er verließ die Brücke.

Ruhelos und verärgert wanderte er durchs Schiff.

Wann habe ich die Kontrolle über mich verloren? überlegte er. Als Stephen an Bord kam? Als mich Newland Rifts ›Hündchen‹ ansprangen? Als das geflügelte Roß zum erstenmal scheute und wie ein Adler krächzte? Als Amelinda Lukarian mit wehendem Haar an mir vorbeirannte? Oder geschah es, noch bevor ich das Kommando antrat, als mir Admiral Noguchi meinen Auftrag erläuterte?

Überrascht stellte er fest, daß er seine Schritte in Richtung Shuttledeck lenkte.

Der Transfer des Felsstaubs an Bord – reine Routinearbeit – verursachte noch mehr Lärm, als er erwartet hatte. Von den Traktorstrahlen ging ein unterschwellig wahrnehmbares Summen aus, und die gefilterten Ventilatoren ächzten. Zermahlenes Gestein krachte aufs Deck herab, und die Erschütterungen pflanzten sich durch den Stahl fort.

Als Jim das Beobachtungsfenster erreichte, verbarg sich das Shuttledeck bereits unter einer zwanzig Zentimeter dikken Schicht Erde. Nun, eigentlich handelte es sich nicht in dem Sinn um ›Erde‹. Die Masse enthielt weder Humus noch organische Substanzen, vermutlich nur einige Mikrogramm Aminosäuren. Tote, sterile Materie. Kirk fragte sich, wie lange es dauern mochte, bis sich der photonenverbrannte Asteroidenstaub in fruchtbaren Boden verwandelte.

Und er überlegte, ob zu den Vorräten der Biolaboratorien an Bord der *Enterprise* auch Würmer gehörten.

Jim schüttelte diese Vorstellungen von sich ab, ging die Treppe herunter, die zum Reparaturhangar führte.

»Lindy?«

»Wir sind hier unten – Nummer sechs.« Gespenstische Geräusche zitterten durch Wände und Decksplatten.

Lindy klopfte Athene besänftigend auf den Kopf, flüsterte ihr ins Ohr. Schweiß glänzte auf den Schultern und Flanken des Vogelpferds, und es bewegte sich nervös hin und her.

Jim lehnte sich an die Brüstung, die das Segment sechs vom Zugangstunnel trennte, überlegte, wo Stephen steckte, wagte es jedoch nicht, eine entsprechende Frage zu stellen.

»Ist alles in Ordnung?«

Lindy seufzte. »Das Problem sieht folgendermaßen aus: Wenn ein Pferd Angst bekommt, ergreift es instinktiv die Flucht, läuft fort. Aber hier kann Athene gar nicht laufen, und deshalb fürchtet sie sich noch mehr.«

»Die Stahlplatten sind bereits bedeckt«, sagte Jim. »Es müßte bald wieder still werden.«

Als hätte er damit ein Zeichen gegeben, verstummte das polternde Dröhnen, und auch das tiefe, dumpfe Summen der Traktorstrahlen erstarb. Athene schnaubte, als sie die Veränderung bemerkte, breitete kurz die Schwingen aus und schien sich zu beruhigen.

»Danke«, wandte sich Lindy an den Captain.

»Es war ganz einfach«, erwiderte er und lächelte.

»Sagen Sie, Jim...« Die junge Frau zögerte. »Vorhin... Stephen ist, äh, recht extravagant. Eine Beschreibung, die auf viele Künstler zutrifft. Es tut mir leid, daß er Sie erschreckt hat.«

»Es geht nicht darum, erschrocken zu sein oder nicht!« sagte Jim beleidigt. »Aber dieses Schiff... Es ist eine große Verantwortung.«

Lindy sah ihn an, und Jim hatte das unangenehme Gefühl, als reiche ihr Blick bis in die tiefsten Gewölbe seiner Seele herab, als sondiere er alle Geheimnisse und Empfindungen.

»Ja«, entgegnete sie schließlich. »Ich weiß.« Athene berührte sie mit der Schnauze, und die junge Frau gab dem Vogelpferd eine Proteinkapsel.

»Woher kommt die Kapsel?« fragte Jim, dankbar für die Ablenkung. »Ich glaube immer, Ihre Hände seien leer – und dann zaubern Sie Möhren und Zucker hervor.«

Lindy hob den Arm, zeigte ihm die leere Hand, vollführte eine blitzschnelle Bewegung – und plötzlich hielten ihre Finger einen Apfel.

»Sie haben recht: Ich zaubere.« Sie bot den Apfel Athene an, und das geflügelte Roß schnappte danach. Es knirschte laut – die Frucht existierte also wirklich, war fest und massiv, kein Trugbild. »Die reinste Magie, nicht wahr?«

»Ein guter Trick«, sagte Jim anerkennend. »Beherrschen Sie auch noch andere?«

»Natürlich. Mein Repertoire beschränkt sich keineswegs nur auf Obst und Gemüse.« Sie musterte den Captain und schmunzelte. »Sie kennen inzwischen die anderen Darsteller, aber Sie wissen noch nicht, welche Rolle ich spiele. Ich bin die Magierin.«

Jim nickte langsam. »Sie haben mir gerade Ihre Fähigkeiten bewiesen. Wenn ich eine Karte für die Vorstellung in Starbase Dreizehn bekommen kann, möchte ich einen Platz in der ersten Reihe.«

»Wir wären gern bereit, die Besatzung der *Enterprise* mit einer Show zu unterhalten«, sagte Lindy. »Aber bisher hat uns niemand darum gebeten.«

Jim nahm Haltung an. »James T. Kirk, Kommandant des Raumschiffes *Enterprise,* bittet Amelinda Lukarian und die Warpschnelle Klassische Varietégesellschaft, seine Mannschaft mit einer Darbietung zu erfreuen.« Er grinste, stand wieder entspannt. »Aber ich möchte nicht, daß Sie sich zu irgend etwas verpflichtet fühlen.«

»Wir haben die ganze Zeit darauf gewartet, daß Sie uns fragen!« Lindy lachte. »Jim, wir sind an zwei Aufführungen pro Tag gewöhnt, daran, am Abend aufzutreten, anschließend im wahrsten Sinne des Wortes die Zelte abzubrechen, die ganze Nacht über im Zug unterwegs zu sein und am nächsten Morgen erneut auf der Bühne zu stehen. Soviel Freizeit wie jetzt hatten wir schon seit Jahren nicht mehr, und das macht uns alle nervös.«

»Sagen Sie mir einfach, was Sie brauchen.«

Die junge Frau rieb das Vogelpferd ab, klopfte ihm einmal mehr auf die Schulter. Das Stroh knisterte unter Athenes Hufen, als sie zurückwich und auf einer weiteren Proteinkapsel kaute.

Lindy hockte sich auf die Brüstung.

»Wir benötigen ein Theater mit Garderobe und anderen Räumen hinter dem Vorhang...« Innerhalb weniger Minuten beschrieb sie die Voraussetzungen für eine Varietéshow.

»Dazu ist viel Organisationsarbeit nötig, nicht wahr?« fragte Jim. »Sie kommen gut damit zurecht.«

»Übung macht den Meister. Inzwischen ist alles Routine.«

»Haben Sie Ihrem Vater geholfen?«

»Wie man's nimmt...« Sie saß rittlings auf der Begrenzungsstange. »Mein Vater gehörte zu den Gründern unserer Gruppe. Er ging ganz in seiner Tätigkeit auf, bewarb sich sogar um die Stellung des Geschäftsführers. Aber als die Sache ins Rollen kam, verlor er das Interesse daran. Außerdem blieb der von ihm erhoffte Erfolg aus, und das dämpfte seinen Enthusiasmus. Irgend jemand mußte einspringen, dafür sorgen, daß alles glatt ging.«

»Und deshalb übernahmen Sie die Verantwortung.«

Lindy zuckte mit den Achseln.

»Kam es dadurch zu einem Streit?«

»Ja. Aber das spielt keine Rolle. Unsere Gruppe ist eine Kooperative. Es gibt keinen Eigentümer, der seine Entscheidungen gegen den Willen der anderen durchsetzen kann. Es wird diskutiert und dann gemeinsam beschlossen.«

»Was wurde aus Ihrem Vater?«

»Er ging, treibt sich irgendwo herum.« Lindy sprach ganz beiläufig, aber Jim spürte die Gefühlsaufwallung in ihr.

»Es war bestimmt sehr schwer für Sie...«

»Nein, eigentlich nicht. Um ganz ehrlich zu sein: Inzwischen ist es recht leicht. Wissen Sie, ich trage nicht nur Verantwortung, sondern habe auch Autorität. Und daß Dad ging, überraschte niemanden. Man muß ihm zugute halten, daß er bis zu meinem achtzehnten Geburtstag wartete, bevor er sich aus dem Staub machte. Vermutlich fiel es ihm nicht gerade leicht, sich all die Jahre zu gedulden, gebunden zu sein.«

Es gelang der jungen Frau gut, ihren Schmerz zu verbergen. Oder fühlte sie sich tatsächlich nicht im Stich gelassen? Jim bemitleidete sie, fühlte sich dadurch noch mehr zu ihr hingezogen.

»Die Dinge haben sich kaum verändert«, fuhr Lindy fort. »Und schließlich sahen meine Kollegen kein Kind mehr in mir, sondern eine gleichberechtigte Partnerin.«

»Ihr Vater hätte wenigstens mit Ihnen reden können, bevor er verschwand.«

»Vielleicht wollte er mich nicht dazu zwingen, zwischen ihm und der Gruppe zu wählen. Vielleicht wußte er, welche Entscheidung ich getroffen hätte.« Sie lehnte sich an die rückwärtige Wand des Reparatursegments, zog die Knie an, stützte beide Füße auf die Brüstung und achtete nicht darauf, daß sie in dieser Stellung leicht den Halt verlieren konnte. »Ich liebe unsere Gesellschaft, Jim. Ich liebe alle, die ihr angehören. Künstler und Schausteller unterscheiden sich von allen anderen Leuten. Sie sind zu Dingen imstande, die ihren Mitbürgern verwehrt bleiben. Wenn wir auftreten, machen wir das Publikum glücklich. Und ich glaube – ich weiß! –, daß sich irgendwann der große Erfolg einstellt, wenn wir die Hoffnung nicht aufgeben, uns weiterhin bemühen.«

»Ich möchte nicht mit Ihnen tauschen«, sagte Jim. »Es wäre nicht besonders angenehm, einen Befehl zu erteilen und dann zu erleben, wie sich die Besatzung versammelt und darüber diskutiert, ob sie meine Order ausführen soll.«

Lindy schmunzelte. »Das könnte passieren. Aber für gewöhnlich geschieht so etwas nicht. Künstler sind froh, wenn jemand anders die Entscheidung für sie trifft. Sie mögen es nicht, Anweisungen zu bekommen, doch es gefällt ihnen, wenn sich jemand um sie kümmert.«

»Wie sind Sie Magierin geworden?«

»So wie ich auch Geschäftsführerin wurde – durch meinen Vater. Er ist unheimlich gut, Jim! Sie sollten ihn mal sehen. Er kann Kunststücke, die außer ihm niemand beherrscht.« Lindy lachte laut. »Ich meine... Das Publikum glaubt manchmal, er sei zu echter Magie in der Lage, obwohl es die Leute natürlich besser wissen. Und wer nichts von Zaubertricks versteht, hält solche Darbietungen für schlichtweg unmöglich. Obwohl mein Vater häufig den Gegenbeweis angetreten hat. Noch heute sind mir viele seiner Vorführungen ein Rätsel.«

»Er scheint ein bemerkenswerter Mann zu sein«, sagte Jim.

»Und ob. Ich wünschte, Sie könnten ihn kennenlernen...« Lindy unterbrach, stützte das Kinn auf die Knie. »Die letzte Bemerkung nehme ich zurück. Vielleicht ist es besser, daß Sie sich *nicht* kennen. Ich bezweifle, ob Sie miteinander auskämen.«

»Was meinen Sie damit?«

»Manchmal ist er sehr... schwierig.«

»Und ich?«

Die junge Frau lächelte. »Sie teilen diese Charaktereigenschaft.«

»Nun, damit haben Sie wahrscheinlich recht«, gestand Kirk ein. »Es hängt mit der Arbeit zusammen.«

Athene hatte genug von Proteinkapseln, kehrte zu Lindy zurück und stubste sie an. Sie gab dem Vogelpferd eine Möhre.

»Wie begann Ihre Gruppe?« erkundigte sich der Captain. »Es ist doch eine recht ungewöhnliche Idee, eine Unterhaltungstradition fortzusetzen, die seit Jahrhunderten als altmodisch gilt.«

»Ob Sie's glauben oder nicht: Es gibt viele Leute, die in unserer Branche tätig sind. Manche von uns fangen als Hobby damit an, und einige der klassischen Darbietungen sind an die Erfordernisse unseres modernen Zeitalters angepaßt worden. Marcellin lehrte Pantomimik in der Theatersektion der australischen Monash Universität. Darüber hinaus wurden viele Zauber- und Steptanzklubs gegründet, und das Jonglieren erfreut sich allseits großer Beliebtheit.«

»Selbst bei Vulkaniern«, fügte Jim trocken hinzu.

»Was die Idee betrifft: Lange Zeit kam niemand auf den Gedanken, solche Künstler zu einer Gruppe zusammenzufassen und professionelle Vorstellungen zu geben. Als mein Vater, Marcellin und Newland den Einfall hatten...«

»Newland? Meinen Sie Mr. Rift mit den ›Hündchen‹?«

»Ja.«

»Ich hab' ihn gar nicht für so in...« Jim brach ab, als er begriff, daß er erneut sprach, ohne vorher nachzudenken. »Er erschien mir nicht wie ein Unternehmer«, sagte er verlegen.

»Eigentlich fehlt ein richtiger Unternehmer in unserer Gruppe«, stellte Lindy fest. »Selbst mein Vater war keiner. Genau darin besteht eins unserer Probleme. Aber Newland... Er ist das verläßlichste, solideste und vernünftigste Mitglied unserer Gesellschaft. Nur in Hinsicht auf seine Hunde verhält er sich manchmal wie ein Narr — was er selbst zugibt. Man kann leicht einen falschen Eindruck von ihm gewinnen...«

»In der Tat«, brummte Jim.

»Doch ohne ihn hätten wir es nicht so weit gebracht. Er ermutigte mich, den Posten der Managerin zu übernehmen — obwohl er selbst Geschäftsführer hätte werden können. Er meinte, seine Zeit werde ganz von Philomelas Kindern und den Hündchen beansprucht. Aber ich halte das nur für eine Ausrede. Er wollte nicht gegen mich kandidieren, weil er wußte, daß die Wahl der Gruppe auf ihn gefallen wäre.«

»Philomela«, sagte Jim. »Ich bin ihr neulich beim Abendessen begegnet, nicht wahr?«

»Ja. Unsere Sängerin, erinnern Sie sich? Newland ist ihr Mann.«

»Ich weiß, wie falsch es ist, andere intelligente Wesen allein nach ihrem Erscheinungsbild zu beurteilen«, meinte Kirk. »Aber offenbar muß ich in Hinsicht auf mein eigenes Volk noch einige Lektionen lernen.«

»Newland ist enorm, nicht wahr? Ich glaube, er genießt den Eindruck, den er auf andere Leute macht. Außerdem eignet er sich für Publicity.«

»Ist er wirklich das, was er zu sein scheint?«

»Mhm. Er stammt aus einer kanadisch-japanischen Familie. Die Traditionalisten reagieren eher unsicher auf einen rothaarigen Sumo-Ringer, aber nachdem er mehrere Jahre lang an Wettkämpfen teilnahm, gewann er ihre Anerkennung. Nun, er kämpft nicht mehr, doch er meditiert noch immer, legt großen Wert auf sein Seelenleben.«

Der Captain schüttelte den Kopf. »Eine erstaunliche Gruppe.«

»In gewisser Weise muß man einzigartig sein, um eine berufliche Tätigkeit zu wählen, die derart aus dem Rahmen fällt«, sagte Lindy. »Meine Kollegen nehmen ihre Arbeit sehr ernst, sind manchmal geradezu davon besessen. Und sie sind einzigartig. Aus diesem Grund bin ich bei ihnen geblieben, Jim — selbst nachdem mein Vater uns verließ. Ich liebe unsere Varietégesellschaft und alle, die ihr angehören. Nun, fast alle.«

»›Fast‹ alle?«

Die junge Frau errötete. »Das hätte ich nicht sagen sollen.«

»Darf ich raten?« fragte Jim und lächelte.

»Wahrscheinlich wissen Sie bereits Bescheid«, erwiderte

Lindy. »Wie ich hörte, führten Sie neulich eine politische Diskussion mit ihm.«

»Wenn Sie mir die makabre Neugier verzeihen: Wo haben Sie Mr. Cockspur aufgelesen?«

»Dad fand ihn.«

»Tja, wenn er gut ist... Man kann über viele Dinge hinwegsehen, wenn die betreffenden Personen fähig sind.«

»Gut!« Lindy lachte. »Für gewöhnlich sind ›gut‹ und ›neo-shakespearisch‹ Begriffe, die sich gegenseitig ausschließen.«

»Was meinen Sie mit ›neo-shakespearisch‹?« fragte Kirk verwundert.

»Diese Bezeichnung verwendet man, wenn jemand Shakespeare für ein modernes Publikum ›interpretiert‹. Mr. Cockspur findet großen Gefallen daran, die alten Texte neu zu übersetzen.«

»Ist er so schlecht?«

»Warten Sie's ab«, sagte Lindy unheilvoll.

Irgendwie verstrichen zwei Stunden, ohne daß sich Jim dessen bewußt wurde. Es machte ihm großen Spaß, mit Lindy zu sprechen, ihr zuzuhören. Er ließ sich fast dazu hinreißen, ihr von Carol Marcus zu erzählen, überlegte es sich dann aber anders – ohne recht zu wissen warum. Er fand die junge Frau immer reizender und glaubte, daß sie ihn ebenfalls mochte; und doch wahrte er eine gewisse Distanz zu ihr, schreckte davor zurück, seine Empfindungen zu erklären

Er berichtete ihr von Sam und Winona, von seinem Vater und Gary. Und plötzlich schilderte er die Ereignisse bei Ghioghe.

»Ich begriff, daß die anderen von Bord gegangen waren, aber mir wurde auch klar, daß ich mein Schiff verloren hatte. Ich verfluchte mich selbst dafür, so schwer verletzt zu sein, daß ich nicht mehr aus eigener Kraft gehen konnte. Blut strömte mir in die Augen, verschleierte alles. Ich schrie – ich dachte wenigstens, daß ich schrie, aber eigentlich war das gar nicht möglich, denn mir fehlte Luft –, schrie im Schiff und im Zerstörungschaos: ›Los schon, bringen wir es endlich hinter uns!‹ Dann kam Gary. Und *er* warf mir vor, zu schwer verwundet zu sein, um selbst zu gehen. Ich erinnere mich nur noch daran, daß er sagte, er sei zurückgekehrt, um mich um Hilfe zu bitten, und statt dessen hätte ich ihm die ganze Arbeit überlassen.« Jim versuchte zu lächeln, gab sich als ein mit allen Wassern gewaschener Veteran, den so leicht nichts erschrecken konnte, der abenteuerliche Geschichten erzählte. Aber die Erinnerungen an Ghioghe waren noch immer zu intensiv, zu deutlich, zu schmerzhaft. Die Ereignisse bei Ghioghe stellten kein Abenteuer dar, sondern eine entsetzliche, grauenhafte Katastrophe.

Eine Katastrophe, die sich hätte vermeiden lassen.

»Gary schleppte mich aus dem Kontrollraum«, fuhr Jim etwas leiser fort. »Wir waren die letzten Personen an Bord... die letzten Überlebenden. Das Schiff, die *Lydia Sutherland*, ein kleiner Kreuzer... er brach um uns herum auseinander. Gary legte mich in die Rettungskapsel, schob sich an meine Seite und löste das Katapult aus. Er verhinderte, daß ich noch mehr Blut verlor...« Geistesabwesend berührte Kirk die Narbe auf seiner Stirn. »Ich dachte, es sei alles in Ordnung mit ihm. Ich sah eine kleine Wunde, dicht unterhalb der Rippen; sie schien nicht besonders schlimm zu sein. Doch dann...« Er holte tief Luft, erzitterte unter der Wucht der Erinnerung. Vergeblich trachtete er danach, die Schreckensbilder aus sich zu verbannen. »Ein Schleicher hatte ihn getroffen. Eine Terroristenwaffe. Sieht unbedeutend aus, harmlos. Das Projektil durchschlägt die Haut, bohrt sich in den Körper und sucht nach Herz, Rückgrat oder Gehirn. Dort explodiert es.« Er entsann sich an die leise, dumpfe Detonation, an die gelinde Überraschung im Gesicht seines Freunds.

»Er blutete... Ich öffnete sein Hemd. Komisch: Der Schleicher bereitete ihm große Qualen, hatte aber nicht einmal den Stoff zerrissen.« Kirk erinnerte sich an das warme Blut Garys. »Ich konnte sein Herz sehen«, hauchte er. »Mit jedem Pochen pumpte es mehr Blut durch den Riß in einer Arterie. Ich wußte nicht, was ich machen sollte, begriff nur, daß die Ader anders aussehen sollte. Ich umfaßte sie, hielt sie zusammen.«

»Es ist vorbei«, sagte Lindy. Sie berührte ihn am Arm, eine kurze, zaghafte Geste des Trostes. »Jetzt ist alles vorbei, Jim.«

»Ja.« Wieder strich er mit den Fingerkuppen über die Stirnnarbe. »Pille versicherte mir, sie verschwände bald.« Er rang sich ein Lächeln ab. »Gary hatte Glück. Wenn der Schleicher mit einer Strahlungskomponente ausgestattet gewesen wäre, hätte die Regeneration keinen Zweck gehabt. In dem Fall...«

Er wünschte sich, erneut von Lindy berührt zu werden. Er mochte es, ihre Hände zu spüren. Er mochte den Glanz ihrer Augen, ihren mitfühlenden Blick. Er mochte ihr Haar, das wie filigrane Seide herabreichte und schwarz schimmerte, hier und dort auch purpurnes, goldenes und grünes Glitzern zeigte. Dann stellte er plötzlich fest, daß Tränen über ihre Wangen rannen, Tränen des Mitleids, des Grauens, der Ungläubigkeit. Nein, es war nicht in dem Sinne Ungläubigkeit: Verstand und Empfinden der jungen Frau lehnten es ab, derartige Vorstellungen zu teilen.

»Es tut mir sehr leid, daß Sie so etwas erleben mußten«, sagte sie. »Ihr Freund...«

»Lindy, ich... ich hätte Ihnen gar nichts von Ghioghe erzählen sollen. Bitte entschuldigen Sie. Das alles betrifft Sie nicht...«

»Aber es mußte aus Ihnen heraus«, erwiderte sie schlicht.

Am anderen Ende des Korridors glitt das Schott auf und schloß sich wieder.

»Lindy?« rief Stephen.

»Ich bin hier drüben.«

Jim fühlte sich enttäuscht und erleichtert zugleich. Es überraschte ihn, welche Anziehungskraft von der jungen Frau ausging, wie bereitwillig er ihr nachgab — obwohl noch immer die seelische Wunde schmerzte, die ihm Carol zugefügt hatte. Außerdem: Lindy schien sich darüber zu freuen, daß der vulkanische Jongleur kam.

Ich hätte ihr nicht von Ghioghe berichten dürfen, wiederholte er in Gedanken. Was bin ich doch für ein Narr gewesen.

Stephen schlenderte auf sie zu. Ilya hockte auf seiner Schulter, schien nicht die geringste Mühe zu haben, das Gleichgewicht zu wahren.

»Kann ich Athene zurückbringen?« fragte Lindy.

»Jederzeit.«

Die Zauberkünstlerin sprang von der Brüstung herunter, trat auf das Vogelpferd zu. Athene spürte ihre freudige Aufregung. Sie erzitterte, spannte die Muskeln an, breitete erwartungsvoll die Schwingen aus. Lindy berührte sie an Schnauze und Nacken.

»In Ordnung«, sagte sie. »Öffnet die Tür.«

Sie führte Athene aufs verwandelte Shuttledeck, und das geflügelte Roß ging langsam, setzte die Hufe vorsichtig auf. Die Schwingen zitterten, als sich das Tier mit der Behutsamkeit eines Drahtseilakrobaten bewegte. Felspartikel knirschten unter ihr.

Das Vogelpferd schnaubte.

»So ist es schon besser, nicht wahr?« fragte Lindy. Sie grub die eine Hand in Athenes Mähne, trieb sie an, ließ sie auf dem gleichen Weg zurückkehren, um festzustellen, ob die Hufe die weiche Masse bis zum Stahlboden durchdrangen.

»Jetzt oder nie.« Sie ließ die Mähne des Flügelrosses los und wich beiseite.

Einige Sekunden lang stand Athene ganz still, den Kopf aufgerichtet, die Ohren zurückgestülpt. Schließlich breitete sie erneut die Schwingen aus, schlug versuchsweise damit. Jim hörte ein leises Rauschen, das Knistern von Federn. Dann legte das Vogelpferd die Flügel an und sprang nach vorn.

Es galoppierte so schnell, daß Kirk befürchtete, es müsse an die gegenüberliegende Wand prallen. Aber im letzten Augenblick streckte es die Vorderläufe, wirbelte sterilen Boden auf, neigte die Schwingen, als setze es zur Landung an. Athene gab ein wieherndes Krächzen von sich, wirbelte herum und stürmte in die andere Richtung, geradewegs auf Lindy zu.

Es blieb dem Captain nicht genug Zeit zu reagieren, eine Warnung zu rufen. Athene erreichte die junge Frau, und Lindy griff nach der Mähne, schwang sich rittlings auf ihren Rücken. Sie klemmte die Beine unter die Flügel, breitete die Arme weit aus, während das Pferd durch den Hangar lief.

Athene blieb ruckartig stehen, warf den Kopf hoch und schnaubte erneut. Schweiß glänzte auf Schultern und Flanken. Die scharlachroten Nüstern dehnten sich, als das geflügelte Roß atmete.

Lindy streichelte den Nacken des Tiers, trieb es wieder an. Mähne und Schweif wehten, als Athene mit ausgebreiteten Schwingen übers Deck trottete, jedesmal einen Sekundenbruchteil zögerte, bevor sie die Hufe aufsetzte. Durch diese kleinen Pausen hatte es den Anschein, als schwebe sie zwischen den Schritten, als könne sie wirklich fliegen.

Lindy sah auf. Dutzende von Besatzungsmitgliedern der *Enterprise* standen in den Beobachtungsfluren und auf dem Laufsteg weiter oben. Athene lief nun dicht an der Wand entlang, und die junge Frau auf ihrem Rücken winkte dem Publikum zu. Jim erkannte McCoy, Sulu, Uhura, Cheung, Janice Rand und auch Spock. Offenbar hielt sich niemand mehr in Kontrollraum auf, und der Computerpilot steuerte das Schiff. Aber bei dieser besonderen Gelegenheit hatte Kirk nichts dagegen einzuwenden.

»Sie ist bemerkenswert, nicht wahr?« sagte Stephen und deutete auf Athene. Jim stellte erst jetzt fest, daß der vulkanische Jongleur neben ihm stand.

»Ja, das ist sie in der Tat«, bestätigte er.

KAPITEL 8

Spät an jenem Bordabend verließ Commander Spock die Brücke und kehrte in seine Kabine zurück. Zwar konnte er mehrere Tage lang arbeiten, ohne sich auszuruhen, doch um seine vollständige intellektuelle Leistungsfähigkeit zu bewahren, brauchte er jede Nacht einige Stunden Schlaf und Meditation. Während der vergangenen Tage hatte er auf Ruhe verzichtet, und was die Meditation betraf: Gedanken in bezug auf Stephen erfüllten ihn nicht etwa mit gleichmütiger Gelassenheit, sondern induzierten Nervosität. Spock beschloß, seinen inneren Frieden wiederherzustellen: Während des Fluges durch die Phalanx wollte er wachsam sein.

Er überquerte den Gravitationssims, betrat seine Unterkunft...

Und blieb abrupt stehen.

Er spürte den Unterschied, noch bevor rotes Licht die kastanienbraune Düsternis verdrängte. Jemand befand sich im Zimmer.

Eine gefleckte Katze sprang von der Koje, auf der Stephen schlief, und in der hohen Schwerkraft verursachten die großen Pfoten ein rhythmisches Pochen auf dem Boden. Ilya verharrte, leckte sich die Schulter.

Stephen hatte sich in die Bettlaken gehüllt, und nur die Locken seines blonden Haars waren zu sehen.

Spock nannte den Namen des anderen Vulkaniers — den richtigen Namen, nicht den terranischen, der einmal mehr seine Perversität bewies.

Stephen rührte sich nicht, schlief weiter.

»Wachen Sie auf.«

Ilya strich an Spocks Beinen entlang, miaute leise, beklagte sich über die Indifferenz des Universums, das vergessen hatte, einen Futternapf für ihn vorzubereiten. Spock nahm ihn auf.

»Du solltest dir deine Reisebegleiter sorgfältiger auswählen«, sagte er zu der Katze. »Insbesondere dann, wenn dich jemand an einem Einbruch beteiligt.«

»Was haben Sie vor, Spock?« Die Laken dämpften Stephens Stimme. »Wollen Sie meine Crew zur Meuterei aufwiegeln?«

»Dazu könnte ich mich durchaus entschließen – wenn ich wüßte, daß entsprechende Bemühungen tatsächlich zum Erfolg führen.« Die Katze rieb ihre Stirn an Spocks Hand, knetete seinen Arm mit langen, gewölbten Krallen, streckte den Hals, damit er sie unter dem Kinn kraulen konnte. Scharlachfarbenes Glühen spiegelte sich auf langen, spitz zulaufenden Reißzähnen wider. »Wie ich sehe, haben Sie noch immer eine Vorliebe für gefährliche Tiere.«

»Eine seltsame Bemerkung von jemandem, der einen ausgewachsenen Sehlat hielt.« Stephen strich die Laken beiseite. »Lindy erzählte mir, in Ihrer Kabine herrschen vulkanische Umweltbedingungen. Ich bin hierher gekommen, um mich aufzuwärmen. Die geringe Schwerkraft der Erdnorm macht mich schwindelig.«

Auf Spock hatte sie ähnliche Auswirkungen, aber er lehnte es ab, dies zu bedauern oder auch nur zu erwähnen.

»Man sollte eigentlich meinen, daß Sie sich durch die vielen auf der Erde verbrachten Jahre und die Fixierung auf die terranische Lebensweise an solche Dinge gewöhnt haben«, sagte er.

Stephen hob den Oberkörper, rieb sich die Augen wie ein schläfriges Kind. Viele seiner Reaktionen ähnelten denen eines Heranwachsenden. Aber derartige Personen lernten, verbesserten ihre Fähigkeiten und Disziplin, versuchten nicht etwa, aus dem Kokon der Selbstkontrolle auszubrechen.

»Nach einer Weile werden die Grenzen der Toleranz überschritten«, erklärte Stephen. »Wie nett von Ihnen, Ihre Kabine für mich offenzulassen.«

»Das hat nichts mit Ihnen zu tun. Ich benutze weder Schlösser noch elektronische Verriegelungen.«

»Das dachte ich mir schon. In bezug auf die Achtung von Bräuchen und Traditionen – selbst dann, wenn sie den Umständen widersprechen – sind Sie das sturste Individuum, das ich kenne.«

»Woher wußte Miß Lukarian, daß in meiner Kabine ein vulkanisches Ambiente existiert?« erkundigte sich Spock.

»Das wollte ich *Sie* fragen.« Stephen faltete die Hände hinterm Kopf und lehnte sich an die Wand.

»Ich habe keine Ahnung«, erwiderte der wissenschaftliche Offizier.

»Vor einigen Jahren wäre es mir mit einer solchen Anspielung gelungen, Sie zu einer emotionalen Reaktion zu veranlassen. Sie beherrschen sich gut.« Stephen zuckte mit den Schultern. »Es freut mich, daß Sie wenigstens wieder mit mir sprechen.«

»Wäre das nicht der Fall, könnte ich Sie kaum auffordern, von hier zu verschwinden.«

»Meinen Sie damit Ihre Kabine oder das Schiff?«

»Ersteres genügt. Letzteres wäre wünschenswert.«

»Sie sind wegen heute nachmittag sauer auf mich, nicht wahr? Sie dachten, ich würde den anderen Ihren persönlichen Namen verraten.«

»Zuerst einmal: Ich werde nicht ›sauer‹«, erwiderte Spock. »Zweitens: Es gibt keinen Aspekt Ihres Verhaltens, der mich überraschen könnte. Drittens: Nur wenige Besatzungsmitglieder dieses Schiffes verstünden die Bedeutung meines persönlichen Namens. Hinzu kommt, daß sie aller Wahrscheinlichkeit nach nicht in der Lage wären, ihn richtig auszusprechen oder ihn im Gedächtnis zu behalten.«

Stephen lachte leise. »Jetzt sind Sie wirklich verärgert.«

»Ich habe wichtigere Dinge zu tun, als mir Ihr Gefasel anzuhören«, sagte Spock. »Wenn Sie nicht gehen, verlasse ich diese Kabine.«

Stephen brummte und strich die Laken beiseite. »Ihnen fiele kein Zacken aus der Krone, wenn Sie mich hier schlafen ließen.« Verdrießlich verzog er das Gesicht, erhob sich und deutete auf den Meditationsstein. »Sie benutzen nicht einmal Ihre Koje. Vermutlich wollen Sie Ihre Disziplin beweisen, indem Sie sich auf dem verdammten Ding da ausstrecken.« Er stakte zur Tür. »He, Ilya, Kätzchen — komm mit.«

Das Tier schnurrte in Spocks Armen, fuhr die langen, gewölbten Krallen aus und knetete den Ärmel. Es ignorierte die Aufforderung des vulkanischen Jongleurs, ließ sich weiterhin streicheln.

Spock hob die Katze an. »Warum bestehen Sie auf diesem Theater?« fragte er, als er Ilya Stephen reichte. »Sie machen sich dadurch nur lächerlich.«

Der Gesichtsausdruck des Jongleurs verhärtete sich plötzlich, und die blauen Augen blickten eisig. Doch wenige Sekunden später befreite er sich wieder von der vulkanischen Starre.

»Kümmern Sie sich um Ihre eigenen Angelegenheiten, Spock«, sagte er.

Als Stephen in den Korridor zurückgekehrt war, entspannte sich der wissenschaftliche Offizier auf dem Meditationsstein und ließ seine Gedanken in die Trance treiben. Der schmalen Liege und den zerknitterten Laken schenkte er überhaupt keine Beachtung.

Der Direktor des Aufsichtskomitees beschäftigte fähige Spione.

Einer seiner besten Einsatzagenten, ein verschleierter Rumaiy, dessen Namenlosigkeit der Direktor respektierte, zerrte ein Geschöpf herein, das sich durch einen eklatanten Mangel an Eleganz auszeichnete. Der Rumaiy verneigte sich steif und mit einem Minimum an Höflichkeit, stieß den Gefangenen auf die Knochenkacheln und preßte ihm den Stiefel in den Nacken.

»Grüß diejenigen, deren Macht du ausgeliefert bist«, sagte er. Die drei Schleierlagen aus schimmernder Gaze dämpften den drohenden Klang der Stimme nur unwesentlich. Der Gefangene neigte den Kopf zum glänzenden Boden herab.

»Er soll aufstehen«, knurrte der Direktor.

Der Rumaiy wiederholte die Anweisung, und sein Vorgesetzter freute sich über die Loyalität dieses Mannes — auch wenn sie sich vielleicht nur darauf beschränkte, ihm zu Diensten zu sein.

Der junge Gefangene kniete zitternd, trug die Kleidung eines einfachen Kaufmanns.

»Es ist mir keine Freude, Sie mit seiner Geschichte vertraut zu machen«, sagte der Rumaiy. »Sie wird Ihnen nicht gefallen.«

»Trotzdem werde ich sie anhören.«

Die Stirnhöcker des Gefangenen senkten sich, ein deutliches Anzeichen von Furcht. Flehentlich hob er die gefesselten Hände.

»Herr, wenn ich Ihnen die Wahrheit sage, werden Sie mich töten, obgleich es viele andere Zeugen gibt und es unmöglich wäre, sie alle zu finden. Aber wenn ich lüge, stellen Sie irgendwann fest, daß ich nicht aufrichtig gewesen bin, und auch das würde den Tod für mich bedeuten. Ich muß also entscheiden, welche Alternative mir einen rascheren und möglichst schmerzlosen Tod beschert. Vielleicht sollte ich überhaupt nichts sagen und schweigen.«

Der Direktor gab dem Spion ein Zeichen, hinderte ihn daran, seinen Stiefel in die Rippen des jungen Kaufmanns zu bohren.

»Ich versichere dir: Schweigen wäre die schlechteste Wahl, die du treffen könntest«, brummte der Direktor. »Sag mir die Wahrheit. Wenn mein Einsatzagent deine Geschichte bestätigt und ich es für notwendig halte, dich zu töten, verspreche ich dir ein Ende ohne Pein und Qual.«

Der Gefangene ließ die Schultern hängen, gab offenbar die Hoffnung auf, mit Tapferkeit sein Leben zu retten. Dennoch mußte ihm der Direktor einen gewissen Respekt zollen, denn die Worte des Mannes bewiesen einen Mut, der für die Angehörigen der Händlerklasse keineswegs typisch war.

»Heraus damit«, forderte der Repräsentant des Aufsichtskomitees.

Die Geschichte bestätigte die schlimmsten Befürchtungen des Direktors, schilderte die verwerflichen Ausschweifungen seines Sohnes.

»... und dann, Herr, als er wußte, daß er sein Schiff verloren hatte, Herr, griff er sie von hinten an. Sie verteidigte sich. Aber sie tötete ihn nicht etwa, sondern bot ein Duell an, meinte, sie wolle seine Lebensscheibe auf faire Weise erringen. Sie wählte Blutmesser, und ihre Klinge war dunkel. Die Tönung erschreckte den Offizier. Als das Signal kam, begann er nicht wie vorgesehen den Kampf, warf statt dessen sein Messer. Er griff in die Innentasche seiner Weste, holte eine Energieschleuder hervor. Aber die Frau wehrte den Angriff ab und bewegte sich so schnell, daß der Offizier nicht mehr die geringste Chance hatte. Er starb nur einen Sekundenbruchteil später. Herr, es tut mir leid, Herr.«

»Was geschah anschließend mit der Zweikampfpartnerin?«

»Sie nahm die Scheibe und zeigte sie der Mannschaft des Schiffes. Daraufhin schwor man ihr Treue.«

»Wo ist sie jetzt?«

»Herr, ich weiß nicht, Herr, aber...« Der Gefangene holte verängstigt Luft. »Vor dem Spiel, vor dem Duell, unterhielten wir uns. Sie fand mich... amüsant, bot mir ihren Rat an, meinte, nahe der Föderationsphalanx ließe sich recht einfach Beute machen. Sie sagte, Starfleet und das Imperium ignorierten die dortigen Ereignisse, um einen Konflikt über umstrittenes Territorium zu vermeiden...«

»Sei still«, hauchte der Direktor. Und dann: »Du bist ein aufmerksamer Beobachter.« Er dachte eine Zeitlang über die Informationen nach. »Das Duell... gab es noch andere Zeugen?«

»Ja, Herr. Viele.«

»Wie kommt es dann, daß du hier bist und sonst niemand?«

»Ich wußte es nicht besser.«

»Was meinst du damit?«

»Es war mein erster Besuch im Arktur-System. Ich hoffte auf schnelle Geschäfte, auf einen guten Profit. Ich dachte, ich könne es mir nicht leisten, ohne eine volle Börse zu verschwinden. Und jetzt werden meine Knochen Ihren Boden zieren.« Der Gefangene versuchte vergeblich, eine Mischung aus Resignation und Erheiterung zur Schau zu tragen.

»Ich verstehe.« Der Direktor drehte sich um, trat an eine Wand heran und starrte mehrere Sekunden lang auf ein dunkles Bild. »Meine Spione sind überall – was deine Anwesenheit hier beweist.« Er wandte sich wieder um. »Ist dir das klar?« Der junge Mann vollführte eine Geste unterwürfiger Zustimmung.

»Steh auf.«

Er kam der Aufforderung nach, zitterte noch heftiger.

Der Direktor öffnete die elektronischen Handfesseln. »Fortan wird einer meiner Spione ständig in deiner Nähe weilen. Wenn du irgend jemandem von dem Duell erzählst, erfahre ich sofort davon. Und dann erwartet dich ein langsamer und schmerzvoller Tod.«

Der Gefangene riß in ungläubigem Erstaunen die Augen auf.

»Gnade ist ungewöhnlich«, sagte der Direktor, »aber ich bin ein ungewöhnlicher Mann. Du sollst mit dem Leben davonkommen.«

»Herr?«

»Heute füge ich meinem Boden keine Knochen hinzu!« Das Oberhaupt des Aufsichtskomitees wartete, bis der Gefangene begriff, daß er nicht mehr in Lebensgefahr schwebte. »Doch eines Tages verlange ich vielleicht eine Gegenleistung von dir. Verstehst du?«

»Ja, Herr. Vielen Dank, Herr.« Die Stimme des Gefangenen vibrierte vor Erleichterung.

»Geh jetzt. Kehr nach Hause zurück. Und noch etwas: Als Schmuggler taugst du nicht viel.«

Der junge Mann wich langsam zurück, und seine Sandalen kratzten über die weißen Kacheln. In der Tür wirbelte er um die eigene Achse und floh. Seine hastigen Schritte verhallten in der Ferne.

Der Direktor beobachtete den Spion. Die dicken Schichten des Schleiers verbargen die Züge des Rumaiy. »Warum bereitet dir diese Geschichte kein Vergnügen?«

Ein weniger ehrenhafter Mann, der Takt für eine größere Tugend hielt, hätte nun falsches Beileid für den schändlichen Tod des Offiziers ausgesprochen.

»Die Renegatin heißt Koronin«, erwiderte der Spion statt dessen. »Sie zeigt offen ihr Gesicht – obgleich sie zu den Rumaiy gehört.«

Jim wälzte sich auf seiner Koje hin und her, richtete sich schließlich in der Dunkelheit auf und warf einen kurzen Blick zur Uhr. Noch dreißig Minuten. Er überlegte, ob er sich wieder hinlegen und noch ein wenig schlafen sollte, doch dann dachte er erneut daran, daß die *Enterprise* in einer halben Stunde die Phalanx erreichte. Seit der Fertigstellung von Starbase Dreizehn hatten es offizielle Kampfeinheiten der klingonischen Oligarchie nicht mehr gewagt, Starfleet-Schiffe anzugreifen, und Kirk hielt es für eher unwahrscheinlich, daß es nun zu einem Zwischenfall kam, der einen interstellaren Krieg heraufbeschwören mochte. Selbst Raumpiraten beschränkten sich bei ihren Überfällen nur auf unbewaffnete Transporter und Handelsschiffe. Schlimmstenfalls ließ sich ein klingonischer Abtrünniger dazu hinreißen, sich die *Enterprise* aus der Nähe anzusehen. Und selbst wenn irgendein Narr verrückt genug war, eine Einheit der Constellation-Klasse anzugreifen: Die Sensoren würden rechtzeitig davor warnen, dem Captain Zeit genug geben, sich in aller Ruhe anzuziehen und die Brücke aufzusuchen.

Aus diesen Gründen hatte Jim entschieden, die normale Routine seines Schiffes nicht zu verändern.

Doch jetzt regten sich Zweifel in ihm. Angenommen, die Piraten schlossen sich gegen den Starfleet-Verkehr in der Phalanx zu einem Bündnis zusammen? Eine eigentlich absurde Vorstellung — aber nicht ganz von der Hand zu weisen. Und wenn die Oligarchie einen Überraschungsvorstoß plante, eine wohlüberlegte Provokation? Sicher, die Wahrscheinlichkeit dafür betrug kaum mehr als eins zu einer Million, doch andererseits...

Jim fand keine Ruhe mehr, strich die Decke beiseite, kleidete sich an und verließ seine Kabine.

Die meiste Zeit über, wenn nicht gerade Alarmzustand an Bord herrschte, arbeiteten die Besatzungsmitglieder der *Enterprise* auf der Grundlage eines normalen Tagesrhythmus. Jim hatte beschlossen, ihn auch während des Flugs in die Phalanx beizubehalten. Der Großteil der Mannschaft war im Verlauf der Hauptwache aktiv, nur wenige bei der Mittel- und Frühwache.

Jim betrat eine stille und nur matt erhellte Brücke. Das Glühen der Schirme und Anzeigen wirkte irgendwie gespenstisch, und die Instrumente flüsterten elektronisch.

Frühwache: Ein einzelner Fähnrich behielt die Geräte im Auge, dazu bereit, sofort die Offiziere zu verständigen, sollte irgend etwas Außergewöhnliches geschehen. Der Mann drehte den Kopf, als Jim hereinkam.

»Captain!« Er sprang auf, gab den Sessel des Befehlsstands frei.

»Guten Morgen Fähnrich...«

»Chekov, Sir. Pavel Andrei'ich Chekov.«

Kirk fühlte sich versucht, seine Anwesenheit im Kontrollraum zu erklären, doch dann fiel ihm ein, daß er der Captain war. Niemand erwartete von ihm, seine Verhaltensweise Untergebenen gegenüber zu erläutern. Er nahm Platz, und der Fähnrich setzte sich an die Konsole des Navigators.

Jim betrachtete das taktische Display auf dem Monitor. Die *Enterprise* hielt auf die Mitte der konzentrischen Kreise zu, die eine grafische Perspektive der Phalanx schufen.

»Wann erreichen wir das umstrittene Gebiet, Fähnrich Chekov?«

»Das hängt ganz davon ab, welche Maßstäbe Sie anlegen, Sir. Starfleet Command, die Forschungsabteilungen der Föderation, das klingonische Imperium — alle beanspruchen andere Grenzen.«

»Ich gebe mich mit den Starfleet-Daten zufrieden.«

»Wie Sie meinen, Sir. Die Starfleet-Grenzen überlappen die des Imperiums. Beide Seiten erachten die betreffenden Raumsektoren als Hoheitsgebiet. Ankunftszeit 06.19 Uhr. In zehn Minuten.«

»Danke, Mr. Chekov.«

Die beiden Türhälften des Turbolifts glitten auseinander, und Commander Spock blieb stehen.

»Guten Morgen, Mr. Spock.«

»Guten Morgen, Captain.«

Der Vulkanier nahm seinen Platz ein und aktivierte die Konsolen der wissenschaftlichen Station. Bildschirme erhellten sich.

»Woran arbeiten Sie, Mr. Spock?«

»An keinem besonderen Projekt, Captain.«

»Sind Sie bereit für den Spießrutenlauf?«

»Ich bin ziemlich sicher, daß Überfälle ausbleiben. Die hiesigen Raumpiraten ziehen leichtere Beute vor.«

Commander Spock ist ebenso nervös wie ich, will es aber nicht zugeben, dachte Jim. Vielleicht meint er, ich hätte Alarmbereitschaft anordnen sollen, aber selbst wenn das der Fall ist: Er wird sich hüten, eine entsprechende Bemerkung zu machen. Er mag taktlos sein und nicht viel auf die Gefühle anderer Personen geben, aber er handelt bestimmt nicht gegen seine eigenen Interessen. Es wäre... unlogisch, dem Kommandanten zu sagen, man hielte ihn für einen Narren.

»Noch fünf Minuten, Captain«, sagte Chekov.

Jim konzentrierte sich auf die Kontrollen des Befehlsstands, ging die Liste mit seinen Tagesaufgaben durch — und erinnerte sich erst dabei an seine Morgenklasse. Der

Leiter der Freizeitsektion hatte die sportlichen Fähigkeiten aller Besatzungsmitglieder verzeichnet, auch die des Captains. Kirk entsprach seiner Bitte, die Ausbildung einer Judo-Gruppe zu übernehmen, und übermittelte seiner Adjutantin Rand eine Nachricht, in der er sie in einem entschuldigendem Tonfall aufforderte, seine neue Pflicht im Terminkalender zu berücksichtigen.

Kirk las die kurzen Statusberichte der einzelnen Abteilungen, schaltete dann das elektronische Logbuch ein und desaktivierte es gleich wieder. Was konnte er schon melden? Daß die *Enterprise* nun in die Phalanx flog, die Sensoren keine anderen Schiffe orteten und sich der Captain langweilte?

Aber wenn ich mich langweile, dachte er, warum rast mein Puls dann so?

»Wir erreichen jetzt die Phalanx, Sir.«

Selbst Spock wandte den Blick von den Instrumenten seiner wissenschaftlichen Station ab und sah auf den großen Wandschirm.

Die *Enterprise* flog weiter, so ruhig und ungestört, als sei sie im Zentrum des Föderationsraums unterwegs und nicht etwa an seinem äußersten Rand.

Jim schmunzelte unwillkürlich, belächelte seine Erleichterung: Die Phalanx wurde gefährlicher, je tiefer man in sie eindrang, nicht umgekehrt. Er versuchte, sich in die Lage eines Raumpiraten zu versetzen: Er würde irgendwo in der Mitte angreifen, um der Föderation keine Gelegenheit zu geben, innerhalb kurzer Zeit Verstärkung heranzuführen. Seine gegenwärtige Aufregung gründete sich auf die psychologischen Aspekte, den Hauptbereich der Föderation zu verlassen, hatte praktisch nichts mit konkreter Gefahr zu tun.

Kirk stand auf, ging zum oberen Niveau der Brücke und nahm dabei jeweils zwei Stufen der kurzen Treppe. Dumpfer Schmerz pochte in seinem rechten Knie, und er nahm sich vor, mehr auf sich zu achten. Wenn er McCoy noch einen oder zwei Tage lang hinhielt, gelang es ihm vielleicht, einer neuerlichen Behandlung oder gar dem Reg-Gel zu entgehen.

Spocks Aufmerksamkeit galt wieder dem Computer. Jim lehnte sich an die Konsole neben ihm, gab sich betont lässig.

»Mr. Spock.«

»Ja, Captain?«

»An Bord eines jeden Schiffes, das ich kenne, existieren Gravitationsanomalien«, sagte er wie beiläufig. »Trifft das auch auf die *Enterprise* zu?«

»Natürlich, Sir. So etwas läßt sich gar nicht vermeiden.«

»Wo befinden sie sich?«

Der Vulkanier blendete ein technisches Diagramm auf die Schirmfläche: Es ähnelte fünf Amöben, die seltsame Dinge miteinander anstellten. Einzeller-Pornographie, dachte Jim und mußte ein Grinsen unterdrücken.

»An den Schnittpunkten der einzelnen Gravitationsfelder entstehen Überlagerungen, Knoten.« Spock deutete auf mehrere Stellen.

»Ja, ich verstehe. Aber können Sie die genauen Orte nennen?«

Wieder streckte der Vulkanier die Hand aus. »Hier, hier und... Meinen Sie – in bezug auf die physikalische Struktur des Schiffes?«

»Ja, Mr. Spock. Ich möchte... sicherstellen, daß keine Gefahr besteht.«

Der wissenschaftliche Offizier betätigte einige Tasten, und daraufhin leuchtete eine schematische Darstellung der *Enterprise* auf. »Die größte Null-*g*-Zone deckt sich mit den Koordinaten des schwerkraftlosen Laboratoriums, was auch beabsichtigt ist. Ein zweiter Knoten befindet sich in der Basis der Diskussektion. Die beiden Komponenten des symmetrischen Paars erstrecken sich an den gegenüberliegenden Seiten des Hauptrumpfes, zwei Decks unter der physischen Verbindung der Gondelstreben. Der Backbordknoten wurde in eine Kabine verlagert, in der ein extraterrestrisches Besatzungsmitglied wohnt, das Schwerelosigkeit als sehr angenehm empfindet.«

»Hm. Und der Steuerbordknoten?«

Spock sah auf die Karte. »Im Arboretum, Sir.«

»Im Arboretum?«

»Ja, Sir.«

»Danke, Commander.«

Erneut öffnete sich die Lifttür. Stephen schlenderte herein und gähnte. Die Katze hockte auf seiner Schulter. Jim bedauerte es nach wie vor, daß der vulkanische Jongleur sein Andockmanöver nicht mit der angeratenen Vorsicht durchgeführt hatte, hegte noch immer einen gewissen Groll gegen ihn. Nach Spocks Bemerkungen wäre es ihm unter anderen Umständen leichtgefallen, den außergewöhnlichen Vulkanier zu mögen, doch Stephens Verhalten hinderte ihn daran, den Gast an Bord sympathisch zu finden. Jim lehnte sich einmal mehr an die Konsole, schuf dadurch eine sichere Distanz zu Ilyas Krallen. Bei jedem Schritt des Jongleurs wankte die Katze hin und her, aber offenbar hatte sie keine Probleme damit, das Gleichgewicht zu wahren. Kirk fühlte den argwöhnischen Blick ihrer grünen Augen auf sich ruhen.

Stephen sah Spock an und hob eine Braue. »Gut geschlafen?« fragte er mit einem sarkastischen Unterton.

»Es lag nicht in meiner Absicht zu schlafen. Ich brauchte Ruhe und Zurückgezogenheit, um zu meditieren.«

»Wird es Ihnen nicht langweilig, dauernd so perfekt zu sein?«

Spock ignorierte diese Frage.

»Was führt Sie hierher?« wandte sich Jim an Stephen. »Ist es nicht zu spät dafür, in einem Ihnen fremden Raumschiff umherzustreifen?«

»Zu spät?« Stephen gähnte schon wieder. »Ist mir gar nicht aufgefallen.«

»*Pazhalsta*, Sir«, sagte Chekov. »Handelt es sich bei diesem Tier tatsächlich um einen kleinen siberianischen Tiger?«

»Ja.« Stephen blieb neben der Navigationskonsole stehen. »Er heißt Ilya.«

Chekov streckte vorsichtig die Hand aus. Die große Katze beschnüffelte ihn, schnurrte dann und ließ sich streicheln.

»Solche Geschöpfe habe ich nur in Rußland gesehen«, sagte Chekov. »Meine Kusine Pavi hält sich eins.«

»Wirklich? Sie sind recht selten.«

»Das schon. Aber Pavi hat am genetischen Institut von Wladiwostok promoviert, wo Katzen gezüchtet werden. Sie leistet ausgezeichnete Arbeit, tritt in die Fußstapfen Lysenkos!«

Überrascht hob Spock die Brauen. »Haben Sie etwas gegen Ihre Kusine, Fähnrich Chekov?«

»O nein, Sir! Manchmal kann sie einem ganz schön auf die Nerven gehen, und ich necke sie häufig, aber ansonsten ist sie ein feiner Kerl.«

»Warum sagen Sie dann, sie nähme sich ein Beispiel an Lysenko?«

»Kennen Sie ihn nicht, Sir? Ein irdischer Wissenschaftler, der ganz neue genetische Fachbereiche entwickelte.«

»Ich dachte, diese Ehre gebühre einem gewissen Gregor Mendel.«

»Oh, nein, Sir, ich bitte um Verzeihung, Sir. Lysenko entdeckte die dominant/rezessive Genvererbung, die Struktur der Desoxyribonukleinsäure und Prozesse für rekombinante DNS.«

Spock sah Chekov an, drehte sich dann wortlos zu seinen Instrumenten um. Jim gewann den Eindruck, daß der wissenschaftliche Offizier bereits ähnliche Gespräche mit dem Fähnrich geführt hatte.

»Lysenko muß ziemlich alt geworden sein«, sagte Stephen.

»Nun, ich weiß nicht.« Chekov kraulte die Katze unterm Kinn. Ilyas zufriedenes Brummen hallte laut durch die Brücke.

Allmählich wurde es heller: Die Sensoren schalteten die

normale Beleuchtung ein, reagierten damit auf den Beginn der Hauptwache.

Bordmorgen, fuhr es Jim durch den Sinn, und er dachte an die Phalanx.

Der Spion brachte weitere Informationen, und daraufhin mobilisierte der Direktor des Aufsichtskomitees seine Sicherheitsflotte — bevor die Oligarchie den Verlust des wertvollen Prototyps bemerkte.

Schon seit vielen Jahren hatte der Direktor Einsätze nicht mehr persönlich geleitet. Er begab sich aufs Kommandodeck, schenkte Weltall und Sternen keine Beachtung. Seine Gedanken galten allein Koronin, dem lebenden Beweis für die Schande seines Sohnes.

Er befahl seiner Flotte, Kurs auf die Föderationsphalanx zu nehmen.

Roswind schlief noch halb, als sie ihren Morgenmantel auf den Boden der Hygienezelle sinken ließ. Sie genoß es, die Kabine eine Zeitlang ganz für sich allein zu haben, hatte es als schier unerträglich empfunden, sie mit der Heulsuse Janice Rand zu teilen. Roswind lächelte, stellte sich Janice in der viel zu großen Uniform vor. Das sollte ihr eine Lehre sein. Befördert zu werden, obgleich andere Leute weitaus mehr Dienstzeit hinter sich hatten und fähiger waren... Sie fragte sich, zu welche Spezies ihre neue Zimmergenossin gehörte. Grüne Hautfarbe — eine Vulkanierin? Das mochte sich als interessant erweisen. Andererseits: Gab es hibernierende Vulkanier? Und außerdem galten derartige Humanoiden nicht gerade als schüchtern.

Roswind trat unter die Dusche — und spürte etwas Warmes und Glitschiges unter sich. Sie schrie, sprang zurück, von einem Augenblick zum anderen hellwach.

Ein großes, fladenartiges und grünes Wesen hatte sich auf dem Boden der Badenische ausgestreckt. Roswindes Fußabdruck war deutlich als schmale Mulde zu sehen, und an den Rändern pulsierte durchsichtige Haut. Die Frau beobachtete innere Organe, die kontrahierten, sich wieder ausdehnten.

»Was hast du hier in der Dusche zu suchen?« fragte sie ungeachtet der Gefahr, das *Etwas* so zu erschrecken, daß es sich in eine wochenlange Stasis zurückzog. Der grüne Fladen – Roswind erinnerte sich plötzlich daran, daß sie überhaupt nicht nach dem Namen ihrer neuen Stubengenossin gefragt hatte –, rührte sich nicht von der Stelle, blieb still liegen und gab keine Antwort. »Himmel, du bist noch schlimmer als Rand. Sie verstand nichts von Ultraschallduschen. Aber du... du hältst so etwas für ein Bett!«

Jim eilte zum Freizeitdeck. Im Umkleideraum streifte er sich seinen *Gi* über – eine weiße Leinenjacke samt Hose, ›Uniform‹ für alle, die sich mit Nahkampftechnik befaßten. Als er den schwarzen Gürtel an der Hüfte befestigte, grüßte er Sulu, der sich auf seinen Fechtunterricht vorbereitete.

»Sind Sie zu dem versprochenen Duell bereit?« fragte Jim.

»Oh... sehr gern, Captain.« Sulu klang skeptisch. »Wenn wir beide dafür entsprechend gekleidet sind?«

»Ich kann mich später umziehen«, schlug Kirk vor und fragte sich, ob Sulu nach einer Möglichkeit suchte, einen diplomatischen Rückzieher zu machen. »Es sei denn natürlich, Sie sind nach dem Unterricht zu müde.«

»Müde?« wiederholte Sulu verwirrt. »Nein, Sir. Wohl kaum.«

»Dann ist ja alles klar.«

»Wie Sie meinen, Captain.«

Jim verließ den Umkleideraum, trat auf die Matte und wandte sich seinen Schülern zu.

Zuerst mußte er ihnen beibringen, wie man fiel, ohne sich dabei umzubringen. Die jungen Männer und Frauen begannen mit Vorwärtsrollen, lernten dann das Gegenstück dazu. Einige von ihnen brachten es sogar fertig, über eine zusammengerollte Matte zu hechten, ohne sich beim Aufprall zu verletzen.

Nach einer Stunde verneigten sie sich voreinander und vor ihrem Lehrer. »Für den Anfang gar nicht schlecht«, meinte Jim. »Beim nächstenmal lernen Sie noch gewagtere Sprünge — und auch einige Würfe.«

Die Schüler verabschiedeten sich und gingen.

Das Unterrichten von Neulingen gab kaum Gelegenheit, richtig in Fahrt zu kommen. Kirk war gerade erst warm geworden und suchte nun nach einer Möglichkeit, sprichwörtlichen Dampf abzulassen. Er zog sich Fechtkleidung an, schlenderte dann durch die Sporthalle, vorbei an anderen Gruppen.

Sulus Klasse bestand ebenfalls aus Anfängern, die nicht einmal wußten, wie man den Degen hielt — wohingegen der Steuermann den Anschein erweckte, als sei er ein geborener d'Artagnan. Jim sah zu, von der Technik des Lieutenants beeindruckt. Selbst die zu Demonstrationszwecken betont langsamen Bewegungsabläufe wirkten elegant und kraftvoll.

Nach den Lektionen hob Sulu die Maske, blieb auf dem Fechtsteg stehen und winkte dem Captain zu.

»Sind Sie bereit, Sir?«

»Und ob«, erwiderte Jim und dachte: Ich hab's selbst gewollt.

Die anderen Leute in der Halle bemerkten, daß etwas Interessantes begann, kamen neugierig näher.

Jim und Sulu grüßten mit ihren Degen, stülpten die Masken vors Gesicht und nahmen die *en garde*-Position ein.

Während des Zweikampfs gelang es Jim, seine Stellung einigermaßen zu halten. Für jeweils drei Punktstöße des Steuermanns gewann er einen. Schon bald war er schweißgebadet und außer Atem, aber er genoß den Wettkampf. Wahrscheinlich würde er verlieren, doch Sulu hatte ihn noch nicht geschlagen.

Das rechte Knie gab nach, und irgendwie schaffte er es, das Gleichgewicht zu halten und auf den Beinen zu bleiben. Der Schmerz stach durchs Bein, erreichte auch die Hüfte. Kirk versuchte, nicht zu hinken, duckte sich, stieß erneut zu und verfehlte Sulu um mehrere Handspannen, spürte, wie ihn die Spitze des Degens berührte.

»Touché«, sagte Jim.

»Ist alles in Ordnung mit Ihnen, Captain?«

»Ja. *En garde.*« Kirk wollte seine Niederlage keineswegs mit einem Hinweis auf seine Verletzung erklären, fürchtete, dadurch das Gesicht zu verlieren. Allmählich ließ der Schmerz wieder nach — vielleicht handelte es sich nur um einen Muskelkrampf.

Parieren, dann noch einmal. Vorstoß und Rückzug. Sulu trieb Jim über das Ende des Fechtstegs, wodurch er einen weiteren Punkt gewann. Der Lieutenant kämpfte ausgezeichnet, und Kirks Respekt nahm zu; er wußte nun, daß er es mit einem echten Meister zu tun hatte. Er rieb sich brennenden Schweiß aus den Augen, trat vorsichtig auf den Steg zurück. Das rechte Knie zitterte.

»En garde.«

Er stieß blindlings zu. Die Klinge seines Degens krümmte sich an Sulus Jacke, während er die Spitze des anderen Degens fühlte.

»Doppelter Treffer.«

Fünf Punkte für Sulu: der Sieg. Jim hatte nur zwei Punkte bekommen, und den zweiten durch reines Glück. Er hoffte, daß es eine ehrliche, faire Begegnung gewesen war, konnte aber nicht ganz sicher sein. Vielleicht setzte Sulu einen Teil seiner enormen Fähigkeiten ein, um darüber hinwegzutäuschen, nicht mit dem ganzen Geschick zu kämpfen.

Jim nahm die Maske ab, schüttelte seinem Gegner die Hand.

»Danke, Lieutenant. Ich bin stolz, daß ich die Gelegenheit hatte, mit einem wahren Champion zu kämpfen.«

»Äh, gern geschehen, Sir.«

»Irgendwann sollten wir noch einmal gegeneinander antreten«, sagte Jim — und sehnte sich vor allen Dingen nach einem Beutel mit Eis.

»Da wird gerade dabei sind, Captain... Ich muß etwas mit Ihnen besprechen.«

»Hat Unteroffizier Rand einen Termin für Sie vereinbart?«

»Ja, Sir. Aber bis dahin dauert es noch drei Wochen.«

»Bitten Sie sie darum, ihn auf einen der nächsten Tage zu verlegen. Sagen Sie ihr, ich sei einverstanden. Es tut mir leid, daß ich jetzt nicht mit Ihnen sprechen kann – mein heutiger Arbeitsplan läßt mir keinen Spielraum.«

»Es würde nur eine Minute in Anspruch nehmen...«

»Ich bedaure, Lieutenant. Nicht heute.«

Jim verließ die Sporthalle, und als er allein im Korridor war, lehnte er sich an die Wand, rieb das Knie, wischte sich Schweiß von der Stirn. Er fröstelte, als neuerlicher Schmerz durchs Bein stach, wankte in seine Kabine und verbrachte die nächste Stunde damit, das Knie zu kühlen. Dann sagte er die Untersuchung ab, die McCoy am Nachmittag vornehmen wollte.

Hikaru blieb in der Halle und wünschte sich, den Captain nicht so sehr bedrängt zu haben. Er mußte lernen, sich in Geduld zu fassen. Es beeindruckte ihn, mit welchem Anstand Kirk zu verlieren verstand, und er dachte in diesem Zusammenhang an seine letzte Gegnerin bei der Fechtmeisterschaft zurück, an den Haß in ihren Augen.

Hikaru hatte schon zu Anfang des Duells begriffen, daß er dem Captain nicht einfach so den Sieg überlassen durfte. In dem Fall machte er sich selbst und auch Kirk zum Narren. Aus diesem Grund hielt er sich zurück, nur ein wenig – und war überrascht, wie gut sich der Kommandant behauptete.

»Lieutenant Sulu!«

Er hätte fast laut gestöhnt. Jetzt war es zu spät, vor Mr. Cockspur und seinen endlosen Vorträgen zu fliehen.

»Ich habe heute morgen Dienst, Sir. Und ich muß mich beeilen, wenn ich nicht zu spät kommen will.«

»Es dauerte nicht lange, mein Junge. Ich habe Ihren Wettkampf beobachtete. Nett, ja wirklich nett – obwohl Sie an den Unterschied zwischen gut und ausgezeichnet denken sollten. Nun, was soll's. Sind Sie mit Shakespeare vertraut?«

»Äh, ja Sir.«

»Das freut mich! Ich spiele mit dem Gedanken, meine Szene zu verändern. Sie für diese Tour ein wenig kämpferischer zu gestalten. Was halten Sie davon? Für gewöhnlich führe ich einen Monolog, aber vielleicht wären Hamlets Tod und das Schwertduell am Ende des Stücks angemessener.«

»Klingt gut, Sir«, entgegnete Hikaru und fragte sich, worauf Cockspur hinauswollte.

»Eine solche Antwort hatte ich erhofft. Leider habe ich keinen Assistenten, niemanden, der die Rolle von Laertes übernehmen kann. Was meinen Sie?«

»Zu was, Sir?«

»Dazu, den Laertes-Part zu spielen.«

»Oh.« Hikaru fühlte sich versucht, sofort abzulehnen, doch dann dachte er genauer darüber nach. Um Mr. Cockspur während der Tour aus dem Weg zu gehen, blieb ihm nichts anderes übrig, als das Freizeitdeck zu meiden, denn der Schauspieler verbrachte seine Abende im Aufenthaltsraum, der zu dieser Sektion gehörte. Warum die Zeit nicht nutzen? Eigentlich zog Hikaru die Rolle des Hamlet vor – er war genau im richtigen Alter –, aber Laertes versprach eine Menge Spaß. »Einverstanden«, sagte er. »Die Idee gefällt mir. Danke für das Angebot.«

»Sehr schön. Können Sie den Text rechtzeitig für die Probe um zwei Uhr lernen?«

»Das dürfte problematisch werden«, erwiderte Hikaru enttäuscht. »Ich bin bis um vier heute nachmittag im Dienst. Andererseits: Ich kenne die Szene, und bis zum ersten Auftritt komme ich bestimmt damit zurecht.«

»Oh, das ist völlig ausgeschlossen. Eine Probe ist unverzichtbar. Außerdem müssen Sie sich eingehend mit meiner Interpretation des Textes auseinandersetzen...«

»Interpretation? Sie *interpretieren* ausgerechnet Shakespeare?«

»... und deshalb werde ich mit dem Captain reden.« Cockspur drehte sich um und ging.

Mürrisch und verdrießlich suchte Roswind das Freizeitdeck auf, um im Umkleideraum zu duschen. Dort wimmelte es geradezu von Leuten, die sich auf den Dienstantritt vorbereiteten. Wenn ein Raumschiff eine längere Mission begann, schrieben sich die meisten Besatzungsmitglieder für irgendwelche Kurse ein: Tai chi, Yoga, Nahkampftechniken von verschiedenen Welten, Fechten (das war neu). Manche beschäftigten sich mit obskur-esoterischen Praktiken, die man als ›tiefes Atmen‹ bezeichnete. Nach Roswinds Ansicht handelte es sich aber nur um einen Vorwand, der den Teilnehmern gestattete, eine Stunde lang aus voller Kehle zu schreien.

Nach einigen Wochen nahmen viele Männer und Frauen nicht mehr am Unterricht teil und kehrten zu ihrem eher trägen und bewegungsarmen Routineleben zurück, doch derzeit ging es im Umkleideraum zu wie auf einer Straßenkreuzung während der Rush-hour.

Wie lange will meine Stubengenossin noch in der Dusche schlafen? überlegte Roswind verärgert. Und wenn sie weiterhin dort liegenbleibt – wäre das Grund genug für eine offizielle Beschwerde?

Einwände gegen Leute, die zu anderen Spezies gehörten, stießen oft auf Unverständnis und Ablehnung. Toleranz hieß das oberste Prinzip der modernen Zivilisation. Wenn die betreffenden Individuen Methan oder irgendwelche anderen giftigen Gase ausdünsteten, wenn sie Allergien bewirkten – Roswind bedauerte es in diesem Zusammenhang, Uhura eine negative Antwort gegeben zu haben –, so konnte man durchaus eine Verlegung beantragen. Aber wer sich über einen neuen Rekruten beklagte, der die Dusche mit einer Koje verwechselte, mußte damit rechnen, offiziell getadelt und aufgefordert zu werden, nachsichtiger zu sein. Roswind fluchte lautlos, als sie unter die Ultraschalldusche trat, und auch später, den Kollegen gegenüber, fiel es ihr schwer, den Zorn unter Kontrolle zu halten.

Um zwölf Uhr Bordzeit gab Captain Kirk Hikaru für den Rest des Tages frei. Der Schauspielschüler nahm von Mr. Cockspur seine Szene entgegen, las sie — und ahnte voller Unbehagen, auf was er sich eingelassen hatte.

Nach der Probe um zwei, die Cockspur einigermaßen zufriedenstellte, wurde Sulu fortgeschickt, um seinen Text zu lernen. Cockspur selbst begab sich zu Amelinda Lukarian, die wie üblich ihrem geliebten Flügelpferd Gesellschaft leistete.

Vorsichtig wanderte er übers Shuttledeck, hielt im sprießenden Gras nach verborgenem Ungeziefer Ausschau. »Miß Lukarian?«

Sie drehte sich zunächst nicht um, fuhr damit fort, das Fell des Tieres zu bürsten. Schließlich erwiderte sie: »Ja, Mr. Cockspur?«

»Ich habe meine Szene geändert.«

»Das weiß ich schon. Hikaru spielt eine bezaubernde Rolle.«

»Ja, er ist vielversprechend. Ich erklärte ihm, das Original sei für ein modernes Publikum unverständlich. Er hat mir versprochen, seine Zeilen bis heute abend auswendig zu lernen. Es bleibt also nur eine Frage: An welcher Stelle der Show kommt unser Auftritt?«

»Wie immer kurz vor Schluß, vor Newlands Hundenummer.«

»Mein liebes Kind: Die Todesszene bildet den Abschluß von Hamlet. Deshalb sollte sie auch in unserer Show zuletzt kommen.«

»Das haben wir doch schon alles diskutiert. Für die Zusammenstellung der einzelnen Auftritte ist der Geschäftsführer verantwortlich. Und solange ich diesen Posten bekleide, wird die Show mit Newland Rifts Darbietungen beendet.«

»Mit seinen Hündchen«, sagte Cockspur abfällig.

»Eine Tragödie als Abschluß beeinträchtigt die Stimmung des Publikums.« Das Vogelpferd biß zärtlich zu, und Amelinda wandte sich zu ihrem geflügelten Liebling um.

»In dem Fall muß ich protestieren.«

»Ihr gutes Recht.«

»Wenn Sie mich so sehr ablehnen, Miß Lukarian – warum kaufen Sie dann nicht meinen Anteil unserer Gesellschaft und zahlen mich aus?«

»Weil ich es mir nicht leisten kann. Schenken Sie ihn mir doch einfach.«

»Das wäre in finanzieller Hinsicht sehr töricht, oder?«

»Bitten Sie die anderen, Sie zum Manager zu wählen. Wenn Sie genug Stimmen bekommen, können Sie über die Gestaltung der Show entscheiden.«

»Ich soll mich zum Manager wählen lassen? Liebe junge Dame: Ich bin *Künstler*.«

Amelinda drehte sich wieder zu ihm um. »Mr. Cockspur, ich versuche, höflich zu sein, weil Sie ein Freund meines Vaters waren. Aber ich bin nicht bereit, die Reihenfolge der einzelnen Auftritte zu verändern, nur um einer Ihrer Launen zu entsprechen.«

»Dann streike ich eben.«

»Sie *streiken*? Das geht nicht! Sie haben sich verpflichtet, einen Vertrag unterschrieben!«

»Ich habe das Recht, gegen unerträgliche Arbeitsbedingungen zu protestieren.« Hoch erhobenen Hauptes stolzierte Cockspur davon.

Das schiffsinterne Informationssystem kündigte die Sondervorstellung der Warpschnellen Klassischen Varietégesellschaft an. Schon nach kurzer Zeit waren alle Sitzplätze für die beiden am Abend geplanten Aufführungen ausgebucht, und wer dennoch die Show sehen wollte, mußte dabei auf einen bequemen Sessel verzichten.

Jim wanderte zum Shuttlehangar, ging über den Steg und erreichte die Treppe. Dort blieb er verdutzt stehen und starrte überrascht aufs Deck.

Ein schwacher grüner Glanz bedeckte die staubigen Massen: Gras wuchs auf einem Boden, der noch am Tag zuvor Teil eines sterilen Asteroiden gewesen war. Drei knorrige Kiefern bildeten eine kleine Gruppe in der Ecke, und in ihrer Nähe lag ein großer Stein, scharfkantig und geborsten auf der einen Seite, pockennarbig von Meteoriteneinschlägen auf der anderen. Jemand hatte die Raumfähren abseits geparkt, in einer langen Reihe dicht an der Wand. Separationsschirme trennten sie von Athene und der Weide. Eine gute Planung Sulus. Die Shuttles konnten jederzeit starten, falls das notwendig werden sollte. Das Grün des Grases spiegelte sich auf dem blanken Stahl der Rümpfe wider.

Es roch nach Frühling.

Lindy lief übers Deck, und Athene folgte ihr, schnaubte, warf den Kopf hoch, senkte ihn wieder, schnappte spielerisch nach den Fersen der jungen Frau. Das Vogelpferd scheute kurz, breitete die Schwingen aus, ließ sich von Amelinda streicheln. Dann trabte es wieder los, gehorchte dabei Lindys Anweisungen. Als sie zwitschernde Laute von sich gab, wurde aus Athenes Trab ein Galopp. Erneut breitete sie die Flügel aus, und Jim glaubte fast, das Tier könne jeden Augenblick aufsteigen und wirklich fliegen.

Schließlich bemerkte Lindy den Captain, winkte ihm zu. Er näherte sich ihr.

»Hallo, Jim. Na, was sagen Sie?«

»Tolle Sache«, erwiderte Kirk. »Ich hatte ganz vergessen, daß wir WBW-Samen an Bord haben. Das Pflanzen von Wüstengras mit beschleunigtem Wachstum war eine gute Idee.«

»Ich wußte überhaupt nicht, daß es so etwas gibt. Hikaru meinte, es stamme aus der Wüstenflora, die nach Regenfällen gedeiht.«

»Ja. Leistet wertvolle Dienste bei der Erosionskontrolle.«

»Nun, wir säten einige Kilo aus und – voilà! Sie haben eine ganze Tonne davon. Übrigens: Wozu transportiert ein Raumschiff wie die *Enterprise* Grassamen?«

»Wenn ich mich recht entsinne, lagern in den Frachträumen etwa fünfzig Tonnen davon. Manchmal werden solche Dinge auf terrageformten Welten gebraucht, zum Beispiel nach Überflutungen oder Vulkanausbrüchen. Normalerweise ist der Bedarf nicht sonderlich groß, aber wenn solche Samen angefordert werden, dann gleich in großen Mengen — und die Lieferzeit muß möglichst kurz sein.«

»Der Traktorstrahl hat nicht nur Felsstaub hereingeholt, sondern auch den Stein dort drüben. Und die Bäume stammen aus der botanischen Abteilung.« Lindy lächelte. »Athene fühlt sich jetzt richtig wohl. Aber sie... sie kann noch immer nicht fliegen. Jim, ließe sich eine Veränderung der Gravitation bewerkstelligen?«

»Ist die Decke nicht zu niedrig?«

»Nun, man kann den Hangar wohl kaum als perfekte Umgebung für Vogelpferde bezeichnen. Ein zu mindestens neunzig Prozent vertrautes irdisch-normales Ambiente mit null Komma zehn *g* wäre mir lieber. Jim, ganz gleich, was wir auch unternehmen: Vermutlich kommt Athene überhaupt nicht vom Boden hoch. Wahrscheinlich schwebt sie nur einige Meter weit. Aber vielleicht *glaubt* sie zu fliegen, und das würde genügen.«

»Ich frage beim Chefingenieur nach«, bot sich Jim an. Er setzte sich mit dem Maschinenraum in Verbindung und sprach mit Scott.

»Eine Zehntel *g* und nur auf dem Shuttledeck? Tja, ich weiß nicht, Captain. Ziemlich schwierig. Die strukturelle Belastung...«

»Mr. Scott, die Struktur der *Enterprise* müßte eigentlich in der Lage sein, weitaus größeren Belastungen standzuhalten — es sei denn, die Wartung wurde vernachlässigt. Ist das der Fall?«

»Die Wartung vernachlässigt? Was soll das heißen, Captain?«

»Ja oder nein, Mr. Scott?«

»Nein und nochmals nein. Wir alle haben unsere Pflicht

erfüllt. Und ja: Es ist durchaus möglich, die Schwerkraft zu verändern.«

»Wann?«

»In einigen Stunden, Captain.«

»Gut. Halten Sie Miß Lukarian auf dem laufenden, so daß sie zugegen sein kann, wenn Sie die Modifikation des Gravitationsfeldes einleiten.«

»Aye, Captain.«

Kirk unterbrach die Verbindung.

»Danke, Jim«, sagte Lindy. »Ich möchte Mr. Scott nicht verärgern...«

Kirk zuckte mit den Schultern. »Machen Sie sich deshalb keine Sorgen. Er ist einfach nicht an einen ›unerfahrenen Grünschnabel‹ als Captain gewöhnt. Da fällt mir gerade ein: Bei der für heute abend geplanten Vorstellung sind nur noch Stehplätze frei.«

»Alle Karten ausverkauft?« Die junge Frau jubelte glücklich, hob die Arme und drehte sich um die eigene Achse.

»Vielleicht sind einige gewitzte Typen gerade damit beschäftigt, einen Ticket-Schwarzmarkt zu schaffen.« Jim lächelte. »Sie sollten ihnen das Wasser abgraben, indem Sie weitere Darbietungen ankündigen.«

»Sie brauchen ein größeres Theater.« Lindy lachte. »Wir wiederholen die Show, das ist doch ganz klar. Wie ich schon sagte: Wir sind an zwei Vorstellungen pro Tag gewöhnt. Und Künstler und Schauspieler lieben nichts mehr, als ihre Fähigkeiten unter Beweis zu stellen. Sie brauchen das Gefühl, auf einer Bühne zu stehen.«

»In Ordnung. Ich füge dem Schiffsbulletin eine betreffende Meldung hinzu.«

Lindy pfiff, und sofort trabte Athene auf sie zu.

»Können Sie reiten, Jim?«

»Sicher. Ich bin auf einer Farm in Iowa aufgewachsen.«

»Möchten Sie es einmal mit Athene versuchen?«

Seit rund einem Jahr hat Kirk nicht mehr auf dem Rükken eines Pferdes gesessen. Winona hielt eine kleine Herde

Shires — als Teil eines Projekts, das vom Aussterben bedrohte Tiere zu schützen versuchte. Jim und Sam ritten häufig auf *Erdbeben* und *Tsunami*, machten weite Ausflüge, schwammen im See, fischten sogar im Fluß. An einem sonnigen, heißen Nachmittag bot der breite Rücken den Shire-Pferdes einen ausgezeichneten Ruheplatz. Die Schimmel standen bis zur Brust im kühlen Naß, dösten, bewegten ab und zu die Schwänze, um Wasser hochzuspritzen.

Jim hob die Hand und betrachtete die roten Striemen, die nach wie vor an Ilyas scharfe Krallen gemahnten. Bisher hatte ich an Bord dieses Schiffes mit Tieren nicht viel Glück, dachte er.

»Ja«, sagte er. »Ich würde gern auf Athene reiten.«

»Kommen Sie, ich helfe Ihnen beim Aufsteigen. Schieben Sie die Knie einfach unter die Flügel.« Sie faltete die Hände, hielt sie dorthin, wo sich normalerweise ein Steigbügel befunden hätte. Es fiel Jim nicht schwer, sich auf den Rücken des Vogelpferds zu schwingen.

Der Captain spürte, wie das geflügelte Roß unter ihm die Muskeln spannte, und er befürchtete, Athene könne scheuen.

Aber Lindy legte ihr die eine Hand auf den Nacken und führte sie sanft.

Athene zeichnete sich durch eine recht lebhafte und ruckartige Gangart aus. Jim erinnerte sich an sein Shire-Pferd *Erdbeben*, an Bewegungen, die auf Kraft und Temperament hindeuteten. Der Hengst mochte dreimal so schwer sein wie Lindys Pferd und war mindestens vier Handspannen größer, maß am Widerrist über zwei Meter.

Athenes Schwingen störten keineswegs, übten die gleiche Funktion aus wie die Kniepolster eines Jockey-Sattels. Kirk war froh, daß er irgendwo Halt fand, denn das Flügelroß unterschied sich von allen anderen Pferden, die er kannte.

Es lief im Kreis, machte einen weiten Bogen um die junge Frau. Jim preßte die Knie an die Flanken, übte mit den Fersen vorsichtigen Druck aus und griff nach der Mähne. Daraufhin blieb Athene so plötzlich stehen, daß sie den Mann auf ihrem Rücken fast abgeworfen hätte.

»Schon ganz gut«, sagte Lindy. »Versuchen Sie's noch einmal, und gehen Sie dabei etwas behutsamer vor.«

Jim winkelte die Beine an, und Athene setzte sich wieder in Bewegung, lief in einem langsamen Galopp. Der Captain gewöhnte sich allmählich an sie und fühlte, wie sich seine Anspannung lockerte.

»Sie sehen prächtig aus!« lobte Lindy. »Im Sattel geboren!«

Jim stützte beide Hände auf Athenes Widerrist, zögerte und dachte: Vielleicht mache ich mich zum größten Narren des Universums...

»Ganz ruhig, Athene«, sagte er, aber eigentlich galten diese Worte in erster Linie ihm selbst.

Er stemmte sich in die Höhe, so daß er nicht mehr auf dem Rücken saß, sondern darauf kniete, beobachtete einige Sekunden lang den Bewegungsrhythmus des Vogelpferdes, um keine Überraschungen zu erleben. Er sah das Weiße in einem nervös glitzernden Auge, beugte sich vor, bis seine Schulter den Nacken berührte. Dann hob er die Beine.

Geschickt balancierte er sich bei seinem Handstand aus, spürte, wie ihm die Schwingenfedern über die Wangen strichen, als Athene weiterlief, einen Kreis beschrieb, in dessen Zentrum Lindy stand.

Nach einer Weile ließ sich Jim wieder herab, und Athene wurde langsamer, blieb schließlich stehen.

»Phantastisch!« entfuhr es der jungen Frau. »Wie haben Sie das angestellt?«

Jim rieb sich die Schulter. »Ich wußte nicht genau, ob ich noch dazu imstande bin. Es ist schon ziemlich lange her...«

»Bringen Sie mir das Kunststück bei?«

»Wenn Sie möchten.« Jim hielt den richtigen Augenblick für gekommen. »Lindy, darf ich Ihnen etwas zeigen? Einen besonderen Ort hier an Bord der *Enterprise*.«

»Gern.«

Der Turbolift brachte sie fort vom Shuttledeck, zurück in die zentralen Bereiche des Raumschiffs. Vor ihnen glitt die Tür des Arboretums auf, und Jim roch warme, feuchte Luft.

Lindy ließ überrascht den angehaltenen Atem entweichen.

Jemand mit einem ausgeprägten Sinn für Ästhetik hatte den Garten gestaltet: Dort wuchsen Pflanzen von vielen verschiedenen Welten, aber ihre Anordnung brachte trotzdem Harmonie zum Ausdruck. Hier die vertraute Form eines Apfelbaums, dort die gewölbte Masse eines deltanischen Steinkaktus. Ein vulkanischer Bodenkriecher wucherte im relativen Überfluß von Feuchtigkeit, hatte seine großen blauen Blüten geöffnet. Auf Vulkan geschah das nur einmal in hundert Jahren.

»Unglaublich«, hauchte Lindy.

»Es ist nicht leicht, derart unterschiedliche Spezies zusammen wachsen zu lassen«, erwiderte Jim. Einige der Probleme kannte er von Sams und Winonas Arbeit her, bei der es um die Anpassung extraterrestischer Gattungen ging. »Man muß dazu Dutzende von Mikrobiotopen genau aufeinander abstimmen. In gewisser Weise ist so etwas noch schwieriger als die Schaffung einer gemeinsamen Lebensbasis für Personen aus verschiedenen Kulturen.«

»Personen können wenigstens miteinander sprechen«, warf die junge Frau ein.

»Sollte man meinen. Aber *was* sie sagen, ist nicht immer konstruktiv.«

Sie wanderten über den Pfad, der an hohen, tropfnassen Riesenfarnen vorbeiführte, an Koniferen mit ausladenden Zweigen. Dünne Ranken bildeten ein weiches Polster auf dem Boden. Die hohe Luftfeuchtigkeit schuf überall eine dünne Patina aus Nässe. Jim stellte sich vor, Hand in Hand mit Lindy zu gehen, aber er schreckte davor zurück, sie zu berühren, befürchtete Ablehnung — oder gar Bereitschaft.

Nach einigen Metern wurde der Weg schmaler und wandte sich zur einen Seite. Jim deutete in die andere Richtung und verließ den Pfad. Immer wieder lauschte er konzentriert und hielt nach Anzeichen Ausschau, die auf die Anwesenheit anderer Leute hindeuteten. Er wollte niemanden in Verlegenheit bringen, indem er plötzlich wie aus dem Nichts auftauchte. Aber er hörte keine fremden Stimmen; offenbar waren Lindy und er allein.

»Wie groß ist der Garten?«

»Nicht annähernd so groß, wie Sie glauben. Kleiner als das Shuttledeck. Aufgrund der Bäume kann man die Wände nicht sehen, und dadurch entsteht der Eindruck von Unbegrenztheit.«

»Wohin sind wir unterwegs?«

»Lassen Sie sich überraschen.«

Jim sah die Stelle weiter voraus. Selbst irdische Bäume sahen dort seltsam aus, denn die Zweige formten sonderbare Muster, schienen nicht mehr den normalen Wachstumsgesetzen zu gehorchen. Kirk führte Lindy an den Rand der Lichtung. Mehrere lange und dünne Äste umrahmten einen kugelförmigen, fünf oder sechs Meter durchmessenden Bereich.

Jim stieß sich ab, sprang in die leere Sphäre, glitt durch den Null-g-Knoten, griff nach dem Zweig eines purpurnen Flieders, stieß sich wieder ab und kehrte zu Lindy zurück. Er schätzte die Entfernung genau ab, verharrte eine Armeslänge vor ihr, noch immer in der gravitationslosen Zone. Galant streckte er die Hand aus, bot ihr eine Fliederblüte an.

»Danke, Jim.« Die Schwerlosigkeit verlieh der Blume eine runde Form, und Lindy nahm den süßlichen Duft wahr.

»Dies ist eine der Gravitationsanomalien, von denen ich Ihnen erzählt habe«, erklärte Jim. »Möchten Sie's mal versuchen? Bewegen Sie sich zuerst ganz langsam — man braucht eine Weile, bis man sich daran gewöhnt.« Er fragte sich plötzlich, ob er einen gravierenden Fehler machte:

Viele Menschen empfanden die ersten Minuten im freien Fall keineswegs als angenehm, reagierten mit Schwindel und Übelkeit darauf. Manchen gelang es nie, mit derartigen Erfahrungen fertigzuwerden.

Lindy betrat den Knoten, schwebte durch die Leere und drehte sich dabei um die eigene Achse. Dann zog sie die Knie an, rollte als lebende Kugel, streckte die Beine wieder. Es dauerte nicht lange, bis der Ludwiderstand ihr Bewegungsmoment absorbierte.

»Es ist wie auf dem Trapez, nur viel besser!« brachte sie hervor. Sie glitt zur anderen Seite der Lichtung, stieß sich dort an einem Ast ab und kam zu Jim zurück.

Er erwartete sie, schloß die Finger um ihre Hände, drehte sie um ihr gemeinsames Schwerkraftzentrum. Die junge Frau entfernte sich wieder von ihm, breitete rhythmisch die Arme aus, so als schwimme sie, griff erneut nach einem Zweig und hielt sich daran fest. Lindy lachte laut und begeistert; Wärme durchströmte Jim, als er sie beobachtete.

»Ich möchte Sie etwas fragen...« begann Lindy unsicher.

»Ja?« Kirk vernahm einen eigentümlichen Unterton in ihrer Stimme, und sein Puls raste plötzlich.

»Wie verhalten Sie sich, wenn...« Sie zögerte. »Wenn Sie sich jemandem nahe fühlen, mit dem Sie zusammenarbeiten? Ich meine: Wenn man etwas für die betreffende Person empfindet, aber...« Sie seufzte niedergeschlagen. »Verstehen Sie?«

Jim versuchte zu hoffen.

»Ich weiß nicht so recht«, erwiderte er. »Eigentlich halte ich es für keine besonders gute Idee, sich auf emotionale Beziehungen mit Untergebenen einzulassen...«

»In der Varietégesellschaft gibt es keine Rangunterschiede.«

»Doch wenn es um jemanden geht, der nicht zur eigenen Hierarchie gehört...« Jim brach ab, als er die Bedeutung der letzten Worte Lindys begriff. »In der Varietégesellschaft?« wiederholte er zaghaft.

»Ja.« Lindy zuckte mit den Schultern, und ihr Blick reichte in die Ferne. »Ich habe so etwas noch nie erlebt. Ich meine, sicher, als ich noch ein Mädchen war, habe ich mich oft bis über beide Ohren in jemanden verknallt, und später, wenn wir lange genug an einem Ort blieben, machte ich... Bekanntschaften.« Sie schnitt eine Grimasse. »Manchmal möchte ich Marcellin am liebsten eins auswischen, doch er weicht allen anderen Leuten aus, läßt niemanden an sich heran.«

»Lindy«, sagte Jim langsam und verwirrt, »ich wäre Ihnen sehr dankbar, wenn Sie sich etwas klarer ausdrükken könnten. Wollen Sie mir mitteilen, Sie hätten sich in Marcellin verliebt?«

Sie schüttelte den Kopf. »Nein, nicht in ihn. In Stephen.«

»Stephen!« Eifersucht stieg in Jim empor – eine Eifersucht, zu der er kein Recht hatte –, gefolgt von Neid und schließlich ungläubiger Verblüffung. »Stephen! Lindy, Marcellin mag niemanden an sich heranlassen, aber im Vergleich zu einem Vulkanier kann man ihn bestimmt als äußerst umgänglich bezeichnen.«

»Stephen ist anders«, behauptete die junge Frau.

»Vielleicht. Vielleicht auch nicht. Spock meinte, Stephen sammle emotionale Erfahrungen. Möglicherweise sind Sie für ihn nur ein... ein weiteres Studienobjekt.«

»Warum sagen Sie das?« fragte Lindy entrüstet. »Ich meinte eben, ich verliebe mich in *ihn* und nicht umgekehrt. Ich habe keine Ahnung, was er fühlt, ich... Ich versuche zu entscheiden, ob ich mit ihm darüber reden soll.«

Jim glaubte sich zurückgewiesen, ohne eine einzige Chance, und diese Erkenntnis öffnete eine neuerliche seelische Wunde in ihm. Er spielte mit dem Gedanken, Lindy seine eigenen Gefühle anzuvertrauen, aber Stolz hielt ihn davon ab. Als er über eine geeignete Antwort nachdachte, erinnerte er sich an Dinge wie Moral und Ethik.

»Es könnten Probleme entstehen«, brummte er. »Immerhin sind Sie Geschäftsführerin, haben Verantwortung und Autorität, die den anderen Gesellschaftern fehlen. Wenn Stephen Ihre Empfindungen erwidert, müssen Sie darauf achten, ihn nicht zu bevorzugen, ihm keine Privilegien einzuräumen. Und wenn er Sie enttäuscht, dürfen Sie nicht der Versuchung nachgeben, Ihre Stellung gegen ihn zu benutzen ...«

»So etwas käme mir nie in den Sinn!« entfuhr es Lindy schockiert und beleidigt.

»Und wenn Sie erst eine Zeitlang zusammen sind und dann scheitern – dann wird's besonders schwierig.« Jim wünschte sich fast, Lindy würde ihm Eifersucht auf Stephen vorwerfen – damit hätte sie wenigstens seine Gefühle erkannt, von ihnen Kenntnis genommen.

Sie nickte nachdenklich. »Ich verstehe.«

Und ich auch, dachte der Captain düster. Ich habe ihr gerade erklärt, wie man sich nach einem ›Korb‹ verhalten sollte, aber ich bin mir gar nicht sicher, ob ich meinen eigenen Rat beherzigen kann.

Lindy sah ihn an und lächelte. »Danke, Jim. Das waren gute Hinweise. Sie sind ein ausgezeichneter Gesprächspartner. Ich fühle mich jetzt schon viel besser.«

Und Jim fühlte sich weitaus deprimierter.

KAPITEL 9

Fast alle Plätze im kleinen Theater auf dem Freizeitdeck waren besetzt. Jim wußte, daß man aus reiner Höflichkeit einen Sitz in der ersten Reihe für ihn reserviert hatte, aber er gewann dort den Eindruck, ebenfalls auf der Bühne zu stehen, im Fokus der allgemeinen Aufmerksamkeit zu sein.

Allmählich verstummten die Gespräche, und es wurde still im Saal. Jim nahm so etwas wie überraschte Neugier wahr und drehte sich um.

Commander Spock kam heran. Das Halbdunkel betonte die glatten Flächen seines Gesichts.

Der Vulkanier ließ sich in den Sessel neben Jim sinken, saß steif und gerade, die Hände auf den Oberschenkeln. Er trug neutrale Gelassenheit zur Schau, und Kirk musterte ihn.

»Commander Spock?«

»Captain?«

»Ich wußte gar nicht, das Vulkanier banale Unterhaltung zu schätzen wissen.«

Spock hob eine Braue. »Ich dachte, Sie hätten die Teilnahme an der Vorstellung befohlen.«

»Befohlen? Himmel, nein, natürlich nicht. Was führt Sie zu dieser Annahme?«

»Ihre Meldung im Schiffsbulletin, Captain.«

Jim dachte über den Wortlaut nach. Er hatte die Besatzungsmitglieder nicht direkt aufgefordert, sich im Theater einzufinden, doch es fehlte ein Hinweis darauf, daß es sich um eine Freizeitveranstaltung handelte. Einmal mehr fiel ihm ein, daß Offiziere und Crew sich erst noch an ihren neuen Kommandanten gewöhnen mußten. Vielleicht teilten sie die Einschätzung seiner Adjutantin Rand, die offenbar einen strengen Zuchtmeister in ihm sah. Vielleicht glaubten sie, auch auf seine subtilsten Andeutungen so reagieren zu müssen, als seien es unbedingt zu beachtende Order.

»Commander Spock, wenn ich einen direkten Befehl gebe, so weise ich ausdrücklich darauf hin.«

»Wie Sie meinen, Captain.«

Der wissenschaftliche Offizier blieb sitzen.

»Das bedeutet, Sie brauchen nicht zu bleiben«, fügte Jim hinzu.

»Ist das ein direkter Befehl, Sir?«

»Nein.«

»In dem Fall werde ich mir die Vorstellung ansehen. Ich bin neugierig auf Miß Lukarians Darbietungen. Möglicherweise habe ich ihren Charakter falsch eingeschätzt. Ich möchte sehen, was sie zu leisten vermag.«

»Das steht Ihnen frei.«

»Danke, Captain.« Spock ließ seinen Blick durchs Theater schweifen. »Allerdings wäre mir ein Sitz in der letzten Reihe lieber gewesen. Dann hätte ich sowohl die Künstler als auch das Publikum beobachten können.«

»Warum entspannen Sie sich nicht, Mr. Spock?« entgegnete Jim. »Nutzen Sie die zweite Vorstellung, um sich mit den Reaktionen der Zuschauer zu befassen.«

Wenn der Vulkanier begriff, daß Kirk scherzte, so ließ er sich nichts anmerken. »Ein guter Vorschlag«, sagte er schlicht. »Menschen zeichnen sich durch ein erstaunlich widersprüchliches Wesen aus. Es ist sicher interessant, ihr Verhalten unter speziellen Bedingungen zu analysieren. Captain, wußten Sie, daß sich auf mehreren vom Homo sapiens kolonisierten Welten Gruppen der Die-Erde-ist-flach-Bewegung gebildet haben?«

»Nein, davon höre ich jetzt zum erstenmal.« Jim fragte sich, ob ihn Spock auf den Arm nehmen wollte, doch diese Vorstellung erschien ihm absurd. »Allerdings verstehe ich nicht ganz, warum Sie dieses Varieté mit dem Irrglauben vergleichen, die Erde sei eine Scheibe.«

»Es geht mir dabei nicht um die Show an sich, sondern

um die Magie. Zauber ist benutzt worden, um zu betrügen, um Hinwendungen zum Übernatürlichen zu stimulieren...«

»Mr. Spock«, sagte Jim schärfer als beabsichtigt, »dies ist Unterhaltung, keine Verschwörung. Rechnen Sie etwa damit, daß Lindy und ihre Leute eine Séance veranstalten? Um Ihnen – natürlich gegen eine angemessene Gebühr – Kontakte zu Ihrer verstorbenen Großtante Matilda zu ermöglichen?«

Das Licht flackerte, und die Stimmen der Zuschauer verklangen. Spock drehte den Kopf, runzelte die Stirn und bedachte den Captain mit einem durchdringenden Blick.

»Woher wissen Sie, daß die Tante meiner Mutter Matilda hieß?«

»Ich...« Jim wollte erwidern, der Name Matilda sei so weit verbreitet, daß man damit immer ins Schwarze treffen konnte, überlegte es sich dann aber anders und lächelte hintergründig. »Vermutlich mein sechster Sinn.«

Es wurde dunkel im Saal. Das Publikum wartete.

Der Lichtkegel eines blauen Scheinwerfers richtete sich auf die Bühne.

Amelinda Lukarian – sie war jetzt nicht mehr Lindy – stand ernst und würdevoll im opalfarbenen Glanz. Sie trug ein silbernes Gewand, auf dem bunter Kristallstaub funkelte. Jim zwinkerte verwirrt: Er hätte schwören können, daß die Bühne eben noch leer gewesen war. Amelinda erschien einfach – wie durch Magie. Er überlegte, wie sie eine solche Illusion schuf.

Du fängst an, wie ein Vulkanier zu denken, mahnte er sich. Beherzige deinen eigenen Rat: Lehn dich gemütlich zurück und genieß die Show.

»Geehrte Besatzungsmitglieder des Raumschiffs *Enterprise.*« Auf der Bühne gewann die Stimme der Zauberkünstlerin eine sehr eindrucksvolle Qualität, klang irgendwie düster und bedeutungsvoll. Jim schauderte wohlig. »Willkommen bei der ersten interstellaren Vorstellung der Warpschnellen Klassischen Varietégesellschaft. Ich bin

Amelinda — die Magierin. Ich werde Ihnen Trugbilder zeigen — oder vielleicht Aspekte einer Realität, die Sie nicht kennen. Entscheiden Sie selbst.«

Sie zupfte ein glitzerndes Objekt aus der leeren Luft, und die Zuschauer murmelten überrascht. Die durchsichtige blaue Scheibe schien das Licht aufzusaugen, es zu konzentrieren, zu verdichten, strahlte es dann wieder ab.

»Die Bewohner von Tau Ceti II haben umfassende mineralogische Kenntnisse«, verkündete Amelinda. »Sie kristallisieren ihre Währung aus purem Saphir. Edelsteine und Juwelen nehmen in der Vorstellung intelligenter Wesen seit Urzeiten einen besonderen Platz ein. Aber manche Leute sagen, solche Gegenstände haben eine ureigene Macht, die weit über die Kraft der Phantasie hinausgeht.«

Sie hob die Saphirmünze, griff mit der anderen Hand danach — und plötzlich verschwand die Scheibe.

»Mein Vater meinte häufig, Geld und Narren vertrügen sich nicht miteinander, gingen schon nach kurzer Zeit getrennte Wege«, fuhr Amelinda fort. »Nun, Sie wissen sicher, wie hartnäckig und stur Kinder sein können. Ich antwortete immer...« Sie streckte die Hand aus, holte eine zweite Münze aus dem Nichts.

Alle Zuschauer applaudierten, auch Jim. Spock bildete die einzige Ausnahme.

Der Vulkanier beugte sich vor, starrte konzentriert auf die Bühne. Zwei dünne Furchen formten sich in seiner Stirn. Als er den Blick des Captains bemerkte, glättete sich seine Haut sofort, und das Gesicht wurde wieder ausdruckslos und steinern.

Erneut herrschte Stille. Das Publikum schien den Atem anzuhalten.

»Natürlich handelt es sich um die gleiche Münze«, sagte Spock gleichmütig.

Jim sah den wissenschaftlichen Offizier einmal mehr an. Als Amelinda für einen Sekundenbruchteil zögerte, fragte er sich, ob sie die taktlose Bemerkung des Vulkaniers gehört hatte.

»Als ich noch klein war«, sagte die Zauberkünstlerin, »konnte ich mir jederzeit ›magisches Geld‹ besorgen, wie es mein Vater nannte. Nun, damals in der Schule gab es einen ziemlich frechen Jungen, der den kleineren Kindern ständig die Münzen stahl. Wenn er versuchte, meine zu entwenden, ließ ich sie einfach verschwinden.«

Sie griff nach der zweiten blauen Scheibe, und wie die erste löste sie sich auf.

»Sie befindet sich noch immer in ihrer Hand«, sagte Spock.

»Commander!« flüsterte Jim.

»Ja, Captain? Keine Hinweise auf Phaser- oder Transporter-Entmaterialisierung. Daraus folgt, daß sie die Münze nach wie vor in der Hand hält.« Nachdenklich fügte er hinzu »Es sei denn, es war eine holografische Projektion.«

»Seien Sie *still*, Commander. Das ist ein direkter ...«

»Licht«, sagte Amelinda.

Jim hob den Kopf. Die junge Frau stand am Rand der Bühne und starrte herab. Ihr dichtes, dunkles Haar schien zu glühen, umrahmte ihr Gesicht, reichte hinten bis zum verlängerten Rücken herab.

»Licht!« rief sie. Obgleich sie keinen Lautsprecher benutzte, hallte die Stimme durch den ganzen Saal.

Es wurde hell.

»Commander Spock«, sagte Amelinda mit unerschütterlicher Ruhe. »Würden Sie Ihre Bemerkung bitte für die übrigen Zuschauer wiederholen?«

»Ich glaube, die Münze war eine holografische Projektion. Oder Sie halten sie noch immer in der Hand.«

»Eine holografische Projektion? Das wäre Betrug.« Amelinda streckte die Finger. »Und meine Hand ist leer.«

»Die *andere* Hand«, sagte Spock.

»Die Münze ist tatsächlich verschwunden.« Amelinda zeigte auch die linke Hand, offen und leer.

Spock hob eine Braue.

»Wir haben Glück, nicht wahr?« wandte sich die junge

Frau ans Publikum. »Wenn ich auf Tau Ceti II geboren wäre und zu den oktogliedrigen Bewohnern gehörte, müßte ich jetzt sagen: ›Die Münze befindet sich nicht in dieser Hand, auch nicht in der oder der oder der ...‹ Dann säßen wir morgen früh noch hier.«

Die Zuschauer lachten mit ihr.

Amelinda hob den Arm und deutete auf den wissenschaftlichen Offizier.

»Für gewöhnlich bitte ich erst später jemanden aus dem Publikum, mir zu assistieren, aber da Sie so interessiert sind, Commander Spock ... Kommen Sie. Sie können mir helfen.«

Der Vulkanier erhob sich und trat auf die Bühne.

Amelinda beobachtete ihn lächelnd, akzeptierte ihn offenbar als würdigen Gegner. »Sie behaupten, ich hätte nur eine Münze.«

»Ich bin sicher, Sie haben beiden Male die gleiche Scheibe gezeigt«, erwiderte Spock.

»Das kann ich durchaus verstehen. Luft ist so leer, stellt keinen guten Nährboden für Münzen dar. Vielleicht finden wir irgendwo magischen Humus für magisches Geld. Reichen Sie mir die Hände.«

Spock kam der Aufforderung nach. Amelinda griff hinter das linke Ohr des Vulkaniers, holte eine Münze hervor und ließ sie auf die offenen Handflächen des Offiziers fallen.

Das Publikum jubelte. Jim lachte laut, beeindruckt von Amelindas Mut, sich von einem aufmerksamen Vulkanier aus der Nähe beobachten zu lassen. Sie zog noch eine Münze hinter Spocks rechtem Ohr hervor, gefolgt von weiteren. Im Laufe weniger Minuten bildeten die blauen Scheiben auf den ausgestreckten Händen des Vulkaniers einen hohen Haufen. Es konnte überhaupt kein Zweifel bestehen: Es handelte sich gewiß nicht um eine holografische Projektion. Die Kristalle klirrten leise, wenn sie sich berührten, und Spock betrachtete sie mit wachsender Verwirrung.

Der wissenschaftliche Offizier versuchte, alle Saphirscheiben zu halten, aber eine entfiel ihm, rollte in den Schatten der Bühne. Amelinda ignorierte sie, griff nach den anderen Münzen und verteilte sie unter den Zuschauern.

»Jetzt sind sie endgültig verschwunden, und nicht einmal ich kann sie zurückholen«, sagte sie.

Donnernder Applaus ertönte. Amelinda verbeugte sich tief, und ihr Haar fiel nach vorn, berührte fast den Boden. Als sie sich wieder aufrichtete, warf sie es einem funkelnden Umhang gleich zurück.

Spock näherte sich seinem Sessel, blieb jedoch stehen, als die Stimme der Zauberkünstlerin ertönte: »Warum haben Sie es so eilig? Es gibt noch mehr Arbeit für meinen Assistenten.«

Tzesnashstennaj und ein anderes Katzenwesen schoben einen großen Kasten auf die Bühne. Er bestand aus transparentem Glas, umspannt von einem dünnen Metallgitter. Die beiden Helfer ließen den Behälter auf der Bühnenmitte stehen.

Amelinda öffnete ihn, klopfte mit einem Zauberstab an die Scheiben. Jim riß verblüfft die Augen auf, fragte sich, woher der Stab stammte.

»Eine leere Box«, sagte die junge Frau, bückte sich und deutete unter den Kasten. Das Gerüst hielt ihn über dem Boden. »Wie Sie sehen, gibt es keine verborgene Klappe, keine elektronischen Instrumente. Mr. Scott!«

Amelinda winkte, und der Lichtkegel des Scheinwerfers richtete sich auf ein rundes Drahtgeflecht, das bisher im Dunkeln verborgen gewesen war und über der Bühne hing.

»Wenn Sie so freundlich wären und die Vorrichtung erklären würden ...«

»Aye«, antwortete der Chefingenieur. »Es ist ein Transporterstrahl-Schild. In der Nähe dieser Abschirmeinheit lassen sich keine Entmaterialisationen durchführen.«

»Haben Sie das Gerät eingeschaltet?«

»Ja«, bestätigte Scott.

»Vielen Dank. Dr. McCoy!«

Der Bordarzt trat zu Scott auf die Bühne.

»Führen Sie einen Tricorder bei sich, Dr. McCoy?«

»Ja.«

»Bitte überprüfen Sie den magischen Kasten. Untersuchen Sie ihn auf elektronische Tricks, auf irgendwelche verdächtige Mechanismen.«

»Mit Vergnügen.« Der Arzt holte seinen Tricorder hervor, richtete ihn auf die Box. Sensoren zirpten und summten. »Nichts«, sagte er nach einer Weile. »Es handelt sich um einen ganz gewöhnlichen Behälter.«

»Glauben Sie? Programmieren Sie Ihr Instrument so, daß es auf einen Transporterstrahl reagiert, und stellen Sie es anschließend in den Kasten.«

McCoy hielt sich an die Anweisungen der jungen Frau, wich dann an die Seite Scotts zurück.

Spock erweckte den Eindruck, als wünsche er sich an einen anderen Ort.

»Und nun, Mr. Spock... Bitte steigen Sie in die Box.«

»Warum sollte ich so etwas tun?«

»Weil...« Erst beim zweiten Wort gelang es Amelinda, die zornige Schärfe aus ihrer Stimme zu verbannen. »Weil ich, so wie eben, nichts in den Händen halte.«

Sie streckte sie aus, drehte sie einige Male, schob auch die Ärmel hoch. An ihren Unterarmen zeichneten sich deutliche Muskeln ab.

Sie trag auf Spock zu, bot ihm an, ihn zur Box zu geleiten. Der Vulkanier schenkte der ihm dargebotenen Hand keine Beachtung und kletterte in den Behälter. Er wirkte nachdenklich, verwirrt.

Amelinda schloß den Kasten, und der Vulkanier stand jenseits der transparenten Scheiben. Das Licht veränderte sich, glitzerte auf dem Glas, und die Gestalt des wissenschaftlichen Offiziers reduzierte sich auf vage Konturen.

»Jetzt können wir beginnen.«

Tzesnashstennaj eilte mit einigen Schwertern herbei. Amelinda wählte eins aus, preßte die Spitze auf den Boden und lehnte sich auf die Klinge, um zu beweisen, daß sie aus echtem Stahl bestand. Das scharfkantige Metall bog sich unter ihrem Gewicht.

Dann hob sie die Waffe und stieß sie in eine schmale Öffnung der Box.

Das Publikum stöhnte entsetzt.

»Bitte seien Sie möglichst still«, sagte Amelinda. »Stören Sie nicht meine Konzentration. Sonst könnte es... gefährlich werden.«

In Spocks Brusthöhe ragte die Klinge auf der anderen Seite aus dem Kasten. Das wechselhafte Licht rief kurzlebige Reflexe darauf hervor. Die Zauberkünstlerin nahm ein zweites Schwert und schob es ebenfalls in die Box. Kurz darauf steckten insgesamt ein Dutzend Stahlschneiden in dem Kasten, schienen die schattenhafte Gestalt Spocks zu durchdringen.

»Normalerweise kann nun niemand mehr daraus entkommen,« verkündete Amelinda ernst. »Mehr noch: Man sollte meinen, niemand könne in der Box überleben.«

Die beiden Assistenten drehten den Behälter. Das flakkernde Licht strich über das Fell der Katzenwesen, erzeugte eine schnelle, desorientierende Aufeinanderfolge von hellem Glanz und konturlosem Schwarz.

»Halt!«

Amelinda zog die Schwerter zurück und warf sie achtlos auf die Bühne. Dann griff sie nach der Klappe, zögerte, ließ die Spannung steigen.

Ruckartig öffnete sie die Tür, und im gleichen Augenblick strahlte der Scheinwerfer wieder gleichmäßig. Jim zwinkerte geblendet, sah eine Gestalt in dem Kasten. Amelinda streckte die Hand aus.

Leonard McCoy trat aus dem Behälter, und die Zuschauer schwiegen verdutzt. Jim sah Scott an, der am Bühnenrand stand, konnte sich nicht an eine Bewegung des Bordarztes erinnern. Erneut ertönte lauter Applaus. McCoy und Amelinda verneigten sich.

Das Licht verblaßte, und die Schatten kehrten zurück.

Stephen empfing Spock, als der wissenschaftliche Offizier die ›magische‹ Box verließ.

»Die meisten Vulkanier sind ziemlich taktlose Burschen, aber Sie nehmen eine echte Sonderstellung ein«, sagte der Jongleur.

»Ihre ungenaue Ausdrucksweise macht es mir leider unmöglich, Sie zu verstehen«, erwiderte Spock.

»Bleiben Sie hier, bis Lindy kommt.«

»Es wäre mir lieber, ins Theater zurückzukehren.«

»Eine von Amelindas Nummern hätten Sie fast ruiniert — geben Sie sich damit zufrieden! Warten Sie. Nein, keine Sorge: Meine Gegenwart brauchen Sie nicht zu ertragen. Sie werden meinen Auftritt verpassen, aber das bedauern Sie vermutlich nicht.« Stephen ging, ließ Spock allein.

Der Vulkanier beobachtete seine Umgebung. Der geheime Ausgang des ›magischen‹ Kastens führte in ein kleines Zimmer neben dem Theater. Der Raum enthielt verschiedene Ausrüstungsgegenstände: exotische Kostüme, improvisierte Geräte, Musikinstrumente, Behälter mit Make-up, Masken und Harnischen.

Spock hätte den Fluchtweg aus der Box nicht einmal erraten können, doch jetzt bewunderte er die schlichte Einfachheit. Er erinnerte sich an das seltsame Verhalten des Captains, kurz bevor er Amelindas Einladung folgte und auf die Bühne trat. Spocks Beobachtungen und entsprechende Bemerkungen entbehrten nicht einer exakten logischen Grundlage. Darüber hinaus gaben sie ihm die Möglichkeit, die Vorstellung aus der Nähe zu beobachten. Spock neigte nicht dazu, bestimmte Situationen zu seinem eigenen Vorteil zu nutzen, aber bei dieser besonderen Gelegenheit setzte er sich über seine Prinzipien hinweg.

Er glaubte nach wie vor, daß seine ursprünglichen Schlußfolgerungen den Tatsachen gerecht wurden: Die Zauberkünstlerin *hatte* die gleiche Münze zweimal hervorgeholt und sie in der einen Hand gehalten, als sie das Publikum aufforderte, ihre andere zu betrachten. Doch er wußte nicht, was sie damit angestellt hatte, als er sie auf den Trick hinwies. Ebensowenig verstand er den Mechanismus, der sie in die Lage versetzte, weitere Scheiben hinter seinem Ohr hervorzuholen. Spock brachte Amelinda Lukarian und ihrem Geschick großen Respekt entgegen, fragte sich, was derzeit auf der Bühne geschah. Vielleicht legte die Magierin ihr leichtgläubiges Publikum auf irgendeine Art und Weise herein. Vielleicht war es von Anfang an ihr Plan gewesen, Spock verschwinden zu lassen, so daß er sie nicht durchschauen konnte.

Der Vulkanier griff nach einer Maske und blickte hindurch. Tiefe Furchen verwandelten das dargestellte Gesicht in eine Fratze. Schwarze Gaze bedeutete die Augenöffnungen, verbarg die Pupillen des Schauspieler.

Die Tür öffnete sich, und Amelinda kam herein. Fünf Schritte vor Spock blieb sie stehen, stemmte die Hände an die Hüften.

»Was haben Sie sich dabei gedacht, meine Vorstellung zu stören?« In ihrer Stimme vibrierte nun der Zorn, den sie auf der Bühne unterdrückt hatte.

»Stören?« wiederholte der Vulkanier. »Ich wollte nur...«

»›Nur?‹ ›Nur!‹ Warum treten Sie nicht vors Publikum und erläutern die Einzelheiten meiner Tricks? Dann würden alle sagen: ›Ach, mehr steckt nicht dahinter? Das kann doch jeder.‹ Aber es kann eben *nicht* jeder. Um so etwas zu bewerkstelligen, muß man bereit sein, über Jahrzehnte hinweg jeden Tag ein paar Stunden lang zu üben! Warum haben Sie mir so etwas angetan, Mr. Spock? Ich dachte, Sie mögen mich!«

»Ich ›mag‹ niemanden«, erwiderte der Vulkanier. »Sympathie und Antipathie sind mir fremd, widersprechen meiner Natur. Und es lag keineswegs in meiner Absicht, Ihre Leistungen zu schmälern.«

»Sie hätten mich ohne mit der Wimper zu zucken der Lächerlichkeit preisgegeben!«

»Wie ich eben schon betonte: Ich möchte Ihr Geschick nicht in Frage stellen. Aber Sie deuteten an, die Münze sei auf irgendeine übernatürliche Weise verschwunden, und ich hielt es für meine Pflicht, den Gegenbeweis zu erbringen.«

»Auf eine übernatürliche Weise!« Amelinda starrte Spock groß an. »Glauben Sie etwa, die Zuschauer nähmen mir eine solche Erklärung ab?«

»Ich verstehe nicht ganz...«

»Himmel, das Publikum wußte natürlich, daß es sich nur um einen Trick handelte. Kein einziger Zuschauer hätte auch nur geargwöhnt, daß irgend etwas Übernatürliches im Spiel ist.« Sie lachte laut.

»Magier stehen in dem Ruf, die Leichtgläubigkeit ihrer Anhänger für betrügerische Machenschaften auszunutzen. Und was Annahmen in Hinsicht auf die Zuschauer, ihre Erwartungshaltungen und Einstellungen angeht: In diesem Zusammenhang würde ich es niemals wagen, von logischen Prämissen oder voreiligen Vermutungen auszugehen.«

Amelinda seufzte, versuchte offenbar, sich in Geduld zu fassen. »Sicher, es gibt Präzedenzfälle für Schwindel und Betrug. Aber auf jeden Illusionisten, der sich als Medium ausgibt, auf jeden falschen Propheten oder Telekineten kommen hundert Personen, die sagen: Wir unterhalten Sie nur mit gut vorbereiteten Tricks. Wir *schaffen* Illusionen. Lassen Sie sich von uns täuschen. Wer wirklich darauf aus ist, Leute zu betrügen, stellt sich wohl kaum als Zauberkünstler vor.«

»Ein guter Hinweis«, gestand Spock ein. »Daran habe ich nicht gedacht.«

»Das Publikum war sich von Anfang an darüber klar, daß ich keine echte Magie beschwöre. Es kam, um mich zu erleben, sich von meinen Fähigkeiten beeindrucken zu lassen. Es wollte nicht wissen, wie ich ein bestimmtes Kunststück durchführe... Fast hätten Sie den Zuschauern ihren Spaß gründlich verdorben. Es ging nicht um mich, sondern um die Leute im Saal. Begreifen Sie jetzt, was ich meine?«

»Nein, ich fürchte nicht«, entgegnete Spock.

»Vulkanier und Kinder«, sagte Amelinda. »Tritt nie vor Vulkaniern oder Kindern auf – ein Rat meines Vaters. Und ich schätze, er hatte recht.«

»Wenn Sie nicht beabsichtigen, die Zuschauer von der Übernatürlichkeit Ihrer Darbietungen zu überzeugen, warum führen Sie das dann immer wieder als Erklärung an?«

»Das gehört eben dazu.«

»Wozu?«

»Zu der ganzen Show.« Amelinda lächelte. »Ein Mittel, um das Publikum in Stimmung zu bringen, um es emotional vorzubereiten.«

Spock nickte langsam. »›Bewußte Leugnung von Zweifel und Unglauben.‹«

»Etwas in der Art. Sie drücken das eher seltsam aus, aber im Prinzip haben Sie recht.«

»Ich habe einen irdischen Dichter zitiert. Auf diese Weise beschrieb er die Kunst der Poesie. Ich nahm an, alle Menschen kennen seine Werke.«

»Wahrscheinlich gehören sie zum Lehrplan aller Ausbildungsstätten. Ich weiß es nicht – ich bin nie zur Schule gegangen.« Spock erinnerte sich an ihren Auftritt und hob eine Braue. »Bei Ihrer Vorstellung erwähnten sie einen... frechen Schüler...«

»Den hab' ich erfunden. Es klang ganz gut, oder?«

»Das ›gehört dazu‹?«

»Sie lernen schnell, Mr. Spock. Übrigens: Auf der Bühne geben Sie echt was her. Sie besitzen etwas, das man natürliche Ausstrahlung nennt. Wie wär's, wenn Sie mir auch bei der zweiten Show assistieren?«

»Dabei wollte ich eigentlich das Publikum beobachten.«

»Das können Sie auch von der Garderobe aus. Sie greifen erneut in meine Darbietung ein, und ich lasse Sie verschwinden. Ich glaube, Sie sind mir noch einen Gefallen schuldig, oder? Immerhin hätten Sie fast mein Kunststück mit den Münzen ruiniert.«

Spock dachte über den Vorschlag der jungen Frau nach. »Eigentlich habe ich Ihnen bereits geholfen. Indem ich Ihren Trick mit den Saphirscheiben in Frage stellte, gab ich Ihnen die Möglichkeit, das Publikum mit einer anderen Darbietung noch weitaus mehr zu beeindrucken. Ich vermute, Sie planten das alles.«

»O nein.« Amelinda lachte erneut. »Nein. So gut bin ich leider nicht. Mein Vater... ja, er konnte solchen Einfluß auf die Zuschauer nehmen, sie regelrecht um den Finger wickeln. Vielleicht bin ich irgendwann einmal ebenfalls dazu imstande, aber jetzt noch nicht.«

»In dem Fall haben Sie ausgezeichnet improvisiert.«

»Man muß ständig auf alles gefaßt sein«, sagte die junge Frau. »Nun, wie steht's? Sind Sie bereit, mir zu helfen?«

»Meinetwegen«, erwiderte Spock. Sicher ergaben sich später noch genug Möglichkeiten, die Reaktionen des Publikums zu analysieren. Wenn er Amelindas Bitte nachkam, konnte er einen einzigartigen Menschen beobachten. »Ich assistiere Ihnen – solange ich keinen Glauben ans Übernatürliche vermitteln muß.«

»Großartig«, sagte die Zauberkünstlerin. »Äh, da wäre noch etwas.«

»Ja?«

»Ich muß Ihnen zeigen, wie die einzelnen Tricks funktionieren, und dadurch werden Sie zu einem offiziellen Mitarbeiter, zu einem Mitglied der Truppe. Allerdings: Sie dürfen niemandem unsere Geheimnisse verraten.«

»Nennen Sie mir ein Beispiel.«

»In Ordnung. Beantworten Sie keine Frage danach, wie sie aus dem magischen Kasten herausgekommen sind. Und sagen Sie nicht, daß ich bei der späteren Szene einen Codeknacker benutze.« Amelinda schnippte mit den Fingern, hielt plötzlich ein elektronisches Gerät in der Hand, das Sicherheitscodes entschlüsseln konnte.

Spock runzelte die Stirn. »Ein höchst illegales Instrument, Miß Lukarian.«

»Solche Apparate sind nur illegal, weil sie auch von Verbrechern benutzt werden. Magier sind immer mit verschiedenen Dingen ausgerüstet, die ihnen Anzeigen oder gar eine Verhaftung einbringen könnte, wenn sie nicht ausschließlich auf der Bühne verwendet werden. Nun, was meinen Sie, Mr. Spock? Versprechen Sie mir dichtzuhalten – oder wollen Sie mich verpfeifen?«

Der Vulkanier kannte diese Ausdrücke bereits und wußte sie zu interpretieren.

»Sie können sich auf mich verlassen.«

»Gut. Kommen Sie. Sehen wir uns den Rest der Show an.«

Amelinda führte Spock zum rückwärtigen Bühnenbereich. Stephen stand im Scheinwerferlicht, warf brennende Fackeln hoch in die Luft, schien sie kaum zu berühren, als er sie wieder auffing und erneut davonschleuderte. Ein Band aus blauer Seide hielt sein langes blondes Haar zurück.

»Übrigens, Spock«, sagte Amelinda. »Haben Sie keine andere Kleidung? Irgend etwas Bunteres?«

Der wissenschaftliche Offizier fühlte sich versucht, diese Frage zu verneinen, überlegte es sich dann aber anders. »Ich glaube, das ließe sich arrangieren, Miß Lukarian.«

Hikaru Sulu wartete in der Garderobe, trug eine Strumpfhose samt Wams und ein Schwert am Gürtel. Er hatte Cockspur noch nicht gesehen, vermutete, daß sich der Schauspieler in seinem privaten Umkleideraum aufhielt.

Lindy und Spock kehrten zurück. »Sie können das Publikum von dort aus beobachten«, wandte sich die junge Frau an den Vulkanier. »Oh, Hikaru!«

»Ich bin fertig«, sagte Sulu.

»Hat er Ihnen nichts gesagt?«

»Was sollte er mir denn sagen?«

»Mr. Cockspur streikt.«

Hikaru war von seiner eigenen Enttäuschung überrascht. Er dachte gründlich nach, und einige Sekunden später erhellten sich seine Züge wieder. »Ich bin doch die zweite Besetzung, nicht wahr? Vielleicht könnte ich für ihn einspringen.«

»Im Ernst? Das wäre wunderbar. Sind Sie schon einmal auf der Bühne gewesen? Wissen Sie, was ein Soliloquium ist?«

»Nein. Äh, ich meine, das weiß ich schon, aber...« Sulu kannte sich mit Shakespeare aus, aber es war eine andere Sache, auf die Bühne zu treten und eine Szene aus Hamlet zu spielen. »Ich schätze, ich war ein wenig zu voreilig.«

»Könnten Sie bis morgen ein Soliloquium lernen?«

»Oh, sicher!«

»In Ordnung. Proben sind ein Greuel, aber wenn Sie so etwas ertragen, kommen Sie morgen zu uns.«

»Einverstanden.«

Jim saß im Saal und sah Stephen zu. Die Vorstellung des vulkanischen Jongleurs erreichte einen spektakulären Höhepunkt, als er Messer und gleichzeitig Fackeln warf, sie mit einer verblüffenden Sicherheit handhabte. Er fing sie auf, löste das Nackenband, gab das lange Haar frei und verbeugte sich tief.

McCoy ging an den Sitzreihen vorbei und nahm in Spocks Sessel Platz.

»Pille, ich glaube, beim Varieté könntest du's zu etwas bringen«, sagte Jim leise.

»Du bist in Schwierigkeiten, mein Junge«, erwiderte der Bordarzt. »Ich werde mir Lindys magische Box lange genug ausleihen, um dich zur Krankenstation zu bringen und dort zu untersuchen.«

»Pscht!« machte Kirk, und vor seinem inneren Auge bildete sich ein ganz persönliches Schreckensbild: Er sah McCoys Reg-Kultur, die Glukose absorbierte und wuchs, daraus grünen Heilschleim bildete. »Während der Vorstellung spricht man nicht.«

Nach dem mitreißenden Steptanz, den Greg und Maris zum besten gaben, glitt Marcellin auf die Bühne, bewegte sich wie in einer imaginären Welt, die nur für ihn existierte.

Jim begeisterte sich für die Show, ging völlig darin auf, und der Captain vergaß sogar seinen wissenschaftlichen Offizier.

Philomela sang. Zuerst lachten die Zuschauer, und dann weinten sie. Schließlich lachten und weinten sie gleichzeitig.

Tzesnashstennaj und die anderen Katzenwesen, auch die beiden entsprechenden Besatzungsmitglieder der *Enterprise,* zeigten eine Jagdszene. Jim hatte schon von diesem Tanz gehört, einer mythischen Darstellung der Geschichte ihres Volkes, doch nun sah er ihn zum erstenmal. Die fließenden, geschmeidigen Bewegungen wirkten gespenstisch, erotisch und verwirrend.

Der Vorhang schloß sich, und es wurde dunkler im Saal. Offenbar kam jetzt Mr. Cockspur mit seiner neo-shakespearischen Darstellung an die Reihe. Neugier regte sich in Jim, aber er vermutete, daß es sich um morbide Neugier handelte: Er ahnte, was ihnen nun bevorstand.

Aber Cockspur verschonte das Publikum mit seiner Präsenz. Als der Vorhang wieder aufglitt, sprang eine Horde bunter Pudel auf die Bühne, bildete einen kläffenden, bellenden Kreis. Newland Rift folgte, sehr eindrucksvoll in einem weißen Hakama, über dem er einen ebenfalls weißen Kimono trug. Die kleinen Hunde bezogen in einer langen Reihe Aufstellung, die Vorderpfoten unter den Schnauzen, aus denen schmale, rosafarbene Zungen hingen. Winzige weiße Zähne glänzten. Jim wünschte sich einen Platz weiter hinten.

Zu seiner großen Verwunderung erwies sich Rifts Auftritt als ebenso unterhaltsam wie die übrigen Darbietungen. Auf der Bühne verhielten sich die Pudel tatsächlich völlig anders, nicht annähernd so wild und undiszipliniert wie im Kontrollraum der *Enterprise.* Sie sausten durch Ringe, bellten im Chor, was durchaus melodisch klang, sprangen übereinander hinweg, bildeten eine sechs Stockwerke hohe Pyramide. Am Ende applaudierte auch Jim. Rift eilte über die Bühne, und seine Pudel folgten im gehorsamen Gänsemarsch.

Kurz darauf kehrten alle Akteure und Künstler zurück und nahmen noch einmal gemeinsam den Beifall des Publikums entgegen.

Commander Spock stand unter ihnen, jetzt gekleidet in ein weites Hemd aus brauner und goldfarben glänzender Seide, in dem er wie ein langjähriges Mitglied der Varietégesellschaft aussah.

Alle Freunde von Roswind waren zur Varietéshow gegangen, aber sie zog es vor, die für den nächsten Tag geplante Vorstellung abzuwarten. Sie wollte sich nicht mit einem Stehplatz zufriedengeben, hoffte darauf, morgen eine Karte zu bekommen. Die Schuld dafür trug allein ihre neue Stubengenossin. Wenn Roswind nicht gezwungen gewesen wäre, im Umkleideraum auf dem Freizeitdeck zu duschen, hätte sie Zeit genug gehabt, sich einen Platz in einer der ersten Reihen reservieren zu lassen.

Sie kehrte in ihre Kabine zurück und mußte dort feststellen, daß das grüne Wesen nach wie vor in der Hygienezelle lag. Roswind reagierte zuerst mit Ärger, doch dann regte sich Besorgnis in ihr. Lieutenant Uhura hatte sie davor gewarnt, das Geschöpf so sehr zu erschrecken, daß es hibernierte. Mit aller Deutlichkeit erinnerte sie sich daran, auf das extraterrestrische Besatzungsmitglied getreten zu sein, es dann angeschrien zu haben. Sie versuchte sich einzureden, daß sie überhaupt keine Schuld traf, aber der Zweifel in ihr blieb: Der Fußabdruck zeichnete sich noch immer in dem grünen Fladen ab.

Bestimmt würde sich bald der oder die Vorgesetzte des Wesens melden und fragen, warum es nicht den Dienst antrat. Hoffentlich war die Quetschung bis dahin verheilt.

Commander Spock trug das braun-goldene Hemd auch bei der zweiten Vorstellung. Erneut trat er auf die Bühne und kletterte in die ›magische Box‹. Amelinda hielt einmal mehr ihren Vortrag, in dem von Zauberei die Rede war. Das Glas dämpfte ihre Stimme. Spock vernahm ein metallenes Kratzen, als die junge Frau eine Stichwaffe zog: Sie hatte sich Sulus Degen ausgeliehen, an dessen Authentizität kein Zweifel bestehen konnte.

Der Vulkanier bereitete sich auf seinen Abgang vor.

Der Kasten drehte sich ruckartig, warf ihn zur Seite. Jäher Schmerz durchzuckte ihn, und für einen Sekundenbruchteil befürchtete Spock, mit dem Zauberkunststück sei irgend etwas schiefgegangen. Hatte sich eins von Amelindas magischen Schwertern in seinen Körper gebohrt? Er fiel...

Jim saß im Saal und spürte, wie die *Enterprise* erbebte. Die Alarmsirenen heulten, und der Captain sprang mit einem Satz auf, machte sich sofort auf den Weg zur Brükke.

Dort nahm er im Sessel des Befehlsstands Platz. Sulu bot einen eher seltsamen Anblick, als er mit Wams und einer Strumpfhose aus Seide im Kontrollraum erschien und die Konsole des Steuermanns aktivierte. Der große Wandschirm zeigte wirbelnde Sterne, während das Raumschiff schlingerte.

»Irgend etwas hat unseren Warp-Flug unterbrochen!« meldete Lieutenant Cheung. »Wir sind wieder im Normalraum.«

»Schadensbericht, Mr. Scott!«

Die Stimme des Chefingenieurs drang aus dem Lautsprecher des Intercom.

»Das Warpfeld ist zusammengebrochen, Captain. Eine Kollision?«

»Ich versuche, unseren Kurs zu stabilisieren, Sir«, sagte Sulu. »Aber ich bekomme nicht mehr als fünfzig Prozent Energie für die Impulstriebwerke.«

Nach einigen Augenblicken dunkler Stille fand sich Spock auf Händen und Knien im Zimmer neben der Garderobe wieder.

»Mr. Spock!« Amelinda kniete neben ihm.

»War das einer Ihrer Tricks, die...« Der Vulkanier unterbrach sich und holte tief Luft. »Die ich noch nicht kenne?«

Der Alarm schrillte. Im Korridor bellten Mr. Rifts Hunde, und Spock hörte auch die dumpfe Stimme des Hünen, als er versuchte, seine Pudel zu beruhigen. Der wissenschaftliche Offizier stand auf, stützte sich mit der einen Hand an der Wand ab. Ihm war noch immer schwindelig, stellte jedoch fest, daß ihn kein magisches Schwert verletzt hatte.

»Ich weiß nicht, was geschehen ist«, sagte Lindy. »Es fühlte sich an, als habe jemand das Raumschiff gepackt und es in ein Loch geworfen. Ich fürchtete schon, Sie säßen in der Apparatur fest...«

»Mit mir ist soweit alles in Ordnung.«

Lindy begleitete Spock in den Flur.

»Kommen Sie allein zurecht?« fragte sie ihn.

»Selbstverständlich«, erwiderte er.

»Ich muß nachsehen, wie es den anderen geht.«

»Machen Sie sich keine Sorgen um mich.« Spock betrat den Turbolift.

Die junge Frau nickte knapp und eilte fort.

»Brücke«, sagte der Vulkanier. Ein leises Knarren und Quietschen antwortete ihm. Normalerweise erfolgte die Beschleunigung der Kabine so gleichmäßig, daß man überhaupt nichts spürte, aber diesmal vibrierten Boden und Wände. Spock gelang es dennoch, das Gleichgewicht zu wahren.

Er erreichte die Brücke, während noch immer der Alarm heulte, lauschte den Intercom-Stimmen und versuchte, aufgrund der verschiedenen Statusmeldungen auf die Natur des Zwischenfalls zu schließen. Im Kontrollraum wandte sich Spock seiner Station zu. Das Gravitationsfeld fluktuierte: Die Fluglage der *Enterprise* hatte sich noch immer nicht stabilisiert.

Das Raumschiff war aus dem Warpfeld ins Einstein-Universum zurückgekehrt. Spock nahm den Unterschied als eine Veränderung in der Schwerkraft und der Art des

Lichts wahr. Offenbar erfolgte der Rückfall in den Normalraum, als er die magische Box Amelindas verließ. Aber wer oder was brachte genug Energie auf, um den Überlichtflug eines Schiffs der Constellation-Klasse zu unterbrechen?

Captain Kirk starrte auf den Wandschirm.

»Jim«, ertönte McCoys Stimme aus dem Intercom, »ist dein Navigator betrunken? Wenn's so weitergeht, muß ich bald nicht mehr nur Hautabschürfungen und blaue Flecken behandeln, sondern auch viele Fälle von Raumkrankheit.«

»Keine Gravitationswellenquelle in diesem Sektor, Captain«, meldete Uhura.

»Mr. Scott«, sagte Jim. »Ich brauche eine gleichmäßige Energieversorgung.«

»Ich gebe mir alle Mühe.«

Der Computer blendete ein Warnsymbol auf die Projektionsflächen. »Captain...« Spock hob den Kopf. »Eine Anomalie, direkt voraus.«

Das Schlingern der *Enterprise* hörte ganz plötzlich auf, und eine seltsame, gespenstische Ruhe schloß sich an.

Jim merkte erst jetzt, wie fest er die Hände um die Armlehnen des Sessels geschlossen hatte, und versuchte sich zu entspannen. »Danke, Mr. Spock. Maximale Vergrößerung, Mr. Sulu.«

Spock trachtete vergeblich danach, die Anzeigen seiner Instrumente auf ein planetares, stellares oder quasistellares Objekt zu beziehen.

»Maximale Vergrößerung.«

Der Wandschirm zeigte ein gewaltiges, gewölbtes Etwas, das der *Enterprise* entgegenzurasen schien. Jim lehnte sich überrascht zurück.

»Schilde hoch und auf volle Kraft!« ordnete er an.

»Die Entfernung beträgt mehrere hunderttausend Kilometer, Captain«, sagte Spock.

»Niedrigere Verstärkungsstufe, Mr. Sulu. Schilde desaktivieren.«

»Lieber Himmel!« entfuhr es McCoy. »Was ist das?«

Der Bordarzt trat aus dem Turbolift, und Kirk drehte sich zu ihm um. »Wurde jemand verletzt, Pille?«

»Keine ernsten Fälle. Ein paar Quetschungen, das ist alles. Und alle fragen sich, was passiert ist.« McCoy wartete, und als ihm niemand eine Erklärung anbot, fügte er hinzu: »Was *ist* passiert?«

»Wenn wir das herausfinden, gebe ich dir sofort Bescheid.«

»Geringere Verstärkungsstufe, Sir«, sagte Sulu.

Als der Steuermann das elektronische Zoom zurückfuhr, wurde aus der gewölbten Fläche eine Kugel, eine riesenhafte, schimmernde Perle, zu der sich wenige Sekunden später andere hinzugesellten. Ein Gespinst aus silbrigen Fäden verband die vielen Sphären, formte ein traubenartiges Gebilde. Erneut verringerte Sulu die Vergrößerung. Das Objekt glitzerte und funkelte, erweckte den Anschein, als klebten Hunderte von Seifenblasen aneinander und spiegelten das Licht der Sterne wider. Die meisten Sphären waren kugelförmig, doch einige wiesen lange, durchsichtige Erweiterungen auf, wie die Stacheln von Stabalgen.

Jim beobachtete das Etwas mit einer Mischung aus Aufregung und Sorge. Das Bild auf dem Schirm ließ vages Unbehagen in ihm entstehen. Zwar nahm die Vergrößerung weiterhin ab, aber das Objekt füllte den ganzen Projektionsbereich aus. Es schien nicht kleiner zu werden, sondern ständig anzuschwellen.

Allmählich wurden sich die Offiziere auf der Brücke der enormen Größe des *Etwas* bewußt. Sie reagierten erst mit staunender Verwunderung, dann mit Erschrecken.

Die Männer und Frauen vergaßen ihre Instrumente, starrten sprachlos auf den Schirm.

Schließlich konnten sie das Objekt in seinem ganzen Ausmaß sehen. Es erwies sich als wunderschön, erstrahlte im eigenen Licht. Ein glühendes Netzwerk stützte die Seifenblasen-Peripherie. Schillernde Flecken, Funken und Glanzbahnen klebten an den dünnen Linien, verdichteten sich im Zentrum. Die Außenfläche gewann nun die Qualität einer glatten, transparenten Haut aus Perlmutt, die sich zwischen phosphoreszierenden Rippen spannte.

»Es sieht ... lebendig aus«, sagte McCoy langsam.

»Kennt es jemand?« fragte Jim — und bedauerte seine leichtfertigen Worte sofort. Dies war nicht der geeignete Augenblick für irgendwelche Scherze. Die übrigen Offiziere blieben still. Nur ein Fähnrich lachte leise und nervös.

»Es gehört nicht zur Föderation«, stellte der Vulkanier fest.

»Danke, Mr. Spock«, erwiderte Jim und preßte die Lippen zusammen, um nicht ebenfalls zu kichern.

»Es durchmißt fast ... siebentausend Kilometer«, sagte Spock.

»Der halbe Durchmesser der Erde!« entfuhr es Uhura.

»In der Tat«, bestätigte der wissenschaftliche Offizier. »Die Masse ist natürlich wesentlich geringer.«

»Captain«, sagte Sulu, »jenes Gebilde dort ist auf keiner Karte verzeichnet. Darüber hinaus waren die Sensoren auf Fernortung justiert und registrierten nur leeren Raum. Mit anderen Worten: Das Objekt erschien erst vor wenigen Minuten.«

»Was soll das heißen, Mr. Sulu? Wollen Sie behaupten, es habe sich aus eigener Kraft *bewegt*?«

»Ja, Sir.«

Jim richtete seinen Blick wieder auf den Wandschirm. Keine der Föderation bekannte Energiequelle reichte aus, um eine so große Konstruktion in den Warpraum zu versetzen. Wenn das klingonische Imperium eine entsprechende Technologie entwickelt hatte — würden die Oligarchen sie dann geheimhalten? Vielleicht. Aber Kirk hielt es für wahrscheinlicher, daß sie ihre Entdeckung laut hinausposaunten, um damit ihre angebliche Überlegenheit zu beweisen.

»Mr. Sulu hat recht, Captain«, warf Spock ein. »Die Sensoren entdeckten nichts — keine Annäherung eines fremden Raumschiffs, keinen planetaren Körper im vor uns liegenden Sektor. Sie gaben erst Alarm, nachdem Gravitationsstörungen unseren Warp-Flug unterbrachen.«

»Aber woher kommt das Ding?« fragte McCoy. »Einfach aus der Luft?«

»Gewiß nicht, Doktor. Dort draußen im All gibt es keine Luft.«

McCoy seufzte. »Das war ein idiomatischer Ausdruck.«

Spock hob die Brauen.

»Eine Metapher«, erklärte der Bordarzt. »Eine Redewendung. Ich habe es nicht wörtlich gemeint.«

Jim wollte gerade eingreifen, um McCoy vor einer längeren und sicher fruchtlosen Diskussion mit dem Vulkanier zu bewahren, als Lieutenant Uhura plötzlich nach Luft schnappte. »Hören Sie nur, Captain...«

Seltsame Klänge drangen aus dem Lautsprecher der externen Kommunikation: fast schrill anmutender Gesang, leises, stöhnendes Wimmern, gefolgt von gewitterartigem Grollen und dumpfem Knistern. Jim hatte noch nie so etwas vernommen, spürte, wie sich auf seinen Unterarmen eine Gänsehaut bildete. Die fremden, unheimlichen Stimmen verstärkten das Unbehagen in ihm.

»Ein sonderbarer Gesang«, sagte Uhura. »Ohne verständliche Worte. Das Übersetzungsmodul weist den einzelnen Lautfolgen keine phonetische Bedeutung zu, und um die Korrelationsautomatik zu schützen, werden die Daten im Speicher abgelegt — der Translator kann nichts mit ihnen anfangen. Es handelt sich um eine ungerichtete Sendung auf allen Frequenzen, Sir. Offenbar ist die Nachricht nicht direkt für uns bestimmt.«

»Dann sollten wir uns besser vorstellen.«

»Einen Augenblick, Jim«, sagte McCoy. »Die Fremden wissen nicht einmal, daß wir hier sind. Willst du sie wirklich auf unsere Präsenz hinweisen? Wir haben keine Ahnung, mit wem oder was wir es zu tun haben, welche Absichten die Besatzung des... des Planetenschiffes hat...«

Spock sah auf. »Bevor Sie sich dafür entscheiden, sie zu fürchten, Dr. McCoy, sollten Sie erst einmal Hinweise darauf abwarten, daß ›sie‹ überhaupt existieren. Und dazu müssen wir versuchen, mit ›ihnen‹ zu kommunizieren.«

»Was für Hinweise brauchen Sie denn noch, Mr. Spock? Welchen Eindruck macht das Ding auf Sie? Halten Sie es für einen Irrläufer, einen Planetoiden? Für ein Produkt interstellarer Erosion? Ich hab's! Es entstand aufgrund der Wechselwirkung von Magnetismus und Staub!«

»Es wären durchaus einige natürliche Prozesse vorstellbar, die zur Entstehung eines derartigen Objekts führen könnten. Obwohl einschränkend hinzugefügt werden muß, daß man in einem solchen Fall mit ausgeprägter Instabilität rechnen sollte...«

»›Natürliche Prozesse‹? Allem Anschein nach ist die vulkanische Phantasie größer, als ich dachte. Meine Güte, die Sache liegt doch auf der Hand! Das Etwas dort draußen wurde von Wesen konstruiert, für die wir vielleicht kaum mehr sind als Affen – oder Ungeziefer!«

»Worin auch immer ihre Absichten bestehen mögen...« erwiderte Spock gelassen. »Wir müssen unbedingt unseren guten Willen demonstrieren.«

McCoys Argumente haben etwas für sich, überlegte Jim. Die Fremden in dem riesenhaften Gebilde – wenn es sie wirklich gibt – haben uns vielleicht noch gar nicht bemerkt. Wir können noch immer wenden, zurückfliegen, uns irgendwo verbergen und sowohl das Warptriebwerk als auch die Subraumsender reparieren.

Kirk dachte daran, anschließend Starfleet zu benachrichtigen und die mögliche Entdeckung einer bisher unbekannten intelligenten Spezies zu melden...

Und wenn Starfleet dann ein anderes, von einem ›erfahreneren‹ Kommandanten geführtes Schiff schickte, um den Erstkontakt herzustellen?

»Grußfrequenzen, Lieutenant Uhura«, sagte Jim.

»Grußfrequenzen offen, Sir.«

Die schrille, gespenstische Kakophonie wurde zu einem leisen Hintergrundflüstern. Jim zögerte, begriff dann aber, daß er jetzt keinen Rückzieher mehr machen konnte. Andererseits: Er wußte überhaupt nicht, was er sagen sollte. Natürlich kannte er die Berichte über bereits erfolgte Erstkontakte, hatte während des Studiums die erfolgreichen Verständigungen mit fremden Völkern studiert, sich Fehler eingeprägt, die es zu vermeiden galt. Trotzdem: Es handelte sich um Erfahrungen aus zweiter Hand. Und wenn man mit Extraterrestriern sprechen wollte, über die es keine Informationen gab, konnte man nicht einfach eine Schablone zur Hand nehmen.

»Hier spricht James T. Kirk, Kommandant des Raumschiffes *Enterprise.* Ich repräsentiere die Föderation der Planeten, eine interstellare Allianz, die den Frieden fördert, Mehrung des Wissens und Freundschaft zwischen allen Intelligenzen anstrebt. Ich grüße Sie und heiße Sie herzlich willkommen. Bitte antworten Sie, wenn Sie diese Sendung empfangen.«

Das Hintergrundzirpen verstummte.

Uhura sondierte die einzelnen Frequenzen. »Stille auf allen Kanälen, Sir.«

»Vermutlich ist das eine Reaktion der Fremden«, sagte Spock.

»Jim, fahr wenigstens die Schilde hoch«, drängte McCoy.

Kirk schmunzelte.

»Dr. McCoy«, begann der Vulkanier, »eine Entität, die in der Lage ist, ein so großes Objekt zu bewegen, läßt sich bestimmt nicht von unseren Schutzschirmen beeindrukken. Ihre Aktivierung könnte sogar als Provokation aufgefaßt werden.«

»Grußfrequenzen, Captain.«

»Hier spricht James T. Kirk vom Raumschiff *Enterprise.* Wir sind Boten des Friedens. Bitte antworten Sie.«

Die Lautsprecher blieben stumm.

»Nichts, Sir«, sagte Uhura. »Völlige Stille.«

»Schalten Sie auf visuelle Übertragung«, ordnete Jim an. »Senden Sie ganz einfache Bilder. Schwarzweiße Punktmuster. Übermitteln Sie auch die Daten für horizontale und vertikale Darstellung, damit die Burschen dort drüben nicht Monate brauchen, um die Kommunikationsstruktur zu entschlüsseln.«

»Aye, Sir. Visuelle Übertragung beginnt... jetzt.«

»Versuchen Sie alle, möglichst friedlich zu wirken«, wandte sich Jim an die anderen Offiziere. Er entspannte sich und blickte in den optischen Sensor, hob die Hände in einer Geste der Freundschaft. Die übrigen Anwesenden im Kontrollraum folgten seinem Beispiel. Kirk unterdrückte ein Lächeln, als er an die mögliche Ironie ihrer Situation dachte: Sie trachteten danach, mit leeren Händen friedfertige Absichten zu symbolisieren – aber vielleicht besaßen die Fremden gar keine vergleichbaren Greiforgane.

»Sir, ich empfange etwas!«

Jetzt ist es soweit, fuhr es Jim aufgeregt durch den Sinn. Der Erstkontakt.

»Sehen wir es uns an.« Er wollte ebenso gelassen klingen wie Commander Spock, hörte jedoch das erwartungsvolle Vibrieren in seiner Stimme und spürte, wie der Puls zu rasen begann. Er holte tief Luft.

Bildelemente formten Linien, und Linien schufen eine zweidimensionale Fläche.

Jim pfiff leise durch die Zähne.

»Bei den Magnolien meiner Mutter!« hauchte McCoy.

Die Darstellung war ein wenig verschwommen, zeigte ein exotisches Wesen.

Kirk hatte keine Möglichkeit, die Größe des Geschöpfs abzuschätzen, betrachtete eine relativ humanoide und sehr zart wirkende Gestalt.

Das Gesicht wies kaum Ähnlichkeit mit dem eines Menschen auf, obwohl Jim zwei Augen, Mund und Nase sah. Wenigstens vermutete er, daß jene Organe den entsprechenden Zwecken dienten. Unterkiefer und Nase wölbten sich vor, und das Glühen der großen Pupillen betonte dunkle Züge. Ein schnurrbartähnliches Gebilde umgab die Nüstern und führte am Mund herab, aber es war weder Haar noch eine Erweiterung des dünnen Körperpelzes. Das

Geschöpf streckte die Zunge aus, und ihre Spitze wanderte sanft über den Bart. Jim konnte keine Farben erkennen, denn die Sendung übermittelte nur Schwarzweißbilder, ebenso wie die vorherige Botschaft der *Enterprise*.

Äußerlich blieb Kirk ganz ruhig, aber in seinem Innern herrschte wildes Durcheinander. Nur mühsam widerstand er der Versuchung, aufzuspringen und zu jubeln.

»Ich bin James Kirk«, sagte er und sprach jedes Wort mit besonderer Sorgfalt aus. Übersetzungsmodule funktionierten wesentlich besser, wenn man deutlich sprach. Zwar waren die betreffenden Geräte an Bord der *Enterprise* nach wie vor außerstande, das Idiom der Fremden in Standards zu transkribieren, aber möglicherweise hatten die Kontaktpartner keine solchen Probleme. »Willkommen in der Föderation der Planeten.«

Er breitete die Arme aus, zeigte dem stumm starrenden Wesen seine leeren Hände.

Es wiederholte die Geste.

Und dann sang es.

Die Melodie bestand aus seltsamen, unvertrauten Tonfolgen, und die Stimme des Sängers glitt manchmal in den Ultra- oder Infraschallbereich, erzeugte mehrere Töne gleichzeitig. Ein individueller Chor, dachte Jim.

»Bemerkenswert«, kommentierte Spock.

Kirk hatte eine Idee. »Lieutenant Uhura ... Wären Sie so freundlich, eine Antwort zu singen?«

Sie war wie hypnotisiert von der Stimme des Fremden, reagierte zunächst nicht. Dann stand sie auf und sang ebenfalls.

Jim kannte die Melodie, nicht aber die Bedeutung der Worte. Er vernahm akustische Äquivalente von Frieden und Schönheit, von endlosen Flüssen und äonenalten Bergen. Uhuras Stimme malte ein Bild. Es fiel Kirk schwer, seine Aufmerksamkeit von ihr abzuwenden und wieder auf den Wandschirm zu richten.

Das Grau in der Darstellung wich ersten Farben. Das Wesen gewann einen dunkelroten Glanz, und die Landschaft dahinter wurde gelbgrün. Der Fremde stand einige Dutzend Meter vor einer hohen Wand, die aus großen, perlenartigen Kugeln bestand.

Es befindet sich im Innern des Objekts, dachte Jim. Ich sehe nun die Innenfläche des... Raumschiffs? Der künstlichen Welt? Uhuras Stimme verklang.

»Vielen Dank, Lieutenant«, sagte Kirk, hätte am liebsten hinzugefügt: Das war ausgezeichnet und wundervoll.

Das Wesen stülpte lange, spitz zulaufende Ohren in die Höhe, und die borstenartigen Büschel daran versteiften sich.

»Ein Vetter von Ihnen, Mr. Spock?« fragte McCoy leise.

»Dies ist kaum ein geeigneter Zeitpunkt für Ihre geschmacklosen Scherze«, erwiderte der Vulkanier eisig.

Diesmal mußte Jim seinem wissenschaftlichen Offizier beipflichten. »Er hat recht, Pille. Verschiebt eure Wortgefechte auf später.«

Das Geschöpf hob die Arme, zeigte seine Hände.

Ein neues Bild formte sich auf dem Wandschirm, voller Farben und scharfer Details.

Eigentümliche Linien, die von innen heraus zu leuchten schienen, deuteten die Konstruktion der Fremden an, dehnten sich aus, wölbten sich und spannten ein weites, sphärisches Netz. Im Vordergrund schwebte ein Lichtpunkt, eine im Vergleich winzige Nachbildung der *Enterprise*. Der Funken geriet in Bewegung, näherte sich dem Gebilde, schwebte darüber hinweg, durchdrang die glitzernden Linien und verschwand.

»Können Sie eine ähnliche Grafik erzeugen, Mr. Spock?«

»Natürlich, Captain.«

»Lieutenant Uhura, übertragen Sie das Bild.«

Die dunkelhäutige Frau öffnete ein Bildschirmfenster in der unteren Ecke des Wandschirms, und wenige Sekunden später erschien dort das fremde Gebilde, perspektivisch verkleinert. Die *Enterprise* befand sich im Vordergrund. Der Bordcomputer zeichnete stilisierte Umrisse.

»Und jetzt eine menschliche Gestalt, im Innern des Schiffes.«

Spock hob eine Braue, kam der Aufforderung jedoch nach.

»Und nun zerlegen Sie die Gestalt. Transferieren Sie die einzelnen Komponenten zur Konstruktion der Fremden und setzen Sie sie dort wieder zusammen.«

»Hast du den Verstand verloren, Jim?« entfuhr des McCoy.

»Willst du nicht mitkommen?«

Das dunkelrote Wesen auf der Projektionsfläche streckte einmal mehr die Zunge aus und berührte den Sinnesbart. Dann vollführte es eine unmißverständliche Geste, zeigte zuerst auf Jim und dann auf eine Stelle neben sich. Die schmalen, dreifingrigen Hände endeten in langen Krallen.

Jim deutete auf seine Brust und das Geschöpf.

»Nun, Pille?«

»Captain Kirk«, warf Commander Spock ein, »Dr. McCoy hat es versäumt, seine Erstkontakt-Genehmigung verlängern zu lassen. Sie lief schon vor einigen Wochen ab. Meine ist nach wie vor gültig.«

»Einen Augenblick«, knurrte McCoy.

»Pille, verdammt...!«

Jim zeigte auf Spock, dann das fremde Wesen.

Es hob erneut die leeren Hände, die Finger gespreizt.

»Ich glaube, das ist eine Einladung, Commander Spock.«

»In der Tat, Captain.«

»Lieutenant Uhura, übernehmen Sie das Kommando. Und geben Sie bekannt, was gerade geschehen ist.«

»Ja, Sir.«

Kirk stand auf, brachte die kurze Treppe zwischen der unteren und oberen Brücke mit einem langen Schritt hinter sich. Die beiden Türhälften des Turbolifts glitten vor ihm auseinander. Spock folgte dem Captain, und McCoy betrat die Kabine ebenfalls.

»Jim, wenn du glaubst, du könntest mich einfach so aufs Abstellgleis schieben ...«

»Ich habe dir doch *gesagt*, du sollst deine Genehmigung erneuern lassen!« unterbrach ihn Kirk wütend. »Was machst du überhaupt hier, wenn du nicht einmal daran denkst, deine Papiere in Ordnung zu bringen?«

McCoy setzte zu einer scharfen Erwiderung an, ließ dann aber den Kopf hängen. »Du hast recht«, gestand er ein. »Es war dumm von mir, nicht daran zu denken.«

Kurz darauf erreichten sie den Transporterraum. Jim befestigte einen handlichen Schutzfeldgenerator an seinem Gürtel und schaltete das Gerät ein. Eine energetische Blase umhüllte ihn.

»Alles klar, Commander?«

»Ja, Captain.« Auch Spock stand in dem kaum wahrnehmbaren Schimmern eines individuellen Schildes.

In dem Energiefeld klangen Jims Stimme lauter und gleichzeitig alle externen Geräusche leiser. Es diente in erster Linie dazu, ihn und die Fremden vor einer Infektion zu schützen. Es versorgte ihn mit Sauerstoff, falls die Atmosphäre im Raumfahrzeug der Extraterrestrier für den menschlichen Organismus giftig sein sollte, und wenn Temperaturen und Druck zu hoch waren, hielt es den fragilen Körper des Homo sapiens lange genug am Leben, um den rettenden Einsatz eines Transporterstrahls zu ermöglichen.

Nach den Angaben der Sensoren herrschten am Zielort erträgliche Umweltbedingungen, und für gewöhnlich stellten an ein bestimmtes Ökosystem angepaßte Mikroorganismen keine Gefahr für jemanden dar, der aus einem ganz anders beschaffenen Biotop stammte. Jim hoffte, daß das auch in diesem Fall zutraf. Trotzdem entschied er sich für den Körperschild, um jedes Risiko auszuschließen.

McCoy brummte leise, als Kirk auf die Transporterplattform trat. Spock blieb auf einer zweiten Transferscheibe stehen.

»Energie.«

»Entmaterialisierung beginnt«, sagte Kyle.

Jim spürte kurze Kühle, einen Sekundenbruchteil der Orientierungslosigkeit. Der Transporterstrahl richtete sich auf die Sendekoordinaten der Fremden.

Die Atome der beiden Männer kehrten in die gespeicherte Struktur zurück; Kirk und Spock gewannen wieder feste Form. Sie standen auf einer weiten, offenen Ebene. Jim versuchte, innerhalb weniger Sekunden möglichst viele Eindrücke in sich aufzunehmen: die neue Umgebung, die niedrige Schwerkraft, Geräusche, Wahrnehmungen...

Einige Schritte entfernt standen mehrere Fremde und beobachteten sie. Jim erkannte die Gestalt mit dem dunkelroten Körperpelz wieder. Die Ohren des Geschöpfs neigten sich nach vorn, und die langen, horizontalen Pupillen erweiterten sich, formten Ovale. Das Sinnesorgan über dem Mund sträubte sich, und erneut tastete die Zungenspitze über den Bart. Jim vermutete, daß das Wesen nun schnupperte oder Witterung aufnahm. Aber vielleicht ›roch‹ es ihn auf eine Weise, die Menschen gar nicht nachvollziehen konnten. Hinzu kam: Die individuellen Schilde schirmten auch ihren Körpergeruch ab.

Das Geschöpf bewegte sich, und unter dem Pelz zitterten feste Muskeln. Es war größer als Jim – sogar noch größer als Spock –, aber sehr zart und feingliedrig. Kirk beobachtete eine schmale Brust, kleine Füße, deren Klauen noch länger waren als die der Hände. An den Seiten des schlanken, stromlinienförmigen Körpers sah er einen dünnen Kamm, der sich über Arme und Beine fortsetzte, bis zu Händen und Füßen reichte. Er bemerkte jeweils drei Finger und sechs Zehen.

»Es wäre sicher interessant herauszufinden, auf welcher arithmetischen Grundlage das Rechensystem dieser Wesen basiert«, murmelte Spock. Der Tricoder summte und zirpte.

Jim trat auf das scharlachrote Geschöpf zu.

Es streckte die Arme aus, zeigte leere Hände.

Kirk nahm sich ein Beispiel daran, fühlte den neugierigen Blick des Fremden auf sich ruhen und hielt ihm stand. Er hoffte, daß diese Wesen keinen Aspekt seines Verhaltens als Bedrohung oder beleidigend erachteten, und vielleicht ging es ihnen ebenso. Möglicherweise erreichte jede Spezies irgendwann ein Evolutionsniveau, das Aggressionen angesichts harmloser Gesten verhinderte.

»Die Biologie ähnelt keinem uns bekannten System«, stellte Spock fest. »Die Wahrscheinlichkeit für eine reziproke Kontaminierung mit schädlichen Mikroorganismen beträgt zehn hoch minus neunzehn.«

»Und was bedeutet das, Spock?« fragte Jim leise.

»Sie ist...« Spock zögerte. Exakte mathematische Begriffe waren ihm offenbar lieber. »Sie ist vernachlässigbar gering. Es besteht keine Gefahr.«

»Warum haben Sie das nicht sofort gesagt?«

»Captain?«

Jim winkte ab.

Das Wesen sang eine kurze Melodie, und Kirks Übersetzungsmodul empfing die Laute, unterzog sie einer Analyse und nahm eine Transkription vor. Doch in dem Lautsprecher des kleinen Geräts knackte und knarrte es nur.

»Ich kann Sie nicht verstehen«, erwiderte Jim in dem Versuch, ein längeres Gespräch mit dem Fremden zu führen. Sie mußten miteinander reden, auch wenn nach wie vor eine breite Kommunikationskluft zwischen ihnen existierte. Dadurch war der Translator in der Lage, Daten für genauere Signifikanzanalysen zu gewinnen.

Das Geschöpf antwortete, und diesmal bestand die Übersetzung des elektronischen Instruments aus verschiedenen Pfeiftönen. Der Fremde legte die Ohren an, stülpte sie erneut nach vorn. Jim trat mit ausgestreckter Hand auf ihn zu.

»Captain...« begann Spock.

Jims Finger berührten eine unsichtbare Barriere, eine weiche Masse, die erst ein wenig nachgab, dann dem Druck standhielt. Zwischen dem individuellen Schild und dem Schutzfeld der Außerirdischen kam es zu funkenstiebenden energetischen Entladungen.

»Vermutlich wollten Sie mir gerade sagen, daß sich diese Wesen ebenso abschirmen wie wir.«

»Genau, Captain. Aber das Risiko einer Infektion existiert überhaupt nicht. Wir können die Luft atmen. Der Sauerstoffanteil entspricht etwa dem irdischen Wert, ist beträchtlich höher als der in der vulkanischen Atmosphäre. Die Temperatur dürfte von Menschen als recht angenehm empfunden werden.«

»Und von Vulkaniern?«

»Für Vulkanier spielen Begriffe wie ›angenehm‹ keine Rolle. Wichtig ist nur: Wir können auf die Schilde verzichten.«

Jim betätigte eine Taste des autonomen Generators. Ein leises Zischen ertönte – es erinnerte Jim an einen Ballon, aus dem die Luft entwich –, und kurz darauf war der Druckausgleich hergestellt. Kirk schluckte einige Male, um das Rauschen aus seinen Ohren zu vertreiben. Er nahm sonderbar intensive Gerüche wahr, einen Duft wie von Zimt und Curry.

Kirk preßte sich an das fremde Schutzschild, bis es seinen Bewegungen einen unüberwindlichen Widerstand entgegenstemmte. Dann wartete er. Die Wesen beobachteten ihn wortlos.

Schließlich desaktivierten sie die Barriere.

Das scharlachrote Geschöpf kam näher, und zum erstenmal berührten sich die beiden Spezies.

Die Hand des Fremden fühlte sich trocken und heiß an. Unter dem Pelz und der Haut spürte Jim überraschend hartes Fleisch, so als bestünde es aus Sehnen, nicht aus Muskeln. Vielleicht war das tatsächlich der Fall. Vielleicht gab es für Begriffe wie ›Muskeln‹ und ›Sehnen‹ keine Entsprechung in der Struktur dieser Geschöpfe.

»Willkommen in der Föderation der Planeten«, sagte Jim. »Und vielen Dank, daß Sie uns hier an Bord Ihres Schiffes empfangen.«

Die Augen des scharlachroten Fremden glänzten in

einem goldenen Ton. Pelz- und Augenfarben der Wesen unterschieden sich voneinander.

Jim fragte sich, ob das scharlachrote Wesen ein ›Er‹ oder eine ›Sie‹ war — oder vielleicht ganz etwas anderes.

In dem kontrollierten Ambiente eines Raumschiffes diente Kleidung rein ästhetischen Zwecken. Die Geschöpfe waren nackt, trugen nur Arm- oder Fußreife. Kirk hielt vergeblich nach Geschlechtsorganen oder ähnlichen Dingen Ausschau, schob seine Neugier beiseite und beschloß zu warten, bis eine echte Kommunikation möglich wurde, bis er über die Bräuche und Tabus der Fremden Bescheid wußte.

Er sprach weiter, um dem Übersetzungsmodul zusätzliche Daten zur Verfügung zu stellen. Jedes Wort, jede Geste hatte einen neuen melodischen Chorus zur Folge. Zwar hörten sich die Stimmen nach wie vor eigenartig an, aber Jim verglich die Klänge mit denen eines Kammerorchesters. Sie schienen miteinander zu verschmelzen, hoben und senkten sich wie die Wellen eines Meeres. Und im Lautsprecher des Translators knarrte und knisterte es noch immer.

»Captain, wenn ich einen Vorschlag machen darf...«

»Ich höre, Commander Spock.«

»Desaktivieren Sie den Output des Geräts. Damit setzen Sie die ganze Kapazität des Prozessors allein für die Datensammlung und -analyse ein. Wenn Sie ihn weiterhin zu einer Korrelation zwingen, zu der er noch nicht fähig ist, könnte das Resultat in elektronischer Pseudoschizophrenie bestehen. Außerdem bestünde dann die Gefahr, daß die Sprachmodulation ein... provokatives Geräusch verursacht.«

Jim beherzigte den Rat des Vulkaniers. Er war stolz auf sein Übersetzungsmodul, wollte vermeiden, den Speicher zu löschen und ihn neu programmieren zu müssen.

Spock führte eine Untersuchung mit dem Tricorder durch, und sein analytischer Verstand hing gleichzeitig mehreren Gedankengängen nach. Zuerst einmal beobachtete er das Verhalten der Fremden. Keiner von ihnen spielte während des ›Gesprächs‹ mit Kirk eine Führer-Rolle, und auch die Gesten deuteten nicht darauf hin, daß es so etwas wie einen Anführer gab. Statt dessen erweckten sie den Eindruck, als werde jede noch so triviale Entscheidung ausführlich diskutiert. Der Captain konzentrierte seine Aufmerksamkeit zwar auf das scharlachrote Individuum, aber allein der Zufall schien zu bestimmen, wer ihm antwortete oder die nächste Geste vollführte.

Andererseits befaßte sich Spock auch mit der Umgebung. Ihre exotischen Qualitäten gingen weit über die aller anderen Landschaften hinaus, die er bisher gesehen hatte. In einer Richtung erstreckten sich niedrige Dünen, aus denen schließlich Hügel wurden. Die Hügel gingen in Berge über, die immer höher aufragten, in der Ferne gewaltige Massive bildeten. In der anderen Richtung ragten steinerne Dorne aus festem Felsboden, gaben einer gespenstischen Szenerie Gestalt.

Die Wölbung des Landes machte Horizonte unmöglich. Entfernung und Dunst beschränkten die Sicht. In einem Blickwinkel von hundertachtzig Grad schien die Welt kein Ende zu nehmen.

Aber in der anderen Hälfte stieß sie auf eine Begrenzung. Der Außenwall des Raumfahrzeugs ragte in die Höhe, vereinte sich mit den geometrischen Lichtmustern des Himmels. Er bestand aus großen, perlenartigen, dicht an dicht gepackten Kugeln.

Weit oben glühte das Netzgewebe, emittierte einen gleichmäßigen Schein, der jedem Objekt einen runden Schatten verlieh. Hier und dort zeigten sich unregelmäßig geformte Lücken in dem Gespinst, und dahinter funkelten Sterne.

Ein Teil von Spocks Interesse galt auch dem Verhalten des Captains. Kirk versuchte, Informationen zu gewinnen, ging dabei systematisch vor. Er klopfte sich auf die Brust, nannte seinen Namen, zeichnete die Antworten der Wesen auf, zeigte auf verschiedene Dinge, stellte Fragen, füllte den Speicher des Übersetzungsmoduls. Eine recht einfache Methode – aber sie funktionierte.

Die Schwierigkeit bestand nur darin, daß der Translator enorme Datenmengen verarbeiten mußte. Spock bezweifelte, ob in der Sprache der Fremden so schlichte Komponenten wie Substantive existierten, denn die Antworten zeichneten sich durch eine bemerkenswerte Komplexität aus. Möglicherweise beschrieben sie für jeden Gegenstand Geschichte, Evolution, Fabrikation, kulturelle und materielle Bedeutung.

Nach einer Weile schaltete Captain Kirk den Output des Übersetzungsmoduls wieder ein, aber erneut tönte nur unverständliches Geknarre aus dem Lautsprecher. Die Wesen sangen, berieten sich.

Nach Spocks Ansicht hatte James Kirk einen großen Fehler: seine Impulsivität. Er war sturer und dickköpfiger als Christopher Pike – und sehr viel jünger. Aber schon im Alter von dreißig Jahren hatte sich Pike durch jene Art von würdevollem Ernst ausgezeichnet, den Spock zu schätzen wußte. Seine nüchterne, sachliche Lebenseinstellung erfüllte den Vulkanier mit Vertrauen.

James Kirks überschwengliche, geradezu tollkühne Menschlichkeit hinwegen weckte Zweifel in Spock.

Captain Kirk trat auf ihn zu. »Ich bekomme dauernd andere Antworten. Selbst wenn ich ein ganz einfaches Objekt wähle: Die Erklärungen der einzelnen Wesen unterscheiden sich kraß voneinander. Das ist zumindest mein Eindruck. Ich bin nicht besonders musikalisch, doch mir fielen Differenzen in den Klangfolgen auf. Haben Sie irgend etwas bemerkt, das uns bei einer Kommunikation helfen könnte?«

Spock hatte tatsächlich einige vage Ideen, doch während des derzeitigen Stands der Dinge wollte er sie nicht erörtern. Sein Vorschlag mochte eine Lösung ihres Problems ermöglichen – oder zu einer Katastrophe führen. Der Vulkanier beschloß, noch etwas zu warten und zunächst mehr Gedankenarbeit zu leisten.

»Vielleicht gibt es eine reale Grundlage für Ihre Annahme, Captain. Viele Gruppen von intelligenten Wesen verständigen sich mit Dialekten und Mundarten der gleichen Sprache. Darüber hinaus: Vielleicht befinden sich an Bord dieses Schiffes völlig verschiedene ethnische Bevölkerungsteile mit eigenständigen Idiomen.«

»Wenn das stimmt, würden doch bestimmt Abgesandte geschickt, die in der gleichen Sprache kommunizieren — um einen unmittelbaren Kontakt mit den Fremden, mit uns, zu erleichtern.«

»Das wäre logisch«, entgegnete Spock. »Unter gewissen Umständen. Und aus unserer Perspektive gesehen. Doch diese Geschöpfe stammen aus einer gänzlich anderen Kultur. Vielleicht teilen sie nicht einmal unsere Vorstellung von Logik. Vielleicht sind sie nicht auf die Begegnung mit einer anderen intelligenten Spezies vorbereitet.«

»Aber gerade darum geht es doch bei interstellaren Reisen!« entfuhr es Kirk. »Um die Entdeckung neuer Welten, neuer Zivilisationen...«

»Das ist *unsere* Einstellung, Captain«, betonte Spock noch einmal. »Möglicherweise ist die Besatzung dieses Schiffes aus ganz anderen Gründen unterwegs.«

Jims Kommunikator summte. »Hier Kirk.«

»Lieutenant Uhura, Sir. Eine klingonische Einheit nähert sich dem fremden Raumfahrzeug.«

»Ein ziviles oder militärisches Schiff?«

»Es handelt sich um einen bewaffneten Kreuzer, aber das Konstruktionsmuster ist dem Computer unbekannt. Die Eigentümerin behauptet, ihr Schiff sei außer Dienst gestellt.«

Kirk wechselte einen kurzen Blick mit Spock.

»Das ist nicht unbedingt von der Hand zu weisen, Sir. Vorausgesetzt, die Einheit gehört zu einem älteren Jahrgang. Aber in dem Fall müßte sie vom Computer identifiziert werden können.«

»Wie weit entfernt?« sprach Kirk ins Mikrofon des Kommunikators.

»Etwa eine Million Kilometer, Sir«, erwiderte Uhura. »Ein ganze Stück außerhalb der Waffenreichweite.«

»Übermitteln Sie der Klingonin eine Warnung. Sagen Sie, es... könnte zu folgenschweren Mißverständnissen kommen, wenn sie weiterhin im Föderationsraum bleibt.«

»Aber, Sir...«

»Ja, Lieutenant?«

»Es ist umstritten, wo der Föderationsraum beginnt und aufhört.«

»Das stimmt, Captain«, sagte Spock. »Sowohl die Föderation als auch das klingonische Imperium erheben Anspruch auf bestimmte Sektoren in der Phalanx. Da die entsprechenden Quadranten keinen besonderen strategischen Wert haben, kam es bisher noch nicht zu direkten Auseinandersetzungen. Doch weder unsere Regierung noch die klingonischen Oligarchen sind bereit, einfach so auf das zu verzichten, was sie als ihr Hoheitsgebiet erachten.«

Kirk seufzte. »Na schön. Lieutenant Uhura, geben Sie der Klingonin zu verstehen, daß sie sich zu weit vorgewagt hat. Stellen Sie fest, wie sie darauf reagiert. Wählen Sie möglichst taktvolle Formulierungen. Wenn der Kreuzer bis auf Waffenreichweite herankommt, so fahren Sie die Schilde hoch. Sagen Sie Mr. Kyle, er soll uns auf mein Signal hin an Bord beamen.«

»Ja, Sir.«

Kirk klappte den Kommunikator zusammen und bedeutete den Fremden mit einigen Gesten, daß Spock und er gehen mußten, jedoch zurückkehren würden. Die Wesen pfiffen gelegentlich und gaben schrille, flötenhafte Laute von sich.

Das scharlachrote Geschöpf hob den Kopf. Spocks Tricorder registrierte seltsame elektromagnetische Emissionen, und einige Dioden flackerten. Verwirrt beobachtete der Vulkanier die Anzeigen, fragte sich, was die sonderbaren Ausstrahlungen zu bedeuten hatten.

»Captain Kirk«, meldete sich Uhura erneut. »Wir empfangen eine visuelle Sendung — stammt sie von Ihnen?«

Sie beschrieb die Signale als Wiederholung der Grafik, die zuvor von der *Enterprise* zum Raumfahrzeug der Fremden übertragen worden war. Die winzigen stilisierten Gestalten ritten auf einem glitzernden Energiestrahl und verschwanden im Starfleet-Schiff.

»Danke, Lieutenant.« Kirk zeigte auf seine Brust, breitete die Arme aus, drehte sich einmal im Kreis und deutete schließlich zu Boden.

»Ich hoffe, Sie verstehen mich«, sagte er. »Wir müssen Sie verlassen. Aber wir kommen wieder, ganz bestimmt.«

Das Wesen vor ihm faltete die Hände, und Spock stellte mit seinem Tricorder fest, daß die elektromagnetischen Emissionen ein abruptes Ende fanden. Einige Sekunden später hob das dunkelrote Geschöpf die Arme, streckte ihnen die leeren Handflächen entgegen.

Kirk wiederholte die Geste, musterte den Fremden, dessen Zungenspitze über den Sinnesbart strich. Dabei wurde Spock wieder auf einige eigentümliche Anzeigen seines Tricorders aufmerksam. Die Bewohner des Weltschiffes führten keine sichtbare elektronisch-mechanische Ausrüstung für eine visuelle Übertragung bei sich, und nichts deutete darauf hin, daß sich hochentwickelte Technologie irgendwo in der Nähe befand.

Der Captain hob seinen Kommunikator. »Kirk an *Enterprise.* Beamen Sie uns an Bord, Mr. Kyle.«

Das kalte Zerren des Transferstrahls griff nach Spock.

Er rematerialisierte im Transporterraum, neben dem Captain.

»Wir *müssen* eine bessere Möglichkeit finden, uns mit den Fremden zu verständigen«, sagte Kirk auf dem Weg zur Brücke. »Wenn ich die Daten meines Übersetzungsmoduls in den Bordcomputer eingebe — wie stehen dann die Chancen, konkrete Resultate zu bekommen?«

»Schwer zu sagen. Die unbekannte Sprache erscheint mir so komplex, daß ich zu Vorsicht rate. Es könnten sich Probleme ergeben, etwa durch eine Überlastung der Rechnerkapazität.«

Als sie den Kontrollraum betraten, nahm Uhura wieder an der Kommunikationskonsole Platz.

»Was ist dort draußen geschehen?« fragte McCoy.

»Etwas Unglaubliches, Pille. Lieutenant Uhura, öffnen Sie bitte einen schiffsinternen Com-Kanal.«

»Kanal offen, Sir.«

Jim überlegte. Wie meldete man die Begegnung mit einer völlig fremden intelligenten Spezies, die vermutlich einen weitaus höheren technischen Entwicklungsstand erreicht hatte?

»Kirk an Besatzung. Das Gravitationsfeld eines Raumfahrzeugs hat den Flug der *Enterprise* unterbrochen, aber dadurch sind keine gravierenden Schäden an den Bordsystemen entstanden. Wir haben friedlichen Kontakt zu den Insassen des Schiffes hergestellt, den Angehörigen eines bisher unbekannten Volkes.«

Jim fragte sich, ob er noch etwas hinzufügen sollte, einen Hinweis auf historische Begegnungen oder dergleichen, doch das erschien ihm zu dramatisch und auch übertrieben. Er bedeutete Uhura mit einem Wink, den Com-Kanal wieder zu schließen.

»Was ist mit dem klingonischen Kreuzer, Lieutenant?«

»Die Eigentümerin ist nicht bereit, den Kurs zu ändern, Sir.«

»Ach? Nun, sehen wir uns das Schiff mal an.«

Spock runzelte die Stirn, als sich das Bild auf dem großen Wandschirm formte. Es handelte sich nicht um eine in die Jahre gekommene, ausgemusterte Kampfeinheit, sondern ein High-tech-Artefakt des Imperiums, ein völlig neues Schiff.

»Captain, ich halte es für extrem unwahrscheinlich, daß sich dieser Kreuzer im Besitz einer Privatperson befindet.«

»Ich weiß, was Sie meinen, Commander Spock. Lieutenant Uhura, ich möchte mit der Eignerin sprechen.«

Nur wenige Sekunden später wechselte das Bild, und Spock dachte: Selbst wenn nur eine Wahrscheinlichkeit von eins zu einer Million oder gar eins zu einer Milliarde besteht – man sollte sie berücksichtigen. Zwar hatten sie es zweifellos mit einem militärischen Schiff zu tun, aber die Eigentümerin war Zivilistin.

»Ich bin James T. Kirk«, sagte der Captain. »Ihr Schiff ist in den Föderationsraum eingedrungen, und Starfleet hat die Aufgabe, unsere Grenzen zu schützen.«

»Ich bin Koronin, Eigenerin der *Quundar*. Ich schätze, in Hinsicht auf die Grenzen vertreten unsere Oligarchen eine andere Ansicht.« Sie drehte den Kopf zu Seite und schnippte mit den Fingern. »Starfleet!«

Ein kleiner, rosafarbener Primat, der eine Miniaturuniform der Raumflotte trug, sprang in die Arme der Klingonin. Sie zog an der Leine, die sie am Halsband befestigt hatte. Das Tier wimmerte und winselte.

»Sehen Sie nur, wie sehr ich Starfleet schätze«, sagte Koronin.

»Ich bin sicher, die *Enterprise* ist ein weitaus stärkerer Gegner als ein hilfloser Affe«, antwortete Kirk. Selbst Spock hörte den unterdrückten Ärger in seiner Stimme.

Der Vulkanier betrachtete Koronins Kleidung, analysierte ihr Erscheinungsbild, ihren Akzent – und kam sofort zu dem Schluß, daß sie zu den Rumaiy gehörte, einer politischen und ethnischen Minderheit auf dem klingonischen Zentralplaneten. Die höchste Klasse der Rumaiy verschleierte sich in der Öffentlichkeit, und auch Koronin trug ein Gesichtstuch. Allerdings war es nicht an der Stirn befestigt, sondern hing lose wie ein Schal herab. Wer die klingonischen Bräuche kannte, wußte diesen Hinweis zu deuten: Koronin lehnte die Traditionen ihres Volkes ab. Also eine Renegatin. Spock befürchtete Schwierigkeiten.

»Unterschätzen Sie mich nicht, Föderations-Captain«, sagte Koronin. »Weder mich noch mein Schiff. Damit unterliefe Ihnen ein großer Fehler. Wenn ich meine Regierung repräsentierte, würde ich Sie nun auffordern, unseren Raumbereich zu verlassen – und nötigenfalls Gewalt anwenden. Aber ich spreche nur für mich selbst, sonst niemanden. Und ich möchte meinen schönen neuen Kreuzer nicht bei einem Gefecht aufs Spiel setzen.«

»Mir liegt ebenfalls nichts an einem Kampf«, erwiderte Kirk.

»Gut. Dann werden wir uns nicht stören, untersuchen beide das faszinierende Objekt zwischen uns. Es ist bestimmt groß genug, um zwei Landegruppen aufzunehmen.«

Ich bezweifle, ob diese Renegatin an wissenschaftlichen Forschungen oder den Möglichkeiten interessiert ist, die sich durch den friedlichen Kontakt zwischen zwei Spezies ergeben, dachte Spock skeptisch.

»Sie kommen doch von der Erde, nicht wahr?« fuhr Koronin fort. »Sie sind ein Mensch. Und wie heißt es so schön in Ihrer Sprache? ›Weidmannsheil‹.« Die Klingonin lachte.

Kirk stand auf und setzte zu einer scharfen Erwiderung an, doch das Bild auf dem großen Wandschirm verblaßte bereits. »Verdammt! Wenn sie bewaffnet das fremde Raumfahrzeug aufsucht... Ich wage mir gar nicht vorzustellen, was geschehen könnte.«

»Die Bandbreite der entsprechenden Möglichkeiten läßt sich auch in bezug auf uns nicht genau definieren, Captain«, sagte Spock. »Wir wissen nur wenig mehr als Koronin über das Weltschiff und seine Besatzung.«

»Woher hat sie den Kreuzer? Bestimmt handelt es sich nicht um ein Geschenk des Imperiums. Ist sie vielleicht eine Agentin?«

»Kein Einsatzagent würde Verdacht auf sich lenken, indem er eine militärische Einheit fliegt«, meinte Spock.

»Es sei denn, das gehört zum Plan«, gab Kirk zu bedenken.

»Es hat keinen Sinn zu versuchen, die vielfältigen Verschwörungsabsichten der klingonischen Oligarchen zu ergründen«, antwortete der wissenschaftliche Offizier. »Diese Aufgabe ist so komplex, daß Wahnsinn droht. Es bleibt uns nichts anderes übrig, als abzuwarten und zu beobachten, bis wir mehr Informationen haben.«

»Captain Kirk...«

»Ja, Mr. Sulu?«

»Nur ein Gedanke, Sir... Vielleicht erging es der *Quundar* ähnlich wie uns. Vielleicht wurde sie von den Gravitationswellen vom Kurs abgebracht und kann ohne eine Reparatur des Warptriebwerks nicht auf Überlichtgeschwindigkeit beschleunigen. Wenn das stimmt, sitzt Koronin im Förderationsraum fest, will vielleicht nur Zeit für die notwendigen Instandsetzungsarbeiten gewinnen.«

»Ich verstehe.« Captain Kirk lehnte sich in seinem Sessel zurück.

Der Wandschirm zeigte nun wieder das riesige Weltschiff, eine gewaltige, schimmernde Perle, die friedlich durchs All schwebte. Spock wußte, daß sich jenes Gebilde in einen metaphorischen Funken verwandeln konnte, der einen Planetenbrand entzündete, das verheerende Feuer eines interstellaren Kriegs. Viel hing von den Entscheidungen des jungen Kommandanten der *Enterprise* ab.

Der Vulkanier schaltete ein Interface zwischen seinem Tricorder und dem Bordcomputer, begann anschließend mit einer Datenanalyse. Die Insassen – Bewohner? – des Weltschiffs besaßen bemerkenswerte Fähigkeiten.

»Faszinierend«, murmelte er.

»Was meinen Sie damit, Spock?«

»Das scharlachrote Wesen sendete die Bilder, die wir auf dem Schirm sahen. Es erzeugte die betreffenden Signale mit Hilfe seiner Bioenergie. Biologische Kontrolle über elektromagnetische Strahlung. Höchst ungewöhnlich.«

»Nun, ich weiß nicht«, erwiderte McCoy. »Auf der Erde gibt es Zitteraale, die zu ähnlichen Kunststücken in der Lage sind.«

»Dr. McCoy«, entgegnete Spock erstaunt, »Sie sollten unbekannten Lebensformen mit mehr Respekt begegnen.«

»Was soll das denn heißen?«

»Die Geschöpfe, von denen ich spreche, üben perfekte Kontrolle aus, und das ist einmalig. Sie schaffen Bilder und übermitteln sie, ohne irgendwelche technische Hilfsmittel zu benutzen.«

Der Bordarzt starrte ihn groß an.

Jim seufzte. »Ich glaube, Mr. Spock möchte auf folgendes hinaus, Pille: Zitteraale geben keine Heimkino-Vorstellungen.«

»Es war ein *Scherz*, Mr. Spock«, sagte McCoy. »Ein Witz. Hielten Sie meine Bemerkung nicht für komisch?«

»Wohl kaum«, antwortete der Vulkanier.

»Ich schätze, ich sollte Ihnen gegenüber auf humorvolle Kommentare verzichten.«

Spock musterte den Arzt gelassen. »Das interpretiere ich als ein Versprechen. Und ich wäre Ihnen sehr dankbar, wenn Sie sich daran hielten.« Er ignorierte McCoy und setzte seine Arbeit fort.

Jim drehte sich um, wandte Spock und Pille den Rücken zu. Erneut beobachtete er das Weltschiff. »Unglaublich.« Aber es nützte nichts, auf die Darstellung zu starren. Dadurch kam er einem Verständnis des rätselhaften Objekts oder einer Kommunikation mit den Wesen darin keinen Schritt näher. Und es gab noch ein drittes Problem: Er mußte auf den klingonischen Kreuzer achten, der eine potentielle Gefahr für die *Enterprise* darstellte.

»Mr. Spock«, sagte Jim nach einer Weile, »wie schnell können Sie sich auf eine Rückkehr zum Weltschiff vorbereiten? Ich möchte es erforschen, feststellen, woraus die Außenstruktur besteht. Lieutenant Uhura wird uns als Kommunikationsberaterin begleiten und...«

»Sie gehen von riskanten Basisannahmen aus, Captain«, unterbrach ihn der wissenschaftliche Offizier.

»Können Sie sich nicht etwas deutlicher ausdrücken, Spock?« brummte McCoy.

»Captain Kirk beabsichtigt offenbar eine Untersuchungsstrategie, die bei einem ganz normalen Planeten mit einer durchschnittlichen, präindustriellen Kultur durchaus angebracht wäre. Aber das dort ist *kein* Planet. Die Wesen setzen weder mechanische noch elektronische Technik ein, die sich mit der unsrigen vergleichen ließe, doch eins steht fest: Sie haben einen sehr hohen Entwicklungsstand erreicht, das Weltschiff gebaut. Wir dürfen nicht einfach so in ihre Zivilisation eindringen und Analyseproben nehmen, ohne ausdrücklich eingeladen worden zu sein.«

»Nun, wir haben eine Einladung bekommen, in gewisser Weise«, warf Jim ein.

»Selbstverständlich steht es Ihnen frei, die Lage nach eigenem Ermessen zu beurteilen«, fuhr Spock fort. »Trotzdem schlage ich vor, über folgendes nachzudenken: Wie würden wir reagieren, wenn wir den Wesen des Weltschiffs gegenüber eine Einladung aussprächen – und sie unmittelbar nach ihrer Ankunft begännen, alles an Bord zu untersuchen?«

Kirk musterte den Vulkanier nachdenklich. »Dieser Punkt liegt Ihnen sehr am Herzen, nicht wahr, Commander?«

»Natürlich nicht«, widersprach Spock und fragte sich, ob ihn der Captain mit dem Hinweis auf Emotion beleidigen wollte. »Ich möchte nur auf einen wichtigen Punkt hinweisen: Präelektronische Kulturen können wir auf jede erdenkliche Weise untersuchen, weil die entsprechenden Zivilisationen schlicht und einfach nicht in der Lage sind, wirksame Gegenmaßnahmen zu ergreifen. Es sei dahingestellt, ob das moralisch-ethisch vertretbar ist oder nicht. Nun, in diesem besonderen Fall ist weitaus mehr Behutsamkeit und Rücksichtnahme angeraten. Das Raumfahrzeug läßt die Schlußfolgerung zu, daß die Technologie der Wesen der unsrigen überlegen ist. Daher schlage ich vor, wir machen uns eine taktvollere Haltung zu eigen.«

McCoy räusperte sich. »Wer sagt denn, daß die Geschöpfe, mit denen Sie und Jim gesprochen haben...«

»Von ›sprechen‹ kann keine Rede sein«, unterbrach ihn Spock. »Wir versuchten, eine Kommunikationsbasis zu schaffen, und zwar auf der Grundlage *ihrer* inhärenten Fähigkeiten.«

»...mit denen Sie und Jim gesprochen haben, die tatsächlichen Konstrukteure des Weltschiffes sind?«

Spock starrte den Bordarzt groß an. McCoy kannte die Daten – und dennoch stellte er eine solche Frage? Der Vulkanier hatte des öfteren erlebt, daß selbst knapp formulierter Zweifel in Hinsicht auf die Bewertung bestimmter Situationen seinen ganzen Wahrnehmungs- und Einschätzungskomplex grundlegend veränderte.

Doch *diesmal* traf das nicht zu.

»Unsere kurze Kommunikation überzeugte mich davon, daß die Geschöpfe das Weltschiff bauten«, erwiderte er.

»Übersetzung: Sie vermuten, daß es sich um die Konstrukteure handelte.«

»Es ist meine Meinung. Ich gehe von seiner solchen Prämisse aus.«

»Wenn ich mich recht entsinne, haben Sie vor nicht allzu langer Zeit die Ansicht geäußert, das Weltschiff könne natürlichen Ursprungs sein.«

»Es wäre möglich gewesen«, bestätigte Spock. »Inzwischen wissen wir es besser. Ich änderte meine Meinung auf der Grundlage zusätzlicher Informationen.«

»Sie erwähnten eben ›inhärente Fähigkeiten‹. Angenommen, dieser Begriff läßt sich auf den Bau des Weltschiffes erweitern? Angenommen, die Wesen schufen es aus einem Instinkt heraus?«

»Da Sie ganz offensichtlich nicht behaupten können, das Weltschiff stelle einen überdimensionalen Bienenstock dar«, erwiderte Spock, »muß ich in Erwägung ziehen, daß Sie Ihr Versprechen mißachten, mich nicht mehr mit Ihren Scherzen zu belästigen.«

Captain Kirk lächelte, und in Uhuras Mundwinkeln zuckte es. Spock empfand ihre Erheiterung fast als einen Affront.

»Meine Bemerkung war keineswegs scherzhaft gemeint«, sagte McCoy leicht pikiert. »Und es könnte sich *wirklich* um eine instinktive Reaktion handeln. Das läßt sich nicht ausschließen.«

»Ebensowenig wie Ihre vorherige Vermutung, das Weltschiff sei nicht von den Wesen erbaut worden, mit denen wir Kontakt aufnahmen. Was für ein Szenario schlagen Sie vor? Daß unbekannte Aliens es für sie konstruierten? Nun, Ihre Vorstellungskonzepte in diesem Zusammenhang würden mich sehr interessieren. Wahrscheinlich denken Sie an primitive Affenwesen.«

»Jetzt gehen Sie zu weit, Mr. Spock!« entfuhr es McCoy aufgebracht.

»Commander Spock, Dr. McCoy«, sagte Kirk. »Es gibt keinen Grund, sich über Spekulationen zu streiten. Das erübrigt sich, wenn es uns gelingt, den fremden Verständigungscode zu entschlüsseln.«

»Ich nehme an, die Sprache der Wesen entstand außerhalb des lokalen Unbewußten«, erklärte der Vulkanier.

»Wenn das stimmt...« Uhura holte tief Luft. »Dann sind wir vielleicht überhaupt nicht imstande, sie zu übersetzen.«

»Das lokale Unbewußte!« McCoy lachte. »Sie glauben doch wohl nicht an solchen Unsinn!«

»Ich finde die Theorie in intellektuell-ästhetischer Hinsicht sehr zufriedenstellend«, sagte Spock. »Vieles spricht für sie.«

»Das lokale Unbewußte gilt in weiten Kreisen als angemessene Grundlage für linguistisch-psychologische Forschungen«, fügte Uhura hinzu.

»Quatsch!«

»Sie haben das Recht zu einer eigenen Meinung«, bemerkte Spock mit kühler Diplomatie. »Selbst wenn sie ebenso antiquiert wie falsch ist.«

McCoy knurrte.

»Wären Sie so freundlich, mir die Theorie zu erklären, Spock?« fragte Kirk. »Was ist ›das lokale Unbewußte‹?«

»Die These besagt, daß sich alle Wesen in einem lokalen Bereich durch einen mentalen Verwandtschaftsgrad auszeichnen, auf einer gewissen geistigen Ebene miteinander verbunden sind. Aus diesem Grund — so der Lehrsatz —

können Sprachen aus einem anderen Evolutionssystem übersetzt werden.«

»Auf der Erde hat Jung die Theorie des kollektiven Unterbewußtseins entwickelt«, meinte Jim. »Und es gibt praktisch niemanden mehr, der sie in Frage stellt.«

»Mit dem lokalen Unbewußten ist es ähnlich, Sir«, sagte Spock. »Allerdings betrifft die Bezeichnung ›lokal‹ weitaus mehr als nur eine bestimmte Spezies, einen Planeten oder eine Sterngruppe.«

McCoy ächzte leise. »Mit anderen Worten: Spock meint, die Geschöpfe des Weltschiffs kommen aus einer anderen Galaxis.«

Der Vulkanier nickte. »Ich halte das für sehr wahrscheinlich.«

»Wunderbar!« platzte es aus McCoy heraus. »Wesen aus einem Sonnensystem jenseits der Grenzen des erforschten Raums genügen nicht! Es muß unbedingt ein Volk sein, das aus einer anderen Galaxis stammt! Warum behaupten Sie nicht gleich, sie kämen aus einem anderen Universum?«

»Es liegen mir keine empirischen Beweise für die Existenz anderer Universen vor«, stellte der wissenschaftliche Offizier sachlich fest.

»Commander Spock, wenn die Theorie stimmt und wir die Sprache der Fremden tatsächlich nicht übersetzen können — dann gibt es überhaupt keine Möglichkeit, mit ihnen zu kommunizieren.«

»Ganz im Gegenteil, Captain«, widersprach der Vulkanier. »Zwar ist nach der Theorie eine Transkription der Sprache ausgeschlossen, aber das bedeutet nicht, daß ihr Erlernen unmöglich ist.«

»Nun, mit dem lokalen Unbewußten kenne ich mich nicht besonders gut aus, Commander«, sagte Kirk, »aber ich werde Ihre Hinweise in bezug auf das Weltschiff berücksichtigen. Vielleicht bekommen wir die Erlaubnis, die Heimat der Fremden zu untersuchen. In der Zwischenzeit sollten wir alle versuchen, taktvoller zu sein.«

»Captain Kirk!«

»Ja, Mr. Sulu?«

»Sir, ein Schiff nähert sich...«

»Koronin? Übermitteln Sie ihr eine Warnung. Fordern Sie die Klingonin auf, Distanz zu wahren.«

»Es ist nicht die *Quundar*, Sir, sondern eine sehr kleine Einheit, ein Boot. Eine Art Sonnensegler. Und er stammt von dem Weltschiff.«

Das winzige, runde Objekt – wie eine Perle, die an einem großen, seidenen Segel hing – glitt über das Projektionsfeld an der Wand.

Kirk sah Spock an. »Vielleicht kommen die Wesen, um *uns* zu untersuchen.«

KAPITEL 10

Die Boten des Weltschiffes trugen nichts bei sich: weder Analysegeräte noch Kommunikationsinstrumente.

Der kleine Segler ritt auf einem Energiestrahl, schwebte der *Enterprise* entgegen. Als er sich ihr näherte, balancierte das Gefährt geschickt zwischen dem Gravitationssog des Weltschiffes und dem energetischen Balken. Seine Insassen übermittelten der *Enterprise* eine detaillierte visuelle Botschaft, verdeutlichten damit ihren Wunsch, an Bord gebeamt zu werden.

»Was ist nun mit den Vorschriften, an denen Ihnen soviel liegt, Spock?« fragte McCoy. »Wenn Jim die Burschen an Bord läßt, setzt er sich über die Erste Direktive hinweg.«

»Sie dient in erster Linie dazu, junge und sich noch entwickelnde Kulturen vor dem Schock zu bewahren, der durch die Konfrontation mit einer überlegenen Technologie entstehen könnte«, erwiderte der Vulkanier. »Aber vielleicht haben Sie diesmal trotzdem recht, Dr. McCoy. Vielleicht müssen *wir* vor dem Schock einer Begegnung mit den Weltschiff-Bewohnern geschützt werden. Vielleicht sollten wir die Erste Direktive auf uns selbst beziehen.«

»Das ist doch absurd, Spock!«

»Meinen Sie, Doktor?«

Kirk griff ein, um eine weitere verbale Auseinandersetzung zu verhindern. »Möglicherweise sollte ich mich auf die Erste Direktive berufen, um Sie voreinander zu schützen. Wie dem auch sei: Ich bin ziemlich sicher, daß derartige Maßnahmen in Hinsicht auf die Fremden unnötig sind.«

An Bord der *Quundar* beobachtete Koronin, wie der Segler des unbekannten Volkes das riesige Raumfahrzeug verließ und sich der *Enterprise* näherte. Die Klingonin fluchte. Wenn die Föderation glaubte, sie würde ruhig zusehen und einfach die Hände in den Schloß legen, während neue Aliens in die Allianz aufgenommen wurden, so irrte sie sich gründlich. Mit langen Schritten marschierte Koronin über den Kommandobalken und blickte durch die Aussichtsluken. Ihre Crew arbeitete noch immer an den Hyperraum-Triebwerken. Starfleet schlich hin und her, winselte leise und bettelte um Nahrung.

»Verschwinde!« fauchte die Klingonin. »Sei still, wenn du nicht angebunden werden willst!« Der Primat kroch zu ihrem Bett, kauerte sich auf der Pelzdecke zusammen und ließ seine Herrin nicht aus den Augen.

»An alle Stationen!«

Die Besatzungsmitglieder reagierten sofort, eilten zu den Konsolen.

»N-Raum-Motoren!«

Die *Quundar* erwachte wieder zum Leben.

»Captain, der klingonische Kreuzer beschleunigt.«

Jim beobachtete, wie sich das Renegatenschiff der *Enterprise* näherte, bis auf Waffenreichweite herankam. Eine Provokation? Plante Koronin einen Angriff? Kirk waren die Hände gebunden: Bis zur Ankunft der Fremden aus dem Weltschiff konnte er nichts unternehmen, nicht einmal die Schilde hochfahren.

»Behalten Sie sie im Auge, Mr. Sulu«, sagte er. »Achten Sie auf die Sensorerfassung. Mehr können wir im Augenblick nicht tun.« Er stand auf, machte sich zusammen mit McCoy auf den Weg zum Transporterraum, um dort auf die Besucher zu warten. Uhura und Spock schlossen sich ihnen an.

Die Fremden gaben durch nichts zu erkennen, ein Äquivalent der Transportertechnik zu besitzen, überlegte der

Vulkanier. Dennoch verhielten sie sich so, als handele es sich um etwas Banales, Primitives.

Spock zweifelte nicht darin, daß sie die entsprechende Technologie sofort duplizieren konnten, wenn ihnen etwas daran lag.

Er war inzwischen zu eigenen Schlußfolgerungen in Hinsicht auf die Wesen aus dem Weltschiff gelangt — zu Schlüssen, von denen er ganz genau wußte, daß sie auf unzureichenden Daten basierten. Spock bereitete sich innerlich darauf vor, betreffende Annahmen und Prämissen sofort zu verwerfen, wenn sie neuen Informationen widersprachen. Aber bis dahin hatte er wenigstens eine Beurteilungs- und Analysegrundlage.

In dem Sonnensegler sah er nichts weiter als ein Spielzeug. Die Wesen hätten jederzeit darum bitten können, direkt vom Weltschiff aus an Bord der *Enterprise* gebeamt zu werden. Statt dessen wählten sie ein kleines Transportmittel, angetrieben von Photonen, die einen Teil ihres Bewegungsmoments auf ein Segel übertrugen. Spock hielt diese Art des Reisens eher für trivial, und außerdem wäre er lieber Geschöpfen begegnet, die seine vulkanische Rationalität teilten. Doch die Fähigkeit zu ›spielen‹ mochte ihm als stichhaltiges Argument McCoy gegenüber dienen: Für den Doktor gab es nun keinen Grund mehr, die Gesellschaft des Weltschiffes mit der von Bienen zu vergleichen. Er konnte den hohen technischen Entwicklungsstand nach wie vor auf externe Einflüsse zurückführen, aber Spock war davon überzeugt, daß auch jener Irrtum bald der Wahrheit weichen mußte.

Das große, scharlachrote Wesen nahm auf der Transporterplattform Gestalt an: schlank, nackt, mit leeren Händen.

Im gleichen Augenblick begriff Spock, daß er einen wichtigen Punkt übersehen hatte.

»Halt! Die Gravitation...« Der Vulkanier sprang nach vorn und fing das Geschöpf auf, als es in einem viel zu starken Schwerkraftfeld materialisierte. Der zarte Knochenbau und das geringe Gewicht erstaunten ihn, und auf den physischen Kontakt folgte sofort der psychische. Die Macht des fremden Geistes zerschmetterte Spocks mentale Barrieren. Nur seine Disziplin und gut ausgebildeten Reflexe hielten ihn auf den Beinen.

»Mr. Kyle!« rief Kirk. »Beamen Sie unsere Gäste aufs Shuttledeck. Jetzt sofort!«

Der Transfertechniker hielt unwillkürlich den Atem an. Ein neuerlicher Transport ohne vollständige Rematerialisierung war nicht ganz ungefährlich... Dann beobachtete er, wie die anderen Boten des Weltschiffes zu Boden sanken, schrille Schreie von sich gaben. Rasch bediente er die Kontrollen.

Das Energiefeld erfaßte Spock und die Besucher, trug sie innerhalb eines Sekundenbruchteils in den Hangar.

Der Vulkanier ließ das scharlachrote Wesen los, sank auf die Knie, wie gelähmt von den fremden Gedanken.

Drei andere Geschöpfe materialisierten vor Athene und Amelinda Lukarian. Eins hatte einen cremefarbenen Pelz, und das flaumige Körperfell des anderen wies schmale, goldene und braune Streifen auf. Die Haare des dritten bildeten kompliziert anmutende Paisley-Muster.

Die Musik ihrer Stimmen wehte ihm wie die Melodie eines Windreiters entgegen, jener substanzlosen vulkanischen Wesenheit, die nie den Boden berührte. Das Vogelpferd schnaubte alarmiert und breitete die Schwingen aus. Amelinda Lukarian versuchte, es zu beruhigen.

Die drei Besucher vom Weltschiff hoben die Arme. Lange Extremitäten auf ihren Rücken entfalteten sich, und dazwischen glänzten schwimmhautartige Flügel.

Sie stiegen auf, flogen zum gefährlich niedrigen Himmel empor.

Spock versuchte, sich in die Höhe zu stemmen, aber er hatte plötzlich keine Kraft mehr. Die Hände ruhten zitternd auf den Knien. Er konnte kaum den Kopf heben. Als er schließlich aufsah, starrte er in die bernsteinfarbenen und goldenen Augen des scharlachroten Geschöpfs, das dicht vor ihm kniete. Die Zungenspitze tastete über den Sinnesbart, und mit der einen Hand, mit einem Krallenfinger, berührte es sich kurz an der Stirn. Dann gab es einen Laut von sich, den Spock als Frage interpretierte.

»Alles in Ordnung«, flüsterte der Vulkanier, vernahm dabei den heiseren Klang seiner Stimme. Von Anfang an war ihm klar gewesen, daß so etwas geschehen mußte. Aber er hatte gehofft, aus eigener Initiative handeln zu können, mehr Zeit für eine gründliche Vorbereitung zu haben.

Spock streckte die Hände aus, und seine Fingerkuppen strichen über die Stirn des Wesens.

Eine breite mentale Brücke entstand zwischen zwei völlig verschiedenen Geistessphären.

Jim Kirk befand sich noch immer im Transporterraum, stürmte zur Tür, als Spock und die Besucher vom Weltschiff entmaterialisierten. Er wollte nicht abwarten, bis sich der Transferfokus erneut aufgeladen hatte, konnte das Shuttledeck zu Fuß schneller erreichen. McCoy schaffte es gerade noch, auf den Korridor zu springen, bevor sich die Tür schloß.

»Wie dumm von mir!« rief Jim. »Himmel, was bin ich doch für ein Narr! Ich habe überhaupt nicht nachgedacht, verdammt!« In der Kabine des Turbolifts hieb er an die Wand, wütend auf sich selbst. Die Zeit verstrich, und das Schott vor ihnen blieb geschlossen. Als Kirk schon bedauerte, nicht im Transporterraum gewartet zu haben, glitt die Tür schließlich auf. Der Captain lief sofort los, sauste durch den Flur.

Auf dem Steg blieb er verblüfft stehen.

Die Fremden aus dem Weltschiff erweckten keineswegs den Eindruck, verletzt zu sein. Drei von ihnen glitten hin und her, flogen dicht unter der Decke des Hangar. Sie flogen! Ihre anmutigen und geschmeidigen Bewegungen erinnerten Jim an Falken, die an einem sonnigen Himmel schwebten, das Land unter ihnen beobachteten und nach Beute Ausschau hielten.

Athene schlug unsicher mit ihren Schwingen, versuchte den Fremden zu folgen. Mit hoch erhobenem Kopf und nach vorn gestülpten Ohren lief sie auf sie zu, trachtete danach, aufzusteigen und ebenfalls unter der Decke zu schweben. Die melodischen Stimmen der Wesen hallten zart von den Wänden wider.

»Mr. Spock!« rief Lindy. »Was ist mit Ihnen, Mr. Spock?«

Die junge Frau ging neben Spock und dem scharlachroten Geschöpf in die Hocke. Der Vulkanier lag steif im weichen Gras, die Hände zu Fäusten geballt. Auf der linken Gesichtshälfte sah Jim einige rote Striemen und Flekken aus pulverisiertem Gestein. Der vierte Besucher, der mit dem roten Pelz, winkelte den einen Arm an, sah sich wie benommen um.

Jim eilte die Treppe herunter und verfluchte sich erneut. Erachteten die Fremden die für sie viel zu hohe Gravitation in der *Enterprise* als einen Angriff, als heimtückische List? Hatten sie sich dafür an Spock gerächt?

Der Vulkanier sah schrecklich aus. Sein Gesicht war gelbgrün, und aus einer kleinen Wunde in der Wange sikkerte smaragdfarbenes Blut.

»Was ist geschehen, Lindy?« fragte Kirk.

»Ich weiß nicht genau...«

»Macht Platz«, sagte McCoy. »Laßt mich ihn untersuchen.« Er fühlte Spocks Puls. »Für einen Vulkanier recht niedrig.«

»Ist er in Lebensgefahr?«

»Nein, ich... ich glaube nicht. Leider hatte ich keine Gelegenheit, ihn zu untersuchen und die normalen Werte festzustellen. Zum Teufel auch!«

»Es hat jetzt keinen Sinn, ihm Vorwürfe zu machen, Pille.«

»Himmel, ich bin sauer auf mich selbst.« McCoy schüttelte den Kopf. »Es war meine Schuld... mein Fehler. Ich besorge eine Bahre.«

»Das übernehme ich. Sorg du dafür, daß unserem Gast nichts geschieht.«

»Ich... ich... habe keine körperlichen Schäden erlitten.«

Jim erhob sich ruckartig. Die Worte bildeten eine Melodie, und die Melodie formte die Worte. Der scharlachrote Flieger strich sich mit der Krallenhand über den Arm, streckte die drei Rückenextremitäten, zwischen denen sich die Schwingen spannten. Als er sie nach vorn neigte und hinter Kirk schloß, entstand eine Art Kokon. Schon nach wenigen Sekunden wich der Fremde wieder zurück, faltete die Flügel zusammen. Es knisterte leise, wie von feiner Seide.

»Haben Sie zu mir... gesprochen?« fragte Jim.

»Ich sprach die ganze Zeit über, aber Sie konnten mich nicht verstehen. Die Singende wäre vielleicht in der Lage, sich mit uns zu verständigen – nachdem sie genug gelernt hat. Oh, Sie kommunizieren mit einem so simplen Code...«

»Wieso beherrschen Sie ihn jetzt?«

Der Flieger formulierte mehrere melodische ›Worte‹, sah dann auf den Vulkanier herab. »Spock hat mir geholfen.«

Der Besucher nahm neben dem wissenschaftlichen Offizier Platz, neigte die Hände und preßte die Handrücken auf den Boden. Spocks angespannte Muskeln lockerten sich allmählich, aber er blieb nach wie vor bewußtlos.

»Was ist passiert?« erkundigte sich Jim.

»Ich schlug ihm vor, Muster auszutauschen. Und er erklärte sich dazu bereit. Doch unsere Kommunikation ging weit darüber hinaus.«

Jim suchte nach den richtigen Worten, kämpfte gegen seine Verwirrung an. »Wir begegnen nicht gerade häufig Leuten wie Ihnen. Sie sind mit erstaunlichen Fähigkeiten ausgestattet, und Ihre Technologie scheint mindestens so hoch entwickelt zu sein wie unsere. Das ist eine neue Erfahrung für uns... Ich fürchte, Mr. Spock wurde bei dem Kontakt mit Ihnen verletzt. Er braucht Hilfe...«

»Die Bahre ist unterwegs, Jim«, sagte McCoy und kehrte vom Intercom-Anschluß neben der Treppe zurück.

Die anderen Flieger landeten und traten neugierig näher.

»Ihr Flugbereich bietet nur wenig Platz«, stellte das scharlachrote Wesen fest. »Wie bringt es Ihre Partnerin fertig, hier zu schweben? Wie jagt sie?«

Das Geschöpf meinte Athene. »Sie muß das Fliegen erst noch lernen. Es ist eine lange Geschichte. Geht es Ihnen und Ihren Freunden gut? Die hohe Gravitation im Transporterraum hat Ihr Wohlergehen nicht beeinträchtigt?«

»Spock hat uns rechtzeitig genug hierher gebracht.«

»Es tut mir leid — mir unterlief ein unverzeihlicher Fehler.«

Die Flieger pfiffen und sangen miteinander.

»Er gehört der Vergangenheit an«, erwiderte das scharlachrote Wesen schließlich.

»Was haben Sie mit Spock angestellt?« fragte Uhura.

»Ich wollte ihm Freude und Melodie schenken«, erklärte der Besucher. »Doch meine Muster bereiteten ihm Kummer und Leid.«

Zwei Krankenpfleger kamen in den Hangar, und McCoy half ihnen dabei, den reglosen Vulkanier auf die Bahre zu legen und zur Krankenstation zu bringen. Einige Männer aus der Sicherheitsabteilung warteten auf dem Steg. Jim sah sie an, schickte sie mit einem Wink fort.

Der scharlachrote Flieger zwinkerte. »Sie, die Singende, heißen Uhura. Und Sie sind Captainkirk.«

»Mein Name lautet James Kirk. ›Captain‹ ist ein Titel. Ich bin für dieses Schiff verantwortlich. Sind Sie der Captain, der Kommandant, des Weltschiffes, Ihres Raumfahrzeugs?«

Der Fremde streckte die Zunge aus und berührte seinen Sinnesbart. Jim glaubte, dieses Gebaren als eine Geste des Nachdenkens zu erkennen.

»Ich verarbeite noch immer die Informationen, die mir Spock gab. Den ›Namen‹ erhalten Sie kurz nach der Geburt, und ›Titel‹ bekommen Sie als Erwachsene. Stimmt das?«

»Im Prinzip schon.«

»Dann bin ich nicht der ›Captain‹ unseres...« Der Flieger summte, schaffte es irgendwie, gleichzeitig zwei verschiedene Töne zu erzeugen. »›Weltschiff‹ muß genügen, obwohl es sich um einen irreführenden Begriff handelt. In Ihrer Sprache gibt es keinen passenden Ausdruck dafür, und ich fürchte, Ihr Stimmapparat ist nicht imstande, die exakte Lautfolge zu reproduzieren. Was die Bezeichnung ›Captain‹ angeht – ein derartiges Konzept ist mir fremd.«

»Wer erteilt die Befehle? Wie wird das Weltschiff geführt? Wer sorgt dafür, daß alles seine Ordnung hat?«

»Ich gebe weder Befehle noch nehme ich welche entgegen. Und im Weltschiff hat alles seine Ordnung. Es... erneuert sich selbst.«

»Bedeutet das, es ist ein natürliches astronomisches Objekt? Es entwickelt sich? Sie haben es nicht gebaut?«

Der scharlachrote Flieger wandte sich den anderen Fremden zu und sang. Uhura beugte sich vor und lauschte. Ein verträumtes Lächeln umspielte ihre Lippen.

»Das Weltschiff ist ein natürlicher Körper«, antwortete das rote Wesen. »Wie könnte es anders sein? Wie wäre ein ›unnatürliches‹ Objekt beschaffen? Selbstverständlich entwickelte es sich, und dieser Prozeß setzt sich fort. Die Evolution läßt keine Ausnahmen zu. Und nein: Ich habe es nicht gebaut. Ich bin noch recht jung, und das Weltschiff ist alt.«

Das wird Commander Spock enttäuschen, dachte Jim. Und McCoy freuen. Er kann nie der ›Das hab ich doch gesagt‹-Versuchung widerstehen.

»Sie wissen jetzt, wer wir sind«, meinte Kirk. »Wären Sie so freundlich, sich selbst vorzustellen?« Er wartete gespannt.

Der scharlachrote Flieger zwinkerte erneut, und wieder berührte seine Zunge den Sinnesbart. »Ich habe keinen Namen«, sagte er, flüsterte den drei anderen Fremden eine Melodie zu. Sie antworteten, kamen näher, überragten die Menschen.

»Oh.« Jim kam sich wie ein Narr vor.

»Ihre Sprache ließe sich nur mit großen Schwierigkeiten an unsere Muster anpassen. Vielleicht sollte ich Spocks Beispiel folgen und einen Namen annehmen, den Sie formulieren können.«

»Das würde einiges erleichtern«, pflichtete Jim bei.

»Wie wählt man Namen in Ihrer Zivilisation?«

»Auf der Grundlage von Abstammung, persönlichen Vorlieben, Sternkonstellationen oder historischen Gestalten...«

Das rote Geschöpf gab die Informationen an seine Artgenossen weiter, und diesmal dauerte die Diskussion einige Minuten. Jim gewann den Eindruck, daß der scharlachrote Flieger aus irgendeinem Grund den Unwillen der anderen Besucher erregte.

»Für so etwas fehlt mir der Bezug. Ich habe keine Familiennamen, und ich kenne auch keine historischen Gestalten. Die Sternbilder meines Himmels verändern sich ständig.«

»Dann benutzen Sie doch Spitznamen«, schlug Uhura vor. »Sie beziehen sich auf physische Charakteristiken, Neigungen und dergleichen.«

Jim nickte. »Zum Beispiel stelle ich mir Sie als ›Scharlach‹ vor.«

»›Scharlach‹. Warum nicht? Ich bin einverstanden. Nun, die Zukunft sollte weitere Gespräche bereithalten.«

»Aber...«

»Die Gemeinschaft muß sich beraten.«

»Es gibt so viele Fragen, die wir an Sie richten möchten...«

»Darf ich zuhören?« warf Uhura ein. »Ich... würde gern versuchen, Ihre Muster zu lernen.«

Die Flieger schwiegen.

»Lieutenant!« sagte Jim. »Nach dem, was mit Spock geschehen ist...«

»Hat Mr. Spock eine Mentalverschmelzung mit Ihnen herbeigeführt?« wandte sich Uhura an Scharlach. »Dazu bin ich nicht in der Lage. Mein Lernprozeß ist wesentlich langsamer. Ich höre einfach zu. Captain, diese Sache erscheint mir sehr wichtig!«

Jim suchte nach einem Vorwand, ihr zu widersprechen, sah die Hoffnung in ihren Augen. Er erinnerte sich daran, daß ihre Ausbildung sie auf eine solche Begegnung vorbereitet hatte: Wenn er ihr nun befahl, nicht mit den Fremden zu kommunizieren, stellte er damit ihre Kompetenz in Frage, gab zu verstehen, daß er ihr mißtraute. Er wollte Uhura nicht auf diese Weise vor den Kopf stoßen.

»Na schön, Lieutenant. Wenn Scharlach nichts dagegen hat... Aber seien Sie vorsichtig.«

Scharlach ging mit keinem Wort auf Uhuras Anliegen ein, führte sie einfach zu den übrigen Fremden. Sie sangen, und ihre Stimmen schienen miteinander zu verschmelzen, hüllten die dunkelhäutige Frau in einen musikalischen Bann.

Jim behielt die Gruppe im Auge, als er zurückwich und sich mit der Brücke in Verbindung setzte.

»Die *Quundar* unternimmt nichts, Captain«, meldete Sulu. »Die Klingonin ist noch immer da und wartet.«

»Sie rührt sich nicht von der Stelle?«

»Nein, Sir.«

»Dann verhalten wir uns ebenso«, entschied Jim. »Bis auf weiteres. Unteroffizier Rand, geben Sie eine Veränderung der Gravitationskonstante bekannt. Mit zehnminütiger Verzögerung für eventuelle Einwände.«

Diese Zeitspanne diente vor allen Dingen dazu, mit Experimenten beschäftigte Wissenschaftler auf die mögliche Veränderung einer Variablen hinzuweisen, aber da der Forschungsstab der *Enterprise* noch nicht vollständig besetzt war, rechnete Jim nicht mit kritischen Hinweisen.

Er öffnete einen internen Com-Kanal zum Maschinenraum.

»Mr. Scott«, sagte er, »bitte reduzieren Sie die Schwerkraft im ganzen Schiff auf null Komma eins *g*.«

»Halten Sie das für klug, Captain? Ich...«

»Wir haben Gäste, Mr. Scott. Ich möchte, daß sie sich hier wie zu Hause fühlen.«

»Aber, Captain: Wollen Sie zulassen, daß sich die Fremden frei in der *Enterprise* bewegen? Wir wissen doch gar nicht...«

Jim schaltete ab, beobachtete erneut die Gruppe und zögerte, den Hangar zu verlassen. Doch Scott hatte ihm einmal zuviel widersprochen.

»Lindy, ich bin gleich zurück. Kommen Sie den Fliegern nicht zu nahe, in Ordnung?«

Er stieg die Treppe hoch, eilte über den Steg und ging in Richtung Maschinenraum.

Auf halbem Weg zum Turbolift stolperte er über den Gravitationssims, den er ganz vergessen hatte, verlor das Gleichgewicht und stürzte zu Boden. Aus einem Reflex heraus zog er den Kopf ein, um sich abzurollen, blieb verwirrt auf dem Rücken liegen.

Vorsichtig stemmte er sich in die Höhe und betastete das rechte Knie. Die Schmerzen waren nicht schlimmer als vor dem Fall, doch er hatte sich einige blaue Flecken an anderen Stellen geholt.

Großartig, dachte Jim. Wahrscheinlich notiert man es in meiner offiziellen Biographie: Bei seinem ersten Kontakt mit Fremdintelligenz ließ er zu, daß sein wissenschaftlicher Offizier auf eigene Faust handelte und im Koma zur Krankenstation transportiert werden mußte. Er sah sich außerstande, den Chefingenieur zu veranlassen, einem direkten Befehl zu gehorchen... Und als Ausgleich dafür stürzte er, brachte sich dabei fast selbst um.

Kirk horchte in sich hinein: Er war zornig auf sich selbst, noch wütender auf Scott und Spock. Der Vulkanier hatte eine gefährliche Entscheidung getroffen, als er mit den Fliegern kommunizierte, ohne das Risiko zu berücksichtigen, daß er dadurch einging. Für das als Folge daraus entstandene Durcheinander verdiente er ein Disziplinarverfahren. Vorausgesetzt natürlich, er überlebte. Und was den Chefingenieur betraf...

Jim erreichte den Maschinenraum und sah sich verblüfft um. Es hatte den Anschein, als habe jemand die Geräteblöcke demontiert, ohne vorher das Handbuch gelesen zu haben. Kirk blieb dort stehen, wo mehrere Beine unter einer großen Apparatur hervorragten.

»Mr. Scott.« Keins der Beine bewegte sich. »Mr. Scott!«

»Aye, Captain?«

Jim zuckte zusammen. Der Chefingenieur stand hinter ihm, musterte ihn neugierig und hielt einige technische Pläne in der Hand.

»Ich möchte mit Ihnen über die Gravitation reden«, sagte Kirk.

»Wie Sie meinen, Captain. Soll keine Veränderung stattfinden?«

»Doch. Die Warnung ist bereits erfolgt, und ich habe nicht die geringste Absicht, es mir anders zu überlegen. Nehmen Sie nun die Modifikation vor, oder wollen Sie das mir überlassen?«

Scott bedachte ihn mit einem beleidigten Blick, drehte sich um und trat an eine Konsole heran. Kurz darauf blinkten die Sensoren der Ambientenkontrolle. Dreißig Sekunden später reduzierte sich die Schwerkraft auf ein Zehntel des bisherigen Werts.

»Erledigt, Captain. Gravitation null Komma eins *g*, wie von Ihnen gewünscht. Aber...« Er unterbrach sich, als er Jims Gesichtsausdruck sah.

»Mr. Scott«, begann Kirk so leise, daß ihn nur der Chefingenieur hören konnte, »seit ich das Kommando über dieses Schiff antrat, widersprechen Sie dauernd meinen Anweisungen. Bisher habe ich das hingenommen, denn Sie verstehen Ihre Arbeit. Aber jetzt reicht's mir. Ich vermute zu Ihren Gunsten, daß es sich um ein persönliches Beziehungsproblem handelt, daß Sie sich noch immer Ihrem vorherigen Kommandanten verbunden fühlen. Ich werfe Ihnen also keine direkte Insubordination vor, und deshalb bleibt Ihnen ein Verfahren erspart. Doch einer von uns beiden muß gehen, und ich habe keine Lust, die *Enterprise* zu verlassen. Ich schlage Ihnen vor, Sie beantragen eine Versetzung. Bestimmt findet Starfleet ein anderes Schiff für Sie.«

Jim wartete auf eine Antwort.

Scott starrte ihn an.

»Haben Sie mich verstanden?«

»Ich soll um eine Versetzung bitten, Captain?« fragte Scott betroffen. »Fort von der *Enterprise*?«

»In der Tat.«

Scott schwieg. Jim drehte sich verärgert um und marschierte in den Korridor zurück. Er ahnte, daß er dieses Problem besser und eleganter hätte lösen sollen, aber so sehr er auch nachdachte: Ihm fiel keine Alternative ein.

Lindy stand nach wie vor im Hangar, strich über die glitzernde, schweißfeuchte Schulter des Vogelpferds. Sie grub die eine Hand in die Mähne und trieb Athene an. Das geflügelte Roß breitete die Schwingen aus und bewegte sich so, als könne es nicht ertragen, den Boden zu berühren. Die Ohren zitterten nervös, und in den Augen blitzte es.

»Es besteht keine Gefahr, Liebes«, hauchte Lindy. »Ganz ruhig, Athene. Sei ganz ruhig.« Die Fremden vom Weltschiff faszinierten und erschreckten das Vogelpferd. Lindy führte es zwar von der Gruppe fort, aber Athene scheute immer wieder. Als sich die Kommunikationsmelodie der beratenden Gemeinschaft änderte, schnaubte sie, warf den Kopf von einer Seite zur anderen und stieß Lindy fast zu Boden. Die junge Frau bemühte sich vergeblich darum, das geflügelte Roß zu besänftigen.

Schließlich sah sie Jim auf dem Steg. Er kam die Treppe herunter und trat auf sie zu, schien ebenso aufgeregt zu sein wie Athene.

»Was ist geschehen, während ich fort war?«

»Nichts. Die fremden Wesen singen noch immer.«

»Alles in Ordnung mit Ihnen? Und mit Athene?«

»Sie versteht nicht, warum die Besucher fliegen können und sie an den Boden gefesselt bleibt.« Lindy spürte, wie dumpfer Schmerz in ihrem Unterarm zu stechen begann: Sie mußte ihre ganze Kraft einsetzen, um Athene unter

Kontrolle zu halten. Das Vogelpferd versuchte immer wieder, sich von ihrem Griff zu befreien.

»Soll ich ein Seil holen?«

»Nein. Je mehr man sie zu disziplinieren versucht, desto bockiger wird sie. Sie muß sich nur an die Flieger gewöhnen.«

Die Melodien der Besucher verklangen. Athene schnaubte einmal mehr, wich zur Seite, riß Lindy mit sich. Jim trat rasch zurück.

»Bringen Sie sie wenigstens in die Reparaturbucht.«

»Nein! Dort kann ich sie jetzt unmöglich ruhig halten. Sie würde sich verletzen.«

»Lindy, ich muß an die Sicherheit aller Personen an Bord denken...«

»Athene bliebt hier, verdammt! Sie ist viel zu nervös, braucht Bewegung, wenn sie nicht völlig in Panik geraten soll. Lassen Sie uns einfach allein und machen Sie sich keine Sorgen. Lieber Himmel, Jim, ich kann nicht gleichzeitig mit Ihnen reden und dafür sorgen, daß Athene keinen Unsinn anstellt.«

Ohne ein weiteres Wort zu verlieren, wandte sich Jim von Lindy ab und ging steifbeinig fort. Alles in ihm drängte nach Aktivität, aber er wußte nicht genau, was er tun sollte, setzte sich mit der Brücke in Verbindung. Koronins *Quundar* wartete noch immer ab. Jim unterdrückte den Wunsch, die Klingonin möge irgend etwas unternehmen: Er begriff, daß es sich dabei nur um einen Ausdruck seines Zorns handelte, das Herbeisehnen einer Ablenkung. Er seufzte, gab den Com-Code der Krankenstation ein.

»Pille, wie lange dauert es, bis Commander Spock seinen Dienst antreten kann?«

»Soll das ein Witz sein?« erwiderte McCoy. »Rechne nicht zu rasch mit ihm, Jim. Er ist noch immer bewußtlos.«

»Mist!« Jim versuchte ohne großen Erfolg, die Wut aus seiner Stimme zu verbannen. Der wissenschaftliche Offizier hatte sich selbst außer Gefecht gesetzt, ausgerechnet in einer Situation, die seine Kenntnisse und Analysefähigkeiten erforderte.

»Jim ...« begann McCoy.

»Ja?«

»Was geschieht bei euch?«

Die Flieger bildeten noch immer eine Gruppe, sangen nun wieder. Uhura stand bei ihnen, still und aufmerksam.

»Ich hab nicht die geringste Ahnung, Pille«, erwiderte Kirk.

Er erinnerte sich daran, übers Land zu schweben, die Schwingen in den Wind zu neigen. Er fühlte seinen zarten, feingliedrigen Leib, lange Finger, die in spitzen Krallen endeten, spürte dünne, aber sehr leistungsfähige Muskeln, die kaum jemals ermüdeten. Die Wahrnehmung stimulierte ihn auf eine ungeahnte Art und Weise. Mit seinem außergewöhnlich guten Sehvermögen erkannte er jeden einzelnen Grashalm, alle Bewegungen und Schatten. Ein kleines, pelziges Wesen, das seine Präsenz nicht bemerkte, hockte auf einem flachen Stein, erhob sich auf den Hinterläufen und schnupperte.

Hunger regte sich in ihm, und er legte die Schwingen an, stürzte der Beute entgegen...

McCoy blickte auf die Medo-Sensoren und versuchte, ihre Anzeigen zu enträtseln. Commander Spocks Herz schlug schnell genug, um ausreichend Blut durch die Adern zu pumpten. Die Schockbehandlung erhöhte die Körpertemperatur wieder auf den normalen Hochofenwert. Dennoch blieb der Vulkanier ohne Bewußtsein, und die Hirnstromkurven bildeten sonderbare Muster auf den Monitoren.

»Vielleicht schläft er nur«, murmelte McCoy. Er bedauerte nun die erste Unterredung mit Spock, den Streit, der ihn aus der Krankenstation vertrieben hatte. Spocks Patientendatei enthielt praktisch keine Angaben — offenbar wurden Vulkanier nie krank. Eine Anmerkung des vorherigen Bordarztes lautete: Um einen Vulkanier zu heilen, sollte auf die Hilfe eines Vulkaniers zurückgegriffen werden.

Da sich McCoy außerstande sah, Spocks Zustand zu verbessern, beschränkte er sich darauf, ihn ruhen zu lassen und zu beobachten. Ab und zu bewegten sich die Hirnstromkurven innerhalb der Toleranzen, doch immer wieder tanzten sie über die eingeblendeten Grenzlinien hinweg.

Jim saß auf der untersten Stufe der Treppe und beobachtete sowohl die Flieger als auch Uhura. Die intensive Kommunikation dauerte an. Er fragte sich, ob er die dunkelhäutige Frau auffordern sollte, die Gruppe zu verlassen, aber sie offenbarte keine Anzeichen des Schocks, der Spocks Geist ins Koma geschleudert hatte. Sie wirkte nicht einmal erschöpft.

Kirk erinnerte sich an die Frage, die Uhura an Scharlach gerichtet hatte: »Hat Mr. Spock eine Mentalverschmelzung mit Ihnen herbeigeführt?« Er kannte diesen Begriff nicht, überlegte, ob die Bedeutung des Wortes seinen Vermutungen entsprach.

Stiefelsohlen kratzten über die Stufen weiter oben, und als Jim den Kopf drehte, sah er Stephen. Der Jongleur kam zu ihm herab, nahm ebenfalls Platz und stützte die Ellenbogen auf die Knie.

»Hoffentlich erwarten Sie nicht von mir, Ihre neuen Freunde zu unterhalten«, sagte er. »Das Jonglieren bei einer Schwerkraft von null Komma eins *g* ist ausgesprochen langweilig.«

»Sparen Sie sich Ihre Kritik«, erwiderte Jim ein wenig zu schroff.

»Oh, es ging mir nicht darum, Kritik zu üben. Es war nur eine Beobachtung, weiter nichts.« Er deutete auf die Flieger. »Was machen sie?«

»Ich glaube, sie sprechen miteinander.« Jim wollte Stephen auffordern – ihn *bitten*; immerhin hielt er sich mehr oder weniger als Gast an Bord der *Enterprise* auf –, ins

Quartier der Varietégesellschaft zurückzukehren, doch ganz plötzlich überlegte er es sich anders. »Stephen, sind Vulkanier zu irgendeiner Art von außersinnlichen Wahrnehmungen fähig?«

Zum erstenmal reagierte Stephen so wie Spock: Er hob eine Braue. »Was veranlaßt Sie zu dieser Vermutung?«

»Die sogenannte ›Mentalverschmelzung‹.«

»Was wissen Sie darüber?«

»Nichts«, sagte Jim. »Deshalb frage ich ja.«

»Wo haben Sie davon gehört?«

»Lieutenant Uhura glaubt offenbar, Spock sei es mit Hilfe der Mentalverschmelzung gelungen, Kontakt zu den Fliegern aufzunehmen.«

»Vulkanier sind in der Lage, ihr Bewußtsein mit der Gedankensphäre eines anderen intelligenten Wesens zu verbinden«, erwiderte Stephen. Es klang zögernd, fast so, als gebe er ein Geheimnis preis.

»Können das alle Vulkanier? Auch Sie?«

»Nun, die meisten Vulkanier würden kaum etwas unversucht lassen, um so etwas zu vermeiden. Es ist ein sehr... emotionsintensiver Vorgang. Was mich angeht... Ich bin nach wie vor Vulkanier, sehr zum Bedauern meiner Familie.«

Die lange, symphonische Konversation endete in schrillen Flötentönen zwischen Scharlach und dem Flieger mit den Paisley-Mustern im braunen Pelz. Die Melodien verklangen, und die Fremden gingen auseinander.

Uhura erwachte wie aus tiefer Trance. Ihr ganzes Leben lang hatte sie sich nach einer Musik gesehnt, die sie so sehr beeindruckte wie die Stimmen der Flieger. Sie brauchte Zeit, um nachzudenken, die Bedeutung der einzelnen Klänge zu verstehen. Leise summte sie vor sich hin. Nicht ganz richtig. Sie versuchte es erneut — noch immer nicht perfekt, aber schon besser.

Uhura fürchtete, die Musik der extraterrestrischen — vielleicht sogar extragalaktischen — Besucher nie deuten zu können.

Captain Kirk näherte sich ihr. »Wie fühlen Sie sich?«

»Gut.«

»Ist Spock zu uns zurückgekehrt?« fragte Scharlach.

»Nein«, erwiderte Jim. »Er ist noch immer bewußtlos.«

Der Fremde mit den Paisley-Mustern im Körperfell zog die Schultern hoch und streckte sich, breitete langsam die Schwingen aus, bis sie ein Dach über ihm bildeten. Athene schnaubte nervös, scharrte mit den Hufen und hob ihre Flügel.

Der Paisley-Flieger sah Uhura aus großen, purpurnen Augen an und zwinkerte.

»Ihre Sprache ist monoton«, sagte er und formulierte die einzelnen Worte sorgfältig. »Und ihr Muster erscheint mir ähnlich primitiv.«

Der komplexe Kommunikationscode der Fremden beeindruckte Uhura. Die Gestalt vor ihr beschrieb ein Idiom, das sie innerhalb weniger Minuten gelernt hatte.

Die Kritik des Fliegers war wortwörtlich gemeint. Beim Federation Standard handelte es sich um eine künstliche Sprache, der Modulation und akustische Harmonie völlig abgingen. Uhura hatte das seltsame Gefühl, in ihrer eigenen Welt die Orientierung verloren zu haben, konzentrierte sich dankbar auf die Bemerkung des Fremden. Sie bot ihr inneren Halt.

»In der Föderation gibt es auch Mitteilungsformen, bei denen Gesang eine wichtige Rolle spielt«, erwiderte sie. »Sogar einige menschliche Sprachen klingen recht gut.« Uhura nannte mehrere chinesische Worte. »Viele verschiedene intelligente Spezies beherrschen Standard — ich meine, sie sind imstande, die einzelnen Tonfolgen zu erzeugen. Eine gemeinsame Kommunikationsbasis ist recht nützlich.«

»Wie lernen Sie derart schnell?« fragte der Captain. »Benutzen Sie die Mentalverschmelzung?«

»Nach meiner Erfahrung sind Spocks Fähigkeiten einzigartig«, erwiderte Scharlach. »Wir haben andere Möglichkeiten, innerhalb kurzer Zeit große Informationsmengen auszutauschen. Aus diesem Grund mußte ich das Gespräch mit Ihnen unterbrechen – um die Gemeinschaft mit Ihrem Idiom vertraut zu machen. Meine Artgenossen warfen mir vor, für sie das Wort zu ergreifen, und ich fühlte mich unglücklich, weil ich eine privilegierte Stellung beanspruchte.«

»Was meinen Sie damit?« fragte Kirk.

»Ich verhielt mich so, als... sei ich Captain. Wie ich Ihnen schon sagte, James: Bei uns gibt es so etwas nicht.«

»Und nun... beherrschen Sie alle Standard?«

»Die Angehörigen dieser kleinen Gemeinschaft können sich in Ihrer Sprache verständigen. In einigen Tagen Ihrer Zeitrechnung werden sich die betreffenden Informationen auch in der Peripherie des Weltschiffs multiplizieren.«

Athene und Lindy kamen näher. Das Vogelpferd beobachtete die Flieger nervös, die Schwingen noch immer halb ausgebreitet. Ab und zu schnaubte es. Die Fremden musterten es ernst und neugierig.

»Sie ist erschrocken«, erklärte Lindy. »Sie möchte Ihnen folgen, wenn Sie aufsteigen.«

»Das Geschöpf heißt Athene, nicht wahr?« fragte Scharlach. »Und Sie sind Amelinda, Zauberkünstlerin beziehungsweise Magierin?«

»Ja. Man nennt mich Lindy.«

»Ein Spitzname?«

Die junge Frau nickte.

Scharlach streckte eine lange, schmale Krallenhand aus und deutete auf das geflügelte Roß. »Athene ist nicht vollständig an ihr Biotop angepaßt. Sie kann nicht fliegen. Sie hat keine Klauen, um zu jagen. Sie leidet.«

»Das stimmt, fürchte ich.«

Das Vogelpferd beschnupperte Scharlachs Hand, und Uhura hielt unwillkürlich den Atem an. Athene war im Grunde genommen ein pflanzenfressendes Tier, das man durch Genmanipulation in einen Omnivor, einen Allesfresser, verwandelt hatte; vielleicht sah sie einen Rivalen in Scharlach. Oder schlimmer noch: Möglicherweise fühlte sie sich bedroht. Aber das geflügelte Roß wirkte weder ängstlich noch angriffslustig, schien sich allmählich an die Anwesenheit der fremden Wesen zu gewöhnen. Vermutlich hielt sie die Besucher für besonders exotische Menschen.

»Armes Ding«, sagte Scharlach. Athene ließ den Kopf hängen, als sie das Mitleid in der Stimme des Alien hörte.

»Dieses Geschöpf ist sehr interessant, aber ich würde mir lieber Ihr Raumschiff ansehen«, warf ein zweiter Flieger ein. Goldene und braune Streifen bildeten komplexe Muster in seinem Körperpelz.

»Wir haben die Gravitation für Sie reduziert. Sie können sich frei in der *Enterprise* bewegen.«

Einige Schritte entfernt stand Stephen und beobachtete die Fremden fasziniert. »Ich fasse es nicht.«

»Was?« fragte der Captain.

Er lachte. Uhura hatte noch nie einen Vulkanier gesehen, der so frei und offen lachte; Unbehagen entstand in ihr. Außerdem vernahm sie in Stephens Stimme einen bitteren Unterton.

»Spock hat dafür gesorgt, daß sie alle so reden wie er.«

Uhura unterdrückte ein Lächeln, als sie diese Worte vernahm, die durchaus der Wahrheit entsprachen.

»Verschiedene Personen drücken sich auf individuelle Art und Weise aus?« fragte Scharlach.

»Ja«, bestätigte Uhura. »Mr. Spock gehört zu einem Volk, das Rationalität und verbale Präzision für wichtiger erachtet als Gefühl...«

»Solche Leute isolieren sich von den Dingen, die das Leben lebenswert machen«, fügte Stephen hinzu. »Freude, Liebe...«

»Sie sind Stephen?« erkundigte sich Scharlach.

Der vulkanische Jongleur zögerte, und Uhura ahnte, was ihm nun durch den Kopf ging: Als Scharlach ihren Namen nannte, hatte sie sich gefragt, was Spock dem Flieger während der Mentalverschmelzung über sie mitgeteilt hatte.

»Ja«, sagte Stephen.

»Ich fände es in höchstem Maße interessant, die verschiedenen Angehörigen Ihrer Gemeinschaft kennenzulernen.« Scharlachs Zungenspitze berührte den Sinnesbart. »Ich bin noch nie einer anderen intelligenten Spezies begegnet.«

»Und ich hoffe nach wie vor darauf, mich in einem Raumschiff der Föderation umsehen zu können«, sagte der goldbraune Flieger.

»Bitte begleiten Sie mich«, erwiderte Kirk.

Scharlach und der Paisley-Flieger schlossen sich dem Captain und Uhura an, als sie die Treppe hochgingen. Ihre Fußkrallen kratzten über die Stufen. Der goldene Fremde und das cremefarbene, grünäugige Wesen, das bisher noch nicht gesprochen hatte, stiegen auf und flogen zum Steg.

Athene schnaubte und wieherte, als die Besucher den Hangar verließen. Lindy wußte, wie töricht es war zu glauben, das geflügelte Roß habe ein eigenes Seelenleben – immerhin war es nicht intelligenter als ein durchschnittliches Pferd. Dennoch klang Athene niedergeschlagen und betrübt.

»Vielleicht kommen sie zurück«, sagte die junge Frau, doch eigentlich zweifelte sie daran. Scharlach schien Athene abzulehnen, weil sie nicht richtig an ihre Umwelt angepaßt war. Als die Wesen übers Shuttledeck schwebten, hatte sich Lindy vorgestellt, wie ihr Vogelpferd mit ihnen zusammen im Weltschiff flog. Jetzt fragte sie sich, ob das wirklich möglich sei, ob sie von Scharlach die Erlaubnis dazu bekommen konnte. Sie ließ Athenes Mähne los und strich ihr über den Nacken.

Stephen stand an der Aussichtsluke und beobachtete das gigantische Weltschiff. »Es gibt keine Worte, um ein solches Gebilde zu beschreiben«, hauchte er fast ehrfürchtig. »Es ist einfach... unglaublich.«

Athene trabte übers Deck, stieg auf den Hinterläufen hoch, wandte sich zur anderen Seite und lief auf die gegenüberliegende Wand zu. Ihre Hufe bohrten sich tief in den staubigen Boden, und sie bliebt erneut stehen, drehte sich um die eigene Achse und stürmte in Richtung Treppenaufgang. Sie breitete die Schwingen aus, hob und senkte sie mit kraftvollen Schlägen. Die Hufe lösten sich vom Deck...

»Athene!« rief Lindy.

Aber das Vogelpferd hörte nicht auf sie, begann zu schweben, glitt dicht über die zermahlene Asteroidenmasse hinweg. Es schien zu glauben, daß es nur den fremden Besuchern folgen mußte, um ebenfalls fliegen zu können. Doch der Hangar bot nicht genug Platz, und außerdem fehlte es Athene an Übung. Im letzten Augenblick versuchte sie zu wenden, prallte mit der Schulter ans Geländer. Sie fiel aufs Deck zurück, schlug heftig mit den Flügeln.

Lindy lief auf sie zu. Das geflügelte Roß bot einen jämmerlichen Anblick, streckte alle viere von sich. Die eine Schwinge war unter dem Leib eingeklemmt, und die andere zitterte. Erschrocken schnappte es nach der jungen Frau. Lindy achtete kaum darauf, griff einmal mehr nach der Mähne, preßte die andere Hand auf den Kopf Athenes, dicht über die Nüstern, versuchte fast verzweifelt, sie zu beruhigen. Wenn sie sich irgend etwas gebrochen hatte und nun aufstand, drohte die Gefahr, daß sie sich noch weitaus schlimmere Verletzungen zuzog.

»Ganz ruhig, Athene, es ist doch überhaupt nichts geschehen...«

In der geringen Gravitation nahm Athene Lindys Gewicht vermutlich kaum wahr, aber ihre Stimme durchdrang das Entsetzen, beschwichtigte das Tier. Es trachtete nicht mehr danach, aufzuspringen und fortzulaufen. Lindy flüsterte ihm bedeutungslose Worte zu, tröstete das Vogelpferd. Die eine Hand ruhte noch immer auf dem Kopf des geflügelten Rosses, und mit der anderen tastete sie übers linke Vorderbein, dann das rechte. Die Knochen fühlten sich völlig glatt an. Lindy atmete erleichtert auf, berührte auch die freie Schwinge und streichelte sie immer wieder, bis das Zittern schließlich nachließ. Dann versuchte sie,

Athenes Hinterbeine zu erreichen, begriff aber, daß sie dazu die Hand vom Maul nehmen mußte. Und wenn sie losließ, richtete sich das Vogelpferd vielleicht auf.

Stephen ging neben ihr in die Hocke, berührte Kamm und Nase des Tiers. Lindy spürte seine Haut, so heiß, als hätte er Fieber.

»Es ist alles in Ordnung«, sagte er, sowohl zu der jungen Frau als auch zu ihrem Pferd. »Sie wird sich nicht rühren.«

Lindy zog ihre Hand unter der Stephens hervor, war dankbar für seine Hilfe. Das sichere Gebaren des vulkanischen Jongleurs deutete darauf hin, daß er sich mit Tieren auskannte. Mit leiser Stimme sprach er auf Athene ein, formulierte Worte, die Amelinda nicht verstand. Das Vogelpferd beruhigte sich innerhalb weniger Sekunden, und Lindy klopfte ihm zärtlich auf die Flanken.

»Stephen? Sie können sie jetzt loslassen. Stephen...«

Er starrte sie aus trüben Augen an, schüttelte wie benommen den Kopf. Der Glanz kehrte in seine Pupillen zurück, als er Athene aufhalf. Das Vogelpferd bewegte sich ungelenk, und Lindy untersuchte sofort die Hinterläufe und den zweiten Flügel, fand keine ernsten Verletzungen.

»Lassen Sie sie gehen, nur einige Schritte.«

Stephen führte Athene, die den Kopf senkte, einmal mit den Schwingen schlug und sie dann zusammenfaltete. Ihr schien nichts zu fehlen, soweit Lindy das feststellen konnte. Das Vogelpferd hatte Schrecken und Furcht überwunden, erweckte nun den Eindruck, als sei es sehr traurig, ein langes und anstrengendes Rennen verloren zu haben.

Lindy spürte, wie ihr Tränen in die Augen quollen. Sie gab sich alle Mühe, nicht die Beherrschung zu verlieren, doch kurz darauf begann sie leise zu schluchzen.

»Machen Sie sich keine Sorgen.« Stephen berührte sie an der Schulter. »Athene hat sich nichts gebrochen.«

»Und trotzdem leidet sie!« Lindy schniefte, wischte sich mit dem Ärmel über die Wangen. Zornig wandte sie sich Stephen zu — nicht etwa wütend auf ihn, sondern auf sich selbst, auf das ganze Universum. »Oh, ich habe alles versucht. Sie hat *fast* Platz genug, kann *fast* fliegen. Himmel, es genügt eben nicht!«

Der Jongleur hob eine Braue. Nur wenn er konzentriert nachdachte, sah er wirklich wie ein Vulkanier aus.

»Die logische Schlußfolgerung lautet folgendermaßen«, erwiderte er ruhig. »Wenn sie hier nicht zu fliegen vermag, müssen wir sie an einem Ort bringen, wo sie keinen Beschränkungen mehr unterworfen ist.«

»Das Weltschiff...«

Der Ernst verschwand aus Stephens Zügen. Ein ungläubiges Lächeln umspielte seine Lippen. »Sind Sie übergeschnappt?«

»Keineswegs! Aber Jim...«

»Jim? Was hat der Captain damit zu tun? Die Frage ist: Möchten Sie an Bord einer unbewaffneten Jacht ein künstliches Gebilde aufsuchten, von dem wir überhaupt nichts wissen? Während eine blutrünstige Klingonin auf der Lauer liegt?«

Lindy suchte nach den richtigen Worten, entgegnete kleinlaut: »Sie... sie hat doch überhaupt keinen Grund, irgend etwas gegen uns zu unternehmen.«

»Sie braucht auch keinen.«

»Die Klingonin ist mir völlig egal«, beharrte Lindy. »Doch die Flieger? Vielleicht haben Sie etwas gegen unsere Anwesenheit in ihrer Welt.«

»Sie luden Kirk ein. Sogar Spock. Wir sind wesentlich angenehmere Gesellschaft. Kommen Sie.«

Lindy trieb Athene an, und das Vogelpferd preßte betrübt die Schnauze an ihre Seite. Stephen öffnete die breite Tür der Reparaturbucht.

Die alte Admiralsjacht erweckte den Anschein, als könne sie jeden Augenblick auseinanderbrechen. In der Hauptkabine war ein großer Teil der ursprünglichen Einrichtung entfernt worden, und die Holzvertäfelung wirkte irgendwie anachronistisch. Nur zwei Sessel standen vor den Konsolen, für den Piloten und seinen Navigator.

»Komm, Schätzchen«, flüsterte Lindy. Athene zögerte

auf der Schwelle, und ihre Ohren neigten sich vor und wieder zurück. Vorsichtig trat sie an Bord. Die Hufe pochten dumpf über das hölzerne Parkett.

»Wahrscheinlich handeln Sie sich eine Menge Schwierigkeiten ein«, sagte Lindy.

»Ich fliege zum Weltschiff«, erwiderte Stephen. »Ob mit oder ohne Sie und Athene. Und mir ist völlig schnuppe, was Captain Kirk davon hält. Seine Erlaubnis brauche ich nicht. Nun, wie sieht's aus? Begleiten Sie mich?«

»Ja.«

Die junge Frau vernahm ein leises Brummen, als Stephen die Triebwerke zündete. Er löste die *Dionysus* vom Dockmodul und steuerte das Weltschiff an.

Koronin stand auf dem Kommandobalkon der *Quundar* und gab vor, die in der Betriebskammer herrschende Verwirrung zu ignorieren. Ihre Besatzung begriff nicht, warum sie noch immer wartete und nicht angriff.

Der Sergeant und die anderen, dachte die Klingonin. Ihnen fehlt die Tugend der Geduld. Wenn sie wie ich fünfzehn Jahre lang gewartet hätten, würden sie jetzt verstehen, wie vorteilhaft es sein kann, sich Zeit zu lassen.

Die Crew fragte sich bestimmt, warum sie den Sonnensegler hatte passieren lassen, anstatt ihn abzufangen, warum sie nicht die Bordgeschütze auf die *Enterprise* abfeuerte. Die Männer an den Stationen glaubten die imperiale Propaganda, waren davon überzeugt, daß es die *Quundar* mit jedem Schiff der Föderation aufnehmen konnte. Koronin hielt auch in dieser Beziehung gesunden Argwohn für angeraten. Vermutlich konnte ihr Kreuzer tatsächlich ein Schiff der Constellation-Klasse zerstören, aber vermutlich bedeutete das auch das Ende der *Quundar* selbst. Und gegenseitige Eliminierung hatte keinen Sinn.

Sie beobachtete ein kleines Schiff, das sich von einem Dockmodul der *Enterprise* löste, aber es handelte sich um eine alte, schäbige Einheit der Föderation, nicht den Segler. Eine kurze Überprüfung mit dem Scanner führte zu einigen ungewöhnlichen Daten, doch es gab keine Hinweise darauf, daß die Fremden versuchten, sich an ihr vorbeizustehlen und in ihr riesiges Raumfahrzeug zurückzukehren. Der Sonnensegler schwebte weiterhin zwischen der *Quundar* und der *Enterprise.*

Koronin belächelte die Verwunderung ihrer Mannschaft und beschloß, weiterhin zu warten.

Die Flieger nahmen Wahlnamen an. Der mit den Paisley-Mustern im Körperpelz nannte sich Wolkengleiter. Das cremefarbene, stille und grünäugige Wesen hieß schlicht und einfach Grün, und der gestreifte Fremde wurde zu Sonne-und-Schatten. Jim brachte sie zur Brücke.

»Captain Kirk!« sagte Sulu. »Die *Dionysus* legt von der *Enterprise* ab!«

»Was? *Enterprise* an *Dionysus.* Stephen, hier spricht Jim Kirk. Zum Teufel auch, was haben Sie vor?«

Der große Wandschirm zeigte das Abbild des vulkanischen Jongleurs. »Ich fliege zum Weltschiff«, erwiderte er.

»Kommt überhaupt nicht in Frage!«

»Und wieso nicht?«

»Stephen, dies ist ein Erstkontakt...« Jim brach ab, erinnerte sich an die Flieger hinter ihm. Die Fremden hörten aufmerksam zu.

»Und nur ausgewählte Angehörige von Starfleet können mit den Aliens reden, ohne einen intergalaktischen Krieg heraufzubeschwören?« fragte Stephen. »Ihr Vertrauen ehrt mich.«

»Ich darf nicht zulassen, daß Sie das Weltschiff aufsuchen.«

»Wie wollen Sie mich denn daran hindern? Indem Sie meine Jacht unter Beschuß nehmen? Das Kriegsrecht erklären?«

Jim zögerte. Unter gewissen Umständen konnte er bei einem Erstkontakt mit Rückendeckung von den Autoritäten der Föderation rechnen, wenn er das Feuer auf ein anderes Schiff eröffnete. Aber in diesem Fall hatte er nicht die geringste Absicht dazu, und das wußte Stephen natürlich. Darüber hinaus mußte ihm klar sein, daß er die *Dionysus* auch nicht mit einem Traktorstrahl zurückholen konnte – die Entfernung war bereits zu groß. Er dachte daran, die Verfolgung aufzunehmen, doch die entsprechenden Manöver kosteten Zeit: Bis es der *Enterprise* gelang, die Distanz zur *Dionysus* zu verkürzen, hatte Stephen ausreichend Gelegenheit, das Weltschiff zu erreichen. Und was das Kriegsrecht anging: Jim besaß die Befugnis, es auszurufen, aber er bezweifelte, ob sich der vulkanische Jongleur dann an seine Anweisungen hielt.

»Wir befinden uns hier in unmittelbarer Nähe der Föderationsgrenze«, sagte Kirk. »Ganz zu schweigen von dem klingonischen Kreuzer dort draußen.« Er warf Sulu einen kurzen Blick zu. Wenn die *Quundar* Stephens Schiff angriff, mußte Jim auf irgendeine Weise reagieren, mußte seine Pflicht, Zivilisten zu schützen, gegen die Verantwortung abwägen, die Interessen der ganzen Föderation wahrzunehmen.

»Was ist das Leben schon, wenn man nicht ab und zu ein Risiko eingeht?« meinte Stephen.

»Keine Aktivität an Bord der *Quundar*, Captain«, meldete Sulu.

»Stephen, Sie können das Weltschiff nicht auf eigene Faust besuchen!« sagte Jim.

»Warum denn nicht?« fragte Scharlach. »Er ist ebenso willkommen wie andere Mitglieder ihrer Gemeinschaft.«

»Scharlach, bitte...« Jim war wieder auf den Wandschirm. »Nehmen Sie Vernunft an, Stephen. Die Föderation geht hart mit Leuten ins Gericht, die sich ohne Erlaubnis in einen Erstkontakt einmischen. Denken Sie an die möglichen Gefahren!«

»Das Zentrum könnte tatsächlich gefährlich sein«, sagte Scharlach. »Es ist... strukturlos. Aber die Peripherie ist völlig harmlos. James, warum legen Sie solchen Wert darauf, daß sich Stephen vom Weltschiff fernhält?«

»Bei uns gibt es Regeln – Gesetze –, die bestimmen,

wie wir uns gegenüber einem unbekannten Volk verhalten.«

»Wie seltsam«, sang Scharlach.

»Sie sollten besser Ihre Kontaktliste überprüfen, bevor Sie mir die Flotte auf den Hals hetzen«, klang Stephens Stimme aus dem Lautsprecher der externen Kommunikation.

Jim fluchte.

Das Abbild des Vulkaniers verblaßte. Die *Dionysus* reagierte nicht mehr auf die Signale der *Enterprise.*

Vielleicht habe ich es nicht anders verdient, dachte Kirk. Ich hätte wissen müssen, wie sinnlos es ist, an Stephens Rationalität zu appellieren. Vermutlich hat ihm die Auseinandersetzung sogar gefallen.

Jim verzog das Gesicht, stand auf und trat an Sulus Seite. Der Steuermann deutete auf die Anzeigen seiner Instrumente.

»Nichts, Captain. Koronin beobachtet nur.«

»Sie wartet ab«, murmelte Kirk.

»Was sind das für ... Dinge?« fragte Scharlach.

»Welche Dinge?« Jim drehte sich zu dem Flieger um und sah, daß Uhura ins Leere starrte. »Ist alles in Ordnung mit Ihnen, Lieutenant?«

»Ja, Captain.« Sie wandte sich wieder ihrer Konsole zu und summte leise vor sich hin.

»All diese Artefakte«, sagte der gestreifte Fremde.

Sonne-und-Schatten wanderte über den oberen Bereich der Brücke, betrachtete die Kontrollen, berührte einige Schalter.

»Bitte unterlassen Sie das!« brummte Jim.

»Das denn? Soll ich stehenbleiben? Nichts anfassen? Mich nicht umsehen?«

»Es genügt mir, wenn Sie einen sicheren Abstand zu den Geräten wahren.«

»Warum?«

»Bei den ›Artefakten‹ handelt es sich um die Kontrollen des Schiffes. Wer ihre Einstellung verändert, ohne sich damit auszukennen, könnte uns alle in Gefahr bringen.«

Sie sind wie neugierige Kinder, fuhr es Kirk durch den Sinn. Ständig darauf erpicht, Tasten und Sensorfelder auszuprobieren.

Wolkengleiter richtete eine kurze Bemerkung an Grün, der melodisch Antwort gab. Dann sprachen alle vier Flieger gleichzeitig.

»Ich verstehe nicht«, sagte Sonne-und-Schatten schließlich. »Was sind ›Kontrollen‹?«

»Apparaturen für die Steuerung der *Enterprise*, um ihren Kurs zu bestimmen. Sicher gibt es in Ihrem Weltschiff ähnliche Vorrichtungen.«

»Nein.«

»Wie lenken Sie es? Wie verändern Sie das Bewegungsmoment, die Flugrichtung? Wie überwachen Sie die Umwelt, die Lebensbedingungen?«

Erneut diskutierten die Flieger.

»In bezug auf das Weltschiff ergeben solche Begriffe keinen Sinn«, sagte Wolkengleiter.

»Jetzt verstehe *ich* nicht«, entgegnete Jim.

»Das Weltschiff ist stationär, hat kein eigenes Bewegungsmoment«, erklärte Scharlach. »Es fliegt nicht, und deshalb braucht es niemand zu steuern.«

»Das ist doch absurd. Ich meine: Es *hat* sich bewegt, kam aus einer anderen stellaren Region hierher.«

»Nein, es befindet sich immer am gleichen Ort. Ihre Sprache enthält keine geeignete Ausdrücke, um diesen Vorgang zu beschreiben. Das Weltschiff *definiert* einen Ort. Es rührt sich nicht von der Stelle. Das Universum bewegt sich.«

»Aber...« begann Jim und brach wieder ab. Einmal mehr bedauerte er es, nicht auf die Hilfe seines wissenschaftlichen Offiziers zurückgreifen zu können. Vielleicht wäre der Vulkanier in der Lage gewesen, mit den Fliegern physikalische Gesetze und ihre Konsequenzen zu erörtern — oder wenigstens Ausdrücke zu wählen, die nicht metaphysisch klangen. Jim vermutete, daß Scharlachs Hinweise nicht wortwörtlich gemeint waren. Sicher ging es dabei um eine Art Religion.

Sonne-und-Schatten stand an der wissenschaftlichen Station, konnte seiner Neugier offenbar nicht widerstehen und berührte ein Tastenfeld.

»Bitte lassen Sie die Justierung der Sensoren unverändert«, sagte Jim und mußte sich sehr beherrschen, um nicht aus der Haut zu fahren.

Sonne-und-Schatten zog die Hände zurück, wich jedoch nicht von der Konsole fort.

»Captain«, sagte Sulu. »Wenn das Weltschiff weiter dem jetzigen Kurs folgt, erreicht es in sechzig Minuten eine Region, die nicht zum Hoheitsgebiet der Föderation gehört.«

Jim mußte sich dringend die schematische Darstellung ansehen, doch andererseits durfte er seine Gäste nicht einfach ignorieren.

»Adjutantin Rand, bitte führen Sie unsere Besucher herum.«

Rand trat schüchtern und zaghaft auf die Flieger zu und versuchte, sie davon abzuhalten, mit den Instrumenten herumzuspielen. Die Fremden stellten ihr eine Frage nach der anderen.

Kinder, dachte Jim. Kinder, die unsere Geduld auf eine harte Probe stellen. Soviel zum ersten Kontakt zwischen zwei hochentwickelten Kulturen.

Sulu blendete die grafische Darstellung auf den Wandschirm. Drei konzentrische Kreise verdeutlichten die Grenzen: Der erste stammte vom Überwachungskorps der Föderation, und der zweite markierte die Hoheitsansprüche des klingonischen Imperiums. Mit dem dritten und äußersten kennzeichnete Starfleet die Peripherie des Föderationsraums. Die Gravitationswellen des Weltschiffes hatten die *Enterprise* außerhalb des mittleren Rings aus dem Warpmedium gerissen. Sobald sie sich jenseits des Außenkreises befand, verletzte sie fremdes Territorium.

»Danke, Mr. Sulu«, sagte Jim.

Der Steuermann begriff nach einigen Sekunden, daß Kirk nicht beabsichtigte, einen Kurswechsel anzuordnen. Er lächelte schief und wandte sich wieder seiner Konsole zu.

Jim drehte den Kopf. »Scharlach, ich muß ein ernstes Problem mit Ihnen besprechen. Ihr Weltschiff fliegt...«

»Ich habe es Ihnen doch schon erklärt: Es fliegt nicht, ist stationär.«

»Na schön. Lassen wir die Wortklaubereien. Das Universum bewegt einen gefährlichen Teil in Richtung Ihres Weltschiffs. Die *Enterprise* darf sich nicht in jenem Sektor aufhalten. Ich muß ihn meiden. Wenn Ihr Raumfahrzeug an Ort und Stelle bleibt, steht ihm eine Konfrontation mit feindlich gesinnten Wesen bevor.«

»Warum sollten uns irgendwelche Geschöpfe feindlich gesinnt sein? Dafür gibt es überhaupt keinen Grund.«

»Das stimmt. Im Prinzip. Aber die Klingonen sind dafür bekannt, erst zu schießen und später Fragen zu stellen.«

»Ich würde ihnen nicht raten, das Weltschiff anzugreifen«, erwiderte Scharlach. »Wie dem auch sei: Die ›Klingonen‹ sind uns willkommen. Es steht auch ihnen frei, uns zu besuchen.«

»Bitte nehmen Sie meine Warnung ernst«, sagte Jim. »Ihr Volk und Ihre Welt geraten in große Gefahr, wenn Sie das Universum nicht davon überzeugen, Ihr Schiff in einem sicheren Teil des Kosmos zu lassen.«

»Es täte mir sehr leid, das Universum ausgerechnet jetzt zu bewegen«, antwortete Scharlach. »Ich möchte mehr über Sie und Ihre Spezies in Erfahrung bringen. Auch über die Wesen, die Sie für Feinde halten.«

»Wissen Sie, was ›Krieg‹ bedeutet?« fragte Jim.

»Dieser Begriff gehörte zu Spocks Wortschatz.«

»Krieg ist schrecklich, Scharlach. Wenn die Klingonen angreifen, sollten Sie sich nicht auf die Rolle eines neugierigen Beobachters beschränken. Bewegen Sie das Universum, um sich in Sicherheit zu bringen.«

»Ich werde an Ihren Rat denken, James.«

»Captain Kirk!« rief Uhura. »Dr. McCoy hat die Sicherheitsabteilung verständigt. Es geht um Mr. Spock.«

Jim runzelte die Stirn und hielt es für besser, nach dem Rechten zu sehen. Scharlach folgte ihm in den Turbolift.

»Bitte kehrten Sie auf die Brücke zurück«, sagte Kirk. »Ich weiß noch nicht, was geschehen ist. Es könnte gefährlich werden.«

»Sie fürchten so viele Dinge, James«, erwiderte der rote Flieger.

»Ich möchte nur vermeiden, daß Sie in einer für Sie fremden Umgebung zu Schaden kommen«, brummte Jim beleidigt.

»James«, sagte Scharlach sanft, »ich fliege mit den Blitzen.«

In der relativ kleinen Liftkabine breitete der Alien eine Schwinge aus. Eine schwarze Narbe zeigte sich auf der zarten Haut. Nach einigen Sekunden faltete Scharlach den Flügel wieder.

Die beiden Türhälften glitten auseinander, und Jim hörte laute Stimmen im Korridor. Er eilte in Richtung Krankenstation; die niedrige Schwerkraft erlaubte ihm weite Sätze.

Zwei Sicherheitsbeamte versuchten, Spock festzuhalten. Der Vulkanier schlug zu, und einer der beiden Männer wurde fortgeschleudert, prallte an die Wand und sank benommen zu Boden. Es handelte sich um eine fast zwei Meter hohe, muskulöse Gestalt, und doch hatte Spock nur kurz den Arm bewegt, um sie fortzustoßen.

»Commander!«

Der wissenschaftliche Offizier schüttelte auch den zweiten Mann von sich ab, breitete die Arme aus und preßte die Hände an die Wand.

»Laßt ihn nicht entkommen!« McCoy trat näher, hob einen Injektor.

Die beiden Sicherheitsbeamten wechselten einen kurzen Blick, traten vorsichtig auf den Vulkanier zu.

»Commander Spock!« Jim versuchte, ihn allein mit dem

Klang seiner Stimme zur Vernunft zu bringen. Obwohl ich bei Vulkaniern damit bisher nur wenig Erfolg hatte, dachte er.

Spock spannte die Schultern, und Jim bereitete sich auf den Aufprall vor. In den Augen des hochgewachsenen Mannes blitzte es unstet, und er starrte auf etwas, das sich hinter dem Captain befand. Er stürmte nicht etwa los, sondern winkelte erneut die Arme an, bewegte sie wie Schwingen und versuchte zu fliegen. Sein Rücken krümmte sich, und er stieß einen schrillen Schrei aus, bevor er zu Boden stürzte.

McCoy ging neben ihm in die Knie, berührte Spocks Hals und tastete nach dem Puls. Scharlach wagte sich einige Schritte vor.

»Hat er zu Ihnen gesprochen?« fragte Jim.

»Nein«, erwiderte der Fremde. »Nicht mit mir persönlich, sondern zu uns allen. Sie haben ihn doch gehört, oder? Er leidet sehr und glaubte, ich würde ihn noch einmal berühren.«

Spock lag auf dem Deck und zitterte am ganzen Leib. »Nicht der Boden«, raunte er. »Der Himmel ... hier gibt es keinen Himmel ...«

Er versuchte aufzustehen, aber McCoy drückte ihn zurück, setzte den Injektor an. Das kleine Instrument zischte leise, als es sich entlud. Spock zitterte wieder, erschlaffte dann und verlor das Bewußtsein.

»Eigentlich wollte ich ihn nicht mit irgendwelchen Medikamenten behandeln, aber leider bleibt mir keine Wahl«, sagte der Bordarzt. »Er könnte sich verletzen. Er faselte dauern vom Weltschiff, vom Fliegen.«

Scharlach sah traurig auf den Vulkanier herab. »Es lag nicht in meiner Absicht, ihm Schmerzen zuzufügen. Ich würde ihm sein Wissen zurückgeben, wenn ich seine Pein dadurch beenden könnte.«

»Was ist mit ihm los, Pille?«

»Keine Ahnung!« McCoy warf den Injektor auf einen nahen Tisch. In der niedrigen Schwerkraft prallte das Gerät ab und segelte in eine Ecke.

»Fühlst du dich jetzt besser?« fragte Jim ironisch.

»Ja.« McCoy nickte. »Und ob. Himmel, wenn ich wüßte, was mit ihm nicht stimmt, wäre ich in der Lage, ihm zu helfen.« Er hob Spock an und deponierte ihn auf der Untersuchungsliege.

Die Gravitation von null Komma eins *g* reduzierte das Gewicht des Vulkaniers auf knapp acht Kilo.

»Was geschah, als Sie mit Spock Informationen austauschten?« wandte sich Jim an Scharlach. »Können Sie den Vorgang beschreiben?«

»Mein Volk kennt viele verschiedene Kommunikationsmethoden«, erwiderte der rote Flieger. »Ich kann mich mit einem anderen Bewußtsein verständigen, indem ich elektromagnetische Emissionen benutze. Spock... absorbiert mentale Daten und übermittelt sie durch eine Beeinflussung des Hirnmusters.«

»Offenbar hat er zu viele Daten aufgenommen«, sagte McCoy und runzelte nachdenklich die Stirn. »Die medizinische Fachliteratur enthält nur wenige Hinweise auf Mentalverschmelzungen...« Seine Stimme verklang.

»Er verstand viel eher als ich, daß ohne die Anwendung seiner Fähigkeit keine Kommunikation zwischen uns möglich gewesen wäre«, warf Scharlach ein. »Ich meine *seine* Fähigkeit, nicht die unsrigen.«

»Die Gedankenverschmelzung?« fragte Jim.

»Ja«, bestätigte Scharlach. »In der Tat.« Er wiederholte die Bezeichnung. »Ein Begriff, den Spock benutzte.«

»Ich beherrsche die vulkanische Sprache leider nicht«, murmelte Kirk.

»Oh«, machte der rote Flieger. »Wie bedauerlich. Sie sollten sie lernen. Es ist eine faszinierende intellektuelle Konstruktion...«

»Bitte entschuldigen Sie«, sagte Jim. »Wenn ich wie Sie imstande wäre, eine fremde Sprache innerhalb von nur fünfzehn Minuten zu lernen, würde ich es sofort mit Vulkan probieren. Aber... Nun, ich möchte nicht unhöflich sein, aber im Augenblick habe ich wichtigere Dinge zu tun.«

McCoy betrachtete die Anzeigen seiner Medosensoren. »Ich mache mir große Sorgen, Jim. Spocks Biosignale werden immer schwächer. In seiner Patientendatei steht, man solle ihn schlafen lassen, wenn er verletzt ist. Doch dies ist kein Schlaf, sondern ein regelrechtes Koma. Und ich habe keine Möglichkeit, ihn wieder zu Bewußtsein zu bringen.«

»Er setzte sein Leben freiwillig aufs Spiel«, sagte Jim. »Vielleicht muß er nun die Konsequenzen tragen.«

»Himmel, er kapselt sich ab, verliert Kraft!«

»Ich verstehe, Pille. Aber mir sind ebenfalls die Hände gebunden. Ich kann ihm ebensowenig helfen wie du.«

»Ich werde mit Stephen reden. Vielleicht kann er Commander Spock aus seinem Koma befreien. *Wenn* er zur Mentalverschmelzung in der Lage ist. Es fällt mir nicht leicht, ihn als Vulkanier zu sehen.«

»Spock ergeht es nicht anders«, kommentierte Jim. »Wie dem auch sei: Du solltest nicht auf Stephens Hilfe zählen. Er ist mit seiner *Dionysus* aufgebrochen, um das Weltschiff zu besuchen, und er reagierte nicht mehr auf unsere Signale.«

»Jim, wir müssen ihn irgendwie zurückholen!«

Kirk dachte kurz nach. »Nein«, antwortete er schließlich. »Das Risiko für die *Enterprise* wäre zu groß.«

»Spocks Leben steht auf den Spiel, Jim!«

»Was mir sehr leid tut. Aber ich muß an mein Schiff denken, an meine Crew. Wenn wir ins Hoheitsgebiet der Klingonen vorstoßen...«

Ein verunsicherter Newland Rift betrat die Krankenstation. »Dr. McCoy?«

Jim zuckte unwillkürlich zusammen, erwartete das laute Bellen und Kläffen der Pudel. Doch Rift war ohne seine ›Hündchen‹ gekommen. In der niedrigen Schwerkraft schien er sich nicht wohl zu fühlen, und er wirkte besorgt.

»Ja, Mr. Rift?« entgegnete McCoy. »Im Augenblick bin ich sehr beschäftigt...«

»Wissen Sie, wo Lindy ist?«

»Nein, keine Ahnung.«

»Ich habe überall nach ihr gesucht. Captain, können Sie mir vielleicht sagen, wo sie sich aufhält? Sie sind oft mit ihr zusammen gewesen...«

Jim schüttelte den Kopf. »Nein, da muß ich Sie leider enttäuschen.« Er überlegte, ob sich der ehemalige Ringer in bezug auf Amelinda Lukarian in der Rolle eines Ersatzvaters sah, ob er gekommen war, um sich nach seinen Absichten zu erkundigen. Diese Frage sollte er in erster Linie an Stephen richten, dachte Kirk verdrießlich. Seit der vulkanische Jongleur an Bord gekommen ist, hat Lindy wesentlich mehr Zeit mit ihm verbracht als mit mir.

»Sicher leistet Lindy Athene Gesellschaft«, sagte Rift. »Aber das Vogelpferd ist ebenfalls verschwunden.«

»Verschwunden? Was meinen Sie damit? Nur das Shuttledeck und Reparaturbucht bieten genug Platz für Athene.«

»Aber dort befindet sie sich nicht.«

Ein schrecklicher Verdacht entstand in Jim.

Lindy *hat* viel Zeit mit Stephen verbracht, dachte er. Und Stephen fliegt zum Weltschiff.

Im Weltschiff konnte Athene fliegen.

KAPITEL 11

Man brauchte kein erfahrener Spurenleser zu sein, um herauszufinden, was im Hangar geschehen war. Fuß- und Hufspuren — von Lindy, Stephen und Athene — führten zu dem Dockmodul, an dem die *Dionysus* angelegt hatte.

Jim fluchte leise.

»Warum machen Sie sich solche Sorgen, James?« fragte Scharlach. »Ihren Freunden droht keine Gefahr — sie sind bei uns willkommen.«

»Die ihnen drohende Gefahr geht von anderen Leuten aus, den Klingonen.« Kirk setzte sich mit der Brücke in Verbindung. »Lieutenant Uhura, es ist sehr wichtig, daß Sie mir einen Kontakt mit der *Dionysus* ermöglichen.«

»Es tut mir leid, Sir. Ihr habe es immer wieder versucht, aber Stephen antwortet nicht.«

»Lindy hat überhaupt keine Raumerfahrung, Captain«, sagte Rift und trat unruhig von einem Bein aufs andere. »Sie fürchtet sich nicht und glaubt, eines Tages könnte die Varietégesellschaft dabei helfen, eine Freundschaft zwischen dem klingonischen Imperium und der Föderation zu ermöglichen. Sie...«

Jim fühlte Mitleid für den athletisch gebauten Mann, der solche Angst um Lindy hatte, ihr jedoch nicht helfen konnte. Kirk teilte seine Empfindungen. Mehr noch: Er glaubte sich für die Sicherheit der jungen Frau verantwortlich. Rift hatte recht: Lindy wußte nicht, auf was sie sich einließ.

»Keine Sorge«, sagte er. »Wir holen sie zurück.«

Es fiel Jim nicht schwer, Freiwillige für die Rettungsmission zu finden. Einige Techniker kamen in den Hangar, um die Trennschirme beiseite zu schieben; anschließend machten Sulu und Uhura die Raumfähre *Copernicus* startklar. Jim fragte sich, wem er während seiner Abwesenheit das Kommando über die *Enterprise* anvertrauen sollte.

Langsam werden meine Senior-Offiziere knapp, dachte er. Gary ist Hunderte von Lichtjahren entfernt und wird noch immer in einem Krankenhaus behandelt; Commander Spock liegt im Koma, und McCoy muß sich um ihn kümmern. Was Mr. Scott betrifft...

Jim suchte das Quartier des Chefingenieurs auf und blieb vor der Tür stehen, fragte sich, was er Scott sagen sollte.

Er klopfte an.

»Herein.«

Scott saß an seinem Schreibtisch, sah von einem zerknitterten Blatt mit krakeligen Buchstaben auf.

»Captain Kirk!« Er erhob sich.

»Machen Sie sich keine Umstände.«

Der Chefingenieur nahm wieder Platz.

»Es hat sich ein Problem ergeben«, sagte Jim.

»Aye, Captain. Das stimmt.«

»Lassen Sie uns das Kriegsbeil begraben, Mr. Scott. Wir haben es mit einem Notfall zu tun, und ich brauche Ihre Hilfe.«

»Taten und Worte lassen sich nicht einfach auslöschen, Captain«, erwiderte der Chefingenieur. »Ich habe mich so verhalten, wie ich es für richtig erachtete. Ich hielt es für unklug, Wesen, die wir überhaupt nicht kennen, volle Bewegungsfreiheit im Schiff zu gewähren. Dieser Ansicht bin ich nach wie vor. Captain Pike hätte niemals eine solche Entscheidung getroffen. Er war...« Scott unterbrach sich.

»Vorsichtiger?«

»Umsichtiger, Captain.«

»Nun, Sie werden Gelegenheit haben, einen besseren Kommandostil zu demonstrieren«, sagte Jim. »Ich ernenne Sie hiermit zum amtierenden Captain der *Enterprise.*«

»Was?«

»Ich fliege zum Weltschiff.«

»Aber, Captain...«

»Erheben Sie nicht schon wieder Einwände, Mr. Scott. Die *Enterprise* treibt dem klingonischen Hoheitsgebiet entgegen. Wenn ich nicht zurückkehre, bevor Sie die Grenze passieren, gehen Sie auf Gegenkurs und bleiben im stellaren Territorium der Föderation. Wenn das Imperium Scouts schickt, aktivieren Sie von mir aus die Schilde. Aber Sie werden unter *keinen* Umständen von den Waffen Gebrauch machen. Ein Gefecht im umstrittenen Gebiet könnte einen regelrechten Krieg heraufbeschwören. Haben Sie mich verstanden?«

»Ja, Sir, aber...« Scott klang skeptisch.

»Sind Sie imstande, diese Befehle auszuführen?«

»Ich darf nicht die Bordgeschütze einsetzen, Captain? Nicht einmal zur Selbstverteidigung?«

»Nein, keine Waffen. Geben Sie Energie auf die Schutzschirme, wenn man Sie angreift. Und wenn die Schilde destabil werden, setzen Sie sich ab.«

»Und falls Sie dann noch nicht zurück sind, Captain?«

»Das spielt keine Rolle. Nun?«

Scott dachte nach. »Nun, ich kann nicht schwören, mich an Ihre Anweisungen zu halten. Ich muß mich auf mein eigenes Beurteilungsvermögen verlassen, auf die Stimme meines Gewissens hören.«

Jim wollte nicht noch mehr Zeit verlieren, unterdrückte seinen Ärger. »Ich hoffe, Ihr Gewissen ist nicht so ›umsichtig‹, daß es die *Enterprise* in eine Schlacht führt.«

Stephen steuerte die *Dionysus* ins Weltschiff, landete auf einer weiten, öden Ebene, die an verwitterte Felsformationen grenzte. Das Zischen der Triebwerke verstummte nach einigen Sekunden.

Lindy sah durch die Aussichtsluke. »Wundervoll!«

Fleckige Säulen aus erodiertem Sedimentgestein ragten hier und dort in die Höhe. In der Ferne gingen niedrige Vorberge in gewaltige Massive über.

Stephens analytischer Verstand begann mit einer methodischen Auswertung aller von den Sinnen übermittelten

Daten. Er dachte an verschiedene Entstehungsmöglichkeiten einer solchen Landschaft, mußte sich ganz bewußt von einem Gedankengang befreien, der die Konstruktion einer derartigen Szenerie mit einem Modell verglich, das bestimmte Vorbedingungen erforderte, sich selbst entwickelte und im Verlaufe von Jahrmillionen der geologischen Evolution zum gewünschten Resultat führte.

Er versuchte, ärgerlich darüber zu sein, daß er sich die mentale Tradition vulkanischer Rationalität zu eigen machte, die Schönheit und Freude Analyse und Information unterordnete. Die Flamme des Zorns loderte nur wenige Sekunden lang, erlosch dann wieder. Dennoch gelang es Stephen, zu einer anderen inneren Einstellung zu finden, und als er ihr den Vorrang gab, bemerkte auch er die ästhetischen Aspekte, die Lindy so sehr beeindruckten.

»Es *ist* wundervoll.« Mit einigen Tastendrucken stellte er den Druckausgleich her. »Ich öffne jetzt die Schleuse.«

»In Ordnung. Ich halte Athene ruhig.«

Das schwere Schott glitt beiseite, und die Luft der fremden Welt wehte ihnen entgegen, roch trocken und staubig und aromatisch. Trotz des hellen Lichts im Innern des riesigen Raumfahrzeugs erwies sich die Luft aufgrund ihrer geringen Dichte als recht kühl. Der hohe Sauerstoffgehalt weckte euphorische Benommenheit in Stephen.

Lindy führte das Vogelpferd zum Ausgang. Athene zitterte vor Aufregung und Furcht, schnaubte leise, als die junge Frau die Hand auf den Widerrist legte, sich auf ihren Rücken schwang. Sie schob die Beine unter die Schwingen des geflügelten Rosses, trieb es mit den Knien an. Athene zögerte, spreizte die Beine, stülpte die Ohren vor und wieherte leise. In tiefen Zügen atmete sie die fremde Luft.

Plötzlich sprang sie, breitete die Flügel aus. Die Federn knisterten leise, und das Pochen der Hufe klang seltsam hohl und dumpf. Athene schlug mit ihren Schwingen, kräftig und gleichmäßig, sprang erneut, stieg auf...

Und flog.

Der Wind zupfte an Lindys Haar, bewegte es wie einen

langen, filigranen Schleier. Sie preßte sich an den Hals des Vogelpferds, fühlte eine Mischung aus Sorge, Furcht und begeistertem Erstaunen. Kühle durchdrang ihr Hemd, aber das Herz in der Brust klopfte so aufgeregt, daß sie die Kälte gar nicht bemerkte. Athene glitt über die bizarre Landschaft, zog die Beine an, als setze sie über einen hohen Zaun hinweg, als nehme sie an einem ganz besonderen Hindernisrennen teil.

Sie winkelte den einen Flügel ab, neigte ihn in den Wind und drehte ab. Lindy riß die Augen auf. Der Boden schien ihr entgegenzurasen. Weit unten stand Stephen und blickte zu ihr empor, als Athene über ihn hinwegschwebte. Er lief los, um ihr zu folgen, ruderte mit den Armen, gestikulierte, freute sich mit Amelinda. Hinter ihm trippelte Ilya wie ein kleines Kätzchen.

Schweiß strömte über Athenes Schultern und Flanken, bildete flockigen Schaum an den Schwingenansätzen. Das Vogelpferd atmete schwer und stoßweiße, und der Flügelschlag verlangsamte sich. Es kehrte zum Boden zurück, und im letzten Augenblick hob es den Kopf, stieg wieder zum weiten Himmel hoch. Lindy wußte nicht, wie sie Athene dazu bringen sollte, auf der Ebene niederzugehen. Sie richtete sich auf, hob den Kopf, übte mit den Knien leichten, vorsichtigen Druck aus: das Signal für Athene, langsamer zu werden und stehenzubleiben. Und das geflügelte Roß reagierte, winkelte einmal mehr die Schwingen an. Als es in die Tiefe glitt, schlug es immer wieder mit den Flügeln, um die Sinkgeschwindigkeit zu reduzieren. Sie setzte mit den Hufen auf, lief im Galopp, um das Bewegungsmoment aufzufangen. Lindy hockte weiterhin auf dem Rücken, paßte sich Athene an.

Aus dem Galopp wurde ein gemütlicher Trab. Das Vogelpferd faltete die Schwingen, legte sie an, bedeckte Lindys Beine mit warmen, blauschwarzen Federn. Sie atmete mühsamer als Athene, und der Wind ließ ihre Augen tränen.

Das Tier unter ihr hielt auf Stephen zu, verharrte schließlich.

Lindy schwang sich von Athenes Rücken, spürte, wie ihre Knie bebten. Sie umarmte den Hals des Vogelpferds, grub ihr Gesicht in die dichte Mähne, lachte und weinte gleichzeitig. Athene preßte die Schnauze an ihre Seite.

»Das hat dir gefallen, nicht wahr, Schätzchen?« hauchte Amelinda. »Mir auch.«

Stephen legte ihr die Hand auf die Schulter. Seine heiße Haut verdrängte die Kühle.

»Zuerst wußte ich nicht so recht, ob es Ihnen gelingt, mit Athene aufzusteigen.« Es klang ebenfalls atemlos. »Dann fragte ich mich, ob Sie auch wieder landen können.«

Lindy rieb sich die Augen. »Wenn ich an all die Dressurnummern denke...«, erwiderte sie. »Ich habe völlig vergessen, ihr ein Signal für ›Komm vom Himmel runter‹ beizubringen.«

Stephen lächelte.

»Ich muß sie herumführen«, fügte Lindy hinzu. »Haben Sie eine alte Decke?«

Der vulkanische Jongleur verschwand in der *Dionysus*, und Lindy trieb Athene an, damit sie sich nach dem anstrengenden Flug in der Kälte keine Muskelentzündung holte. Kurz darauf kehrte Stephen zurück und bot ihr eine leichte Decke an, die aus weißer Seide zu bestehen schien.

»Ich fürchte, sie wird ziemlich schmutzig«, sagte die junge Frau.

»Oh, das macht ihr bestimmt nichts aus.«

Lindy hielt Stephens Antwort für einen Scherz, aber als sie die Decke auf Athenes Rücken legte, entwickelte das Gewebe ein sonderbares Eigenleben, schmiegte sich an die Flanken des Vogelpferds. Amelinda berührte sie neugierig und fühlte Wärme.

»Was ist das?«

»Ein sogenannter Zarter.«

»Lebendig?«

»In gewisser Weise. Ich schätze, es handelt sich um einen Grenzfall. Die Decke ›weiß‹, daß sie umhüllen und wärmen soll. Es scheint sie glücklich zu stimmen, ihre Funktion zu erfüllen – vorausgesetzt, man kann solche Begriffe bei einem... Wesen verwenden, das ganz sicher nicht intelligent ist. Nun, die Decke kann auch ›trauern‹. Wenn man sie nicht benutzt, stirbt sie irgendwann.«

Lindy schob die Hand darunter. Dort, wo der Zarter lag, fühlte sich Athenes Fell trocken und warm an, nicht feucht und heiß.

Die junge Frau ließ ihr Vogelpferd allein gehen. Der Flug hatte Athene sicher viel Kraft gekostet, aber davon ließ sie sich nichts anmerken. Sie wirkte entspannt, lief in der niedrigen Gravitation mit langen, mühelosen Schritten. Ab und zu hob sie den Kopf und blickte zum Himmel hoch, an dem Lichtbahnen eigentümliche Muster formten. Unter dem Zarter knisterten die Federn ihrer Flügel.

Lindy trat auf Stephen zu und umarmte ihn.

Der vulkanische Jongleur drückte sie behutsam an sich, dachte dabei an seine enorme Körperkraft. Amelinda berührte ihn an der Wange, strich mit den Fingerkuppen bis zu den Brauen.

Er wußte, daß sie sehr intelligent und energisch war, und nun bemerkte er auch ihre Schönheit. Selbst Vulkanier tilgten nicht den Sinn für Ästhetik aus ihren Kindern. Trotzdem blieb alles kalt in Stephen.

Er griff nach Amelindas Hand, zog sie vorsichtig fort.

»Bitte nicht, Lindy...«

»Was ist denn?«

Stephen wandte sich um. »Ich... ich kann nicht...«

»Warum?«

»Weil ich Vulkanier bin!«

Kein Mensch war stark genug, ihn gegen seinen Willen zu bewegen, aber Lindy umfaßte seinen Ellenbogen, veranlaßte ihn dazu, sich zu ihr umzudrehen.

»Sie sind anders«, sagte sie.

Stephen setzte sich auf eine Landekufe der *Dionysus* und ließ die Schultern hängen.

»Ich habe versucht, anders zu sein«, erwiderte er. »Aber

ich stamme von Vulkan, wuchs dort auf...« Er preßte die Fingerspitzen aneinander, formte mit den Händen eine symbolische Kugel. »Die vulkanischen Lehrmeister bringen einem bei, sich von den eigenen Gefühlen abzuschirmen, sie hinter eine Barriere zu verbannen, der Schicht um Schicht hinzugefügt wird – bis sie nicht mehr durchbrochen werden kann. Wenn man aufbegehrt, wenn man rebelliert, nehmen sich die Erwachsenen mehr Zeit, gehen sie noch geduldiger vor...«

»Sie haben das ebenfalls erlebt?«

Stephen nickte. »Ich versuche dauernd, an der Barriere zu kratzen, eine Lücke in den vielen Abschirmschichten zu schaffen, in der Hoffnung, eines Tages den Kern zu finden. Aber ich fürchte mich auch. Ich habe Angst, daß die Kapsel tief in meinem Innern... völlig leer ist.« Er neigte die Hände zur Seite, hob sie ruckartig – wie ein Zauberkünstler, der eine Taube freigab. Doch nichts löste sich von seinen Fingern; Lindy sah nur leere Luft.

»Ich habe nie jemanden geliebt. Einmal fühlte sich eine Frau zu mir hingezogen und ich... ich wollte sie nicht enttäuschen. Aber schließlich begriff sie. Ich möchte nicht noch einmal jemanden so sehr verletzen wie sie. Verstehen Sie, Lindy?«

Sie wich nicht etwa von ihm fort, sondern kam wieder näher, schlang die Arme um ihn, bot ihm Trost an. Stephen strich über ihr Haare, wußte dabei, daß es eine inhaltslose Geste war – und wünschte sich verzweifelt, so auf Lindy reagieren zu können, wie sie es von ihm erhofft der Brust, an den Hüften und Oberschenkeln. Wütend spannte er die Muskeln, und seine Fesseln gaben nach. Er wußte, daß kein Angehöriger seines Volkes so grausam sein konnte, einem Artgenossen die Freiheit zu rauben, erinnerte sich an den Flug zum Schiff der Fremden, daran, ihren Friedensbeteuerungen geglaubt zu haben. Offenbar hatten sie ihn hintergangen.

Er schlich durch das kantige Zimmer, gewann dabei den Eindruck, als sähe er zwei Bilder gleichzeitig: Eins erschien ihm vertraut, und das andere wies höchst ungewöhnliche Aspekte auf. Der Teil seines Geistes, der jene Vision als bizarr und absurd erachtete, drängte ihn zur Flucht. Und der andere, die sie erkannte, half ihm dabei, einen Ausgang zu finden.

Ein Wesen saß neben der Tür, betrachtete ein sonderbares Objekt. Die Gestalt ähnelte der einer Person, doch das Geschöpf trug Schutzkleidung, so als habe es die Absicht, einen Sonnensegler zu verlassen und sich ins All zu begeben. Wenn es ihn erblickte, mußte er es vielleicht verletzen, um zu passieren. Ganz gleich, was ihm die Fremden angetan hatten: Er wollte sich auf keinen Fall ihr barbarisches Gebaren zu eigen machen.

Vorsichtig näherte er sich dem Wesen. Aber sein Körper gehorchte ihm nicht richtig: Er stolperte. Das Geschöpf sah ihn und sprang auf.

»Spock!« sagte es.

Es fühlte überhaupt nichts, als er den Nackenansatz berührte, verlor von einer Sekunde zur anderen das Bewußtsein und erschlaffte. Er fing es auf und ließ es behutsam zu Boden gleiten.

Er wanderte durch die niedrigen Korridore, bewegte sich so leise wie möglich, um einer Entdeckung zu entgehen. Nach kurzer Zeit fand er den gleichzeitig exotischen und doch so vertrauten Mechanismus. Als er die Justierung veränderte, dachte er über die Vorrichtung nach. Es handelte sich um eine recht interessante Apparatur, aber mit ihren vielen mechanischen und elektronischen Komponenten erschien sie ihm primitiv, viel zu anfällig. Er hätte sie so konstruiert, daß sie auf Gedanken reagierte.

Er stieg auf die Plattform, wartete darauf, daß das Transferfeld seine physische Struktur auflöste.

Er rematerialisierte im Segler. Jenseits der durchsichtigen Wände der runden Kammer wölbte sich die Außenhüller der *Enterprise,* und viel weiter entfernt schwebte das riesige Weltschiff in der Schwärze. Das weite Segel erzitterte rhythmisch, in konzentrischen Kreisen — ein gesteuertes, subtiles Beben, das erst den Rand erfaßte und dann die Mitte, sich schließlich in entgegengesetzter Richtung fortsetzte und dabei geregelte Interferenzmuster bildete.

Die flexiblen, kristallenen Dorne — Stützen des Segels — wuchsen aus der externen Begrenzung der Kammer. An der Innenseite formten ihre Knollen achtzackige Sterne, deren Spitzen ebenfalls transparent waren und im Innern einen perlmuttenen Glanz gewannen. Im Zentrum zeigte sich ein hell strahlender Punkt, dort, wo jeder Dorn das Licht sammelte und es konzentrierte.

Die Stacheln bogen und veränderten sich, modifizierten den Sonnensegler. Die weite Fläche außerhalb der runden Kammer erzitterte erneut, neigte sich zur Seite, und daraufhin glitt das kleine Gefährt in Richtung Weltschiff, tauchte in seinen Gravitationssog. Die Energie des Strahls traf das Segel, blähte es auf. Es fungierte als eine Art Bremse, als ein Fallschirm, unter dem sich nicht etwa Luft verdichtete, sondern Photonen, verwandelte den Fall des winzigen Raumschiffs in ein langsames, beständiges Gleiten.

Er flog nach Hause.

Das Shuttle *Copernicus* hatte bereits die Hälfte der Strecke zum Weltschiff zurückgelegt. Sulu bediente die Kontrollen. Uhura saß neben ihm im Sessel des Copiloten und versuchte nach wie vor, einen Kontakt mit Stephen herzustellen. Jim ging unruhig auf und ab, verfluchte lautlos die Sturheit des vulkanischen Jongleurs.

Wolkengleiter hatte sich mit einem Hinweis auf seinen

Hunger zum Weltschiff beamen lassen, doch die drei anderen Flieger begleiteten die Menschen, sahen sich neugierig um und fragten immer wieder nach der Funktionsweise der Instrumente, erkundigten sich nach Konstruktionsprinzipien und dem Zweck eines derartigen Raumfahrzeugs. Jim fand, sie verhielten sich so, als nähmen sie an einem Picknick teil — und vielleicht lag er mit diesem Vergleich gar nicht so falsch.

Kirk begrüßte es sehr, daß Sulu und Uhura bereit gewesen waren, mit ihm zu kommen. Er brauchte Hilfe: Seine Aufmerksamkeit galt in erster Linie dem Bemühen, die Aliens an einer Demontage des Shuttles zu hindern. Sie konnten ihre Neugier kaum im Zaum halten.

»Welche Gemeinschaft von Ihnen hat zu segeln begonnen, James?« wandte sich Scharlach ohne eine Spur von Verärgerung an Jim.

Das winzige Gefährt der Flieger sauste an der *Copernicus* vorbei, fiel dem Weltschiff entgegen und verschwand in der Ferne, in einem Hintergrund aus komplexen visuellen und elektromagnetischen Störungen.

»Ich habe keine Ahnung«, erwiderte Kirk.

»Captain, die *Enterprise* ruft uns.«

»Scott hier. Es geht um Mr. Spock — er ist aus der Krankenstation geflohen, hat den Transporter benutzt...«

»...und den Segler gestohlen«, ächzte Jim. »Ich verstehe. Was ist mit Dr. McCoy?«

»Er wurde nicht verletzt, Captain, aber Spock hat dafür gesorgt, daß er einige Stunden lang erhebliche Kopfschmerzen haben wird. Der vulkanische Nervengriff...«

Jim wußte nicht, was Scott damit meinte. Vermutlich spielte es auch keine Rolle.

»Commander Spock handelt also wieder auf eigene Faust. Nun, wenn wir ihn finden, bringen wir ihn zur *Enterprise* zurück. Wenn nicht... tut es mir leid um ihn.«

»Captain, aber...«

Kirk bedeutete Uhura mit einem knappen Nicken, die

Verbindung zu unterbrechen. Sie sah ihn verwundert an, kam der stummen Aufforderung jedoch nach.

Benommen versuchte sie erneut, Stephen zu erreichen.

»*Copernicus* an *Dionysus*, bitte kommen. Dies ist ein Notfall. Antworten Sie.« Doch aus dem Lautsprecher drang nur das statische Knistern der magnetischen Felder des Weltschiffs. Keine Stimme erklang.

Scharlach streckte kurz seine Schwingenfinger. »James, ist es so wichtig, daß der Kontakt zu Stephen mit Hilfe Ihrer Maschinen hergestellt wird?«

»Das ist die einzige Möglichkeit, um... He, können *Sie* Verbindung mit ihm aufnehmen? Wollen Sie darauf hinaus?«

»Ich wäre in der Lage, die Gemeinschaft darum zu bitten, nach Spock und der *Dionysus* Ausschau zu halten.«

»Ausgezeichnet. Wenn irgend jemand Lindy sieht... Teilen Sie ihr mit, daß wir unbedingt mit ihr sprechen müssen.«

»Das dürfte schwierig werden. Nach der Jagd wird Wolkengleiter all diejenigen mit Ihrer Sprache vertraut machen, die daran interessiert sind. Grün, Sonne-und-Schatten und ich übermitteln sie den anderen. Doch bis dahin gibt es niemanden im Weltschiff, der Ihr Idiom beherrscht.«

»Und telepathische Lektionen?«

Scharlach bedachte Jim mit einem durchdringenden Blick. »Könnten Sie jemandem das Hören beibringen, indem Sie die betreffende Person auf verschiedene Gerüche hinweisen? Könnten Sie jemanden das Fühlen lehren, indem Sie Farben zeigen?«

»Natürlich nicht.«

»Aus den gleichen Gründen bin ich außerstande, eine neue Sprache weiterzugeben, ohne zu *sprechen.*«

»Aber Spock hat Sie mit einer Mentalverschmelzung in die Lage versetzt, mit uns zu kommunizieren!« erwiderte Kirk hitzig.

»Ich bin anders als er«, hielt ihm Scharlach geduldig entgegen. »James, Sie haben mich gesehen, mich beobachtet, als ich Grün, Wolkengleiter und Sonne-und-Schatten über Ihre Sprache informierte. Ich kann nicht die gleiche Methode benutzen wie Spock, denn wir *unterscheiden* uns.«

»Das verstehe ich. Es ist nur...« Jim brach ab, versuchte, Ärger und Enttäuschung aus sich zu verdrängen. »Und wenn Wolkengleiter nach der *Dionysus* sucht?«

»Er ist hungrig. Nach der Jagd beschließt er vielleicht, sich umzusehen. Oder er schläft.«

»Wenn wir Lindy nicht rechtzeitig finden und zur *Enterprise* zurückkehren... Unser Leben und das Schiff stehen auf dem Spiel!«

Scharlach musterte ihn bewegt. »Ja. Personen leben — und sie sterben.«

Jim hatte das Gefühl, als erhebe sich vor ihm eine massive Barriere aus Unverständnis. »Wie lange mag es dauern, bis wir etwas erfahren?«

Scharlachs Zungenspitze tastete über den Sinnesbart. »Ich weiß es nicht. Ich kann Ihnen nicht einmal versprechen, daß mich jemand bei einer Sichtung des Schiffes benachrichtigt. Nun, man *wird* mir eine Mitteilung machen — wenn es den entsprechenden Gemeinschaftsmitgliedern so gefällt.«

»Gibt es denn niemanden, von dem ich mir genauere Angaben erhoffen kann?«

»Suchen Sie nach wie vor eine Entität, die im Weltschiff eine ähnliche Stellung bekleidet wie Sie an Bord der *Enterprise?«*

»Ich möchte Sie nicht beleidigen, Scharlach, aber... Ja, ich würde gern mit jemandem sprechen, der eine gewisse Verantwortung für das Weltschiff trägt. Es ist mir ein Rätsel, warum uns die Oberhäupter Ihres Volkes zunächst beobachten wollen, bevor sie sich zu erkennen geben. Inzwischen dürften Sie eigentlich von unseren friedlichen Absichten überzeugt sein.«

»Spocks Informationen bestätigen dieses Konzept«, erwiderte Scharlach. »Doch in Ihrem Schiff habe ich auch

Vorrichtungen gesehen, die der Zerstörung dienen.« Der rote Flieger winkte, kam einem Einwand Jims zuvor. »Das alles ist von untergeordneter Bedeutung. Es *gibt keine* Oberhäupter unseres Volkes. Im Weltschiff leben weder Anführer noch Untergebene.«

»Das ist doch nicht zu fassen! Was herrscht bei Ihnen? Anarchie?«

»Es ›herrscht‹ nichts. Ich bin ich, bestimme allein über mein Leben.«

»Ich begreife nicht, wie ein solches System funktionieren kann«, sagte Jim. »Wo bleibt die Organisation? Wer leitet das Weltschiff? Wer baute es und warum? Wo sind die Konstrukteure? Wer entscheidet, was zu geschehen hat? Wer brachte Sie hinein? Gibt es dort außer Ihnen noch eine andere Spezies?«

»Für viele Ihrer Vorstellungen existieren im Weltschiff keine Äquivalente. Ich bin anders als Sie. Die Gruppe aller Flieger unterscheidet sich von der Gruppe aller Besatzungsmitglieder der *Enterprise.* Die Leute, die das Weltschiff bauten, sind tot, verstarben vor unzähligen Generationen. Und ich hoffe, daß die Personen, die einst über sein Schicksal entscheiden müssen, noch nicht geboren sind.«

Jim seufzte zornig und niedergeschlagen. Je mehr Fragen er Scharlach stellte, desto weniger brachte er in Erfahrung. Seine Instinkte verlangten Vertrauen, aber das bewußte Beurteilungsvermögen stellte die Wahrheit in Frage — wenn Scharlachs Auskünfte tatsächlich der Wahrheit entsprachen. Weder Anführer noch Konstrukteure. Keine Leitungsfunktion bei einem so riesigen und funktionskomplexen Gebilde wie dem Weltschiff. Das erschien ihm unmöglich.

Philosophische Probleme wie ›Wahrheit‹ mußten warten.

Kirk holte tief Luft. »Ich wäre Ihnen sehr dankbar, wenn Sie die anderen Mitglieder Ihrer Gemeinschaft im Weltschiff darum bitten könnten, nach der *Dionysus* zu suchen und uns sofort Bescheid zu geben, wenn sie gefunden wird.«

Aus der durchscheinenden Außenfläche des Weltschiffes wurde eine kieselig anmutende Struktur aus dicht an dicht gepackten Kugeln. Der Sonnensegler berührte einen Landehaken, und die Spantendorne zogen sich zusammen, falteten das Segel. Die anderen Stacheln schlangen sich um die Erweiterung.

Das winzige Gefährt glitt nach unten, verlor einen weiteren Teil seines Bewegungsmoments, ruhte schließlich auf der Oberfläche des Weltschiffs.

Er zog die deckelartige Vorrichtung aus der abdominalen Öffnung, die an ein ähnliches Gebilde grenzte und somit einen Tunnel formte. Daneben, in einer größeren und dickwandigeren Kugel, die zur Außenwand des Weltschiffs gehörte, erstreckte sich eine zweite perlmuttene Scheibe. Das seidene Gespinst, das die einzelnen Sphären miteinander verband, versiegelte auch die Röhre zwischen dem Segler und dem gewaltigen Raumfahrzeug, verhinderte, daß die Luft ins Vakuum des Alls strömte.

Er schob den anderen Diskus beiseite und betrat den externen Wall.

Er nahm vertrautes, graues Licht wahr — und doch fühlte er sich verwirrt und unglücklich, wünschte ein düsteres, karmesinrotes Glühen herbei.

Die Kugel, auf der er gelandet war, enthielt nur einen großen Konstrukteur, der über die Decke kroch, einen härtenden Fladen aus Perlmutt zurückließ, während er eine neue Sphäre suchte. Er hoffte, daß jenes Geschöpf nicht in den Sonnensegler kroch. In dem Fall würde er durch die abdominale Öffnung gleiten und sich im Innern des Gefährts niederlassen, dort innerhalb einer bestimmten Zeit mehrere dicke Perlmuttschichten schaffen, die alle Zugänge verdeckten — bis es dem Konstrukteur schließlich zu eng wurde und er seine Wanderung fortsetzte, wieder auf der Suche nach einem größeren Heim.

Wenn eine Kugel genug Isolierschichten aufwies, um undurchsichtig zu werden, ließ sie sich kaum mehr als Sonnensegler benutzen. Welchen Sinn hatte es, durchs All zu reisen, ohne die Sterne beobachten zu können? Genau darin lag doch die Freude solcher Reisen.

Er rückte den Deckel der Sphäre zurecht, hoffte, daß der Konstrukteur glaubte, ein anderes Geschöpf seiner Art lebe bereits in ihrem Innern. Vielleicht kroch er weiter, bis er ein leeres Heim fand, das seinem wurmartigen Körper ausreichend Platz bot.

Er zögerte nicht länger, schlüpfte durch die einzelnen Blasen des Außenwalls, näherte sich der internen Begrenzung. Wie üblich hatten sich die einzelnen Tunnel verändert. Ausgewachsene Konstrukteure neigten dazu, zwischen den Kugeln zu gleiten, dort mit ihren Sekretionen neue Sphären mit dünnen Trennmembranen zu schaffen, die die Zugangswege blockierten. Junge Konstrukteure von mittlerer Größe hatten die Angewohnheit, leere Kugeln aufzusuchen und bildeten somit unerwartete Hindernisse. Kleinere Bauer hingegen krochen durch Innenschichten und reduzierten damit die Größe einer Kammer, bis die Zwischenräume zu klein wurden, um eine Passage zu ermöglichen. Irgendwann kam es bei jeder Blase zu einer vollständigen Separation, die nur eine kleine Öffnung zwischen dem dorsalen Bereich und der abdominalen Sektion übrigließ, und dann eigneten sich jene Sphären nicht einmal mehr für die jungen Konstrukteure als Heim. Wenn das geschah, entfernten die Weber die massiven und undurchlässigen Kugeln aus dem Wall. Und wenn sich anschließend das Universum bewegte, trug es Dutzende von perlenartigen Objekten mit sich in die wartende Dunkelheit zwischen den Sternen.

Aus dem diffusen Grau wurde ein hellerer Glanz, der durch die transparenten Sphärenhüllen filterte. Er erreichte die Peripherie der Außenbarriere, das Innere des Weltschiffs.

Koronin beobachtete die angenehm detaillierten Bilder, die sich im Kommunikationsbereich vor ihr formten. Die Projektionen faszinierten sie, und je länger sie mit einer Antwort zögerte, desto komplexere Übertragungen empfing sie. Zuerst sah sie ein fremdartiges Wesen, das die Arme hob — eine flehentliche Geste, glaubte die Klingonin. Kurze Zeit später stieg das Geschöpf auf und flog für sie. Andere gesellten sich hinzu und begannen eine Art Luftballett. Schließlich veränderten sich die Signale: Aus den Bildern wurden Punktmuster und dreidimensionale Grafiken, die nur von einer leistungsfähigen künstlichen Intelligenz stammen konnten und auf eine immer geschicktere Übertragungskontrolle hindeuteten. Koronin zeichnete alles auf. Als sie sich später erneut die abstrakten Darstellungen ansah, überlegte sie, ob alle Szenen das Ergebnis elektronischer, computergesteuerter Elaborationen waren und nur eine imaginäre Wirklichkeit darstellten. Vielleicht zeigten ihr die Bewohner des Weltschiffs nur das, was ihrer Meinung nach den Wünschen und Erwartungen der Klingonin entsprach.

Koronin nahm eine Neujustierung vor, nutzte einen Teil der Kommunikationskapazität ihres Schiffes, um die *Enterprise* zu kontrollieren. Als der Sonnensegler zum Weltschiff zurückkehrte, spielte sie mit dem Gedanken, das kleine Gefährt aufzubringen. Dann aber beschloß sie, nichts zu unternehmen, sich weiterhin auf eine abwartende Rolle zu beschränken.

Ihr Sergeant fühlte sich enorm geschmeichelt, weil er die Erlaubnis bekommen hatte, den Kommandobalkon aufzusuchen. Aus großen Augen starrte er ins Projektionsfeld. »Die *Quundar* könnte dem Segler folgen. Wir wären in der Lage, ebenfalls an die Kugel anzulegen. Die Sensoren zeigen, daß sie hohl ist und nur eine dünne Außenhülle hat. Wir durchstoßen sie und...«

»Schweig.«

Der Sergeant klappte den Mund zu.

»Sollen wir angreifen, während ein Schiff der Föderation in der Nähe weilt?« fragte Koronin. »Narr. Wir haben keinen Grund, das riesige Gebilde als unerwünschte Eindringlinge aufzusuchen. Wir kommen einfach als Gäste.

Hast du beim Militär nichts als Gewalt gelernt? Hat man dort den Verstand aus dir herausgeprügelt?«

»Verzeihen Sie, Koronin.«

»Ich werde die Signale der Fremden beantworten und ihre Einladung annehmen. Doch wir sollten natürlich wachsam bleiben. Daß die Wesen nichts gegen uns unternommen haben, könnte ein Beweis für ihre guten Absichten sein. Vielleicht aber auch nicht. Sei auf der Hut.«

»Ja, Koronin.«

»Kehr jetzt auf deinen Posten zurück. Vorbereitung für Beschleunigungsmanöver.«

Sie erwog die Möglichkeit, sich mit der *Quundar* außerhalb des Erfassungsbereichs der *Enterprise*-Sensoren zurückzuziehen und das Weltschiff heimlich aufzusuchen, doch das ließ ihr Stolz nicht zu. Wenn sie ihre Pläne zu verbergen versuchte, gab sie damit zu verstehen, daß die Föderation ein größeres Recht auf das Weltschiff hatte.

Angenommen, dachte sie, das gewaltige Etwas ist das Produkt einer degenerierten Zivilisation. Bisher konnte ich keine Waffen feststellen, keine Verteidigungsmechanismen. Wenn ich Anspruch darauf erhebe, bekomme ich Macht. Macht gibt mir vielleicht die Instrumente für meine Rache. Macht kann sogar noch viel befriedigender sein als Vergeltung.

Sonne-und-Schatten ragte hinter Sulu auf und beobachtete, wie der Steuermann die Kontrollen handhabte.

Wie ein Kind, dachte Jim. Wie ein kleiner Junge, der gerade sein Weihnachtsgeschenk sieht.

»Scharlach, ich fühle mich für den Diebstahl Ihres Sonnenseglers verantwortlich...«

»Ich habe kein Eigentum, James. Daher kann mir auch nichts gestohlen werden.«

»Ich bin froh, daß Sie mit solchem Gleichmut auf den unerfreulichen Zwischenfall reagieren. Was jedoch nichts an meiner Überzeugung ändert, dafür verantwortlich zu sein.«

»Es ist Ihre Meinung. Sie haben ein Recht darauf, das ich nicht bestreite.«

»Darf ich diesen Segler steuern?« fragte Sonne-und-Schatten hinter Sulu.

»Nein, Sir, ich bedaure. Man braucht eine Menge Übung. Es sieht einfacher aus, als es in Wirklichkeit ist.«

»Das glaube ich nicht.« Der Flieger streckte einen langen Arm über Sulus Schulter und veränderte die Fluglage des Shuttles in allen drei Achsen.

Jim stöhnte und schluckte.

Innerhalb weniger Sekunden ließ das Schlingern nach, und die Fähre flog wieder ruhig und stabil.

Sulu beugte sich ruckartig zu den Kontrollen vor, stellte jedoch fest, daß er keine neuen Daten einzugeben brauchte. Seine Wangen hatten einen grünlichen Ton gewonnen. Sonne-und-Schatten zwinkerte gelassen und schwieg; seine Zungenspitze berührte den Sinnesbart.

»Scharlach!« entfuhr es Jim. »Bitte sorgen Sie dafür, daß Ihre Freunde mit den Spielereien aufhören, die meine Besatzungsmitglieder in Gefahr bringen!«

Der rote Flieger zögerte, antwortete dann: »James, warum schreien Sie mich an, obwohl ich keine Schuld auf mich geladen habe?«

»Warum sprechen Sie nur mit Scharlach?« fragte Grün auf Standard. Es geschah zum erstenmal, daß er sich an die Menschen wandte. »Sie verhalten sich so, als seien Wolkengleiter, Sonne-und-Schatten und ich nur Luft für Sie, als existiere nur Scharlach. Sie ist nicht die einzige Besucherin.« Fast verdrießlich fügte er hinzu: »Auch wir beherrschen Ihre Sprache.«

Kirk musterte die Flieger verwirrt. «›Sie‹?« wiederholte er.

»Damit bin ich gemeint«, erklärte Scharlach. »Aber was hat das mit Grüns Frage zu tun?«

»Ich wußte gar nicht...« Jim unterbrach sich.

»Woher auch?« erwiderte die rote Fliegerin. »Warum sollte das irgendeine Rolle für Sie spielen?«

»Ich warte noch immer auf eine Antwort«, sagte Grün.

»Mir fällt keine gute ein«, entgegnete der Captain. »Unser Kontakt hat damit begonnen, indem ich mit Scharlach kommunizierte. Ich hatte das Gefühl, daß ... sie die Gruppenleiterin ist.«

»Wie Sie schon sagten: ein Gefühl«, meinte Scharlach. »Nicht aber die Wirklichkeit. Ich habe Sie doch schon darauf hingewiesen, daß es bei uns keine Anführer gibt.«

»Bitte entschuldigen Sie, Grün«, sagte Jim. »Ich wollte Sie in keiner Weise zurücksetzen.«

Grüns Zunge tastete zum einen Ende des Sinnesbarts. »Sie sind noch jung«, erwiderte er und zwinkerte.

Ich bin jung? dachte Kirk. Und was ist mit den anderen Leuten an Bord dieses Shuttles?

»Captain! Die *Quundar* beschleunigt und nähert sich dem Weltschiff.«

Jim trat an Sulus Seite, nahm die gute Gelegenheit wahr, sich von den Fliegern abzuwenden, sein Unbehagen ihnen gegenüber zu vergessen. Er beobachtete, wie der klingonische Kreuzer in den Außenwall des Weltschiffs eindrang. »Erhöhen Sie die Geschwindigkeit.«

»Ja, Sir.« Sulu hielt es nicht für nötig, darauf hinzuweisen, daß die *Quundar* schwer bewaffnet war, sich die *Copernicus* im Fall des Falles überhaupt nicht verteidigen konnte. Das wußte der Captain natürlich.

Der Steuermann ahnte, daß ihnen eine in jeder Hinsicht interessante Rettungsmission bevorstand.

Er verharrte an der abdominalen Öffnung einer Innenblase, betrachtete die Schönheit des Weltschiffs, genoß den Wind, umarmte das Licht. Das Land erstreckte sich tief unter ihm, aber er brauchte nur die Schwingen auszubreiten, um hinabzugleiten.

Gerade noch rechtzeitig erinnerte er sich daran, daß er nicht mehr fliegen konnte. Die Reise... Die fremden Wesen an Bord des Raumschiffs hatten ihn verändert, ihm die Flügel genommen, einen großen Teil seines ursprünglichen Sehvermögens, fast die ganze Kommunikationsfähigkeit. Er schrie gegen die Stille in seinem Geist, erhielt keine Antwort, empfing nicht einmal mentale Echos.

Er hatte viel Zeit in der Stille verbracht, aus freier Wahl — aufgrund des Kummers über einen Verlust. Jetzt aber zwang man ihm das Schweigen auf. Er sah nur einen einzigen Ausweg, begann mit dem langen Abstieg.

Koronin fragte sich, ob das Innere des Weltschiffs ähnlich beschaffen war wie die perlmuttene Außenfläche, aber als die *Quundar* das Lichtgespinst des Himmels durchdrang, sah sie tief unten eine seltsame Landschaft: Ebenen und Berge, hier und dort einige Wälder, Bäche und Flüsse.

Die Signale, die sie anpeilte, stammten von einem Ort, der sich ein ganzes Stück über dem Boden befand. Einige Aliens glitten im Wind, der an den internen Begrenzungen des Walls entlangflüsterte. Sie näherten sich dem klingonischen Kreuzer, stürzten der Ausbuchtung der Kommandokammer entgegen, drehten ab. Koronin war beeindruckt: Sie ignorierten die ihnen drohende Gefahr. Eins der Geschöpfe balancierte auf einer Sphäre weiter oben, faltete azurblaue Schwingen zusammen. Plötzlich sprang es, streckte die Flügel wieder und offenbarte ihre flammengelben Unterseiten. Elegant und anmutig segelte es davon, schloß sich seinen Artgenossen an.

Drei der Fremden landeten, und die *Quundar* ging dicht neben ihnen an der Wallbasis nieder.

Die Wesen beobachteten und warteten, etwa hundert Meter entfernt. Koronin ließ sich Zeit, wollte nicht sofort hinauseilen und dadurch wie eine Bittstellerin wirken. Sie schloß ihre Crew in der Betriebskammer ein, rüstete sich mit einigen tragbaren Sensoren, einem Übersetzungsmodul und auch einem Aufzeichnungsgerät aus. Nach kurzem Überlegen entschied sie sich für ein Hemd aus purpurner Seide und ihre Stiefel mit den goldenen Tressen. Sie legte Starfleet das Halsband an und ignorierte sein Wimmern und Winseln, die Versuche, seine kleinen Hände unter

Schnalle und Riemen zu schieben. Ruckartig zerrte Koronin an der Leine, doch der Primat gehorchte nicht, leistete Widerstand. Die Klingonin zog erneut, und schließlich gab Starfleet nach, schlich an ihr vorbei und duckte sich, bis Koronin erneut an der Leine riß. Sie empfand sein Verhalten als höchst unbefriedigend; er mußte besser dressiert werden.

»Komm!« befahl sie ihrem Sergeant.

»Koronin, wäre es nicht besser, mehr Waffen mitzunehmen? Sollte ich nicht hierbleiben und Sie mit den Bordgeschützen decken?«

Sie lachte. »Solange du bei mir bist, brauchst du keine Waffen. Komm endlich. Oder soll ich auch dich an die Leine legen?«

Er folgte ihr, williger als Starfleet.

Die drei Fremden starrten sie schweigend an. Koronin ging auf sie zu, zerrte den Primaten mit sich und trat nach ihm, wenn er trotz Halsband und Leine zu fliehen versuchte. Eine sanfte Brise wehte Staub auf.

»Ich bin Koronin«, stellte sie sich vor.

Die drei Aliens stimmten einen seltsamen Gesang an, der kein Ende zu nehmen schien. Sensoren und Translator boten keine vernünftigen Werte, und schließlich schaltete Kornin die Instrumente verärgert ab. Wenn alles so lief, wie sie es plante, brauchte sie die Wesen gar nicht zu verstehen. Dann mußten sie ihre Sprache lernen.

Die Frequenz der Tonfolgen, die die Geschöpfe von sich gaben, erreichte den Ultraschallbereich. Nur die Bewegungen ihrer Kehlen und Lippen deuteten darauf hin, daß sie nach wie vor sangen. Dann verstummten sie endlich.

»Ich bin Koronin«, wiederholte die klingonische Frau.

»Ich verstehe Sie nicht«, sagte der blaue Alien mit den goldenen Schwingen. »Wolkengleiter gab mir eine andere Sprache. Haben Sie die Möglichkeit, mir Ihr Idiom zu übermitteln?«

Das Wesen formulierte die Worte in Federation Standard.

»Wie kannst du es wagen, mir gegenüber die degenerierte Sprache der Föderation zu verwenden?« fragte sie eisig.

Der Fremde antwortete in einem anderen Kommunikationscode der Föderation, den Koronin nicht beherrschte, jedoch als Vulkan erkannte.

»Aufhören!« sagte sie. Wenn die Allianz glaubte, die Hoheitsrechte des Imperiums verletzen, Anspruch auf das Weltschiff erheben und seine Bewohner einfach so in das Bündnis aufnehmen zu können, irrte sie sich gewaltig. »Ich verstehe dich. Ich werde dir bald die Möglichkeit geben, meine Sprache zu lernen, aber bis dahin begnüge ich mich mit Standard.«

Einer der Aliens — er hatte einen purpurnen Körperpelz, der an einigen Stellen regelrecht schwarz wirkte — trat ein wenig beiseite und beobachtete Starfleet. Der Primat quiekte und sauste davon. Koronin mußte die Leine mehrmals von einer Hand in die andere wechseln, um zu verhindern, daß sie sich um ihre Beine wickelte, hielt das für unwürdig. Sie zerrte kräftig an dem Strick, und das Tier winselte, sah zu ihr hoch, verbarg das Gesicht hinter den kleinen Händen.

»Was ist das?« fragte der purpurne Fremde. »Nahrung?«

»Nein. Lebensmittel befinden sich an Bord meines Schiffes. Ich füttere Tiere, verspeise sie nicht.«

»Gefangene Nahrung hat einen faden Geschmack.« Das purpurne Wesen wandte sich dem Sergeant zu. »Ist das ebenfalls ein Tier?«

Der Mann hatte nur geringe Standard-Kenntnisse und ließ sich daher nicht beleidigen. Sprachlos beobachtete er die Weltschiffbewohner.

»Nein. Ein Untergebener.«

»Von solchen Dingen habe ich schon gehört. Gefangene Tiere und Untergebene. Hierarchien. Anführer.«

»Da wir gerade dabei sind: Wer ist euer Oberhaupt?«

Die Wesen unterhielten sich erneut in ihrer Singsprache, und Koronin gewann den Eindruck, daß sich die Aliens über sie lustig machten. Sie stützte die eine Hand auf den Griff der Duellklinge. Der kalte Stahl beruhigte sie, obgleich sie sich eingestehen mußte, daß ihr unter den gegebenen Umständen ein Blaster lieber gewesen wäre. Zwar schienen die Geschöpfe vor ihr nicht bewaffnet zu sein, aber mit ihren spitzen Zähnen und langen Krallen mochten sie sich bei einem Nahkampf als sehr gefährliche Gegner erweisen. Sie überlegte, wo sich ihre Computer und Sendeanlagen befanden. Vielleicht handelte es sich um miniaturisierte Geräte, in ihren Arm- und Fußreifen integriert. Oder eine andere Entität kümmerte sich um die elektronischen Anlagen.

»Ich finde es seltsam, daß Sie sich immer wieder nach Anführern und Oberhäuptern erkundigen«, sagte der dritte Alien. Sein Fell war dunkel, wies an Flanken und Beinen graue Flecken auf. »Wir haben Sie bereits mehrfach darauf hingewiesen, daß es so etwas bei uns nicht gibt, aber trotzdem fragen Sie immer wieder danach.«

»Das ist doch Unsinn! Ich...« Koronin zwang sich zur Ruhe. Die Antwort des Wesens deutete darauf hin, daß sich auch die Eindringlinge der Föderation mit solchen Worten an sie gewandt hatten. Sie beschloß, direkt zu sein.

»Im Namen der Kaiserin beanspruche ich dieses Land. Seid ihr bereit, euch meiner Autorität zu beugen?«

Der purpurne Fremde schenkte ihr keine Beachtung, bückte sich und streichelte Starfleet.

»Ich habe dir doch gesagt, daß er keine Nahrung ist!« rief die Klingonin.

»Ich weiß«, erwiderte der Flieger. »Aber er leidet und trauert.« Er begann damit, die Schnalle zu öffnen und das Halsband zu lösen.

Koronin schritt in Richtung Wall, vernahm ein leises, ihr vertrautes Klirren, als sie die Duellklinge zog. Die Aliens konnten natürlich nicht wissen, daß sie früher einmal transparent und farblos gewesen war. Erst das Blut ihrer Gegner hatte dem Stahl die dunkle Tönung verliehen.

Aber bestimmt fiel den Wesen auf, wie das Licht ihrer sonderbaren Welt blitzende Reflexe auf der Schneide hervorrief. Die Klingonin hob das Messer, um mit einer ebenso einfachen wie eindrucksvollen Demonstration zu zeigen, mit welchen Absichten sie kam.

Vor der gewölbten Membran einer perlenartigen Sphäre blieb sie stehen, hob die Klinge über den Kopf und bohrte sie in den Wall.

Der Stahl durchschnitt die schimmernde Außenfläche, hinterließ einen langen Riß in den perlmuttenen Fasern.

Koronin vernahm ein leises Heulen — wie der Gesang der Aliens, untermalt von einer hochfrequenten Vibration. Das seidene Gewebe der Blase erzitterte und zog sich zusammen. Die Klingonin riß ihre Klinge zurück, wirbelte um die eigene Achse und lief.

Hinter ihr explodierte die Kugel.

Er beobachtete, wie die Flugmaschine dem Boden entgegensank und landete. Er hörte das Donnern und Krachen der Explosion, doch seine Aufmerksamkeit galt vor allen Dingen dem beschwerlichen Abstieg. Durch die heftige Vibration hätte er fast das Gleichgewicht verloren. Er sprang zum Gespinst, das die einzelnen Blasen miteinander verband, hielt sich daran fest, begann erst wieder zu klettern, als das Beben des Walls nachließ.

Die Flugmaschine ruhte dicht neben der Barrierenbasis, auf einem Teppich aus verbrannter Vegetation. In der Nähe beugte sich ein schwingenloses Wesen über ein anderes, das wie erstarrt lag. Das reglose Geschöpf hatte vermutlich versucht, eine Wallkugel zu beschädigen — offenbar ohne zu ahnen, daß die Sphären sofort reagierten. Wie töricht: Selbst die Jungen, die noch im Horst lagen, wußten um die Gefährlichkeit einer solchen Verhaltensweise — und achteten auf die Gebote, wenn sie überleben wollten.

Er nahm den Duft anderer Personen wahr, doch sie warteten nicht auf ihn, flogen davon, kreisten in der Ferne. Nach einer Weile trennten sie sich voneinander, schwebten davon. Er fragte sich, ob die Flügellosen die Gemeinschaft verärgert hatten oder sie schlicht langweilten.

»He, du!«

Das Wesen ohne Schwingen winkte mit einem Apparat. »Komm her! Hilf mir, die Lady Koronin ins Schiff zu tragen!«

Er konnte die Worte kaum verstehen, doch nach einigen Sekunden stahl sich ihre Bedeutung in sein Bewußtsein.

Sulu steuerte die *Copernicus* über den schimmernden Wall des Weltschiffs, vorbei an den Strahlenbahnen des Lichtgespinsts, schließlich durch die hohen Wolken. Unter der Raumfähre erstreckte sich eine hügelige Landschaft.

Die *Dionysus* gab noch immer keine Antwort.

»Ich verlasse Sie nun«, verkündete Grün.

»Ich weiß, daß ich Sie beleidigt habe«, sagte Jim betroffen. »Aber es geschah nicht mit Absicht. Bitte akzeptieren Sie meine Entschuldigung. Bleiben Sie bei uns.«

»Sie sind noch jung«, wiederholte Grün sanft. »Sie können mich nicht beleidigen. Ich gehe jetzt, weil ich hungrig bin. Und weil meine Schwingen Bewegungsfreiheit brauchen.«

»Ich wünschte, Sie hätten mich an Bord der *Enterprise* darauf hingewiesen. Unsere Synthesizer hätten Ihnen an Ihren Metabolismus angepaßte Speisen liefern können.«

»Ich habe Ihre Nahrung gesehen«, sagte Grün. »Sie war tot.«

»Viele Leute finden sie recht schmackhaft«, meinte Kirk.

»Aber sie war *tot«*, beharrte Grün und gab ein Geräusch von sich, das Abscheu ausdrückte.

»Das stimmt. Aber die meisten von uns ziehen tote Lebensmittel lebendigen vor.« Jim lachte leise, versuchte, wieder ernst zu werden. »Im Gegensatz zu Ihnen, nicht wahr?«

»Durch tote Nahrung wird man krank.«

»Ich verstehe.« Der Captain erinnerte sich an Spocks Reaktionen, wenn er andere Leute dabei beobachtete, wie sie tierisches Protein zu sich nahmen. »Nun gut... Wir landen und lassen Sie aussteigen. Ich möchte Sie nicht gegen Ihren Willen an Bord behalten.«

»Sie können auf eine Landung verzichten«, sagte Grün und öffnete die Schleuse. Kalter Wind seufzte herein. Der Flieger sprang, und Jim eilte mit einigen langen Schritten zur Luke, sah mit einer Mischung aus Sorge und Entsetzen nach draußen. Zehn Meter weiter unten glitt Grün mit ausgebreiteten Flügeln dahin. Langsam streckte er die Schwingenfinger, flog mehrmals im Kreis, ließ sich dann fallen und fing den Sturz elegant ab.

»Kommst du mit?« fragte Sonne-und-Schatten. »Jagst du mit uns?«

»Nein«, erwiderte Scharlach. »Ich habe noch keinen Hunger.«

»Bis später.«

Sonne-und-Schatten folgte Grün. Seite an Seite schwebten sie dahin, wie in einem Duett akrobatischer Künstler. Jim hielt unwillkürlich den Atem an, befürchtete eine Kollision der beiden Flieger, doch sie berührten sich nur mit den Schwingenspitzen, stiegen höher.

Uhura trat an die Seite des Captains, sah den beiden Fremden zu, summte eine seltsame Melodie und beugte sich in die geöffnete Luke. Einen schrecklichen Augenblick lang dachte Kirk, sie wolle ebenfalls hinausspringen. Er griff nach ihrem Arm.

»Lieutenant Uhura!« Sie reagierte nicht auf ihn. Jim zog sie zurück, schloß das Schott. »Was ist los mit Ihnen?«

»Nichts, Captain. Warum fragen Sie?« Die dunkelhäutige Fr~u summte erneut, einen Refrain, den Kirk nicht kannte.

Scharlach hob die Krallenhand und berührte Uhura behutsam an der Schulter. Er — *sie*, erinnerte sich Jim — umhüllte Uhura mit einer Schwinge, geleitete sie sanft zu den Sesseln und sang eine kurze Melodie. Die Frau versuchte sie nachzuahmen, und das schien ihr auch zu gelingen, nachdem Scharlach die Tonfolge noch einmal wiederholt hatte.

Jim kehrte ihnen den Rücken zu und wandte sich an Sulu.

»Irgendeine Spur von der *Dionysus?* Oder von Athene?«

»Nein, Captain. Sie könnten überall sein. Und das trifft auch auf die *Quundar* zu.«

Jim blickte aus dem Fenster, hoffte darauf, einen Hinweis auf die Admiralsjacht des vulkanischen Jongleurs zu finden. Er horchte in sich hinein, überlegte, ob er die unmittelbare Nähe Koronins oder eine sichere Distanz zu ihr vorzog. Er sah zu den Wolken hoch, versuchte sich vorzustellen, wie das Vogelpferd flog, mit Lindy auf seinem Rücken.

Es wäre ein toller Anblick, dachte er.

Koronin fand nur langsam und unter Schmerzen in die Wirklichkeit zurück. Die Oligarchen haben mich also schneller erwischt, als ich dachte, fuhr es ihr durch den Sinn.

Sie schlug die Augen auf.

Sie rechnete damit, sich in einer Gefängniszelle oder der Verhörkammer eines Schlachtschiffes wiederzufinden. Statt dessen lag sie auf ihrer eigenen Koje, richtete sich auf – und verzog das Gesicht, als neuer Schmerz ihren Leib durchzuckte. Sie kämpfte dagegen an, froh, am Leben zu sein.

Der Sergeant hatte sich auf dem Boden ausgestreckt und döste. Ein armseliger Wächter. Koronin wunderte sich darüber, daß er sie nicht einfach irgendwo eingesperrt hatte.

Dann sah sie die Duellklinge und den Blaster: Beide Waffen lagen vor ihrem Bett. Sie griff nach dem Messer, stellte fest, daß die Schneide nicht mehr scharf, sondern geschmolzen und anschließend wieder erstarrt war. Sie fluchte.

»Koronin!« der Sergeant erwachte und stand schläfrig auf.

»Warum hat du mich zurückgebracht?« fragte die Klingonin. »Warum hast du nicht die Gelegenheit genutzt, das Kommando über die *Quundar* an dich zu reißen?«

»Ich habe Ihnen Treue geschworen«, erwiderte der Mann vorwurfsvoll.

Sie starrte ihn an, und nach wenigen Sekunden senkte er den Kopf. »Die Wahrheit«, sagte Koronin scharf.

»Es heißt, die Kaiserin habe ihren Vorrat an Gnade und Barmherzigkeit aufgebraucht. Wer würde mir verzeihen, wenn ich zurückkehre? Hier bin ich sicherer. Nun, ich kenne Ihre Stärken, Koronin – und meine Schwächen. Wenn Sie die *Quundar* befehligen, bleibe ich vielleicht ein freier Renegat. Wenn ich das Kommando übernähme, wäre ich bald ein eingesperrter Renegat. Oder gar tot.«

»Haben die Aliens eine Waffe eingesetzt? Was ist passiert?« Koronin nahm den Blaster und schob ihn unter den Gürtel. Sie beschloß, sich mit der Erklärung des Sergeants zufriedenzugeben – bis er über die Strenge schlug und Dankbarkeit von ihr verlangte.

»Ich weiß nicht, Koronin. Ich hatte den Eindruck, als sei die Blase explodiert, die Sie beschädigten.«

»Es verteidigt sich.« Eine Stimme, die auf Standard sprach.

Die Klingonin drehte sich um, und ihr Blick fiel auf einen Vulkanier, gekleidet in schwarze Hose, Stiefel, ein ärmelloses, dunkles Trikot – die Überreste einer Starfleet-Uniform. Der Mann saß auf dem Deck, am gegenüberliegenden Ende des Kommandobalkons, im Innern eines vage schimmernden Schirmfelds.

»Beherrscht denn niemand auf dieser Welt eine zivilisierte Sprache?« rief Koronin erbost. »Wer bist du? Und wovon redest du?«

»Ich habe ihn als Geisel genommen«, sagte der Sergeant stolz.

»Das Weltschiff«, hauchte der Vulkanier. »Es verteidigt sich.«

»Ich habe hier eine sonderbare Anzeige, Captain.«

Unter ihnen wölbte sich die graugrüne Ebene, eine gestaltlose Landschaft, die bis in dunstige Fernen reichte. Sulu deutete erst auf seine Instrumente, dann aus dem Fenster. An einer Stelle wies der Boden eine eigentümliche Markierung auf.

»Das sehen wir uns aus der Nähe an«, sagte Jim.

Der Steuermann bediente die Kontrollen, landete das Shuttle.

Die verbrannte Vegetation und die Druckstellen auf dem Boden deuteten auf Koronins Kreuzer hin. Die geborstenen Überreste einer Wallsphäre ließen dumpfe Ahnung in Kirk entstehen.

»Offenbar hat unsere klingonische Freundin auf irgend etwas gefeuert«, sagte er und versuchte sich vorzustellen, aus welchem Grund Koronin von ihrem Blaster Gebrauch gemacht hatte. Die möglichen Schlußfolgerungen gefielen ihm nicht.

»›Gefeuert‹, James?« wiederholte Scharlach. »Steht dieser Ausdruck in irgendeinem Zusammenhang mit Waffen?«

»Ja. Vermutlich wurde ein Blaster eingesetzt. Sehen Sie nur: Die Entladung zerstörte die ganze Frontseite der Sphäre.«

»Wenn Koronin mit einem Strahler oder einer Projektilschleuder auf den Wall geschossen hätte, lägen hier jetzt die Trümmer ihres Schiffes verstreut. Und die Fetzen ihrer zerrissenen Leiche.«

»Wie? Was soll das heißen? Ich dachte, Sie besäßen keine Waffen.«

»Koronin zwang den Wall zu einer Reaktion — und er reagierte auf eine Weise, die ihrem Angriff angemessen war. Das entspricht der Konstruktionsstruktur.« Scharlachs Zunge zitterte über den Sinnesbart.

»Aber wenn sie nicht feuerte ... Was hat sie dann angestellt? Worauf reagierte der Wall? Auf einen Kampf? Könnte Spock darin verwickelt gewesen sein?«

»Darauf weiß ich keine Antwort, James.«

Sulu ging in die Hocke, griff nach einem der schimmernden Fragmente. Licht glitzerte durch die perlmuttene Oberfläche. Überall lag funkelnder Staub. Der Steuermann richtete sich wieder auf, sah vorsichtig durch das Loch in der Kugelwand. Das Innere des Walls erwies sich als ebenso prächtig wie die Außenseite: Ein schwaches, lumineszierendes Glühen ging davon aus, kühl und geheimnisvoll. Eine Öffnung in der unteren Wölbung der Blase führte tiefer in die Barriere hinein. Sulu wurde neugierig, betrat die Sphäre und blickte nach unten.

Ein blasses, glänzendes *Etwas* glitt heran. Sulu gab einen überraschten Schrei von sich, sprang zurück. Aus einem Reflex heraus zuckte seine rechte Hand zum Phaser, doch bevor er ihn ziehen konnte, fielen ihm die letzten Worte Scharlachs ein. Er ließ die Waffe im Halfter stecken, wandte zurück, verlor das Gleichgewicht und fiel. Die geringe Schwerkraft von nur einem Zehntel *g* bewahrte ihn vor Knochenbrüchen.

»He, Sulu, stimmt was nicht?«

»Keine Ahnung, Captain — dort drin haust irgend etwas Lebendiges!« Er stand auf und klopfte sich Staub von der Uniform. »Es hat mich nur erschreckt.« Verlegen senkte er den Kopf, näherte sich einmal mehr der Öffnung. Perlmuttsplitter knirschten unter seinen Stiefeln. Mit bebenden Fingern berührte er den Phaser und dachte: Fast hätte ich mich selbst umgebracht, in Stücke gerissen.

»Was ist das für ein Wesen?«

Sulu spähte in die Blase und beobachtete das Geschöpf, verglich es mit den großen Nacktschnecken, die er bei Inselwanderungen während eines Urlaubs auf der Erde gesehen hatte. Allerdings gab es einen enormen Unterschied: Dieses Exemplar schien mindestens fünf oder sechs Meter lang zu sein. Es schob sich langsam in die Blase hinein, hatte offenbar die Absicht, sie ganz auszufüllen.

»Nur ein Konstrukteur«, sagte Scharlach.

»Wie bitte?« fragte Jim verwirrt.

»Sie halten den Wall in Ordnung. Dieser hier wird mit seinen Sekretionen einige neue Schichten bilden, bis das Loch in der Sphäre vollständig abgedichtet ist. Harmlose Geschöpfe.«

Jim blickte auf das schleimige und widerlich aussehende *Ding* und dachte nach...

Scharlach breitete ihre Schwingen aus, sprang und flog zur Weltschiffbarriere.

»Warten Sie!«

Doch die rote Fliegerin hörte nicht auf ihn, glitt vor dem Wall in die Höhe.

Hinter Kirk summte Uhura.

»Lieutenant?«

Sie rührte sich nicht von der Stelle, sah Scharlach nach.

»Lieutenant Uhura! Was ist mit der *Dionysus?*«

Sie verhielt sich so, als höre sie Jims Stimme wie aus weiter Ferne. »Stephen gibt keine Antwort auf unsere Signale«, sagte sie. »Er befindet sich hier irgendwo. Ich bin ganz sicher. Aber er schweigt.«

Jim wandte sich von ihr ab und ging neben der gezackten Sphärenöffnung in die Hocke. »Können Sie mich verstehen?«

»Ja, Captain«, erwiderte Sulu.

Jim bedeutete ihm mit einem knappen Wink, keinen Laut von sich zu geben.

»Können Sie mich verstehen?« fragte er erneut, breitete die Arme aus und wiederholte die Geste des Friedens, die er den Fliegern gegenüber verwendet hatte. Er fragte sich, auf welche Weise Geschöpfe wie die Konstrukteure Freundschaft demonstrierten...

»Keine Reaktion«, flüsterte Sulu. Im Lautsprecher seines Tricorders knackte und knisterte es – bedeutungslose Geräusche. »Nichts außerhalb unserer Seh- und Hörweite. Keine chemischen Prozesse. Und auch sonst läßt sich nichts feststellen.«

Jim trat über den geborstenen Rand der Blase. Das schneckenartige Wesen kroch weiterhin ins Innere der

Sphäre, glitt langsam über den gewölbten Boden. Kirk berührte es behutsam und dachte: Wir kommen in Frieden. Er unterdrückte seinen Widerwillen — der ›Konstrukteur‹ fühlte sich so kalt und schleimig an, wie er aussah. Der Captain vernahm und fühlte nichts, spürte nur, wie das Etwas anzuschwellen begann. Es übte sanften, aber beständig zunehmenden Druck aus, bis es Jim aus der Kugel schob.

»Was machen Sie da, James?« fragte Scharlach.

Eine klebrige Masse bedeckte Kirks Hände und Arme, verhärtete sich allmählich.

»Ich habe versucht, mit den Erbauern des Weltschiffs zu kommunizieren«, entgegnete er.

»Warum?«

»Warum? Weil Sie erklärten, Sie hätten dieses riesige Raumfahrzeug nicht konstruiert.«

»Das stimmt auch. Wie könnte ich oder irgendeine andere lebende Person dazu in der Lage sein?«

»Sie meinten eben, dies hier sei ein Konstrukteur.« Jim deutete auf die überdimensionierte Schnecke, deren brauner Leib nun das zerstörte Blasensegmet ausfüllte. »Es kommt mir nicht darauf an, direkt und unmittelbar mit den Entitäten zu sprechen, die das Weltschiff bauten. Ein Kontakt mit ihren Nachkommen genügt mir völlig, mit Leuten, die sich die Fähigkeiten der einstigen Baumeister bewahrt haben.« Der Schleim gewann allmählich den typischen perlmuttenen Glanz. Kirk rieb die Hände aneinander, und kleine, funkelnde Flocken stoben davon.

»Nicht etwa ›Leute‹ haben das Weltschiff erbaut, sondern Konstrukteure. Aber es *waren* Leute, die seine Struktur ersannen und die Baumeister schufen, um ihre Pläne zu verwirklichen. Jene Personen sind die Schöpfer von all dem, was Sie hier sehen. Ich gehöre zu den Nachkommen derjenigen, die das Weltschiff konstruierten, und Sie haben bereits mit mir gesprochen.«

»Aber ich dachte...« Jim unterbrach sich, begriff plötzlich, daß die bisherigen Diskussionen aus einer Aneinanderreihung von Mißverständnissen bestanden. »Ich meinte folgendes: Sind Leute wie Sie die eigentlichen Erbauer des Weltschiffs?«

»Oh«, machte Scharlach. »Ja. Natürlich. Warum haben Sie mich das nicht gleich gefragt?«

Kirk seufzte innerlich. »Ich glaube, ich verstehe jetzt. Wissen *Sie*, wie es konstruiert wurde?«

»Selbstverständlich.«

»Wären Sie imstande, ein zweites herzustellen?«

»Das ist unmöglich, solange dies existiert. Das Zentrum des Universums bietet nur jeweils einem Objekt Platz.« Scharlach sang eine kurze Melodie, bei der Jim schauderte. Uhura antwortete.

Kirk überlegte, welche anderen Irrtümer seinen Schlußfolgerungen in bezug auf Scharlach zugrunde lagen. Er suchte nach den richtigen Worten, um seine Frage neu zu formulieren, doch der zweistimmige Gesang lenkte ihn ab. Er fühlte sich so, als trachte er danach, eine schwierige mathematische Gleichung zu lösen, während er zwischen Tenor und Sopran stand, die in der Oper ein leidenschaftliches Duett sangen. Nach einigen Sekunden schüttelte er den Kopf und preßte sich die Hände auf die Ohren. »Könnten Sie bitte für einige Zeit still sein? Ich kann kaum mehr denken!«

Daraufhin schwiegen Scharlach und Uhura. Jim wußte nicht, was der Gesichtsausdruck der roten Fliegerin bedeutete, doch die Züge der dunkelhäutigen Frau offenbarten unmißverständliche Empörung.

»Das hier habe ich in der Passage weiter oben gefunden.« Scharlach reichte dem Captain etwas. »Allerdings fehlt von Spock jede Spur.«

Uhura summte erneut, ihre Stimme kaum mehr als ein Raunen.

Jim nahm Spocks blaues Uniformhemd entgegen.

KAPITEL 12

Der Direktor des Aufsichtskomitees wanderte unruhig über den Kommandobalkon des Flaggschiffs, starrte auf die Berichte seiner vielen Spionsonden und legte die Com-Folien achtlos beiseite. Noch vor ein paar Tagen hätte er großes Interesse an den übermittelten Informationen gefunden, und vielleicht benutzte er sie irgendwann, um all die kleinen Diebe, Schmuggler und trivialen Verräter zu eliminieren, die nun enttarnt waren. Derzeit allerdings benötigte er ganz andere Daten.

»Sir...!« Sein Adjutant salutierte hastig. »Der Captain erbittet Ihre Aufmerksamkeit.«

»Weitere Berichte?«

»Wir haben die Phalanx erreicht, Sir.«

Der Kommandant des Flaggschiffs starrte ungläubig und zornig auf die Anzeigen der Sensoren.

»Die Föderation verletzt alle Abkommen mit uns, ignoriert die stillschweigenden Übereinkünfte ebenso wie unterzeichnete Verträge. Dies ist kein natürliches Phänomen! Es kann sich nur um die Vorbereitung auf einen Krieg handeln!« Voller Ehrfurcht wandte er sich an den Direktor. »Sir... Unsere Nachrichtendienste haben keinen Alarm gegeben. Woher wußten *Sie* davon?«

Der Direktor hatte seine steile Karriere unter anderem dem Umstand zu verdanken, daß er alle Situationsvorteile zu nutzen verstand, Glück, Lügen und unsichere Informationen als Wissensvorsprung ausgab. »Ich darf nicht über Staatsgeheimnisse sprechen«, erwiderte er.

»Oh, selbstverständlich, Direktor. Das verstehe ich. Bitte entschuldigen Sie.«

»Was ist mit dem gestohlenen Prototyp?« fragte der Direktor und versuchte, gleichgültig zu klingen.

»Wie?« Der Kommandant zwinkerte verwirrt, nickte dann. »Sie meinen das neue Kampfschiff? Oh, wir haben es geortet, Direktor. Dies hier ist sein Sensorcode.« Er deutete auf einen Monitor, der ein komplexes Punktmuster zeigte, und seine Brauenhöcker wurden dunkler — deutliches Zeichen der Aufregung. »Bald werden wir die Föderation für ihre Arroganz bestrafen.«

Der Direktor betrachtete das Bild, fragte sich, ob der Captain des Flaggschiffs wirklich glaubte, die Föderation sei für das verantwortlich, was vor ihnen im All schwebte. *Er* wußte, daß Starfleet über keine derartigen Einheiten verfügte.

Das Projektionsfeld nahm die ganze Breite des Kommandobalkons ein. Die substanzlosen, holografischen Kanten berührten den Direktor, und dennoch bot der Erfassungsfokus nicht genug Platz, um das fremde Raumfahrzeug in seiner ganzen gewaltigen Größe darzustellen.

Chefingenieur Scott saß im Befehlsstand auf der Brücke der *Enterprise,* und seine Finger trommelten nervös auf die Armlehnen des Sessels. Ihm blieb nur noch wenig Zeit, bevor er die Entscheidung treffen mußte, sich vom Weltschiff zurückzuziehen. Kirks Order ließen ihm keinen Interpretationsspielraum. Einmal mehr dachte er besorgt an das Shuttle. Das Ablegemanöver im irdischen Orbitaldock hatte sein Vertrauen in Sulus Pilotengeschick erschüttert.

Der Bordarzt trat aus dem Turbolift.

»Dr. McCoy«, sagte Scott. »Sollten Sie nicht im Bett liegen? Sie sehen schrecklich aus.«

»Danke für das Kompliment«, erwiderte der Doktor und schnitt eine Grimasse. »Die verdammten Kopfschmerzen verfolgen mich auch unter die Decke. Es spielt keine Rolle, ob ich liege oder stehe, und außerdem läßt mir meine Neugier keine Ruhe. Ich will wissen, was dort draußen passiert.« Er rieb sich Augen und Schläfen. »Spock kann sich auf was gefaßt machen, wenn Jim ihn zurückbringt.«

»*Wenn*«, betonte Scott.

Pavel Chekov hatte vor der Konsole des Steuermanns Platz genommen und versuchte, nicht zu gähnen. Für gewöhnlich beschränkte sich sein Dienst auf die Frühwache, aber heute mußte er Sulu vertreten. Er war noch immer nicht ganz wach.

Er wurde auf einige Signale aufmerksam, und ein plötzlicher Adrenalinstoß verdrängte die Müdigkeit aus ihm.

»Mr. Scott, ein unbekanntes Schiff – nein, *mehrere* Schiffe in Scanner-Reichweite. Sie nähern sich der *Enterprise* und dem fremden Raumfahrzeug, fliegen mit hoher Warpgeschwindigkeit. Sie kommen aus dem klingonischen Imperium!«

»Danke, Mr. Chekov«, sagte Commander Scott. Er wartete.

»Sie müssen Jim warnen, Scotty!«

»Nein, Doktor. Das würde die Flotte darauf hinweisen, daß sich die *Copernicus* im klingonischen Hoheitsgebiet befindet. Vielleicht entdecken sie das Shuttle nicht, wenn wir still sind.«

Die fremden Einheiten fielen aus dem Warpfeld in den Normalraum zurück, hielten direkt auf das Weltschiff zu.

Die *Enterprise* flog am äußersten Rand des Föderationsraums, während das gewaltige Gebilde der Flieger tiefer ins klingonische All vorstieß.

Scott rechnete jeden Augenblick damit, daß sich der Flottenkommandant meldete, um ihm zu drohen. Er begriff jetzt, daß Kirk recht hatte. Es galt, ein Gefecht um jeden Preis zu vermeiden.

»Eindringlinge von Starfleet: Kehren Sie sofort in Ihr stellares Territorium zurück!«

»Wir respektieren die Grenze, haben sie keineswegs überflogen«, antwortete Scott. Das war zu neunundneunzig Prozent ein Bluff. Immerhin handelte es sich um ein umstrittenes Gebiet, dessen Ausmaße sich nur schwer festlegen ließen.

»Eine gefährliche Behauptung.« Der Mann auf dem großen Wandschirm trug eindeutig zivile Kleidung, und Scott runzelte die Stirn, fragte sich, was das zu bedeuten hatte. Immerhin gehörten die Schiffe der Flotte zum klingonischen Militär.

»Offenbar ist mir Ihr Name entgangen«, sagte der Chefingenieur. »Mit wem habe ich die Ehre? Ich heiße...«

»Es ist mir völlig gleichgültig, wie Sie heißen. Und was meinen Namen angeht: Er stellt ein Staatsgeheimnis dar. Sie können mich mit ›Direktor‹ oder ›Euer Ehren‹ ansprechen.«

»Leider haben wir keine Möglichkeit, uns noch weiter zurückzuziehen«, sagte Scott. »Wir sind auf einer Rettungsmission.«

»Oh, interessant. Sie nahmen Kurs auf die faszinierende Konstruktion zwischen uns — mit der hehren Absicht, sie zu retten?« Der Sarkasmus in der Stimme des Direktors war unüberhörbar.

»Wir wußten überhaupt nichts von dem Weltschiff, als wir den Notruf empfingen. Hat er Sie ebenfalls erreicht? Sind Sie hier, um zu helfen?«

»Wenn hier jemand Hilfe braucht, dann Sie. Ganz offensichtlich sind Sie von der Föderation beauftragt, Kriegsvorbereitungen zu treffen.«

»Unsere Mission ist friedlicher Natur«, wiederholte Scott.

Er unterdrückte seine Nervosität, als der Direktor schwieg, sich Zeit ließ.

»Ihre Lügen langweilen mich«, sagte er schließlich.

Ein starkes Störfeld entstand, isolierte die *Enterprise* vom Shuttle und Captain Kirk.

»Mr. Scott, eine der Einheiten ändert den Kurs«, meldete Chekov.

»Das sehe ich, Junge.« Der Chefingenieur starrte auf den Wandschirm, beobachtete einen Schlachtkreuzer, der sich dem Weltschiff näherte.

»Wir müssen irgend etwas unternehmen, Scotty!« entfuhr es McCoy. »Jims Fähre hat nicht die geringste Chance, wenn die Klingonen angreifen!«

»Mir sind die Hände gebunden, Dr. McCoy«, erwiderte Scott. »Wenn wir es mit einer unmittelbaren Bedrohung zu tun hätten...« *Und* wenn das Schlachtschiff die Grenze des Föderationsraums überquerte — nur dann konnte er den Einsatz der Bordgeschütze rechtfertigen. Der augenblickliche Stand der Dinge hinderte Scott daran, auf die Flotte zu reagieren. »Es bleibt uns nichts anderes übrig, als abzuwarten — und zu hoffen, daß uns der Direktor die Sache mit der Rettungsmission abnimmt und die *Copernicus* übersieht.«

Die *Quundar* schwebte dicht über eine Landschaft hinweg, die immer felsiger wurde. Koronin dachte an die Auskünfte ihrer vulkanischen Geisel. Als sie ihre Duellklinge in die Sphäre bohrte, hatte sie nur reines Glück vor dem Tod bewahrt: Das Weltschiff schützte sich vor interstellaren Staubwolken, Asteroiden und Novae — und auch bewußten Angriffen —, indem es die zerstörerische Kraft zurücklenkte. Es besaß keine konzeptionelle Aggressivität: Die extremste Reaktion bestand in einem sofortigen Rückzug, der jedoch fatale Folgen nach sich ziehen konnte. Diese Maßnahme hatte durchaus ein gewisses Rachepotential, fand die Klingonin.

Wenn sie die Herrschaft über das Weltschiff an sich reißen wollte, mußte sie damit beginnen, die individuellen Bewohner ihrer Autorität zu unterwerfen. Sicher hörten sie bald damit auf, ihre Anführer zu verstecken, sogar ihre Existenz zu leugnen. Koronin hoffte, daß es nicht notwendig wurde, zu viele Flieger zu töten, bevor sie sich ihrem Willen beugten. Das fremde Volk faszinierte sie, und außerdem verabscheute sie die Vergeudung von Sklavenkapazität.

Der gefangene Vulkanier hockte auf dem Deck, die Arme schlaff, die Knie bis zur Brust angezogen. Er hatte nicht einmal versucht, die Intensität des Schirmfeldes zu überprüfen. Er schien unverletzt zu sein, doch er wirkte geschwächt, irgendwie entkräftet.

Erneut setzte Koronin die Scanner ein, suchte nach einer Gruppe der fremden Wesen. Sie wollte ihre Macht beweisen, indem sie einen von ihnen tötete, vor den Augen der anderen.

»Die verdammten Feiglinge sind gelandet«, brummte sie. »Aber *wo...?*«

»Im Zentrum.«

Die Klingonin drehte sich um, musterte ihre Geisel. Sie bemerkte den angespannten Ernst in den Zügen des Vulkaniers, als er ihren Blick erwiderte.

»Was hast du gesagt?«

»Sie befinden sich im Zentrum des Weltschiffs.«

»Wer?«

»Die Stillen.«

»Drück dich deutlicher aus, Vulkanier, wenn du nicht die Vibropeitsche zu spüren bekommen willst!«

Die Mundwinkel des Mannes zuckten plötzlich, und Koronin glaubte, ein dünnes Lächeln zu sehen. Spott? Wut quoll in ihr empor, als sie begriff, wie sinnlos es war, einem Vulkanier mit Schmerzen zu drohen.

»Die Stillen sind im Zentrum des Weltschiffs«, wiederholte er. »Und sie warten.«

Diese Worte kamen einer direkten Warnung gleich. Koronin lachte laut, sich ihrer selbst völlig sicher.

»Ich werde ihre Geduld nicht übermäßig strapazieren«, sagte sie.

Das Weltschiff war nur dünn bevölkert, und viele der Flieger zogen es vor, allein zu bleiben, auf die Gesellschaft der anderen zu verzichten. Als endlich jemand auf Scharlachs Bitte reagierte, die *Dionysus* zu suchen, hatte Sulu die alte Admiralsjacht bereits befunden. Die *Copernicus* beschleunigte, flog in die entsprechende Richtung.

»Sehen Sie nur, Captain!« Der Steuermann streckte den Arm aus.

Hoch über ihnen schwebte Athene neben einem der Fremden. Das Vogelpferd hatte die ebenholzschwarzen

Schwingen ausgebreitet, und der Flieger sauste unter ihm hinweg, berührte die eine Flügelspitze. Athene schnappte spielerisch nach dem anmutig segelnden Geschöpf. Es wich aus, stieg auf, und das Pferd versuchte, ihm zu folgen, drehte zu abrupt ab und hatte offensichtlich Mühe, die Fluglage wieder zu stabilisieren. Der Fremde bemerkte Athenes mangelnde Erfahrung und stellte seine provokativen Kunststücke ein.

Weiter unten saßen Lindy und Stephen auf einer Landekufe der Jacht und beobachteten das geflügelte Roß. Sie winkten, als sich das Shuttle näherte und landete. Die junge Frau trat Jim entgegen.

Scharlach schloß sich Athene und dem anderen Flieger an.

»Ist das nicht wunderschön, Jim?« entfuhr es Lindy glücklich. »Athene fliegt völlig unbeschwert!« Sie ergriff seine Hände, drehte sich mit ihm im Kreis. »Ach, ich bin ja so froh.«

»Sie sieht wirklich prächtig aus«, pflichtete ihr der Captain bei. »Aber... Können Sie sie dazu bringen, wieder zu landen?«

»Irgendwann wird sie von ganz allein kommen, Jim. Ich möchte sie jetzt nicht zurückrufen. Sie hat soviel Spaß...«

»Wir müssen das Weltschiff so schnell wie möglich verlassen.«

»Warum?«

»Warum? Was soll das heißen? Lindy, Sie hätten überhaupt nicht hierher fliegen dürfen! Diese Welt ist völlig unbekannt, möglicherweise gefährlich, und außerdem driftet sie ins Hoheitsgebiet der Klingonen. Darüber hinaus: Eine Renegatin hat Commander Spock entführt oder ihn als Spion verhaftet. Und Ihnen hätte es ebenso ergehen können!« Jim merkte plötzlich, daß er zu laut geworden war.

»Mr. Spock! Ist er...? Himmel, ich sorge dafür, daß Athene landet.«

Lindy hob die Hände, formte damit einen Trichter vor dem Mund und pfiff. Das Vogelpferd stieg noch höher und entfernte sich, sah aus wie ein exotischer Vogel. Scharlach kreiste darüber.

Jim wandte sich an Stephen, der lässig an der Flanke seines Schiffes lehnte.

»Von mir aus können Sie sich selbst in Gefahr begeben, wenn Sie unbedingt wollen«, sagte der Captain. »Aber lassen Sie Lindy dabei aus dem Spiel. Sie hat keine Raumerfahrung, weiß überhaupt nicht, auf was sie sich einläßt!«

»Ich habe nur dabei geholfen, ihr Pferd vor dem Überschnappen zu bewahren«, erwiderte der vulkanische Jongleur. »Wenn ich mit der *Enterprise* in Verbindung geblieben wäre, hätte ich mir ständig Ihre Vorwürfe anhören müssen. Sind Sie nicht ein wenig zu jung, um...«

»Himmel, ich habe es allmählich satt, dauernd auf mein Alter hingewiesen zu werden!« platzte es aus Kirk heraus.

»...ein wenig zu jung, um eine solche Nervensäge zu sein?«

Jim setzte zu einer scharfen Erwiderung an, überlegte es sich dann aber anders. Es überraschte ihn selbst, daß es ihm nicht gelang, nicht die Beherrschung zu verlieren.

»Vermutlich habe ich eine solche Bemerkung verdient«, sagte er. »Aber nicht in diesem besonderen Fall. Stephen, ich brauche Ihre Hilfe. Die *Enterprise* kann dem Weltschiff nicht ins stellare Territorium des Imperiums folgen. Wir müssen Lindy zurückbringen.«

»Lindy hat das Recht, ihre eigenen Entscheidungen zu treffen«, entgegnete Stephen. »Was mich betrifft: Ich bleibe hier. Von den Bewohnern des Weltschiffs kann ich noch eine Menge lernen.«

»Sind Sie verrückt, Stephen? Nach dem, was mit Spock geschah...«

»Ich bin anders als er. Wie dem auch sei: Es geht Sie nichts an. Vielleicht gelingt es Ihnen, Lindy davon zu überzeugen, Sie zur *Enterprise* zu begleiten.«

»Es gibt hier noch etwas zu erledigen.«

Stephen schüttelte den Kopf. »Aus Ihnen soll einer

schlau werden. Erst betonen Sie, wie wichtig es sei, keine Zeit mehr zu verlieren, und dann...«

»Commander Spock ist entführt oder verhaftet worden – ich weiß nicht genau, wie ich es nennen soll. Aber eins steht fest: Ich lasse nicht zu, daß einer meiner Offiziere als angeblicher Spion präsentiert wird.« Weit draußen auf der Ebene ging Athene nieder, und Lindy schwang sich auf ihren Rücken. Das Vogelpferd begann einen Trab, stieg wieder auf, flog mit der jungen Frau. »Sie muß fort von hier...«

»Sie dürfte wohl kaum bereit sein, Athene allein zurückzulassen.«

Jim wußte, daß Stephen recht hatte. »Dann liegt es bei Ihnen. Bringen Sie sie in Sicherheit. Hier droht ihr Gefahr...«

»Warum versuchen Sie dauernd, Amelinda Ihren Willen aufzuzwingen?«

»Bei allen Raumgeistern, für solche Diskussionen haben wir nicht genug Zeit! Die *Enterprise* muß sich bald zurückziehen. Wenn Lindy dann noch hier ist... Hören Sie, Stephen: Wenn Sie nachher zum Weltschiff zurückkehren möchten – ich werde Sie nicht aufhalten. Ich gebe Ihnen mein Wort.«

»Und in der Zwischenzeit starten Sie mit dem Shuttle und verfolgen einen bewaffneten Kreuzer. Mit welcher Absicht? Um Spock allein mit Worten zu befreien?«

Jim zuckte mit den Schultern.

Stephen seufzte. »Manchmal glaube ich, daß Vulkanier tatsächlich recht haben, wenn sie behaupten, dem Verhalten von Menschen mangele es an Rationalität.«

Kirk streckte die Hand aus, vergaß dabei, daß auch Stephen von Vulkan stammte. Aber bevor er sie zurückziehen konnte, griff der Jongleur danach und drückte fest zu.

Jim winkte, rief Scharlach einige Worte zu und eilte zur Raumfähre. Die rote Fliegerin landete und folgte ihm an Bord. Kaum hatte sich das Schott geschlossen, hob die *Copernicus* ab.

Lindy erreichte wieder die Ebene, trieb Athene an und ritt zu Stephen. Die Hufe des Vogelpferds berührten kaum den Boden, und schließlich breitete es die Schwingen aus, blieb stehen.

»Wohin fliegt er?« stieß die junge Frau hervor. »Was ist mit Mr. Spock?«

»Jim will ihn befreien.«

»Und warum hat er nicht auf uns gewartet?«

»Weil Sie zur *Enterprise* zurückkehren sollen.«

»Von wegen! Vielleicht benötigt Spock auch unsere Hilfe. Kommen Sie, wir brechen auf.«

Scharlach beobachtete die elektromagnetischen Spuren der *Quundar.* »Spock hat Koronin dazu veranlaßt, ihn ins Zentrum zu bringen?«

»Aber weshalb?« fragte Jim. »Woher weiß er überhaupt etwas über das Zentrum des Weltschiffs? Sie sagten doch, dort sei es nicht ganz ungefährlich...«

»Während der Mentalverschmelzung hat er einen Teil meines Wissens aufgenommen, so wie ich einen Teil des seinen. Daher konnte er mit dem Sonnensegler umgehen und den Wall des Weltschiffs durchdringen. Aus dem gleichen Grund ist er nun zum Zentrum unterwegs.«

»Was erwartet ihn dort?«

»Ich mache mir große Sorgen um Spock, James«, erwiderte die rote Fliegerin. »Er sucht die Stillen.« Scharlach starrte geistesabwesend auf die Datenanzeigen der Monitore.

»Was meinen Sie damit?« fragte Kirk.

»Wenn man das Leben eines Stillen wählt, so will man sich heilen — oder sterben.«

Jim schnitt eine finstere Miene. »Koronin wird weder das eine noch das andere zulassen.«

An Bord der *Quundar* winselte ein Tier. Er streichelte es. Das Geschöpf fürchtete ihn, sehnte sich jedoch nach Trost. Zitternd schmiegte es sich an ihn. Er summte leise und versuchte, es zu beruhigen. Wie seltsam, daß es Dinge trug, die seiner Kleidung ähnelten. Mit einem Unterschied: Sein Oberteil war blau gewesen, während das des Tiers in einem goldenen Ton glänzte.

Einige Informationsfragmente krochen in sein Bewußtsein zurück: Normalerweise trugen Tiere keine Kleidung. Doch es erschien ihm ebenso sonderbar, daß sich *Personen* auf diese Weise schützten, obgleich sie überhaupt nicht die Absicht hatten, das Weltschiff oder einen Segler zu verlassen, um sich dem Vakuum und den Strahlungen des Alls auszusetzen. Erneut beobachtete er vor seinem inneren Auge zwei Bilder, die nicht zur Deckung gebracht werden konnten. Er versuchte, die Differenzen und ihre Gründe zu verstehen, aber das Ergebnis dieser Bemühungen bestand nur aus Verwunderung und Erschöpfung.

Wieder streichelte er das Tier. Er wußte um den Schmerz seiner eigenen Verwirrung, und deshalb half er dem Geschöpf dabei, die innere Pein zu vergessen.

»Warum weinst du, Vulkanier?«

Er hob den Kopf, fühlte Tränen auf den Wangen, schmeckte ihr Salz auf den Lippen. Er entsann sich daran, daß Personen weinen konnten, doch er empfand keinen Kummer. Auch das genaue Gegenteil fand Platz in der Toleranzbreite des Möglichen: Manchmal ließen sich *Leute* nichts von Trauer und Leid anmerken. Mit einem leisen Stöhnen preßte er die Hände an die Schläfen, suchte nach Erkenntnis, nach Licht, das die Finsternis der mentalen Orientierungslosigkeit aus ihm verbannen konnte. Das kleine Tier zupfte mit einer winzigen Hand an seinem Arm und krächzte etwas. Die Hoffnung auf Trost und Erleichterung erfüllte sich nicht. Er litt nach wie vor, sehnte sich nach dem Zentrum.

»Sie warten«, sagte er.

Koronin fluchte. Wenn der Vulkanier log, wenn sich die Anführer und Oberhäupter des fremden Volkes nicht in diesem Bereich befanden, würde er es bitter bereuen. Als Strafe kam nicht nur Schmerz in Frage. Wahrnehmungsbeschränkung mochte weitaus wirksamer sein.

Die Klingonin überlegte, ob sie mit Starfleet spielen sollte — vielleicht der Groll darüber, daß der Primat einen neuen Freund gefunden hatte. Wie auch immer: Es lohnte nicht die Mühe, das Tier aus dem Schirmfeld zu holen, in dem der Vulkanier gefangen war. Sie zuckte mit den Achseln, richtete ihre Aufmerksamkeit wieder auf die Kontrollen.

Kurze Zeit später erreichte die *Quundar* das Zentrum des Weltschiffs. Die sich unter dem Kreuzer erstreckende Landschaft wirkte wie verwüstet. Wenn das Innere des riesigen Raumfahrzeugs wie ein echter Planet aus Kontinentalplatten bestand, so stießen sie hier im Zentrum aneinander, bildeten kilometerhohe Berge, schroff und wie geborsten, bewegten sich mit einer so enormen geologischen Geschwindigkeit, daß der Erosion nicht genug Zeit blieb, um Ecken und Kanten abzuschleifen.

»Wohin jetzt, Vulkanier?« fragte Koronin argwöhnisch. »Welche Herrscher würden eine derartige Ödnis für ihre Paläste wählen?«

»Koronin!« Der Sergeant deutete auf die von den Scannern übertragenen Bilder: Ein Flieger ließ sich im Aufwind treiben. »Sie wollten jenen Fremden gefangennehmen...«

»Schon gut«, erwiderte die Klingonin. »Vielleicht ist es besser, die Herrscher nicht auf unsere Macht hinzuweisen.«

»Zum Boden«, sagte der Vulkanier. »Sie warten.«

Koronin landete auf einer geneigten Steinplatte, die unter normalen Gravitationsbedingungen viel zu steil gewesen wäre. Die *Quundar* ging neben hoch aufragenden Felsen nieder, dicht vor einem tiefen Abgrund.

Die Klingonin gestattete dem Vulkanier, die warme Steinplatte zu betreten.

Sie beobachtete die gespenstische Landschaft. »Hier ist nichts, Vulkanier. Du hast mich belogen.«

»Ich muß... sie rufen«, antwortete der Gefangene. Er atmete die dünne Luft, beobachtete den Himmel, der hier in den Bergen recht niedrig war. Unruhig ließ er den Blick übers Land schweifen, deutete schließlich auf eine Felsnadel abseits der Platte. Fast senkrecht deutete sie in die Höhe, direkt neben der Schlucht. Der Fluß in der Tiefe bildete ein dünnes, silbriges Band. »Dort.«

Der Wind bewegte kleine Steine, schuf eine knisternde, klackende Melodie, zerrte an Koronins losem Schleier. Sie mißtraute dem Vulkanier, bezweifelte, ob er die Kraft hatte, die Felsnadel zu erklettern. Er schwankte und taumelte immer wieder.

»Nun, ich habe nichts zu verlieren, wenn du unbedingt Phantomen nachjagen willst«, sagte sie schließlich. »Geh.«

Der Gefangene schlurfte über die graue Steinplatte und begann mit dem Aufstieg. Der Sergeant sah ihm nach.

»Koronin, die Vulkanier sind gerissen. Vielleicht will er fliehen...«

»Wie denn? Indem er sich Flügel wachsen läßt?«

Starfleet sauste auf allen vieren an der Klingonin vorbei. Sie griff nach ihm, doch ihre Fingerkuppen berührten nur den Hemdsärmel. Ärger zitterte in ihr, und sie machte Anstalten, dem Primaten zu folgen. Gleich darauf blieb sie wieder stehen und lächelte: Das Tier konnte ebensowenig entkommen wie der Vulkanier.

Die *Copernicus* folgte der elektromagnetischen Triebwerksfährte der *Quundar* über die weite Ebene des Weltschiffs, und nach einer Weile wuchsen vor ihr die Berge des Zentrums gen Himmel.

»Lieutenant Uhura, versuchen Sie, sich mit der *Enterprise* in Verbindung zu setzen.«

Sie gab keine Antwort, beugte sich sofort zu ihrer Konsole vor, murmelte dabei eine Melodie, in der es immer wieder zu plötzlichen Veränderungen der Tonlage kam. Ab und zu stimmte Scharlach mit ein, sang mehrstimmig und melodisch.

Jim wünschte, sie gäben endlich Ruhe.

»Keine Reaktion, Captain.«

Also hat sich Scott zurückgezogen, dachte Kirk. Gut. Wenigstens ist mein Schiff sicher.

»Wir schließen allmählich auf, Captain«, meldete Sulu. »Die *Quundar* ist nicht für Flüge innerhalb einer Atmosphäre konstruiert und muß daher wesentlich vorsichtiger manövrieren.« Dann projizierten die Hecksensoren ein überraschendes Bild. »Captain Kirk...«

»Einen Augenblick«, erwiderte Jim. »Uhura, nehmen Sie Kontakt mit der *Dionysus* auf. Bitten Sie Stephen, uns sofort die Koordinaten der *Enterprise* zu übermitteln, wenn er das Weltschiff verlassen hat.«

»Ja, Sir.« Sie summte erneut.

»Captain...«

»Ja, Mr. Sulu?«

»Die *Dionysus* befindet sich direkt hinter uns.«

»Was?«

Der Steuermann hatte recht. Jim starrte auf die Schirme, wies Uhura an, einen Com-Kanal zu öffnen, forderte den vulkanischen Jongleur auf, unverzüglich umzukehren. Aber Stephen blieb stumm.

Koronin streifte sich einen Pelzmantel über, hockte auf dem Boden und schärfte die geschmolzene Kante ihrer Duellklinge. Der Vulkanier kletterte noch immer an der Felsnadel. Starfleet eilte voraus, kehrte dann wieder zurück — ein goldener Fleck auf vagem Grau.

»Ich könnte ihm folgen, Koronin...«, bot sich der Sergeant an.

»Wenn ich etwas von dir verlange, erfährst du sofort davon.«

Daraufhin schwieg der Klingone, beobachtete den Gefangenen besorgt.

Auch Koronin spürte Unbehagen, doch nicht etwa, weil sie eine Flucht des Vulkaniers für möglich hielt. Zunächst konnte sie die Ursache für ihr Empfinden nicht ergründen, aber einige Sekunden später vernahm sie ein dumpfes, fast infrafrequentes Brummen, gewann den Eindruck, als sitze sie in einer riesigen Trommel. Das Pochen hallte mit schmerzhafter Intensität hinter ihrer Stirn wider.

Sie stand auf und blickte zum Himmel hoch.

Das Pulsieren verstärkte sich noch. Wenn die Atmosphäre dichter gewesen wäre, hätten die Druckwellen vermutlich zu einem heftigen Sturm geführt.

Ein Schlachtschiff glitt über die Gipfel der fernen Berge. Funken stoben von dem Lichtgespinst darüber, hüllten den Raumer in einen flackernden, unsteten Schein.

Die Interferenzen des Antigravitationsfeldes zerrten an Koronins Mantel, preßten ihn an ihren Leib. Es folgten andere Vibrationen, als der Kreuzer rotierte, ihr den knollenartigen Bug zuwandte.

Koronin trat auf die *Quundar* zu. Der Sergeant rührte sich nicht von der Stelle, starrte wie hypnotisiert zum Schlachtschiff empor.

»Komm, beeil dich!« rief die Klingonin.

»Vielleicht... vielleicht entdeckt man uns nicht, wenn wir hierbleiben...«

»Sie finden uns bestimmt, du Narr! Wahrscheinlich wissen sie bereits, wo wir sind!« Koronin packte den Sergeant am Kragen und riß ihn mit sich. »Willst du dich hier im Freien einfach desintegrieren lassen?«

Er wankte in Richtung *Quundar,* verharrte dann wieder. »Der Vulkanier...«

»Vergiß ihn!« Koronin sprang ins Schiff und leitete die Startsequenz ein. Ein Servomotor bewegte das schwere Schott, um die Schleuse hermetisch abzuriegeln. Die Stiefel des Sergeants kratzten draußen über die Treppe, und Koronin dachte: Was für ein verdammter Idiot! Mit der vulkanischen Geisel können wir jetzt überhaupt nichts mehr anfangen. Sie stellte sich vor, wie sie dem Kommandanten des Schlachtschiffs mitteilte: »Sie dürfen nicht auf uns schießen, denn wir haben einen Bürger der Föderation an Bord.« Der Photonentorpedo würde die *Quundar* in Schlacke verwandeln, noch bevor Koronin das Gelächter des Captains hören konnte.

Das Schott glitt in die Einfassung, und die Klingonin stellte gleichgültig fest, daß sich ihr Sergeant durch den enger werdenden Spalt gezwängt hatte.

»Auf Kampfstation!« rief sie.

Auf den üblichen Com-Frequenzen herrschte Stille. Niemand befahl eine Angriffsformation — nur das statische Knistern eines starken Störfelds drang aus dem Lautsprecher. Vielleicht hatte es Koronin nur mit einem einzelnen Schiff zu tun und nicht gleich mit einer ganzen Flotte. Vielleicht wußte der Kommandant noch nicht, wo sich die *Quundar* befand. Vielleicht fiel ihm im geologischen Chaos des Weltschiffzentrums die Ortung schwer.

Das Störfeld schwächte sich ab, gab einen einzelnen Kanal frei.

»Koronin, wenn Sie den Kreuzer übergeben, erspare ich Ihnen den Tod!«

Sie beschleunigte die Startvorbereitungen, glaubte nicht an das Versprechen. Nur ein Trick. Sie sollte mit dem Leben davonkommen? Oh, sicher — solange sie die Folter aushielt. Die Oligarchen verzichteten bestimmt nicht darauf, sich an ihr zu rächen, ihren Körper Atom um Atom zu zerstören. Eine plötzliche Explosion — ein schmerzloser Tod — war ihr weitaus lieber.

»Versuchen Sie doch, mich zu stellen, wenn Sie genug Mut haben«, erwiderte sie herausfordernd. »Oder sind Sie ebenso feige und unfähig wie der lächerliche Captain, der mir dieses Schiff überließ?«

Die *Quundar* hob ab und beschleunigte mit voller Kraft. Die Reibungshitze war so stark, daß der Bug innerhalb weniger Sekunden zu glühen begann, und in der Außenhülle des Kreuzers knackte es bedrohlich, als er das Lichtgespinst durchdrang und ins All zurückkehrte.

Dutzende von kleinen Punkten glänzten im Projektionsfeld vor Koronin: die Einheiten einer großen Flotte. Sie seufzte leise, gab ihre Fluchthoffnungen auf.

Der Direktor des Aufsichtskomitees befand sich nach wie vor an Bord des Flaggschiffs, zerrte den Captain von der Befehlskonsole fort. Der Kommandant schnitt eine wütende Grimasse, versuchte, sich aus dem Griff zu befreien und die Angriffssequenz zu vervollständigen.

»Sie bekommen Koronin bald. Die Renegatin hat keine Chance mehr.« Der Direktor hob die freie Hand und ballte sie langsam zur Faust. »Ihre Orders lauteten, *nicht* das Feuer zu eröffnen!«

»Sie hat mich beleidigt...«!

Der Direktor vernahm den vorwurfsvollen, verletzten Klang in der Stimme des Kommandanten.

»Der Kaiserin würde es bestimmt nicht gefallen, wenn man einen ihrer Prototypen zerstört.«

»Die Renegatin verdient den Tod!« knurrte der Captain und versuchte damit, seine Unbesonnenheit zu entschuldigen.

»Sie wird sterben«, versicherte ihm der Direktor und genoß jedes einzelne Wort. »Sie wird um den Tod betteln. Aber noch ist sie nicht bereit, uns um Gnade anzuflehen.«

Das große Schlachtschiff folgte dem Kreuzer, verließ das gewaltige Raumfahrzeug der Fremden. Koronin saß in der Falle.

Fast direkt unter dem klingonischen Raumer trachtete Sulu danach, die Fluglage der *Copernicus* trotz der starken Antigravitationsimpulse stabil zu halten. Das Shuttle zitterte und bebte wie ein erschrockenes Tier, wie eins von McCoys Flößen in vierdimensionalen Stromschnellen.

Schließlich ließen die Vibrationen nach.

Die Fähre glitt weiter durch die Schwärze, und die metaphorischen Stromschnellen verwandelten sich in einen ruhigen, trägen Fluß.

Über der *Copernicus* schlossen sich die Lücken im Lichtgespinst. Jenseits davon verschwand das Schlachtschiff, so plötzlich, als hätte es nie existiert.

Die Klingonen beachteten das Shuttle überhaupt nicht, verfolgten statt dessen Koronins Kreuzer, in dem sich, wie Kirk glaubte, auch Commander Spock befand.

Jim fluchte, stellte sich die Propagandaoffensive vor, die

das Imperium mit einem gefangenen Starfleet-Offizier von Vulkan beginnen mochte. Zuerst würde man ihm ein Schuldgeständnis abringen – Kirk bezweifelte, ob selbst ein Vulkanier der klingonischen Folter auf Dauer standhalten konnte. Jim fand den Umgang mit Spock nicht gerade leicht, aber ein derartiges Schicksal verdiente niemand.

»James...«, begann Scharlach. »Offenbar hat Spock Koronin davon überzeugt, es läge in ihrem Interesse, ihn hierher zu bringen. Er sucht den Himmel. Vielleicht erlaubte ihm die Klingonin, das Schiff zu verlassen...«

»Und anschließend startete sie ohne ihn, weil sie vom Schlachtschiff überrascht wurde?«

»Das wäre durchaus möglich.«

Die *Copernicus* näherte sich der Stelle, von der aus Koronin gestartet war, schwebte über den Bergen und Klippen, den schroffen Graten und Schründen und tiefen Schluchten – ein Labyrinth, in dem eine Suche Tage, wenn nicht gar Wochen dauern konnte. Sulu folgte der Triebwerksspur der *Quundar*, mußte jedoch feststellen, daß die Restenergie des Alarmstarts die elektromagnetische Emissionsfährte überlagerte.

Scharlach öffnete die Luke, sprang hinaus und flog, um ebenfalls Ausschau zu halten.

»Mr. Sulu«, sagte Jim, »setzen Sie mich dort unten ab. Lieutenant Uhura, was halten Sie von einer kleinen Exkursion?«

Ihr Blick reichte in die Ferne, und sie summte leise vor sich hin. Neuerliche Besorgnis regte sich in Kirk: Seiner Ansicht nach war sie viel zu sehr auf die Singsprache der Flieger fixiert. Physisch schien mit ihr alles in Ordnung zu sein, aber was den psychischen Zustand betraf...

»Also los«, fügte Jim hinzu. »Von hier oben übersehen wir Commander Spock vielleicht.«

»Sir, auf dem Boden kommen Sie wesentlich langsamer voran. Vielleicht ist Mr. Spock viele Kilometer von hier entfernt.«

»Das ist mir klar, Mr. Sulu.« Kirk wußte, daß er jetzt

zur *Enterprise* zurückkehren konnte, ohne daß jemand eine solche Entscheidung in Frage gestellt hätte. Koronins Kreuzer wurde sicher bald von dem Schlachtschiff aufgebracht. Wenn sich Spock an Bord der *Quundar* befand, gab es keine Möglichkeit für Jim, ihm zu helfen — oder einen peinlichen Skandal für die Föderation zu verhindern. Wenn der Vulkanier hingegen entkommen war und sich irgendwo in der Felswüste verbarg, fanden sie ihn vielleicht nie. »Ja, das *ist* mir klar«, wiederholte Jim und sah Sulu an. »Verdammt! Ich bin nicht bereit, jetzt einfach aufzugeben! Wir setzen die Suche eine Stunde lang fort, auf dem Boden und aus der Luft. Anschließend bleibt uns nichts anderes übrig, als das Weltschiff zu verlassen und zur *Enterprise* zu fliegen.«

Die *Quundar* ließ das Weltschiff der Fremden hinter sich zurück, beschleunigte noch immer, doch die Einheiten der Flotte führten ein Abfangmanöver durch. Eine Flucht in den Hyperraum kam nicht in Frage, denn die Kampfschiffe hatten eine größere Reichweite. Koronins Kreuzer war für rasche Vorstöße und Angriffe konzipiert, nicht für viele Lichtjahrhunderte weite Reisen mit Höchstgeschwindigkeit.

Koronin täuschte einen Vorstoß vor, näherte sich einem der Schlachtschiffe, drehte dicht davor ab und schaltete die Triebwerke erneut auf Vollast. Ein Traktorstrahl verfehlte sie nur knapp. Die Reaktionen der Flotte wiesen sie darauf hin, daß man sie lebend fassen, die *Quunaar* nicht zerstören wollte. Es konnte kein Zweifel daran bestehen, daß Koronin früher oder später aufgeben, sich in ihr Schicksal fügen mußte.

Nur ein Ausweg stand ihr noch offen...

Das Shuttle landete, und die *Dionysus* ging dicht daneben nieder. Jim und Uhura verließen die Fähre, und Sulu startete sofort wieder.

Amelinda Lukarian führte Athene aus der alten Admiralsjacht.

»Verdammt, Lindy! Sie sollten doch zur *Enterprise* zurückkehren...«

»Ich möchte Ihnen bei der Suche nach Mr. Spock helfen. Sobald ich mich um Athene gekümmert habe, steige ich mit ihr auf.«

Jim vernahm die Sorge in ihrer Stimme: Sie galt nicht nur Spock, sondern auch dem Vogelpferd. Blut sickerte aus einer Wunde in Athenes linkem Vorderlauf. Lindy kniete sich nieder, um sie zu verbinden.

Die *Dionysus* hob ab, bevor Jim Gelegenheit bekam, mit Stephen zu sprechen. Zornig ging er an Lindy und Athene vorbei, starrte über die endlose Landschaft aus steilen Hängen, kantigen Felsvorsprüngen...

Das harte, rauhe Gestein der Felsnadel spendete seiner Wange betäubende Kühle. Er spürte, wie dünnflüssiges, smaragdfarbenes Blut aus kleinen Rissen in der Haut drang, hob den Kopf. Über ihm hielt sich Starfleet an der Spitze des Felsens fest. Das Tier knurrte leise, streckte die winzige Hand aus, so als glaube er, seine geringe Körperkraft genüge, um dem Mann in die Höhe zu helfen.

Er sah nach unten, fühlte, wie ihn die Höhe belebte. Der kalte Wind trocknete seinen Schweiß, strich Taubheit über die vielen Kratzer an Armen und Händen. Er versuchte, die Veränderungen zu verstehen, die ihn erfaßten. Auf diese Weise reagierten Personen auf Kummer und Schmerz, seit sie zu *Personen* geworden waren: Sie suchten die Ödnis auf, heilten sich in Einsamkeit und Freiheit. Andere diffuse Erinnerungen flüsterten in ihm, Hinweise auf fremdartige Bräuche und Sitten. Er konnte sich weder genau an sie erinnern noch die undeutlichen Visionen aus seinem mentalen Kosmos verbannen.

Er erhob sich, balancierte auf der hohen Felsnadel.

...und sah Spocks hochgewachsene, schlanke Gestalt auf einem granitenen Dorn, beobachtete, wie er die Arme ausbreitete, als besäße er Schwingen.

Jim nahm sich nicht die Zeit, über das Verhalten seines wissenschaftlichen Offiziers nachzudenken. Er handelte unverzüglich.

»Lindy, sehen Sie! Dort drüben!« Er lief auf Athene zu, trat mit dem rechten Bein falsch auf und spürte jähen Schmerz im Knie, hörte das leise Knacken des neuen Gelenks. Doch er achtete nicht darauf, schwang sich auf den Rücken des Vogelpferds, trieb es mich Hacken und Stimme an, grub die Hände in die Mähne. Lindy riß überrascht die Augen auf, wich beiseite — und Athene begann zu galoppieren. Auch sie war am Knie verletzt. Jim sah, wie sie ihre Flügel entfaltete, damit schlug, sprang. Und flog. Die Federn strichen wie sanft über Kirks Beine, und er wünschte sich, er wäre schon einmal mit ihr aufgestiegen, nicht nur geritten. Er vermißte einen Sattel, sah, wie der Boden unter ihm zurückblieb.

Ein vorsichtiger Druck mit dem Fuß, und Athene reagierte sofort, drehte ab und hielt auf Spock zu. Der Vulkanier wirkte erschöpft und verwirrt, schien am Ende seiner Kräfte zu sein. Er schwankte, taumelte...

Athene glitt an ihm vorbei. Gerade in dem Augenblick, als Spocks Beine nachgaben, griff Jim nach seinem Arm. Der Vulkanier stieß an die Flanke des Vogelpferds, und das zusätzliche Gewicht brachte es aus dem Gleichgewicht. Die Schwingen erzitterten, hoben und senkten sich dann in einem schnelleren Rhythmus, um Athene in der Luft zu halten.

Jim klammerte sich krampfhaft fest. Die geringe Schwerkraft reduzierte zwar Spocks Gewicht, nicht aber Masse und Trägheitsmoment. Er beugte sich zur Seite, den einen Arm an Athenes Seite ausgestreckt, zog den Vulkanier mit sich und preßte die Beine fest an den Leib des geflügelten Rosses. Neuer Schmerz stach in seinem rechten Kniegelenk.

»Commander Spock! Helfen Sie mir, verdammt!«

Athenes knorpelartige Schwingenansätze stießen immer wieder an Jims Beine, und die härteren Außenfedern berührten ihn an Nacken und Gesicht. Kirks schwitzende Finger glitten zeitlupenhaft langsam über Spocks Hand. Athene schnaufte und schnaubte, als sie einmal mehr abdrehte, eine Schlucht überquerte, so tief, daß der Fluß inmitten der Wallblasen dahinzuströmen schien, an der Basis des Weltschiffs.

Jim hörte das Rauschen anderer Flügel. Scharlach mochte in der Lage sein, einem zweiten Flieger dabei zu helfen, jemanden zu tragen, doch Athene war viel zu schwer.

Die Hand des Vulkaniers erzitterte, und die gekrümmten Finger streckten sich allmählich, tasteten wie zögernd und unsicher nach Jims Unterarm. Kurz darauf hob Spock auch die andere Hand und hielt sich fest.

Kirk zog ihn hoch, auf Athenes Rücken.

Das Vogelpferd landete, stolperte, lief einige Meter und balancierte sich mit den Schwingen aus, bevor es stehenblieb. Es näherte sich Lindy, und Jim ließ den angehaltenen Atem entweichen. Er hatte das Gefühl, stundenlang geflogen zu sein, obwohl in Wirklichkeit nur einige wenige Minuten verstrichen waren.

Amelinda lief auf sie zu, half Spock vom Flügelroß herunter. Kirk stieg ebenfalls ab, trat mit dem gesunden linken Bein auf, lehnte sich an Athene und schnappte nach Luft.

»Ist alles in Ordnung mit Ihnen, Jim? Mr. Spock?«

»Ich glaube schon. Es tut mir leid, Lindy. Ich sah keine andere Möglichkeit, als mir Ihr Pferd auszuleihen. Ich hoffe nur, die Verletzung ist dadurch nicht noch schlimmer geworden...«

Blut sickerte durch den Verband an Athenes Vorderlauf. Jim starrte auf die roten Flecken, erinnerte sich dabei an den brennenden Schmerz in seinem eigenen Knie. Er biß die Zähne zusammen, spannte die Muskeln im rechten Bein...

Das Knie gab einfach nach, und der Captain sank mit einem leisen Ächzen zu Boden.

Jim stand vorsichtig auf, das rechte Knie von einer Schiene aus dem Erste-Hilfe-Pack der *Copernicus* gestützt. Athene stand in der Nähe, stieß die Schnauze immer wieder an Scharlachs Schulter, während die rote Fliegerin ihr auf den Hals klopfte und Lindy erneut die Wunde am Vorderlauf behandelte. Starfleet kletterte an Sulu empor, hielt sich an Schultern und Haar fest, kreischte laut, als er Ilya sah. Die Katze sträubte ihr Fell, fuhr die Krallen aus und fauchte. Unterdessen versuchte der Steuermann, sich von dem kleinen Affen zu befreien. Im Innern des Shuttles bemühte sich Uhura, trotz des Störfelds eine Verbindung zur *Enterprise* herzustellen, summte dabei wieder eine Flieger-Melodie.

Spock lag bewußtlos auf dem Boden. Stephen kniete neben ihm, drehte den Kopf und rang sich ein Lächeln ab. »Wir sind eine tolle Truppe, was?«

»Ich schlage vor, wir verschwinden von hier«, sagte Kirk. »Ihre *Dionysus* ist schneller als die *Copernicus.* Bringen Sie Lindy, Athene und Spock zur *Enterprise* zurück. Ich folge Ihnen mit dem Shuttle.«

Der vulkanische Jongleur dachte kurz nach und schüttelte den Kopf. »Uns bleibt nicht genug Zeit«, erwiderte er. »Selbst wenn die *Enterprise* noch immer in der Nähe ist: Spock muß dringend behandelt werden.«

»Ich kann leider keine Rücksicht auf ihn nehmen. Das Leben von uns allen steht auf dem Spiel...«

Weiter kam Kirk nicht. Stephen wirbelte herum, stieß sich ab und sprang auf Jim zu. Wahrscheinlich bestand seine Absicht nur darin, den Captain am Kragen zu packen und zu schütteln, aber die geringe Schwerkraft machte ihm einen Strich durch die Rechnung. Der Jongleur prallte auf Jim, warf ihn von den Beinen. Beide Männer landeten auf dem Boden.

Athene scheute und schnaubte.

»Was ist denn mit euch los?« fragte Lindy.

»Wenn ich bereit bin, *mein* Leben zu riskieren, könnten Sie mir wenigstens helfen!« knurrte Stephen und sah Jim aus blitzenden Augen an. Er stand auf, fühlte wahren, echten Zorn. Doch nur für wenige Sekunden. Das Gefühl verflüchtigte sich gleich wieder, wich emotionaler Leere.

Auch Jim erhob sich. »Sie wollen *Ihr* Leben riskieren? Was meinen Sie damit?«

»Wenn ich in Spocks gegenwärtigem Zustand eine Mentalverschmelzung mit ihm herbeiführe, kann ich ihn vielleicht in die Wirklichkeit zurückbringen — oder ich ende ebenfalls im Koma.«

»Ich werde nicht zulassen, daß Sie...«

»Sie haben keine Befehlsgewalt über mich!« Stephen hob den reglosen Spock hoch und trug ihn in die *Copernicus.*

Jim sah ihm wütend nach, entsann sich an ihre Lage. Sie konnten nicht einfach herumsitzen und die Hände in den Schoß legen, während das Weltschiff tiefer ins stellare Territorium des klingonischen Imperiums trieb. Vielleicht kehrte der Schlachtkreuzer zurück, wenn Koronin in Gefangenschaft geraten war. Ein Starfleet-Offizier genügte bereits, um den Oligarchen eine enorme Propaganda auf Kosten der Föderation zu ermöglichen — ganz zu schweigen von vier, unter ihnen ein Captain, der bereits einen gewissen Ruf erworben hatte.

»Mr. Sulu...«

»Was denn?« erwiderte der Steuermann, abgelenkt von dem Primaten, der an seinen Haaren und Ohren zupfte. »Ich meine... Ja, Sir?«

»Können Sie die *Dionysus* fliegen?«

Der Affe legte Sulu eine winzige Hand auf den Mund und dämpfte die Stimme des Steuermanns. Jim verstand die Antwort nicht, vermutete jedoch, daß sie in keinem Zusammenhang mit Stephens Schiff stand. Hikaru versuchte, Starfleet von seiner Schulter zu drängen, hatte schließlich Erfolg: Das Tier quiekte, kletterte an ihm herab und hielt sich am Oberarm fest.

Jim reagierte mit Erleichterung darauf, daß die Aufmerksamkeit des Primaten in erster Linie Sulu galt. Das Tier war ihm irgendwie unheimlich.

»Ich kenne mich mit den Kontrollmechanismen einer Admiralsjacht aus, Captain«, sagte der Steuermann nach einer Weile.

»Gut.«

Stephen betrat die Heckkabine der *Copernicus*, legte Spock auf eine Koje, die aus zusammengeschobenen Sitzen bestand.

Normalerweise wahrte der wissenschaftliche Offizier der *Enterprise* eiserne Disziplin, doch die Bewußtlosigkeit verlieh seinen Zügen eine sanftere, offenere Struktur. Stephen glättete Spocks Haar, strich es zurück.

Kaum mehr etwas erinnerte an den Spock, der im Kontrollraum der *Enterprise* seinen Dienst verrichtete. Mit den vielen blauen Flecken, Hautabschürfungen und zerrissenen Resten der Uniform sah er aus wie ein kleiner Junge, der mit einigen anderen Altersgenossen gespielt und dabei unliebsame Bekanntschaft mit einem Baseballschläger gemacht hatte. Stephen lächelte bei diesem Vergleich, doch die Notwendigkeit, seine Aufmerksamkeit zu konzentrieren, sie in einem mentalen Fokus zu verdichten, vertrieb allen emotionalen Ballast aus ihm.

»Stephen?«

Der Jongleur hob den Kopf. Sein Blick war trüb.

»Können Sie etwas für ihn tun?« fragte Kirk.

»Ich versuche es«, erwiderte Stephen kühl.

Der Captain runzelte die Stirn. »Stimmt was nicht?«

»Es ist schon eine Weile her, seit ich mich zum letztenmal in die tiefe Trance zurückgezogen habe.« Stephen veränderte sich, gab Gefühle und Empfindungen auf, wurde gleichmütig, fast desinteressiert. Die Gefahr schreckte ihn nicht mehr.

Die Mentalverschmelzung mit einer verletzten Intelligenz ist riskant, dachte er. Aber nur dadurch kann ich Spock das Leben retten. Nur jemand von Vulkan ist dazu imstande. Ich bin — noch immer — Vulkanier. Daraus folgt: Ich muß einen Versuch wagen.

Diese Art von Rationalität und Logik mochte einen doppelten Tod zur Folge haben.

»Stephen...«, sagte Jim leise.

Der Jongleur kehrte ihm den Rücken zu. In rein intellektueller Hinsicht wußte er, daß ein Wort des Zuspruchs genügt hätte, um den besorgten Captain zu beruhigen. Doch eine solche Bemerkung kam praktisch einer Lüge gleich. Direkte Lügen standen im krassen Gegensatz zur vulkanischen Moral, und Trost hatte nur philosophische Bedeutung.

Stephen beachtete Kirk nicht mehr.

Spock wurde schwächer. Er erschöpfte seine psychischen und physischen Ressourcen in dem Versuch, Scharlachs Wissen und Erinnerungen mit dem eigenen, ursprünglichen Bewußtseinsinhalt in Einklang zu bringen. Stephen spürte ein wirres Gespinst aus Verwirrung, wie ein mentales Krebsgeschwür, das an der geistigen Stabilität fraß.

Der Jongleur beugte sich vor, und seine Fingerspitzen berühren Spocks Schläfen. Er akzeptierte Schmerz, Kummer, Pein und Chaos, holte tief Luft.

Sein Intellekt sank wie eine Sonde durch die verschiedenen Schichten in Spocks Geist. Stephen glaubte, die Fähigkeit der Mentalverschmelzung stammte aus einer Epoche, in der die Vulkanier noch Vertrauen zu den emotionalen Faktoren ihres Wesens gehabt hatten, als ihnen direkte, unmittelbare Verbindungen zwischen Vernunft und Gefühl beim Überleben in einer schwierigen Umwelt halfen. Aufgrund eigener Erfahrungen mit der Gedankeneinheit bedauerte er den damaligen Verlust, die eigentliche Unvollständigkeit der gegenwärtigen vulkanischen Natur.

Stephen begegnete den fremden Erinnerungen in Spock, memorialen Fragmenten, die von Scharlach stammten. Ihre Intensität erstaunte ihn — kein Wunder, daß Spock ihrer Faszination erlegen war. Der Jongleur überlegte, ob er den psychischen Kontakt mit der roten Fliegerin überlebt hätte.

In der Werteskala von Scharlachs Volk nahm das Empfinden einen wichtigen Platz ein. Die Geflügelten hatten das Weltschiff geplant und gebaut, auf der Grundlage einer Technologie, die weit über das elektronische und mechanische Potential der Föderation hinausging. Oberflächlich gesehen erweckte ihr Werk sogar den Eindruck, als spiele Technik dabei überhaupt keine Rolle.

Sie verstanden es so gut, daß sie keinen bewußten Gedanken daran zu verschwenden brauchten, konzentrierten sich statt dessen auf ihre geistige Existenzsphäre. Stephen zögerte, voller Ehrfurcht angesichts einer mentalen Reflexion von Scharlachs Daseinskosmos. Philosphie und Imagination, Reminiszenzen und Phantasien, uralte Geschichten und Legenden über die Vorfahren und Ahnen, erzählt von den Dichtern und Poeten des Weltschiffs. Physik und Mathematik, so esoterisch, daß sie sich kaum mehr von Philosophie und Ethik unterschieden. All das kam in der Sprache der Flieger zum Ausdruck, einem Kommunikationscode, dessen einzelne Worte sich nicht übersetzen ließen – weil er keine Worte verwendete –, den Stephens Rationalität jedoch bis in die letzten Unterstrukturen ergründete.

Er teilte Scharlachs Erinnerungs-Aufregung, wenn sie durch Gewitterwolken segelte, spürte Schmerz, als ein Blitz die Schwinge traf, stürzte mit ihr, tausend Meter tief, bis es ihr schließlich gelang, den Fall abzufangen.

Und noch ein anderes Gefühl kam hinzu, überlagerte alle anderen, zeichnete sich durch eine ganz besondere Intensität aus: In Stephen zitterten Liebe und Kummer, jene Emotionen, die Spock überwältigt, ihn veranlaßt hatten, das Zentrum des Weltschiffs aufzusuchen, die Stille, um sich dort zu heilen. Oder zu sterben.

Er berührte die Kälte des Todes.

Wenn sich zwei Flieger liebten, so entstand eine Verbindung zwischen ihnen, die das ganze Wahrnehmungsspektrum betraf. Scharlach und ihr Partner *hatten* sich geliebt, mit aller Hingabe. Als er starb, trauerte und litt sie.

Daraufhin zog sich Scharlach ins Zentrum zurück, weilte lange Zeit in der Ödnis, um zu sich selbst zurückzufinden, mit ihrer seelischen Qual fertig zu werden. Sie schaffte es, die Verzweiflung zu überwinden, aber sie vergaß den Kummer nicht: Er blieb für immer ein Teil ihrer Vergangenheit.

Armer Spock, dachte Stephen. Vulkanier strebten danach, alle ihre Emotionen zu kontrollieren, um Zorn und Gewalt aus sich zu verbannen — als sei es so ungeheuer schwierig, die eigene Wut zu beherrschen. Doch so etwas erschien relativ einfach, wenn man derartige Empfindungen mit Kummer und Liebe verglich. Genau damit wurde Spock konfrontiert.

Während Stephens Ausbildung war irgend jemandem ein Fehler unterlaufen. Oh, er hatte seine Lektionen gut verinnerlicht, lernte es schnell, die eigenen emotionalen Reaktionen zu unterdrücken. Und doch: Als er seine Gefühle verdrängte, sie im Kern seines Wesens einkapselte, sie von allem Bewußten separierte, verspürte er dennoch den Wunsch nach entsprechenden Erfahrungen. Spock hingegen strebte die perfekte Selbstbeherrschung an, und rein äußerlich genügte er diesem Ideal. Aber in Wirklichkeit war er nicht annähernd so kühl und gleichmütig, wie er sich gab.

Stephen beneidete ihn plötzlich.

Und er spürte eine stumme Präsenz, die ihn beobachtete.

Spock? fragten seine Gedanken.

Ich habe dich nicht in deinem vulkanischen Avatara erkannt, erwiderte Spock. Die mentale Stimme kannte keine Distanzen, keine Unterscheidungen zwischen ›du‹ und ›Sie‹, und sie klang weitaus deutlicher als ausgesprochene Worte.

Stephen fühlte einen Hauch von Freude, griff danach und versuchte, dieses Empfinden festzuhalten, es nicht davonwehen zu lassen.

Der emotionale Funken schwebte fort, und Stephen begriff niedergeschlagen, daß er ihn nicht zurückholen konnte.

Weißt du, wo du bist, Spock? fragte er. *Erinnerst du dich daran, was dir zugestoßen ist?*

Ja, erwiderte Spock.

Komm mit mir. Komm zurück. Dein Körper wird schwächer.

Ich kann nicht, sagte Spock.

Du hast keine andere Wahl!

Doch, die habe ich. Ich schicke dich allein in die Welt zurück.

Warum?

Spock zögerte.

Was ich erlebte... begann er. Doch der Gedanke verflüchtigte sich.

Stephen ahnte, wie sehr Scharlachs Erinnerungen Spock zugesetzt hatten. Sie blockierten Spocks Geist an einem gestaltlosen Ort.

Bei einer verbalen Unterredung mit Spock hätte Stephen die Emotion als eine Art Waffe eingesetzt, ihn angeschrien und herausgefordert... Doch die Mentalverschmelzung ließ nur Platz für die Wahrheit. Die Verbindung zwischen ihnen erlaubte keine Täuschung.

Du hast einmal überlebt, sagte Stephen. *Es wird dir noch einmal gelingen.*

Du verstehst nicht, antwortete Spock. *Du... kannst nicht verstehen.*

Ja, bestätigte Stephen betrübt. *Das stimmt leider. Ich wünschte, ich wäre imstande, deine Erfahrungen nachzuvollziehen.*

Du bist ein Narr, sagte Spock mit einem Rest von Ärger. *Du bist immer ein Narr gewesen. Du warst der beste von uns, ein besonders vielversprechender Repräsentant unserer Generation. Als Kind habe ich dich bewundert, obgleich ich weiß, daß dieses Gefühl ungebührlich ist, unwürdig für einen Vulkanier. Manchmal habe ich dich sogar beneidet. Selbstdisziplin und emotionale Kontrolle fielen dir so leicht. Aber du wolltest unbedingt eigene Wege gehen.*

Ich bin geflohen, erwiderte Stephen niedergeschlagen. *Vor den mentalen Fesseln, die man mir anlegen wollte. Vor mir selbst. Sie verfolgen mich, versuchen immer wieder, sich um mich zu schlingen, mich von all dem zu trennen, was man fühlen kann. Spock, als wir Kinder waren, habe ich dich nicht beneidet...*

Natürlich nicht. Solche Empfindungen hattest du bereits überwunden.

...aber jetzt wäre ich gern an deiner Stelle. Ich habe mich weiterentwickelt.

Stephen, sagte Spock. *Wenn du Emotion suchst, ausgerechnet* hier, *so wirst du nur Pein finden.*

Selbst Pein ist dem leeren Nichts vorzuziehen. Spock, wir hätten uns gegenseitig helfen können, damals, als wir noch Kinder waren. Wir ließen diese Möglichkeit ungenutzt. Jetzt müssen *wir davon Gebrauch machen. Komm mit mir. Wir kehren gemeinsam zurück.*

Die Stille dauerte so lange, daß Stephen schon befürchtete, Spocks Geist habe sich in der Schwärze des Todes verloren.

Spock...?

Nun gut, erwiderte er ruhig.

Die labyrinthenen Muster von Scharlachs Erinnerungen wallten Stephen entgegen, als er nach einem Weg in die physische Welt suchte. Fasziniert, wie hypnotisiert, näherte er sich den mentalen Splittern. Wenn er in dem psychischen Irrgarten die Orientierung verlor, wenn er seine Präsenz von den Reminiszenzen der roten Fliegerin durchdringen ließ, war er vielleicht imstande, in sein eigenes Zentrum zu gelangen, jenen emotionalen Kern seines Wesens, der bisher unerreichbar fern blieb.

Dann spürte er, wie Spock von ihm fortdriftete, und er begriff die Gefahr der Selbstaufgabe.

Widerstrebend folgte er, wich fort von den verlockenden Wahrnehmungen und Empfindungen. Er verließ den komplexen Pfad, beschritt einen anderen, schlichteren Weg.

Komm mit mir, Spock, wiederholte er.

Die schattenhafte Entität in seiner Nähe reagierte, streckte sich ihm entgegen, nahm dankbar die Kraft in sich auf, die Stephen ihr anbot.

Die Farben der Erinnerungen und Gefühle verblaßten. Sie wurden grau, lösten sich schließlich ganz auf. Spock befreite sich aus ihrem Gespinst, streifte den emotionalen Kokon ab – und entfernte sich von Stephen.

Der wissenschaftliche Offizier kam wieder zu Bewußtsein, richtete sich in der Heckkabine der *Copernicus* auf. Gleichmütig beobachtete er, wie Stephen in einen Passagiersessel sank, die Arme um die Knie schlang, als sei ihm kalt, in einen erschöpften Schlaf fiel. Das lange, blonde und schweißnasse Haar klebte an Stirn und Schläfen.

Auch Spock fühlte sich wie ausgelaugt. Er entsann sich an all das, was seit seiner Kommunikation mit Scharlach geschehen war.

Es gab keine Erinnerungslücken.

Noch einmal spürte er den plötzlichen, heißen Wind, als die *Quundar* startete und zum Himmel des Weltschiffs emporsauste, nahm die pulsierenden Gravitationswellen des klingonischen Schlachtkreuzers wahr, der die Verfolgung aufnahm.

Und er wußte, was passieren würde, wenn eins der klingonischen Schiffe das Feuer eröffnete, wenn ein schlecht gezielter Photonentorpedo das Weltschiff traf.

Er sprang auf.

»Captain Kirk...«

»Spock! Was ist geschehen? Wie geht es Stephen?«

»Stehen Sie mit der *Enterprise* in Verbindung?«

»Nein, sie antwortet nicht auf unsere Signale. Vielleicht befindet sie sich außerhalb der Reichweite unserer externen Kommunikation. Vielleicht liegt es auch an dem Störfeld. An...« Jim schluckte. »An die dritte Möglichkeit wage ich gar nicht zu denken. Wenn Mr. Scott mein Schiff ins Gefecht geflogen hat...«

»Es könnte bereits zu spät sein«, sagte Spock ernst. »Falls Koronin einen Angriff des Schlachtschiffs provoziert oder Mr. Scott sich auf eine Konfrontation mit den Klingonen einläßt... Captain, ein Photonentorpedo, der am Sphärenwall explodiert, eine Phaserentladung — dadurch würde genug Energie für die Reaktionsschwelle des Weltschiffs frei.«

»Wer einfach so auf fremde Raumfahrzeuge schießt, hat es verdient, daß sein Schiff zu einem Wrack wird«, erwiderte Kirk knapp. »Ich hoffe nur, daß Scott vernünftig ist und einen kühlen Kopf bewahrt.«

Spock musterte Kirk mit zögernder Bewunderung. Er wußte, daß Menschen emotionaler waren als Vulkanier, aber erst jetzt stellte er fest, daß sie ihre Gefühle zugunsten objektiver Rationalität unterdrücken konnten.

»Der Verlust eines Raumschiffes und seiner Besatzung wäre natürlich sehr tragisch«, fügte Kirk hinzu. »Aber...«

Spock begriff, daß der Captain noch nichts von dem enormen Zerstörungspotential des Weltschiffs ahnte.

»Es geht nicht um den Verlust eines einzelnen Kreuzers, Sir. Ein ausreichend energiestarker Angriff auf das Raumfahrzeug der Fremden führt zu einer Bewegung des Universums, einer Distanzverschiebung um ungefähr hundert Lichtjahre. Die unkontrollierte Statusveränderung des Kosmos hätte eine fatale Kettenreaktion zur Folge: Im Bereich der hundert Lichtjahre weiten Verschiebungszone würde jede Sonne kollabieren oder als Nova explodieren.«

Kirk und Uhura starrten Spock groß an.

»Captain... Wenn es zwischen der *Quundar*, *Enterprise* und dem klingonischen Schlachtschiff zu einem Gefecht gekommen ist, sehe ich eine große Wahrscheinlichkeit dafür, daß wir unvorstellbar weit von unserer Heimat entfernt sind. Vermutlich hat das Weltschiff dann umfassende stellare Verheerungen zurückgelassen...«

Jim eilte an die Konsolen, fuhr die Triebwerke der *Co-*

pernicus hoch und gab vollen Schub. Die Fähre durchstieß das Lichtgespinst, kehrte ins All zurück. Besorgt blickte Kirk durch die Fenster, suchte nach vertrauten Sternbildern, befürchtete, die Konstellationen einer ganz anderen Galaxis zu sehen.

Er atmete erleichtert auf, als die Sensoren bestätigten, daß sie sich noch immer im umstrittenen Gebiet der Phalanx befanden. Doch die Ortungsreflexe zeigten nicht nur das Schlachtschiff, sondern eine ganze klingonische Flotte. Die *Quundar* flog immer wieder waghalsige Ausweichmanöver, während sich die anderen Kreuzer näherten. Die *Copernicus* trieb ganz in der Nähe.

Einer der Monitore projizierte ein Abbild der *Enterprise* am Rande des Föderationsraums.

»Gut gemacht, Scott!« entfuhr es Jim. »Bleiben Sie dort. Lassen Sie sich nicht provozieren.« Aber der Chefingenieur konnte ihn natürlich nicht hören. »Uhura, öffnen Sie einen externen Kanal und strahlen Sie ein Signal mit voller Sendestärke ab. Es muß uns unbedingt gelingen, einen Kontakt zu den Klingonen herzustellen.«

Die dunkelhäutige Frau sang leise, als sie der Aufforderung nachkam und bestätigte.

»James Kirk, Captain des Raumschiffs *Enterprise,* an den Flottenkommandanten. *Eröffnen Sie nicht das Feuer!* Ich wiederhole: Hüten Sie sich davor, Ihre Waffen einzusetzen. Das Weltschiff reagiert auf einen Angriff, und die Konsequenzen wären unabsehbar!«

Die Entfernung zur Flotte war so gering, daß sie bestimmt die Botschaft empfing. Jim fühlte sich versucht, aus vollem Halse zu schreien, die Klingonen auf diese Weise zu warnen. Noch hatte keins der Schiffe eine Salve abgefeuert, aber Koronins Verhalten kam einer Herausforderung gleich. Wenn auch nur ein Kanonier die Geduld verlor, sich nicht um die Absicht des Kommandanten scherte, die Renegatin lebend zu fassen...

Die Flotte erweiterte ihr Abfangnetz, schirmte sowohl die *Quundar* als auch die *Copernicus* ab. Jim versuchte sich vorzustellen, was Scott von einem solchen Manöver halten mochte.

Wie würde ich mich an seiner Stelle verhalten? dachte Kirk. Er wußte keine Antwort auf diese Frage.

Koronin leitete ein abruptes Bremsmanöver ein.

Die *Quundar* schwebte antriebslos im All, eine leichte Beute für die anderen klingonischen Schiffe.

Jim seufzte, lehnte den Kopf an die Rückenlehne des Pilotensessels und wischte sich den Schweiß von der Stirn.

Die Gefahr war gebannt.

Auf Koronins Befehl hin schaltete ihre Crew die Triebwerke auf Gegenschub, und nur wenige Sekunden später erstarb das Donnern. Die *Quundar* driftete durchs All, während sich die Schlachtschiffe rasch näherten. Koronin blickte auf die Sternenkarte und überlegte. Wenn der Vulkanier die Wahrheit gesagt hatte... Sie erwog die Möglichkeit, wieder auf Vollschub zu gehen, ihren Kreuzer in ein Projektil zu verwandeln, mit dem sie auf das Weltschiff zielte. Die Reaktion des Weltschiffs würde darin bestehen, das Universum in einem horizontalen Vektor zu bewegen, und dadurch entstand eine lichtjahrlange Verheerungsschneise in der Raumzeit. Sie konnte die Richtung bestimmen: Ein Angriff auf die eine Seite richtete den Zerstörungskeil auf die Föderation, und wenn sie sich für die andere entschied, reichte das Chaos ins Imperium — ein viele Parsec langer Pfad, von explodierenden Sonnen und brennenden Planeten markiert.

Koronin fand allmählich Gefallen an der Vorstellung, sich auf diese Weise zu rächen.

Sie streckte die Hände aus, berührte die Kontrollen der *Quundar*...

Jim starrte auf die Schirme, beobachtete helles Plasmaglühen in den Triebwerksöffnungen der *Quundar*. »Mein Gott!« hauchte er. »Ist ihr der Tod lieber als die Gefangenschaft?«

»Durchaus möglich, Captain«, sagte Spock.

Der Kreuzer drehte sich um die eigene Achse, und der Bug deutete auf das Weltschiff.

»Sie weiß Bescheid!« entfuhr es dem Vulkanier.

»Was?«

»Sie kennt die Reaktion des Weltschiffs, Captain. Koronin will Selbstmord begehen – und dadurch gleichzeitig das halbe klingonische Imperium vernichten!«

Die *Quundar* beschleunigte wieder, raste dem Raumfahrzeug der Fremden entgegen.

Jim zweifelte nicht eine Sekunde lang daran, daß Spock recht hatte. Koronins Kreuzer würde an dem Shuttle vorbeirasen, an den Sphärenwall des Weltschiffs prallen und eine verheerende Reaktion auslösen. Jim, die Besatzung der *Enterprise*, die Mannschaften an Bord der vielen klingonischen Schiffe – hilflos beobachteten sie nun den Beginn absoluter Zerstörung.

Kirk sah auf die Kontrollen, begriff, daß er sofort handeln mußte, wenn er milliardenfachen Tod verhindern wollte. Wenn er nichts unternahm, verursachte der Rückzug des Weltschiffs die Explosionen mehrerer hundert Sonnen, und die Bevölkerung der betreffenden Planeten... Der Captain stöhnte leise und spürte, wie ihm das Blut aus dem Gesicht wich. *Wenn* er eingriff, setzte er nicht nur sein eigenes Leben aufs Spiel, sondern brachte auch Uhura, Stephen und Spock in große Gefahr – obwohl es nur eine winzig kleine Chance gab, die *Quundar* aufzuhalten. Er erinnerte sich an Explosionen, an heftigen Schmerz, an berstendes Metall, daran, wie ein anderes Schiff zu einem Wrack wurde.

Jims Hände zitterten. Er verfluchte sich, betätigte rasch einige Tasten.

»Auf Kollision vorbereiten!«

Er aktivierte alle Energiereserven des Shuttles.

Das Gravitationsfeld wurde instabil, brach zusammen. Von einem Augenblick zu anderen fühlte sich Jim nach Ghioghe zurückversetzt: die Schwerelosigkeit, der Eindruck, die Zeit stehe still, dann das Dröhnen der Triebwerke...

Die *Quundar* kam mit erschreckender Geschwindigkeit heran. Kirk gab Schub auf die seitlichen Manövrierdüsen, und die *Copernicus* schob sich langsam in den Flugvektor des klingonischen Kreuzers.

Die beiden Raumschiffe berührten sich – ein zunächst ganz sanft anmutender Kontakt. Doch unmittelbar darauf übertrug die Außenhülle ein schier ohrenbetäubendes Donnern, gefolgt vom Kreischen und Heulen zerfetzenden Stahls: Die *Quundar* kratzte über die dorsale Struktur des Shuttles. Glühende Metallfragmente stoben Funken gleich vom Bug. Jim ächzte, hörte und erlebte den Tod seines Schiffes, fürchtete dabei, daß alles umsonst war, daß sein verzweifeltes Handeln den Kurs des Kreuzers nicht stark genug veränderte. Die Hecksektion der *Quundar* bohrte sich achtern in die *Copernicus*, riß die Fähre mit sich. Jims Hand berührte weitere Tasten; erneut zischten und fauchten die Korrekturdüsen. Das Licht flackerte, trübte sich. Dunkelheit kroch heran, gefolgt von dem matten Glühen des energetischen Gespinstes am Weltschiffhimmel.

Der Sphärenwall schien ihnen entgegenzufallen.

Jim knurrte und brummte, umklammerte die Steuerkontrollen, hoffte inständig, daß der Schub ausreichte, um beide Schiffe zu bewegen.

Die Landekufen der *Copernikus* prallten an eine Blase, und die Druckwelle der Explosion schleuderte sowohl das Shuttle als auch den klingonischen Kreuzer ins All zurück. Jim wurde aus dem Sessel gerissen und an die Wand geschleudert.

Und dann herrschte plötzlich Stille.

KAPITEL 13

Es stank nach Ozon, und irgendwo knirschte etwas. Die Hitze der überlasteten Triebwerke durchdrang die Schilde, und Jim atmete kochende Luft. Das Shuttle schlingerte, und die dabei entstehenden Zentrifugalkräfte schufen die Illusion von wechselhafter Schwerkraft: erst stark, dann wieder schwach, kaum spürbar. Kirk wurde zunächst an die Wand gepreßt, fühlte dann, wie der Druck nachließ, um gleich darauf wieder zuzunehmen. Erinnerungen an Ghioghe formten Schreckensbilder vor seinem inneren Auge.

Er versuchte, die Augen geschlossen zu halten. Wenn ich nicht erwache, dachte er, so bedeutet das, es handelt sich nur um einen Traum. Ich bilde mir dies alles nur ein. Es geschieht nicht, wird nie geschehen, sich nie wiederholen.

Er gab sich Wärme und Vergessenheit hin.

Irgendwann vernahm er einen schmerzerfüllten Schrei, fokussierte seine Aufmerksamkeit und verdrängte die angenehme Dunkelheit der Ohnmacht. In der Wirklichkeit erwartete ihn eine andere Art von Finsternis, die Schwärze der Zerstörung.

Plötzlich flammte Licht auf und blendete ihn. Jim zwinkerte, trachtete danach, sich zu orientieren, wieder klar zu sehen. Das Shuttle drehte sich weiterhin um die eigene Achse, und in der unsteten, sich ständig verändernden Schwerkraft baumelte eine Lampe in der Schleuse, strahlte durch den Spalt zwischen Wand und Schott. In dem stroboskopartigen Blitzen kroch Jim weiter, näherte sich dem Ursprung der klagenden Stimme.

Jemand berührte ihn am Arm, weckte dadurch neue Erinnerungen in Kirk, Reminiszenzen, die ihm Blut und zerquetschte Körper zeigten, die Leichen seiner Besatzungsmitglieder. Er glaubte plötzlich, ein Sterbender strekke die Hand nach ihm aus.

»Sind Sie verletzt? Gary... Hier liegt ein Verwundeter...«

»Es ist nur Ilya. Er miaut.«

Die Stimme vertrieb das Entsetzen aus ihm. Sie erklang in einer anderen Zeit, an einem anderen Ort. Eine wundervolle Stimme. Doch es fiel Jim schwer, sie zu erkennen. Er wußte, daß er sich nicht mehr bei Ghioghe befand, befürchtete jedoch, mit einem noch schlimmeren Grauen konfrontiert zu werden.

»Das Weltschiff...« flüsterte er.

»Es ist noch immer da, seien Sie unbesorgt. Sie haben Koronin aufgehalten.«

Jim seufzte voller Erleichterung, spürte, wie die Anspannung aus ihm wich. Langsam sank er zu Boden.

Uhura stützte ihn, strich ihm übers Haar. Sie ahnte nichts von seinem Schrecken, begriff jedoch, daß er Trost brauchte. Kirk zitterte, als sie die Arme um ihn schlang.

»Es ist alles in Ordnung, alles in Ordnung«, sagte Uhura sanft. Sie sang eine wortlose Melodie in Scharlachs Sprache.

Die Gravitation wurde stärker und schwächer, und durch die Aussichtsfenster glühte das Lichtgespinst des Weltschiffs. Kirk wollte aufstehen und versuchen, die Triebwerke zu aktivieren, aber er blieb liegen, genoß die Erleichterung, das herrliche Gefühl, alles überstanden zu haben.

Das hochfrequente Summen eines Traktorstrahls hallte in der Kabine wider, pflanzte sich als eine deutlich spürbare Vibration fort. Ein zweiter Fokus kam hinzu, und für einige Sekunden wurde aus dem Summen ein leises Sirren. Das Schlingern des Shuttles ließ allmählich nach, und die Akkumulatoren der *Copernicus* reagierten auf den Ausfall der Hauptenergieversorgung, beschickten die Zellen der Notbeleuchtung mit elektrischem Strom.

James Kirk hob den Kopf, sah sich verwirrt um. Uhura ließ ihn los, und er wich zurück.

»Lieutenant Uhura, ich...« Er rieb sich die Augen, wischte die Tränen fort, bevor sie über seine Wangen rinnen konnten. Mühsam stand er auf. »Es tut mir sehr leid, ich...«

Uhura drehte sich um, verlegen darüber, die Verzweiflung des Captains gesehen zu haben. Sie tilgte die letzten dreißig Sekunden aus ihrem Gedächtnis.

Spock hörte Kirks und Uhuras Stimmen und wußte, daß sie die Kollision überlebt hatten. Durch das impulsive Handeln des Captains waren Hunderte von Welten vor einer Katastrophe bewahrt worden.

Der Vulkanier kletterte in die Heckkabine des Shuttles, sah die Katze, die in einer Ecke hockte. Ilya miaute erneut, schien jedoch unverletzt zu sein. In Hinblick auf Stephen war Spock nicht ganz so sicher. Die Wucht des Aufpralls hatte ihn aus dem Passagiersessel geschleudert: Zusammengekauert lag er auf dem Boden, zitterte noch immer.

Die Traktorstrahlen stabilisierten das Shuttle. Spock hob Stephen an, legte ihn auf die aus Sitzen improvisierte Koje, holte eine Decke für ihn.

Als er zurückkehrte, hatte Ilya seinen Platz in der Ecke verlassen. Er rollte sich neben Stephen zusammen und schnurrte zufrieden vor sich hin. Die Katze sah zu Spock hoch, zwinkerte großzügig und beschloß, ihn zu ignorieren.

Der Vulkanier deckte Stephen zu und musterte ihn. Sie waren entfernt miteinander verwandt, doch das konnte kaum der Grund sein, warum der Jongleur beschlossen hatte, sein Leben zu riskieren. Indem er Spock half, sich von dem mentalen Bann fremder Erinnerungen zu befreien, lief er Gefahr, sich ebenfalls in Scharlachs starken Emotionen zu verlieren, sich in ihrem Erlebnislabyrinth zu verirren. Vermutlich ging es Stephen nur um eine neue Gefühlserfahrung.

Aber vielleicht wußte er von Anfang an, daß ihn die Reminiszenzen der roten Fliegerin überhaupt nicht bedrohen konnten. Spock entsann sich an ihre gemeinsame Kindheit, und einmal mehr regte sich so etwas wie Neid in ihm. Stephen besaß eine weitaus größere innere Festigkeit, die sich so leicht durch nichts erschüttern ließ – nicht einmal von seinem bewußten Willen, *anders* zu sein, wie Menschen zu empfinden.

Spock fragte sich, ob er Stephen auch nur ansatzweise verstehen konnte. Er bezweifelte es.

Der wissenschaftliche Offizier gestattete sich einen Hauch von Verlegenheit darüber, in einem solche Maße von Scharlachs Gedanken überwältigt worden zu sein. Dieser Umstand stellte sein Bild von sich selbst in Frage, die Überzeugung, stark genug zu sein. Spock schüttelte den Kopf, versuchte sich einzureden, daß es ihm im Laufe der Zeit auch ohne Stephens Hilfe gelungen wäre, die fremden Gefühle unter Kontrolle zu bringen.

Er stellte plötzlich fest, daß nur die zerrissenen Reste eines schwarzen Trikots seinen Oberkörper bedeckten. Auch das stimmte ihn verlegen. Er sah sich um, entdeckte sein Uniformhemd auf einem der Sessel. Der Staub darauf erinnerte an seine Passage durch den Sphärenwall des Weltschiffs. Spock griff danach, streifte es über.

»Commander Spock.«

Er drehte sich um. »Ja, Captain?«

»Ist Stephen verletzt?«

»Nein. Er schläft.«

»Er schläft? Die... die Mentalverschmelzung blieb also ohne nachteilige Folgen für ihn?«

»Wie ich Ihnen schon sagte, Captain: Stephen sucht ständig nach emotionalen Stimuli, und ich bin sicher, die hat er auch gefunden.«

»Ihr kühler Tonfall überrascht mich. Ich hätte Dankbarkeit von Ihnen erwartet. Immerhin hat er Ihnen das Leben gerettet.«

»Sie stellten mir eine Frage, Captain. Und die habe ich beantwortet.«

»Offenbar sind Sie wieder ganz der alte.«

»Ich bin weder psychisch noch physisch verwundet.«

»Gut. Dann hindert mich ja nichts daran, Sie vors Kriegsgericht zu stellen.«

Kirk drehte sich um und ging in Richtung Hauptkabine.

»Captain...«

»Ja, Mr. Spock?«

»Ihre Anklage wäre berechtigt. Ich habe ohne Befehl agiert, in dem Bewußtsein, daß ich die Konsequenzen für mein Verhalten tragen muß. Aber wenn Sie mir eine Frage gestatten: Warum sind Sie nicht an Bord der *Enterprise* geblieben?«

Kirk runzelte die Stirn.

»Was meinen Sie damit?«

»Warum sind Sie mir zum Weltschiff gefolgt?«

»Es ging mir nicht in erster Linie um Sie, sondern darum, Lindy zurückzubringen. Doch dann ließen Sie sich von der Klingonin gefangennehmen. Die Oligarchen hätten Sie gefoltert, Sie gezwungen, eine imaginäre Schuld einzugestehen, und anschließend wären Sie als Spion präsentiert worden! Begriffen Sie denn nicht, daß Sie mit Ihrem irrationalen Gebaren nicht nur sich selbst kompromittierten, sondern auch Starfleet und die ganze Föderation?«

»›Irrationales Gebaren‹ ist mir fremd«, erwiderte Spock steif.

»War die Mentalverschmelzung mit einer völlig unbekannten Lebensform Ihrer Ansicht nach etwa vernünftig und wohlüberlegt?«

»Selbstverständlich, Captain. Ich wußte von Anfang an, daß nur das Ergreifen drastischer Maßnahmen eine unmittelbare Kommunikation mit den Fremden ermöglichen konnte. Sobald eine Entscheidung getroffen ist, hat es keinen Sinn, mit ihrer Anwendung zu warten.«

»Sie gefährdeten sich und mein Schiff. Und in einem Punkt stimme ich voll und ganz zu: Sie müssen dafür die Konsequenzen tragen.«

»Darauf bin ich vorbereitet. Aber auch Sie brachten sich durch Ihr Handeln in Gefahr. Man könnte sogar sagen, daß Sie Ihr Raumschiff riskierten. Captain, Sie haben mir noch nicht erklärt, aus welchem Grund sie mich vor dem Sturz von der Felsnadel bewahrten.«

Kirk bedachte ihn mit einem durchdringenden Blick. »Vielleicht suche auch ich nach emotionalen Stimuli.«

Er kehrte in den kleinen Kontrollraum des Shuttles zurück und versuchte, die Instrumentenpulte zu elektronischem Leben zu erwecken. Uhura bemühte sich unterdessen, Kontakt mit der *Enterprise* aufzunehmen, summte dabei leise vor sich hin.

Irrationales Verhalten, dachte Jim. Meine Entscheidung, Commander Spock zu retten, fällt wohl kaum in diese Kategorie, oder?

Das energetische Glitzern eines Transporterfelds spiegelte sich auf den Konsolen der *Copernicus* wider. Ein klingonischer Würdenträger rematerialisierte in der Kabine, sah auf Jim und Uhura herab.

Kirk hatte beschlossen, unbewaffnet zum Weltschiff zu fliegen, bedauerte es nun, keinen Phaser zu haben. Sein Blick fiel auf den Blaster im saphirnen Gürtelhalfter des Klingonen.

»Wer sind Sie?« fragte Jim.

»Warum haben Sie sie aufgehalten?« erwiderte der Würdenträger.

»Ich verstehe nicht ganz...«

Der Klingone trat wütend vor, packte Jim am Kragen und zog ihn hoch.

»Sie haben Koronin daran gehindert, ihre Selbstmordabsichten zu verwirklichen. Die Renegatin hätte nicht nur sich selbst umgebracht, sondern auch viele Feinde der Föderation!«

»Sie sind nicht mein Feind«, sagte Kirk.

»Unsere Regierungen vertreten konträre Auffassungen...«

»Aber wir befinden uns nicht im Krieg! Selbst wenn das der Fall wäre.. Glauben Sie etwa, ich könnte ruhig zusehen, wie Millionen unschuldiger Personen sterben?« Jim umfaßte das Handgelenk des Klingonen. »Lassen Sie mich los.«

Spock stand in der Schleuse, trat langsam und auf leisen Sohlen näher.

Der Würdenträger kam Jims Aufforderung nach, brummte etwas Unverständliches und schnitt eine wütende Grimasse.

»Ist alles in Ordnung, Captain?« fragte Spock.

Der Direktor des Aufsichtskomitees wirbelte überrascht herum.

»Ja, Mr. Spock.« Jim glättete sein Uniformhemd, wandte sich wieder an den Klingonen. »Haben Sie sonst noch etwas auf dem Herzen?«

Der Direktor tastete nach seinem Gürtel, und Kirk spannte unwillkürlich die Muskeln. Doch der Besucher holte nur einen Kommunikator hervor, sprach kurz ins Mikrofon und steckte das Gerät wieder ein.

»Es herrscht Waffenstillstand zwischen uns, Captain«, sagte er. »Und noch etwas: Ich gebe Ihrem Schiff – und dem fremden Raumfahrzeug – hiermit die Erlaubnis, sich in der Domäne unserer verehrten Kaiserin aufzuhalten.«

»Das ist... sehr freundlich von Ihnen«, erwiderte Jim.

Der Klingone entmaterialisierte.

Koronin wartete in der manövrierunfähigen *Quundar*, hielt den Blaster in der einen und das Blutschwert in der anderen Hand. Sie hatte mit dem Gedanken gespielt, die Reaktoren des Kreuzers über die kritische Grenze hinaus zu belasten und die *Quundar* zu sprengen, entschied sich aber dagegen. Sie zog es vor, in einem ehrlichen, fairen Zweikampf zu sterben. Wenn es ihr gelang, den ersten Gegner mit der Duellklinge zu töten, mochte sich anschließend der Strahler als nützlich erweisen. Vielleicht ergab sich dadurch sogar eine Überlebenschance. Doch eigentlich rechnete Koronin nicht damit. Sie wußte, daß sie – endgültig – in der Falle saß.

Sie bedauerte es sehr, nicht dem Föderationscaptain ge-

genübertreten zu können, jenem Mann, der ihren Plan vereitelt hatte. Vielleicht würden einige Schlachtschiffe die *Enterprise* aufbringen und ihre Crew gefangennehmen. Vielleicht fand einer der hochrangigen Offiziere Gefallen an besonders elaborierten Foltermethoden...

Koronin genoß diese Vorstellung.

Die *Quundar* kreischte wie ein gequältes Tier, als der Traktorstrahl sie vom Shuttle fortriß. Die Hitzeentwicklung bei der Kollision hatte Metall verschweißt.

Ein Transporterfeld bildete sich auf dem Kommandobalkon. Koronin lächelte, bereitete sich darauf vor, die Eindringlinge sofort anzugreifen, so viele wie möglich zu töten.

Aber es formten sich keine Gestalten. Statt dessen erschien eine silbrige Kugel. Die Klingonin betrachtete den Gegenstand mißtrauisch, fragte sich, ob ihr der Flottenkommandant eine Bombe geschickt hatte...

Das Objekt platzte mit einem leisen Zischen auseinander, gab grauen Dunst frei. Koronin wich zurück.

Zu spät.

Benommenheit erfaßte sie. Langsam sank sie zu Boden, in der festen Überzeugung, nie wieder die Augen zu öffnen.

Die *Enterprise* richtete einen Traktorstrahl auf das Shuttle, zog es heran. Jim sah aus dem Fenster und beobachtete das ruhig durchs All gleitende Weltschiff.

»Es wirkt so friedlich – und doch ist es die größte, verheerendste Waffe, die jemals konstruiert wurde«, sagte er.

»Ganz im Gegenteil, Captain«, widersprach Spock. »Es ist kein Vernichtungsinstrument.«

Jim musterte seinen wissenschaftlichen Offizier verwirrt. »Lieber Himmel, *Sie* haben mich doch auf das Vernichtungspotential des Weltschiffs hingewiesen!«

»Die...« – Spock gab einen seltsamen, melodischen Laut von sich – »...Flieger hatten nie die Absicht, irgendwelche Waffen zu schaffen. Unter normalen Umständen sorgen sie für eine sichere Konfiguration des Universums um sie herum. Wenn sie einen bestimmten Raumbereich erforschen wollen, wechseln sie zu einer anderen sicheren Konfiguration. Bei einem Angriff aber — so etwas können sich die Flieger gar nicht vorstellen, da es in ihrer Vergangenheit weder Kampf noch Krieg gab —, führt das Weltschiff eine Modifikation der Raum-Zeit-Struktur herbei: Dann bewegt sich das Universum entlang unsicherer Vektoren, wodurch die kosmische Struktur verzerrt wird.«

»Meine Güte, jetzt behaupten auch Sie, die Flieger bewegten nicht etwa das Weltschiff, sondern das Universum!«

»Was durchaus der Fall ist — wenn man ihre physikalischen Konzeptionen zur Beurteilungsgrundlage macht.«

»Das ergibt doch keinen Sinn! Wie lächerlich zu behaupten, irgendein Bezugspunkt ruhe, während die Flieger das Universum verschieben.«

»Und doch läuft alles darauf hinaus«, sagte der Vulkanier.

»Unmöglich!«

»Sie übersehen einen Aspekt, Captain.«

»Und der wäre?«

»Das System der Flieger funktioniert.«

Jim dachte über Spocks Ausführungen nach. Er versuchte, aus den Mosaiksteinen seiner vielen Annahmen in bezug auf Scharlachs Volk ein einheitliches Bild zu schaffen, aber gerade als er glaubte, die letzten Lücken zu schließen, platzte alles wieder auseinander. Und aus den einzelnen Splittern ergab sich eine ganz andere Form. Kirk erinnerte sich daran, welches Interesse die Flieger an den Instrumenten der *Enterprise* gezeigt hatten, entsann sich an das perfekte Geschick, mit dem Sonne-und-Schatten die Navigationskontrollen des Shuttles bediente. Und dann Grün, der ihn zwinkernd musterte und sagte: »Sie sind noch jung.«

Nein, es war keine Gruppe von Kindern, kein primitives Volk, von irgendwelchen geheimnisvollen Konstrukteuren oder Baumeistern beherrscht. Es handelte sich um Wesen, die einen so hohen Entwicklungsstand erreicht hatten, daß sie praktisch nicht mehr an ihre technologischen Errungenschaften dachten. Die *Enterprise* verblüffte sie nicht. Das Raumschiff amüsierte die Flieger; sie gaben sich wie Erwachsene, die das raffinierte Spielzeug eines Kindes bestaunten.

Das Flaggschiff der Flotte nahm die *Quundar* auf, und das Shuttle *Copernicus* verschwand im Hang der *Enterprise.* Jim wartete ungeduldig auf den Druckausgleich.

Uhura summte noch immer vor sich hin. Spock wiederholte die Melodie in einer anderen Tonlage, und Uhura sang erneut, brach dann plötzlich ab.

»Ich werde die Sprache der Flieger nie lernen, Mr. Spock, oder? Ich meine: nicht *richtig.*«

Der Vulkanier zögerte, als suche er trotz seiner Gleichgültigkeit gegenüber Gefühlen nach einer taktvollen Antwort.

»Nein«, erwiderte er. »Niemand von uns.«

Uhura ließ sich nichts anmerken, aber einige Sekunden später, als sie wieder zu summen begann, unterbrach sie sich erneut und seufzte.

Das Bestätigungssignal ertönte. Jim öffnete die Schleuse und trat steifbeinig die Rampe herunter. Das WBW-Gras im Hangar war im Vakuum verwelkt.

McCoy und Commander Scott eilten die Treppe herab. Scharlach und Lindy folgten wenige Sekunden später; die junge Frau führte Athene aufs Shuttledeck zurück. Auch Sulu stand in der Nähe. Der Primat hing nun nicht mehr an seinem Arm, sondern klammerte sich am Bein fest, klebte wie eine Klette an ihm.

»Jim.« McCoy schüttelte ihm die Hand, winkte dann ab und umarmte ihn.

Lindy löste den Bordarzt ab. »Eine tolle Darbietung«, sagte sie anerkennend. »Wenn Sie jemals auf den Gedanken kommen sollten, sich im Showgeschäft zu versuchen... Ich bin jederzeit bereit, unser Programm um eine Flugnummer zu erweitern.«

Jim lächelte.

»Captain Kirk«, sagte Scott ernst, »Sie hätten mich fast ins Grab gebracht. Und außerdem stellten Sie unsere Jungs an den Kontrollen der Traktorstrahlen vor ein großes Problem. Es ist verdammt schwer, Schlingerbewegungen mit einem energetischen Fokus auszugleichen!«

»Ich weiß, Mr. Scott.« Kirk reichte dem Chefingenieur die Hand. »Aber Sie haben es trotzdem geschafft — und sind mit der *Enterprise* am Rand des Föderationsraums geblieben, obwohl sicher alles in Ihnen nach dem Eingreifen drängte. Dadurch wurde eine Schlacht verhindert, vielleicht sogar ein interstellarer Krieg. Sie können stolz auf sich sein.«

»Nun, es war tatsächlich nicht leicht«, erwiderte Scott und drückte ihm die Hand.

»Kann ich mir vorstellen. Ich... ich danke Ihnen.«

»Äh, nichts zu danken, Captain.«

»Spock.« Scharlach breitete die Schwingen aus und stülpte sie um den Vulkanier — die Begrüßungsgeste ihres Volkes. »Sie sind aus der Stille heimgekehrt. Ich bin Ihnen sehr dankbar für Ihre geistigen Geschenke. Und ich bedaure es sehr, daß ich Ihnen mit meiner Unwissenheit solche Schmerzen zugefügt habe.«

»Schmerzen belasten Vulkanier nicht«, entgegnete Spock.

Stephen hörte diese Bemerkung und unterdrückte ein Lachen. Spock schenkte ihm keine Beachtung.

»Ich bedaure ebenfalls etwas«, fügte der wissenschaftliche Offizier hinzu. »Daß ich Ihre Sprache nicht so integrieren kann wie Sie meine.«

Scharlach verstand und nickte. »Vielleicht begegnen sich unsere Völker noch einmal, wenn Sie älter sind. Vielleicht gelingt es Ihnen dann, den Gesang zu erlernen.« Die rote Fliegerin hob eine Schwinge, berührte Uhura damit an der Wange. »Es mag geschehen«, sagte sie. »Sie sind noch jung.«

Die Flügel knisterten wie feine Seide, als Scharlach mit einem Satz aufsprang und übers Deck segelte. Athene hob den Kopf und folgte ihr.

»Scharlach!« rief Lindy. »Bitte fordern Sie das Vogelpferd nicht heraus!«

»Es ist bereits geflogen, Lindy-Magierin«, erwiderte die rote Geflügelte und schwebte einige Meter über Athene. »Das Weltschiff kann es nicht aufnehmen, und deshalb muß es lernen, sich mit weniger Platz zu begnügen.« Betont langsam glitt Scharlach zur anderen Seite des Hangars. Athene spannte die Muskeln, stieß sich ab – und flog.

Jim beobachtete, wie das Roß in Lindys Nähe mehrmals den Aufstieg probierte, bis sich die junge Frau schließlich auf seinen Rücken schwang. Daraufhin schnaubte Athene glücklich und schloß sich Scharlach an.

»Mr. Scott«, sagte Kirk, »wie weit außerhalb des Föderationsraums befindet sich die *Enterprise?*«

»Schwer zu sagen, Captain. Wir waren noch auf unserer Seite der Grenze, als die *Quundar* aus dem Weltschiff raste, und, äh, ich habe Ihre Befehle nur ein wenig mißachtet – falls ein Rettungseinsatz notwendig werden sollte. Nun, seitdem herrscht im Kommunikationsäther ziemlich reger Betrieb, Sir. Tja, es hat den Anschein, als habe man uns einen Botschafterstatus gewährt. Ganz gleich, wohin wir auch fliegen: Wir nehmen einen Teil des Föderationsraums mit. Der Direktor ist Ihnen sehr dankbar.«

Spock hob eine Braue. »Faszinierend.«

»Das sollte er auch sein«, sagte McCoy. »Ebenso wie Sie, Mr. Spock, angesichts der Umstände. Wenn Sie nicht genug über das Weltschiff gewußt hätten, könnten wir uns jetzt ein kosmisches Feuerwerk ansehen.«

»Ich hielt mein Handeln für notwendig«, antwortete der Vulkanier.

»Und damit hatten Sie recht«, warf Jim ein.

»Zweifellos«, sagte Spock.

»Im Ernst, Commander. Vor einer Weile habe ich einige

unüberlegte Worte an Sie gerichtet. Ich habe mich geirrt. Ohne Ihren Mut, eine Mentalverschmelzung mit Scharlach herbeizuführen...«

»Würden Sie Ihre Entscheidung, Koronin aufzuhalten, als Mut bezeichnen?« fragte Spock. »Wohl kaum. Tapferkeit ist nicht im Spiel, wenn einem keine Wahl bleibt.«

Das verschlug Jim die Sprache.

»Da bin ich anderer Ansicht«, brummte McCoy. »Ich hoffe, Sie nehmen mir das nicht übel.«

»Keineswegs, Doktor«, sagte der Vulkanier würdevoll.

»Äh, danke, Mr. Spock. Übrigens: Wenn Sie gelegentlich in die Krankenstation kommen möchten... Dort könnte ich Ihre Kratzer behandeln.«

Spock machte sich auf den Weg zur Brücke, nahm jeweils drei der Stufen der Hangartreppe gleichzeitig. McCoy folgte ihm. Jim setzte sich ebenfalls in Bewegung, behindert von der Schiene, die sein rechtes Knie entlastete. Scott eilte zum Shuttle und öffnete die Triebwerkssektion.

»Sind wir jetzt damit fertig, uns gegenseitig Komplimente zu machen?« Stephen gähnte demonstrativ.

Sulu ging an ihm vorbei, um das Navigationssystem der *Copernicus* zu überprüfen.

Ilya hockte auf Stephens Schulter und sträubte das Fell, als er den Primaten Starfleet sah. Der kleine Affe duckte sich, preßte das Gesicht ans Bein des Steuermanns. »Offenbar haben Sie einen Freund gefunden, Mr. Sulu«, sagte der vulkanische Jongleur.

»Sieht ganz so aus«, erwiderte Sulu und seufzte übertrieben.

Stephen schmunzelte. »Wie sind Sie mit der *Dionysus* zurechtgekommen?«

»Gut, Sir. Ich habe einige technische Erweiterungen bemerkt.«

»Nun, es freut mich, daß sie überhaupt jemand zur Kenntnis nahm.«

Hazarstennaj hatte den Maschinenraum verlassen, um dabei zu helfen, die *Copernicus* zu reparieren. Sie rutschte über das Treppengeländer, sprang zu Boden und blieb abrupt stehen, als sie Stephen und Ilya sah. Mißmutig neigte sie die Schnurrhaare, gab jedoch keinen Kommentar ab und trat auf Scott zu. Sorgenvoll legte sie die Ohren an, als sie ein seltsames Geräusch hörte, eine Art Knurren, für das es keine mechanisch-elektronische Erklärung zu geben schien.

»Ist noch was von dem Triebwerk übrig?« fragte sie.

»Nicht mehr viel«, antwortete Scott.

Erneut vernahm Hazarstennaj den sonderbaren Laut. »Was ist das?«

»Was? Das Knurren? Oh, es stammt von Sulus kleinem Bekannten. Dem Affen. Komisches Tier.«

Hazard konnte ihrer Neugier nicht widerstehen.

Sie sah in die Hauptkabine der *Copernicus*. Sulu versuchte zu arbeiten, aber der Primat kletterte dauernd an ihm herum, war ständig im Weg. Als er Hazard sah, trippelte er auf sie zu und zirpte freundlich.

»Wie niedlich«, sagte die Katzenfrau.

Sulu sah auf. »Soll das ein Witz sein?«

»Gefällt er Ihnen nicht?«

»Er geht mir auf die Nerven«, erwiderte der Steuermann.

»Ich finde ihn reizend«, sagte Hazard. Der Primat beschnüffelte sie, tastete mit winzigen Fingern über ihren weichen Pelz. »Bestimmt fühlt er sich nicht wohl. Wer ein Fell hat, sollte nicht gezwungen werden, Kleidung zu tragen.«

»Mich trifft keine Schuld«, versicherte Sulu.

Hazard befreite das kleine Geschöpf von Hemd und Hose. Unter den Kleidungsstücken kam rosafarbenes Haar zum Vorschein, das auf dem Rücken und an den Beinen in einen dunkleren Ton überging. Der Primat kratzte sich zufrieden und brummte leise, als Hazard ihn streichelte.

»So ist es schon besser, nicht wahr?« fragte die Katzenfrau.

»Ich glaube, er sucht jemanden, mit dem er Freundschaft

schließen kann«, sagte Sulu vorsichtig. »Er hat sich nur deshalb mir zugewandt, weil er sich vor Ilya fürchtete.« Listig fügte er hinzu: »Offenbar mag er Sie.«

»Offenbar«, sagte Hazard. »Und er wird mit mir kommen, wenn es ihm so gefällt.«

Sulu atmete erleichtert auf, als sich Starfleet der Katzendame anschloß und sie zu Scott begleitete.

Stephen kontrollierte die Bordsysteme der *Dionysus*, stellte fest, daß Sulu alle Konsolen ordnungsgemäß desaktiviert hatte. Dem vulkanischen Jongleur lag viel an seinem Schiff: Bisher hatte er noch niemandem erlaubt, es zu fliegen. Der Steuermann war die einzige Ausnahme.

Stephen ließ sich in den Pilotensessel sinken, fühlte sich vollkommen erschöpft und erledigt, zu müde, um in die Kabine zu gehen und unter die Kojendecke zu kriechen. Ilya sprang auf seinen Schoß, fuhr die Krallen aus und knetete damit die Oberschenkel des Mannes. Stephen streichelte die Katze.

»Es ist alles verschwommen«, sagte er leise. »Ich kann mich nur noch vage daran erinnern, sehe nichts als undeutliche Schatten und Schemen. Die Bilder lösen sich auf, und mit ihnen verschwinden auch die Gefühle.« Er legte die Hand auf Ilyas breiten Kopf. Der kleine Tiger zwinkerte. »Es ist nie zu spät, noch einmal vorn anzufangen, oder?« Die richtige Antwort darauf, dachte er, wäre ein zynisches Lachen. Aber dazu fehlt mir die Kraft.

»Stephen...?«

Er hob die schweren Lider, sah Uhura in der Tür.

»Ist alles in Ordnung mit Ihnen?« fragte sie.

»Ich weiß nicht so recht.«

»Stephen...« Uhura brach unsicher ab. »Kirk hat das Kommando über die *Enterprise* erst vor kurzem angetreten. Er kennt Mr. Spock nicht, hat zuvor noch nie etwas von der Mentalverschmelzung gehört. Er weiß nicht, wie schwierig und gefährlich es für Sie war, Spock zu helfen. Und ich fürchte, auch Dr. McCoy hat keine Ahnung davon.«

»Nur wenige Menschen wissen, was eine direkte Verbindung zwischen zwei Bewußtseinssphären bedeutet«, erwiderte Stephen.

»Und ich gehöre zu ihnen«, sagte Uhura. »Ich möchte mich im Namen von Mr. Spock bei Ihnen bedanken. Er wollte oder konnte es nicht...«

»Oh, er hat sich Mühe gegeben«, meinte Stephen. »Was soll's? Wer ist schon imstande, über seinen eigenen Schatten zu springen? Eigentlich müßte ich längst an Spocks Eigenheiten gewöhnt sein...«

Uhura berührte ihn. Ihre Hand fühlte sich kühl und fest an. Stephen hörte in sich hinein, suchte nach einer Reaktion im Kern seines Wesens, fand nicht einmal Kummer, nur Leere.

»Uhura... haben Sie einige Minuten Zeit? Bleiben Sie einfach neben mir sitzen.«

»Gern.«

Stephen lehnte sich im Pilotensessel zurück, und Uhura nahm neben ihm Platz, sah die Erschöpfung in seinen Zügen, beobachtete, wie sie sich allmählich auflöste. Der Jongleur schlief innerhalb weniger Sekunden ein.

Uhura wartete noch eine Weile, stand dann auf, hauchte Stephen einen Kuß auf die Wange und verließ die *Dionysus*, um zur Brücke zurückzukehren.

Jim fragte sich, warum es ihn so überraschte, daß der Kontrollraum einen ganz normalen Eindruck erweckte. Er hatte das Gefühl, monatelang unterwegs gewesen zu sein, erwartete Veränderungen. Aber es war alles in bester Ordnung. Die Warptriebwerke waren wieder voll funktionsfähig, und es existierte kein Störfeld mehr, das die externe Kommunikation blockierte. Spock saß an der wissenschaftlichen Station. Unteroffizier Rand arbeitete an der Ambientenkontrolle, Lieutenant Cheung am Navigationspult. Sulu trat aus dem Turbolift, diesmal nicht von dem Primaten begleitet, und einige Minuten später kam auch Uhura, um ihren Platz an den Com-Instrumenten einzunehmen.

Nur die schematische Darstellung in einer Ecke des Wandschirms beunruhigte Kirk. Sie zeigte die *Enterprise* ein ganzes Stück außerhalb des Föderationsraums. Sie folgte dem Weltschiff, und mit jeder verstreichenden Sekunde trieb sie tiefer in die stellare Region des Imperiums. In der Grafik kennzeichnete Blau die Föderation und Grün das klingonische Reich. Und die *Enterprise* war in einen vagen blauen Dunst gehüllt.

»Wie empfangen eine Subraum-Nachricht, Captain Kirk. Von Admiral Noguchi.«

»Schalten Sie um«, erwiderte Jim, da er das Gespräch wohl kaum ablehnen konnte. *Gib nach,* erinnerte er sich an den Rat seiner Mutter. Er fragte sich, welche Worte er an den Admiral richten sollte – und war nicht besonders neugierig darauf zu erfahren, was Noguchi ihm zu sagen hatte. Er fürchtete eine weitere Enttäuschung, vielleicht sogar einen Anpfiff.

»Nun, Jim«, begann der Admiral. »Gestern hätten Sie Starbase Dreizehn erreichen sollen.«

»Ich weiß, Sir. Wir wurden aufgehalten ...« Kirk zögerte; das Weltschiff ließ sich nur schwer beschreiben. »Durch einen Erstkontakt, Sir.«

Admiral Noguchi lächelte. »Sie neigen zu Untertreibungen, Jim. Ein Erstkontakt, o ja, in der Tat. Ja, ich habe die Sendungen empfangen.«

»Die Sendungen, Sir? Wir hatten keine Zeit, irgendwelche Botschaften zu übermitteln, waren nicht einmal dazu imstande. Ein starkes Störfeld blockierte alle Kommunikationskanäle.«

»Ich meine die Sendungen von der Flotte.«

»Oh.«

Der Admiral räusperte sich. »Ein Raumschiff der Föderation, das der Streitmacht des Aufsichtskomitees begegnet, würde normalerweise sofort angegriffen und zerstört. Oder aufgebracht, damit der Kommandant in aller Öffentlichkeit als Spion angeklagt und verurteilt wird. Wissen Sie, was die Klingonen mit Ihnen vorhaben?«

»Äh, nein, Sir.« Jim hatte keine Ahnung, was ihm bevorstand. Ein Propagandaverfahren? Wollte man ihn ebenfalls der Spionage bezichtigen? Welche Strafe drohte ihm?

»Der Direktor beabsichtigt, Sie mit einer Medaille auszuzeichnen.«

»Mit einer Medaille? Das ist doch absurd!«

»Vielleicht. Aber...«

»Ich kann keine Medaille vom klingonischen Imperium akzeptieren!« entfuhr es Jim.

»Sie werden sie annehmen – und sich in aller Form dafür bedanken!« erwiderte der Admiral scharf. »Jim! Wer weiß, wie lange der gegenwärtige Zustand andauert? Vielleicht ist nach nur zehn Mikrosekunden alles vorbei! Wie dem auch sei: Irgendwie ist es Ihnen gelungen, eine Verständigungsbasis zwischen den beiden Regierungen zu schaffen, dafür zu sorgen, daß sie vernünftig miteinander reden, anstatt sich gegenseitig zu verfolgen. Darüber hinaus: Wenn die Bewohner des Weltschiffs nicht in die Föderation zurückkehren wollen, brauchen wir jemanden, der uns repräsentiert. Unsere Wissenschaftler und Diplomaten werden nicht vor Ablauf einer Woche eintreffen. Aus diesem Grund sind Sie *ad hoc*-Botschafter für das Weltschiff und die Peripherie des klingonischen Imperiums. Ich verlasse mich auf Sie, mein Junge.«

»Ich werde mir Mühe geben, Admiral«, sagte Kirk. Seine Gedanken rasten.

»Das weiß ich. Noch etwas, Jim: Teilen Sie Lindy mit, der Direktor des Aufsichtskomitees habe den Wunsch zum Ausdruck gebracht, eine Vorstellung ihrer Varietégesellschaft zu sehen. Treffen Sie die nötigen Vorbereitungen, wenn sich Amelinda einverstanden erklärt.« Admiral Noguchi schmunzelte. »Da fällt mir ein: Hier ist jemand, der mit Ihnen sprechen möchte.«

Das Bild wechselte.

»Gary!«

»Du bist in ersten Schwierigkeiten, Junge«, sagte Gary

Mitchell. »Ich habe dich doch davor gewarnt, die Föderation ohne mich zu veranlassen.«

»Ja, ich erinnere mich«, antwortete Jim. Es stimmte ihn sehr froh, daß sein Freund wieder auf den Beinen war. Gary wirkte noch immer ausgezehrt und mitgenommen, und er stützte sich auf einen Stock. Aber die ›Krücke‹ bestand aus Ebenholz, der Griff aus reich verziertem Gold. Kirk ahnte, daß es sich in erster Linie um ein Schmuckstück handelte.

Und selbst, wenn er sich täuschte: Spielte es eine Rolle? Nein, überhaupt nicht. Wichtig war nur, daß sich Gary erholte, daß es ihm besser ging. »Ich habe dich vermißt«, sagte Jim. »Wir hätten deine Hilfe gut gebrauchen können.«

»Bestimmt. Sieh dich nur mal an. Kaum wirst du aus dem Krankenhaus entlassen, hast du nichts Besseres zu tun, als dich wieder ins Getümmel zu stürzen und zu verletzen.«

Jim blickte resigniert auf sein rechtes Knie. »Pille hat bereits die grüne Grütze für mich zusammengebraut.«

»Kann ich mir denken. Ich hab immer gewußt, daß er im Grunde seines Wesens ein Sadist ist.« Gary lachte.

»Wann kehrst du zum aktiven Dienst zurück?« fragte Kirk.

»Ich schätze, das dauert noch eine Weile. Du wirst ohne einen Ersten Offizier auskommen müssen, bis ich irgendeine Möglichkeit finde, aus dieser Folterkammer zu fliehen.«

»Äh, darüber muß ich mit dir reden«, erwiderte Jim unsicher. »Später...« Er wollte Gary auf Noguchis Order hinweisen, ihm erklären, warum er sein Versprechen nicht hatte halten können. Aber unter vier Augen. Überdeutlich war sich Kirk der Präsenz Commander Spocks bewußt, und er hoffte, daß Gary verstand.

»Bald«, fügte Jim hinzu.

»Ja, in Ordnung.« Gary nickte, strich sich das dunkle Haar aus der Stirn. »Später.« Einige Strähnen fielen in die Stirn zurück. »Bald.«

Gary schwieg. Der kurze Wortwechsel hatte ihn erschöpft.

»Ich muß jetzt Schluß machen«, sagte Jim rasch. »Nur noch eins...«

»Ja?«

»Laß dir das Haar schneiden.«

»Aye aye, Captain, Sir«, bestätigte Gary und grinste.

»Und erhol dich«, meinte Jim etwas leiser.

Das Bild löste sich auf.

Spock war nicht taub, hatte das Gespräch gehört – und er wußte auch, welches Thema Kirk demnächst mit Gary Mitchell erörtern wollte. Der Captain mußte ihm sagen, daß er nicht den Posten des Ersten Offiziers antreten konnte. Der Vulkanier hatte Kirks und Noguchis Auseinandersetzung in Hinsicht auf dieses Problem nur am Rande zur Kenntnis genommen, keinen Grund dafür gesehen, seine eigene Position in Frage zu stellen. Jetzt aber wurde ihm klar, daß nur ihm eine gewisse Einflußmöglichkeit blieb. Er hielt es für angemessen, eine Entscheidung zu treffen. Spock zögerte nicht, wies den Computer an, eine Datei zu öffnen, blickte auf die elektronische Darstellung des bereits formulierten Versetzungsgesuchs, das nun eine ganz neue Bedeutung gewann.

Während er die Sätze las, bemerkte er aus den Augenwinkeln den Bordarzt McCoy, der mit verschränkten Armen in der Nähe stand und ungeduldig mit den Fingerspitzen auf die Unterarme trommelte – eine typisch menschliche Geste.

»Du kannst es wohl gar nicht abwarten, von deinen Untersuchungsgeräten Gebrauch zu machen, Pille,« sagte Captain Kirk.

»Du hast es erfaßt, Jim. Ich möchte, daß du mich sofort in die Krankenstation begleitest. Das gleiche gilt auch für Sie, Spock.«

Der wissenschaftliche Offizier hob erstaunt die Brauen. »Doktor«, sagte er ruhig, »halten Sie es für klug, daß beide Senioroffiziere gleichzeitig die Brücke verlassen?«

McCoy musterte ihn mit einem seltsamen Gesichtsausdruck.

Spock erwiderte den Blick mit unerschütterlicher Gelassenheit.

»Nun, da haben Sie völlig recht«, erwiderte McCoy nach einer Weile. »Das wäre ein Fehler. Jim, wenn ich mich recht entsinne, hast du irgendwann einmal gesagt: Von einem Untergebenen sollte man niemals etwas verlangen, zu dem man nicht selbst bereit ist.«

»Dieses Zitat muß von jemand anders stammen«, entgegnete Kirk. Er seufzte, stand auf und folgte McCoy hinkend.

Spock fragte sich, warum der Bordarzt so seltsam auf seine Bemerkung reagiert hatte, fügte dem Versetzungsantrag einige neue Sätze hinzu und versah ihn mit seiner Faks-Unterschrift.

In der Krankenstation führte McCoy eine kurze Generalanalyse durch, konzentrierte sich dann auf das Knie. Die Verletzung war noch schlimmer, als Jim zunächst befürchtete. Als Pille die Schiene abnahm, empfand er neuerlichen Schmerz, und unterhalb der Kniescheibe zeigte sich eine dunkle Schwellung.

»Ich weiß, daß du bereits eine Kultur des grünen Schleims angelegt hast«, sagte Jim.

»Was? Wie kommst du denn darauf?«

»Ich habe die Komponentenanforderung auf deinem Monitor gesehen.«

»Ach, tatsächlich? Und *deshalb* hast du dich um die Untersuchung gedrückt?«

»Ich hatte wohl allen Grund dazu, oder?« meinte Jim.

»Ganz und gar nicht«, hielt im McCoy entgegen. »Nun, ich habe tatsächlich eine Reg-Kultur wachsen lassen — aber nicht für dich. Du machst ständig den Fehler, alles auf dich zu beziehen. Außerdem: Ab und zu beschäftige ich mich hier unten mit einigen Forschungsprojekten.«

»Tut mir leid, Pille.«

»Das sollte es auch. Tja, wenn's dich beruhigt: Nein, du

mußt nicht in die Regeneration zurück. Die bleibt auf ernste Fälle beschränkt. Bei dir geht es nur um eine Muskelzerrung und einige blaue Flecken.« McCoy lächelte. »Denk nur mal daran, auf wie vielen Jahren medizinischer Erfahrung diese Diagnose basiert. Ich schlage vor, du läßt die akrobatischen Kunststücke für einige Zeit sein...«

»Keine Einwände.«

»... und wartest auch mit weiteren Fechtduellen.«

»Du hast also davon gehört?« fragte Jim.

»Meine Spione sind überall.« McCoy befestigte einen elektromagnetischen Stimulator an Kirks Knie. »Sieht eigentlich alles ganz gut aus. Eine Biofeedback-Auffrischung könnte nicht schaden, nur um ganz sicher zu sein. Weißt du, Jim, die Renegeration führt zu physisch-psychischen Veränderung, auch wenn man vielleicht nichts davon merkt. Und noch etwas: Ganz offensichtlich hast du deine körperlichen Übungen vernachlässigt.«

»Ich war ziemlich beschäftigt...«

»Und ich habe zuviel zu tun, dich dauernd daran zu erinnern. Werd endlich erwachsen, Jim. Entweder die Übungen — oder ab mit dir in die Regeneration. Verstanden, Captain?«

»Verstanden, Doktor.«

»Gut. Kehr jetzt als Senioroffizier auf die Brücke zurück und schick mir Spock.«

Der Captain trat aus dem Turbolift, als Spock sein Versetzungsgesuch in Kirks Com-Einheit transferierte.

»Sie sind dran, Mr. Spock.«

»Meine physische Rekonvaleszenz ist bereits abgeschlossen...«

»Keine Widerrede, Captain Spock!«

Der Vulkanier wußte, daß McCoy nur normale Werte finden würde.

»Sie hatten ziemliches Glück«, sagte der Bordarzt.

»Ich glaube nicht an ›Glück‹, Dr. McCoy«, erwiderte Spock.

»Vielleicht sollten Sie aber. Wenn Stephen nicht zugegen gewesen wäre ...«

»Seine Präsenz widerlegt Ihre Theorie von meinem ›Glück‹.«

»Für Ihre Abneigung ihm gegenüber scheint es sehr persönliche Gründe zu geben, Mr. Spock. Was ist er — das schwarze Schaf in der Familie?«

»Wir sind... entfernt verwandt.«

»Ich finde es irgendwie beruhigend, daß auch Vulkanier Verwandte haben, über die sie nicht gern sprechen.« McCoy lächelte schief. »Stephen ist also Ihr komischer Vetter, wie?«

»Diese Erklärung sollte genügen. Vulkanische Verwandtschaftsbeziehungen sind recht kompliziert.«

»Stellen Sie mich auf die Probe«, sagte McCoy. »Benutzen Sie möglichst einfache Worte.«

»Die Tochter der Schwester des Vaters meines Vaters ist Stephens Mutter. Darauf folgt: Uns verbindet eine Beziehung des zweiten Grades, die sich über drei Generationen erstreckt.«

McCoy runzelte die Stirn und überlegte. »Mit anderen Worten: Sie *sind* Vettern.«

»Wenn Vulkanier die bei Ihnen gebräuchliche Verwandtschaftsbegriffe verwendeten, wäre die Schlußfolgerung durchaus zutreffend.«

»Warum haben Sie das nicht gleich gesagt?«

»Das habe ich, Doktor«, erwiderte Spock und fragte sich zum wiederholten Male, warum ihm Menschen ständig zu widersprechen versuchten.

Einige Minuten später, auf dem Rückweg zur Brücke, rief er sich noch einmal McCoys Bemerkung über Stephen ins Gedächtnis. Er gestand es nicht gern ein, aber Stephen und er hatten einen Punkt gemeinsam.

Sie lebten beide im Exil.

Während der nächsten vierundzwanzig Stunden herrschte rege Betriebsamkeit. Als Scharlach von der geplanten Vorstellung hörte, bat sie darum, ebenfalls daran teilnehmen zu können. Sie fügte hinzu, auch andere Bewohner des Weltschiffs seien interessiert. Alles deutete auf ein so großes Publikum hin, daß weder die *Enterprise* noch irgendein Schiff der klingonischen Flotte genug Platz bot. Scharlach fand ein natürliches Amphitheater in ihrer Heimat, und Lindy hielt den Ort für geeignet. Sie und ihre Kollegen begannen sofort damit, Bühnenteile und notwendige Accessoires zum Weltschiff zu bringen; Lindy wies auch darauf hin, Athene könne dort in einer Flugnummer auftreten. Nur eins besorgte die junge Frau: die Möglichkeit von Regen.

»Es wird nicht regnen, Lindy-Magierin«, sagte Scharlach.

»Das läßt sich leicht sagen. Aber es bleibt zumindest ein kleiner Risikofaktor.«

»Nein, überhaupt nicht.«

»Na schön. Wie Sie meinen.«

Wie sich herausstellte, behielt die rote Fliegerin recht: Es regnete tatsächlich nicht.

Als Hikaru Sulu das Amphitheater des Weltschiffs erreichte, trug er seine schwarze Strumpfhose, ein zinnoberrotes Wams und den Schwertgürtel. Es war ein großartiges Kostüm — und vielleicht bekam er sogar Gelegenheit, darin die Bühne zu betreten.

Voller Unbehagen dachte er an seinen Text. Er kannte ihn längst auswendig, aber das bedeutete nicht, daß er ihn auch ohne weiteres vortragen konnte. Einmal mehr überlegte er, ob er sich für die ursprüngliche, die *richtige* Shakespeare-Version entscheiden und behaupten sollte, er sei zu nervös gewesen, um Mr. Cockspurs ›moderne Interpretation‹ zu lernen. Er wünschte sich fast, auf die Rolle des Laertes verzichten und statt dessen Horatio spielen zu können. Horatio kam nach Hamlets Tod mehrmals zu Wort. Wenn Hikaru Cockspurs Veränderungen ignorierte, während er Laertes darstellte, mußte er rezitieren, obgleich

Hamlet zugegen war und ein Schwert in der Hand hielt. Das Duell mochte weitaus echter werden, als vom Publikum erwartet.

Ganz gleich, was auch geschah: Mr. Cockspur wurde sicher sehr wütend.

Andererseits – er regte sich fast immer über irgend etwas auf.

»Äh, Mr. Sulu.« Cockspur trat auf ihn zu, in schwarzen Samt gehüllt. Bis zu diesem Augenblick wußte Hikaru nicht, ob und wann Cockspur seinen Streik beenden wollte.

»Ich bin fertig«, sagte der Steuermann.

»Ja, das sehe ich. Aber das Programm wurde ein wenig verändert.«

»Oh, streiken Sie schon wieder – oder noch immer?« Vielleicht erlaubt mir Lindy, einen von Hamlets Monologen vorzutragen, dachte Hikaru hoffnungsvoll. Ich habe sie ebenfalls gelernt, für den Fall des Falles.

»Nein, nein. Admiral Noguchi hat mich ausdrücklich gebeten, an der Vorstellung zu partizipieren, zum Wohle der Föderation.«

»Möchten Sie eine andere Szene vortragen?« fragte Hikaru und fürchtete, sich noch eine weitere ›moderne Interpretation‹ einprägen zu müssen.

»Ja. Genau. Die Duellszene ist gestrichen. Angesichts der aggressiven Neigungen unserer Gäste halte ich sie für zu provokativ.«

»Diese Einstellung kann ich nicht teilen«, erwiderte Sulu. »Ich erinnere Sie nur an die Katharsis. Schon Aristoteles meinte, die Stimulierung von Mitleid und Furcht führe zu einer Läuterung entsprechender Empfindungen.«

»Aber wir tragen nicht Aristoteles vor, sondern Shakespeare. Vielleicht ist es ganz gut, daß ich ein Soliloquium Hamlets darbieten werde. Allein.«

»Oh«, machte Hikaru. Er begriff plötzlich, daß Cockspurs letzte Worte einer Entlassung gleichkamen. Die zweite Besetzung wurde wieder zum Steuermann der *Enterprise*.

»Ich denke dabei nur an die Vorstellung«, fügte der Schauspieler hinzu. »The Show must go on und so weiter. Sie verstehen das sicher.«

Er ging fort.

»Was ist nur aus dem Prinzip ›Einer für alle und alle für einen‹ geworden?« murmelte Hikaru enttäuscht.

In der Nähe prüfte Stephen seine neue Jongleur-Ausrüstung. Wenn er mit sehr großen und schweren Gegenständen jonglierte, wenn er mehr Objekte einsetzte und sie höher warf, so war trotz der geringen Gravitation ein eindrucksvoller Auftritt möglich. Hinzu kam der hohe Sauerstoffgehalt der Luft: Er würde dafür sorgen, daß Fackeln auf besonders spektakuläre Weise brannten. Als er zum erstenmal eine anzündete, verbrannte er sich fast die Brauen.

Gar nicht schlecht, dachte er zufrieden. Es bedeutete, daß man ständig aufpassen muß — das beste Rezept gegen Langeweile.

Tzesnashstennaj, Hazard und Snarl kamen vorbei, sprangen und glitten übereinander hinweg, als hätten sie bereits mit ihrer erotischen Jagdvorstellung begonnen. Ilya sträubte sein Fell, und die Tänzer verharrten. Stephen fing seine Jonglierrasseln auf, legte sie beiseite und fragte sich, ob er eingreifen mußte, um einen Kampf zwischen seinem Tiger und den drei Katzenwesen zu verhüten. Er verstand noch immer nicht, warum sie Ilya so ablehnend gegenüberstanden.

Starfleet knurrte und zirpte leise, spähte hinter Tzesnashstennajs Schultern hervor.

»Kennen Sie den Primaten, Stephen?« fragte Tzesnashstennaj.

»Ich hatte bereits hier und dort Gelegenheit, mit ihm Bekanntschaft zu schließen«, erwiderte er.

»Ist er nicht reizend?« Tzesnashstennaj kraulte den Affen zärtlich unterm Kinn. Starfleet brummte glücklich, sprang zu Boden, drehte sich auf den Rücken und zappelte mit Armen und Beinen. »Hazarstennaj hat ihn mir geschenkt... als eine Liebesgabe.«

Hazard schnurrte leise. »Da Tzesnashstennaj sich nicht von mir überreden ließ, sich Starfleet anzuschließen, habe ich ihm Starfleet zum Geschenk gemacht.«

»Ich glaube, dieser Name gefällt dem Affen nicht sonderlich«, sagte Tzesnashstennaj. »Vielleicht ändere ich ihn. Die Ohren laufen spitz zu. Stephen, was halten Sie davon, wenn ich ihn ›Vulkan‹ nenne?«

»Ich glaube, dann wäre er der einzige rosafarbene Vulkanier in der Geschichte des Universums«, erwiderte der Jongleur.

Der Katzenmann nickte. »Das stimmt. Er wäre noch ungewöhnlicher als ein Vulkanier mit blondem Haar. Nun, vielleicht fällt mir ein geeigneterer Name ein. In der Zwischenzeit bringe ich ihm das Jonglieren bei. Vielleicht läßt ihn Lindy auftreten, und dann steht ihm bestimmt eine steile Karriere bevor. Was meinen Sie, Stephen?«

»In der Varietégesellschaft gibt es nur Platz für einen Jongleur«, erwiderte Stephen und hörte überrascht, wie scharf seine Stimme klang.

Snarl lachte knurrend. »Ich hab es euch doch gesagt. Es gibt keinen einzigen Vulkanier mit Sinn für Humor.«

Die Katzenwesen kicherten und schnurrten, sausten davon, setzten ihren anmutigen, geschmeidigen Tanz fort. Starfleet hockte wie ein Jockey auf Tzesnashstennajs Schulter.

Ilya beruhigte sich wieder und beleckte sein Fell.

»Haben wir das verdient?« fragte Stephen seinen Tiger. »Nein, sicher nicht.«

Roswind eilte zu ihrer Kabine, um sich umzuziehen. Wie viele Besatzungsmitglieder der *Enterprise* hatte sie die Erlaubnis bekommen, das Weltschiff aufzusuchen und sich dort die Vorstellung der Varietégruppe anzusehen. Es wurde Zeit, daß sie sich auf den Weg machte.

Sie öffnete die Tür.

Und schrie.

Grüner Schleim bedeckte den Boden, und der übelkeiterregende Gestank verfaulenden Reg-Gels wehte ihr entgegen.

Roswind verbrachte die nächsten Stunden damit, die Kabine zu reinigen und die Reste ihrer grünen ›Stubengenossin‹ zu entfernen, während sich ihre Freunde bei der Show vergnügten.

Sie wußte, daß man ihr eine Lektion erteilt hatte.

Jim stand in dem improvisierten Umkleideraum des Amphitheaters, und ungefähr zum neununddreißigsten Mal rückte er die Jacke seiner Paradeuniform zurecht, gab es schließlich auf zu versuchen, sich wohl zu fühlen. Er holte tief Luft, bevor er nach draußen trat. Lindy trug ihr silbernes Gewand und strahlte.

»Das ist doch lächerlich«, wandte sich Jim an sie. »Ich gehöre nicht auf die Bühne.«

»O doch.« Sie berührte einen der dreieckigen Orden auf Kirks Brust. »Haben Sie dort noch Platz für eine weitere Auszeichnung? Kommen Sie, Jim. Die Tradition verlangt, daß Helden von einer Varietébühne aus über ihre tapferen Taten berichten.«

Jim stöhnte.

Die junge Frau lachte. »Bestimmt halten Sie eine eindrucksvolle Rede. Ich muß mich jetzt beeilen... Warten Sie meinen Auftritt ab!«

Lindy verschwand in einer visuellen Kakophonie aus Steptänzern und Akrobaten, die sich hinter den Vorhängen aufwärmten. Jim wanderte umher und bemühte sich, möglichst ruhig und gelassen zu wirken. Auch Spock war zugegen und beobachtete die allgemeine Aktivität. Er schien in keiner Weise nervös zu sein, trug sein braunes Samthemd.

»Commander Spock.«

Der Vulkanier drehte sich um und musterte Kirk mit ausdruckslosem Gesicht. »Ja, Captain?«

»Was ist mit dem Versetzungsgesuch, das ich heute morgen auf meinem Schreibtisch fand?« fragte Jim.

Spock hob eine Braue. »Geht die Bedeutung des Antrags nicht aus dem Text hervor?« erwiderte er.

»Das schon, Commander. Aber... Ich dachte, wir hätten Frieden geschlossen.«

Spock sah zum Himmel hoch: Scharlach schwebte mit ausgebreiteten Schwingen unter dem Lichtgespinst, genoß die Freiheit des Fliegens. Der Vulkanier erinnerte sich an die mentalen Resonanzen ihres Kummers, an seinen mühsamen Aufstieg zur Stille – oder in den Tod. Ohne James Kirks mutiges Eingreifen hätte er sich vermutlich von der Felsnadel herabgestürzt, um sich schwarzer Vergessenheit anzuvertrauen. Trotz seiner Unerschütterlichkeit schätzte Spock den intellektuellen Wert seines Lebens recht hoch ein. Ihm lag viel an seinen bisherigen Erfahrungen – und an denen, die die Zukunft für ihn bereithielt.

»Ja, Captain, das haben wir.«

»Warum dann die Bitte, versetzt zu werden?«

»Als ich Ihnen zum erstenmal begegnete, glaubte ich, eine Kooperation zwischen uns sei unmöglich. Sie unterscheiden sich sehr von Christopher Pike. Sie sind emotional, stur und hartnäckig. Doch inzwischen bin ich zu dem Schluß gelangt, daß diese Unterschiede Achtung verdienen, keine Ablehnung. Ich begriff, daß die Zusammenarbeit mit Ihnen sonderbar, aber sicher recht interessant sein mag.«

»Danke für das Kompliment«, antwortete Kirk trocken.

»Man muß sich Problemen stellen, wenn man lernen will«, sagte Spock.

»Was allerdings nicht Ihr Versetzungsgesuch erklärt.«

»Ich dachte nur an mich selbst, als ich überlegte, ob ich mit Ihnen als Captain an Bord der *Enterprise* bleiben möchte. An die Frage, ob Ihnen etwas an meiner Gegenwart liegt, verschwendete ich keinen Gedanken. Wenn ich die Stellung des Ersten Offiziers aufgebe, können Sie Commander Mitchell zu meinem Nachfolger ernennen.«

»Aus welchem Grund sind Sie zu einem solchen Opfer bereit?«

»Es entspricht einzig und allein meinen persönlichen Wünschen, Captain. Und es ist wenig im Vergleich mit der Gefahr, in die Sie sich im Zentrum des Weltschiffs begaben. Vulkanier halten nichts davon, wenn andere Leute glauben, sie seien ihnen verpflichtet. Sie ziehen es auch vor, niemandem etwas zu schulden.«

»Sie stehen nicht in meiner Schuld, Spock. Verdammt...«

»Captain...«

»Nein, jetzt bin ich an der Reihe. Hören Sie zu. Vor einigen Tagen hätte ich Ihr Angebot wahrscheinlich angenommen, ohne mit der Wimper zu zucken. Vielleicht wäre ich sogar dankbar dafür gewesen. Aber selbst wenn ich wüßte, daß Admiral Noguchi mir Gary als neuen Ersten Offizier zuweisen würde, wozu er bestimmt nicht bereit ist... Ich habe meine Meinung geändert, eine Menge dazugelernt.«

»Ich verstehe nicht.«

»Ein Raumschiff *braucht* Unterschiede. Es benötigt gute Offiziere — und Gary ist einer der besten —, aber es kann auch nicht auf Ausgewogenheit verzichten. Gary und ich ähneln uns viel zu sehr...« Jim zögerte, starrte in die Ferne, forschte in seinen Erinnerungen. »Ich verdanke ihm... mein Leben, doch ich muß jetzt in erster Linie an die *Enterprise* denken. Und das bedeutet: Sie bleiben Erster Offizier.«

»Was ist mit Commander Mitchell, Ihrem... Freund?«

»Es ist sicher nicht einfach, Freundschaft und Verantwortung gegeneinander abzuwägen. Und noch schwieriger dürfte es werden, Gary alles zu erklären. Vielleicht ist er noch in zwanzig Jahren sauer auf mich — mindestens fünfzehn Jahre nach seinem ersten eigenen Kommando. Wenn ich Sie dazu zwänge, für Gary den Platz zu räumen, erwiese ich weder ihm noch mir einen Gefallen. Und wenn Sie Ihre Stellung an Bord der *Enterprise* aufgeben, wird Starfleet Sie wohl mit Lorbeeren überschütten.«

Spock rieb sich das Kinn und überlegte. Den Argumenten des Captains mangelte es nicht an einer gewissen Logik.

»Mr. Spock, ich bin fest entschlossen, die Versetzungsanträge zu zerreißen, die ich heute morgen fand. Ich hoffe, daß man mir morgen keine neuen zuleitet.«

»Nun gut, Captain. Ich werde über Ihre Hinweise nachdenken. Aber... Sie bekamen mehr als nur ein Gesuch?«

»Es waren zwei, und eins stammte von Mr. Scott. Ein Mißverständnis, das bereits aus der Welt geschafft wurde.«

»Ich verstehe.« Spock bemerkte Sulu, der einige Meter entfernt auf einer Kiste saß. Zwar wirkte er recht niedergeschlagen, aber offenbar hatte er entschieden, daß es eigentlich gar nicht so schlimm war, zur Besatzung der *Enterprise* zu gehören.

»Commander Spock«, sagte James Kirk, »sollten Sie nicht draußen beim Publikum sitzen, bereit, Lindy auf der Bühne zu assistieren?«

»Ja, Captain. Doch zuvor wollte ich mir hier die Vorbereitung anzusehen.«

Kirk hatte natürlich recht: Es wurde Zeit, daß er seinen Platz einnahm. Der Captain begleitete ihn zu einem Pfad, der ins Amphitheater führte.

»Lieber Himmel!« entfuhr es Kirk. »Vor einem so großen Publikum soll ich sprechen?«

»Eine echte Herausforderung«, kommentierte Spock.

Crewmitglieder der *Enterprise*, Klingonen und Bewohner des Weltschiffs saßen auf den natürlichen Steinterrassen — insgesamt mindestens tausend Personen. Mit wachsender Ungeduld warteten sie auf den Beginn der Vorstellung. Jim hoffte, daß es zwischen Repräsentanten der Föderation und Vertretern des Imperiums zu keinen Konflikten kam.

Ein Transporterfeld schimmerte. Der Direktor des Aufsichtskomitees rematerialisierte, von einigen anderen Klingonen begleitet. Jim und der Direktor waren überein gekommen, Waffen im Weltschiff zu verbieten, und der

Würdenträger hielt sich an das Abkommen, brachte Leibwächter mit, die ihn ohne Blaster schützen konnten. Jeder von ihnen kam an die Größe Newland Rifts heran. Kirk bemerkte auch eine verschleierte Gestalt — und eine Frau, deren Schleier lose auf die Schulter herabbaumelte.

»Captain...« begann Spock.

Die Leibwächter des Direktors gaben Koronin einen groben Stoß. Ihre Hände waren gefesselt. Sie versuchte, Widerstand zu leisten, bewegte sich nur dann, wenn sie ihren Rest von Würde bedroht sah. Jim schnitt eine Grimasse. Ganz gleich, was die Klingonin angestellt und versucht hatte: Er verabscheute es zu sehen, wie man ein intelligentes Wesen einem gefangenen Tier gleich behandelte.

Der Direktor schritt auf Kirk zu.

»Ich hoffe, Sie haben sich gut auf die Ehre vorbereitet, Captain«, sagte er und zeigte auf eine gepunzte Lederbox.

»Euer Exzellenz, ich protestiere gegen diese Barbarei!«

»Was meinen Sie damit, Captain? Dieses Geschöpf hier? Die Renegatin? Seien Sie unbesorgt: Sie zeigen Ihre Trophäe, ich die meine.«

»Ihr Verhalten ist...«

Spock griff nach Jims Arm, drückte sanft zu.

»... unzivilisiert.«

Die Finger des Vulkaniers schlossen sich fester um Kirks Bizeps.

»Captain!« entfuhr es dem Direktor mit gespielter Empörung. »Wir haben uns doch darauf geeinigt, Kämpfe und Beleidigungen bei unseren Untergebenen zu verbieten. Ich dachte, dieses gelte auch für uns.«

Jim unterdrückte seinen Zorn. Wenn er sich auf eine verbale Auseinandersetzung mit dem Würdenträger einließ, gefährdete er den unsicheren Frieden, den er selbst geschaffen hatte, brachte möglicherweise die anwesenden Besatzungsmitglieder seines Schiffes in Gefahr.

»Außerdem gestattet dieser Ausflug Koronin, einen letzten Blick in die Freiheit zu werfen«, fuhr der Direktor fort. »Ich hätte sie in ihrer Zelle lassen können. In der kleinen

Kammer gibt es weder Fenster noch Licht. Die Großzügigkeit, sie hierher mitzubringen, wird meiner Reputation sicher abträglich sein.«

Jim kochte und musterte die Gefangene. Das Mitleid in seinem Blick entging ihr nicht.

»Ich forderte dich heraus, Föderationsbandit!« fauchte Koronin. »Wenn du dich mir nicht zum Kampf stellst, bist du ein erbärmlicher Feigling!«

»Schweig, Verräterin! Heute sind Beleidigungen untersagt.« Der Direktor lachte leise und ging zu seinem Platz. Die Leibwächter folgten ihm, zerrten Koronin mit sich.

»Sie können jetzt loslassen«, sagte Jim.

Spock ließ die Hand sinken, und Kirk rieb sich den Oberarm. »Ich verstehe Ihre Reaktion, Captain«, sagte er. »Vielleicht sogar besser, als Sie glauben. Für Koronins Verhalten gibt es keine Rechtfertigung — doch andererseits hat sie gute Gründe zu hassen, sowohl uns als auch ihr eigenes Volk. Sie wollte sich rächen.«

»Was weiß ein Vulkanier von dem Wunsch, Vergeltung zu üben?« fragte Jim.

»Was wissen Sie von der vulkanischen Geschichte?« erwiderte Spock ernst. »Unsere stark ausgeprägte Fähigkeit, nach Rache zu streben, war eine der Ursachen dafür, alle Emotionen aus unserem Denken zu verbannen.«

Koronin saß steif auf der steinernen Bank, umringt von der Leibgarde des Direktors. Ich habe Anspruch auf diese Welt erhoben, dachte sie. Sie gehört mir. Aber man erlaubt mir nicht, sie der Kaiserin zum Geschenk zu machen, und dafür werde ich mich irgendwie rächen.

Die volltönende Stimme Newland Rifts hallte über die versammelte Menge. »Verehrte Gäste, alte und neue Freunde — herzlich willkommen. Ich präsentiere Ihnen die Warpschnelle Klassische Varietégesellschaft!«

Die Zuschauer warteten, aufgeregt und gespannt. Ein Klingone hob den Kopf, sah mehrere heransegelnde Flieger — und gab einen erschrockenen Schrei von sich.

Koronin beobachtete, wie der Direktor die Fäuste ballte. Er argwöhnte einen Angriff, eine Falle. Sie selbst hätte einen solchen Zwischenfall begrüßt. Sie sehnte sich eine Chance zur Flucht herbei, und Chaos mochte sich in diesem Zusammenhang als wertvoller Verbündeter erweisen.

Hoch oben schwebten die Flieger, zogen weite Kreise, berührten sich mit den Flügelspitzen. Sie zeichneten sich als dunkle Silhouetten vor dem Hintergrund des Lichtgespinstes ab.

Die Zuschauer hielten unwillkürlich den Atem an, als die geflügelten Wesen in Richtung Bühne fielen, stellten kurz darauf fest, daß eins der Wesen nicht vom Weltschiff stammte. Es hatte vier Beine, und seine Schwingen bestanden aus dunklen Federn. Das Geschöpf glitt elegant über die Menge, landete schließlich. Ein Mensch hockte auf seinem Rücken, eine junge Frau.

Sie sprang auf die Bühne, und die Leute von der *Enterprise* applaudierten begeistert. Die Klingonen hingegen blieben stumm, warteten ab. Wenn ihnen etwas gefiel, schrien und heulten sie aus vollem Halse. Sie waren verwirrt, wußten nicht so recht, was sie von einem Menschen halten sollten, der auf dem Rücken eines vierbeinigen Fliegers balancieren, ihn kontrollieren konnte. Es widerstrebte ihnen, Beifall zu spenden, obwohl man ihnen gerade einen gehörigen Schrecken eingejagt hatte.

Die Weltschiff-Bewohner verließen die Bühne wieder, nahmen an verschiedenen Stellen des Amphitheaters Platz. Das vierbeinige Wesen hob ab und flog. Mehrmals strich sein bedrohlicher Schatten übers Publikum.

»Liebe Gäste«, sagte die in ein silbernes Gewand gekleidete Frau. »Ich heiße Sie willkommen.«

Sie stellte den Direktor vor, und Koronin hoffte, ihr unterliefe dabei irgendein peinlicher Fehler, den die Klingonen als Demütigung empfanden. Aber die Frau konnte nicht den Namen des Direktors verraten, da sie ihn gar nicht wußte, und soweit die Renegatin das feststellen konnte, nannte sie alle richtigen Titel.

Der Direktor trat zu ihr.

»Als Repräsentant unserer bejubelten Kaiserin«, sagte er, »möchte ich diese Gelegenheit nutzen, um einen Föderationscaptain zu ehren, der sein Leben riskierte, um die verwerflichen Pläne der elenden Verräterin Koronin zu durchkreuzen...«

Auf diese Weise fuhr er eine Zeitlang fort. Koronin machte sich einen Spaß daraus, ihn ständig mit einem breiten Grinsen zu verspotten.

Jim Kirk ließ sich nichts anmerken, obwohl die Haßrede des Direktor neuerlichen Zorn in ihm weckte. Schließlich beendete der Klingone seine Tirade.

»Die Ehre gebührt dem Captain des Raumschiffs *Enterprise.*«

Jim hatte nervös darauf gewartet, daß man seinen Namen nannte, und zunächst begriff er gar nicht, daß er gemeint war.

McCoy stieß ihn in die Rippen. »Spring ins kalte Wasser, Jim, und lern schwimmen.«

In der niedrigen Schwerkraft stand Kirk viel zu abrupt auf, verlor den Boden unter den Füßen und schwebte zur Bühne empor. Er errötete vor Verlegenheit, brachte die letzten Meter würdevoller hinter sich.

Der Direktor öffnete die Lederbox, entnahm ihr ein Halsband und ließ es auf Jims Kopf herab. An den zarten goldenen Gliedern hing ein Medaillon aus blauen und roten Steinen. Jim kam sich wie ein Narr vor.

»Ich ernenne Sie zum Hüter der Kaiserin.«

Der Direktor trat zurück.

Kirk wandte sich dem Publikum zu.

Ein gespenstisches Kreischen hallte durch das Amphitheater, übertönte den Applaus der Leute, die von der *Enterprise* stammten. Jim versteifte sich unwillkürlich, befürchtete einen Angriff der Klingonen. Aber sie heulten nur, und nach einer Weile begriff Kirk, daß sie Beifall spendeten, auf ihre eigene Art und Weise.

»Vielen Dank.« Genügt das? überlegte er. Wahrscheinlich nicht. »Ich bin dem Direktor sehr dankbar für diese große Auszeichnung — und freue mich darüber, daß uns diese Gelegenheit in Frieden zusammengeführt hat. Möge die Freundschaft zwischen dem Imperium, der Föderation und dem Volk des Weltschiffs wachsen und gedeihen.«

Irgendwie gelang es ihm, die Bühne zu verlassen und zu seinem Platz zurückzukehren. Verstohlen wischte sich Jim den Schweiß von den Fingern, froh, daß es bei den Klingonen nicht üblich war, sich die Hände zu schütteln.

McCoy beugte sich vor und betrachtete die Medaille.

»Kitschiger Flitter«, kommentierte er kritisch.

»Sieht aus wie die Brosche, die sich meine Großtante Matilda an die Bluse steckte, wenn sie zur Kirche ging«, flüsterte Kirk.

Scharlach stand auf und kam näher.

»Hübsch glänzendes Metall«, stellte sie fest. »Aber es behindert nur, wenn man fliegt.«

Der Applaus erstarb, und das Heulen verklang. Amelinda Lukarian wandte sich wieder an ihr Publikum.

»Und nun...« sagte sie. »Unterhaltung für unsere Helden.«

Jim lehnte sich zurück und atmete auf, erleichtert, daß man keine weitere Rede von ihm verlangte.

Der Direktor beobachtete die Magie, und seine Verärgerung wuchs mit jeder Zurschaustellung unheilvoller Hexenkunst. Er fragte sich, ob die Föderation ihn damit beleidigen wollte, ob man von ihm erwartete, daß er auf die Bühne sprang, um dem teuflischen Treiben der Thaumaturgin ein Ende zu bereiten. Oder sollte er an solchen Dingen Gefallen finden? Er beschloß, Kirk und den anderen einen Strich durch die Rechnung zu machen, indem er weder protestierte noch Zustimmung oder gar Begeisterung zeigte.

Da er nicht reagierte, blieben auch die übrigen Klingonen stumm.

Koronin aber sah den magischen Darbietungen fasziniert zu. Im Gegensatz zum Direktor, dessen Unbehagen sie amüsierte, wußte sie genau, daß es sich nur um geschickte Tricks handelte. Rumaiy waren nicht abergläubisch, fürchteten keine diabolisch-dämonischen Präsenzen. Außerdem hatte Koronin im Arktur-System Beispiele ähnlicher Fingerfertigkeit gesehen, erinnerte sich an den angeberischen Föderations-Renegaten, der seine Fähigkeiten nutzte, um Frauen zu umgarnen und Fremde zu betrügen.

Doch Amelinda Lukarian war einmalig. Ihr Assistent fesselte sie, versah die dicken Ketten mit elektronischen Schlössern, sperrte sie in eine Kiste, die er anschließend mit einem Tuch bedeckte. Dreiundzwanzig Flieger griffen nach Seilen und zogen den Behälter hoch. Als sie ihn wieder herabließen, war er leer — und die junge Frau trat hinter dem Bühnenvorhang hervor und verneigte sich. Koronin heulte und hätte auch wie die Menschen geklatscht, wenn nicht die Schellen gewesen wären.

Die Frage, wie es Amelinda Lukarian fertigbrachte, aus der Kiste zu entkommen, beschäftigte Koronin so sehr, daß sie kaum auf den Rest der Vorstellung achtete.

Sie begann wieder zu hoffen, entwickelte einen Plan.

Nach Lindys Auftritt klang der Applaus der *Enterprise*-Crew eher zurückhaltend. Der Grund dafür war nicht etwa mangelnder Enthusiasmus, sondern die Tatsache, daß die Besatzung des Raumschiffs nur ein Drittel des Gesamtpublikums bildete und die Klingonen keinen Laut von sich gaben. Amelinda verließ die Bühne, betroffen von der Reaktion ihrer Zuschauer. Normalerweise blieb sie während ihrer Darbietungen ganz ruhig und gelassen, doch diesmal zitterte sie nervös und schwitzte. Tzesnashstennaj und die anderen Katzenwesen huschten an ihr vorbei.

»Hals- und Beinbruch«, sagte Lindy.

»Das könnte bei *diesem* Publikum durchaus passieren«, knurrte Tzesnashstennaj und verschwand auf der anderen Seite des Vorhangs.

Spock kehrte nach seinem Entmaterialisierungstrick zurück.

»Ich wäre dort draußen fast gestorben«, behauptete die junge Zauberkünstlerin. »Mr. Spock, wissen Sie, was los ist? *So* schlecht kann ich doch wohl nicht gewesen sein. Den Leuten von der *Enterprise* hat meine Vorstellung gefallen. Oder klatschten sie aus reiner Höflichkeit?«

»Ich kann Ihnen nur eine Hypothese anbieten«, erwiderte der Vulkanier. »Der Direktor erweckte nicht den Eindruck, besonders erfreut zu sein.«

»Aber *kein einziger* Klingone hat applaudiert!«

»Weil sie sich alle ein Beispiel an dem Direktor nahmen.«

»Spock, auch Sie saßen zuerst ganz still. Was die Mannschaft der *Enterprise* jedoch nicht daran gehindert hat, Beifall zu spenden.«

»Lindy«, entgegnete der Vulkanier, »im Gegensatz zum Direktor entscheide ich in bezug auf meine Untergebenen nicht über Leben und Tod.«

»Oh.«

»Ich glaube, wir haben es mit einem kulturellen Mißverständnis zu tun. Das ist zwar bedauerlich, aber wir können kaum etwas dagegen unternehmen. Es bleibt uns nichts anderes übrig, als die Show fortzusetzen.«

»Ja.« Lindy nickte. »So leicht werfen wir die Flinte nicht ins Korn.«

Und so ging die Vorstellung weiter — geradewegs bergab. Entweder verabscheute der Direktor Lindys Zauberkunststücke so sehr, daß sich sein Mißmut auch auf die anderen Nummern übertrug — oder ihm ging alles gegen den Strich.

Mit der Varietémoral stand es nicht zum besten.

Jim saß noch immer vor dem Theater und wandte sich an den Direktor.

»Gefällt Ihnen die Show nicht?« flüsterte er.

Der Würdenträger starrte ihn finster an. »Ihre Zivilisation — wenn es überhaupt angebracht ist, einen solchen Ausdruck zu verwenden — hat einen hohen Degenerationsgrad erreicht.«

Im Anschluß an diese Worte zeigte er Jim die kalte Schulter. Kirk nutzte eine Pause, um die Umkleideräume aufzusuchen. Lindy versuchte, nicht zu niedergeschlagen zu wirken, doch sie hatte keinen großen Erfolg damit.

»Ich bin nur gekommen, um ...« Jim unterbrach sich. Es erschien ihm wenig diplomatisch, der jungen Frau sein Mitleid auszusprechen.

»Um mir moralische Unterstützung zu gewähren? Danke, Jim. Kann ich gut gebrauchen.«

»Ich fürchte, ich habe den Direktor mit meiner kurzen Rede beleidigt«, sagte Kirk. In Wirklichkeit aber hatte er nicht die geringste Ahnung, was dem klingonischen Würdenträger über die Leber gelaufen war. *Vielleicht* die Rede. Da sich Jim seinen Lebensunterhalt nicht als Rhetoriker zu verdienen brauchte – ganz im Gegensatz zu Lindy und ihren Kollegen, die von den Einnahmen ihrer Vorstellungen lebten –, zögerte er nicht, die Verantwortung zu übernehmen.

»Glauben Sie? Im Ernst?« Plötzlich lief die junge Frau rot an. »Oh, Jim, ich wollte nicht, daß es so klingt, als ...«

Kirk lächelte. »Ich weiß. Kopf hoch.«

»Ich fürchte, dies ist eine der Shows, die man nie vergißt, von denen man seinen Enkeln erzählt und über die man irgendwann lacht.« Amelinda lächelte reumütig. »Schätzungsweise in hundert Jahren.«

Draußen vor der Bar, die während der Pause geöffnet hatte, bot McCoy dem Direktor einen silbernen Becher an.

»Versuchen Sie das mal«, sagte er. »Das Getränk gehört zu den großen Errungenschaften der menschlichen Zivilisation.«

Der Direktor holte ein tricorderähnliches Instrument hervor und nahm einige Messungen vor.

»Kein Gift«, versicherte ihm McCoy fröhlich. »Ich bin Arzt, und Ärzten ist es verboten, toxische Substanzen zu verschreiben.«

»Seltsam«, erwiderte der Direktor und starrte in den Becher. »Hat diese Spezialität einen Namen?«

»Man nennt sie ›Mint Julep‹. Es handelt sich um einen Gewürzwhisky. Sehen Sie, ich habe mir selbst einen genehmigt.« McCoy hob sein Glas.

Der Direktor trank einen Schluck und nickte langsam. »Nicht schlecht.«

»Das Zeug rollt Ihnen die Fußnägel auf«, sagte McCoy.

Entsetzt ließ der Direktor den Becher fallen, und der grünbraune Inhalt spritzte auf die Stiefel des Doktors. Der Klingone wirbelte um die eigene Achse und marschierte zu seinem Platz.

»Heiliger Himmel«, ächzte McCoy.

Jim sah Scharlach hinter der Bühne und trat auf sie zu.

»Gefällt *Ihnen* die Vorstellung?« fragte er.

Die Zungenspitze der roten Fliegerin tastete über den Sinnesbart. »Sie ist faszinierend. Ich werde meinen Enkeln davon erzählen.«

Jim schmunzelte. »Genau das hat Lindy angekündigt. Nun, vielleicht haben Ihre Enkel einmal die Möglichkeit, sich selbst eine solche Show anzusehen.«

»Das bezweifle ich, James.«

»Was? Ich verstehe nicht...«

Das Signal erklang, und alle Zuschauer kehrten zu den steinernen Terrassen zurück.

Hikaru Sulu hockte ein wenig abseits des Publikums und ließ die Schultern hängen. Eigentlich hätte er sein Kostüm ablegen sollen, aber er wollte damit bis nach der Vorstellung warten. Er hoffte noch immer, daß man ihn auf die Bühne rief.

Captain Kirk blieb neben ihm stehen und lächelte. »Entweder tragen Sie eine besonders exotische Uniform, oder Sie befinden sich auf der falschen Seite des Vorhangs.«

»Mein Auftritt wurde gestrichen«, sagte Hikaru.

»Oh, schade«, erwiderte der Captain. »Oder auch nicht, wenn man an die Umstände denkt.«

Hinter den Kulissen sprach Lindy ihren Kollegen Mut zu und trat dann von rechts auf die Bühne, um Stephen anzukündigen.

Amelinda fand, daß er seine Nummer großartig an die Bedingungen niedriger Schwerkraft angepaßt hatte. Trotzdem sahen der Direktor und die anderen Klingonen in stoischem Schweigen zu. Ihre Stimmung schien sich erst ein wenig zu verbessern, als Stephen die Fackeln zur Hand nahm.

Wahrscheinlich hoffen sie, daß er sich die Brauen ansengt, dachte Lindy betrübt.

Wenn ihre Vermutungen stimmten, so bereitete Stephen dem Direktor eine neuerliche Enttäuschung. Er hantierte mit neun Fackeln, warf sie nacheinander hoch, bis alle gleichzeitig über ihm rotierten, fing sie dann wieder auf und bildete einen lodernden Fächer aus ihnen. Schließlich erstickte er die Flammen, löste das blaue Stirnband, schüttelte sein langes Haar frei und verbeugte sich. Hier und dort erklang ein Heulen, und die Leute von der *Enterprise* klatschten laut und lange.

»Und ich dachte immer, Vulkanier seien schwer zufriedenzustellen«, sagte Stephen, als er hinter den Vorhang zurückkehrte.

»Ihre Darbietung war wunderbar«, lobte Lindy.

»Ich weiß«, erwiderte der Jongleur. »Und vermutlich sind Sie froh, daß wir nun mehr als die Hälfte der Show geschafft haben, nicht wahr?«

Daraufhin lachte die junge Frau.

Philomela brachte ihren Auftritt hinter sich, und nach ihr kam Marcellin an die Reihe, trug sein sichtbar-unsichtbares Universum mit sich auf die Bühne. Die Pantomime beeindruckte den Direktor so wenig wie alles andere.

Damit blieben nur noch Cockspur und Newland Rift. Lindy fürchtete um das Leben des Schauspielers. Wenn die Klingonen nichts von den anderen Nummer hielten, würden sie Cockspur wahrscheinlich in Stücke reißen. Was Newland anging... Bestimmt gefiel er ihnen. Er *mußte* ihnen gefallen. Wenn Cockspur seinen Vortrag beendete, ohne daß der Direktor und seine Begleiter mit Tomaten nach ihm warfen...

Wo steckte er überhaupt? Ständig kam er im letzten Augenblick. Vielleicht wußte er nicht einmal etwas von der sich anbahnenden Katastrophe.

Lindy sah sich um. Cockspur stand vor dem Umkleideraum, wirkte außergewöhnlich blaß.

»Was ist los mit Ihnen?« fragte Amelinda. »Es wird Zeit für Sie.«

Er zwinkerte und stöhnte.

»Ich glaube, ich muß auf meine Vorstellung verzichten.«

»Kommt nicht in Frage!« hielt ihm Lindy aufgebracht entgegen. Wollte er einen Rückzieher machen, weil das Publikum nicht so reagierte, wie sie alle gehofft hatten? Nun, Cockspur mochte großspurig und arrogant sein, aber er war nicht feige. »Wir zählen auf Sie!« Habe ich das wirklich gesagt? fragte sie sich. Kaum zu fassen! Und ich meine es sogar ernst. Ich möchte mir später nicht vorwerfen lassen, auf einen Teil der Show verzichtet zu haben, nur weil das Publikum die Vorführungen nicht versteht. Oder sie versteht, aber nicht mag.

»Es ist unmöglich. Der Schmerz ... Ich bedaure sehr, Sie im Stich lassen zu müssen, Amelinda. Ich sollte mich jetzt ausruhen. Vielleicht geht es mir später besser ...«

»Aber Sie sind *jetzt* dran!«

Cockspur schwankte, erweckte den Eindruck, als könne er jeden Augenblick in Ohnmacht fallen. Newland Rift, von seinen bunten Pudeln umringt, streckte eine große Hand aus und stützte ihn.

»Ich beginne mit meiner Nummer«, sagte er. »Dadurch haben Sie ungefähr zehn Minuten Zeit.«

Newland stapfte auf die Bühne, und die Pudel folgten ihm, sprangen in der geringen Gravitation mehr als einen Meter hoch.

Lindy half Cockspur zu einem Stuhl, griff dann nach dem Arm der ersten Person, die sie sah.

»Marcellin, bitte stellen Sie fest, ob Hikaru noch immer das Kostüm trägt. Mr. Cockspur ...« Sie drehte den Kopf und beobachtete, wie der Schauspieler zu einer Sitzbank wankte. »Mr. Cockspur ist krank.«

Sulu bemerkte die veränderte Reihenfolge der einzelnen Auftritte, wurde auf Marcellin aufmerksam, der sich ihm näherte, noch immer die Schminke im Gesicht. »Sie müssen für Cockspur einspringen!« sagte der Pantomime.

Das ließ sich Hikaru nicht zweimal sagen. Er eilte in den Umkleideraum, begegnete dort Lindy.

»Sind Sie bereit? Kennen Sie das Soliloquium? Ich weiß, das Publikum ist schrecklich, aber...«

»Ja, ich kenne den Monolog — das Original, meine ich —, und die Zuschauer sind mir völlig gleich«, entfuhr es Sulu. »Eine Herausforderung, nicht wahr?«

Plötzlich merkte er, daß Cockspur hinter ihm stand.

»Ich habe mich erholt«, sagte er, ging hoch erhobenen Hauptes an Lindy und Hikaru vorbei und machte sich für seinen Vortrag bereit. Sulu sah im sprachlos nach.

»Hält man das aus?« Amelinda schnitt eine wütende Grimasse. »Es ist unglaublich! Er wollte unbedingt als letzter auf die Bühne! Ich... ich bringe ihn um! Ich... Ach, Hikaru, es tut mir ja so leid.«

Sulu seufzte. »Was soll's? Wahrscheinlich erteilt ihm das Publikum die Abfuhr, die er verdient. Vielleicht läßt es von ihm nicht einmal etwas für Sie übrig. Was mich angeht: Ich werde gleich feststellen, ob die Flieger in ihrem Weltschiff Tomaten anbauen.«

Mr. Cockspur stand in den Kulissen und straffte seine hagere Gestalt, gestattet sich kurze Schadenfreude darüber, daß Newland Rift nicht den üblichen Erfolg hatte. Insgeheim bewunderte er die Zuschauer. Die Klingonen waren Feinde, sicher, aber ganz offensichtlich verstanden sie den Unterschied zwischen wahrer Kunst und reinem Eskapismus.

Rift zog sich hinter den Vorhang zurück, trug auf seinen ausgestreckten Armen zwei Pudel-Pyramiden. Als ihn das Publikum nicht mehr sehen konnte, ließ er die Hunde zu Boden.

»Oh-oh«, machte er, und die bunten Tiere kläfften kummervoll.

Cockspur ließ sich von Lindy ankündigen, wartete einige Sekunden, um die Spannung steigen zu lassen, bevor er auf die Bühne trat. Dort blickte er in die Ferne über den steinernen Terrassen, holte tief Luft und begann mit seiner Fassung des berühmtesten Soliloquiums Shakespeares.

»Soll ich mich umbringen oder nicht? Diese Frage stelle ich mir dauernd. Ich sehe mich außerstande zu entscheiden, ob das Elend dem Tod vorzuziehen ist. Wenn ich schlafe, wenn ich sterbe, so findet meine so schmerzliche Sensibilität ein Ende. Das wäre wundervoll! Ich möchte sterben, möchte schlafen. Doch wenn ich träume? Daraus ergäbe sich ein ernstes Problem; dann würde sich niemand mehr einfach so vom Leben verabschieden. Und andererseits: Wer will alt werden, wer will all den Hochmut ertragen, wer will sich mit den hirnverkleisterten Verrissen verblödeter Kritiker auseinandersetzen, wenn er sich einfach nur einen Dolch in die nackte Brust stechen muß, um das Leid für immer zu beenden? Wer wäre bereit, die Bürde der Verantwortung zu tragen und unter ihr zu schwitzen, wenn er nicht fürchtete, in der Hölle zu enden? Was mag geschehen, wenn ›Hölle‹ bedeutet, daß man alles noch einmal durchmachen, vielleicht gar noch schlimmere Qualen ertragen muß – so als reise man ohne bewaffnete Eskorte durch unerforschte Regionen der Galaxis? Wir alle fühlen uns schuldig, und deshalb nehmen wir das Auf und Ab des Lebens hin, selbst wenn wir krank und gebrechlich werden, wenn wir trauern und verzweifeln. Denn wir wissen, daß unsere Mühen schließlich doch vergeblich bleiben.«

Hinter dem Vorhang hielt sich Hikaru die eine Hand vor die Augen. Er hörte Cockspurs Version jetzt zum erstenmal. »Das ist ja *entsetzlich*«, stöhnte er und schämte sich für den Schauspieler.

In den Zuschauerrängen herrschte völlige Stille.

Jim applaudierte höflich und hoffte, daß die Besatzungsmitglieder der *Enterprise* seinem Beispiel folgten.

Plötzlich sprang der Direktor auf und kreischte so laut und schrill, als habe er völlig den Verstand verloren. Er vergaß seine Würde, drehte sich um, heulte und fauchte wie eine Katze, der man auf den Schwanz getreten hatte.

Die übrigen Klingonen stimmten mit ein, und ihre Schreie ließen das ganze Amphitheater erzittern. Wie völlig außer Rand und Band geraten stampften sie mit den Füßen auf. Ihr lärmender Beifall dauerte einige Minuten, und zuerst wirkte Cockspur verwirrt. Dann begriff er, daß es sich um Applaus handelte, verneigte sich steif.

McCoy sagte etwas, aber das Heulen übertönte seine Stimme.

»Was?« rief Jim.

»Man sollte einen Mint Julep niemals unterschätzen!« verkündete der Arzt.

Cockspur verließ die Bühne, gab sich kühl und unbeeindruckt. Hinter dem Vorhang jedoch taumelte er. Die Begeisterung des Publikums zwang ihn mehrmals dazu, nach vorn zurückzukehren und sich erneut zu verbeugen. Schließlich schienen die Klingonen heiser zu werden, und ihr Kreischen verklang allmählich.

Der Direktor fiel vor Kirk auf die Knie.

»Bitte verzeihen Sie mir, Captain.«

»Selbstverständlich«, sagte Jim. »Äh, weshalb denn?«

»Ich ließ mich dazu hinreißen, an Ihrer Zivilisation Kritik zu üben, und das war in höchstem Maße ungebührlich! Jetzt weiß ich, daß ich Ihre Kultur völlig falsch verstanden habe. Die Vorstellung der Hexe ist mir nach wie vor suspekt, aber vielleicht erweisen Sie mir später die Ehre und erklären, warum Sie derartige Darbietungen erlaubten. Derzeit bin ich nicht zu einer profunden intellektuellen Diskussion imstande. Ich bin überwältigt vom letzten Auftritt, von der enormen Sensibilität des Künstlers, seiner Vermittlung so tiefer, intensiver Empfindungen! Oh, Captain, wäre es möglich... ich meine, darf ich darauf hoffen... daß Sie mich... ihm vorstellen?« Der Direktor erlag seiner emotionalen Aufwallung, sprang hoch, heulte und kreischte einmal mehr — bis Mr. Cockspur erneut auf die Bühne trat.

Auch die anderen Angehörigen der Varietégesellschaft nahmen noch einmal den Applaus der Zuschauer entgegen, und diesmal blieben die Klingonen keineswegs still, teilten den Enthusiasmus der Föderationsvertreter. Der Direktor brüllte von allen am lautesten. Es war, als seien ihm plötzlich die Augen geöffnet worden, als bedaure er nun sein Verhalten während der letzten beiden Stunden.

Lindy war nicht nur froh über den guten Ausgang der Show, sondern auch verwirrt. Es rauschte in ihren Ohren.

Ich schätze, in Hinsicht auf ein Außenweltpublikum muß ich noch eine Menge lernen, dachte sie.

Einige Minuten später betrat Jim Kirk den Umkleideraum, gefolgt vom Direktor, seinen Leibwächtern und der gefangenen Koronin. Der klingonische Würdenträger wandte sich sofort an Cockspur und kniete vor dem Schauspieler nieder.

»Oh, Herr, meine Ehrfurcht kennt keine Grenzen! Niemals zuvor hat mich Kunst so nachhaltig beeindruckt...«

Auf diese Weise fuhr der Direktor eine Zeitlang fort. Zuerst versuchte Cockspur, bescheiden zu bleiben, doch schließlich konnte er nicht der Versuchung widerstehen, auf die Feinheiten in seiner Vorstellung hinzuweisen, einige besonders subtile Stellen, auf die metaphorischen Formulierungen in der von ihm erarbeiteten ›modernen‹ Fassung Shakespeares.

Lindy hörte den beiden so unterschiedlichen Männern verwundert zu. »Die Klingonen fanden nichts an den ersten Nummern, aber Cockspur begeisterte sie?« flüsterte sie Jim zu. »Stimmt das?«

»Ich glaube, damit liegen Sie genau richtig«, erwiderte Kirk und lächelte schief.

»Herr«, sagte der Direktor, »würden Sie uns damit beglücken, am Hofe der Kaiserin aufzutreten? Unsere geliebte Herrscherin hält viel von Kunst. Es wäre ihr sicher ein großes Vergnügen, Sie bei einer Ihrer Vorstellungen zu erleben.«

Lindy versuchte, ernst zu bleiben.

»Ich glaube, das ließe sich arrangieren«, entgegnete Cockspur würdevoll.

»Direktor«, warf Jim ein, »das ist Amelinda Lukarian, Geschäftsführerin und Zauberkünstlerin der Varietégesellschaft.«

Es gelang Lindy, ein Kichern zu unterdrücken, als sie die Hand ausstreckte.

Der Direktor wich ein wenig zurück und erzitterte.

»Rühr mich nicht an, Hexe!«

»Hexe?« Diesmal lachte die junge Frau – und brach abrupt ab, als sie begriff, daß es der Klingone ernst meinte. »Ich bin keine Hexe, schaffe nur Illusionen! Darauf habe ich doch *ausdrücklich* hingewiesen, als ich mit meiner Darbietung begann.«

»O ja, es ist sehr schlau von Ihnen, Ihre teuflischen Fähigkeiten in das Tarngewand des Schwindels zu kleiden!«

»Ich bin *Illusionistin!«* wiederholte Lindy.

»Ich glaube Ihnen nicht. Um Ihre Leistungen zu vollbringen, braucht man echte magische Kräfte. Niemand kann aus einer mit Ketten versiegelten Kiste entkommen, die hoch über dem Boden schwebt...«

»Es war ein Trick.«

»Sie lügen!«

»He, einen Augenblick...«

Jim fürchtete eine Eskalation der Auseinandersetzung, griff ein, bevor einer der beiden Streitenden die Beherrschung verlor. »Lindy, warum zeigen Sie dem Direktor nicht, was hinter Ihren Illusionen steckt? Wie wär's mit der Kisten-Nummer?«

»Ich habe viele Monate gebraucht, um jenen Trick zu perfektionieren! Und ich bin nicht bereit, meine Geheimnisse zu verraten. Außerdem ist das gar nicht erlaubt.«

»Typisch Hexe«, fauchte der klingonische Würdenträger.

»Sie können doch nicht allen Ernstes an Hexen glauben! Himmel, man muß wirklich ziemlich blöd sein, um...«

Jim zuckte zusammen. »Lindy! Äh, Direktor, bitte entschuldigen Sie uns...«

Koronin, von den Leibwächtern des Direktors umgeben, beobachtete die Vorgänge mit hämischer Freude. Sie hoffte auf eine Schlägerei zwischen den kommandierenden Offizieren; das dadurch entstehende Chaos verhalf ihr vielleicht zur Flucht.

Jim nahm Lindy zur Seite und sprach einige Minuten lang auf sie ein. Mit finsterer Miene kehrte sie zurück.

»Ich zeige Ihnen, wie ich aus der Kiste entkomme«, sagte sie zum Direktor. »Aber Sie müssen mir schwören, daß Sie anschließend Ihr Wissen für sich behalten.«

»Dazu bin ich gern bereit — vorausgesetzt, es ist keine Hexerei im Spiel. Sonst klage ich Sie in aller Öffentlichkeit an.«

Lindy murmelte etwas. »Begleiten Sie mich.«

Der Direktor drehte sich zu Cockspur um. »Verzeihen Sie bitte, ehrenwerter Herr. Wenn ich wiederkomme, stelle ich ein Visum für Sie aus, das Sie in die Lage versetzt, sich frei im Imperium zu bewegen. Vielleicht können wir dann auch die Einzelheiten Ihres Auftritts am Hof der Kaiserin besprechen.«

Lindy hielt auf ihre Ausrüstungskammer zu. Koronin und die Leibwächter schlossen sich dem Gefolge an.

Plötzlich blieb Amelinda stehen. »He, ich beabsichtige keine öffentliche Vorführung, weihe *nur* den Direktor in mein Geheimnis ein.«

»Meine Garde darf nicht zurückbleiben«, erwiderte der klingonische Würdenträger ernst. »Und Koronin muß bewacht werden.« Er überlegte. »Wenn Sie unbedingt wollen, lege ich ihr eine Augenbinde an.« Er griff nach dem Schleier der Renegatin, zog ihn unter den Brauenhöckern straff. Koronin versuchte zurückzuweichen, aber die anderen Klingonen hielten sie fest.

Lindy zischte verärgert und riß den Vorhang beiseite.

Als Kirk Anstalten machte, ihr zu folgen, verharrte sie erneut und stemmte die Arme in die Hüften.

»Oh, nein, Jim, kommt nicht in Frage.«

»Ich kann Sie doch nicht allein lassen. Angenommen, der Direktor verliert die Geduld? Was mag geschehen, wenn er zu dem Schluß gelangt, daß Sie tatsächlich eine Hexe sind?«

»Das ist doch lächerlich. Und Sie kommen *nicht* mit, Jim. Selbst ohne Sie sind es bereits vier Personen zuviel.«

»Ich bin nicht bereit, Sie einem ungewissen Schicksal auszuliefern«, erwiderte Kirk. In seinem Mundwinkeln zuckte es.

Lindys Augen blitzten. »Na schön. Wenn Sie unbedingt darauf bestehen.« Sie sah sich um. »Mr. Spock!«

Der Vulkanier näherte sich ihnen. »Ja?«

»Würden Sie mich bitte begleiten? Jim meint, ich brauche jemanden, der mich schützt.«

»Was soll das denn?« entfuhr es Kirk verblüfft. »Warum wollen Sie ihm Ihr Zauberkunststück erklären – und mir nicht?«

»Weil er bereits Bescheid weiß.«

Lindy verschwand in der Kammer, und Spock schloß sich ihr an, zog den Vorhang wieder zu.

Jim kochte und wartete ungeduldig. Die Erläuterung des Tricks schien weitaus mehr Zeit in Anspruch zu nehmen als die entsprechende Bühnenaufführung. Kirk spielte bereits mit dem Gedanken, in die Kammer zu stürmen, um dort nach dem Rechten zu sehen, als die junge Frau und ihr Gefolge wieder zum Vorschein kamen. Koronin hob die gefesselten Hände und schob die Augenbinde beiseite.

»Sind Sie jetzt überzeugt?« wandte sich Jim an den Direktor.

»Sie benutzt keine Hexenmagie«, antwortete er. »Der Trick, den sie mir zeigte, ist kinderleicht. Ich hätte ihn sofort durchschaut, aber ich erwartete Unterhaltung, keinen Schwindel. Nun, jeder wäre dazu imstande.«

Jim sah, daß Lindy aus der Haut zu fahren drohte. Selbst Spock reagierte, hob eine Braue.

»Da das jetzt geregelt ist...«, sagte Jim, bevor sich jemand zu einer taktlosen Bemerkung hinreißen ließ. »Ich schlage vor, Sie setzen Ihr Gespräch mit Mr. Cockspur fort und treffen die formellen Vorbereitungen für seinen Besuch am Hof der Kaiserin.«

»Eine ausgezeichnete Idee.« Der klingonische Würdenträger sah Lindy an. »Ein Kinderspiel«, wiederholte er, bevor er davonmarschierte. Die Leibwächter folgten ihm hastig, zerrten Koronin mit.

»Ich wußte, daß er das sagen würde!« platzte es aus der jungen Frau heraus. »So was bekommt man immer zu hören!« Sie schlug die Hände vors Gesicht und ließ den Kopf hängen. Ihr Haar wogte wie ein Vorhang, und die Schultern bebten.

»Lindy«, murmelte Jim sanft. »He, Lindy, machen Sie sich nichts draus. Er wollte nur nicht das Gesicht verlieren.«

Die junge Frau wirbelte herum und floh in ihre Kammer.

Jim sah Spock am. »Ist alles in Ordnung mit ihr?«

»Keine Ahnung, Captain. Im Hinblick auf emotionale Aufwallungen habe ich nur begrenzte Erfahrungen.«

Plötzlich hörte Kirk Gelächter aus dem kleinen Zimmer. Er schmunzelte, folgte Lindy. Und Commander Spock hob beide Brauen, als Jim und Amelinda lachten, bis ihnen Tränen über die Wangen strömten.

Spock dachte über Unterschiede und Ähnlichkeiten nach, kam zu gewissen Schlußfolgerungen und machte sich auf den Weg zu seinem Vetter. Die Angehörigen der Varietégesellschaft packten ihre Sache zusammen, und Stephen hockte allein inmitten eines heillosen Durcheinanders.

»Stephen«, sagte Spock und begrüßte den Jongleur mit dem Namen, den er gewählt hatte.

Der blonde Vulkanier hob den Kopf. »Ein interessantes Erlebnis, nicht wahr, Spock?« brummte er. »Ein Künstler, der die heutige Vorstellung überstanden hat, braucht kein Publikum mehr zu fürchten.«

»Ich habe keineswegs die Absicht, Bühnenarbeit zu meinem Lebensinhalt zu machen«, erwiderte Spock.

»Ich meinte nicht Sie, sondern mich«, erklärte Stephen.

»Ich hatte den Eindruck, daß Sie an derartige Auftritte ebenso gewöhnt sind wie Lindy.«

»Ich kann jonglieren, aber ich habe nie behauptet, Bühnenerfahrung zu haben.« Stephen seufzte. »Bis jetzt.«

Er warf dem anderen Vulkanier eine mit Blei beschwerte Jonglierkeule zu. Spock fing sie auf, gab ihr einen Stoß, so daß sie zu Stephen zurücksegelte. Sein Vetter griff danach, schleuderte sie erneut, fügte andere Gegenstände hinzu: sechs kurze Stangen, ein langes Messer mit dicker Klinge, eine nicht angezündete Fackel. Als sich Spocks Hand um das Dolchheft schloß, stellte er fest, daß die Waffe trotz ihrer eher klobigen Beschaffenheit perfekt ausbalanciert war.

Die Objekte sausten zwischen den beiden Vulkaniern hin und her. Das daraus entstehende Muster faszinierte Spock, der nun zum erstenmal mit einem Partner jonglierte. Er nahm die Herausforderung an, indem er eine der Keulen hoch in die Luft warf. Stephen fing sie, machte sie wieder zu einem Bestandteil der allgemeinen Bewegungsstruktur, folgte Spocks Beispiel mit der Fackel. Dem wissenschaftlichen Offizier blieb keine Zeit für eine genaue Berechnung. Er hob den Arm, hoffte, daß sich die Hand dort befand, wo die Fackel herunterkommen mußte. Er handelte aus einem Reflex heraus, folgte einem tief in ihm verborgenen Instinkt, berührte einen Sekundenbruchteil später festes Holz.

Stephen kicherte, und Spock fragte sich, ob außer ihm noch jemand anders den hohlen Klang in der Stimme seines Vetter hören konnte. Wahrscheinlich fiel sonst niemandem auf, wie gekünstelt er lachte. Menschen erachteten meistens das als Wahrheit, was sie an der Oberfläche sahen, beschränkten sich bei ihrer Wahrnehmung auf Äußerlichkeiten. Spock hingegen hatte einen Blick in das innere Wesen Stephens geworfen, spürte noch immer die Resonanzen einer verzweifelten Suche, erinnerte sich an Freude, die unmittelbar darauf zu resignierter Niedergeschlagenheit wurde. Stephen war sich darüber klar, daß sein Streben nach Gefühl letztendlich erfolglos bleiben mußte.

»Wir sind ein großartiges Team«, sagte der blonde Vulkanier. »Vielleicht sollten Sie *doch* die Möglichkeit einer Theaterkarriere erwägen. Haben Sie nie daran gedacht, einfach wegzulaufen und zum Zirkus zu gehen?«

»Nein, nie«, erwiderte Spock. Die Keulen rotierten nach wie vor zwischen ihnen, und der Kontakt von Holz und Händen schuf einen interessanten Rhythmus. »Stephen...« sagte Spock langsam und versuchte, auf das eigentliche Gesprächsthema zurückzukommen.

»Wenn Sie kein Jongleur werden möchten, könnten Sie als Mentalist auftreten.«

Profundes Unbehagen regte sich in Spock, als er daran dachte, sein Bewußtsein vielen Personen gegenüber zu öffnen. Und zwar nicht nur einmal, sondern mehrmals am Tag.

»Daran liegt mir nichts«, gab er zurück. »Stephen, ich möchte in allem Ernst mit Ihnen reden.«

Der blonde Vulkanier seufzte.

»In der Vergangenheit bin ich Ihnen häufig nicht mit dem angebrachten Respekt begegnet«, sagte Spock. »Vielleicht wird das auch in Zukunft geschehen, denn nach wie vor sehe ich mich außerstande, die Entscheidungen zu verstehen, die Sie für Ihr Leben trafen. Aber ich... ich bin Ihnen dankbar, daß Sie sich in Gefahr begaben, um mich zu retten. Ich stehe in Ihrer Schuld.«

Stephen musterte ihn über die Jonglierkeulen hinweg, der Blick seiner blauen Augen kühl und abschätzend. »Ich habe Ihnen nicht geholfen, damit Sie mir verpflichtet sind«, erwiderte er.

»Trotzdem: Wenn sich eines Tages eine kritische Lage

für Sie ergeben sollte, aus der Ihnen selbst Ihr Einfallsreichtum keinen Ausweg bietet: Mir stehen diverse Mittel zur Verfügung, um...« Spock brach ab, als er mehrere Leute sah, die sich ihnen näherten, angelockt von den hin und her segelnden Jonglierkeulen. Der wissenschaftliche Offizier bedauerte es, daß sie Gesellschaft bekamen, zog es vor, unter vier Augen mit Stephen zu sprechen. »Worin auch immer Ihre Motive bestanden haben mögen: Ich danke Ihnen«, sagte er hastig, um die Unterredung zu beenden, bevor jemand zuhören konnte.

»Sie kennen meine Motive, Spock«, entgegnete Stephen und formulierte den Namen mit vulkanischer Betonung. »Ich strebe nach Aufregung, nach emotionalen Erfahrungen.« Er griff nach der Fackel, betätigte den kleinen Zündschalter und warf sie zurück, als eine Flamme aufloderte.

Spock fing die brennende Fackel problemlos auf, aber als er sie wieder davonschleuderte, fragte er sich plötzlich, wie er das Jongliermuster zu Ende führen sollte. Zwar fiel es ihm nicht schwer, alle Gegenstände in der Luft zu halten, doch er wußte nicht, wie man sie nacheinander auffing. Er bedachte Stephen mit einem kurzen Blick. Die Augen des blonden Vulkaniers offenbarten einen schelmischen Glanz: Offenbar ahnte er, welche Gedanken seinem Vetter durch den Kopf gingen, und für wenige Sekunden rührte sich echter Humor in ihm.

Diesmal konnte ihm Spock deshalb keinen Vorwurf machen.

Uhura saß in der Dunkelheit ihrer Kabine, strich mit den Fingerkuppen geistesabwesend über die Saiten der Harfe. Zarte Töne erklangen, wehten gestaltlos dahin, reihten sich jedoch nicht zu den Melodien der Flieger aneinander.

In Uhuras Gedanken erklang ein Lied. Sie wünschte, entweder seine Bedeutung zu verstehen oder sich endlich von den fremden Harmonien befreien zu können.

Es klopfte an der Tür, aber zunächst reagierte Uhura nicht. Ein Teil ihres Bewußtseins sondierte nach wie vor die Singsprache Scharlachs und der anderen Weltschiffbewohner. Das Klopfen wiederholte sich, wurde lauter.

Uhura seufzte und schaltete das Licht ein. Wie sollte sie erklären, in der Finsternis zu hocken? So etwas wirkte bestimmt seltsam.

»Uhura?« fragte Janice Rand.

Die dunkelhäutige Frau hatte bereits die Tür öffnen wollen, doch nun zögerte sie. Die Begegnung mit anderen Offizieren oder Besatzungsmitgliedern machte ihr kaum etwas aus, aber derzeit fehlte es ihr an emotionaler Stabilität, um Janice die moralische Unterstützung zu geben, die sie brauchte. Janice' ›Schutzpatron‹ auf Saweoure hatte ihr immer wieder eingehämmert, sie sei dumm und wertlos — bis sie schließlich daran zu glauben begann. Die junge Frau — das *Mädchen*, erinnerte sich Uhura — bezweifelte ihre eigene Kraft, stand immerzu am Rande der Verzweiflung. Doch wenn man ihr half, mochte es ihr irgendwann gelingen, wieder auf sich zu vertrauen.

»Bitte lassen Sie mich eintreten, Uhura. Ich mache mir Sorgen um Sie. Ist alles in Ordnung mit Ihnen? Sind Sie... böse auf mich?«

»Herein«, sagte Uhura. Die Tür glitt auf. »Nein, ich bin nicht böse auf Sie, Janice. Wie kommen Sie darauf?«

Rand blieb wortlos im Korridor stehen.

»Kommen Sie.« Uhura winkte. »Ich habe nachgedacht und Ihr Klopfen zuerst gar nicht gehört.«

Janice trat zögernd über die Schwelle. »Sie waren nicht bei Lindys Show.«

»Ich bin hier in meiner Kabine geblieben.«

»Fühlen Sie sich nicht wohl?«

»Doch, schon«, behauptete Uhura und hoffte, daß Janice keine weiteren Fragen stellte. Sie fürchtete, die Wahrheit nicht länger zurückhalten zu können, und es erschien ihr absurd, Rand zusätzlich zu belasten, mit fremden Sorgen.

Außerdem kann ich wohl kaum von ihr erwarten, an meiner Enttäuschung Anteil zu nehmen, dachte Uhura. Sie ist banal im Vergleich zu dem, was sie durchmachen mußte.

»Warum sind Sie gekommen?« fragte sie freundlich. Vielleicht lenkt es mich ab, wenn *ich* jemand anders zuhöre, überlegte Uhura. Dann sehe ich die Dinge wieder aus der richtigen Perspektive.

»Ich wollte Ihnen nur sagen...« Janice suchte nach den richtigen Worten. »Ich habe mir Ihren Rat durch den Kopf gehen lassen. Und entschieden, ihn zu beherzigen.«

»Was meinen Sie?«

»Die Sache mit der Rechtskommission. Meine Aussage.«

»Oh, das ist wundervoll, Janice«, erwiderte Uhura mit aufrichtiger Freude. »Sie können sehr stolz auf sich sein, eine solche Entscheidung getroffen zu haben. Sie erfordert Mut.«

Rand errötete. »Ich glaube, ich bin nicht besonders tapfer.«

»Was hat Ihre Meinung geändert?«

»Sie. Nein, das stimmt nicht ganz«, fügte Janice rasch hinzu, als sie Uhuras Gesichtsausdruck sah. »Ich werde mich nicht an die Rechtskommission wenden, weil Sie mich dazu aufforderten. Ich sage aus, weil ich das für richtig halte. Aber... Sie sind für mich eingetreten, obwohl Sie dadurch in Schwierigkeiten geraten konnten. So etwas ist noch nie zuvor geschehen. Es war eine einzigartige Erfahrung für mich. Ich weiß jetzt, daß ich den anderen Leuten auf Saweore helfen kann. Und deshalb werde ich nicht länger schweigen. Wer schweigt, macht sich zum Komplizen. Ich möchte so stark sein wie Sie, Uhura. Und vielleicht schaffe ich das eines Tages.« Rand holte tief Luft. »Ich beginne damit, indem ich Captain Kirk das sage, was ich Ihnen erzählte. Bisher habe ich nur immer Leute kennengelernt, die ihre Macht nutzten, um sich das Leben einfacher zu machen. Doch Captain Kirk ist anders. Er ähnelt Ihnen. Wenn er handelt, gehorcht er dem Gebot der Notwendigkeit, denkt nicht an seinen eigenen Vorteil – oder an die Konsequenzen, die sich für ihn ergeben könnten.«

»Sie sind viel stärker, als Sie glauben, Janice«, warf Uhura ein.

»Komisch: Einerseits fürchte ich mich, doch andererseits bin ich auch froh. Ich fühle mich so, als könnte ich es mit allen Problemen aufnehmen!« Sie breitete die Arme aus – eine Geste, die das ganze Universum zu umfassen schien.

»Und wissen Sie was?« fügte Rand in einem verschwörerischen Tonfall hinzu.

Uhura musterte sie neugierig.

»Ich habe beschlossen, mein Haar wachsen zu lassen. Auf Saweore bekam ich nicht die Erlaubnis dazu, aber jetzt nehme ich die Gelegenheit endlich wahr.«

Uhura lächelte zufrieden, vergaß ihren Kummer.

Die Zuschauer verließen das Weltschiff. Bühne und Ausrüstungsgegenstände wurden zur *Enterprise* zurückgebeamt; Reinigungsroboter und freiwillige Helfer brachten das Amphitheater in Ordnung. Als die letzten Servomechanismen und Besatzungsmitglieder zurückkehrten, als sich die letzten Gegenstände im Transportfeld auflösten, sah sich Spock noch einmal um, betrachtete die leeren Steinterrassen und glaubte nach wie vor, den donnernden Applaus zu hören.

Er wanderte zum nun leeren Kulissenbereich und hielt nach Lindys Codeknacker Ausschau. Der Verlust des Geräts hatte sie sehr verärgert.

Spock fand nichts, kletterte die Terrassenstufen des Amphitheaters hoch.

Oben trat James Kirk auf ihn zu.

»Kaum zu glauben, was hier geschah«, sagte der Captain.

Einige Flieger schwebten hoch oben am Himmel. Spock

spürte vages Bedauern darüber, sich ihnen nicht anschließen zu können.

»Ich habe über Lindys Codeknacker nachgedacht«, brummte Kirk. »Meinen Sie, Mr. Scott würde die Vorschriften... äh... lange genug vergessen, um einen neuen zu konstruieren?«

»Es handelt sich um ein illegales Instrument, Captain«, erwiderte der Vulkanier.

»Das ist mir klar, Commander.«

Spock begriff, daß der Captain kein ethisch-moralisches Problem an ihn herantrug, sondern schlicht und einfach helfen wollte.

»Nur, Sir«, sagte er nach kurzem Nachdenken, »angesicht der derzeitigen Umstände würde Ihnen Mr. Scott sicher jede Bitte erfüllen.«

Scharlach segelte auf sie zu und landete, begrüßte Spock mit seinem in ihre Sprache übersetzten Namen. Der Vulkanier sah von einer entsprechenden Antwort ab, da er wußte, daß er das Idiom der Weltschiffbewohner nicht gut genug beherrschte.

»Ich bin froh, Sie beide noch ein letztes Mal zu sehen«, sagte Scharlach auf Standard.

»›Ein letztes Mal‹?« wiederholte Kirk verwundert. »Wollen Sie uns etwa verlassen, Scharlach? Warum denn? Die Lage hat sich gründlich verändert. Die *Enterprise* kann in der Nähe des Weltschiffs bleiben. Hier gibt es noch soviel für uns zu lernen...«

»Nein. Es ist unmöglich. Wir haben Ihnen keinen guten Dienst erwiesen, indem wir hierher kamen. Unsere Präsenz löste Gewalt aus, und unsere Unwissenheit führte zu physischen und psychischen Schmerzen...«

»Gewalt! Schmerzen! Lieber Himmel, das genaue Gegenteil ist der Fall. Ihre Anwesenheit ermöglichte den Frieden.«

»Aber er wird nicht von Dauer sein, James. Das wissen Sie.« Die rote Fliegerin zwinkerte. »Vielleicht sehen auch Sie, daß sich das Muster bereits verändert.«

Captain Kirk verzog das Gesicht. »Er wird zumindest für eine Weile Bestand haben...« erwiderte er leise.

»Wenn sich das Universum nicht verändert, geht er eher zu Ende, als Sie glauben. Das Weltschiff könnte zu einem — wie heißt es bei Ihnen? — ›Zankapfel‹ zwischen der Föderation und dem klingonischen Imperium werden. Das Potential unserer Heimat ist zu verlockend für jene, die Waffen lieben.«

»Koronin...«

»Koronin ist nicht einzigartig. Es gibt andere wie sie.«

Jim zögerte. »Ich weiß«, sagte er schließlich und nickte traurig.

»Wo befindet sich Uhura?« fragte Scharlach.

»An Bord der *Enterprise*«, antwortete Jim, überrascht von dem plötzlichen Themawechsel. Er bot der roten Fliegerin keine Erklärung an, wußte selbst nicht, warum Uhura den Bewohnern des Weltschiffs nicht noch einmal begegnen wollte. »Ihre Sprache fasziniert sie, aber die Schwierigkeit, sie zu erlernen...«

»Ich habe ihr großes Leid zugefügt«, sagte Scharlach. »Durch meine Schuld gerieten mehrere Personen in Lebensgefahr. Eines Tages mag Ihr Volk bereit sein, einen neuerlichen Kontakt mit uns herzustellen. Eines Tages mögen Weltschiffbewohner weise genug sein, mit Ihnen zu kommunizieren, ohne Pein zu schaffen. Doch das... bleibt der Zukunft überlassen.«

»Was meinen Sie mit ›eines Tages‹? Sehen wir uns wieder?«

»Nein«, antwortete Scharlach. »Ich bin dann nur noch eine Erinnerung, ebenso wie Sie. Personen leben und sterben. Vielleicht werden sich unsere Kindeskinder begrüßen.«

»Ich habe keine Kinder«, sagte Jim bitter.

Scharlach entfaltete ihre Schwingen, umhüllte Kirk damit Das seidene Gewebe strich wie zärtlich über seine Schultern. »Sie sind noch jung«, gurrte die rote Fliegerin, berührte auch den Vulkanier. »Leben Sie wohl.«

Spock erwiderte den Gruß.

»Sie wollen das Weltschiff bewegen«, stellte Kirk fassungslos fest.

Scharlach schüttelte den Kopf, und einige Sekunden lang hoffte Jim, er habe sie mißverstanden.

»Ich kontrolliere nicht das Weltschiff, James«, sagte die rote Fliegerin. »Ich kontrolliere das Universum.«

EPILOG

Das Weltschiff glühte, ein Juwel in der Ferne. Sowohl die *Enterprise* als auch die klingonischen Schiffe flankierten es, achteten darauf, nicht in die starken Gravitationsstrudel zu geraten. Jim saß im Sessel seines Befehlsstands, beobachtete das gewaltige Raumfahrzeug und bedauerte den Abschied. Lindy und McCoy standen neben ihm. Spock wandte sich von der wissenschaftlichen Station ab und sah ebenfalls auf den großen Wandschirm. Uhura fehlte, und Kirk machte sich Sorgen um sie.

Scharlachs Abbild formte sich im Projektionsfeld.

»Ich möchte Ihnen noch alles Gute wünschen«, sagte sie. »Ihnen allen. Wir werden Sie nicht vergessen.«

»Wollen Sie es sich nicht doch noch anders überlegen?« fragte Jim.

»Nein. Das ist unmöglich.«

»Ich beneide Sie um das, was Sie erwartet. Fremde Welten, die Wunder des Kosmos...«

Scharlach zwinkerte, und ihre Zungenspitze berührte den Sinnesbart. »Das All steht nicht nur uns offen, sondern auch Ihnen. Wer weiß: Vielleicht wird es Ihr Volk sein, das den nächsten Kontakt zu uns herstellt.«

»Vielleicht«, sagte Jim.

»Lindy-Magierin... Ich hoffe, Sie finden einen Himmel für Athene.«

»Das hoffe ich auch«, gab Amelinda zurück. »Danke Scharlach. Für alles.«

»Mögen Sie mit den Blitzen fliegen.«

Die Tür des Turbolifts öffnete sich mit einem leisen Zischen. Janice Rand trat auf die Brücke, und Jim runzelte verwirrt die Stirn, als er sah, daß Uhura folgte. Seine Adjutantin nahm an der Ambientenkontrolle

Platz, doch ihre Begleiterin zögerte, beobachtete das Weltschiff.

»Uhura, Singende!« rief Scharlach.

»Ich konnte Sie nicht aufbrechen lassen, ohne Sie noch einmal zu sehen«, sagte Uhura. »Das erschien mir nicht... richtig. Scharlach, ich werde mich mein Leben lang an Ihre Lieder erinnern.«

»Das freut mich. Ich fürchtete schon...«

»Ich weiß. Ich auch. Aber es ist besser, auch nur einen kurzen Blick auf etwas Wundervolles zu werfen, als nicht zu wissen, daß so etwas überhaupt existiert.« Uhuras Stimme klang fest.

»Möge der Wind Sie tragen und in den Schlaf singen.«

Uhuras Augen glänzten feucht, doch es lösten sich keine Tränen daraus.

Schließlich wandte sich Scharlach an Spock.

Rein äußerlich wirkte dieser so ruhig und gelassen wie immer, doch tief in seinem Innern bedauerte er es ebenfalls, sich von den Fliegern verabschieden zu müssen. Die Mentalverschmelzung mit Scharlach hatte ihn in große Gefahr gebracht, aber ihre emotionalen und intellektuellen Erfahrungen faszinierten ihn nach wie vor. Wenn die Gedankenverschmelzung ständig zu solchen Resultaten führte, wäre er vermutlich bereit gewesen, sich Stephens Verhalten zu eigen zu machen und ebenfalls ›aufregende Erlebnisse‹ anzustreben.

Scharlach sang seinen Namen, sprach ihn anschließend auf Vulkanisch aus.

»Spock, Sie sind der zentrale Punkt in allen Geschichten, die wir erzählen werden. Ohne Sie hätten sie keinen Inhalt.«

»Ich weiß, daß sich dieser Teil des Universums nie wieder zum Weltschiff bewegen wird«, sagte der Vulkanier. »Es bleibt zu wenig Zeit, und der Weltraum ist zu groß. Es gibt so viele andere Orte, die es zu erforschen gilt. Aber ich bin froh, daß wir uns begegnet sind, und es freut mich auch, daß Sie die Erinnerung an uns bewahren wollen. Mein Volk wird Sie ebenfalls nicht vergessen.«

»Leben Sie wohl, Spock.«

Die Darstellung der roten Fliegerin verblaßte. Das Weltschiff gleißte wie ein Schwarm von Glühwürmchen, wie Stephens brennende Fackeln, wie eine Nova.

Dann verschwand es.

Nach einigen Sekunden ließ Jim den angehaltenen Atem entweichen. Er hatte *gewußt*, daß das Weltschiff sicher manövrieren konnte, aber dennoch blieb ein Rest von Zweifel. Erst jetzt war er überzeugt — und erleichtert. Es existierte nicht mehr in diesem Bereich des Kosmos, ließ nur eine langsam rotierende Masse aus massiv und undurchlässig gewordenen Wallsphären zurück.

Stephen saß im Kontrollraum der *Dionysus*, blickte durch die breiten Aussichtsluken und beobachtete, wie das Weltschiff entmaterialisierte. Er versuchte, sich Scharlachs hell glänzende Gedanken und Empfindungen ins Gedächtnis zurückzurufen, sich zu erinnern, welche Gefühle die Heimat der Flieger induzierte. Doch die Reminiszenzen lösten sich bereits auf, wichen neuerlicher Leere. Eine starke mentale Strömung trieb ihn immer weiter vom Zentrum fort, das er suchte, vom inneren Kern seines Wesens. Für einige wenige Sekunden hatte er ihn gefunden, ihn gespürt. Dann aber verschwand er ebenso plötzlich wie das Weltschiff.

Auf der Brücke der *Enterprise* beugte sich Uhura zu ihrer Konsole vor und begann mit einer Decodierung der Signale, die sie plötzlich empfing.

»Captain! Bei der klingonischen Flotte geschieht irgend etwas...«

Ein winziges Schiff — eine Rettungskapsel, vielleicht auch ein Kurierboot — entfernte sich mit hoher Geschwindigkeit vom Pulk der Kreuzer und hielt geradewegs auf die *Enterprise* zu. Es legte eine recht große Strecke zurück, bis die Schlachtschiffe reagierten und das Feuer eröffneten.

»Schilde hoch!« ordnete Kirk an. »Externe Kommunikation, Uhura! — Direktor, was hat das zu bedeuten?«

Die klingonischen Kampfschiffe beschleunigten.

Auf dem Wandschirm formte sich das Abbild des Direktors.

»Koronin!« entfuhr es ihm wütend. »Sie flieht!«

»Das ist noch lange kein Grund, auf *uns* zu schießen!« erwiderte Jim scharf.

»Entschuldigen Sie, Captain. Ich muß ein Entkommen der Renegatin verhindern...« Der Direktor unterbrach die Verbindung.

Das kleine Schiff wich den Photonentorpedos aus, drehte ab und flog in die Richtung, in der das Weltschiff verschwunden war. Es raste dicht an den Wallsphären vorbei, zerstörte eine mit den Heckphasern. Die Explosion löste eine Kettenreaktion aus, und innerhalb weniger Sekundenbruchteile herrschte energetisches Chaos. Die Sensoren schalteten die Lichtfilter ein, dämpften auch das bunte Aufblitzen, mit dem das Kurierboot in den Hyperraum tauchte.

»Donnerwetter!« entfuhr es Lindy.

Die Flotte begann mit der Verfolgung. In der Plasmawolke detonierten noch einige übriggebliebenen Wallblasen — ein kosmisches Feuerwerk, stumm und tödlich. Die klingonischen Schiffe wichen im letzten Augenblick aus, aktivierten ihre Warptriebwerke. Kirk kniff aus einem Reflex heraus die Augen zu, als schillernde Raumverschiebungsblitze über den großen Wandschirm zuckten.

Einige Augenblicke später schwebte die *Enterprise* allein im All.

Jim hörte schallendes Gelächter, hob den Kopf und drehte sich um. Lindy lag hinter seinem Sessel auf dem Deck und schnappte nach Luft.

»Fehlt Ihnen was?«

»Ist er weg?«

»Wer? Der Direktor? Ja.«

Die junge Frau stand auf und kicherte noch immer. »Als Sie mit ihm sprachen... Himmel, ich konnte mich kaum beherrschen...« Sie prustete erneut.

»Was *finden* Sie denn so ungeheuer komisch?«

»Das mit Koronin. Tut mir leid, Jim, ich weiß, daß sie es eigentlich verdient hat, in Ketten gelegt zu werden. Ich weiß auch, daß ich ihre Flucht bedauern sollte, aber... Meine Güte, mit ihrer Nummer wäre sie die Sensation bei jedem Varieté. Soll ich Ihnen sagen, wie sie entkam?«

»Ich bin ganz Ohr«, brummte Jim.

»Mit meinem Codeknacker. Sie hat ihn gestohlen.«

»Was? Wie denn? Sie trug doch eine Binde!«

Lindy winkte verächtlich ab. »Sie meinen den Tuchfetzen vor ihren Augen? So was ist kaum eine Behinderung.« Sie hielt die Hand unter Jims Brauen. »Sehen Sie jetzt an den Nasenseiten herunter.«

»Oh, ich verstehe, was Sie meinen«, entgegnete Kirk. »Aber wenn Sie verhindern wollten, daß Koronin von Ihrem Trick erfuhr – warum haben Sie dann nicht den Direktor gewarnt?«

»Weil ich ihm bereits ein Geheimnis verriet. Ich dachte: Das zweite behältst du besser für dich. Wie dem auch sei: Koronin hat den Codeknacker genommen, als ich ihn zur Seite legte – und ihn an Bord des klingonischen Flaggschiffs benutzt.« Lindy pfiff anerkennend. »Ziemlich gute Arbeit für eine Anfängerin.«

Jim räusperte sich. »Ich nehme an, der Direktor wird sie erneut stellen und gefangennehmen.« Es erging ihm ähnlich wie Lindy: Insgeheim bewunderte er die Renegatin, der es gelungen war, den Direktor und seine Schergen zu überlisten.

»Bis dahin dürfte es noch eine Weile dauern«, warf Spock ein. »Sie floh mit einem Kurierboot, einem Schiff, das für hohe Warpgeschwindigkeiten konstruiert ist. Hinzu kamen die Wallsphären, deren Explosion die größeren Kreuzer aufhielt. Sie konnten ihr nicht direkt in den Warpraum folgen. Bis der Direktor Koronins energetische Spur entdeckt und ihr folgen kann, ist sie längst Hunderte von Lichtjahren entfernt.«

McCoy sah den wissenschaftlichen Offizier neugierig an.

»Mr. Spock«, sagte er, »das klingt so, als begegneten Sie Koronins Flucht mit einer gewissen Genugtuung.«

»Ich habe nur die Situation analysiert«, gab der Vulkanier zurück. »Gefühle irgendeiner Art spielen dabei keine Rolle.«

»Vermutlich hätten Sie auch dann keine Gefühle, wenn Koronin Sie ins klingonische Imperium verschleppt und als Spion dem Aufsichtskomitee ausgeliefert hätte.«

»In einem solchen Fall würde ich wahrscheinlich nicht mit Freude oder Dankbarkeit reagieren, sondern eher mit Haß — wenn überhaupt. Ich kann nur hoffen, daß ich angesichts der von Ihnen geschilderten hypothetischen Lage imstande wäre, ebensolches Fluchtgeschick zu beweisen wie Koronin.«

»Daran zweifle ich nicht«, sagte Lindy. »Sie haben das Zeug zu einem großartigen Illusionisten.«

»Sie hat bestimmt recht, Mr. Spock«, warf Jim ein. »Ihr Verschwinden auf der Bühne ist sehr eindrucksvoll.«

»Danke, Captain«, erwiderte der Vulkanier.

»He, und was ist mit mir?« fragte McCoy vorwurfsvoll. »Auch ich nahm an der Nummer teil. Spock brauchte nur zu verschwinden. Aber ich mußte *erscheinen.*«

Kirk hatte tatsächlich vergessen, daß McCoy bei dem Trick mit der magischen Box mitwirkte. Er ließ sich nichts anmerken, wahrte ein diskretes Schweigen.

»Mr. Spock hat eine enorme natürliche Ausstrahlung«, stellte Lindy fest. »Darum wirkt er so gut, wenn er sich angeblich in Luft auflöst.« Als sie McCoys Schmollmiene sah, fügte sie hastig hinzu: »Womit ich Ihre Leistungen keineswegs schmälern will. Es ist nur...« Sie brach ab, als sie begriff, daß sie alles nur noch schlimmer machte.

»Ich glaube, Miß Lukarian möchte auf folgendes hinaus«, wandte sich Spock mit vulkanischer Offenheit an McCoy. »Sie sind Arzt, kein Zauberkünstler.«

Margret Wander Bonanno

Fremde vom Himmel

Meiner ›Crew‹ gewidmet:

Für Russell, Danielle und Michelangelo
(»Denn nirgends werde ich dringender gebraucht als
unter so vielen unlogischen Menschen ...«)

Historische Anmerkung

Das Buch *Fremde vom Himmel* betrifft zwei verschiedene Zeitabschnitte im Leben von Kirk und Spock.

Buch 1 beginnt in den verworrenen Jahren zwischen der Konfrontation mit V'ger in *Star Trek: Der Film* und Spocks Tod in *Der Zorn des Khan.*

Buch 2 schildert einen jüngeren Captain James T. Kirk, der gerade Kommandant des Raumschiffs *Enterprise* geworden ist, und seinen vulkanischen Ersten Offizier, der erst noch sein Freund werden muß. Die Geschehnisse sind unmittelbar vor der Fernsehepisode ›Where No Man Has Gone Before‹ (dt. ›Spitze des Eisbergs‹) angesiedelt, in der der Zuschauer Gary Mitchell, Lee Kelso und Dr. Elizabeth Dehner kennenlernte.

Prolog

Leonard McCoys Gedanken verloren sich im einundzwanzigsten Jahrhundert.

Es kümmerte ihn nicht besonders. Die Ereignisse, an denen er teilzunehmen glaubte, fesselten ihn so sehr, daß er gar nicht in die Gegenwart zurückkehren wollte. Sein Denken und Empfinden galt einem Buch, das auf mehreren Welten ernste Kontroversen schuf – einem Buch, dem er zunächst mit Skepsis begegnete, das jedoch inzwischen seine ganze Aufmerksamkeit beanspruchte.

»Faszinierend«, murmelte er vor sich hin und blätterte die elektronischen Seiten auf dem Sichtschirm des Büromonitors weiter, dankbar dafür, daß er derzeit keine Patienten hatte. Er lauschte dem Klang seiner eigenen Stimme und schüttelte verwundert den Kopf. »Nun, ich meine, es ist *interessant.* Ach, zum Teufel auch, hier kann mich niemand hören. *Faszinierend* ist durchaus angebracht. Eine tolle Geschichte!«

Sie wird Jim umhauen, dachte McCoy, freute sich auf die Lektüre und hoffte, daß ihn niemand störte. *Ich kann es gar nicht abwarten, ihm das Buch zu zeigen.*

Vorwort der Autorin

Niemand sollte den manchmal recht positiven Einfluß von Zufällen auf die allgemeine Struktur historischer Entwicklungen unterschätzen.

Es mag übertrieben erscheinen zu behaupten, die Föderation der Vereinten Planeten verdanke ihre Existenz einem vulkanischen Erkundungsschiff, das im irdischen Jahr 2045 Havarie erlitt – insbesondere dann, wenn man die menschlichen Reaktionen auf jenes Ereignis berücksichtigt. Trotzdem: Ohne die Ankunft der Fremden vom Himmel und der von ihnen ausgelösten Ereignisketten wäre es durchaus möglich gewesen, daß sich die Erde gegenüber einem unermeßlich weiten und bis dahin als unbelebt geltenden Universum vollständig abgeschirmt und isoliert hätte.

Jedes Schulkind in der Föderation weiß, daß der erste Kontakt zwischen Menschen und Extraterrestriern durch die Mission der *UNSS Icarus* gelang, die im Jahre 2048 nach Alpha Centauri flog. Die Herstellung friedlicher Beziehungen zwischen den beiden humanoiden Völkern ermöglichte es den Terranern, ihre letzten xenophobischen Ängste vor ›kleinen grünen Männchen‹ und ›Schleimmonstern aus dem All‹ zu überwinden.

Der geschichtliche Rest jener Epoche erscheint wie ein schöner Traum. Die Kooperation zwischen Erde und Centauri wie Zefram Cochrans Genie führten im Jahre 2055 zum Durchbruch in der Warp-Technologie. Als logische Folge der anschließenden Kontakte mit Vulkan, Tellar und Epsilon Indi, Heimatwelt der Andorianer, entstand die Föderation der Vereinten Planeten.

Nach der offiziellen Version kam es im Jahre 2065 zur ersten Begegnung mit Vulkaniern, als der irdische Kreuzer *UNSS Amity* die Besatzung eines in Not geratenen vulkanischen Schiffes rettete, das manövrierunfähig im Solsystem trieb. Die Menschheit sah sich plötzlich mit einem nicht nur in philosophischer und kultureller Hinsicht völlig andersartigen Volk konfrontiert. Doch über fast zwanzig Jahre hinweg hatte sie Gelegenheit gefunden, sich an die Centaurier zu gewöhnen, und dieser Umstand erleichterte es ihr, sich von dem Ballast aus Vorurteilen und Furcht zu befreien. 2068 wurden diplomatische Beziehungen mit der ersten vulkanischen Delegation aufgenommen, und seitdem gibt es in Hinsicht auf die Allianz zwischen Erde und Vulkan nicht die geringsten Probleme.

Alle Einzelheiten der damaligen Vorgänge sind in historischen Speichermodulen und dem Logbuch der *Amity* enthalten. Sie werden oft als Beispiel für den menschlichen Altruismus zitiert, der alle Differenzen überwand und die Hand zur Freundschaft ausstreckte.

Doch die Wirklichkeit sah völlig anders aus.

BUCH EINS

1

Tatya stemmte sich auf einem Ellenbogen in die Höhe und blickte aus weit geöffneten, porzellanblauen Augen aus dem Fenster des Schlafzimmers. Aufregung erfaßte sie.

»Yoshi? Wach auf, Yoshi. Sieh dir das an!«

Der Mann schlief wie üblich auf dem Bauch, murmelte leise vor sich hin und versuchte, tiefer unter die Thermodecke zu kriechen. Doch Tatya rüttelte ihn an der Schulter. Daraufhin rollte sich Yoshi zur Seite und glitt mit einer fließenden Bewegung vom Wasserbett. Leichtfüßig wanderte er durch den Raum und blieb nackt vor dem Fenster stehen.

»Ein Meteor«, sagte er und strich sich das lange schwarze Haar aus der Stirn. »Meine Güte, ich war den ganzen Tag draußen und habe Abschirmungen repariert — und du weckst mich wegen irgendeines Meteoriten. Ich bitte dich ...«

»Es ist kein Meteorit«, widersprach Tatya heftig. In diesem Bereich der Welt, die zu zwei Dritteln aus Wasser bestand, sah sie mehr als genug Sternschnuppen. Sie trat an Yoshis Seite, ebenso nackt wie er. Es spielte keine Rolle; nur Fische konnten sie beobachten. Die beiden Gestalten unterschieden sich: rechts der kleine und hagere Yoshi, schmal, die Haut wie Gold, links Tatya, breitschultrig und blaß, das dichte blonde Haar zu zwei Zöpfen zusammengeflochten. Sie hob den Arm und deutete auf das seltsame Glühen, das über den Himmel zog. »Das Ding ist nicht hell genug und bewegt sich zu langsam. Zu gleichmäßig. So als folge es einem genau festgelegten Kurs.«

»AeroMar hätte uns sicher verständigt, wenn es zu einem Unfall gekommen wäre.« Yoshi gähnte und kehrte ins warme Bett zurück. »Glaub mir, Tatya, es handelt sich um einen Meteor. Oder Raumschrott. Irgendein alter Satellit stürzt aus dem Orbit. Warte ab, morgen kannst du's auf dem Kom-Schirm lesen: VERSAGEN DER AUTOMATISCHEN BERGUNGSKONTROLLE. WICHTIGE DATEN GINGEN ÜBER DEM SÜDPAZIFIK VERLOREN.«

Er überlegte, ob er sich das Kissen über den Kopf stülpen sollte — als könnte er sich auf diese Weise vor Objekten schützen, die vom Himmel fielen.

»Eines Tages hat es keinen Sinn mehr, einfach unter die Decke zu kriechen und zu hoffen, daß solche Überraschungen weit entfernt im Meer verschwinden«, brummte Yoshi. »Irgendwann werden wir voll getroffen. TANGFARM ZERSTÖRT. ZWEI TOTE. Hat es denn noch nicht genügt, daß wir hier unten das ökologische Gleichgewicht empfindlich stören? Müssen wir jetzt das ganze Sonnensystem in eine verdammte Müllhalde verwandeln?«

»Zyniker!« erwiderte Tatya, lächelte und streckte sich neben ihm aus.

Das sonderbare orangefarbene Schimmern am sternenbesetzten Firmament verblaßte. Vielleicht war es tatsächlich nur ein Meteorit oder Raumschrott gewesen, aber AeroMar hätte trotzdem eine Warnung herausgeben müssen. Tatya glaubte fast, das dumpfe Zischen zu hören, mit dem das Objekt im Ozean versank.

Was für närrische Vorstellungen, fuhr es ihr durch den Sinn. Aber wenn man auf einer kleinen Plattform lebte, weit draußen auf dem Meer, umgeben von vielen Hektar Tang, wenn man wochen- und monatelang nur mit einem anderen Menschen sprechen konnte ... Unter solchen Bedingungen gingen einem die komischsten Gedanken durch den Kopf. Nur Personen mit besonderer psychischer Stabilität wurden den abgelegenen agronomischen Stationen zugeteilt; die Auswahl war fast so streng wie bei Weltraummissionen. Tatya und Yoshi bildeten ein harmonierendes Paar, hatten sich an die Einsamkeit gewöhnt. Und doch ...

»Yoshi?«

Unter der Decke bewegte sich etwas.

»Nehmen wir einmal an, es handelt sich um ein ... ein fremdes Raumschiff. Vor fünfundsiebzig Jahren schrieb der Wissenschaftler und Autor Isaac Asimov, es gebe wahrscheinlich Zehntausende von Welten der Klasse M, die intelligentes Leben hervorgebracht haben könnten. Und die Expedition, die wir nach Alpha Centauri schickten ...«

»... wird erst in neun Jahren zurückkehren, wenn überhaupt«, murmelte Yoshi schläfrig. »Ein fremdes Raumschiff? Andere intelligente Wesen würden vermutlich nur einen kurzen Blick auf diesen Planeten werfen – und die Reise fortsetzen. In all den Millionen Jahren unserer Geschichte haben wir noch immer nicht gelernt, uns gegenseitig zu respektieren. Wir fallen nach wie vor übereinander her. Drei Weltkriege, Colonel Green ...«

»Das ist vorbei«, beharrte Tatya. »Es gibt keine Nationalstaaten mehr, nur noch eine geeinte Erde. Irgendwann wird es uns gelingen, die Lichtmauer zu durchbrechen, und dann sind unsere Chancen, andere Lebensformen zu entdecken, hundert- oder sogar tausendmal größer!« Sie stützte sich ab, und das Wasserbett erzitterte. Eine besondere Art von Begeisterung leuchtete in ihren Augen. »Früher oder später muß so etwas geschehen. Vielleicht erleben wir es noch.«

»Höhere Geschwindigkeiten als die des Lichts sind bisher nur in der Theorie möglich«, entgegnete Yoshi, der Zyniker – und begann zu schnarchen. Er konnte nicht ahnen, daß sich seine Prophezeiung erfüllen sollte: Es hatte wirklich keinen Sinn, unter die Decke zu kriechen und sich Hoffnungen hinzugeben; es war bereits etwas vom Himmel gefallen, und dadurch kündigten sich Konsequenzen von großer Tragweite an.

Tatya entdeckte das Wrack am nächsten Morgen.

Zusammen mit Yoshi unternahm sie die wöchentliche Tour im Tragflächenboot. Sie fuhren an der Peripherie der Farm entlang, kontrollierten die Barrieren, entfernten einige Quallen und Tintenfische, die während des letzten Sturms in die Abgrenzungsgespinste der Tangkulturen geraten waren, und vergewisserten sich, daß keine Boote in den Anbauflächen dümpelten. Manche Freizeitkapitäne übersahen die Warnbojen oder schenkten ihnen schlicht und einfach keine Beachtung. Ab und zu mußten die beiden Agronomen Besatzungsmitglieder eines privaten Schiffes oder Semiflugzeugs retten, das sich in den Wehren und Reusen verfing und aufgrund erschöpfter Batterien keinen Notruf senden konnte.

Diesmal aber sah Tatya etwas ganz anderes.

»Schalt den Motor aus!« rief sie, um das laute Brummen des Triebwerks zu übertönen.

Schon vor einigen Monaten hatten sie einen neuen Akustikdämpfer angefordert, doch der entsprechende Antrag verlor sich irgendwo in den Labyrinthen der Bürokratie. Die Tang-, Algen - und Sojabohnenfarmen — Basis der synthetischen Nahrungsmittelproduktion, die den Hunger besiegte — genossen Priorität bei der Ersatzteilversorgung. So lauteten jeweils die Vereinbarungen. Doch Papier war geduldig.

Yoshi hörte sie nicht. Tatya trat an seine Seite, drückte den Schubregler nach unten und beantwortete den fragenden Blick ihres Partners, indem sie nach Steuerbord zeigte.

»Dort!«

Langsam glitt das Tragflächenboot ins Wasser zurück, und nicht weit entfernt zeichneten sich unmißverständliche Konturen ab. Das Wrack schien schwer beschädigt zu sein, doch die beiden Agronomen sahen auf den ersten Blick, daß es sich um ein Raumschiff handelte. Die Gesetze der Aerodynamik erforderten gewisse Formen, und das fremde Objekt war ganz offensichtlich für Reisen im All bestimmt. Tatya erinnerte sich an die irdischen Schiffe, die durchs Sonnensystem flogen, den Mondbasen und kürzlich eingerichteten Marskolonien Versorgungsgüter brachten, Erkundungsaufträge durchführten und im Asteroidengürtel nach erzhaltigen Himmelskörpern suchten, die mit mobilen Treibsätzen aus der Umlaufbahn gesteuert und in den erdnahen Raum gebracht werden konnten. Sie kannte auch die Fähren, die zwischen der Erde und den Orbitalstationen und Habitaten verkehrten. Das Wrack wies jedoch erhebliche Unterschiede zu terrestrischen Schiffen auf.

»Es wurde nicht von Menschen gebaut«, stellte sie mit jener unerschütterlichen Sicherheit fest, die Yoshi jedesmal zum Widerspruch herausforderte.

»Seit wann bist du eine Expertin auf diesem Gebiet?« begann er und verzog das Gesicht, als er das Ruder drehte und den Motor abschaltete. Nur noch wenige Meter trennten das Tragflächenboot vom geschwärzten Rumpf im Wasser.

An einem Teil der riesigen Hülle bemerkte Yoshi Reste von seltsamen Schriftzeichen, die er noch nie zuvor gesehen hatte. Eine eigentümliche Unruhe zitterte in ihm, und rasch wandte er den Blick ab.

Das Boot trieb langsam näher, und Tatya streckte die Hand aus, berührte die Symbole so vorsichtig, als seien es lebende Wesen. »Erscheint dir das etwa vertraut?«

»Hm, das Ding erweckt den Eindruck, als könne sich jemand drin aufgehalten haben«, sagte Yoshi und ignorierte die Frage seiner Partnerin. »Vielleicht sollten wir nachsehen.«

Das Tragflächenboot schwankte hin und her, als er sich erhob und nach einem Seil griff. Er stemmte den einen Fuß an die niedrige Reling, suchte mit dem anderen Halt auf dem Rumpf des Wracks und band den Strick um eine lukenartige Vorrichtung, die beim Absturz aufgesprungen war. Neugierig blickte er ins Innere des havarierten Schiffes.

»Nun?« drängte Tatya hinter ihm.

»Wahrscheinlich ist es ein streng geheimer Prototyp, von dem wir Zivilisten nichts wissen«, erwiderte Yoshi vage und trachtete danach, nicht das Gleichgewicht zu verlieren, als er ins Boot zurückkehrte. »Der Spalt ist zu schmal. Man kann überhaupt nichts erkennen.« Er aktivierte den Hilfsmotor, beobachtete, wie sich das Seil spannte. Es knarrte und knirschte leise, als das Schott in der Außenhülle des Wracks weiter aufschwang. Anschließend kletterte Yoshi erneut über die Reling und versuchte, die Dunkelheit im Innern des fremden Objekts mit seinen Blicken zu durchdringen. Helles Sonnenlicht spiegelte sich auf dem Meer wider und blendete ihn. Zunächst sah er nur das matte Leuchten kleiner Monitoren, davor einige reglose Gestalten, vermutlich tot. *Das Glühen des ›Meteors‹ am nächtlichen Himmel* ... Durch die Reibungshitze mußte eine enorm hohe Temperatur im Wrack entstanden sein; niemand konnte sie überlebt haben. Doch einige Sekunden später zuckte Yoshi so plötzlich zurück, als sei die Hülle noch immer heiß.

»Lieber Himmel, Tatya ... Ich glaube fast, es lebt noch jemand da drin!«

»Willst du mich auf den Arm nehmen?«

»Nein! Ich meine es ernst. Ich verstehe es ebenfalls nicht, aber ...«

»Mach Platz!«

Tatya stieß ihn beiseite und schob sich an die Öffnung heran. Sie hatte eine medizinische Ausbildung hinter sich – zumindest ein Stationsmitglied brauchte entsprechende Kenntnisse –, und wenn sich die Chance ergab, ein Leben zu retten, ganz gleich wessen ...

Der Erste Maat Melody Sawyer von der *CSS Delphinus* reichte Kapitän Nyere einen Becher Synthokaffee, setzte ihren eigenen an die Lippen und trank einen Schluck. Sie gab sich gelassen und achtete darauf, die Neugier zu verbergen. Tief in ihrem Innern vibrierte Aufregung, und einmal mehr fragte sie sich, ob das Gleißen, das sie während der vergangenen Nacht am Himmel beobachtet hatte, in irgendeinem Zusammenhang mit den neuen Anweisungen des Captains stand.

Jason Nyere probierte den Kaffee und schnitt dabei wie

üblich eine Grimasse des Abscheus. Eine Ironie des Schicksals wollte es, daß in den Frachtkammern der *Delphinus* Dutzende von Paketen mit *echtem* Kaffee lagerten, für das Personal der Agrostationen bestimmt. Irgend jemand sah offenbar einen kostbaren Schatz in diesen Vorräten, hatte die Behälter versiegelt und die betreffenden Räume mit elektronischen Schlössern gesichert – um eventuellen Plünderungen vorzubeugen. Wer nicht die Bereitschaft mitbrachte, Sprengladungen einzusetzen, konnte sich keinen Zutritt verschaffen. Sawyer fand solche auf den ersten Blick übertrieben anmutende Sicherheitsmaßnahmen nur zu verständlich: Die Besatzung des Schiffes mußte sich mit einer Brühe begnügen, die aus kultiviertem Tang hergestellt wurde und so schmeckte, als habe jemand fünf Tage altes Spülwasser mit den Flüssigkeitsfiltern einer Entsorgungsanlage gemischt.

Der Captain deutete auf die noch leere Schirmfläche des Kom-Monitors, drehte den Kopf und musterte die Frau an seiner Seite aus schiefergrauen Augen.

»Die neue Order hat bestimmt Priorität Eins«, knurrte er und hoffte, daß Sawyer genug Takt besaß, seine Kabine zu verlassen und ihm einen entsprechenden Befehl zu ersparen.

»Ist Ihnen der Kaffee auf den Magen geschlagen?« fragte sie, um Nyere abzulenken. Sie überhörte seinen deutlichen Hinweis und streckte die langen, wohlgeformten Beine einer Tennisspielerin. Die weite Uniformhose wurde ihrer Figur nicht gerecht.

»›Kaffee‹! Soll das ein Witz sein?« Nyere seufzte. »Wie ich hörte, hat die Marine früher die besten Rationen erhalten, nicht etwa die schlechtesten. Das waren noch Zeiten ...«

»Kann man wohl sagen, Captain, *Sär*«, bestätigte Sawyer voller Hingabe. »Damals nahm die Marine rein militärische Aufgaben wahr.« Ihr Urururgroßvater hatte als Soldat in einem Ort namens Shiloh gedient, zu einer Zeit, als es nur einzelne Staaten oder gar Teile davon gab, keine geeinte Menschheit, die nach gestaltgewordenen Katastrophen wie Khan Noonian Singh und Colonel Green versuchte, zu einem neuen Selbstverständnis zu finden. »Und heute? Irgendein Narr hielt es für nötig, uns mit ganz neuen Zuständigkeitsbereichen zu verwirren: Wir forschen und überwachen, nehmen diplomatische Botendienste wahr und fungieren gelegentlich als Abschreckungsmittel. Wir sind Wartungstechniker, Laufburschen und Mädchen für alles. Wir holen für andere die Kastanien aus dem Feuer und erhalten als Dank nur ein gleichgültiges Achselzucken. Wir haben uns zu verdammten Narren machen lassen, *Sär*!«

Nyere schmunzelte. Sawyer erlitt recht häufig reaktionäre Anfälle; wenn sie es für angebracht hielt, vertrat sie einen ausgeprägt chauvinistischen Standpunkt. Er persönlich begrüßte die moderne Entmilitarisierung der sogenannten Vereinten Dienste.

»Ich nehme an, Sie würden die Dinge ein wenig anders anpacken, nicht wahr?« fragte er, obgleich er die Antwort bereits kannte.

»Und ob!« erwiderte Melody scharf. »Was sind wir denn mehr als ein Hansdampf in allen Gassen?« Derartige Macho-Meinungen klangen überaus seltsam, wenn man sie aus dem Mund einer einstigen Schönheit hörte. Nyere musterte seinen Ersten Maat, sah ihre Sommersprossen und lauschte dem Echo des Akzents. Er ließ sich von ihrem so harmlos wirkenden Äußeren nicht täuschen: Melody Sawyer zeichnete sich durch Eigensinn und Sturheit aus; Vorgesetzte empfanden sie oft als Provokation. Sie war bereits viermal versetzt worden, als Jason Nyere entschied, sie bei sich zu behalten: Er hielt Sawyers rauhe Aggressivität für das geeignete Mittel, um seine Spannkraft zu bewahren. »Dieses Schiff ist ein gutes Beispiel für unser Problem, *Sär*. Was soll es darstellen? Unterseeboot? Patrouillenkreuzer? Zerstörer? Frachter? Solche Beschreibungen treffen nicht den Kern der Sache. Man erwartet von uns, all jene Funktionen zugleich zu erfüllen. Angenommen, es kommt zu einer wirklichen Krise, ohne daß wir uns für eine der vier Möglichkeiten entscheiden können. Stellen Sie sich nur die Folgen einer solchen Identitätskrise vor. Wahrscheinlich fällt die halbe Besatzung akuter paranoider Schizophrenie zum Opfer, *Sär!*«

»Das ist allein Ihre Ansicht, Sawyer«, entgegnete Nyere. »Einige von uns ziehen es vor ...«

Er unterbrach sich, als ein rhythmisches Piepen aus dem Lautsprecher drang und die Übermittlung einer wichtigen Nachricht ankündigte. Plötzlich erinnerte er sich wieder an den Beginn des Gesprächs.

»Ich meine es ernst, Melody. Priorität Eins. Sie sollten jetzt besser verschwinden.«

»Mit allem Respekt, *Sär*: Sie müssen mich forttragen, wenn Sie auf meine Gesellschaft verzichten wollen.« Sawyer war nicht nur eigensinnig und stur; manchmal grenzte ihr Verhalten an Insubordination.

»Bitte, Jason«, fügte sie etwas sanfter hinzu. »Lassen Sie mich bleiben, dieses eine Mal.«

Nyere fluchte leise. »Na schön. Aber treten Sie aus dem Erfassungsbereich der Kamera. Es geht um meinen Hals.«

»Der mir gut gefällt.« Melody lächelte und wich zur Seite, weit genug, um nicht gesehen zu werden und gleichzeitig alles beobachten zu können.

Die Mitteilung stammte vom Hauptquartier der Norfolk Island, kam direkt von AeroMar.

Tatya rüstete sich mit einer Taschenlampe und dem für Notfälle bestimmten Medopack des Tragflächenboots aus, sprang und landete eher unsanft auf der Außenhülle des Wracks, das sofort heftig zu schwanken begann. Dadurch verlor Yoshi den Halt, stolperte ins Boot zurück und fiel. Mit einem dumpfen Ächzen stand er wieder auf, rieb sich das angeschlagene Schienbein und beobachtete, wie das fremde Gefährt tiefer sank.

»Tatya?« rief er in den dunklen Zugang. »Du nimmst

ziemlich viel Wasser aus. Wie sieht's dort unten aus?«

Die Antwort bestand aus lautem Platschen.

»Ich brauche mehr Licht«, erklang Tatyas Stimme nach einigen Sekunden. »Himmel, ich dachte immer, Raumschiffe müßten hermetisch dicht sein ...«

Yoshi reichte die zweite Taschenlampe herab und fragte sich, ob er seiner Partnerin folgen sollte. Schließlich entschied er sich dagegen. Wenn er das Wrack mit seinem Gewicht belastete, sank es vielleicht noch schneller.

»Bleib nicht zu lange«, riet er Tatya. Als sie nicht reagierte, fügte er hinzu: »Hör mal, wenn das Ding absäuft, hole ich dich raus. Selbst wenn irgendein Verletzter deine Hilfe braucht. Hast du mich gehört?«

Wieder blieb alles still — er hatte auch gar nicht mit einer Antwort gerechnet. Tatya bemühte sich, Leben zu retten, mußte sich allein darauf konzentrieren. Ungeduldig verlagerte Yoshi das Gewicht von einem Bein aufs andere. Er konnte seine Partnerin nicht sehen, aber ihre Bewegungen führten zu einem heftigen Schlingern des Wracks. Nur die flexiblen Kabel des Barrierenwehrs hinderten es daran, vom Ozean verschlungen zu werden. Die mit dem Schott verbundene Trosse knarrte und spannte sich.

»Tatiana ...«, drängte Yoshi, als die Stille andauerte. Er nannte diesen Namen nur, wenn ihn eine sichere Entfernung von Tatya trennte. »Beeil dich. Oder sag mir wenigstens, was du da unten ...«

»Die Besatzung besteht aus vier Personen«, klang es aus dem Innern des Raumschiffs. »Die beiden im Heck sind tot, regelrecht verbrannt. Eigentlich kein Wunder. Ich begreife nur nicht, wie die zwei anderen überleben konnten.«

Sie ließ unerwähnt, daß die verkohlten Leichen in einem ständig breiter und tiefer werdenden Teich aus Meerwasser schwammen. Tatya wußte, daß ihr nur noch wenige Minuten blieben, und sie hielt es für besser, Yoshi nicht auf die kritische Situation hinzuweisen. Ihre Sorge galt in erster Linie den beiden Bewußtlosen in den vorderen Sitzen, halb begraben unter Trümmern. Sie watete durchs steigende Wasser, hielt sich an Wandvorsprüngen und Sessellehnen fest, als sich der Boden unter ihr neigte.

»Was für hübsche Uniformen«, vernahm Yoshi ihre Stimme. »Oh, hier sieht alles so nett aus. Alles ist funktionell und gleichzeitig ästhetisch. Die Einrichtung, die Kontrollen und Instrumente – wunderschön!«

Yoshi spürte, wie sich seine Nackenhaare aufrichteten. Das klang ganz und gar nicht nach der immer so nüchtern und praktisch denkenden Tatya.

»Was soll der Unsinn? He, wie ist die Luft da unten?«

»Keine Sorge, ich bin vollkommen in Ordnung. Bereite den Bootsmannsstuhl vor und nerv mich nicht!«

Yoshi atmete erleichtert auf, grinste und machte sich an die Arbeit.

»Seltsam«, hörte er seine Partnerin kurz darauf. Sie sprach mehr zu sich selbst. »Ich kann überhaupt keinen Puls fühlen.« Und etwas lauter: »Ich schicke sie jetzt zu dir hoch!«

»›Sie‹?« wiederholte Yoshi, als er den Rettungsharnisch mitsamt der faltbaren Trage herabließ. »Wen meinst du?« Einmal mehr glitt sein Blick zum Horizont; aus irgendeinem Grund rechnete er damit, daß bald Besuch eintraf. *Wir sind bestimmt nicht die einzigen, die den vermeintlichen Meteoriten gesehen haben.* »Sag mir wenigstens, wen ich an Bord holen soll!«

»Der erste Überlebende ist männlichen Geschlechts, gut eins achtzig groß und rund fünfundachtzig Kilo schwer«, erwiderte Tatya ernst. Wieder vernahm Yoshi das Platschen. Immer mehr Wasser strömte ins Wrack. »Er hat das Bewußtsein verloren, weil er mit dem Kopf ans Instrumentenpult prallte. Wahrscheinlich eine Gehirnerschütterung. Hinzu kommen einige Verbrennungen zweiten und dritten Grades ... Verdammt, die Anzeigen meines Diagnosters ergeben überhaupt keinen Sinn, und es ist so dunkel, daß ich keine direkte Untersuchung vornehmen kann. Wir müssen es riskieren, ihn zu bewegen. Alles klar bei dir?«

Yoshi verband den Harnisch mit der Heckwinde und prüfte die Zugstricke. »Ja.«

»In Ordnung, dann runter mit dem Ding. Ich nehme mir inzwischen den zweiten Überlebenden vor.«

»Wie sieht er aus?« Yoshi lächelte dünn, als er die Bahre durchs Schott lenkte. »Eins achtzig, wie? Ziemlich groß für ein kleines grünes Männchen. Keine Tentakel oder zusätzliche Arme? Bist du ganz sicher, daß wir es nicht mit einem Androiden zu tun haben? Wie viele Köpfe hat er?«

»Zum *Teufel* mit dir, Yoshi!« Tatya klang nicht verärgert, eher enttäuscht.

»War nur ein Scherz, um die Anspannung ein wenig zu lockern. Brauchst du Hilfe dabei, ihn anzuheben und festzuschnallen?«

Tatya antwortete ihm mit einigen russischen Flüchen. Sie war in der Ukraine aufgewachsen und an körperliche Arbeit gewöhnt, in dieser Hinsicht sogar weitaus leistungsfähiger als der eher schmächtige Yoshi. Nach einer Weile spürte er einen kurzen Zug an den Leinen, schaltete die Winde ein und zog den Patienten vorsichtig hoch. Während der Motor surrte, beugte er sich über die Reling, griff mehrmals zu und sorgte dafür, daß die Bahre nirgends anstieß.

»Wie *sieht er aus*, Tatya?« fragte er noch einmal.

Die Trage glitt nach oben ins Sonnenlicht, und darunter sah Yoshi kurz das blasse Gesicht seiner Partnerin.

»Ich weiß nicht so recht, wie ich ihn dir beschreiben soll ... Hast du Verwandte auf dem Mars?«

»... das Objekt lokalisieren und wenn möglich sicherstellen. Es werden Schutzmaßnahmen in bezug auf Strahlung und Mikroorganismen empfohlen. Eventuelle Überlebende sind gemäß Vorschrift 17-C an Bord Ihres Schiffes unter Quarantäne zu stellen, bis wir einen Kontakt herstellen können. Wahren Sie unter allen Umständen Funkstille. Verstanden, *Delphinus?*«

»Verstanden, Hauptquartier«, erwiderte Jason Nyere

und starrte auf den Schirm. »Commodore, wonach sollen wir eigentlich Ausschau halten?«

»Machen Sie sich darüber keine Gedanken, Captain. Führen Sie die Befehle aus.«

»Und ... falls wir etwas finden?«

»Wenn die Vorschrift 17-C zur Geltung kommt, warten Sie auf weitere Anweisungen. Wenn nicht ... Allgemeine Order 2013, Captain. Die Einzelheiten bleiben Ihnen überlassen.«

Von einem Augenblick zum anderen wurde der Monitor wieder grau. Jason Nyere spürte plötzlich, daß er schwitzte.

»Heiliger Himmel«, hauchte er. »So etwas sucht einen in Alpträumen heim. Ich hätte nie gedacht, daß es mich einmal trifft. Ausgerechnet mich!«

»Worum geht's überhaupt?« fragte Sawyer und trat vor. Nyere schien sich erst jetzt wieder an ihre Anwesenheit zu erinnern. »Von der ›Allgemeinen Order 2013‹ habe ich noch nie etwas gehört.«

»Das wundert mich nicht«, brummte Nyere geistesabwesend. »Nur wenige Personen sind mit der Klassifikation 2000 vertraut.« Er wischte sich den Schweiß von der Stirn, doch das Unbehagen in ihm blieb. Wie benommen starrte er auf das feuchte Taschentuch. »Solche Dinge gehören zu den Unterlagen, die einzig und allein Flaggoffizieren zur Verfügung stehen.« Er atmete tief durch. »Vergessen Sie, was Sie eben gehört haben, Sawyer, klar? Sie hätten gar nicht zuhören dürfen!«

Melody verschluckte eine scharfe Erwiderung, preßte die breiten Zähne aufeinander und schwieg. Sie hatte gesehen, wie Jason in die Mündung einer Neutronenkanone starrte, ohne dabei mit der Wimper zu zucken. Doch nun zeigten sich Sorge und Furcht in seinem Gesicht. Aus einem Reflex heraus trat sie zur Seite und massierte ihm die Schultern. Wenn jetzt ein anderes Besatzungsmitglied hereinplatzte, kam es später sicher zu Anspielungen und Sticheleien. Sollten sie es nur wagen! Wenn man nicht einmal einem alten Freund helfen konnte, mit seinem Streß fertig zu werden ...

»Was bedeutet 2013, Jason?«

»Zwei Null Eins Drei«, murmelte Nyere, ließ sich müde in einen Sessel sinken und achtete nicht auf Melodys Hände, die erneut nach seinem Nacken tasteten. »Eigentlich dürfte ich nicht einmal zugeben, daß es eine solche Order gibt ... Wie dem auch sei: Es handelt sich um einen Notfallplan, mit dem einer Invasion aus dem All begegnet werden soll.«

Sawyer hielt abrupt inne und lachte.

»Mit anderen Worten: Man schickt uns auf die Suche nach einer fliegenden Untertasse?«

Jason nickte kummervoll.

»Das ist doch absurd!«

»Ganz und gar nicht. Solche Pläne wurden schon vor vielen Jahren entwickelt, unmittelbar nach den ersten UFO-Sichtungen. Sie dienen zur Einschätzung des Gefahrenpotentials extraterrestrischer Angreifer und sollen es uns ermöglichen, sofortige Gegenmaßnahmen zu ergreifen. Die Berichte über angebliche Besucher von den Sternen galten und gelten als Hirngespinste, aber einige Strategen und Taktiker halten es für angebracht, jede Möglichkeit zu berücksichtigen. Inzwischen sind wir in der Lage, nach Belieben in unserem Sonnensystem umherzureisen, und außerdem schicken wir schon seit mehr als hundert Jahren Funksignale in den Weltraum. Um so denkbarer erscheint es, daß uns irgendwann jemand oder etwas antworten wird.«

Der Kapitän zögerte. Die Worte klangen leer: Sie bestimmten einen nicht unbedeutenden Teil seines Lebens, und als Offizier mußte er ihnen vertrauen, doch tief in seinem Innern weigerte er sich, an sie zu glauben. Ganz zu schweigen von den Folgen, die sich daraus für ihn ergeben mochten.

»Was auch immer gestern nacht abstürzte, Melody — es war keins von unseren Raumschiffen.«

Sawyer ging in der recht geräumigen Kabine des Kapitäns auf und ab, sah aus dem Fenster und beobachtete das ruhige Glitzern des Pazifik. Irgendwo dort draußen sollte das fremde Schiff in den Ozean gestürzt sein. *Sicher ist es sofort wie ein Stein gesunken,* dachte sie. *Und das bedeutet: Die Anwendung der Allgemeinen Order 2013 scheitert an so grundlegenden Dingen wie Gravitation und Meerestiefe.*

»Warum sollten irgendwelche ›Gegenmaßnahmen‹ notwendig sein?« fragte sie schließlich. »Wenn eine ganze Invasionsflotte eintrifft, dürfte in Hinblick auf die feindlichen Absichten der Außerirdischen kein Zweifel bestehen. Aber ein einzelnes Schiff? So etwas stellt wohl kaum eine ernste Gefahr dar. Was erschreckt Sie so sehr? Es geht um mehr, stimmt's?«

Nyere lächelte schief und konnte sich nicht ganz von seinem Entsetzen befreien.

»Sie haben recht, Melody. Das Problem ist weitaus komplizierter. Unser Auftrag besteht darin, uns einen Eindruck von den Aliens zu verschaffen und dem Hauptquartier Bericht zu erstatten. Dort entscheidet man, ob unsere gute alte Erde bereit ist, die Fremden zu empfangen, ihre Existenz als absolute Gewißheit zu akzeptieren.«

»Und wenn nicht?«

Nyere schüttelte hilflos den Kopf. »Dann müssen wir sowohl die Besucher aus dem All als auch die Zeugen ihrer Ankunft aus dem Verkehr ziehen, sie für immer zum Schweigen bringen.«

»Verwandte auf dem Mars?« stieß Yoshi hervor. »Tatya ...«

Er kam nicht mehr dazu, den Satz zu beenden, hielt unwillkürlich den Atem an, als helles Sonnenlicht auf den ersten Fremden fiel. Verbrennungen, Hautabschürfungen und gewöhnlicher Schmutz konnten nicht über die japanisch anmutenden Züge hinwegtäuschen. Das war zumindest der erste Eindruck. Aber als Yoshi nach der Bahre griff, sie behutsam heranzog und unter Deck brachte, um den Bewußtlosen auf eine der Kojen zu legen, als er ihn genauer ansah ...

Yoshi spürte, wie sich eine seltsame Kühle in ihm ausbreitete, wie seine Hände taub wurden. Er mußte sich zwingen, keine Schlußfolgerungen zu ziehen, die unmöglich etwas mit der Wirklichkeit zu tun haben konnten.

Und wenn Tatya recht hatte?

Sie zog mehrmals an der Leine, wollte ihren zweiten Patienten so rasch wie möglich in Sicherheit wissen. Yoshi löste sich aus seiner Starre, kehrte nach oben zurück und konzentrierte sich auf Winde und Seile. Gleichzeitig behielt er das tiefer sinkende Wrack im Auge – es ragte nur noch dreißig Zentimeter weit aus dem Meer. *Beeil dich, Tatya, beeil dich!* Als die Sekunden verstrichen, konnte er der Versuchung nicht widerstehen, einen Blick über die Schulter zu werfen. Der Mann, den er gerade an Bord geholt hatte ...

Dann ging alles ganz schnell. Das jähe Schaukeln des Wracks deutete darauf hin, daß es Tatya plötzlich sehr eilig hatte. Yoshi hörte ihre Stimme, als er die Bahre zum zweitenmal hochzog, verstand jedoch nicht, was ihm seine Partnerin zurief. Er forderte sie auf, ihre Worte zu wiederholen.

»Ich sagte, von ihrem Gesicht scheint nicht mehr viel übriggeblieben zu sein. Ich weiß, wie du auf den Anblick von Blut reagierst, wollte dich nur warnen.«

»Hör endlich auf damit!« erwiderte Yoshi unwirsch. Er war tatsächlich ein wenig zu sensibel, aber es gefiel ihm nicht, daß sich Tatya darüber lustig machte.

Es blieb ihm gar keine Zeit, einen Blick auf das Gesicht der Fremden zu werfen. Irgend etwas gurgelte, und als das sinkende Wrack von der Barriere glitt, riß die Trosse. Das eine Ende schwang peitschenartig zurück und traf Yoshi am Bein. Er gab einen schmerzerfüllten Schrei von sich, taumelte und spürte, wie das Knie nachgab. Instinktiv streckte er die Hand aus, hielt sich an der Reling fest und sah, wie sich das fremde Gefährt von einer Seite zur anderen neigte, wie Wasser durch die geöffnete Luke strömte. Mit einem Ruck schob Yoshi die Bahre und ihre Last aufs

Deck, löste die Riemen und schwang den Harnisch wieder herab.

»Tatya! Ergreif die Leine und halt dich fest!«

Der Windenmotor brummte lauter, zog Tatya gegen die Strömung aus dem Wrack. Yoshi drehte den stählernen Ausleger und beobachtete, wie seine Partnerin klitschnaß an Bord sprang. Er schenkte ihr keine Beachtung, war mit einem Satz am Ruder, startete das Triebwerk und lenkte das Tragflächenboot von den gefährlichen Strudeln fort, die sich über dem sinkenden Wrack bildeten.

Kurz drauf glättete sich die See. Abgesehen von einigen abgescheuerten und ausgefransten Wehrkabeln erinnerte nichts mehr an das fremde Raumschiff.

»Ist alles in Ordnung mit dir?« fragte Yoshi und nahm Kurs auf die Agrostation.

»Ich brauche nur trockene Sachen, weiter nichts«, erwiderte Tatya, lachte und umarmte ihren Partner. Einige Tangstreifen klebten in ihrem Haar. »Und du?«

»Die verdammte Trosse hätte mir fast den Fuß abgeschlagen.« Er deutete auf eine rot angeschwollene Stelle, die bis zum Abend eine bläuliche Tönung gewinnen würde. »Außerdem traf sie mich am Allerwertesten. Was soll's ... Die schmerzhafteste Wunde erlitt mein Stolz.« Seine Stimme klang ein wenig dumpfer, als er hinzufügte: »Sieh dir jetzt deine Patienten an.«

Tatya runzelte die Stirn und zögerte, bevor sie sich umdrehte und nach unten ging. Yoshi gab keinen Ton von sich, wartete gespannt, während seine Partnerin die beiden Gestalten zum erstenmal bei hellem Tageslicht betrachtete.

»Hast du einen Augenblick Zeit, Yoshi?« fragte sie und versuchte vergeblich, die beginnende Panik aus ihren Worten zu verbannen. Als er keine Antwort gab: »Schalt den verdammten Motor aus und komm her!«

Er ging ebenfalls nach unten. Tatya streckte ihm die Hände entgegen. Die beiden Bewußtlosen waren verletzt, und deshalb hatte sie natürlich Blut erwartet, aber so etwas ...

»Sag mir, daß ich nicht verrückt bin«, brachte sie hervor. »Sag mir, daß ich das hier wirklich sehe.«

»Du bist nicht übergeschnappt«, entgegnete Yoshi. »Ich habe es schon gesehen, als ich die Bahre mit dem ersten Überlebenden an Bord zog.«

»Bozhe moi!« platzte es aus Tatya heraus. »In ihren Adern fließt *grünes* Blut!«

*

»Oh, Mann, *das* Gefühl kenne ich«, brummte McCoy. Er saß in Jim Kirks Apartment und wärmte sich am Feuer. »Als ich das erstemal einem chirurgischen Eingriff beiwohnte, der einem Vulkanier galt ... Hm, ich glaube, ich hatte damals gerade die ersten beiden Semester meines Studiums hinter mir, ohne jemals in einer Außenwelt gewesen zu sein; Vulkanier waren für mich ebenso geheimnisvoll wie Zentauren oder andere mythische Wesen ... Das Erlebnis erschütterte mich zutiefst; für den Rest des Tages konnte ich überhaupt keinen klaren Gedanken mehr fassen. Meine Güte, man erwartete einfach, daß Blut *rot* ist, selbst wenn man es eigentlich besser wissen müßte.«

Der letzte Schein einer untergehenden Sonne fiel durch die Fenster. Kirk hatte einen langen Tag in der Admiralität hinter sich. Und Spock befand sich an Bord der *Enterprise*, bildete während eines mehrwöchigen Manövers neue Kadetten aus. Ganz gleich, wo sich McCoy aufhielt: Es gelang ihm sofort, sich wie zu Hause zu fühlen. Er erzählte Kirk von dem Buch und hoffte, das Interesse des Amateurhistorikers in ihm zu wecken.

»Die Begegnungen mit anderen Spezies blieben für niemanden von uns ohne Überraschungen, Pille«, erwiderte Jim Kirk leise und starrte ins Feuer. Aus irgendeinem Grund reagierte er mit Unbehagen auf dieses besondere Thema. »Außerdem ist bereits mehr als genug darüber geschrieben worden, von abstrakten Abhandlungen in *Moderne Xenopsychologie* bis hin zu eher scherzhaft gemeinten Anekdoten, an denen wir als Studenten solchen Gefallen fanden. Nach dem, was ich bisher gehört habe, scheint *Fremde vom Himmel* irgendwo dazwischen angesiedelt zu sein.«

McCoy hob eine Braue.

»Eine ziemlich gewagte Behauptung von jemandem, der das Buch überhaupt nicht gelesen hat.«

»Und der auch nicht beabsichtigt, sich damit zu befassen«, kommentierte Kirk und lächelte. »Jene Epoche hat mich nie sehr interessiert. Keine Ahnung, warum ich sie so langweilig finde ... Noch einen Drink?«

»Du ahnst nicht, was dir entgeht«, sagte McCoy und beobachtete, wie sich sein Glas mit bernsteinfarbenem Bourbon füllte.

»Ich erinnere mich noch an das letzte Buch, das du mir gegeben hast«, sagte Kirk. Während eines planetaren Aufenthalts fand der Arzt mehr Zeit zum Lesen als an Bord eines Raumschiffes. Es handelte sich um eins seiner harmloseren Laster. »Anschließend hatte ich wochenlang Alpträume. Wie hieß es noch? *Der erste Schachzug* oder so ähnlich ...«

»Der letzte Schachzug«, korrigierte McCoy. »Läßt dein Gedächtnis allmählich nach, Jim? Ich bin sicher, es war eins der aufregendsten Dokudramen, die du jemals gelesen hast, habe ich recht? Willst du etwa behaupten, du hättest keinen Gefallen daran gefunden!«

»Käme mir nie in den Sinn«, erwiderte Kirk und lächelte schief. »Aber es ließ mich nicht mehr zur Ruhe kommen.«

»Was meinst du damit?«

»Die Lektüre legte mir nahe, daß es nicht nur Gutes und Böses gibt, sondern auch Abstufungen dazwischen. Die meisten Leute gehen sich nur deshalb gegenseitig an den Kragen, weil sie verschiedene Auffassungen vertreten. Außerdem habe ich begriffen, wie leicht sich Einfluß auf geschichtliche Entwicklungen nehmen läßt.«

Kirk zögerte kurz und blickte ins Leere. McCoy kannte seinen nachdenklichen Gesichtsausdruck und wußte, daß der Admiral nun zu einem längeren Vortrag ansetzte. Er machte keine Anstalten, ihn daran zu hindern, lehnte sich zurück und wartete. *Manchmal glaube ich, daß er auch als Politiker eine steile Karriere hätte machen können.*

»Mir wurde klar, daß selbst eine einzige Person in der Lage ist, das historische Gefüge entscheidend zu verändern«, fuhr Kirk schließlich fort. »Wenn Krenn unseren klischeehaften Vorstellungen von den Klingonen entsprochen hätte, wenn Tagore weniger menschlich gewesen wäre ...« Er seufzte. »In einem solchen Fall gäbe es heute vielleicht weder eine Föderation der Vereinten Planeten noch ein klingonisches Imperium. Ja, wenn man solche Bücher liest, versteht man plötzlich, daß man nichts als gegeben hinnehmen darf. Die alte Theorie: Ohne Hitler keinen Zweiten Weltkrieg, ohne Khan Singh keinen Dritten ...«

»... und wenn am 28. Juni 1914 nicht der Erzherzog Franz Ferdinand in Sarajevo ermordet worden wäre, hätte es weder einen Ersten Weltkrieg noch Gründe für die beiden anderen gegeben«, warf McCoy abfällig ein. »Was für ein Blödsinn! Glaubst du etwa an einen solchen Mumpitz, Jim? Der Krieg, ob nun heiß oder kalt, war ein integraler Bestandteil des menschlichen Lebens — bis wir endlich reifer wurden. Hitler und Leute seines Kalibers spielen dabei nur eine untergeordnete Rolle. All jene Theorien, die einem einzelnen Menschen historische Katalysatorfunktionen zusprechen, sind völliger Unfug.«

Kirk zuckte mit den Schultern. »Manchmal bin ich mir da nicht ganz so sicher. Manchmal habe ich das Gefühl, daß wichtige Entwicklungen von kleinen, banal anmutenden Anlässen ausgehen. Irgendein unbedeutender Zwischenfall, ein falsches Wort zur falschen Zeit, eine falsch interpretierte Geste — und das ganze geschichtliche Gebäude stürzt ein. Es entsetzt mich geradezu, wenn ich überlege, wieviel Macht wir haben — und wie schlecht wir damit umgehen.«

»Genau aus diesem Grund solltest du *Fremde vom Himmel* lesen, Jim«, beharrte McCoy. »Es schildert Ereignisse, von denen wir bisher gar nichts wußten. Es geht um den *wirklichen* ersten Kontakt mit Außerirdischen, der in den Geschichtsbüchern verschwiegen wird. Und die Autorin weist deutlich darauf hin, daß wir die Sache fast verpatzt hätten. Damals bestand die Gefahr einer isolationistischen Haltung. Stell dir eine Erde vor, die sich endgültig vom All abwendet, die metaphorischen Augen verschließt und die Chance, eine Föderation mit anderen bewohnten Welten zu bilden, ungenutzt verstreichen läßt.«

»Das erscheint mir übertrieben, Pille«, entgegnete James Kirk, ging durchs Zimmer und zog einige seiner alten Uhren auf – ein Ritual, das sich jeden Abend wiederholte. »Die Gründung der Föderation war eine historische Notwendigkeit.«

»Meinst du?« McCoy musterte ihn. »Denk nur mal daran, welche Verhältnisse damals herrschten. Khans Krieg lag gerade erst fünfzig Jahre zurück, und die Erde mußte erst noch lernen, sich als geeinte Welt zu sehen. Der medizinische Ausdruck heißt Wachstumschmerzen, Jim. Man könnte auch von Kinderkrankheiten und Anfangsschwierigkeiten sprechen. Kein Reifungsprozeß ist ohne Probleme. Es gab noch immer viele Menschen, die im Krieg Freunde und Verwandte verloren hatten und von Versöhnung nichts wissen wollten. Es gab Ruinen, Kummer und alten Zwist. Kommt ganz darauf an, aus welcher Perspektive man die Dinge betrachtet: Entweder war es ein gut geeigneter oder denkbar schlechter Zeitpunkt für irgendwelche Extraterrestrier, sich der Menschheit zu präsentieren.«

»Als die ›Amity‹ das havarierte vulkanische Schiff jenseits der Neptunbahn fand, war all das vorbei«, sagte Kirk, stellte eine besonders widerspenstige Standuhr und gähnte. »Die erste Expedition hatte bereits Alpha Centauri erreicht ...«

»Himmel, du hast überhaupt nicht zugehört, oder?« entfuhr es McCoy. »Was ich dir eben geschildert habe, geschah zwanzig Jahre vorher.«

Kirk bewegte das lange Pendel der Uhr, schloß die Glastür und runzelte die Stirn.

»Was?«

»*Dieses* vulkanische Schiff stürzte auf die Erde, als noch drei Jahre bis zum Kontakt mit den Centauriern vergehen sollten. Damals waren keine Überlichtgeschwindigkeiten möglich, erinnerst du dich? Die Expeditionsmitglieder wußten nicht, daß sie eine hochentwickelte Zivilisation entdecken würden. Sie hatten überhaupt keine Ahnung, *was* sie am Ziel erwartete. Wir sprechen von der Steinzeit der interstellaren Raumfahrt. Nun, in diesem Zusammenhang ist folgendes interessant: Seit den siebziger Jahren des zwanzigsten Jahrhunderts sendete die Menschheit Funkbotschaften ins All und erhoffte sich Antworten. Sie versuchte aktiv, einen Erstkontakt herzustellen – aber zu ihren eigenen Bedingungen. Mit anderen Worten: Die Initiative mußte von *uns* ausgehen. Es war völlig in Ordnung, daß wir unser Sonnensystem erforschten, um ›sie‹ zu finden – was auch immer man sich damals unter ›ihnen‹ vorstellte. Aber wehe, ›sie‹ hätten es gewagt, einfach zu erscheinen, ohne sich vorher anzukündigen. Darüber hinaus handelte es sich ausgerechnet um Vulkanier. Sie sahen nicht nur komisch aus und benutzten verwirrende Formulierungen – sie hatten auch einige gespenstische Fähigkeiten: Sie lasen Gedanken, unterdrückten ihre Gefühle und lebten praktisch ewig, zumindest vom menschlichen Standpunkt aus gesehen. Sie zeichneten sich durch eine wesentlich größere Körperkraft aus, waren widerstandsfähiger und klüger, besaßen die Warp-Technologie ...«

Kirk nahm wieder am Kamin Platz, griff nach dem Schürhaken und beobachtete die züngelnden Flammen.

»Zefram Cochrane hat jene Technik entwickelt«, hielt er McCoy entgegen. Sein Tonfall machte deutlich, daß er diese Worte als eine unbestreitbare historische Wahrheit erachtete.

»Soweit es die Erde betrifft, die Menschheit«, betonte

der Arzt. »Die Vulkanier verfügten bereits über ein Triebwerk, das ihnen ÜL-Flüge erlaubte.«

»Ausgeschlossen!«

»Bist du sicher? Sie wagten sich viele Jahrhunderte vor uns in den Raum. Du kennst doch Spocks Ausführungen über Ethnozentrizität: Wir neigen dazu, Dinge für unmöglich zu halten, nur weil wir sie noch nicht entdeckt haben. Die übliche Scheuklappentaktik. Obgleich wir auf viele Völker gestoßen sind, die einen wesentlich höheren Entwicklungsstand als wir erreicht haben. Genau um dieses Problem geht es, Jim – es ist der zentrale Punkt des Buches. Der *Zeitpunkt* war falsch. Oh, die *Amity*-Geschichte klingt gut. Tapfere Erdbewohner, die ihr Leben riskieren, um verletzte Aliens aus ihrem havarierten Raumschiff zu retten und so weiter. Doch gerade du solltest wissen, daß die menschliche Geschichte nicht immer so voller Edelmut ist. Als die *Amity* den vulkanischen Kreuzer fand, war die Menschheit bereits auf einen Kontakt mit Außerirdischen vorbereitet. Zwanzig Jahre vorher hätte man vermutlich extraterrestrische Invasoren in ihnen gesehen und eine Hetzjagd auf sie begonnen. Damals herrschte eine ausgeprägt xenophobische Haltung, die sich kaum von den Fremdenängsten während der früheren Jahrhunderte unterschied. Man hätte die Besucher aus dem All getötet, sie auf dem Scheiterhaufen verbrannt, wie Hexen im Mittelalter. Das ist auf Vulkan ebenso bekannt wie auf der Erde. Aber niemand will es zugeben, und daher wurde jener Zwischenfall bis heute verschwiegen.«

»Menschen und Vulkanier, die sich in einer Art ... Verschwörung zusammenfinden, um so etwas über viele Jahre hinweg geheimzuhalten?« Skeptisch schüttelte Kirk den Kopf. »Tut mir leid, Pille, aber das nehme ich dir nicht ab.«

»Die vulkanischen Archive wurden bis zum Tod des letzten Überlebenden versiegelt«, erklärte McCoy geduldig. »Von einer Verschwörung kann keine Rede sein. Aufgrund ihrer Referenzen war Dr. Jen-Saunor die einzige Person — zumindest der einzige Mensch —, die Zugang zu ihnen hatte. Was betreffende Unterlagen auf der Erde betrifft: Sie verschwanden durch merkwürdige ›Zufälle‹. Unachtsame Angestellte verlegten sie. Computerspeicher wurden versehentlich gelöscht. Die üblichen Ausreden.«

»Mag sein«, brummte Kirk. »Aber die Versiegelung der vulkanischen Archive ... Das erscheint mir ungewöhnlich. Informationen gelten als Gemeingut. Und sollte die Wahrheit nicht allen zugänglich sein?«

»Auch dann, wenn sie sowohl bei Menschen als auch bei Vulkaniern Verlegenheit bewirkt?« hielt ihm McCoy entgegen. »Abgesehen von den wenigen Personen, die zu helfen versuchten, verloren die meisten Menschen ihr Gesicht. Sie standen da wie hysterische, streitsüchtige Kinder. Und was die Vulkanier angeht ... Es würde ihnen wohl kaum gefallen, wenn sich herausstellt, daß sie damals nicht ganz ehrlich gewesen sind.«

»Was der Autorin eine ausgezeichnete Gelegenheit bietet«, warf Kirk trocken ein. »Nur sie hat Zugang zu den entsprechenden Daten, und auf der Erde gibt es niemanden, der ihr widersprechen kann. Kein Wunder, daß sich so viele Kontroversen um das Buch entwickelt haben. Ich will nicht behaupten, es sei durch und durch frei erfunden, aber bestimmt ist es kaum mehr als eine geschickte Konstruktion. Eine phantasievolle Geschichte, die sich in das Gewand historischer Authentizität kleidet. Davon gibt's jede Menge. Denk nur an die Ritter-Romane aus früheren Jahrhunderten.«

»Das siehst du völlig verkehrt ...«, begann McCoy.

»Hinzu kommt der Stil, den Jen-Saunor wählte«, fuhr Kirk fort. »Sie dokumentiert nicht, sondern wählt Prosa. All die Dialoge ... Man könnte meinen, sie sei zugegen gewesen ...«

»Was ist verkehrt daran, Geschichte in einer leicht verdaulichen Form darzustellen?« fragte McCoy. »*Fremde vom Himmel* ist für einen Starfleet-Admiral ebenso verständlich wie für einen zehnjährigen Schuljungen. Und die

Dialoge ... Sie stammen aus den Tagebüchern eines vulkanischen Überlebenden. Ich brauche wohl nicht extra auf das eidetische Gedächtnis von Vulkaniern hinzuweisen, Jim. Sie vergessen nie etwas.«

»Genausogut könnte man Hannibals Feldzüge aus der Sicht der Elefanten darstellen«, meinte Kirk. McCoy fand das nicht besonders witzig.

»Offenbar gefällt es dir nicht, wenn jemand deine vorgefaßten Meinungen in Frage stellt, du Dinosaurier«, erwiderte er in einem provozierenden Tonfall. »Du möchtest unter allen Umständen an deiner eigenen Version von angeblicher historischer Wahrheit festhalten. Wirst du etwa konservativ in deinen alten Tagen, Admiral? Wie bedauerlich ...«

»Möchtest du Kaffee?« fragte Kirk ungeduldig und gähnte erneut.

»Auf die Art von Kaffee, die du mir anzubieten hast, verzichte ich lieber«, knurrte McCoy. »Von dem Zeug bekommt man Magengeschwüre. Wenn man nicht auf der Stelle tot umfällt.«

»Nun, ich bin bereit, ein Risiko einzugehen. Schließlich bist du Arzt und kannst eingreifen, wenn du mein Leben bedroht siehst.« Kirk ging in die Küche, trat an den Synthesizer heran und betätigte eine Taste.

»Seltsam«, sagte er nach einer Weile.

McCoy hörte ihn. »Was meinst du?« fragte er, sah aus dem Fenster und beobachtete die Lichter des Hafens.

»Nehmen wir einmal an, die Schilderungen in dem Buch stimmen tatsächlich – was ich nach wie vor bezweifle.« Kirk kehrte ins Wohnzimmer zurück und hielt einen mit schwarzer Flüssigkeit gefüllten Becher in der Hand. »Die Situation sähe folgendermaßen aus: zwei Vulkanier, auf der Erde gestrandet, das Raumschiff so schwer beschädigt, daß es sich nicht mehr reparieren läßt; zwei Gestrandete, mit einer nach ihren Maßstäben primitiven Kultur konfrontiert, der sie hilflos ausgeliefert sind. Wie konnten sie zu ihrer Heimatwelt zurückkehren?«

»Ich behaupte gar nicht, daß ihnen eine Rückkehr gelang«, entgegnete McCoy.

»Soll das etwa heißen, sie hätten den Rest ihres Lebens auf der Erde verbracht?«

»Auch diese Frage beantworte ich dir nicht, Jim. Ich sage dir überhaupt nichts mehr. Lies das Buch, wenn du mehr wissen willst.«

Kirk grinste. »O ja, ich kann mir vorstellen, wie sie zur Nasa gehen und um ein irdisches Raumschiff bitten. Was für ein Pech, daß man ihnen keine Warp-Technologie zur Verfügung stellten konnte.« Er schnippte mit den Fingern. »Oder sie stutzten ihre Ohren und gaben sich als Menschen aus. Welch schreckliches Schicksal für einen aufrechten Vulkanier! Was meint deine so geschätzte Historikerin dazu?«

McCoy brummte etwas Unverständliches. »Wird Zeit, daß ich mich auf den Weg mache. Morgen früh um sechs erwartet man mich zu einer Beratung, und anschließend muß ich einige lange Bürostunden ertragen.«

Kirk versperrte ihm den Weg zur Tür.

»Komm schon, Pille«, sagte er etwas ernster. »Was ist mit den Vulkaniern passiert?«

McCoy holte die Diskette mit dem elektronischen Buch aus der Tasche und bot sie Kirk an. »Lies das Ding, wenn du mehr erfahren möchtest.«

Der Admiral starrte auf die kleine Scheibe herab und fühlte sich versucht, sie entgegenzunehmen. Wenn er an die Ära der Erstkontakte dachte, empfand er immer ein gewisses Unbehagen, und vielleicht ging es dabei um den Aspekt der menschlichen Entwicklung, den McCoy mehrmals angesprochen hatte — die inhärente Eigenschaft des Homo sapiens, großartige Gelegenheiten zu verpfuschen. Er stellte sich eine isolationistische Erde vor, ohne jedes Interesse für die Wunder des Universums. Keine Föderation. Keine Raumschiffe, die interstellare Entfernungen zurücklegten. Kein Erster Offizier, der zu einer Hälfte Mensch und zur anderen Vulkanier war. Und in dem er einen guten Freund sah.

Er lehnte die Scheibe ab. »Nein, danke, Pille. Jetzt nicht. Vielleicht später einmal.«

»Du verpaßt eine Menge«, brummte McCoy, schob sich an dem Admiral vorbei und ging zur Tür. »Wenn ich zu Hause bin, schiebe ich das Ding sofort in den Abtaster, um festzustellen, was damals geschah ...«

2

»Zerstörung vor Entdeckung.«

Dieses Axiom wurde fest in der Seele aller Erkundungsschiffpiloten verankert. Dennoch konnte kein Commander zu einer Reise starten, die bis vor kurzer Zeit Jahrzehnte in Anspruch nahm, ohne daß der vorgesetzte Präfekt eindringlich an dieses Prinzip erinnerte. Es mochte unlogisch erscheinen, Worte zu wiederholen, die bereits ins Wesen der Piloten eingebrannt waren, doch es gehörte zum Reglement.

»Zerstörung vor Entdeckung.«

Es handelte sich um die Quintessenz der Grundsätze, die *T'Kahr* Savar entwickelt hatte, jener Mann, der das Amt für Außenweltforschungen als erster leitete, unmittelbar nach der Gründung vor 170,15 Jahren. Darüber hinaus basierte die Regel auch auf der UMUK-Philosophie, wie sie in den Schriften Suraks zum Ausdruck kam – in Schriften, die weitaus älter waren als die vulkanische Raumfahrt.

Als Präfekt Savar vor vielen Jahren mit der Arbeit begann, wies er auf folgendes hin: »Wir haben nicht das Recht, in irgendeiner Weise Einfluß auf die Entwicklung einer Kultur zu nehmen, die wir im Verlauf unserer interstellaren Reisen entdecken. Die soziopolitischen Implikationen einer Intervention sind viel zu gravierend.«

Das anschließende Studium naher Welten mit fortgeschrittenen Zivilisationen bestätigte Savars Weisheit. Es stellte sich zum Beispiel heraus, daß die blauhäutigen und mit Fühlern ausgestatteten Bewohner eines solchen Planeten ihre Kosmologie in einen komplexen Polytheismus einbanden und das eigene Sonnensystem als Mittelpunkt des Kosmos erachteten. Die Konfrontation mit dem lebenden Gegenbeweis, mit spitzohrigen Fremden, in deren Adern grünes Blut floß und die sich in jeder Beziehung von ihnen unterschieden, hätte sicher zu einem verheerenden theologischen Aufruhr geführt. Oder die im 61 Cygnus-System heimischen Intelligenzen ... Zwar hatten sie bereits eine eigene Raumfahrt entwickelt, aber das xenophobische Mißtrauen saß so tief in ihnen, daß sie sofort aggressiv reagierten, wenn sie ihre Überzeugungen – mochten sie auch noch so irrig sein – herausgefordert sahen. Die Kontaktaufnahme mit einer derartigen Spezies resultierte möglicherweise in der Gewalt, von der Surak die vulkanische Kultur befreit hatte.

Die Bewohner von Sol III zeichneten sich zweifellos durch einen recht hohen Entwicklungsstand aus. Sie waren heterogen, begegneten dem Neuen und Fremden mit Offenheit und Neugier. Schon seit siebzig Jahren ihrer Zeitrechnung versuchten sie, Kontakte zu anderen intelligenten Lebensformen herzustellen. Doch andererseits herrschte auf ihrer Welt erst seit wenigen Jahrzehnten Frieden, und diese neue und noch empfindsame Harmonie brauchte Zeit, um zu fester Stabilität zu finden. Sie durfte auf keinen Fall gestört werden.

»Unsere Absicht besteht darin, jene Welten zu beobachten, mehr über sie zu erfahren – bis wir zu dem Schluß gelangen, daß ein Kontakt hergestellt werden kann, der beiden Seiten zum Vorteil gereicht«, fuhr Savar mit seiner Erklärung fort. »Aus diesem Grund verfügt jedes Schiff, das ein bewohntes Sonnensystem anfliegt, über eine Selbstvernichtungsanlage. Zerstörung vor Entdeckung.«

Zerstörung vor Entdeckung. In den folgenden Jahren wurde es nicht erforderlich, dieses Prinzip in die Tat umzusetzen, doch die Kommandanten der Erkundungseinheiten vergaßen den Grundsatz nie und waren breit, ihn zu beherzigen.

Zerstörung vor Entdeckung. Die unmittelbare Konsequenz der vulkanischen Ersten Direktive.

Commander T'Lera – sie stammte von jenem Mann ab, der diese Worte formuliert hatte – stand vor der aktuellen Leiterin des Amtes für Außenweltforschungen und erwartete letzte Anweisungen.

»Der Kommandant hat natürlich das Recht, die Besatzung seines Schiffes selbst zusammenzustellen ...«, begann Präfektin T'Saaf und blickte auf die Liste vor ihr.

»... aber der Präfekt kann zumindest zwei Namen in Frage stellen«, beendete T'Lera den Satz, und ihre Stimme klang dabei ein wenig schärfer, als es die Umstände erforderten. »Ich bin zur Diskussion bereit.«

T'Saaf sah von der Liste auf und musterte das ausdruckslose Gesicht der Kommandantin. Es hieß, T'Lera habe sich schon vor einer ganzen Weile für die Präfektur qualifiziert, den Posten jedoch abgelehnt. Sie zog die Weiten des Alls vor, in dem sie den größten Teil ihres Lebens verbracht hatte. Sie war im mittleren Alter, und ihr Blick schien immer in die Ferne zu reichen. Was eigentlich nicht verwunderte: Vermutlich empfand sie den Aufenthalt auf einem Planeten als Einschränkung ihrer Freiheit. *Eigentlich sollte T'Lera meinen Platz einnehmen. Ich habe ihn in erster Linie ihr zu verdanken.* T'Saaf sah der Diskussion mit Interesse entgegen, spürte intellektuelle Neugier in bezug auf das eher sonderbare und sehr individuelle Verhalten T'Leras.

»Die Entscheidung für *T'Kahr* Savar als Ihren Histographen ...«

»... ging auf seinen eigenen Wunsch zurück, Präfektin«, sagte T'Lera. Erneut wanderte ihr Blick durchs Zimmer, als suche er nach einer Lücke in den Wänden, nach einem Riß, durch den er der planetaren Enge entkommen konnte. »Mein Vater ist alt. Ihm bleiben nur noch wenige Jahre. Wenn er sie in den Diensten des Außenweltamtes verbringen möchte, so hat er meiner Ansicht nach ein Recht darauf, respektiert zu werden.«

»Er *hat* uns bereits wertvolle Dienste geleistet«, erwiderte Präfektin T-Saaf. »Sowohl hier auf Vulkan als auch in den Tiefen des Alls. Er sollte sich zur Ruhe setzen.«

Darauf bekam sie keine Antwort. T'Lera erinnerte sich daran, daß ihr Vater und sie andere Gründe hatten, und sie hielt es für besser, nicht darüber zu sprechen.

»Hält ihn sein Heiler für flugtauglich?« erkundigte sich T'Saaf.

T'Lera wich der Frage aus. »Er hat drei solche Reisen unternommen, bevor es uns gelang, die Lichtmauer zu durchbrechen. Sechs Dekaden seines Lebens verbrachte er in der Leere zwischen den Sternen. Es ist logisch anzunehmen, daß er jene Umgebung als sein eigentliches Heim betrachtet.«

»Trotzdem: Wenn es keine absolute Garantie dafür gibt, daß er alle seine Pflichten wahrnehmen kann ...«

T'Saaf sprach nicht weiter. Die Annahme, ihr Vorgänger sei nicht mehr im Vollbesitz seiner körperlich-geistigen Leistungsfähigkeit, mochte grausam erscheinen, doch ihre Logik blieb unerschütterlich. Der Platz an Bord eines Erkundungsschiffes war ebenso beschränkt wie der Proviant. Jedes Besatzungsmitglied mußte seine Aufgaben wahrnehmen können, selbst ein früherer Präfekt. Niemand durfte den anderen zur Last fallen.

»Die Zukunft ist ungewiß«, sagte T'Lera. Es klang nicht wie eine Entschuldigung. »Savar weiß sehr wohl um seine Verantwortung gegenüber dem Rest der Crew. Er hat sich bereit erklärt, die Konsequenzen zu tragen. Wenn mein Vater ein letztes Mal an einer Mission im Raum teilnehmen möchte ...«

Bei einer anderen Vulkanierin hätten solche Worte vielleicht wie eine Bitte geklungen. Bei T'Lera war es nur eine Feststellung.

»›Ein letztes Mal‹«, wiederholte Präfektin T'Saaf. »Und wenn er nicht zurückkehrt?«

»Auch das ist ihm klar«, erwiderte T'Lera. Für einige Sekunden entspannte sie sich ein wenig, deutete damit an, daß es sich auch um ein persönliches Anliegen handelte. »Ihm bleibt nicht mehr viel Zeit, und auf dieser Welt hält ihn nichts. Wer sein Leben im Raum verbrachte, hat ein Recht darauf, dort zu sterben.«

T'Saaf gab keinen Ton von sich und sah T'Lera durchdringend an, zwang sie dazu, ihrem Blick zu begegnen, in das begrenzte Hier und Jetzt zurückzukehren, in die Realität der planetaren Welt.

»Ich übernehme die Verantwortung«, sagte die Kommandantin ruhig, und ihre Augen schienen sich dabei in zwei Sondierungsinstrumente zu verwandeln. »Um meines Vaters willen.«

»Kaiidth!« bestätigte T'Saaf, und daraufhin wußte T'Lera, daß sie sich zumindest in diesem Punkt durchgesetzt hatte.

Yoshi und Tatya fuhren schweigend zur Agrostation zurück. Es schien keine Worte zu geben, mit denen sich beschreiben ließ, was sie empfanden.

Yoshi steuerte das Tragflächenboot am Rand entlang und über eine der Zugangsflächen, die wie Speichen eines großen Rades vom Mittelpunkt der Anlage ausgingen. Ständig beobachtete er den Horizont. An der rechten Hand, die das Ruder umklammert hielt, zeichneten sich weiß die Knöchel ab. Die andere lag im Schoß, zur Faust geballt.

Tatya blieb unten bei ihren Patienten und hockte zwischen Koje und Bahre auf den Knien. Nachdenklich betrachtete sie die beiden Fremden: Sie wußte jetzt, daß es keine Menschen waren, und daher konnte sie es kaum über sich bringen, die Verletzten zu berühren.

Früher oder später bleibt dir gar nichts anderes übrig, überlegte sie. *Du bist als Hilfsärztin ausgebildet. Es ist deine Pflicht, sie zu behandeln.* Und: *Soll ich sie etwa im Boot lassen, wenn wir die Station erreichen?*

Bis zu den Ellenbogen streckte Tatya ihre blutverschmierten Arme ins Wasser und drehte sie hin und her – bis Yoshi erneut den Motor startete und sich das Luftkissen bildete. Sie spürte ein seltsames Prickeln auf der Haut, hatte das Gefühl, noch immer schmutzig, irgendwie *unrein* zu sein. Nach einer Weile zwang sie sich dazu, einen sterilen Wattetupfer aus dem Medopack zu ziehen, ihn mit kühlem Wasser aus der Kombüse zu befeuchten und der

Frau das Blut vom Gesicht zu wischen. Dabei achtete sie darauf, daß ihr kein Tropfen der grünen Flüssigkeit auf die Hände geriet. *Wenn wir wieder zu Hause sind, gehe ich unter die Dusche, schrubbe mich gründlich ab und streife mir anschließend Handschuhe über ...*

Einige Minuten später gab sie die Watte in den Abfall und versuchte, die Fremde nicht zu lange anzustarren. Ihr Anblick beunruhigte sie zutiefst. Die Nase war gebrochen, einige Zähne gelockert, das Zahnfleisch blutig, zumindest ein Wangenknochen gesplittert. Breite Rissen zeigten sich in der Haut, und an einigen Stellen schwoll das Gewebe an. Als das Raumschiff ins Meer fiel, mußte die Frau von der Wucht des Aufpralls an die Konsole geschleudert worden sein; es gab keine andere Erklärung für das Ausmaß ihrer Verletzungen. Aber es waren nicht in erster Linie die Wunden, die Tatya so sehr erschreckten, sondern die Art und Weise, wie die Fremde darauf reagierte.

Die Fremde, wiederholte sie in Gedanken. *Nun, wie soll ich sie sonst nennen? Sie stammt nicht von dieser Welt, das steht fest. Also ist die Bezeichnung angemessen.*

Im Gegensatz zum Mann erwachte die Frau häufig aus ihrer Ohnmacht. Die Knochenbrüche und verschiedenen Verbrennungen verursachten sicher erhebliche Schmerzen, aber davon ließ sie sich nichts anmerken. Aufgrund der gebrochenen Nase mußte sie durch den Mund Luft holen, und ihr Atem erklang als ein leises, rasselndes Zischen — die einzigen Geräusche, die sie von sich gab. Kein Stöhnen, kein leises Wimmern. Nichts.

Mehrmals fühlte Tatya die Aufmerksamkeit ihrer Patientin auf sich ruhen.

Die Augen ...

Die angeschwollenen Stellen verwandelten sie in schmale Schlitze, doch sie blieben geöffnet, solange die Fremde bei Bewußtsein war. Tatya sah pechschwarze Pupillen, deren Blick kühl über ihre Schulter hinwegreichte. *Wenn sie mich jemals direkt ansieht ...*

Sie schauderte unwillkürlich und wandte sich dem

Mann zu, dessen Augen gnädigerweise geschlossen waren. Als sich Tatya vorbeugte und die Hand ausstreckte, fühlte sie erneut das sonderbare Prickeln. Behutsam klopfte sie auf die Wangen des Verwundeten, zwang seinen Geist aus den dunklen Gewölben des Komas. Innerhalb kurzer Zeit stabilisierte sich sein Zustand, und daraufhin lehnte sich Tatya wieder zurück und beobachtete ihn.

Er faszinierte sie. Trotz der Verbrennungen, die nicht nur ein Drittel seines Gesichts betrafen, sondern auch die Hände und den Torso, wirkte er noch attraktiver als Yoshi. *Behalt das bloß für dich!* Die Züge glatt und ebenmäßig, die Haut golden, die Wimpern dicht und schwarz und zentimeterlang, das dunkle Haar weich wie Seide. Die exotischen Brauen und spitz zulaufenden Ohren schienen sie zu hypnotisieren, und fast hätte sie das grüne Blut vergessen, das im Körper des Fremden zirkulierte.

Die Ohren. Zunächst hielt Tatya sie für das Ergebnis einer kosmetischen Veränderung, vergleichbar mit dem auf der Erde üblichen Durchstechen von Ohrläppchen. Aber als sie genauer hinsah, konnte sie keine Narben erkennen, und die Wölbung der Ohrmuschel schien völlig natürlich zu sein. Nein, ihre Form entsprach einzig und allein einem anders strukturierten genetischen Code.

Tatya schüttelt den Kopf und stellte sich ein Volk solcher Wesen vor. Tausende, Millionen, vielleicht sogar Milliarden von ihnen, auf einem Planeten, in einem Sonnensystem, über die ganze Galaxis verteilt. Was hielten sie von den Menschen, ihrem roten Blut, ihren kleinen, wie verkümmert anmutenden Ohren?

Plötzlich zuckte Tatya zusammen, und auf ihrem Rükken bildete sich eine jähe Gänsehaut: Die Frau starrte nicht mehr ins Leere, sondern sah sie direkt an. Die Agronomin spielte mit dem Gedanken aufzuspringen, davonzulaufen und zu fliehen (Zu fliehen? Wohin? Ins Meer, das sie auf allen Seiten umgab?), und sie konnte dieser Versuchung nur widerstehen, weil das Tragflächenboot einen Sekundenbruchteil später ans Dock stieß. Das Brummen des Triebwerks erstarb.

»Wir sind da!« rief Yoshi überflüssigerweise.

»Aufgrund seiner Verdienste hätte *T'Kahr* Savar auch ohne Ihre Fürsprache an der bevorstehenden Expedition teilnehmen können«, betonte die Präfektin T'Saaf und ließ T'Lera dabei nicht aus den Augen. *Sie soll verstehen, daß ich nicht etwa wegen ihr eine Ausnahme mache, sondern weil wir ihrem Vater viel verdanken.* »Aber die Wahl Sorahls als Navigator kann ich nicht akzeptieren.«

»Welche Einwände erheben Sie dagegen, Präfektin?« erkundigte sich T'Lera. In ihrer Stimme war erneut ein Hauch von Ironie zu hören. »Weil er in keinem offiziellen Rang steht? Oder weil er mein Sohn ist?«

»Es gibt sechs andere voll bestätigte Kandidaten, die ebenso qualifiziert sind wie er«, erwiderte T'Saaf und ging damit auf beide Fragen ein. »Nepotismus ist nicht nur unlogisch, sondern kann unter besonderen Umständen auch gefährlich sein!«

Es kam einem schweren Vorwurf gleich, in diesem Zusammenhang von Nepotismus zu sprechen, denn so etwas deutete nicht nur auf Günstlingswirtschaft, sondern auch auf einen Mangel an Urteilsvermögen hin — was sowohl der vulkanischen Ehre als auch dem ethischen Kodex eines Raumschiffkommandanten widersprach. T'Lera ließ sich davon jedoch nicht beeindrucken. Sie kannte T'Saafs Methoden und hatte sich darauf vorbereitet.

»Ich möchte die Präfektin mit allem Respekt auf den Anhang meines Berichts hinweisen.« Sie gab sich Mühe, ihre Stimme möglichst ruhig klingen zu lassen, alle Spuren von Ironie und Sarkasmus aus ihr zu verbannen. »Dort wird ausführlich auf diesen Punkt Bezug genommen. Von den sechs erwähnten Personen, die als Navigatoren in Frage kämen, sind vier bereits anderen Missionen zugewiesen. Einer hat gerade seinen verdienten Urlaub begonnen, und der sechste ist Selik, der schon zu meiner Besatzung gehört, als Astrophysiker und Kartograph. *Er* schlug mir Sorahl vor und wies darauf hin, er sei derzeit der beste Seniorkadett.«

T'Saaf machte sich nicht die Mühe, im Anhang nachzuschlagen – sie kannte seinen Inhalt ebensogut wie T'Lera.

»Und was den Rang betrifft ...«, fuhr die Kommandantin fort. Salz in die Wunde streuen, hätte ein Mensch gesagt. Bei Vulkaniern gab es keine adäquate Metapher. »Ein rein technisches Problem, wenn Sie gestatten. Die Einführungszeremonie für Seniorkadetten beginnt sechs Tage nach dem geplanten Missionsbeginn. Das Startfenster bietet uns nur für eine gewisse Zeit optimale Flugmöglichkeiten. Soll ich diese Toleranzgrenze überschreiten und dadurch ein unnötiges Risiko eingehen? Oder verlangen Sie von mir, auf den besten abkömmlichen Navigator zu verzichten, nur weil an seiner Uniform ein Rangabzeichen fehlt?«

T'Lera erinnerte die Präfektin nicht daran, daß sie – T'Lera – ihren Vater als Kind bei seiner zweiten Reise nach Sol III begleitet hatte. T'Saaf hätte mit Fug und Recht darauf hinweisen können, daß damals weniger strenge Vorschriften herrschten – was den Präfekten Savar in die Lage versetzte, sich weitaus mehr Freiheiten zu nehmen. Als T'Lera Vulkan zum erstenmal verließ, war sie gerade erst elf Jahre alt, kaum mehr als ein Kind, und sie kehrte zwei Dekaden später als reife Erwachsene zurück. Kein anderer Vulkanier außer ihr hatte seine Jugend im All verbracht. Die Erlebnisse im Raum erwiesen sich als prägend für ihr Wesen: Nie wieder konnte sie einen Planeten als das erachten, was man gemeinhin mit dem Begriff ›Heimat‹ assoziierte – eine Denkweise, die viele Vorteile mitbrachte, manchmal aber auch einer schweren Bürde gleichkam.

Wollte sie, daß es ihrem Sohn ebenso erging?

Nein, Sorahl war älter, bereits neunzehn, und mit der neuen Warp-Technik dauerte die Reise zur Erde nicht mehr zehn Jahre, sondern nur noch zehn Tage. Die ganze Mission würde kaum mehr als einige Monate in Anspruch nehmen. Es bestand also nicht die Gefahr – wenn man in diesem Zusammenhang wirklich von einer ›Gefahr‹ sprechen konnte –, daß Sorahl das Schicksal seiner Mutter teilte.

Doch das alles waren rein persönliche Erwägungen, nicht für die schreibtisch-, planeten- und traditionsgebundene T'Saaf bestimmt. Für die Präfektin gab es nur einen wichtigen Punkt, den sie nicht ignorieren durfte: Sorahl besaß die notwendigen Qualifikationen, und es gab keine anderen bedeutsamen Verpflichtungen, die er wahrnehmen mußte. Hinzu kam, daß ihn die Kommandantin eines Erkundungsschiffes – zufälligerweise auch seine Mutter – offiziell anforderte. Es stand auf einem ganz anderen Blatt, was T'Lera wirklich bezweckte. Sie wollte Sorahl mit dem vertraut machen, was ihr damals Savar gezeigt hatte: die Weite des Alls, die vielen Wunder und Rätsel, die das Universum barg, die ätherische Schönheit des Kosmos, die Widersprüche, auf die Surak in seinen Schriften hinweis und die er für so wichtig hielt, daß er ein philosophisches Prinzip daraus entwickelte: UMUK – Unendliche Mannigfaltigkeit in Unendlicher Kombination.

T'Lera war nicht bereit, der Präfektin nachzugeben. Sie bestand darauf, daß ihr Sohn an der Mission teilnahm.

»Und wenn ein Handeln gemäß der Ersten Direktive notwendig werden sollte?« T'Saafs letzter Einwand – und sie ahnte bereits die Antwort.

Zerstörung vor Entdeckung. T'Lera glaubte fast, diese Worte mit der Muttermilch in sich aufgenommen zu haben.

»Es steht mir nicht zu, das zu ignorieren, was uns Surak lehrte und was mein Vater sein Leben lang verkündete«, erwiderte T'Lera langsam. »Der Kommandant eines Erkundungsschiffes trägt die Verantwortung für das Leben seiner Besatzungsmitglieder, ob es Blutsverwandte sind oder nicht. Ich bin bereit, diese Pflichten wahrzunehmen und entsprechend zu agieren.«

Einige Minuten später verließ Commander T'Lera die

Präfektur und machte sich auf den Weg zum Akademischen Saal, um ihrem neuen Navigator selbst Bescheid zu geben. Sie ging so ruhig wie immer, und nichts in ihrer Haltung drückte irgendeine Art von Triumph aus. Durch das entschlossene Eintreten für den alten Vater und ihren Sohn hatte sie die auf den Schultern eines jeden Raumschiffkommandanten ruhende Last noch weiter vergrößert. Gerade sie durfte auf keinen Fall versagen.

»Wir müssen völlig übergeschnappt sein«, murmelte Tatya heiser, als sie den männlichen Fremden ins Schlafzimmer der Station brachten und auf das Wasserbett legten. »Mit ziemlicher Sicherheit hat er eine schwere Gehirnerschütterung, aber mit meinen Instrumenten kann ich keinen intrakraniellen Druck feststellen. Wenn wir ihn nicht sofort zu einem Medozentrum fliegen, stirbt er vielleicht. Die Frau hat eine Menge Blut verloren und muß operiert werden, wenn ihr Gesicht nicht für immer entstellt bleiben soll. Was sollen wir machen? Ich ...«

»Tatiana!« Yoshi war außer Atem – was nicht unbedingt an der körperlichen Anstrengung lag, eher an der tief in ihm brodelnden Furcht – und seine Nerven schienen zum Zerreißen gespannt. »Das alles fällt dir zu spät ein. Jetzt gibt es kein Zurück mehr. Reiß dich zusammen!«

»Na schön«, erwiderte sie überraschend kleinlaut. »Du hast recht.«

Was ist nur mit mir los? dachte sie verwirrt. Seit vielen Jahren träumte sie von interstellaren Reisen, davon, Leben auf anderen Planeten zu entdecken. Nur einige durchschnittliche Ergebnisse bei Simulatortests hatten sie daran gehindert, an den AeroMar-Programmen teilzunehmen, und deshalb entschied sie sich für Agronomie. *Gestern nacht war alles so aufregend. Warum bin ich jetzt so entsetzt?*

»Laß uns jetzt die Frau holen«, sagte Yoshi und zupfte an ihrem Ärmel. »Los, *beeil* dich!«

Diesmal beobachteten sie beide den Horizont und hielten nach Besuchern Ausschau.

Yoshi lief voraus, erreichte das Tragflächenboot und ging sofort nach unten, um zum erstenmal seine volle Aufmerksamkeit auf die Fremde zu richten. Die vielen Wunden im Gesicht schockierten ihn weniger, als er erwartete, doch die Augen hatten auf ihn die gleiche Wirkung wie auf Tatya.

»Haben Sie keine Angst«, sagte er aus einem Reflex heraus.

»Wir wollen Ihnen nur helfen.«

Eine Sekunde später schlug er sich mit der flachen Hand auf die Stirn.

»Was bin ich doch für ein Narr! Sie kann mich unmöglich ...«

Er brach ab, als sich die angeschwollenen Lippen der Außerirdischen bewegten.

»Ich ... verstehe«, hauchte sie, und Yoshi spürte, wie sich seine Nackenhaare aufrichteten.

»Unsere Mission besteht darin zu beobachten«, schrieb der einstige Präfekt Savar. »Wir unternehmen alles, um nicht von den Beobachtungsteleskopen und Scannern erfaßt zu werden, und wir müssen unter allen Umständen vermeiden, die automatischen Verteidigungsmodule zu aktivieren, die sich im Orbit jeder hochentwickelten Welt befinden und eine Invasion verhindern sollen.

Wir nähern uns nicht weiter als bis zu den künstlichen Satelliten, sammeln topographische Informationen über den betreffenden Planeten, stellen fest, wo sich Städte befinden, befassen uns mit Klima und anderen Besonderheiten. Wir zeichnen die Funksignale auf, mit denen sich die Bewohner verständigen und die sie ins All schicken, um einen Kontakt mit Außenweltlern herzustellen. Durch eine genaue Analyse der visuellen Kommunikation erfahren wir die kulturellen Eigenheiten und stellen fest, in welcher Beziehung die Einheimischen zu ihrer Umwelt stehen.

Was noch wichtiger ist: Wir lernen die für uns fremde Sprache. Wie sonst sollen wir mit unseren Brüdern im Geiste kommunizieren, wenn die Zeit kommt, uns ihnen zu zeigen?«

»Ich ... verstehe«, sagte T'Lera und benutzte dabei die offizielle Standardsprache der Erde. Sie dachte an die Besatzungen der anderen Erkundungsschiffe, die über viele Jahre hinweg audiovisuelle Programme aufgezeichnet, grammatikalische Strukturen mit Hilfe von Spezialcomputern in ihre einzelnen Bausteine zerlegt und die Daten schließlich in automatischen Übersetzungsgeräten gespeichert hatten. T'Lera sah sich selbst, wie sie jene seltsamen Laute aus dem Mund ihres Vaters hörte, wie sie ihnen nach und nach Bedeutungsinhalte zuwies. Später verwendete sie den damals noch unvertrauten Kommunikationscode, um sich mit anderen Angehörigen des Außenweltamtes zu unterhalten. Jetzt wandte sie sich zum erstenmal an Personen, die mit einer solchen Mitteilungsform als Muttersprache aufgewachsen waren. »Ich verstehe.«

T'Lera antwortete nur, um die Furcht zu zerstreuen, die sie in der Stimme des männlichen Terraners vernahm. In beiden Gesichtern, die wie vage Flecken vor ihr schwammen, kam Besorgnis zum Ausdruck. Der Schock aufgrund ihrer Verletzungen, die langen Stunden im Wrack, die sie ständig mit dem Tod konfrontierten, die Ungewißheit über Sorahls Schicksal, ihre Unfähigkeit, über eine allein von Logik bestimmte Handlungssequenz zu entscheiden ... All das hinderte sie daran, in Erwägung zu ziehen, daß die Menschen mindestens ebenso neugierig sein konnten wie Vulkanier. Andernfalls hätte sie vermutlich geschwiegen.

»Sie beherrschen unsere Sprache?« flüsterte Yoshi fassungslos. »Aber wie ...«

Er bekam keine Antwort auf seine Fragen. T'Lera verlor erneut das Bewußtsein.

»Eigentlich sollte man meinen, daß es hier von Schiffen und Flugzeugen nur so wimmelt«, sagte Melody Sawyer. Sie stand auf dem Kommandoturm und blickte übers leere

Meer, während die *Delphinus* mit gemütlichen drei Knoten trieb. »Vorausgesetzt natürlich, Ihre Vermutungen treffen zu, Captain. Ein weltweiter Alarm, so wie in den 2D-Filmen über Invasionen vom Mars.«

Derzeit befanden sich Nyere und Sawyer allein auf der Brücke. Jason saß an den Ortungsschirmen und vertrat die Technikerin, die für ein spätes Frühstück nach unten gegangen war. Melody brauchte also kein Blatt vor den Mund zu nehmen.

»Erinnern Sie sich noch an das Festival Alter Filme, das wir gemeinsam besuchten? An den Streifen *Krieg der Welten?* Komische Felsbrocken, die vom Himmel fielen, eine Zeitlang liegenblieben und sich dann öffneten? Irgendwelche dummen Maschinen kamen zum Vorschein und begannen natürlich sofort damit, Menschen umzubringen. Später stellte sich heraus, daß es keine Roboter waren. Sie wurden von glubschäugigen Marsianern gelenkt, die ...«

Melody unterbrach sich, als sie merkte, daß ihr der Captain überhaupt nicht zuhörte. Er wandte den Blick von den sorgfältig justierten Scannern ab, starrte mit grimmiger Miene zum Horizont und klammerte sich an die Hoffnung, daß der Ozean kein Rätsel aus dem All barg. Berufsehre und Pflichtbewußtsein zwangen ihn dazu, das während der vergangenen Nacht abgestürzte Objekt zu suchen. Und wenn sein Wunsch in Erfüllung ging, wenn sie tatsächlich nichts fanden? Dann schickte AeroMar einfach jemand anders, jemanden mit einer besseren Spürnase, mit besseren Instrumenten, jemanden, der früher oder später einen Erfolg melden würde.

»Warum, Jason?« fragte Melody schließlich. »Warum sind nur wir hier draußen?«

»Ganz einfach: Je weniger Leute Bescheid wissen, desto weniger müssen anschließend ›behandelt‹ werden«, erwiderte Nyere und beobachtete mit sonderbarer Zufriedenheit, wie Sawyer die Augen aufriß.

»Gehirnwäsche?« platzte es aus ihr heraus. Sie stemmte

die Hände an die Hüften. »Das kann doch wohl nicht Ihr Ernst sein?«

Es spielt keine Rolle, welche Euphemismen man benutzt, dachte Jason Nyere. Behandlung, Gehirnwäsche, Gedächtnislöschung ... Es handelte sich um ein Überbleibsel aus der reaktionären Zeit, der Melody manchmal nachtrauerte: mehrere obligatorische Hypnosebehandlungen, die dazu dienten, bestimmte Informationen aus dem individuellen Erinnerungsvermögen zu tilgen, um auf diese Weise Geheimhaltungserfordernissen gerecht zu werden.

»Es geht nicht darum, ob *ich* es ernst meine«, brummte der Captain. »Es geht darum, was AeroMar von der Sache hält. Und der Hinweis auf die Allgemeine Order 2013 war deutlich genug.«

Sawyer starrte eine Zeitlang ins Leere und beschloß, das Thema zu wechseln.

»Was haben Sie den Besatzungsmitgliedern gesagt?« fragte sie.

»Sie glauben, wir seien mit einer ganz normalen Bergungsmission beauftragt. Ein Satellit, der ins Meer stürzte und wichtige Daten enthält.«

»Und das kauft Ihnen die Crew einfach so ab?«

»Wahrscheinlich nicht. Aber solange wir Funkstille wahren müssen, kann die Mannschaft denken, was sie will.« Nyere blickte zur Treppe, um festzustellen, ob die Technikerin zurückkehrte. »Das gilt auch für Sie, Melody. Wenn bereits jemand gefunden hat, wonach wir suchen ... Wir müssen einen ganz harmlosen Eindruck erwecken, dürfen niemanden alarmieren.«

Er deutete auf den Schirm, der eine schematische Darstellung der Agrostation zeigte, von der sie noch rund fünfzig Kilometer trennten. In diesem Bereich des pazifischen Ozeans lebten nur die beiden Tangfarmer. Die *Delphinus* war auf dem Weg zur Station, um die Agronomen mit Nachschub zu versorgen, als die Priorität-Eins-Nachricht eintraf.

Sawyer pfiff leise durch die Zähne. Sie mochte Yoshi

und Tatya. Zusammen mit Jason und den übrigen zehn Besatzungsmitgliedern hatte sie wundervolle Abende in ihrer Gesellschaft verbracht. Das nächtliche Meer, das sich wie Silber bis zum Horizont und darüber hinaus erstreckte, das Glitzern der Sterne am klaren Himmel ... Sie seufzte lautlos und dachte an ihre gegenwärtige Lage. Wenn Zivilisten in eine solche Angelegenheit verwickelt waren, Zivilisten, die über eigene Kommunikationsvorrichtungen verfügten und sich mit dem Festland in Verbindung setzen konnten ...

»Setzen Sie einen Kom-Analysator ein, sobald wir in Reichweite von Agro III sind«, sagte Nyere, als erriete er die Gedanken seines Ersten Maats. »Überprüfen Sie die Speichereinheiten. Stellen Sie fest, ob es in der agronomischen Welt irgendwelche Neuigkeiten gibt.«

»Ja, Sär, Captain, Sär«, erwiderte Sawyer ein wenig zu eifrig.

Schritte näherten sich, und die Rückkehr der Scanner-Technikerin verhinderte eine Fortsetzung des Gesprächs.

»Wir erreichen das Solsystem in vierundzwanzig Komma Null eins Minuten, Commander«, berichtete Steuermann T'Preth. Ihre Stimme war kaum lauter als das Summen der Impulstriebwerke, die sie an ihrem Pult kontrollierte.

(Die Zeitangabe basierte auf vulkanischen Begriffen, genauer gesagt: auf dem vulkanischen Puls und der Logik des Zehnersystems. Hundert Pulsschläge entsprachen demnach einer Minute. Nach der bei den Menschen gebräuchlichen Zeitrechnung schlug das Herz eines Vulkaniers zweihundertvierzigmal in einer Standard-Minute, woraus folgt, daß die vulkanische Minute fünfundzwanzig Standard-Sekunden entsprach. Vierundzwanzig vulkanische Minuten waren demnach gleichbedeutend mit sechshundert menschlichen Sekunden. Doch zum Zeitpunkt dieser Geschichte brauchten noch keine Umrechnungen vorgenommen zu werden. T'Preth wies schlicht und einfach darauf hin, daß die Expedition in zehn irdischen Minuten die Umlaufbahn des neunten und sonnenfernsten Planeten – die Erdbewohner nannten ihn Pluto – überqueren würde.)

»Bestätigt«, erwiderte Commander T'Lerá, die an der Kommandokonsole saß. Ihre Stimme klang fast ebenso leise wie die T'Preths, verlor jedoch nie ihre Schärfe. »An alle: In zwanzig Minuten Stationen besetzen. Countdown läuft.«

Diejenigen Crewmitglieder, die bereits ihre Posten eingenommen hatten, gaben keine Antwort. An Bord eines vulkanischen Raumschiffes hielt sich niemand mit irrelevanten Bemerkungen auf. Alle Vulkanier erachteten das Schweigen als eine Tugend, und die unmittelbare Nähe von sechs anderen Personen bestärkten sie noch in dieser Haltung. Die räumlichen Beschränkungen und nicht unerheblichen psychologischen Belastungen während einer langen interstellaren Reise erforderten ein hohes Maß an gegenseitiger Toleranz, und Stille schuf einen guten Ausgleich zwischen unterschiedlichen Temperamenten.

T'Lera dachte an die Zeit vor der Entwicklung des Warp-Antriebs zurück. Die einzelnen Besatzungsmitglieder der Erkundungsschiffe arbeiteten jeweils in zwei Jahre langen Schichten, während ihre Gefährten in der Hibernation lagen. Die Gespräche der Vulkanier, die an den Kontrollen wachten, gingen nur selten über den Austausch wichtiger Daten hinaus. *Mein Vater Savar ist ein gutes Beispiel,* dachte die Kommandantin. *Seit Tagen hat er keinen einzigen Ton von sich gegeben. Die Erfahrungen der früheren und wesentlich längeren Reisen haben sein Verhalten geprägt.*

Es waren bereits alle Stationen besetzt – nur der Navigator fehlte. Als Sorahl die Anweisung seiner Mutter vernahm, unterbrach er sein privates Studium schon eine ganze Weile vor dem genannten Zeitpunkt, wandte sich von dem Schirm ab, der ihn mit der bordeigenen Datenbibliothek verband, und nahm an den Navigationskontrollen Platz. Ein Hauch von Verwirrung zeigte sich in seinen

Zügen und deutete darauf hin, daß zumindest ein Teil seiner Überlegungen nach wie vor den Dingen galt, mit denen er sich bis eben beschäftigt hatte. T'Lera nahm diesen Umstand zur Kenntnis, sprach ihren Sohn jedoch nicht darauf an.

Es gab allen Grund für sie, stolz auf die Crew zu sein: eine Einheit aus sieben Ichs, aus sieben unterschiedlichen Persönlichkeiten und Dutzenden von individuellen Eigenschaften, die alle ein gemeinsames Ziel anstrebten. *Wir sind sieben, und wir sind doch eins,* überlegte die Kommandantin zufrieden. Einheit und Mannigfaltigkeit — das vulkanische Ideal. T'Lera musterte die Mitglieder ihrer Mannschaft nacheinander.

Ganz vorn saß der Astrokartograph Selik — unermüdlich, methodisch, sein Universum auf die Arbeit reduziert, die wiederum das ganze Universum umfaßte. Er hatte schon an vielen Expeditionen teilgenommen, und derzeit galt seine Aufmerksamkeit einem Kometen, der die Gravimeter des Raumsektors veränderte, den sie gerade durchflogen. Die Körperhaltung wies auf das Ausmaß seiner Konzentration hin: Die Schultern gewölbt, den grauhaarigen Kopf ein wenig zur Seite geneigt.

Neben ihm an der Kommunikationskonsole offenbarte T'Syra, Seliks Bindungspartnerin, eine ähnliche Aufmerksamkeit. Die hellen Augen machten sie zu einer genetischen Besonderheit. Sie hatte T'Lera bei fast allen bisherigen Missionen begleitet — die erste Reise bildete die einzige Ausnahme —, und ihre Aufgabe bestand darin, trotz der noch immer recht großen Entfernung alle von der Erde ausgehenden Funksignale aufzuzeichnen. Ihre Arbeitsbelastung würde während der nächsten Stunden weiter zunehmen.

Der Schweif des Kometen führte zu statischen Störungen der Frequenzen, die T'Syra abhörte, aber Selik brauchte sie gar nicht auf den Grund hinzuweisen — T'Syra bestätigte mit einer knappen Geste. Die Kommunikation zwischen ihnen erforderte keine Worte.

Präfekt Savar vertrat von Anfang an den Standpunkt, daß sich Bindungspartner bei langen interstellaren Reisen begleiten sollten. Es ging dabei nicht um die Befriedigung sexueller Bedürfnisse; an Bord eines Erkundungsschiffes gab es praktisch überhaupt keine Privatsphäre, und außerdem empfanden Vulkanier weitaus seltener als Menschen das Verlangen nach körperlicher Vereinigung. Viel wichtiger war, daß sich zwei seit der Kindheit direkt und unmittelbar miteinander verbundene Geistessphären wesentlich leichter in die mentale Einheit integrierten, die eine Erkundungsexpedition erforderte. Selik und T'Syra bildeten daher ebenso ein Paar wie die manchmal melancholisch wirkende T'Preth und der kräftig gebaute Musiker und Soziologe Stell, der im Wohnbereich die beschaulichen Klänge seiner *Ka'athyra* erklingen ließ, um die anderen Besatzungsmitglieder zu unterhalten.

Eine Ironie des Schicksals, fuhr es T'Lera durch den Sinn, *daß sowohl der Begründer des Partner-Prinzips als auch seine Tochter dazu bestimmt sind, allein zu reisen.* Sie fragte sich nicht, was Savar von ihrer Mutter entfremdet hatte — solche Dinge gingen sie nichts an —, und sie verbannte auch die Erinnerungen an die eigene Scheidung aus sich. Sotir, ihr einstiger Mann, gehörte nicht mehr zu ihrem Leben.

Und was Sorahl betraf ... Er war zu jung, um an einer Trennung von seiner Bindungspartnerin zu leiden. Die geistige Brücke zwischen ihm und der Frau, die er auf Vulkan zurückgelassen hatte, brauchte noch viel Zeit, um stabil zu werden.

Sorahl ... T'Lera unterdrückte ein Lächeln, als sie ihren Sohn musterte. Sein ausdrucksloses Gesicht konnte sie nicht über die in ihm vibrierende Aufregung hinwegtäuschen. Er vergaß nun seine vorherigen Studien, beobachtete den bugwärtigen Schirm und hielt nach dem blauen Schimmern der Erde Ausschau.

Er sollte sich die Haare schneiden lassen, dachte T'Lera und betrachtete die dunklen Strähnen, die bis auf den Uniformkragen hinabreichten. Und: *Wer hält so etwas für angebracht? Die Kommandantin? Oder die Mutter?*

»Zeit, Steuermann?« fragten T'Leras Gedanken. Sie kannte die Antwort bereits, wollte sich nur ein wenig ablenken.

»Noch fünf Minuten, Commander – von jetzt an«, erwiderte T'Preth.

»Bestätigt.«

Das Impulstriebwerk verlieh dem Erkundungsschiff nicht genug Schub, um die Erde vor Ablauf einiger Stunden zu erreichen. T'Lera wußte, daß ihre fünfstündige Schlafperiode schon vor einer ganzen Weile begonnen hatte, aber trotzdem zog sie sich nicht zurück. Sie legte großen Wert darauf, den Einflug ins Solsystem zu beobachten. *Wir haben den Warp-Transit dicht vor der Umlaufbahn des neunten Planeten beendet, und jetzt könnte ich meinen Platz jederzeit räumen, ihn zum Beispiel Stell überlassen. Jeder meiner Gefährten ist in der Lage, mich zu vertreten. Wir sind gleichzeitig einzigartig und austauschbar – auch darin kommt unsere Philosophie zum Ausdruck.*

T'Syra führte Kom-Analysen durch – und fungierte gleichzeitig als Heilerin und Xenobiologin. Stell und Sorahl besaßen genug technische Kenntnisse, um das ganze Schiff zu demontieren und anschließend wieder zusammenzubauen. T'Preth war Linguistin, Künstlerin und Handwerkerin; Vulkanier unterschieden nicht zwischen den beiden zuletzt genannten Kategorien. Selik gehörte zum Hohen Rat und stand als Dritter Navigator in den Diensten des Außenweltamtes. Wenn sie entschieden, einen direkten Kontakt zu den Bewohnern der Erde herzustellen, sollte er als Sprecher auftreten. Und T'Lera, die Kommandantin ... Sie gab keinen Befehl, den sie nicht selbst ausgeführt hätte – und bis zu einem gewissen Ausmaß vereinte sie die Fähigkeiten ihrer Crewmitglieder in sich.

Auch das entsprach den von Savar entwickelten Prinzipien: Die Besatzungen von Erkundungsschiffen mußten besonders fähig und kompetent sein, denn auf ihnen lastete die Verantwortung des Erstkontakts.

»Wir überqueren jetzt die Umlaufbahn des neunten Planeten, Commander«, meldete T'Preth leise.

»Bestätigt«, sagte T'Lera und fügte unnötigerweise ein ›Danke‹ hinzu.

Ansonsten blieb alles still in der kleinen Zentrale. Eine aus Menschen bestehende Mannschaft hätte vielleicht gejubelt, doch Vulkanier konzentrierten sich statt dessen auf ihren Pflichten.

Nach einer Weile stand T'Lera auf und betrat den abgeschirmten Wohnbereich. Der alte Savar lag in einer der schmalen Schlafnischen, jener Mann, der vor vielen Jahren die Regeln aller interstellaren Missionen bestimmt hatte. Nur wer ihn sehr gut kannte, konnte auf den ersten Blick feststellen, ob er ruhte oder meditierte. Die glänzenden, obsidianfarbenen Augen starrten ins Leere, in die Weite des Alls, das er als seine einzige, wahre Heimat erachtete.

»Vater?« fragte T'Lera sanft und ließ sich vor der Koje auf die Knie sinken. Der Musiker Stell legte die *Ka'athyra* beiseite, ging zu seiner Konsole und ließ Vater und Tochter allein. »Ich wollte dir nur sagen, daß wir uns jetzt im Solsystem befinden.«

Der alte Mann setzte sich langsam auf.

»Vielen Dank, Commander«, erwiderte er, die Stimme von tagelangem Schweigen heiser und belegt. Er beharrte auf der förmlichen Anrede, so wie damals, als er selbst Kommandant gewesen war. »Ich freue mich darauf, die Erde noch einmal zu sehen.«

Melody Sawyer hielt den kleinen Chemoanalysator über die verdächtig wirkende Sektion des Barrierenwehrs, das die westlichen Tangkulturen der Station Agro III abschirmte.

»Die Kabel haben sich verheddert und sind an einigen Stellen ausgefranst«, murmelte sie. »So als habe sich etwas

Schweres darin verfangen und sei anschließend abgerutscht. He, Moy, halten Sie das blöde Ding stabil!«

Der junge und nervöse Fähnrich Moy sah sich nun zum erstenmal direkt mit dem Meer konfrontiert. Es herrschte recht hoher Seegang, und es fiel ihm nicht leicht, das Gleichgewicht zu wahren und außerdem das kleine Boot zu kontrollieren.

»Tut mir leid, Sir«, sagte er aus einem Reflex heraus. Er neigte dazu, sich dauernd für irgend etwas zu entschuldigen. »MeteoKom hat schlechtes Wetter angekündigt.«

In seinem kindlichen Gesicht glühten Eifer, Neugier und Aufregung, als er versuchte, über Sawyers Schulter zu sehen und einen Blick auf den Analysator zu werfen. »Was zeigt das Gerät an, Sir? Haben wir was entdeckt?«

»Könnte sein, Moy«, brummte Sawyer besorgt. »Ja, es wäre durchaus möglich.«

Es war reiner Zufall, daß ausgerechnet sie etwas bemerkte. Nyere beauftragte die Tageswache, an der Peripherie von Agro III zu kreuzen, bevor die Fahrt zur eigentlichen Station fortgesetzt werden sollte. Melody behielt einige Stunden lang die Instrumente im Auge, und als sie das Bugdeck aufsuchte, um sich dort ein wenig die Beine zu vertreten, fiel ihr Blick auf die beschädigten Kabel. Sie überredete den Captain, ihr ein Boot zur Verfügung zu stellen, damit sie sich die Sache aus der Nähe ansehen konnte.

»Die weißen Flecken dort stammen nicht von Farbe«, stieß sie hervor. »Ich habe keine Ahnung, woraus sie bestehen. Wir sollten eine Probe nehmen und sie an Bord der *Delphinus* gründlich untersuchen.«

»Glauben Sie, es ist wirklich ein Satellit abgestürzt, wie der Captain meinte, Sir?« platzte es aus Moy heraus. »Oder steckt Ihrer Ansicht nach mehr dahinter? Er hat sich verändert, seit wir die Nachricht erhielten, wird immer wortkarger. Wie ich hörte, soll es eine Botschaft mit Priorität Eins gewesen sein. Vielleicht ...«

»Schluß damit, Moy. Lassen Sie uns zurückkehren,

bevor ich mein Frühstück den Fischen überlassen muß. Ich bin es nicht gewöhnt, dem Wasser so nahe zu sein.«

»Aye, Sir«, erwiderte Moy enttäuscht und steuerte das Boot zur wartenden *Delphinus*.

»Es ist keine Farbe, Captain, Sär«, sagte Melody und wies auf den Computerausdruck. »Es handelt sich um eine Substanz, die aus Rhodinium- und Silizium-Verbindungen besteht. Wir verwenden solche Stoffe für abdichtende Anstriche und ähnliche Zwecke.«

»Und?« Jason Nyere gab sich völlig unbeeindruckt. »Sie wissen ja, daß sich Yoshi häufig über Freizeitkapitäne beklagt hat, die ihre Yachten an den Warnbojen vorbeisteuern und prompt in den Abschirmungen steckenbleiben. Irgend jemand hat am Ruder geschlafen, das ist alles.«

»Das bezweifle ich, Sär. Nach der Analyse weist das Material gewisse Parallelen zu dem hochtemperaturresistenten Abdichtmaterial auf, mit dem die Außenhüllen unserer Raumschiffe behandelt werden.«

Sawyer sprach in einem bedeutungsvollen Tonfall, um Nyeres Aufmerksamkeit zu wecken. Was ihr auch gelang.

»›Gewisse Parallelen‹ – was soll das heißen?«

»Die Untersuchungsergebnisse deuten darauf hin, daß die entsprechende Substanz Spurenelemente aufweist, die nicht aus unserem Sonnensystem stammen. Sie können unter Laborbedingungen synthetisiert werden, aber ...«

»Vielleicht ist es irgendeine geheime Neuentwicklung der Raumbehörde«, warf Nyere ein und griff nach dem sprichwörtlichen Strohhalm. »Nein, Sawyer, meiner Ansicht nach sind Ihre Entdeckungen keineswegs schlüssig. Wir brauchen mehr Daten.«

Einige Sekunden lang herrschte Stille. Nyeres Sturheit ging Melody auf die Nerven, und der Kapitän nahm Anstoß an der offensichtlichen Ungeduld seines Ersten Maats.

»Jason, gestern nacht fiel irgend etwas vom Himmel und verhedderte sich in den Kabeln des Barrierenwehrs. Ich vermute, es wartet jetzt irgendwo im Meer auf uns.« Als

Nyere keine Antwort gab, fügte Melody etwas schärfer hinzu: »Ich möchte wissen, was zum Teufel Sie jetzt zu unternehmen gedenken, Captain, *Sär.*«

»Das genügt, Sawyer!« Der Kapitän starrte sie an, bis sie den Blick senkte. »Irgendwelche Vorschläge?«

»Einen, Sär: Wir tauchen an der Stelle, wo die Kabel beschädigt sind — und suchen am Meeresgrund nach kleinen grünen Männchen.«

»Negativ«, widersprach Nyere. »Es ist schlechtes Wetter angekündigt, und außerdem wird's bald dunkel. Ich halte es für besser, wir warten bis morgen.«

»Wir könnten unsere Infrarotsonden benutzen, Captain«, warf Melody ein.

»Wir sind hier dem Mayabi-Graben viel zu nahe«, entgegnete Nyere. »Ich habe keine Lust, auf dem Grund herumzustapfen und zu riskieren, in eine maritime Schlucht zu stürzen. Morgen, wenn sich der Wind gelegt hat und die Sonne aufgegangen ist. *Morgen,* Melody, eher nicht.«

Sawyer nickte unzufrieden. Einerseits ergaben die Argumente des Captains durchaus einen Sinn, aber andererseits war er solche Risiken schon öfter eingegangen. *Er will nur Zeit gewinnen,* dachte sie. *Aber irgendwann bleibt ihm keine andere Wahl, als eine Entscheidung zu treffen.*

»Sonst noch was, Melody?« fragte Jason. Ihr Gesichtsausdruck gefiel ihm nicht besonders.

Eine Zeitlang sahen sie sich stumm an, und Sawyers Miene machte deutlich, was sie von der Sache hielt.

»Was ist mit den Kom-Speichern der Agrostation?« fragte der Captain schließlich.

»Ich habe sie untersucht.«

»Und?«

»Den ganzen Tag über keine externen Kontakte«, erklärte Sawyer. »Weder Berichte über ungewöhnliche Zwischenfälle noch irgendwelche Notrufe. Auch keine privaten Gespräche mit Nachbarfarmern oder Freunden auf dem Festland. Nichts.«

»Vielleicht haben Tatya und Yoshi schlicht und einfach gearbeitet — bis der Seegang zu stark wurde.«

»Mag sein, Captain«, erwiderte Melody und machte sich nicht die Mühe, ihren Zweifel zu verbergen. »Allerdings waren die Empfangsanlagen stundenlang eingeschaltet. So als hätten unsere Freunde ständig am Lautsprecher gesessen und gewartet. Darauf, daß irgend etwas passiert.«

»Spekulationen, Melody«, brummte Nyere, obwohl er nicht so recht daran glaubte. »Vielleicht gibt's während dieser Jahreszeit nicht viel zu tun. Vielleicht sahen sie sich einen interessanten Film an...«

»Kommen Sie, Jason ...«

»Hören Sie, Sawyer! Vielleicht haben's Tatya und Yoshi den ganzen Tag über miteinander getrieben und wünschten sich Hintergrundmusik!« platzte es aus Nyere heraus. Sein Stimmungsbarometer stand auf Sturm. »Es gibt Dutzende von möglichen Erklärungen, und eine ist harmloser als die andere. Warum wittern Sie sofort Verschwörungen?« Er holte tief Luft. »Verschwinden Sie jetzt und vertreiben Sie sich irgendwie die Zeit. Morgen um vierzehn Uhr erreichen wir Agro III. Haben Sie bis dahin Geduld.«

»Wie Sie meinen, Captain, *Sär*«, erwiderte Melody leise. »Ich hoffe nur, Ihnen ist klar, daß sich unser Problem nicht von allein löst.«

*

Die Elektronik der Penthousetür nahm eine kurze Sondierung vor, identifizierte James T. Kirk und schwang auf. Der Admiral begrüßte die Stille, die ihn in seiner Wohnung erwartete — ein anstrengender Nachmittag lag hinter ihm.

Verdammte Stabsbesprechungen! fuhr es ihm durch den Sinn. *Verdammte Bürokraten, deren geistiger Horizont nur bis zum Rand ihrer Schreibtische reicht.* Schon als Raumschiffkommandant verabscheute Kirk nichts mehr als den endlosen Papierkrieg. Auseinandersetzungen mit Trelanern oder Rojani waren schon gefährlich genug, doch die anschließenden Berichte kamen heimtückischen Minen gleich, die jederzeit explodieren konnten ...

Jim Kirk seufzte. *Jetzt hat Spock das Kommando über die Enterprise, und mir bleibt einzig und allein der Bürokram.*

Gedankenverloren öffnete er die Verschlüsse seiner Uniform und warf den noch immer steifen roten Stoff – fast so rot wie geronnenes Menschenblut; der Designer schien eine seltsame Art von Humor zu haben – auf einen Sessel. Das Metall der Admiralsabzeichen klirrte leise. Achtlos stellte er die Aktentasche ab: ein angeberisch wirkendes Ding mit einem kleinen Hologramm an der einen Ecke, das auf Rang und Identität hinwies. Zur Standardausstattung gehörte ein Sicherheitsmodul, das eine Implosion herbeiführte und den Inhalt zerstörte, wenn jemand die Tasche zu öffnen versuchte, ohne vorher den Code einzugeben.

Dafür werden unsere Steuergelder verschwendet, dachte Kirk. Derzeit enthielt der kleine Koffer nur einige nicht besonders wichtige Datenkristalle, deren Informationen mit den Beratungen am Nachmittag in Zusammenhang standen – und Das Buch.

Das Buch. Kirk lächelte schief, als er sich erinnerte. Er hatte großen Wert auf eine gebundene Ausgabe aus echtem Papier gelegt, die ihn eine Menge Geld kostete und den troyianischen Datenbroker vor erhebliche Probleme stellte. »Der Admiral ist doch bestimmt mit dem Hyperlesen vertraut!« schnatterte der Troyianer und tastete betrübt mit opalblauen Fingen über das Anforderungsformular. Ein Buch aus Papier – was für ein Anachronismus! »Nun, mit Hilfe eines Kommunikationsstimulators kann selbst ein so umfangreiches Werk innerhalb weniger Stunden gescannt werden. Wir bieten sogar eine Lesen-Sie-im-Schlaf-Version an. Denken Sie nur daran, wieviel kostbare Zeit Sie verschwenden, indem Sie blättern und ›gedruckte‹ Buchstabenfolge mit Bedeutungsketten assoziieren ...«

»Ich bin Traditionalist, Purdi«, erwiderte Jim Kirk und lächelte. »Ich glaube, Gott hat den Menschen aus gutem Grund Finger und Augen gegeben.« Seine Stimme klang humorvoll, machte jedoch gleichzeitig klar, daß er auf seinem Standpunkt beharrte und die Diskussion für beendet hielt. Troyianer waren recht geschwätzig.

Purdi schnaufte abfällig. »Bücher für Wohnzimmervitrinen«, brachte er hervor. »Früher kauften Leute solche Ausgaben nicht etwa, um sie zu lesen, sondern um Freunden und Verwandten gegenüber Kultur zu beweisen. Vermutlich möchten Sie nur deshalb ein gebundenes Exemplar, um es Ihrer Sammlung hinzuzufügen.«

Kirk zuckte mit den Schultern und überließ den Troyianer seinen falschen Vorstellungen.

»Über eine Milliarde Datenkopien!« verkündete die Werbe-Holos der Unterhaltungskanäle.

Die Leute schienen *Fremde vom Himmel* nicht nur zu kaufen, sondern tatsächlich zu lesen. Selbst Heihachiro Nogura beschäftigte sich damit, hockte vor dem Compuschirm in seinem Büro und schien den Rest der Welt zu vergessen, während pseudomentale Signale ganze Kapitel in sein Bewußtsein übertrugen. Kirks Studenten, die für gewöhnlich Stoffe wie *Käpt'n Starlight und die neunzehn Wunder des Universums, Teil Siebenhunderteinundzwanzig* und *Zweitausendundeine Nacht: Romanzen im All* bevorzugten, nutzten die Pausen zwischen den einzelnen Vorlesungen, um den Erstkontakt zwischen Menschen und Vulkaniern zu erörtern. Wenn sie den Admiral nach seiner Meinung fragten, erwiderte er ausweichend, er vergliche die Bedeutung des Werks noch immer mit seinen, äh, persönlichen Erfahrungen in Hinsicht auf Außenweltdiplomatie.

Der Tropfen, der das Faß schließlich überlaufen ließ, war ein Erlebnis im Raumdock von TerraZentral. Kirk wollte dem ganzen Rummel entkommen und hoffte, im Orbit endlich Ruhe zu finden. Als er die Dockmensa aufsuchte, um sich dort eine Tasse Kaffee zu genehmigen, begegnete er Nyota Uhura und ...

»Admiral, erinnern Sie sich an Cleante alFaisal?«

Was für eine dumme Frage. Ob er sich an sie erinnerte? Rund fünf Minuten lang war er unsterblich in sie verliebt gewesen. Er entsann sich an eine Rettungsmission der *Enterprise*, an die Bergung von zwei Überlebenden, der eine ein Mensch, der andere ein Vulkanier. Probleme mit Romulanern in den abgelegenen Bereichen eines bestimmten Raumquadranten, Tage der Anspannung ... An einem Teich mit Lotusblumen fand er Frieden, sah in melancholisch blickende, byzantinische Augen ...

»Hallo, Jim.«

»Cleante ...«

Kirk hauchte ihr einen Kuß auf die Hand, so wie damals, spürte dabei Uhuras neugierigen Blick.

»Leisten Sie uns Gesellschaft«, bat sie, und der Admiral nickte.

»Was führt Sie hierher?« fragte er Cleante freundlich.

»Reiner Zufall«, erwiderte sie. Ihre Stimme klang so melodisch, wie er sie in Erinnerung hatte. »T'Shael war mit Dr. M'Benga in Altfrisco verabredet, und ich habe die Gelegenheit zu einem kleinen Einkaufsbummel genutzt. Dabei traf ich Nyota, und sie lud mich hierher zum Essen ein. Ich bin noch nie im Raumdock gewesen.«

»Ich verstehe«, sagte Kirk. T'Shael, die vulkanische Überlebende, litt an einer genetisch bedingten Blutkrankheit, die in regelmäßigen Abständen behandelt werden mußte. Auf der Erde gab es praktisch keine Heiler von Vulkan, aber M'Benga kannte sich mit den Besonderheiten des vulkanischen Metabolismus gut aus. »Nun, ich möchte Sie nicht länger stören ...«

»Cleante erzählte gerade etwas Faszinierendes«, warf Uhura ein und strahlte übers ganze Gesicht. »Sie hat einen Verwandten entdeckt, von dem sie überhaupt nichts wußte ...«

»Ach? Steht das in irgendeinem Zusammenhang mit Ihrer archäologischen Arbeit?«

Cleante schüttelte den Kopf, und ihr langes, dunkles Haar wogte dabei wie ein zarter Schleier.

»Es war eine echte Überraschung für mich«, entgegnete sie. »Der Mann präsentierte sich mir als Protagonist eines historischen Romans. Kennen Sie *Fremde vom Himmel?*«

Kirk stöhnte innerlich und gab sich geschlagen. »Nein, *noch* nicht.«

»Nun, bestimmt wissen Sie, worum es dabei geht. Beim irdischen Militär- und Geheimdienstkomplex herrschte helle Aufregung, und die Verantwortlichen überlegten, was sie mit zwei gestrandeten Vulkaniern anstellen sollten, als jener Mann, der ausgerechnet Mahmoud Gamal al-Parneb Nezaj hieß ...«

Kirk kapitulierte. Am folgenden Nachmittag verließ er TerraZentral, beamte sich zur Erde zurück und suchte Purdis Buchladen auf.

Mit voller Absicht ließ sich Jim das Buch zur Admiralität schicken – um die Neugier der jüngeren Stabsmitglieder zu erwecken. Die meisten von ihnen hatten noch nie in ihrem Leben ein richtiges Buch gesehen. Er saß an seinem Schreibtisch, betrachtete das Paket und strich mit den Fingerkuppen wie zärtlich über das braune Papier, mit dem der diskrete Purdi den Band eingewickelt hatte. Kirk hielt es geradezu für pervers, Werke wie *Krieg und Frieden* oder *Der alte Mann und das Meer* in Form von elektronischen Speichermodulen zu archivieren, die einen Computer erforderten, um gelesen zu werden. Seiner Ansicht nach hatte so etwas nichts mehr mit Literatur zu tun.

Die Adjutanten und Junioroffiziere, die den Admiral besuchten, bedachten das seltsame Objekt auf dem Schreibtisch mit verwunderten Blicken. Kirk sah die Fragen in ihren Augen, beantwortete sie jedoch nicht. Als die Stabsbesprechungen begannen, schloß er das Buch in der Schublade ein. Später schmuggelte er es nach Hause, gab sich dabei so verschwörerisch, als handle es sich um verbotene klingonische Aphrodisiaka und nicht um schlichtes Papier.

In seiner Penthouse-Wohnung zögerte er, genoß die Stille, das herrliche Gefühl, endlich allein zu sein. Er wartete eine Weile, bis er das Buch dem Aktenkoffer entnahm, konzentrierte sich zunächst auf die Vorfreude, hielt den Band schließlich so in den Händen, als stelle er einen kostbaren Schatz dar. Vorsichtig blätterte er, las die ersten Zeilen, verlor sich in einer anderen Zeit, an einem anderen Ort.

Kirk genehmigte sich einen Drink und machte es sich bequem. Doch bevor er mit der eigentlichen Lektüre beginnen konnte, galt es noch etwas zu erledigen.

»Computer?«

»Ja, Jim?« Die Stimme klang schläfrig, was auf eine ausgezeichnete Programmierung des Sprachprozessors hindeutete.

Kirk runzelte unwillig die Stirn und verbiß sich eine scharfe Erwiderung. Er hatte für sein Apartment ein individuell angepaßtes Modell erbeten.

»Lies mir den Terminkalender für morgen vor. Jeweils ein Eintrag.«

»Wie Sie wünschen, Admiral«, erwiderte der Computer etwas förmlicher. »Beginn um 8.00 Uhr: Einsatzbesprechung für die Kommandeure des dritten Quadranten.«

Endloses Gerede, dachte Kirk. *Langes Warten aufgrund der Übermittlungsverzögerungen.*

»Bestätigt. Nächster Punkt?«

»Gegen 9.30 Uhr: Sporthalle; Übungen mit dem *Kendo*-Lehrer.«

Kirk ächzte und dachte an den drohenden Muskelkater.

»Ist das eine Bestätigung, Admiral?«

»Wie? Oh, ja. Ich höre.«

»Von zehn bis zwölf: Besuch der Feuerwehr.«

»Wie bitte?«

»Ausdruck stammt von Ihnen, Admiral«, erwiderte der Computer bereitwillig. »Ich habe mir die Freiheit genommen, eine etymologisch-linguistische Analyse vorzunehmen. Der Begriff entstand auf der präföderativen Erde und bedeutet ...«

»Schon gut.« Kirk seufzte und fragte sich, ob Spock die Programmierung der Penthouse-Elektronik verändert hatte. Eine Art vulkanischer Scherz?

Nein, Vulkanier erlaubten sich keine Scherze. *Humor,* vernahm er Spocks Erinnerungsstimme, *ist eine rein menschliche Eigenschaft, die jeder Logik entbehrt und somit nicht zum vulkanischen Wesen gehört.* Kirk lächelte unwillkürlich, als ihm diese Gedanken durch den Kopf gingen. Trotz — oder gerade wegen? — seiner Rationalität, auf die er immer wieder mit solchem Stolz hinwies, neigte Spock zum Philosophieren: Es schien kaum einen Themenbereich zu geben, den er nicht mit mehr oder weniger längeren Kommentaren versah. *Nun, vielleicht liegt es daran, daß seine Ausführungen immer so ungeheuer bedeutungsvoll klingen.*

»Jim?« fragte der Computer vorsichtig. »Habe ich Sie irgendwie beleidigt?«

»Was? Oh, nein. Ich mußte nur gerade an etwas denken ... Wie dem auch sei: Ich weiß jetzt, was es mit der ›Feuerwehr‹ auf sich hat. Damit sind die Angehörigen des Kommandostabs der Starbase 16 gemeint, die morgen hier eintreffen. Ich soll für sie den Fremdenführer spielen.«

»Den ›Fremdenführer‹? Soweit ich weiß, handelt es sich ausschließlich um Repräsentanten der Spezies Homo sapiens. Vielleicht ist ein neuerlicher linguistischer Signifikanzvergleich erforderlich, um ...«

»Schon gut.« Kirk spürte, wie Ärger in ihm entstand. *Der verdammte Computer nimmt mich auf den Arm!* »Was ist mit den anderen Terminen?«

»Von 12.00 Uhr bis 14.00 Uhr: Arbeitsessen mit Admiral Nogura, in seinem Büro.«

Das gibt Magengeschwüre, befürchtete Kirk. *Heihachiro trifft sich nur mit mir, wenn irgend etwas schon gestern hätte erledigt werden sollen.*

»Und dann?«

»Vierzehn bis sechzehn Uhr: taktisches Seminar mit den Gruppen Blau und Gold.«

Untertitel: Wie bleibe ich wach, damit die Kadetten nicht einschlafen? kommentierten Kirks Gedanken. *Himmel, es gibt nichts Langweiligeres!*

»Bestätigt.«

»16.00 Uhr: *Kobayashi Maru,* Grüne Gruppe ...«

»Und um siebzehn Uhr die Auswertung? Vorausgesetzt natürlich, meine Schüler haben sich nicht selbst in die Luft gesprengt.«

»Soweit ich weiß, enthält der Simulator keine explosiven Substanzen«, antwortete der Computer. »Dort stattfindende Raumgefechte verletzen höchstens den Stolz. Darf ich jetzt fortfahren?«

»Oh, ja, natürlich«, brummte Kirk, stellte müde das Glas ab und rieb sich die Augen. »Entschuldige bitte die Unterbrechung«, fügte er ironisch hinzu. »Hoffentlich habe ich dich nicht aus dem Konzept gebracht.«

»Das ist gar nicht möglich, Jim«, erwiderte die Sprachprozessorstimme. »Menschliche Stimmen bewirken keine Kurzschlüsse in mir. Allein dadurch kann ich wohl kaum die Übersicht über aktivierte Programmfunktionen verlieren.« Eine kurze Pause. »Wo war ich stehengeblieben? Ah, ja: 17.00 Uhr Auswertung Kobayashi Maru, Grüne Gruppe. Achtzehn Uhr: Cocktailempfang für ...«

»Halt!« Kirk hatte die Nase voll. Seine Arbeitstage zeichneten sich durch eine Art kumulative Gleichförmigkeit aus, die ihm immer mehr auf die Nerven ging. Es fiel ihm ganz und gar nicht leicht, sich damit abzufinden; er konzentrierte sich statt dessen auf die einzige Sache, die ihm wirklich am Herzen lag. »Gegenwärtige Position und Status der *Enterprise.*«

»Einen Augenblick.« Bunte Pausenmuster glühten auf dem kleinen Monitor. Kirk geduldete sich, griff nach dem Glas und lauschte dem leisen Klirren der Eiswürfel. Er haßte die Schreibtischarbeit, wünschte sich in den Befehlsstand seines Raumschiffs zurück. »Bereit.«

»Ich bin ganz Ohr.«

»Position und Status der *USS Enterprise,* NCC-1701:

Sternzeit 8083.6. Ergänzung der Besatzung besteht aus einem technischen Offizier und siebenunddreißig Ingenieursstudenten; zur erweiterten Brückencrew gehören sieben Kadetten. Den Befehl führt Captain Spock. Derzeitige Aufgabe: Übungspatrouille, zwei Parsek vom Llingri-Sternhaufen entfernt. Voraussichtliche Dauer: noch drei weitere solare Tage. Die Manöver finden gemäß Vorschrift 14-B statt, und Starfleet hat eine vulkanische Variante autorisiert. Nach dem letzten Bericht ist an Bord alles in Ordnung.«

»Ich verstehe«, murmelte Kirk. Eine autorisierte vulkanische Variante ... Mit anderen Worten: Spock hielt einige Überraschungen für die Kadetten parat und sorgte dafür, daß sie nicht zur Ruhe kamen. »Geschätzte Zeit für die Rückkehr?«

»Captain Spock hat ein genaues Datum angegeben: Sternzeit 8097.4.«

Ein genaues Datum. Und er würde die *Enterprise* rechtzeitig zurückbringen, selbst wenn er es unterwegs mit Ionenstürmen und irgendwelchen interplanetaren Konflikten zu tun bekam. Nur das Ende des Universums mochte ihn daran hindern, die vulkanische Tugend der Pünktlichkeit zu achten. Der gute alte Spock. Die *Enterprise* konnte nicht in besseren Händen sein.

Verdammt!

Kirk unterbrach die Verbindung zum Penthousecomputer, duschte in Rekordzeit und zog einen alten, bequemen Trainingsanzug an. Vor dem Synthesizer in der Küche zögerte er, erinnerte sich an McCoys warnende Hinweise auf sein Gewicht und orderte einen Salat. Dann nahm er vor dem Kamin Platz, griff nach dem anachronistischen Buch und begann zu lesen.

3

Das Licht des stürmischen Nachmittags verblaßte allmählich. Yoshi saß im anderen Zimmer der Agrostation und starrte auf den Kom-Schirm, ohne die wechselnden Darstellungen zu beachten.

Sie hatten diesen Raum immer als ›anderes Zimmer‹ bezeichnet. Es diente als Wohnzimmer, Küche, Büro, Speicher, Lager, Vorratskammer, Sporthalle und Unterhaltungszentrum. Auch der Kom-Schirm, der fast eine ganze Wand beanspruchte, erfüllte mehrere Funktionen: Computer, Holovision, elektronischer Briefkasten, Nachrichtenbrücke zum Festland. Abgesehen von den monatlichen Versorgungsfahrten der *Delphinus* stellte er ihren einzigen Kontakt zum Rest der Welt dar.

Derzeit wünschte sich Yoshi nichts sehnlicher, als auch die letzten Verbindungen zu kappen und glauben zu können, es sei überhaupt nichts geschehen. Er wollte fliehen, sich irgendwo verkriechen, wie ein Strauß den Kopf in den Sand stecken. Statt dessen hockte er vor dem noch immer aktivierten Schirm, beobachtete das bunte Wogen, das kaum einen Sinn zu ergeben schien, blieb ein Gefangener des Chaos in seinem Innern. Manchmal vergaß er sogar, wonach er Ausschau hielt, worauf er wartete.

Glaubte er im Ernst, MediaKom verkündete der ganzen Erde, über dem Südpazifik sei ein fremdes Raumschiff abgestürzt?

Eine Zeitlang spielte er mit dem Gedanken, die AeroMar-Frequenzen abzuhören. Er beherrschte genug Computertricks, um das zu bewerkstelligen, aber vermutlich würde irgend jemand seinen Streifzug bemerken. Und Verdacht schöpfen. Nein, sie durften auf keinen Fall Aufmerksamkeit erregen. Yoshi schüttelte den Kopf, und mit einer seltsamen Art von Apathie ging er die einzelnen Kanäle durch.

»... nach dem versuchten Attentat einiger pseudoreligiöser Fanatiker der sogenannten Allianz des Zwölften November ...«

Klick.

»... wird der gegenseitige Nichtangriffspakt durch eine Wiederaufnahme der Feindseligkeiten bedroht, die ...«

Klick.

»... fanden bei den Krawallen dreiundzwanzig Menschen den Tod. Die Unruhen begannen, als Fans der Mannschaft aus der Südlichen Hemisphäre ...«

Die Erde ist nach wie vor ein verdammtes Tollhaus, dachte Yoshi betrübt. *Seit dem letzten Krieg sind fünfzig Jahre vergangen, aber noch immer fallen sie übereinander her. Die Anlässe spielen eigentlich keine Rolle: angeblich unterdrückte Minderheiten, so enorm wichtige Dinge wie Fußballspiele ... Kein Außerirdischer, der einigermaßen bei Verstand ist, würde es wagen, auf einem solchen Planeten zu landen. Die beiden Fremden, die wir heute morgen aus dem Meere fischten – ich möchte nicht in ihrer Haut stecken.*

Klick.

»... kam es trotz großer Nachfrage und einer allgemein als recht gut bezeichneten Marktlage zu großen Kursschwankungen der von MarProtein angebotenen Aktien. Nach den letzten Meldungen breitet sich die zuerst im Mittelpazifik beobachtete Pilzinfektion der Tang- und Algenkulturen weiter aus ...«

Oh-oh, dachte Yoshi und kehrte einen Augenblick zum anderen in die Wirklichkeit zurück. Solche Nachrichten betrafen ihn unmittelbar und erforderten angemessene Aufmerksamkeit.

Schon seit Monaten trafen immer wieder Berichte über eine Tangwelke im Norden ein, hervorgerufen von einem mutierten Parasitenpilz. Keine der üblichen Behandlungen wirkte, und die Infektionsfront weitete sich nach Süden in Richtung Agro III aus. Andere Stationen im Nordosten beklagten bereits Kulturverluste, die bis zu einem Viertel des gesamten Anbaus betrafen.

Yoshi schüttelte verwirrt den Kopf. Bis zu diesem Morgen hatte seine wichtigste Aufgabe darin bestanden, mit dem Tragflächenboot an den Zugangsflächen entlangzufahren und Tangproben zu nehmen, um sie anschließend auf möglichen Pilzbefall zu untersuchen. Jetzt rückten diese Probleme in den Hintergrund und verloren an Bedeutung. Er dachte nur noch an die beiden Fremden und hoffte inständig, daß niemand kam, um nach dem Rechten zu sehen, um die Auslieferung der Aliens zu verlangen.

Er stellte sich die gleiche Frage, die Tatya an sich selbst gerichtet hatte: Wovor fürchtete er sich?

Ihm und seiner Partnerin drohte keine echte Gefahr. Schlimmstenfalls bot man ihnen ›Hilfe‹ dabei an, den Absturz des Raumschiffes und die beiden Außerirdischen zu vergessen. Anschließend verlief ihr Leben wieder in den gewohnten Bahnen, so als habe es nie zwei extraterrestrische Schiffbrüchige gegeben. *Entspricht das nicht meinem Wunsch?*

Aber wenn AeroMar, die Geheimdienste und vielleicht sogar PentaKrem ungehindert eingreifen konnten — was stand dann den Gestrandeten bevor? Freundliche Gespräche? Verhöre? Mentalsondierungen, um an ihre Informationen zu gelangen? Vielleicht sogar der Tod, weil man sie für eine Gefahr hielt? *Warum fühle ich mich davon betroffen?* überlegte Yoshi. *Warum glaube ich, das ginge auch mich etwas an?*

Er versuchte sich davon zu überzeugen, daß sich seine Rolle auf die eines unbeteiligten Beobachters beschränkte. Er wollte sich einreden, es sei besser, die beiden Fremden den Behörden zu überlassen. Aber als er an Tatya dachte, nagten Zweifel an der herbeibeschworenen Erleichterung. Er haßte nichts mehr als Streit und Auseinandersetzungen — einer der Gründe, warum er das Leben in der Einsamkeit einer Agrostation bevorzugte. *Habe ich mich von Tatyas Romantik in bezug auf andere Planeten anstecken lassen? Bin ich deshalb bereit, mein Leben zu riskieren, um Mißverständnissen und Hysterie vorzubeugen? Um die*

Arrestierung und möglicherweise sogar die Hinrichtung der beiden Außerirdischen zu verhindern, die Menschen ähnlich sehen und unsere Sprache beherrschen — und von denen ich überhaupt nichts weiß?

Und wenn sie irgendwelche übernatürlichen Kräfte besaßen, die nur darauf warteten, freigesetzt zu werden? Kräfte, die Tatya und Yoshi zu völliger Hilflosigkeit verurteilten? Wenn sie Kriminelle waren, auf der Flucht, weil sie in ihrer Heimat wegen Mord oder noch schlimmerer Verbrechen gesucht wurden? Oder die Vorhut einer Invasionsstreitmacht, Späher, damit beauftragt, die Erde auszukundschaften, die menschliche Gesellschaft zu infiltrieren, um alles für den Angriff vorzubereiten ...

Und wenn es sich um zwei völlig harmlose und unschuldige Sternreisende handelte, über einer fremden Welt abgestürzt, verletzt und völlig von den Einheimischen abhängig? *Ja, was dann?*

Es existierten nur sehr wenige Dinge, für die Yoshi sein Leben aufs Spiel gesetzt hätte. Er war nicht besonders mutig — und das gab er auch offen zu. Im Gegensatz zu seiner abenteuerlichen Partnerin gab er sich mit einem einfachen, schlichten und wenig abwechslungsreichen Leben zufrieden. Die immer komplexer werdende Technologie des einundzwanzigsten Jahrhunderts, die riesigen Städte mit ihren unüberschaubaren Menschenmassen, die Gefahren, die in der modernen Welt überall lauerten, insbesondere dann, wenn man in Dinge verwickelt wurde, die das Interesse von Militär, Nachrichtendiensten und geheimbundartiger Politik fanden — all diese Dinge erschreckten Yoshi. Er strebte ereignislose Harmonie an, wünschte sich nur, in aller Ruhe das Meer und die Sterne beobachten zu können. Er ging Schwierigkeiten aus dem Weg, und seine einzigen Sorgen beschränkten sich auf Probleme, die nicht bedrohlicher waren als Tangwelke.

Vielleicht hätte er selbst die Behörden verständigt und auf die beiden Fremden hingewiesen — *damit sie die notwendige medizinische Hilfe bekommen,* beruhigte er sein

Gewissen –, aber es fehlte ihm an der notwendigen Entschlossenheit. Außerdem wollte er sich nicht von Tatya jeden Knochen im Leib brechen lassen.

Und dann die außerirdische Frau, die zwei Worte in seiner Sprache an ihn richtete. *Ich ... verstehe.* Das weckte den Beschützerinstinkt in ihm.

Yoshi seufzte und schaltete auf einen anderen Kanal.

»... ist ein defekter Geosatellit im Nordwesten der Osterinsel in den Pazifik gestürzt ...«

Yoshi stand so abrupt auf, daß der Baststuhl zur Seite kippte. Heftiger Schmerz ging von seinem verletzten Knöchel aus, aber er ignorierte das Stechen und erhöhte die Lautstärke.

»... wurde ein AeroMar-Schiff beauftragt, den Satelliten oder Teile davon zu bergen. In den nächsten Nachrichtensendungen ...«

»Das wär's dann wohl«, sagte Yoshi.

»Ich wette, man schickt uns den Wal«, erklang Tatyas Stimme. Sie stand in der Tür des Zimmers. Yoshi wurde erst jetzt auf sie aufmerksam – Stunden schienen vergangen zu sein, seit sie sich zum letztenmal gesehen hatten. »Er ist ohnehin morgen fällig.«

Der Wal: eine scherzhafte Bezeichnung für die *Delphinus,* die nicht nur auf ihren Namen anspielte, sondern auch auf Größe und Form des Schiffes – und den Körperumfang des Kapitäns. Natürlich verwendeten sie diesen Namen nie, wenn Jason Nyere in der Nähe weilte; er war recht eitel und reagierte empfindlich, wenn man ihn auf seine Leibesfülle ansprach.

Der Wal ... Jetzt klang es nicht mehr witzig.

»Wie geht es ihnen?« Yoshi nickte in Richtung Schlafzimmer; er brauchte nicht extra zu erklären, wen er meinte.

»Ich glaube, ihr Zustand hat sich stabilisiert.« Tatya wirkte sehr erschöpft. »Der Mann scheint sich allmählich zu erholen. Ich habe ihnen keine Medikamente verabreicht, nicht einmal schmerzstillende Mittel; wer weiß, wie sie auf so etwas reagierten. Ihre Physiologie unterscheidet sich völlig von der unsrigen. Organe, die sich überhaupt nicht dort befinden, wo man sie erwartet, die metabolischen Funktionen ein einziges Rätsel. Meine Instrumente zeigen Werte an, die ich unter anderen Umständen für das Ergebnis von Fehlfunktionen hielte. Selbst der Blutdruck ...«

Sie brach ab. Yoshi hatte seine Partnerin noch nie so müde erlebt, daß sie sogar das Sprechen als eine Belastung empfand.

»Was sollen wir jetzt machen, Yoshi?«

Er zuckte mit den Schultern, wäre am liebsten unsichtbar geworden oder im Mayabi-Graben versunken.

»Sollen wir sie als Verwandte von mir ausgeben?« Yoshi versuchte zu lächeln, schnitt statt dessen eine Grimasse.

Tatya blieb ernst.

»Bin gespannt, ob es dir gelingt, Jason davon zu überzeugen«, erwiderte sie abfällig.

»Hast du irgendeinen besseren Vorschlag?« fragte Yoshi scharf.

Seit vielen Monaten lebten sie allein in der Agrostation, waren es daher gewöhnt, bei ihren Diskussionen kein Blatt vor den Mund zu nehmen und so laut zu reden, wie es ihnen gefiel. Doch die Präsenz ihrer beiden ›Gäste‹ veränderte alles. Tatya und Yoshi sprachen weiterhin miteinander und verdeutlichten ihre Standpunkte, aber sie senkten ihre Stimmen und hofften, daß der Wind und das Rauschen des Meeres ihre Worte übertönten.

Es kam ihnen nicht in den Sinn, daß die großen und spitz zulaufenden Ohren der Fremden einen ganz bestimmten Zweck erfüllten. Das dumpfe Heulen der Böen, die an den Flanken der Station entlangstrichen, hatte bereits einen der beiden Außerirdischen geweckt, und er hörte die Agronomen so klar und deutlich, als stünden sie neben ihm.

»Sie wirken so primitiv«, antwortete Sorahl, als T'Lera das Stirnrunzeln ihres Sohnes sah und zum erstenmal fragte, worum es bei seinen privaten Studien ging und was ihn so verwirrte. »Ich möchte nicht respektlos sein, aber ich frage mich immer wieder, was dich und meinen Großvater so sehr an der menschlichen Kultur fasziniert.«

Zwei Tage trennten sie noch vom Solsystem. Das Erkundungsschiff durchquerte gerade die Oort-Wolke, aus der so viele von der Erde aus sichtbare Kometen stammten. T'Lera und Sorahl saßen im Wohnbereich: Für die Kommandantin begann gerade die Freischicht, und die des Navigators ging zu Ende. Bald würde er Selik ablösen, der das Schiff anscheinend ganz mühelos mit einer Hand steuerte, während er mit der anderen neue Kometen in die Karten verzeichnete.

»›Primitiv‹?« wiederholte T'Lera und versuchte nicht, die Ironie aus ihrer Stimme zu verbannen. Sorahl kannte diesen Tonfall besser als jeder andere.

Er deutete auf einige verstreut herumliegende Speicherbänder. Einige von ihnen waren bei früheren Expeditionen angefertigt worden und enthielten Daten über irdische Holosendungen.

»Die auf der Erde gebräuchlichen Unterhaltungsformen«, begann Sorahl vorsichtig. Vielleicht fürchtete er, als naiv kritisiert zu werden. »Die Menschen scheinen von Gewalt wie besessen zu sein. Dann ihre ausgeprägte Sentimentalität, ihre Gefühlsbetontheit, ein Humor, der oft auf Kosten ihrer Mitbürger geht. Wenn sie so etwas schätzen ...«

»Führen deine Studien zu solchen Ergebnissen, Sohn?« Wenn sie allein und nicht im Dienst waren, erlaubte sich T'Lera die persönliche Anrede. Doch schon die Gegenwart des Vaters genügte, um sie an ihre Rolle als Kommandantin zu erinnern. Savar hatte immer großen Wert auf korrekte Förmlichkeit gelegt.

»Mutter, ich weiß, daß mir die Erfahrung all jener Experten fehlt, die sich ihr Leben lang mit kulturellen Analysen beschäftigt haben. Aber meine bisherigen Beobachtungen deuten darauf hin, daß einer derart aggressiven Zivilisation die Gefahr der Selbstvernichtung droht.«

»Diese Ansicht teilen viele terranische Philosophen«, erwiderte T'Lera trocken. »Wie dem auch sei: Die von dir ausgewerteten Informationen stellen nicht die Gesamtsumme aller möglichen Unterhaltungsformen dar, und es ist absurd, daraus auf Moral und Ethik der Menschen zu schließen.«

Sorahl senkte den Blick. Plötzlich wurde ihm klar, wie dumm und töricht seine angeblich so analytischen Deduktionen waren. Er wollte seine Mutter um Verzeihung bitten, doch sie kam ihm zuvor.

»Was würdest du vorschlagen, Sohn? Hältst du es für angeraten, daß wir unsere Missionen im Solsystem beenden und die Terraner fortan sich selbst überlassen?«

»Ganz und gar nicht, Mutter. Ich bin der Ansicht, daß wir endlich die Konsequenzen aus diesem Forschungsprojekt ziehen und Kontakt mit den Menschen aufnehmen sollten.«

T'Lera verbarg ihre Erheiterung über Sorahls Eifer hinter mimischer Strenge.

»Leider sehe ich mich außerstande, deiner Logik zu folgen, Sorahl-*kam.* Wenn du recht hast, wenn es wirklich eine gewaltbestimmte, unreife und primitive Spezies ist – welchen Sinn hätte es dann, eine direkte Verbindung zu ihr herzustellen? Bestünde nicht die Gefahr, daß sie mit der von dir verurteilten Aggressivität reagiert, weil sie sich bedroht sieht?«

»Das glaube ich nicht«, erwiderte Sorahl rasch.

Seine Mutter ließ die Maske unnahbarer Ruhe fallen und musterte den jungen Mann neugierig.

»Erklär mir bitte, was du meinst.«

»Ein kürzlich erschienener Artikel des politischen Wissenschaftlers Sotir ...«, begann Sorahl und beobachtete seine Mutter wachsam. Wenn sie von seinem Vater und ihrem ehemaligen Partner sprachen, benutzten sie immer neutrale Begriffe, so als ginge es um eine Sache und keinen lebenden Vulkanier. *Eigentlich seltsam,* dachte Sorahl. *Ich kenne Sotir mindestens ebensogut wie meine Mutter, denn ich bin bei ihm aufgewachsen, während T'Lera jahrelang das All durchreiste.* Doch nach vulkanischen Maßstäben schickte es sich nicht, selbst innerhalb der Familie über die Scheidung eines Verwandten zu sprechen – solche Themen galten als tabu. »... erklärt eine völlig neue Theorie. Danach kann wohlabgewogenes Eingreifen in die Evolution einer sich entwickelnden Kultur jene Aggressionen und zivilisatorischen Kataklysmen verhindern, die wir erleiden mußten, bevor wir den Richtigen Weg fanden. Anders ausgedrückt ...«

»Gemäß den Richtlinien der Logik muß festgestellt werden, daß es ebenso viele Theorien gibt wie Theoretiker«, warf T'Lera ein. »Außerdem ist Sotir nie in Außenwelt gewesen.«

Einer von mehreren Umständen, die zu unserer Entfremdung geführt haben, fügte sie in Gedanken hinzu.

»Folgt daraus notwendigerweise, daß es seinen Ausführungen an Stichhaltigkeit mangelt?« fragte Sorahl mit einer Sturheit, die T'Lera eine sonderbare Genugtuung bereitete. Es handelte sich nicht etwa um Sotirs Hartnäckigkeit, die pedantisch und provokativ sein konnte, sondern um ihre eigene – um ein individuelles, nichtaggressives Beharren auf dem eigenen Standpunkt, um die Bereitschaft, Meinungen und Auffassungen so lange zu verteidigen, bis sie sich als irrig erwiesen.

»Jede Theorie mit einer logischen Basis hat eine durchaus begründete Existenzberechtigung«, gestand T'Lera ein und ließ sich den Stolz auf ihren Sohn nicht anmerken. »Dennoch ist es nicht ratsam, sie bei den nichtsahnenden Bewohnern einer noch isolierten Welt zu testen.«

»Warum sind wir dann hier?« hielt ihr Sorahl mit jener Art von jugendlicher Ungeduld entgegen, vor der nicht einmal Vulkanier gefeit waren. »Warum beobachten wir die Erde über viele Jahre hinweg, ohne uns zum nächsten logischen Schritt zu entscheiden?«

»Dazu ist es noch zu früh«, sagte T'Lera in einem Tonfall, der verdeutlichte, daß sie in Hinsicht auf diesen Punkt keine Diskussion duldete.

»Wer meint das?« entfuhr es Sorahl. Nur jemand, der T'Lera so gut kannte wie er, konnte es wagen, eine solche Frage zu stellen. »Du oder Präfekt Savar?«

Zerstörung vor Entdeckung. T'Lera zögerte, als sie die Herausforderung in der Stimme ihres Sohnes vernahm. Ein ganzes Leben lang hatte sie das Prinzip der Außenweltmissionen verinnerlicht, es zu einem Teil ihres Wesens gemacht, doch mehr als einmal überlegte sie, ob sie ihre eigenen Motivationen von denen des alten Vaters trennen konnte.

»Savar und ich sind einer ›Meinung‹«, antwortete sie schließlich und glaubte sogar daran. Ihr Blick verhärtete sich plötzlich. »Aber du scheinst *T'Kahr* Sotirs Interventionstheorie zu bevorzugen.«

Sorahl sah sich nun im Fokus von T'Leras beißender Ironie. Er preßte kurz die Lippen zusammen, bevor er erwiderte:

»Wenn wir den Terranern den eindeutigen Beweis brächten, daß man Aggressionsinstinkte überwinden und sein Leben von Logik bestimmen lassen kann, herrschte endlich wahrer Frieden auf der Erde. Mit einer solchen ›Intervention‹, wie du dich ausdrückst, würden wir Millionen von Menschen vor einem gewaltsamen Tod bewahren. Bestimmt sähen die Erdbewohner die Vorteile des Richtigen Weges ein.« Sorahl sprach monoton, so als habe er sich diese Worte schon vor einer ganzen Weile zurechtgelegt.

»Trotz ihrer angeblichen Primitivität?« wandte T'Lera ein.

»Mutter, ich behaupte nicht, wir seien den Terranern überlegen.« Sorahls Stimme vibrierte, obwohl er sich alle Mühe gab, die Ruhe zu bewahren. »Ich weise nur darauf hin, daß wir anders sind. Was der UMUK-Philosophie entspricht.«

»In der Tat«, bestätigte T'Lera. Der junge Navigator hatte ihr das Stichwort gegeben. »Und das Prinzip ›Unendliche Mannigfaltigkeit in Unendlicher Kombination‹ führt zur Ersten Direktive Savars, nicht zu Sotirs Interventionsempfehlungen. Wir sind ganz einfach zu anders, um zu beurteilen, was für eine fremde Spezies am besten ist. Außerdem müssen wir noch weitere Informationen sammeln.«

Sie stand abrupt auf, sehnte sich nach einer Ultraschalldusche und erholsamem Schlaf.

»Sotir kann so viele Theorien entwickeln, wie er möchte«, schloß sie. »*Ich* bin Kommandantin dieses Schiffes, und meine Überlegungen gelten daher praktischen Erwägungen. Du gehörst zur Besatzung und bist somit zu Gehorsam verpflichtet. Bevor wir die Umlaufbahn von Sol III erreichen, Navigator, wirst du dich mit allen Speicherbändern befassen, deren Daten unter dem Hinweis ›Kolonialismus‹ katalogisiert sind. Ich erwarte einen vollständigen Bericht.«

Sorahl berief sich auf die Ironie, die er von T'Lera geerbt hatte. Seine Stimme übertönte das Summen der Ultraschalldusche, als er bestätigte:

»Zu Befehl, *Commander.*«

Wer von uns hatte recht? überlegte Sorahl an jenem seltsamen und völlig fremdartigen Ort, der Zeuge seines Erwachens wurde. Besser gesagt: *mehr* recht – immerhin konnte kein einzelnes Individuum Anspruch auf die ganze Wahrheit erheben. *Aber was spielt das jetzt noch für eine Rolle?* fügte er in Gedanken hinzu. *Unsere Lage hat sich drastisch verändert – wir sind Schiffbrüchige, den Menschen ausgeliefert. Es stellt sich nicht mehr die Frage, ob wir einen Kontakt mit ihnen aufnehmen sollen oder nicht. Die Umstände haben uns die Entscheidung abgenommen.*

Er hörte die beiden Terraner im Nebenzimmer.

»... wie lange können wir sie hier verstecken? Selbst wenn sie sich wie durch ein Wunder erholen, ohne irgendeine Behandlung ...«

»Ich weiß es nicht, Yoshi. Ich weiß es einfach nicht! Aber du hast es vorhin selbst gesagt: Es gibt jetzt kein Zurück mehr. Ich fühle mich verantwortlich für sie, und ich möchte verhindern, daß ihnen irgend etwas zustößt ...«

Savars Prinzipien bereiteten seinen Enkel nicht auf die Situation vor, mit der er sich nun konfrontiert sah. Aber wie jeder Vulkanier, der sein siebtes Lebensjahr hinter sich gebracht hatte, war Sorahl sehr wohl mit den Überlebenskünsten vertraut. Unmittelbar nach dem Erwachen unterzog er Umgebung wie Umstände einer sorgfältigen Analyse und versuchte aufzustehen. Er bewegte sich eher unbeholfen, und daraufhin erzitterte das Wasserbett unter ihm. Das heftige Schwanken drohte T'Lera zu wecken, die neben ihm lag, ebenso komatös wie er vor wenigen Minuten. Sorahl stellte rasch fest, daß ihr keine direkte Gefahr drohte, blieb still liegen und überlegte, wie er sich verhalten sollte.

Schon nach kurzer Zeit wurde er sich darüber klar, was es mit der seltsamen Unterlage auf sich hatte, und die Vorstellung einer mit Flüssigkeit gefüllten Matratze verwunderte ihn ebenso wie die Vielzahl fremder Impressionen, die auf ihn einströmten: die Struktur des Zimmers, die Einrichtungsgegenstände, Geräusche und Gerüche. Hinzu kam eine geringere Gravitation, die sonderbare Empfindungen in ihm bewirkte. Jede verstreichende Sekunde vergrößerte Sorahls Wissen über die Menschen und ihre Welt.

Die kleine Kammer, in der er sich befand und die vor dem weiten, aufgewühlt wirkenden Meer schützte, das er durch die Fenster sehen konnte ... Sie teilte ihm weitaus mehr über den Planeten und seine Bewohner mit als die jahrelangen Studien der verschiedenen Erkundungsmissionen. Möbel, die eine Atmosphäre der Behaglichkeit schufen, verschiedene Schmuckgegenstände, Gläser mit Muscheln, daneben glattgeschliffene Steine mit bunten Mineralienadern, mehrsprachige Bücher aus Papier, die verschiedene Themenbereiche betrafen, Dutzende von Objekten, die auf Tatyas ukrainische Vergangenheit hindeuteten — Sorahl wußte noch nicht, daß sie Tatya gehörten und aus der ehemaligen Sowjetunion stammten, aber diese Informationslücken würden sich bald schließen —, all die vielen persönlichen Dinge eines Schlafzimmers, in dem man keine Fremden erwartete ...

Sorahl rührte sich nicht von der Stelle, widerstand der Versuchung, irgend etwas zu berühren. Er hütete sich davor, die Privatsphäre der Personen zu verletzen, denen er sein Leben verdankte. Dennoch: Ihre Artefakte umgaben ihn auf allen Seiten, und es blieb ihm gar nichts anderes übrig, als sie zu betrachten. *Wenn die Menschen Gelegenheit bekämen, mein Zimmer in der Akademie zu untersuchen — zu welchen Schlüssen gelangten sie?*

Er hatte auch keine Absicht, das Gespräch der beiden Terraner zu belauschen, aber ihre Stimmen waren so laut, daß er sie gar nicht überhören konnte. Er vernahm die gleiche Emotionalität, die schon in den Speicherbändern zum Ausdruck kam. Ganz offensichtlich trachteten sie danach, in Hinsicht auf die Schiffbrüchigen eine Entscheidung zu treffen, und ihre Diskussion beeindruckte den jungen Vulkanier zutiefst. Er begann zu begreifen, warum Savar und T'Lera diese Spezies so faszinierend fanden, und als er sich daran erinnerte, sie als primitiv bezeichnet zu haben, reagierte er mit Scham.

Doch die Verlegenheit währte nicht lange — er mußte handeln. Behutsam unternahm er einen zweiten Versuch, das Wasserbett zu verlassen, und diesmal hatte er Erfolg.

Als Sorahl stand, spürte er seine Schwäche, die sich auf Hunger und Schock gründete. Wieviel Zeit war seit dem Beginn der Krise verstrichen? Und das abgestürzte Wrack ... Wie lange trieb es im Meer, bis es entdeckt wurde? Doch seine Jugend und eine typisch vulkanische Zähigkeit verdrängten die Erschöpfung aus ihm. Erneut dachte er an die Menschen, insbesondere an die Frau: Ihre eher sanften Schläge, mit denen sie sein Bewußtsein aus den tiefsten Gewölben des Komas befreite, gaben ihm die Möglichkeit, die Folgen der Gehirnerschütterung zu überwinden. Er stellte fest, daß sie auch die Brandwunden gereinigt und die verschmorten Stellen der Uniform entfernt hatte, um Infektionen zu verhindern. Kühle Luft strich über Sorahls nackte Brust, und er fröstelte unwillkürlich. Es war kalt auf Sol III — nach den an Bord des Erkundungsschiffes ermittelten Daten herrschte ein beträchtliches Temperaturgefälle von Pol zu Pol.

Sorahl erinnerte sich an die Anzeigen der Instrumente, die Selik im Auge behielt. *Selik, mein bester Lehrer,* fuhr es ihm durch den Sinn. Ein ernster Mann, der über seine Schulter sah, ihm Ratschläge gab. *Der Zufall hat dir das Leben genommen und mich gerettet. Ganz gleich, was die Zukunft für mich bereithält: Ich muß das Andenken derjenigen wahren, die bei dieser Mission starben.*

Erneut schauderte er. Verbrennungen, Reste des Schocks, die Leere im Magen, die vage Benommenheit aufgrund der Gehirnerschütterung – all das forderte seinen Preis.

Sorahl fragte sich, ob es einer Anmaßung gleichkam, wenn er die achtlos auf einen nahen Stuhl gelegte Wolldecke nahm und sie sich um die Schultern streifte.

Er entschied sich dagegen, richtete seine Aufmerksamkeit statt dessen auf T'Lera. Vorsichtig tastete er mit den Fingerkuppen nach den Kontaktpunkten in ihrem entstellten Gesicht. Er war kein Heiler, aber wenn es ihm gelang, seiner Mutter in die Rekonvaleszenztrance zu helfen, wenn er bei ihr blieb, bis sie ihn brauchte, um aus der tiefen Bewußtlosigkeit zu erwachen ...

Mutter, dachte er konzentriert und wußte, daß dieses eine Wort alle Zweifel aus ihr verbannen würde. Es diente als Katalysator, der Erinnerungen an die Krise stimulierte, an die gescheiterte Selbstzerstörungssequenz, an den Absturz.

Sorahl wollte ihr mitteilen, daß sie nicht die einzige Überlebende war, daß es außer ihr noch jemand anders gab. Wenn T'Lera die Besatzung ihres Erkundungsschiffes für tot hielt, wenn sie glaubte, völlig allein zu sein ... Dann gab es keinen Grund, sich der Schwärze des endgültigen Ichverlustes zu widersetzen.

Mutter, wiederholten seine Gedanken und krochen durch die mentalen Strudel des Traumas und sich verdichtender Reminiszenzen ...

»Fehlfunktion Manövriereinheit Eins, Commander«, meldete Steuermann T'Preth in einem Tonfall, der unerschütterliche Gelassenheit verdeutlichte – obgleich ein Defekt in den Steuer- und Bremsdüsen den Tod der Crew zur Folge haben konnte.

»Ausgleich«, erwiderte T'Lera ebenso ruhig. »Brauchen Sie Hilfe?«

Die anderen Besatzungsmitglieder erkannten den Ernst der Situation und handelten den Erfordernissen entsprechend. Stell gesellte sich an Sorahls Seite, um ihn bei der komplexer werdenden Handhabung der Nav-Kontrollen zu unterstützen. Selik und T'Syra verglichen ihre Daten und suchten nach einem externen Faktor, der als Ursache für die Fehlfunktion in Frage kommen mochte. Der alte Savar trat wortlos an die Luftschleuse – er wollte als erster in den Tod gehen, wenn es keinen anderen Ausweg gab.

»Negativ, Commander«, erwiderte T'Preth. Ihre Finger huschten geschickt über die Pulttasten. »Die Schubkompensation ist derzeit ausreichend.«

»Bestätigung«, sagte T'Lera und beobachtete ihre Gefährten. Sie verhielten sich so, als handele es sich nur um eine Übung und keine Wirklichkeit mit fatalem Möglichkeitspotential. »An alle Stationen: Kausalanalyse.«

Die Vulkanier kam der Anweisung schweigend nach.

Seit siebenundvierzig irdischen Tagen umkreisten sie die Erde, sammelten weitere Informationen und beobachteten tausend Sonnenuntergänge. Die ganze Zeit über blieb das Erkundungsschiff selbst den elaboriertesten Ortungssystemen der Menschen verborgen. Unter Seliks Anleitung hatte Sorahl ein ebenso kompliziertes wie anpassungsfähiges Navigationsmuster entwickelt, das sie an den Erfassungsbereichen von orbitalen Satellitenkontrollstationen und planetaren Observatorien vorbeisteuerte, und dadurch konnten sie die Distanz zu Sol III auf ein Mindestmaß verringern. Die Impulstriebwerke absorbierten den Photonenstrom der Sonne, wenn sie sich auf der Tagseite des Planeten befanden, und die Ladung der Solarakkumulatoren erlaubte ihnen eine Flugautonomie von fünfzig Tagen. Anschließend mußten sie die Heimreise antreten.

»Kompensation destabil, Commander«, berichtete T'Preth einige Minuten später. »Manövriereinheit Drei arbeitet nicht mehr zuverlässig.«

Damit wurde der Alarmzustand wieder hergestellt.

»Ursache, Wissenschaft?« T'Leras Frage galt Selik, der sich sofort umdrehte.

»Unbekannt, Commander«, antwortete er. »Keine externen Schäden. Instrumente werden rejustiert, um nach einer internen Fehlfunktion zu suchen.«

T'Lera nickte knapp.

»Erhöhen Sie unseren Orbitalvektor, Steuermann«, sagte sie scharf. »Zwanzigtausend Perigialeinheiten. Navigator, Kurswinkel anpassen. Wir dürfen nicht geortet werden.«

»Bestätigung, Commander«, erwiderten T'Preth und Sorahl gleichzeitig. T'Lera stand auf und trat an die Triebwerkskonsole heran.

»Einheiten Zwei und Vier werden ebenfalls überwacht«, erklärte Stell. Die Kommandantin nahm seine Auskunft wortlos zur Kenntnis. Sie lauschte, vernahm und spürte etwas.

»Status, Steuermann?«

»Manövriereinheit Eins deaktiv, Commander«, hauchte T'Preth, als das leise Summen verklang. »Einheit Drei im blauen Bereich. Derzeitige Höhe: vierzehn Perigialeinheiten. Absturzspirale beginnt in neunzehn Sekunden – von jetzt an.«

Der Rest war ein Alptraum.

Mutter! dachte Sorahl und versuchte, T'Leras Erinnerungsstrom zu unterbrechen, um den Eintritt in die Heiltrance zu ermöglichen. *Mutter!*

Ich bin hier, Sorahl-kam, erwiderte T'Leras Bewußtsein schließlich – und es leitete die Rekonvaleszenz ein, als der junge Vulkanier die Hand fortzog.

Draußen heulte der Wind, und auf den höher werdenden Wellen bildeten sich weiße Schaumkronen. Dunkle Gewitterwolken zogen über den Himmel — ein neuerlicher Sturm kündigte sich an.

Einige Kilometer entfernt, am Rande der tiefen maritimen Schlucht, die man Mayabi-Graben nannte, gab ein Teil des Meeresbodens nach. Die Reste des vulkanischen Raumschiffes glitten auf einem Polster aus Schlamm, beobachtet von Fischen und anderen Geschöpfen des Ozeans. Wie in Zeitlupe neigte sich das Wrack zur Seite und verschwand in dem schier bodenlosen Abgrund.

Im Schlafzimmer der Agrostation nahm ein junger und fröstelnder Vulkanier die bunt gemusterte Wolldecke vom Stuhl und schlang sie sich um die nackten Schultern. Er behielt seine Mutter im Auge, doch gelegentlich wandte er den Kopf und beobachtete das wogende Meer.

Und im Nebenraum setzten die beiden Menschen ihre Diskussion fort.

»... wissen wir nicht einmal, wovon sie sich ernähren. Angenommen, sie brauchen spezielle Umweltbedingungen? Vielleicht bringen wir sie in Gefahr, wenn wir sie hierbehalten ...«

»Du lehnst nur die Verantwortung ab!« entfuhr es Tatya. Sie schrie fast. »Du willst sie jemand anders überlassen und deine Hände in Unschuld waschen. Typisch für dich. Himmel, du *weißt* doch, was die Bürokraten mit ihnen anstellen würden. Möchtest du erleben, wie die beiden Fremden zu reinen Untersuchungsobjekten werden, zu lebenden Spielzeugen für Biologen und was weiß ich? Wie man sie zu Tode analysiert? Nur über meine Leiche!«

»Bitte entschuldigen Sie ...«

Sorahl sprach leise, war es gewöhnt, daß man ihn selbst dann ganz deutlich verstand, wenn er nur flüsterte. Doch die Menschen hörten ihn trotzdem und schwiegen verblüfft. Yoshi spürte, wie sich ihm die Nackenhaare aufrichteten.

»Es liegt mir fern, Sie zu stören«, fügte Sorahl hinzu.

»Ganz offensichtlich stellt Sie unsere Gegenwart vor beträchtliche Probleme, und das bedauern wir sehr.«

Tatya setzte sich wie eine Schlafwandlerin in Bewegung, trat langsam näher und streckte die Hand aus. Der Außerirdische erschien ihr wie eine geisterhafte Erscheinung – wie der Dschinn aus Aladins Wunderlampe. Sie zögerte, ließ den Arm wieder sinken und zwinkerte verwirrt.

»Sie sind wach«, sagte sie überflüssigerweise. Die Medizinerin in ihr erwachte, verdrängte den ungläubig staunenden Aspekt ihres Selbst. »W-wie fühlen Sie sich?«

»Es ... geht mir gut. Ich habe noch nicht meine ganze physisch-psychische Leistungsfähigkeit zurückgewonnen, aber das ist jetzt nur noch eine Frage der Zeit. Ebenso wie bei T'Lera. Sie brauchen sich keine Sorgen mehr um unser Wohlergehen zu machen.«

Sorahl musterte die beiden so überraschten Menschen. *Fällt es ihnen schwer, mich zu verstehen? Liegt es vielleicht daran, daß ich ihre Sprache nicht gut genug beherrsche?*

»Sie ... Sie hatten eine Gehirnerschütterung«, brachte Tatya hervor. »So lautete zumindest meine Diagnose ...«

»Sie spielt nun keine Rolle mehr«, entgegnete Sorahl. Die während der Forschungsmissionen ermittelten Daten deuteten darauf hin, daß die Menschen weder telepathische Fähigkeiten noch die Möglichkeit der Selbstheilung besaßen. Er hielt es für sinnlos, unter den gegenwärtigen Umständen derartige Themen anzuschneiden. Entsprechende Hinweise hätten die Terraner nur noch mehr in Verwirrung gestürzt, vielleicht sogar Furcht in ihnen geweckt. Sorahl begriff plötzlich, daß er die elementarsten Regeln der Höflichkeit verletzte. »Verzeihen Sie. Ich bin Sorahl.« Er deutete ins Schlafzimmer. »Die dort liegende Frau heißt T'Lera. Sie ist meine Mutter und Kommandatin unseres Raumschiffs.«

Yoshi erwachte aus seiner Starre und näherte sich, bot Sorahl aus einem Reflex heraus die Hand an. Der junge Vulkanier erinnerte sich an die Informationen der Speicherbänder und schloß seine Finger vorsichtig um die des

Menschen, achtete trotz der Berührung darauf, keinen mentalen Kontakt herzustellen.

»So-rall«, wiederholte Yoshi, spürte das Widerstreben des Fremden und ließ die warme, trockene Hand wieder los. Eine seltsame Mischung aus Erschrecken und Aufregung bestimmte seinen emotionalen Kosmos. »Und ... Talera?«

Sorahl nickte. Die Aussprache war nicht exakt, aber sie genügte.

Der Mensch lächelte zufrieden. »Mein Name ist Yoshi. Yoshiomi Nakamura, um ganz genau zu sein. Aber Yoshi genügt. Und meine Begleiterin ...«

»Tatya«, sagte die Terranerin mit fest klingender Stimme und warf Yoshi einen durchdringenden Blick zu. Sie hatte Tatiana Georgewna Bilash auf dem Festland zurückgelassen, zusammen mit drei jüngeren Schwestern und vielen anderen weiblichen Verwandten, die gern das Zepter schwangen. Sie machte ebenfalls Anstalten, Sorahl die Hand zu schütteln, zögerte jedoch, als der Fremde ein wenig zurückwich. »Es tut mir leid ... Bin ich Ihnen irgendwie zu nahe getreten?«

»Nein.« Sorahl wußte, was mit diesem Ausdruck gemeint war. Zum zweitenmal berührte er einen Menschen, diesmal einen weiblichen. *Wie soll ich Tatya erklären, daß es in meiner Heimat kein bindungsversprochener Mann wagt, eine Frau ...* »Solche Gesten sind bei uns nicht üblich.«

»Ich schätze, wir wissen noch viel zu wenig voneinander«, warf Yoshi hastig ein und gab sich vergebliche Mühe, seine Verlegenheit zu verbergen.

»In der Tat«, bestätigte Sorahl und schwieg.

»Bestimmt sind Sie halb verhungert!« platzte es aus Tatya heraus und sie erinnerte sich an die praktischen Dinge. »Warten Sie hier. Ich hole Ihnen etwas zu essen.«

Auf halbem Wege zur Küche blieb sie stehen.

»Oh«, murmelte sie. »Ich ... äh, wir wissen gar nicht, welche Nahrungsmittel ...«

»Unsere Philosophie macht uns zu Vegetariern«, erklärte Sorahl und wählte seine Worte mit besonderer Sorgfalt. Er entsann sich an sein Erstaunen darüber, daß andere intelligente Wesen nicht davor zurückschreckten, Fleisch zu essen. »Wir nehmen weder tierisches Protein noch darauf basierende Speisen zu uns. Alles andere ist akzeptabel.«

»Ich verstehe«, sagte Tatya gedehnt und überlegte fieberhaft. Sie hielt es für eine enorme Verantwortung, einem Außerirdischen die erste Mahlzeit zu servieren. Was war angemessen?

»Nudeln«, schlug Yoshi vor. Er platzte vor Neugier und hoffte, daß ihm Tatya endlich Gelegenheit gab, zumindest einige der Fragen zu stellen, die ihm auf der Zunge brannten. »Außerdem getrocknete Früchte und Reis.« Er wandte sich an Sorahl. »Unsere Vorräte gehen allmählich zur Neige, aber morgen bekommen wir Nachschub.« Er schüttelte den Kopf. *Morgen. O Gott, morgen!* »Eigentlich eine komische Sache. Wir bauen hier eins der wichtigsten Grundnahrungsmittel der Menschheit an, aber man kann nicht einfach auf die Terrasse gehen, um ein paar Blätter für den Salat zu holen. Es handelt sich um industriellen Tang, der erst noch verarbeitet werden muß.«

»Ich verstehe, was Sie meinen«, erwiderte Sorahl geduldig. Nahrungsproduktion gehörte zu Stells Fachgebieten, und er hatte seinen Schüler gut unterwiesen. Vor dem inneren Auge des Navigators bildeten sich die Konturen eines anderen Gesichts, mit kantigen und doch so gutmütigen Zügen ...

»Also Nudeln«, brummte Tatya und verschwand in der Küche.

»Sie sprechen immerzu von ›wir‹«, sagte Yoshi, nahm Platz und beobachtete, wie sich der Außerirdische auf seinen Baststuhl sinken ließ. *Meine Güte, starr ihn doch nicht dauernd so an.* Und: *Seltsam. Abgesehen von den Ohren könnte man ihn fast für einen Menschen halten.* »Wer sind Sie? Und woher kommen Sie?«

»Wir sind Vulkanier«, antwortete Sorahl und begann mit ausführlichen Schilderungen.

*

Der vulkanische Captain einer menschlichen Besatzung setzte eine uralte Kommandotradition fort, indem er nur Befehle erteilte, die er selbst ausgeführt hätte.

Der junge Kadett nahm Haltung an, als Captain Spock den Statusbericht abzeichnete. Spock wartete einige Sekunden lang, bevor er ihn mit einem Blick maß, der nur beiläufig wirkte.

»Stehen Sie bequem, Lieutenant. Gibt es sonst noch etwas?«

Der untersetzte Mensch entspannte sich und versuchte zu vergessen, was es bedeutete, unter einem vulkanischen Kommandanten zu dienen. Es gelang ihm nicht ganz.

»Nein, Sir. Abgesehen von ...«

»Ja?«

»Die Schicht ist zu Ende, Sir. Aufgrund der Übungen von heute morgen sind Sie bereits seit der Alphaschicht auf der Brücke. Nun, ich habe mich gefragt, ob Sie sich nicht ablösen lassen wollen.«

»Wie ich dem Dienstplan entnehme ...« – Spock brauchte die Übersicht nicht zu Rate zu ziehen – »... sind bereits alle der Gamma-Schicht zugeteilten Personen an ihren Posten. Ich müßte mich also von jemandem vertreten lassen, der gerade seine Freizeit genießt. Darin sehe ich keine Logik.«

»Die Logik gebietet, daß der Kommandant keiner dreifachen Arbeitsbelastung ausgesetzt sein sollte«, erwiderte der junge Lieutenant vorsichtig. Als Spock die Brauen hob, fügte er hinzu: »Ich bitte um Verzeihung, Captain, aber sicher werden auch Vulkanier müde.«

In Spocks Mundwinkeln zuckte es.

»Bieten Sie mir an, meinen Platz einzunehmen, Mr. Mathee?«

»Dazu wäre ich sofort bereit, Sir«, erklärte der Terraner offen. »Vorausgesetzt natürlich, Sie hielten so etwas nicht für anmaßend.«

»Rücksichtnahme kann nie anmaßend sein, Lieutenant«, entgegnete Spock und bemerkte die Verwirrung des jungen Mannes. »Dennoch möchte ich daran erinnern, daß Ihr Angebot eine doppelte Schicht für Sie bedeutet.«

»Mit allem Respekt, Sir ...«, sagte der Mensch und faßte sich wieder. »Die Logik läßt den Schluß zu, daß ich mit einer Doppelschicht fertig werden kann, wenn Sie fähig sind, Ihr Leistungsvermögen während einer dreifachen zu erhalten. Sir.«

Spock nickte zufrieden und stand auf.

»In Ordnung, Mr. Mathee. Während der nächsten 7.94 Stunden haben Sie das Kommando. Ich bin in meiner Kabine.«

Aber Spock hatte gar nicht die Absicht, sich schlafen zu legen. Während ihn der Turbolift durch das große Raumschiff trug, galten seine Gedanken ganz anderen Dingen.

Kurz darauf betrat er sein Quartier und desaktivierte den Körperscanner, damit es dunkel blieb. Vulkanische Augen waren weitaus lichtempfindlicher als menschliche, und außerdem wußte Spock bestens um die Struktur seiner Unterkunft. Er wich Einrichtungsgegenständen und kleinen Betonsockeln aus, die nur für ihn einen bestimmten Zweck erfüllten, bewegte sich völlig sicher, obwohl Finsternis herrschte.

Innerhalb weniger Sekunden legte er die Starfleet-Uniform ab; seine Finger schienen sich in eigenständige Wesen zu verwandeln, als er den Stoff faltete und ihn in den Schrank legte. Er tauschte sie gegen die schwarze Meditationsrobe mit den *Kohlinar*-Symbolen, befreite sich von den Alltagssorgen, den Dienstpflichten und dem restlichen inneren Ballast, bis er das angestrebte Niveau von Ruhe und Gelassenheit erreichte.

Er kniete in der *Loshiraq*, der ›offenen Haltung‹, formte

mit den Händen das doppelte Fokus-*Ta'al* und gab sich der mentalen Reinigungszeremonie hin. Spocks Puls verlangsamte sich, bis sein Herz fast so langsam schlug wie das eines Menschen, und der Atemrhythmus reduzierte sich fast auf den Nullwert. Die Gedanken sanken in die Tiefe der Selbstsphäre, tasteten, suchten ...

Suchten nach der Antwort auf eine eigentlich unlogische Frage: *Wieso erinnere ich mich an etwas, das nie geschehen ist?*

Es gibt kein echtes, wahres Vergessen. Alle Ereignisse, die in der Präsenz eines wachen Bewußtseins stattfinden, prägen sich in das Wesen der entsprechenden Person ein. Doch nur wenige Menschen legen Wert darauf, sich an *alles* zu entsinnen. Tatsächlich neigt der Homo sapiens dazu, gewisse Dinge aus dem aktiven Erinnerungsvermögen zu verbannen. Erlebnisse, die er als belastend oder störend empfindet. Bei Vulkaniern war so etwas nicht der Fall.

Vulkanier besaßen ein wahrhaft eidetisches Gedächtnis, und mit geeigneten Meditationstechniken ließen sich alle die Vergangenheit betreffenden Informationen aus ihren biopsychischen Speichern abrufen. Genau darauf kam es Spock an.

Es lag ihm fern, sich irgendwelchen Träumen hinzugeben, sich mit Ereignissequenzen zu beschäftigen, die keine Rolle mehr spielten. Für gewöhnlich galt Spocks Konzentration allein Gegenwart und Zukunft. Aber seit kurzer Zeit drängte sich Vergangenes ins Zentrum seiner Aufmerksamkeit. Auslöser war die Lektüre des Buches *Fremde vom Himmel.* Er trachtete danach, die sonderbaren Eindrücke zu bestimmen, sie bis zu ihrem Ursprung zurückzuverfolgen, aber er fand keine Erinnerungsbasis, nicht die geringsten Hinweise. Dennoch blieb das Flüstern in ihm, obgleich sich der logische Verstand nach wie vor weigerte, es für einen Teil der erlebten Wirklichkeit zu halten. Spock sah davon seine vulkanische Rationalität bedroht und war entschlossen, der Sache auf den Grund zu gehen.

Er hörte eine Stimme, und Tonfall und Klangfarbe deuteten darauf hin, daß sie einer Frau gehörte. Sie wiederholte immer wieder den gleichen Satz:

»Sie schaffen es nicht allein.«

Ein Satz, der ohne konkreten Bezug blieb und trotzdem eine große Bedeutung zum Ausdruck brachte. Spock begriff, daß er alles daransetzen mußte, um das Rätsel zu lösen.

Die Meditation brachte ihn in tiefer gelegene Gewölbe seines Ichs, in die Bereiche der Ahnungen und Assoziationen, dorthin, wo Wissens- und Erinnerungsfragmente immer neue Signifikanzketten bildeten.

Er suchte.

Wonach? hauchten seine Gedankensonden. *Wonach suche ich? Was verbirgt sich hinter der Stimme und den Reminiszenzen an Dinge, die überhaupt nicht Teil meines Lebens sind ...?*

Das Feuer knisterte leise, schuf Wärme und gemütliche Behaglichkeit. Und von den Flammen ging eine fast hypnotische Wirkung aus. Ein langer Tag lag hinter Jim Kirk. Er versuchte, sich auf die Seiten zu konzentrieren, doch die Umrisse der Buchstaben verschwammen immer wieder.

Noch ein Kapitel, dachte er, gähnte und rieb sich die müden Augen. *Himmel, Pille hat recht: Dieses Buch ist wirklich interessant. Ich kann es nicht mehr aus der Hand legen! Noch ein Kapitel, und dann ...*

Er döste ein, und langsam sank der Kopf nach vorn. Der dicke Band rutschte aus erschlaffenden Fingern, fiel über die Armlehne auf den Boden. Der dicke Teppich schluckte das Pochen des Aufpralls, und das Buch blieb mit dem Rücken nach oben liegen. Einige Seiten zerknitterten unter seinem Gewicht.

Jim Kirk schlief — und träumte.

»Commander«, begann er und hatte das Gefühl, als ziehe sich an seinem Hals eine Schlinge zusammen. Ein falsches Wort — und die Katastrophe ließ sich nicht mehr verhindern. »Wie kann ich Sie umstimmen?«

T'Lera musterte ihn eher zurückhaltend, um ihn nicht zu beunruhigen. Sie wußte inzwischen, daß die Menschen ihren intensiven Blick als stechend empfanden und darauf mit Unbehagen reagierten. Wie empfindsam sie waren! Ist es logisch oder ethisch vertretbar, sie in einer Galaxis voller Leben zu isolieren, ihnen die Wunder des Universums vorzuenthalten? *Die Frage erschütterte T'Leras innere Entschlossenheit. Aber nur für kurze Zeit. Die Umstände trafen die Entscheidung für sie.*

»Versuchen Sie nicht, mich mit Worten zu überzeugen, Mr. Kirk«, erwiderte sie langsam. »Wenn Sie mir statt dessen eine bessere Perspektive anbieten können ...«

Ein Holzscheit am Kamin knackte laut, und Jim Kirk zuckte zusammen, erwachte.

Verwirrt setzte er sich auf, tastete nach dem Buch und stellte fest, daß es auf dem Boden lag. Verärgert betrachtete er die zerknitterten Seiten.

Was für ein seltsamer Traum! fuhr es ihm durch den Sinn. Er erinnerte sich an seine Kindheit, daran, wie er als Junge vor dem Vid-Schirm saß und sich Abenteuerfilme ansah – und später, im Schlaf, in die Rollen der Helden schlüpfte. Die Bösen gegen die Guten; damals glaubte er noch, es gebe keine Zwischenstufen. Die Realität sah natürlich völlig anders aus, doch davon ahnte der Knabe James noch nichts. Er träumte sogar mit offenen Augen, wenn er nach der Schule auf dem Bauernhof umherwanderte. Bis Sam und seine Freunde hinter dem Heuschober hervorsprangen, ihn auslachten, ihn einen leichtgläubigen Narren nannten. Bis es zu einem Gerangel kam und sich die Jungen gegenseitig in den Bach stießen.

Ich träumte auch von den dummen 3-D-Melodramen, wälzte mich im Schlaf hin und her, bis ich mich in den Laken verhedderte oder aus dem Bett fiel. Und dann kam meine Mutter, um mich zu beruhigen, drohte mir damit, den Sichtschirm aus dem Zimmer zu tragen ...

Anschließend kamen die Alpträume, die das wirkliche

Leben betrafen. Kirk schauderte unwillkürlich, als er sich daran entsann, spürte kalten Schweiß auf der Stirn. Der *Farragut*-Zwischenfall. Kodos, der Henker ...

Aber es geschah zum erstenmal, daß er in die Rolle eines Protagonisten schlüpfte, der nur in einem historischen Roman existierte.

Er rückte den Feuerschein näher an den Kamin heran, gab die Reste des Salats in den Abfallrecycler und glättete die Seiten des Buches, bevor er zu Bett ging.

Und erneut träumte.

Er verließ den Raum, taumelte ins Vorzimmer und sank zu Boden, entsetzt von dem, was er gerade erlebt hatte. Er glaubte, an vieles gewöhnt zu sein und eine Menge ertragen zu können, aber ein solches Grauen ...

Jenseits der Wände, dort, wo alles geschehen war, hörte er mehrere Stimmen, wie Geier von den Geräuschen angelockt. Möbel wurden beiseite geschoben und stießen an die Wände, als die Neugierigen hereinhasteten. Journalisten, Sicherheitsbeamte, Diplomaten, ihre Sekretäre und Schaulustige — eine aufgeregte Menge, die sich in einen Mob zu verwandeln schien, jenes Babel schuf, das T'Lera vorausgesehen hatte. Und für das er, Jim Kirk, die Verantwortung trug.

Er preßte die Hände an die Schläfen, hielt sich die Ohren zu und versuchte vergeblich, Stimmen und Chaos aus seiner Wahrnehmung zu verbannen. Es ist meine Schuld, ganz allein meine Schuld! Die Welt verwandelt sich in einen Hexenkessel; ich habe Milliarden von Menschen, die erst noch geboren werden müssen, die Zukunft geraubt!

»Was ist los? Was ist passiert?« fragten die Stimmen in allen Sprachen der Erde. »Wo sind sie? Wo steckt Kirk? Die Flecken an den Wänden ... Herr im Himmel, sie sind überall! Was hat es damit auf sich?«

»Blut, ihr Narren!« schrie eine Frau und übertönte die anderen.

Kirk zitterte vor Schrecken. Tatya, nein! wollte er

rufen. Um Gottes willen, Tatya! Schließ die Augen! Sieh nicht hin! Sonst mußt du erkennen, was aus deinen Hoffnungen und Träumen wurde. Es ist meine Schuld! Ich habe alles versucht, aber das genügte eben nicht! Es tut mir leid, Tatya, so leid!

»Ihr Blut unterscheidet sich von unserem!« kreischte die Frau hysterisch. »Es ist ihr *Blut, begreift ihr das denn nicht? Ihr habt sie umgebracht! Wir alle haben sie auf dem Gewissen! Wir alle!«*

Kirk krümmte sich zusammen und wimmerte leise. Nein, das stimmte nicht. Es war seine Schuld, allein seine *Schuld!*

Schritte näherten sich, und kurz darauf hörte er die Stimme der blonden Frau: »Ich hab' es Ihnen doch gesagt. Sie schaffen es nicht allein ...«

»... allein ...«

Ein Pfeifsignal brachte Spock so abrupt in die Gegenwart zurück, daß er die letzten, von ihm selbst stammenden Worte hörte. Und feststellen konnte, sie auf Standard formuliert zu haben.

Faszinierend, dachte er und fügte diesen Umstand den anderen Rätseln hinzu, die nach wie vor einer Lösung harrten. Er gab die Meditationshaltung auf, erhob sich und dachte an seine Pflichten.

»Scott an Captain ... Scott an Captain ...«, tönte es unnatürlich laut durch die Dunkelheit der Kabine. Spock bemerkte, daß der Chefingenieur seinen Namen unerwähnt ließ – für sie beide gab es nur einen wahren Captain der *Enterprise.* Der Vulkanier trat ans Interkom heran und betätigte eine Taste.

»Hier Spock.«

»Ich habe Sie doch hoffentlich nicht geweckt, oder?« Scotts Stimme klang besorgt. »Es tut mir leid, aber Sie beauftragten mich, Ihnen Bescheid zu geben ...«

»Ich habe nicht geschlafen, Mr. Scott. Ich bat Sie darum, mich vor der für 06.01 Uhr geplanten Rotalarm-

Übung zu informieren, aber mir scheint, es ist noch ein wenig zu früh ...«

»Aye, Sir. Ich bedaure es, Sie schon vorher stören zu müssen. In meiner guten Stube hier unten spielen einige Anzeigen verrückt. Es geht um die Feldparameter der Wandler, und ich weiß beim besten Willen nicht, was ich davon halten soll. Nun, Sir, bevor die Übung beginnt und Sie harte Ausweichmanöver mit unserer guten alten *Enterprise* fliegen, möchte ich den Warp-Transit für'n kleines bißchen unterbrechen, um auf Wanzenjagd zu gehen.«

»Danke für den Hinweis, Mr. Scott. Wie lange wird Ihr ›kleines bißchen‹ dauern?«

»Nicht länger als eine halbe Stunde.«

»Na schön. Verschieben Sie den Übungsbeginn auf 06.31 Uhr und erstatten Sie mir Bericht, wenn das Insektenvernichtungsprogramm abgeschlossen ist.«

»Das *was*?« Scott brauchte einige Sekunden, um die Anspielung zu verstehen. »Oh, ja, aye, Sir. Scott Ende.«

Spock wandte sich vom Interkom ab.

Sie schaffen es nicht allein, dachte er. Warum hatte er die letzten Worte laut ausgesprochen? Wenn trotz der Meditation das Bedürfnis bestand, die eigene Stimme erklingen zu lassen, so handelte es sich um eine sehr ernste Angelegenheit. *Und warum habe ich die Worte ausgerechnet in Standard formuliert, obwohl ich viele Sprachen beherrsche?*

Im modernen Vulkanisch gab es sieben unterschiedliche Ausdrücke für die Beschreibung verschiedener Stadien der Einsamkeit, außerdem noch einige telepathische Symbolfolgen, für die keine akustischen Entsprechungen existierten. Das Spektrum reichte von ›allein-nicht-allein‹ bis zu ›allein-durch-besondere-Umstände‹, und jede einzelne Form beinhaltete sieben weitere linguistische Konzepte, die zur genaueren Definition dienten. Das Altvulkanisch kannte zum Beispiel Unterscheidungen zwischen ›allein-durch-Temperament‹ und ›allein-durch-Ausschluß‹, wozu auch die vielen ›Unperson-Modi‹ gehörten. Ein etymologisches Studium der sprachlichen Differenzen ...

Spock rief sich zur Ordnung und sammelte seine Gedanken. Genauigkeit konnte auch übertrieben werden, und dann bestand die Gefahr der Ablenkung vom Wesentlichen.

Einsamkeit kennt viele Dimensionen, hatte ihn die Hohemeisterin T'Sai gelehrt. *Überlege. Besinn dich.*

Spock erinnerte sich an ihre Vorbereitungen für seine ersten Meditationen, die ihn in die Lage versetzen sollten, allein seiner eigenen Seele zu lauschen. Das Stichwort hieß einmal mehr *allein*. Wie sich herausstellte, konnte er auf den Rat der Unterweiserin verzichten: Er lernte nichts von ihr, sondern sie von ihm. Aufgrund seiner besonderen Natur kannte er mehr Formen der Einsamkeit als sonst jemand. Jetzt besann er sich – nicht etwa, um T'Sais Rat zu beherzigen, sondern weil er eine solche Entscheidung für angebracht hielt.

Logischerweise begann er am Anfang, mit der Einsamkeit des Kindes, das menschliche und vulkanische Gene in sich vereinte und somit einzigartig war, eine Spezies für sich bildete – was in sozialer Absonderung resultierte. Auf dieser Grundlage befaßte er sich mit der Einsamkeit jener fremden Intelligenzen, denen er später bei seinen Reisen durchs All begegnete. Und dann: die philosophische Einsamkeit der Maschine, die keinen Zweck mehr erfüllte, des Mannes, der sein Gedächtnis verlor, der Frau, die in einer feindseligen Umwelt nach einem Platz für sich suchte und schließlich scheitern mußte ... All diese Dinge konnte Spock besser nachvollziehen als jeder andere. Er wußte aus eigener Erfahrung, was sie bedeuteten.

Schließlich konzentrierte sich Spock auf jenen Aspekt des Alleinseins, der sich auf tief verwurzelte Furcht vor der Einsamkeit gründete. Er dachte an einen Mann, der sich nichts mehr wünschte als ein Raumschiff, die Weite des Alls und Gefährten, die seine Abenteuerlust teilten. Als er sowohl das Schiff als auch den Kosmos und seine Kameraden aufgeben mußte, blieb in Jim Kirk nichts als Leere.

»Jim!«

Auch den Namen sprach Spock laut aus. Was auch immer solche Unruhe in ihm bewirkte – es stand mit Jim Kirk in Zusammenhang. Aber was störte seine Meditation? Und warum? Die weibliche Stimme, die ihm immer wieder zuflüsterte: »Sie schaffen es nicht allein ...« Wem gehörte sie? Er dachte an die Sirenen aus der irdischen Mythologie. In diesem Fall genügte es nicht, sich wie Odysseus die Ohren zuzustopfen. *Die Stimme erklingt in meinem Innern, und Jim hört sie ebenfalls. Es stellt sich die Frage, was wir in diesem Zusammenhang unternehmen sollen.*

Ein impulsiver Mensch hätte bestimmt erwogen, sich mit der Erde in Verbindung zu setzen oder auf der Stelle zurückzukehren. Aber Spock sah sich in erster Linie als Vulkanier.

Er überlegte gründlich. Die Entfernung war recht groß, und selbst eine Kom-Botschaft brauchte rund einen solaren Tag, um ihr Ziel zu erreichen. Mit anderen Worten: Wenn echte Gefahr drohte, hatte es keinen Sinn, soviel Zeit zu verlieren. Spock kam zu dem logischen Schluß, daß ihm die Hände gebunden waren. Es sei denn ...

Er erweiterte seine Bewußtseinssphäre, konzentrierte sich auf die mentale Brücke, die ihn mit dem ehemaligen Kommandanten der *Enterprise* verband. Personen, die eine vulkanische Gedankenverschmelzung herbeigeführt hatten, blieben anschließend nie ganz voneinander getrennt.

Spocks Ich dehnte sich über Lichtjahre hinweg und stellte fest, daß sich der Mensch, den er so sehr schätzte, in keiner bedrohlichen Situation befand. Er hätte eine umfassendere Sondierung vornehmen und dabei auch in die unbewußten Bereiche vorstoßen können, doch so etwas kam einer Verletzung der Privatsphäre gleich. *Wenn er mich braucht, erfahre ich sofort davon. Jim hat mich schon einmal über die halbe Galaxis hinweg gerufen, mich sogar aus dem* Kohlinar *geweckt – und ich habe geantwortet. Ich werde auch in diesem Fall reagieren.*

Doch derzeit mußte er sich um andere Dinge kümmern. Scott konnte jeden Augenblick die Beseitigung des Fehlers in den Wandlerkontrollen melden, und unmittelbar im Anschluß daran begann die Übung. *Vielleicht lenkt mich die Wahrnehmung meiner Pflicht an Bord dieses Schiffes so sehr ab, daß ich keine seltsamen Frauenstimmen mehr höre.*

Hinzu kam: Die Bordzeit der *Enterprise* war mit dem Dienstrhythmus der Admiralität synchronisiert. Für Jim Kirk ging gerade die Nacht zu Ende; wahrscheinlich schlief er noch.

(»Wenn er schläft, wirkt er so unschuldig wie ein kleines Kind«, hatte McCoy einmal behauptet, als er am Bett eines sich langsam erholenden Kirk wachte.

»Zeichen für ein reines Gewissen«, erwiderte Spock trocken, der dem Genesenden ebenfalls Gesellschaft leistete. Wenn auch nicht aus medizinischen Gründen.

»Oder dafür, daß ich überhaupt kein Gewissen habe«, warf Kirk ein, gähnte und verbarg seine Verlegenheit über die ihm geltende Aufmerksamkeit hinter einem breiten Grinsen.)

Das Pfeifsignal ertönte erneut; auf Mr. Scotts Pünktlichkeit war wie üblich Verlaß. Spock schlüpfte in die Rolle des Kommandanten zurück, davon überzeugt, daß Jim Kirk zumindest im Schlaf keine Gefahr drohte.

»Nein, geh nicht! Bitte bleib!«

Der Klang der eigenen Stimme weckte Kirk. Mit einem plötzlichen Ruck setzte er sich auf, versuchte, sich an etwas festzuklammern, das sich jäh verflüchtigte — eine Sequenz des Alptraums, die ihn aus dem Schlaf gerissen hatte. Doch die Erinnerungen lösten sich auf. Einige Sekunden lang starrte er ins Leere, und als ihn Schwindel erfaßte, ließ er den Kopf aufs Kissen zurücksinken.

Langsam legte sich der Aufruhr in ihm, und er warf einen Blick auf die Uhr: 06.31 Uhr. Er brauchte erst in einer halben Stunde aufzustehen, wußte aber, daß er jetzt keine Ruhe mehr finden konnte. Kirk schwang die Beine aus dem Bett und wunderte sich über das sonderbare Licht. Das wie stöhnende Blöken einiger Nebelhörner in der Bucht beantwortete seine stumme Frage.

Das Penthouse befand sich ein ganzes Stück über der Dunstgrenze. Der Admiral trat auf den Balkon, spürte die Wärme der Morgensonne und betrachtete eine Stadt, die sich unter faserigem Flaum verbarg. Einige Minuten lang beobachtete er das träge wallende Grau — bis es neuerlichen Schwindel bewirkte und ihn veranlaßte, in die Wohnung zurückzukehren.

Auf das Frühstück sollte ich wohl besser verzichten, dachte er, als sich die Glaswand des Balkons hinter ihm schloß. *McCoy und seine verdammte Diät! Zum Teufel mit grünen Blättern!*

Grün. O Gott, *grün!* Das grüne Blut von Vulkaniern, überall verspritzt. Einzelne Szenenbilder des Alptraums zogen an Kirks innerem Auge vorbei. Er hörte, wie er mit T'Lera und Tatya sprach, sah sich als einen Teil des Schreckens, der zum Tod der Vulkanier führte, vernahm eine Stimme — verspottete oder warnte sie ihn? —, die ihm immer wieder zuflüsterte, er schaffe es nicht allein. Was bedeutete das alles?

Er nahm auf der Bettkante Platz und versuchte, sich aus dem wirren Chaos des Alptraums zu befreien und zu einer anderen Perspektive zu finden.

Warum beharrte sein Unterbewußtsein darauf, ihm im Traum eine andere historische Struktur zu präsentieren, in der es zu Katastrophen kam, für die er selbst die Verantwortung trug? Und wer war die blonde Frau mit der Unheilsstimme?

Sie gehörte zu den ständig wiederkehrenden Todesvisionen, nahm zunächst als körperloses Flüstern daran teil, später als schemenhafte Gestalt. Ein schwer faßbares Etwas an der Peripherie des Erinnerungsvermögens, eine geisterhafte Entität, die sich bisher der Identifizierung entzog. Ihre Präsenz beschränkte sich auf golden glänzendes

Haar, auf das Klacken von Stiefelabsätzen, auf einen Satz, den sie immerzu wiederholte, mit einer Stimme, die Kirk irgendwie vertraut erschien. Nie sah er ihr Gesicht. Wenn er den gedanklichen Blick auf sie richtete, verschwand sie einfach.

Er griff nach dem Buch, um durch die einzelnen Kapitel zu blättern und festzustellen, an welchen Stellen die rätselhafte Frau an der allgemeinen Handlung beteiligt war. Doch schon nach wenigen Sekunden zögerte er und fragte sich, ob er wirklich mehr herausfinden wollte. Schließlich schlug er *Fremde vom Himmel* auf.

Zuerst sah er im Index nach, in der ebenso vagen wie vergeblichen Hoffnung, das Wort ›blond‹ zu finden. *Ich bin wirklich ein ›Dinosaurier‹, wie sich Pille ausdrückte,* dachte er in einem Anflug von Selbstironie. *Bei einer elektronisch gespeicherten Version des Buches genügt es, ein Stichwort einzugeben — und einige Sekunden später hätte mir der Computer eine Liste aller Protagonisten mit blonden Haaren gezeigt. Ohne die Möglichkeit einer automatischen Textsuche bleibt dir nichts anderes übrig, als das ganze verdammte Buch zu lesen ...*

Mit einem plötzlichen Ruck klappte er es zu. Wenn er wirklich einen Abschnitt fand, in dem die namenlose Frau eine Rolle spielte, wenn er sie ebensogut kennenlernte wie die anderen Handlungsträger ... Vielleicht verschlimmerten sich dadurch die Entsetzensvisionen. Vielleicht träumte er dann für den Rest seines Lebens von grünem Vulkanierblut und einer Stimme, die immer wieder den gleichen Satz raunte.

Kirk legte das Buch in die kleine Kommode neben dem Bett, schloß sogar die Schublade ab, so als befürchtete er, das Papier könne plötzlich dämonisches Eigenleben entwickeln. Er lächelte bei dieser Vorstellung, kam sich wie ein Narr vor, erinnerte sich an den Knaben, der sich nach für ihn besonders eindrucksvollen Vid-Filmen im Heuschober versteckte. Nach einer Weile merkte er, wie schwer er atmete, und er spürte auch klammen Schweiß auf der

Haut. So als sei er gelaufen, vor irgend etwas geflohen. *In meinem Traum war das auch der Fall. Das Blut, die Schreie ... meine Schuld ...*

Himmel, er mußte endlich Bescheid wissen.

Kirk holte das Buch wieder hervor und begann zu lesen.

4

»Und Sie haben bestimmt genug gegessen? Verspüren Sie wirklich keinen Appetit mehr?«

»Die Mahlzeit war ... ausreichend. Vielen Dank, Tatiana.«

Tatya mußte sich beherrschen, um nicht jedesmal zusammenzuzucken, wenn Sorahl ihren vollen Namen nannte. Wenigstens verzichtete er darauf, ständig den Familiennamen hinzuzufügen – andernfalls hätte er früher oder später das ganze Spektrum ukrainischer Flüche kennengelernt.

Das Essen bestand aus Nudeln, Bohnen, leichtem Quark und pikant gewürztem Reis; hinzu kamen getrocknete Früchte, die Tatya in kleine Stücke geschnitten und zu einem leckeren Salat vereint hatte. Sorahl ließ es sich nicht nehmen, die einzelnen Ingredienzien mit kulinarischen Kommentaren zu versehen; allerdings klangen sie so, als stammten sie aus einem Lehrbuch für Biologie.

»Auch in meiner Heimat werden glykolhaltige Pflanzenspezies zu Nahrungsmitteln verarbeitet«, sagte Sorahl ernst. Seine entsprechenden Kenntnisse stammten von der Geographin und Botanikern T'Syra, die beim Absturz ums Leben gekommen war. *Auch ihr schulde ich Respekt.* »Die Arten *Dactylifera* und *Prunus armeniaca* sind mir ebenfalls vertraut. Doch *Oryza sativa* – Reis ...?« Yoshi nickte bestätigend, erstaunt über das enorme Wissen des Außerirdischen. »... kannte ich bisher nicht.«

»Was vielleicht daran liegt, daß er im Wasser wächst«, vermutete Yoshi. »Sie meinten ja, Ihre Heimat sei eine ausgesprochen trockene Welt ...«

Die ausgeprägte Neugier des Menschen fand ihren Niederschlag in Dutzenden von Fragen. Er holte die wenigen astronomischen Bücher, die zur Bibliothek der Agrostation gehörten, und Sorahl zeigte ihm die genaue Position des Planeten Vulkan. Er besann sich auf seine Navigationskenntnisse, um große Sternkarten zu zeichnen, die den betreffenden Sektor aus der Perspektive beider Welten zeigten.

Die meiste Zeit über beschränkte sich Tatya darauf, stumm zuzuhören, und ihr Gesicht offenbarte dabei wechselhafte Versionen verblüffter Verwirrung. Sie beobachtete den jungen Extraterrestrier, wie hypnotisiert von seinen Bewegungen; sie sah das Spiel der Muskeln unter dem dünnen Pulli, der von Yoshi stammte, schenkte Sorahl immer wieder Tee nach, den er heiß und ohne Zucker trank.

»*Theraceae*«, sagte der Fremde nach einigen Schlucken. Bei einem Menschen wäre so etwas Angeberei gewesen. »Untergruppe *Camellia sinensis,* nehme ich an. Auf Vulkan werden ähnliche Sorten kultiviert, obgleich wir Kräuter bevorzugen.«

»Auch wir trinken Kräutertee«, warf Tatya aufgeregt ein. »Wir haben ihn nur nicht mehr vorrätig. Wenn morgen der Wal eintrifft, bestellen wir alles, was Sie ...«

Die Agronomin brach erschrocken ab – sie hatte die *Delphinus* völlig vergessen. Ein Schatten der Panik strich über Yoshis Züge, und Sorahl ... Er schwieg, beobachtete die beiden Menschen und fragte nicht, was ihr seltsames Verhalten bedeutete.

»Sie sind sicher müde«, fügte Tatya hastig hinzu. »Vielleicht sollten Sie sich jetzt ausruhen.«

»Das ist leider unmöglich«, erwiderte der Vulkanier. »Ich muß auf T'Lera achten.«

Er erklärte nicht, was er damit meinte, und die beiden Terraner stellten auch keine entsprechenden Fragen. Ihr Interesse galt in erster Linie anderen Dingen.

»Es ist wirklich erstaunlich«, sagte Yoshi, strich sich das lange Haar aus der Stirn und lauschte dem Regen, der an die Fenster prasselte, beobachtete das ferne Zucken von Blitzen. Die erschöpfte Tatya döste im nahen Lehnstuhl, doch die beiden Männer fanden keine Ruhe. »Ihre Raumschiffe haben also immer wieder die Erde angesteuert? Wie lange sammeln Sie schon Informationen über uns?«

»Mein Großvater Savar wurde Zeuge Ihrer letzten beiden Kriege«, erwiderte Sorahl und sah, wie sich Yoshis Pupillen weiteten.

»Aber das wäre ein Zeitraum, der mehr als hundert ... Sie meinten doch, er habe Sie bei dieser Mission begleitet. Wie alt ...«

»Er starb im Alter von 221,4 Jahren Ihrer Zeitrechnung«, entgegnete Sorahl sanft. Er brauchte nicht extra nachzurechnen. »Er erwartete zwar nicht, unsere Expedition zu überleben, doch er erhoffte sich einen anderen Tod.«

»Offenbar sind Vulkanier weitaus langlebiger als Menschen«, murmelte Yoshi – noch ein wichtiger Unterschied, an den er sich erst noch gewöhnen mußte. Doch Sorahls und T'Leras Andersartigkeit ging weit über solche Dinge hinaus. Yoshi sah sich nun einer völlig fremdartigen Kultur gegenüber, deren Traditionen und Errungenschaften ein sonderbares Schwindelgefühl in ihm bewirkten. Es gab so vieles, das es in Erfahrung zu bringen galt ... Als er neben Sorahl saß, ließ die Aufregung in ihm nicht etwa nach, sondern nahm weiter zu. Er empfand keine Furcht mehr, und jene Art von Fremdartigkeit, die Distanz schuf, verringerte sich mit jeder verstreichenden Sekunde. Eine eigentümliche Verbindung schien zwischen ihnen zu entstehen, und das matte Licht – Yoshi hatte nur eine kleine Lampe eingeschaltet, um das Brennen seiner Augen zu vergessen, um besser gegen die Müdigkeit ankämpfen zu können – verringerte die rassenspezifischen Unterschiede, machte sie fast zu Brüdern. Aber wenn sie das Gespräch fortsetzten, wurden erneut die kulturellen Differenzen zwischen ihnen deutlich und zerstörten den Eindruck von Verwandtschaft. »Es war also ein Unfall, der Sie hierher brachte? Sie hatten die Anweisung, das Raumschiff zu zerstören und sich zu töten, um eine Entdeckung zu verhindern? Das verstehe ich nicht ganz ...«

»Auf diese Weise sollte einer Situation vorgebeugt werden, die nun durch unsere Anwesenheit entsteht«, antwortete Sorahl. Auch er spürte die seltsame Verbundenheit, die natürlich keine biologischen Aspekte betreffen konnte, eher in den philosophischen Kosmos des UMUK-Prinzips gehörte. Unendliche Mannigfaltigkeit in Unendlicher Kombination – wer solche Grundsätze in sein Wesen und Denken integrierte, sah sich als Teil einer großen galaktischen Völkergemeinschaft, deren Verwandtschaftsbeziehungen sich treffend mit dem Wort ›Leben‹ beschreiben ließen. »Es liegt uns fern, zu erschrecken oder Kontroversen zu schaffen. Und unsere Präsenz auf diesem Planeten führt mit großer Wahrscheinlichkeit zu genau den Resultaten, die wir vermeiden wollten. Wann, glauben Sie, werden sich Ihre Behörden an uns wenden?«

Bei diesen Worten lief es Yoshi kalt über den Rücken. Ein Mensch hätte vielleicht um Gnade gefleht, gedroht oder darum gebeten, wenigstens die Mutter zu schonen, aber Sorahl stellte nur eine schlichte Frage. Wieder ein bedeutender Unterschied.

»Machen Sie sich darüber keine Gedanken«, erwiderte er ausweichend. »Wir lassen uns irgend etwas einfallen.« *Aber was?* dachte er, als Verzweiflung die Aufregung in ihm zu verdrängen begann. Solange sie miteinander sprachen, konnte er wenigstens die Sorgen aus sich verdrängen – und hoffen, daß in den nächsten Stunden ein Wunder geschah, das alle Probleme beseitigte. »Erzählen Sie mir, was passierte. Beim Unfall, meine ich. Es ist wichtig.«

Sorahl verstand. Der Mensch wollte ganz sicher sein, daß die Außerirdischen, die seine Welt mehr als hundert Jahre lang beobachtet hatten, tatsächlich keine Gefahr darstellten.

»Unsere Erkundungsschiffe sind mit vier Manövriertriebwerken ausgestattet«, begann er. »Jeweils zwei davon sind miteinander synchronisiert. Mit anderen Worten: sowohl auf der linken als auch auf der rechten Seite kann eine Einheit ausfallen, ohne daß dadurch die Schiffsfunktionen beeinträchtigt werden. Aber wenn auf einer Seite beide Schubkomponenten Fehlfunktionen aufweisen, was extrem unwahrscheinlich ist ...«

»Manövriereinheit Drei im blauen Bereich«, berichtete Steuermann T'Preth, und ihre flüsternde Stimme klang wie das Unheil selbst. »Absturzspirale beginnt in neunzehn Sekunden – von jetzt an.«

Allein das bedeutete noch keine unausweichliche Vernichtung. Die kleinen Erkundungsschiffe zeichneten sich durch eine extrem hohe Belastungstoleranz aus und konnten unbeschädigt durch eine dichte Atmosphäre fallen, um anschließend auf festes Land zu prallen oder ins Wasser zu stürzen. Unter günstigeren Umständen wäre es vielleicht möglich gewesen, in einer abgelegenen Region zu landen, die Triebwerke zu reparieren und dann wieder zu starten. Aber die Flugbahn führte dicht an einigen Satelliten vorbei, und es war nur noch eine Frage der Zeit, wann die Kapsel auf den Sichtschirmen mehrerer Ortungsstationen erschien. Savars Erste Direktive sollte genau solchen Umständen gerecht werden, und das wußte die Besatzung.

Sorahl musterte T'Preth, als sie die fatale Meldung erstattete, nahm ihre ruhige Gelassenheit mit unverhohlener Bewunderung zur Kenntnis.

»Bestätigt«, erwiderte T'Lera schlicht und lehnte sich zurück. »Schub aus.«

T'Preth desaktivierte die noch funktionstüchtigen Steuerungskomponenten, und plötzliche Stille folgte. Die Crew wandte sich von den Kontrollen ab und wartete, beobachtete die Kommandantin, deren Gesichtsausdruck keinen Zweifel daran ließ, was nun bevorstand. T'Lera begegnete dem Blick ihres Sohnes.

»Wir sind bereit.«

Eigentlich war alles ganz einfach. T'Lera brauchte nur die Selbstzerstörungssequenz einzuleiten und Savar anzuweisen, das Schott zu öffnen. Eine explosive Dekompression, die innerhalb weniger Sekunden zum Tod führte –

kurz bevor das Erkundungsschiff mit einem kaum sichtbaren ›Blitz‹ implodierte, sich in eine Wolke aus mikroskopisch kleinen Trümmerstücken verwandelte. Und sollten dennoch einige größere Fragmente übrigbleiben und nicht einmal in der Atmosphäre verglühen ... Sie erreichten die Erde nur als Metallschlacke, die keinerlei Rückschlüsse ermöglichte.

Der Vorgang hätte eigentlich weitaus weniger Zeit in Anspruch nehmen sollen als die von T'Preth angekündigten neunzehn Sekunden, doch der Zufall spielte ihnen einen weiteren Streich. Zu dem unerklärlichen Versagen der beiden Manövriereinheiten gesellte sich eine Fehlfunktion im Initialisator für die Selbstzerstörung: Der Countdown brach ab und ließ sich nicht neu starten.

»*Kaiidth!*« sagte T'Lera, als sei überhaupt nichts geschehen. Doch für sie selbst und ihre Gefährten kam dieses eine Wort einem großen Opfer gleich. »*T'Kahr* Savar — manuell.«

»Bestätigt, Commander«, erwiderte er sofort. Wenn seine Stimme vibrierte, so war das hohe Alter dafür verantwortlich, nicht etwa Furcht. Er schaltete die Druckkontrolle aus, und daraufhin konnte das Schott jederzeit geöffnet werden. »Ich warte auf Ihren Befehl.«

Fünf Augenpaare blieben auf T'Lera gerichtet; nur Savar wandte sich ab und kehrte den Blick nach innen. Als physisch schwächstes Glied in der Kette und Begründer der Ersten Direktive war es nur logisch, daß er sich als erster dem Vakuum hinter der Schleusenwand auslieferte. Von den anderen Vulkaniern mußte einer lange genug überleben, um T'Lera bei der Zerstörung des Schiffes zu helfen. Stumm warteten sie darauf, daß die Kommandantin eine Entscheidung traf.

»Status, Steuermann?«

»Orbit wird destabil, Commander. Absturzspirale beginnt.«

Der eingeleitete Countdown hatte die Monitoren abgeschaltet, und sie konnten nun nicht mehr mit Energie beschickt werden. Ganz gleich, wer von jetzt an die Navigation des Erkundungsschiffes übernahm: Er mußte sich allein auf die Instrumente verlassen, und einige von ihnen funktionierten nicht mehr. T'Lera nahm sich genug Zeit, um tief Luft zu holen und zu überlegen, wen sie wählen sollte.

Zumindest eine gewisse Logik sprach für T'Syra, ihre alte Missionsgefährtin, mit der sie mehr verband als nur eine gemeinsame Vergangenheit. Ihre Gedankensphären waren sich so nahe wie die von Schwestern. Aber hatte sie das Recht, T'Syra auch nur für wenige Sekunden von ihrem Bindungspartner Selik zu trennen? Nein. Die beiden Frauen sahen sich kurz an, bevor T'Syra der Kommandantin die Entscheidung abnahm und zu Selik und Savar ans Schott trat.

Stell gesellte sich ihnen stumm hinzu, wartete keinen Befehl ab. Seine Pflichten endeten mit der Desaktivierung der Triebwerke: Er wurde nicht einmal dann gebraucht, wenn T'Lera T'Preth aufforderte, bei ihr zu bleiben.

Doch die Kommandantin befreite auch T'Preth von der letzten, ultimaten Verantwortung. Sorahl begriff, daß die Wahl auf ihn fiel, und das behagte ihm ganz und gar nicht. Er zog es vor, sofort in den Tod zu gehen, um das Leben eines Gefährten um einige Minuten zu verlängern.

»Commander ...«

»Kroykah!« zischte T'Lera, ohne ihn dabei anzusehen. »Vollzug – jetzt!«

Sie hatte zu Beginn der Absturzspirale in T'Preths Sessel Platz genommen und sowohl sich als auch ihren Sohn mit den Harnischen geschützt. Sorahl zögerte einen Sekundenbruchteil, bevor er nach den Sauerstoffmasken griff und eine seiner Mutter reichte.

Keiner von ihnen sah zurück. Die Geräusche waren deutlicher Hinweis darauf, was hinter ihnen geschah. Ein plötzliches Fauchen – und die ins All entweichende Luft riß drei Personen mit sich: den schwachen Savar, der in seiner Überzeugung neue Kraft fand, den stolzen Selik, der das Universum mit ausgebreiteten Armen empfing, während neben ihm ...

T'Lera spürte, wie die mentale Verbindung zu T'Syra von einem Augenblick zum anderen abbrach. Sorahl vernahm das Keuchen, starrte jedoch weiterhin auf die Instrumente, um nicht ihre Privatsphäre zu verletzen.

Was ihn betraf ... Er wünschte sich die Möglichkeit, den beiden noch verbliebenen Gefährten einen letzten Gruß zu übermitteln. Aber es wäre nicht nur unlogisch gewesen, sie und sich selbst von den gegenwärtigen Aufgaben abzulenken, sondern auch gefährlich. Seine Pflicht bestand darin, einen maritimen Bereich des dritten Planeten auszuwählen, der das abstürzende Schiff aufnehmen und für immer verbergen konnte.

»Achtung!« rief T'Lera. Die Sauerstoffmaske dämpfte ihre Stimme.

Die Warnung war gar nicht nötig. Der stämmige Stell, dessen Hände im wahrsten Sinne des Wortes am Schleusenschott festfroren – die Kälte des Weltraums führte dazu, daß ein Teil der entweichenden Luft auf dem Stahl kondensierte –, kannte das Erkundungsschiff so gut, als sei es eine Erweiterung seines Ichs. Auch er spürte das energetische Zittern in der Manövriereinheit Drei, jener Schubkomponente, die sich unmittelbar neben der Luke befand. Wenn sie jetzt zündete, verwandelte sich das Schiff in einen künstlichen Kometen. Für die ohnehin zum Tod verurteilten Besatzungsmitglieder spielte das nur eine untergeordnete Rolle, aber das Aufleuchten am Himmel konnte den Bewohnern der Erde wohl kaum entgehen. Stell spannte die Muskeln – der Zufall wollte es, daß er besonders kräftig war – und schloß das Schott.

Zu spät.

T'Preth schrie, und Stell blieb gerade noch Zeit genug, ein heiseres Stöhnen von sich zu geben. Nicht einmal Vulkanier konnten die unvorstellbaren Schmerzen ertragen, bei lebendigem Leibe zu verbrennen. Die Zündungsflamme der dritten Manövriereinheit wurde vom entströmenden

Sauerstoff genährt, und das Feuer leckte ins Innere des Erkundungsschiffes, brachte sowohl T'Preth als auch Stell um. Ihre verkohlten Leichen sanken achtern zu Boden.

T'Lera schloß die Augen und formulierte die gedanklichen Worte der Ritualtrauer. Zumindest das war sie ihren toten Gefährten schuldig.

Sorahl, der aufgrund seiner Jugend noch nicht ganz zur vulkanischen Reife und Selbstdisziplin gefunden hatte und dessen Leben in einigen Minuten enden mußte, schloß die Hände fest um die Kontrollen, damit sie nicht zu zittern begannen.

Als Sorahl seine Erzählung beendete, stellte er fest, daß sich das Vibrieren in seinen langen Fingern wiederholte. Nur mit Mühe gelang es ihm, sich zur Ruhe zu zwingen.

»Die Reibungshitze muß enorm gewesen sein«, sagte Yoshi nach einer Weile. »Wir haben die Reste Ihres Schiffes gesehen.«

»Vulkanier können recht hohe Temperaturen ertragen«, erwiderte Sorahl leise. Seine Brandwunden sprachen für sich selbst. »Und die Sauerstoffmasken schützten unsere Lungen.«

»Trotz all dieser Widrigkeiten gelang es Ihnen, die Flugbahn zu kontrollieren?« fragte Yoshi beeindruckt. Er fragte sich, ob er zu so etwas in der Lage gewesen wäre. »Phantastisch!«

»Aufgrund der Größe und geringen Bevölkerungsdichte hielten wir den Pazifik für geeignet, das Wrack aufzunehmen, es für immer zu verstecken«, erklärte Sorahl. »Wir konnten nicht ahnen, daß die ausgewählte Absturzstelle am Rand Ihrer Agrostation lag.«

»Kismet«, warf Tatya schläfrig ein, rieb sich die Augen und stand auf. Sie hatte so lange geschwiegen, daß sich Yoshi erst jetzt wieder an sie erinnerte.

»Leider verstehe ich nicht, was Sie damit meinen.« Sorahl sah sie an und schenkte ihr seine volle Aufmerksamkeit.

»Karma«, fügte Tatya hinzu und zuckte mit den Schultern. »Schicksal.« Für gewöhnlich verschwendete sie kaum Gedanken an ihr Aussehen, aber jetzt strich sie die zerknitterte Kleidung glatt und fragte sich voller Unbehagen, welchen Eindruck sie auf den Außerirdischen machte. »Verschiedene Ausdrücke für das gleiche Konzept. Es bedeutet, daß Sie aus einem ganz bestimmten Grund hier sind. Es steckt eine Art Kausalmuster dahinter. Ihre Schilderungen, die Fehlfunktionen der Bordinstrumente, die vielen sonderbaren Zufälle ... All das sind Anzeichen dafür, daß *etwas* einen Kontakt zwischen Ihrem und unserem Volk herbeiführen wollte.«

»Tatya, ich bitte dich ...«, stöhnte Yoshi und rollte mit den Augen.

»Vielleicht haben Sie recht«, entgegnete Sorahl höflich, obgleich solche Vorstellungen seiner rationalen Logik widersprachen. »Allerdings glaube ich nicht an einen derartigen Fatalismus.«

»Trotzdem ...«, begann die Agronomin.

»Himmel, Tatya!« entfuhr es Yoshi. »Sind Sorahls Großvater und seine Gefährten gestorben, weil *›etwas‹* es so wollte? Das ist doch völliger Blödsinn!« Er schüttelte den Kopf und wandte sich wieder an den Vulkanier. »Wenn es Ihnen nur darum ging, uns die Wahrheit zu ersparen ... Sie hätten uns vertrauen können. Die meisten Menschen sind davon überzeugt, daß es draußen im All noch andere vernunftbegabte Wesen gibt.«

»Aber angesichts von konkreten Beweisen für diese Annahme neigt Ihr Volk zu eher ambivalenten Reaktionen«, bemerkte Sorahl und erinnerte sich daran, einen derartigen Kontakt befürwortet zu haben. Jetzt begriff er den Standpunkt seiner Mutter. Die Theorie war eine Sache, ihre praktische Anwendung eine ganz andere. »Selbst Sie wissen nicht so recht, was Sie mit meiner Mutter und mir anfangen sollen.«

»Na?« Tatya musterte ihren Partner spöttisch.

»Was wollen Sie jetzt unternehmen?« fragte Yoshi verlegen darüber, daß man ihm seine Unsicherheit so deutlich anmerkte. »Wir haben Sie gesehen, mit Ihnen gesprochen, zusammen mit Ihnen gegessen. Wir können nicht einfach zur Tagesordnung übergehen, so als sei überhaupt nichts geschehen.«

»Entsprechende Entscheidungen stehen allein der Kommandantin zu«, sagte Sorahl ruhig und senkte den Blick.

Er schien damit das Stichwort zu geben, denn nur wenige Sekunden später hörten sie Geräusche aus dem Schlafzimmer, ein heiseres, gepreßt klingendes Ächzen, das die Medizinerin in Tatya an Symptome für Lobärpneumonie erinnerte. Sie näherte sich der Tür, doch Sorahl war schneller.

Er mußte seine Mutter aus der Heiltrance wecken. »Wenn Sie gestatten ...«, sagte er und hob die Hand, zögerte jedoch, Tatyas Arm zu berühren. Die Agronomin nickte und wich zur Seite, ließ es sich jedoch nicht nehmen, dem Außerirdischen zu folgen.

T'Leras Gestalt auf dem Wasserbett zeichnete sich im blassen Licht der einsetzenden Morgendämmerung ab: der Kopf zur Seite geneigt, die Hände zu Fäusten geballt. Sie atmete schwer, schnappte keuchend nach Luft. Sorahl glitt wie ein Schatten auf sie zu und versetzte ihr einen heftigen Schlag.

Tatya machte Anstalten, den jungen Mann zurückzuzerren, doch Yoshi hielt sie an den Schultern fest. Sorahl schlug erneut zu, dann noch einmal. Und Tatya wand sich hin und her, so als galten die Hiebe ihr.

»Er bringt sie um!« stieß sie hervor und versuchte, sich aus dem Griff ihres Partners zu befreien.

»Er weiß, was für seine Mutter am besten ist!« hauchte ihr Yoshi zu – obwohl sich auch in ihm Zweifel regten. »Warte ab!«

Sorahl holte aus. Ein neuerliches Klatschen, und T'Leras Kopf drehte sich auf die andere Seite. Tatya erbebte am ganzen Leib und klammerte sich an Yoshi fest, der die Augen schloß. Hatten sie sich geirrt? Sorahls Beschreibungen eines friedlichen, allein von Logik bestimmten Volkes – nur Lügen? Versuchte er, seine Mutter umzubringen, um die eigene Haut zu retten, um ihre Kommandantenautorität für sich zu beanspruchen?

Plötzlich herrschte Stille. Weder Tatya noch Yoshi sahen, wie sich T'Lera ruckartig aufrichtete und Sorahls Arm mit einer Kraft umfaßte, die der des Sohnes in nichts nachstand. Die beiden Menschen sahen erst auf, als sie eine selbstbewußte Stimme vernahmen.

»Das genügt«, sagte T'Lera scharf, sah sich im Schlafzimmer um, richtete einen durchdringenden Blick auf die zwei Terraner und begann mit einer Situationsanalyse.

Yoshi starrte sie nur stumm an, von der Mutter ebenso verblüfft wie vom Sohn. Als Tatya das sondierende Blitzen in den Augen der Vulkanierin sah, setzte sie sich zögernd in Bewegung und trat ans Bett heran.

»Darf ich?« fragte sie und streckte die Hand aus, zögerte jedoch, als nur noch wenige Zentimeter ihre Fingerspitzen vom Gesicht der Fremden trennten.

T'Lera verstand, was sie beabsichtigte. »Sind Sie Heilerin?«

»Wie bitte? Falls das Ihre Frage beantwortet: Ich habe eine medizinische Ausbildung genossen.«

»Dann untersuchen Sie mich«, erwiderte T'Lera mit granitenem Gleichmut.

Tatya beschränkte sich darauf, die Frau vorsichtig abzutasten; sie hatte inzwischen das Vertrauen in ihre Instrumente verloren. Doch allein die Berührungen nützten nicht viel. Abgesehen von der deformen Nase, die erneut gebrochen und ganz neu ausgerichtet werden mußte, stellte sie nur fest ...

»Sie sind völlig geheilt!« brachte sie hervor.

»In der Tat«, bestätigte die Vulkanierin und sah zum erstenmal ihren Sohn an. »Vielen Dank, Navigator.«

»Kaiidth!« erwiderte Sorahl aus einem Reflex heraus. Für einen Sekundenbruchteil dachte er nicht mehr daran, wo er sich befand.

»Wir werden die Sprache derjenigen benutzen, die uns ihre Gastfreundschaft gewähren«, sagte seine Mutter und Kommandantin ernst. Yoshi glaubte, so etwas wie Ärger in dem Tonfall zu hören — obwohl Sorahl behauptete, die Vulkanier hätten ihre Emotionen überwunden. »Vergißt du so schnell?«

Ein Mensch wäre vielleicht versucht gewesen, sich zu rechtfertigen, doch Sorahl senkte nur den Kopf und legte die Hände auf den Rücken.

»Ich bitte um Verzeihung, Commander.«

»Du richtest diese Worte an die falsche Person«, hielt ihm T'Lera entgegen, ohne die Entschuldigung direkt zurückzuweisen. »Und jetzt ... Ich möchte wissen, was während meiner Rekonvaleszenz geschah.«

Sie forderte die Menschen nicht auf, das Zimmer zu verlassen, aber sie ignorierte ihre Gegenwart.

»Wir sollten doch wohl besser gehen«, murmelte Yoshi Tatya zu und zog sie mit sich. T'Lera reagierte nicht darauf.

Die Sonne ging auf. Tatya gähnte hingebungsvoll, schaltete die Kaffeemaschine ein und begab sich ins Bad. Yoshi öffnete das Fenster, um frische Luft hereinzulassen, lauschte dem Rauschen der Wellen und starrte gedankenlos in die Ferne.

Und plötzlich war er da. Stunden vor der geplanten Ankunft erschien er am Horizont, zeichnete sich als dunkle Masse vor dem hellen Glanz des Morgens ab — der Wal.

»Ich gehe«, bot sich Yoshi an, als Tatya zurückkehrte und das feuchte Haar zu zwei Zöpfen band. »Versuch unsere beiden Freunde davon zu überzeugen, sich still zu verhalten und den Fenstern fernzubleiben.«

Tatya musterte ihn aus zusammengekniffenen Augen. Sie hatte längst eine Entscheidung getroffen, zweifelte jedoch noch immer an den Motiven ihres Partners.

Yoshi mied ihren Blick. »Ich sage ihnen, sie sollen die Vorräte am Dock zurücklassen. Oder ich bringe sie allein hierher. Vielleicht läßt sich Jason irgendwie abwimmeln. Ich behaupte einfach, du seist unpäßlich.«

»Yoshi ...«

»Was soll ich denn sonst machen, verdammt? Eigentlich wollte ich mit dem Tragflächenboot losfahren, damit Nyere glaubt, wir hätten uns aus dem Staub gemacht. Aber vielleicht ist es besser, wir bleiben hier und bluffen ihn. Vielleicht ...« Er fluchte erneut. »Wenn der Wal wie geplant heute nachmittag gekommen wäre...«

Sie wußten beide, daß es keine Hoffnung gab.

»Wir sind Zivilisten«, stellte Yoshi fest und offenbarte plötzliche Entschlossenheit. »Wir haben unsere Rechte. Ohne einen Durchsuchungsbefehl dürfen Jason und seine Leute die Agrostation nicht betreten.«

*

»Es überrascht mich überhaupt nicht, daß du von irgendwelchen Frauen träumst, Jim«, sagte McCoy, als Kirk von seinen Alpträumen erzählte. »Schlimmer wär's, wenn du *nicht* mehr an so etwas denkst.«

Sie saßen hinter dem *Kobayashi Maru*-Simulator, der für einen Test vorbereitet wurde, und Kirk programmierte Variationen des Übungsszenarios.

»Im Ernst, Pille. Die Visionen beunruhigen mich. Du hast doch das ganze Buch gelesen, nicht wahr? Taucht meine geheimnisvolle Blondine darin auf?«

McCoy überlegte.

»Nein, ich glaube nicht. Aber du gibst mir nur wenige Hinweise. Blondes Haar und Stiefel, wie? Klingt nach einer recht angenehmen erotischen Phantasie, mein Bester. Nun, wie dem auch sei: Wenn ich mich recht entsinne, erscheint in dem Roman nur eine Blondine: Tatya Bilash.« Fast hoffnungsvoll fügte er hinzu: »Vielleicht träumst du von ihr.«

»Das bezweifle ich.« Kirks Blick blieb auf den Simulatorschirm gerichtet. »Die Stimme ... Sie klingt vertraut.

Ich gewinne immer den Eindruck, als sei mir die Frau bekannt, doch wenn ich versuche, mich an ihren Namen oder an ihr Gesicht zu erinnern, blockiert hier drin irgend etwas.« Er tippte sich an die Stirn.

»Möglicherweise steht die Stimme in gar keinem Zusammenhang mit *Fremde vom Himmel*«, meinte McCoy. »Es wäre durchaus denkbar, daß sie sich auf deine Realerinnerungen oder völlig andere Phantasievorstellungen bezieht. Träume lassen sich nur schwer erfassen, Jim. Vielleicht vermischt dein Unterbewußtsein irgendwelche früheren Erlebnisse mit dem Inhalt des Buchs, und das Ergebnis hat weder etwas mit dem einen noch mit dem anderen zu tun.« Er winkte ab. »An deiner Stelle würde ich mir keine Sorgen darüber machen.«

»Du hast gut reden«, brummte Kirk. Er gab einen neuen Code ein, hämmerte dabei viel zu heftig auf die Tasten. »Du steckst ja nicht in meiner Haut. Es geht nicht nur um die rätselhafte Frau. Die Träume sind so ... so intensiv, so ungeheuer lebhaft. Und warum präsentieren sie mir eine falsche Vergangenheit? Warum verleihen sie dem, was ich im Buch lese, die Bedeutung *erlebter Geschichte?*«

McCoy zuckte mit den Schultern.

»Dich hat's ebenso erwischt wie viele andere, die den Roman lasen«, erwiderte er. Ihm lag kaum etwas an diesem Thema, und er fragte sich, warum Jim so sehr darauf beharrte. »›Historische Hysterie‹, wenn du mich fragst. Und es ist durchaus verständlich. Man kann dem Rummel überhaupt nicht mehr entkommen. Wenn man das Holovid einschaltet, findet auf einem Kanal sicher gerade eine Talkshow statt, bei der *Fremde vom Himmel* diskutiert wird. Und wenn man eine Party besucht ... Die eine Hälfte der Gäste erzählt der anderen vom Buch.«

»Ich habe all diese Dinge mit voller Absicht gemieden«, sagte Kirk und fragte sich, wie er die letzte Simulationsphase gestalten sollte. Zur Grünen Gruppe gehörten zwei tellaritische Studenten, und er wollte feststellen, wie sie auf Streß reagierten. »Um zu vermeiden, irgendwie beeinflußt zu werden. Vorgefaßte Meinungen trüben das eigene Urteilsvermögen.«

»Damit hast du völlig recht«, murmelte McCoy und richtete seine Aufmerksamkeit auf den Schirm. Er leistete Kirk Gesellschaft, um das Verhalten der Kadetten zu untersuchen und später einen eigenen, medizinisch-psychologischen Bericht zu erstellen. Zwar wurde das *Kobayashi Maru* immer aufgezeichnet, doch McCoy legte Wert darauf, es direkt zu beobachten. Dabei gewann er über die einzelnen Probanden Informationen, die ein Videoband nicht festhalten konnte. Kirks Bemerkungen zwangen ihn dazu, seine Konzentration zu teilen.

»Warum ist diese Sache so ungeheuer wichtig?« fragte er seinen ältesten und besten Freund.

»Weil weitaus mehr dahintersteckt, als es zunächst den Anschein haben mag«, erwiderte der Admiral nachdenklich. »Seltsam: Der Inhalt des Buches beschränkt sich nicht nur auf die Summe der Worte. Ich weiß nicht genau, worum es geht, aber ich spüre ...«

»Du gibst ihnen immer drei Klingonen«, warf McCoy ein. Er kannte die Simulatorcodes auswendig und versuchte, Jim abzulenken, ihn ein wenig aufzumuntern.

»Was?« fragte Kirk geistesabwesend und starrte auf die Anzeigen. Er hörte nur mit halbem Ohr zu.

»Bei der Angriffsphase konfrontierst du die Kadetten immer mit drei klingonischen Kreuzern. Deine Schüler haben sich bestimmt bei den älteren Jahrgängen informiert, um sich auf diesen Test vorzubereiten. Warum läßt du dir nichts Neues einfallen? Gib ihnen doch mal zwei Klingonen, oder vier oder nur einen.«

Kirk hieb so auf die Tasten ein, als sähe er persönliche Gegner in ihnen. »Wirfst du mir Mangel an Phantasie vor?« knurrte er. »Davon kann *überhaupt* keine Rede sein. Du hast viele Jahre im Raum verbracht und müßtest die typischen klingonischen Angriffsformationen eigentlich ebensogut kennen wie ich. Die Kerle sind von Dreier-Kombinationen geradezu besessen. Wenn irgendwo ein

Schlachtschiff der *K'tinga*-Klasse auftaucht, muß man damit rechnen, daß man es auch noch mit zwei weiteren zu tun bekommt. *Deshalb* darf ein solcher Test nicht fehlen.«

»He, reg dich ab«, sagte McCoy und runzelte die Stirn. »Was brennt dir denn so unterm Hintern, Jim? Du erinnerst mich an einen langsam überkritisch werdenden Wandlerkern ...«

»Was soll das heißen?« Kirk kniff die Augen zusammen.

McCoy seufzte. »Angesichts der heutigen demographischen Situation ist die Midlife-Crisis im Alter von gut fünfzig Jahren keineswegs obligatorisch, Jim. Was deine blonde Frau mit den Stiefeln angeht – vermutlich nur ein hormonelles Problem. Möchtest du, daß ich dir ein Absorptionsmittel verschreibe? Du kannst die Form wählen: entweder Tabletten oder eine hübsche junge Dame ...«

»Jetzt übertreibst du, Pille«, sagte Kirk, schnitt eine Grimasse und wandte sich wieder der Konsole zu. »Aber in einem Punkt hast du recht: Ich bin tatsächlich ein wenig nervös. Kein Wunder, wenn man nachts keine echte Ruhe findet.«

»Auch dafür kann ich dir etwas verschreiben«, bot sich McCoy an. »Oder dir jemanden schicken.«

Kirk lachte und stieß den Arzt freundschaftlich in die Rippen.

»Zum Teufel mit dir«, brummte er leise und beobachtete, wie die Kadetten der Grünen Gruppe eintraten und die Stationen der Pseudobrücke besetzten. So etwas wie Mitleid regte sich in ihm. »Und das gilt auch für *Fremde vom Himmel.* Heute abend bleibt das verdammte Buch in der Schublade.«

Kirk ignorierte das Buch drei Nächte lang, aber er träumte trotzdem.

»Und das ist noch nicht alles«, sagte er, während er in McCoys Büro auf und ab ging. »Inzwischen führe ich lange Gespräche mit den Protagonisten: mit den Vulkaniern, mit Tatya, Yoshi, Jason Nyere. Insbesondere mit

Sawyer. Im letzten Traum kam es zu einer regelrechten Auseinandersetzung zwischen ihr und mir, und ich schrie so laut, daß der Penthouse-Computer Alarm gab. Es dauerte eine Weile, bis ich ihn davon überzeugen konnte, daß ich nicht angegriffen wurde und auch keinen Herzanfall erlitten hatte. Pille, ich bin in der Lage, dir die Leute in allen Einzelheiten zu beschreiben. Ich weiß, wie sie aussehen, wie ihre Stimmen klingen, was sie zum Frühstück essen ...«

»Jim«, unterbrach ihn McCoy und schüttelte den Kopf. »Es handelt sich um Projektionen, glaub mir. Deine Phantasie geht mit dir durch, das ist alles. Hör mir mal gut zu ...«

»Nein, *du* hörst *mir* zu!« Kirk blieb stehen, beugte sich über den Schreibtisch und sah den Arzt an. »Du scheinst immer noch anzunehmen, ich bildete mir das alles nur ein. Nun, du hast das Buch gelesen und kennst sowohl die Protagonisten als auch den Ausgang der geschilderten Ereignisse. Ich weiß ebenfalls darüber Bescheid, obwohl ich *Fremde vom Himmel* seit unserem letzten Gespräch nicht mehr aufgeschlagen habe. Woher stammen meine Informationen?«

»Jim ...«

»Wußtest du, daß Sawyer eine erstklassige Tennisspielerin war?« fuhr Kirk ungerührt fort. »Beim Finale von 2028 in der Mondbasis Goddard errang sie den zweiten Platz.«

»Im Buch wird überhaupt nicht erwähnt, daß sie Tennis spielte. Glaube ich jedenfalls.« McCoy runzelte die Stirn. »Ich bin sicher, die Autorin ging nicht so sehr ins Detail.«

Kirk vollführte eine Geste der Verzweiflung.

»Fang nicht schon wieder an! Himmel, Pille, ich weiß nicht nur mehr über Sawyer, als im Buch steht, ich sah sie auch auf dem Tennisplatz. Um ganz genau zu sein: Ich selbst habe gegen sie gespielt. Die Sequenz der letzten Nacht ... Ich bezeichne sie jetzt nicht mehr als Alpträume. Es scheint sich um die einzelnen Folgen einer Fortsetzungsgeschichte zu handeln ...«

»Oder die Kapitel eines Buches, das von deinen Gedanken geschrieben wird«, warf McCoy ein. Kirk achtete gar nicht darauf.

»Wir spielten einen Satz«, wiederholte er. »Ich suchte sie im Sportkomplex, weil ich ihr etwas Wichtiges über die Vulkanier sagen mußte. Sie forderte mich heraus, und daraufhin griff ich zu einem Tennisschläger. Meine Güte, das Goddard-Turnier lag schon siebzehn Jahre zurück, aber Sawyer war noch immer in guter Form. Ich hatte nicht die geringste Chance gegen sie.«

»Wie alt warst du?« fragte McCoy wie beiläufig.

Kirk zwinkerte verwirrt.

»Was?«

»Im Traum, meine ich. Wie alt warst du? So alt wie jetzt oder jünger?«

»Wenn das eine Anspielung auf meine derzeitige Konstitution sein soll ...« Kirk unterbrach sich, als er zu einer für ihn selbst überraschenden Erkenntnis gelangte. »Ich war jünger. Viel jünger. Kaum älter als dreißig. Deshalb ging es mir so gegen den Strich, daß mir Sawyer eine Niederlage beibrachte. Eine Frau, die auf die Fünfzig zuging und keine modernen Fitneßeinrichtungen benutzen konnte — und sie schlug mich, ohne sich dabei anstrengen zu müssen. Später, als sie T'Lera dazu überredete, gegen sie anzutreten ...«

Kirk brach erneut ab, als er sah, wie McCoys Blick in die Ferne reichte. Der Arzt schien ihm gar nicht mehr zuzuhören, sondern Stimmen zu lauschen, die nur er vernahm.

»Pille? Das steht nicht im Buch, oder? Es erwähnt kein Tennisspiel zwischen Sawyer und T'Lera, oder?«

Der Arzt hinter dem Schreibtisch gab keine Antwort.

»Glaubst du, der Altersunterschied spielt irgendeine Rolle?«

McCoy atmete tief durch und musterte den Admiral.

»Ich weiß es nicht, Jim. Vielleicht. Darf ich dich etwas fragen?«

Kirk zuckte mit den Achseln.

»Nur zu.«

»Wann hast du dich der letzten Psychokontrolle unterzogen?«

»Vor ein paar Monaten. Warum? Du kennst ja die Routine. Vorschrift 73-C, Absatz A: ›Alle regulären Starfleet-Angehörigen müssen mindestens einmal pro Solarjahr ein Psychoprofil anfertigen lassen. Wer im Offiziersrang steht oder nach Meinung des medizinischen Fachpersonals größerem Streß ausgesetzt ist ...‹«

»›... wird so oft untersucht, wie es der zuständige Arzt für erforderlich hält‹«, beendete McCoy den Satz. »Ich spreche hiermit eine derartige Empfehlung aus.«

Kirk bedachte ihn mit einem verdutzten Blick.

»Soll das ein Witz sein?«

»Ganz und gar nicht.« McCoys Miene machte deutlich, daß er keinen Widerspruch duldete. »Die Sache bleibt inoffiziell – es sei denn, du schaltest auf stur.«

»Du willst nur nicht, daß ich dir damit auf den Wecker gehe«, sagte Kirk beschwichtigend und winkte ab. »Was ich gut verstehen kann. Bestimmt hast du genug um die Ohren. Tut mir leid, Pille, ich ...«

»Die nette Tour nützt dir jetzt nichts mehr, Jim. Ich meine es ernst. Entweder gehst du freiwillig, oder ich gebe dir eine offizielle Anweisung. Die Entscheidung liegt bei dir. Nun?«

Kirk schien wirklich beleidigt zu sein.

»Du solltest mir wenigstens sagen, was dich zu einer derart drastischen Maßnahme bewegt.«

»Unter ›drastischen Maßnahmen‹ stelle ich mir eigentlich etwas anderes vor«, sagte McCoy und stand auf. »Und was meine Gründe angeht: deine letzten vier Nächte, Jim. Allem Anschein nach spielst du die Hauptrolle in einem historischen Melodram. Normale Menschen vergnügen sich nach einem anstrengenden Arbeitstag und verbringen die Nacht damit, zu schlafen und ihre Kräfte zu erneuern, wohingegen du höchst eigenartige Aktivitäten entfaltest, die natürlich irgendwann Konsequenzen nach sich ziehen müssen. Deine Auftritte auf der Bühne der Phantasie ... Es wäre durchaus möglich, daß sie auch die Wahrnehmung deiner Pflichten beeinträchtigen.«

»Die ›Wahrnehmung meiner Pflichten‹, Pille? Meinst du damit die Ausbildung von Kadetten? Die Teilnahme an irgendwelchen Konferenzen? Den Papierkrieg von Starfleet? Ich entscheide nicht über Krieg und Frieden. Es hängen keine Menschenleben mehr davon ab, ob ich in der Lage bin, zur richtigen Zeit die richtigen Befehle zu geben.«

»Vielleicht besteht das Problem genau darin«, kommentierte McCoy. Lautes Schweigen schloß sich an. »Und da rein physisch mit dir alles in Ordnung zu sein scheint, abgesehen von einer hyperadrenalen Aktivität, sobald du auf das Buch zu sprechen kommst ...«

»Woher willst du das wissen?« fragte Kirk scharf.

McCoy öffnete die linke Hand und zeigte Jim den kleinsten Medoscanner, den er jemals gesehen hatte. Darüber hinaus handelte es sich um ein besonders leises Modell, das nicht annähernd so laut summte und surrte wie die Standardversionen. Während sich der Admiral seinem Ärger hingab, hatte McCoy klammheimlich alle seine biopsychischen Funktionen aufgezeichnet.

»Du hinterhältiger ...«, begann Kirk und fühlte sich zwischen Zorn und Erheiterung hin und her gerissen. »Das ist ein schwerer Vertrauensbruch!«

»Nicht unbedingt«, hielt ihm McCoy entgegen. »Immerhin bist du zu einem Arzt gegangen, um medizinischen Rat einzuholen. Himmel, Jim, du weißt doch, daß du ohne eine solche Sondierung überhaupt keine Hilfe erwarten darfst. Ich weiß nicht genau, was für deinen derzeitigen Zustand verantwortlich ist: Langeweile, Depressionen, Nervosität, abrupte Veränderung des Lebenswandels, dein Bürojob oder irgendein neues Virus. Aber aufgrund meiner Erfahrungen mit gewissen Persönlichkeitstypen sehe ich die Gefahr, daß dein Problem zu einer regelrechten Besessenheit wird. Es bringt dich allmählich um den Verstand, und damit ich nicht ebenfalls überschnappe, halte ich sofortiges Handeln für erforderlich. Du wirst dich umgehend in der psychologischen Abteilung melden, um dich untersuchen zu lassen. Nun, Admiral: Möchten Sie es schriftlich, oder sind Sie bereit, die Empfehlungen eines alten Freunds zu beherzigen?«

Kirk hob die Arme und kapitulierte.

»Mal sehen, ob ich es mit meinem Terminkalender für die nächsten Tage vereinbaren kann.« Als er McCoys durchdringenden Blick bemerkte, fügte er hastig hinzu: »Schon gut, schon gut. Gleich morgen früh, in Ordnung?«

McCoy nickte, steckte den kleinen Medoscanner ein und wandte sich den Akten auf seinem Schreibtisch zu. »Und jetzt verschwinde endlich, Jim!« knurrte er. »Wir können uns nicht alle auf die faule Haut legen. Ich habe noch eine Menge zu tun.«

Als Kirk das Büro verließ, dachte der Arzt: *Eins steht fest: Bevor ich dir das nächstemal irgendein Buch empfehle, gehe* ich *zu den Gehirnklempnern.*

Nirgends stand geschrieben, daß Vulkanier nicht träumen, und doch ist diese irrige Ansicht weit verbreitet.

Die Logik postuliert, daß ein besonders hochentwickelter Intellekt mit großem Verarbeitungspotential den nur scheinbar ungerichteten und zufallsbestimmten Ausgleich des Träumens benötigt. Ein weiteres Faktum kommt hinzu: Jene Hirnsektoren, die bei einigen Spezies telepathische Impulse erzeugen, stehen in direkter Verbindung mit den Bereichen, in denen Träume entstehen. Darüber hinaus wird vermutet, daß körperlose Entitäten — Thasianer, Organianer und Medusaner — ihr ganzes Leben in einer von Träumen determinierten Zwischenrealität verbringen.

Bei den vulkanischen Meistern sind mentale Techniken gebräuchlich, die Träume in ein logisches Instrument verwandeln, sie kanalisieren und zur Lösung spezieller intellektueller Probleme einsetzen. Manchmal werden sie vollständig unterdrückt, um den Schlaf in eine Art von Leere zu transformieren, in der Logik alles ist. Es heißt, die Hohenmeister schliefen fast nie.

Für den durchschnittlichen Vulkanier bedeutet der Traum vielleicht eine Freisetzung jener Emotionen, die während des wachen Zustands ständig unterdrückt werden. Solche Phänomene betreffen die vulkanische Privatsphäre und gehen Außenstehende nichts an. Wer jemals einen schlafenden Vulkanier beobachtet hat, mag bezweifeln, ob sich unter der physisch-psychischen Patina unerschütterlicher Ruhe das Zittern und Vibrieren unterbewußter Visionen verbirgt. Wovon Vulkanier träumen, bleibt ihr Geheimnis, aber *daß* sie träumen, ist eine unbestreitbare Tatsache.

Manchmal sind Träume eine unabdingbare Notwendigkeit.

Spock gab seine bewußt gesteuerten Meditationen auf, um zu schlafen. Und er träumte.

»Sie schaffen es nicht allein«, beharrte die Frau. »Sie schaffen *es nicht ...* Sie *schaffen es nicht ... Sie schaffen es nicht allein ... nicht allein ... allein ...*

»Mutter?« fragte Spock die Dunkelheit. Er sah Amanda nicht, spürte aber ihre Präsenz.

Plötzlich stand sie neben ihm und berührte ihn sanft am Arm. Diese Geste gestattete er nur ihr.

»Mutter, wenn ich versage ... dann finden dein Volk und das meines Vaters nie zu einer Gemeinschaft ...«

»Was bedeutet, daß du nicht geboren wirst«, beendete Amanda den Satz. »Fürchtest du das, mein Sohn?«

Spock schüttelte den Kopf.

»Persönliche Sorgen spielen angesichts einer Situation mit derartiger Bedeutungsvielfalt keine Rolle. Statt dessen denke ich an die Erde, die auf die Vorteile der Föderation verzichten muß ...«

»Und der die vulkanische Weisheit fehlt?« fragte Amanda. »Arme Erde! Wie kommen die Menschen nur zurecht?«

Selbst im Traum besann sich Spock auf seine Würde.

»Mutter, ohne die vulkanische Hilfe wäre es auf Terra zu einer globalen Ernährungskrise gekommen, spätestens bis zum Jahr ...«

»Andererseits gibt selbst dein Vater zu, daß ohne den mäßigenden Einfluß der Menschen eine Wahrscheinlichkeit von siebenundsechzig Komma sechs Prozent für eine Degeneration der vulkanischen Kultur bestand. Ihre Logik hätte innerhalb der nächsten tausend Jahre zum Untergang geführt.« Amanda lächelte. »Vorausgesetzt, es wäre ihnen wie durch ein Wunder gelungen, den tellaritischen Aufstand in einer Föderation zu überleben, der keine Terraner angehörten. Und außerdem: Wo waren die Vulkanier während der romulanischen Kriege? Für welche deiner beiden Heimatwelten trittst du ein, Spock? Warum nicht für beide?«

Darauf gab Spock keine Antwort.

»Weder Vulkan noch die Erde hätten ihren derzeitigen Entwicklungsstand allein, aus eigener Kraft erreichen können. Isolation bedeutet Schwäche. Und das trifft auch auf dich zu. Allein schaffst du es nicht ...«

Sie schaffen es nicht ... nicht allein ...

Plötzlich stand nicht mehr Amanda in der Finsternis, sondern T'Lera im Licht. Vulkanierin und Raumschiffkommandantin, eine Frau, die das All als ihre wahre Heimat erachtete, die Leere zwischen den Sternen, die dort weitaus mehr Jahre verbracht hatte als Spock ... Ihre gelassene Ruhe gründete sich auf Weisheit, während sie den Mann musterte und seine Argumente erwartete.

»Commander ...«, begann Spock und suchte zum erstenmal in seinem Leben nach den richtigen Worten. »Wie kann ich Sie umstimmen?«

T'Lera begegnete seinem Blick, hielt ihm mühelos stand. Sie ließ sich nicht einschüchtern, suchte ebenfalls nach der Antwort auf eine Frage.

»Wer sind Sie?« flüsterte sie und trat langsam auf ihn zu. »Wer sind Sie ...?«

»Ich nehme mir den Nachmittag frei«, teilte Kirk seiner coridanischen Adjutantin mit. Er verspürte das dringende Bedürfnis, allein zu sein. »Bitten Sie Kynsky, mich bei der für 14.00 Uhr geplanten Besprechung zu vertreten. Sagen Sie die anderen Termine ab. Und noch etwas: Die Eintrittskarten für das Wasserballett heute abend überlasse ich Ihnen. Vorausgesetzt, es macht Ihnen nichts aus, neben Commodore Hrokk zu sitzen.«

»Ich glaube, ich sollte besser auf die Vorstellung verzichten.« Die gabelförmig geteilten Brauen der jungen Frau wölbten sich; Commodore Hrokk besaß zwei Hände mehr als ein durchschnittlicher Humanoide. »Wo sind Sie zu erreichen, Admiral?«

»Nirgends«, erwiderte Kirk knapp, programmierte das Zeitschloß des Schreibtischs und griff nach dem Aktivator des Luftwagens, der im Flaggoffizier-Hangar auf ihn wartete. Wenn die Ergebnisse der Psychosondierung eintrafen, war er längst fort. »Versuchen Sie nur dann, Kontakt mit mir aufzunehmen, wenn das Ende der Welt bevorsteht, klar?«

»Ich dachte dieses Problem hätten Sie bereits mit der *Enterprise* gelöst, Sir«, entgegnete die Adjutantin und lächelte. Kirk blieb abrupt stehen und runzelte die Stirn. »Ich meinte nur ... Nun, es war ein Scherz, ein geflügeltes Wort, das hier in der Admiralität in aller Munde ist. Es bezieht sich auf die V'ger-Krise.«

»Ja, ich weiß«, brummte Kirk. »Hinter meinem Rücken nennt man mich ›Admiral Quirk‹*, nicht wahr?«

Wenn ein Coridaner errötete, gewann das Grau seines Gesichts eine malvenfarbene Tönung.

»Es ist keineswegs so, daß wir Ihre Leistungen nicht respektieren, Sir ...«

»Aber?«

»Manchmal fällt es recht schwer, für eine lebende Legen-

---

* Unübersetzbares Wortspiel: Quirk klingt wie Kirk, bedeutet aber ›Schrulle‹ oder ›Marotte‹; Anmerkung des Übersetzers.

de zu arbeiten, Sir. Besonders dann, wenn die betreffende Person so ... unten-auf-der-Erde-steht. Ist das der richtige Ausdruck?«

»Ich glaube schon«, erwiderte Kirk grimmig.

Lebende Legende! dachte er und eilte mit langen Schritten durch die Korridore. Er wollte sich von niemandem aufhalten lassen. *Wenn ich nicht dauernd in Bewegung bleibe, gießt man mich noch in Bronze. Lebende Legende! Das ist fast so schlimm wie ›Unten-auf-der-Erde-steht.‹* Die Adjutantin meinte natürlich *eine Person aus Fleisch und Blut,* aber ihr metaphorischer Fehler traf genau den Kern der Sache. Immerhin hatte Kirk den größten Teil seines Lebens im All verbracht, und wenn er sich längere Zeit auf einem Planeten befand, fühlte er sich zunehmend unwohler und wurde schrullig.

Als der Luftwagen aufsetzte, wartete Kirk darauf, daß sich die Wasserfläche wieder glättete. Er öffnete die einzelnen Segmente der Dachkuppel und genoß den ungehinderten Blick übers Meer. Er war noch nie in diesem Teil des Pazifiks gewesen und nahm mit großem Erstaunen zur Kenntnis, wie viele menschliche Siedlungen es dort gab.

Das Bild vor seinem Auge stammte aus einer Vergangenheit, von der ihn zwei Jahrhunderte trennten.

Die Unterseeboote an den Schwimmdocks weit im Westen gehörten zu *TiefUnten,* einer großen Stadt am Meeresgrund, deren urbane Komplexe von den Korallenriffen vor Brisbane bis fast zu den Salomon-Inseln reichten. Doch hier, östlich von Norfolk und im Süden Pitcairns, hatte er mit einem leeren Ozean gerechnet.

Statt dessen landete er inmitten einiger Pontondörfer, die auf einem spiegelglatten Pazifik trieben. Bestimmt gab es Abschirmungen, die vor Stürmen schützen, aber als sich Kirk vorstellte, bei Taifunen wie ein Korken auf hohen Wellen zu tanzen, schnitt er eine Grimasse. Nun, in den Siedlungen lebten Maori, Samoaner und die Nachkommen der *Bounty*-Meuterer, die sich zunächst auf Pitcairn niedergelassen hatten – widerstandsfähige und zähe Menschen, im wahrsten Sinne des Wortes mit allen Wassern gewaschen. Sie scherten sich nicht um das Wetter.

Kirk klappte die Luke des Luftwagens auf und atmete die würzige Luft tief ein. Eine wundervolle, paradiesische Szenerie breitete sich vor ihm aus, und er nahm sich vor, diesen Ort noch einmal aufzusuchen, irgendwann, vielleicht zu einem kurzen Urlaub, um die maritime Welt besser kennenzulernen. Viele Jahre lang hatte er das All durchstreift, doch auf seinem Heimatplaneten gab es noch immer einige ihm unbekannte Regionen.

Kirk verdrängte diese Gedanken und erinnerte sich an den Grund für seine Reise. Enttäuscht mußte er zur Kenntnis nehmen, daß sich seine Hoffnungen nicht erfüllten. Die Suche nach einer ganz bestimmten Tangfarm mußte erfolglos bleiben.

McCoy starrte auf den Monitor und betrachtete die Daten des Psychoprofils, das vor einigen Stunden von Jim Kirk angefertigt worden war. Als er den Schirm schließlich abschaltete, runzelte er besorgt die Stirn. Das Problem schien weitaus ernster zu sein, als er zunächst angenommen hatte.

Er aktivierte das Interkom. »Verbinden Sie mich mit dem Büro von Admiral Kirk.«

Einige Sekunden später meldete sich die coridanische Adjutantin. Mit großem Bedauern wies sie darauf hin, der Admiral sei leider nicht zugegen.

»Er hat sich den Nachmittag freigenommen?« fragte McCoy verwundert. »Was soll das heißen? Wo steckt er, zum Teufel?«

Als die Coridanerin keine Auskunft geben konnte, rief McCoy in Kirks Wohnung an und hinterließ dem Penthouse-Computer eine Nachricht. Er fragte in Alexandria nach, hielt es für möglich, daß Jim die dortige Bibliothek besuchte. Fehlanzeige. Er erkundigte sich bei Kirks Bekannten – und mußte erfahren, daß er sich schon seit einer Woche rar machte.

Seit er sich das verdammte Buch besorgt hat, dachte McCoy verärgert.

Normalerweise wäre er mit einem Achselzucken darüber hinweggegangen. Jim war erwachsen und konnte sich durchaus um sich selbst kümmern. Doch die Resultate der Psychosondierung zwangen ihn dazu, das plötzliche Verschwinden des Admirals aus einer anderen Perspektive zu sehen.

Natürlich hatte McCoy die Möglichkeit, Kirk überall zu lokalisieren. Er konnte sich auf seine Autorität als hochrangiger Medo-Offizier berufen und dafür sorgen, daß man die Signale des intrakraniellen Sensors anpeilte. Alle Flaggoffiziere mußten sich ein solches Mikrogerät implantieren lassen, wenn sie auf der Erde weilten. McCoy verabscheute solche Instrumente, sah darin eine grobe Verletzung der Privatsphäre. Er wolle sie erst nutzen, wenn ihm keine andere Wahl blieb, wenn er sicher war, daß Jim akute Gefahr drohte.

Eine Situationsbewertung, die ihm unangebracht erschien. Noch.

McCoy griff nach dem Speichermodul mit Kirks Untersuchungsdaten und machte sich auf den Weg zur psychologischen Abteilung. Er mußte dringend mit einigen bestimmten Leuten sprechen.

Kirk nahm Kurs auf das nächste Pontondorf und schaltete das Triebwerk so um, daß es wie ein Außenbordmotor reagierte. Der Bug des Luftwagens richtete sich ein wenig auf, und eine v-förmige, schäumende Heckwelle blieb hinter dem Gefährt zurück. Ein Tastendruck – und die Dachkuppel schwang ganz zurück. Nur die Windschutzscheibe blieb, und Kirk genoß die Gischt, den Wind, der ihm das Haar zerzauste. Als er sich den strahlenförmig vom Dorf ausgehenden Kais näherte, an denen Dutzende von Booten, kleinen Schiffen und Gleitern dümpelten, reduzierte er die Geschwindigkeit auf wenige Knoten, und das Fauchen der Motoren wurde zu einem leisen, fast melodischen Brummen.

Ein etwa zwölf Jahre alter Junge, nur in Shorts gekleidet, saß auf einer der Anlegestellen und ließ die Beine ins Wasser baumeln. Als er den für ihn eher exotischen Luftwagen sah, sprang er auf und winkte begeistert. Kirk drehte das Ruder und hielt auf ihn zu.

»Ahoi!« rief der Knabe, gerade laut genug, um das Surren der Triebwerke zu übertönen.

»Hallo«, antwortete Kirk.

»Koro Quintal«, sagte der Junge und deutete mit dem Daumen auf seine Brust. »Und Sie?«

Kirk zwinkerte im hellen Schein der Nachmittagssonne und musterte den Knaben, einmal mehr erstaunt über die Vielfalt der menschlichen Spezies. Koro Quintal vereinte Dutzende von genetischen Qualitäten in sich. Vorname, hagere Statur, pechschwarzes Haar, lohfarbene Haut, selbst die Angewohnheit, in unmittelbarer Nähe des Meeres nicht zu laut zu sprechen, verrieten seine maorische Herkunft. Der Nachname und die blauen Augen im gebräunten Gesicht deuteten darauf hin, daß sein Stammbaum bis zu Fletscher Christian und den anderen Besatzungsmitgliedern der *Bounty* zurückreichte. Der australische Akzent – Kirk hatte ihn nicht mehr gehört, seit Kyle zum Commander befördert und zur *Reliant* versetzt wurde – vervollständigte das Bild. Der Knabe verkörperte tausend Jahre Geschichte, stand auf einer Mole, die mitten im Pazifik schwamm, stemmte die Hände in die schmalen Hüften und lächelte.

»Jim Kirk«, stellte sich der Admiral vor.

»Bestimmt haben Sie sich verirrt«, meinte Koro und neigte den Kopf zur Seite. Sein Lächeln wuchs in die Breite.

»Vielleicht«, erwiderte Kirk ausweichend. Der knappe Wortwechsel gefiel ihm, und amüsiert wartete er auf die nächste Bemerkung des Knaben.

»Möglicherweise könnte ich Ihnen helfen«, sagte Koro und strich mit den Zehen über das Kunststoffmaterial der Anlegestelle. »Dazu müßte ich natürlich in Ihr komisches Boot klettern. Eine kleine Tour gefällig?«

»Warum nicht, Koro Quintal.« Kirk streckte die Hand aus. »Hüpf rein.«

Zweimal umkreisten sie das Pontondorf, flogen auch darüber hinweg, während Koro aufgeregt die Kontrollen bediente. Erst dann erklärte ihm Kirk den Grund seiner Reise.

»Seit das Buch erschien, kommen immer wieder neugierige Landratten hierher«, meinte der Junge, während der Luftwagen abseits der schwimmenden Häuser trieb. Sie beobachteten elegant dahinsegelnde Möwen, die krächzend den Sonnenuntergang besangen. »Aber jetzt beehrt uns zum erstenmal 'n Admiral mit seinem Besuch.«

»Hast du's ebenfalls gelesen?« fragte Kirk und schmunzelte. Er trug zivile Kleidung und hatte nicht auf seine Herkunft hingewiesen – aber ›lebende Legenden‹ schienen selbst im Pazifik bekannt zu sein.

»*Fremde vom Himmel?* Klar doch. Wir haben in der Schule darüber gesprochen. Geschichte, wissen Sie. Alles ein alter Hut, wenn Sie mich fragen. Seit mindestens hundert Jahren gibt's hier keine Tangfarmen mehr.«

»Wenn ich doch nur mit jemandem sprechen könnte, der die alten Zeiten gut kennt«, brummte Kirk. »Zum Beispiel mit einem hiesigen Historiker. Koro, wer ist hier die weiseste und klügste Person?«

»Galarrwuy«, antwortete der Knabe sofort. »Kustos des Museums auf der Osterinsel. Ein Fremder wie Sie, Admiral-Jim-Kirk.«

Wird Zeit, die Vorteile meines Rangs zu nutzen, dachte Kirk.

»Könntest du mich ihm irgendwann einmal vorstellen?«

»Warum nicht gleich?« erwiderte Koro und nahm wieder im Pilotensessel Platz. »Darf ich die Kiste steuern?«

Kirk zögerte. In diesem Bereich des Pazifiks begann schon der Abend, und die Zeitdifferenz zu San Francisco betrug drei Stunden. Ebensolange dauerte es, zur Westküste zurückzukehren. *Wenn ich morgen früh um acht nicht an meinem Schreibtisch sitze, läßt man bestimmt nach mir suchen. Und ich habe keine Möglichkeit, mich mit der Admiralität in Verbindung zu setzen.* Er beschloß, ein Risiko einzugehen. Die Fahrt zur Osterinsel führte wenigstens anderthalbtausend Kilometer weit in die richtige Richtung.

»In Ordnung.« Er nickte Koro zu. »Aber bring den Luftwagen in sein eigentliches Element zurück.« Er zeigte nach oben.

»Warum?« Koro aktivierte das Triebwerk. »Werden Sie schnell seekrank?«

»Nein, aber wenn wir fliegen, geht's wesentlich schneller.«

»Ach, ihr Landratten habt's immer so eilig«, seufzte der Junge.

»Als das Buch herauskam, ging's sofort drunter und drüber«, sagte Dr. Krista Sivertsen und bedachte McCoy mit einem nachsichtigen Lächeln. »Alle Wichtigtuer, Neurotiker und verkannten Gelehrten auf diesem Planeten traten auf die Medienbühne und behaupteten, sie hätten die Ankunft der beiden Vulkanier in früheren Inkarnationen miterlebt. Manche fügten hinzu, ihre Flucht unterstützt oder ihnen dabei geholfen zu haben, sich als Menschen zu tarnen. Einige Oberspinner stellten sich dreist als direkte Nachkommen des angeblich ausgesprochen promiskuinen Sorahl vor. Die historische Bedeutung des Buches kann ich nicht beurteilen, aber in der Psychiatrie führt es zum Chaos. Als mir der Admiral erklärte, warum Sie ihn zu mir schickten, dachte ich: Nein, unmöglich. Er läßt sich von einer derartigen Hysterie nicht anstecken. Er ist stark und realistisch, eine vollständig in sich ruhende Persönlichkeit. McCoy will mir bestimmt einen Streich spielen. Bis ich die Ergebnisse der Untersuchung sah.

Lassen Sie es mich folgendermaßen ausdrücken, Leonard: Wenn ich Ihnen einen Patienten schicke, bei dem Sie eine gefährliche ansteckende Krankheit diagnostizieren ... Könnte ich Sie dazu überreden, ihn aus der Quarantäne zu entlassen? Wären Sie bereit zu riskieren, daß er andere infiziert?«

»Himmel, er stellt keine Gefahr für seine Mitmenschen dar!« protestierte McCoy. »Ich überwache ihn rund um die Uhr, solange er bei Ihnen in Behandlung ist. Meine Güte, Sie können jemanden wie Jim Kirk nicht einfach von seinen Pflichten entbinden und erwarten, daß er hübsch brav zu Hause bleibt und sich die Zeit damit vertreibt, an die Wand zu starren.«

»Ganz im Gegenteil«, erwiderte die langbeinige und blonde Psychiaterin. »Ich möchte ihn hier bei uns unterbringen. Ich würde nicht einmal zögern, ihn mit Sedativen vollzupumpen und in eine verdammte Zwangsjacke zu stecken, wenn es notwendig werden sollte.«

McCoy räusperte sich. Schon seit einer geschlagenen Stunde diskutierte er mit Dr. Sivertsen, und seine Stimme klang nicht mehr ruhig und glatt, sondern heiser und rauh. Während er nach einem Argument suchte, dem sich Krista nicht widersetzen konnte, sah er sich in ihrem gemütlich eingerichteten Büro der psychologischen Abteilung um. Es wirkte eher wie die Suite eines Luxushotels, wies kaum Ähnlichkeiten mit einer psychiatrischen Praxis auf. Es fehlte die Liege, auf der sich die Patienten ›entspannen‹ sollten — die aber in vielen ein Gefühl hilfloser Blöße weckte. Statt dessen gab es eine mit diversen Getränken bestückte Bar, von der Sivertsen kühn behauptete, sie sei integraler Bestandteil ihrer eher eigenwilligen Behandlungsmethoden.

McCoy kannte Krista schon seit vielen Jahren und erinnerte sich daran, daß sie als Studentin seine Vorlesungen besucht hatte. Damals, als er noch — unglücklich — verheiratet gewesen war. Er entsann sich an die langen, wohlgeformten Beine in der ersten Reihe des Hörsaals, an ein bezauberndes Lächeln, das verdeutlichte, was ihm das Leben vorenthielt. McCoy seufzte lautlos und rief sich zur Ordnung. *Es hat keinen Sinn, jenen Teil meiner Vergangenheit heraufzubeschwören.*

»Krista, seien Sie doch vernünftig ...«

»Ich *bin* vernünftig, Leonard.« Auch ihre Gedanken kehrten zum Studium zurück, zu einem McCoy, der sich durch trockenen Humor auszeichnete und dessen Lächeln manchmal recht traurig wirkte. Die gemeinsam an der Universität verbrachten Jahre schufen ein unzerreißbares Band der Freundschaft zwischen ihnen. »Sie haben das Psychoprofil gesehen, und Sie wissen auch, was es bedeutet. Um Ihnen die veränderten Strukturen ins Gedächtnis zurückzurufen ...«

Sie betätigte eine Taste, und auf dem Schirm leuchtete ein von Datenfolgen begleitetes Schema auf.

»Hier«, fügte Krista hinzu und deutete auf die Anomalien.

»Multilaterale Funktionsstörung in den unterbewußten mnemonischen Strukturen, begleitet von lokalen Beeinträchtigungen der Kurzzeit-Fokalerinnerung.«

»Ja«, gestand McCoy widerstrebend ein.

Krista löschte die Schirmdarstellung, griff nach einem Kristallschreiber und drehte ihn nachdenklich hin und her. »Wenn so etwas unbehandelt bleibt, könnten die Folgen in einer drastischen Streßzunahme bestehen. Außerdem besteht die Gefahr selektiver Amnesie und eines sich verschlimmernden Verwirrungszustands. Sogar latente Schizophrenie wäre denkbar.« Sie beugte sich vor, berührte McCoy sanft am Arm. »Daher ist es nur vernünftig, eine unverzügliche Behandlung des Patienten vorzuschlagen. Kirk braucht Hilfe, Leonard. Dringend.«

McCoy dachte konzentriert nach und rang um seine Fassung. Wie hatte so etwas passieren können?

»Leonard?« Krista Sivertsen sprach nun nicht mehr als Psychiaterin, sondern schlüpfte in die Rolle einer guten Freundin. Ihre Hand ruhte noch immer auf McCoys Arm. »Ich weiß, wie nahe er Ihnen steht. Ich möchte ihm nur helfen.«

»Das ist mir klar, Krista«, erwiderte McCoy geistesabwesend und strich kurz über ihre Finger. » Es ist nur ... Ich begreife die ganze Sache nicht. Daß so etwas ausgerechnet einem Mann wie Jim Kirk zustößt ... Warum? Welche Ursachen stecken dahinter?«

»Das wissen wir nicht genau«, antwortete Krista und schaltete ihr Selbst in den Berufsmodus zurück. »Erst seit kurzer Zeit werden solche Leiden einer getrennten Kategorie zugeordnet. Früher glaubte man, sie als eine Art von Schizophrenie diagnostizieren zu müssen, und die Behandlung führte nur zu geringen Erfolgen. Bisher habe ich solche Phänomene nur bei Drogensüchtigen beobachtet.«

Die nächsten Worte wählte sie mit besonderer Sorgfalt.

»James T. Kirk ist ein ausgesprochen dynamischer Mann, und manchmal fällt es solchen Leuten schwer, sich an einen rein planetaren Dienst zu gewöhnen. Wäre es möglich, daß er mit den neuen synthetischen Amphetaminen experimentiert, die in Geheimlaboratorien hergestellt und in bestimmten Geschäften unter dem Ladentisch gehandelt werden?«

»Das ist völlig ausgeschlossen!« entfuhr es McCoy. »Kirk weiß ebensogut wie wir, daß solche Stoffe eine umfassende Persönlichkeitsveränderung hervorrufen können. Er hat nie irgendwelche Drogen genommen, und er wird auch in Zukunft die Finger davon lassen.«

»Tut mir leid«, sagte Krista leise. »Ich wollte nur ganz sicher sein, daß wir diesen Punkt von der Liste möglicher Ursachen streichen können. Nun, in diesem besonderen Fall gibt es viele Variablen, die es zu berücksichtigen gilt. Ich habe mich mit Kirks Krankengeschichte befaßt, bevor ich Ihnen die Ergebnisse der Psychosondierung schickte. Es ist in höchstem Maße erstaunlich, wie oft das Bewußtsein des heutigen Admirals während seiner Jahre im Raum manipuliert wurde. Vielleicht kommt eins der alten Traumen als Auslöser in Frage ...«

McCoy runzelte die Stirn und erinnerte sich. Sargon, Parmen, Janice Lester – sie alle hatten direkten oder zumindest mittelbaren Einfluß auf Kirks Geist ausgeübt. *In seiner Seele haben mehr Leute herumgespukt, als ich zählen kann!*

»Es ist nicht einmal auszuschließen, daß durch eine vulkanische Mentalverschmelzung gravierende Veränderungen in destabilen Persönlichkeiten bewirkt werden«, sagte Krista Sivertsen. Sie hatte Kirk erst am vergangenen Morgen kennengelernt, als er ihr Büro betrat, aber wer kannte nicht die vielen Geschichten über ihn und einen gewissen Vulkanier? »Verstehen Sie, was ich meine, Leonard?«

»Ja. Ja, ich kann Ihnen folgen. Aber ...« Ihm fiel plötzlich etwas ein. »Eine Frage, Krista: Halten Sie es für möglich, daß die Veränderungen in Jim Kirks Bewußtsein durch eine vulkanische Mentalverschmelzung *rückgängig* gemacht werden können?«

Die Psychiaterin musterte ihn einige Sekunden lang und holte tief Luft. »Kommen Sir mir bloß nicht damit«, erwiderte sie in einem fast drohenden Tonfall. Sie hatte auch von McCoys Beziehungen zu einem ›gewissen Vulkanier‹ gehört. »Wenn Sie an so etwas denken ... Warum sind Sie dann nicht sofort zu einem vulkanischen Heiler gegangen? Nein, Sie haben sich an mich gewandt, und daher liegt die Verantwortung an mir. Reine Freundschaftsdienste und spitzohrige Magier helfen dem Admiral nicht weiter.« Sie lächelte, aber McCoy blieb ernst und besorgt. »Vertrauen Sie mir, Leonard. Mit den heutigen Techniken bringen wir ihn innerhalb von ein oder höchstens zwei Wochen auf Vordermann. Warum nimmt er nicht einfach Urlaub? Niemand braucht etwas zu erfahren — wenn Sie alles mir überlassen.«

»Und ... wann?« fragte McCoy unsicher.

»So schnell wie möglich. Heute abend. Ich sorge dafür, daß ein Bett für ihn frei wird. Wo ist Admiral Kirk jetzt?«

»Genau darin besteht das Problem«, brummte McCoy. »Ich weiß es nicht.«

»Geschätzte Flugzeit bis nach Sol III?« fragte Spock seinen Navigator.

»Sieben solare Tage, Captain«, erwiderte Lieutenant Mathee. »Wenn Sie einen genauen Zeitpunkt für Ihren Logbucheintrag benötigen, Sir: Sternzeit 8097,4.«

»Danke«, sagte Spock ruhig und verbarg seine Ungeduld. »Steuermann, halten Sie Warp zwei. Wir kehren heim.«

Aber es dauert zu lange, dachte er. *Viel zu lange.*

Rapa Nui. Osterinsel. Der Nabel der Welt. Es gab viele Namen für die kleine Landmasse. Kirk hatte natürlich schon von ihr gehört und die riesigen, dem Meer zugewandten Statuen in holografischen Bildern betrachtet; er kannte ihre Geschichte zumindest in groben Zügen.

Dennoch erwartete ihn eine Überraschung: Die ganze Insel diente als Südpazifik-Museum, dessen Zentrum aus einer ultramodernen Glas- und Rhodinium-Konstruktion bestand. Das Gebäude erhob sich dicht vor Rano Raraku, dem Vulkankrater im Osten.

Und der Kustos des Museums erstaunte ihn ebenfalls.

Dr. Galarrwuy Nayingul gehörte zu den australischen Ureinwohnern, den sogenannten Aborigines: dunkle Haut, tief in den Höhlen liegende Augen, kleiner als Kirk, dafür aber breiter und massiger. Er wirkte so unbeweglich wie ein Fels, wie ein Baum, der seine Wurzeln tief in die Erde gegraben hatte. Sein Volk gehörte zu den ältesten ethnischen Gruppen Terras, und das spürte man sofort: Er schien in eine Aura der Weisheit gehüllt. Langes weißes Haar und ein dichter Bart umrahmten sein zeitloses Gesicht. Neuntausend Kilometer trennten die Osterinsel von Nayinguls Geburtsort bei Darrinbandi; er war wesentlich weiter von seiner Heimat entfernt als Kirk.

»Es ist mir ein Vergnügen, Admiral«, sagte er freundlich, als Koro die beiden so unterschiedlichen Männer einander vorstellte.

Er schüttelte Kirk die Hand und klopfte ihm auf die Schulter, so als seien sie alte Freunde. »Darf ich fragen, was Sie in unsere kleine und – wenn Sie den Ausdruck gestatten – profane Welt führt?«

Kirk schmunzelte. Der Kustos hatte eine angenehm

vibrierende, volltönende Stimme, und sein Lachen klang irgendwie kosmisch.

»Neugier, Dr. Nayingul.«

»Bitte nennen Sie mich Galarrwuy. Oder einfach Galar, wenn Ihnen das zu lang ist.«

»Galarrwuy«, sagte Kirk und formulierte den Namen mit der gebotenen Sorgfalt. »Ich suche nach etwas, von dem Koro meinte, es sei inzwischen seltener als der amerikanische Bison. Eine frühere Tangfarm.«

»Ah«, machte Galarrwuy. Er führte Kirk und den plötzlich recht schüchternen und zaghaften Koro durch die Korridore des für den Abend geschlossenen Museums. In den Schaukästen ruhten Artefakte der mikronesischen Handwerkskunst; maorische Vogelmasken erhellten sich automatisch, als sie an ihnen vorbeiwanderten. »Sie haben Das Buch gelesen.«

»Ich wollte nicht wie ein Tourist klingen«, erwiderte Kirk. »Bestimmt kommen mehr als genug Schaulustige hierher.«

»Das schon. Aber ich empfange nur diejenigen, die ich für würdig halte. Was bei Ihnen der Fall ist.« Galarrwuy öffnete die Tür seines privaten Büros, bot dem Admiral einen bequemen Sessel an und holte frischen Ananassaft. Er musterte Koro einige Sekunden lang und warf dann einen demonstrativen Blick auf die Uhr. »Es wird Zeit für dich, Junge«, sagte er onkelhaft. »Du mußt bald heimkehren.«

»Ach, Galar, komm schon«, wandte der Knabe ein und sah die beiden Männer nacheinander an. Offenbar versuchte er festzustellen, wer für sein Betteln empfänglicher war. »*Morla el do!* Morgen früh ist früh genug! Ich bin mitgekommen, um zuzuhören.« Und mit kindlicher List: »Um etwas für meine Bildung zu tun.«

»Ich meine es ernst«, sagte Galarrwuy unbeeindruckt. »Deine Familie weiß vermutlich, daß du mich besuchst, aber sicher fällt es ihr auf die Nerven, jedesmal anzurufen, wenn du stiftengehst. Setz dich und trink deinen Saft. Anschließend machst du dich auf den Weg nach Hause. Nimm mein Boot.«

Der Junge seufzte, hockte sich still in eine Ecke und hoffte wahrscheinlich, daß ihn die Erwachsenen nach einigen Minuten vergaßen.

»Sie möchten Informationen über die alten Tangfarmen«, wandte sich Galarrwuy an Kirk. Es war keine Frage, nur eine Feststellung. »Um mehr über Tatya und Yoshi zu erfahren, die nichtsahnend in ihrer Agrostation schliefen, als in einer klaren Nacht vor zweihundert Jahren Fremde vom Himmel kamen, unsere kosmischen Brüder, die Vulkanier. Sie möchte noch einmal erleben, wie es ihnen damals erging.«

»›Noch einmal erleben‹?« Kirk schürzte die Lippen. »Ich finde es bemerkenswert, daß Sie ausgerechnet solche Worte wählen. Ich kann mich nämlich kaum des Eindrucks erwehren, die damaligen Ereignisse direkt miterlebt zu haben.«

Galarrwuys sanfter Blick wurde durchdringend.

»Ach? Gehören Sie zu den Reinkarnationisten, James Kirk?«

»Nein. Das glaube ich nicht. Besser gesagt: Ich glaubte es nicht.« Er gestikulierte hilflos. »Ich weiß nicht mehr, was ich davon halten soll.«

Er erzählte dem Kustos von seinen Träumen.

Kurzes, bedeutungsvolles Schweigen schloß sich an.

»Koro«, sagte Galarrwuy schließlich. »Es ist soweit.«

»Ich störe hier niemanden«, klagte der Junge. Er hatte mit großem Interesse zugehört. »Bitte, Galar, laß mich bleiben, ja?«

Der Australier wartete, schien zumindest zu ahnen, welche Worte der Knabe an ihn richten wollte.

»Du willst ihn mit der Traumzeit vertraut machen, nicht wahr? Du hast mir versprochen, sie auch mit mir zu teilen. Wenn ich alt genug bin. Und das ist inzwischen der Fall. Warum darf ich nicht bleiben?«

»Koro«, entgegnete Galarrwuy nach einer Weile. Er

sprach ganz ruhig, ließ sich jedoch nicht erweichen. »Du kehrst heim. *Jetzt sofort.*«

Kirk spürte, wie sich ihm die Nackenhaare aufrichteten. Bisher hatte er angenommen, nur Vulkanier seien in der Lage, allein mit ihren Stimmen solche Macht zu entfalten.

Auf welche Autorität sich der Kustos auch berief: Koro gehorchte. Er eilte aus dem Zimmer, und kurze Zeit später beendete das Heulen eines Luftbootes die fast unheimlich anmutende Stille. Als es verklang, stand Galarrwuy auf, trat ans Fenster heran und sah stumm nach Westen. Kirk wartete.

»Koro ist jung«, murmelte der Australier schließlich. Es klang wie eine Entschuldigung. »Und *eeyulla,* wie man auf den Inseln sagt — er hält sich für zu wichtig.«

»Kinder müssen lernen«, sagte Kirk, der innerhalb weniger Stunden großen Gefallen an dem Knaben gefunden hatte.

»Nach den Maßstäben meiner Vorfahren wäre er schon seit drei Jahren ein Mann«, kommentierte Galarrwuy ernst und wandte dem Admiral nach wie vor den Rücken zu. »Wenn er die Wüstenprüfung überlebt hätte. Die heutige Jugend ist viel zu verwöhnt und undiszipliniert.«

»Ich glaube, daran hat sich über die Jahrhunderte hinweg nichts geändert«, warf Kirk ein und lächelte, dachte daran, daß die letzten Worte Galarrwuys auch von einem Vulkanier hätten stammen können. Er sah in dem Kustos einen Mann, der sein bedingungsloses Vertrauen verdiente. »Wenn ich mich recht entsinne, werden ähnliche Bemerkungen auch Sokrates zugeschrieben.«

Galarrwuy lachte leise und drehte sich um.

»Sie haben recht.« Übergangslos wurde er sehr ernst. »Wissen Sie, was es mit der Traumzeit auf sich hat, James Kirk?«

»Ich weiß nur, daß sie einst die gesamte mündlich überlieferte Geschichte Ihres Volkes umfaßte«, erwiderte Kirk vorsichtig. »Es gab Lieder, die ein genaues Bild der Zukunft beschrieben. Höhlenmalereien, die schon vor tausend Jahren Flugzeuge darstellten. Bisher nahm ich an, Außenstehenden sei die Teilnahme an entsprechenden Ritualen verwehrt.«

»Das stimmt nur zum Teil«, sagte Galarrwuy. Kirks Kenntnisse überraschten ihn nicht — er hatte damit gerechnet, daß ein solcher Mann gut informiert war.

Im Zimmer schien es plötzlich dunkler zu werden, so als absorbiere irgend etwas das Licht. Die Konturen von Galarrwuys Gestalt verschwammen, und nach einigen Sekunden sah Jim nur noch seine Augen. Er schauderte unwillkürlich, als einige der ausgestellten Artefakte nicht mehr ganz so leblos wirkten.

»Am Ende des zwanzigsten Jahrhunderts«, begann der Kustos und nahm Kirk gegenüber Platz, »war mein Volk fast ausgestorben. Die Überlebenden gaben ihre uralte Kultur zugunsten der Traditionen des weißen Mannes auf, und damit nahmen sie sich selbst die Existenzgrundlage. Nur einige wenige bewahrten das Alte und lernten schließlich, es mit dem Neuen zu vereinbaren.

Heute geht es uns besser als jemals zuvor, und die Traumzeit wird als eine von vielen ›berechtigten‹ Methoden anerkannt, die Wunder der Schöpfung zu erkunden. Trotzdem halten viele Uneingeweihte das Singen noch immer für Unfug.«

Kirk gewann den Eindruck, als versuche Galarrwuy, ihm eine Lösung seiner Probleme anzubieten. Ein Teil seines Ichs klammerte sich an Hoffnung fest, während der andere zweifelte und fragte: *Kann es funktionieren? Kann die Traumzeit nicht nur die Zukunft vorhersagen, sondern auch die Vergangenheit erklären?* Er war bereit, alles zu versuchen, um die Stimmen und Schreckensbilder aus seinen Träumen zu verbannen.

»Ich habe viele Welten besucht, Galarrwuy«, erwiderte er. »Und mußte mich dabei schon bald einer wichtigen Erkenntnis stellen: Was für den einen Unfug sein mag, ist für den anderen Wissenschaft und für einen Dritten Religion. Ich habe mich immer bemüht, für alles Neue offen zu bleiben.«

Der Kustos lachte erneut, und wieder klang es kosmisch und weise, fast wie eine Offenbarung.

»Bei uns heißt es: ›Man darf dem Neuen gegenüber nicht so offen sein, daß man das Alte vergißt.‹« Wieder wich das Lächeln jähem Ernst. »Nun, ich habe die Erde nie verlassen, zumindest nicht körperlich. Und doch teile ich Ihre Erfahrungen, James Kirk. Die Träume, an denen Sie so sehr leiden ... Sie haben eine Bedeutung.«

»Galarrwuy, Sie klingen wie ein Vulkanier.« Kirk schmunzelte amüsiert.

»Glauben Sie? Nein, ich klinge wie ein Mensch, der unter dem Einfluß von Vulkaniern und vielen anderen interessanten Intelligenzen gelebt hat. Ist Ihnen klar, wie sehr die Völker der Föderation inzwischen voneinander abhängen? Ganz gleich, zu welcher Realität Ihre Visionen gehören: Sie müssen in jene Art der Wirklichkeit zurückkehren, dort die historische Entwicklung bestätigen und dafür sorgen, daß Ihre Träume keine feste geschichtliche Substanz gewinnen.«

Kirk versuchte zu verstehen, was der Kustos meinte.

»Mit anderen Worten: Sie halten mich nicht für verrückt? Sie glauben, es gebe eine alternative Realität, die sich in meinen Träumen widerspiegelt?«

»Ich glaube, daß Sie das glauben«, sagte Galarrwuy eindringlich. »Und mit alternativen Realitäten kennen Sie sich wesentlich besser aus als ich. Die Logbücher der *Enterprise* sind in den elektronischen Archiven von Memory Alpha gespeichert, und ich habe sie gelesen. Bitte sagen Sie mir: Was ist die Realität?«

Kirk schüttelte den Kopf, als wolle er auf diese Weise Ordnung in seine Gedanken bringen. Ratlos zuckte er mit den Schultern.

»Ich weiß es nicht mehr. Können Sie mir helfen?«

»Ich will es versuchen. Doch was ich Ihnen vorschlagen werde, bringt Sie vielleicht in eine weitaus größere Gefahr.«

Warum zögere ich? dachte Kirk. Er fühlte, wie Furcht

einen Kloß im Hals bildete, in seiner Magengrube etwas zusammenkrampfte. *Warum ist es soviel leichter, äußeren Bedrohungen zu begegnen, als sich dem Schrecken im eigenen Innern zu stellen? Wenn Spock hier wäre, hätte ich überhaupt keine Bedenken.* Er kämpfte gegen die in ihm zitternde Angst, zerfaserte sie, bis nur noch Verwirrung blieb. Er konnte sie nicht ganz aus sich verdrängen. Nicht allein.

Spock befindet sich noch immer viele hundert Lichtjahre entfernt an Bord der Enterprise. *Bis er zurückkehrt, ist es vielleicht schon zu spät.* Kirk mußte einen menschlichen Führer akzeptieren, der ihn zu jenen Sphären führte, in denen sich Vulkanier gut auskannten. Die größere Gefahr drohte nicht etwa durch sofortiges Handeln, sondern durch eine passive, abwartende Haltung.

»Ich habe es nicht bis zum Admiral gebracht, indem ich Risiken scheute«, sagte er fest und klang dabei weitaus sicherer, als er sich fühlte.

»Was meine Einschätzung bestätigt«, entgegnete Galarrwuy und musterte Kirk aufmerksam. »Also gut: Singen Sie mit mir.«

Von einem Augenblick zum anderen verdichteten sich die Schatten im Zimmer, und es wurde völlig finster.

5

Sorahl und T'Lera erwarteten das Unvermeidliche in Form eines stählernen Leviathan — eines riesigen Schiffes, das nicht durch die Leere zwischen den Sternen glitt, sondern die Ozeane der Erde durchpflügte und den Namen eines legendär gewordenen Wesens trug.

»*Delphinus.*« Sorahl sah durchs Fenster und sah den Namen am Bug. Das gewaltige Gebilde war wie gestaltgewordenes Schicksal, vermutlich mit Waffen ausgestattet, die eine ganze Stadt zerstören konnten. Die beiden Vulkanier hatten nicht die geringste Chance. »Eine Unterspezies der Gattung *Cetacea*, nicht wahr? Ich meine Delphine. Die Wale sind doch ausgestorben, oder?«

»Zu Beginn dieses Jahrhunderts irdischer Zeitrechnung«, erwiderte T'Lera und fragte sich, warum ein intelligentes Volk so etwas zuließ und nicht rechtzeitig Maßnahmen zum Schutz solcher Tiere ergriff. Jetzt gab es sie nur noch in Erinnerungen und zoologischen Holodokumentationen. Einige Sekunden lang musterte die Kommandantin ihren Sohn. Er wußte die Antwort auf seine Fragen. *Warum hat er noch immer das Bedürfnis zu sprechen, obwohl er sich lange mit den beiden Terranern unterhalten hat, während ich in der Heiltrance lag?* »Du hast ihnen alles erzählt?«

Sorahl wandte sich vom Fenster ab, mied jedoch den Blick seiner Mutter.

»Ich gab ihnen die Auskünfte, die sie wünschten«, sagte er. Er versuchte nicht, sich zu entschuldigen oder zu rechtfertigen — es war schlicht und einfach eine Erklärung. »Sie stellten mir viele Fragen. Ich fühlte mich verpflichtet, ihre Neugier zu befriedigen, Mutter. Ihnen mit Halbwahrheiten zu begegnen, erschien mir weder klug noch moralisch vertretbar; die später deutlich werdenden Widersprüche hätten unsere Lage noch verschlimmern können. Und durch mein Schweigen wäre nur die Furcht der Menschen stimuliert worden. Ich hielt es für logisch, ihre Ängste zu zerstreuen, bis meine Kommandantin handlungsspezifische Entscheidungen treffen kann. Siehst du darin einen Fehler?«

An deiner Stelle hätte ich mich sicher anders verhalten. Aber T'Lera sprach diesen Gedanken nicht laut aus.

»Du bist deiner eigenen Logik treu geblieben«, sagte sie ohne ihre typische Ironie. »*Kaiidth!* Was geschehen ist, muß akzeptiert werden. Und ich bin nicht länger deine Kommandantin.«

Sorahls Züge brachten Verwirrung zum Ausdruck.

»Was meinst du damit?«

»Der von Präfekt Savar für unsere Erkundungsschiffe bestimmte Befehlsstatus läßt sich nicht unter planetaren Bedingungen zur Anwendung bringen«, erläuterte T'Lera. Sie wies nicht darauf hin, daß sie sich durch Savars Versäumnis, keine Verhaltensregeln für den Aufenthalt auf einer fremden Welt zu entwickeln, mit einer außerordentlich komplexen und schwierigen Situation konfrontiert sah. Doch Savars Logik hatte nicht die besonderen Umstände berücksichtigen können, aus denen ihre Präsenz auf der Erde resultierte. »Es gibt zu viele unbekannte Faktoren. Es ist unlogisch, wenn ein Kommandant angesichts einer Lage Gehorsam verlangt, die er nicht genau genug zu beurteilen vermag. Deshalb bin ich jetzt nur noch deine Mutter, Sorahl-*kam.* Außerdem bist du längst erwachsen und hast daher das Recht, eigene Entscheidungen zu treffen. Ich entbinde dich hiermit von den Verpflichtungen deines Eids. Hör von nun an auf die Gebote deiner persönlichen Logik.«

Sorahl hob den Kopf und musterte seine Mutter, sah das Blitzen in ihren Augen, erkannte in ihrem Blick all das, was T'Leras Wesen determinierte.

Und er erinnerte sich an die jüngsten Ereignisse.

Unmittelbar nach der Selbstheilung verließ T'Lera das seltsame, mit Wasser gefüllte Bett der Menschen, wanderte im Zimmer auf und ab und gewann einen ersten Eindruck von der ihr fremden Welt. Sie blieb am Fenster stehen, betrachtete die Tangfelder, wandte sich dann wieder um und trat an den Spiegel heran, der über Tatyas Frisierkommode hing. Mit kühler Rationalität beurteilte sie die Folgen der Verletzungen auf ihr äußeres Erscheinungsbild.

Die terranische Heilerin hatte es nicht gewagt, ihre Patientin zu sehr zu bewegen. Der Grund bestand angeblich in der Sorge, die Verletzungen der Vulkanierin zu verschlimmern, aber T'Lera hielt das nur für einen Teil der Wahrheit. Nun, es spielte eigentlich keine Rolle. Tatiana hatte sie in eine Steppdecke gehüllt, ohne die verbrannten und verschmorten Teile der Uniform zu entfernen. Sie erwachte mit zerzaustem, verklebtem Haar — und einem entstellten Gesicht. Die Gewebewunden waren inzwischen ausgeheilt, doch der gebrochene und anschließend wieder zusammengewachsene Knochen zwang ihre Nase in eine betont schiefe Form, wodurch T'Leras ästhetische Würde in einem Ausmaß beeinträchtigt wurde, das zumindest Unbehagen in ihr weckte.

Aber die Aura ihrer Autorität erwies sich als ebenso beständig wie die innere Stabilität ihres Selbst. Die Augen zeigten deutlich, daß sie noch immer die Kommandantin war, die eine wichtige Erkundungsmission geleitet hatte. Die physische Hülle mochte beschädigt sein, aber der Kern blieb, fest und unerschütterlich.

»Mit dem gebührenden Respekt, Commander«, sagte Sorahl förmlich und besann sich auf seine eigene Würde. »In Weisheit und Erfahrung sind Sie mir weit überlegen. Daher fühle ich mich nach wie vor an den Eid gebunden.«

»Ich bin geehrt.« T'Lera neigte kurz den Kopf. »Doch vulkanische Weisheit und Erfahrung nützen nicht viel in einer von Menschen bestimmten Situation. Meine Logik versagt, wenn ich mir vorzustellen versuche, wie sich die offizielle Erde verhalten, wie sie uns begegnen wird. In dieser Hinsicht ist mein Wissen ebenso beschränkt wie deins, Sorahl-*kam*.«

»Trotzdem beuge ich mich deinem Willen als Kommandantin«, beharrte der junge Mann und legte sein Leben damit in zwei fähige, kompetente Hände.

Sein Vertrauen weckte Stolz und Zuneigung in T'Lera. Eine menschliche Mutter hätte ihren Sohn jetzt vielleicht umarmt, aber die Vulkanierin erlaubte sich keine derart emotionale Reaktion.

»Bist du sicher?« fragte sie. »Vielleicht muß ich dir irgendwann einen Befehl erteilen, der deinen Tod zur Folge haben könnte.«

»Das ist bereits geschehen«, erwiderte Sorahl und meinte damit die Einleitung der Selbstzerstörungssequenz an Bord des Erkundungsschiffes. »Ich habe gehorcht.«

»Ja, das stimmt«, bestätigte T'Lera knapp. »Nun gut. Ich akzeptiere deine Treue, Navigator. Unter zwei Bedingungen. Erstens: Deine Loyalität darf dich nicht daran hindern, mir zu widersprechen, wenn du glaubst, mir unterliefe ein Fehler.«

»Einverstanden«, entgegnete Sorahl sofort. Aus einem Reflex heraus nahm er eine respektvolle Haltung an. Er stand kerzengerade, die Hände auf den Rücken gelegt, begegnete dem Blick seiner Vorgesetzten weder mit Stolz noch mit Unterwürfigkeit.

»Zweitens ...«, fuhr T'Lera fort und nahm das disziplinierte Verhalten ihres Sohnes nur beiläufig zur Kenntnis. Als Kommandantin setzte sie so etwas voraus. »Es wird keine Diskussionen mehr darüber geben, welche Vor- oder Nachteile es hat, unsere Präsenz den Erdbewohnern zu offenbaren. Die Theorie hat in unserem Fall ihre Bedeutung verloren. Wir sind hier, wenn auch nicht aus freiem Willen, und wir müssen uns mit den Konsequenzen abfinden, die sich aus unserer Anwesenheit ergeben. In diesem Punkt dulde ich keinen Widerspruch.«

Ein Mensch hätte das kurze Zögern Sorahls wahrscheinlich gar nicht gemerkt. Aber T'Lera war Vulkanierin.

»Ich ...«, begann er, doch seine Mutter winkte ab.

»Ich finde es durchaus angebracht, daß du nachdenkst,

bevor du Antwort gibst«, sagte die Kommandantin. »Ich weiß jetzt, welche Pflicht mir zukommt.«

Draußen am Kai fand eine ganz andere Auseinandersetzung statt.

»Die Verletzung Ihres Fußknöchels ...«, brummte Jason Nyere. »Wie kam es dazu?«

Yoshi hatte die purpurne Schwellung ganz vergessen, erinnerte sich an die gerissene Trosse – und verfluchte sich stumm, weil er Shorts trug und keine langen Jeans. Aber vermutlich wäre Jason ohnehin darauf aufmerksam geworden. Der Kapitän der *Delphinus* stand in einem kleinen Boot, etwa auf Augenhöhe mit dem Metalldeck der Agrostation. Er sah zu Yoshi auf, und in seinen schiefergrauen Augen zeigte sich nur Neugier, weiter nichts. *Warum habe ich trotzdem das Gefühl, als schnüre mir irgend etwas die Kehle zu?* dachte der Agronom.

»Oh, ich ... ich bin gestern im Tragflächenboot ausgerutscht«, stotterte er unsicher. »Das Wetter verschlechterte sich plötzlich, und es herrschte ziemlich hoher Wellengang. Mann, ich wäre fast über Bord gespült worden.«

»Sie sind doch alles andere als tolpatschig oder schwerfällig«, sagte Nyere in einem väterlichen Tonfall. »Nun, wie dem auch sei: Ich habe gar nicht damit gerechnet, Sie hier anzutreffen. Ich dachte, Sie seien draußen, um Sturmschäden zu reparieren.«

»Tja, äh, wissen Sie, ich bin erst ziemlich spät aus den Federn gekommen«, erwiderte Yoshi, spiegelte Verlegenheit vor und fand den erhofften Ansatzpunkt für eine der Geschichten, die er für diese Gelegenheit vorbereitet hatte. »Gestern abend hatten Tatya und ich einen ... nun, einen kleinen Streit. Nichts Weltbewegendes. Das ständige Zusammenhocken und so. Lautes Geschrei und ein paar Teller und Tassen, die zu Bruch gingen. Sie wissen ja, wie so was ist. Manchmal sind solche Dinge unvermeidlich.«

»Mhm.«

Jason Nyere wartete im dümpelnden Boot, die Hände

tief in die Taschen der Windjacke geschoben. Er musterte den jüngeren Mann, der seinem Blick auswich, den fernen Horizont beobachtete, auf die Füße starrte — und sogar schauderte, als er die dunkle Masse der *Delphinus* sah. Immer wieder strich er sich das Haar aus der Stirn. Jason hatte ihn noch nie so nervös erlebt.

»Nun, ich will damit nur sagen, daß wir kaum geschlafen haben«, fuhr der Agronom fort. »Derzeit herrscht bei uns ein ziemliches Durcheinander. Normalerweise würde ich Sie hereinbitten, aber Tatya möchte niemanden sehen, und ich ziehe es vor, ihr aus dem Weg zu gehen, bis sie sich ein wenig beruhigt hat. Sie kennen ja ihr Temperament.«

Allerdings, dachte Jason. *Und ich weiß auch, was mit dir los ist. Ein Streit? Von wegen! Warum sagst du mir nicht endlich die Wahrheit? Warum machst du es dir so schwer?*

Sawyer hatte den Captain zornig angestarrt, als er entschied, allein zur Agrostation zu fahren.

»Vorschrift 17-C, Absatz 3«, sagte sie, als Nyere im Kabinenschrank kramte und überlegte, welche der Uniformen weniger bedrohlich auf irgendwelche Fremde von den Sternen wirkte. Aufgrund seiner langjährigen militärischen Erfahrungen wußte er, daß man sich besonders leicht eine Kugel einfangen konnte, wenn man eine Menge Lametta zeigte. Unterdessen zitierte Melody: »›Alle Objekte, die in die irdische Atmosphäre eindringen und von jenseits der üblichen Standardorbits stammen — wie in Absatz 2 beschrieben —, gelten zunächst als strahlen- oder mikrobenverseucht und stellen somit eine potentielle Gefahr dar. Besagte Objekte, irgendwelche Teile davon oder Lebensformen, die darin gefunden werden, müssen mit äußerster Vorsicht behandelt werden. Die Verwendung von Strahlenschutzanzügen ist eine unabdingbare Notwendigkeit ...‹«

»Hören Sie endlich auf damit, Sawyer«, knurrte Jason. Er wählte eine relativ schlichte Kombination und streifte eine Windjacke über, die nur mit einem kleinen Rangabzeichen ausgestattet war. In dieser Aufmachung wirkte er fast wie ein Zivilist. Aber eben nur fast. »Wenn es in Agro III irgendwelche gefährlichen Viren gibt, könnten Tatya und Yoshi bereits tot sein. Dann wären wir auch an Bord der *Delphinus* bedroht. Soll ich etwa alle Besatzungsmitglieder unter eine verdammte Quarantäne stellen? Oder glauben Sie, fremde Mikroben fürchten sich vor dem Wasser und warten hübsch brav ab, bis wir die Station betreten?«

»Trotzdem sollten Sie einen Strahlenschutzanzug anziehen«, beharrte Melody.

»Wozu?« fragte Jason scharf. »Angenommen, ich bin überhaupt imstande, das Boot in so einem Ding zu steuern ... Himmel, ich würde Tatya und Yoshi zu Tode erschrecken. Sie nähmen an, *ich* sei der Alien!«

Nyere zog die Stiefel an, schnallte den Gürtel um und strich sich das dichte, grau werdende Haar glatt. Einige Sekunden lang betrachtete er Melodys Spiegelbild, musterte ihr hohlwangiges, besorgtes Gesicht. Das Gesicht eines guten Freundes.

»Es gefällt mir ganz und gar nicht, daß Sie allein rüberfahren«, sagte sie. Der Tonfall entsprach ihrer Mimik. »Ich möchte mitkommen, Jason. Bitte.«

»Schlagen Sie sich das aus dem Kopf! Sie würden die Geduld verlieren und uns alle in erhebliche Schwierigkeiten bringen.«

»Dann lassen Sie sich von einem anderen Besatzungsmitglied begleiten. Um das Boot zu steuern und Ihnen den Rücken zu decken.«

»Je weniger Leute über das Bescheid wissen, was uns dort drüben erwartet, desto weniger Probleme ergeben sich später.« Nyere zog den Reißverschluß der Windjacke zu und rückte die Offiziersmütze zurecht. *Blöde Abzeichen*, dachte er. *Nun, vielleicht wissen Außerirdische gar nicht, was es damit auf sich hat. Vielleicht glauben sie, es handele sich um eine Art Schmuck. Angenommen, sie sehen die Dinge so wie wir. Angenommen, sie haben*

Augen. Angenommen ... Jason verdrängte diese Gedanken und rief sich zur Ordnung. »Schluß damit, Mel.«

Sie verzog das Gesicht. »Nehmen Sie wenigstens eine Waffe mit.«

Der Captain wollte widersprechen, überlegte es sich jedoch anders.

»Na schön«, brummte er, griff nach einer kleinen Laserpistole und verbarg sie unter der Jacke. »Es dürfte wohl kaum nötig sein, sofort mit den Säbeln zu rasseln.«

»Meine Absicht besteht nur darin, die Situation einzuschätzen«, teilte Captain Nyere seinem Ersten Maat mit und sprach so laut, daß ihn Moy deutlich hören konnte. Der Fähnrich stand an den Kontrollen der Winde, um das Boot zu Wasser zu lassen. »Sie werden nichts unternehmen und auf keinen Fall eingreifen. Wenn Sie beobachten, daß ich tot von der Anlegestelle falle, was ich für recht unwahrscheinlich halte ... In dem Fall kehren Sie mit der *Delphinus* zurück und erstatten dem Hauptquartier Bericht. Das wäre alles. Haben Sie mich verstanden, Sawyer?«

Die AeroMar-Streitkräfte der Vereinten Erde verzichteten auf die Tradition des militärischen Grußes. Während Jason Nyeres Ausbildung hatte man noch Wert auf zackiges Salutieren gelegt, aber Melody war zu jung, um so etwas miterlebt zu haben. Dennoch nahm sie Haltung an.

»Ja, *Sär!*«

»Gut. Ich verlasse mich auf Sie.« Nyere trat ins Boot, und Moy ließ es herab.

»Was meinte er eben mit ›tot umfallen‹, Sir?« fragte der Fähnrich, als sich das kleine Boot entfernte und auf die Kaianlagen der Agrostation zuhielt. »Ich dachte, wir suchen nach einem abgestürzten Satelliten.«

»Mikroben!« erwiderte Sawyer scharf. Nyere hatte ihr aufgetragen, eine solche Antwort zu geben, aber alles in ihr rebellierte dagegen. »Das blöde Ding sollte in den obersten Schichten der Atmosphäre nach winzigen Lebensformen suchen. Vielleicht hat es welche gefunden.«

»So wie in *Andromeda: Tödlicher Staub aus dem All?*«

Melody kannte Moys Vorliebe für alte Filme und rollte mit den Augen.

»So ungefähr«, schnappte sie. »Nehmen Sie Ihren Feldstecher und behalten Sie den Captain im Auge. Ich möchte ständig auf dem laufenden gehalten werden. Melden Sie sich über Interkom, wenn irgend etwas geschieht. Ich bin in der Spektographie zu erreichen.«

»Wir haben Sie erst heute nachmittag erwartet«, sagte Yoshi spitz. *Angriff ist die beste Verteidigung.* »Wieso sind Sie schon jetzt gekommen?«

»Ich glaube, wir kennen beide die Antwort auf diese Frage«, erwiderte Jason Nyere. Die ruhigen Worten des Captains zertrümmerten Yoshis Hoffnungen. »Warum erzählen Sie mir nicht, was Sie gestern gefunden haben?«

Schließlich begegneten sich ihre Blicke. Nyere ließ sich nicht bluffen. Nie.

»Unmöglich, Jason.«

»Unsinn. Stellen Sie sich endlich der Realität: Ihnen bleibt gar nichts anderes übrig, als Auskunft zu geben. Die Sache betrifft nicht nur Sie allein, das begreifen Sie doch, oder? Wollen Sie wirklich eine derart schwere Verantwortung tragen? Überlassen Sie die Bürde jemanden, der damit fertig werden kann. Machen Sie es leichter für sich.«

Mit der einen Hand strich sich Yoshi das Haar aus der Stirn, und die andere streckte er in einer hilflosen Geste aus.

»Jason, ich schwöre Ihnen: Wenn es nur Sie beträfe ... Aber das ist nicht der Fall. In diesem Zusammenhang sind Sie nur ein Befehlsempfänger. Es geht um die Leute, von denen Sie Ihre Anweisungen bekommen. Um die Lamettaträger ganz oben. Es geht um die Video-Fritzen, die überall herumschnüffeln, um die Irren, die in allem Neuen und Fremden eine Bedrohung sehen. Ich ... ich kann es nicht genau erklären, Jason, aber ich darf nicht zulassen, daß ihnen irgend etwas zustößt.«

Nyere hörte genau zu und gelangte zu ersten Schlußfolgerungen. *Ihnen.* Es handelte sich also um mehr als nur eine Person. Und sie lebten.

»Wie viele sind es?«

»Zwei«, sagte Yoshi, obgleich er überhaupt nichts verraten wollte. Es lief alles schief. Kummervoll starrte er auf die Wellen, die am Metalldeck entlangspülten.

»Und ... ähneln sie uns?« Nyere wußte überhaupt nicht, was er damit meinte. *In welcher Hinsicht sollten sie uns ähneln? Was Aussehen und Erscheinungsbild betrifft? Das Wesen? Den Charakter?* Er brauchte irgendeinen Anhaltspunkt.

»Ja«, erwiderte Yoshi halblaut. »Aber das ist noch nicht alles. Sie sind soviel besser als wir!« Seine Miene erhellte sich plötzlich, und wie besessen fuhr er fort: »Sie sind besser, anders ... Himmel, ich weiß nicht, wie ich es beschreiben soll. Gestern nacht habe ich mich mit jemandem unterhalten, der zehn Lichtjahre von hier entfernt geboren wurde, und doch hatte ich das Gefühl, mit einem Bruder zu sprechen ...«

Er schilderte eine harmonische, völlig problemlose Begegnung, und Nyeres Erstaunen wuchs, verwandelte sich in Verwirrung und Argwohn. *Vielleicht haben ihn die Fremden irgendwie beeinflußt und manipuliert, ihn unter Drogen gesetzt oder hypnotisiert.* Offenbar spiegelte sich ein Teil des Mißtrauens in seinen Zügen wider, denn Yoshi unterbrach sich und musterte ihn eine Zeitlang.

»Sie glauben, ich sei übergeschnappt, nicht wahr, Jason? Sie glauben, die beiden Außerirdischen hielten Tatya als Geisel, damit ich mich genau so verhalte, wie sie es von mir verlangen.«

In Gedanken griff Nyere nach der Laserpistole, spürte das kühle Metall, in dem sich tödliche Energie verbarg. Wenn er tief Luft holte, fühlte er die Waffe unter der Jacke. Es beruhigte ihn, daß er sie jederzeit zur Hand nehmen und sich damit verteidigen konnte. Seit siebenunddreißig Jahren war er im Dienst, und bisher hatte er niemanden getötet, wollte es auch gar nicht. Doch wenn ihm keine andere Wahl blieb ...

»Kommen Sie, Yoshi. Sagen Sie mir die Wahrheit. Kein Mensch hätte den Absturz überlebt. Wenn sie uns wirklich so ähnlich sind, müßten sie längst tot sein.«

»Sora ...« Yoshi unterbrach sich kurz. »Einer der Fremden erklärte mir, sie könnten weitaus höhere Temperaturen ertragen als wir. Und sie haben die Fähigkeit, sich selbst zu heilen. Ich weiß nicht genau, wie sie das bewerkstelligen. Es scheint ein geistiger Prozeß zu sein ...«

Er brach erneut ab, als er sich daran erinnerte, wie sehr ihn die Selbstheilung verunsichert hatte – selbst nachdem er Gelegenheit fand, sich an Sorahl zu gewöhnen. Wer die Vulkanier nicht kannte, wer nichts von ihrer beeindrukkenden Ausstrahlungskraft wußte, ihrer Ruhe ...

Yoshi zuckte mit den Schultern und gab sich geschlagen. »Wie soll ich Sie davon überzeugen, daß uns nicht die geringste Gefahr droht? Möchten Sie Tatya sehen, um sich davon zu überzeugen, daß mit ihr alles in Ordnung ist?« Er bedachte Jason mit einem traurigen, niedergeschlagenen Blick. »Ich hole sie hierher, wenn Sie wollen. Aber ich kann Sie nicht in die Station lassen. Nicht ohne gewisse ... Sicherheiten.«

Tatya stand am Fenster des anderen Zimmers und horchte, beobachtete, wie Jason Nyere das Boot am Kai festband und sich mit einer für einen Mann seines Alters bemerkenswerten Agilität aufs Pier schwang. Yoshi wirkte inzwischen etwas ruhiger und nahm zusammen mit dem Captain am Ende der Anlegestelle Platz. Vermutlich würden die beiden Männer ihr Gespräch noch eine Zeitlang fortsetzen, und das leise Murmeln aus dem Schlafzimmer deutete darauf hin, daß auch die Vulkanier mit sich selbst beschäftigt waren. Tatya überlegte und entschied, endlich etwas zu unternehmen.

Sie setzte sich vor den großen Kom-Schirm und rief eine Verwandte an, die zufälligerweise für eine Nachrichtenkooperation in Kiew arbeitete.

»Tante Mariya?« beendete sie den üblichen Austausch von Höflichkeitsfloskeln. Sie sprach auf Ukrainisch, damit eventuelle Mithörer nichts verstehen konnten. »Ich muß dir etwas erzählen. Eine sehr wichtige Sache. Ein echter Knüller. Aber versprich mir, daß du nichts verlauten läßt, bis mir oder Yoshi etwas ... zustößt ...«

»Sicherheiten«, wiederholte Jason und stellte zufrieden fest, daß sich Yoshi von ihm nicht bedroht sah. »Zum Beispiel?«

Der Agronom atmete tief durch und erweckte den Eindruck, als hätte er sich die Worte schon vor Stunden zurechtgelegt. Wahrscheinlich war das tatsächlich der Fall.

»Zuerst einmal möchte ich wissen, welche Befehle Sie in Hinsicht auf ... auf das bekommen haben, was Tatya und ich gestern fanden.«

Nyere schmunzelte. Er hatte den jüngeren Mann nicht für fähig gehalten, irgendwelche Forderungen an ihn zu richten. Die Außerirdischen mußten wirklich enorm eindrucksvoll sein.

»Sie wissen doch, daß ich Ihnen darüber keine Auskunft geben darf.«

»Das ist mir klar.« Yoshi lächelte zum erstenmal. »Aber Sie werden meine Frage trotzdem beantworten. Weil Sie ein Freund sind. Und weil ich mich sonst auf das Bergungsrecht berufe.«

Nyere schüttelte verblüfft den Kopf.

»Sie haben sich das alles genau überlegt, nicht wahr? Nun, ich will ganz offen sein: Der erste Punkt gilt nur innerhalb gewisser Grenzen ...« Diese Worte kamen einer Warnung gleich. »Und der zweite läßt sich nicht auf menschliche ...« Er preßte kurz die Lippen zusammen, kam sich wie ein Narr vor. »Nun, Sie wissen, was ich meine. Ganz gleich, wer die Fremden sind und woher sie kommen: Sie haben die gleichen Rechte wie wir.«

»Genau darauf wollte ich hinaus, Jason«, sagte Yoshi mit Nachdruck. »Ich möchte nicht, daß ihnen irgendein Leid geschieht.«

»Da kann ich Ihnen nur zustimmen«, sagte Nyere, obwohl tief in ihm Zweifel herrschte. »Ich will ebenfalls nicht, daß sie zu Schaden kommen.«

Tatya sprach mit ihrer Tante und hatte gerade erst mit dem Bericht begonnen, als eine schattenhafte Gestalt heranglitt. Sie zuckte unwillkürlich zusammen, wandte den Blick vom Kom-Schirm ab und sah T'Lera. Die Vulkanierin berührte sie nicht, aber ihre Blicke durchbohrten Tatya. Aus einem Reflex heraus richtete die Agronomin einige gemurmelte Worte an Mariya, bat sie darum, sich ein wenig zu gedulden. Die Schirmfläche wurde grau.

»W-was ist denn?« fragte sie T'Lera kleinlaut und horchte dem plötzlich völlig fremden Klang ihrer eigenen Stimme.

»Sie haben andere Menschen auf uns hingewiesen.« Eine Feststellung, keine Frage. T'Lera verstand zwar nicht die Sprache, die Tatya benutzt hatte, aber sie wußte trotzdem, was das Kom-Gespräch bedeutete. »Es wäre besser gewesen, unsere Anwesenheit in Ihrer Station geheimzuhalten.«

»Ich will uns nur schützen!« erwiderte Tatya scharf, als sie sich wieder faßte. »Damit niemand von uns spurlos verschwindet oder etwas ›vergißt‹.«

»Halten Sie so etwas für wahrscheinlich?« fragte T'Lera ruhig.

»Sehen Sie das Schiff dort draußen?« Tatya deutete aus dem Fenster. »Glauben Sie, es sei gekommen, um uns irgendeine Grußbotschaft zu übermitteln?«

»Wenn die Absicht der Besatzung darin besteht, etwas zu eliminieren, was sie als eine Bedrohung der menschlichen Zivilisation erachtet ...«, begann die Vulkanierin.

»Nur über meine Leiche!« stieß Tatya hervor und wiederholte sich damit. Ruckartig drehte sie den Kopf, als ein knackendes Rauschen aus dem Lautsprecher drang. Rasch betätigte sie einige Tasten, aber es war bereits zu spät. Für das Unterbrechen der Verbindung mit Kiew gab es nur eine Erklärung.

Aus zusammengekniffenen Augen beobachtete sie die *Delphinus.* »Sie haben mitgehört«, zischte sie. »Und dafür gesorgt, daß wir nichts verraten können!«

Melody Sawyer war so auf die Infrarot-Sondierungen der Agrostation konzentriert, daß sie ganz vergaß, eine Kommunikationskontrolle vorzunehmen.

»Was machen sie jetzt, Henry?« fragte sie Moy übers Interkom. Sie hatte die spektographische Nische auf der Brücke geschlossen und saß an den Kontrollen, während die Scannertechnikerin Patel hinter ihr mit der Morgenrunde begann.

»Sie hocken einfach am Ende des Kais, Sir«, antwortete Moy. Er stand an der Steuerbordreling, lehnte die Ellenbogen auf die Brüstung und sah durch den Feldstecher. »Nur der Captain und Yoshi. Plaudern miteinander. Es scheint keine Strahlungsgefahr zu bestehen. Ich wundere mich nur, warum sie nicht in die Station gehen.«

»Sie sollen sich nicht wundern, sondern beobachten und Meldung erstatten, Moy«, erwiderte Melody scharf. »Fällt Ihnen sonst etwas auf? Hat sich Tatya noch immer nicht gezeigt?«

»Nein, Sir ...«, begann Moy, aber Sawyer fluchte plötzlich und schaltete ab.

Sie riß die Tür der Spektronische auf, stürmte über die Brücke, eilte zum Kom-Schirm und stieß in ihrer Hast Lieutenant Patel beiseite. Melody erinnerte sich daran, den Monitor selbst abgeschaltet zu haben, als sie sich gegen zwei in der vergangenen Nacht in ihr Quartier zurückzog. *Himmel, wer weiß, was in der Zwischenzeit geschehen ist!*

»Entschuldigen Sie, Reeta«, sagte sie über die Schulter hinweg, als sie den Empfänger auf die Frequenzen der Agrostation justierte. »Ich wollte nicht so grob sein.«

»Schon gut, Sir«, antwortete Lieutenant Patel, aber Melody achtete überhaupt nicht darauf. Wie gebannt lauschte sie dem Gespräch, das Tatya Bilash mit einer attraktiven

Slawin führte. Mit einer Frau, die ganz offensichtlich im Studio irgendeines Nachrichtenzentrums saß.

»Was ist das für eine Sprache, zum Teufel?« entfuhr es Sawyer. Reeta Patel glaubte, die Frage gelte ihr. Sie trat näher, lauschte und runzelte die Stirn.

»Ich kenne sie nicht, Sir. Vielleicht Russisch?«

»Spielt keine Rolle!« knurrte Melody. »Ich kann mir schon denken, was Tatya vorhat. Verdammter Mist! Wenn ich die Sendung störe, schöpft ihre Gesprächspartnerin sofort Verdacht. Und wenn ich ihr Gelegenheit gebe, die ganze Geschichte zu erzählen ...« Sie schlug sich mit der flachen Hand an die Stirn.

Plötzlich fror das Bild in der Sendehälfte des Schirms ein, und die namenlose Journalistin lehnte sich zurück, wartete. Sawyer nahm die Chance sofort wahr. Sie aktivierte den Interzeptor und beobachtete mit grimmiger Zufriedenheit, wie Gräue über den Schirm kroch. Tatya nahm wahrscheinlich an, daß es sich um eine Fehlfunktion handelte.

Aber die Agronomin ließ sich nicht so einfach zum Narren halten. Nur wenige Sekunden später drang ihre Stimme aus dem Lautsprecher.

»Treten Sie aus dem Erfassungsbereich!« wies Tatya die Vulkanierin an und erinnerte sich erst einen Sekundenbruchteil später daran, mit wem sie es zu tun hatte. T'Lera strahlte Autorität aus — einer solchen Frau gab man keine Befehle. »Tut mir leid. Bitte entfernen Sie sich ein wenig vom Schirm. Sie können mir vertrauen. Ich weiß genau, auf was ich mich einlasse.«

T'Lera begriff, daß ihre Logik in diesem Fall nichts nützte. Stumm kam sie der Aufforderung nach.

»Agro III an *Delphinus* — bitte kommen«, sagte Tatya angespannt. Wut zitterte in ihr. »Agro III an *Delphinus* ...«

»Hier *Delphinus.*« Melodys Stimme war so kalt wie Gletschereis. »Das war nicht besonders klug von Ihnen, Bilash. Versuchen Sie es nicht noch einmal.«

Tatya setzte zu einer Erwiderung an, aber Sawyer kam ihr zuvor.

»Hören Sie mir gut zu«, zischte sie und beugte sich vor. »Wenn sich Ihre Gesprächspartnerin von vorhin meldet, sagen Sie ihr, es sei alles in Ordnung. Sie sprechen auf Standard mit ihr und sorgen dafür, daß sie keinen Verdacht schöpft. Andernfalls drehe ich Sie höchstpersönlich durch die Mangel. Kennen Sie die Geschichte von Jonas? Er wurde von einem Wal verschluckt. Dieses Schiff ist groß genug, um Ihre ganze verdammte Station zu ›verschlingen‹. Haben Sie mich verstanden, Bilash?«

Sie rechnete nicht mit einer Antwort und unterbrach die Verbindung, wodurch ihr mindestens ein Dutzend deftige ukrainische Flüche entgingen.

»Sprechen Sie mit Ihren ... Gästen«, wandte sich Nyere an Yoshi. Keiner von ihnen ahnte, was derzeit im Äther geschah. »Sagen Sie ihnen, daß ich beauftragt bin, sie zu beobachten. Sie zu untersuchen, um sicherzustellen, daß keine bakterielle Gefahr von ihnen droht. Wenn sie wirklich eine interstellare Reise hinter sich haben, müßten sie das eigentlich verstehen. Sagen Sie ihnen, daß ich mich an meine Befehle halten muß.«

Yoshi ließ die Schultern hängen und nickte bekümmert.

»Ich habe Angst, Jason.«

»Ich weiß.« Der ältere Mann klopfte ihm gutmütig auf den Arm. *Glaubst du vielleicht, die Furcht für dich allein gepachtet zu haben?* dachte er. *Mann, für dich ist es das reinste Zuckerschlecken — im Vergleich zu dem, was mir bevorsteht!*

Captain Nyere kletterte ins Boot zurück und startete den Motor. Noch ein letztesmal sah er zu dem jungen Agronomen auf.

»Versuchen Sie nicht, mit dem Kopf durch die Wand zu gehen, Yoshi. Vielleicht halten Sie mich für einen Weichling. Und vielleicht haben Sie sogar recht damit. Meine schlimmsten Maßnahmen Ihnen gegenüber bestünden darin, die Vorräte zu beschlagnahmen und Sie auszuhungern. Aber andere Leute haben wahrscheinlich nicht soviel Geduld. Irgendwann beordert man mich zurück, und wer dann meinen Platz einnimmt, wird wesentlich härter durchgreifen.«

»Der Captain kehrt zurück, Commander«, meldete Fähnrich Moy übers Interkom. Sawyer befand sich wieder in der Spektronische, eilte sofort los und überließ die Brücke einer verwirrten Patel.

»Verschwinden Sie, Moy«, sagte Melody mit einer für sie eher untypischen Ruhe. »Und lassen Sie sich vom Captain nicht mit dem Feldstecher erwischen.« Der junge Mann eilte fort, und kurz darauf hörte Sawyer Schritte. Sie schloß sich Nyere an, als er die Brücke betrat. »Die Infraroterfassung zeigt vier Personen in der Agrostation, Captain, Sär. Und zwei von ihnen sind recht seltsam.«

Jason warf einen widerstrebenden Blick auf den Monitor.

»Ich habe keine solche Sondierung befohlen.«

»Ich weiß«, erwiderte Melody scharf. »Reine Eigeninitiative. Was haben Sie jetzt vor?«

»Abgesehen davon, Sie wegen Insubordination unter Arrest zu stellen? Nichts, verdammt!«

Jason Nyere begann wieder zu schwitzen. Er wischte sich den dicker werdenden Feuchtigskeitsfilm von der Stirn und versuchte, nicht dauernd auf den IR-Monitor zu starren. *Sie ähneln uns, hat Yoshi gesagt. Sie ähneln uns und sind doch anders. Besser. Nur schwer zu beschreiben.* Nyere nahm sich vor, sich schon sehr bald einen eigenen unmittelbaren Eindruck zu verschaffen.

»Schalten Sie das blöde Ding endlich ab!« grollte er und sah Melody an, die wie hypnotisiert die Körperreflexe der beiden Fremden betrachtete. Er kam sich wie jemand vor, der durchs Schlüsselloch spähte. *Es ist eine Sache, die Kom-Frequenzen der Station zu überwachen, bevor wir wußten, wonach es Ausschau zu halten gilt, aber dies ...*

»Packen Sie die Scanner und Abtaster ein und pudern Sie sich die Nase. Wir statten den Leuten dort drüben einen Besuch ab.«

Sawyer fühlte sich versucht, den Captain auf den kurzen Kontakt zwischen Kiew und Agro III hinzuweisen, entschied sich aber dagegen. Nach ihrer Warnung würde es Tatya bestimmt nicht wagen, irgend etwas durchsickern zu lassen, und Jason hatte schon genug Sorgen.

»Ja, Sär, Captain, Sär!« Sie lief sofort los.

»Oh, und noch etwas, Melody!« rief ihr Jason nach. »Lassen Sie die Colts mit den Perlmuttgriffen in der Kabine, in Ordnung?«

Melody setzte zu einem Einwand ein.

»Keine Widerrede, verdammt!« brummte Nyere. »Wenn Sie mitkommen wollen, müssen Sie zu Zugeständnissen bereit sein. Entweder bleiben die Schießprügel hier – oder Sie. Nun?«

Als Melody die Kajütentreppe hinunterging, trat Nyere von der Brücke und hielt seinen Ersten Maat noch einmal auf. Nach einigen Stufen blieb er stehen und vergewisserte sich, daß Lieutenant Patel sie nicht hören konnte.

»Was ist mit Ihren zivilen Klamotten?«

Eine seltsame Frage, fand Sawyer.

»Größtenteils Blusen und Jeans«, erwiderte Melody. »Und Tennissachen. Sie wissen ja, was ich bevorzuge. Ich hätte gern meine Reifröcke mitgenommen, aber ich dachte mir, daß es dafür an Bord dieses Schiffes kaum Verwendung gibt, Captain, Sär. Warum?«

Einige gewisse Aspekte der allgemeinen Situation weckten vage Erheiterung in Nyere und verringerten die substanzlose Last, die seit dem vergangenen Nachmittag auf seinen Schultern ruhte. Der Gedanke an die tausend banalen Details, die es zu berücksichtigen galt, um die beiden Aliens in die irdische Kultur aufzunehmen, in die Gesellschaft zu integrieren ... *Es sei denn natürlich, meine Vorgesetzten entscheiden sich für eine andere ›Lösung‹ des Problems ...*

»Denken Sie nur daran, daß die Fremden alles verloren haben, als ihr Schiff versank. Sie besitzen nur das, was sie am Leib tragen ... was davon übrig ist ...« Instinktiv setzte er voraus, daß die Außerirdischen menschliche Kleidung benutzen konnten, ohne dabei von zusätzlichen Köpfen und Gliedmaßen behindert zu werden. »Yoshi meinte, der Mann sei etwa so groß wie er, aber ich glaube, die Frau entspricht eher Ihrer Statur als der Tatyas.«

Er hob die Hände und deutete melonengroße Wölbungen in Brusthöhe an. Tatya war recht üppig.

»Sexistischer Chauvinist«, sagte Melody und grinste. Dann begriff sie plötzlich, was der Hinweis des Captains bedeutete. »Ein Alien ist weiblichen Geschlechts?«

Jason nickte und dachte: *Na, wie gefällt dir das?*

»Sie fungierte als Kommandantin des Raumschiffs. Ts, ts, Melody, haben Sie beim Biologieunterricht gefehlt? Woher, glauben Sie, kommen die kleinen grünen Männchen, wenn es nicht auch kleine grüne Frauen gibt?«

»Petunien.« Melody blieb ungerührt, sah zu Nyere auf und schüttelte den Kopf. »War es Carl Sagan, der behauptete, Außerirdische sähen wie Petunien aus?«

»Damit meinte er nur, ihre Genstruktur sei mit der unsrigen unvereinbar«, erwiderte Jason, als ihm schließlich klar wurde, was Melody meinte. »Los, Sawyer, beeilen Sie sich. Marsch, marsch! Packen Sie ein paar Sachen zusammen. Ich erwarte Sie in fünfzehn Minuten am Boot.«

»Gut.« Sawyer nickte knapp, setzte sich wieder in Bewegung und brachte die letzten Stufen hinter sich. Noch vor vierundzwanzig Stunden hatte sie nicht an kleine grüne Männchen geglaubt – und jetzt wurde sie beauftragt, ein Carepaket für sie zusammenzustellen. »Petunien!« murmelte sie fassungslos. »Die ganze Sache ist völlig absurd!«

*

Was hat er jetzt wieder im Sinn? dachte Tran Van Ky und hielt unwillkürlich den Atem an, als der Captain an die Kom-Konsole herantrat.

»Ist noch immer keine Antwort auf meine Nachricht eingetroffen?« fragte Spock den Kommunikationskadett.

Tran versuchte, die Ruhe zu bewahren, überlegte, ob es sich um einen neuerlichen Test handelte.

»Negativ, Sir«, sagte sie forsch.

Schon seit zwei Tagen wunderte sie sich darüber, daß Captain Spock eine codierte Botschaft zur Erde geschickt hatte, anstatt wie alle anderen an Bord die normalen *Enterprise*-Frequenzen zu benutzen. Entweder handelte es sich um eine Mitteilung, die wirklich ausgesprochen *persönlich* war, oder es ging ihm darum, Trans Fähigkeiten zu testen. Aufgrund ihrer bisherigen Erfahrungen neigte die junge Frau zu der zweiten Annahme.

Während einer Schicht konfrontierte sie der Computer gleich mit mehreren Dutzend Mitteilungen, die das ganze Klassifikationsspektrum umfaßten — ohne sie darüber zu informieren, daß Spock einen weiteren Test angeordnet hatte. Es gelang ihr, die einzelnen Botschaften in der richtigen Reihenfolge zu ordnen, ohne dabei die Übersicht zu verlieren oder nervös zu werden. Woraufhin der Captain eine Auszeichnung im Logbuch notierte, eine von den insgesamt dreien im ganzen bisherigen Studienjahr. Aber Tran ahnte, daß sie während der sechswöchigen Manöverübungen im All um sechs Jahre gealtert war — und fragte sich, ob es die Mühe lohnte. *Nun, die Trainingsflüge mit Captain Spock haben wenigstens einen Vorteil: Sie sind nie langweilig.*

»Interessant«, sagte der Vulkanier und verharrte an der Kom-Station, was neuerliche Unruhe in Tran weckte. »Ihre Meinung, Ky?«

»Ich bin mir nicht sicher, Sir«, erwiderte die junge Frau und wußte, daß sie sich auf Glatteis begab. »Angesichts der derzeitigen Entfernung müßten Sie innerhalb eines Standardtages Antwort bekommen. Selbst wenn man annimmt, daß niemand zugegen war, als Ihre Nachricht eintraf — es hätte zumindest eine Computerbestätigung erfolgen müssen. Es sei denn, der Empfänger ist desaktiviert. Ich kann Ihnen nur diese Erklärung anbieten, Sir.«

»Ich nehme sie zur Kenntnis«, sagte Spock und gab durch nichts zu erkennen, was er von dieser Antwort hielt. »Informieren Sie mich sofort, falls doch noch jemand auf meinen Funkspruch reagieren sollte.«

»Aye, Sir«, sagte Tran und entspannte sich.

Wie einfach das Leben in ihrem Alter ist, dachte der Vulkanier und beobachtete die junge Frau an der Kom-Konsole. Sie war einzig und allein bestrebt, den Erwartungen ihres vorgesetzten Offiziers gerecht zu werden – für etwas anderes gab es in ihrem Denken und Empfinden zumindest zur Zeit keinen Platz. *Es gibt andere, für die das Leben weitaus mehr Probleme bereit hält – obwohl sie stärker und erfahrener sind.* Konzentriert überlegte er, welche Konsequenzen aus der neuen Situation resultierten.

Fähnrich Kays Angaben deuteten darauf hin, daß Jim Kirks Empfänger derzeit nicht funktionierte. Nur Starfleet Command oder der betreffende Flaggoffizier selbst konnte das intrakranielle Implantat desaktivieren. Spock zweifelte nicht daran, daß sowohl die eine als auch die andere Seite Grund genug hatte, eine derartige Entscheidung zu treffen.

Die vulkanische Logik zwang ihn zu folgender Theorie: Jim Kirk und er sahen sich unterbewußten, visionären Impulsen ausgesetzt, die sich als Träume tarnten und die geistige Stabilität zu beeinträchtigen drohten, wenn nichts dagegen unternommen wurde. *Hat Jim der menschlichen Impulsivität nachgegeben und bereits gehandelt? Kann oder will er mir deshalb nicht antworten?*

Noch gut fünf Flugtage trennten die *Enterprise* von der Erde. Genügte die Zeit, oder kam Spock zu spät?

Als Kirk in die Sphäre des Lichts zurückkehrte, stellte er verwundert fest, daß er auf einem schmalen Sims saß, den Rücken an eine steile Felswand gelehnt. Er zwinkerte im blendenden Schein einer aufgehenden Sonne. Seine Hände ruhten locker auf den Knien, und der Kopf war leicht nach hinten geneigt. Er hob und senkte die Lider einige Male, spürte rauhe Trockenheit im Hals. *Wo bin ich? Und wo ist Galarrwuy?*

Der Kustos hockte im Schneidersitz neben ihm, ebenfalls an den roten Fels gelehnt. Er lächelte sanft, schien völlig frisch und ausgeruht zu sein – und wirkte nach dem gemeinsamen Singen so vertraut wie ein alter Freund. Aber wann hatte er seinen khakifarbenen, typisch australischen Anzug gegen das Ritualgewand des Träumens ausgetauscht? Und die Körperbemalungen ...

Kirk sprang auf und stieß mit dem Kopf an einen Überhang. Wo befanden sie sich? Auch auf der Osterinsel gab es rote Felsformationen – die riesigen Statuen bestanden aus einem solchen Gestein –, doch die seltsamen Bilder an der Wand hatten einen anderen Ursprung.

Fast ehrfürchtig streckte er die Hand danach aus und erkannte sie schließlich: Donner-Mann und Schildkröte, die Schlangengöttin und Mimi. *Hat sich mein Geist während des Singens verwirrt, so daß es Galarrwuy für angebracht hielt, mich in seine Heimat zu bringen? Wo sind wir hier?*

»Nourlangie Rock«, beantwortete der Kustos seine unausgesprochene Frage. »Aus dem Norden von Woolwanga. Das ist zwar nicht mein Geburtsort, aber was spielt's für eine Rolle? Es kam mir nur darauf an, eine Verbindung zu schaffen.« Er lächelte hintergründig. »In gewisser Weise habe ich den Berg zu Mohammed gebracht.«

Kirk stützte sich am Felsen ab und lachte, ließ seinen Blick durch den Rest des Zimmers schweifen. Sie befanden sich in einem Teil des Museums, den er am vergangenen Abend nicht gesehen hatte; er enthielt eine aus Australien stammende Felswand, die das Zentrum eines künstlichen Ambiente bildete. Der Admiral verließ den Sims und trat auf einen von Menschen geschaffenen Boden. Galarrwuy folgte ihm.

»Wie geht es Ihnen jetzt?« fragte der Kustos.

»Gut. Glaube ich.« Kirk hob die Hand und tastete mit den Fingerkuppen über die Wangen, als müsse er sich der eigenen Existenz vergewissern. Er hatte noch immer keine Antworten gefunden, aber die Depressionen waren von ihm gewichen, und er fühlte sich so frisch und ausgeruht wie schon seit Wochen nicht mehr. Er schöpfte sogar neue Hoffnung.

»Das freut mich.« Galarrwuy nickte, sah an sich herab und betrachtete die Kleidung, die zu einer ganz anderen Welt gehörte. »Erlauben Sie mir bitte, in unser Jahrhundert zurückzukehren. Anschließend sprechen wir über Ihre visionäre Zeitreise.«

Er ging fort, um sich umzuziehen. Kirk wanderte nach draußen, durchstreifte das Museumsgelände, blieb am Rande des Kraters stehen, lauschte den Möwen und der Stille.

Doch die Ruhe währte nicht lange. Schon nach kurzer Zeit hörte der Admiral das Triebwerk eines offenbar recht großen Übersee-Fahrzeugs, das sich dem Hafen näherte, und das dumpfe Brummen der leistungsstarken Triebwerke erfüllte ihn mit Unbehagen. Er drehte sich um, beobachtete die Masse aus Stahl und Kunststoff, bemerkte die unübersehbaren Starfleet-Insignien, die dem Airschiff absoluten Vorrang gaben — kleinere Segler und Motorboote wichen sofort aus. *Sie haben mich gefunden. Und jetzt eine Szene zu machen, würde alles nur verschlimmern.*

McCoy ging als erster an Land, begleitet von zwei Sicherheitsbeamten. Eine hochgewachsene, langbeinige Blondine folgte. Allem Anschein nach tauchten solche Frauen nicht nur in Kirks Träumen auf, und einige Sekunden lang gab er sich der zaghaften Hoffnung hin, Pille habe die ›mysteriöse Fremde‹ gefunden. Gleich darauf mußte er sich der bitteren Realität stellen: Die Frau trug die Uniform eines Medo-Offiziers, doch es fehlte der traditionelle Merkurstab der Allgemeinen Sektion. Statt dessen glitzerten an den Ärmeln die Abzeichen der psychologischen Abteilung.

Oh-oh, dachte Kirk. *Diesmal bin ich zu weit gegangen.* Er wurde seit fast zwölf Stunden vermißt, war einfach verschwunden, ohne irgendeine Nachricht zu hinterlassen — unmittelbar nach der Psychosondierung. *Sie sind gekommen, um mir die Leviten zu lesen — und um mich mitzunehmen, ob ich will oder nicht.*

McCoy überquerte den Strand im Laufschritt und keuchte laut, als er das Ufer des Kratersees erreichte. »Mach jetzt bloß keine Schwierigkeiten«, stieß er ohne Einleitung hervor. »Du kannst von Glück sagen, daß man keine bewaffnete Eskorte schickte, um dich in eine verdammte Zwangsjacke zu stecken. Du hast zwei Möglichkeiten: Entweder kommst du hübsch brav mit, oder ich verpasse dir eine Injektion, die deinen Widerstandswillen wenigstens vorübergehend lähmt. Das Mittel heißt Lammfromm-und-Fügsam.« Als die Blondine zu ihnen aufschloß, fügte er hinzu: »Krista Sivertsen — Jim Kirk. Bei eurer letzten Begegnung trennte euch ein Spiegel, der von einer Seite aus durchsichtig war.«

Kirk musterte die junge Frau und brachte ihr Gesicht mit der Stimme in Verbindung, die er während der Psychosondierung gehört hatte. Er versuchte zu lächeln, doch es wurde nur eine Grimasse daraus. *Wahrscheinlich werden wir uns in der nächsten Zeit häufiger sehen,* dachte er niedergeschlagen. *Unter Umständen, die alles andere als erfreulich sind. Jedenfalls für mich.*

»Wie groß sind meine Probleme, Pille?«

»Das wirst du noch früh genug erfahren. Komm jetzt.«

»Kann ich mich wenigstens bei Dr. Nayingul verabschieden?«

»Nein«, widersprach McCoy, schloß die Hand um den Arm des Admirals und führte ihn zum wartenden Airschiff. Er griff so fest zu, als fürchtete er, Kirk könnte jeden Augenblick die Flucht ergreifen.

Am Kai stand jemand, dem er nicht auf diese Weise wiederbegegnen wollte. Koro Quintal war zurückgekehrt, um Galarrwuys Boot zu bringen. Vermutlich hoffte er, mit Jim Kirk zum Pontondorf zu fahren, um unterwegs über das Träumen und Singen sprechen zu können. Der

Junge stand neben einigen Touristen, die das Starfleet-Schiff begafften.

»Ich muß fort«, sagte Kirk und legte Koro die Hand auf die Schulter. »Bitte richte Dr. Nayingul meinen Dank aus.«

Koro nickte nur, verhielt sich diesmal wie der Mann, der er nach Galarrwuys Meinung sein sollte.

»Galar wird das sicher verstehen«, sagte er und fragte nicht, ob und wann Kirk zurückkehrte. »*Haare raa.* Gute Reise, Jim Kirk.«

»E nohi raa«, erwiderte der Admiral schwermütig und wußte nicht, woher er den Maori-Gruß kannte. »Bleib wohlauf, Koro Quintal.«

Das Airschiff schlug hohe Wellen, als es über die Wasseroberfläche stieg und der Sonne entgegensprang.

McCoy kam allein, als die *Enterprise* eintraf.

Ganz gleich, wie oft und lange sie unterwegs war – Jim Kirk ließ es sich nie nehmen, zur Stelle zu sein, wenn sie das Raumdock ansteuerte. Manchmal saß er bei solchen Gelegenheiten in der Offiziersmesse von TerraZentral und beobachtete durch das Klarstahl-Fenster, wie das Raumschiff in den großen Hangar glitt. Meistens aber ging er an Bord des Shuttles, das die Senioroffiziere abholte. Die Mannschaftsmitglieder beamten sich direkt zur Admiralität oder nach Hause, doch Spock und Scotty mußten das Dock-HQ aufsuchen, um Manöverbericht zu erstatten. Kirk war immer zugegen, um sie zu begrüßen.

Daß er diesmal fehlte, bestätigte Spocks Schlußfolgerungen. Irgend etwas stimmte nicht. Als er das Shuttle verließ und McCoy im Korridor außerhalb des Hangars sah, ahnte er, daß sich die Lage zugespitzt hatte.

»He, was ist das denn?« rief Chefingenieur Scott. Er trug eine Art Seesack, den er nicht dem Transporter überlassen wollte. Besser gesagt: Er mißtraute den Transporter*technikern,* die sein Gepäck weitaus eher in die Hand bekommen würden als er; ein leises Klirren in der dicken Tasche deutete darauf hin, daß er um einige Flaschen Scotch fürchtete. »Hier fehlt doch jemand! Und was machen Sie hier, McCoy?«

»Das ist eine lange Geschichte«, erwiderte der Arzt. Unter seinen Augen zeigten sich dunkle Ringe. »Kann ich Sie sprechen, Spock?« Scott verstand den Hinweis und ging voraus. Als er außer Hörweite war, erzählte McCoy die ganze Geschichte und fügte hinzu: »Ich begrüße Sie nicht gern mit schlechten Nachrichten, aber ich wollte nicht, daß Sie es aus zweiter Hand erfahren. Außerdem mußte ich mir endlich Erleichterung verschaffen — obwohl Sie wahrscheinlich überhaupt nicht helfen können.«

»Ihr Vertrauen ehrt mich. Doktor«, sagte Spock in einem Tonfall, den McCoy vor vielen Jahren für Ironie gehalten hatte — bis er den Vulkanier besser kennenlernte. »Und vielleicht bin ich in der Lage, weitaus mehr Hilfe zu gewähren, als Sie glauben. Seit wann befindet sich der Admiral in Dr. Sivertsens Obhut?«

»Das klingt ziemlich harmlos«, meinte McCoy trocken. »Morgen ist es eine Woche, Spock. Ich mache mir große Sorgen um Jim.«

»Ihre Ausführungen deuten darauf hin, daß Sie auch allen Grund dazu haben. Sind Besuche erlaubt?«

»Ich lasse meine Beziehungen spielen«, versprach McCoy. »Ich ... ich danke Ihnen, Spock. Es ist eine schreckliche Bürde, wenn man sie allein tragen muß. Ich weiß nicht warum, aber ich fühle mich schon besser.«

Der Vulkanier hätte auf die ausgeprägte Unlogik dieser Bemerkung hinweisen können; immerhin war noch nichts unternommen worden, um die aktuelle Situation zu verändern. Aber er kannte McCoy gut genug, um die Nutzlosigkeit einer derartigen Antwort einzusehen.

Als er vor den HQ-Büros stehenblieb und dem Arzt nachsah, dachte er: *Wollen wir hoffen, Doktor, daß Ihr Empfinden in einem halbwegs kausalen Zusammenhang mit der Wirklichkeit steht. Sonst drohen uns alle einschneidende Konsequenzen.*

»Die erste Therapiephase des Patienten wurde mit einer vollständigen Lektüre des Buches *Fremde vom Himmel* eingeleitet«, erläuterte Dr. Sivertsen ihren Kollegen während der wöchentlichen Besprechung ihrer Abteilung. »Der Patient erklärte sich erst damit einverstanden, nachdem er mir eine autoakustische Aufzeichnung seiner Version der Ereignisse vorlegte. Die Grundlage dazu bilden seine Alpträume.«

»Welche Unterschiede gibt es zwischen Admiral Kirks Schilderungen und dem Inhalt des Romans?« fragte einer der Sektionsleiter.

Krista Sivertsen formulierte einen gedanklichen Fluch und gab sich alle Mühe, die Ruhe zu bewahren. Ihre Mitarbeiter wußten nur, daß sie einen hochrangigen Starfleet-Angehörigen behandelte. Nur wenige waren darüber informiert, daß es sich um Admiral Kirk handelte. *Jetzt ist die Katze aus dem Sack.*

»Die Differenzen betreffen in erster Linie den Ausgang der Ereignisketten«, erwiderte sie, nachdem sie stumm bis zehn gezählt hatte, um sich wieder unter Kontrolle zu bekommen. »Die Alpträume des Ad... des Patienten stimmen mit den Einzelheiten der historischen Erzählung bemerkenswert genau überein. Der Patient ist nach wie vor überzeugt, daß er in einer Art alternativen Realität an den angeblichen Geschehnissen vor zweihundert Jahren teilnahm. Er beschreibt die geschichtlichen Persönlichkeiten in so vielen Details, als habe er sie direkt und unmittelbar kennengelernt.«

»Und er bleibt auf diese besondere historische Epoche fixiert?« warf jemand ein.

»Seine Aufmerksamkeit gilt ausschließlich dem ersten Kontakt zwischen Menschen und Vulkaniern«, berichtete Krista.

»Halluzinativer Wahn«, meinte der Fragesteller. »Projektion. Identifikation mit Persönlichkeiten der Vergangenheit als Folge eines Minderwertigkeitskomplexes.«

»Das glaube ich nicht!« entgegnete Kirsta scharf und riskierte es, in diesem Zusammenhang auf den Widerspruch ihrer Kollegen zu stoßen. Seit fast einer Woche unterzog sie Jim Kirk einer intensiven Therapie. Je mehr sie über ihn erfuhr, desto größer wurde ihr Respekt. Sie zweifelte inzwischen nicht mehr an der metaphysischen Wahrheit seiner Berichte — obgleich sie in offensichtlichem Gegensatz zur tatsächlichen geschichtlichen Entwicklung standen. »Bitte denken Sie daran, über was für einen Mann wir sprechen. Er ist bereits zu einer Legende geworden, hat in den vergangenen Jahrzehnten mehr Einfluß auf das historische Geschehen genommen als sonst jemand. Er braucht also keinen Minderwertigkeitskomplex zu kompensieren.«

»Das alles ist Vergangenheit«, gab einer der Psychologen zu bedenken. »Jetzt erledigt er reine Schreibtischarbeit. Vielleicht führte die damit einhergehende Langeweile zu einem Gefühl des Versagens, das wiederum einen schleichenden geistigen Strukturwandel bewirkt ...«

»Möglicherweise leidet er doch an halluzinativem Wahn«, sagte jemand anders, bevor Krista Gelegenheit zu einer Antwort bekam. »Es wäre denkbar, daß er das Buch schon einmal gelesen hat und in einer Phase der Selbstverleugnung ...«

»Das erklärt wohl kaum die Anomalien seines Psychoprofils, oder?« bemerkte Krista. Daraufhin herrschte wieder Stille.

»Der Patient bestätigt die objektive und unleugbare Wahrheit der im Roman dargestellten Geschehnisse«, fuhr Dr. Sivertsen fort, legte sich ihre Worte mit aller Sorgfalt zurecht und überlegte, wie sie ihre Kollegen überzeugen konnte. »Gleichzeitig glaubt er an die alternative Wahrheit seiner Alpträume. Übrigens: Die Träume wiederholen sich immer öfter und sind so intensiv geworden, daß der Patient schon einige Male mit Sedativen ruhiggestellt werden mußte.«

»Das klingt so, als benötige er einen Exorzisten«, scherzte jemand. *Galgenhumor,* dachte die Psychiaterin.

»Vielleicht«, erwiderte sie und machte keinen Hehl aus

ihrem Ärger. »Ich habe es mit allem anderen versucht. Schizophrenie? Multiple Persönlichkeit? Reinkarnation? Besessenheit? Geister und Gespenster? Meiner Ansicht nach bleibt nur noch eine Möglichkeit.« Sie holte tief Luft und ließ ihren Blick über die am Tisch sitzenden Männer und Frauen gleiten. »Hypnotische Psychoanalyse. Ich möchte das Bewußtsein des Patienten in die Zeit *vor* den Pseudoerinnerungen zurückführen.«

Doch auch die Hypnose führte zu keinen Resultaten. Sie erschöpfte sowohl die Therapeutin als auch den Patienten, ohne daß sie dadurch einen Schritt weiterkamen.

»Ich habe alle Winkel Ihres Ichs ausgeleuchtet, Jim Kirk«, sagte Krista und seufzte. »Ich kenne Sie ebensogut wie Sie die Protagonisten des Buches. Aber in Ihrem Innern gibt es irgendwo eine Barriere, die ich nicht durchdringen kann.«

»Sie hätten mich bei Galarrwuy lassen sollen«, sagte der Admiral und meinte es nur zum Teil als Scherz. Er lehnte sich in dem bequemen Sessel zurück und seufzte. »Vielleicht hätte ich mit seiner Hilfe eine Lösung für mein Problem gefunden. Wenn Sie mir erlauben, zu ihm zurückzukehren, mit ihm zu träumen ...« Plötzlich fiel ihm etwas ein. »Hat Galarrwuy versucht, sich mit mir in Verbindung zu setzen?« fragte er. »Ich hatte keine Gelegenheit mehr, mich von ihm zu verabschieden.«

»Nein«, log Krista und verschwieg auch, daß Admiral Nogura die Desaktivierung sowohl des intrakraniellen Implantats als auch der Kom-Automatik in der Penthouse-Wohnung veranlaßt hatte. Auf diese Weise sollte der Eindruck erweckt werden, der Admiral sei mit irgendeiner Top-Secret-Mission beauftragt. Aufgrund des aktuellen Zustands ihres Patienten hielt es die Psychiaterin für angeraten, ihn nicht noch mehr zu belasten. »Seit Ihrer Einlieferung trafen keine Nachrichten für Sie ein.«

»Nicht eine einzige?« Kirk starrte Dr. Sivertsen ungläubig an, und seine Augen verrieten jähe Wachsamkeit. »Welcher Tag ist heute?«

In der psychologischen Abteilung herrschte eine sonderbare Zeitlosigkeit, und hinzu kam, daß Kirk während eines besonders intensiven Alptraums sein Chronometer zerbrochen hatte. Dennoch wußte er die Antwort, bevor Krista Auskunft geben konnte. Die *Enterprise* hatte am vergangenen Morgen das Raumdock erreicht. *Wird McCoy Spock mitteilen, wo ich mich befinde, oder ist er zur Geheimhaltung verpflichtet? Himmel, man hat mich aus dem Verkehr gezogen, schirmt mich so sehr ab, als hätte ich eine gefährliche Krankheit mit hohem Infektionsrisiko. Es muß mir irgendwie gelingen, mit Spock Kontakt aufzunehmen.*

Abrupt stand er auf und gestikulierte nervös. »Lassen Sie mich gehen, Krista. Ich bitte Sie! Es gilt einige wichtige Dinge zu erledigen. Nur ein oder zwei Stunden ...«

»Kommt nicht in Frage!« sagte Dr. Sivertsen scharf – ohne darauf hinzuweisen, daß die erfolglose Hypnose einen *sehr* langen Aufenthalt Kirks in ihrer Abteilung bedeuten mochte. »Wir sind an einem kritischen Punkt angelangt. Sie dürfen jetzt nicht einfach ...«

»Sie haben selbst gesagt, daß die hypnotische Psychoanalyse ohne Resultate blieb«, warf Kirk ein. Und brach wieder ab, als das Interkom summte.

»Ja?« Krista hielt sich den kleinen Empfänger ans Ohr, um zu verhindern, daß der Admiral irgend etwas hörte. »Wie lange wartet er schon? Die Untersuchung hat länger gedauert als geplant – Sie hätten mich verständigen sollen. Na schön, schicken Sie ihn rein.«

Sie schaltete ab und legte das Empfangsmodul auf den Tisch. »Waffenstillstand, Jim«, sagte Dr. Sivertsen. »Sie bekommen Besuch.«

»Spock!«

Voller Freude umfaßte Kirk die Schultern des Vulkaniers und widerstand nur mit Mühe der Versuchung, ihn zu umarmen. Er hatte bereits die Erfahrung gemacht, daß die Spiegel in den Räumen der psychologischen Abteilung nicht nur zur Zierde dienten, und im Besuchszimmer gab es besonders viele. Er bezweifelte, ob er nach einer Woche an diesem Ort noch einen Rest von Privatsphäre besaß, aber er war entschlossen, zumindest Spocks Würde zu schützen.

Der Vulkanier akzeptierte die Berührung und dadurch den Kontakt mit einem Bewußtsein, in dem Chaos herrschte. Er verbarg seine Besorgnis und lächelte mit den Augen.

»Jim«, sagte er nur.

Während Kirk im Zimmer umherwanderte und erzählte, nahm Spock Platz und hörte zu. Er bildete den üblichen Kontrast zum jetzigen Admiral, stellte eine Art Gegengewicht zu ihm dar: Schatten und Sonne, Kühle und Hitze, Ruhe und Nervosität. Der Vulkanier verharrte in seiner unerschütterlichen Gelassenheit und bot einen tadellosen Anblick, wohingegen Kirk ausgesprochen blaß und mitgenommen wirkte. Zwei Männer, von erheblichen Unterschieden zwischen ihren Charakteren und kulturellen Hintergründen getrennt — und gleichzeitig durch eine feste Freundschaft miteinander verbunden. Spock wurde zum Fokus von Kirks Ängsten, zum Mittelpunkt seines unmittelbaren Universums.

Jim berichtete, unterbrach sich nur, um Luft zu holen, nahm die Gelegenheit wahr, sich endlich Erleichterung zu verschaffen und seine Bürde mit jemandem zu teilen.

»Ich hätte niemandem etwas sagen sollen«, fügte Kirk etwas ruhiger hinzu. »Ich war so dumm, McCoy um ein Schlafmittel zu bitten, und als er abwinkte, als er alles für dummes Zeug hielt — Sie kennen ihn ja —, ließ ich mich dazu hinreißen, ihm die Einzelheiten zu schildern. Verdammt, ich habe ihn so sehr unter Druck gesetzt, daß er eine Psychosondierung anordnete. Und direkt im Anschluß an die Untersuchung habe ich mich verdünnisiert, eine ganze Nacht lang mit Galarrwuy geträumt. Wodurch sich McCoy gezwungen sah, mich auf der Osterinsel abzuholen. Es grenzte an ein Wunder, daß er mir keine Handschellen anlegte.«

Kirk setzte sich ebenfalls, strich sich übers zerzauste Haar und sah Spock an. Sein Blick wies mehr als deutlich darauf hin, was ihn bedrückte.

»Spock, seit einer Woche schlafe ich nicht mehr. Ich finde überhaupt keine Ruhe. Krista hat praktisch zugegeben, daß sie nicht weiter weiß, aber trotzdem hält sie mich hier fest. Was wird mit mir geschehen?«

»Vielleicht gar nichts«, erwiderte der Vulkanier nach einer Weile.

Sein Bedürfnis, zuzuhören und nachzudenken, war mindestens ebenso stark ausgeprägt wie Kirks Wunsch, sich jemandem mitzuteilen. Er brauchte Gewißheit. Der Bericht des Admirals bestätigte seine früheren Schlußfolgerungen, und um die letzten Zweifel auszuräumen ... Spock beugte sich vor, tastete mit den Fingerkuppen nach Kirks Stirn und Schläfen.

»Wenn ich darf ...«, begann er.

»Was soll der Blödsinn?« erwiderte Kirk. »Natürlich dürfen Sie. Seit wann brauchen Sie eine ausdrückliche Erlaubnis?« Er lächelte, und in seinen Augen glitzerte neue Hoffnung.

»Sie haben recht«, sagte der Vulkanier und stellte den Kontakt her.

Als er die Hand zurückzog und die Verbindung zwischen ihren Bewußtseinen unterbrach, schnappte Kirk unwillkürlich nach Luft.

»Das ist unglaublich!« stieß er hervor.

»Meinen Sie?« entgegnete Spock ruhig. »Unsere gemeinsamen Erfahrungen waren von Anfang an außergewöhnlich, und diese Angelegenheit bildet keine Ausnahme.«

»Das stimmt.« Kirk nickte. »Himmel, ich hoffe, Sie haben recht! Meine Fragen bleiben unbeantwortet, aber wenigstens weiß ich jetzt, daß ich nicht verrückt bin.«

»Das reicht!«

Krista Sivertsens scharfe Stimme zerstörte die neue Harmonie.

»Sie können es nicht lassen, irgendwelche Risiken einzugehen, oder?« fragte die Psychiaterin verärgert, als sie das Zimmer betrat. Spock blieb von ihr völlig unbeachtet. »Erst das Träumen mit Galarrwuy, und jetzt dies! Eine meiner Mitarbeiterinnen hat Sie beobachtet ...« – sie deutete auf einen angeblichen Spiegel – »... und mir sofort Bescheid gegeben.« Wütend wandte sie sich an den Vulkanier. »Ich nehme an, der Schaden ist bereits angerichtet worden, nicht wahr?«

»Von ›Schaden‹ kann in diesem Zusammenhang keine Rede sein, Dr. Sivertsen«, erwiderte Spock kühl.» Andererseits: Wenn Admiral Kirk nicht umgehend aus Ihrer Obhut entlassen wird und Gelegenheit bekommt, eine alternative Form der Behandlung zu suchen, droht ihm ein irreparabler mentaler Strukturwandel.«

»Ich weiß von Ihren vielen Talenten, Captain Spock«, sagte Krista eisig. »Aber bisher wußte ich nicht, daß sie auch Fachmann für Psychologie sind.«

»In diesem besonderen Fall sind keine entsprechenden Kenntnisse meinerseits erforderlich«, hielt ihr Spock gelassen entgegen. »Admiral Kirks Problem ist nicht psychologischer Natur. Er ist geistig völlig gesund.«

(»Laß dich nie auf eine Diskussion mit jemandem ein, der von Vulkan stammt«, erinnerte sich Krista an den Rat ihrer besten Freundin. Liz hatte ihr diese Worte unmittelbar nach Beginn ihrer ersten Raummission geschrieben, damals, als sie die Kolonie von Aldebaran verließ und den Dienst an Bord eines Schiffes antrat, dessen Erster Offizier Vulkanier war. »Solche Typen legen dich aufs Kreuz, bevor du eine Möglichkeit findest, deinen Standpunkt zu verdeutlichen. Ganz gleich, mit welchen Argumenten man ihnen kommt: Sie finden immer bessere.«

Krista besaß noch immer alle elektronischen Briefe, die ihr Liz übermittelt hatte, hütete sie wie einen Schatz. Während ihres Medizin-Praktikums wohnten sie im gleichen Zimmer, sahen sich so ähnlich, daß man sie für Schwestern hielt. Krista hatte die weise Ironie ihrer Freundin bewundert. Doch Liz gab schon bald ihrer inneren Unruhe nach, ging in eine Außenwelt – und kam nur wenig später irgendwo in den Weiten des Alls ums Leben.)

Krista Sivertsen holte tief Luft, verdrängte diese Erinnerungen und bereitete sich auf eine harte Auseinandersetzung vor. Liz war gestorben, bevor sie diesen speziellen Vulkanier gut genug kennenlernen konnte, um sich vor der Waffe seiner Logik zu schützen, und Krista beschloß, das Schicksal ihrer Freundin als Warnung zu interpretieren.

»Der Begriff ›geistige Gesundheit‹ ist nur schwer definierbar und bezieht sich auf kulturelle Normen, die selbstverständlich Veränderungen unterworfen sind, Captain Spock«, sagte sie, um Zeit zu gewinnen, während sie den Besucher in ihr Büro führte. Kirk erklärte sich bereit, draußen zu warten. Sie wußte nicht viel über vulkanische Mentalverschmelzungen, aber das Verhalten des Admirals deutete darauf hin, daß solche gedanklichen Verbindungen eine beruhigende Wirkung auf den menschlichen Teilnehmer hatten. »Wenn man solche Ausdrücke verwendet, so bezieht man sie auf ein determiniertes Milieu, in dem ...«

»Es spielt keine Rolle, welche fachlichen Euphemismen Sie wählen«, warf Spock ein. »Tatsache bleibt, daß Admiral Kirk nicht verrückt ist.«

»Möchten Sie sich vielleicht sein Psychoprofil ansehen?« fragte Krista hitzig. Sie konnte Amateure nicht ertragen, ganz gleich, welcher Spezies sie angehörten. »Wollen Sie den von mir verfaßten Krankenbericht prüfen oder die Ergebnisse der Hypnosetherapie von heute morgen analysieren?«

Spock gab keine Antwort, und sein Gesicht war völlig ausdruckslos. *Die Fakten sind auf meiner Seite,* dachte die Psychiaterin. *Wieso habe ich trotzdem das Gefühl, langsam im Treibsand zu versinken?*

»Ich weiß, daß Sie ein sehr guter Freund Jim Kirks sind«, sagte sie und zwang sich zur Ruhe. »Das respektiere ich. Aber wenn Sie glauben, mir mit einem Hinweis darauf irgendwelche Zugeständnisse abringen zu können ...«

»Das käme mir nie in den Sinn«, meinte Spock ruhig.

Worauf will er hinaus? fragte sich Krista und musterte den hochgewachsenen Mann eingehend. Sie kannte sich in der menschlichen Psychologie aus, aber ihr Wissen ließ sich nicht auf Vulkanier anwenden. Offenbar war Spock entschlossen, das als Vorteil zu nutzen. Die Psychiaterin spürte voller Unbehagen, wie der metaphorische Treibsand ihre Hüften erreichte.

»Und wenn Sie beabsichtigen, sich auf Ihren Rang zu berufen, so muß ich Sie enttäuschen. Für Jim Kirks Behandlung bin allein ich zuständig, und meine Anweisung lautet, daß er solange hier bei uns bleibt bis er – Zitat Anfang – ›vollständig geheilt ist‹ – Zitat Ende. Übrigens wurde der entsprechende Befehl vom Alten Mann höchstpersönlich bestätigt.«

Spock wirkte nachdenklich.

»Stammte die Order, Admiral Kirks intrakranielles Implantat zu deaktivieren, ebenfalls von Admiral Nogura?«

»Nein, von mir.«

»Darf ich fragen, was Sie dazu veranlaßte?«

»Es war eine reine Sicherheitsmaßnahme. Sie kennen die Prozedur bestimmt. Außerdem wollte ich verhindern, daß Kirk während der Therapie gestört wird.«

»Durch Nachrichten von Dr. Nayingul oder mir.«

»Wenn Sie es so sehen wollen ...«

»Ich werde Admiral Nogura bitten, seine Entscheidung noch einmal zu überdenken«, stellte Spock gelassen fest, und Krista ahnte, daß es ihm sogar gelingen konnte, den Alten Mann umzustimmen. »Aber das ist derzeit irrelevant. Dr. Sivertsen, ich kenne nun Ihre Ansicht in bezug auf Admiral Kirks Zustand. Wenn Sie erlauben, möchte ich Ihnen meine Meinung erläutern.«

»Die Umstände dieses Falles sprechen für meine Diagnose, Captain. Ich bleibe dabei: Jim Kirk braucht dringend psychiatrische Hilfe.« Krista atmete tief durch. »Solange ich diese Abteilung leite, wird niemand entlassen, der an solchen Alpträumen und demzufolge einer ernsten Wirklichkeitsentfremdung leidet.«

Spock schien eine Entscheidung zu treffen.

»Nun gut, Doktor. Dann schlage ich vor, Sie nehmen auch mich auf. Ich habe die gleichen Träume wie Admiral Kirk.«

Krista Sivertsen kniff die Augen zusammen, als die Ergebnisse von Spocks Psychosondierung auf dem Schirm erschienen. Als sie das Gerät auf vulkanische Norm justierte, zeigte es die gleichen mnemonischen Funktionsstörungen wie bei Kirk.

»Und ich dachte, es sei nur ein Bluff«, murmelte sie.

Spock widerstand der Versuchung, die logische Antwort darauf zu geben. Die Psychiaterin starrte ungläubig auf die Darstellungen.

»So etwas habe ich noch nie erlebt. Die Wahrscheinlichkeit dafür, daß es sich um einen Zufall handelt, muß außerordentlich gering sein.« Spock schwieg weiterhin. »Vielleicht ist das die Folge, wenn man mit vulkanischen Mentalverschmelzungen menschliche Bewußtseine manipuliert.« Abrupt schaltete sie das Sichtgerät ab, so als wollte sie sich auf diese Weise von einem ebenso persönlichen wie besonderen Alptraum befreien. »Es ist mir ein Rätsel, wie so etwas möglich sein kann. Nun, ich weiß nicht, was Sie sich von diesem Pyrrhussieg versprechen, aber es sieht ganz danach aus, als sollten Sie dem Admiral Gesellschaft leisten. Ich sorge dafür, daß Sie das Zimmer neben seinem Quartier bekommen.«

»Ich nehme an, zu Ihrem Mitarbeiterstab gehört auch ein vulkanischer Heiler, oder?« fragte Spock unbeeindruckt.

»Himmel, wir sind hier auf der Erde!« brach Krista Sivertsen fassungslos hervor. »Wahrscheinlich befinden sich weniger als ein Dutzend vulkanischer Heiler auf diesem Planeten, und meines Wissens ist niemand von ihnen praktizierender Psychiater. Angeblich leiden die Angehörigen Ihres Volkes an keinen geistigen Störungen – obwohl die gerade erfolgte Psychosondierung das Gegenteil beweist.«

»Sieben«, sagte Spock ruhig.

»Bitte?«

»Im Solsystem halten sich derzeit sieben vulkanische Heiler auf – ich schließe dabei Luna und die Marskolonien mit ein –, und Sie haben recht: Niemand von ihnen praktiziert angewandte Psychiatrie. Die nächste entsprechend qualifizierte Heilerin ist T'Sri auf Rigel XII. Selbst wenn man annimmt, sie habe keine anderweitigen Verpflichtungen und könne sich daher sofort auf den Weg machen ... Sie braucht mindestens siebzehn Standardtage, um die Erde zu erreichen.

Mit anderen Worten, Doktor: Wenn kein xenopsychologischer Spezialist zu Ihrem Stab gehört, können Sie mich nicht hierbehalten.«

Krista Sivertsen versuchte, ihren Zorn im Zaum zu halten, erinnerte sich einmal mehr an Liz: »Sie haben sich das alles genau überlegt, nicht wahr? Zum Teufel auch, was wollen Sie von mir?«

Spock beugte sich vor und gab ausführlich Antwort.

»Achtundvierzig Stunden, mehr nicht«, wandte sich Krista an McCoy, als er ihr Büro betrat. »Sie sind sowohl für Jim Kirk als auch für Spock verantwortlich. Die beiden Patienten dürfen das Apartment des Admirals nicht verlassen. Behalten Sie sie ständig im Auge. Wenn Sie möchten, weise ich Ihnen zwei Sicherheitsbeamte zu ...«

»Von wegen!« platzte es aus McCoy heraus – obgleich sich Zweifel in ihm regte, als er an die vielen Streiche dachte, die ihm Kirk und Spock gespielt hatten.

»Achtundvierzig Stunden«, wiederholte Krista. »Wenn sich eine Krise anbahnt, erwarte ich schon vorher eine Nachricht von Ihnen. Und wenn das von den Patienten erwartete Wunder innerhalb dieser Frist ausbleibt ...«

»Bekommen Sie sie zurück«, versprach McCoy und hoffte entgegen aller ärztlichen Vernunft auf eine Rekonvaleszenz seiner beiden Freunde.

Sie gingen durchs Foyer der psychologischen Abteilung,

und Krista konnte eine gewisse Erleichterung nicht verhehlen.

»Liz hatte recht«, wandte sie sich an McCoy. »Sie meinte immer: ›Laß dich nie auf eine Diskussion mit jemandem ein, der von Vulkan stammt.‹ Ich hätte ihren Rat beherzigen sollen.«

»Ja, Liz konnte einem immer irgendwelche klugen Sprüche anbieten«, erwiderte McCoy ein wenig niedergeschlagen. Offenbar wußte er, wen Krista meinte, wohingegen die beiden anderen Männer sowohl ihn als auch die Psychiaterin mit verwirrten Blicken bedachten. Skeptisch musterte er Spock. »Wirklich schade, daß ich nicht mit ihr zusammenarbeiten konnte. Dadurch wäre mir eine Menge Ärger erspart geblieben. Arme Liz!«

»Wen meinst du?« fragte Kirk wie beiläufig, als sie über den Platz vor dem MedAb-Komplex schritten. Achtundvierzig Stunden lang brauchte er Dr. Sivertsen nicht mehr als Gehirnklempnerin zu sehen, sondern als eine ganz gewöhnliche Frau, deren Gesellschaft er genießen konnte.

»Eine Freundin Kristas«, erwiderte McCoy. »Für kurze Zeit eine Studentin von mir. Hatte echt was auf dem Kasten. Sie war nicht nur intelligent, sondern auch ausgesprochen stur. Da fällt mir ein: Du hast sie ebenfalls kennengelernt, Jim.«

»Ach?«

Kirk runzelte die Stirn, kramte in den Schubladen seines gar nicht mehr so zuverlässigen Gedächtnisses und fahndete nach dem mentalen Abbild einer anderen Psychiaterin. Während seiner Zeit als Captain der *Enterprise* begegnete er vielen Ärztinnen, und ihre Vornamen lauteten Ruth, Carol, Janet, Areel und so weiter. Alles attraktive Frauen. Aber eine Liz ...

»Kurz vor ihrem Tod wurde sie der psychiatrischen Sektion der *Enterprise* zugewiesen, Admiral«, erklärte Krista. Sie sprach in einem neutralen Tonfall, hütete sich davor, vorwurfsvoll zu klingen.

»Liz«, murmelte Kirk. »Elizabeth. Doch nicht etwa ...«

»Elizabeth Dehner.« Kristas Stimme vibrierte ein wenig, aber ihr Gesichtsausdruck hätte selbst einem Vulkanier zur Ehre gereicht. Kirks Selbstbeherrschung war weniger stark ausgeprägt. Er blieb ruckartig stehen, obgleich ihn nur noch wenige Meter von der Freiheit trennten.

McCoy sah sofort, welche Wirkung jener Name auf Jim hatte – und verfluchte sich dafür, ihn erwähnt zu haben. In Kirks Gedankensphäre stand Liz Dehner in einem unmittelbaren Zusammenhang mit Gary Mitchell. Ihn in seinem derzeitigen labilen Zustand an Gary zu erinnern ...

Aber Kirk dachte überhaupt nicht an Mitchell. Ihn verblüffte etwas ganz anderes: Reminiszenzen an die Elizabeth Dehner kurz vor ihrem Delta Vega-Zwischenfall – ein Ereignis, das nun eine gewisse *Déjà-vu*-Qualität gewann. Ganz plötzlich ging ihm ein Licht auf, und eine ebenso jähe wie überraschende Erkenntnis offenbarte sich ihm.

»Elizabeth Dehner«, brachte er ungläubig über die Lippen, »ist die Blondine aus meinen Träumen. Spock, die Stimme ...«

Auch der Vulkanier stand wie erstarrt und schien nur mit Mühe in die Wirklichkeit zurückzufinden. »Ja. Ja, Sie haben recht!«

»Spock!« Kirk gestikulierte aufgeregt, sah einen neuen Hoffnungsschimmer. »Die Landegruppe auf M-155 ... auf dem Planeten, der mal existierte und mal nicht ...«

»Interessant«, sagte der Vulkanier gedehnt. »Eine Möglichkeit.«

McCoy stand zwischen den beiden Männern und spürte, wie es ihm kalt über den Rücken lief. Statische Elektrizität schien seine Nackenhaare zu erfassen und sie steil aufzurichten. Er hatte nicht die geringste Ahnung, was gerade geschehen war, aber wenn es in irgendeinem Zusammenhang mit dem Problem stand, für dessen Lösung ihnen nur achtundvierzig Stunden blieben ... Angesichts der Nähe des Psychokomplexes beschwor das Verhalten seiner beiden Freunde eine neue Gefahr herauf: Krista beobachtete

Kirk und den Vulkanier mißtrauisch, spielte vielleicht mit dem Gedanken, ihre erneute Einweisung zu erwirken.

»Jim«, warf McCoy hastig ein und griff nach seinem Arm. »Gedulde dich noch ein wenig. Das gilt auch für Sie, Spock. Ich schlage vor, wir begeben uns jetzt in die Penthouse-Wohnung. Die Zeit läuft.«

»Himmel, Pille, du brauchst nicht dauernd bei uns zu bleiben«, sagte Kirk. Seine Stimme wurde vom Ticken der vielen Uhren im Wohnzimmer untermalt, als er betont zuversichtlich hinzufügte: »Mach dir keine Sorgen – es geht uns prächtig.«

»Bist du sicher?« knurrte der Arzt und sah in den Schränken der kleinen Küche nach. »He, hältst du nichts von natürlichen Nahrungsmitteln? Hier gibt's nur irgendwelchen synthetischen Kram ...« Schließlich kehrte er mit einem Glas zurück, das bernsteinfarbene Flüssigkeit enthielt – und verzog das Gesicht, als er in ein Syntho-Sandwich biß. »Wenigstens der Bourbon ist echt. Wo steckt Spock?«

»Er sitzt vor dem Vid-Schirm im Schlafzimmer und spricht mit Galarrwuy«, antwortete Kirk geistesabwesend und fragte sich, welcher Teil seines Gehirns gerade mit australisch-vulkanischen Werkzeugen seziert wurde. »Glaubst du etwa, er klettere an der Regenrinne herab? Wir befinden uns hier fünfzig Stockwerke über dem Straßenniveau.«

»Ich traue Spock praktisch alles zu! Können wir jetzt anfangen? Wenn ich daran denke, zwei Tage und zwei Nächte für euch den Babysitter zu spielen ... Ich hätte Kristas Angebot annehmen und auf die Hilfe von zwei Sicherheitsbeamten zurückgreifen sollen: einer vor der Tür, und der zweite hier drin, um mich abzulösen. Schließlich muß ich irgendwann mal schlafen, und dann bleibt euch das Feld überlassen.«

Spock trat ins Wohnzimmer und hörte die letzten Worte des Arztes. »Ich hoffe, daß wir eine Lösung für das Problem finden, bevor Ihnen die Augen zufallen, Doktor. Sie schlafen derart laut, daß der Admiral und ich wahrscheinlich überhaupt keine Ruhe finden.«

»Soll das etwa heißen, ich schnarche?« fragte McCoy scharf.

»Laß es gut sein, Pille. Wie du selbst gesagt hast: Unsere Zeit läuft. Spock, wie sieht unsere Situation aus?«

Der Vulkanier nahm zwischen Kirk und McCoy am kalten Kamin Platz.

»Die Fakten, Jim: Obwohl keine Kommunikationsverbindung zwischen uns herrschte, haben Sie und ich gleichzeitig Traumsequenzen erlebt, die sich auf ein bestimmtes, bisher unbekanntes Ereignis in der irdischen Geschichte beziehen. Allein dieser Umstand ist weder besonders überraschend noch besorgniserregend. Zweifellos sind viele Leser des Buches *Fremde vom Himmel* so sehr von den inhaltlichen Prämissen und Konsequenzen beeindruckt worden, um von einzelnen Szenen zu träumen.«

»Krista meinte, nach der Publikation des Romans seien viele Leute ausgerastet«, warf McCoy ein und hantierte mit seinem medizinischen Tricorder. Er sah Kirk an. »Tut mir leid. War nicht persönlich gemeint.«

Spock ignorierte die Bemerkung. »Allerdings nahm die Intensität dessen, was zunächst als Traum begann, in unserem Fall rasch zu, gewann die Qualität einer alternativen Wirklichkeit, wenn Sie so wollen, beschränkte sich nicht mehr nur auf die Ruheperioden, sondern wurde Teil unseres realen Lebens. Wir können uns nicht des Eindrucks erwehren, in direktem, unmitelbarem Zusammenhang mit den historischen Ereignissen zu stehen, die im Buch geschilderten Protagonisten persönlich zu kennen und mehr über sie zu wissen, als der Roman preisgibt. Begleitet werden diese Visionen von dem Empfinden drohenden Unheils: Wir haben das Gefühl, als verliefe die geschichtliche Entwicklung in falschen und möglicherweise fatalen Bahnen.«

Er beobachtete, wie McCoy den Tricorder justierte und

sich darauf vorbereitete, all das für Krista Sivertsen aufzuzeichnen, was während der nächsten beiden Tage und Nächte im Penthouse geschah. Was die beabsichtigte Mentalverschmelzung anging, mußte er sich jedoch mit Informationen aus zweiter Hand begnügen. McCoy sah auf, als das Schweigen andauerte.

»Fahren Sie ruhig fort. Ich höre zu.«

»Einige unserer Träume überlappen sich nicht, sondern bleiben separat und individuell«, erklärte Spock. »So als beträfen unsere Interaktionen verschiedene Personen zu verschiedenen Zeitpunkten. Bei den entsprechenden Sequenzen werden unsere wesensmäßigen Differenzen berücksichtigt. Sie, Jim, spielen Tennis mit Melody Sawyer, was zu gewissen, mehr oder weniger logischen Folgen führt, während ich ...«

Erneut glitt der Blick des Vulkaniers zu McCoy und der aufdringlichen Präsenz seines Tricorders.

»Was ist los, Spock?« fragte Kirk. »Wenn Ihre Erlebnisse zu persönlich sind ...«

»Ich habe von meiner Mutter geträumt«, sagte Spock langsam.

Er schilderte das kurze Gespräch mit Amanda.

»Im Traum erschien Ihnen also Ihre Mutter«, brummte McCoy. Er spürte Spocks Verlegenheit und versuchte, von ihr abzulenken. »Na und? Vergessen Sie, daß Sie zur einen Hälfte Mensch sind? Ihre terranischen Gene können nicht immer rezessiv bleiben. Selbst jemand wie Sie baut die inneren Barrieren während der REM-Phase ab. Oder wollen Sie mir weismachen, auch bei Vulkaniern gebe es so etwas wie einen Ödipus-Komplex?«

»Doktor ...«

»Vielleicht hat es nur symbolische Bedeutung«, vermutete Kirk. »Ihre Mutter als unterbewußte Vergegenständlichung des menschlichen Aspekts in Ihnen – jenes Teils, der an T'Lera appelliert.«

Spock dachte darüber nach.

»Eine Möglichkeit. Und damit wären wir beim zentralen

Punkt des Problems.« Er holte tief Luft und konzentrierte sich. Das Ticken der vielen Uhren schien lauter zu werden, als er in den Mittelpunkt der allgemeinen Aufmerksamkeit rückte. »Ich meine den wiederkehrenden, im wesentlichen identischen Traum.«

»Das Blut an den Wänden.« Kirk schauderte unwillkürlich.

»Jener Traum, der mit der uns bekannten Geschichte unvereinbar zu sein scheint«, fügte Spock hinzu. »Dessen Ende aus gewaltsamem Tod und einer Erde besteht, auf der xenophobisches Entsetzen herrscht, die vor weiteren Kontakten mit Außenwelt-Intelligenzen zurückschreckt und sich abkapselt. Jener Traum, der uns beide mit den gleichen Einzelheiten konfrontiert. Es gibt nur zwei sehr wichtige Ausnahmen.

Erstens: Jeder von uns ist zentraler Protagonist der Ereigniskette. So als seien wir austauschbar, als käme es nur auf die von uns formulierten Worte an. Zweitens: Jeder von uns hört eine weibliche Stimme, die ständig einen Satz wiederholt: ›Sie schaffen es nicht allein.‹ Allerdings kann der Admiral zumindest einen vagen Eindruck von der unbekannten Frau gewinnen, während sie für mich körperlos bleibt.«

»Das wundert mich nicht«, knurrte McCoy. »Jim nimmt ganz automatisch Dinge wie Haarfarbe und Kleidung zur Kenntnis, selbst im Traum. Aber für Sie ist so etwas bedeutungslos.«

»Doktor, wenn die Identifizierung der betreffenden Person von Banalitäten wie dem generellen äußeren Erscheinungsbild abhängt, bin ich durchaus in der Lage, meine Wahrnehmung auf so etwas zu fokussieren und ...«

»Fangt nicht schon wieder an«, warf Kirk ein.

Spock räusperte sich. »Nun, hinzu kommen unsere Psychoprofile, die gleichartig strukturierte mnemonische Funktionsstörungen nahelegen — was darauf hindeutet, daß wir an der gleichen Psychose leiden.« Er wartete auf einen Kommentar des Arztes, doch McCoy reagierte nicht, starrte betont gleichmütig ins Leere. »Die Wahrscheinlichkeit dafür, daß eine solche mentale Veränderung zwei grundverschiedene Personen erfaßt, die in keinem Verwandtschaftsverhältnis miteinander stehen und einen derart unterschiedlichen persönlich-kulturellen Hintergrund haben, ist vernachlässigbar gering.«

»Sie können keine genauen Zahlen nennen?« fragte McCoy erstaunt. »Ich glaube, Sie lassen allmählich nach.«

Spock ignorierte den Arzt. »Dr. Nayingul teilte mir vorhin mit, das Erleben identischer oder zumindest ähnlicher Träume sei typisch für Personen, die in der Traumzeit gemeinsam singen. Andererseits jedoch ...«

»Vielleicht bringt uns das weiter«, entfuhr es Kirk hoffnungsvoll. »Wäre es denkbar, daß wir aufgrund unserer häufigen Mentalverschmelzungen ...«

Spock schüttelte den Kopf.

»Daran habe ich bereits gedacht. Aber wenn der Traum nur einem von uns ›gehörte‹, dürfte die Rolle des Protagonisten keinen Veränderungen unterworfen sein. Angenommen, Sie wären die zentrale Gestalt, Jim. Dann müßte ich beobachten, wie Sie mit T'Lera sprechen. Umgekehrt verhält es sich ebenso.«

»Ich verstehe.« Kirk nickte langsam. »Was folgt daraus?«

»Ich glaube, Dr. Nayingul hat recht«, sagte Spock gelassen. »Es handelt sich um mehr als nur einen Traum. So unlogisch es auch erscheinen mag, Jim: Ich bin wie Sie der Ansicht, daß wir irgendwie an jenem Ereignis teilnahmen. Die sich im Psychoprofil zeigende mnemonische Funktionsstörung scheint eine Folge unseres festen Glaubens an diese alternative Realität zu sein, die im Widerspruch zu dem steht, was unser Verstand als ›objektive Wahrheit‹ erachtet.«

»›Scheint‹?« wiederholte McCoy. »Spock, ich möchte gern Ihre Überzeugung teilen, und es behagt mir ganz und gar nicht, einer Diagnostiziermaschine zuzustimmen, aber ... In der ganzen modernen Psychologie ist kein einziger Fall einer fehlerhaften Sondierung bekannt.«

»Es gibt für alles ein erstes Mal, Doktor«, sagte der Vulkanier. »Wie dem auch sei: Ich stehe nach wie vor auf dem Standpunkt, daß wir nicht verrückt sind.«

»Das behaupten alle«, brummte McCoy.

»Pille!« warnte Kirk. »Fester Glauben an eine alternative Realität«, wiederholte er Spocks Worte. »Meinen Sie, dafür gibt es eine Faktenbasis?«

»Es ist nicht auszuschließen.«

»Das würde bedeuten, wir sind irgendwie in die Vergangenheit gereist ...« Kirk überlegte einige Sekunden lang. »Nun, so etwas ist oft genug geschehen. Manchmal auf ausdrücklichen Befehl hin, manchmal eher durch Zufall. Aber warum erinnern wir uns nicht daran?«

»Besser gesagt: Warum erinnern wir uns *erst jetzt* daran?« berichtigte Spock. »Vielleicht hat das jemand oder etwas bis heute verhindert. In bezug auf die hypnotische Psychoanalyse sprach Dr. Sivertsen davon, es gebe eine Barriere, die sie nicht durchdringen könne. Allem Anschein nach ist das auch bei mir der Fall. Meine Träume widerstanden allen Versuchen, mit Hilfe der Meditation Aufschluß zu gewinnen. Aber irgendein Faktor in Dr. Jen-Saunors Buch hat Reminiszenzen stimuliert, die sich uns als traumatische Visionen darbieten.«

Kirk nickte erneut und dachte über Spocks Ausführungen nach. Sie bestätigten, was er die ganze Zeit über gespürt, was ihn in den Südpazifik zu Galarrwuy getrieben hatte, dessen Worte in die gleiche Richtung zielten.

»Wenn wir von dieser Grundlage ausgehen, müssen wir nur feststellen, wann es geschehen ist und warum wir bisher nichts davon ahnten.«

»Oh, ja, so einfach ist das, nicht wahr?« entfuhr es McCoy, der sich ins Abseits gedrängt fühlte. »Ihr braucht nur zwanzig Jahre gemeinsamer Erlebnisse zu untersuchen und herauszufinden, wo es Unterschiede oder Lücken gibt. Jede Mission mit der *Enterprise*, jeder einzelne Logbucheintrag. Jedes Niesen, auf das der andere nicht mit Gesundheit! antwortete. Ein Kinderspiel!«

»Genau aus diesem Grund sind wir hier, Doktor«, sagte Spock ungerührt. »Uns bleiben achtundvierzig Stunden Zeit. Und wir verdanken es Ihnen und Dr. Sivertsen, daß wir einen Ausgangspunkt haben.«

»Elizabeth Dehner«, sagte Kirk gedehnt.

»Genau.«

»Natürlich!« platzte es aus dem Admiral heraus. Für ihn schien alles völlig klar zu sein, während ihn McCoy verwirrt musterte. »Dabei fällt mir ein: Ich muß mich bei Ihnen für etwas entschuldigen, das inzwischen schon fünfzehn Jahre zurückliegt.«

Spock zögerte einige Sekunden lang. »Ich glaube, ich verstehe, was Sie meinen.«

»Das freut mich. Sie hatten damals recht.«

McCoy seufzte demonstrativ. »Ich hätte nicht nur einen Tricorder, sondern auch ein Decodiergerät mitnehmen sollen!« Er starrte an die Decke und hob flehentlich die Hände, richtete seinen verärgerten Blick dann auf Kirk. »Entweder nehmt ihr mich in die Intergalaktische Bruderschaft Weiser Starfleet-Offiziere auf, oder ...«

»Oder was?« spottete der Admiral. Die wiedergewonnene Freiheit hob seine Stimmung, und er genoß die Gegenwart seiner beiden besten Freunde. »Was meinen Sie, Spock? Sollen wir ihn einweihen?«

»Es hat etwas mit dem ›manchmal recht positiven Einfluß von Zufällen auf die allgemeine Struktur historischer Entwicklungen‹ zu tun«, sagte der Vulkanier. Es klang so, als zitiere er etwas.

Kirk begriff sofort, auf was er anspielte. McCoy nicht.

»Sie haben das Buch also gelesen.«

»Selbstverständlich.«

»Ich finde es erstaunlich, daß sich die Autorin so rar macht«, bemerkte Kirk. »Es gibt überhaupt kein biographisches Material über sie.«

»Dr. Jen-Saunor besitzt die vulkanische Staatsbürgerschaft.« Über solche Dinge wußte Spock natürlich Bescheid. »Das deutet auf eine Privatsphäre hin, die weit über das hinausgeht, was die meisten Menschen anstreben.«

»Vulkanische Staatsbürgerschaft«, murmelte Kirk. »Das ist ziemlich außergewöhnlich für einen Menschen, meinen Sie nicht? Bisher dachte ich immer ...«

»Verdammt und zugenäht!« fluchte McCoy. Er hatte endgültig die Nase voll.

»Tut mir leid, Pille.« Kirk richtete seine ganze Aufmerksamkeit auf ihn. »Weißt du noch, wer mich Elizabeth Dehner vorstellte?«

»Ich selbst. Am ersten Tag ihres Dienstes an Bord. Warum?«

Kirk erhob sich und wanderte im Zimmer umher. Es half ihm beim Nachdenken. »Weil ich bis eben völlig vergessen hatte, unter welchen Umständen ich sie kennenlernte. Ich dachte, ich sei ihr zum erstenmal begegnet, als Mark Piper sie zur Brücke begleitete und ... Nein, warte, Pille. Es ist wichtig. Ich bin inzwischen davon überzeugt, daß die geheimnisvolle Frau in meinen Träumen Elizabeth Dehner heißt – obwohl ich nicht weiß, warum plötzlich alle Zweifel ausgeräumt sind.

Ich habe mich bei Spock für etwas entschuldigt, das fünfzehn Jahre zurückliegt. Nun, um dein Gedächtnis aufzufrischen: Dr. Elizabeth Dehner kommt im Aldebaran-System an Bord, und du stellst mich ihr noch am gleichen Tag vor. Mark Piper vertritt dich, gibt dir somit Gelegenheit, einen Abstecher zur Starbase 6 zu machen, wo du irgendwelche Dinge regeln mußt ...«

»Ja, ja, schon gut!« McCoy schnitt eine Grimasse und winkte ab. *Dinge, die geregelt werden mußten.* Dazu gehörte eine verbitterte, vorwurfsvolle Kom-Botschaft von seiner Tochter Joanna, die sich nach der Scheidung auf die Seite der Mutter stellte und gegen ihren Vater Position bezog. »Ich muß zugeben, daß ich einen schwachen Moment hatte, als ich in der Bar saß und mir den einen oder anderen Drink genehmigte. Zum erstenmal stand eine Fünf-Jahres-Mission in Aussicht, und ich wußte nicht, wie ich mich entscheiden sollte. Zum Teufel, dachte ich schließlich. Brich alle Brücken hinter dir ab. Fang einfach von vorn an. Tja, und seitdem hast du mich am Hals, Jim. In guten wie in schlechten Zeiten. Ich hab's nie bereut. Oder zumindest nur sehr selten.«

McCoy hob den Kopf und begegnete Kirks Blick. »Während meiner Abwesenheit kam es zu einem ziemlich unerquicklichen Zwischenfall am Rande der Galaxis, und sowohl Liz als auch Gary ...«

»Gary ...« sagte Kirk leise, spürte alten Schmerz, gewann plötzlich den Eindruck, als öffne sich eine längst verheilt geglaubte Wunde. Er räusperte sich und verbannte den Kummer aus seinen Gedanken. »Ich stellte eine Landegruppe zusammen, der Gary, Lee Kelso und ich selbst angehörten. Hinzu kam ein gewisser vulkanischer Offizier, den ich von Chris Pike geerbt hatte und der damals ein einziges Rätsel für mich darstellte ...«

»Den Typ kenne ich gut, Jim«, warf McCoy ein und musterte Spock kurz. Er spürte eine zunehmende Anspannung und trachtete danach, die Stimmung zu verbessern. »Einer von diesen überlegen-arroganten Ich-hab-die-Weisheit-mit-Löffeln-gefressen-Kerle, die ...«

»Wir beamten uns hinunter, weil wir uns den seltsamen Planetoiden, der in unregelmäßigen Abständen verschwand und dann wieder auftauchte, aus der Nähe ansehen wollten«, fuhr Kirk fort und schenkte McCoy nicht die geringste Beachtung. »Eine im Prinzip völlig normale Mission, die jedoch nicht zu den erwünschten Ergebnissen führte. Die Fragen nach dem seltsamen Verhalten jenes Himmelskörpers blieben unbeantwortet. Der anschließende Bericht war ebenfalls reine Routine, bis auf einen wichtigen Umstand: Er ist das erste dokumentierte Beispiel dafür, daß Spock recht hatte und ich nicht; ich mußte mich damals auf die Autorität des Captains berufen, um meinen Willen durchzusetzen.« Schwermütig schüttelte er den Kopf. »Ich wünschte, es wäre das erste und letzte Mal gewesen, aber ...«

»Jim«, unterbrach ihn der Vulkanier ruhig. »Es gibt keinen Grund, ausgerechnet solchen Erinnerungen nachzuhängen.«

»Da bin ich anderer Meinung«, erwiderte Kirk mit Nachdruck und begann. »Planet M-155. Gary nannte ihn: ›Der Planet, den es gar nicht gibt.‹ Eine Zeitlang hielt ich seine wechselhafte Existenz für einen Scherz und ließ mich dadurch zu Dingen hinreißen, die ich heute sehr bedaure ...«

Captain James T. Kirk saß in seiner Kabine, unterzeichnete Berichte und dachte an den Tod seines besten Freundes.

»Damit wäre das Kapitel über den Planeten, den es gar nicht gibt, endgültig abgeschlossen«, sagte er tonlos, kritzelte mit der verbundenen Hand seinen Namenszug auf das Dokument und versuchte nur mit mäßigem Erfolg, Trauer und Niedergeschlagenheit von sich fernzuhalten. »Es sei denn, Sie möchten noch etwas hinzufügen, Mr. Spock.«

»Das ist nicht der Fall, Captain«, erwiderte der Vulkanier ernst. »Es liegen keine Daten über solche Phänomene vor, und meine Bemühungen, trotz fehlender Informationen wissenschaftlich relevante Schlußfolgerungen zu ziehen, blieben vergeblich.«

»Nun, dann ist der Fall erledigt«, brummte Kirk. »Weisen Sie Unteroffizier Rand an, meinen Logbucheintrag über die Mission Ihren Zusammenfassungen hinzuzufügen. Wir lassen es dabei.«

»Wie Sie wünschen, Captain«, sagte Spock, obwohl er es vorgezogen hätte, noch etwas zu warten, um zusätzliche Daten zu gewinnen. Hinzu kam ein weiterer Punkt, der ihn belastete. Ohne seinen Hang zum Perfektionismus hätte er wahrscheinlich nur einen typisch menschlichen Fehler darin gesehen und es dabei bewenden lassen, aber ... »Captain, mir fiel auf, daß Sie in Ihrem Logbucheintrag in Hinsicht auf die Mission von M-155 den Namen Dr. Elizabeth Dehner unerwähnt ließen ...«

Kirk griff nach dem Bericht über Delta Vega, um über

das Zittern seiner Hände hinwegzutäuschen, bemühte sich gleichzeitig, mit möglichst fester Stimme zu sprechen. »Die Landegruppe auf M-155 bestand aus mir, Ihnen, Gary und ... und Lee Kelso. Somit ist die Log-Liste vollständig.«

Was für eine bittere Ironie, dachte Spock. *Ausgerechnet jene Personen, die sich auf M-155 umsahen, wurden auch in die verhängnisvollen Ereignisse von Delta Vega verwikkelt. Beim ersten Einsatz kamen sie mit dem Leben davon, doch jetzt sind sie tot.* Eigentlich spielte es keine Rolle, ob der fünfte Name hinzugefügt wurde oder fehlte, und doch ...

»Captain, Dr. Dehner begleitete uns auf die Oberfläche von M-155.«

Kirk preßte kurz die Lippen zusammen, blickte starr auf den Delta-Vega-Bericht und stellte fest, daß die Buchstaben vor seinen Augen verschwammen. »Dr. Dehner kam im Aldebaran-System zu uns, und ich sah sie zum erstenmal, als wir uns der Energiebarriere am Rand der Galaxis näherten!«

»Ich sehe mich leider genötigt, Ihnen zu widersprechen, Captain ...«

»Spock!« Kirk hob den Kopf und begegnete zum erstenmal dem Blick des Vulkaniers. In seinen Augen glänzten unvergossene Tränen, brannte ein Feuer, das einen menschlichen Gesprächspartner erschreckt hätte. Aber Spock blieb völlig unbeeindruckt davon, wartete nur. Nach einer Weile spürte Kirk, wie die plötzliche Anspannung aus ihm wich. Er winkte müde und seufzte. »Mr. Spock, vielleicht ist Ihnen noch nicht in den Sinn gekommen, daß der leider nur menschliche Kommandant dieses Raumschiffs in den letzten Tagen ziemlich viel durchgemacht hat. Vielleicht begreifen Sie nicht, daß Menschen leiden, wenn man sie dauernd an gute Freunde erinnert, die ihr Leben ließen ...«

»Es lag keineswegs in meiner Absicht, Sie irgendwie zu belasten, Captain. Wenn Sie wünschen, nehme ich die

Korrektur des Logbucheintrags selbst vor. Es ist ein unglücklicher Zufall, daß jene Personen, die uns nach M-155 begleiteten, auf Delta Vega starben. Trotzdem ...«

»Spock!« Kirk verzog das Gesicht, und seine Stimme klang schmerzerfüllt. »Ich weiß genau, wer zur Landegruppe gehörte. Elizabeth Dehner kam nicht mit uns! Verdammt, warum bestehen Sie darauf, daß auch die Psychologin an der Erkundungsmission teilnahm?«

Diesmal reagierte Spock: Er runzelte verwirrt die Stirn und fragte sich, ob er die Leistungsfähigkeit des menschlichen Gedächtnisses überschätzt hatte. *Die Trauer des Captains um seine verstorbenen Freunde — beeinträchtigt der Kummer sein Erinnerungsvermögen?* Oder war ihm auf M-155 irgend etwas zugestoßen, das einen Teil seiner memorialen Daten löschte? Spock dachte an den seltsamen Planetoiden zurück, an eine Anomalie, die allen Erklärungsversuchen widerstand, das Leben der Menschen mit ätzendem Staub, einer viel zu dünnen Atmosphäre und Strahlungsphänomenen bedrohte.

»Captain, Sie entsinnen sich gewiß daran, daß Sie auf M-155 kurz das Bewußtsein verloren. Vielleicht ...«

»Das reicht jetzt, Spock!« Kirk schrieb seinen Namen auch unter den Delta-Vega-Bericht und reichte die Folie seinem wissenschaftlichen Offizier. »Finden Sie sich endlich damit ab, daß Elizabeth Dehner nicht an dem Landeunternehmen teilnahm. Das ist ein ausdrücklicher Befehl des Captains.«

Spock konnte von Augenzeugen bestätigen lassen, daß sich Kirk irrte — zum Beispiel von Scott und Kyle, die im Transporterraum zugegen gewesen waren, oder mit einem Duplikat des entsprechenden Dienstplans, der Lieutenant Commander Mitchells Signatur trug. *Aber was nützt das?*

»Wie Sie meinen, Captain«, erwiderte der Vulkanier und wandte sich wieder seinen Routinepflichten zu.

Kirk blieb neben dem sitzenden Spock stehen, und in der Stille nach seiner Erzählung schlugen mehrere Uhren. »Wie oft sind mir solche Fehler unterlaufen?« fragte er lächelnd. »Wie oft habe ich den Kommandanten herausgekehrt, ohne im Recht gewesen zu sein?«

»Ich weiß es nicht genau, Admiral«, erwiderte der Vulkanier.

»Lügner!« Kirks Lächeln wuchs in die Breite, wurde zu einem Grinsen. Er ließ sich zwischen McCoy und Spock in einen bequemen Sessel sinken, bildete somit die Spitze eines höchst bemerkenswerten Dreiecks. Er sah aus wie jemand, dem eine Offenbarung zuteil geworden war. »Elizabeth Dehner gehörte zur Landegruppe, die M-155 besuchte, Spock. Sie hatten recht. Ich habe mich damals geirrt. Das ist mir nun klar. Über all die Jahre hinweg wußte ich nichts davon; es fiel mir erst eben wieder ein. Warum?«

»Vermutlich ist auf M-155 etwas geschehen, das einen teilweisen Gedächtnisschwund in Ihnen bewirkte«, entgegnete der Vulkanier. »Und genau an dieser Stelle müssen wir ansetzen.«

Während Kirks Schilderungen hatte er sich vorbereitet. Seine Hände ruhten in einer von unzähligen kontemplativen Konfigurationen, als er den Kopf drehte und McCoy ansah, der überraschenderweise schwieg und sehr nachdenklich wirkte.

»Meine Herren«, sagte Spock. Eine weitere Uhr schlug, etwas später als die anderen. »Ich möchte einen Hinweis Dr. McCoys vorwegnehmen: Die Zeit läuft.«

Der Arzt zwinkerte und kehrte schlagartig ins Hier und Jetzt zurück. »Haargenau richtig!« brummte er und schaltete den Tricoder ein. »Es kann losgehen!«

Spock interpretierte das als Aufforderung, mit der Mentalverschmelzung zu beginnen.

»Mein Geist für Ihren Geist.«

Ganz gleich, in welcher Sprache diese Worte formuliert wurden, ob sie laut oder nur in Gedanken erklangen — sie verloren nie ihre Bedeutung, wenn der mentale Kontakt erfolgte.

Normalerweise beschränkten sich solche Verbindungen auf vulkanische Telepathen, die aktiv eine psychische Einheit anstrebten und dadurch eine ganz neue Art von Selbstverwirklichung fanden.

Aber Spock war nur zur Hälfte Vulkanier, mit telepathischen Kulturen ebenso vertraut wie mit nichttelepathischen. Er hatte derartige Kontakte mit Horta, Medusanern und vielen Menschen herbeigeführt, seinen Erfahrungshorizont somit erheblich erweitert. Die Verbindung mit diesem besonderen Bewußtsein – das sich beim erstenmal zunächst als argwöhnisch und widerstrebend erwies, jedoch rasch lernte, die eigene Ichsphäre zu erweitern und sich wenigstens mit einem anderen Geist zu vereinen – war im wahrsten Sinne des Wortes einzigartig.

Für einige Sekunden richtete sich Spocks innerer Fokus auf Vergangenes. *Wann kam es zur ersten Berührung unserer Selbstkomplexe? Während der Konfrontation mit dem Melkot, während jener Auseinandersetzung, die nur in unserer Phantasie existierte? Damals brauchte Jim meine Hilfe, um die Illusion als solche zu erkennen. Ich war ein anderer Spock, noch jung und unerfahren, ließ mich nur von den Lehren der Meister leiten, ging nicht von der Basis eigener Erlebnisse aus. Und als der Kontakt erfolgte, begegnete ich zuerst dem oft so verwirrenden menschlichen Humor.*

»Ich denke, also bin ich. Ich denke!« begrüßten ihn Kirks Gedanken. Er stand am Rande eines Abgrunds, und doch lachte er, akzeptierte die Mentalverschmelzung als Waffe gegen den Melkot – und fürchtete sie gleichzeitig. Ein den Umständen völlig unangemessener Scherz, der Unreife zum Ausdruck brachte. Ein anderer Vulkanier hätte sich vielleicht zurückgezogen, durch die Berührung eines Bewußtseins, das sich durch eklatanten Mangel an Ernst auszeichnete, geradezu angewidert. Aber Spock verharrte in seiner Entschlossenheit.

Vielleicht gründete sich Spocks Faszination ausgerechnet auf diesen schwarzen Humor. Vielleicht bildete er das

Fundament seiner festen Freundschaft mit James T. Kirk — *in guten wie in schlechten Zeiten, würde Dr. McCoy vermutlich sagen.*

Eine der grundlegenden vulkanischen Weisheiten, noch älter als Surak, lautete: Nichts Existentes ist unwichtig. Zwei in der Mentalverschmelzung vereinte Ichs mußten die Lösung des Problems finden, so schwierig die Suche auch sein mochte.

Möglicherweise ging es dabei nur um einen Logbucheintrag.

BUCH ZWEI

Kapitel 1

»Captains Logbuch, Sternzeit 1305.4...«

Captain James T. Kirk hielt die Aufzeichnungstaste des elektronischen Logbuchs niedergedrückt, während er mit der anderen Hand einen Springer setzte und eine Offensive auf Gary Mitchells Stellungen einleitete.

»Schach«, sagte er leise, damit das Logmikrofon nicht reagierte. Er lächelte zufrieden, und Gary schnitt eine Grimasse. Kirk versuchte, alle Hinweise auf Selbstgefälligkeit aus seiner Stimme zu verbannen, als er den verbalen Eintrag fortsetzte.

»Wir sind noch immer damit beschäftigt, den Sektor Epsilon Z-3 zu erfassen, die Planeten in bereits verzeichneten Sonnensystemen zu kartographieren und weitere zu suchen, die bisher noch nicht entdeckt wurden...«

Aus dem Augenwinkel beobachtete er, wie Gary nach mehreren Figuren griff und die Hand dann wieder zurückzog. Offenbar ging er in Gedanken alle möglichen Züge durch, ohne sich entscheiden zu können. Kirks Grinsen wurde zu einem Gähnen, als er sich wieder dem Recorder zuwandte.

»Bisher haben wir in insgesamt dreizehn Sonnensystemen siebzehn Planeten und vier Planetoiden untersucht. Praktisch alle Himmelskörper gehörten zur Klasse D und eignen sich nicht zur Besiedlung. Wir hielten es deshalb für unnötig, Landegruppen zu den stellaren Felsbrocken zu schicken. Ich brauche wohl nicht extra zu betonen, daß wir alle froh sind, wenn dieser Teil unserer gegenwärtigen Mission abgeschlossen ist. Unter den gegenwärtigen Umständen wird das noch etwa drei Wochen dauern.«

Kirk gähnte erneut und übersah, daß Mitchell blitzschnell nach seiner Dame griff und sie um einige Felder verschob. Anschließend begann er mit einer Abwehrstrategie, die ebenso ausgefallen wie riskant war.

»Anmerkung: Da bei der Kartographierung keine Berechnungsfehler erfolgen dürfen, habe ich dem wissenschaftlichen Offizier Spock vorübergehend das Kommando überlassen.«

Kirk schaltete das Aufzeichnungsgerät aus, und seine nächsten Worte galten allein Gary. »Mr. Spock neigt gewiß nicht dazu, irgendwelche Details zu übersehen...« — Gary stimmte in sein Lachen ein — »...und deshalb bleibt mir genug Zeit, meine Schachkenntnisse aufzupolieren. Irgendwelche Probleme, Mr. Mitchell?«

»Ganz und gar nicht, *Captain.*« Gary konnte nicht auf eine gewisse Ironie verzichten, wenn er die förmliche Anrede benutzte. Er setzte seinen Läufer zwei Ebenen nach oben, bedrohte Jims Dame und schuf eine gefährlich breite Bresche in der gegnerischen Formation. »Schach.«

Kirk riß verblüfft die Augen auf.

»Du verdammter ... Wie hast du das fertiggebracht?«

»Ein Klacks, Junge.« Diesmal grinste Mitchell, lehnte sich im Sessel zurück und faltete die Hände hinterm Kopf. »Ich kann mich einzig und allein auf die Partie konzentrieren, während du von anderen Dingen abgelenkt wirst.«

Kirk starrte in den Kubus, sah keinen Ausweg und beschloß, noch einen letzten Logbucheintrag vorzunehmen, bevor er seine Niederlage eingestand.

»Zusatz zum halbmonatlichen Personalbericht, Mannschaftsspezifikation. Unteroffizier Rand, bitte legen Sie neue Individualakten an oder erweitern Sie die bereits vorhandenen. McCoy, Leonard H.: zeitlich unbestimmter Urlaub, derzeitiger Aufenthaltsort Starbase 6. Piper, Mark: Rückkehr vom Urlaub, Borddienst bis zur Pensionierung, voraussichtlich Sternzeit 1401. Erweiterung der Mannschaft: Bailey, David, Navigationskadett, dem Maschinenraum zugeteilt, bis für ihn ein Platz auf der Brücke frei wird; Dehner, Elizabeth, Psychologin, Krankenstation. Kirk Ende.«

»Bist du ihr schon begegnet?« fragte Mitchell und beobachtete, wie Jim seine Aufmerksamkeit wieder auf die

Schachkonfiguration richtete — und zu schwitzen begann.

»Ich nehme an, du hast dir bereits einen Eindruck von ihr verschafft, oder?« erwiderte Kirk.

Mitchell schauderte übertrieben.

»Bei manchen Frauen kann man sich die Finger verbrennen«, sagte er. »Doch bei Dr. Dehner holt man sich eher Frostbeulen.«

»Also gibt es in diesem Quadranten wenigstens eine Dame, die deinem Charme zu widerstehen vermag«, brummte Kirk und erwog eine Gegenoffensive, die mindestens so selbstmörderisch war wie Garys Angriff.

»Das siehst du völlig verkehrt«, entgegnete Mitchell. »Ich bin nicht annähernd so egoistisch. Um ganz ehrlich zu sein: Manchmal erstaunt mich meine eigene Großzügigkeit. Ich wollte der Lady nur die Möglichkeit geben, ihre Heil- und Beschützerinstinkte auf einen jener unnahbaren Typen zu konzentrieren, die nicht über ihren eigenen Schatten springen können.«

»Ich habe nicht die geringste Ahnung, wen du meinst.« Kirk brachte seinen König in Sicherheit, doch der Zug beschwor neuerliche Gefahren herauf. Er schob das Unvermeidliche nur hinaus. »Als du mich das letztemal verkuppeln wolltest...«

»Oh, ich dachte dabei nicht an dich, Junge«, sagte Mitchell lakonisch, schob einen Turm vor und brachte den Captain damit erneut in Bedrängnis. »Ich glaube, Spock würde gut zu ihr passen.«

Kirk blieb stumm und fragte sich, ob es angebracht war, daß der Kommandant eines Raumschiffs Witze über seine Besatzung riß. Zwar befand er sich in seiner Kabine, und entsprechende Bemerkungen blieben auf Gary und ihn beschränkt, aber das spielte eigentlich keine Rolle.

»Was mag geschehen, wenn Eis und Eis aneinanderstoßen?« fügte Gary hinzu, und dabei mußte selbst der Captain lachen.

»Es kracht«, gluckste Kirk. »Und es wird mächtig kalt.«

Die beiden Männer kicherten vor sich hin, und es dauerte eine Weile, bis Jim wieder ernst wurde. Warum fiel es ihm in der Gesellschaft von Gary Mitchell so leicht, Spock aufs Korn zu nehmen? Und: Aus welchem Grund erwies sich der wissenschaftliche Offizier als so starke Stimulans für den menschlichen Humor?

Man hatte Kirk gewarnt: Es sei sehr schwierig, Freundschaft mit einem Vulkanier zu schließen. Der junge Captain zuckte daraufhin nur mit den Schultern. Es kam ihm gar nicht darauf an, feste Beziehungen zu seinen Offizieren zu knüpfen. Er erachtete den Umstand, daß Gary und Pille McCoy Freunde waren, bevor man sie seinem Kommando unterstellte, als reinen Glücksfall. Kirk erwartete von seiner Crew in erster Linie Tüchtigkeit, Loyalität und Gehorsam – Eigenschaften, die integraler Bestandteil von Spocks Wesen zu sein schienen. Warum also weckte der Vulkanier Unbehagen in ihm?

Lag es an der ausgesprochenen Humorlosigkeit, die Spock während der ersten Wochen ihrer Reise demonstrierte? Oder war es vielleicht unreifer Neid auf die enorme Tüchtigkeit des Vulkaniers, auf seine Kompetenz, auf die Mühelosigkeit, mit der er mehrere Dinge gleichzeitig erledigte, ohne daß ihm irgendein Fehler unterlief? *Man weiß nie, was er denkt,* fügte Kirk in Gedanken hinzu. *Sein Gesicht bleibt immerzu steinern, und seine einzigen mimischen Reaktionen bestehen darin, die Brauen zu heben. Und dann der Blick... Manchmal habe ich das Gefühl, er reicht bis in mein Innerstes, bis zur Grundfeste meines Ichs. Was sieht er dort? Eine von Zweifeln geplagte menschliche Seele? Jemanden, der unfähig ist, die Verantwortung eines Captains zu tragen?*

Tatsächlich empfand Kirk die Kommandobrücke noch immer als neu und belastend, und er fragte sich, ob er auf Dauer damit fertig werden, seinen Pflichten gerecht werden konnte. Vielleicht witzelte er deshalb so gern in Garys Gesellschaft – um die bohrende Skepsis aus sich zu verdrängen. Alle anderen Besatzungsmitglieder sahen den

Captain in ihm, jemanden, der unfehlbar sein oder zumindest diesen Eindruck erwecken mußte. Für Gary aber war er schlicht und einfach ein Freund. Ihm gegenüber brauchte er nicht in irgendeine Rolle zu schlüpfen, und das empfand er als Erleichterung.

Seltsam. Ein Ziel, das ich über viele Jahre hinweg anstrebte, als meinen eigentlichen Lebensinhalt erachtete. Von Kindesbeinen an habe ich davon geträumt, irgendwann einmal Kommandant eines Raumschiffs zu werden ... Und jetzt bedaure ich es fast, eine solche Verantwortung tragen zu müssen ...

»Brücke an Captain Kirk. Spock spricht.«

»Hier Kirk«, antwortete Jim und bedachte Gary mit einem warnenden Blick. »Was ist los?«

»Sie baten darum, informiert zu werden, wenn wir einen bisher noch nicht verzeichneten Himmelskörper von mindestens den Ausmaßen eines Planetoiden finden«, erklärte der Vulkanier ernst. »Ich glaube, das ist der Fall, Sir.«

»Ich bin schon unterwegs.« Kirk unterbrach die Verbindung. »Kommen Sie mit, Mr. Mitchell?«

»Nach Ihnen, *Captain.*«

Fast zu bereitwillig verließ Spock den Befehlsstand, so als könne er es nicht abwarten, zu seiner wissenschaftlichen Station zurückzukehren.

»Bericht«, sagte Kirk über die Schulter hinweg, als er im Kommandosessel Platz nahm.

»Die *Enterprise* fliegt einen elliptischen Annäherungskurs, der uns zum bisher noch nicht erfaßten Planetoiden bringen wird, Captain«, erwiderte Spock und blickte in den Sichtschlitz des Bibliothekscomputers. »Wir passieren gerade das Zentralgestirn.«

»Hauptschirm ein!« befahl Kirk, und Lee Kelso reagierte sofort, betätigte einige Tasten. Der Captain kniff die Augen zusammen, als ihm blendendes Licht entgegenströmte. Das Lodern der Sonne überstrahlte alles andere.

Vergrößerungsstufe null Komma fünf, Mr. Kelso. Und schalten Sie die Strahlungsfilter hinzu.«

»Aye, Sir«, bestätigte Kelso.

Der Stern schrumpfte auf die Hälfte der bisherigen Größe, doch es war noch immer unmöglich, irgend etwas anderes zu erkennen.

»Die Sonne wurde mit der Bezeichnung ›Kapeshet‹ von einer früheren Expedition kartographiert«, erklärte Spock. »Doch bisher sind keine Trabanten bekannt. Kapeshet ist ein Veränderlicher mit erweiterter Korona — vielleicht die Erklärung dafür, daß der Planetoid übersehen wurde.«

»Na schön«, brummte Kirk und rieb sich aufgeregt die Hände. Er beobachtete, wie Gary an die Navigationskonsole herantrat, um Farrell abzulösen. Offenbar wollte er unmittelbar an der Entdeckung des Himmelskörpers beteiligt sein, selbst dann, wenn es sich nur um einen weiteren ›Felsbrocken im All‹ handelte. »Ausmaß und Bahndaten Ihres Fundes, Mr. Spock?«

Stille schloß sich an, und als das Schweigen andauerte, fragte sich Kirk, ob Spock ihn überhaupt gehört hatte. Er drehte den Sessel des Befehlsstands herum und musterte den wissenschaftlichen Offizier. Der Vulkanier nahm seine typische abwartende Haltung ein: Er stand hoch aufgerichtet, die Hände auf den Rücken gelegt, so unbewegt wie eine Statue.

»Ich habe Sie etwas gefragt, Mr. Spock«, sagte Kirk scharf.

»Ja, Sir. Die Formulierung Ihrer Frage erstaunt mich ein wenig. Der Planetoid ist nicht ›mein‹ Fund, Sir. Die Schiffssensoren haben ihn zuerst erfaßt, und daher ...«

Einer der Brückenoffiziere lachte leise, und neuerliche Stille folgte. Kirk drehte seinen Sessel langsam um hundertachtzig Grad und versuchte, die aktuelle Situation einzuschätzen. Eine eingespielte Crew besaß das traditionelle Recht, einen neuen Captain während der ersten Wochen seines Kommandos zu verulken, aber inzwischen hatten sie bereits die eine oder andere Krise überstanden, und daher müßte jene Gewöhnungsphase längst beendet sein. Darüber hinaus gehörten nur noch wenige Männer und Frauen aus Pikes Gefolge zur Mannschaft. Die meisten Besatzungsmitglieder waren zusammen mit Kirk an Bord gekommen.

Wie viele von ihnen stehen auf Spocks Seite? überlegte Jim – ohne zu begreifen, daß Spock sich mit niemandem ›verbündete‹.

In Ordnung! dachte er entschlossen und richtete seine Aufmerksamkeit wieder auf den wissenschaftlichen Offizier.

»Nun gut, Mr. Spock«, sagte er langsam und in einem Tonfall, der alle Brückenoffiziere daran erinnern sollte, wer das Kommando führte. »Sie haben Ihren Spaß gehabt. Aber die Schmunzelpause ist gerade zu Ende gegangen. Beantworten Sie mir jetzt meine Frage nach der Größe und den Bahndaten des gefundenen Objekts.«

Spock hielt Kirks Blick stand und schien die Verärgerung des Captains nicht zu verstehen. Er verzichtete darauf, die Anzeigen der Instrumente abzulesen, besann sich auf sein eidetisches Gedächtnis.

»Gemäß dem Standard des Murasaki-Index wurde der Planetoid mit der Bezeichnung M-155 versehen. Umfang 28417 Kilometer. Masse viermal zehn hoch einundzwanzig Metertonnen. Mittlere Dichte drei Komma sieben null zwei. Die Größe entspricht etwa zwei Dritteln der Erde. Der Planetoid umkreist Kapeshet auf einer elliptischen Bahn. Derzeitige Koordinaten einhunderteinunddreißig Komma vier, Sir.«

Kirk versuchte, nicht beeindruckt zu sein.

»Danke. Schematische Darstellung, Mr. Mitchell. Sehen wir uns M-155 an.«

Gary berechnete ein um einige Grad bugwärts verschobenes Schema und projizierte es auf den großen Wandschirm. Die *Enterprise* passierte gerade die weite Korona des Zentralgestirns, und es konnte nur noch wenige Sekunden dauern, bis der Planetoid sichtbar wurde. Alle Brükkenoffiziere beobachteten die Darstellung und hofften auf eine Abwechslung nach der wochenlangen Monotonie.

»Ich sehe nichts«, stellte Kirk nach einer Weile fest und brachte damit eine allgemeine Ungeduld zum Ausdruck. Nur Spock wirkte nach wie vor völlig ruhig und gelassen. »Sind wir auf dem richtigen Kurs, Steuermann?«

»Positiv«, erwiderte Kelso. »Einhunderteinunddreißig Komma vier, Sir.«

»Navigation?«

»Kurs bestätigt«, sagte Mitchell lakonisch, prüfte die Instrumente und schüttelte den Kopf. »Aber vor uns erstreckt sich nur Leere.«

Kirk runzelte die Stirn. Mitchell war manchmal geradezu beneidenswert lässig, aber er nahm seine Aufgaben ernst.

»Sind Sie sicher?«

»Kein Planetoid an Koordinatenpunkt einhunderteinunddreißig Komma vier, Captain«, antwortete Mitchell und sprach die Rangbezeichnung diesmal ohne einen Hauch von Ironie aus.

»Bestätigt, Sir.« Kelso wandte sich um und sah Kirk an. »Weit und breit kein Planetoid in Sicht.«

Jim beugte sich vor.

»Sensoren auf Weiterfassung. Umfang des Suchbereichs fünfzehn Grad. Vielleicht hat der Himmelskörper eine hohe Eigengeschwindigkeit oder bewegt sich retrograd. Möglicherweise befindet er sich überhaupt nicht in einer stabilen Umlaufbahn. Wir könnten es mit einem Irrläufer oder besonders groß geratenen Asteroiden zu tun haben.«

»Das halte ich für unwahrscheinlich, Captain«, warf der Vulkanier ein. »Der Planetoid wurde eine Standardstunde lang beobachtet, um die Bahndaten zu verifizieren.«

Die übliche Routine bei der Kartographierung bis dahin unbekannter Himmelskörper. Und eins mußte Kirk dem Vulkanier zugestehen: Seine Berechnungen waren immer exakt.

»Na schön«, murmelte er und spürte, wie sein Vorrat an

Geduld zur Neige ging. »Dann sagen Sie mir bitte, wo er jetzt ist.«

»Das weiß ich nicht, Sir.«

Kirk stand langsam auf und trat steifbeinig an die Brüstung vor der wissenschaftlichen Station heran.

»Gleich kracht's«, flüsterte Lee Kelso und erkannte die Anzeichen auf den ersten Blick. Er stieß Gary Mitchell in die Rippen. »Zieh den Kopf ein, Mitch! Jim steht kurz vor der Explosion.«

»Mr. Spock«, sagte Kirk und betonte dabei jede Silbe. »Welches Datum haben wir heute?«

»Sternzeit 1305.4, Captain«, antwortete der Vulkanier sofort.

»Sind Sie ganz sicher, daß es nicht der erste April ist?«

»Ich bitte um Verzeihung, Sir, aber ich verstehe nicht ganz, was Sie damit meinen.«

»Was mich kaum überrascht, Mr. Spock«, erwiderte der Captain gedehnt. »Bitte sagen Sie mir: Hat außer Ihnen sonst noch jemand den verschwundenen Planetoiden gesehen?«

»Nein, Sir«, entgegnete der wissenschaftliche Offizier ruhig. Er kam zu dem logischen Schluß, daß er irgendwie das Mißfallen des so leicht reizbaren jungen Kommandanten erregt hatte, doch es blieb ihm ein Rätsel, was der Anlaß dazu gewesen sein mochte. Schlimmer noch: Er sah sich nun zu einer Antwort genötigt, die den Captain noch mehr verärgern mußte. »Aufgrund der Interferenzen durch Kapeshets Korona beschränkte ich meine Untersuchungen auf eine optische Frequenz, die nur wenige Humanoiden wahrnehmen können. Des weiteren nahm ich an, daß der kommandierende Offizier als erster informiert werden wollte.«

»Oh, natürlich«, brummte Kirk. *Der letzte Satz ist deutlich genug,* dachte er zornig. *Himmel, ich leide bestimmt nicht an mangelndem Humor, aber das hier geht zu weit...* »Mr. Spock, wir alle haben das langweilige Kartographieren satt, und ich weiß durchaus einen Versuch zu schätzen, die allgemeine Stimmung zu verbessern – solange man dabei gewisse Grenzen respektiert. Doch selbst der beste Streich kann übertrieben werden!«

Spock blieb ungerührt. »Vulkanier halten ›Streiche‹ für irrational, Captain. Wir beschäftigen uns nicht mit solchen Dingen. Der Planetoid existierte. Ich bedaure es sehr, nicht in der Lage zu sein, das Verschwinden zu erklären.«

Wenn Kirk kein Grünschnabel gewesen wäre, hätte er seinen Fehler eingesehen und sich auf der Stelle entschuldigt. Aber in seiner Unerfahrenheit glaubte er sich auf den Arm genommen – und das gefiel ihm ganz und gar nicht.

»Wie Sie wollen, Mr. Spock«, sagte er und beherrschte sich mühsam. »Während der nächsten vierundzwanzig Stunden gehen wir davon aus, daß Sie recht haben. Wir nutzen diese Zeitspanne, um den Veränderlichen zu umkreisen und nach einem Planetoidenphantom zu suchen.« Scharf fügte er hinzu: »Ich hoffe für Sie, daß wir etwas finden!«

Er hatte einen dramatischen Abgang geplant, aber als er mit langen, energischen Schritten auf den Turbolift zuhielt, sah er den Weg von der neuen Bordpsychologin versperrt. *Hat sie alles beobachtet?* fragte sich der Captain voller Unbehagen und fühlte sich plötzlich durchschaut. *Für was hält sie mich jetzt? Einen Zuchtmeister? Einen Aufschneider?* Elizabeth Dehner folgte Kirk in den Lift.

Eine hübsche Vorstellung«, kommentierte sie die jüngsten Ereignisse auf der Brücke. Da sie zur Medo-Abteilung gehörte, konnte sie solche Bemerkungen riskieren, ohne sich Insubordination vorwerfen zu lassen.

»Ist das Ihre berufliche Meinung, Doktor, oder mischen Sie sich nur in meine Angelegenheiten?« erwiderte Kirk.

»Haben Sie eben eine neue Kommandotaktik ausprobiert, oder hatten Sie einen persönlichen Grund, so hart mit Mr. Spock ins Gericht zu gehen?« fragte die Psychologin.

»Weder noch«, brummte der Captain. »Ich kann Inkompetenz fast ebensowenig ausstehen wie Klugscheißer.

Und was Mr. Spock betrifft: Ich war ihm gegenüber nicht strenger als nötig.«

Die Kabine hielt an. Kirk hatte kein Ziel genannt, und Dr. Dehner beabsichtigte offenbar, ihm zu folgen. Jim beschloß, das zu seinem Vorteil zu nutzen.

»Freizeitdeck Drei«, sagte er. Und an Elizabeths Adresse gerichtet: »Außerdem ist er Vulkanier, Doktor. Angeblich hat er überhaupt keine Gefühle.«

Dehner beobachtete die Anzeigen auf dem Kontrollfeld des Lifts. Vielleicht wäre sie bereit gewesen, den Captain bis zum Freizeitdeck zu begleiten, doch aufgrund seiner letzten Bemerkung überlegte sie es sich anders. Ruckartig wandte sie sich zu ihm um, und ihr langes blondes Haar wehte wie ein Schleier.

»Jedes intelligente Wesen hat Gefühle, Captain«, sagte sie. Zorn blitzte in ihren Augen. »Je größer die Intelligenz, desto ausgeprägter die emotionale Sphäre. Mr. Spock kann seine Empfindungen nur besser verbergen als Sie. Warum stehen Sie ihm so ablehnend gegenüber?«

»Davon kann keine Rede sein«, verteidigte sich Kirk. Die Lifttür öffnete sich, und er trat auf den Gang. Die Psychologin blieb in der Kabine stehen. »Ich mag ihn nicht besonders, aber es wäre unangemessen, von einer regelrechten Antipathie zu sprechen. Wie dem auch sei: Solche Dinge spielen keine Rolle. Ich verlange nur, daß er seine Pflicht erfüllt.«

»Vielleicht nähmen Sie Spocks Arbeit gegenüber eine weniger paranoide Haltung ein, wenn Sie sich darüber klar wären, worin *Ihre* Pflicht besteht«, erwiderte Elizabeth Dehner in einem herausfordernden Tonfall, als sich die Tür wieder schloß.

Da habe ich mir ja was Schönes eingebrockt, dachte Kirk grimmig und schritt so hastig durch den Korridor, als sei er in großer Eile. *Der Vulkanier wird sich hüten, mich während der nächsten Stunden zu nerven, aber die Psychologin hält mich bereits für einen pathologischen Fall, für einen Tyrannen. Nun, niemand hat be-*

hauptet, es sei leicht, Kommandant eines Raumschiffes zu sein.

Als Kirk am nächsten Morgen aus der Hygienezelle trat, kam Gary herein, ohne sich anzumelden. In dieser Hinsicht lehnten sie beide Förmlichkeiten ab: Jeder konnte die Kabine des anderen betreten, ohne vorher anzuklopfen. Kirks Beförderung zum Captain änderte nichts an dieser Freundschaftstradition.

»Fühlst du dich besser?« fragte Mitchell mit übertriebener Besorgnis, lehnte sich an die Wand und verschränkte die Arme.

Kirk knurrte etwas Unverständliches, glaubte sich daran zu erinnern, daß Gary am vergangenen Tag auf seiner Seite gestanden hatte.

»Ich empfehle dir Zurückhaltung, wenn du die Brücke aufsuchst, Junge. Spock hat den vermißten Planeten gefunden.«

Kirk zog sich an und betrachtete Garys Abbild im Spiegel.

»Hat er diesmal feste Substanz, oder willst du mich ebenfalls veräppeln?«

Mitchell nahm Kirks Paranoia mit einem Achselzucken zur Kenntnis. Als sie noch Kadetten und Fähnriche gewesen waren, hatten sie ihren vorgesetzten Offizieren so manchen Streich gespielt.

»Die Sensoren behaupten, der Himmelskörper sei tatsächlich vorhanden. Oh, und noch etwas: Der Planetoid wurde zuerst auf einer infraweißen Wellenlänge erfaßt. Ich brauche wohl nicht extra hinzuzufügen, daß sich die Wahrnehmung von Vulkaniern auch auf solche Frequenzen erstreckt. Aus *diesem* Grund hat niemand sonst den Planetoiden gesehen.«

»Das wußte ich nicht«, erwiderte Kirk kleinlaut und betroffen. Es geschah nicht zum erstenmal, daß ihm Gary überraschende Informationen anbot.

»Spock hielt es für notwendig, einige Aufnahmen anzufertigen«, fuhr Mitchell fort. »Und er ließ sie von den anwesenden Offizieren bestätigen, um weitere ... Mißverständnisse zu vermeiden.«

»Warum bin ich nicht benachrichtigt worden?« fragte Kirk scharf und sah sich wieder in eine Verteidigungsposition gedrängt.

Mitchell stieß sich von der Wand ab, nahm im bequemsten Sessel Platz und stützte die Füße auf den niedrigen Tisch.

»Ich schätze, angesichts deines gestrigen Kollers wollte es Spock nicht riskieren, dich zu wecken«, antwortete er im Plauderton. »Er begann mit den Aufnahmen um 23.00 Uhr gestern abend und fertigte jede halbe Stunde eine neue an. Die letzte ist gerade erst fünf Minuten alt.«

Kirk runzelte die Stirn, als er nach dem Uniformpulli griff. »Er hat den Planetoiden die *ganze Nacht über* beobachtet?«

»Soweit ich weiß, ist er dauernd auf der Brücke gewesen, nachdem du ihn vor den anderen Offizieren angeschnauzt hast. Seit er gestern den Dienst antrat, hat er weder geschlafen noch etwas gegessen. Nun, Vulkanier stehen in dem Ruf, sehr ausdauernd zu sein, aber...«

Er sprach nicht weiter, und es folgte eine bedeutungsvolle Stille. Gary Mitchell verstand es, selbst ohne Worte an Jims Gewissen zu appellieren. Kirk streifte den Pulli über, warf noch einen letzten Blick in den Spiegel – und begegnete dort dem Blick eines Mannes, der sich schuldig zu fühlen begann.

»Ich glaube, ich war gestern ziemlich ... brüsk, nicht wahr?« fragte der Captain der *Enterprise* verlegen.

Gary lächelte jungenhaft. »Wenn man es mit Vulkaniern zu tun hat, darf man zwei Dinge nie in Frage stellen, Jim: ihre Kompetenz und Ehrlichkeit. Du hast es gestern geschafft, gleich beides in Zweifel zu ziehen. Tja, ich wußte schon immer, daß du sehr begabt bist...«

»Ich muß mich bei Spock entschuldigen«, sagte Kirk, holte tief Luft und bereitete sich innerlich auf eine schwere Prüfung vor.

Er bedeutete Mitchell, ihm zu folgen.

»Komm, Gary. Sehen wir uns den Grund für die Kontroverse an.«

Spock wandte sich von den Pulten der wissenschaftlichen Station ab, interpretierte das wachsame Schweigen auf der Brücke als Hinweis darauf, daß der Captain eingetroffen war.

»Sir«, sagte er sofort, »der Planetoid ist verschwunden.«

Die übrigen Offiziere schienen an ihren Konsolen zu erstarren, rührten sich nicht von der Stelle und hielten unwillkürlich den Atem an. Die Stille gewann eine belastende, bedrückende Qualität, senkte sich wie ein schweres Gewicht auf die Anwesenden, verstärkte gleichzeitig das leise Surren und Summen der Instrumente, bis es fast ohrenbetäubend laut erschien.

Kirk spürte, wie es in ihm zu brodeln begann. Ging der Unfug wieder los? Er stellte sich eine *Enterprise* vor, die für immer und ewig den veränderlichen Stern mit seiner wie aufgebläht wirkenden Korona umkreiste, einem interstellaren *Fliegenden Holländer* gleich – auf der Suche nach einem Hirngespinst, einem astrophysikalischen Geist, der sich hartnäckig weigerte, Gestalt anzunehmen. Und während das Raumschiff im substanzlosen Netz von Widersinnigkeiten gefangen blieb, fand auf der Brücke ein Kampf um Leben und Tod statt: Die Hände des Captains schlossen sich um einen vulkanischen Hals, drückten immer fester zu ...

Kirk zwang sich zur Ruhe, wartete, bis sich der rote Zornesdunst vor seinen Augen verflüchtigte – und bemerkte Elizabeth Dehner, die sich ebenfalls auf der Brücke befand, gelassen das blonde Haar zurückstrich und ihn aufmerksam beobachtete.

Glauben Sie noch immer, ich sei paranoid, Doktor? dachte Jim.

»Mr. Spock?« erwiderte er betont ruhig. »Der Planetoid ist ›verschwunden‹? Was soll das heißen?«

Spock nahm sowohl den veränderten Tonfall als auch seine Ursache zur Kenntnis.

»So unlogisch es auch klingen mag, Captain: Der Himmelskörper scheint in der Lage zu sein, sich in unregelmäßigen Abständen zu verflüchtigen und nach einer gewissen Zeit wieder zu erscheinen. Ich habe die existenten Phasen genutzt, um einige Aufnahmen anzufertigen. Vor einigen Minuten war der Planetoid noch da, doch jetzt läßt sich keine Spur mehr von ihm finden.«

An der Authentizität der Holo-Bilder konnte kein Zweifel bestehen, und darüber hinaus wurde ihre Echtheit von den Unterschriften der drei wachhabenden Offiziere bestätigt. Aber was bedeuteten sie?

Kirk erinnerte sich an eine höchst eindrucksvolle Vorlesung, die Garth von Izar vor einigen Jahren an der Akademie gehalten hatte. Jim sah sich selbst im Auditorium, zusammen mit rund hundert anderen Kadetten.

»Denken Sie an den verschwindend kleinen Teil des Universums, den wir bisher erforscht haben«, sagte Garth. Seine schmalen Hände umfaßten den Rand des Pults, und die volltönende Stimme hallte durch den Saal, brauchte nicht mit Lautsprechern verstärkt zu werden. »Glauben Sie tatsächlich, das Weltall zu verstehen? Trauen Sie sich zu, von einem einzigen Kiesel am Ufer eines weiten Meeres auf die Natur des Ozeans schließen zu können? Meine Herren, der Raum wird Sie immer mit weitaus mehr Rätseln konfrontieren, als Sie lösen können. Wenn Sie diese Erkenntnis verinnerlichen, brauchen Sie nie überrascht zu sein.«

Als Kadett hatte sich Kirk jene Worte zu Herzen genommen, und sie retteten ihm mehr als einmal das Leben. Doch als kommandierender Offizier hatte er sie völlig vergessen. *Vielleicht handelt es sich hier um ein Phänomen, das der menschlichen Wissenschaft noch unbekannt ist und das rhythmische Verschwinden eines ganzen Planeten bewirkt. Himmel, warum habe ich nicht schon gestern daran gedacht, bevor ich Spock anfuhr?*

»Erklärung?« fragte er den Vulkanier.

»Es liegen noch nicht genügend Daten vor, Captain«, erwiderte Spock ruhig, als sei die Demütigung vom Vortag zusammen mit dem Planetoiden verschwunden. »Ich muß das Phänomen erst noch genauer untersuchen.«

»Nein«, widersprach Kirk freundlich. »Sie nicht, Mr. Spock. Lassen Sie sich von einem Ihrer Mitarbeiter ablösen. Von dem Astrophysiker Boma, zum Beispiel. Oder von Jaeger. Bestellen Sie jemanden aus der wissenschaftlichen Sektion hierher. Sie haben lange genug gearbeitet und verdienen nicht nur eine Ruhepause, sondern auch eine Entschuldigung.«

»Sir?«

»Mir lagen ... noch nicht genügend Daten vor, als ich gestern Vorwürfe gegen Sie erhob. Es tut mir leid.«

Spock zögerte. Die menschliche Form der Entschuldigung erstaunte ihn noch immer. Sie erschien ihm so beiläufig und banal, unterschied sich erheblich von der in dieser Hinsicht auf Vulkan gebräuchlichen rituellen Förmlichkeit. Unter Gleichrangigen und ›Freunden‹, so wußte er, lauteten die üblichen Antworten ›Schon gut‹, ›Mach dir nichts draus‹ und ›Ist nicht weiter schlimm‹. Solche Formulierungen deuteten einerseits darauf hin, daß tatsächlich ein Grund für die Entschuldigung existierte, doch die Antwort ließ andererseits den eher unlogischen Schluß zu, daß keine Notwendigkeit für die Beilegung irgendeines Zwists bestand.

Spock begriff, daß er auf die Worte seines vorgesetzten Offiziers wohl kaum mit einem menschlichen ›Mach dir nichts draus‹ reagieren konnte. Welche Möglichkeiten blieben ihm?

»›Zuerst muß man verstehen‹«, erinnerte er sich an den Rat seines Vaters Sarek, der als Diplomat wußte, wie man sich anderen Spezies gegenüber verhielt. In diesem Zusammenhang zitierte er häufig den Philosophen Surak. »›Anschließend geht es darum, den *anderen* zu akzeptieren. Man darf ihn dabei nicht den eigenen Maßstäben unterwerfen, sondern muß das Bild, das der andere von sich selbst hat, respektieren. Nur auf diese Weise wird man dem Prinzip der Mannigfaltigkeit gerecht.‹«

Zwar ›fühlte‹ sich Spock nach wie vor seinem Vater entfremdet, aber er beherzigte seinen Rat. Zuerst muß man verstehen. Spock hatte sein ganzes Leben lang versucht, die menschliche Natur zu begreifen — und stellte dabei nur fest, daß er nicht annähernd genug verstand. Wie also sollte er eine Entschuldigung entgegennehmen, die ihm rätselhaft erschien?

»Faß sie so auf, wie sie gemeint ist«, hätte seine Mutter Amanda gesagt und sich dabei einzig und allein auf ihre eigene Weisheit bezogen. »Fang bloß nicht an, sie zu analysieren. Und sei nicht immer ein so verdammt sturer Perfektionist!«

Es gab keine irgendwie geartete Distanz zwischen Spock und Amanda. Das war auch gar nicht möglich: Die Mutter akzeptierte ihren Sohn in jedem Fall, ganz gleich, wie sehr er sich verändern mochte. Spock beschloß, auf ihre mentale Stimme zu hören.

»Ich nehme Ihre Entschuldigung an, Captain«, sagte er schließlich. »Doch ich bitte um Erlaubnis, auf der Brücke bleiben zu dürfen. Ich erachte es als einzigartige Gelegenheit, ein solches Phänomen zu untersuchen.«

Kirk spielte zunächst mit dem Gedanken, seinem wissenschaftlichen Offizier zu widersprechen, überlegte es sich dann aber anders. *Wahrscheinlich benötigt auch er eine Möglichkeit zur Ehrenrettung.*

»Na schön, Mr. Spock«, erwiderte er und nahm zum erstenmal an diesem Tag im Sessel des Befehlsstands Platz. Er glaubte, es verdient zu haben. »Vielleicht gelingt es uns beiden, das Geheimnis des Planetoiden zu lüften.« Lächelnd fügte er hinzu: »Es wäre sogar denkbar, ihn nach Ihnen zu benennen.«

Das ist nicht nötig, wollte Spock antworten, entsann sich erneut an die Weisheit seiner Mutter und schwieg.

»Hauptschirm ein«, ordnete Kirk an.

»Aye, Sir«, bestätigte Kelso.

Aus den Augenwinkeln beobachtete Kirk, wie sich die Bordpsychologin über die Kom-Konsole beugte und mit

Uhura sprach. Als Dr. Dehner aufsah und in Richtung des Captains blickte, lächelte sie.

Nach einer knappen Stunde verwandelte sich der Planetoid von einem Phantom in unleugbare Wirklichkeit.

Im Vergleich mit der von M-155 hervorgerufenen Aufregung handelte es sich um einen nicht sehr beeindruckenden Himmelskörper: Er bestand zum größten Teil aus schlichtem graugrünem Fels, besaß nur eine dünne Atmosphäre und wenig Wasser in flüssiger Form. Lokale Lebensformen beschränkten sich auf primitive Vegetation. Eine Fauna schien sich noch nicht entwickelt zu haben, und die wenigen mineralogischen Vorkommen lohnten keinen industriellen Abbau.

Außerdem fehlte ein Hinweis darauf, was den Planetoiden immer wieder verschwinden ließ.

Die *Enterprise* schwenkte in einen vierzigtausend Perigialeinheiten hohen Orbit, näherte sich gerade weit genug, um eine genaue Sensorerfassung zu ermöglichen. Kirk wollte es vermeiden, sein Schiff irgendwelchen Gefahren auszusetzen.

»Keine Anzeichen von Gebäuden und Siedlungen«, meldete Spock. »Keine Spuren einer vergangenen oder gegenwärtigen Zivilisation. Nichts deutet auf hochentwickeltes Leben hin. Vermutlich hat die dünne Atmosphäre eine Evolution planetarer Intelligenzen verhindert.«

»Warum verhält sich das Ding dann nicht wie ein ganz normaler Planet?« überlegte Kirk laut. »Warum verschwindet M-155 immer wieder? Ist vielleicht eine Energiequelle außerhalb des Planetoiden dafür verantwortlich? Transporterstrahlen oder Warp-Felder, die ihren Ursprung in einem anderen Sonnensystem haben? Oder steckt ein fremdes Raumschiff dahinter, das über genügend energetische Reserven verfügt, um einen Himmelskörper von dieser Masse zu bewegen?«

»Das nächste bewohnte Sonnensystem ist sechsundvierzig Parsec entfernt«, berichtete Mitchell und blickte auf die

Anzeigen der Navigationskonsole. »Und in einem Umkreis von zehn Grad sind keine fremden Schiffe zu orten.«

»Ebensowenig lassen sich Störungen im allgemeinen Raum-Zeit-Gefüge feststellen, Captain«, warf Spock ein. »Was auch immer die Ursache sein mag: Das Phänomen beschränkt sich einzig und allein auf M-155.«

Kirk dachte nach. »Eine natürliche Anomalie? Ein nur auf den Koordinatenpunkt des Planetoiden begrenzter Strukturriß?«

»Diese Möglichkeit untersuche ich derzeit, Captain«, entgegnete der Vulkanier.

Kirk stand auf, schritt zur wissenschaftlichen Station und lehnte sich über die Brüstung. »Sind wir in Gefahr?«

»Unbestimmt«, sagte Spock. »Wie dem auch sei: Angesichts unserer derzeitigen Entfernung glaube ich nicht, daß wir unmittelbar bedroht sind.«

Diffuses Unbehagen regte sich in Kirk. »Ein Taschenspielertrick!« brummte er düster. »Irgend jemand macht diesen Raumsektor zur Bühne seiner Zauberkunststücke.«

Kelso und Mitchell wechselten einen kurzen Blick. Sie kannten die von Kirk benutzten Metaphern gut genug, um zumindest zu ahnen, was ihm durch den Kopf ging. Ein vorsichtiger Kommandant hätte den Planetoiden als unerklärtes Phänomen verzeichnet, eine Warnboje ausgeschleust – und dann den Flug fortgesetzt.

Aber James Kirk war nicht durch Vorsicht zum jüngsten Captain in der Geschichte Starfleets geworden.

»Spock, wieviel Zeit umfaßte die bisher längste Existenzphase?«

»Vier Komma eins drei Stunden, Captain.«

»Und die kürzeste?«

»Eine Stunde und sechs Minuten, Sir. Was jedoch keine Garantie dafür ist, daß ...«

Kirk hörte gar nicht hin. *Eine Stunde und sechs Minuten*, dachte er. *Mehr als genug Zeit, sich auf die Oberfläche zu beamen und rechtzeitig genug zurückzukehren. Wenn Mr. Scott an den Transporterkontrollen sitzt und aufpaßt ...*

Er starrte auf den grüngrauen Fleck im Darstellungsfeld. M-155 schien ihn herauszufordern.

»Mr. Mitchell, stellen Sie eine Landegruppe zusammen und halten Sie sich bereit«, sagte Kirk. »Soll der Planetoid ruhig noch einmal verschwinden. Wenn er das nächste Mal wieder erscheint, statten wir ihm einen Besuch ab.«

Kapitel 2

»Ich wiederhole noch einmal, Captain: Der Umstand, daß M-155 bisher mindestens eine Stunde und sechs Minuten lang existent blieb, ist keine Sicherheitsgarantie für uns. Diesmal könnte er durchaus nach einer kürzeren Zeitspanne verschwinden.«

»Mr. Spock«, erwiderte Kirk knapp und ungeduldig, »wenn Sie lieber an Bord der *Enterprise* bleiben möchten — ich habe nichts dagegen.«

»Negativ, Sir. In rein mathematischer Hinsicht sind unsere Chancen recht günstig. Ich wollte nur darauf hinweisen...«

»Ich verstehe, was Sie meinen«, unterbrach Kirk und trat zusammen mit dem Vulkanier, Mitchell und Kelso auf die Transporterplattform. »Ich schlage vor, wir machen uns jetzt auf den Weg!«

»Dr. Dehner fehlt noch, Sir«, sagte Scott, der an den Kontrollen stand.

Kirk seufzte, gestikulierte verzagt und verließ das Transferfeld wieder. *Hätte ich nur nicht darauf bestanden, daß unsere neue Bordpsychologin mitkommt,* dachte er kummervoll.

»Jemand aus der Medo-Abteilung sollte uns begleiten«, meinte Kirk, als ihm Mitchell die Namensliste der von ihm zusammengestellten Landegruppe zeigte. M-155 hatte sich gerade wieder verflüchtigt, und sie warteten auf die Rückkehr des Planetoiden. »Falls jemand stürzen und sich das Knie aufschlagen sollte.«

»Abkömmlich ist nur Dr. Dehner.« Mitchell verzog das Gesicht. »Himmel, Jim, sie ist Psychologin. Sie kann vielleicht eine akute Paranoia diagnostizieren, aber bestimmt ist sie nicht einmal in der Lage, einen Splitter zu entfernen.«

»Spock hat mir versichert, daß uns auf dem Planetoiden nur eine präxylemische Flora erwartet«, sagte Kirk trokken.

Mitchell starrte ihn verwundert an.

»Es fehlen Bäume«, fügte der Captain hinzu. Es fiel ihm schwer, ernst zu bleiben; nur mit Mühe unterdrückte er ein Zucken in den Mundwinkeln. »Keine Bäume, keine Splitter.«

»Sehr witzig«, meinte Mitchell und fügte Dehners Namen der Liste hinzu. »Eine Gehirnklempnerin, auf Geheiß des Captains.«

»Ach, Gary, gib ihr eine Möglichkeit, sich wie eine Normalsterbliche zu verhalten«, meinte Kirk. »Eine Chance, zwischenmenschliche Beziehungen – wenn wir einmal von Spock absehen – außerhalb steriler Laborbedingungen zu studieren. Vielleicht entdeckt sie dabei etwas, das die psychologisch-psychiatrische Wissenschaft revolutioniert.« Er hob den Zeigefinger. »Wenn ich noch weitere Einwände höre, befehle ich dir, dich persönlich um sie zu kümmern.«

Jetzt hielt Dehner die Landegruppe auf, und Kirk bereute seine Entscheidung.

»Wenn sie noch lange auf sich warten läßt, wird die Zeit zu knapp«, klagte Kirk und wanderte unruhig umher. »Lassen Sie Dr. Dehner übers Interkom ausrufen, Scotty. Wenn sie nicht innerhalb der nächsten Minute hier eintrifft...«

»Melde mich zur Stelle, Captain«, erklang eine weibliche Stimme von der Tür her. »Ich mußte erst noch meine Ausrüstung überprüfen.« Elizabeth Dehner gesellte sich zu ihnen auf die Transporterplattform.

Kirk verbiß sich eine scharfe Erwiderung, sah Scott an und sagte nur: »Energie!«

»Wir schwärmen aus«, entschied der Captain. »Spock wendet sich in Richtung sechs Uhr, Lee nach neun und Gary nach drei Uhr. Ich gehe nach zwölf Uhr. Kehren Sie auf mein Signal hin hierher zurück.« Er sah erst Dehner und dann Gary an, widerstand der Versuchung, seine scherzhafte Drohung wahrzumachen. »Doktor, ich schlage vor, Sie kommen mit mir.«

Die anderen wanderten fort und begannen mit der ersten Erkundung.

»Wollen Sie mir jetzt die Möglichkeit geben, mich wie eine Normalsterbliche zu verhalten?« fragte die Psychologin spitz. »Oder befürchtet der Captain, als erster zu stürzen und sich das Knie aufzuschlagen?«

»Lassen wir das«, entgegnete Kirk und fragte sich, woher Dehner von seinem Gespräch mit Gary wußte. Er hatte jene Worte auf der Brücke an Mitchell gerichtet, ohne daß die Psychologin zugegen gewesen wäre. Andererseits: Gerüchte an Bord eines Raumschiffs verbreiteten sich mit Warp-Geschwindigkeit. »Wir sind hier, um Aufschluß über M-155 zu gewinnen. Persönliche Dinge spielen derzeit keine Rolle.«

Das Unbehagen in ihm verstärkte sich jäh, als er den anderen nachsah. Er fühlte sich für sie verantwortlich und hoffte inständig, daß sein Beschluß, eine Landegruppe zu entsenden, niemanden in Gefahr brachte.

»Oh, ich verstehe«, erwiderte Dr. Dehner. Sie ahnte, was Kirk bewegte, ließ sich jedoch nichts anmerken. »Sie haben das Exklusivrecht auf spöttische Bemerkungen, halten so etwas offenbar für ein Privileg Ihres Ranges.«

»Dient Ihr Tricorder nur zur Zierde, oder haben Sie ihn mitgenommen, um Daten zu erfassen?«

Daraufhin setzten sie den Weg schweigend fort.

Scott hatte die Landegruppe auf der Nachtseite des kleinen Planeten abgesetzt – in der anderen Hemisphäre war die Strahlung von Kapeshets Korona viel zu stark. Trotzdem reichte das Lodern der nahen Sonne über den dunklen Horizont hinweg, ließ den Himmel erglühen und absorbierte den Glanz der meisten Sterne. Über den Polen flakkerten seltsame Lichterscheinungen, projizierten ebenso kurzlebige wie bizarre Schatten. Kirk und seine Gefährten konnten auf den Einsatz von Lampen verzichten: Das Licht der Streustrahlung genügte, um eine visuelle Orientierung zu ermöglichen.

Die Atmosphäre war weitaus dünner als der irdische Standard, und der Captain verfluchte sich dafür, ihrer Ausrüstung keine Sauerstoffmasken hinzugefügt zu haben. *Was soll's?* dachte er. *Nach maximal fünfzehn Minuten lassen wir uns zurückbeamen. Und solange halten wir es bestimmt aus.*

Der Boden erwies sich als weich und sandig, schimmerte in einem sonderbaren, kobaltblauen Ton — vielleicht nur eine optische Täuschung. Bei jedem Schritt wirbelte feiner Staub auf, der am Uniformstoff haftete, in den Augen und auf der Haut brannte. Kirk hörte, wie seine Begleiterin mehrmals leise hustete. *Sie wäre vermutlich die letzte, die durch irgend etwas zu erkennen gäbe, sich nicht wohl zu fühlen.* Auch seine Augen begannen zu brennen, und außerdem begann er zu ahnen, daß der Staub trotz aller Abdichtungen in die Tricorder eindrang.

»Irgend etwas gefunden?« fragte er Dehner, als sie stehenblieb, auf ihr Meßinstrument herabstarrte und den Kopf schüttelte.

»Nein«, antwortete sie und hüstelte erneut. »Aber der verdammte Staub und die Ionisierung durch Kapeshets Korona ... Ich bezweifle, ob wir hier wichtige Daten sammeln können.«

Kirk bezweifelte, ob die Psychologin selbst unter wesentlich besseren Bedingungen in der Lage gewesen wäre, mit ihrem Tricorder irgendwelche bedeutsamen Entdekkungen zu machen. So etwas gehörte nicht zu ihrer Ausbildung. Er nickte nur, holte seinen Kommunikator hervor und bedeutete Dehner, ganz still zu stehen, damit sich der Staub legte.

»Landesgruppe, Bericht«, sagte er, nachdem er das Gerät auf Kelsos Frequenz justiert hatte.

Er hörte Statik — und ein fast krampfhaftes Keuchen.

»Hier Kelso, Ji ... äh, Captain.« Alte Angewohnheiten

halten sich lange. »Ich bin etwa dreihundert Meter von der Stelle entfernt, an der wir uns trennten. Bisher konnte ich nichts Ungewöhnliches feststellen – abgesehen davon, daß es in der Atmosphäre hier und dort Vakuumtaschen gibt. Wenn man nicht aufpaßt, bleibt einem im wahrsten Sinne des Wortes die Luft weg. Und dann der blöde Staub...« Er brach ab und hustete erneut.

»Reg dich nicht auf, Lee«, erwiderte Kirk. »Versuch deine Ausrüstung vor dem Staub zu schützen. Und auch deine Lungen. In fünf Minuten treffen wir uns am Ausgangspunkt. Kirk Ende.«

Mitchell erstattete eine ähnliche Meldung und fügte einige deftige Flüche über die ätzenden Partikelwolken hinzu. Kirk wiederholte die Worte, die er bereits an Kelso gerichtet hatte.

»Kann uns dieses Zeug gefährlich werden?« wandte er sich an Dehner und rieb sich die Augen. Woraufhin sie noch heftiger brannten als vorher.

»Die schlimmsten Auswirkungen dürften in einer Art Heuschnupfenanfall bestehen«, meinte die Psychologin. Diesmal hustete sie laut und anhaltend. »Aber wenn wir dem Staub längere Zeit ausgesetzt sind...«

»Ich verstehe«, brummte Kirk. *Auf diese Weise bringen wir nichts in Erfahrung,* fuhr es ihm durch den Sinn. »Wir kehren zurück.«

Sie wirbelten dichten Staub auf, als sie in die Richtung eilten, aus der sie kamen. Kirk mißachtete seinen eigenen Rat, die Instrumente zu schützen, holte erneut den Kommunikator hervor und versuchte, einen Kontakt mit Spock herzustellen.

Spock reagierte eher widerstrebend, als er das Summen des Rufsignals hörte. Weder die dünne Atmosphäre noch der Staub belasteten ihn; auf seinem Heimatplaneten gab es Regionen, wo ständig solche Bedingungen herrschten. Der Tricorder zeigte völlig normale Daten an, und das verwirrte ihn. Immer wieder stellte er sich die Frage, wieso der

Planetoid in unregelmäßigen Abständen verschwand; dafür mußte es einen Grund geben.

»Hier Spock.«

»Wird Zeit, daß wir einen gastlicheren Ort aufsuchen«, klang Kirks Stimme aus dem kleinen Lautsprecher. »Kehren Sie unverzüglich zum Ausgangspunkt zurück.«

Spock hatte eine niedrige Anhöhe erreicht, auf der es weniger Staub gab. Er konnte weitaus besser sehen als ein Mensch, ließ seinen Blick über die blaue Landschaft schweifen und beobachtete, wie sich die anderen Mitglieder der Landegruppe, klein wie Ameisen, am Rematerialisierungsort versammelten. Er teilte nicht ihr Bedürfnis nach Gesellschaft, fühlte sich allein ebenso sicher wie in ihrer Begleitung. Tatsächlich wäre er sofort bereit gewesen, als einziger auf dem Asteroiden zurückzubleiben, um seine Untersuchungen fortzusetzen.

»Captain, ich bitte um Erlaubnis, an Ort und Stelle zu verweilen und weitere Daten zu sammeln. Es gibt noch immer einige mögliche Erklärungen für das Phänomen, die ich bisher nicht verifizieren konnte.«

Kirk schnappte mehrmals keuchend nach Luft, was auf ausgeprägte Atemschwierigkeiten hindeutete.

»Negativ, Spock... Der Staub setzt uns allen zu ... Kommen Sie sofort zurück.«

»Captain, die Partikelwolken machen mir nichts aus. Mit allem gebührenden Respekt...«

»Verdammt...« Wieder das asthmatische Husten. »Widersprechen ... Sie ... nicht!«

»Wie Sie meinen, Sir«, erwiderte der Vulkanier zögernd und ging los.

»He, was ist das denn, Kyle?«

»Keine Ahnung, Mr. Scott. So etwas habe ich noch nie zuvor erlebt.«

Der Chefingenieur stellte eine Kom-Verbindung zu Kirk her.

»Captain, hat sich die Landegruppe wieder versammelt?«

»Bis auf Spock sind alle hier«, antwortete Jim. Interferenzen knackten und knisterten aus dem Lautsprecher, als er Staub aus dem Gerät schüttelte. »Er ist unterwegs. Warum fragen Sie?«

»Ich fürchte, es kündigen sich Probleme an«, sagte Scott. »Ich habe mich an Ihre Anweisungen gehalten und Sie ständig angepeilt — falls ein rascher Retransfer notwendig werden sollte. Vor ein paar Sekunden ist eine Anzeige vom Schirm verschwunden, ebenso spurlos wie zuvor der Planetoid!«

»Halten Sie sich in Bereitschaft!« befahl Kirk und wechselte die Frequenz. Im gleichen Augenblick rief Dr. Dehner:

»Captain! Mr. Spock ... Er ist nicht mehr da!«

Sie stand ein wenig abseits der anderen, blickte in die Richtung, aus der sie den Vulkanier erwarteten. Sie hatte eine hochgewachsene schlanke Gestalt bemerkt, die sich mit langen und doch ruhigen Schritten näherte, deren Konturen sich langsam aus dem blauen Dunst schälten. Und dann, von einem Augenblick zum anderen, löste sie sich in Luft auf.

Elizabeth Dehner hielt ihr Erschrecken zunächst auf Distanz. Vielleicht nur eine besonders dichte Staubwolke, hinter der Spock für einige Sekunden verschwand. *Oder er ist gefallen und hat sich das Knie aufgeschlagen,* dachte sie voller Selbstironie. Doch als sich der Partikeldunst wieder verzog ...

Sie musterte Kirk, lauschte dem mentalen Echo von Scotts Worten, sah, wie der Captain kurz die Lippen zusammenpreßte. Man brauchte nicht die Fähigkeiten eines Telepathen, um seine Gedanken zu erraten. Kündigte Spocks Verschwinden die Entstofflichung des ganzen Planetoiden an? Sie befanden sich erst seit zwölf Minuten auf der Oberfläche, und demnach gab es noch eine breite Sicherheitsmarge. *Eine Stunde und sechs Minuten,* erinnerte sich die Psychologin. *Der kürzeste Abstand zwischen der Existenz- und Phantomphase. Aber das muß nichts bedeu-*

ten. *Was mag geschehen, wenn sich jetzt der Boden unter unseren Füßen auflöst? Nimmt er uns mit ins ... Nichts?*

»Spock!« rief Kirk, hielt den Kommunikator dicht vor die Lippen — und wußte, daß der Vulkanier nicht mehr antworten konnte.

Der Captain machte sich heftige Selbstvorwürfe. Er hätte sich niemals dazu hinreißen lassen dürfen, eine Landegruppe auszuschicken. *Es ist meine Schuld, ganz allein meine Schuld.* Er lief in die Richtung, in der Dehner den Vulkanier zum letztenmal gesehen hatte, wechselte dabei erneut die Justierung des Kommunikators.

»Scotty! Beamen Sie die anderen an Bord! Ich bleibe noch etwas, um...«

Aber das Gerät versagte, wurde von Interferenzen und dem Staub blockiert, den Kirk in seiner Hast aufwirbelte. Jim warf es beiseite, wirbelte herum, streckte die Hand nach dem Kommunikator der Psychologin aus...

»Mitch!« rief Kelso.

Gary verschwand.

Gefolgt von Lee Kelso. Der Captain drehte ruckartig den Kopf, sah Dehners weit aufgerissene Augen, als sie...

Scott und Kyle betätigten mehrere Tasten, doch die Transporterpeiler funktionierten plötzlich nicht mehr. Hilflos starrten sie auf den Schirm und beobachteten, wie die hellen Ortungsreflexe nacheinander verblaßten. Und plötzlich... Nur noch leerer Raum dort, wo sich eben der Planetoid M-155 befunden hatte. Der Schwerkraftsog seiner Masse ließ abrupt nach, und die *Enterprise* erbebte heftig, bevor die Gravitationskontrollen das Trägheitsmoment ausglichen. Scott half Kyle auf die Beine und schaltete das Interkom ein.

»Brücke!« stieß er hervor. »Wer führt das Kommando?«

»DeSalle«, lautete die beruhigende Antwort vom Steuermann. »Uhura hat die Navigation übernommen. Machen Sie sich keine Sorgen. Wir haben die Lage unter Kontrolle.«

»Aye, Mr. DeSalle.« Scott holte tief Luft. »Steuern Sie uns von der verdammten Sonne fort. Es gibt keinen Planetoiden mehr, der uns vor ihrer Strahlung abschirmt. Der Felsbrocken ist wieder verschwunden — und hat die Landegruppe mitgenommen!«

Kirk fiel auf Sand und war viel zu verblüfft, um sich abzurollen. Ziemlich unsanft prallte er auf den Rücken und blieb verwirrt liegen. Dunkelheit herrschte um ihn herum. Zuerst hörte er nur seine rasselnden Atemzüge, doch nach einigen Sekunden vernahm er eine Stimme, die Standard mit einem auffallenden Akzent sprach.

»Ach du meine Güte! Was hab' ich denn diesmal angestellt?«

Kapitel 3

»Auch auf die Gefahr hin, daß du mich für total übergeschnappt hältst, Ji... Captain«, tönte Lee Kelsos Stimme über die Treppe. »Ich glaube, wir sind in Ägypten.«

Mitchell und Kirk, die auf der obersten Stufe standen, gaben keine Antwort. Dumpfes Keuchen erklang in der Dunkelheit, als sich die beiden Männer gegen die steinerne Platte stemmten, die ihnen den Weg versperrte. Sie verwandelte den Raum, in dem sie gelandet waren, in einen Kerker.

»Braucht ihr Hilfe?« fragte Kelso.

»Nein«, schnaufte Kirk. Das Keuchen wich dem Geräusch von Schritten, die sich näherten. »Das Ding rührt sich nicht von der Stelle. Wir sitzen hier fest.«

Zwei Gestalten zeichneten sich in der Finsternis des Aufgangs ab. Kirk und Mitchell kamen die Stufen aus uraltem Granit herunter und kehrten in das große Gewölbe zurück, in dem Kelso und Elizabeth Dehner warteten.

»Ägypten, meinst du?« fragte Kirk, klopfte sich den Staub von den Händen und ließ seinen Blick durch die Kammer schweifen.

»Entweder das – oder dies hier ist die beste Imitation, die ich je gesehen habe«, beharrte Kelso.

»Ägypten«, wiederholte Kirk ungläubig. »Zuerst ein Planet, der ab und zu verschwindet. Dann ein Vulkanier, der sich in Luft auflöst. Und jetzt behauptest du, irgend etwas habe uns über tausend Lichtjahre hinweg zur Erde transportiert? Nun, warum nicht?« Seufzend ließ er sich auf eine Stufe sinken, dachte dabei nicht mehr an die blauen Flecken, die er sich unmittelbar nach der Rematerialisierung – wo auch immer – geholt hatte. Er zuckte zusammen, stöhnte innerlich und musterte Kelso. »Wie kommst du darauf?«

»Vermutlich stimmen mir alle zu, wenn ich sage, daß

wir uns nicht mehr auf M-155 befinden«, begann Kelso und wartete darauf, daß ihm jemand widersprach. Als es still blieb, fuhr er fort: »Spock meinte, auf dem Planetoiden gebe es keine Gebäude, keine Anzeichen irgendeiner Zivilisation...«

»Spock...«, murmelte Kirk und spürte ein flaues Gefühl in der Magengrube. Der Vulkanier wurde nach wie vor vermißt. *Meine Schuld.*

»Nun, wir sind jetzt im Innern eines Bauwerks«, brummte Kelso. »Und alles deutet auf eine dynastische Architektur hin: monumentale Ausmaße, Wände aus einzelnen Steinblöcken, die sich fast fugenlos zusammenfügen, ohne daß man Mörtel verwendete. Dieses Gebäude dürfte um die dreitausend Jahre alt sein – man braucht keinen Tricorder, um eine solche Feststellung zu treffen –, und wahrscheinlich befindet es sich unter dem Bodenniveau: Es gibt keine Fenster, und der einzige Weg führt nach oben...«

»Warum sprichst du nicht gleich von einem Verlies, Lee?« warf Gary Mitchell ein. Er saß weiter oben auf der Treppe, und im matten Licht einer altertümlichen Glühbirne nahm er seinen Kommunikator auseinander. »Eine solche Bezeichnung wäre durchaus angemessen. Die steinerne Platte läßt sich nicht um einen einzigen Millimeter verschieben. Und das bedeutet, wir sind hier gefangen.«

»Danke, Mitch.« Kelso schnitt eine Grimasse. »Dein Optimismus ist wirklich außerordentlich erquicklich.«

»Typisch für ihn«, ließ sich Elizabeth Dehner vernehmen. Sie hockte abseits der anderen, lehnte mit dem Rükken an der Wand und versuchte, nicht zu oft an Kerker und Verliese zu denken. »Er spielt den Zyniker, weil er sich dadurch überlegen fühlt.«

»Erwarten Sie immer das Schlimmste, Doktor«, sagte Mitchell und grinste von einem Ohr zum anderen. »Dann sind Sie nie enttäuscht.«

»Ägypten«, wiederholte Kirk erneut, stand auf und wanderte in der großen Kammer umher. Er konnte einfach nicht mehr still sitzen, brauchte Bewegung. »Erde. Es erscheint absurd. Megalithische Architektur ist auf vielen von Humanoiden bewohnten Welten üblich, Lee. Wieso bist du so sicher?«

»Ich habe mir die Mauern angesehen«, erwiderte Kelso. Während seine Gefährten noch auf dem sandbedeckten Steinboden lagen und sich von ihrer Überraschung erholten, ging er am Rande der weiten Kammer entlang, strich mit den Fingerkuppen über die Felsblöcke, untersuchte Vertiefungen und winzige Vorsprünge, kroch manchmal sogar auf allen vieren und murmelte leise vor sich hin – bis sich Kirk nach dem Grund seines seltsamen Verhaltens erkundigte. »Sie bestehen aus einzelnen Sandsteinsegmenten, die so behauen wurden, daß bei ihrer Aufeinanderschichtung auf Mörtel oder eine andere Bindemasse verzichtet werden konnte. An einigen Stellen aber haben sie sich verschoben – aufgrund von Erdbeben, nehme ich an. Daher auch der Sand auf dem Boden. Nun, während des zwanzigsten und einundzwanzigsten Jahrhunderts kam es in Ägypten häufig zu starken Erdbeben – als man den Assuan-Staudamm baute, als die alten Gibraltar-Schleusen geöffnet wurden. Die Erklärung ist ganz einfach: zu großer Wasserdruck an Orten, wo es nie Wasser gegeben hat.«

»Ich verstehe«, sagte Kirk, aber Kelso hörte ihn gar nicht, kam jetzt richtig in Fahrt.

»Wenn man genau hinsieht...« Lee trat an der Wand entlang, deutete auf verschiedene Stellen und gestikulierte aufgeregt. Seine Stimme hallte hohl durch die Leere, warf mehrere Echos, so daß die Zuhörer ihren eigentlichen Ursprung nicht mehr lokalisieren konnten. »Kurze und lange Steine wechseln sich ab. Man nennt sie Schlußsteine und Binder, beziehungsweise Strecker und Läufer. Das von ihnen gebildete Muster bezeichneten die Ägypter als *Talatat* – ›Dreier‹ –, obgleich heute niemand mehr weiß, was es damit auf sich hat. Derartige Strukturen wurden hauptsächlich während des Neuen Reiches verwendet, der sogenannten 18. Dynastie, die von 1551 bis 1306 v. d. Z. dauerte. Es gibt nur eine wichtige Ausnahme: Die Frauentempel wurden nur entweder aus Bindern oder Läufern errichtet. Ich meine zum Beispiel den Tempel der Nofretete, die im vierzehnten Jahrhundert v. d. Z. ägyptische Königin und Gemahlin Echnatons war...«

Kelso brach ab, schien zu begreifen, daß er in fünf Minuten mehr gesagt hatte als sonst an einem ganzen Tag. Der stille und zurückhaltende Lee Kelso — selbst die besten Freunde überraschte er immer wieder mit seinen erstaunlichen Fähigkeiten: Er konnte praktisch alles auftreiben, alles reparieren, alles ›organisieren‹, was nicht niet- und nagelfest war — erwies sich plötzlich als Ägyptologe.

»Du bist immer wieder für eine Überraschung gut, Lee«, sagte Jim Kirk anerkennend.

»Es ist ein Hobby.« Kelso zuckte mit den Schultern. »Schon seit langem interessiere ich mich für Architektur.«

»Und die Schätze, Lee?« fragte Gary spöttisch und schüttelte kobaltblauen Staub aus dem Kommunikator. Er glitzerte, vermischte sich mit dem roten Sand auf den Steinen — und stellte einen eindeutigen Beweis dafür dar, daß sie nicht etwa an Halluzinationen litten, tatsächlich auf M-155 gewesen waren. »Wo ist König Tutanchamuns Gold? Wo liegt die uralte Papyrusrolle, die den Weg zur Schatzkammer weist? Wo sind die Geheimtunnel, durch die man nach draußen gelangen kann?«

»Hier drüben sind einige Hieroglyphen in den Stein gemeißelt«, sagte Elizabeth Dehner. Kelsos Ausführungen weckten ihr Interesse, und Mitchells Sarkasmus ging ihr gegen den Strich. »Zumindest sehen sie so aus, als...«

»Es handelt sich nicht um eine echte piktographische Schrift«, erwiderte Kelso. Er hatte die Zeichen bereits untersucht. »Eher um koptische Graffiti. Sie sind nicht annähernd so alt und weitaus weniger komplex.«

»Hört, hört«, kommentierte Mitchell.

»Wenigstens ist die Beleuchtung ein wenig moderner«, bemerkte Kirk, beobachtete die hohen Wandleuchter und lauschte dem Echo seiner Stimme. »Ich schätze, wir brauchen nicht damit zu rechnen, daß hier irgendwelche unheimlichen Fackelträger auftauchen, um uns dem Totengott Anubis zu opfern.« Er atmete tief durch. »Na schön, gehen wir mal davon aus, wir sind wirklich in Ägypten. Dann stecken wir in nicht annähernd so großen Schwierigkeiten, wie wir bisher befürchteten. Wir brauchen diese Kammer nur zu verlassen, Spock zu finden...«

»Nichts leichter als das«, meinte Mitchell trocken, setzte den Kommunikator wieder zusammen und testete das Gerät. »Ein Kinderspiel.«

»Funktioniert das Instrument?« fragte Kirk ungeduldig. »Wenn wir es auf eine Starfleet-Frequenz justieren...«

»Oh, mit diesem Ding hier ist soweit alles in Ordnung«, sagte Gary. »Aber ich kann trotzdem nicht senden. Irgend etwas blockiert die Signale.«

Kirk wandte sich an Dehner. »Was ist mit den Tricordern?«

»Das gleiche Problem, Captain«, antwortete die Psychologin. »Die Geräte erfassen alle in diesem Raum anwesenden Personen, doch was sich hinter den Mauern befindet, bleibt ihnen verborgen.«

»Wir haben es mit einem Abschirmfeld zu tun, Jim«, sagte Mitchell und klappte den Kommunikator zu. »Irgend jemand will uns daran hindern, mit der Welt außerhalb dieses Gebäudes Kontakt aufzunehmen. Und wenn es sich dabei um den unbekannten Faktor handelt, der uns hierherbrachte... Ich glaube, dann sitzen wir ganz schön in der...«

»Sehr scharfsinnig, Mr. Mitchell«, erklang eine Stimme hinter ihnen, eine Stimme, die kein Echo warf. Kirk erkannte den Akzent wieder, den er unmittelbar nach seiner Ankunft gehört hatte. »Ich möchte allerdings betonen, daß Sie sich keine Sorgen zu machen brauchen. Jede Art von Feindseligkeit Ihnen gegenüber liegt mir fern.«

Der Mann kam nicht etwa die Treppe herab, kroch auch nicht durch einen imaginären Geheimtunnel. Von einem Augenblick zum anderen war er einfach da: eine sonderbare Erscheinung, die aus einer völlig anderen Epoche oder einer alternativen Wirklichkeit zu stammen schien. Der Fremde trug einen weißen Umhang, und auf seinem Kopf ruhte ein Turban. Er schien entweder zu dünn für seine Größe zu sein – oder zu groß für sein Gewicht. Als ätherischer Geist trat er ihnen entgegen, substanzlos und doch real. Er grinste wie die Katze aus *Alice im Wunderland,* und...

Und er trug ein Teakholz-Tablett, auf dem ein Teeservice aus Porzellan stand.

»Sie waren das also!« entfuhr es Kirk und deutete mit dem Zeigefinger auf den Unbekannten. »Die Stimme, die ich kurz nach dem Retransfer hörte. Haben Sie uns hierher gebracht?«

»In der Tat, Captain«, bestätigte der ›Geist‹, verneigte sich kurz und stellte das Tablett auf eine der Stufen. In einer entschuldigenden Geste breitete er die Arme aus. »Ich bekenne mich schuldig, kann zu meiner Verteidigung nur anführen, daß keine bewußte Absicht dahintersteckte.«

Kirk setzte zu einer Erwiderung an, überlegte es sich dann aber anders und schwieg. Er richtete einen verwirrten Blick auf Mitchell, der jedoch nur mit den Schultern zuckte.

»*Was* beabsichtigen Sie denn?« fragte er wachsam.

Der Fremde griff nach den Tassen. »Oh, ich habe nur ein Experiment durchgeführt, bei dem es um eine Manipulation der Zeit ging. Es sollte dabei niemand zu Schaden kommen. Daß Sie und Ihre Leute betroffen wurden, war reiner Zufall.«

Kirk hörte das geschäftige Summen des Tricorders, den Dehner in der Hand hielt. Sie bewahrte die Ruhe und gewann Daten über den Fremden. *Gut,* dachte Kirk zufrieden und räusperte sich.

»Ich bin James T. Kirk vom Föderations-Raumschiff *Enterprise.* Wir sind auf einer friedlichen Mission...«

»Ja, ich weiß, Captain«, unterbrach ihn der namenlose Mann und winkte mit einer langen, schmalen Hand, wodurch er fast die Teekanne umgestoßen hätte. »Obgleich mir derzeit noch unklar ist, woher mein Wissen stammt. Eigentlich komisch: Ich weiß über viele nutzlose Dinge Bescheid. Aber wenn ich versuche, solche Kenntnisse anzuwenden, um meine wenig erfreuliche Lage zu verbessern, wird alles nur noch schlimmer. Möchten Sie Honig in Ihrem Tee, Captain?«

Bevor Kirk Antwort geben, sich sammeln oder seinem Unmut mit einem Fluch Luft machen konnte, vernahm er Elizabeth Dehners Stimme.

»Er ist menschlich, Captain«, flüsterte sie. »Mehr oder weniger.«

»Was soll das heißen?« erwiderte Kirk.

»Dr. Dehner möchte Ihnen mitteilen, daß einige meiner biopsychischen Werte den menschlichen Normen entsprechen, während das bei vielen anderen nicht der Fall ist«, sagte der Unbekannte. Er hielt noch immer die Teetasse in der Hand, und als Kirk sie nicht entgegennahm, reichte er sie Dehner. Die Psychologin sah den Captain an, zuckte mit den Achseln, legte den Tricorder beiseite und nahm die Tasse entgegen. »Sie wird Ihnen bestätigen, daß meine neurologischen Strukturen paranormaler Natur sind – Sie würden in diesem Zusammenhang vermutlich von einem hohen PSI-Quotienten sprechen –, und ich nehme an, sie ist nicht in der Lage, mein Alter zu bestimmen.«

»Genau«, sagte Dehner kühl und zeigte sich überhaupt nicht überrascht. Sie lehnte sich an die Treppe, trank einen Schluck Tee und schien sowohl Umgebung wie Umstände völlig zu vergessen. *Teatime in einem ägyptischen Verlies,* dachte Kirk. »Woher wissen Sie das?« fragte die junge Frau nach einer Weile. »Sind Sie getestet worden, Mr. ...«

»Parneb«, stellte sich der Mann vor und griff nach einer zweiten Tasse. »Mahmoud Gamal al-Parneb Nezaj, um ganz genau zu sein. Aber bei meinen bisherigen Inkarnationen habe ich ausschließlich den Namen Parneb verwendet. Mr. Mitchell?«

»Meine Mutter hat mir verboten, mit Fremden Tee zu

trinken«, sagte Gary wie beiläufig. Er saß einige Stufen unterhalb der steinernen Platte am oberen Ende der Treppe, hatte die Arme verschränkt und lehnte sich lässig an die Wand. Aber Kirk kannte ihn gut genug, um seine innere Anspannung zu erkennen. *Er wartet nur auf mein Zeichen*, dachte er.

»Oh, aber wir sind doch jetzt keine Fremden mehr!« wandte Parneb ein und bot Kelso Tee und Plätzchen an. Lee nahm beides entgegen; wenn es um seinen Magen ging, lehnte er nie etwas ab. »Ich weiß, wer Sie sind, und ich bin bereit, Ihnen alles über mich zu erzählen – soweit ich mich erinnere. Darüber hinaus werde ich zu gegebener Zeit versuchen, Sie sicher dorthin zurückzubringen, woher Sie kommen. Zuerst müssen Sie mir versprechen, sich zu keinen ... äh, unüberlegten Handlungen hinreißen zu lassen.«

»Pfefferminz«, brummte Kelso mit vollem Mund und biß vom nächsten Keks ab. Er meinte seinen Tee, den er mit einer gehörigen Portion Honig genoß. »Schmeckt sehr gut.«

»Die Kräuter stammen aus meinem eigenen Garten«, verkündete Parneb nicht ohne Stolz. »Und der Honig aus meinem Bienenhaus. Während der vergangenen – oder zukünftigen? – Jahrhunderte hat sich die Eigenversorgung immer wieder als Vorteil erwiesen.«

»Einer meiner Gefährten wird noch immer vermißt«, warf Kirk ein und fühlte, wie sich das Unbehagen in ihm verdichtete. Er dachte an Hänsel und Gretel, die zum erstenmal das Pfefferkuchenhäuschen betraten und dort zunächst freundlich empfangen und bewirtet wurden. Tee, Plätzchen, höfliches Geplaudere – das alles weckte heißen Zorn in ihm. Er verspürte den plötzlichen Wunsch, irgend etwas zu zerschlagen. »Er begleitete uns auf den Planetoiden...«

»Ja, ich weiß – der Vulkanier«, erwiderte Parneb ruhig. »Wirklich schade. Es ist mir ein Rätsel, wie so etwas geschehen konnte; eigentlich sollten Sie alle zusammen hier eintreffen. *Malesh:* Ich glaube, es kann nicht besonders schwer sein, einen einzelnen Vulkanier zu lokalisieren.«

»Wir sind in Ägypten, nicht wahr?« erkundigte sich Lee.

»In der Tat, Mr. Kelso. Und ich fand Ihren Vortrag über Architektur recht faszinierend.« Parneb schenkte sich ebenfalls Tee ein, faltete seine ektomorphe Gestalt auf einer der Stufen und setzte die Tasse behutsam an die Lippen. »Sie und Ihre Kameraden haben eine Menge herausgefunden – trotz der Beschränkungen, denen ich Sie in diesem ... Keller unterwarf. Bitte glauben Sie mir, Mr. Mitchell: Die Kammer ist keineswegs als Verlies gedacht. Oh, Captain – ich muß auch die Verantwortung für das Abschirmfeld übernehmen, das Ihre Instrumente blockiert. Aufgrund Ihrer Ausbildung und diversen Talente mußte ich annehmen, daß Sie versuchen würden, nach draußen zu gelangen und dort jemanden um Hilfe zu bitten. Nun, auch ich habe so etwas wie eine Erste Direktive. Ich konnte nicht zulassen, daß Sie Ihre Präsenz in diesem Jahrhundert offenbaren.«

Kirk begann allmählich zu begreifen, was Parnebs Worte bedeuteten. Er hatte sie nicht nur durch den Raum transportiert, sondern auch durch die Zeit.

»Parneb«, sagte er langsam und besann sich dabei auf seinen Rest von Geduld. »In welchem Jahrhundert sind wir hier?«

»In meinem natürlich.« Die Frage schien den hageren Mann zu erstaunen. »Besser gesagt: in einem davon. Doch in welchem ... Lassen Sie mich überlegen.«

Kirk verlor endgültig die Beherrschung.

»Ich verlange Antworten«, stieß er zwischen zusammengebissenen Zähnen hervor. »Ich habe keine Ahnung, wer oder was Sie sind – Zauberer, Witzbold oder schlicht und einfach ein Irrer –, aber wenn Sie uns nicht sofort freilassen, wenn Sie uns nicht sagen, was mit meinem wissenschaftlichen Offizier und der *Enterprise* geworden ist, wenn Sie uns nicht umgehend zurückbringen, werde ich ...«

»Ja?« Parneb sah ihn fragend an und nippte in aller Gemütsruhe an seinem Tee.

Kirk sprang auf ihn zu und berührte etwas, das sich so eklig anfühlte wie Spinnweben und innerhalb weniger Sekundenbruchteile verschwand. Der Captain verlor das Gleichgewicht, fiel, fing den Aufprall mit den Händen ab und rollte zur Seite. Parnebs Teekanne kippte, vergoß ihren Inhalt und zerbrach.

»Bitte unterlassen Sie so etwas«, erklang der schwere Standard-Akzent. Parneb stand ganz woanders. Kirk stemmte sich wieder in die Höhe und sah ihn in der Mitte des Raums, beobachtete, wie der seltsame Mann seine Kleidung glättete. »Dadurch entstehen Falten in der *Djellaba,* und außerdem laufen wir beide Gefahr, zumindest einen Teil unserer Würde zu verlieren. Ich habe Ihnen doch gesagt, daß ich bereit bin, Ihnen zu helfen. Aber ich brauche Zeit. Und Ihr derzeitiges Verhalten kann mich kaum dazu bewegen, Sie aus dieser Kammer zu lassen.«

Kirk kochte. Er verdankte dem ägyptischen Magier nicht nur Dutzende von immer noch schmerzenden blauen Flecken, sondern nun auch einige Hautabschürfungen an den Händen und Unterarmen.

»Versuchen Sie bitte, sich noch ein wenig zu gedulden, Captain«, riet ihm Parneb freundlich. Als er bemerkte, daß Lees Blick wieder den Wänden galt, fügte er hinzu: »Mr. Kelso, es würde mich sehr interessieren, wie Sie dieses Gebäude im Vergleich mit anderen Bauwerken aus der gleichen Epoche beurteilen...«

Er hakte sich bei Kelso ein, und die beiden Männer begannen mit einer Besichtigungstour, unterhielten sich mit solcher Gelassenheit, als hätten sie die ganze Zeit der Welt. Kirk faßte sich wieder und musterte seine Gefährten. Dehner hielt noch immer die Teetasse in der Hand, und Mitchell hockte wie eine dösende und doch wachsame Raubkatze auf der Treppe. *Mit direkten Drohungen kommen wir keinen Schritt weiter,* dachte Jim selbstkritisch und versuchte, ein Bild von ihrer Lage zu gewinnen. Die Situation erschien ihm nach wie vor unwirklich und irreal. Seufzend stieg er die Stufen hoch und nahm neben Mitchell Platz.

»Ich bin mit meiner Weisheit am Ende, Gary«, sagte er. »Parneb ist mir ein einziges Rätsel.«

Er wußte, daß solche Worte seiner Rolle als Captain widersprachen, aber er war klug genug, sein eigenes Versagen einzugestehen und eine zweite Meinung einzuholen. Mitchells Rat hatte ihm schon oft auf die Sprünge geholfen...

»Geduld und Diplomatie, Junge.« Garys Lippen bewegten sich kaum, und sein Blick blieb auf Parneb gerichtet. Er schien zu befürchten, der Fremde könne ihn hören, obwohl er ein Dutzend Meter entfernt mit Kelso sprach. »Laß ihm seinen Willen. Versuch einfach, sein Vertrauen zu gewinnen. Halt ihn bei Laune. Nimm dir ein Beispiel an Lee.«

»Lee schwebt gerade im siebten Architektenhimmel«, erwiderte Kirk gepreßt. »Wenn ich von ihm noch einen Vortrag über ägyptische Baukunst höre, drehe ich ihm höchstpersönlich den Hals um.«

»Du siehst das völlig verkehrt, Jim«, hauchte Mitchell. »Himmel, du kennst Lee ebensogut wie ich. Sicher, manchmal rastet er aus, aber die wichtigen Dinge verliert er nie aus den Augen. Seit Parneb auftauchte, wickelt er ihn um den kleinen Finger. Außerdem: Es war Lee, der herausfand, daß wir in Ägypten sind.«

Kirk beobachtete die beiden Gestalten auf der anderen Seite der Kammer, und plötzlich sah er Kelsos sorgloses, zuvorkommendes Gebaren in einem ganz anderen Licht.

»Das übliche Szenario«, murmelte Mitchell. »Auf der einen Seite der gute, freundliche Polizist, und auf der anderen ein cholerischer Schlägertyp.« Er lächelte.

»Ich weiß nicht, wer diesen Trick zum erstenmal benutzt hat«, erklärte Kelso zu Beginn einer anderen Mission, die inzwischen schon viele Jahre zurücklag. Seine Erläuterungen dienten zur Vorbereitung auf eine möglicherweise problematische Situation. »Er ist sehr alt und wurde auf der Erde entwickelt. Kennt ihr ›Des Teufels Advokat‹? Nun, es handelt sich um eine Variante jenes Musters. Einer spielt den Bösen, einen zu allen Gemeinheiten fähigen Kerl, und der andere übernimmt die Rolle des Guten, der nichts von Gewalt und ähnlich abscheulichen Dingen hält. Der Dritte, um den es eigentlich geht, sieht sich vom Bösen bedroht, sucht beim Guten Schutz und ist deshalb bereit, ihm alles zu erzählen...«

»Und du bist der Böse?« fragte Kirk.

»Eine mir auf den Leib geschriebene Rolle, meinst du nicht?« Mitchell lächelte erneut. »Du fungierst gewissermaßen als Schiedsrichter.« Gary wurde schlagartig ernst. »Lee und ich bereiten Parneb für dich vor, Jim. Aber du mußt entscheiden, welche Konsequenzen sich daraus ergeben sollen.«

Kirk nickte langsam. Ein Mann, der einen solchen Freund hatte, durfte sich glücklich schätzen. Und ein Captain, der sich an einen derartigen Vertrauten wenden konnte, war noch weitaus besser dran.

»Captain?« Elizabeth Dehner rutschte ein wenig näher und nickte in Richtung Parneb. »Ich stimme Mr. Mitchell nur ungern zu, aber die von ihm vorgeschlagene Taktik ist in psychologischer Hinsicht recht wirkungsvoll.«

»Da hast du's«, bemerkte Mitchell trocken. »Jetzt bekommst du sogar den offiziellen Segen einer Gehirnklempnerin...«

»Immer mit der Ruhe, Gary.« Kirk grinste und fühlte, wie sich seine Stimmung verbesserte. »Spar dir deine Schauspielerkunst für Parneb auf.«

»Wer sagt denn, daß ich schauspielere?« Mitchell bedachte Dehner mit einem durchdringenden Blick.

Die Psychologin kam nicht mehr dazu, einen Kommentar abzugeben – ganz plötzlich stand der Ägypter vor ihnen. Kirk fragte sich, wieviel er gehört hatte.

»Es wird Zeit«, meinte Parneb und winkte. »Wenn Sie

mich bitte begleiten würden...« Diesmal wählte er einen ganz gewöhnlichen Abgang und ging die Treppe hoch, ungeachtet der massiven Steinplatte am Ende der Stufen. Einige Sekunden später stellte Kirk verblüfft fest, daß sie gar nicht mehr existierte.

Mitchell erhob sich langsam und ließ Kelso vorbei.

»Kommen Sie, Wunder der Psychiatrie und Erleuchterin des menschlichen Seelenlebens!« rief er Dr. Dehner zu. »Die Teeparty ist vorbei.«

Elizabeth griff nach ihrem Tricorder und sah zu Gary auf.

»Eines Tages, Mr. Mitchell, unterziehe ich Sie einer umfassenden Psychoanalyse und finde den Grund für Ihre Mysogynie«, versprach sie kühl.

»Oh, ich habe nichts gegen Frauen«, erwiderte Gary und griff nach Dehners Arm. »Sie gehören sogar zu den Leuten, die ich besonders sympathisch finde. Vorausgesetzt, sie strahlen eine gewisse Wärme aus und sind nicht kalt wie Eis.«

»Vielleicht sind Sie eifersüchtig auf mich«, vermutete die Psychologin, stieß Mitchells Hand beiseite und ignorierte die Beleidigung. Sie hörte solche Worte nicht zum erstenmal. »Vielleicht sehen Sie durch mich Ihre privilegierte Stellung beim Captain bedroht.«

»Mein Rat hat Jim mehr als einmal das Leben gerettet«, brummte Gary. *Spielt er bereits den Bösen?* fragte sich Dehner. *Oder ist seine Bemerkung eine ernst gemeinte Drohung?* »Wenn er Ihre Hilfe braucht, wird er sich an Sie wenden.«

Die Treppe führte in engen Spiralen nach oben, vorbei an fensterlosen Steinwänden, und zu Parnebs sichtlichem Entzücken wies Kelso darauf hin, daß jene Mauern nicht annähernd so alt waren wie die im Keller. Schließlich gelangten sie in ein großzügig angelegtes und fast modern wirkendes Apartment.

Lee gab sich begeistert.

»Aus Lehmziegeln errichtet!« stieß er in einem bewundernden Tonfall hervor. »Kuppeldecken, Torbögen! Sieht ganz nach Hassan Fathy aus. Parneb?«

»Ziemlich gut getroffen, Mr. Kelso.« Der Ägypter strahlte. »Der Architekt wird gegen Ende des letzten Jahrhunderts ein Schüler Fathys sein.«

Mitchells Interesse galt nicht der Architektur, sondern der mittelalterlichen Einrichtung.

»Sieh dir das mal an, Jim!« sagte Gary mit gespielter Verblüffung. »Es fehlt nichts. Alle Dinge, die ein Do-it-yourself-Zauberer braucht: astrologische Karten, Heilmittel für alle möglichen Leiden, von Bauchschmerzen bis hin zu unerwiderter Liebe, hübsch ordentlich mit englischen, lateinischen und arabischen Etiketten versehen; Regale mit Totenköpfen, die meisten von ihnen menschlichen Ursprungs, wie ich vermute, die pseudomodernsten alchimistischen Utensilien, um Blei in Gold zu verwandeln. Nicht einmal Molchaugen und Froschzehen fehlen. Und dann die Kristallkugel...«

Auf einem kleinen Tisch in der Mitte des Zimmers ruhte ein Gegenstand, der matt glühte und aussah wie eine zu groß geratene Melone.

»Spotten Sie nur, Mr. Mitchell«, entgegnete Parneb gelassen. »Mit jenen Dingen kann ich meinen Lebensunterhalt in einer weniger aufgeklärten Epoche bestreiten. Und ob Sie's glauben oder nicht: Die Kristallkugel funktioniert.«

Kirk achtete nicht auf den Wortwechsel und trat an eins der hohen, oben gewölbten Fenster heran. Der Anblick, der sich ihm von dort aus bot, bestätigte seine schlimmsten Befürchtungen. Jahrhundertealter Schutt hatte sich an den Mauern der unterirdischen Kammer angesammelt und bildete eine Geröllhalde, die von außen wie ein natürlicher Hügel wirkte. Und am Fuß jener Anhöhe, etwa drei Stockwerke weiter unten, erstreckte sich die verkehrsreiche Straße einer Stadt irgendwo im Nahen Osten. Dutzende von Personenkraftwagen und Transportern rollten über den Asphalt, und auf den Bürgersteigen waren viele Passanten unterwegs. Aber die Art der Fahrzeuge, die Kleidung der Männer und Frauen...

Kirk wandte sich vom Fenster ab und sah sich um. Inmitten der Runen, Hieroglyphen und Tierkreissymbole im Zimmer entdeckte er einen ewigen Kalender, eingestellt auf den Oktober 2045. *Das hat uns gerade noch gefehlt!* dachte der Captain. *Zweihundert Jahre in der Vergangenheit...*

»In Ordnung, Parneb«, sagte er und rieb sich die Hände. »Sie haben uns überzeugt. Was machen wir jetzt?«

»Setzen Sie sich«, erwiderte der Ägypter und ließ sich auf einem kleinen Gebetsteppich nieder. »Und hören Sie zu, während ich Ihnen eine Geschichte erzähle.«

»Jetzt reicht's!« donnerte Mitchell und schlüpfte in die für ihn vorgesehene Rolle. »Jim, wie lange sollen wir das noch ertragen? Ich habe von dem Clown und seinem mystischen Unfug die Nase voll...«

Mit langen Schritten ging er auf Parneb zu und streckte dabei die Hände aus, als wolle er ihn erwürgen. Kirk eilte näher, und Kelso griff ebenfalls ein.

»Reg dich nicht auf, Mitch...«

Gary stieß Lee beiseite, griff nach der Kristallkugel — und gab einen schmerzerfüllten Schrei von sich.

»Das Ding hat mir einen elektrischen Schlag versetzt!« Er schüttelte die Hände und versuchte, das Prickeln und Brennen aus ihnen zu verbannen. »Es steht unter Strom!«

Parneb hatte die ganze Zeit über nicht einmal mit einer Wimper gezuckt. »Wenn Sie es genau wissen wollen, Mr. Mitchell: Die Vorrichtung ist auf meine Hirnwellen justiert. Wenn Sie das nächstemal irgendwelche Dinge anfassen, sollten Sie folgendes bedenken: Was für den einen Unfug sein mag, ist für den anderen Wissenschaft und für einen Dritten Religion.«

»Parneb?« Elizabeth Dehner starrte auf die widersprüchlichen Anzeigen ihres Tricorders und versuchte auf ihre eigene Art und Weise, den Ägypter sanft zu stimmen.

»Hat Ihre ›Geschichte‹ irgend etwas mit der Rückkehr in unsere heimatliche Raum-Zeit zu tun?«

»In der Tat, verehrte Dame.« Parneb seufzte und musterte Mitchell nachdenklich. »Doch zunächst sollte ich wenigstens einem von Ihnen zeigen, was es mit meinem ›Unfug‹ auf sich hat. *Malesh,* ich werde Mr. Mitchells Zweifel ausräumen!«

Er griff unter seine *Djellaba* und holt eine dünne Silberkette hervor, an der ein kleiner Anhänger baumelte. Das Objekt schien aus dem gleichen ›Kristall‹ zu bestehen wie auch die Kugel auf dem Tisch. Es handelte sich um einen schwach glühenden, opaleszierenden Stein, der manchmal an Substanz zu verlieren, weicher und fast gallertartig zu werden schien. Ab und zu vibrierte und pulsierte er, entwickelte ein gespenstisches Eigenleben. Und im Zentrum der Kugel entstanden Bilder.

Parneb schloß die Augen, umfaßte den kleineren ›Kristall‹ mit beiden Händen und konzentrierte sich. Der sonderbare Dunst im Innern der Kugel lichtete sich, und wenige Sekunden später sah Kirk sternenbesetzte Leere, im Vordergrund eine Sonne mit aufgeblähter Korona, in ihrer Umlaufbahn einen graugrünen, unscheinbar anmutenden Planetoiden.

»Kapeshet«, murmelte der Captain. »Und M-155.«

»Sind das die von Ihnen verwendeten Bezeichnungen?« fragte Parneb und öffnete die Augen. »Lieber Himmel, wie langweilig! Nun, was soll's? Der kleine Planet ist ja auch nicht besonders interessant, oder?

Ich habe jene öde Welt für mein Experiment gewählt«, fuhr der Ägypter fort. »Weil sie so abgelegen ist. Weil ich *glaubte,* sie sei unbewohnt. Darüber hinaus muß ich eingestehen, daß der Name des Zentralgestirns einen gewissen Reiz auf mich ausübte – ich werde einen Kapeshet kennenlernen, im alten Theben. Aber wie konnte ich ahnen, mit meiner interstellaren Fingerfertigkeit Ihre Neugier zu erwecken und Sie hierher zu bringen? Als ich beobachtete, wie Sie blauen Staub aufwirbelten, war es bereits zu spät.

Wenn ich nicht eingegriffen und Sie zu mir versetzt hätte...«

Er brach ab, runzelte die Stirn und betrachtete den Kristall eine Zeitlang, bevor seine Miene wieder die für ihn charakteristischen freundlichen Züge gewann. »Gleich können Sie beobachten, wie die *Enterprise* den Planetoiden in aller Seelenruhe umkreist. Was die Besatzungsmitglieder an Bord betrifft: Sie machen sich keine Sorgen, denn für sie ist — noch — nichts geschehen.«

»Wie funktioniert der Apparat?« Kelso blickte verwirrt in den Kristall, hielt vergeblich nach irgendeinem Kontrollmechanismus Ausschau. »Woher stammt er? Wie...«

»Nichts weiter als ganz gewöhnliche Holographie«, kommentierte Mitchell verächtlich und spielte noch immer seine Rolle.

»Von der *Enterprise* ist weit und breit nichts zu sehen«, stellte Kirk besorgt fest. »Wo befindet sie sich?«

»Wahrscheinlich gerade auf der anderen Seite des Planetoiden«, erwiderte Parneb ein wenig zu hastig und steckte die silberne Kette mit dem kleineren Kristall ein. Das Bild in der Kugel löste sich sofort auf. »*Malesh*, ich muß mich jetzt ausruhen. Später versuchen wir, den verschwundenen Vulkanier zu finden.« Er setzte sich wieder auf den Gebetsteppich und wartete darauf, daß Dehner ihre Tricorder-Analyse beendete. »Nun, Teuerste?«

»Als Sie eben in ... in Trance waren, als Sie sich auf die Kristallkugel konzentrierten...« Die Psychologin blickte noch einmal auf die Anzeigen, um sich zu vergewissern. »Ist Ihnen klar, daß alle Ihre metabolisch-mentalen Werte in den paranormalen Bereich wechselten? Ihr Puls stieg auf über zweihundert, und die neurologischen Muster...«

»Ja, eine ziemlich anstrengende Sache.« Parneb seufzte. »Der Preis, den man dafür zahlen muß. Leider. Ein Grund mehr, mich bei Laune zu halten, wie Mr. Mitchell vorschlug.«

Gary konnte seine Überraschung nicht ganz verbergen.

»Womit ich nicht Ihre schauspielerischen Leistungen

schmälern will, Mr. Mitchell. Es wäre Ihnen fast gelungen, mich zu täuschen. Aber mein Gehör ist ebenfalls psionischer Natur ...« Parneb fühlte die Blicke aller Anwesenden auf sich ruhen. »Also gut, eine Geschichte. Die Geschichte eines nur scheinbar menschlichen Wesens, das aus irgendeinem unerfindlichen Grund rückwärts leben muß, dessen Zukunft Vergangenheit ist, dessen Schicksal darin besteht, sich nie ganz sicher zu sein, ob seine Erinnerungen Dinge betreffen, die bereits passiert sind oder erst noch geschehen müssen, ob es an jenen Ereignissen beteiligt ist oder nicht.«

»Merlin«, sagte Elizabeth Dehner plötzlich. Ihre drei Gefährten sahen sie verwundert an. »Merlin, eine Gestalt aus der Artus-Sage. Es gibt mehrere Erzählungen über den Zauberer, und in einer Version werden seine magischen Fähigkeiten folgendermaßen begründet: Angeblich war Merlin dazu verurteilt, rückwärts zu leben, und er konnte die Zukunft voraussagen, weil sie sich ihm als persönliche Vergangenheit darbot.«

»Eine Legende ohne historische Basis«, bemerkte Kirk und empfand vagen Ärger. *Einer meiner Offiziere stellt sich als Ägyptologe heraus, und die Bordpsychologin erweist sich plötzlich als Expertin für mittelalterliche Sagen. Stehen mir noch weitere Überraschungen dieser Art bevor?*

»Eine interessante Ansicht«, meinte Parneb und schürzte kurz die Lippen. »Ich muß Sie allerdings enttäuschen: Sie irren sich, was Merlin angeht.« Er hob den Kopf und sah Kirk an. »Er ist Teil dessen, was Sie als Realität bezeichnen, Captain. Er teilt mein Schicksal einer Langlebigkeit, die Äonen umfaßt, aber wenigstens hat er den Vorteil, die Uhren nicht ständig zurückstellen zu müssen. Ich werde ihn als Ahkarin in einem anderen Jahrhundert kennenlernen. Wenn ich so alt werde. Erahnen Sie das Ausmaß meines Problems?«

»Wollen Sie uns weismachen, Sie seien in der Zukunft geboren und dazu verdammt, irgendwann in fernster Vergangenheit zu sterben?« Kirk schüttelte den Kopf und suchte nach den richtigen Worten. »Wie kann so etwas möglich sein?«

»Wie ist es möglich, daß Sie hier sind, an diesem Ort, in dieser Epoche – bevor Ihre Mutter Sie zur Welt brachte?« hielt ihm Parneb sanft entgegen.

»Wo wurden Sie geboren? Und wer waren Ihre Eltern?«

»Ich weiß es nicht«, antwortete der Ägypter in einem kummervollen Tonfall. »Ich habe keine klaren Erinnerungen an meinen Ursprung, bin nur in einem Punkt ziemlich sicher: Ich wuchs in Ägypten auf. Vergangenheit und Zukunft verschmelzen miteinander, verändern sich gegenseitig, und dadurch verliere ich manchmal die Orientierung. Offenbar bin ich auch in Ihrem dreiundzwanzigsten Jahrhundert gewesen – vage Reminiszenzen deuten darauf hin. Nun, ich altere wesentlich langsamer als gewöhnliche Menschen. Ich habe bereits mehrere hundert Jahre überlebt, und es stehen mir noch einige Jahrtausende bevor, wenigstens bis zum zwölften Jahrhundert v. d. Z., in dem...«

»Parneb«, warf Lee Kelso ein. Er nannte nicht etwa den Namen ihres ›Gastgebers‹, sondern besann sich auf seine Geschichtskenntnisse. »Parneb von Theben, Baumeister unter Ramses III., ein außerordentlich begabter Architekt, der fünf Pharaonen diente. Sind Sie...«

»Ich fürchte, Sie haben recht, Lee«, sagte der Ägypter traurig. »Ich bin jener Parneb. Oder werde es sein. Deshalb habe ich Sie gefragt, was Sie vom Konstruktionsmuster des Kellers halten. Im Jahre 1198 v. d. Z. werde ich an diesem Ort einen Tempel planen und errichten lassen. Das ist eine meiner ersten und letzten Erinnerungen.«

Lee Kelso schwieg und versuchte, das Chaos hinter seiner Stirn zu ordnen.

Jim Kirk war weitaus weniger beeindruckt.

»Ihre Erklärungen mögen einen gewissen Sinn ergeben – für Sie«, wandte er sich an Parneb. »Aber was hat das alles mit uns und M-155 zu tun?«

»Mit Hilfe einer Wissenschaft, die ich in einem anderen Jahrhundert erlernte — erlernen werde? —, hoffte ich, den Kristall als Fokus meiner psychischen Energie zu nutzen und dadurch den chronologischen Ablauf meiner Existenz umzukehren«, erwiderte Parneb, als sei das die selbstverständlichste Sache der Welt. »Ich habe mir immer gewünscht, ein normaler Mensch zu sein, wie alle anderen zu leben und am Ende meiner Tage zu sterben, in der Zukunft, nicht etwa in fernster Vergangenheit. Als es mir gelang, den Planetoiden durch Raum und Zeit zu bewegen, glaubte ich mich der Lösung meines Problems nahe. Aber das Experiment endete in einem Fehlschlag, und außerdem brachte ich Sie und Ihre Begleiter in Gefahr. Das bedaure ich sehr, Captain.«

Eine Zeitlang herrschte Stille. Parneb wirkte jetzt nicht mehr wie ein unberechenbarer Irrer, sondern wie jemand, der Mitleid verdiente.

Mit betontem Ernst fügte er hinzu: »Stellen Sie sich vor, wie es jemandem ergeht, der morgens aufwacht und nicht weiß, ob er älter oder jünger geworden ist. Der weder Freundschaften zu schließen noch feste Bindungen einzugehen wagt, weil er beobachten muß, wie sich die von ihm geliebten Personen von Erwachsenen zu Kindern zurückentwickeln und schließlich sterben, indem sie geboren werden beziehungsweise in den Mutterleib zurückkriechen. Stellen Sie sich vor mitzuerleben, wie die Menschheit ihre wissenschaftlich-kulturellen Errungenschaften vergißt, wie die irdische Zivilisation von Aberglauben, Ignoranz und Primitivität heimgesucht wird. Stellen Sie sich vor, nicht eingreifen zu können, für immer und ewig auf die Rolle eines Beobachters beschränkt zu sein. Wenn Sie die Stimme erheben, warnen und versuchen, gute Ratschläge zu geben, werden Sie als Narr gesteinigt oder als Hexer verfolgt. Ich werde mindestens drei Jahrtausende der Kriege auf diesem Planeten miterleben, Captain — und ich kann nichts dagegen tun. Sie stammen aus einem modernen, aufgeklärten Zeitalter, aber selbst Sie glauben mir nur, weil eine Ablehnung meiner Existenz bedeuten würde, die ganze Wirklichkeit in Frage zu stellen. Mit anderen Worten: Sie akzeptieren mich, um nicht an Ihrem eigenen Verstand zu zweifeln.«

»Was für ein Wahnsinn«, flüsterte Elizabeth Dehner. Ihre professionelle Kühle war wie fortgewischt; sie schien zutiefst erschüttert zu sein. »Es ist eine sehr traurige, beklemmende Geschichte...«

»Woraus besteht der Kristall?« fragte Mitchell und ignorierte die niedergedrückte Stimmung. Er weigerte sich, Parneb zu bemitleiden, lehnte derartige emotionale Reaktionen ab. »Woher stammt er?«

»Von einem Meteor«, erwiderte der Ägypter tonlos und müde. Ganz offensichtlich lag ihm nicht viel an diesem Thema. »Ein Gesteinsbrocken, an dessen chemischer Zusammensetzung alle Analyseversuche scheiterten. Ich fand ihn während einer mondlosen Nacht in der Wüste, und vielleicht wäre es besser gewesen, ihn dem Sand anzuvertrauen, anstatt ihn mitzunehmen. Ich nehme an, im Laufe der Zeit wird er zu einem sehr wertvollen Gegenstand, vielleicht sogar zu einem Kultobjekt, möglicherweise zu dem oft zitierten ›Stein der Weisen‹.«

Der Bericht schien Parneb Erleichterung zu verschaffen. Er versteckte Trauer und Niedergeschlagenheit in einem entfernten Winkel seines Selbst, und daraufhin glätteten sich seine Züge, zeigten wieder die für ihn typische Liebenswürdigkeit.

»Wenn ich mich recht entsinne, behauptet man auf Vulkan, niemand könne wissen, was die Zukunft bringt. Offenbar ist noch kein Vulkanier in einer Lage gewesen, die mit der meinen vergleichbar wäre. *Malesh,* wenigstens habe ich viele interessante Leute kennengelernt.

Nun, um ehrlich zu sein: Ich weiß nicht genau, wie der Kristall arbeitet. Ich begnüge mich mit der Erkenntnis, daß er funktioniert. In dieser Hinsicht bin ich kein Wissenschaftler, sondern ›nur‹ ein Zauberer, der jedoch nicht die Eigenschaften eines Witzbolds oder Irren in sich vereint, Captain.«

»Es tut mir leid«, sagte Kirk betroffen. »Wie mein Erster Offizier sagen würde: Ich neige dazu, Dinge zu ... überstürzen.«

»Dann sollten wir jenen Offizier so schnell wie möglich finden – damit er Sie im Auge behalten und uns rechtzeitig warnen kann.« Parneb stand mit der Eleganz einer zu groß geratenen Heuschrecke auf und holte erneut den kleineren Kristall hervor. »Ich habe seinen Transfer eingeleitet, bevor ich Sie hierher brachte, und daraus schließe ich, er ist irgendwo anders auf der Erde rematerialisiert. Tja, selbst Meteoritenfragmente bestätigen die Regel, daß man Perfektion zwar anstreben, aber nie erreichen kann. Ich hoffe nur, Ihr Gefährte begreift die Situation und hütet sich vor Eingriffen in die gegenwärtige historische Entwicklung.«

»Machen Sie sich in diesem Punkt keine Sorgen«, erwiderte Kirk ungeduldig. *Gerade Spock wird die Lage richtig einschätzen und die Konsequenzen daraus ziehen,* dachte er. »Wenn sein Retransfer nicht ausgerechnet auf dem Nordpol oder mitten im Meer erfolgte, kann er durchaus ohne fremde Hilfe zurechtkommen.«

»Außerdem ist er der einzigen Alien auf einem in kosmischer Hinsicht noch isolierten Planeten«, fügte Parneb hinzu, beugte sich über die Kristallkugel und wartete wie seine Begleiter darauf, daß sich erste Bilder formten. »Es dürfte also nicht weiter schwer sein, ihn zu finden.«

Aber seine Erwartungen erfüllten sich nicht: Der gestaltlose Dunst blieb, und die Kugel begann zu glühen, pulsierte langsam. Nur Parneb bemerkte etwas in den grauweißen Schlieren, und was er sah, erfreute ihn zunächst. Doch wenige Sekunden später wich die Erleichterung profunder Verwirrung; tiefe Falten fraßen sich in seine Stirn.

»Ah, da haben wir ihn ja! Ihr vulkanischer Offizier, Captain, befindet sich tatsächlich mitten im Meer, aber er braucht nicht etwa zu schwimmen. Ganz im Gegenteil: Er hat es recht bequem und ... Lieber Himmel!«

»Was ist denn?« fragte Kirk, die Nerven bis zum Zerreißen gespannt.

»Das gibt's doch nicht! Dafür ist es noch viel zu früh!« Parneb ließ beide Kristalle los und wischte sich plötzlichen Schweiß von der Stirn. »Ich habe nicht einen Vulkanier gefunden, sondern gleich zwei!«

Kapitel 4

Melody Sawyer wußte nicht so recht, was ihr bevorstand, als sie den hellen Sonnenschein hinter sich zurückließ und Jason ins Hauptzimmer der Agrostation folgte. Kleine grüne Männchen? Sprechende Petunien? So völlig andersartige und gräßliche Wesen, daß es ihre Pflicht war, sie sofort zu erschießen – um zukünftigen Generationen einen alptraumhaften Anblick zu ersparen?

Es sind keine Menschen, sagte sich Sawyer immer wieder. *Sie müssen völlig andersartig sein, und wir haben nicht die geringste Ahnung, warum sie hier sind. Das macht sie gefährlich – bis ihre Harmlosigkeit bewiesen werden kann.*

»Alles in Ordnung mit Ihnen?« fragte Jason, als ihm Melody den Strahlungsdetektor emporreichte. Sie stand noch immer im Boot, das neben einer Anlegestelle von Agro III dümpelte. »Sie sind ein bißchen grün im Gesicht.«

»Solche Ausdrücke sollten Sie sich für die Fremden aufsparen«, erwiderte Sawyer und seufzte. »Himmel, mit einer Knarre würde ich mich weitaus sicherer fühlen.«

»Ich bin froh, daß Sie Ihre Schießeisen ›zu Hause‹ gelassen haben«, brummte Jason. »Auf diese Weise können Sie wenigstens keinen Unsinn anstellen. Übrigens: Möchten Sie wirklich nicht im Boot warten?«

»Soll ich ruhig zusehen, wie man Sie in die Dienste eines Liebessklaven zwingt?« Melody grinste kurz, schwang sich aufs Dock und griff nach der medizinischen Ausrüstung. »Sie brauchen Rückendeckung.«

»Wie Sie meinen«, sagte Nyere mit unüberhörbarer Ironie und näherte sich dem Gebäudekomplex der Agrostation.

Eine Zeitlang mußten sie draußen warten, während Yoshi das Kleiderbündel fortbrachte. Nach einer Weile kehrte der junge Mann zurück und versuchte, sich an

Jason und Sawyer vorbeizuschieben. Aus einem Reflex heraus tastete Melodys rechte Hand nach der Waffe, die sie an Bord der *Delphinus* zurückgelassen hatte.

»He, wohin wollen Sie, Freundchen?« wandte sie sich mit scharfer Stimme an Yoshi.

»Nach draußen«, entgegnete er. »Hier drin wird's allmählich eng, und ich möchte nicht zusehen. Was dagegen? Ich muß die Anbauflächen überprüfen und bin bald wieder zurück.« Niedergeschlagen deutete er in Richtung der *Delphinus.* »Außerdem: Ich käme ohnehin nicht besonders weit, oder?«

»Lassen Sie ihn gehen«, warf Jason ein, bevor Melody ganz auf stur schalten konnte. »Nehmen Sie sich nicht zuviel Zeit, Yoshi. Bis zum Sonnenuntergang, okay?«

»Ja, in Ordnung.« Der junge Agronom warf die Tür hinter sich zu, und kurz darauf hörten sie, wie das Triebwerk des Tragflächenboots aufheulte.

Es sind keine Menschen, dachte Melody, als sich ihre Augen langsam an das mattere Licht im Zimmer gewöhnten. Sie sah Tatya, die an der einen Wand lehnte, gleichzeitig verunsichert und trotzig wirkte. Außer ihr befanden sich noch zwei weitere Personen im Zimmer. Melody beobachtete sie.

Es sind keine Menschen. Sie sind nicht wie wir. Wenn sie nach dem Tod in den Himmel kommen, so ist es ihr *Himmel, nicht meiner. Sie stammen nicht von der Erde, sondern von irgendeinem anderen Planeten. Wenn ich sie töte, um meine Welt zu schützen, so bringe ich keine Menschen um...*

Als Sawyer die beiden Außerirdischen zum erstenmal musterte, hielt sie alles für eine Art Scherz. Der junge, hochgewachsene Mann erschien so atemberaubend attraktiv, daß sich Melodys siebzehnjährige Tochter sofort hoffnungslos in ihn verliebt hätte. Die schlanke Frau mit den scharfgeschnittenen Gesichtszügen und der seltsam krummen Nase... Melodys altes Flanellhemd verlieh ihr eine Aura empfindsamer Sensibilität. *Ein Witz,* fuhr es dem Ersten Maat der *Delphinus* durch den Sinn. Irgendein streng geheimer Test, den man im Hauptquartier – vielleicht sogar bei PentaKrem – entwickelt hatte. Um festzustellen, wie das AeroMar-Personal auf eine Invasion von Außerirdischen reagierte.

Das ist die einzige Erklärung, fügte Sawyer in Gedanken hinzu. *Einige ach so intelligente und einfallsreiche HQ-Typen hocken sich zusammen, heuern zwei schauspielerisch begabte Geheimdienstfritzen an, statten sie mit spitzen Gummiohren aus und bringen ihnen bei, immerzu monoton zu sprechen und sich besonders gestelzt auszudrükken...*

Aber als die Stimme der Frau erklang, begriff Melody sofort, daß es sich nicht um einen Test handelte. Sie und Jason tauschten förmliche Höflichkeitsfloskeln aus, und Sawyer spürte den wachsenden Stolz in Nyere. Er hielt sich in erster Linie für einen Krisen-Diplomaten – »Wenn ich die Sache vermassele, gibt es für die spitzfindigen Kerle in den politischen Entscheidungsetagen keine Möglichkeit mehr, sich aus der Affäre zu ziehen«, lautete sein Motto –, und allem Anschein nach fühlte er sich in dieser Rolle sehr wohl.

Der männliche Fremde stand schweigend hinter der Frau, die ganz offensichtlich das Kommando führte. Sie strahlte Ruhe und Gelassenheit aus, während es in Melody zu brodeln begann. Sie wartete neben Jason, dessen Nähe plötzlich Schutz bedeutete. Der junge Außerirdische hörte mit großer Aufmerksamkeit zu, schien jedes einzelne Wort zu absorbieren, während sein Blick von Sprecher zu Sprecher glitt.

»...habe ich durchaus Verständnis für Ihre Lage, Captain«, sagte die Frau. »Wir sind bereit, uns in jeder Hinsicht Ihrem Willen zu fügen.«

Ihre Pupillen ..., dachte Melody. *Sie ähneln den Augen der alten Heiligendarstellungen, die einen ständig anstarren, ganz gleich, aus welcher Perspektive man das Gemälde betrachtet.* Die Worte der Fremden galten allein Jason, und sie sah ihn ständig an. Trotzdem fühlte sich Sawyer von ihr beobachtet. Sie gewann den unangenehmen Eindruck, als bohre sich der Blick in sie hinein, als sondiere er die Struktur ihres Ichs.

Oh, sie ist sich ihrer Ausstrahlung vollkommen bewußt, stellte Melody fest, als sie auf Jasons Zeichen hin den Strahlungsdetektor einschaltete und versuchte, ihr zunehmendes Unbehagen zu verbergen. *Sie sieht mich nicht direkt an, sondern starrt einfach an mir vorbei, als sei ich nur Luft für sie! Himmel, ich mag sie nicht! Es ist mir völlig gleich, ob sie mit friedlichen Absichten gekommen ist und wie viele Kameraden sie beim Absturz des Raumschiffs verloren hat. Ich mißtraue ihr. Und verdammt, selbst wenn das xenophobisch klingen mag: Sie weckt Abscheu in mir.*

Um ihr Gewissen zu beruhigen, gab sie sich Mühe, dem männlichen Alien gegenüber freundlich zu sein.

»Machen Sie sich keine Sorgen«, sagte sie, als sie den Scanner auf ihn richtete. Sein Gesicht war noch immer betont ernst. »Die Untersuchung tut überhaupt nicht weh.«

»Ich bin keineswegs zu dem irrigen Schluß gelangt, daß irgendwelche Schmerzen damit verbunden sind«, erwiderte er ungerührt.

Und sie behaupten, unsere Sprache allein mit Hilfe von Video-Aufzeichnungen gelernt zu haben? fuhr es Melody durch den Sinn. *Nun, offenbar neigen sie zu einer sehr gezierten Ausdrucksweise! Wenn ein so junger Mann derartige Worte ausspricht, hört es sich irgendwie schwülstig und aufgeblasen an. Wenigstens hat seine Stimme einen angenehmen Klang.*

»Wie alt sind Sie?« erkundigte sich Melody, um die allgemeine Anspannung ein wenig zu lockern.

»Neunzehn Komma sechs fünf acht Jahre in unserer Zeitrechnung«, antwortete Sorahl höflich. Die Frage erschien ihm kaum relevant, aber vielleicht gab es medizinische Gründe dafür. »Nach den bei Ihnen gebräuchlichen Begriffen...«

»Schon gut.« Melody versuchte es mit einer anderen Taktik. »Lächeln Sie eigentlich nie?«

»Nein, nie«, erwiderte Sorahl mit entwaffnender Aufrichtigkeit.

»Herr im Himmel!«

Aus den Augenwinkeln sah Sawyer, wie Jason zu lächeln begann.

»Ich muß Sie beide darum bitten, mich zu meinem Schiff zu begleiten, Commander«, sagte Jason Nyere. »Dort ist es sicherer – für uns alle. Außerdem möchten meine Vorgesetzten ... ein Gespräch mit Ihnen führen.«

Fast hätte er gesagt: einen Blick auf Sie werfen. Denn genau darauf lief es hinaus. Er stellte sich mehrere vor Neugier platzende Lamettaträger vor, die sich am Kom-Schirm zusammendrängten und dumme Fragen stellten. Nyere hoffte auf eine Gelegenheit, die schlimmsten Ausuferungen des befürchteten Narrentheaters zu verhindern.

Yoshi hatte recht. Eine sonderbare Faszination ging von den beiden ›Besuchern‹ aus, irgend etwas, das Respekt verlangte und angesichts ihrer Hilflosigkeit auf einer für sie völlig fremden Welt den menschlichen Beschützerinstinkt weckte.

Gott sei Dank, dachte Jason, der seine Verantwortung in diesem Zusammenhang zunächst nur zögernd akzeptiert hatte. *Gott sei Dank, daß ich für diese Sache zuständig bin – und nicht irgendein Hitzkopf, der sich unbedingt einen Namen machen will. Ich werde meine Vorgesetzten darauf hinweisen, wie wichtig T'Lera und Sorahl – und das von ihnen repräsentierte Volk – für uns sind.*

»Solange Sie sich an Bord des Schiffes befinden, stehen Sie unter meinem Schutz«, wandte sich Jason an die Vulkanierin. T'Lera nahm ebenfalls Kommandopflichten wahr, und dieser Umstand schuf eine Brücke zwischen ihnen. Als er sich ihre Geschichte angehört hatte, wuchs sein Verständnis für sie, und damit einher ging eine gewisse Bewunderung. Wenn alle Vulkanier ihre Qualitäten teilten ... »Andererseits: Ich muß mich letztendlich an die Befehle halten, die mir meine Vorgesetzten übermitteln.«

»Das verstehe ich, Captain«, bestätigte T'Lera und neigte kurz den Kopf. Sie fragte nicht danach, welche Entscheidung über sie und ihren Sohn getroffen werden mochte, gab schlicht und einfach ihre unbedingte Kooperationsbereitschaft zu erkennen.

Die einzigen Einwände stammten von Tatya. Sie stand nach wie vor an der gegenüberliegenden Wand, gewann immer mehr den Eindruck, daß eine Falle zuschnappte. Mit zunehmendem Verdruß beobachtete sie, wie die beiden von ihr geretteten Schiffbrüchigen gleich mehrere Demütigungen über sich ergehen lassen mußten. Als sich Jason der Tür zuwandte, sprang sie jäh vor, versperrte T'Lera den Weg und starrte Nyere aus blitzenden Augen an.

»Was ist mit *mir?*« platzte es zornig aus ihr heraus. »Solange die beiden Vulkanier in der Agrostation sind, stehen sie unter *meinem* Schutz. Und ich sage: Sie bleiben hier!«

Innerhalb einer unmeßbaren Zeitspanne konzentrierten sich drei starke Willenssphären auf Tatya, um sie zum Einlenken zu bewegen. Die mentale Kraft der Beteiligten war so intensiv, daß der telepathische Sorahl die Gedanken so deutlich vernahm, als würden sie laut ausgesprochen.

Sie haben sich aus freiem Willen bereit erklärt, mit mir zu kommen, dachte Jason Nyere. *Tatya, machen Sie es nicht noch schwieriger als es schon ist ...*

Wenn du nicht sofort deine verdammte Klappe hältst und zur Seite trittst, verkündeten Sawyers Blicke, *erzähle ich Jason von der Frau in Kiew. Es ist mir völlig gleich, ob ich dadurch Probleme für mich selbst heraufbeschwöre ...*

Wir sind fremd auf Ihrer Welt, erwiderte T'Leras psychische Stimme. *Und deshalb haben wir keine Rechte. Wir müssen uns den Anweisungen des Captains fügen.*

Sorahl brach das Schweigen.

»Tatiana«, sagte er leise, und die Agronomin drehte sich zu ihm um. Nicht einmal Yoshi hätte es gewagt, unter den gegenwärtigen Umständen ihren vollen Namen auszusprechen; dieses Recht durfte allein Sorahl für sich beanspruchen. »Es ist logisch.«

»Aber es ist nicht *fair!«* protestierte Tatya und versuchte, die Tränen zurückzuhalten.

»Existieren in Ihrer Kultur häufig antagonistische Widersprüche zwischen Logik und Fairneß?« fragte Sorahl verwundert. Darauf wußte Tatya keine Antwort, und die eigene Verwirrung nahm ihr die Kraft, weiterhin Widerstand zu leisten.

»Ich komme mit!« erklärte sie fest. »Ich lasse Sie nicht im Stich!«

Um so besser, dachte Melody mit grimmiger Genugtuung. *Auf diese Weise kann ich dich im Auge behalten, Tatiana.* Jason Nyere hätte ohnehin anordnen müssen, daß ihm die beiden Agronomen zur *Delphinus* folgten.

Fünf Personen saßen in einem Boot, das maximal drei Passagiere aufnehmen konnte und darüber hinaus diverse Ausrüstungsgegenstände transportieren mußte. Das kleine Boot lag tief im Wasser, und als Jason den Motor startete, schwappten die größeren Wellen übers Dollbord. Die Nässe weckte typisches vulkanisches Interesse in Sorahl: Mit den Fingerkuppen berührte er die Gischt, die auf Wangen und Stirn spritzte, und er beschnupperte den dünnen Nässefilm, schmeckte ihn vorsichtig. T'Lera saß mit hoch erhobenem Kopf neben ihm und gab sich völlig unbeeindruckt. Sie bemerkte die Reaktion ihres Sohnes und freute sich. Ganz gleich, was ihnen bevorstand – er hatte wenigstens lange genug gelebt, um eine solche Erfahrung zu machen.

Melody und Tatya hockten dicht nebeneinander im Bug, blickten nach achtern und beobachteten die Vulkanier aus verschiedenen Gründen. Gleichzeitig musterten sie sich gegenseitig aus den Augenwinkeln, mit gemeinsamem Argwohn. Jason hatte im Heck Platz genommen und hielt das Ruder, fühlte sich seltsam ausgeglichen, ungeachtet der vielen unbekannten Faktoren, die ihn in naher Zukunft erwarteten. T'Lera trug eine bunte ukrainische *Babushka*, ein dreieckiges Kopftuch, das ihre Ohren bedeckte, und Sorahl hatte sich einen Kapuzenpulli übergestreift, der aus Yoshis Garderobe stammte. In dieser Aufmachung wirkten die beiden Vulkanier wie ganz normale menschliche Schiffbrüchige.

»Darf ich Sie etwas fragen, Captain?« T'Lera wandte sich halb zu Nyere um und bewegte sich betont langsam. Sie wußte, daß die Frau namens Sawyer jedesmal nervös wurde, wenn sie irgendeine Aktivität entfaltete. »Verzeihen Sie mir meine Neugier... Wie wollen Sie der Besatzung Ihres Schiffes unsere Präsenz erklären?«

»Das würde ich ebenfalls gern wissen«, brummte Melody – und fühlte sofort den intensiven Blick der Vulkanierin auf sich ruhen. »Er hat behauptet, unsere Suche gelte einem abgestürzten Satelliten.« Zum erstenmal sprach sie T'Lera direkt an und spürte, wie ihr das Blut ins Gesicht schoß. *Das hat mir gerade noch gefehlt*, dachte sie wütend. *Ich erröte wie eine pubertäre Göre!*

»Tatsächlich?« T'Lera versuchte vergeblich, ihre Stimme neutral klingen zu lassen; die für sie charakteristische Ironie wurde deutlich hörbar.

»Ja Ma'am!« erwiderte Melody scharf. »Wie lautet die Antwort, Captain, Sär?«

»Nun, Sawyer, ich wollte es eigentlich Ihnen überlassen, der Crew eine Mitteilung zu machen«, sagte Jason Nyere leise, um zu verhindern, daß der Wind seine Worte forttrug. Fähnrich Moy stand aufgeregt auf dem Vorderdeck, beobachtete das Boot – und lauschte vermutlich. »Ich schlage vor, Sie wenden sich an die Mannschaft, während ich unsere Gäste in ihr Quartier bringe. Erzählen Sie einfach, in Wirklichkeit hätten wir nicht nach einem Satelliten, sondern nach einem Schiff der Marskolonien Ausschau gehalten. Aus naheliegenden Sicherheitsgründen konnten wir nichts verlauten lassen, und hinzu kommt das Problem, die Verwandten zu benachrichtigen... Sie kennen ja die übliche Routine. Ich bin sicher, eine solche Auskunft stellt alle zufrieden.«

Bis auf mich, dachte Melody wütend, hörte das leise Lachen des Captains und begann innerlich zu kochen. In ihrem Zorn gab sie Tatya einen groben Stoß, fühlte dabei einmal mehr, wie sich T'Leras durchdringender Sondierungsblick auf sie richtete. Plötzlich kam sich Sawyer wie eine Närrin vor.

»*Zwei* Vulkanier in dieser Zeit? Das ist völlig ausgeschlossen!« Kirk schnappte unwillkürlich nach Luft und widerstand der neuerlichen Versuchung, Parneb an der Kehle zu packen. »Wenn Sie wirklich in der Zukunft geboren wurden, wie Sie behaupten, dann müßte Ihnen klar sein, daß der erste Kontakt zwischen Menschen und Vulkaniern nicht vor Ablauf von zwanzig weiteren Jahren erfolgt!«

»Oh, darüber bin ich mir klar«, erwiderte der Ägypter jammernd. »Trotzdem sind sie hier, auf der Erde. Ich kann es nicht erklären.«

Die große Kristallkugel pulsierte nach wie vor und zeigte nur trübe Schlieren, die keine Konturen gewannen. Kirk starrte auf das Objekt herab und kniff die Augen zusammen.

»Sie haben die beiden Vulkanier dort drin gesehen?«

Parneb schnaufte leise und nickte.

»Verdammt, es wird Zeit, daß Sie uns endlich die Funktionsweise des Kristalls erklären.«

Der Ägypter dachte einige Sekunden lang nach, bevor er antwortete: »Dazu sehe ich mich leider außerstande, Captain. Nein, bitte, werden Sie jetzt nicht wütend – Ihr Zorn hat keinen Einfluß auf unsere Situation. Ich weiß nur eins: Die steinerne Kugel reagiert auf meine psychischen Fähigkeiten, und wahrscheinlich ließe sie sich von jedem einsetzen, der einen hohen PSI-Quotienten hat. Doch sie wird von einer wissenschaftlichen Technik aktiviert, die erst nach Ihrem Jahrhundert entstand – entsteht – und nicht einmal von diesem Planeten stammt. Außerdem möchte ich Sie noch einmal daran erinnern, daß auch ich eine Erste Direktive habe.«

Kirk seufzte, nahm Platz und warf einen mürrischen, hilflosen Blick auf den glühenden Kristall.

»Irgendwie steht alles miteinander in Verbindung«, überlegte er laut. »Spocks Verschwinden, die verfrühte Präsenz des anderen Vulkaniers. Und der Umstand, daß sich die *Enterprise* nicht in der Umlaufbahn von M-155 befand, als Sie nach ihr Ausschau hielten. Das stimmt doch, oder?«

Parneb setzte sich ebenfalls, befingerte die Falten seiner *Djellaba* und musterte Kirk wachsam.

»Ihr Raumschiff fehlte dort, wo ich es eigentlich erwartete, Captain. Das habe ich Ihnen verschwiegen, weil ich befürchtete, Sie könnten erneut die Beherrschung verlieren. Aus dem gleichen Grund hielt ich es für angebracht, nicht zu lange nach der *Enterprise* zu suchen – um einem zweiten Angriff auf meine Person und damit einer möglichen Beschädigung der Kugel vorzubeugen. Dadurch hätten Sie Ihre einzige Chance zerstört, in die Zukunft – Ihre Gegenwart – zurückzukehren.«

Kirk erhob sich wieder, wanderte einmal mehr auf und ab. Ein langer Tag lag hinter ihnen, und in seinen Adern schien inzwischen mehr Adrenalin als Blut zu fließen. Parneb, Reisender durch die Jahrtausende, schien keine Ruhepause zu benötigen. Die anderen waren mit weniger Ausdauer gesegnet und versuchten derzeit, neue Kraft zu sammeln. Elizabeth Dehner lag mit geschlossenen Augen auf einer Couch, schlief oder döste nur. Lee Kelso, so anpassungsfähig wie eine Katze, hatte sich auf einem dicken Teppich in der Ecke zusammengerollt und schnarchte. Gary Mitchell hockte vor Parnebs Vid-Schirm – ein Anachronismus in einem mit Anachronismen gefüllten Raum – und verfolgte ein Nachrichtenprogramm. Nur ein leises Flüstern drang aus dem Lautsprecher.

Kirk rieb sich die Augen und sah Parneb an. »Wäre es denkbar, daß durch unseren Transfer hierher...«

»... das Gefüge der allgemeinen Raum-Zeit so sehr verändert wurde, um historisch *falsche* Ereignisse zu ermöglichen?« beendete Parneb den Satz. »Durchaus möglich, Captain. Derartige Vorstellungen sind ziemlich alarmierend, und zu meiner Schande muß ich eingestehen, nicht an solche Folgen gedacht zu haben, als ich mit meinem Experiment begann.«

»Irgendwelche Manipulationen im Kontinuum der Zeit...« begann Kirk.

»... können unüberschaubare Konsequenzen in der Zukunft nach sich ziehen«, schloß Parneb betrübt.

Kirk ließ sich neben den Ägypter sinken, vergaß seinen Ärger und besann sich auf die Tugend von Vernunft und Rationalität. »Sie müssen uns dabei helfen, die Dinge in Ordnung zu bringen. Eine Menschheit, die sich plötzlich zwei Vulkaniern gegenübersieht, bevor sie erfährt, daß es noch andere humanoide Völker im All gibt, bevor sie weiß, was ...«

Der Captain brach ab, doch in Gedanken fügte er hinzu: *Bevor sie weiß, was wirkliche kulturelle Fremdartigkeit bedeutet. Ich bin im Zeitalter der interstellaren Raumfahrt und der Kontakte mit vielen anderen extraterrestrischen Zivilisationen geboren, und ich halte mich für einen aufgeschlossenen, aufgeklärten Menschen. Trotzdem fiel es mir schwer, mit jemandem wie Spock zurechtzukommen. O ja, wir glauben, alle Vorurteile überwunden zu haben, aber tief in unserem Wesen ist ein Rest von ihnen verblieben, macht uns unter bestimmten Umständen unsicher und nervös. Wenn es selbst mir so ergeht — wie würden dann die Menschen dieses Jahrhunderts reagieren?*

»Man braucht nicht viel Phantasie, um sich die möglichen Folgen auszumalen, Jim.« Mitchell klang so lakonisch wie immer, aber diesmal ließ sich in seiner Stimme kein Zynismus vernehmen. Er schaltete den Vid-Schirm ab und drehte sich um. »Eine einzige Nachrichtensendung genügt, um sich ein Bild zu machen. Grenzkonflikte, Streitigkeiten um Reparationszahlungen nach Colonel Greens Krieg, Anschläge von Terroristen. All das geschieht auf einer angeblich geeinten Erde. In einem solchen Chaos hätten zwei Vulkanier nicht die geringste Chance.«

»Und wenn irgend etwas schiefgegangen wäre, wenn irgend etwas schiefgeht...« Kirk unterbrach sich erneut, als er feststellte, daß er die Zeitbegriffe ebenso durcheinanderbrachte wie Parneb. »Wenn den beiden Vulkaniern etwas zustößt, entsteht vielleicht nie eine Föderation der Vereinten Planeten. Dann gibt es keine Sternenflotte, keine *Enterprise*...«

»Und keinen Spock«, warf Mitchell ein.

Nein! dachte Kirk.

*

Nein!

Admiral James T. Kirk zuckte zusammen, schlug um sich und traf Spock am Kinn. Normalerweise führte eine so geringe Störung nicht zur Unterbrechung der Mentalverschmelzung, aber das Chaos erfaßte auch Kirks Bewußtsein. Die Gedanken des Admirals suchten vergeblich nach einer Person, die ihm ganz nahe war, drängten die Selbstsphäre des Vulkaniers zurück...

McCoy griff zu und hielt Kirk fest.

»Das reicht, Mr. Spock! Bringen Sie ihn in die Wirklichkeit zurück und lassen Sie ihn in Ruhe. Es ist zuviel für ihn.«

Spock orientierte sich und nahm McCoys Worte nur am Rande zur Kenntnis. Seine Aufmerksamkeit galt etwas ganz anderem. Kirks Willenskraft war nur selten stark genug, um die mentale Einheit zu zersplittern, und der Vulkanier fragte sich, was den Admiral so sehr erschüttert hatte. In einer Fötushaltung lag er im Sessel, irgendwo zwischen dem Hier und seinen Erinnerungen gefangen, im Netz eines gespenstischen Alptraums. Spock beugte sich vor und berührte ihn.

»Jim?«

Kirk erzitterte, schauderte, streckte die Hände aus. »Spock? *Spock!*«

Seine Stimme klang wie die eines verängstigten Kindes. Der Vulkanier fokussierte seine ganze mentale Energie auf das Bemühen, Kirk eine Rückkehr in die Realität zu ermöglichen.

»Ich bin hier, Jim. Kommen Sie zu mir!«

»Spock?« Die grauen Schlieren vor Kirks Augen zerfaserten, und seine Züge erhellten sich. »Spock, Sie *sind* hier!«

»Ja, Jim.«

Langsam setzte sich der Admiral auf und bemerkte McCoys besorgten Blick.

»Es ist alles in Ordnung mit mir«, versicherte er, gab sich würdevoll, als er aufstand und die zerknitterte Kleidung glattstrich. »Habe ich Sie verletzt, Spock?«

»Natürlich nicht.«

Kirk nickte, und die stumme Frage im Gesicht des Vulkaniers erfüllte ihn mit Unbehagen. *Zum Teufel auch, was ist eigentlich passiert?*

»Vielleicht liegt's nur an meiner Blase«, sagte er scherzhaft. »Ich muß mal.«

Als er das Zimmer verlassen hatte, öffnete McCoy seine Medo-Tasche und holte einen Injektor hervor.

»Sie überstürzen es, Spock. Ich werde ihm ein Beruhigungsmittel geben, damit er ein wenig schlafen kann.«

Die Hand des Vulkaniers schloß sich um McCoys Arm. »Wir haben gerade erst begonnen, Doktor. Und uns bleibt nur wenig Zeit.«

»Verdammt, Spock, es ist gefährlich, ihn so sehr unter Druck zu setzen! Sie halten einer solchen Belastung vielleicht mühelos stand, aber Jim hat nicht den Vorteil, von Vulkan zu stammen. Ich werde nicht zulassen, daß Sie ihn endgültig in den Wahnsinn treiben!«

»Glauben Sie vielleicht, für mich sei es weniger anstrengend?« fragte Spock ruhig.

Daraufhin runzelte McCoy die Stirn, hob den Kopf und

betrachtete das hohlwangige Gesicht des Captains. Die Mentalverschmelzung setzte auch ihm zu.

»Und ich dachte, Vulkanier verfügten über unerschöpfliche Kraftreserven.«

»Ich wünschte, Sie hätten recht, Doktor«, sagte Spock in einem aufrichtigen Tonfall. »Aber leider ist das nicht der Fall.«

»Ein Grund mehr, Vorsicht walten zu lassen«, beharrte McCoy. »Wenn Sie und Jim einfach zusammenklappen... Soll ich dann zu Krista gehen und ihr sagen: ›Tut mir leid, Teuerste, ich habe unsere beiden Patienten verloren?‹ Himmel, Spock, Sie müssen einen Ausgleich schaffen, sich genau überlegen, welchen Preis Sie bezahlen wollen, um herauszufinden, was die mnemonischen Veränderungen in Ihnen und Jim bewirken.«

»Inzwischen wissen wir genau, wonach wir suchen«, warf Kirk ein. Er kehrte aus dem Bad zurück, wirkte jedoch nicht erfrischt, nur bereit für die nächste Runde. »Ich glaube sogar, wir haben die Ursache bereits gefunden. Andererseits: Galarrwuy meinte, wir müßten ganz sicher sein, daß unsere Erinnerungen der historischen Realität entsprechen und sich nicht nur auf einen Traum beziehen. Wir wissen noch nicht, warum es solche Unterschiede zwischen den Visionen und jenen Ereignisketten gibt, die wir als Geschichte erachten. Und was mich angeht: Ich werde nicht eher ruhen, bis wir Klarheit gewonnen haben. Ich bin davon überzeugt, daß durch unser Eingreifen die Vergangenheit verändert wurde, und ich will endlich wissen, was dahintersteckt. Bewußte Absicht? Zufall? Leben wir in einer bereits modifizierten Zukunft? Oder muß sich die Manipulation erst noch auswirken?« Kirk drehte den Kopf. »Spock?«

»Wenn Sie mich nach meiner Meinung fragen...«, erwiderte der Vulkanier gelassen. »Ich bin ganz Ihrer Ansicht.«

Jim lächelte. »Das dachte ich mir. Unstillbare Neugier ist eine Eigenschaft, durch die sich nicht nur Menschen, sondern auch Vulkanier auszeichnen. Nein, meine Frage galt

Ihrer Bereitschaft, die Mentalverschmelzung fortzusetzen. Oder möchten Sie lieber den ärztlichen Rat beherzigen und eine Pause einlegen?«

Der Vulkanier wölbte eine Braue. »Gefiele es *Ihnen*, mit dem Wissen der eigenen Nichtexistenz zu ruhen?« erwiderte er trocken.

Kirk verstand den Hinweis. »An jener Stelle haben wir aufgehört, nicht wahr? Nun, vielleicht sollten wir feststellen, wohin Sie verschwunden sind. Wer weiß, was Sie anstellen, während mein früheres Selbst nach Ihnen sucht...«

»Jim«, ächzte McCoy gequält, »ich habe genug aufgezeichnet, um Krista und die anderen Psychiater zu überzeugen. Laß es dabei bewenden. Spiel jetzt nicht den Helden!«

»Das liegt mir fern«, erwiderte Kirk ein wenig zu scharf und fragte sich, was ihn antrieb: Heroismus oder schlichte Sturheit? »Es geht mir darum, Antworten zu finden! Die von dir erfaßten Daten lösen unser unmittelbares Problem, aber das Rätsel der historischen Divergenz bleibt bestehen.«

»Wenn ihr es übertreibt, wenn ihr euch in den angeblichen Erinnerungen verliert und nicht in die Wirklichkeit zurückfindet...«

»Genau aus diesem Grund bist du hier, Pille — um zu verhindern, daß wir überschnappen. Gleichzeitig solltest du darauf vertrauen, daß wir unsere Grenzen kennen.«

McCoy senkte den Blick, hantierte an seinem Tricorder und fühlte sich einmal mehr überlistet. »Himmel und Hölle...«

»Komm schon, Pille«, sagte Kirk. »Alles oder nichts. Wir müssen endlich Bescheid wissen.«

Der Admiral interpretierte McCoys Schweigen als Zustimmung und bereitete sich darauf vor, mit einer zweiten Mentalverschmelzung zu beginnen.

»›Und erneut in die Bresche gestoßen, tapf're Kameraden‹«, zitierte er.

McCoy brummte etwas Unverständliches und schaltete den Tricorder ein.

*

»Spock ist zur einen Hälfte Mensch«, wandte sich Mitchell an Parneb. »Wenn Terra und Vulkan voneinander isoliert bleiben...«

Der Ägypter riß die Augen auf, als er verstand.

»Daran habe ich überhaupt nicht gedacht!« entfuhr es ihm. Mit einem Satz sprang er auf und gestikulierte nervös. »Lieber Himmel! Das darf nicht geschehen! Ich mag ein Stümper sein, aber ich bin kein Mörder!«

Als Kirk diesmal nach seinen Schultern griff, verwandelte sich Parneb nicht in klebrige Spinnweben, um anschließend in einem anderen Teil des Zimmers zu erscheinen. Statt dessen erschlaffte er und begann zu schluchzen.

»Ich hatte nie die Absicht..«, wimmerte er. »Es ist alles meine Schuld...«

»Reißen Sie sich zusammen!« befahl Kirk und schüttelte den Ägypter. »Wir brauchen ihre Unterstützung! Sie sind unsere einzige Verbindung zum gegenwärtigen Jahrhundert. Sie müssen uns dabei helfen, die Vulkanier zu finden, bevor es zu spät ist, sie zu verstecken oder ins All zurückzubringen. Wenn es notwendig werden sollte, mit bloßen Händen ein Raumschiff zu bauen...«

Elizabeth Dehner erwachte durch den plötzlichen Lärm, setzte sich gähnend auf und begann zu begreifen, warum James T. Kirk der jüngste Captain Starfleets geworden war. Gary Mitchell zerrte einen schläfrigen Lee Kelso auf die Beine.

»Kurbel deinen Intellekt an, Lee. Jim hat bestimmt einige interessante Aufgaben für dich.«

Parnebs Sorgen waren – noch – grundlos. Spock existierte, erfreute sich bester Gesundheit und plante einen Verwandtenbesuch in Boston.

Kapitel 5

In einem Punkt hatte Parneb recht: Er war kein Wissenschaftler, sondern in erster Linie ein Zauberer, dessen Fähigkeiten auf dem recht brüchigen Fundament der Magie basierten. Seine unzuverlässigen psychischen Talente, die sich auf die unerklärlichen Energien eines amorphen, kristallartigen Steins von unbekannter Herkunft beriefen, gegen den Uhrzeigersinn funktionierten und selbst im besten Fall eher zweifelhafte Ergebnisse erbrachten, neigten zu einer großen Fehlerquote.

Und wie jeder Juwelier weiß: Selbst der schönste und erlesenste Kristall ist nicht ohne verborgenen Makel. Eine glatte Facette des Steins hatte vier Menschen ins einundzwanzigste Jahrhundert entführt, doch die geringe Asymmetrie in einer anderen sorgte dafür, daß sich der Rematerialisierungspunkt des vulkanischen Begleiters ein wenig verschob: Sein Retransfer erfolgte auf der anderen Seite des Planeten.

Im Gegensatz zu seinen menschlichen Gefährten in der ägyptischen Krypta genoß Spock den Vorteil, sich unter einem klaren Nachthimmel wiederzufinden. Die Logik der Sterne ließ keine irrigen Interpretationen zu und wies eindeutig darauf hin, daß er sich auf der Erde befand. Anders ausgedrückt: Das ›Wo‹ wurde ihm sofort klar. Weitaus schwieriger war es mit dem ›Wie‹ und ›Warum‹, insbesondere dann, wenn man die besonderen Umstände berücksichtigte. Die Logik des ›Wann‹ stand in unmittelbarem Zusammenhang mit den beiden zuvor genannten Aspekten — und mußte selbst bei einer Konfrontation mit unwiderlegbaren Beweisen überraschend bleiben.

Spock goß brackiges Wasser aus seinen Stiefeln und einem inzwischen völlig nutzlosen Kommunikator, gelangte dabei zu dem naheliegenden Schluß, daß es für jemanden in seiner Situation keineswegs von Vorteil sein konnte, mitten in einem Salzsumpf von New England zu rematerialisieren, noch dazu während des farbenfrohen Herbstes in der nördlichen Hemisphäre.

Vulkanier hielten nichts von ›manchmal recht positiven Einflüssen auf die allgemeine Struktur historischer Entwicklungen‹, und es würde noch zweihundert Jahre dauern, bis Garamet Jen-Saunor diesen Ausdruck prägte. Spock glaubte auch nicht an Dinge, die Menschen als ›glückliche Zufälle‹ bezeichneten; und doch gab es keine andere Erklärung dafür, daß ihn nur ein mehrstündiger Marsch – ein Begriff, der sich auf die Geschwindigkeit eines ausdauernden vulkanischen Wanderers bezog – von jenem irdischen Ort trennte, den er selbst in einem früheren Jahrhundert sofort wiedererkannt hätte.

Während seiner Ausbildung als Kadett beschäftigte er sich nur beiläufig mit den geographisch-kulturellen Fakten der Erde, zog statt dessen die klösterlich-intellektuelle Zurückgezogenheit der Starfleet-Akademie vor. Erst als wissenschaftlicher Offizier an Bord der *Enterprise*, unter dem Kommando von Chris Pike, nutzte er die seltenen Gelegenheiten, während des einen oder anderen Landurlaubs seine Dienste dem Massachusetts Institute of Technology anzubieten. Er nahm dort an einem botanischen Projekt teil, das die Kompetenz eines Computerexperten der Klassifikation A-7 erforderte.

Außerdem stattete er dem Museum von Boston einen Besuch ab. Boston spielte eine besondere Rolle in seiner im wahrsten Sinne des Wortes einzigartigen Familiengeschichte. Einer von Spocks Vorfahren mütterlicherseits hatte dort die letzten Jahre seines Lebens verbracht. Er erinnerte sich an seine Kindheit, an die vielen Erzählungen der menschlichen Mutter, deren liebevolle Sanftmut in krassem Gegensatz zum vulkanischen Ambiente stand und die ihrem interessiert zuhörenden Sohn oft von einem gewissen Professor Jeremy Grayson berichtete.

»Er war mein Ururgroßvater«, sagte Amanda und musterte das kleine und ernste Gesicht, das zu ihr aufsah, sich ihr so zuwandte wie eine Blume der Sonne. Der Knabe namens Spock saugte Wissen in sich auf, die vulkanische Essenz des Lebens. Amanda erklärte dem Jungen die menschlichen Generationen, die ihn zunächst verwirrten – Angehörige seines Volkes lebten wesentlich länger –, fügte anschließend Erläuterungen über die irdische Genealogie hinzu, die im Vergleich mit der auf Vulkan gebräuchlichen Abstammungslehre eher vage erschien. Spock lauschte hingerissen und stumm, wie immer, wenn ein Erwachsener sprach. Er wagte es nur selten, seine Mutter mit einer Frage zu unterbrechen. »Man könnte sogar sagen, Jeremy Grayson sei unser Urahn, denn er ist der erste feststellbare Ausgangspunkt unseres Stammbaums. Während der letzten terranischen Kriege gingen viele Dokumente verloren, und Menschen mit gleichem Nachnamen müssen nicht unbedingt miteinander verwandt sein. Nun, Jeremy war ein bemerkenswerter Mann, durch und durch Pazifist. Er überlebte Khans Schrecken, rettete zahllose Flüchtlinge, wurde verhaftet und gefoltert. Als Greis wohnte er in einem kleinen Holzhaus in Boston. Aus aller Welt kamen Menschen, um ihn zu besuchen, ihn um Rat zu fragen und um Hilfe zu bitten. Die meisten von ihnen nutzten Verbindungen von Untergrundbewegungen und erhofften sich Sicherheit: Streuner und Vagabunden, Dichter und Pazifisten, Philosophen und Träumer. Grayson begrüßte sie mit einer warmen Mahlzeit, brachte sie zunächst bei sich unter – und stellte keine Fragen...«

Spocks ursprüngliches Ziel war nicht Professor Graysons Haus. Wenn er in jener Zeit gewesen wäre, die er mit den örtlichen Faktoren in Verbindung brachte, hätte er die erste Gelegenheit genutzt, sich mit Starfleet in Verbindung zu setzen und ein Fahrzeug anzufordern. Die irdische Gesellschaft des dreiundzwanzigsten Jahrhunderts war von der Geißel der Kriminalität befreit. Spock brauchte sich nur dem ersten Haus nach den Sümpfen zu nähern, den Türmelder zu betätigen und die Bewohner zu bitten, ihren

Kom-Schirm benutzen zu dürfen. Wenige Minuten später würde ein vom KomZentral geschickter Luftwagen eintreffen und ihn zur Admiralität bringen, wo er Bericht erstatten konnte.

Doch als Spock die Sumpfregion verließ, begann er sofort zu ahnen, daß irgend etwas nicht mit rechten Dingen zuging. Zunächst folgte er dem Verlauf einer breiten Straße, aber schon nach wenigen Minuten wandte er sich davon ab und wich in die Schatten der Bäume zurück, um nicht gesehen zu werden. Die wenigen Gebäude, die uniforme Altertümlichkeit der Personenkraftwagen, der Klang zweihundert Jahre alter Popmusik, einem akustischen Dopplereffekt unterworfen, als die Fahrzeuge heranrasten und sich dann wieder entfernten, das Fehlen von Wetterschilden, die vor dem kalten, regnerischen Klima schützten... All diese Eindrücke bestätigten das Unglaubliche. Nach einigen Dutzend Metern fand Spock eine weggeworfene Zeitung, aber er brauchte gar keinen Blick auf das Datum zu werfen, um sicher zu sein.

Er unterzog seine Lage einer gründlichen Analyse und traf die einzige Entscheidung, die ihm logisch erschien. Er mußte sich vor einer Welt verbergen, die noch nichts von seiner Existenz wußte. Anschließend konnte er überlegen, wie es weitergehen sollte.

Spock verstaute den Kommunikator in einem Stiefel, um ihn später zu reparieren, löste die Starfleet-Abzeichen von seinem goldfarbenen Uniformpulli und vergrub sie sicherheitshalber. Dann riß er einen Stoffstreifen ab und band ihn sich um den Kopf, damit niemand die seltsame Form seiner Ohren erkennen konnte. Er vertraute seinem unfehlbaren vulkanischen Zeitgefühl, ließ sich von den Sternen die Richtung weisen und schlug einen Weg ein, auf dem er niemandem zu begegnen hoffte.

Er benötigte nur die Hälfte der Zeit, die ein Mensch gebraucht hätte, um die Stadt zu erreichen – obgleich die Kühle sein Tempo ein wenig reduzierte. An einer Vorrichtung, die er als Telefonzelle erkannte – Spock hatte solche

Apparaturen in Museen gesehen —, verharrte er und manipulierte das Gerät, ohne sich dabei besonders anstrengen zu müssen. Auf diese Weise bekam er Zugang zu einem elektronischen Verzeichnis, dem er die gesuchte Adresse entnahm. Allem Anschein nach war das Haus nicht allzuweit von den ihm vertrauten Bereichen entfernt.

Boston erwachte an einem kalten Oktobermorgen, als ein frierender Fremder an wuchernden Ligusterhecken vorbeiging und einen antik anmutenden Messingklopfer betätigte. Die Aufschrift des darunter angebrachten Namensschilds lautete schlicht: Grayson.

Spock besaß keine genaue Beschreibung seines Vorfahren, erwartete einen alten, schwachen Mann, wie bei Menschen üblich in der Hülle seines früheren Selbst geschrumpft. Doch als sich die Tür öffnete, fiel der Blick des Vulkaniers auf eine ganz andere Gestalt. Der Mann war so kräftig gebaut wie Sarek und sogar noch ein ganzes Stück größer, hielt sich ein wenig nach vorn geneigt. Spock mußte aufsehen, um Graysons Blick zu begegnen, musterte ein kantiges, ausdrucksstarkes Gesicht, betrachtete dichte, buschige Brauen, darunter Augen von dem gleichen hellen Blau wie die Amandas.

»Ja?« fragte der Mensch nicht unfreundlich. Die volltönende Stimme deutete darauf hin, daß ihr ein großer Resonanzraum zur Verfügung stand. Fragend hob der Mann die eindrucksvollen Brauen. »Was kann ich für Sie tun?«

»Professor Grayson?« begann Spock und überlegte, was sein Ahne von ihm halten mochte. »Ich möchte Sie nicht stören, aber wie ich hörte, bieten Sie in Not geratenen Leuten Hilfe an...«

»Oh, natürlich, mein Sohn, selbstverständlich!« erwiderte Grayson sofort und forderte einen ihm völlig fremden Mann auf, sein Heim zu betreten. »Sie sehen aus, als könnten Sie eine ordentliche Mahlzeit vertragen. Meine Güte, Sie haben nicht einmal einen Mantel; wahrscheinlich sind Sie völlig durchgefroren. Kommen Sie!«

Nur Graysons Gangart verriet sein Alter – oder eine Verletzung, die er noch immer nicht ganz überwunden hatte. Er stützte sich auf einen Stock aus massivem Eichenholz, zog das eine Bein nach und beugte sich bei jedem Schritt weit zur Seite.

(»Bei einem sogenannten ›Verhör‹ wurden ihm die Beine gebrochen, und sie sind nie richtig verheilt«, entsann sich Spock an Amandas Hinweis. »Nach seiner Freilassung unterzog er sich mehreren Operationen, doch sie richteten nur wenig aus: Ein Bein blieb kürzer als das andere. Und mit fortschreitendem Alter...«)

Spock folgte dem langsamen Grayson in respektvollem Abstand durch einen langen Flur, anschließend durch mehrere an Bibliotheken erinnernde Zimmer. Der Vulkanier bemerkte ein samtenes Scheitelkäppchen, das der alte Mann auf seinem lichten grauen Haar trug, fragte sich stumm nach der Bedeutung jenes Gegenstands. Grayson schien seinen neugierigen Blick zu spüren, blieb stehen, nahm den Gehstock in die andere Hand und tastete nach der Kappe. Er nahm sie ab, betrachtete sie so, als sähe er sie jetzt zum erstenmal.

»Senilität«, diagnostizierte er. »Hab' ganz vergessen, das Ding abzulegen. Entschuldigen Sie bitte, mein Sohn: In meinem Alter ist das Gedächtnis nicht mehr das, was es einmal war. Meine Frau verstarb vor einem Jahr. Gestern ging die offizielle Trauerzeit zu Rande. Tja, ich glaube, ich habe die ganze Zeit nur herumgesessen und mich selbst bemitleidet.« Er geleitete seinen Gast in eine warme, hell erleuchtete Küche. »Nehmen Sie Platz. Ich koche uns Kaffee.«

Die Unordnung auf dem Tisch deutete daraufhin, daß bereits eine Menge Kaffee getrunken worden war – von einem alten Mann, der schwermütigen Erinnerungen nachhing. Spock rief sich ins Gedächtnis zurück, was er über die menschlichen Trauerrituale wußte. Und bedauerte es plötzlich, an die Tür geklopft zu haben.

»Davon wußte ich nichts«, sagte er. »Professor, ich

möchte mich ausdrücklich dafür entschuldigen, sie ausgerechnet jetzt zu belästigen. Sie möchten bestimmt allein sein ...«

»Ich schätze, das wäre die schlechteste Medizin für mich.« Grayson hakte seinen Gehstock über die Rückenlehne eines Stuhls und stützte sich an der Spüle ab, so daß er das Geschirr forträumen konnte, ohne sich zu sehr bewegen zu müssen. Bevor er nach der ersten Tasse griff, verstaute er die *Yarmulke* in der Hosentasche. »Bei Gott, Dora und ich hatten zweiundvierzig gemeinsame Jahre. Dankbarkeit ist weitaus angemessener als Kummer. Bestimmt gibt es ein jüdisches Sprichwort dafür. Dora wußte über solche Dinge Bescheid, aber ich bin erst durch die Heirat zum Juden geworden.« Er griff nach der Kaffeekanne und schüttelte den Kopf, als wolle er dadurch seine Gedanken ordnen. »Nun, Sohn, was möchten Sie gern? Schinken und Eier? Vielleicht ein Steak mit Bohnen?«

Spock setzte sich an den Tisch, obwohl er gar nicht beabsichtigte, etwas zu essen.

»Ich benötige keine Nahrung, Professor. Ich brauche nur eine Unterkunft, für eine gewisse Zeit. Um alles andere kümmere ich mich selbst. Ich möchte Ihnen nicht zur Last fallen ...«

»Unsinn!« Grayson winkte ab. »In Ihrem Gesicht steht ›Ich bin in Schwierigkeiten‹ geschrieben, und Probleme löst man nicht mit Takt und Höflichkeit. Es ist übrigens ein recht interessantes Gesicht. Würde gern wissen, welche ethnische Mischung zu einem solchen Resultat geführt hat.«

Das kann ich mir vorstellen, dachte Spock. Grayson schien sein Schweigen als Besorgnis zu interpretieren.

»Entschuldigen Sie, Sohn. Schon seit sechzig Jahren bin ich im Flüchtlings-Geschäft, und eigentlich sollte ich es besser wissen. Trotzdem lasse ich mich manchmal dazu hinreißen, dumme Fragen zu stellen. Nun gut – Frühstück. Müssen dabei irgendwelche diätetischen Besonderheiten beachtet werden? Leiden Sie an bestimmten Allergien? Mein letzter ›Kunde‹ war ein hinduistischer Dichter, der fast im wahrsten Sinne des Wortes ›Mücken seihte und Kamele verschluckte‹.« Er bemerkte Spocks Verwirrung und fügte hinzu: »Sie kennen dieses Zitat nicht? Stammt aus der Bibel. Und es bedeutet, daß der Betreffende selbst bei den kleinsten, unwichtigsten Dingen enorme Umstände machte. Was Sie betrifft...«

»Ich bin Vegetarier«, sagte Spock schlicht und hoffte, daß er damit keine zusätzlichen Probleme schuf.

»Aha.« Grayson nickte. »Das ist ganz einfach. Orangensaft und Haferschrot. Ich bin zwar kein Meisterkoch, aber mit einfachen Dingen komme ich gut zurecht.«

Während der alte Mann aufräumte und sauberes Geschirr hervorholte, dachte Spock fasziniert an die Banalität seines ganz persönlichen Wunders. Keine Logik konnte erklären, warum er sich in der Gesellschaft eines Vorfahren befand, von dem ihn zweihundert Jahre und viele menschliche Generationen trennten. Hinzu kam die häusliche Atmosphäre, die angesichts der allgemeinen Situation irreal anmutete.

»Einige notwendige Fragen *muß* ich an Sie richten«, sagte Grayson nach einer Weile, rührte Haferbrei um und gab Rosinen und Zimt hinzu. Anschließend schlurfte er mühsam zum Tisch, verrückte umständlich einige Stühle und nahm ebenfalls Platz. »Ich brauche nicht zu wissen, was Sie hierher führte. Wenn Sie meine Adresse von einer der üblichen Kontaktpersonen erfahren haben, gehe ich davon aus, daß Ihre Schwierigkeiten in eine gewisse, mir gut bekannte Kategorie fallen. Doch auf folgende Information kann ich nicht verzichten: Sind Sie auf der Flucht, weil Sie jemanden umgebracht haben?«

»Nein, Sir. Das ist nicht der Fall.«

»Was meine Einschätzung bestätigt.« Grayson nickte. »Der nächste Punkt: Bitte nennen Sie mir einen Namen. Es braucht nicht der richtige sein; ich möchte Sie nur nicht dauernd mit ›Sohn‹ ansprechen.«

Obwohl das völlig angemessen wäre, dachte der Vulkanier und überlegte.

»Ich heiße Spock«, erwiderte er schließlich. Die Wahrheit mochte schwierig sein – aber sie entsprach der Logik.

»Haben Sie auch einen Vornamen, Mr. Spock, oder wollen Sie ihn mir nicht verraten?« erkundigte sich Grayson. Bevor sein Gast Antwort geben konnte, fügte er hinzu: »Spock – klingt seltsam. Im letzten Jahrhundert lebte jemand, der so hieß. Ein Pazifist, bevor es eine pazifistische Bewegung gab. Einer der ersten Verfechter der geeinten Erde – und deshalb hielt man ihn für einen Spinner. Dr. Benjamin Spock. Sie sind nicht zufällig mit ihm verwandt?« Grayson erachtete Spocks Schweigen als Verneinung. »Erschien mir auch unwahrscheinlich. Lieber Himmel, vermutlich weiß Ihre Generation nicht einmal, wer er war. *Sic transit gloria mundi!«*

»Sed magna est veritas, et praevalebit«, entgegnete Spock aus einem Reflex heraus – seine Lateinkenntnisse stammten von Amanda. Eine Sekunde später bereute er die Worte. Grayson starrte ihn groß an, der mit Haferbrei gefüllte Löffel auf halbem Wege zum Mund.

»Ich hätte nicht gedacht, daß heute noch jemand Latein beherrscht«, sagte er und musterte seinen Gast mit neuem Interesse. »Sie sind mir ein echtes Rätsel, Mr. Spock.« Er legte den Löffel beiseite und klopfte so plötzlich und heftig auf den Tisch, daß der Vulkanier zusammenzuckte. »Aber so geht es nicht weiter!«

»Sir?« Diesmal war Spocks Besorgnis fast greifbar. *Hat er mich durchschaut?*

»Die Sache mit den Nachnamen«, erklärte Grayson. »›Mr. Spock. Professor Grayson‹. Ihr ›Sir‹. Sie werden mich Jeremy nennen, klar? Und ich spreche Sie mit ›Ben‹ an, zu Ehren jenes Pazifisten, der uns allen ein Beispiel gab. Oder haben Sie etwas dagegen?«

»Mir ist jeder Name recht, Professor«, sagte Spock steif. »Aber wenn Sie gestatten: Ich sehe mich außerstande, jemandem in Ihrem Alter mit einer derartigen Formlosigkeit zu begegnen. In meiner Heimat hat die Vaterfigur eine große Bedeutung und erfordert allen gebührenden Respekt.«

Grayson schüttelte amüsiert den Kopf, lächelte und griff wieder nach seinem Löffel.

»Ganz gleich, woher Sie auch kommen«, kommentierte er freundlich. »Offenbar legt man dort großen Wert auf die richtige Bildung der Jugend. Nun, Ben, achten Sie Ihre Traditionen. Ich möchte, daß Sie sich hier wie zu Hause fühlen. Und jetzt... Greifen Sie zu, solange das Essen noch warm ist.«

In einem Terroristenbunker irgendwo zwischen Europa und Asien zog jemand einen Papierstreifen aus einem improvisierten Decoder.

»Weck Easter und sag ihm, daß ich etwas Wichtiges entdeckt habe«, brummte der Mann namens Aghan und trat nach dem Stiefel seiner Gefährtin, um ihre Aufmerksamkeit auf sich zu lenken. »Teil ihm mit, daß die Kiew-Nachricht übersetzt ist. Sie betrifft Raumfahrer!«

»Sag's ihm selbst!« zischte die Frau. Sie hatte ihre Waffe demontiert und die Einzelteile auf einer alten, fleckigen Couch ausgebreitet. Durch Aghans Stoß verlor sie das Aufladegerät. Es fiel zu Boden, und sie mußte unter den nahen Tisch kriechen, um es zurückzuholen. Als sie sich wieder aufrichtete, strich sie zerzaustes blondes Haar beiseite und fluchte. »Raumfahrer! Daß ich nicht lache!«

»Du kannst soviel lachen, wie du willst — es stimmt.« Der Mann grinste wie ein Irrer. Man nannte ihn Aghan, weil jenes Wort in seiner Heimat ›November‹ bedeutete — und weil er an den berühmt-berüchtigten Unruhen des Zwölften November teilgenommen hatte. Gerüchte besagten, daß er sich nur einmal im Jahr wusch, um jenes Aufstands zu gedenken. »Schon seit Monaten horche ich die Nachrichtenzentren von Kiew und Posnan ab. Alle halten mich für einen Narren und meinen, in diesem entlegenen Winkel der Welt passiere nie etwas. Selbst Easter belächelt mich. Aber jetzt bin ich wirklich auf eine dicke Sache gestoßen. Ich habe anderthalb Tage gebraucht, um dieses Zeug zu übersetzen, und alles deutet darauf hin, daß es sich um ein echt großes Ding handelt. Es gibt uns ganz neue Möglichkeiten. Ein Raumschiff, das über dem Pazifik abstürzte. Mit zwei Überlebenden an Bord. Darauf wies das dicke Täubchen ihre Verwandte Mariya Yewchenkowa hin, bevor die Verbindung unterbrochen wurde.«

»Dann ist sie ebenso übergeschnappt wie du«, erwiderte die Blondine scharf und schob den Ladebolzen ihrer Automatik hin und her. Es klickte unheilvoll.

»Also gut – *ich* gebe Easter Bescheid«, sagte Aghan in einem bedeutungsvollen Tonfall, wischte sich die Nase am Ärmel des Arbeitsanzugs ab und straffte die Gestalt. Dann hielt er auf die eine Tür im Bunker zu, die sich schließen ließ. »Wenn er nichts damit anfangen kann, wenden wir uns eben an Rächer. Ja, er läßt eine solche Chance sicher nicht ungenutzt verstreichen.«

Aghans Computertricks waren nicht annähernd so kompliziert wie die elektronischen Kunststücke, die auf einer ganz besonderen Bühne stattfanden: im Keller einer Datenbank von Alexandria.

»Zum Glück kenne ich mich hier aus«, meinte Jim Kirk. Er stand hinter Kelso, sah ihn über die Schulter und beobachtete, wie Lees Finger über die Tasten des Terminals huschten. Er blieb völlig gelassen, so als seien sie überhaupt nicht in Eile. »Ich habe häufig das Museum auf der anderen Straßenseite besucht. Lee?«

»Ich arbeite noch daran, Captain«, erwiderte Kelso ungerührt.

Kirk rieb sich nervös die Hände, widerstand der Versuchung, auf und ab zu gehen. Wenn er dabei in den Erfassungsbereich einer Überwachungskamera geriet ... Im Vergleich zu Parneb war er die Ruhe selbst. Der Ägypter hatte Turban und *Djellaba* für das nächtliche Unternehmen gegen angemessenere Kleidung getauscht, raufte sich dauernd das lichte Haar und zitterte wie Espenlaub. Elizabeth Dehner brauchte keine Tricorderanalyse vorzunehmen, um zu wissen, daß sein Puls raste.

»Komm schon, Baby«, flüsterte Kelso dem Computer zu. »Sei ein lieber Junge und öffne eine Lücke in den Paßwort-Barrieren.«

Schritte näherten sich durch den Korridor, und abgesehen von Kelso zuckten alle Anwesenden zusammen. Kirk atmete erleichtert auf, als er Mitchell erkannte, der gerade die gefesselten und geknebelten Wächter überprüft hatte.

»Sie sind noch immer hübsch brav«, sagte er. »Übrigens: Es ist mir gelungen, die Kameras umzuschalten. Die entsprechenden Monitore zeigen nun einen der unterirdischen Ausgänge. Den Timer konnte ich jedoch nicht umgehen. In zehn Minuten wird automatisch Alarm im Polizeipräsidium ausgelöst.«

»Himmel, Lee, beeil dich«, drängte Kirk. Aber Kelso, der Hacker, reagierte nicht darauf. Er beugte sich allein dem Gebot der Notwendigkeit.

Parnebs nervöses Erstaunen wuchs. Die Mühelosigkeit, mit der jene Magier aus der Zukunft das modernste Sicherheitssystem der Gegenwart lahmgelegt hatten, weckte sowohl Bewunderung als auch Furcht in ihm.

»Ich bitte Sie!« hauchte er. »Wenn wir hier erwischt werden...«

»Warum regen Sie sich so auf?« erwiderte Mitchell. »Wenn man uns schnappt, müssen *wir* die Suppe auslöffeln. Sie können einfach verschwinden.«

»Es geht los, Leute«, verkündete Kelso, gestikulierte dramatisch und betätigte eine letzte Taste.

Drei verschiedene Drucker begannen zu rasseln. Lee stand auf, eilte wie ein entzücktes Kind zwischen den einzelnen Ausgabegeräten hin und her und sammelte die Papierbögen und Karten ein: Der Computer stattete vier Zeitreisende mit neuen, ›superechten‹ Identitäten aus.

Parneb hatte Kirk wertvolle Informationen über die Agrostationen, AeroMar und die im derzeitigen Jahrhundert gebräuchlichen bürokratischen Prozeduren gegeben. Auf dieser Grundlage basierte der Plan des Captains.

»Wir müssen unbedingt Kontakt mit den Vulkaniern

aufnehmen«, erklärte er seinen Gefährten, bevor sie die Datenbank aufsuchten. »Wir setzen alle unsere Fähigkeiten ein, um uns als Ärzte, Rechtsanwälte, Indianerhäuptlinge oder was weiß ich auszugeben. Um in die Rollen zu schlüpfen, die es uns ermöglichen, zu den Vulkaniern zu gelangen.«

»Und dann, Captain?« fragte Elizabeth Dehner und stellte eher den Zweck in Frage, nicht so sehr die Mittel.

»Kommt ganz darauf an, was wir am Ziel finden«, erwiderte Kirk grimmig und begegnete dem Blick kühler grauer Psychologenaugen. »Menschen sind Menschen – bestimmt unterscheiden sie sich kaum von denen in unserer Zeit. Wir schätzen die aktuelle Lage ein und müssen die für alle Beteiligten beste Lösung finden. Es darf kein Trauma entstehen. Ich weiß, das klingt recht vage, aber ...«

»Ich verstehe, Captain.« Dehner nickte, froh darüber, endlich selbst aktiv werden zu können. Doch die damit einhergehende Verantwortung belastete sie mit sorgenvollem Unbehagen. »Wie Mr. Mitchell sagen würde: ein Klacks.«

Kirk lächelte dünn und bewunderte die Ruhe der jungen Frau.

»Wir sollten uns teilen«, wandte er sich an seine Truppe. »Genauer ausgedrückt: Wir schwärmen über die ganze Erde aus, um unserer Aufgabe gerecht zu werden. Ich glaube, ich brauche euch nicht extra an die Erste Direktive zu erinnern. Wir dürfen *auf keinen Fall* in den gegenwärtigen historischen Prozeß eingreifen.«

»Also laß die Finger von den Mädchen, Mitch«, warf Kelso ein, woraufhin Gary das Gesicht verzog. Kirk ignorierte sie beide.

»Wir bleiben ständig in Verbindung und vereinbaren einen Treffpunkt, wenn die kritische Phase beginnt. Darüber hinaus müssen wir darauf achten, was um uns herum geschieht. Haltet nach Hinweisen darauf Ausschau, ob irgend etwas durchsickert, ob die Medien etwas verlauten lassen. Parneb, wir brauchen Zahlungsmittel aus verschiedenen Regionen und in unterschiedlichen Formen: Kreditkarten, Reiseschecks und so weiter...«

»*Malesh!*« Parneb seufzte. »Ich wäre kein echter Ägypter, wenn ich nicht gewisse Beziehungen hätte. Ich kümmere mich um alles.«

Er verschwand im Zwielicht, kehrte mit Geld und einem Wagen für die Fahrt nach Alexandria zurück. Unterwegs sprach Kirk mit Kelso und erklärte ihm, was für ID-Unterlagen sie brauchten. Es fiel ihnen nicht besonders schwer, die Wächter in der Datenbank außer Gefecht zu setzen, und im Anschluß daran machte sich Lee sofort an die Arbeit.

»Alles in Ordnung«, meinte Kelso und verteilte die Dokumente mit dem Stolz eines Künstlers. »Jeder von euch bekommt: Ausweise, Referenzschreiben, der neuen Identität entsprechende militärische oder akademische Grade, einen auf der ganzen Welt gültigen Paß und noch viele andere nützliche Dinge, Captain...«

Er reichte Kirk den ersten Stapel.

»Colonel James T. Kirk, Nachrichtenoffizier der Planetaren Streitkräfte, amerikanische Abteilung«, sagte Kelso. »Ich hielt es für besser, deinen richtigen Namen zu verwenden, Jim. Du mußt bereits an genug andere Sachen denken. Außerdem handelt es sich um einen Decknamen, den jeder durchschnittliche Geheimagent wie sein Hemd wechselt. Ich habe deine ID-Datei nicht abgeschlossen – du kannst jederzeit darauf zugreifen und dich anders nennen.« Lee wandte sich an seine Gefährten. »Was auch auf euch zutrifft. Ihr braucht eure Kennummern nur in einen solchen Computer einzugeben – selbst öffentliche Terminals genügen, zum Beispiel Publikumsanschlüsse in Banken. Fügt diesen Code hier hinzu, den ihr übrigens auswendig lernen solltet, und entscheidet euch für irgendeinen neuen Namen. Von jeder Personaldatei existieren drei elektronische Kopien. Mit anderen Worten: Es stehen euch noch drei weitere Rollen zur Verfügung.«

Während Kirk auf die Unterlagen starrte und sich von

der ›Authentizität‹ der Fälschungen beeindrucken ließ, fuhr Kelso fort: »Bei dir habe ich mir einen kleinen Scherz erlaubt, Mitch. Du bist von jetzt an Genosse Ingenieur Jerzy Miklowcik.«

»›Tätigkeitsbereich: Werften von Gdansk, strategische Abteilung‹«, las Gary. »Interessant, Lee. Gefällt mir.«

»Darüber hinaus gehört zu deiner Datei eine ›offene Dienstanweisung‹, die dir zu freier Verfügung steht«, sagte Kelso und grinste. »Ein kleiner Zusatz genügt, und du wirst zu jedem beliebigen Ort versetzt.«

»Handelt es sich um rein fiktive Identitäten?« erkundigte sich Kirk, blätterte in den Dokumenten und verstaute sie schließlich in verschiedenen Jackentaschen.

»In der Tat«, bestätigte Lee. »Unsere Psychologin bildet die einzige Ausnahme. PentaKrem wird bestimmt einen Gehirnklempner schicken, um die Seelen der Vulkanier auszuleuchten, und ganz gleich, für wen man sich entscheidet: Die betreffende Person muß über jeden Zweifel erhaben sein. Ich habe versucht, jemanden zu finden, der bereits überprüft und als unbedenklich eingestuft wurde — und auf dessen Dienste zur Zeit nicht zurückgegriffen werden kann. Deshalb hat es so lange gedauert. Hier...«

Kelso deutete eine Verbeugung an und reichte Dehner die Papiere.

»Dr. Sally Bellero, vormals stellvertretende Leiterin der psychologischen Fakultät im Universitätskrankenhaus von Marsbasis Eins, derzeit auf Urlaub in ihrer Heimatstadt Tezqan, Peru. Es gibt tatsächlich eine Wissenschaftlerin dieses Namens in der Marskolonie, und wie es der Zufall will, hat sie mehrere wichtige Artikel über kosmische Psychologie und die Folgen eines möglichen Kontakts mit Fremdintelligenzen verfaßt. Selbst wenn man Ihre Beglaubigungsschreiben in Frage stellt, Dr. Dehner: Für eventuelle Skeptiker dürfte es nicht gerade leicht sein, bei den verschiedenen Stützpunkten auf dem Mars nachzufragen, und dadurch gewinnen Sie in jedem Fall wertvolle Zeit.«

»Was ist mit Freunden und Verwandten, Leuten in Tezqan, die Dr. Bellero kennen?« fragte Dehner. Die Vorstellung, sich von ihren Gefährten zu trennen, in einer ihr fremden Umgebung auf sich allein gestellt zu sein, behagte ihr nicht sonderlich. Andererseits wußte sie, daß ihr gar keine Wahl blieb; zuviel stand auf dem Spiel.

»Tezqan wurde vor zehn Jahren von einem Erdbeben zerstört, und dabei kam Ihre Familie ums Leben«, erwiderte Kelso. »Von der ursprünglichen Bevölkerung lebt praktisch niemand mehr.«

»Na schön.« Die Psychologin nickte. *Wenigstens habe ich jetzt die Möglichkeit, mich nützlich zu machen,* dachte sie. »Eine gute Grundlage. Danke, Lee.«

»Schon gut.« Kelso lächelte und errötete kurz. Er spürte die anerkennenden Blicke eines ganz speziellen Fanclubs auf sich ruhen, als er auf die übrigen Dokumente deutete. »Was mich betrifft... Nun, ich konnte der Versuchung nicht widerstehen: Techniker Howard ›Studs‹ Carter, STEMM-Mitglied Nummer 583, ohne festen Wohnsitz, allgemeine Region Hollywood, Kalifornien.«

»STEMM?« fragte Kirk verwundert.

»Die Gewerkschaft der Stuntmen, Techniker, Elektriker und Mediamittler«, erklärte Kelso. »Gibt mir eine Menge Freiraum. Wird sowohl meinen euch bekannten als auch einigen eher verborgenen Talenten gerecht«, fügte er stolz hinzu.

Kirk grinste von einem Ohr zum anderen.

»Du bist ein echtes Genie, Lee«, kommentierte er.

»Ich weiß«, bestätigte Kelso bescheiden, löschte das Auswahlmenü vom Monitor und reaktivierte die Paßwort- und Code-Barrieren. Es blieben keine elektronischen Spuren zurück, die darauf hindeuteten, daß jemand in das Computersystem eingedrungen war.

»Also gut«, brummte Kirk voller Tatendrang. »Gary, wieviel Zeit bleibt uns noch in Hinsicht auf die Kameras?«

»Anderthalb Minuten, Jim«, entgegnete Mitchell ruhig. »Wir müßten es schaffen, wenn wir uns sputen.«

Sie sputeten sich.

»Raumfahrer«, sagte Easter. »Hast du das Aufzeichnungsband?«

Aghan zeigte es ihm und lächelte bedeutungsvoll. »Die Nachricht ist bereits entschlüsselt.«

Easter überlegte. Als Terrorist dachte er bemerkenswert langsam, aber angesichts eines Jahrhunderts, in dem der Terrorismus als überholt und besiegt galt, stellte er ohnehin einen Anachronismus dar.

Sein Deckname bezog sich auf mehrere Generationen zurückliegende Unruhen, einen der vielen metaphorischen Grabsteine jenes ethnischen Zwists, der bereits seit über tausend Jahren andauerte und nach wie vor einer Lösung harrte. Ein Ergebnis der Eugenischen Kriege bestand darin, daß sich England endlich aus Irland zurückzog – gerade noch rechtzeitig genug, um beide Staaten zu kooperativen Komponenten des überaus komplizierten Puzzles zu machen, das man als ›Geeinte Erde‹ bezeichnete. Die letzten IRA-Kämpfer, an Straßenkämpfe und die traditionelle urbane Guerilla-Taktik gewöhnt, waren plötzlich arbeitslos.

Ihre Enkel erwarben akademische Grade, verwirklichten sich in einem ausfüllenden Berufsleben und genossen darüber hinaus eine weitaus bessere politische Perspektive. Aber es gab auch Ausnahmen, zum Beispiel Easter. Sein Haar war ständig zerzaust, das Gesicht fast leichenhaft blaß, und er ernährte sich in erster Linie von Pommes frites, Guinness-Bier und Süßigkeiten. Er träumte von einem unabhängigen Irland, ohne zu begreifen, daß so etwas eine historische Regression bedeutet hätte. Easter gehörte zu jenen lebenden Relikten, die keinen Frieden ertragen konnten und sich ihren eigenen Krieg schufen.

Zusammen mit seinen Freunden lebte er in einer Vergangenheit, die nur noch in ihrer Vorstellung existierte. Er fühlte sich nur dann wohl, wenn er gejagt wurde, wenn er Fahndern und Verfolgern ein Schnippchen schlagen, im Untergrund verschwinden konnte. Er brauchte Gefahr, um die Leere in seinem Innern zu füllen, um seiner gescheiterten Existenz einen Pseudosinn zu verleihen. Easter und seine bunt zusammengewürfelte Gruppe — Red, eine grimmige Blondine, die Abu Nidal und die Roten Brigaden verehrte, der November-Krieger Aghan und andere, die sich in verschiedenen Regionen der Erde aufhielten und jede Gelegenheit wahrnahmen, um Unruhen zu schüren; hinzu kam auch noch Rächer, ein Erz-Feind und gelegentlicher Verbündeter, der als phänomenaler Überlebenskünstler galt und Easter am liebsten umgebracht hätte (obwohl er bereit gewesen wäre, zuvor seine Hilfe in Anspruch zu nehmen, um den Rest der Menschheit auszulöschen) — hatten viele Menschen getötet und verstümmelt, ohne jemals gestellt und gefaßt zu werden. Für jemanden wie Easter, dessen einzige Antriebskraft aus Todessehnsucht bestand, kam ein solches Leben ständiger Agonie gleich.

»Was solln wir damit anfangen?« fragte er schließlich und starrte auf die von Aghan decodierte Botschaft herab. »Raumfahrer. Na und? Leute vom Mars? Fremde aus dem All? Wenn's um eine Invasion ginge... Ja, Mann, dann könnten wir uns zurücklehnen, gemütlich die Arme verschränken und abwarten, bis die Außerirdischen unsere Arbeit erledigt haben. Aber hier steht, es seien nur zwei. Was nützen sie uns?«

»Himmel, begreifst du denn nicht?« Aghan schnitt eine Grimasse. »Geiseln. Ein Faustpfand, um unsere Forderungen durchzusetzen. Oder wir legen die Typen einfach um. Dann kommen andere, um ihren Tod zu rächen. Dann hast du deine verdammte Invasion. Einen Dschihad, dem alle unsere Feinde zum Opfer fallen.«

Easter nahm sich einige Minuten Zeit, um darüber nachzudenken.

»Und wie solln wir sie finden?« fragte er nach einer Weile. »Wenn sie geschnappt worden sind... Zum Teufel auch, wer weiß, wo sie jetzt stecken?«

Aghan wartete geduldig, bis Easter seine Überlegungen beendete. *Wer an der legendären irischen Sturheit zweifelt, sollte einmal diesem Mann begegnen,* dachte der Araber. Als Easter die einfachen Silben ausgingen, sagte er schlicht: »Die Medien.«

Der Ire sah ihn groß an. »Wie meinst du das?«

»Laß das hier irgendeinem Journalisten zukommen, der Karriere machen möchte«, erklärte Aghan und deutete auf das Speichermodul, das den kurzen Wortwechsel zwischen Genossin Mediaexpertin Mariya Yewchenkowa und ihrer Nichte enthielt. »Zum Beispiel einem Yankee, der glaubt, er habe längst den Pulitzerpreis verdient. Er und seine Kollegen erledigen die Beinarbeit für uns. Sie bekommen die Schlagzeilen, wir die Raumfahrer.«

Auch darüber dachte Easter nach, neigte den Stuhl zurück, stützte die Füße auf den Tisch und starrte an die feuchte Decke. Hundertachtzig Zentimeter Thermo-Stahlbeton und sechs Meter Erde trennten sie vom Himmel; die Sonne hatten sie zum letztenmal vor über einem Jahr gesehen.

Easter grübelte, und seine Gedanken wurden von Gewalt und Chaos bestimmt. Er sah sich und seine Gruppe auf der einen Seite – und auf der anderen die gesamten Streitkräfte der Erde. Rächers Leute, die als Reserve eingesetzt wurden, Dutzende, vielleicht sogar Hunderte von feindlichen Soldaten umbrachten. Tod, Blut, Verheerung und Leid. Eine Apokalypse, die endlich Erleichterung brachte. Sicherer Tod, von Grauen und Ruhm begleitet. Easter sah eine Möglichkeit, sich seinen sehnlichsten Wunsch zu erfüllen.

Ruckartig beugte er sich vor. *Sicherer Tod.*

»Setz dich mit Rächer in Verbindung«, wies er Aghan an. »Wir schlagen zu.«

»Sendet nur auf den hohen Frequenzen«, riet Kirk seiner Truppe und gab Elizabeth Dehner ihren Kommunikator zurück. »Die während des gegenwärtigen Jahrhunderts gebräuchlichen Geräte können solche Signale nicht erfassen. Lee, ich schätze, du hältst dich die meiste Zeit über an einem Ort auf, während wir anderen praktisch ständig in

Bewegung sind. Wir melden uns bei dir in Abständen von jeweils vier Stunden. Nimm Kontakt mit Parneb auf, wenn du dein Ziel erreicht hast. Benutz ein gewöhnliches Telefon, meinetwegen auch einen Computer — und geh davon aus, daß jemand mithört.«

»Was ist mit dir, Jim?« Kelso griff nach seinem Kommunikator und bot ihn Kirk an. »Du bist den größten Gefahren ausgesetzt.«

»Ich erfahre von Parneb, wo ihr seid — und bestimmt finde ich irgendeine Möglichkeit, mit euch zu sprechen«, erwiderte der Captain vage. Sein eigenes Kom-Instrument lag irgendwo im blauen Staub von M-155; er bedauerte es nun, das Gerät einfach weggeworfen zu haben. Ein derart unachtsamer Junior-Offizier wäre sicher getadelt worden, aber wer sollte Vorwürfe gegen den Kommandanten erheben? *Die Umstände sind Strafe genug.* »Ich komme schon zurecht.«

»Himmel, sei doch vernünftig, Jim«, wandte Kelso ein. »Ich habe Zugang zu den besten Computersystemen dieses Jahrhunderts, und bestimmt finde ich einen Weg, um die hohen Frequenzen abzuhören. Und wie du eben selbst gesagt hast: Ich bleibe die meiste Zeit über an einem Ort, gehe also kaum irgendwelche Risiken ein. Jim, *Captain*... Nimm das Ding. Ich benötige es nicht.«

Kirk setzte zu einer scharfen Erwiderung an, aber Mitchell unterbrach ihn bereits im Ansatz.

»Er hat recht, James«, sagte er betont freundlich. »Warum willst du unbedingt den Helden spielen?«

Kirk seufzte und fügte sich.

»Danke, Lee«, brummte er leise und steckte den Kommunikator ein.

Parneb fuhr sie zum Flughafen.

»Ach, Freunde...«, verkündete er mit trauriger Feierlichkeit, als er sich von Kirk und den anderen verabschiedete, ihnen die Hand reichte. »Ich werde nicht eher Ruhe finden, bis Sie gesund und munter zurück sind. Captain, wenn ich Ihnen noch irgendwie helfen kann...«

»Wir bleiben in Verbindung«, versprach Kirk und dachte: *Sie haben bereits mehr als genug für uns getan.*

»Unsere Situation ist nicht ohne eine gewisse Ironie, Mutter«, sagte Sorahl, nachdem Captain Nyere die beiden Vulkanier in einem recht bequem eingerichteten Quartier tief im Innern der *Delphinus* zurückgelassen hatte, in sicherer Entfernung von den Menschen und ihrer Neugier. Jenseits der Wände herrschte finstere Nacht, und Sorahl glaubte, Müdigkeit und Erschöpfung der Besatzungsmitglieder zu spüren, die nach einem anstrengenden Tag unter die Dekken krochen.

T'Lera, Vulkanierin und Kommandantin, jetzt ohne Heimat und ihr Schiff, war eine aufmerksame Beobachterin aller ironischen Aspekte des Lebens. Sie dachte an die jüngsten Ereignisse und fragte sich, welchen besonderen Faktor ihr Sohn meinte.

»Ach?«

»Wir sind über einem großen Ozean abgestürzt und wurden anschließend in einen Gebäudekomplex gebracht, der auf Wasser schwimmt und nicht etwa direkt auf der Erde verankert ist, sondern an einem ausgedehnten Korallenriff.« Während Sorahl sprach, offenbarte er subtiles Erstaunen angesichts der großen Unterschiede zwischen Vulkan und Terra. »Von dort aus transportierte man uns in einem *Boot* übers Meer, und jetzt befinden wir uns in einem *Schiff.*«

T'Lera hörte stumm zu und ahnte, worauf ihr Sohn hinauswollte.

»Mutter, wenn man es genau nimmt, haben wir die Erde noch gar nicht betreten!«

Kapitel 6

Spock saß am Fenster eines Schlafzimmers, das zum zweiten Stock eines alten Holzhauses in Boston gehörte. Regentropfen prasselten an die beschlagenen Scheiben und tilgten die Farben aus dem Garten. Während der Vulkanier stumm den massiven Schatten einer Eiche beobachtete, neben der ein verkümmert anmutender Fächerblattbaum wuchs, dachte er an seine aktuelle Situation.

Er kannte kein natürliches Phänomen, das seinen bemerkenswerten Transfer nicht nur durch den Raum, sondern auch die Zeit erklärte, und daraus folgte, daß als Ursache nur der bewußte Wille einer Intelligenz in Frage kam. Solange er nicht zu bestimmen vermochte, welche Absichten und Pläne damit in Zusammenhang standen, blieben Spocks Möglichkeiten begrenzt und seine Zukunftsaussichten düster.

Angenommen, der Transfer betraf nur ihn und nicht auch Kirk und die anderen: In einem solchen Fall würden die zurückgebliebenen Gefährten mit einer gründlichen Suche auf der Oberfläche von M-155 beginnen — und rechtzeitig zur *Enterprise* zurückkehren, bevor der Planetoid erneut verschwand. Und da der Captain keine Spur von seinem wissenschaftlichen Offizier finden konnte, mußte er Spock schließlich von der Crewliste streichen und die Reise fortsetzen. Das Gebot der Logik.

Aber wenn Kirk und die übrigen Angehörigen der Landegruppe ebenfalls durch Raum und Zeit versetzt worden waren... Es mußte nicht unbedingt bedeuten, daß ihre Rematerialisierungs-Koordinaten einem Ort auf der Erde entsprachen. Wenn sie sich irgendwo anders befanden, hatte es keinen Sinn zu überlegen, wo ihr Retransfer erfolgt sein konnte. Eine Intelligenz, die Raum und Zeit zu manipulieren vermochte und ihre Fähigkeiten einsetzte, um vernunftbegabte Wesen im Vakuum des Alls oder im

Zentrum einer Sonne zu töten, entzog sich Spocks Verständnis. Logik postulierte, daß Grausamkeit und jene Verhaltensweisen, die Menschen mit der Bezeichnung ›böse‹ umschrieben, auf Ignoranz und Furcht basierten. Ein überlegener Intellekt, der Wissen sammelte und längst die Angst vor dem Unbekannten besiegt hatte, mußte notwendigerweise zu hoher Moral und Ethik finden – meinte Spock. Doch aus einer denkbaren Emotionalität – so wußte er aus seinen Erfahrungen mit Menschen – konnten sich Dutzende von Variablen ergeben und das Gefüge seiner rationalen Gleichung erheblich verändern.

Wenn Kirk, Kelso, Mitchell und Dehner auf der Erde weilten... *Dann ist es unwahrscheinlich, daß sie mich finden. Schließlich muß ich vorsichtig sein, darf mich nicht zu erkennen geben. Resümee: Ich habe keine andere Wahl, als selbst aktiv zu werden, als meinerseits zu versuchen, einen Kontakt herzustellen.*

Jeremy Grayson war sein einziger Ansatzpunkt.

»Ich muß Ihnen eine ... delikate Frage stellen«, sagte der Professor eines Abends, als sie das Geschirr abräumten und anschließend die Schachfiguren aufstellten. »Was ist mit Ihrer finanziellen Situation? Haben Sie vorübergehende Liquiditätsprobleme, oder sind Sie schlicht und einfach pleite?«

»Bitte entschuldigen Sie, aber ich verstehe nicht ganz...« Spock hatte nicht ohne Genugtuung zur Kenntnis genommen, daß Grayson ein Schach-Großmeister war. Dieser Umstand ersparte es ihm, schlecht zu spielen, um die Partien interessanter zu gestalten.

»Sie kamen ohne Gepäck zu mir, besaßen nicht einmal eine Jacke oder einen Mantel, um sich vor der Kälte zu schützen, und daraus schließe ich, daß Sie kein Geld haben«, sagte Grayson offen und befingerte einen Turm. »Wenn Sie was brauchen... Ich bin jederzeit bereit, Ihnen unter die Arme zu greifen.«

Die Großzügigkeit des Professors ließ praktisch keine Wünsche unerfüllt. Spock bekam genug zu essen und hatte ein Dach über dem Kopf. Die Schränke in seinem Schlafzimmer enthielten viele Kleidungsstücke, die von früheren Hilfsbedürftigen stammten. Darüber hinaus erlaubte ihm Grayson Zugang zu seiner privaten Bibliothek: Praktisch jeder Raum im Haus war mit Büchern gefüllt. Der alte Mann fragte nie, warum sein Gast immer eine Kopfbedeckung trug, respektierte die Privatsphäre und erhob keine Einwände, wenn Spock allein sein wollte – was recht häufig geschah. *Wenn ich auf unbestimmte Zeit hierbleiben muß... Es gibt weitaus schlimmere Gefängnisse.*

Die Gedanken des Vulkaniers kehrten zu Kirk zurück.

»Da wäre eine Sache, Professor. Bevor ich hierher kam, nahm ich zusammen mit einigen Kollegen an einem ... Projekt teil. Aus Gründen, die ich Ihnen leider nicht erläutern kann, verloren wir den Kontakt zueinander...« Er suchte nach den richtigen Worten.

»Und?« Grayson setzte die Dame und lehnte sich zurück. »Schach. Nun, Sie wiesen darauf hin, Wissenschaftler zu sein. Darf ich mich danach erkundigen, um was für ein Projekt es sich handelte?«

»Ich sehe mich außerstande, Ihnen diese Frage zu beantworten, Professor.« Spock rettete seinen König, indem er mit einer riskanten, von einem Springer eingeleiteten Gegenoffensive begann. »Schach.«

»Wie Sie meinen.« Zum erstenmal in dieser Partie sah sich Grayson ernsthaft bedroht. »Ich dachte mir schon, daß Sie darüber schweigen müssen. Sie stehen also nicht mehr mit den anderen in Verbindung?«

»Ich habe Grund zu der Annahme, daß sie in Gefahr sind«, sagte Spock langsam. »Und da sie nicht wissen, wo ich mich aufhalte, muß ich irgendeine Möglichkeit finden, ihnen eine Nachricht zukommen zu lassen – ohne die Aufmerksamkeit gewisser ... Personen zu erregen.«

»Das dürfte nicht weiter schwer sein.« Grayson griff nach der Dame, und in seinen Augen blitzte es schelmisch. »Wir bringen einfach einen Hinweis in der persönlichen

Rubrik.« Er machte seinen Zug. »Schachmatt, Ben. Noch ein Spiel?«

Sie begannen erneut.

Der Ausdruck ›persönliche Rubrik‹ bezog sich auf die elektronische Zeitung, die der globale Mediendienst anbot und von jedem Vid-Schirm aus abgerufen werden konnte. Am nächsten Abend tauchte zwischen Rezepten, Ratschlägen für Leute, die an Liebeskummer litten, Landwirtschaftsberichten und Tierpflegetips eine ganz besondere Meldung auf:

Kirk, James T.:
Erwarte Ihre Anweisungen,
Spock c/o Grayson, Boston.

»Der Hinweis erscheint sowohl in den lokalen als auch überregionalen Ausgaben — und zwar so lange, bis ich darum bitte, ihn wieder zu löschen«, meinte Grayson. Er fragte sich, wer jener Kirk sein mochte, dem Spock mit einer derartigen Loyalität gegenüberstand.

»Was Sie zweifellos eine Menge Geld kostet...« Spock wußte, daß auf der Erde für Dienstleistungen hohe Preise verlangt wurden. Das Profitstreben gehörte zur menschlichen Natur.

»Nicht einen müden Cent«, sagte Grayson und lächelte. »In dieser Hinsicht können Sie ganz unbesorgt sein, Ben. In der Welt dort draußen gibt es noch immer einige Leute, die mir einen Gefallen schulden.«

Anschließend nutzte Spock eine unübertreffliche vulkanische Eigenschaft: Er übte sich in Geduld und wartete.

Wenn er das Heim des Professors verließ, beschränkte er sich auf den Garten. Er machte sich nützlich, übernahm einen nicht unerheblichen Teil der Haushaltsarbeiten und brachte all jene Dinge in Ordnung, die der alte Mann während der vergangenen Monate und Jahre vernachlässigt hatte — obgleich Grayson mehrmals darauf hinwies, er erwarte nicht mehr von seinem Gast als eine abendliche Schachpartie. Spock reinigte alle Zimmer, vom Dachboden bis zum Keller, rechte welkes Laub zusammen, kletterte aufs steile Walmdach und reparierte undichte Stellen. Darüber hinaus vervollständigte er die Katalogisierung der vielen tausend Bücher; der Professor hatte irgendwann einmal damit begonnen, doch nach dem Tod seiner Frau brachte er nicht mehr die Kraft auf, die Arbeit zu beenden. Während Spock solche Aktivitäten entfaltete, schwieg er die meiste Zeit über und hing seinen Gedanken nach.

Er lernte andere Personen kennen, die Grayson ab und zu besuchten: eine Tochter, die Spocks Großtante werden sollte, mehrere Freunde und Bekannte, die sich im Wohnzimmer versammelten und lange Gespräche mit dem Professor führten. Manchmal dauerten die Diskussionen bis spät in die Nacht. Zwar hätte Spock gern daran teilgenommen, um seine Neugier zu befriedigen, aber trotzdem blieb er bei solchen Gelegenheiten in seinem Zimmer. Er konnte weitaus besser hören als ein Mensch, und in den meisten Fällen verstand er ganz deutlich, worüber sich Grayson mit seinen Besuchern unterhielt. Der Vulkanier wagte es nicht, seine Zurückgezogenheit aufzugeben; die damit einhergehenden Gefahren für die historische Entwicklung waren zu groß.

Im Verlauf seiner häuslichen Tätigkeit entwickelte Spock allmählich einen Plan. Wenn ihm der Professor die Möglichkeit gab, wollte er nötigenfalls ein Jahr lang bei ihm bleiben. Falls diese Zeitspanne verstrich, ohne daß ihn Kirk und die anderen fanden, mußte er sich ein dauerhaftes Versteck suchen. Auf der Erde gab es Wüsten, in denen kein Mensch zu überleben vermochte. Spock hingegen war auf einem heißen, öden Planeten aufgewachsen und an entsprechende Umweltbedingungen gewöhnt.

Er belastete sich nicht mit Gedanken an die Mühsal und Einsamkeit eines solchen Lebens, beugte sich dem Gebot des Notwendigen. Sein selbstgewähltes Exil dauerte maximal neunzehn Jahre – bis zum geschichtlich ersten Kontakt zwischen Menschen und Vulkaniern. Verletzte er die Erste Direktive, wenn er sich seinen Artgenossen zu erkennen gab und ihnen Bericht erstattete? Doch selbst wenn das nicht der Fall war, wenn er mit den von der *Amity* Geretteten nach Vulkan zurückkehren konnte: Er blieb ein Gestrandeter in der Vergangenheit.

Die komplexen Konsequenzen einer solchen Logik hätten einen Menschen vielleicht um den Verstand gebracht. Aber Spock gestattete sich nicht den Luxus des Wahnsinns. Seine einzige Möglichkeit bestand darin, sich den Gegebenheiten anzupassen.

Jim Kirk hockte allein in dem winzigen Zimmer einer Absteige an der amerikanischen Westküste und schrieb, bis stechende Schmerzen in seiner rechten Hand entstanden.

»Captains Logbuch. Ich verzichte auf eine Sternzeit – es dauert noch zweiundvierzig Jahre, bis solche Datumsangaben üblich werden. Und wenn unsere Bemühungen scheitern, wird es sie nie geben. Zumindest nicht auf der Erde.

Meine Leute haben die ihnen zugewiesenen Einsatzorte erreicht und warteten auf weitere Order. Wer einen Kommunikator besitzt, hält ständigen Kontakt mit den anderen. Lee Kelso hat mir eine Komfon-Nummer genannt, unter der er manchmal zu erreichen ist. Eine alternative, zuverlässigere Form der Verständigung wäre mir weitaus lieber, aber ich muß mich damit zufriedengeben. Kelso glaubt nach wie vor, er könne die primitive Computertechnik dieses Jahrhunderts nutzen, um uns einen problemlosen Nachrichtenaustausch zu ermöglichen. Ich bezweifle es – obwohl ich Lee schon seit Jahren kenne und weiß, wozu er imstande ist.

Dr. Dehner meldete, sie sei ohne Probleme in ihre neue Rolle als Dr. Bellero geschlüpft und habe sogar die Leitung einer Klinik übernommen, in der Privatpatienten behandelt werden. Ihre ursprünglichen Sorgen erwiesen sich als unbegründet: Niemand in Tezqan schöpfte Verdacht. Es mag überraschend klingen, aber für das, was wir planen, bietet die derzeitige Epoche weitaus bessere Möglichkeiten als die Zukunft, unsere Gegenwart.

Mitchell hat sich in Gdansk eingerichtet, Zugang zu AeroMar-Akten über Schiffsrouten und als geheim eingestufte Missionen gefunden; ich frage mich noch immer, wie ihm das gelungen ist. Seine Abende verbringt er in Hafenspelunken: Dort erzählt er dreckige Witze und fragt Seeleute, was sie von fliegenden Untertassen halten. Er erklärte sich — widerstrebend — bereit, keine anderen zwischenmenschlichen Beziehungen einzugehen. Niemand von uns wagt es, das Schicksal auf eine Weise herauszufordern, die zu historischen Veränderungen führen könnte.

Gary teilt mir folgendes mit: Die Region, in der die Vulkanier vermutet werden, gehört zum Zuständigkeitsbereich des AeroMar-Hauptquartiers der Norfolk Island. Dadurch reduziert sich die Anzahl der Schiffe, die für die Bergung in Frage kommen, auf drei. Sobald Gary herausgefunden hat, welches den Auftrag bekam, die Außerirdischen aufzunehmen — und wie ich meinen Freund Mitch kenne, wird das nicht sehr lange dauern —, brauchen wir Kelsos Talente als Computer-Hacker dringender als jemals zuvor.

Was Spock betrifft... Die meiste Zeit über verdränge ich alle Gedanken an ihn. Wir sind zunächst davon ausgegangen, daß er einer der beiden Vulkanier ist, die Parneb in seiner seltsamen Kristallkugel gesehen hat, aber aus irgendeinem Grund glaube ich nicht daran. Tatsächlich bin ich sicher, daß er in keinem Zusammenhang mit den Besuchern aus dem All steht. Nun, der Ägypter scheint nach wie vor davon überzeugt zu sein, daß Spock noch lebt. Wahrscheinlich ist es nur Wunschdenken — immerhin wäre Parneb für seinen Tod verantwortlich. Wie dem auch sei: Ich bin und bleibe davon überzeugt, daß er noch lebt, daß er ebenfalls auf die Erde versetzt wurde, in diese Zeit. Oh, seine Logik wäre uns jetzt eine enorme Hilfe!

Wenn wir davon ausgehen, daß die Verfahrensweisen von AeroMar denen der RIGA ähneln — das Raumforschungsinstitut der Geeinten Erde ist ein direkter Nachfolger der militärischen Behörde und bildet später die Basis für Starfleet... Den Verantwortlichen liegt bestimmt nichts daran, die Vulkanier der allgemeinen Öffentlichkeit vorzustellen. Ganz im Gegenteil: Vermutlich sind sie bestrebt, die Fremden aus dem All zu einem möglichst sicheren und abgelegenen Ort zu bringen. Unsere einzige Frage lautet: Für welche irdische Region entscheiden sie sich?«

»Antarktika?« wiederholte Jason Nyere verwirrt. »Commodore...«

»Stellt Sie das vor irgendwelche Probleme, Captain?« Es klang gleichgültig, und das phlegmatische Gesicht auf dem Kom-Schirm blieb völlig ausdruckslos. *Die Miene eines Bürohengstes,* dachte Nyere angewidert. *Eines Mannes, für den Leben und Wirklichkeit aus niedergeschriebenen Zahlen und Worten bestehen. Eines Mannes, der Befehle ebenso apathisch befolgt wie erteilt.* Ein Gesicht, das nun mißbilligend die Stirn runzelte. Das Hauptquartier erwartete keine Schwierigkeiten von Jason Nyere, weder jetzt noch in Zukunft.

»Da können Sie verdammt sicher sein, Sir! Ich habe tatsächlich ein Problem, und es betrifft nicht nur den Kontinent Antarktika, sondern die ganze verfluchte Angelegenheit. Wenn der Kommandostab in Erwägung zöge...«

»Oh, das tut mir leid, Captain. Meinen Sie etwa Ihr Versetzungsgesuch?«

Nyere spürte, wie sich sein Pulsschlag beschleunigte. Nur mit Mühe gelang es ihm, die Beherrschung zu wahren. »Ganz und gar nicht, Sir. Ich bitte nur darum...«

»Na schön. Dann schlage ich vor, Sie machen sich sofort auf den Weg. Sie werden unter dem Packeis vorstoßen, bis zur alten Byrd-Station im Marie-Byrd-Land. Sobald Sie ihre...« — der Commodore zögerte kurz — »...Ihre Häftlinge dort sicher untergebracht haben, schicken wir mehrere Flügelboote mit zusätzlichen Leuten. Anschließend wird Ihre Crew fortgebracht. Nur Sie und Ihr Erster bleiben.«

Ein guter Plan, dachte Jason. *Ihr nehmt mir die Mannschaft, um zu verhindern, daß ich euch einen Strich durch die Rechnung mache. Um sicherzustellen, daß ihr alles so hinbiegen könnt, wie es euch gefällt. Nett.* Nyere beugte sich zum Schirm vor und versuchte, die Gedanken seines Vorgesetzten zu erraten.

»›Zusätzliche Leute‹? Wen meinen Sie damit, Commodore?«

»Ich bin nicht befugt, Ihnen schon jetzt eine Antwort darauf zu geben, Captain. Wir erwarten von Ihnen, daß Sie die Byrd Station um 08.00 Uhr am kommenden Donnerstag erreichen, und bis dahin werden Sie absolute Funkstille wahren.«

»Sir«, sagte Jason hastig, als der Commodore die Verbindung unterbrechen wollte. »Himmel und Hölle — entweder erklären Sie mir, was zum Teufel Sie vorhaben, oder ich spiele nicht mit! Ich will wissen, wer die ›Leute‹ sind und woher sie kommen. Handelt es sich um Zivilisten oder Angehörige des Militärs oder irgendwelcher Geheimdienste? Bisher hat sich niemand von Ihnen dazu herabgelassen, mit den Personen zu sprechen, die an Bord meines Schiffes gekommen sind. Aus freiem Willen, wie ich betonen möchte, Commodore...«

»Ihr Bericht liegt mir vor, Nyere«, erwiderte Jasons Vorgesetzter und fügte in einem drohenden Tonfall hinzu: »Ich glaube, Sie vergreifen sich ein wenig im Ton.«

»Da wäre noch etwas, *Sir!*« Der in Nyere brodelnde Zorn suchte nach einem Ventil. »Hat jemand von Ihnen daran gedacht, daß wir es mit Bürgern einer anderen Welt zu tun haben, daß wir den Unwillen ihrer Regierung erregen könnten, indem wir sie behandeln wie...«

»Das genügt jetzt, Captain!« Die Stimme des Commodore vibrierte, und Nyere schloß daraus, daß er einen wunden Punkt berührt hatte. »Nehmen Sie von Byrd aus Kontakt mit dem Norfolk-HQ auf. Aus und Ende!«

Jason beobachtete, wie der Schirm grau wurde, drehte den Kopf und sah T'Lera an, die außerhalb des Erfassungsbereichs stand. Nyere meinte, sie habe ein Recht darauf, dem Gespräch zuzuhören. Ungeachtet der Vorschriften, die Geheimhaltung verlangten. Und trotz des überschäumenden Temperaments seines Ersten Maats Melody Sawyer, die sofort Verrat witterte.

»Es tut mir leid«, sagte er leise. »Man läßt mir nicht die Möglichkeit, eigene Entscheidungen zu treffen.«

»Ich verstehe durchaus, Captain.« T'Lera überlegte, wie ihre Vorgesetzte, die schreibtisch- und planetengebundene T'Saaf, auf eine solche Situation reagieren mochte. Würde sie sich weiterhin allein von Logik und dem UMUK-Prinzip leiten lassen? »Der Zielort, den man Ihnen eben nannte...«

»Eine Forschungsstation in der Nähe des Südpols, einer der kältesten und abgelegensten Regionen auf Gottes grüner Erde. Sie wurde vor einigen Jahrzehnten aufgegeben. Nun, die Leute, von denen ich mein Gehalt beziehe, wollen Sie im wahrsten Sinne des Wortes auf Eis legen.«

»Captain?«

Jason lachte leise. In den vergangenen sechs Tagen hatte er die vulkanische Kommandantin regelmäßig in ihrer Kabine besucht und ihr außerdem Gelegenheit gegeben, sich jederzeit an ihn zu wenden – vorausgesetzt natürlich, sie informierte ihn vorher, so daß er eventuell anwesende Besatzungsmitglieder fortschicken konnte, um mit der Außerirdischen allein zu sein. Er empfand es als sehr angenehm, mit ihr zu sprechen, auch wenn er häufig besondere Redewendungen erklären mußte. *Ich habe das Hauptquartier deutlich genug darauf hingewiesen, daß die Besucher aus dem All keine Ungeheuer sind, daß man ganz vernünftig – rational-logisch – mit ihnen reden kann. Trotzdem beharren die Lamettaträger auf ihrer chauvinistischen Paranoia und weigern sich hartnäckig, die Realität der Vulkanier zu akzeptieren.*

Vulkanier, fügte Jason in Gedanken hinzu. *Bedauerli-*

*cherweise ähnelt ihr Name einem mythologischen Gott, der sich keiner großen Beliebtheit erfreute.** *Würde mich gar nicht wundern, wenn sich der Commodore und seine Kollegen von einem derartigen unbewußten Blödsinn beeinflussen ließen.*

Ich bin Kapitän eines Schiffes, kein Psychiater, erinnerte sich Jason Nyere. *Verdammt, ich habe nicht die geringste Ahnung, was in jenen Köpfen vor sich geht. Wie dem auch sei: Ich verlasse mich auf meinen gesunden Menschenverstand — und der sagt mir, daß die Dame mit den spitzen Ohren überhaupt keine Gefahr für unsere Zivilisation darstellt. Sie ist offen und direkt — und ziemlich helle.* Nyere schmunzelte erneut. *Meine Güte, ich sollte mich vor derart abrupten Stimmungsveränderungen hüten. Sonst lebe ich nicht lange genug, um meine Pensionierung zu genießen.*

»Eins verspreche ich Ihnen«, wandte er sich an T'Lera. »Ganz gleich, wer mit den Flügelbooten kommt — ich lasse niemand von ihnen an Bord meines Schiffes. Sollen sie sich in Byrd-Station den Hintern abfrieren. Das Hauptgebäude ist kaum mehr als eine Hütte. Die Heizung funktioniert sicher nicht mehr, und ich bezweifle, ob die sanitären Anlagen viel Komfort bieten. Je unbequemer es die Typen haben, um so schneller kehren sie heim. Anschließend finde ich endlich Gelegenheit, Ihnen und Ihrem Sohn meine wahre Gastfreundschaft zu bewiesen, anstatt Sie wie Kriminelle zu behandeln. Wer weiß? Vielleicht kann ich Melody sogar dazu überreden, Ihnen Tennisunterricht zu erteilen.«

T'Lera begriff die Ironie der letzten Bemerkung. Sawyers ablehnende Haltung, ihr kaum verhohlener Zorn darüber, ausgeschlossen zu sein, während die Vulkanierin der Kommunikation mit dem Norfolk-HQ beiwohnen durfte — sicher hörte Melody von ihrer Kabine aus mit; das hatte

* Gemeint ist Vulcanus, in der römischen Mythologie Gott des Feuers, der auch als kunstfertiger Schmied angesehen wurde. Sein Fest, die sogenannte Volcanalia, wurde am 23. August begangen. Anmerkung des Übersetzers.

Nyere in weiser Voraussicht nicht verboten –, ihre Unfähigkeit, sich den Vulkaniern bis auf drei Meter zu nähern, ohne ›eine Szene zu machen‹, wie sich Jason ausdrückte – all das ging dem Captain zunehmend auf die Nerven. Diese Art von Kleingeistigkeit erwartete er bei seinen Vorgesetzten, nicht von Melody, die er gut zu kennen glaubte und für weitaus intelligenter hielt.

»Captain an Ersten Maat«, sprach Jason ins Interkom. Er wußte, daß Sawyer zuhörte, und bevor sie bestätigen konnte, fügte er hinzu: »Teilen Sie der Mannschaft mit, daß wir in einer halben Stunde aufbrechen.«

»Ziel?« fragte Melody unschuldig.

»Ich brauche wohl nicht extra zu wiederholen, was Sie bereits wissen«, sagte Nyere scharf und beobachtete T'Lera aus den Augenwinkeln. Der so stechende und durchdringende Blick ihrer Augen unter den dichten, wie fragend gewölbten Brauen ... brachte er Belustigung oder so etwas wie Anerkennung zum Ausdruck?

»Wir nehmen Kurs zur Byrd Station«, erwiderte Melody knapp.

»Bestätigt.« Jason beließ es dabei. »Ist Yoshi zurück?«

»Positiv, Sär! Er befindet sich schon seit einer Stunde an Bord.«

»Gut. Geben Sie ihm und Tatya Bescheid. Unseren beiden Freunden von Agro III steht ein Sonderurlaub bevor.«

Am ersten Tag des vulkanischen Exils in der *Delphinus* überprüfte Yoshi die Anbaubereiche und hielt Wort: Er kehrte zurück, bevor die Sonne unterging. Und er brachte schlechte Nachrichten.

»Es ist die Welke!« platzte es aus ihm heraus, als er Tatya in Sorahls Quartier fand, wo sie sich mit dem Vulkanier unterhielt. Er zeigte ihnen beiden einen verfärbten Tangfladen. »Lieber Himmel, ich weiß nicht, wie es passieren konnte... Der ganze nördliche Quadrant ist betroffen.«

Sorahl untersuchte die Probe nachdenklich, rief sich all

das ins Gedächtnis zurück, was er über die irdische Flora wußte.

»Es scheint sich um eine Pilzinfektion zu handeln«, meinte er. »Welche präventiven Methoden verwenden Sie?«

»Nicht eine einzige«, klagte Yoshi. »Und es gibt auch kein Heilverfahren. Die verdammte Welke breitete sich immer weiter aus, ganz gleich, womit wir sie einzudämmen versuchen. Wir kennen nicht einmal die Ursache. Wahrscheinlich eine Mutation, vielleicht ein Resultat der Umweltkatastrophen im vergangenen Jahrhundert. Niemand weiß eine Antwort.«

»Uns bleibt nichts anderes übrig, als den befallenen Tang einzusammeln und zu verbrennen«, warf Tatya fast gleichgültig ein. Vor achtundvierzig Stunden hätte sie Yoshis Verzweiflung geteilt – jetzt erschien ihr selbst der drohende Verlust einer ganzen Ernte unbedeutend. »Aber wenn die Infektionsrate über zehn Prozent des Gesamtbestandes steigt, hat auch die Teilvernichtung keinen Sinn mehr.«

»Nun, ich werde es zumindest versuchen!« erklärte Yoshi fest. »Jason muß mich morgen gehen lassen. Da fällt mir ein: Hast du bereits von ihm erfahren, was er mit uns plant?«

»Er hat dem AeroMar-Hauptquartier einen Bericht geschickt«, erwiderte Tatya. »Derzeit wartet er auf eine Antwort.«

»Wir können nicht einfach warten – wir müssen etwas *unternehmen.*« Yoshi ließ sich neben Sorahl auf die Koje sinken. Der junge Vulkanier betrachtete noch immer den Tangfladen, drehte ihn aufmerksam hin und her. »Wenn es uns nicht gelingt, die Welke aufzuhalten, ist die Arbeit eines ganzen Jahres für die Katz, mein Freund. Und falls nicht schleunigst ein wirksames Gegenmittel gefunden wird ... Die Fachleute meinen, dann ließen sich Probleme bei der globalen Lebensmittelversorgung nicht mehr vermeiden.«

»Tatsächlich?«

Yoshi nickte. »Einige hysterische Typen sprechen bereits von einer bevorstehenden Hungersnot. Die Mondbasen verfügen über eigene hydroponische Anlagen, aber auf dem Mars hat das Terraforming gerade erst begonnen. Die Kolonien importieren ihre Nahrungsmittel, zum größten Teil Tang, Algen und Sojabohnen. Wenn's bei den Leuten dort oben knapp wird, müssen sie entweder auf unsere Reserven zurückgreifen – oder hierher zurückkehren. Ich glaube, es wird niemand verhungern; *so* schlimm kann's wohl kaum werden. Wie dem auch sei: Ich möchte Sie nicht damit belasten. Sie haben bereits genug eigene Probleme!«

»Darf ich das hier behalten?« fragte Sorahl und deutete auf die Tangprobe.

Yoshi runzelte verwirrt die Stirn. »Ja, sicher. Warum?«

»Ich möchte mich eingehender damit beschäftigen«, erklärte der Vulkanier. »Captain Nyere hat mir gesagt, in der *Delphinus* gebe es mehrere Forschungslaboratorien, die derzeit nicht genutzt werden. Wenn ich Zugang zu bestimmten Instrumenten und Materialien bekäme...«

»Ich frage ihn«, bot sich Tatya sofort an, und in ihrer Stimme vernahm Yoshi eine seltsame Aufregung. Er fragte sich, worüber sie während seiner Abwesenheit mit Sorahl gesprochen hatte und überraschte sich dabei, wie er so etwas wie Eifersucht zu spüren begann. Er versuchte, solche Gedanken und Empfindungen aus sich zu verdrängen, besann sich statt dessen auf die von der Welke bedrohten Anbauflächen.

Jason Nyere zögerte nicht, Sorahls Bitte zu entsprechen und ihm die Möglichkeit zu geben, in einem der chemischen Laboratorien zu arbeiten. Die strenge Erziehung der Vulkanier, die Beschränkungen, denen Körper und Geist in der Enge eines Erkundungsschiffes unterworfen waren, die Meditationsübungen, mit denen ein Ausgleich geschaffen wurde – von all diesen Dingen wußte der Captain nichts. Er versetzte sich in die Lage des jungen Mannes, dachte und fühlte dabei wie ein Mensch – und stellte sich vor, Tag und Nacht in einer kleinen Kabine gefangen zu sein, ohne sich die Zeit vertreiben zu können.

Er hatte Sorahl und T'Lera im Gästequartier untergebracht, das natürlich über einen Vid-Schirm verfügte, und Fähnrich Moy war beauftragt worden, alle angeforderten Bücher und Speicherkassetten aus der Schiffsbibliothek zu holen und vor die geschlossene Tür der beiden ›Gäste‹ zu legen. Nyere bezweifelte jedoch, ob damit das Bedürfnis nach frischer Luft und Bewegungsfreiheit kompensiert werden konnte. Daß sich der junge Vulkanier mit einem Forschungsprojekt beschäftigen wollte, verschaffte Jasons Gewissen erhebliche Erleichterung.

Sorahl nahm die Gelegenheit zu einer intellektuellen Übung mit Dankbarkeit wahr, hatte jedoch gleichzeitig pragmatischere Motive. Die weitere ungehinderte Ausbreitung der Welke stellte nicht nur Yoshi und Tatya vor enorme Probleme, sondern die ganze Erde. Nach den Maßstäben seines Volkes war Sorahl zwar kein Biologe, aber jeder Vulkanier kannte sich in verschiedenen Wissenschaftsbereichen aus. Er erinnerte sich an einen Artikel, der die Behandlung einer ähnlichen Pflanzenkrankheit in den hydroponischen Farmen auf Vulkan schilderte. Wenn sich die gleichen Prinzipien auf eine Flora anwenden ließen, die in Salzwasser gedieh ... In einem solchen Fall zweifelte Sorahl kaum daran, ein Heilmittel finden zu können – als Dank für die beiden Menschen, die ihm das Leben gerettet hatten.

Er verbrachte viele Stunden im Labor. Manchmal verlangte er zuviel von dem einfachen Computer, der zur technischen Ausstattung gehörte, und gelegentlich rechnete er selbst weitaus schneller. Ganz gleich, welche Entscheidung man in bezug auf ihn und seine Mutter traf – bestimmt konnte niemand Einwände gegen sein Projekt erheben.

Sorahl irrte sich. Ein Mitglied der Besatzung hielt seine Bemühungen keineswegs für selbstlos, sondern nahm sie zum Anlaß, noch mißtrauischer zu werden.

»Er kann verdammt gut mit dem Computer umgehen, Jason«, sagte Melody Sawyer. »So gut, daß die Blechkiste Mühe hat, mit ihm Schritt zu halten. Das gefällt mir nicht!«

»Seit einiger Zeit scheint Ihnen hier kaum noch etwas zu gefallen.« Nyere nutze das lange Warten auf eine Antwort des Norfolk-HQ, um sich auf das ganz besondere Schlachtfeld des Papierkriegs zu wagen. Normalerweise ignorierte er die vielen Formulare und Berichtmodule, bis sie keinen Platz mehr auf seinem Schreibtisch ließen. »Was ist Ihnen denn diesmal über die Leber gelaufen? Haben Sie was dagegen, die gleiche Luft zu atmen wie *sie?«*

Melody überhörte den Sarkasmus; er kam der Wahrheit zu nahe. »Was ist, wenn es sich bei dem ach so harmlosen Forschungsprojekt nur um einen Vorwand handelt? Oh, die werte Dame mit den spitzen Ohren behauptet zwar, sie und Sorahl seien die einzigen sogenannten Vulkanier weit und breit, aber vielleicht lügt sie. Möglicherweise setzt sich Sohnemann gerade mit einer wartenden Invasionsflotte in Verbindung und gibt das Signal zum Angriff.«

»Ich bezweifle, ob er Gelegenheit dazu fände. Sie kontrollieren ihn praktisch rund um die Uhr.«

»Er arbeitet mit einem offenen Computersystem, Captain, Sär. Und deshalb halte ich es für angebracht, wachsam zu sein.«

Nyere seufzte. »Wenn's nach Ihnen ginge, Sawyer... Sie würden wahrscheinlich kleine Löcher in T'Leras und Sorahls Stirn bohren, um festzustellen, was sich dahinter verbirgt. Und Sie blieben selbst dann noch mißtrauisch, wenn Sie Gelegenheit fänden, ihre Gedanken zu lesen.« Er schüttelte unwirsch den Kopf. »Ihre Sorgen werden allmählich pathologisch, Melody. Es wäre absurd, wenn ›Sohnemann‹ die Absicht verfolgte, ausgerechnet jetzt das Zeichen für den Angriff zu geben. Soweit ich weiß, bot sich seinem Großvater während des zweiten Weltkriegs eine viel bessere Chance.«

T'Lera hatte ihm die ganze Geschichte erzählt, um ihre

Aufrichtigkeit unter Beweis zu stellen, doch Sawyer wußte noch nicht Bescheid. Nyere berichtete ihr mit einigen knappen Sätzen von der Mission des Erkundungsschiffs und versuchte seinen Ersten Maat davon zu überzeugen, daß die beiden Fremden keine Gefahr darstellten. Melody hörte mit steinerner Miene zu, und ihre Wangen waren so weiß, daß die Sommersprossen wie aufgemalt wirkten.

»Um Himmels willen!« stieß sie schließlich hervor und stürmte davon.

Jason Nyere wandte sich wieder den Dokumenten und Formularen zu, dachte ernsthaft daran, Melody Sawyers Versetzung zu einem anderen Schiff zu erwirken.

Lee Kelso befand sich in der zentralen Niederlassung des Nachrichtenkonzerns MediaMagix und wartete den Schichtwechsel ab, bevor er ein Sicherheitsterminal aktivierte und die letzte Codesequenz eingab. Wenn Mitchell auf eine Botschaft wartete, wenn er alles vorbereitet hatte...

Statisches Knistern und Hochfrequenzrauschen drangen aus dem Lautsprecher, und nach einigen Sekunden gesellte sich der Klang einer lakonischen, skeptischen Stimme hinzu.

»Mitchell an Kelso. Mitchell an Kelso – empfängst du mich? He, Lee, alter Knabe, du hast behauptet, dies würde funktionieren... Ich persönlich halte das für völligen Blödsinn, aber ich lasse mich gern vom Gegenteil überzeugen... Mitchell an Kelso...«

Die Statik erschien ihm zu laut, und das dumpfe Brummen erinnerte Lee an einen Kater, den er sich nach einer langen Nacht auf Argelius geholt hatte. Aber abgesehen davon war Kelso mit seinen Leistungen recht zufrieden. In aller Seelenruhe nahm er eine Feinjustierung vor und hörte Mitchell stumm zu.

»He, Lee, antworte endlich. Ich rede mir hier die Zunge wund, und du gibst keinen Ton von dir ... Verdammt, ich komme mir immer mehr wie ein Narr vor ... Na schön, ich gebe dir noch eine Minute Zeit, bevor ich abschalte ... Lee, hier ist Gary! Empfängst du mich? Mann, hab Mitleid mit mir und melde dich endlich...«

Kelso betätigte einige Tasten und ging auf Sendung.

»Hallo, Mitch. Hier spricht Kelso. Wie ist die Lage in Gdansk, Genosse Ingenieur?« Garys Lachen übertönte das statische Knacken. *Ich hab's tatsächlich geschafft,* dachte er stolz. »Da soll noch jemand behaupten, so etwas sei nicht möglich.«

»Lee Kelso, das Allroundgenie, hat erneut zugeschlagen«, erwiderte Mitchell anerkennend. »Und du benutzt tatsächlich einen primitiven, zweihundert Jahre alten Computer?«

»In der Tat.«

»Mann, du hast echt was auf dem Kasten«, erwiderte Mitchell bewundernd. »Nun, weißt du, ich will mich nicht beschweren, aber hier bei mir klingt's so, als knülle jemand Stanniolpapier dicht vor dem Mikrofon zusammen...«

»Warte, Mitch, der Empfang ist so schlecht, daß ich dich nicht verstehe. Hört sich so an, als spiele jemand mit einem Haufen Aluminiumfolien...« Kelso lächelte und filterte die Statik heraus. »Bitte wiederhol deine letzten Worte.«

»Schon gut.« Diesmal wurde Mitchells Lachen nicht mehr von Störungen untermalt. »Hör mal, Lee: In einigen Minuten setze ich mich mit Jim in Verbindung. Soll ich ihm irgend etwas ausrichten?«

»Spar dir die Mühe«, sagte Kelso und wählte eine zweite Frequenz. »Mal sehen. Vielleicht kann ich eine Konferenzschaltung herstellen.« Einige Minuten später bestand auch eine Verbindung mit Kirk und Elizabeth Dehner.

»Wie lange kannst du die vier Kanäle offen halten?« fragte Jim und war ebenso verblüfft wie zuvor Mitchell.

»Bis ich erwischt werde«, entgegnete Lee.

»Gut. Also nutzen wir diese gute Gelegenheit.« Kirk hielt es nicht für notwendig, ein Lob hinzuzufügen; Kelso kannte seine Fähigkeiten und brauchte keine Streicheleinheiten. »Irgendwelche wichtigen Informationen, Gary?«

»Ich glaube, ich habe das in Frage kommende Schiff identifiziert, Jim. Es handelt sich um die *CSS Delphinus*, als Mehrzweckfahrzeug registriert. Kreuzer, Zerstörer, Truppentransporter, Flugzeugträger und Unterseeboot in einem. Die Höchstgeschwindigkeit auf oder unter Wasser beträgt zwanzig Knoten. Nun, die *Delphinus* ist in der Lage, eine ganze Stadt zu vernichten, kann als schwimmendes Laboratorium oder Frachter eingesetzt werden ...«

»Scheint eine frühe Version der *Enterprise* zu sein«, warf Kirk nachdenklich ein und fragte sich, wer das Kommando führte. Ähnelte der Kapitän dem modernen Kommandanten eines Raumschiffs? »Während meiner Akademiezeit habe ich mich eingehend mit jenen Mehrzweck-Konstruktionen befaßt. Unglaubliche Maschinen!«

»Allerdings«, bestätigte Mitchell. »Wie ich in Erfahrung bringen konnte, war die *Delphinus* damit beauftragt, die verschiedenen Agrostationen im Südpazifik mit Nachschub zu versorgen. Doch vor kurzer Zeit bekam sie neue Order. Angeblich ging es darum, einen abgestürzten Satelliten zu bergen. Inzwischen herrscht seit vier Tagen Funkstille.«

»Klingt ganz so, als hätten wir ins Schwarze getroffen«, meinte Kirk hoffnungsvoll. »Lee, hast du die Möglichkeit, dich trotz der großen Entfernung in den Bordcomputer einzuschleichen?«

»Oh, sicher. Vorausgesetzt, Mitch nennt mir den einen oder anderen Zugangscode.«

»Kein Problem, Teuerster.«

Kirk überließ seine beiden Freunde sich selbst und wandte sich an Dehner. »Wie läuft's bei Ihnen, Doktor?«

»Ich warte ab, Captain. Und lese.«

»Wie soll ich das verstehen?«

»Ich gehe alle von meinem Alter ego verfaßten Artikel und Monographien durch – um nicht in Verlegenheit zu geraten, wenn jemand entsprechende Fragen an Dr. Bellero richtet. Abgesehen davon ... Das Nachtleben hier in Tezqan ist kaum der Rede wert.«

»Wenn Sie ein wenig Ablenkung suchen, Täubchen...«, ließ sich Mitchell vernehmen. »Geben Sie mir Bescheid. Die Nächte im malerischen Gdansk können verdammt kalt werden. Wie wär's, wenn wir uns gegenseitig wärmen und...«

»Hör endlich auf mit dem Quatsch, Mitch«, brummte Kelso. Während des Flugs von Alexandria nach Mitteleuropa hatten Gary und Elizabeth Dehner stundenlang solche Bemerkungen ausgetauscht. Lee konnte eine Fortsetzung des verbalen Gefechts nicht ertragen.

»Bleibt Ihr berühmt-berüchtigter Charme in Polen ohne Wirkung, Mr. Mitchell?« entgegnete die Psychologin. »Oder hängen Sie so sehr an mir, daß Sie mich vermissen?«

»Der Captain hat uns verboten, irgendwelche Beziehungen zu Frauen dieses Jahrhunderts einzugehen«, stellte Mitchell fest. Kirk hörte schweigend zu, griff nicht ein. Er wußte, daß sich seine Gefährten nur von einem Teil ihrer Anspannung befreiten, von den Belastungen des Wartens. Die Ungewißheit zerrte an ihren Nerven. Zwar beschränkte sich die Verbindung auf eine akustische Übertragung, aber Kirk glaubte dennoch, Gesichter, Mienenspiel und Gestik zu beobachten. »Ich muß mich zurückhalten, um zu verhindern, daß ich zu meinem eigenen Großvater werde.«

»Ich wußte gar nicht, daß Sie so verantwortungsbewußt sind, Mr. Mitchell. Bisher hielt ich Sie für einen egoistischen, sturen, verspielten...«

Kirk stellte sich vor, wie es in Dr. Dehners Augen wütend aufblitzte, wie sie das seidene Haar zurückwarf. Er lächelte schief, räusperte sich demonstrativ und entschied, den Wortwechsel zu beenden, bevor neuerlicher Unmut entstand.

»Um auf den eigentlichen Grund für dieses Gespräch zurückzukommen...« Er wartete einige Sekunden lang, um ganz sicher zu sein, daß er die Aufmerksamkeit seiner Gefährten genoß. »Mr. Mitchell, stellen Sie fest, wo sich die *Delphinus* befindet. Anschließend...«

»Alles klar, Captain. Mitchell Ende.«

»Mr. Kelso?«

»Sir?«

»Wir brauchen Ihre Computerkenntnisse. Greifen Sie tief in Ihre Trickkiste. Wenn es Ihnen gelingt, die *Delphinus* oder sogar das AeroMar-Hauptquartier der Norfolk Island zu erreichen...«

»Ich werd's versuchen, Sir.«

»Und noch etwas: Melden Sie sich in regelmäßigen Abständen bei Parneb. Wenn irgend etwas schiefgeht, wenn Sie in Schwierigkeiten geraten... In einem solchen Fall lassen Sie alles stehen und liegen, kehren nach Ägypten zurück und tauchen dort unter, klar?«

»Klar, Ji... Captain. Als ich das letztemal mit ihm sprach, suchte er noch immer nach Spock. Er meinte, es zeichneten sich noch keine Veränderungen in der historischen Struktur ab, aber wer rückwärts lebt und die Zukunft nicht von der Vergangenheit unterscheiden kann...« Kirk schwieg, und Kelso verstand den stummen Hinweis. »In Ordnung, Captain. Tief in die Trickkiste greifen. Sehr wohl, Sir. Kelso Ende.«

»Doktor...«, sagte Jim.

»Ja, Captain?« Elizabeth Dehner hatte die ganze Zeit über aufmerksam zugehört, beeindruckt von den emotionalen Brücken zwischen ihm und seinen Gefährten. Das Geheimnis seiner Fähigkeiten als Kommandant – tiefe Zuneigung für jedes einzelne Mitglied seiner Mannschaft? *Falls das stimmt, muß es jedesmal ein großer Schock für ihn sein, wenn er jemand verliert*, dachte die Psychologin. *Himmel, ich glaube, ich habe diesen Mann weit unterschätzt.*

»Ich fürchte, Sie müssen sich noch eine Zeitlang gedulden«, sagte Kirk. »Wenn die kritische Phase beginnt, stehen wir beide in vorderster Front.«

Jim erahnte Dehners Nicken. »Verstanden, Captain.«

Jason Nyere hatte Yoshi die Erlaubnis erteilt, sich um die

Anbauflächen der Agrostation zu kümmern, während sie auf eine Nachricht des Hauptquartiers warteten. An jedem Morgen brach der junge Agronom auf und ließ sich manchmal von einem Besatzungsmitglied der *Delphinus* helfen. Er sonderte die verfaulenden Tangmassen von den anderen ab, so daß sie von der Strömung fortgetrieben wurden. In sicherer Entfernung setzte er sie in Brand und sah zu, wie das Ergebnis mehrmonatiger Arbeit von Flammen verzehrt wurde, klammerte sich dabei an der Hoffnung fest, wenigstens den Rest zu retten.

Mit wachsender Verzweiflung beobachtete er den dichten, schwarzen Rauch, der wie träge übers Meer wallte und die Luft verpestete. Schmierige Asche trübte das klare Wasser des Pazifiks. Es war eine primitive und nicht ungefährliche Methode, gegen die Welke zu kämpfen; sie beschwor die Gefahr einer lokalen Störung des maritimen ökologischen Gleichgewichts herauf. Aber Yoshi glaubte, keine andere Wahl zu haben. Wenn die Sonne unterging, kehrte er zu *Delphinus* zurück, verrußt und völlig erschöpft.

»Warum *hilfst* du mir nicht?« wandte er sich am dritten Abend an Tatya und sank müde auf die gemeinsame Koje.

Seine Partnerin strich ihm stumm und zurückhaltend übers Haar und versuchte, ihren Abscheu zu verbergen. Yoshis Kleidung war völlig verdreckt, und außerdem stank er nach Rauch und Schweiß. Wenn sie hingegen Sorahl besuchte ... Er duftete nach frisch gemähtem Gras oder Blättern im Herbst. Er duftete nach etwas, das sie auf dem Festland zurückgelassen hatte und plötzliche Sehnsucht in ihr weckte.

»Jason ließe uns bestimmt nicht beide gleichzeitig gehen«, erwiderte sie ruhig, obwohl sie in diesem Punkt keineswegs sicher war. »Außerdem halte ich es für besser, daß einer von uns bei den Vulkaniern bleibt. Ich vertraue Nyere, aber nicht dem Hauptquartier. Jemand muß aufpassen. *Und* ich helfe Sorahl im Laboratorium.«

»Ja, das kann ich mir denken!«

Der scharfe Tonfall des jungen Agronomen überraschte Tatya; sie empfand sogar einen Hauch von Schuld. Der Beziehung zwischen Yoshi und ihr fehlte das amtliche Siegel einer Heiratsurkunde oder eines zeitlich begrenzten Ehekontrakts, aber solche Dinge waren eigentlich bedeutungslos. Sie führten ein gemeinsames Leben, und das genügte. Für niemanden von ihnen gab es einen Grund, eifersüchtig zu sein. Bisher.

»Was, zum Teufel, soll das heißen?« entfuhr es Tatya. Gewissensbisse verstärkten ihren Zorn. *»Bozhe moi,* glaubst du etwa...«

Sie sprach nicht weiter. Yoshi lag völlig reglos, den einen Arm über die Augen gebreitet; er war auf der Stelle eingeschlafen. Tatya ließ ihn allein, um Sorahl Gesellschaft zu leisten.

»Er ist wütend?« fragte der junge Vulkanier. Tatya sah in seine samtschwarzen Augen und spürte, wie etwas in ihrem Innern erweichte. »Das verstehe ich nicht.«

»Eifersucht«, erklärte Tatya geradeheraus, nahm dem Vulkanier die benutzten Objektträger ab und schob sie ins Sterilisierungsgerät. Vergeblich hoffte sie darauf, die Hände des jungen Mannes zu berühren. »Er glaubt, ich sei in Sie verliebt.«

Sorahl kannte den Ausdruck und seine theoretische Bedeutung, doch er begriff nicht, was Eifersucht damit zu tun hatte.

»Stimmt das?« fragte er mit bemerkenswerter Naivität. Tatya war so überrascht, daß sie eins der kleinen gläsernen Rechtecke fallen ließ.

»Natürlich nicht!« erwiderte sie, hob den Objektträger auf und warf die langen Zöpfe zurück. *Der Umstand, daß ich dauernd von dir träume, selbst dann an dich denke, wenn Yoshi und ich uns lieben... Das alles spielt überhaupt keine Rolle!*

»Gut«, sagte Sorahl nur und verzichtete darauf, ihr einen der vielen vulkanischen Gründe für diese Antwort zu nennen. »Ich verdanke Yoshi mein Leben, und daher möchte ich nicht seinen Groll erwecken.«

Bald darauf hatte Yoshi guten Grund, noch zorniger zu sein.

»Wer kümmert sich um die Meeresfarm?« fragte er, als Jason ihm mitteilte, in einer Stunde nähmen sie Kurs auf die Antarktis. Er war gerade erst zurückgekehrt und sah noch schlimmer aus als sonst: Ruß bedeckte ihn von Kopf bis Fuß, und an den Händen zeigten sich dicke Brandblasen. Seine Stimmung hatte ein neues Tief erreicht, und Jasons lapidare Auskunft bedeutete, daß die Anstrengungen der vergangenen sechs Tage völlig umsonst blieben. »Selbst unter völlig normalen Umständen könnte ich die Agrostation jetzt nicht verlassen – die Ernte steht kurz bevor. Aber die Welke ... Himmel, Jason, ein oder zwei Tage genügten, um auch die noch nicht betroffenen Tangbestände zu vernichten!«

»Tut mir leid«, erwiderte Jason und meinte es ehrlich. »Ich dachte, wir seien uns darüber einig, daß die beiden Vulkanier Vorrang haben. Und außerdem muß ich mich an meine Befehle halten.«

»Zum Teufel mit Ihren verdammten Befehlen!« platzte es aus Yoshi heraus, und er fiel dadurch völlig aus der Rolle. Er schrie nicht, verlor nur sehr selten die Beherrschung. Jetzt aber schien er praktisch immer wütend zu sein, und das erschreckte ihn.

Schlimmer noch: Im Anschluß an den Streit mit Tatya hätte er am liebsten hinzugefügt: »Und zum Teufel mit den Vulkaniern!« Noch vor kurzer Zeit wäre er entschlossen gewesen, alles zu unternehmen, um die beiden Fremden zu schützen ... *Was ist bloß mit mir los?* dachte er und zwang sich zur Ruhe.

»Geben Sie mir wenigstens die Möglichkeit, unsere Vertragspartner zu informieren«, sagte er. »Damit sie jemanden schicken, der uns vertritt und darauf achtet, daß sich die Welke nicht weiter ausbreitet.«

»Sie wissen doch, daß ich Funkstille wahren muß«, entgegnete Jason sanft. *Tatya und Sawyer sind bereits sauer auf mich, und jetzt kommt auch noch Yoshi hinzu. Offenbar versuchen nur die Vulkanier, meine Lage zu verstehen.* »Und wir können nicht warten, bis Sie hier alles in Ordnung gebracht haben. Es tut mir leid«, wiederholte er.

»Es tut Ihnen leid!« Tränen der Wut schimmerten in Yoshis Augen. »Der von mir angebaute Tang, meine Farm, mein ganzes Leben ... Und Sie sagen einfach, es täte Ihnen leid! Und das genügt, nicht wahr? Damit hat es sich. Schwamm drüber.« Der junge Agronom schüttelte den Kopf. »Wie lange müssen wir in der verdammten Antarktis bleiben? Was soll aus uns werden? Können Sie mir diese Fragen beantworten? Nein, natürlich nicht. Sie sind zur Geheimhaltung verpflichtet, stimmt's? Ich nehme an, auch das *tut Ihnen leid.* Aber wo bleibt Ihre eigene Verantwortung, Jason?«

»Es ist soweit, Captain!« berichtete Elizabeth Dehner. Sie klang fast aufgeregt. »Zwei gesichts- und geschlechtslose Typen kamen um vier Uhr morgens zu mir und zeigten eine versiegelte Nachricht vom Rat der Geeinten Erde. Sie fordert mich auf, warme Sachen für eine Woche oder zehn Tage einzupacken und mich im Flügelboothafen von Lima zu melden. Um sicherzustellen, daß ich niemandem etwas verrate, haben die Kerle mein Telefon angezapft, und in einem unauffälligen Wagen an der Straßenecke wartet jemand, wahrscheinlich mit dem Auftrag, mich zu beschatten.«

»Ich nehme an, Sie wissen, wie Sie sich verhalten sollen?« Kirk senkte unwillkürlich die Stimme, als fürchte er, selbst die Kommunikatorverbindung könne abgehört werden.

»Ich denke schon.« Dehner sprach nun wieder kühl und beherrscht, doch Jim glaubte, ein leichtes Vibrieren in ihrer Stimme zu vernehmen. »Ich spiele mit, geselle mich dem übrigen Medo-Personal hinzu und stelle keine dummen

Fragen. Außerdem versuche ich, Ihnen in den üblichen Abständen von vier Stunden Meldung zu erstatten.«

»Ich bleibe am Ball und folge Ihnen«, versprach Kirk. »Sobald mir Mitchell mitteilt, wo Sie sind.« Damit schien er das Stichwort gegeben zu haben; die Frequenzanzeige leuchtete auf. »Viel Glück, Doktor. Kirk Ende.« Er schaltete um. »Gary?«

»Die *Delphinus* hat mit Kurs nach Süden Fahrt aufgenommen, Jim. Ihre Geschwindigkeit schwankt zwischen zwölf und fünfzehn Knoten, und sie tuckert in Richtung Ross-Eisschelf, Antarktika. Bei unserem letzten Kontakt war Kelso recht zuversichtlich und meinte, es gelänge ihm sicher, den Bordcomputer anzuzapfen.«

»Wann hast du mit ihm gesprochen?« fragte Kirk.

»Vor gut vier Stunden«, erwiderte Mitchell. »Er wies darauf hin, nicht länger an einem Ort bleiben zu können. Einige Leute seien auf seine Aktivitäten aufmerksam geworden.«

Kirk runzelte besorgt die Stirn. Kelso mochte außerordentlich begabt sein, aber wenn er in eine Falle tappte... Einmal mehr bedauerte es Jim, Lees Kommunikator genommen zu haben.

Reumütig schüttelte er den Kopf. »Gary, wenn er sich bei dir meldet ... Sag ihm, er soll vorsichtig sein. Dehner und ich müssen bald los. Unternimm nichts, bevor du etwas von mir hörst. Für dich gilt die gleiche Order, die ich Lee gab: Wenn's brenzlig wird, kehrst du unverzüglich zu Parneb zurück und wartest dort. Laß dich zu keinen Leichtsinnigkeiten hinreißen.«

»Wer – ich? He, Junge, *du* machst dich doch auf den Weg in die Antarktis. Wenn du mich brauchst ... Ich bin jederzeit bereit, die Schlittenhunde anzuspannen.«

Kirk lachte leise, obwohl in seiner Magengrube ein flaues Gefühl entstand. »Bist du eigentlich nie ernst?«

»Nur dann, wenn ich es nicht vermeiden kann«, sagte Mitchell. »Aber sei unbesorgt. Ich weiß, was auf dem Spiel steht. Gib gut auf dich acht, James. Ich würde es mir kaum verzeihen, wenn dir etwas zustößt.«

Howard ›Studs‹ Carter alias Lee Kelso zwängte sich in die kleine Kammer einer sogenannten ›Schlafburg‹ – die im einundzwanzigsten Jahrhundert gebräuchliche Lösung für das Problem billiger Unterkünfte –, sah aus dem winzigen, milchigen Fenster und ließ seinen Blick über eine triste Industrielandschaft schweifen, die einst den Namen ›Ohio‹ getragen hatte. Nach einigen Sekunden wandte er sich um und packte den kleinen Laptop-Computer aus, den er am Nachmittag in Kanton gekauft und mit einer von Parnebs Kreditkarten bezahlt hatte.

Er dachte an den wachsenden Argwohn bei MediaMagix zurück, an die vielen Fragen, die man ihm schließlich gestellt hätte – wäre er nicht so umsichtig gewesen, sich rechtzeitig aus dem Staub zu machen. Die Entscheidung über das Wohin fiel ihm nicht weiter schwer: Er wählte einen der wichtigsten Mikrowellenrezeptoren in Nordamerika. Wenn er einige Veränderungen vornahm, sollte ihn das kleine Wunderwerk auf seinem Schoß in die Lage versetzen, sich in das globale Kommunikationsnetz einzuschalten.

Kelso aktivierte den Vid-Schirm und verfolgte ein Nachrichtenprogramm, während sich seine Hände wie eigenständige Wesen bewegten, den neuen Computer demontierten und der Hauptplatine einige spezielle Chips hinzufügten. Leise Stimmen flüsterten aus dem Lautsprecher und woben ein informatives Gespinst in seinem Unterbewußtsein – bis einige Wortfolgen seine volle Aufmerksamkeit weckten.

»...besagt eine anonyme Meldung, daß nicht etwa ein Satellit in der Nähe der Agrostation abstürzte, sondern ein interstellares Raumschiff, das nicht von Menschen erbaut wurde. Denkbar sei darüber hinaus, daß sich ein oder zwei Überlebende an Bord befanden. Sprecher von AeroMar haben diese Berichte kategorisch dementiert, und PentaKrem erklärte, es bestehe nicht der geringste Zusammenhang zwischen jenem Ereignis und der Expedition nach Alpha Centauri...«

Ach du lieber Himmel! fuhr es Kelso durch den Sinn; er kam der Panik so nahe, wie es einem Phlegmatiker möglich war. Er brauchte noch eine Weile, das Laptop so zu modifizieren, um damit eine Verbindung zu Jim Kirk herzustellen, aber bei Parneb genügte eine einfache Telefonleitung. Kelso riß den Hörer von der Gabel und tippte hastig die Rufnummer ein.

»Hier geht's noch weitaus schlimmer zu«, antwortete der Ägypter kummervoll. »Es kursieren Dutzende von Gerüchten, und in einigen heißt es, die Außerirdischen befänden sich in einer geheimen Regierungsbasis, hätten mindestens drei Köpfe und pflanzten sich zwanzigmal pro Tag durch autogenes Cloning fort. Ach, Lee, ich fürchte, selbst Ihre Zukunftsmagie kann meine Fehler jetzt nicht mehr ausbügeln.«

»Kopf hoch, Parneb«, erwiderte Kelso und trachtete danach, optimistisch zu klingen. Es kostete ihn nicht unerhebliche Mühe. »Je wilder und hysterischer die Gerüchte, desto leichter fällt es, später über sie zu lachen.«

»Es sei denn, es wird irreparabler Schaden angerichtet«, klagte der Ägypter. »Ich habe in diesem Zusammenhang bereits einige unliebsame Erfahrungen gemacht, Lee. Die Hysterie bleibt nicht etwa zu Hause hocken und grübelt, sondern geht auf die Straße und sucht nach einem Sündenbock.«

»Es gibt bestimmt eine Möglichkeit, die undichten Stellen zu stopfen.« Kelso dachte laut und sah auf den kleinen Computer herab. »Wenn wir herausfinden könnten, von wem die ersten Tips stammen ...«

»In der Antarktis ist es kalt«, bemerkte Easter und schnitt eine Grimasse.

»Na und?« erwiderte die andere Gestalt mit einem unüberhörbaren deutschen Akzent. Die Stimme klang kratzig und metallen. »Hast du etwa Angst, dir kalte Füße zu holen?«

Grau schien Rächers Lieblingsfarbe zu sein: graue Haut,

die sich straff in einem grauen Gesicht spannte, kurzgeschnittenes graues Haar, stahlgraue Augen, die tief in den Höhlen lagen, matt glänzten und leise surrten, wenn sie sich bewegten, eine schnarrende Sprachprozessorstimme. Rächer stand in dem Ruf, mehr Maschine als Mensch zu sein. Es hieß, seine Kehle sei verbrannt oder zerfetzt und durch ein elektronisches Geräuschorgan ersetzt worden. Und angeblich bestand auch der Rest des Körpers aus Metall und Kunststoff. Easter schauderte unwillkürlich, als er die Darstellung auf dem Kom-Schirm beobachtete.

»Ich habe vor nichts Angst!« erwiderte er scharf und begriff gleichzeitig, daß er log. Er fürchtete sich nicht vor jenem Tod, den er sich vorstellte — dem Tod im Flammenchaos, einem jähen Ende im Zentrum eines Explosionsblitzes. Ein solches Schicksal wurde nicht von Schmerzen und einer langen Leidenszeit begleitet, führte ihn sofort ins Jenseits, in die Sphäre barmherzigen Vergessens. Doch wenn er an eisige Gletscherkälte dachte, die ihm langsam durch die Beine kroch und nach Herz und Seele tastete, an einen Frost, vor dem es keinen Schutz gab, der gestaltlos blieb... Derartige Vorstellungen entsetzen ihn. »Mein Teil der Übereinkunft ist erledigt. Die journalistische Bombe ist bereits geplatzt, und die Dinge sind ins Rollen geraten. Wenn du damit nicht zufrieden bist... Ich stelle dir meine Leute zur Verfügung.«

»Aber du willst einfach abwarten, was?« Die Kom-Verbindung trug Rächers Spott Tausende von Kilometern weit — sein Schlupfwinkel befand sich irgendwo in Afrika. »Easter hockt an einem warmen Ofen, während wir uns Frostbeulen holen? Von wegen! Entweder kommst du mit, Feigling, oder ich lasse die ganze Sache sausen.«

»Wen nennst du einen Feig...«, begann Easter und brach ab, als sich ihm eine plötzliche Erkenntnis offenbarte.

Von einem Augenblick zum anderen wußte er, was Rächer plante, warum er sich auf ein solches Unternehmen einließ — und warum die Gefangennahme der fremden

Raumfahrer eigentlich nur eine untergeordnete Rolle spielte. Die weiße Wüste des Kontinents Antarktika stellte eine perfekte Arena für den Kampf um die terroristische Vorherrschaft dar. Easter gegen Rächer. Nur einer von ihnen konnte überleben und zum ungekrönten König der letzten apokalyptischen Krieger werden. Vor Easters innerem Auge entstand ein verlockendes Bild: zwei Männer, die sich in der Einöde gegenübertraten und mit einem letzten Duell begannen, zwei Nihilisten, die zerstören und töten mußten, um ihrem Dasein einen vagen Sinn zu verleihen — ein pervertiertes Äquivalent der irischen Heldensagen, das Entzücken in Easters fauligem Mörder-Ich weckte.

»Hör mir gut zu, du verdammter Mistkerl!« stieß er mit scheinbarer Wut hervor und wählte die Worte sorgfältig. »Ich schlage dich. Du bist bereits erledigt.«

»Haben Sie jemals an die anderen dort draußen gedacht, Ben?« fragte Jeremy Grayson seinen Gast.

Spock trocknete die letzten Teller und wurde seinem ausgeprägten Ordnungssinn gerecht, indem er das Handtuch zusammenfaltete. »Die ›anderen‹, Professor?«

»Ich weiß nicht, wie ich sie nennen soll«, erwiderte Grayson und stellte die Schachfiguren auf. »›Aliens‹ klingt irgendwie verunglimpfend, und die Bezeichnung ›Extraterrestrier‹ erscheint mir zu ethnozentrisch. Also die anderen. Ich meine die intelligenten Wesen auf all den vielen Planeten im All.«

Spock nahm langsam auf der gegenüberliegenden Seite des Tisches Platz und musterte seinen Vorfahren. Bei ihren abendlichen Diskussionen hatten sie viele philosophische und spekulative Themen erörtert, doch ein solcher Gesprächsstoff war völlig neu. Handelte es sich um eine Art Test?

»Sind Sie fest davon überzeugt, daß sie existieren, Professor?«

Grayson lächelte. »Der Mensch kann wohl kaum das einzige vernunftbegabte Geschöpf im Kosmos sein, Ben.

Ein Gott, der etwas auf sich hält, gäbe sich damit sicher nicht zufrieden. Ja, ich glaube an die anderen. Und ich frage mich, wie sie auf uns reagieren würden.«

»Ich fürchte, ich verstehe nicht ganz...«

Grayson eröffnete die Partie mit einem klassischen Springer-Zug. »Nun, wahrscheinlich beobachten sie uns schon seit Jahren und wissen nicht so recht, ob sie weinen oder lachen sollen.«

Spock dachte an die vielen zur Erde entsandten Erkundigungsschiffe und erwog die Möglichkeit, seine Stellungen mit einem Läufer zu verteidigen. »Offen gestanden, Professor: Diese besondere Perspektive ist völlig neu für mich.«

»Persönliches Logbuch des Captains, sechster Tag. Ort: Flügelboot-Hangar von AeroMar, Tierra del Fuego, Feuerland.

Die Baracke steht in einer der unwirtlichsten irdischen Regionen, und ich warte zusammen mit dem Rest des Geheimdienstpersonals. Man hat uns in einem Raum untergebracht, der hier offenbar als VIP-Salon gilt — alles ist relativ. Unser Ziel: ein Ort, der den Ausdrücken ›Wüste‹ und ›Ödnis‹ ganz neue Bedeutungen verleiht — die am zweiten Februar 1959 von Amerikanern eingerichtete Byrd-Station am Inlandrand des Ross-Eisschelfs, Antarktika.

Bisher haben meine Ausweise allen Kontrollen standgehalten und mich in die Lage versetzt, mit erstaunlicher Mühelosigkeit in das hiesige Sicherheitssystem einzudringen. Lee Kelso verdient dafür ein besonders dickes Lob. Meine Geheimdienstkollegen zeichnen sich durch die sprichwörtliche auffällige Unauffälligkeit aus. Selbst diejenigen, die sich kennen, sprechen nicht miteinander. In einem anderen Teil des Aufenthaltsbereichs sind mehrere Zivilisten untergebracht, bei denen eine wesentlich bessere Stimmung herrscht.

Dr. Dehner — beziehungsweise Dr. Bellero — ist zusammen mit der ersten Militär- und Medo-Gruppe abgereist.

Sie weiß, worauf es ankommt, und ich wünschte, meine Mission wäre mir ebenso klar.

Ich muß zwei Vulkanier finden, die auf einer ziemlich chaotischen Erde gestrandet sind, zwanzig Jahre vor dem ersten historischen Kontakt, und allein diese Aufgabe ist schwierig genug. Wenn es mir nicht gelingt, sie davon zu überzeugen, mir zu vertrauen und aus ihrem goldenen Käfig zu fliehen, fallen sie entweder der menschlichen Angst oder den bürokratischen Mühlen zum Opfer.

Bisher hatte ich nur Gelegenheit, mit einem einzigen Vulkanier zu sprechen: Spock. Und dabei habe ich sein Verhalten fast immer falsch interpretiert. Ich weiß nun, daß ihn in dieser Hinsicht nicht die geringste Schuld trifft. Er ist kein Mensch, der nur ein wenig anders aussieht, sondern gehört zu einer völlig andersartigen Kultur. Daher *mußte* mein Bild von ihm falsch sein. Wenn ich das rechtzeitig genug begriffen hätte, wären wir vielleicht gar nicht von Parnebs Experiment durch Raum und Zeit geschleudert worden. Und wenn Spock verschwunden ist, wie der Ägypter zu befürchten scheint, so bin allein ich dafür verantwortlich. Um es noch einmal zu betonen: Spock ist kein Mensch mit spitzen Ohren, sondern ein Vulkanier, von der vulkanischen Zivilisation geprägt. Leider habe ich mich dieser Erkenntnis zu spät gestellt. Den Menschen dieses Jahrhunderts muß es weitaus schwerer fallen, so etwas zu verstehen. Welch eine Ironie des Schicksals, daß ausgerechnet mir die Aufgabe zukommt, es ihnen begreiflich zu machen!

Welche Entscheidungen es in Hinsicht auf die menschlichen Zeugen der verfrühten Begegnung mit den Vulkaniern zu treffen gilt ... Im Vergleich dazu erscheint mir die Logistik der späteren Flucht als Kinderspiel. Was meinen einzigen anderen Kontakt mit Spocks Volk betrifft, die sogenannte Vulkanische Expedition ...«

Kirk hob den Kopf, als er den Blick eines anderen Geheimagenten auf sich ruhen spürte. Der Mann trug eine dunkle Sonnenbrille – der übliche Standard; es fehlte nur noch, daß er den Mantelkragen hochschlug — und sah sofort zur Seite, aber Jim schöpfte trotzdem Verdacht. Und verfluchte sich. Was für ein Wahnsinn, die eigenen Überlegungen zu Papier zu bringen! Wenn jemand die Sätze las... Als der Einschiffungsaufruf aus den Lautsprechern tönte, begab sich Jim ins Bad, verbrannte die Zettel und spülte alle Aschereste durch die Toilette. Dann nahm er seinen Platz im Flügelboot ein und setzt den Logbucheintrag in Gedanken fort.

Die Vulkanische Expedition — eine beschönigende Bezeichnung, die über eine Krise zu Beginn der Föderationsepoche hinwegtäuschen sollte.

Vier Raumschiffe schwenkten in den Orbit des roten Wüstenplaneten, und nach den offiziellen Verlautbarungen dienten sie nur dazu, das vulkanische Konzil mit einer Demonstration der Einheit zu beeindrucken. Daß auf diese Weise gleichzeitig an den geringen Prozentsatz vulkanischer Bürger in Starfleet erinnert wurde, galt als reiner Zufall.

Jede Mitgliedswelt war verpflichtet, die verschiedenen Institutionen der Föderation der Vereinten Planeten mit planetarem Personal zu verstärken. Vulkan erhob keine Einwände gegen dieses Prinzip, gehörte sogar zu den wichtigsten Fürsprechern einer solchen Vereinbarung. Die Anzahl der Wissenschaftler und Studenten ging weit über die Freiwilligenquote für Bereiche wie Forschung und Entwicklung hinaus, und es fanden sich auch Vulkanier, die bereit waren, Kultivierungsaufgaben auf Kolonialplaneten wahrzunehmen. Aber einige andere Förderationswelten, unter ihnen Tellar, hielten das nicht für ausreichend. Sie forderten, daß vulkanische Staatsangehörige auch in Starfleet dienten. »Warum sollen wir in den Kampf ziehen, während Vulkanier auf unbedrohten Planeten Blumen pflanzen und Seminare veranstalten?« ertönte der Protest. »Mit welchem Recht verzichtet Vulkan auf eine allgemeine Wehrpflicht und schickt nur die Leute zu Starfleet, die militärische Erfahrungen sammeln *möchten?«* Deshalb die Vulkanische Expedition.

Ihr Ergebnis: der Bau der *Intrepid*, deren Besatzung nur aus Vulkaniern bestand — das einzige Raumschiff in der ganzen Flotte, dessen Phaserkanonen nie auf etwas Lebendiges abgefeuert wurden. Gerüchte besagten, die entsprechenden Abschußkammern seien versiegelt und die Torpedokatapulte leer, aber jeder Vulkanier hätte mit einem Hinweis auf die Unlogik derartiger Bemerkungen widersprochen. Die Existenz von Waffen machte ihren Einsatz nicht obligatorisch.

Starfleet begriff, daß man nicht mehr verlangen konnte, sah in der Entscheidung des Konzils ein Zugeständnis und gab sich mit dem erzielten Kompromiß zufrieden: Die vier Schiffe verließen die Umlaufbahn und kehrten zurück. Doch auf Vulkan erachtete man die *Intrepid* keineswegs als ein Einlenken gegenüber der Föderation. Der Kreuzer sollte einen ganz bestimmten, logischen Zweck erfüllen: An Bord befanden sich ausschließlich Wissenschaftler, nicht ein einziger Soldat. Die Vulkanier waren tatsächlich bereit, einen Beitrag für Starfleet zu leisten — doch sie hielten sich dabei an ihre philosophischen Grundsätze.

Das Oberkommando der Flotte respektierte diese Haltung und schickte die *Intrepid* nur auf Forschungsmissionen. Kampfeinsätze blieben nach wie vor den Angehörigen anderer Völker überlassen. Tellar reichte eine offizielle Beschwerde ein, aber das überraschte niemanden.

Dutzende von jungen Starfleet-Offizieren konnten stolz von sich behaupten, nach Vulkan entsandt worden zu sein — obgleich solche Bemerkungen falsche Vorstellungen weckten.

Eins der vier Raumschiffe, die über dem Wüstenplaneten die militärischen Muskeln zeigten, war die *Republic*, und ihr junger Navigator hieß James T. Kirk. Weder er noch seine Offizierskollegen bekamen Gelegenheit, vulkanischen Boden zu betreten. Man teilte Kirk der Ehrenwache zu, die Diplomaten zum und vom Transporterraum eskortierte und dem Planeten dabei nicht näher kam als bis zur zentralen Raumkontrolle, einer großen, über tausend

Jahre alten Orbitalstation. Er erinnerte sich an rote Wände und Backofentemperaturen. Der Navigator James wahrte seine Würde — was ihm nicht weiter schwerfiel, denn in den vulkanischen Bars ging es so diszipliniert zu wie auf einem Exerzierplatz —, aber er bedauerte es, kein einziges Gespräch mit einem ›echten Vulkanier‹ führen zu können. Er lauschte einigen Unterhaltungen in den Gängen und Korridoren, bezog daraus jedoch nur vage Hinweise auf Art und Natur der seltsamen Humanoiden.

Vielleicht hätte ich damals besser zuhören sollen, dachte Captain Kirk in einem Anflug wehmütiger Melancholie. *Vielleicht wäre es besser gewesen, von der vulkanischen Logik zu lernen. Ich könnte sie jetzt gut gebrauchen.*

Er sah aus dem Fenster, als das Flügelboot abhob und Feuerlands Küste zurückblieb, zu einem dünnen Strich am Horizont wurde. Einige Meter weiter unten strich eisiger Wind über ein kaltes, bleifarbenes Meer.

Antarktika, dachte Jim. *Wenn ich doch nur auf Spocks Hilfe zurückgreifen könnte! Ich weiß nicht, ob ich es allein schaffen kann...*

Kelso gähnte, streckte sich und sah auf die Uhr. Kirk war sicher noch auf dem Weg zur Byrd-Station. Es gab keine Möglichkeit, vor seiner Ankunft Kontakt mit ihm aufzunehmen. »Ist auch besser so«, brummte Lee. »Auf diese Weise bleiben ihm zunächst Sorgen erspart. Wenn er wüßte, daß etwas zu den Medien durchgesickert ist...«

Es gab nichts mehr für ihn zu tun, und so beschloß er, sich auf der schmalen Koje auszustrecken und zu schlafen. Kelso hatte gerade das Licht ausgeschaltet und seinem Computer gute Nacht gewünscht, als der Türsummer erklang.

Lee runzelte die Stirn, setzte sich auf — und dachte gerade noch rechtzeitig an die niedrige Decke. Die Rezeption war beauftragt, ihn zu einer bestimmten Zeit zu wecken, aber bis dahin waren es noch vier Stunden. *Ein Defekt des Summers? Oder hat jemand die Kammernummern durcheinandergebracht?*

Jemand klopfte an, und in Kelso entstanden dunkle Ahnungen. Er sah sich um, als suche er nach einem möglichen Fluchtweg. Dann kroch er unter der Decke hervor, lehnte sich an die Tür und spähte durch den winzigen Spion.

»Ja?«

Ein mißtrauisches Auge erwiderte seinen Blick. »Mr. Howard Carter?«

Oh, jetzt wird's ernst. Kelso drehte den Kopf und vergewisserte sich rasch, daß die Kammer kein belastendes Material enthielt. »Wer möchte das wissen?«

Das argwöhnische Auge verschwand und wich einem Ausweis. »Kom-Polizei. Wir würden uns gern mit Ihnen unterhalten. Sie stehen im Verdacht, Computer manipuliert und Rechenzeit genutzt zu haben, ohne dafür zu bezahlen.«

Kelso lachte innerlich. *Die Jungs ahnen nicht, was sonst noch zum meinem Repertoire gehört ...*

Langsam öffnete er die Tür, gab sich schläfrig und harmlos und dachte nicht einmal daran, Widerstand zu leisten. Man hatte ihn schließlich gefaßt – es war ohnehin nur eine Frage der Zeit gewesen.

Kapitel 7

Jason Nyere stand auf der rechten und Sorahl auf der linken Seite, als T'Lera von Vulkan vor die Repräsentanten der Geeinten Erde trat, um ihre Fragen zu beantworten. Unter den Vertretern des Militärs, der Geheimdienste und verschiedener diplomatischer und pazifistischer Organisationen saß auch Jim Kirk, hörte schweigend zu und staunte.

Er wußte nicht, welche Vorbereitungen die vulkanische Kommandantin für dieses Verhör getroffen hatte, stellte nur fest, daß sich T'Lera keineswegs überrascht zeigte und eine unerschütterliche Geduld offenbarte. Er ahnte nichts von ihren Meditationen an Bord des riesigen Schiffes, dessen Kommandoturm nun aus dem Packeis aufragte, einem über Nacht gewachsenen, stählernen Pilz gleich, sah keine T'Lera, die tief im Leib des ›Wals‹ auf dem metallenen Boden der Kabine hockte, eine vulkanische Besinnungsstellung einnahm, Leib und Seele von dumpfen Vibrationen erfassen ließ.

Ein anderer Vulkanier hätte das ständige Triebwerksbrummen vielleicht als unangenehm empfunden, während der von Menschen geschaffene Koloß durch ein kaltes und finsteres Meer glitt, in dem Wesen lebten, deren Fremdartigkeit die meisten Menschen entsetzt hätte — obgleich sie sich noch weitaus mehr vor jener Art von Andersartigkeit fürchteten, die in einer menschlich wirkenden Hülle steckte. Aber T'Lera gewöhnte sich rasch an Umgebung und Umstände. Dem brummenden, rhythmischen Pochen fehlte die akustische Eleganz eines Erkundungsschiffes, das durch die Leere zwischen den Sternen raste, aber es war inzwischen zu einem Teil ihres Wesens geworden.

Ein pulsierendes Dröhnen, so laut und langsam und stark wie der Herzschlag eines Menschen. Während der vergangenen Tage hatte T'Lera immer wieder jenem hohlen Klopfen gelauscht und gespürt, wie es das sanfte Flüstern in ihrer Brust übertönte, sie langsam umhüllte. *Seltsam*, dachte sie. *Es gibt eine Parallele: Dieses Schiff, laut und langsam und stark wie der Herzschlag eines Menschen, bringt uns durch einen Ozean, der das sanfte Flüstern des Erkundungsschiffes umhüllte. Und Terraner – die Stimmen laut, die Logik langsam, stark aufgrund ihrer großen Zahl – verbannen unsere Sanftmut in eine kalte weiße Leere, obgleich wir den Tod in kalter schwarzer Leere suchten.* Zu langes Nachdenken über eine derartige Ironie konnte selbst vulkanische Gelassenheit in Gefahr bringen. T'Lera konzentrierte sich auf etwas anderes.

Vater, dachte sie, wandte sich dabei nicht etwa in einer Art Gebet an Savars *Katra*, sondern verwendete es als Fokus. *Vater, meine Logik ist ungewiß, was die Bewohner dieses Planeten betrifft. Wenn es nur um mich ginge, wüßte ich, welche Entscheidung es zu treffen gilt. Aber mein Sohn...*

Eine hundert Jahre lange Beobachtung der Erde deutete darauf hin, daß die Terraner inzwischen nicht mehr wahllos töteten, nur dann von Waffen Gebrauch machten, wenn sie sich bedroht fühlten. Wenn sie in T'Lera und Sorahl eine unmittelbare Gefahr sahen, wäre Jasons Nyere sofort beauftragt worden, die beiden Fremden aus dem All zu eliminieren. Und wenn er zögerte ... Die Frau namens Sawyer hätte sich bestimmt gefreut, eine solche Aufgabe wahrzunehmen; in ihren Augen glühten Angst und Haß, eine fatale Mischung. Also erwartete sie nicht der Tod, sondern ein anderes Schicksal. Welchen Preis verlangten die Menschen für die ›unerlaubte Landung‹ auf ihrer Welt?

Wenn Außenweltler auf Vulkan strandeten ... T'Lera zweifelte nicht daran, daß man ihnen sofort ein Raumschiff zur Verfügung gestellt, eine Möglichkeit gegeben hätte, in ihre Heimat zurückzukehren. Begriffen Menschen nicht die Logik eines solchen Verhaltens? Oder argwöhnten sie noch immer, daß von den Vulkaniern eine potentielle Gefahr ausging? Wenn weder Tod noch Freiheit in Frage kamen – welche dritte Alternative gab es?

Das Ziel der *Delphinus* ließ gewisse Schlüsse zu: Exil an einem Ort, den kein Vulkanier ohne Hilfe verlassen konnte. Aber wie lange dauerte die Verbannung? Die junge Agronomin schien davon überzeugt zu sein, daß die Verantwortlichen ihres Volkes fähig sein mochten, zwei unerwünschte Besucher einfach zu ›vergessen‹. Wollte man die Vulkanier in der Eiswüste zurücklassen, oder beabsichtigten die Autoritäten der Erde, ein ›menschliches‹ Verhalten zu offenbaren und die Fremden in einem nicht ganz so ungastlichen Käfig unterzubringen?

T'Lera neigte dazu, so etwas für sich selbst zu akzeptieren, nicht jedoch für ihren Sohn. Sie war sogar bereit, ihre Ehre aufs Spiel zu setzen, um Sorahls sichere Rückkehr nach Vulkan zu ermöglichen.

Würden die Menschen Sorahl die Freiheit schenken, wenn sich seine Mutter mit einem lebenslangen Exil abfand? T'Lera wußte, was es bedeutete, in der Fremde zu sein — zwischen ihren einzelnen Raummissionen hatte sie sich nur jeweils kurz in der Heimat aufgehalten. Als Kind und Jugendliche blieb sie während der ersten, zwanzig Jahre langen Reise durchs All wach, während die Erwachsenen in Zwei-Jahres-Phasen in der kyrogenischen Starre ruhten. Mit anderen Worten: T'Lera war an die Einsamkeit gewöhnt.

Sie bedauerte nur, in einem solchen Fall nie wieder Gelegenheit zu haben, ihre Gedanken mit einer vulkanischen Seele zu teilen. Nun, sicher gab es Menschen, mit denen sie interessante Gespräche führen konnte — unter ihnen Jason Nyere —, doch jene Terraner, die über ihre Zukunft befanden, sorgten vermutlich dafür, daß sie vollständig isoliert blieb. Sie erinnerte sich an ihre Freundin und Reisegefährtin T'Syra, die Savars Prinzipien achtete und im terranischen Orbit in den Tod ging. Wenn T'Lera einen solchen Verlust überwand, war sie sicher auch in der Lage, die Bürde der Einsamkeit zu tragen. Und wenn Kummer und Trauer eines Vulkaniers in die Sphäre der Stille gehörten, so ergaben sich mehr als genug Gelegenheiten für sie, das

Ende all derjenigen zu beklagen, mit denen sie sich verbunden fühlte.

Also gut – permanentes Exil. Nur ein Punkt bereitete der Kommandantin noch immer Unbehagen: Sie wünschte sich eine weniger kalte Wüste.

Das beantwortete die Fragen nach *ihrem* Schicksal. Und Sorahl? Irgendwann blieb ihm gar keine andere Wahl, als nach Vulkan zurückzukehren – aus Gründen, die kein Mensch verstand. T'Lera mußte sich irgend etwas einfallen lassen, um ihrem Sohn die Heimkehr zu ermöglichen. Die Art und Weise spielte keine Rolle. Sie wäre selbst mit einem Schiff ohne Warp-Antrieb zufrieden gewesen, auch wenn das eine zehnjährige Reise bedeutete.

Die einzige andere Alternative – T'Lera hatte sie bereits in der irdischen Umlaufbahn wahrzunehmen versucht – stand ihr vielleicht nicht mehr zur Verfügung, sobald sie zur Geisel der Erde geworden war...

Das Summen und Brummen der *Delphinus*, in deren stählernen Eingeweiden sie sich befand, wurde lauter, als der Koloß auftauchte und sich durch massives Packeis schob. Kurz darauf verklang das rhythmische Dröhnen der Triebwerke. Sie hatten das Ziel erreicht. Es folgte Stille, und T'Lera lauschte dem leisen, sanften Flüstern ihres Herzens.

Die Beratung in Hinsicht auf das ›vulkanische Problem‹ fand im kalten Speisesaal der Byrd-Station statt, und dafür gab es einen guten Grund: Die Diskussionsteilnehmer wollten nicht nur ihre eigene Wichtigkeit betonen, sondern auch die beiden Außerirdischen beeindrucken. Eine hohe, kuppelförmige Decke spannte sich über den Soldaten der Planetaren Streitkräfte, die an den Wänden Aufstellung bezogen, hier und dort sogar in zwei Reihen. Sie hielten ständigen Kontakt mit den Scharfschützen, die auf den Dächern der Nebengebäude warteten und durch die Zieloptiken ihrer Waffen starrten. Die Halle hätte Hunderten von Personen Platz geboten, aber in ihrer Mitte saßen kaum zwei Dutzend Männer und Frauen, die irgendwie zwergenhaft wirkten und deren Stimmen als dumpfe Echos widerhallten. Ihr Atem wehte ihnen als weiße Fahnen von den Lippen. Jim Kirk trug Stiefel und dicke Socken, aber die Kälte kroch ihm langsam durch die Beine, und er fragte sich, wie Vulkanier derart niedrige Temperaturen aushalten konnten.

Während des ersten Tages wurden T'Lera und Sorahl von den Experten der Medo-Gruppe untersucht. Es fanden zahllose physiologisch-psychologische Tests statt — bis die Ärzte davon überzeugt waren, daß es sich tatsächlich nicht um Menschen handelte.

»Wenn ich daran denke, was sie über sich ergehen lassen mußten...«, wandte sich Dr. Bellero, geborene Dehner, an Kirk, als sie Gelegenheit fanden, einige Minuten lang ungestört miteinander zu sprechen. Wenn sie sich in den Korridoren begegneten oder im Saal saßen, gaben sie vor, sich nicht zu kennen. »Einige Untersuchungen erscheinen mir durchaus vernünftig, aber die meisten sind närrisch und sogar demütigend. Ich schäme mich für meinen Berufsstand, Captain.«

»Lassen Sie sich nichts anmerken, Doktor«, erwiderte Kirk schlicht. »Spielen Sie weiterhin Ihre Rolle. Nur Sie können dafür sorgen, daß es Ihre ›Kollegen‹ nicht übertreiben. Welche Resultate erbrachten die Psychosondierungen?«

»Die denkbar besten, wie nicht anders zu erwarten. Selbstverständlich lege ich meinen ›Vorgesetzten‹ nicht alle Ergebnisse vor — die beiden Vulkanier dürfen nicht zu intelligent und zu perfekt wirken. Außerdem habe ich die besonders erstaunlichen Aspekte einer Art Selbstzensur unterworfen. Ich meine die Telepathie und Selbstheilungs-Fähigkeiten. Hinweise darauf würden bloß Verwirrung stiften.«

»Gut«, bestätigte Kirk und hörte nur mit halbem Ohr zu. Seine Hauptsorge galt inzwischen dem Problem der Flucht. T'Lera und Sorahl wurden rund um die Uhr bewacht, und es schien keine Möglichkeit zu geben, sich mit ihnen abzusetzen. »Was halten die übrigen Mediziner von der Sache?«

»Der Internist schüttelte den Kopf und ging fort«, entgegnete Dehner trocken. »Er zog sich in seine Kabine zurück und hat sie schon seit Stunden nicht mehr verlassen. Wahrscheinlich läßt er sich vollaufen. Leuten wie ihm gefällt es nicht, ein Herz dort zu finden, wo die Leber sein sollte. Muß ein ziemlicher Schock für ihn gewesen sein. Die Neurologin zeigte sich mitfühlender. Sie schlug eine Operation vor, um T'Leras Nase in Ordnung zu bringen — vorausgesetzt, Sorahls Blut könne für Transfusionen verwendet werden.«

»Wie reagierte T'Lera darauf?« erkundigte sich Kirk und rechnete mit einer typisch vulkanischen Antwort.

»Sie bedankte sich für das Angebot, fragte jedoch, ob die ›ästhetischen Vorteile eines solchen Eingriffs das Risiko des Arztes lohnten, seinen Patienten zu verlieren‹, Zitat Ende.«

Kirk lächelte. »Anders ausgedrückt: T'Lera gibt sich lieber mit einer gebrochenen Nase zufrieden, als zum Anlaß eines Prozesses wegen chirurgischer Pfuscherei zu werden.«

»Was man ihr wohl kaum verübeln kann«, fügte Dehner hinzu, winkte zum Abschied und ging.

Es gelang Elizabeth Dehner, an allen Sitzungen des Ermittlungsausschusses teilzunehmen, selbst an denen, die keine medizinischen Expertisen erforderten. Sie rechtfertigte sich mit ›beruflicher Neugier‹. Kirk saß am anderen Ende des langen, L-förmigen Tisches, und wenn er seine Aufmerksamkeit auf die Psychologin richtete, stellte sie einen vorsichtigen Blickkontakt her und zuckte andeutungsweise mit den Schultern.

Die Anordnung der übrigen Tische diente ebenfalls dazu, Überlegenheit zu demonstrieren und einzuschüchtern. Die jeweils zehn bis fünfzehn Ausschußmitglieder —

ihr Verhalten erinnerte eher an das von Vernehmungsbeamten — saßen an mehreren langen, auf einem Podest errichteten Gestellen, die eine zu den Vulkaniern und ihren menschlichen Begleitern hin geöffnete eckige Klammer bildeten. Jason Nyere bewahrte mit Mühe seine Würde, aber die beiden Zivilisten, die T'Lera und Sorahl gerettet hatten, nahmen nicht mehr an den Anhörungen teil, als die Vulkanier zum sechstenmal ihre Geschichte erzählten. Die junge Agronomin Tatya brach bei der fünften Versammlung in Tränen aus, und Dr. Bellero brachte sie und ihren Partner zum Schiff zurück.

Die Verhöre wurden am zweiten Tag fortgesetzt, und nur die Vulkanier offenbarten keine Anzeichen der Erschöpfung. Sorahl beantwortete die direkt an ihn gerichteten Fragen, und T'Lera gab auf alle anderen Auskunft. Einige Ausschußmitglieder machten keinen Hehl aus ihrer aggressiven Feindseligkeit, aber die Kommandantin blieb die ganze Zeit über ruhig und gelassen, bewies eine für die Menschen geradezu peinliche Offenheit.

»Sie behaupten also, daß Ihr Volk niemanden schicken wird, um nach Ihnen zu suchen?« vergewisserte sich ein Drei-Sterne-General, der so verbittert wirkte, als habe er sein Leben lang vergeblich auf einen Krieg gehofft.

»Das stimmt«, erwiderte T'Lera ungerührt. »Wenn ein Erkundungsschiff Schiffbruch erleidet, gilt es als verloren. Die Verantwortlichen in meiner Heimat werden keine Such- oder Rettungsmission einleiten.«

Jim Kirk zuckte innerlich zusammen. Begriff die Vulkanierin denn nicht, was für eine Blöße sie sich damit gab? Die Antwort lieferte sie und ihren Sohn vollständig der menschlichen Gnade aus.

»Nun, dafür haben wir nur Ihr Wort«, fuhr der General herausfordernd fort. Trotz der Recorder hielt er einen teuren goldenen Kugelschreiber in der Hand, benutzte ihn wie eine zu klein geratene Lanze und zielte auf T'Lera.

»Ich verstehe nicht ganz...«

»Sie sagen, Ihr Volk schriebe Sie einfach ab«, donnerte

der General. »Aber dafür gibt es nicht den geringsten Beweis.«

Einige Sekunden lang wirkte die Vulkanierin verwirrt, schien vergessen zu haben, daß Terraner lügen konnten. Gerade das Militär hatte diese Fähigkeit zu einer wahren Kunst entwickelt. Es schloß von sich auf andere, nahm an, ebenfalls bei jeder sich bietenden Gelegenheit belogen zu werden.

»Sie *haben* mein Wort«, erwiderte T'Lera fest. Auf ihrer Welt genügte eine solche Bemerkung. »Wenn Sie in der Lage wären, mein Schiff zu bergen, würden Sie feststellen, daß es weder stationäre noch mobile Waffensysteme enthält. Außerdem bin ich sicher, daß Ihre planetaren Verteidigungssysteme keine anderen Raumfahrzeuge in diesem Sonnensystem entdeckt haben, oder?«

Der General verzog das Gesicht und senkte verlegen den Kopf. Seit dem Absturz des Erkundungsschiffes herrschte in den Überwachungsbasen auf Erde, Mond und Mars dauernde Alarmbereitschaft. Ständig wurde der interplanetare Raum beobachtet — ohne daß die hochentwickelten Ortungsinstrumente irgendwelche verdächtigen Bewegungen registrierten. Auf den Schirmen zeigte sich nur der übliche Satellitenschrott.

Diese Runde geht an die Vulkanier, dachte Kirk, als die Ausschußvorsitzende mit ihrem Hammer auf den Tisch klopfte und Ruhe verlangte. *Aber das nützt ihnen nicht viel,* fügte er in Gedanken hinzu und überlegte einmal mehr, wie er seiner Aufgabe gerecht werden sollte. Die langwierigen Befragungen führten zu keinem greifbaren Ergebnis, machten alles nur noch komplizierter. *Was sich hier abspielt, dürfte überhaupt nicht geschehen, und je länger es dauert, desto schwieriger wird es, die allgemeine historische Struktur zu schützen.*

Der General holte mehrmals tief Luft und streifte die Verlegenheit von sich ab. »Es heißt, Sie beobachten uns schon seit dem Jahr 1943. Ist das richtig?«

»Unser erstes Erkundungsschiff erreichte das Solsystem

vor genau einhundertzwei Komma vier irdischen Jahren«, erklärte T'Lera und wiederholte damit eine Auskunft, die sie schon mehrmals gegeben hatte. »Wenn das dem von Ihnen genannten Datum entspricht, so lautet die Antwort: ja.«

»Also haben Sie uns mehr als ein Jahrhundert lang ausspioniert...«, begann der General.

T'Lera unterbrach ihn sofort, wollte keine fehlerhafte Interpretation der Forschungsmissionen zulassen.

»Die Bezeichnung ›ausspionieren‹ ist unangemessen«, sagte sie ruhig. »Es ging uns nur darum, einen Planeten zu beobachten, dessen Bevölkerung sich seit einem Wissenschaftler namens Galilei für andere Welten interessiert. Wenn Sie das als eine Verletzung Ihrer Privatsphäre erachten, so bitte ich im Namen meines Volkes um Entschuldigung. Aber da Ihre Radioteleskope andere Sonnensysteme ›belauschen‹ und...«

»Das spielt in diesem Zusammenhang keine Rolle«, entgegnete der General aufgebracht, woraufhin erneut flüsternde und murmelnde Stimmen erklangen. Die Vorsitzende hob den Hammer, und in der darauf folgenden Stille war Jason Nyeres leises Lachen deutlich zu hören.

»Was finden Sie so lustig, Captain?« fragte der General hitzig und bedachte ihn mit einem finsteren Blick.

»Tut mir leid.« Nyere breitete kurz die Arme aus. »Kriegsmüdigkeit.« Lächelnd fügte er hinzu: »T'Leras Einwand ist durchaus berechtigt. Wenn wir einen ebenso hohen technischen Entwicklungsstand erreicht hätten, würden auch wir Erkundungsschiffe schicken – Himmel, wozu dient denn die Expedition nach Alpha Centauri? –, und ich fürchte, wir gingen dabei nicht annähernd mit dem Takt vor, den die Vulkanier walten ließen.«

»Sie sind erschöpft, Captain«, sagte der General eisig und ignorierte Nyeres Bemerkungen. »Ich glaube, Sie brauchen ein wenig Ruhe.« AeroMar und die Planetaren Streitkräfte galten als erbitterte Rivalen; wahrscheinlich gründete sich der Zwist auf die sprichwörtliche Konkurrenz zwischen Heer, Marine und Luftwaffe, die viele Jahrzehnte lang ein bestimmender Faktor für das irdische Militär gewesen war. Solche Probleme ließen sich kaum unter den aktuellen Umständen lösen.

Schlimmer noch: Die Delegierten verschiedener pazifistischer Organisationen – sie saßen am Ende der Tische und hatten noch nicht die Erlaubnis erhalten, sich direkt an die Vulkanier zu wenden – sahen in Nyere einen möglichen Verbündeten und spendeten ihm nun Beifall. Der angebliche Geheimdienstrepräsentant James T. Kirk wünschte sich, ihrem Beispiel folgen zu können. Er respektierte den untersetzten Kapitän der *Delphinus*, hielt ihn für einen Bruder im Geiste, eine verwandte Seele. Nur Nyere schien zu begreifen, welche Chancen sich durch die Anwesenheit der beiden Vulkanier für die Erde ergaben.

Der General spürte Jasons wachsende Popularität, was seine Stimmung auf ein neues Tief drückte. Nichts lag ihm ferner, als das Feld Nyere und den Friedensaposteln zu überlassen. Er pochte auf den Tisch, bis er die Aufmerksamkeit aller Anwesenden gewann, richtete seinen goldenen Kugelschreiber dann wieder auf T'Lera.

»Ihr Volk hat also unsere ersten beiden Weltkriege beobachtet, ohne etwas zu unternehmen?«

»In der Tat«, bestätigte die Vulkanierin. Sie wußte, daß die Menschen ihren durchdringenden Blick als sehr unangenehm empfanden – Nyere schien die einzige Ausnahme zu sein –, und deshalb hatte sie darauf geachtet, ihre Gesprächspartner nicht zu intensiv anzustarren. Jetzt verzichtete sie auf solche Selbstbeschränkungen und musterte den hochrangigen Kommandooffizier. »Wie hätten wir uns Ihrer Meinung nach verhalten sollen?«

»Nun, wenn Ihnen so verdammt viel an Frieden und Harmonie liegt, wie Sie immer wieder behaupten ...« Der General suchte nach den richtigen Worten, spürte eine seltsame Hitze, deren Ursache er nicht zu bestimmen vermochte. »Warum haben Sie nicht irgendwie eingegriffen, die Kriege beendet und Millionen von Menschen das Leben gerettet?«

Der General atmete rasselnd, und rote Flecken entstanden auf seinen Wangen. T'Lera überlegte sorgfältig und ahnte, daß die meisten Anwesenden mit Ärger auf ihre Antwort reagieren würden.

»Ich bedaure, aber aufgrund unserer Ersten Direktive können wir weder den Racheengel spielen noch in die Rolle des barmherzigen Samariters schlüpfen. Unsere bittere Pflicht bestand darin, Ihnen Gelegenheit zu geben, Ihre eigenen Fehler zu machen.«

Aufruhr entstand. Die Angehörigen des Militärs machten ihrer Empörung Luft, und einige Pazifisten schienen mit plötzlichem Zweifel konfrontiert. Mehrere Geheimagenten nickten klug und gelangten zu Schlußfolgerungen, die nur für Leute ihres Schlages eine Bedeutung besaßen. Jim Kirk rutschte voller Unbehagen auf seinem Stuhl hin und her, dachte an die Vulkanische Expedition.

»...eine der herzlosesten, unmenschlichsten Einstellungen, die...«, entfuhr es dem General. Bis es der Vorsitzenden gelang, die Ordnung im Saal wiederherzustellen, war er völlig außer Atem. Jim hob die Hand.

»Das Wort hat Colonel Kirk.«

»Commander T'Lera...«, begann er, als sich fast zwei Dutzend Blicke auf ihn richteten. Bisher hatte er noch keinen Diskussionsbeitrag geleistet, und daher wußten die verschiedenen Fraktionen nicht, zu welcher Gruppe er gehörte.

»Colonel Kirk.« Die Vulkanierin nickte.

Jetzt ist es soweit! dachte Jim aufgeregt. »Commander, wenn Sie für dieses Gremium zuständig wären... Welche Entscheidung träfen Sie?«

Die Frage weckte gespannte Erwartung in der Halle. Das unhöfliche Murmeln der Diplomaten verklang. Die militärischen Delegierten runzelten argwöhnisch die Stirn, und die Geheimagenten beugten sich mißtrauisch vor. Von einer Sekunde zur anderen herrschte völlige Stille. Es war nur das leise Knarren von Stiefelsohlen zu hören, während die Wachsoldaten das Gewicht vom einen Bein aufs andere verlagerten und draußen ihre Runden drehten.

»Colonel Kirk«, erwiderte T'Lera noch immer gelassen, »ich möchte es mir nicht anmaßen, jenen Personen Ratschläge zu erteilen, die Ihr Volk weitaus besser kennen als ich.««

Verdammte vulkanische Haarspalterei! fuhr es Jim durch den Sinn. *Takt hat jetzt keinen Sinn mehr. Ich brauche eine klare, offene Antwort.*

»Lassen Sie mich die Frage anders formulieren, Commander.« Kirk räusperte sich und hob die Stimme. »Wenn Sie und Ihr Sohn diesen Raum verlassen könnten ... Was fingen Sie mit Ihrer Freiheit an?«

Das Schweigen wich einem überraschten, zornigen Zischen und Fauchen. Der General wandte sich an seinen Adjutanten und flüsterte so laut, daß alle seine Worte verstanden.

»Wer ist der Mann? Ich will seine Akte sehen! Was, zum Teufel, erlaubt er sich?«

Der sich anschließende Tumult verhinderte, daß T'Lera irgendeine Erklärung abgeben konnte.

Schon kurz darauf heulten draußen Triebwerke, und es schienen weitaus mehr Flügelboote zu sein, als der Rat der Geeinten Erde geschickt hatte. Wächter eilten übers Packeis, und zwei Soldaten begleiteten einen Lieutenant der Planetaren Streitkräfte in den Saal. Der Offizier wirkte besorgt und flüsterte Captain Nyere etwas ins Ohr, bevor Jason und die beiden Vulkanier fortgeführt wurden.

Die Vorsitzende klopfte immer wieder mit ihrem Hammer auf den Tisch, aber niemand achtete auf sie. Kirk stand auf und bahnte sich einen Weg durchs Gedränge. Alle Ausschußmitglieder waren auf den Beinen und versuchten, sich an den Wächtern vor den Ausgängen vorbeizuschieben.

Irgend etwas ist passiert, überlegte Jim. *Im Norden, im Rest der Welt. Etwas, das die Situation noch komplizierter gestaltet.* Er dachte an Gary und Lee, und in seiner Magengrube krampfte sich etwas zusammen.

»Sie haben *was?*« Wut zitterte in Nyeres Stimme, und er begann zu schwitzen.

Seit mehr als einer Stunde flammten die verschiedensten Meldungen über den Kom-Schirm. Sie kamen vom Norfolk-HQ, von den Einsatzzentralen der Planetaren Streitkräfte, auch von PentaKrem. Jemand hatte etwas zu den Medien durchsickern lassen, Informationen in bezug auf Außerirdische, die von den Regierungsbehörden irgendwo in der Antarktis festgehalten würden. Inzwischen wußten Milliarden von Menschen Bescheid. Jeder Nachrichtensender, der etwas auf sich hielt, brachte eine eigene Version, bezog sich auf Gerüchte oder angebliche Augenzeugenberichte. Und damit noch nicht genug: Dutzende – wahrscheinlich Hunderte oder gar Tausende – von Reportern brachen nach Süden auf, um direkte Ermittlungen anzustellen. Sie alle hofften auf einen Knüller, der sie an die Spitze der journalistischen Hierarchie katapultierte. Wenn sie nicht an der Küste aufgehalten wurden – und die damit verbundenen rechtlichen Probleme waren geradezu schwindelerregend –, konnten sie das Ross-Eisschelf innerhalb von wenigen Stunden erreichen. Und die besonders Einfallsreichen unter ihnen brauchten sicher nur einen Tag oder zwei, um zur Byrd-Station zu gelangen.

Aus diesem Grund hatte man Jason und die beiden Vulkanier so plötzlich fortgebracht. Aus diesem Grund herrschte im Gebäudekomplex der alten Forschungsstation helle Aufregung; alle fragten sich, wie es jetzt weitergehen sollte.

Und aus diesem Grund schwieg Melody Sawyer nicht länger und erzählte Jason endlich von Tatyas Kontakt mit ihrer Tante in Kiew.

»Sie haben was?« wiederholte Nyere und sah auf Tatya herab, die wie ein Häufchen Elend auf dem Teppich in der Kapitänskabine hockte und schluchzte. Schon seit zwei Tagen weinte sie fast ununterbrochen, und es erstaunte Jason, daß ihr Vorrat an Tränen noch immer nicht erschöpft war.

»Ich dachte, auf diese Weise seien die Vulkanier sicher«, erwiderte Tatya kummervoll und blickte aus geröteten Augen zu Nyere auf. »Als sich Melody meldete, befolgte ich ihre Anweisungen. Ich bat Mariya, alles für sich zu behalten. Ohne einen Hinweis von mir hätte sie bestimmt nichts verlauten lassen. Jemand anders muß das Gespräch mitgehört haben. Himmel, ich wollte doch nur helfen!«

»Helfen, lieber Himmel!« platzte es zornig aus Sawyer heraus. Sie stand an der Tür, bereit dazu, über jeden PS-Soldaten herzufallen, der es wagen sollte, auch nur den großen Zeh auf die Schwelle zu setzen. Ihrer Meinung nach handelte es sich um ein Familienproblem, das niemanden sonst etwas anging. Die ganze ›Familie‹ war zugegen: sie selbst, Jason, Yoshi, Tatya und ... die beiden anderen. Was auch immer geschah – es blieb auf Nyeres Quartier beschränkt. »Durch Ihre Schuld müssen die Lamettafritzen alle einschlägigen Berichte dementieren und die Verfasser als Lügner darstellen. Und wenn es nötig ist, Ihre Freunde zu töten, um den Medien das journalistische Wasser abzugraben...«

»Verdammt und zugenäht, Sawyer!« brüllte Jason. Er erhob sich so abrupt, daß der Stuhl zur Seite kippte, und mit geballten Fäusten trat er auf seinen Ersten Maat zu. Melody hatte ihn noch nie so wütend erlebt. »Zum Teufel auch, wie lange wissen Sie schon Bescheid? Und warum haben Sie mir nichts gesagt?«

Sawyer straffte die Gestalt und spürte, wie tief in ihrem Innern etwas zu vibrieren begann.

»Ich nahm an, die Situation sei unter Kontrolle, hielt es daher nicht für notwendig, Sie zu informieren, Sär!« erwiderte sie scharf. »Ich hörte, wie Tatya ihrer Tante das Versprechen abnahm, über alles zu schweigen, und ich glaubte, damit sei die Sache erledigt. Ich...« Sie brach ab und erwog die Möglichkeit, sich zu entschuldigen. »Jason, ich dachte...«

»Genau darin besteht Ihr Problem, Sawyer!« knurrte Nyere. »Sie *denken* zuviel. Und meistens denken Sie *falsch!*«

T'Lera drehte den Kopf und bedachte ihren Sohn mit einem Blick, der folgende Botschaft übermittelte: *Glaubst du immer noch, es sei bereits an der Zeit, einen Kontakt zu dieser Zivilisation herzustellen?* Sorahl ließ die Schultern hängen, wünschte sich nur, ins Laboratorium zurückkehren und seine Forschungsarbeiten fortsetzen zu können. Das menschliche Chaos verunsicherte ihn, stellte alle seine Überzeugungen in Frage.

»Nun, jetzt ist es zu spät«, sagte Jason Nyere hilflos. Sein Ärger wich Müdigkeit und Erschöpfung.

»Was soll aus uns werden?« fragte Yoshi verwirrt und wandte sich von Tatya ab, die noch immer leise schniefte. »Jason?«

»Die Planetaren Streitkräfte evakuieren ihre Leute und alle anderen, die nach Hause zurückkehren möchten und bereit sind, sich einer teilweisen Gedächtnislöschung zu unterziehen«, erwiderte der Captain. »Ich bin sicher, daß die hohen Tiere verschwinden wollen, bevor die Reporter den Sicherheitskordon durchbrechen und hier eintreffen. Was uns betrifft ...«

Die nicht dem Militär angehörenden Personen im Speisesaal der Byrd-Station wurden aufgefordert, sich in ihre Kabinen zurückzuziehen — bis die zuständigen Stellen entschieden, wer gehen mußte beziehungsweise bleiben durfte. Unterdessen bewirkten die Medienmeldungen immer ausuferndere Reaktionen. Was als individuelle Besorgnis über ein UFO-Phänomen begann, schien allmählich zu globaler Panik zu werden. Von der weißen Wüste des Marie-Byrd-Landes aus ließ sich nur ungenau feststellen, was in der restlichen Welt geschah.

Jim Kirk gehörte zu den ersten, die freiwillig in ihr Quartier zurückkehrten. Er saß auf der Koje, schnitt eine Grimasse, klappte den Kommunikator zu und verbarg ihn in einem Geheimfach seiner Reisetasche. Zu lange Sendungen bedeuteten eine nicht unerhebliche Gefahr, selbst wenn er nur die hohen Frequenzen benutzte. Es war ihm nicht gelungen, sich mit Mitchell oder Kelso in Verbindung zu setzen, und er erinnerte sich an Lees warnenden Hinweis auf die Interferenzen im Bereich des Südpols. Es erwies sich sogar als unmöglich, Kontakt mit Dehner aufzunehmen, die ebenfalls mitten im Chaos steckte, zusammen mit den übrigen medizinischen Fachleuten. Kirk war taub, blind und auf sich allein gestellt – und er entschied, endlich zu handeln.

Er holte den Kommunikator wieder hervor, steckte ihn ein und ersetzte den Geheimdienstausweis in seiner Brieftasche durch eine ID-Karte, die er sich während des Aufenthalts in Feuerland besorgt hatte.

Dann verließ er die Kabine und nutzte das Durcheinander in den Korridoren aus, um sich der Pazifistengruppe anzuschließen. Einmal mehr pries er Lee Kelsos Genie – und dankte John Gill für seine Vorlesungen über eine gewisse ›Tauben-Gesellschaft‹.

»Eine Anomalie«, meinte der berühmte Historiker während eines Vortrages in der Akademie. Er schilderte kuriose Ereignisse vor der Gründung der Föderation. »Vermutlich geschah es zum erstenmal in der menschlichen Geschichte, daß die Geheimdienste keine potentiellen Feinde mehr in Pazifisten sahen und sich auf ihre Seite stellten, um die Einheit der Erde zu bewahren. Die Tauben-Gesellschaft existierte über hundert Jahre lang, bis das Bündnis mit dem Militär aufgrund der Romulanischen Kriege endete ...«

Ein ganz bestimmter junger Student, der sich schon damals für das Sonderbare und Ausgefallene interessierte, sammelte alle Informationen, die er über die Tauben-Gesellschaft finden konnte – und nutzte ihre Techniken und Methoden bei einer geheimen Aktion. Zusammen mit mehreren Freunden spielte er einem besonderen Friedensgegner namens Finnegan einen Streich. Sie errangen nur einen Pyrrhussieg, und Finnegan rächte sich prompt, aber Jim Kirks Wissen um nützliche Trivialitäten blieb davon unbetroffen.

Zu Kirks Überraschung wurde er sofort von den Pazifisten akzeptiert.

»Als Sie unseren bedauernswerten Besuchern heute Nachmittag jene recht pragmatische Frage stellten, hatte ich schon so eine Ahnung«, vertraute ihm die Delegationsleiterin an, als sie zusammen mit Jim und einigen Freunden ihr Quartier betrat. Sie sah noch einmal auf den Gang und vergewisserte sich, daß keine Soldaten in der Nähe weilten, bevor sie die Tür schloß und Platz nahm. »Schade, daß T'Lera keine Gelegenheit bekam, darauf eine Antwort zu geben. Ich nehme an, der ›Colonel‹ dient nur der Tarnung, stimmt's?«

»Ja.« Jim Kirk lächelte und musterte die dickliche, mütterliche Frau. Glücklicherweise war sie empfänglich für seinen Charme. »Dadurch genieße ich den Respekt der Lamettatypen. Glauben Sie, man schickt uns nach Hause?«

»Das wurde bereits bestätigt.« Die Leiterin der Pazifistengruppe seufzte. »Wir sollen bald ausgeflogen und an einem ›sicheren Ort‹ untergebracht werden. Dort findet bestimmt eine Gehirnwäsche statt, und anschließend, wenn wir uns nicht mehr an die hiesigen Ereignisse erinnern können, bringt man uns heim. Wir haben uns mit dieser Regelung einverstanden erklärt, bevor wir hierherkamen. Aber wir erhofften uns ein besseres ... Ergebnis.«

»Ergebnis?« warf jemand anders ein. »Hast du wirklich geglaubt, es gebe noch einen Entscheidungsspielraum? Die Militärs wollten die beiden Außerirdischen ohnehin ›verschwinden‹ lassen. Die Sache mit den Medien ist nur ein Vorwand – um uns daran zu hindern, direkt mit den Vulkaniern zu sprechen!«

»Wir hätten Grayson Bescheid geben sollen«, sagte ein Mann. »Vielleicht wäre der Untersuchungsausschuß bereit gewesen, wenigstens ihn anzuhören.«

Mehrere Stimmen ertönten gleichzeitig.

»... habe gehört, daß er krank ist ... Im letzten Jahr starb seine Frau... Spielt keine Rolle. Du kennst Grayson nicht. Wenn er unsere Sache unterstützen kann...«

»Als man uns Bescheid gab, haben wir sofort Graysons Beteiligung gefordert!« sagte die Delegationsleiterin scharf und winkte ab. »Doch man erlaubte uns nicht, ihn zu verständigen. Offenbar befürchtete man Verwicklungen.«

»Entschuldigen Sie bitte«, sagte Kirk und beugte sich ein wenig vor. »Wer ist jener Grayson?«

Die Pazifisten starrten ihn verblüfft an.

»Nun, Sie sind recht jung«, erwiderte die Leiterin, und Jim glaubte, in ihren Augen ein mißtrauisches Funkeln zu sehen. »Und außerdem liegt das alles schon ziemlich lange zurück. Jeremy Grayson, emeritierter Professor der Universität für Pazifistische Studien, Vancouver, Gründungsmitglied der ›Bewegung für eine geeinte Erde‹, darüber hinaus Held des Dritten Weltkriegs, wenn auch nicht ganz so bekannt wie die anderen. Er lebt schon seit Jahren im Ruhestand, aber man sollte eigentlich annehmen ...«

»Oh, natürlich«, sagte Kirk. Seine Gedanken rasten. »Als Junge habe ich ihn sehr verehrt. Ich wußte gar nicht, daß er noch lebt. Es erschien mir seltsam anzunehmen, Ihr Grayson sei mit meinem identisch.«

Seine Zuhörer schienen sich damit zufriedenzugeben, und Kirk atmete innerlich auf, beschloß, vorsichtiger zu sein.

»Wenn Sie sich mit dem Professor in Verbindung setzen könnten ...«, regte er an.

»Unmöglich!« meinte jemand. »Vor der ›Behandlung‹ sind uns keine Kontakte mit der Außenwelt erlaubt. Und *nach* der Gedächtnislöschung wissen wir nicht einmal mehr, daß wir hier waren.«

»Und wenn Ihnen jemand helfen könnte?«

»Jeremy fände sicher eine Lösung für unser Problem, da bin ich ganz sicher«, sagte die Leiterin niedergeschlagen. »Außerdem genießt er bei den hohen Tieren genug Respekt, um wenigstens einige seiner Forderungen durchzusetzen. Wie dem auch sei: Inzwischen ist es zu spät.«

»Nicht unbedingt«, murmelte Kirk und rang sich zu einer Entscheidung durch.

Die Erste Direktive Starfleets, erinnerte er sich, verbot Interventionen in Hinsicht auf Kulturen mit geringerem Entwicklungsniveau, diente dazu, bei solchen Zivilisationen eine ungestörte wissenschaftlich-moralische Evolution zu gewährleisten. Doch es gab keine Vorschriften, die Zeitreisen reglementierten. Woraus folgte, daß bei Aufenthalten in der Vergangenheit nur die Verpflichtung galt, Handlungen zu unterlassen, die eine Veränderung der Zukunft zur Folge haben mochten. Kirk wußte nicht, ob bereits seine Präsenz genügte, um das historische Gefüge zu destabilisieren, aber das spielte derzeit auch keine Rolle. Er hielt es für obligatorisch, alles zu tun, um eine friedliche Lösung der Krise zu ermöglichen.

Er gab sich einen Ruck, holte den Kommunikator hervor und zeigte ihn den neugierigen Pazifisten.

»Dieses Gerät hier ist eine Geheimentwicklung, und ich darf Ihnen nicht verraten, wie es funktioniert. Aber damit sollte ich eigentlich imstande sein, Professor Grayson eine Nachricht zu übermitteln. Wenn Sie genug Vertrauen haben, um mir zu gestatten, als Ihr Sprecher aufzutreten ...«

Als sich die Medien mit ersten Berichten über gelandete Außerirdische an die Weltöffentlichkeit wandten und PentaKrem nach einer legalen Möglichkeit suchte, den ganzen Kontinent Antarktika abzuriegeln, flogen zwei kleine Helikopter dicht übers Treibeis und gingen an der Seeseite des Ross-Eisschelfs nieder, etwa fünfhundert Kilometer von der Byrd-Station entfernt. Die Passagiere an Bord waren alles andere als Touristen und machten sich sofort daran, ihre Ausrüstung zu entladen. Eine Pinguinkolonie geriet in Aufregung, als finster wirkende Gestalten mehrere Schneemobile über die Rampe schoben.

»Wir teilen uns«, erklärte Rächer und sprang aufs Eis. Er trug eine dicke Parka, und das graue Gesicht stellte einen auffallenden Kontrast zum Weiß von Pelz und Schnee dar. Die mechanische Stimme schnarrte und surrte. »Ihr stoßt in jener Richtung vor, wir in dieser. Eine Zangenformation, mit den Raumfahrern in der verdammten Mitte!«

Er hob die behandschuhten Fäuste, um zu zeigen, was er meinte.

Rächers Leute – ein rundes Dutzend, namenlose Krieger, ihm treu ergeben und bis an die Zähne bewaffnet – bezogen diszipliniert hinter ihm Aufstellung und beobachteten die bunt zusammengewürfelte Schar auf der anderen Seite. Easter hatte kaum Zeit gefunden, jemanden zu benachrichtigen, und deshalb bestand seine Truppe nur aus Red, Aghan, Kaze, einem selbsternannten Ninja, und Noir, der sich je nach Wochentag für Rastafarian, Allahs Racheengel oder einen wiedergeborenen Mau-Mau* hielt. Der Unterschied zur Rächer-Gruppe entging Easter nicht, und er fühlte sich dadurch sofort in die Defensive gedrängt.

»Hast du das Kommando übernommen?« knurrte er, trat auf Rächer zu und blieb sicherheitshalber einige Schritte vor ihm stehen. Verärgert beobachtete er die elektronisch gesteuerten, schiefergrauen Augenlinsen. »Hältst dich wohl für Gott, was?«

Aghan drehte sich zu Red um und seufzte leise. Wenn ihr Anführer jetzt auf stur schaltete, stand ihnen wahrscheinlich ein längerer Aufenthalt in der eisigen Kälte bevor. Aghan fror bereits, sehnte sich nach dem bequemen, warmen Innern der beheizten Schneemobile. Die Fahrzeuge stammten von einem Waffenhändler, für den nach Colonel Greens Ende magere Zeiten angebrochen waren und der nun nach neuen Märkten suchte.

»Ich lasse mir von dir keine Befehle erteilen!« fauchte

---

* Mau-Mau: Name eines terroristischen Geheimbunds der Kikuju in Kenia. Sein Ziel bestand darin, durch Vertreibung der weißen Farmer die Neuaufteilung des Bodens unter den landlosen Kikuju und die nationale Unabhängigkeit zu erreichen. Die Terroraktionen der Mau-Mau begannen 1948 und führten von 1952–1956 zu einem regelrechten Aufstand, der von britischen Truppen niedergeschlagen wurde. – Anmerkung des Übersetzers.

Easter und stampfte aufs knirschende Eis, als der Bioniker vor ihm weiterhin schwieg. »Ist das klar?«

»Zusammen fallen wir zu sehr auf«, meinte Rächer schlicht. »Möchtest du unbedingt erwischt werden? Vertraust du mir nicht? Oder hast du Angst?«

Easter fluchte hingebungsvoll, aber Rächer zuckte nur gleichgültig mit den Achseln, wobei es in seinen Schultergelenken knarrte, so als schabe Metall über Metall. Nach einigen Sekunden hob er das kleine Lasergewehr und sah zu seinen grinsenden Leuten. Sie bewunderten die Gelassenheit ihres Anführers.

»Bist du jetzt fertig?« fragte der Bioniker, als Easter eine Pause einlegte und nach Luft schnappte. »Wir teilen uns.«

Easter fügte noch einen letzten Fluch hinzu und bedeutete Aghan und den anderen, in ihren beiden Schneemobilen Platz zu nehmen. Red, Kaze und Noir kamen der Aufforderung sofort nach, aber Aghan zögerte.

Er legte mit seiner Waffe an, betätigte den Auslöser und lachte schallend, als die Automatik zu rattern begann und das Blut von Pinguinen auf Schnee und Eis spritzte. Das Echo der Schüsse verhallte in der Ferne.

»He, sieh nur, Easter!« Aghan tanzte vor Freude. »Ich habe fast zwanzig erwischt!«

Rächer spuckte verächtlich. »Der Kerl ist total übergeschnappt«, rasselte er leise und gesellte sich seinen Gefährten hinzu, die bereits in ihren eigenen Schneemobilen warteten. Kurze Zeit später begann die Fahrt durch eine weiße, kalte Wüste. Siebzehn Tierkadaver blieben zurück, ihr vergossenes Blut bereits gefroren.

Spock griff nach dem Dachshaarpinsel, rührte im dichten Schaum und beobachtete, wie die weiße Masse konzentrische Muster zu bilden begann. Als Jeremy Grayson ihn bat, einem alten Mann mit zittrigen Händen beim Rasurritual zu helfen, zögerte der Vulkanier zunächst, doch dann dachte er nicht ohne eine gewisse Ironie: *Vielleicht hätte der Dachs gar keine Einwände dagegen erhoben, Leben* und Pelz für einen Mann zu geben, der soviel Gutes bewirkte.

»Tut mir leid, Sie einer so schweren Prüfung zu unterziehen, Ben«, sagte Grayson, als Spock geschickt den Schaum auftrug und das Rasiermesser ansetzte. »Wahrscheinlich bin ich weit und breit der einzige, der eine so altmodische Form der Rasur mag. Verzeihen Sie mir meine Eitelkeit. Ich möchte ordentlich und gepflegt aussehen, selbst wenn ich allein bin. Klingt ziemlich dumm, was?«

»Ganz und gar nicht, Professor«, widersprach der Vulkanier. Seiner Ansicht nach hatte ein alter und verdienstvoller Mann durchaus das Recht, nicht immer nur in streng logischen Bahnen zu denken. »Und was die ›schwere Prüfung‹ angeht ... Ich stelle mich ihr gern.«

Tatsächlich ist es mir eine Ehre, Großvater, fügte er in Gedanken hinzu.

Sie saßen wieder in der Küche – Jeremy Grayson schien sich immer dort aufzuhalten, suchte nur dann das Wohnzimmer auf, wenn er Besuch bekam –, und der Vid-Schirm war eingeschaltet. Es wurden gerade die Morgennachrichten gesendet; der Professor liebte es, den ›Finger am Puls des globalen Wahnsinns‹ zu haben, wie er sich ausdrückte.

»Ich glaube, bald kann ich sterben, ohne mir irgendwelche Sorgen machen zu müssen«, sagte Grayson und blickte auf den Schirm, während Spock ihm Schaum und Bartstoppeln von den Wangen schabte. Nur ein leises, kaum verständliches Flüstern drang aus dem Lautsprecher. »Die Menschheit scheint allmählich zu begreifen, daß man Probleme auch ohne Waffengewalt lösen kann. Ich überlasse die lokal begrenzten Konflikte der jüngeren Generation. Meine Güte, manchmal bin ich wirklich müde! Doch ich würde gern noch lange genug leben, um zu erfahren, was die *Icarus* im Alpha-Centauri-System findet.«

Spock gab keine Antwort darauf, legte den Pinsel beiseite und nahm ein Tuch zur Hand. Graysons Blick blieb auf den großen Bildschirm gerichtet, und nach einigen Sekunden runzelte er die Stirn.

»Ich weiß, daß Sie besser hören als ich, Ben, aber ich wäre Ihnen dankbar, wenn Sie die Lautstärke ein wenig erhöhen könnten. Diese Meldung interessiert mich sehr ...«

Sie betraf einige der harmloseren Versionen über die angebliche Landung von Außerirdischen.

»Nun, was halten Sie davon?« fragte Grayson.

»Ich glaube, es steckt nicht viel dahinter«, erwiderte Spock ausweichend und überlegte fieberhaft. Er wog verschiedene Wahrscheinlichkeiten gegeneinander ab, entwikkelte ebenso abstrakte wie absurde Erklärungen, die seine Verwirrung nur noch vergrößerten. Wenn die Nachrichten den Tatsachen entsprachen, wenn wirklich Fremde — Nicht-Menschen — auf der Erde gelandet waren ... Stand ihre Präsenz in irgendeinem Zusammenhang mit seinem Transfer durch Raum und Zeit?

»Vielleicht nicht, vielleicht doch«, brummte Grayson, stand auf und griff nach seinem Gehstock. »Aber wenn es *kein* dummer Scherz ist ... Ich nehme an, in einem solchen Fall muß ich Sie schon sehr bald darum bitten, mir den Koffer zu packen.«

Genau in diesem Augenblick summte das Komfon. Der Professor sah Spock an, und in seinen von dichten Brauen beschatteten Augen blitzte ein humorvolles *Na, was habe ich gesagt?* Er schaltete den Vid-Schirm auf Empfang und sprach mit einem früheren Studenten, der nun das Friedensforschungsinstitut von Stockholm leitete.

Kurz darauf holte Spock einen Koffer.

»Oh, Sally ...«

Einige Sekunden lang glaubte Kirk, die junge Frau reagierte nicht auf ihren Tarnnamen; aber sie zögerte nur, weil er jenen Tonfall benutzte, den sie als Psychologin Elizabeth Dehner längst zu ignorieren gelernt hatte. Die Disziplin war stärker als der berufliche Reflex, und als sie sich umdrehte, sah sie Jim. Er stand in der geöffneten Tür seiner Kabine, lächelte charmant und winkte sie näher. Sie trat auf ihn zu, und daraufhin griff Kirk nach ihrem Arm, zog sie herein und ließ die Tür zufallen.

»Captain, was zum Teufel...«

»›Colonel‹, wenn Sie schon eine Rangbezeichnung verwenden müssen.« Er hob die Arme und wurde wieder ernst. »Seien Sie unbesorgt, Doktor. Und ziehen Sie keine voreiligen Schlüsse. Im Gegensatz zu Mitchell plante ich eine Art ... Ablenkungsmanöver.«

Dehner wirkte erleichtert. »Entschuldigen Sie.«

»Schon gut«, sagte Kirk. »Es gibt wichtigere Dinge, die unsere Aufmerksamkeit erfordern.

Lassen Sie nichts unversucht, um hierzubleiben, wenn die anderen ausgeflogen werden«, wies er die Psychologin an. »Wenn Sie irgendeinen Vorwand brauchen ... Erwekken Sie den Anschein, als seien Sie mit mir liiert. Wir dürfen nicht riskieren, uns aus den Augen zu verlieren.«

Dehner entspannte sich und ließ sich auf Kirks Koje sinken. »In Ordnung. Wozu brauchen Sie mich?«

»Was wissen Sie über in diesem Jahrhundert gebräuchliche Verfahren der Gedächtnislöschung?«

Die junge Frau lächelte. »Informationen darüber werden in den Grundkursen der medizinischen Geschichte vermittelt«, erwiderte sie. »Die Technik besteht darin, recht große Dosen von Meperidin und Neo-Dopamin mit selektiver Hypnose zu kombinieren; sie wurde im Zuge der Gedankenkontrolle-Unruhen abgeschafft. Nach unseren Maßstäben eine ziemlich primitive Methode — aber wirksam.«

»Kennen Sie sich gut genug mit ihr aus, um sie selbst anzuwenden?« fragte Kirk.

Dehner dachte kurz nach. »Theoretisch schon, vorausgesetzt, mir stehen die notwendigen Mittel zur Verfügung. Aber ich bin mir nicht sicher, ob es vertretbar wäre. In moralischer Hinsicht, meine ich.«

Jim nahm neben ihr Platz. »Und wenn wir dadurch eine Möglichkeit bekämen, praktisch alle Probleme zu lösen und das historische Geschehen in die richtigen Bahnen zu lenken?«

Erneut schwieg die Psychologin einige Sekunden lang, bevor sie antwortete: »Ein guter Hinweis, der alle Bedenken ausräumt.«

»Gut!« Kirk klopfte ihr zufrieden aufs Knie, stand auf und lehnte sich mit dem Rücken an die geschlossene Tür. »Die ganze Sache ist ziemlich nervenaufreibend, aber derzeit entwickeln sich die Dinge zu unseren Gunsten. Die Regierung wird dafür sorgen, daß sich niemand der Ausgeflogenen an die hiesigen Ereignisse erinnern kann, und damit bleiben nur die Leute an Bord des Schiffes. Wir beide müssen zur *Delphinus*, Doktor.«

Er berichtete von seiner Begegnung mit den Pazifisten und fügte hinzu, es sei ihm gelungen, via Stockholm Kontakt mit Professor Grayson aufzunehmen. Das Flügelboot der Friedensdelegation hatte die Station vor einer knappen Stunde verlassen.

»Wenn Grayson hier auftaucht, gibt es einen zusätzlichen Faktor, den es zu berücksichtigen gilt«, sagte Kirk ernst. »Aber soweit ich weiß, ist er alt, und mit seiner Gesundheit steht es nicht zum besten. Vielleicht kommt er nicht. Vielleicht haben wir Glück. Was ist mit Ihren medizinischen Kollegen?«

Dehner lächelte schief. »Sie konnten es gar nicht abwarten, von hier zu verschwinden. Ich glaube, die meisten freuten sich auf die ›Behandlung‹. Die Konfrontation mit dem Fremden und Andersartigen verunsicherte sie.«

Kirk verzog das Gesicht und schüttelte den Kopf. »Wie sie wohl auf die wirklich fremden und andersartigen Lebensformen reagieren würden, die wir kennen... Wir vergessen leicht, wie engstirnig und beschränkt die Menschen in dieser Epoche waren, beziehungsweise *sind.*«

Nur in dieser Epoche? dachte Dehner, schwieg jedoch. Kirk wandte sich bereits einem neuen Thema zu.

»Sie alle mußten Berichte verfassen, nicht wahr?«

»Ja«, bestätigte die Psychologin. »Sie sind im Stationscomputer gespeichert. Ein geradezu antiker Apparat, selbst nach den Maßstäben dieser Zeit. Wir brauchten einen halben Tag, um herauszufinden, wie das Ding funktioniert, und dabei kam es mehrmals zu unbeabsichtigten RAM-Löschungen.«

»Ausgezeichnet«, kommentierte Kirk aufgeregt. »Verschaffen Sie sich noch einmal Zutritt zum Computerraum. Bezirzen Sie die Wächter, wenn's nötig wird. Vernichten Sie alle Datenbestände – Ihre Berichte, die der anderen Mediziner und des militärischen Personals. Es darf nichts übrigbleiben.«

»Das ist alles?« entgegnete Dehner trocken und erhob sich ebenfalls. »Und Sie?«

»Ich bleibe hier«, versicherte ihr Kirk. »Wenigstens bis morgen. Mitchell hat sich schon seit zwei Tagen nicht mehr gemeldet. Vielleicht ist er nur irgendwo unterwegs. Aber er könnte auch in Schwierigkeiten sein...«

Genosse Ingenieur Jerzy Miklowcik beobachtete, wie am linken Horizont die dunklen Konturen der Elfenbeinküste entlangstrichen, und er verbiß sich ein Grinsen, als ihm der Kapitän des Schnellbootes die gefälschte Einsatzorder zurückgab.

»Weiß der Teufel, warum ein ganzes Schiff abkommandiert werden muß, um einen Ingenieur zum Ende der Welt zu bringen«, sagte die Frau. »Lieber Himmel, warum ausgerechnet Antarktika?«

»Wahrscheinlich soll ich dort Iglus bauen«, erwiderte Mitchell mit polnischem Akzent. »Was soll's? Das Oberkommando verlangt Gehorsam. Neugier kann es nicht ausstehen, stimmt's, Captain?«

Sie brummte etwas, zuckte mit den Schultern und ging unter Deck. Mitchell blieb an der Reling stehen, spürte, wie ihm warmer Wind übers kurzgeschnittene Haar strich – und hoffte inständig, daß er nicht zu spät kam.

Kirk hatte ihn aufgefordert, in Gdansk zu bleiben, bis er ihn zur Byrd-Station beorderte. Eine solche Anweisung war nicht eingetroffen. Gary handelte also auf eigene Faust, hörte auf eine innere Stimme, die ihm befahl, so schnell wie möglich die Antarktis zu erreichen. *Ich bin sicher, Jim braucht mich bald,* dachte er. *Wenn das nicht bereits der Fall ist.* Er vertraute seiner Intuition, die ihn nur selten im Stich ließ. *Vielleicht trügt sie mich diesmal – ich hätte nichts dagegen. Es wäre mir weitaus lieber, von Jim angeschnauzt zu werden, weil ich mich von einer vagen ›Ahnung‹ leiten lasse. Aber wenn sich die Lage tatsächlich zuspitzt, wie ich vermute ...* Er hielt es für besser, auf Nummer Sicher zu gehen.

Außerdem: Auf einen Rat Parnebs hin hatte er einen ganz bestimmten Ort in der westlichen Sahel-Zone aufgesucht, und *wenn ich Jim erzähle, was ich dort gefunden habe, wird er sich bestimmt freuen.*

»Lee hat sich verdünnisiert, und mir bleibt nicht genug Zeit, ihn zu suchen«, wandte sich Mitchell an den Ägypter. Er setzte sich außerhalb der üblichen Intervalle mit ihm in Verbindung, und Parneb schien tatsächlich überrascht zu sein. Seltsam für einen Mann, der die Zukunft mindestens ebensogut kannte wie die Vergangenheit und daher auf alles vorbereitet sein mußte. »Ich habe mich entschlossen, Polen zu verlassen und mich auf den Weg nach Antarktika zu machen. Es ist nur so ein Gefühl, aber ich glaube, Jim benötigt meine Hilfe. Wenn Sie sich zur Abwechslung einmal nützlich machen könnten...«

»Nach unserem letzten Kontakt habe ich versucht, Mr. Kelso ausfindig zu machen, aber bisher hatte ich keinen Erfolg«, erwiderte Parneb beleidigt. »Darüber hinaus bemühe ich mich noch immer, Ihren vulkanischen Gefährten zu lokalisieren.«

»Oh, ja, ich verstehe«, spottete Mitchell. »Machen Sie nur weiter so.« *Das hält ihn wenigstens davon ab, neuerlichen Unsinn anzustellen.* »Bis später. Die Pflicht ruft.«

»Mr. Mitchell ...«, warf Parneb hastig ein, sammelte seine ganze Würde und straffte die Gestalt – wodurch er wie eine Witzfigur wirkte. »Ich weiß, daß Sie ziemlich erbost über mich sind, und das kann ich Ihnen kaum verübeln. Schließlich ist alles meine Schuld. Aber angesichts der besonderen Lage sollten wir unsere persönlichen Differenzen vergessen; es steht zuviel auf dem Spiel. Ich möchte Ihnen noch einen Tip geben: Wenn Sie während Ihrer Reise nach Süden die westafrikanische Küste passieren, so finden Sie vielleicht Gelegenheit, eine alte Ölraffinerie zu beobachten. Darunter verbirgt sich eine aufgegebene Militärbasis, die während des Dritten Weltkriegs geschaffen wurde und Ihnen wertvolle Dienste leisten könnte...«

Die erste Etappe legte Gary Mitchell mit einem speziellen AeroMar-Flugzeug zurück, das zum Transport wichtiger Personen diente. Er sah aus dem Fenster, und sein Blick strich über den rostenden Stahl eines alten und inzwischen nicht mehr genutzten Industriekomplexes. Der Bordcomputer gestattete ihm Zugang zu einigen Top-secret-Dateien, und die Datenabfrage erbrachte ein überraschendes Ergebnis. Plötzlich fragte sich Mitchell, ob Parneb tatsächlich der Stümper war, für den er ihn bisher gehalten hatte.

Easters Gruppe hatte kaum hundert Kilometer zurückgelegt, als ein Sturm zu heulen begann und sie daran hinderte, den Weg fortzusetzen. Außerdem stellte sich heraus, daß eins der beiden Schneemobile Treibstoff verlor.

»Als ich auf die Pinguine schoß«, sagte Aghan gelassen, »ist vermutlich eine Kugel vom Eis abgeprallt und hat den Tank getroffen.«

Das Benzin genügte kaum für die restliche Strecke, und ein Fahrzeug bot nicht allen fünf Personen und ihren Ausrüstungen Platz. Easter saß an den Kontrollen und fluchte sich heiser. Red stieß zornig die Luke auf und kletterte ungeachtet des Blizzards nach draußen, um Noir und Kaze im anderen Schneemobil Gesellschaft zu leisten. Aghan zuckte nur mit den Schultern, achtete weder auf Easters Wut noch auf das Fauchen der Böen; er schloß die Augen und schlief ein.

Unterdessen ließen sich Rächer und seine Leute nicht von Dummheit oder den Unbilden des antarktischen Wetters aufhalten. Sie fuhren weiter und näherten sich der Byrd-Station, dazu entschlossen, ein Inferno zu entfesseln.

»Sie scheinen sich nicht besonders wohl zu fühlen, Professor«, meinte Spock und sah auf. »Vielleicht sollte ich Sie begleiten ...«

»Mich begleiten?« keuchte Grayson und schnappte nach Luft. Die Vorbereitungen hatten ihn erschöpft, und sein Gesicht zeigte eine besorgniserregende fahle Blässe. »Himmel, Ben, ich wäre froh, wenn Sie mich vertreten könnten!«

Er ließ sich neben dem alten, abgescheuerten Koffer aufs Bett sinken, während Spock mit methodischer Ruhe weitere Sachen einpackte.

»Im Ernst«, fuhr Grayson fort. »Ich hätte nichts dagegen, daß Sie mitkommen. Ich würde Sie sogar allein schikken. Irgendein Aspekt Ihres Wesens – vielleicht ist es nur die Art und Weise, wie Sie Ihre Gesprächspartner ansehen – überzeugt mich davon, daß ich Ihnen mein Leben anvertrauen kann. Und nicht nur meins.«

Es gab keine logische Antwort auf ein solches Lob. Spock hielt nicht inne, faltete Hemden und Pullover zusammen, während er die Züge seines Vorfahren musterte.

»Aber es besteht eine hohe Wahrscheinlichkeit dafür, daß man selbst *mich* an der Grenze abweist«, fügte Grayson hinzu. Er atmete schwer und erweckte den Eindruck, als könnte er praktisch jeden Augenblick in Ohnmacht fallen. »Es tut mir leid, Ben, aber in dieser Hinsicht muß ich jedes Risiko ausschließen. In einem gebrechlichen Mann sieht man normalerweise keine Gefahr, und deshalb hoffe ich, daß man mich passieren läßt.«

Spock kannte den Bericht von Stockholm, und Graysons auf persönlicher Erfahrung beruhende Kommentare fügten den Vid-Meldungen weitere Informationen hinzu. Wenn diese Fakten mit den besonderen Umständen der aktuellen Epoche und den Routinen einer vulkanischen Erkundungsmission in Verbindung gebracht wurden, ergab sich nur ein logischer Schluß: Die in den Nachrichten erwähnten Außerirdischen waren Vulkanier.

Spock zweifelte nicht daran, daß ihre verblüffende Existenz in irgendeinem Zusammenhang mit seinem Raum-Zeit-Transfer stand, mit dem Verschwinden Kirks und der anderen, mit der Destabilisierung des historischen Gefüges. Eine Ironie des Schicksals wollte es, daß ausgerechnet sein terrestrischer Ahne versuchte, die Probleme zu lösen, während Spock auf die Rolle eines Beobachters beschränkt blieb. Doch wenn Grayson keinen Erfolg erzielte...

»Wenn Sie gestatten, Professor ...« Spock stellte den Koffer neben die Schlafzimmertür, um ihn später nach unten zu bringen. »Wenn es sich tatsächlich um Wesen von einem anderen Planeten handelt – welche Konsequenzen ergeben sich daraus?«

»Oh, sie stammen von einer anderen Welt, da bin ich ganz sicher!« erwiderte Grayson, stemmte sich in die Höhe und zog die Schublade des Nachtschränkchens auf. »Kein Mensch hätte einen solchen Unfug geduldet, ohne lautstark zu protestieren. Wenn es nach mir ginge – und es ist ein höchst unwahrscheinliches ›Wenn‹ –, würde ich ihnen ein Raumschiff für die Heimreise zur Verfügung stellen. Und gleichzeitig hoffen, daß sie unsere Unreife verzeihen!« Schließlich fand er den gesuchten Gegenstand: einen kleinen Talisman, der an einer verhedderten Silberkette hing. Grayson begann damit, sie zu entwirren. »Aber wenn Sie glauben, die Verantwortlichen wären bereit, auf den Rat eines altersschwachen Pazifisten zu hören... Ben, könnten Sie mir bitte helfen? Ich komme hiermit nicht zurecht.«

Graysons Hände zitterten so sehr, daß er den Talisman fallen ließ. Spock hob ihn auf und betrachtete ihn neugierig.

»Ich nehme an, Ihre Generation weiß gar nicht mehr, was dieses Zeichen bedeutet.« Der ruhige, stetige Blick des Professors stand in einem sonderbaren Kontrast zu den schweren, rasselnden Atemzügen. In den blauen Augen blitzte es schelmisch, als er seinen mysteriösen Gast betrachtete.

Spock strich die Kette glatt und sah sich den Anhänger genau an. Das Symbol war schlicht, unkompliziert — ein stilisiertes, umgekehrtes Y — vielleicht auch ein runisches K —, von einem Kreis umschlossen.

»Soweit ich weiß, galt es früher als Friedenszeichen«, sagte Spock. »Der eigentliche Ursprung ist nicht genau bekannt; es wurde zum erstenmal während der Antikriegs-Bewegungen in den sechziger Jahren des zwanzigsten Jahrhunderts benutzt.«

Grayson nickte. Es schien ihn nicht zu überraschen, daß der jüngere Mann über solche Dinge Bescheid wußte. »Als der Dritte Weltkrieg begann, wurde es für die Leute im Untergrund zum Erkennungszeichen. Inzwischen ist der Friede zu einem integralen Bestandteil der globalen Philosophie geworden, und dadurch geriet das Symbol in Vergessenheit. Wie dem auch sei: Wenn ich unterwegs aufgehalten werde, wenn mich irgend etwas — irgend jemand — daran hindert, meine Pflicht wahrzunehmen... Dieses kleine Objekt hat mir schon oft geholfen. Bestimmt erweist es sich auch jetzt als nützlich.«

Grayson nahm erneut auf dem Bett Platz, schien kaum noch Luft zu bekommen und erweckte den Anschein, als lausche er einer inneren Stimme. Spock musterte ihn mit wachsender Besorgnis. Er entwirrte die Kette, ohne sich dessen bewußt zu werden, strich mit den Fingerkuppen fast ehrfürchtig über den winzigen Anhänger.

»Hat Ihnen schon jemand gesagt, daß Sie außerordentlich geschickte Hände haben, Ben?« Die Stimme des Professors klang verträumt. »Sie sind stark, zu harter Arbeit fähig, und gleichzeitig können sie sehr sanft sein...«

Spock fing Grayson auf, als er vom Bett rutschte, hielt ihn fest. Der alte Mann erbebte plötzlich; Arme und Beine zuckten.

»Sie sind krank«, stellte der Vulkanier fest und schaltete

den Alarm des Komfons ein, um das nächste Hospital zu benachrichtigen. Mühelos hob er den Professor auf und trug ihn ins Erdgeschoß, um dort auf den Rettungswagen zu warten.

»Ben ...«, brachte Grayson mühsam hervor und klammerte sich an Spock fest. »Benjamin ... geliebter Sohn ...«

Er erlitt einen zweiten Anfall, der zum Herzstillstand führte. Spock legte ihn auf den Teppich des Wohnzimmers, leistete Erste Hilfe und hauchte jenem Mann Leben ein, dem er sein Leben verdankte.

Mahmoud Gamal al-Parneb Nezaj wandte sich voller Verzweiflung von der kristallenen Kugel ab. Nirgends zeigte sich eine Spur von Lee Kelso, und inzwischen hoffte er auch nicht mehr, Spock zu finden. Parneb setzte eine Kanne mit Pfefferminztee auf und aktivierte geistesabwesend den Vid-Schirm. Während er wartete, bahnten sich leise Stimmen einen Weg in sein Bewußtsein.

»...erfassen die Unruhen sowohl große Städte als auch kleine Ortschaften. Die unterschiedlichsten politischen Gruppen verlangen, daß die Außerirdischen – vorausgesetzt, es gibt sie wirklich – der Weltöffentlichkeit präsentiert werden. In den terrestrischen und orbitalen Verteidigungsbasen herrscht noch immer Alarmbereitschaft, und des Nachts blicken Millionen Menschen zum Firmament empor, warten voller Furcht darauf, daß weitere Fremde vom Himmel kommen...«

»...so weit gegangen zu behaupten, die Ankunft der Aliens sei eine Vergeltungsmaßnahme für den Start der *Icarus*, für die Expedition nach Alpha Centauri. Sprecher der Zurück-zur-Erde-Bewegung forderten bei einem gemeinsamen Gebet in Salt Lake City, alle Forschungsmissionen im Weltraum unverzüglich einzustellen. Ein Repräsentant jener Organisation ließ verlauten, es sei keineswegs unmoralisch, die *Icarus* sich selbst zu überlassen, wenn dadurch eine Invasion aus dem All verhindert werden könne...«

»... behaupten Augenzeugen, seit den ersten UFO-Sichtungen vor fast hundert Jahren seien schon häufig Außerirdische gelandet. Angeblich leben ihre Nachkommen unerkannt unter uns...«

»... wurden siebzehn Personen verletzt, als ein Unbekannter das Gerücht in die Welt setzte, die fremden Invasoren hätten alle Flughäfen unter ihre Kontrolle gebracht...«

»Meine Güte«, ächzte Parneb, rührte den Tee um und schaltete auf einen anderen Kanal. Ein seltsamer Zufall wollte es, daß er genau das fand, wonach er schon seit Tagen suchte.

»... erwarte Ihre Anweisungen, Spock...«

»Heute stirbt niemand mehr an einem Herzanfall«, wandte sich Jeremy Graysons Tochter an Spock, als sie aus dem Krankenhaus zurückkehrte, um einige Sachen zu holen. »Aber die Verletzungen, die er während seiner langen Haft erlitt, die bei den Verhören verwendeten Drogen...«

»Wie geht es ihm?« fragte der Vulkanier ruhig.

»Er ist noch immer bewußtlos«, antwortete die Frau.

»Wie beurteilen die Ärzte seinen Zustand?«

»Sie können noch keine Auskunft geben. Mein Vater ist sehr alt, Mr. Spock. Alt und müde. Aber bitte... Bleiben Sie hier. Sie brauchen nicht zu gehen.«

»Es bleibt mir gar keine andere Wahl«, erwiderte Spock nur. Unter seinem Hemd verbarg sich die silberne Kette mit dem kleinen Anhänger. Vielleicht konnte er mit dem Friedenssymbol erreichen, was der Professor nun nicht mehr zu bewerkstelligen vermochte.

»Wie Sie meinen«, erwiderte Graysons Tochter und zeigte dabei jene menschliche Wärme, die Spock von Amanda kannte. »Mein Vater schätzt Sie sehr. In all den Jahren hat er einige vielversprechende junge Leute ›adoptiert‹, und ich bin sicher, dieses Privileg hätte er auch Ihnen gewährt.«

»Danke«, sagte Spock. Tief in seinem Innern, jenseits der vulkanischen Barrieren, regte sich echtes Gefühl.

»Wenn Sie wieder ein Dach über dem Kopf benötigen...«

Spock nickte und verabschiedete sich. Der kleine, silberne Talisman ruhte kühl auf seiner Haut, als er sich auf den Weg machte. Sein Ziel war die Eiswüste am Südpol: der Kontinent Antarktika.

Jeremy Graysons Tochter schloß die Tür hinter sich ab und kehrte ins Hospital zurück. Einige Minuten später summte das Komfon im großen und nun leeren Haus. Im Verlauf der nächsten Stunden wiederholte sich das Rufsignal. Irgendwo in Ägypten trank ein Mann namens Parneb Pfefferminztee und seufzte.

Kapitel 8

Während sich Jason Nyere die Vorschläge des jungen, intelligenten Pazifisten und seiner Psychologen-Freundin anhörte, dachte er zum erstenmal ernsthaft an die Möglichkeit der Meuterei.

Als das letzte Flügelboot in der weißen Ferne verschwand, trat der Captain aus dem Kommandoturm der *Delphinus*, um frische Luft zu schnappen. Überrascht beobachtete er zwei Gestalten, die Hand in Hand das Hauptgebäude der Byrd-Station verließen, durch den Schnee stapften und im Plauderton um die Erlaubnis baten, an Bord kommen zu dürfen.

»Wir wollten uns nicht ausfliegen lassen«, erklärte Jim Kirk, nachdem sie sich vorgestellt hatten. »Wir haben alle notwendigen Verzichterklärungen unterschrieben und die volle Verantwortung übernommen.«

Nyere hörte stumm zu und versuchte, ›zwischen den Zeilen zu lesen‹. Seiner Ansicht nach war der junge Mann nicht annähernd so harmlos, wie er sich gab. »Meine erste Frage lautet natürlich: warum? Warum setzen Sie sich dem Risiko aus, zwischen die Fronten zu geraten?«

»Vielleicht aus dem gleichen Grund, der uns hierherführte«, erwiderte Kirk betont freundlich. »Um eine kritische Phase der Geschichte direkt mitzuerleben. Man bekommt nicht jeden Tag Gelegenheit, einer außerirdischen Lebensform zu begegnen. Und Dr. Belleros Studien über extraterrestrische Psychologie ...«

»Es freut mich sehr, daß die Vulkanier meine Annahmen bestätigt haben, Captain«, warf Elizabeth Dehner ein und strahlte übers ganze Gesicht. »Sie sind sicherer Beweis für eine Hypothese, die schon seit Jahren als Grundlage für unsere wissenschaftliche Arbeit dient: Jede fremde Zivilisation, die zur interstellaren Raumfahrt in der Lage ist, muß notwendigerweise friedlich sein. Die pazifistische Einstellung resultiert aus der hohen kulturellen Entwicklungsstufe.«

Aber es gibt Ausnahmen, fuhr es Kirk durch den Sinn. *Man denke nur an Klingonen, Romulaner und Orioner.*

»Was meine Freunde betrifft ...«, fügte er hinzu und hoffte dabei, daß Nyere glaubte, er beziehe sich auf die Tauben-Gesellschaft. »Wir streben eine friedliche Lösung an, ebenso wie Sie, Captain. Ihr Verhalten bei den Zusammenkünften des Untersuchungsausschusses deutete darauf hin, daß Sie unsere Ansichten teilen. Niemand von uns möchte, daß jemand zu Schaden kommt. Dr. Bellero und ich haben hier eine Aufgabe zu erfüllen, und dazu brauchen wir Ihre Hilfe.«

»Benötigen Sie Hilfe oder Kooperationsbereitschaft, Mr. Kirk?« entgegnete Nyere trocken und belächelte Jims jugendlichen Enthusiasmus. »Oder sollte ich besser ›Colonel‹ sagen? Vor vierundzwanzig Stunden gaben Sie sich noch als Angehöriger des Geheimdienstes aus. Um ganz ehrlich zu sein: Ich weiß noch immer nicht genau, auf welcher Seite Sie stehen.«

Kirk lächelte entwaffnend. »Sehe ich aus wie ein Agent?«

»Nein, Sie sind nicht blaß genug.« Jason Nyere schmunzelte. »Außerdem fehlen Ihnen Sonnenbrille und Regenmantel.« Übergangslos wurde er ernst. »Ich habe keine Ahnung, wer Sie sind, Kirk, und ich weiß nicht, ob ich Ihnen vertrauen kann. Aber ich möchte Ihnen etwas sagen, das Sie Ihren ›Freunden‹ ausrichten dürfen – selbst wenn mich das Kopf und Kragen kostet. Ich habe beobachtet, wie zwei unschuldige Personen – es sind vielleicht keine *Menschen,* was auch immer das bedeuten mag, aber es handelt sich um *Personen* – Dutzende von ausgesprochen dummen Fragen beantworten und sich vielen mindestens ebenso närrischen Tests unterziehen mußten. Man behandelte sie so, als hätten sie eine ansteckende Krankheit. Nur weil sie ›anders‹ sind. Ich weiß, wovon ich spreche. Ich bin alt genug, um in diesem Zusammenhang persönliche Erfahrungen gemacht zu haben.«

»Das glaube ich Ihnen gern, Captain«, sagte Elizabeth Dehner mitfühlend.

»Wenn ich die Möglichkeit hätte, einfach von hier zu verschwinden und die beiden Vulkanier in die Freiheit zu entlassen. . .«

»Sie sind nicht zu Fuß gekommen, Captain«, meinte Kirk und deutete auf das riesige Schiff.

Nyere musterte ihn aus zusammengekniffenen Augen. »Daran habe ich bereits gedacht, Kirk. Aber zwei Punkte sprechen dagegen. Erstens: Ich muß auch Commander T'Leras Wünsche berücksichtigen. Unterschätzen Sie die Dame nicht: Sie vertritt einen sehr entschiedenen Standpunkt, wenn es um Dinge geht, die sie direkt betreffen. Und zweitens: Welches Ziel soll ich ansteuern?«

»Angenommen, meine Freunde sind bereit, sich um alles zu kümmern?« fragte Kirk hoffnungsvoll. War es wirklich so einfach? »Angenommen, wir hätten die Mittel, die Vulkanier so gut zu verstecken, daß sie niemand findet – weder die Medien noch PentaKrem oder sonst jemand. Angenommen . . .«

Jason Nyere schüttelte den Kopf. »Nein, Kirk. Das ist eins der harmloseren Szenarien, die man derzeit im Rat der Geeinten Erde erörtert. Ich bin dagegen, unsere beiden Gäste ins Exil zu schicken; sie blieben gefangen.«

»Wollen Sie abwarten, bis sich der Rat für drastischere Maßnahmen entscheidet?« hakte Kirk nach.

»Das ist meine Angelegenheit«, hielt ihm Nyere scharf entgegen – und reagierte so, wie es Jim von ihm erwartete.

»Angenommen, wir könnten die Vulkanier nach Hause schicken?« köderte er den Captain.

Nyere lachte leise. »Das sind Phantastereien, Kirk. Himmel, ich wünschte, so etwas wäre möglich!« Traurig ließ er die Schultern hängen. »Nein, es tut mir leid. Ich kann nichts unternehmen, bis mir das Hauptquartier den Beschluß des Rates übermittelt. Im Anschluß daran . . .«

Eine Zeitlang schwiegen sie. Kirk sah Dehner an und

zuckte mit den Achseln. Bevor sie gingen, bat Jason sie noch um einen Gefallen.

»Ich möchte darauf hinweisen, daß Sie mir jederzeit willkommen sind. Sprechen Sie mit T'Lera und Sorahl. Nein, damit meine ich nicht, Sie sollten die Vulkanier davon überzeugen, mit Ihnen zu fliehen. Ich bezweifle, ob sie sich auf so etwas einließen. Aber geben Sie ihnen zu verstehen, daß die Menschheit nicht nur aus den Typen besteht, die sie während der Sitzungen des Untersuchungsausschusses kennenlernten.«

»Einverstanden«, sagte Elizabeth Dehner sofort.

»Captain ...« Kirk reichte Nyere die Hand, erleichtert darüber, daß ihnen Jason keine Steine in den Weg legte. Er mochte den Kommandanten der *Delphinus*.

Jason Nyere sah den beiden jungen Leuten traurig und kummervoll nach, starrte dann auf den grauen Kom-Schirm. *Welche Meldung wird dort erscheinen, wenn sich der Rat der Geeinten Erde zu einer Entscheidung durchgerungen hat?* Nyere ersehnte sich eine Antwort auf diese Frage – und fürchtete sie gleichzeitig. Er entsann sich an die erste HQ-Order, an den Befehl, das abgestürzte Raumschiff zu finden und festzustellen, ob sich Überlebende an Bord befanden. Die möglichen Konsequenzen hatten ihn entsetzt, und jetzt sah er sich mit dem gleichen moralischen Dilemma konfrontiert. Wenn er die Anweisung bekam, T'Lera und Sorahl ›unschädlich‹ zu machen ...

Jason Nyere vergewisserte sich, daß er völlig allein war. Und weinte wie ein kleines Kind.

Gary Mitchells Schneemobil kam auf dem frischen, pulvrigen Weiß, das der Sturm zurückgelassen hatte, gut voran. Unbekümmert lenkte er das Fahrzeug übers glitzernde Eis, blinzelte dabei im hellen Licht der Sonne, die dicht über dem Horizont hing. Er konnte sich bessere Reisebedingungen vorstellen: Zwar trug er eine Schutzbrille, und die photosensitive Beschichtung der Windschutzscheibe filterte das grelle Gleißen, aber trotzdem war er praktisch schneeblind. Ebensogut hätte er in finsterster Nacht unterwegs sein können – es bestand die Gefahr, daß er in irgendeine Gletscherspalte stürzte. Der Kapitän des AeroMar-Schiffes, das ihn am Rande des Schelfs abgesetzt hatte, bot ihm ein Gleiskettenfahrzeug an, das weitaus mehr Sicherheit bot, aber auch wesentlich langsamer war. Mitchell lehnte ab, zog hohe Geschwindigkeit vor. Er nahm das Mobil, hielt direkt auf die Sonne zu und vertraute seinem Instinkt.

Jener Instinkt veranlaßte ihn, zwei völlig gleich aussehenden Schneeverwehungen auszuweichen, noch bevor er sie zu Gesicht bekam. Er steuerte leewärts, stellte fest, was sich unter den beiden weißen Hügeln verbarg, und klopfte an Easters Fenster.

»Ist alles in Ordnung bei euch?« Gary hielt beide Hände ans Glas, um das Sonnenlicht abzuschirmen, sah in die Pilotenkabine. »Braucht ihr Hilfe?«

»Nein, danke, Sir!« erwiderte eine fröhlich klingende Stimme. »Machen Sie sich keine Sorgen um uns.« Mitchell kniff die Augen zusammen und erkannte ein dunkles, breit grinsendes Gesicht. Daneben hockte eine leichenblasse Gestalt mit zerzaustem Haar an den Kontrollen und starrte mürrisch auf die Instrumente. »Nun, wenn Sie zufällig einen Kanister mit Treibstoff erübrigen können ...«

»Oh, sicher.« Mitchell war bereits auf halbem Wege zu seinem Schneemobil, als sich hinter ihm die Luke öffnete.

»Behalt dein verdammtes Benzin«, sagte Mister Mürrisch. »Verpiß dich!«

»Schon gut, schon gut, Mann!« brummte Gary und schnitt eine Grimasse. Ein seltsames Prickeln kroch über seinen Rücken – er *fühlte*, daß jemand aus dem zweiten Mobil geklettert war und mit einer Automatikwaffe auf ihn zielte.

Mitchell hatte auf Waffen verzichtet, um keinen Verdacht zu erwecken, falls man ihn in der Byrd-Station durchsuchte. Außerdem: In der *Delphinus* lagerte bestimmt genug Vernichtungsgerät, um ihn mit allem Notwendigen auszurüsten. Hinzu kam die Erste Direktive. *Wenn es verboten ist, in der Vergangenheit den Grundstein für neue Stammbäume zu legen, so dürfte es auch nicht ratsam sein, zukünftige Familienentwicklungen zu verhindern. Auch wenn man solchen Abschaum daran hindern sollte, Söhne und Töchter zu zeugen.*

Gary wich langsam zu seinem Schneemobil zurück, die Hände über den Kopf gehoben, das Lächeln wie eingefroren. Er stieg ein, aktivierte das Triebwerk und schwang gleichzeitig die Luke zu. In einem weiten Bogen fuhr er davon, hoffte dabei inständig, daß man keine Zielübungen auf ihn veranstaltete. Einige Minuten lang steuerte er das Fahrzeug in die Richtung, aus der er kam. Als er eine sichere Distanz zwischen sich und Mister Mürrisch wußte, hielt er an, schaltete den Motor ab, lehnte sich zurück und lauschte der Stille. Schweiß perlte auf seiner Stirn.

Was hat es mit den Kerlen auf sich? überlegte er. Wilderer, die sich nicht um die Schutzbestimmungen scherten und Robben nachstellten? Aber was machten sie so weit auf dem Eisschelf? *Vielleicht sind es Prospektoren oder Touristen,* fügte Gary in Gedanken hinzu und versuchte, sich zu beruhigen. *Vielleicht stammen sie aus irgendeiner Forschungsbasis und vertreiben sich die Zeit mit einem kleinen Ausflug.* Oder ...

Mitchell vernahm das Flüstern seiner inneren Stimme. Sie teilte ihm folgendes mit: Selbst wenn jene so überaus freundlichen Personen festsaßen, weil es ihnen an Treibstoff mangelte — es war in jedem Fall besser, Byrd zu erreichen, bevor sie dort eintrafen.

Er wählte einen Kurs, der ihn weit an den Fremden vorbeiführte. Anschließend ließ er das Triebwerk aufheulen und setzte die Fahrt mit Höchstgeschwindigkeit fort. Ab und zu mußte er Gas wegnehmen, weil das Schneemobil im böigen Wind so zu zittern begann, als könnte es jeden Augenblick auseinanderbrechen, aber wenige Sekunden später zog er den Schubregler wieder ganz herunter. Wenn es zwischen ihm und Byrd irgendwelche Gletscherspalten gab ... Gary zuckte mit den Achseln. *Wahrscheinlich fliege ich einfach über sie hinweg.*

Yoshi saß allein an einem Tisch in der Messe, als ihm Sorahl den Computerausdruck brachte.

Die abendliche Gesellschaft war ständigen Veränderungen unterworfen. Yoshi, Tatya und Sorahl aßen meistens gemeinsam, und oft kam auch Jason hinzu. T'Lera nutzte nur wenige Gelegenheiten, um sich zu ihnen zu setzen. Und Melody zog es vor, das Essen allein in ihrer Kabine einzunehmen.

Diesmal hatte Tatya Küchendienst. Während sie in der Kombüse arbeitete, summte sie zu Melodien aus Borodins Oper ›Fürst Igor‹. Das Klappern von Geschirr untermalte einige Takte, die aus den ›Polowezer Tänzen‹ zu stammen schienen. Der junge Agronom überlegte, ob sich seine Partnerin aus einem bestimmten Grund für diese Musik entschieden hatte. Feierte ihre Fröhlichkeit die Abreise der Inquisitoren – oder gab sie sich trügerischen Hoffnungen hin?

Yoshi blickte auf den Ausdruck und runzelte verwirrt die Stirn. »Was ist das?«

»Die Symbolstruktur einer Substanz, mit der sich die Tangwelke wirksam behandeln läßt«, erwiderte Sorahl schlicht. »Es sollte Ihnen nicht sehr schwer fallen, das Mittel herzustellen und in den Anbausektionen Ihrer Agrostation einzusetzen.«

»Sieht kompliziert aus«, meinte Yoshi und dachte vage daran, welche Opfer er bringen mußte, um nach Agro III zurückzukehren. Er entzifferte einige chemische Formeln, doch der Rest blieb unverständlich für ihn. »Was hat es hiermit auf sich?« fragte er und deutete auf eine bestimmte Stelle.

»Es handelt sich um die modifizierte, den irdischen Verhältnissen angepaßte Version eines synthetischen Enzyms, das vor nicht allzu langer Zeit auf meiner Heimatwelt entwickelt wurde«, erläuterte Sorahl. »Ich konnte kein terranisches Äquivalent finden — vielleicht einer der Gründe dafür, warum Sie der Fäule bisher machtlos gegenüberstanden. Nun, ich bin davon überzeugt, daß sich diese Moleküle auch unter den hiesigen Bedingungen einsetzen lassen.«

»Sie haben das Gegenmittel einfach erfunden?« Yoshi musterte den Vulkanier ungläubig.

»Ich versichere Ihnen, daß ich bei den Forschungsarbeiten die notwendige Vorsicht walten ließ«, erwiderte Sorahl und interpretierte die letzte Bemerkung des jungen Agronomen falsch. »Die unter Laborbedingungen gemessene Zuverlässigkeitsquote beträgt neunundneunzig Komma vier vier Prozent. Ob der Enzymkomplex auch im maritimen Ambiente wirkt ...«

»Nein, so meinte ich das nicht«, warf Yoshi hastig ein und stand auf. »Ich wollte sagen: Sie allein haben das geschafft, woran Dutzende von menschlichen Wissenschaftlern mehr als zwei Jahre lang scheiterten — obwohl für die Experimente und Entwicklungsprojekte eine Menge Geld zur Verfügung stand.« Seine Stimme klang bewundernd, als er hinzufügte: »Trotzdem verhalten Sie sich so, als hätten Sie nur eine simple Rechenaufgabe gelöst. Ein Mittel gegen die Welke ... Nach all dem, was Sie von uns Menschen erdulden mußten. Und vielleicht noch erdulden müssen.«

»Jeder Vulkanier ist bereit zu helfen — die Umstände spielen keine oder eine nur sehr untergeordnete Rolle.« Sorahl runzelte verwundert die Stirn, überrascht darüber, daß selbst Yoshi Mühe hatte, ihn zu verstehen.

Der Agronom schüttelte verblüfft und beschämt den Kopf. Die Verblüffung galt Sorahl, die Scham seinem eigenen Denken und Empfinden.

»Und noch etwas ... Ich danke Ihnen. Sie sind ein wahrer ... Freund.«

Zum zweitenmal in ihrer Geschichte schüttelten sich Mensch und Vulkanier die Hände — eine Geste der Freundschaft, trotz aller Unterschiede.

»Die Suppe ist fertig!« rief Tatya. Sie kam mit Töpfen und Schüsseln aus der Kombüse, und ihr Erscheinen veränderte die Atmosphäre im Zimmer. Zum erstenmal seit vielen Tagen lachte Yoshi wieder, und Sorahl hob stumm die Brauen. Der junge Agronom faltete den Ausdruck zusammen und schob ihn in die Hosentasche, bevor er wieder am Tisch Platz nahm. Tatya und der Vulkanier folgten seinem Beispiel.

»Wie ich hörte, haben wir jemanden an Bord, der die beste Hühnerbrühe diesseits von Kiew kochen kann«, sagte Kirk, als er die Messe betrat. Wenn er beabsichtigte, auf diese Weise Tatyas Sympathie zu erringen, so führte sein Plan zu einem vollen Erfolg.

»Wenn ich Jason dazu bringen kann, mir eins der echten eingefrorenen Hühner in den Kühlkammern zu überlassen, sind Sie eingeladen, Mr. Kirk!« Tatya lächelte.

»Ich erhebe Einspruch!« brummte Nyere mit gespieltem Ernst und wählte einen Stuhl am Tisch. Er hatte inzwischen die Verzweiflung aus sich verdrängt. Die Augen waren noch immer gerötet, aber vielleicht lag es nur an seiner Erschöpfung. »Ich habe Ihnen bereits echten Kaffee zur Verfügung gestellt, nicht wahr? Meine Güte, Ihre Kost ist weitaus besser als die meiner regulären Mannschaft. Frische Eier, frisches Obst, frisches Gemüse ...«

»Was wir in erster Linie den Vulkaniern verdanken!« entgegnete Tatya, lachte und begab sich wieder in die Kombüse, um zusätzliche Teller zu holen. Borodins Musik verklang, und eine von Sergei Sergejewitsch Prokofjew komponierte Suite ertönte – Leutnant Kije –, bevor Tatya in die Messe zurückkehrte. »Uns gegenüber sind Sie nie so großzügig gewesen.«

Die gutmütige Neckerei setzte sich fort, und Yoshi nahm ebenfalls daran teil. Nach einer Weile gelang es selbst Sorahl, weniger ernst zu wirken. Jim Kirk wechselte einen kurzen Blick mit Dr. Bellero, als sie hereinkam. Ganz gleich, was derzeit im Rest der Welt geschah – hier herrschte eine prächtige Stimmung.

»Vielleicht ist sie zu gut«, flüsterte Elizabeth Dehner und schien Kirks Gedanken zu lesen. »Es könnte falsche Euphorie sein. Die Ruhe vor dem Sturm. Überkompensation in Hinsicht auf die jüngsten Ereignisse und zukünftige Ungewißheiten. Ich rate zur Vorsicht.«

»Zur Kenntnis genommen«, erwiderte Jim ebenso leise. »Wie bringen Sie das fertig?«

»Sie meinen, wie ich es schaffe, Ihre Gedanken zu erraten?« Dehner schmunzelte. Sie war entschlossen, ihrer Rolle als Kirks Freundin gerecht zu werden – zumindest den anderen gegenüber. »Ihr Gesicht ist wie ein offenes Buch, wußten Sie das? Darüber hinaus habe ich einen hohen PSI-Quotienten; allerdings sind meine Fähigkeiten nicht so ausgeprägt wie die Parnebs.«

»Ich werde daran denken.« Kirk verzog das Gesicht und spürte Sorahls Blick auf sich ruhen. *Vulkanier hören weitaus besser als Menschen,* erinnerte sich Jim. Er suchte nach einem Vorwand, ihn in ein Gespräch zu verwickeln, und hatte gerade beschlossen, einen entsprechenden Versuche zu wagen, als er plötzlich T'Lera bemerkte.

Sie sprach kein Wort, gab nicht das geringste Geräusch von sich, aber allein ihre Präsenz genügte, um die Aufmerksamkeit aller Anwesenden zu beanspruchen und jähe Stille entstehen zu lassen. Als Offizier und Gentleman stand Jason Nyere sofort auf, und auch die anderen Männer erhoben sich. Sorahl bildete die einzige Ausnahme. T'Lera nahm die höfliche Kavaliersgeste schweigend hin und setzte sich neben Kirk.

»Wie ich hörte, sind Sie gekommen, um uns die Freiheit anzubieten«, begann sie ohne jede Einleitung. Ihr kühler Blick galt auch Dr. Bellero, doch die Worte richteten sich in erster Linie an Jim. »Des weiteren habe ich erfahren, daß Sie nicht der sind, für den Sie sich zunächst ausgaben, ›Colonel‹ Kirk. Sind meine Informationen richtig?«

»Ja, Ma'am«, antwortete Jim fast demütig. Die unmittelbare Nähe der so ruhigen und gefaßten Vulkanierin verunsicherte ihn. »Sie haben in beiden Punkten recht.«

T'Lera übersah sein nervöses Lächeln. »Wenn Sie mir die Frage gestatten: Wer sind Sie, Mr. Kirk?«

»Ein Freund«, erwiderte er sofort und kam sich wie ein Narr vor. Tagelang hatte er auf eine solche Gelegenheit gehofft, mehrere alternative Ansprachen dafür vorbereitet. Jetzt fehlten ihm plötzlich die Worte. »Ganz offensichtlich haben wir verschiedene Vorstellungen von Freundschaft«, stellte T'Lera fest.

Kirk hörte, wie Jason leise lachte. Der Captain öffnete die Schiffsbar, und Jim nahm dankbar einen Scotch mit Eis entgegen.

»Vielleicht habe ich mich falsch ausgedrückt«, wandte er sich an T'Lera. »Oder nicht präzise genug.« *Verdammt!* dachte er, wütend auf sich selbst. Seit seiner Auseinandersetzung mit Spock auf der Brücke der *Enterprise* hatte er nichts dazugelernt. Vulkaniern gegenüber stolperte er noch immer über die eigene Zunge. »Ich wollte nur auf folgendes hinweisen: Meine Identität ist weitaus weniger wichtig als das, was ich Ihnen mitteilen möchte.«

»Bitte entschuldigen Sie, Mr. Kirk«, sagte T'Lera trokken. »Aufgrund meiner beschränkten Perspektive bin ich leider nicht imstande, Botschaft und Botschafter voneinander zu trennen.«

Ein kurzes, humorloses Auflachen kündigte Melody Sawyer an.

»Sparen Sie sich die Mühe, Kirk. T'Lera kann Ihre Hilfe nicht akzeptieren — Sie sind nur ein Mensch!« Sie ließ sich neben Dehner auf einen Stuhl sinken, möglichst weit von den Vulkaniern entfernt. »Ich fände es angenehm, das Abendessen zur Abwechslung einmal in ausschließlich menschlicher Gesellschaft einzunehmen«, fügte sie hinzu und griff nach einer Schüssel.

Die Vulkanier waren taktvoll genug, keine Antwort darauf zu geben. Yoshi und Tatya wirkten verlegen, und Jason Nyere erweckte den Anschein, als hätte er seinem Ersten Maat am liebsten den Hals umgedreht.

»Fühlen Sie sich durch die Anwesenheit unserer beiden Gäste bedroht?« fragte Dehner unschuldig.

»Quatsch!« knurrte Melody.

»Warum offenbaren Sie dann ein so feindseliges Verhalten, wenn T'Lera und Sorahl zugegen sind?«

»Hören Sie, Schätzchen ...« Sawyer deutete mit einer Gabel auf die Psychologin. »Bilden Sie sich von mir aus ruhig etwas auf Ihren Doktortitel ein. Ich bin mindestens zwanzig Jahre älter als Sie, und solche Dinge sind mir schnurz. Sehen Sie ruhig in meiner Akte nach. Dann werden Sie feststellen, daß ich weder paranoid bin noch an Verfolgungswahn leide ...«

»Nur an schlechten Manieren«, warf Jason ein.

»Ich bin scharfsinnig genug, eine Gefahr als solche zu erkennen, Captain, *Sär*!« erwiderte Melody scharf.

»Was halten Sie denn für eine Gefahr?« warf Kirk ein und trank sein Glas aus. Mit Vulkaniern kam er nicht besonders gut zurecht, aber mit menschlichem Argwohn gegenüber Fremdem war er vertraut. »Wir speisen hier mit zwei ruhigen, freundlichen Personen, die weder Geiseln genommen noch irgendwelche militärischen Anlagen in die Luft gesprengt haben. Außerdem: Ein ›Bringt uns zu eurem Anführer‹ muß mir bisher entgangen sein.« Bei den letzten Worten kicherte Nyere. »Ich verstehe nicht, warum Sie ...«

Melody Sawyer begegnete Kirks Blick. »Was ich für eine Gefahr halte?« wiederholte sie. »Mir ergeht es ähnlich wie all den Leuten im Norden, die des Nachts nach fliegenden Untertassen Ausschau halten. Dieses Etwas hat keinen Namen — oder vielleicht doch, ich weiß es nicht. Vielleicht ist es ein die eigene Bedeutung schmälernder Schock, die Erkenntnis, in dieser Ecke des Universums nicht allein zu sein. Vielleicht ist es die Furcht, all das überdenken zu müssen, wofür wir in drei Weltkriegen gekämpft haben. Von nun an wird nichts mehr so sein, wie es einmal war. Wir verlieren unseren inneren Halt. Vielleicht ist es die Vorstellung, daß uns jene Wesen schon seit hundert Jahren beobachten. Sie beherrschen unsere Sprache, ähneln uns sogar ein wenig, aber es gibt erhebliche Unterschiede. Sie sind sogar sehr stolz darauf, *anders* zu sein. Vielleicht überlege ich dauernd: ›Wie würde ich reagieren, wenn meine Tochter einen Außerirdischen heiraten möchte?‹ Himmel, ich habe keine Ahnung, was mich so sehr belastet. Ich weiß nur eins: Ich mag es nicht, daß solche Dinge während meines Lebens geschehen. Und das Verhalten vieler tausend Menschen beweist, daß ich mit dieser Einstellung nicht allein bin.«

Sawyer schob den Teller beiseite, stand auf und marschierte davon. Jason schien einige Sekunden lang mit dem Gedanken zu spielen, ihr zu folgen – um sie einfach über Bord zu werfen. Er schüttelte den Kopf, ließ die Gabel sinken und entschuldigte sich, setzte seine einsame Wache am Kom-Schirm fort.

Melodys kurze Ansprache schien den anderen auf den Magen zu schlagen. Nur Kirk griff weiterhin zu, davon überzeugt, Kraft zu brauchen, um sich den kommenden Ereignissen zu stellen. Er teilte das Schweigen der übrigen Anwesenden. Nach einer Weile begann Tatya damit, das Geschirr abzuräumen. Yoshi und Sorahl blieben am Ende des Tisches sitzen und sprachen über einen Computerausdruck. Elizabeth Dehner schenkte sich Kaffee ein und ließ die Tasse dann unbeachtet stehen. In der Kombüse verklangen die letzten Melodien des Violinkonzerts, und niemand machte Anstalten, die Kassette zu wechseln. Die falsche Euphorie existierte nicht mehr.

Nur T'Lera blieb von allem unbeeindruckt. Sie faltete die Hände auf eine Art und Weise, die Kirk an Spock erinnerte, erschien weiterhin völlig ruhig und gelassen – ein Fels in der Brandung von Furcht und Hoffnung. *Wenn es mir gelänge, ins Zentrum ihres Selbst vorzustoßen und die unerschütterliche Gewißheit herauszufordern* ... dachte Jim.

Er seufzte. Unter dem Eis ließen sich Tag und Nacht nicht voneinander unterscheiden, aber er wußte, daß oben die Sonne unterging. *Wir haben nicht mehr viel Zeit*, überlegte Kirk besorgt. Er hatte zunächst angenommen, durch einen direkten Kontakt mit den Vulkaniern die meisten Probleme zu lösen, doch das erwies sich nun als Irrtum. Er saß neben der Kommandantin des abgestürzten Erkundungsschiffes – und wußte nicht einmal, welche Worte er an sie richten sollte.

Irgendwann spürte er T'Leras Aufmerksamkeit.

Mein Gott, fuhr es ihm durch den Sinn. *Wie oft hat mich Spock auf diese Weise angesehen, nachdenklich und berechnend? Und aufgrund meiner eigenen Paranoia fühlte ich mich verspottet und gedemütigt. Aber Spocks Blick war – ist? – nicht nur stechend und durchdringend, sondern hatte auch noch eine andere Qualität. Ich weiß nicht genau, wie ich sie bezeichnen soll – ein Hauch von Emotion, Mitgefühl und Verständnis? Vielleicht.* Aber in T'Leras Augen fehlte so etwas. Die Pupillen erschienen Kirk wie zwei kühle Sondierungsmechanismen, die alle Geheimnisse seines Ichs erforschten.

»Mr. Kirk«, sagte sie, »Ihnen dürfte klar sein, daß Commander Sawyer wahrscheinlich recht hat.«

»Da bin ich mir gar nicht so sicher«, erwiderte Jim und legte sein Besteck auf den leeren Teller. »Es gibt mindestens ebenso viele Menschen, die Sie willkommen hießen, gäbe man ihnen eine Gelegenheit dazu.«

»Vorausgesetzt, wir fallen nicht mit der Tür ins Haus«, hielt ihm T'Lera entgegen. Sie bekam allmählich ein Gespür für die richtigen terranischen Redewendungen. Die ein wenig abseits sitzende Elizabeth Dehner verschluckte sich fast an ihrem Kaffee. »Wenn Sie behaupten, unsere Präsenz wecke kein Unbehagen in Ihnen, Mr. Kirk ... Sie bewiesen damit nur, daß Sie eine Fähigkeit besitzen, die wir Vulkanier nicht beherrschen – Sie können lügen.«

Ich habe es schon zweimal versucht, dachte Kirk. *Alle guten Dinge sind drei.*

»Commander ...«, begann er. »Wie kann ich Sie umstimmen?«

»›Umstimmen‹, Mr. Kirk? Dieser Ausdruck legt nahe, daß bereits eine Entscheidung getroffen ist. Wollen Sie mich davon überzeugen, daß Ihr Volk recht ambivalent auf uns reagiert? Das ist mir längst klar.«

Jim schüttelte den Kopf. »Einige von uns möchten helfen. Vielleicht sind wir in der Lage, Ihnen die Rückkehr in Ihre Heimat zu ermöglichen – wenn wir es irgendwie schaffen, Antarktika zu verlassen.« Er hörte, wie Elizabeth Dehner zischend Luft holte. *Verspreche ich zuviel?* überlegte er skeptisch und rückte noch etwas näher an T'Lera heran. »Bei der gestrigen Sitzung des Untersuchungsausschusses habe ich Ihnen eine Frage gestellt, die Sie mir nicht mehr beantworten konnten. Wie verhielten Sie sich, wenn man Sie und Ihren Sohn in die Freiheit entließe?«

Aus den Augenwinkeln sah Jim, wie Sorahl den Kopf hob. Auch Yoshi lauschte.

»Handelt es sich um eine intellektuelle Übung oder eine Art Test, Mr. Kirk?« erwiderte T'Lera. »Geht es auch Ihnen darum, uns auf die Probe zu stellen?«

»Commander T'Lera ...« Kirk spürte Ärger und benutzte ihn, um seinen Worten Nachdruck zu verleihen. »Irgendwann während der nächsten Tage wird der Rat der Geeinten Erde über Ihr Schicksal und das Ihres Sohnes entscheiden. Vielleicht gibt auch die sogenannte ›öffentliche Meinung‹ den Ausschlag, wenn die ersten Journalisten durch den Sicherheitskordon schlüpfen und hierher gelangen. Ich biete Ihnen die Chance, selbst zu entscheiden. Für Tests oder intellektuelle Spielereien habe ich keine Zeit!«

Er brach ab und fragte sich nicht zum erstenmal, ob er die ganze Sache verpatzt hatte. T'Lera schwieg, und es schloß sich eine bedrückende Stille an.

»Mr. Kirk«, sagte die Vulkanierin schließlich. »Sie wissen, daß ich versucht habe, einer solchen Situation vorzubeugen. Wie ich mich in Zukunft verhalten werden, hängt von den Geboten meines Gewissens ab – und davon, welche Konsequenzen sich aus der derzeitigen Lage ergeben. Da sich die möglichen Folgen derzeit noch nicht bestimmen lassen, muß ich warten – bis mir Daten und Informationen zur Verfügung stehen, die eine ausreichend genaue Situationsanalyse erlauben. Ihre Frage mag einfach sein, doch die Antwort ist weitaus schwieriger.«

»Na schön.« Kirk nickte knapp. Der Barschrank war noch immer geöffnet, und er nutzte die gute Gelegenheit, genehmigte sich einen zweiten Scotch. »Ich abstrahiere, um die Dinge einfacher zu gestalten, um mich auf das Wesentliche zu konzentrieren. Nun, auch ich bin mir bewußt, welche Gefahr droht – nicht nur Ihnen und Ihrem Sohn, sondern unseren beiden Welten. Vielleicht weiß ich darüber sogar noch viel besser Bescheid als Sie.«

»Jim«, warf Elizabeth Dehner ein und achtete dabei auf die Erfordernisse ihrer Rolle, »dein Gesicht wird erneut zu einem offenen Buch.«

»Sally ...« Kirk lächelte und lehnte sich mit dem Glas in der Hand zurück. *Nein, ich wollte ihr nicht verraten, wer wir wirklich sind!* dachte er und hoffte, daß ihn die Psychologin verstand. *Wenn ich einen Aufpasser benötigte oder an die Erste Direktive erinnert werden müßte, hätte ich ... Spock mitgebracht. Vorausgesetzt natürlich, das wäre möglich gewesen.* »Vertraust du mir nicht?«

»Kommt ganz darauf an«, erwiderte Dehner zuckersüß.

T'Leras Reaktion entsprach Elizabeths Erwartungen. Sie nahm an, der knappe Wortwechsel betreffe persönliche Dinge, und aus Respekt vor der menschlichen Privatsphäre senkte sie den Kopf. Kirk empfand es als Erleichterung, nicht mehr den durchdringenden Blick der Vulkanierin ertragen zu müssen. Er seufzte innerlich und dachte nach.

»Commander, soweit ich weiß, ist Ihr Volk stolz auf die Logik, darauf, zukünftige Ereignisse aus realen Gegenwartsstrukturen zu extrapolieren. Stimmt das?«

»Von Stolz kann in diesem Zusammenhang keine Rede sein, Mr. Kirk. Die Logik bildet eine der Grundlagen unserer Kultur.«

Diesmal wahrte Jim die Beherrschung und sprach betont ruhig. »Wären Sie zum Beispiel imstande, angesichts des aktuellen technologischen Niveaus der Erde auf den ersten wahrscheinlichen Kontakt zwischen Menschen und Vulkaniern oder ... anderen intelligenten Völkern zu schließen? Falls unsere beiden Zivilisationen nicht allein sind ...«

T'Lera musterte ihn eine Zeitlang. »Vielleicht.«

»Nun, dann können wir also von folgendem Szenario ausgehen: Wenn Ihr Erkundungsschiff nicht abgestürzt wäre, wenn Ihre Präsenz nicht zu dem emotionalen Aufruhr und den Mißverständnissen geführt hätte, mit denen wir uns derzeit konfrontiert sehen ... Die technische Evolution der Menschheit müßte notwendigerweise irgendwann zur Begegnung mit außerirdischen Lebensformen führen.«

»Vor drei Jahren schickte die Erde eine Expedition nach Alpha Centauri«, entgegnete T'Lera. »Ich nehme an, ohne die Hoffnung, intelligentes Leben zu finden, hätten Ihre Wissenschaftler kein so teures und gefährliches Projekt initiiert.«

»Was glauben Sie, Commander?« fragte Kirk und beugte sich wieder vor. »Wird die Mission der *Icarus* einen Erstkontakt zur Folge haben?«

»Ich bin noch nie im Alpha-Centauri-System gewesen, Mr. Kirk«, antwortete T'Lera. Elizabeth Dehner entschuldigte sich und ging, um Kaffee zu holen.

Die Vulkanierin achtet ihre Erste Direktive, dachte Kirk. *Sie ist nicht bereit, die Existenz anderer Zivilisationen im Kosmos zu bestätigen – wäre es nicht einmal dann, wenn sie dadurch ihr Leben retten könnte.* Einerseits bewunderte er diese Einstellung, doch gleichzeitig weckte sie neuerlichen Ärger in ihm – weil er sich durch T'Leras Hartnäkkigkeit genötigt sah, seine eigenen Prinzipien in Frage zustellen. Gab es wirklich keine andere Möglichkeit?

»Um bei den Hypothesen zu bleiben, Commander ...«, sagte Jim langsam. Von einem Augenblick zum anderen bildeten seine Gedankenfragmente ein einheitliches Muster, und er glaubte, endlich die gesuchte Überzeugungskraft gefunden zu haben. »Angenommen, Ihr Schiff wäre nicht abgestürzt ... Angenommen, Sie wären in der Lage gewesen, Ihre Mission ganz normal zu beenden ... Wie lange hätte es Ihrer Meinung nach bis zur ersten direkten Begegnung zwischen Menschen und Vulkaniern gedauert?«

»Wenn man dabei Ihren technischen Entwicklungsstand berücksichtigt und von Forschungsunternehmen ausgeht, die mit unseren vergleichbar sind ...« T'Lera überlegte kurz. »Etwa neunzehn Komma zwei acht fünf Jahre.«

Fast auf den Tag genau, fuhr es Kirk verblüfft durch den Sinn und dachte dabei an den historischen Einsatz der *Amity*. Als Elizabeth Dehner aus der Kombüse zurückkehrte, warf er ihr einen kurzen Blick zu, um festzustellen, ob sie die letzte Bemerkung gehört hatte. Das schien der Fall zu sein. Sorahl teilte ihre Aufmerksamkeit.

Jim schüttelte in gespielter Verwunderung den Kopf. »Es erstaunt mich immer wieder, welche Mühen Raumfahrer auf sich nehmen müssen. Die Besatzung der *Icarus* wird sechs Jahre unterwegs sein, um Alpha Centauri zu erreichen, und die Rückreise dauert weitere zweiundsiebzig Monate. Ich bin neugierig, Sorahl ... Wie weit ist Vulkan von der Erde entfernt?«

»Unser Erkundungsschiff hat ungefähr 58782000000000 irdische Meilen zurückgelegt, um hierher zu gelangen, Mr. Kirk.« Der junge Vulkanier kannte die menschliche Psyche nicht gut genug, um Verdacht zu schöpfen.

Kirk pfiff leise durch die Zähne, und Elizabeth Dehner hätte ihm am liebsten eine Ohrfeige versetzt. »Eine ziemliche Strecke. Wieviel Zeit beanspruchte die Reise?«

Sorahl begriff plötzlich, auf was Jim hinauswollte. Er sah seine Mutter an, bat stumm um Verzeihung.

»Vielleicht sollte meine Kommandantin diese Frage beantworten«, erwiderte er höflich. Doch er wußte, daß die Falle zugeschnappt war.

»Sie sind der Navigator«, hakte Kirk nach. »Und deshalb bitte ich *Sie* um Auskunft. Eine solche Entfernung ... Ich bin kein Physiker, aber ... Nun, wenn ich mich nicht verrechnet habe, müßten es etwa zehn Lichtjahre sein. Ihr Flug kann nicht annähernd so lange gedauert haben; Sie hätten Vulkan schon als Kind verlassen müssen. Ich wiederhole meine Frage. Wieviel Zeit beanspruchte die Reise?«

Sorahl zögerte, wollte nicht den Unwillen der Menschen erregen. »Mit allem Respekt, Mr. Kirk: Darauf kann ich Ihnen keine Antwort geben.«

»Ebensowenig wie ich«, fügte T'Lera hinzu. Sie stand auf, und Sorahl folgte ihrem Beispiel. »Wenn Sie uns jetzt bitte entschuldigen würden ...«

Stumm verließen sie die Messe, und Kirk schlug enttäuscht auf den Tisch.

»Morgen früh.« Rächers Lippen bewegten sich nicht, als er sprach, und seine metallene Stimme hallte dumpf durch ein Gebäude am Rande der Byrd-Station. »Wenn die Sonne aufgeht.«

»Bis dahin dauert es noch fast zwölf Stunden«, klagte einer der Männer. Rächer hatte verboten, die Heizanlage in Betrieb zu setzen. Wenn ein Besatzungsmitglied der nahen *Delphinus* den Kommandoturm betrat und in der alten Forschungsbasis eine verdächtige Wärmequelle bemerkte ...

Die Schneemobile standen einige hundert Meter entfernt hinter einem Eiswall. Im Schutz der Dunkelheit waren Rächer und seien Leute über die weiße Landschaft und in eine der leeren Baracken geschlichen. Jetzt warteten sie, beobachteten den grauen Turm, der aus dem Packeis ragte und zu einem riesigen, verborgenen Schiff gehörte.

»Ja«, antwortete der Bioniker schlicht. Seine elektronischen Augen verfügten auch über Infrarotsensoren, und durch das Steuerbordfenster des Kommandoturms sah er eine menschliche Gestalt. Vermutlich Jason, allein auf der Brücke. Einige Sekunden lang spielte Rächer mit dem Gedanken, die Waffe einzusetzen, entschied sich dann aber dagegen. Er hatte seinen Ruf als gnadenloser Terrorist mit

Angriffen beim Morgengrauen erworben, und er wollte diese ganz persönliche Tradition auch jetzt achten.

»Sie sollen wissen, wer sie tötet. Zuerst bringen wir die Brücke unter unsere Kontrolle.« Er hob kurz seine Automatik — das Lasergewehr diente nur dazu, Idioten wie Easter zu beeindrucken. »Anschließend nehmen wir uns den Rest vor und bringen alle um.«

Einige der in weiße Pelze gehüllten Männer hinter ihm brummten leise. Rächer hatte ihnen Geiseln versprochen, eine Möglichkeit, ihre verschiedenen Forderungen durchzusetzen. Eine eiskalte Nacht, auf die sinnloses Morden folgte, gehörte nicht zum Plan.

»Alle?« vergewisserte sich jemand.

»Ja«, bestätigte der Bioniker, und seine schiefergrauen Augen glänzten wie polierter Stahl. »Niemand wird mit dem Leben davonkommen!«

»Sie haben versucht, den Vulkaniern ein Zugeständnis in Hinsicht auf ihre Warp-Technologie abzuringen«, sagte Elizabeth Dehner vorwurfsvoll und verwundert. »Was wollten Sie damit erreichen?«

Kirk zuckte mit den Schultern. »Ich hoffte, T'Lera sähe darin vielleicht einen Faustpfand für ihr Leben.«

Die Psychologin schüttelte den Kopf. »Wann begreifen Sie endlich, daß Vulkanier völlig anders denken?«

»Wahrscheinlich nie.« Jim entsann sich an den Drei-Sterne-General und die anderen angeblichen Experten, die sich mit den falschen Fragen an T'Lera wandten. »Narren! Ohne ihre verdammte Paranoia hätten sie die Warp-Technik ein ganzes Jahrzehnt früher bekommen können ...«

»Warum glauben Sie, T'Lera hätte dem Untersuchungsausschuß mehr gesagt als Ihnen?« warf Dehner leise ein.

Jim reagierte nicht darauf. »Ich finde einfach keinen Draht zu ihr!« platzte es aus ihm heraus. Er war wütend auf sich selbst. »Ich fühle mich so ... hilflos!«

Kirk und Dehner saßen allein an einem Tisch in der Messe. Yoshi befand sich in der Kombüse und verstaute gereinigtes Geschirr. Die anderen hatten das Zimmer verlassen und sich in ihre Quartiere zurückgezogen. Eine seltsame Stille herrschte in dem großen, leeren Schiff.

Kurz darauf tönte wieder Musik aus dem Nebenraum. Yoshi wählte eine Bach-Sonate, und die traurigen, wehmütigen Moll-Klänge entsprachen Kirks niedergedrückter Stimmung.

»Überrascht Sie das?« fragte Dehner.

Kirk sah verwirrt auf. »Daß ich nicht in der Lage bin, mich T'Lera mitzuteilen? Oder meinen Sie das Gefühl der Hilflosigkeit?«

»Beides. Sie sind ein Captain ohne Schiff, ein Kommandant ohne Kommando. Kein Wunder, daß Sie sich hilflos fühlen. Hinzu kommt: Sie haben noch immer nicht gelernt, wie man mit Vulkaniern spricht.« Dehner beugte sich vor, spielte wieder ihre Rolle als Freundin – allmählich fand sie Gefallen daran. »Oder verletzt es Ihren männlichen Stolz, daß es in dieser Galaxis wenigstens eine Frau gibt, die Ihrem Charme widersteht?«

Die letzten Worte erinnerten Kirk an ein Gespräch mit Gary.

»Kommen Sie mir jetzt bloß nicht mit einer Psychoanalyse«, erwiderte er gepreßt. Er wußte natürlich, daß Dehner recht hatte. In allen Punkten. »Möchten Sie vielleicht an meine Stellte treten?«

»Um Himmels willen!« Die junge Frau streckte sich, ließ die Fingerknöchel knacken und stützte die Ellenbogen auf den Tisch. »Ich bin bereits beschäftigt, Captain. Der Arzneischrank wartet auf mich.«

»Bitte?« Kirk runzelte die Stirn.

»Wenn ich bei einigen gewissen Leuten eine selektive Gedächtnislöschung vornehmen soll«, erklärte Dehner, »brauche ich zunächst einmal die notwendigen Drogen.« Kirk nickte. »In der Zwischenzeit ... Warum statten Sie unserem weiblichen John Wayne keinen Besuch ab? Offenbar kommen Sie mit Melody weitaus besser zurecht als mit T'Lera.«

Jim stand auf. Er hatte ohnehin beabsichtigt, mit Sawyer zu reden. Las die Psychologin erneut seine Gedanken? »Wenn wir dies alles hinter uns haben, bleibt mir wohl nichts anderes übrig, als Ihnen einen offiziellen Verweis wegen Insubordination zu erteilen.«

Elizabeth Dehner lächelte nur.

Melody Sawyer, ganz in Weiß, stand in der Sporthalle und schlug einen Tennisball nach dem anderen an die Wand, gab sich dabei der höchst befriedigenden Vorstellung hin, sie träfen das maskenhaft starre Gesicht eines Vulkaniers. Sie hoffte, sich auf diese Weise von ihrem Zorn befreien zu können, doch es folgte eine neuerliche Enttäuschung: Inzwischen kannte sie alle Programmvariationen des automatischen Katapults, und dadurch blieb kein Platz für eine echte Herausforderung. Schon seit vielen Jahren war Sawyer nicht mehr auf einen würdigen Gegner gestoßen.

Immer wieder holte sie aus und hämmerte den Ball an harten Kunststoff. Sie brauchte kaum zu laufen, denn er kehrte wie ein Bumerang zu ihr zurück. Paff! Paff! Paff! Melodys innere Anspannung ließ nicht etwa nach, sondern nahm weiter zu.

Verärgert justierte sie das Katapult auf hohe Würfe, dazu entschlossen, ihre Wut auszuschwitzen.

»Los!« rief sie und gab das Zeichen, während sie sich noch auf der falschen Seite des Spielfelds befand. Der Ball sauste aus dem kurzen Rohr, und Sawyer wartete bis zum letzten Moment, bevor sie sich in Bewegung setzte und mit dem Schläger ausholte. Zehn Minuten später, als sie spürte, wie sich ihre verkrampften Muskeln zu lockern begannen, bemerkte sie jemanden aus den Augenwinkeln. Sie schickte einen weiteren Ball übers Netz, und gleichzeitig musterte sie die Gestalt im Trainingsanzug.

»Sie sind gut in Form«, meinte Kirk anerkennend. »Captain Nyere sagte mir, Sie seien früher ein Profi gewesen.«

»Und ich wette, Sie sind nur hierhergekommen, um mir

das zu sagen, nicht wahr?« erwiderte Melody mit triefender Ironie und schlug zu. Paff!

»Nun, eigentlich wollte ich ein bißchen laufen«, log Kirk, griff nach einem Schläger und prüfte die Bespannung. »Ich dachte, um diese Zeit hielte sich niemand in der Sporthalle auf.«

Das Katapult surrte, und daraufhin seufzte Melody, sammelte die Bälle ein. Als Jim zu helfen versuchte, verzog sie nur das Gesicht.

»Lassen Sie sich nicht vom Laufen abhalten, verdammt!«

»Wie Sie meinen.« Jim lächelte, warf wie beiläufig einen Ball hoch und jagte ihn übers Netz.

»Spielen Sie Tennis?« Es klang nicht wie eine Frage, eher nach einem Angebot.

»Wie man's nimmt«, sagte Kirk vage. »Wahrscheinlich bin ich ein wenig eingerostet ...«

»Das wird sich gleich herausstellen.« Melody griff nach einem Ball und trat die anderen beiseite.

Yoshi nahm die letzten Teller aus der Spülmaschine und wandte sich dem Besteck zu, als Dehner die Kombüse betrat.

Der junge Agronom streckte die Hand nach ihrer Kaffeetasse aus, aber Elizabeth schüttelte den Kopf. »Lassen Sie nur«, sagte sie.

Sie tauchte die Tasse ins Spülwasser und wusch sie ab, dachte dabei an das weitaus modernere Geschirr des dreiundzwanzigsten Jahrhunderts. Es wurde nur einmal benutzt und anschließend dem Abfallvernichter überlassen, der einen vollständigen Recyclingprozeß einleitete.

Aus den Augenwinkeln sah sie, daß Yoshi immer wieder in ihre Richtung blickte.

»Stimmt was nicht?« fragte die Psychologin schließlich. Ihre Stimme klang kühl und distanziert, machte jedoch deutlich, daß sie zu einem Gespräch bereit war.

Yoshi räusperte sich. »Können Sie etwas Zeit für mich erübrigen, Doktor?«

Sie nahmen in der leeren Messe Platz. Yoshi erzählte von Tatya und sich selbst, schilderte die Ereignisse der vergangenen Tage, sprach über die Vulkanier, die Tangwelke und seine Zukunftsängste.

»Heute abend hat mir Sorahl das hier gegeben«, fügte der junge Mann hinzu, zeigte Dehner die Formel und strich sich das Haar aus der Stirn – eine für ihn typische Geste. »Ein Heilmittel, das an ein Wunder grenzt und alle Probleme mit dem Tang löst. Er hat es mir einfach überlassen. Obwohl ich mich dazu hinreißen ließ, eine Szene zu machen. Weil ich glaubte, zwischen Tatya und ihm bahne sich etwas an ...« Yoshi schüttelte den Kopf. »Er hat in einem der Laboratorien gearbeitet. Es ist *seine* Entdekkung. Aber er überläßt sie mir. Ohne ein ›Was halten Sie davon, wenn wir den Ruhm teilen‹? Ohne irgendeine Frage nach den Patentrechten. Ein Geschenk, für das er nicht einmal Dank erwartet. Himmel, ich bin vollkommen verwirrt!«

»Das sind wir alle, Yoshi«, versicherte ihm Dehner vage. Wie sollte sie Sorahls Verhalten erklären, ohne preiszugeben, wieviel sie über die vulkanische Kultur wußte? »Eigentlich geht es genau darum. Wenn wir etwas nicht verstehen, neigen wir dazu, mit Furcht zu reagieren.«

»Ich dachte, mir sei alles klar«, sagte Yoshi niedergeschlagen. »Ganz zu Anfang, während der ersten Nacht, als Sorahl von seiner Heimat berichtete ... Ich konnte es deutlich spüren! Ich hatte das seltsame Gefühl, auf der falschen Welt geboren zu sein. Ich wünschte mir nichts sehnlicher, als die Kultur zu sehen, die er beschrieb ... Ein Planet, auf dem es weder Krieg noch Gewalt gibt, eine friedliche Gesellschaft, allein von Logik, Vernunft und Rationalität bestimmt. Eine Kultur, in der man sich frei entfalten kann, den individuellen Fähigkeiten gemäß. Ich bin mit einer Tradition aufgewachsen, die Disziplin, Respekt für die Älteren und geistige Offenheit verlangt, und deshalb erschienen mir Sorahls Beschreibungen wie eine Offenbarung. Je mehr er von Vulkan erzählte, desto größer wurde mein

Heimweh nach einem Ort, den ich überhaupt nicht kenne. Halten Sie mich für verrückt?«

»Nein«, erwiderte Elizabeth Dehner ehrlich. *Vielleicht leben Sie lange genug, um die Welt Ihrer Träume zu besuchen,* dachte sie. *Vorausgesetzt, es gelingt uns, die geschichtliche Entwicklung vor drastischen Veränderungen zu bewahren. Und wenn wir damit Erfolg haben, werden Sie all das vergessen, was uns hierherbrachte.* Plötzlicher Kummer entstand in ihr, und es kostete sie große Mühe, sich nichts anmerken zu lassen. Nein, der Agronom war nicht verrückt, sondern schlicht und einfach deprimiert. Aus gutem Grund.

»Yoshi«, fragte sie ernst, »zu was wären Sie bereit, um den Vulkaniern eine Rückkehr in ihre Heimat zu ermöglichen? Um jenen Planeten zu sehen, von dem Ihnen Sorahl erzählte.«

In Yoshis Augen blitzte jähe Hoffnung, doch das Funkeln verblaßte sofort wieder. Traurig schüttelte er den Kopf.

»Eine solche Chance habe ich verloren, als ich Sorahl und T'Lera Jason überließ. Inzwischen ist es zu spät. Selbst wenn wir etwas unternähmen — es hätte keinen Sinn mehr. Außerdem ... Ich bin kein Held.«

»Es gibt verschiedene Arten von Heldentum«, meinte Dehner und stand auf. »Ich möchte mir ein wenig die Beine vertreten. Wie gut kennen Sie dieses Schiff?«

Yoshi lächelte dünn. »Fast so gut wie Sawyer und Nyere. Eine kleine Besichtigungstour gefällig?«

Die Psychologin hakte sich bei ihm ein. »Gern.«

»Forty-love — vierzig-null!« verkündete Melody selbstgefällig. »Ich dachte mir schon, daß ihr Friedensapostel nur verweichlichte Muttersöhnchen seid. Bestehen Sie nach wie vor auf einem ganzen Satz?«

»Her mit dem Ball!« Kirk grinste von einem Ohr zum anderen, um über seine Erschöpfung hinwegzutäuschen. Er bedauerte es nun, sich auf ein Tennisturnier mit Sawyer eingelassen zu haben; er schnitt dabei wirklich nicht besonders gut ab.

»Ein masochistisches Muttersöhnchen noch dazu!« Melody schwang den Schläger, und Kirk reagierte gerade noch rechtzeitig, schickte den Ball übers Netz – und ins Aus. Sawyer zuckte nur mit den Achseln.

»Wo waren wir stehengeblieben?« fragte Jim und schnappte nach Luft.

»Sie haben mich gefragt, warum es einer intelligenten Person wie mir nicht gelingt, alle Vorurteile zu überwinden, zu den Vulkaniern zu gehen und einen ›informativen Dialog‹ mit ihnen zu beginnen«, erwiderte Melody und wiederholte den Aufschlag. Kirk stürmte zum anderen Ende des Feldes. »Liegt es daran, daß Sie mit 'ner Gehirnklempnerin pennen? Sprechen Sie deshalb so, als zitierten Sie aus einem psychiatrischen Handbuch?«

»Vielleicht«, brummte Jim und spürte, wie sein Schläger über den Kunststoffboden strich, als er den Ball zurückschlug. Er verlor das Gleichgewicht und taumelte an die Wand, nach wie vor dazu entschlossen, den nächsten Punkt so gut wie möglich zu verteidigen. »Warum lehnen Sie meine Einstellung so hartnäckig ab?«

»Weil jemand einen kühlen Kopf bewahren muß, bis dies alles vorbei ist.« Melody bekam den Punkt, brauchte sich nicht einmal anzustrengen.

Kirk rieb sich die Schulter und schnitt eine Grimasse. »Was soll das heißen?«

Sawyer tanzte auf den Zehenspitzen und lachte humorlos. »Wissen Sie, allmählich glaube ich, daß Sie tatsächlich zu den Pazifisten gehören. Niemand sonst kann so naiv sein. Ist Ihnen denn noch immer nicht klar, was bald geschehen wird? Oder glauben Sie im Ernst, man ließe es zu, daß die beiden Außerirdischen heimkehren?«

Jim gab zunächst keine Antwort, brauchte seinen Atem in erster Linie dazu, den Ball im Spiel zu halten. Als er wieder Luft holen konnte, stand es dreißig zu null.

»Na schön«, brachte er schließlich hervor. »Weiden

Sie sich an meiner Naivität. *Was* wird bald geschehen?«

»Der Rat der Geeinten Erde entscheidet, daß die beiden Fremden nicht existieren dürfen«, erklärte Melody. »Er beauftragt AeroMar, sie ›verschwinden‹ zu lassen, und Jason steht am Ende der Befehlskette.« Sie hatte Aufschlag, und Kirk lief wieder los, um den Ball in Empfang zu nehmen. »Wenn Sie glauben, der gute alte Nyere sei in der Lage, eine Waffe auf die Vulkanier zu richten und sie in irgendein Exil zu bringen, irren Sie sich gewaltig.« Paff! »Ganz zu schweigen davon, T'Lera und Sorahl einfach zu erschießen – was ich für die sauberste Lösung halte.«

Kirk stellte überrascht fest, daß sich eine Chance für ihn ergab. Er nutzte sie, errang dadurch den ersten Punkt in anderthalb Spielen. »Mit anderen Worten: Sie wollen ihn vertreten.«

»Allerdings!« Melody schlug zu, und der Ball *raste* übers Netz.

»Deshalb wahren Sie Distanz«, sagte Kirk und hätte das weiße Geschoß fast verfehlt. »Sie sehen sich als aufrechter Soldat, der nur seine Pflicht erfüllt. Wie die Gestapo. Wie Colonel Greens Truppen. Befehlsempfänger. Und Sie brauchen nicht einmal Ihr Gewissen zu belasten. Solange es nicht um Menschen geht ...«

»Es sind keine Menschen!« fauchte Melody. Paff! »Was auch immer Sie behaupten, T'Lera und Sorahl werden dadurch nicht menschlicher! Und kommen Sie mir nicht mit dem Blödsinn des ›aufrechten, pflichtbewußten Soldaten‹, Kirk! Ihr Zivilisten seht immer nur Schwarz und Weiß ...«

»O nein!« widersprach Jim und rang nach Atem. *Wenn ich ihr nur die Wahrheit sagen könnte!* »Ich weiß ganz genau, wie viele Graustufen es bei allen wichtigen Entscheidungen gibt.«

Er erzielte einen zweiten Punkt, und darauf hin lautete der Spielstand dreißig zu dreißig. Melody ließ den Schläger sinken und trat zornig ans Netz heran.

»Ich weiß nicht, warum ich Ihnen das sage, Kirk. Vielleicht nur deshalb, weil ich mein Herz nicht Ihrer Psychologen-Freundin ausschütten will, weil Sie praktisch der einzige an Bord dieses Schiffes sind, mit dem ich reden kann. Einmal abgesehen von dem blöden Gerede beim Abendessen — und verstehen Sie mich nicht falsch: Ich habe jedes verdammte Wort ernst gemeint ... Es gibt da eine Sache, über die ich nicht einmal mit Nyere gesprochen habe. Ganz gleich, was in den nächsten Tagen passiert — bei *meinen* Entscheidungen denke ich in erster Linie an Jason. Ich bin bereit, die Konsequenzen zu tragen, selbst wenn er mich dafür haßt.«

Von einem Augenblick zum anderen setzte sie das Spiel fort, und Kirk hatte sich gut genug erholt, um die Bälle zurückzuschlagen.

»Ich liebe ihn wie einen Bruder!« rief Melody. Paff! »Er nahm mich auf, als ich nur eine vorlaute, freche Einzelgängerin war, die sich erlaubte, Befehle zu interpretieren und ihre Vorgesetzten zu kritisieren. Ich wurde laufend versetzt, weil mich kein Kapitän ertragen konnte, und mir drohte sogar eine unehrenhafte Entlassung. Aber Jason hielt zu mir, machte mich zu einem einigermaßen anständigen Offizier. Ich verdanke ihm eine Menge.« Paff!

»Inzwischen gehöre ich schon seit fünfzehn Jahren zu seinem Kommando. Himmel, ich kenne ihn besser als meinen eigenen Ehemann.« Paff! »Ich habe mich um ihn gekümmert, wenn er krank war, und er gab mir Mut, wenn ich glaubte, am Ende zu sein. Verdammt, er ist nicht nur mein Vorgesetzter, sondern auch mein bester Freund. Die Sache mit den Vulkaniern geht ihm schon seit Tagen an die Nieren.«

Mit einem letzten, kraftvollen Hieb schickte Sawyer den Ball übers Netz, und Jim versuchte nicht einmal, ihm nachzulaufen. Müde hockte er sich in eine Ecke und wartete darauf, daß die heftigen Seitenstiche nachließen. Melody war nicht einmal außer Atem.

»Halten Sie mich ruhig für den Schurken dieses Dramas, Kirk — es spielt keine Rolle«, fügte sie hitzig hinzu. »Es interessiert mich auch nicht, was später in den Geschichtsbüchern steht. Für mich ist nur eins wichtig: Ich möchte Jason Nyere weitere Seelenqualen ersparen — selbst wenn es bedeutet, daß ich selbst zur Waffe greifen und abdrükken muß.«

»Ich verstehe«, murmelte Kirk, dachte dabei an die Freundschaft, die ihn mit Gary verband. »Aber vielleicht gibt es eine Alternative ...«

»Auf die Beine mit Ihnen, Muttersöhnchen«, unterbrach ihn Melody. »Oder wollen Sie schlappmachen, obwohl der Satz noch nicht beendet ist?«

Kirk überlegte, ob er weiterspielen sollte. Um zu versuchen, in Sawyers persönlicher Philosophie eine schwache Stelle zu finden? Oder um den Rest seines männlichen Stolzes zu verteidigen? Aber bevor er eine Antwort geben konnte, fand Melody ein anderes Ziel für ihre Wut. »Zum Teufel auch, man hat nie seine Ruhe vor ihnen!«

Sie schmetterte ihren Schläger an den Netzpfosten und näherte sich einer Gestalt, die in der Schattenzone vor dem Sporthallenzugang stand. »Haben Ihre spitzen Ohren alles mitbekommen? Treten Sie ins Licht, damit wir Sie sehen können.«

Der Lampenschein fiel auf T'Lera. »Es lag nicht in meiner Absicht, Sie zu belauschen. Ich war nur nicht sicher, ob es höflich ist, durch meine Anwesenheit Ihre ... sportliche Auseinandersetzung zu stören. Die ich übrigens außerordentlich interessant fand.« Die Vulkanierin blieb genau an der Grenze des Spielfelds stehen; Kirk handelte aus einem Reflex heraus, stemmte sich in die Höhe. Zwar galt T'Leras Blick auch ihm, doch ihre Worte richteten sich in erster Linie an Melody. »Wenn ich die fachbezogene Terminologie richtig verstehe, so wäre es sicher angemessen zu sagen: Sie sind in ausgezeichneter Form.«

»Danke«, erwiderte Melody widerstrebend und schwieg, verwirrt von dem Kompliment.

»Tennis, ein faszinierendes Spiel, sowohl für den Beobachter als auch für den Teilnehmer«, fuhr T'Lera fort. »Es vereint physisches Geschick – Schnelligkeit, Eleganz, Agilität und körperliche Kraft – mit intellektuellen Qualitäten. Man muß sich auf die Taktik des Gegners einstellen, selbst eine angemessene Strategie entwickeln, und dabei bekommt man Gelegenheit, die Grenzen der eigenen Leistungsfähigkeit zu erkunden.«

»Klingt ganz so, als wüßten Sie bestens Bescheid«, spottete Sawyer. »Haben Sie in einer Tennis-Enzyklopädie gelesen, um mich mit Kenntnissen aus zweiter Hand zu beeindrucken?« Sie sah Kirk an. »Steckt ihr beide unter einer Decke?«

»Ich bitte um Verzeihung, aber leider verstehe ich nicht, was Sie damit meinen.«

»Vermutlich gibt es auf Ihrem Planeten keine sportlichen Wettkämpfe, wie?« T'Leras unerschütterliche Ruhe erhöhte Melodys Blutdruck. »Sie sitzen ständig in Ihren Elfenbeintürmen und denken über die seltsamsten Dinge nach.«

»Ganz im Gegenteil«, widersprach die Vulkanierin. »In dieser Hinsicht unterscheiden wir uns nicht so sehr von Ihnen.«

Kirk hörte schweigend zu und erinnerte sich daran, einen bestimmten Vulkanier bei körperlichen Übungen beobachtet zu haben.

Er kannte die vielen Geschichten, die man sich über das wahrhaft erstaunliche vulkanische Leistungsvermögen in bezug auf Kraft und Beweglichkeit erzählte, doch zunächst hielt er solche Berichte für übertrieben. Bis er spät an einem Bordabend das Freizeitdeck betrat und in einem der Räume Spock sah. Der wissenschaftliche Offizier saß auf einer Matratze in der Ecke des Raums und beschäftigte sich mit etwas, das weder Tanz noch Gymnastik zu sein schien. Aerobic oder isometrische Übungen konnten ebenfalls ausgeklammert werden. Vielmehr handelte es sich um eine seltsam anmutig wirkende, rein vulkanische Mischung diese sportlichen Disziplinen. Und wie Kirk kurz darauf herausfand, eignete sie sich nicht für einen Menschen, der

Knochenbrüche und Sehnenkrämpfe fürchtete. Kirk blieb im Eingang stehen und sah zu, bis Spock ihn bemerkte.

Der Vulkanier hielt sofort inne und erstarrte mit hinter dem Kopf zusammengefalteten Händen. »Captain?«

»Schwitzen Sie eigentlich nie?« scherzte Jim verlegen.

»Nicht bei so geringen Anstrengungen, Captain«, erwiderte Spock zurückhaltend, und diese Antwort verschlug Jim die Sprache. *Geringe Anstrengung*? wiederholte er in Gedanken. *Lieber Himmel, die letzte Übung hätte jedem normalen Menschen einen mehrtägigen Muskelkater beschert. Vielleicht sind die Geschichten tatsächlich wahr.*

»Ein interessantes Bewegungsmuster.« Die Begegnung fand einige Wochen vor dem M-155-Zwischenfall statt; Kirk versuchte noch immer, sich an seinen Ersten Offizier zu gewöhnen. »Könnten Sie mir zeigen, wobei es darauf ankommt?«

Spock zögerte. »Eine solche Technik wird Menschen nur sehr selten gelehrt.«

»Aber es gibt in diesem Zusammenhang doch kein ... Tabu, oder?« beharrte Jim. Es sollte noch eine Weile dauern, bis er das Zögern des Vulkaniers als wortlose Warnung erkannte. »Die Belastung wäre bestimmt nicht zu groß für mich. Ich bin in ziemlich guter körperlicher Verfassung.«

»Zweifellos, Captain. Aber vermutlich fänden Sie es nicht besonders angenehm. Der menschliche Stolz ...«

»Was hat denn ›menschlicher Stolz‹ damit zu tun?« Kirk spürte, wie sich erster Ärger in ihm regte – was fast immer geschah, wenn er den Vulkanier zu verstehen versuchte. »Ich nehme die Herausforderung gern an.«

»Captain ...« Spock suchte nach den richtigen Worten. »Die Technik, die Sie eben gerade beobachtet haben, dient zur Lockerung der Muskeln. Sie gilt als elementare Vorbereitungsmethode und wird von den meisten vulkanischen Kindern im Vorschulalter beherrscht. Wenn Sie mich jetzt bitte entschuldigen würden ...«

Dehner hat recht — ich lerne es nie, dachte Jim und kehrte in die Wirklichkeit zurück. Plötzlich sah er T'Leras Interesse für Tennis aus einer ganz anderen Perspektive.

»Soweit ich weiß — und wie ich von Ihnen hörte — verwendet die englische Sprache bei der Bekanntgabe des Spielstands die Bezeichnung ›love‹«, sagte die Vulkanierin. »Könnten Sie mir den Grund dafür erklären?«

Melody ließ sich trotz ihrer ablehnenden Haltung auf ein Gespräch mit dem ›Feind‹ ein, wirkte dadurch verunsichert.

»Ich habe keine Ahnung, warum man zum Beispiel ›thirty-love‹ sagt«, erwiderte sie. »Das weiß niemand. Es gehört zur Tradition des Spiels, und damit hat es sich.«

T'Lera nickte andeutungsweise. »Was für eine seltsame Ironie, daß man in diesem Zusammenhang von ›love‹ — also Liebe — spricht, obwohl Tennis auf einer ausgesprochenen Rivalität basiert. Soll dadurch vielleicht das Prinzip des Gegensatzes betont werden, oder ist es nur ein weiteres Beispiel für den menschlichen Eigensinn?«

Kirk lachte leise, und Melody bedachte ihn mit einem finsteren Blick. Sie begann wieder damit, den Ball an die hintere Wand der Sporthalle zu schlagen. »Darüber habe ich noch nie nachgedacht.«

»Ich frage mich, ob das Spiel ohne den aggressiven Faktor weniger interessant wäre«, überlegte T'Lera laut.

Sawyer fing den Ball auf und stemmte die Hände in die Hüften. »Hören Sie: Wenn Sie eine solche Expertin sind — stellen Sie Ihre Fähigkeiten bei einem Spiel unter Beweis.«

Jim Kirk hob ruckartig den Kopf und beobachtete, wie sich dünne Falten in T'Leras Stirn gruben, wie es in ihren stechenden Augen aufblitzte. Erst Jahre später konnte er diese Zeichen deuten; es handelte sich um das Ich-nehme-die-Herausforderung-an der vulkanischen Mimik.

»Es wäre mir eine Ehre«, entgegnete T'Lera, und ihre Züge glätteten sich wieder. »Allerdings sind die Chancen bei einem solchen Wettkampf nicht gleich verteilt.«

»Wieso?« Melody fand Gefallen an der Vorstellung,

gegen die Vulkanierin anzutreten. »Weil ich als Profi gespielt habe und Sie noch nie einen Tennisschläger in der Hand hielten? Nun, gehen wir einfach davon aus, ich gäbe Ihnen Unterricht. Wir zählen keine Punkte, einverstanden? Es hat den Anschein, als seien Sie in guter Verfassung, und vermutlich sind Sie nur einige Jahre älter als ich. Nun, ich bin Rechtshänderin, aber wenn Sie wollen, spiele ich mit der linken Hand.«

T'Lera blieb skeptisch. »Ich glaube kaum daß sich damit die Unterschiede zwischen uns ausgleichen lassen. Bitte entschuldigen Sie, Commander, doch vielleicht sollten wir besser auf ein gemeinsames Spiel verzichten.«

»Haben Sie Angst, es nicht mit mir aufnehmen zu können, einem Menschen unterlegen zu sein?« Melody hielt ihren Schläger wie eine Waffe. »Mr. Kirk meint, ich solle Freundschaft mit Ihnen schließen und mich endlich von allem ›xenophobischen Unsinn‹ trennen, wie er sich auszudrücken beliebt. Ich bin kein Diplomat wie Jason. Ich glaube an Taten, nicht an Worte. Oh, Ihre Geschichte hat mich wirklich ungeheuer beeindruckt. Der heldenhafte Versuch, das Erkundungsschiff zu sprengen, Ihre Behauptung, den Tod einer Entdeckung vorzuziehen ... Alles nur Blabla. Jetzt haben Sie Gelegenheit, mir zu zeigen, aus welchem Holz Sie geschnitzt sind.«

Das zufriedene, erwartungsvolle Funkeln kehrte in T'Leras Augen zurück. Kirk wußte, was sich anzubahnen begann.

»Melody ...«, sagte er. »Sie ahnen nicht, auf was Sie sich einlassen ...«

»Halten Sie die Klappe, Muttersöhnchen!« fauchte Sawyer. »Mit Ihnen bin ich fertig.« Sie wandte sich wieder an die Vulkanierin. »Nun?«

»Wie Sie wünschen, Commander«, erwiderte T'Lera. Jim hätte am liebsten laut geschrien.

Kapitel 9

»Persönliches Logbuch des Captains:

Die ganze Sache muß ein Witz sein, ein Scherz des Universums – und vermutlich auf meine Kosten. Ich stehe neben einem Tennisplatz, tief im Innern eines irdischen Schiffes, warte darauf, daß ein wahrhaft historisches Spiel beginnt, dessen einziger Zuschauer die Rolle eines inoffiziellen Schiedsrichters wahrnimmt.

Ich halte mich für belesen. Ich kenne die vielen, an Faust erinnernden Legenden über Menschen, die mit dem Teufel um ihre Seele würfeln. Ich entsinne mich in diesem Zusammenhang an bestimmte Szenen eines alten 2-D-Films: ein Ritter, der sein Schicksal von einer Schachpartie mit dem Satan entscheiden läßt. Hängt die Zukunft der Föderation vom Ergebnis eines Tennismatchs ab? Es ist einfach unfaßbar!

Vielleicht kann eine bereits veränderte Geschichte nicht mehr in das ursprüngliche, *richtige* historische Gefüge zurückgelenkt werden. Vielleicht sind unsere Bemühungen völlig umsonst. Elizabeth Dehner meinte, ich sei ein Captain ohne Schiff, ein Kommandant ohne Kommando. Vielleicht habe ich es gar nicht anders verdient, als zwischen die femininen Fronten zu geraten, mit den beiden stursten, unzugänglichsten Frauen in dieser Galaxis konfrontiert zu werden.

Inzwischen fühle ich mich nicht mehr versucht, laut zu schreien. Statt dessen verspüre ich den fast unwiderstehlichen Wunsch, schallend zu lachen. Ich schweige nur deshalb, weil ich immerzu an all die unheilvollen Dinge denken muß, die uns noch bevorstehen mögen. Wenigstens sollte ich in der Lage sein zu verhindern, daß sich T'Lera und Sawyer gegenseitig umbringen.«

Kirk und Melody geduldeten sich, während T'Lera ihre Kleidung wechselte. Sawyer hatte darauf bestanden, daß die Vulkanierin einen weißen Tennisdreß anzog, und Jim war stolz auf sich und seine eiserne Disziplin: Er ließ sich nicht dazu hinreißen, Melody zu erwürgen.

Sie maß ihn mit einem finsteren Blick.

»Warum lächeln Sie so, Muttersöhnchen?«

Kirk schüttelte nur den Kopf, wagte es nicht, eine Antwort zu gegen.

»Sie brauchen nicht hierzubleiben!« knurrte Melody und wanderte wie eine Tigerin an der Spielfeldbegrenzung auf und ab. Vielleicht kamen ihr jetzt Bedenken. »Ich schlage vor, Sie verschwinden und genehmigen sich einen Becher warme Milch.«

»Dieses Spiel möchte ich um nichts in der Welt verpassen.«

»Darf ich Sie etwas fragen, Kirk?« Sawyer trat auf ihn zu, warf einen kurzen Blick in Richtung Umkleidekabine und fragte in einem fast verschwörerischen Tonfall: »Glauben Sie, T'Lera ist wirklich so alt, wie sie behauptet?«

Jim zuckte amüsiert mit den Schultern. »Wer weiß? Die Resultate der medizinischen Untersuchungen deuten darauf hin, daß die vulkanische Lebenserwartung doppelt so groß ist wie unsere. Sind Sie überrascht? Bekommen Sie jetzt kalte Füße?«

»Quatsch!«

Kirks Lächeln wuchs in die Breite. »Aus reiner Neugier, Melody ... Was ist, wenn Sie verlieren?«

Ihr Lachen klang unecht und drohend. »Die letzte Niederlage mußte ich in der Goddard-Basis einstecken, und damals habe ich mit einem verstauchten Knöchel gespielt! Außerdem: T'Lera behauptet, hundert Jahre alt zu sein. Glauben Sie im Ernst, eine Oma hätte irgendeine Chance gegen mich?«

Die Altersfrage hatte sich durch Zufall ergeben.

»Ich nehme an, Ihre Erkundungsmissionen erfordern eine gute körperliche Konstitution«, wandte sie sich im Erfrischungsbereich an T'Lera. *Sie läßt nicht locker,* dachte Kirk. *Die Erwähnung des ›aufrechten, pflichtbewußten Soldaten‹ hat sie stärker getroffen, als sie zugibt.* »Sie scheinen in ausgezeichneter Verfassung zu sein, wenn ich Ihr Alter richtig einschätze ...«

»Einhundertdreizehn Komma vier sechs irdische Jahre«, lautete die gelassene Antwort.

Diese Auskunft schockierte Melody ebenso wie alle anderen Besonderheiten der Vulkanier. Sie schüttelte den Kopf und ging wieder in die Sporthalle, um dort zu warten.

»Gute Nacht, Yoshi. Und vielen Dank.«

Elizabeth Dehner schloß die Tür ihrer Kabine und lauschte, hörte wie der junge Agronom durch den Korridor ging und sich in sein eigenes Quartier zurückzog. Die Psychologin holte tief Luft, zwang sich zur Ruhe und zählte stumm bis hundert. Dann öffnete sie ihre Reisetasche und holte jenen elektronischen Dietrich hervor, den Lee Kelso benutzt hatte, um in den Computerraum der Datenbank in Alexandria zu gelangen. Auf leisen Sohlen trat sie in den Gang und eilte in die Richtung, aus der sie vor einigen Minuten mit Yoshi gekommen war. Ihr Ziel: der Arzneischrank drei Decks weiter unten.

Tatya öffnete die Luke des Kommandoturms und schöpfte eine Handvoll Schnee. Auf den Zehenspitzen schlich sie an Jason Nyere vorbei, der im Kommandantensessel neben dem nach wie vor grauen Kom-Schirm schnarchte, bot die weiße Masse Sorahl an. Der junge Vulkanier nahm die rätselhafte, schmelzende Substanz entgegen und wunderte sich über das kalte Brennen auf der Haut.

»Mein Lehrer Selik stellte einmal folgende Berechnung an«, sagte er. »Wenn ein durchschnittlicher Sturm von sechzig Sekunden Dauer seine Energie in einem Gebiet freisetzt, das eine Quadratmeile umfaßt, entspricht die Anzahl solcher hexaedrischen Kristalle ...«

»Lieber Himmel, kehren Sie nicht schon wieder den Wissenschaftler heraus«, ächzte Tatya. »Und schnuppern Sie nicht dauernd daran. Sehen Sie nur: Der Schnee schmilzt bereits. Ihre Hände müssen unglaublich warm sein.«

»Den gegenwärtigen Aggregatzustand dieser Substanz empfinde ich als eher unangenehm.« Sorahl beobachtete eine klare Flüssigkeit, die von seinen Fingern auf den

Boden tropfte. »Gibt es einen Ort, an dem ich sie angemessen beseitigen kann?«

»Es ist doch nur Wasser!« Tatya ließ den Rest Schnee fallen und wischte sich die Hände an der Hose ab. Ihre Freude wich plötzlicher Enttäuschung. Es lag nicht etwa an Sorahls kindlichem Erstaunen, das sich wenige Sekunden später in die für ihn typische, logische Rationalität verwandelte. Sie hatte das Gefühl, als schmelze nicht nur das kalte Weiß, sondern auch alles andere. »Als meine Kusinen und ich klein waren, goß Tante Mariya an besonders kalten Tagen heißen Sirup über frisch gefallenen Schnee. Er gefror innerhalb weniger Sekunden, und anschließend knabberten wir daran. Er schmeckte wie ... Oh, es läßt sich kaum beschreiben. Wie etwas, das man voll und ganz auskosten muß, weil es sich nie wiederholt ...«

Tatya brach ab und drehte den Kopf, um ihre Tränen zu verbergen. Wie närrisch, Sorahl etwas so Kaltes und Flüchtiges wie eine Handvoll Schnee zu geben! Viel lieber hätte sie ihm die Freiheit angeboten. Sie wollte mit ihm zusammen fliehen, übers Packeis zum Festland laufen, im pulvrigen Weiß tollen, bis sie es im Haar und an den Wimpern spürte, in den Stiefeln und unterm Parka – obgleich ihr das nicht sonderlich gefiele. Sie wollte mit Sorahl den nächsten Ort aufsuchen – es spielte keine Rolle, daß die Entfernung mindestens tausend Kilometer betrug –, sich irgendwo verstecken, wo sie niemand finden konnte. Sie stellte sich vor, jahrelang mit dem Vulkanier zu reisen, bis der Absturz des Erkundungsschiffes und die beiden Überlebenden in Vergessenheit gerieten, bis sich niemand mehr daran erinnerte, bis sie in Sicherheit waren. Anschließend konnten sie Yoshi benachrichtigen und ein völlig neues Leben beginnen, irgendwo, irgendwie.

Doch dann erinnerte sich Tatya daran, daß Vulkanier kein menschliches Gefühl kannten. Sorahl empfand nichts für sie. Seine Reaktionen bestanden immer nur aus höflichem Interesse; alles andere war ihm fremd. *Was soll's*? dachte sie niedergeschlagen. *Solche Dinge sind nicht mehr wichtig. Sie ändern nichts an meinem emotionalen Engagement.* Tatya fand sich damit ab und wußte, daß ihre Liebe – wenn man überhaupt davon sprechen konnte – einseitig bleiben mußte. Sie wünschte sich nur, Sorahl helfen zu können.

»Wären wir uns doch nur nicht begegnet«, hauchte sie und wischte sich die Tränen aus den Augen.

Der junge Vulkanier hob die Brauen und achtete nicht mehr auf das kühle, über seine Hände rinnende Naß. »Wenn ich Sie beleidigt habe, wenn mir ein Fehler unterlief ...«

»Nein«, flüsterte die Agronomin traurig. Sie wandte sich um, strich mit den Fingerkuppen über Sorahls Wangen, berührte ihn wie einen Bruder. »Nein, Sie sind nahezu perfekt! Die Schuld liegt einzig und allein bei uns Menschen!«

In den Grenzstädten herrschte Chaos.

PentaKrem leugnete nach wie vor die Präsenz von Außerirdischen, dementierte alle entsprechenden Meldungen. Gleichzeitig spannten die zuständigen Behörden ein dichtes Sicherheitsnetz am Rande des antarktischen Kontinents und ließen nur die Personen ins Inland reisen, die Sondergenehmigungen vorweisen konnten. Die vielen Journalisten und UFO-Narren in den kleinen Siedlungen an der Küste weckten Verdruß in den Einheimischen. Sie blieben in ihren Häusern, verriegelten die Türen und warteten geduldig darauf, daß sich die erhitzen Gemüter der ungebetenen Besucher abkühlten – wobei sich die polare Kälte als ein wichtiger Verbündeter erwies. Unterdessen suchten die Reporter und ihr Gefolge nach warmen Mahlzeiten, geheizten Hotelzimmern und immer rarer werdenden Passierscheinen.

Die Spannung wuchs. Tagelange Schneestürme, gelegentliche Erdbeben und eine rätselhafte Verzögerung bei der Nachschubversorgung vergrößerten das Durcheinander. Einige UFO-Jünger warfen das metaphorische Handtuch und kehrten heim, aber die Medien-Repräsentanten hielten die Stellung und ließen sich nicht unterkriegen. In den Kneipen kam es immer wieder zu handgreiflichen Auseinandersetzungen zwischen Betrunkenen, und Gefängnisse füllten sich fast ebensoschnell wie Hotels. Die Sanitätsroboter waren schon nach kurzer Zeit hoffnungslos überlastet.

Mitten in dieser Wirrnis fiel eine Person durch ihre profunde Gelassenheit auf. Spock fand nur Konfusion – und machte sich daran, eine eigene Art von Ordnung zu schaffen.

Den ganzen Tag über wartete er im Vorzimmer des provisorischen Hauptquartiers, das PentaKrem in der kleinen Barackenstadt Sunshine eingerichtet hatte. Dutzende von Sekretären nahmen Hunderte von Journalisten in Empfang, versuchten sie davon zu überzeugen, daß es überhaupt keinen ›Knüller‹ gab – und baten sie mehr oder weniger freundlich darum, nach Hause zurückzukehren. Spock verbarg seine Ohren unter einer blauen Strickmütze, trug einen langen Mantel – und wirkte aufgrund seiner unerschütterlichen Ruhe völlig fehl am Platze. Stumm beobachtete er, wie sich fluchende Reporter in dem stickigen, fensterlosen Raum die Klinke in die Hand reichten. Gegen Mitternacht gaben auch die hartnäckigsten und verbissensten Typen auf, und Spock wartete allein.

Eine erschöpfte und entnervte Sekretärin schloß die Bürotür ab, drehte sich um und bemerkte den letzten Besucher.

»Es sind bereits alle gegangen«, sagte sie. »Kommen Sie morgen wieder.«

»Sie sind noch hier«, stellte Spock fest.

»Ja, schon, aber ich mache jetzt Feierabend. Außerdem bin ich nicht befugt, Reisegenehmigungen zu erteilen.«

»Die Unterschrift des stellvertretenden Direktors genügt. Und wenn ich mich nicht sehr irre, befindet er sich nach wie vor in seinem Arbeitszimmer.«

Die Sekretärin musterte ihn müde. »Woher wollen Sie das wissen?«

»Zwischen acht Uhr heute morgen und zwölf Uhr mittags betraten mit Ihnen insgesamt sieben Personen den Bürokomplex. Vor ihnen sind bereits fünf Mitarbeiter gegangen. Ich glaube, der übrigbleibende Mann ist ermächtigt, Passierscheine auszustellen.«

»Wer hat Ihnen gesagt ...«

»Ich benötigte keine Informationen aus zweiter Hand«, meinte Spock. »Ich bin die ganze Zeit über hier gewesen.«

»Sie warten seit über sechzehn Stunden?«

»Seit sechzehn Stunden und einundzwanzig Minuten.«

Die junge Frau nickte überrascht. »Und wahrscheinlich wollen Sie bleiben, bis Sie mit dem stellvertretenden Direktor gesprochen haben.«

»In der Tat.«

»Na schön.« Die Sekretärin seufzte, nahm am Schreibtisch Platz und griff nach Stift und Formular. »Sie heißen...«

»Spock.«

»Vorname?«

Er zögerte kaum merklich. »Benjamin.«

»Und welche Mediengruppe schickt Sie, Mr. Spock?«

Der Vulkanier schüttelte andeutungsweise den Kopf. »Ich bin kein Journalist. Ich komme im Auftrag Professor Jeremy Graysons von der Friedensgesellschaft.«

Er zeigte das aus Stockholm stammende Dokument. Die Sekretärin nahm es entgegen, und ihre Verwunderung verwandelte sich in Respekt.

»Man wies uns darauf hin, Grayson käme selbst hierher.«

»Der Professor erkrankte«, sagte Spock und fragte sich, wie es seinem Gönner ging. »Man beauftragte mich, ihn zu vertreten.«

»Ich verstehe«, entgegnete die junge Frau. »Nun, es scheint alles in Ordnung zu sein. Ich brauche jetzt nur noch eine Legitimation, einen Beweis für Ihre Identität.«

Genau das war der kritische Punkt. Spock dachte an jenen Gegenstand, der ihn in die Lage versetzt hatte, Dutzende von Grenzen zu passieren und große Ozeane zu überqueren. Wenn er jetzt seine Wirkung verfehlte, blieben alle Mühen umsonst. Der Vulkanier griff unter den Hemdkragen, zog eine dünne, silberne Kette hervor und strich mit den Fingerspitzen sanft über das Symbol des Friedens.

Man kann es kaum damit vergleichen, ein Raumschiff durch den Subraum zu steuern, dachte Gary Mitchell, während das Schneemobil über Eis und Schnee jagte. *Aber es ist trotzdem aufregend genug.* Er überprüfte die Kursdaten und nickte zufrieden. Mit ein wenig Glück erreichte er Byrd-Station in einer Stunde.

Yoshi saß im Schneidersitz auf seiner Koje, von völliger Finsternis umgeben. Niedergeschlagen dachte er über sein zukünftiges Leben nach.

Er hatte gehofft, nach dem langen und befreienden Gespräch mit der Psychologin endlich Ruhe zu finden, doch ihre Antworten ersetzten alte Ängste durch neue. Wenn die Präsenz der Vulkanier in seinem Denken und Empfindungen derart nachhaltige Veränderungen bewirkte, konnte es kaum überraschen, daß die restliche Welt mit Hysterie reagierte.

Angenommen, T'Lera hat recht. Angenommen, es wäre ohnehin ein Kontakt zwischen Menschen und Vulkaniern erfolgt, in rund zwanzig Jahren. Und angenommen, Dr. Belleros Hinweis traf zu. Angenommen, ich bin tatsächlich imstande, zu helfen, etwas zu unternehmen ...

Yoshi erinnerte sich an sein pubertäres Verhalten Tatya gegenüber und beschloß, sich bei ihr zu entschuldigen. Er ließ die Lampe ausgeschaltet, tastete im Dunkeln nach der Jeans. *Ich gehe zu ihr. Zu ihr und Sorahl. Sie sind bestimmt zusammen, wahrscheinlich zum letztenmal – morgen wird uns sicher die Entscheidung des Rates mitgeteilt. Ja, ich gehe zu ihnen und bitte sie beide um Verzeihung.*

Etwas rutschte aus der Hosentasche und berührte den Fuß des Agronomen. Yoshi betätigte den Lichtschalter und hob ein zusammengefaltetes Blatt auf.

»Wie dumm von mir«, tadelte er sich und strich den Computerausdruck glatt. Jemand anders hätte ihn an einem sicheren Ort untergebracht, bevor ...

Bevor er in die Hände jener Leute fällt, die mein Gedächtnis löschen, mir alle Erinnerungen an die Vulkanier rauben wollen, fuhr es ihm durch den Sinn. Er hatte Dr. Bellero gesagt, er sei kein Held, aber Feigheit bedeutete nicht, alles aufzugeben. Mit plötzlicher Entschlossenheit griff er nach einem Bleistift, unterstrich die von Sorahl entwickelte Enzymformel und gab ihr einen Namen. Dann faltete er das Blatt wieder zusammen, versteckte es tief unten in seinem Seesack und verließ die Kabine.

T'Lera gewann das erste Spiel mit vierzig zu null.

Sie hatte das Spielfeld mit blanken Sohlen betreten, denn ihre Füße waren zu schmal für menschliche Turnschuhe – ein weiterer Hinweis auf ihre Andersartigkeit.

»Schon gut«, brummte Melody und winkte ab. »Einige der besten Australierinnen spielen barfuß.« Dennoch starrte sie immer wieder auf T'Leras Zehen.

»In dieser Hinsicht überfordere ich nicht die menschliche Akzeptabilität«, stellte die Vulkanierin fest, und machte einige Schritte, um mit dem Boden vertraut zu werden. »Im Gegensatz zu den Ohren.«

»He, ich wollte nicht ...«

»Wenn ich den Rest meines Lebens auf der Erde verbringen muß ... Vielleicht können Ihre Chirurgen einen entsprechenden Eingriff vornehmen, so daß ich dem Auge des Betrachters angenehmer erscheine.« T'Lera setzte die volle Kraft ihrer Ironie frei, und dem einige Meter abseits stehenden Kirk erschien sie fast greifbar – obwohl der triefende Sarkasmus in erster Linie Melody galt. Jim verglich ihn mit einer brennenden Lunte, die eine Bombe in Sawyer zünden mochte. »Was halten Sie davon, wenn ich sie einfach abschneiden lasse?«

Und die vulkanische Seele? überlegte Kirk. *Was ist mit Ihrem Intellekt? Soll er aus dem Hirn geätzt werden, damit sich Melody und die anderen Zweifler nicht mehr so unterlegen fühlen?*

»Ihr Aufschlag!« knurrte der Erste Maat und hielt den Schläger bereit.

Melodys Gummisohlen knarrten und quietschten, als sie hin und her eilte, den Ball annahm und übers Netz zurückschickte. T'Lera hingegen erweckte den Eindruck, als schwebe sie über den Kunststoffbelag hinweg; die irdische Gravitation war geringer als die Schwerkraft Vulkans, und das gab ihr einen zusätzlichen Vorteil. Sie ließ sich nicht einmal von Sawyers Flugbällen überraschen, reagierte mit einer eleganten, nichtaggressiven Schnelligkeit, die auf jahrelange Erfahrung hinzudeuten schien. »Spiel!« rief Jim nach einigen Minuten zu T'Leras Gunsten – und streute damit nur Salz in die Wunde.

»Und Sie wollen hundertdreizehn Jahre alt sein, wie?« schnaufte Melody und wischte sich Schweiß von der Stirn.

»Hundertdreizehn Komma vier sechs«, sagte T'Lera.

Jim Kirk rollte mit den Augen.

Jason Nyere erwachte aus einem unruhigen Schlaf, als er Yoshis Schritte auf den Metallstufen der Brückentreppe hörte.

»W-Was?« Der Captain setzte sich in seinem Sessel auf. Die Träume waren so schlimm, daß er unwillkürlich nach der Laserpistole tastete, die er vor acht Tagen in den Waffenschrank gelegt hatte.

»Immer mit der Ruhe, Jason«, murmelte der Agronom. »Ich bin's nur. Hab' schon seit langem keine Schuhe mehr getragen. Nachts werden die Decks ziemlich kalt.«

»Ich sollte was dagegen unternehmen«, brummte Nyere, zwinkerte verwirrt und starrte auf den noch immer grauen Kom-Schirm. »Die Vulkanier ...«

»... gewöhnen sich allmählich an die Kälte, Captain«, antwortete einer der Außerirdischen. Jason rieb sich die Augen und bemerkte auch Sorahl und Tatya. »Machen Sie sich deshalb keine Sorgen.«

»Wie spät ist es?« fragte Jason und warf einen kurzen Blick auf das Chronometer.

»Spät genug für Sie, um ein wenig an der Matratze zu horchen. « Yoshi half dem untersetzen Mann auf die Beine. »Sie haben doch ein Kom-Terminal in Ihrer Kabine, oder? Hier oben passiert bestimmt nichts. Vermutlich ist inzwischen der ganze Kontinent abgeriegelt.«

»Ich sollte auf der Brücke sein, wenn die Nachricht eintrifft«, erwiderte Nyere halbherzig und streckte sich. Er wurde allmählich zu alt, um im Kommandantensessel zu schlafen. »Die Pflicht des Captains ...«

Er taumelte. Yoshi stützte ihn auf der einen Seite, Sorahl auf der anderen.

»Möchten Sie, daß wir Melody Bescheid geben?« fragte der junge Agronom. Er bekam keine Antwort – Jason schlief im Stehen. Yoshi und Sorahl trugen ihn in den Funkraum, wo ein schmales Sofa stand. Tatya zog Nyere die Stiefel aus und holte eine Decke.

»Armer alter Mann«, sagte Yoshi leise, als sie auf Zehenspitzen hinausschlichen.

Das einzige Licht im Kommandoraum stammte von den matt glühenden Monitoren. Jenseits des Panoramafensters erstreckte sich eine öde Landschaft: Packeis, frisch gefallener Schnee, im Bereich der Byrd-Station festgetrampelt und schmutzig. Etwas weiter entfernt ragte eine Gletscherflanke in die Höhe und kennzeichnete den Beginn des Festlands. Über dem Weiß funkelten Sterne an einem völlig klaren Himmel.

»Ich nehme an, wir können Vulkan von hier aus nicht sehen«, hauchte Yoshi, als er zu Tatya und Sorahl trat. Ganz gleich, welche Erinnerungen man später aus ihm tilgte: Er prägte sich ein, nach Epsilon Eridani Ausschau zu halten.

»Das Zentralgestirn unseres Sonnensystems gehört zu Ihrem nördlichen Sternhimmel«, erwiderte Sorahl ernst und fügte hinzu: »Mein Freund.«

Wußte er, was Yoshi in diesem Augenblick empfand? Oder gründeten sich seine Ahnungen auf rational-logische Überlegungen und aufmerksame Beobachtungen? In der vulkanischen Kultur gab es keine Entsprechung für Eifersucht, aber durch die Beschäftigung mit der terrestrischen Zivilisation und ihren Besonderheiten kannte er ein solches emotionales Konzept.

Niemand sprach, während sie zu den Sternen emporsahen. Stumm schlang Yoshi den Arm um Tatyas Schultern.

Sie schmiegte sich an ihn, erinnerte sich an die gemeinsamen Jahre, nahm seinen fast vergessenen und doch so vertrauten Geruch wahr: ein Duft von Meer und Sandelholz — und noch etwas anderes, das einzig und allein von Yoshi ausging, auf seiner menschlichen Natur beruhte. Sie seufzte leise und zufrieden.

Der junge Agronom hob die andere Hand, um sich das Haar aus der Stirn zu streichen, ließ sie jedoch wieder sinken. Statt dessen neigte er den Kopf zur Seite und berührte auch Sorahl — eine Geste der Brüderlichkeit, ungeachtet aller Unterschiede.

Der Vulkanier wich nicht zur Seite, akzeptierte die Konfrontation mit dem psychischen Chaos eines menschlichen Bewußtseins — die unausweichliche Konsequenz der Freundschaft mit einem Terraner. Vielleicht hatte T'Lera recht. Vielleicht war es wirklich noch zu früh für einen Kontakt zwischen ihren Völkern. Aber er begriff, daß die Folgen nicht nur aus Furcht und Ablehnung und Hysterie bestanden.

Eisige Kälte umhüllte den Bioniker, als er aus infraroten Augen drei Gestalten beobachtete, die am Fenster des Kommandoturms standen — so leicht zu treffende Ziele, daß selbst er in Versuchung geriet. Seine Waffe bewegte sich von ganz allein, als entwickelte sie ein gespenstisches Eigenleben. Er blickte durch die Erfassungsoptik, zielte auf den Schemen in der Mitte und fragte sich, auf welcher Seite er beginnen sollte, rechts oder links. Es spielte überhaupt keine Rolle: Wenn er jetzt abdrückte, blieb den drei Personen nicht die geringste Chance.

»Rächer?« erklang eine Stimme hinter ihm. »Es steht jemand auf der Brücke.«

Widerstrebend ließ der Bioniker die Waffe sinken.

»Ja, ich weiß«, erwiderte er, ohne daß sein Atem in der kalten Luft kondensierte. »Aber wir warten noch.«

»Spiel!« rief Kirk zum zweitenmal, sah Melody an und zuckte mit den Schultern. An dem Inhalt seiner wortlosen

Botschaft konnte kein Zweifel bestehen: *Sie wollten es nicht anders ...*

»Der Satz ist noch offen!« erwiderte Sawyer scharf, obwohl sie keuchend nach Luft schnappte. Schweiß tropfte ihr in die Augen.

T'Lera zögerte kurz und schien zu überlegen, wie gefährlich es sein mochte, dem empfindsamen menschlichen Ego ihrer Gegnerin einen weiteren, vielleicht fatalen Schlag zu versetzen. Aber es gab jetzt kein Zurück mehr. Sie hatte die Herausforderung angenommen und mußte sich den Konsequenzen stellen.

»Haben Sie nicht gehört, verdammt?« entfuhr es Melody zornig. Sie schwang bereits steif gewordene Arme, um beginnenden Muskelkrämpfen vorzubeugen, spürte im Fußknöchel ein Stechen, das sie an Goddard erinnerte.

T'Lera atmete tief durch und trat an die Endlinie heran. »Wie Sie wünschen, Commander.«

»Genießen Sie Ihren Triumph«, sagte Melody spöttisch, als sie ebenfalls Aufstellung bezog. »Morgen sind Sie erledigt. Das ist Ihnen doch klar, oder?«

»In der Tat«, erwiderte die Vulkanierin schlicht.

»Ich ... verstehe ... Sie nicht«, brachte Sawyer mühsam hervor und verteidigte sowohl ihren Stolz als auch den der Erde. »Sie bleiben mir ein ... Rätsel! Sie hätten sich ... Yoshi und Tatya schnappen, sie als ... Geiseln benutzen können. Sie sind stark genug, um mich und ... Muttersöhnchen dort drüben zu ... überwältigen. Himmel, Sie ... Sie wären in der Lage, das ganze Schiff ... unter Ihre Kontrolle zu bringen, AeroMar damit unter Druck zu setzen! Ich ... ich begreife einfach nicht, warum Sie solche Möglichkeiten ... ungenutzt lassen!«

Kirk machte keine Anstalten, Melodys Monolog zu unterbrechen, um T'Leras Standpunkt zu erklären. Er wußte, daß seine Hinweise keine Veränderungen bewirken konnten, und daher beschränkte er sich weiterhin darauf, stumm zu beobachten. Die Vulkanierin hob den Schläger, und der Ball schien von ganz allein auf die Bespannung zu finden, prallte ab, segelte mit sonderbarer Anmut übers Netz – und rollte übers Spielfeld, ohne daß Sawyer ihn erreichen konnte. Jim riß unwillkürlich die Augen auf und staunte.

»Sie legen menschliche Maßstäbe an, Commander«, sagte T'Lera ruhig und blieb gelassen stehen. Der Sieg gehörte ihr. »Manchmal spielen persönliche Erwägungen keine Rolle. Manchmal sind andere Dinge weitaus wichtiger.«

»O ja, natürlich!« schnaufte Melody spöttisch und trat ans Netz heran, ohne sich mit der Niederlage abzufinden. Zorn blitzte in ihren Augen, als sie T'Lera anstarrte und eine Tradition mißachtete: Sie streckte nicht die Hand aus. Eine Vulkanierin berühren? Unmöglich! »Ihre Logik und ach so hehren Ideale! Sie sind ja so ehrenhaft, nicht wahr? Wissen Sie, vielleicht könnten Sie sogar meine Sympathie gewinnen – wenn Sie nur einmal zugäben, nicht ganz so perfekt zu sein. Wenn Sie irgendeine Schwäche zeigten, ein wenig Egoismus, zumindest Sorge um Ihren Sohn.

Ich habe zwei Kinder, etwa im gleichen Alter wie Sorahl«, fügte Melody hinzu. Sie rang noch immer nach Atem, doch es lag nicht etwa an den – verlorenen – Tennisspielen. »An Ihrer Stelle würde ich auf Knien um ihr Leben flehen!«

Kirk brauchte noch einige Jahre und die Hilfe eines anderen Vulkaniers, um zu begreifen, welche mentalen Auseinandersetzungen in der vulkanischen Seele stattfinden, unter jener psychischen Patina aus angeblich unerschütterlicher Gelassenheit. Derzeit dachte er nur daran, daß sich T'Lera ihrer eigenen ›Vulkanischen Expedition‹ gegenübersah. Es kam darauf an, was sie unter den gegenwärtigen Umständen als logisch erachtete, ob sie bereit war, einen Kompromiß zu schließen ...

»Würde Sie ein solches Verhalten meinerseits zufriedenstellen, Commander?« Ihre Stimme brachte Rationalität und tausendjährigen Frieden zum Ausdruck, aber Kirk hörte auch noch etwas anderes: Stolz und vierzig Jahrtausende vorgeschichtlicher Barbarei. »Verlangen Sie Demut von mir oder wünschen Sie sich meine Demütigung?«

Bevor Melody Antwort geben, bevor sich Jim Kirk von der Stelle rühren konnte, strich T'Lera von Vulkan ihren geborgten Tennisdreß glatt und sank vor Sawyer auf die Knie. Doch sie bekam keine Gelegenheit mehr, irgend etwas zu sagen. Plötzlich knackte es in den Lautsprechern, und Jason Nyeres donnernde Stimme erklang.

»Alarmstufe Rot! Alarmstufe Rot! Erster Offizier zur Brücke!«

Melody reagierte sofort. Sie ließ den Schläger fallen, griff nach ihrem Pulli und stürmte los. Kirk folgte ihr dichtauf.

Sorahl hörte das Schneemobil als erster.

Er trug eine dicke Parka – die Pazifistengruppe hatte ihn und seine Mutter mit Kleidung ausgestattet, und in dem umfangreichen Sortiment fehlten nur Tennissachen –, öffnete die Luke und atmete kalte Nachtluft. Mit neuerlicher Verwunderung beobachtete er die weiße Ödnis, die sich so sehr von den Wüsten seiner Heimatwelt unterschied. Unter anderen Umständen wäre er vielleicht auf Rächer und seine Leute aufmerksam geworden, die seine Silhouette vor den Sternen sahen und sich daraufhin kaum mehr zurückhalten konnten. Aber Tatya trat auf ihn zu, und das Geräusch ihrer Schritte lenkte ihn ab, bis ...

»Was ist los?« fragte die Agronomin, als sie bemerkte, wie der Vulkanier die Stirn runzelte.

»Ich höre etwas. Ein Brummen, das von einem Motor zu stammen scheint.«

Tatya horchte und schüttelte verwirrt den Kopf. »Für mich herrscht völlige Stille. Ihre Ohren ...«

Sie schwieg einige Sekunden lang, und dann vernahm sie das dumpfe Heulen.

Ebenso wie Rächer.

»Wenn jemand von euch zu schießen wagt«, wandte er sich mit einem drohenden Zischen an seine Gefährten, »ist er eine Sekunde später tot!«

Der vereinbarte Zeitpunkt war längst verstrichen, aber Rächer hoffte noch immer, daß Easter eintraf. Er lächelte grimmig, als er sich vorstellte, wie sein Rivale ins Kreuzfeuer geriet — obwohl er noch immer beabsichtigte, mit dem Angriff bis zum Morgengrauen zu warten. Aber selbst Easter konnte nicht so dumm sein, sich mit einem derartigen Lärm anzukündigen. Rächer verdrängte diese Überlegungen, als Gary Mitchells Schneemobil über die Gletscherflanke raste und direkt auf die *Delphinus* zuhielt.

»Nicht schießen!« rief er. Der dröhnende Motor übertönte beinahe seine Stimme. »Nicht schießen!«

Die Männer hinter ihm grollten unwillig, und Rächer spürte, wie ihre Anspannung wuchs. Doch die Neugier war stärker, als das schnittige Fahrzeug vor dem hoch aufragenden Kommandoturm anhielt und eine einzelne Gestalt ausstieg. Mitchell nahm die Brille ab und winkte den beiden Personen auf der anderen Seite des Panoramafensters zu.

»Guten Abend!« grüßte er freundlich und fügte im Plauderton hinzu: »Ich suche jemanden namens Jim Kirk. Haben Sie eine Ahnung, wo er steckt?«

Auch Yoshi hatte das Schneemobil gehört und gab Jason Nyere Bescheid.

Der Captain schickte die anderen Anwesenden von der Brücke. Er führte keine Waffe bei sich, war noch immer benommen und trat barfuß ans Fenster heran — dazu entschlossen, seiner Rolle als Kommandant gerecht zu werden. »Wer will das wissen?«

»Ein Freund«, erwiderte Mitchell leichthin. Er erinnerte sich an die letzten dreihundert Meter der Fahrt, an etwas, das ihm in der Dunkelheit neben der weißen Anhöhe aufgefallen war. Unheilvolle Ahnungen suchten ihn heim, als er in diesem Zusammenhang an die seltsame Begegnung unterwegs dachte. »Jim weiß, wer ich bin, Captain Nyere.«

Kelso hatte die Kommunikationsanlagen der *Delphinus* angezapft, und dadurch erkannte Gary die Stimme des Kapitäns. *Himmel, irgend etwas lauert in der Finsternis hinter uns. Wir haben jetzt keine Zeit für Förmlichkeiten.*

Nyere hörte, wie sein Name mit dem Kirks in Verbindung gebracht wurde — und beschloß, dem Fremden vorerst zu vertrauen. Trotzdem ließ er den Laufsteg betont langsam herab, während Mitchell nervös von einem Bein aufs andere trat.

»Captain, ich habe durchaus Verständnis für Ihre Vorsicht, aber ganz abgesehen davon, daß ich hier erfriere: Dort drüben hinter der Gletscherflanke ...«

Später ließ sich nicht mehr feststellen, wer zuerst schoß: einer von Rächers ungeduldigen Männern oder der Bioniker selbst, dem plötzlich einfiel, daß er die Schneemobile ungetarnt neben dem Eishügel zurückgelassen hatte. Es spielte auch keine Rolle, wer oder was den Ausschlag gab — von einem Augenblick zum anderen brach die Hölle los.

Mitchell sprang, ging zwischen der *Delphinus* und seinem Schneemobil in Deckung. Während Querschläger um ihn herum Schnee und Eis aufwirbelten, überlegte er voller Unbehagen, ob die dünne Aluminiumwandung des Fahrzeugs irgendeinen Schutz gewährte. Einige Sekunden lang spielte er mit dem Gedanken, alles auf eine Karte zu setzen und zur halb herabgesenkten Gangway zu laufen, entschied sich dann aber dagegen. *Dadurch mache ich mich selbst zur Zielscheibe.*

Er begriff plötzlich, daß er kaum eine Chance hatte. Nyere nahm vermutlich an, er habe ihn von dem Hinterhalt ablenken wollen. *Bestenfalls überläßt er mich einfach meinem Schicksal. Oder er zieht seine Knarre und gibt mir den Rest.* Gary preßte sich flach in den Schnee, stülpte die Hände über den Kopf und betete.

Als die ersten Schüsse krachten, duckte sich Jason Nyere neben die Luke, schloß das Schott und senkte die Stahlblenden vors breite Fenster. Anschließend gab er Alarm.

»Verschwinden Sie nach unten!« stieß er hervor, griff nach Sorahls Arm und schob den Vulkanier zusammen mit Yoshi und Tatya in Richtung Treppe. »Gehen Sie zu T'Lera und der Doktorin. Schließen Sie sich in der Krankenstation ein, bis Sie wieder von mir hören. Los, Bewegung!«

Er öffnete den Waffenschrank und beobachtete die

Byrd-Station durch einen infraroten Feldstecher, als Melody und Jim eintrafen.

»Ich muß mit Ihnen reden, Kirk!« Jason warf Sawyer eine Automatik zu, die sie mit einer Hand auffing.

»Was ist los, Captain?« fragte sie und kniff die Augen zusammen. Melody war ganz offensichtlich in einer mörderischen Stimmung.

»Das weiß ich noch nicht genau«, erwiderte Nyere gepreßt. »Vielleicht kann uns Mr. Kirk Aufschluß geben. Wer auch immer es auf uns abgesehen hat: Die Typen verstecken sich in den Gebäuden der Station — und sie sind verdammt gut bewaffnet.« Er berichtete Sawyer von den jüngsten Ereignissen, als einige großkalibrige Projektile von der dicken, stählernen Hülle der *Delphinus* abprallten. Rasch reichte er Melody mehrere Schallgranaten und einen Helm. »Klettern Sie hoch und halten Sie die Burschen beschäftigt. Seien Sie auf der Hut — ich muß erst noch feststellen, mit wie vielen Angreifern wir es zu tun haben.«

»Alles klar, Sär!« Melody stieg in die Kanoniernische in der oberen Hälfte des Kommandoturms. Die Sicht von dort aus war nicht besonders gut, aber andererseits mußte man sich außerordentlich ungeschickt anstellen, um in der kleinen Kammer getroffen zu werden. »Was ist mit dem Kerl neben dem Schneemobil?«

»Decken Sie ihn, bis wir sicher sind, zu welcher Seite er gehört!« rief Jason. »Kirk ...«

»Captain ...« Jim trat näher. »Ich kenne mich mit Waffen aus. Ich kann helfen.«

Nyere musterte ihn argwöhnisch. »Davon bin ich überzeugt. Die Frage ist nur: wem?« Sawyers Automatik ratterte, und der Geruch heißer Schmiermittel wehte durch den Kommandostand. »Würden Sie mir bitte erklären, warum der Typ da draußen mit seinem Fahrzeug den Sicherheitskordon durchbrach und mich nach Ihnen fragte? Würden Sie mir bitte sagen, warum seine Ankunft hier den vierten Weltkrieg auslöste, bevor ich Gelegenheit bekam, den Laufsteg herabzulassen?«

»Gary ...«, brachte Kirk hervor und schnitt eine Grimasse. Niemand sonst konnte so tollkühn sein. »Captain, ich habe keine Ahnung, wer auf uns schießt, aber der Mann, der mit dem Schneemobil kam, ist ein Freund. Sie können ihm ebenso vertrauen wie mir. Bitte geben Sie mir eine Möglichkeit, ihn an Bord zu holen.«

»Ich kann ihm ebenso vertrauen wie Ihnen?« Rote Flekken bildeten sich auf Nyeres Wangen. Er lud ein Lasergewehr und steckte mehrere Schallgranaten ein. »Zum Teufel auch, wo sind meine Stiefel?« Er starrte Jim an. »Glauben Sie etwa, ich traue einem Pazifisten, der behauptet, ein Waffenexperte zu sein? Der vielleicht in Verbindung mit den Leuten steht, die uns ans Leder wollen, es wagen, auf ein AeroMar-Schiff zu ballern, das groß genug ist, um ...« Jason schnappte in einem Anflug von Verzweiflung nach Luft. »Kirk, ich vertraue Ihnen *nicht*. Und wenn wir diese Sache überstanden haben, werde ich ...«

»Sie müssen mir glauben, Captain«, warf Jim ein. »Mitchell hat nichts mit dem Angriff zu tun!« Er stellte plötzlich fest, daß Elizabeth Dehner neben ihm stand, griff nach ihrer Hand. »Ich bin sicher, es ist Gary! Und ich muß ihn in Sicherheit bringen.«

»Cap... Jim!« Die Stimme der Psychologin klang fast schrill, und ihre Pupillen waren geweitet. Doch die Furcht galt nicht nur den Terroristen. »Die Erste Direktive. Sie ...« Dehner erinnerte sich an ihre Rolle als Freundin. »Du darfst niemanden töten ...«

»Es bleibt mir keine Wahl!« erwiderte Kirk scharf und faßte sich wieder. »Captain, bitte ...«

»Ich habe Ihnen befohlen, unten zu bleiben, Doktor!« brummte Jason und geleitete sie zur Treppe, erinnerte sich dabei an den seltsamen Ausdruck, den sie benutzt hatte. *Erste Direktive? Was soll das heißen?*

Dehner warf Kirk noch einen letzten Blick zu. »Jim ...«

»Schon gut, Doktor«, sagte er fest. »Halten Sie sich an Ihre Anweisungen!«

Ein Liebespaar, nicht wahr? überlegte Nyere. Es überraschte ihn selbst, daß sich kein neuerliches Mißtrauen in ihm regte. *Er scheint daran gewöhnt zu sein, Befehle zu erteilen,* dachte er – und beschloß, ein Risiko einzugehen.

Jason griff nach einem Lasergewehr mit begrenzter Reichweite und drückte es Kirk in die Hand.

»Helfen Sie Sawyer.«

Auf halbem Wege nach oben begriff Jim, daß Dehner recht hatte. Er durfte niemanden töten, nicht einmal für Gary. Fieberhaft überlegte er, wie er seinem Freund helfen konnte.

Hastig brachte er die letzten Stufen hinter sich und ging neben Melody in die Hocke. Sie drehte nicht einmal den Kopf, spähte weiterhin durch den Schießschlitz. Ganz allein hielt sie die Stellung und verhinderte, daß die unbekannten Angreifer Byrd-Station verlassen und sich dem Schiff nähern konnten. Doch es war sicher nur eine Frage der Zeit, bis sich der Gegner eine andere Taktik einfallen ließ, bis die Lage wirklich brenzlig wurde. Kirk schob sich an eine andere Öffnung heran und sah die Gebäude der alten Forschungsbasis. Hinter den zerbrochenen Fenstern blitzte immer wieder Mündungsfeuer. Jim richtete seine Aufmerksamkeit auf das nahe Schneemobil, hielt jedoch vergeblich nach Gary Ausschau.

»Ich dachte, an Bord der *Delphinus* gäbe es nicht nur Handwaffen«, meinte er und starrte auf sein Lasergewehr. Es handelte sich um ein so altertümliches Modell, daß er sich fragte, ob er überhaupt damit umgehen konnte.

»Eine höchst intelligente Bemerkung, Muttersöhnchen!« knurrte Melody und betätigte den Auslöser. Es ratterte erneut. »Wir könnten eine ganze verdammte Stadt dem Erdboden gleichmachen, aber die Geschütze befinden sich unter dem Eis, und angesichts der derzeitigen Lage brauchen wir eine komplette Mannschaft, um das Packeis zu durchstoßen und ganz aufzutauchen. Wenn's nach mir ginge ... Ich würde einfach die stählernen Schilde schließen und abwarten, bis den Typen dort drüben die Munition ausgeht. Doch der Captain scheint geneigt zu sein, Ihren Freund zu retten.«

Sawyer setzte sich auf, griff nach einer Schallgranate und holte aus. Noch während der Sprengkörper übers Eis sauste und vor dem nächsten Gebäude in den Schnee fiel, nahm sie ein Ersatzmagazin und schob es in die Ladekammer der Automatik. Als die Schockwellen der Explosion verebbten, wandte sich Kirk erneut an Melody.

»Gibt es noch einen anderen Weg nach draußen?«

»Durch die Notluke in der Rückwand des Funkraums. Dann gibt Ihnen der Kommandoturm Deckung.« Sie feuerte und erahnte erst nach einigen Sekunden, was Jim beabsichtigte. »Sind Sie übergeschnappt?«

»Wenn es mir gelingt, Gary hereinzuholen, können Sie die Schilder herabsenken«, platzte es aus Kirk heraus. »Wenn's mich erwischt ... Nun, in dem Fall sind Sie uns beide los und brauchen sich keine Sorgen mehr zu machen. Geben Sie mir Ihre Granaten.«

»Damit Sie mich zusammen mit der Kanoniernische in die Luft jagen und sich anschließend den Angreifern hinzugesellen? Von wegen, Muttersöhnchen!«

»Melody ...«, sagte Jim mit erzwungener Geduld. Er schwang das Lasergewehr herum und wünschte sich einen Phaser, der auf Betäubung justiert werden konnte. »Ich könnte Ihren verdammten Dickschädel wegbrennen und in aller Seelenruhe den Kommandoturm sprengen! Geht es denn nicht in Ihre Rübe, daß ich nur helfen will?«

»Captain, Sär!« rief Melody, zielte, schoß und wartete auf Nyeres Antwort. »Es sind insgesamt zehn oder zwölf, und ihre Bewaffnung ist leicht bis mittelschwer. Ah, und noch etwas: Muttersöhnchen möchte im Schnee tollen!«

»Lieber Himmel!« keuchte Jason. Normalerweise hätte er längst die Kanoniernische aufgesucht, aber er blickte noch immer durch den infraroten Feldstecher und versuchte, die Terroristen zu lokalisieren. Außerdem rechnete er mit Schwierigkeiten aus einer anderen Richtung.

Seine Erwartungen wurden nicht enttäuscht: T'Lera betrat die Brücke.

»Captain Nyere.«

Ihre Stimme traf ihn fast wie ein Schlag, und diesmal zuckte selbst er zusammen, als er dem kalten Feuer in ihren Augen begegnete. Sie ignorierte die von Yoshi übermittelte Anweisung, in der Krankenstation zu bleiben, kümmerte sich nicht um die menschlichen Einwände, verwandelte sich von T'Lera, der Schiffbrüchigen, in T'Lera, die Kommandantin einer Erkundungsmission. Sorahl schloß sich ihr wortlos an. *Vermutlich würde er ihr auch in die Hölle folgen — wenn Vulkanier mit einem solchen Konzept vertraut sind,* fuhr es Jason durch den Sinn.

»Bei allen Heiligen!« stieß er hervor. »Sie haben mir gerade noch gefehlt!«

»Captain.« Sorahl hatte seine Mutter informiert, und T'Lera streckte in einer kapitulierenden Geste die Hände aus. »Wenn die Angreifer uns wollen ...«

Jason stöhnte. »Begreifen Sie denn nicht? Dies ist mein Schiff! Ich bin es nicht gewohnt, Opferlämmer auszuliefern. Und solange ich nicht weiß, gegen wen ich kämpfe, sind Sie mir nur im Weg!« Er breitete die Arme aus. »Um Himmels willen, T'Lera.« Er nannte ihren Namen, um seinen Worten Nachdruck zu verleihen. »Bitte!«

Die Vulkanierin fügte sich widerstrebend. Selbst wenn Leben in Gefahr gerieten: Es stand ihr nicht zu, sich in Dinge einzumischen, die in den Verantwortungsbereich eines anderen Kommandanten gehörten. Sie nickte knapp und ging zusammen mit Sorahl nach unten.

Jason atmete erleichtert auf, brauchte sich jetzt nur noch um ein Dutzend Terroristen und das Rätsel namens Kirk zu kümmern. Jeder Schiffskapitän mußte in der Lage sein, wichtige Entscheidungen innerhalb eines Sekundenbruchteils zu treffen, sich dabei auf seinen Instinkt zu verlassen. Kirk wußte um den inneren Kampf, den Nyere derzeit führte — und er schwieg. Jasons rechte Hand tastete nach den Ultraschallgranaten, als ...

»Ach du dickes Ei!« kreischte Melody, warf sich zurück und rollte die Treppe herunter. Unmittelbar darauf leckten Flammen durch die Schießschlitze, erfüllten die Kanoniernische mit einer Hitze, die Sawyer auf der Stelle getötet hätte. Ohne ihre Reflexe als Tennisspielerin wäre sie sicher nicht mit dem Leben davongekommen. »Die Mistkerle haben einen Flammenwerfer!«

Kirk erinnerte sich an einen enthusiastischen Vortrag des Waffennarren Sulu: Die während des einundzwanzigsten Jahrhunderts gebräuchlichen Flammenwerfer benutzten Napalm, wurden mit Lasermoduln betrieben und hatten eine Reichweite von mehr als hundert Metern. Alles andere als Kinderspielzeuge, selbst nach den Maßstäben des Föderations-Zeitalters.

Jim nahm einige Ultraschallgranaten entgegen.

»Das ändert die Situation«, sagte Nyere düster. »Gegen solche Waffen können wir kaum etwas ausrichten. Wenn wir die Schießschlitze geöffnet lassen, werden wir nacheinander gebraten. Und wenn wir sie schließen ... Dann benutzt der Gegner das Ding wie einen Schweißbrenner und schneidet den Kommandoturm in Stücke. Kirk, Sie haben drei Minuten, um Ihren Freund zu holen. Ich lasse den Laufsteg in hundertzwanzig Sekunden herab. Rennen Sie los, wenn die Turmlampe aufleuchtet.«

Jim umfaßte kurz den Arm des Captains – eine Kriegergeste aus grauer Vorzeit – und machte sich auf den Weg.

Kirk hielt sich nicht damit auf, einen dicken Mantel überzustreifen, fürchtete, dadurch nur behindert zu werden. Er verschwendete keinen Gedanken an die antarktische Kälte – bis seine Hände an den eisernen Sprossen festklebten. Er mußte sie fast mit Gewalt vom Stahl lösen, sprang die letzten Meter und landete in weichem Schnee. Melody hatte recht: Der Kommandoturm schirmte ihn vor der Byrd-Station und den Angreifern ab. Rasch schob sich Kirk an der dunklen Masse der *Delphinus* vorbei und erreichte kurz darauf jenen Teil des Bugs, der aus dem Packeis ragte. Dahinter erstreckte sich offenes Gelände, ohne jede Deckung. Eine zweite lange Flammenzunge tastete flackernd und knisternd nach dem Schiff, und für wenige Sekunden verwandelte sich die Eislandschaft in ein brodelndes Inferno. Dann kroch die Dunkelheit zurück, und nur das Funkeln der Sterne spendete Licht. Im letzten Schein des Feuers bemerkte Jim eine reglose Gestalt, die neben dem Schneemobil auf dem Bauch lag. Er hoffte inständig, daß Gary nicht verletzt oder gar tot war.

Irgend etwas explodierte und schleuderte Kirk zur Seite. Melody warf weitere Granaten, um ihn zu decken, zwang die mit dem Flammenwerfer bewaffnete Gestalt, in eine Baracke zurückzuweichen. Jim rollte sich ab, ignorierte den kalten Schnee, kroch auf allen vieren, sprang auf die Beine, legte die letzten Meter im Zickzack zurück und hörte dabei lautes, bedrohliches Rattern. Kugeln umschwirrten ihn. Sawyer beantwortete die Salve mit einer neuen Ultraschallgranate, als Kirk hinter das Schneemobil hechtete und dicht neben Mitchell liegen blieb.

»Ich bin's, Gary!« rief er, um das Getöse zu übertönen. Mitchell spannte die Muskeln und wollte sich auf ihn stürzen, erkannte ihn im letzten Augenblick. Er lachte erleichtert, und die Freunde klopften sich auf die Schultern.

»Alles in Ordnung mir dir?«

»Klar, Junge«, antwortete Gary. Doch seine Stimme klang heiser, und die Lippen zitterten nicht nur aufgrund der Kälte.

Einige Sekunden Später sah Kirk, wie der Turmscheinwerfer erstrahlte. Der grelle Lichtkegel wanderte über die Gebäude am Rand der Forschungsstation, und einige finstere Gestalten wichen hastig von den Fenstern zurück. Etwas surrte, und der Laufsteg senkte sich dem Schnee entgegen. Jim gab Mitchell einen Stoß.

»Lauf los! Ich halte dir den Rücken frei!«

Er versuchte sich daran zu erinnern, wie man mit einer altmodischen Ultraschallgranate umging, besann sich an seine Ausbildung und die waffenhistorischen Studien. Er sah Mitchell nach, und als er die Gangway erreichte und zum Schott eilte, nahm Kirk zwei Sprengkörper zur Hand, machte sie scharf und warf die beiden Granaten in verschiedene Richtungen. Sie verschwanden in schmalen Gassen zwischen den einzelnen Bauten. *Mal sehen, wie unsere*

Gegner damit *fertig werden*, dachte er grimmig und duckte sich in Erwartung der Explosion. Erneut schwang der Lichtkegel hin und her: Mitchell war in Sicherheit.

Kirk stemmt sich hoch und stürmte in Richtung Laufsteg.

Das von Irrsinn und Realitätsverlust erfaßte Bewußtsein Rächers gab für alles Easter die Schuld.

Der Bioniker und seine Leute hatten Easters bunt zusammengewürfelte Schar belächelt – ein disziplinloser Haufen, der sich mit den unhandlichen Spielzeugen der modernen Waffentechnologie abmühte: Zu der Ausrüstung gehörten Raketenwerfer, Laserlafetten und Neutronenkanone, die so schwer war, daß zwei Personen gebraucht wurden, um sie abzufeuern. Wenn solche Waffen im Nahkampf eingesetzt wurden, bestand das nicht unerhebliche Risiko, daß die Verteidiger zusammen mit den Angreifern starben. Nur Feiglinge benutzten solche Dinge, meinte Rächer.

Doch jetzt bedauerte er, nicht auf sie zurückgreifen zu können.

Wenn alles nach Plan gegangen wäre, dachte Rächer, während das auf seiner Schulter ruhende Rohr Feuer spuckte, *befänden wir uns längst im Innern des Schiffes und wateten durch Blut*. Doch die wenigen zurückgebliebenen Besatzungsmitglieder der *Delphinus* leisteten noch immer hartnäckigen Widerstand, und nur der Flammenwerfer verhinderte eine verheerende Niederlage der Terroristen. Das schwere Kriegsmaterial befand sich bei Easter. *Doch der blöde Kerl läßt sich nicht blicken.*

»Aussichtslos!« rief einer von Rächers Leuten. »Wir können nicht ins Schiff. Laß uns von hier verschwinden, bevor es zu spät ist!«

»Wir bleiben!« brüllte der Bioniker, betätigte einmal mehr den Auslöser und beobachtete, wie eine lange Flamme nach der *Delphinus* leckte. Sie strich über Mitchells Schneemobil, und das Fahrzeug platzte sofort auseinander. Funken stoben, und die Druckwelle der Explosion erschütterte sowohl das Schiff als auch die dicken Packeisschollen.

Der Kommandoturm erbebte sichtlich. Melody hatte die Luke hinter Kirk geschlossen und verlor den Halt, als sich der Boden unter ihren Füßen plötzlich hob und senkte. Sie taumelte — und fiel in die Arme Gary Mitchells.

»Was für ein netter Empfang«, sagte er und grinste, fand in der Sicherheit des Schiffes den verlorenen Humor wieder. »He, auf die Umarmung folgt für gewöhnlich ein ...«

»Wagen Sie es bloß nicht!« fauchte Sawyer, stieß ihn zur Seite und eilte zu Jason, der die Instrumente prüfte und eventuelle Schäden festzustellen versuchte. Aus den Augenwinkeln beobachtete sie Kirk, der die Hände rang — aus Furcht, wie sie glaubte.

»Alles in Ordnung mit Ihnen?« wandte sich Nyere besorgt an Melody.

»Ja!« erwiderte sie und verzog kurz das Gesicht. »Ich habe mir nur auf die Zunge gebissen. Himmel, wir bilden eine tolle Verteidigungstruppe, nicht wahr? Ich im Tennisdreß, Sie ohne Stiefel ...« Sawyer schüttelte den Kopf. »Wie schlimm ist es?«

Nyere deutete auf die Anzeigen. »Mehrere kleine Risse in der Außenhülle, einige Schotten undicht, was weiß ich? Wir merken's beim nächsten Tauchmanöver.«

Melody nahm das infrarote Fernglas zur Hand und stellte fest, wo sich die bunten Schemen befanden. Dann griff sie nach dem noch unbenutzten Lasergewehr des Captains. Er überließ es ihr, ohne irgendwelche Einwände zu erheben.

»Wird Zeit, daß wir einen Schlußstrich ziehen!« verkündete sie entschlossen, sauste wie der Blitz die Treppe hoch und kletterte in die Kanoniernische.

Lasergewehre verursachten kaum Geräusche. Melody erschoß drei von Rächers Leuten, bevor die anderen begriffen, was geschah. Zu den Toten gehörte auch der Mann, der den Bioniker zur Flucht gedrängt hatte. Er sank dicht neben dem Anführer der Gruppe in den Schnee. Die Überlebenden sahen die Sinnlosigkeit des Kampfes ein, wandten sich um und kehrten zu den Schneemobilen zurück.

Nur Rächer blieb. Er achtete nicht auf den Toten an seiner

Seite, ignorierte auch die Kälte der Nacht. Sein aus Metall und Kunststoff bestehender Körper emittierte keine Wärmestrahlung. Er wußte, daß der Plan gescheitert war, aber er gab trotzdem nicht auf. Er schaltete seine Waffe auf volle Leistung, verließ die Baracke und trat dem großen Schiff allein entgegen, beobachtete mit teuflischer Genugtuung, wie Flammen den hohen Kommandoturm umhüllten. Rächer erschien wie eine seltsame Mischung aus Drache und wahnsinnigem Don Quichotte – ein reinkarnierter Wikinger-Berserker, der Vergeltung für erlittene Schmach forderte.

Rächer mochte schon vor langer Zeit einen großen Teil seiner Menschlichkeit eingebüßt haben, doch er blieb ein Teil der allgemeinen Schöpfungsvielfalt. Seine Waffe war keine Gabe der Götter: Sie wurde nicht etwa mit Wut betrieben, sondern verwendete schlichtes Napalm – was sich als Nachteil erwies. Die halbflüssige Masse erstarrte in der Kälte, verfestigte sich in der Einspritzdüse und tropfte als weiche, wachsartige Substanz auf die Brust des Bionikers. Rächers Schicksal erfüllte sich in jähem Feuer: Heiße Glut umzuckte den künstlichen Leib, verwandelte ihn in ein brennendes Fanal, das die Nacht erhellte. Kunststoff verschmorte; elektronische Leiterbahnen verdampften; haßerfüllte Gedanken eines zumindest teilweise organischen Hirns versiegten; verkohlendes Fleisch schrumpfte in stählernen Gehäusen.

Kurz darauf lag nur noch ein Haufen Schrott im Schnee.

»Sie setzten sich ab, Sär!« berichtete Melody, sah auf die Bildschirme und beobachtete die davonrasenden Schneemobile. Die letzte Ironie von Rächers feurigem Ende bestand darin, daß es unbeachtet blieb. »Bitte um Erlaubnis, nach draußen gehen und feststellen zu dürfen, ob Verwundete zurückgelassen worden sind.«

Sie wußte natürlich, daß die drei Männer, auf die sie geschossen hatte, tot waren – sie verfehlte nie ihr Ziel. Es ging ihr in erster Linie darum, Jason von seiner lethargischen Benommenheit zu befreien.

»Na schön,«, brummte Nyere. »Geben Sie mir wenigstens Zeit, meine Stiefel anzuziehen. Kirk, Mr. Mitchell – was halten Sie davon, ein bißchen frische Luft zu schnappen?«

»Nun, James, was ist in der Zwischenzeit geschehen?« fragte Mitchell leise, als Sawyer ihn und Kirk mit gezückter Waffe aufs Eis führte. »Was habe ich verpaßt? Welchen Spaß hattest du während meiner Abwesenheit mit der Gehirnklempnerin?«

»Ich erkläre dir alles«, flüsterte Kirk, drehte den Kopf und bedachte Melody mit einem vorwurfsvollen Blick. »Sobald du mir gesagt hast, wieso du ohne ausdrücklichen Befehl hierhergekommen bist.«

»Oh, jetzt geht's los ...«

Kirk wußte genau, warum Nyere darauf bestanden hatte, daß sie ihn nach draußen begleiteten. Das typische, umsichtige Verhalten eines Kommandanten: Jason wollte eine sichere Distanz zwischen zwei ihm nach wie vor rätselhaften Personen und den beiden Vulkaniern wahren, feststellen, wie sie auf die Toten in der Byrd-Station reagierten, ob es irgendeinen Zusammenhang gab. Und wenn tatsächlich noch einige Angreifer lebten, dienten Jim und Gary als Deckung und Faustpfand.

»Ich habe die drei Leichen untersucht, konnte jedoch keine Ausweise finden«, sagte Melody, als sie aus einer der Baracken kam. »Doch die Waffen stammen eindeutig aus den Arsenalen der Planetaren Streitkräfte.«

»Hüten Sie sich vor voreiligen Schlußfolgerungen, Sawyer«, brummte Jason und beobachtete, wie das blasse Licht der aufgehenden Sonne den bisher blauen Eisschollen einen rötlichen Schimmer verlieh. Am anderen Horizont zeigte sich eine gelbgraue Unwetterfront, die mit beängstigender Geschwindigkeit heranzog und heftige Schneestürme in Aussicht stellte. »Viele terroristische Splittergruppen haben Zugang zu PS-Kriegsmaterial.«

»Es wird ihnen von Berufssoldaten verkauft, die hoffen, auf diese Weise Unruhe stiften und im Geschäft bleiben zu können. Vielleicht gehört sogar der Westentaschengeneral des Untersuchungsausschusses zu den Waffenschiebern.«

»Himmel, Sawyer, Verschwörungstheorien sind so alt wie ...«, begann Jason, doch Kirk sah eine gute Gelegenheit und nutzte sie.

»Entschuldigen Sie, Captain, aber vielleicht ist das gar nicht so weit hergeholt«, warf er ein. »Wer sonst weiß davon, daß Sie Funkstille wahren müssen und hier mit den Vulkaniern allein sind, ohne Ihre Mannschaft? Geschähe es zum erstenmal, daß die Planetaren Streitkräfte handeln, ohne eine Entscheidung des Weltrates abzuwarten?«

Melody nickte weise, aber Jason hatte genug.

»Würden Sie mir einen Gefallen tun, Kirk?« ächzte er. »Halten Sie die Klappe!«

Jim schwieg, wußte aber, daß er bereits Zweifel in Nyere gesät hatte.

»Ich möchte Ihnen etwas Interessantes zeigen«, ließ sich Melody vernehmen und führte die Männer dorthin, wo Rächers Reste einen schmutzigen Buckel im Schnee bildeten. »Soweit ich weiß, betreiben die PS ein Androiden-Forschungsprogramm. Nun, was halten Sie davon, Captain, Sär?«

Gemeinsam untersuchten Sie die Masse aus verrußtem Stahl, verkohltem Kunststoff und verbranntem Fleisch.

»Sieht ziemlich übel aus«, kommentierte Nyere und schluckte. Er hatte sich niedergehockt, stand nun wieder auf und lauschte. »Was ist *das* denn?«

»Ein Helikopter, Sär«, meinte Melody und lauschte dem Pochen in der Ferne. Wind kam auf, und erste Böen heulten und fauchten. »Die Frage lautet: Wer möchte uns einen Besuch abstatten?«

»Zurück ins Schiff!« rief Jason, um die zornige Stimme des beginnenden Sturms zu übertönen. »Treffen Sie alle notwendigen Vorbereitungen, Sawyer. Schwingen Sie den Turmscheinwerfer herum und richten Sie ihn auf den Hubschrauber. In ein paar Minuten ist es hier stockfinster.«

»Jawohl, Sär!« Melody lief zur *Delphinus*.

Der Helikopter gehörte zu einem Konvoi, der bereits anderen Leuten aufgefallen war — einigen dick vermummten Gestalten, die unweit der Küste in zwei eingeschneiten Schneemobilen saßen.

»Keine Hoheitszeichen«, stellte Noir fest und strich das Dach des zweiten Fahrzeugs frei, während Kaze die Kufen überprüfte. »Wer weiß, wer dort oben an den Kontrollen sitzt ...«

»Für mich sind's zu viele«, sagte Red. »Die Sache gefällt mir nicht. Wir sollten verschwinden.«

Nach Easters *de facto*-Abdankung war sie zur inoffiziellen Sprecherin der Gruppe geworden. Der frühere Anführer hatte die ganze Nacht über vor dem Steuer des Schneemobils gesessen und längst überholte Marschlieder gesungen, bis es selbst Aghan zuviel wurde: Er floh nach draußen.

»Sein Verstand ist eingefroren«, meinte der November-Krieger und grinste fröhlich. »Bei ihm waren ohnehin immer einige Schrauben locker, aber jetzt ist er total ausgerastet. Er hat sie nicht mehr alle. Wir sollten ihn hier zurücklassen.

»Himmel, wir hätten den Kerl von gestern abend umpusten und uns sein Schneemobil schnappen können!« fauchte Red. »Dann wären wir in der Lage gewesen, die Verabredung mit Rächer wahrzunehmen. Aber Easter mußte uns unbedingt dazwischenfunken.«

Aghan zuckte mit den Schultern. »Ob mit oder ohne uns — inzwischen ist alles vorbei. Vermutlich hat Rächer bereits das Zeitliche gesegnet. Was für ein Wahnsinn, ein Schiff von solcher Größe allein anzugreifen ...«

»Das war deine Idee, du Idiot!« erinnerte ihn Red und stampfte mit den Füßen aufs Eis. Weitere Helikopter näherten sich. »Verdammt, mir reicht's! Läuft die blöde Kiste?« wandte sie sich an Noir, der wieder an den Instrumenten hockte. Er nickte. »Gut. Jetzt schmeißen wir die Waffen raus. Soll sich Easter damit wärmen.«

Sie entluden das zweite Schneemobil, verstauten Raketenwerfer, Granaten, Laserlafetten und die Neutronenkanone in der Frachtkammer von Easters Fahrzeug. Ohne das schwere Kriegsgerät kamen sie wesentlich schneller voran, und ihr Lieferant konnte ihnen jederzeit neue militärische Ausrüstungen besorgen. Easter reagierte nicht auf das, was um ihn herum geschah. Er saß weiterhin im Fahrersessel, starrte durch die trübe Windschutzscheibe und sang seine anachronistischen Lieder.

»Jetzt haben wir alle Platz«, verkündete Red, als sich ihre Gefährten in das zweite Fahrzeug zwängten. »Wir kehren heim. Und wenn uns irgend jemand dumme Fragen stellt – wir sind Journalisten, die nach Außerirdischen suchen. Aber hier gibt's nur Schnee und Eis.«

Der Motor dröhnte, und stählerne Kufen kratzten übers Weiß. Red und ihre Freunde fuhren in die Richtung, aus der die Hubschrauber kamen, nach Norden zur Küste, um von dort aus in eine Welt zurückzukehren, die ihnen längst fremd geworden war.

Aghan lag mit seiner Einschätzung durchaus richtig. Easters Verstand war eingefroren, und dafür gab es zwei Gründe: die lähmende Kälte – und die bittere Erkenntnis, versagt zu haben. Er hätte den einsamen Reisenden am vergangenen Abend erschießen und sein Schneemobil nehmen sollen – um eine Möglichkeit zu haben, zu Rächer zu fahren, einen Hinterhalt vorzubereiten und seinen Rivalen umzubringen. Vielleicht wäre er sogar imstande gewesen, die angeblichen extraterrestrischen Raumfahrer allein zu überwältigen. Und wenn nicht ... Ein schnelles, plötzliches Ende in Feuer und Licht. Statt dessen starb er den langsamen Tod, vor dem er sich immer gefürchtet hatte.

»›A nation once again ...‹«, sang Easter hoffnungslos, den Blick in die weiße Leere gerichtet. Sein stinkender Atem war die einzige Wärmequelle, kondensierte an der Windschutzscheibe. Eisige Kälte kroch von den Füßen in die Waden, erreichte die Knie und vermittelte ein trügerisches Gefühl der Wärme.

»›And Ireland long a-promised be, A nation once again ...‹«

»Wir haben sie abgehängt«, wandte sich die Pilotin des ersten Helikopters an ihren VIP-Passagier, als sie ohne die ungebetene Eskorte zur Landung ansetzte. Die Maschine ähnelte einer ins Riesenhafte gewachsenen Heuschrecke, die vor der dunklen Unwetterfront floh und den drei Gestalten auf dem Eis tief unten entgegenfiel.

Melody stand auf der Brücke der *Delphinus* und richtete den Lichtkegel des Scheinwerfers auf den Hubschrauber. Jason hörte, wie das rhythmische Pochen rasch lauter wurde, griff nach seiner Waffe und fragte sich, ob Melody und Kirk recht hatten. Steckten tatsächlich die Planetaren Streitkräfte dahinter? Planten einige hochrangige Kommandooffiziere, die Vulkanier zu eliminieren und die Schuld irgendwelchen Terroristen in die Schuhe zu schieben? Er vergewisserte sich, daß Kirk und Mitchell weiterhin vor ihm standen und Deckung gewährten, hob wie beiläufig das Lasergewehr.

Es knackte in einem externen Lautsprecher der heranfliegenden Maschine. »Nehmen Sie den Finger vom Drücker, Jason. Ich komme nicht mit feindlichen Absichten.«

Nyere lachte, als er die Stimme erkannte: Rabe-nimmt-den-Bogen, die beste AeroMar-Pilotin in der südlichen Hemisphäre. »Was machen Sie hier, zum Teufel?«

»Hab' leider keine Zeit für ein Plauderstündchen, Jace. Muß einen VIP absetzen, verschwinden und Reportern ein Schnippchen schlagen.«

»Reportern?« wiederholte Nyere. Der Helikopter schwebte über dem Eis, Rabe schien auf eine Antwort zu warten. »Landen Sie endlich. Wir können auf einen künstlichen Sturm verzichten. Die echten reichen uns völlig.«

Der Hubschrauber ging nieder, und das Heulen des Motors wurde leiser. Eine Gestalt kletterte aus der Kabine, rückte ihre Wollmütze zurecht und hielt den Mantel fest, als sie über die Kufen stieg und Jim Kirk entgegentrat, der plötzlich übers ganze Gesicht strahlte. Er hätte mit allem gerechnet, aber nicht mit einer solchen Überraschung ...

»Spock!«

Kapitel 10

»Spock!« Der von den Rotorblättern erzeugte Wind zerrte an Kirk, und das laute Hämmern übertönte seine Stimme. Er konnte es kaum fassen. »Himmel, ich habe kaum gehofft, Sie noch einmal wiederzusehen! Ganz gewiß nicht hier.«

»Durchaus verständlich, Captain. Mir ergeht es ähnlich.«

»Wir haben eine Menge zu besprechen!« rief Jim. »Captain Nyere, sollten wir nicht ins Schiff zurückkehren? Das Unwetter ...«

»Immer mit der Ruhe, Kirk!« erwiderte Jason scharf. Er beugte sich in die Kanzel des Hubschraubers, um einige Worte mit Rabe zu wechseln. »Wer ist der Kerl? Und was hat es mit den Reportern auf sich?«

Die Pilotin zuckte mit den Schultern. »Ein Abgesandter der Friedensgesellschaft. Und die Journalisten ... Es wimmelt praktisch überall von ihnen. Sie können nicht mehr aufgehalten werden, berufen sich auf irgendein ›Gesetz der Informationsfreiheit‹. Ich schlage vor, Sie bringen Ihre Leute an Bord und machen den Laden für'n paar Tage dicht. Es bleibt uns nichts anderes übrig, als die Pressefritzen hierherzubringen, aber niemand verlangt von Ihnen, sie zu empfangen.«

»Da wäre noch eine andere Sache«, sagte Jason und berichtete von dem Terroristenangriff, den drei Toten im Gebäude, dem Schrotthaufen im Schnee. »Setzen Sie sich mit dem Hauptquartier in Verbindung. Jemand soll kommen, die Leichen fortschaffen und hier aufräumen.«

»Sobald das Wetter besser geworden ist.« Rabe nickte in Richtung der heranziehenden Sturmfront. Aus dem warnenden Seufzen der ersten Böen wurde ein wildes, unheilverkündendes Heulen. Dicke Hagelkörner prallten auf die wirbelnden Rotorblätter. »Ich muß jetzt wieder los«, brummte die Pilotin. »Halten Sie sich die Reporter irgendwie vom Leib.«

Jason trat hastig zurück, und wenige Sekunden später stieg der Helikopter auf, schwang herum und sauste davon. Nyere winkte kurz, bevor er zusammen mit den anderen zum Schiff stapfte.

Der Erste Maat Melody Sawyer fehlte auf der Brücke.

Vielleicht gründete sich ihre Abwesenheit auf den Umstand, daß durch ihr Eingreifen drei Menschen gestorben waren. In ihrer langen Laufbahn hatte sie nur einmal getötet – um Nyeres Leben zu retten. Nur Jason wußte, daß sich unter dem harten, coolen John-Wayne-Gebaren ein höchst sensibles Wesen verbarg. Vielleicht lag es an den Verschwörungstheorien. Vielleicht lag es daran, daß nach dem Terroristenüberfall ein weiterer Freund des mysteriösen Kirk eintraf, noch dazu mit einem VIP-Hubschrauber. Vielleicht lag es daran, daß Melody seit der ersten Begegnung mit den Vulkaniern nicht mehr richtig geschlafen hatte und während der letzten vierundzwanzig Stunden überhaupt nicht zur Ruhe gekommen war. Vielleicht lag es schlicht und einfach an der entschlüsselten Nachricht auf dem Kom-Schirm:

ENTSCHEIDUNG DES WELTRATES FÄLLT INNERHALB DER NÄCHSTEN STUNDE. HALTEN SIE SICH IN BEREITSCHAFT.

Eigentlich durfte Melody Jasons Priorität-Eins-Code überhaupt nicht kennen, aber ganz offensichtlich war es ihr gelungen, die Mitteilung zu dechiffrieren. Und anschließend beschloß sie, unverzüglich zu handeln – ohne sich mit einer Bestätigung der Botschaft aufzuhalten. Düstere Ahnungen entstanden in Jason, als er überlegte: *Was will sie unternehmen?*

»Lieber Himmel!« stieß er hervor, als er den geöffneten Waffenschrank sah. Das Lasergewehr ruhte wieder im Gestell, doch dafür fehlte die kleine Strahlenpistole des Captains. »Kirk, Sie und Ihre Begleiter bleiben hier.«

Jim begriff ebenso wie Nyere, welche Gefahr drohte, und diesmal war er nicht bereit, sich dem Kommandanten der *Delphinus* zu fügen. Spocks Ankunft erfüllte ihn mit neuer Entschlossenheit.

»Melody meinte, sie sei bereit, die Vulkanier zu töten – um es Ihnen zu ersparen, selbst eine entsprechende Anweisung des Rates auszuführen!« Er umfaßte die Schultern des untersetzten Mannes und drückte fest zu. »Nehmen Sie unsere Hilfe an. Wenn uns Zeit genug bliebe, würde ich Ihnen erklären, wer wir sind und was wir ...«

»Wir haben *keine* Zeit mehr!« platzte es aus Jason heraus und stieß Kirk beiseite. Mitchell bewahrte seinen Freund davor, das Gleichgewicht zu verlieren.

Schritte näherten sich. Elizabeth Dehner betrat die Brükke, wußte noch nichts von der neuen Krise.

»Melody teilte mir mit, Jim wolle mich sprechen«, sagte sie, sah Mitchell und Spock – und riß die Augen auf. »Ich ...«

»Wo ist sie jetzt?« fragte Jason mit vibrierender Stimme. Aus einem Reflex heraus griff er nach einer anderen Laserpistole, zögerte, legte sie zurück und schloß den Waffenschrank. *Mein Gott, was ist bloß mit mir los? Wäre ich tatsächlich bereit, auf Sawyer zu schießen?* Lief es darauf hinaus? Freund gegen Freund? Um Fremde zu schützen?

»Sie wollte zur Krankenstation, um die anderen von den jüngsten Ereignissen zu informieren«, entgegnete Dehner.

»Captain ...«, begann Jim.

»Nein, Kirk.« Jason schüttelte den Kopf. »Dies ist mein Schiff. Ich trage die Verantwortung.«

Diesem Argument konnte sich Jim nicht entziehen, und er zögerte kurz. Nyere nutzte die Gelegenheit, sich an ihm vorbeizuschieben und die Treppe hinunterzustürmen. Sie hörten, wie er jeweils mehrere Stufen auf einmal nahm; es folgte ein leises Zischen und dann das Klacken einer Verriegelung. Kirk und seine Gefährten saßen auf der Brücke fest; Jason hatte das Schott geschlossen. Kirk eilte ebenfalls nach unten, hämmerte vergeblich an die massive Stahlwand.

»Captain Nyere!« rief er. »Jason, ich beschwöre Sie ...«

Er wandte sich um, fluchte leise, kehrte in den Kommandoraum zurück und ließ sich müde in einen Sessel sinken. »Ich habe versucht, mich an die Erste Direktive zu halten und Vernunft walten zu lassen, aber jetzt deutet alles darauf hin, daß wir gescheitert sind. Es ist meine Schuld ...«

Mitchell hielt sich nicht mit Selbstvorwürfen auf. Zusammen mit Spock bereitete er sich darauf vor, aktiv zu werden. Die beiden Männer legten die dicke Kleidung ab, und der Vulkanier war klug genug, die Wollmütze auf dem Kopf zu behalten. Gary sah durch einen Schießschlitz und spähte nach draußen. »Gleich geht's rund ...«

Kirk stand auf. »Was ist los?«

»Eine Menge«, knurrte Mitchell. »Draußen wütet ein Schneesturm mit schätzungsweise Windstärke zehn oder elf, und gerade sind drei große Hubschrauber mit Dutzenden von Reportern gelandet. Unter diesen Umständen kommt wohl kaum ein Spaziergang auf dem Eis in Frage.«

»Was auch gar nicht in unserer Absicht liegt«, erwiderte Kirk und holte tief Luft. »Spock, es muß irgendeine Möglichkeit geben, das verriegelte Schott zu öffnen. Prüfen Sie die Instrumente. Führen Sie einen Kurzschluß herbei. Finden Sie den richtigen Zugangscode oder was weiß ich.«

Der Vulkanier nickte und nahm an der Konsole Platz. »Mir fehlen nach wir vor Informationen über Captain Nyeres Verhaltensmuster und die Gründe für Ihre Besorgnis.«

»Ich erkläre es Ihnen später, Spock«, preßte Kirk hervor. »Wenn es dann noch einen Sinn hat. Und jetzt ... An die Arbeit!«

Melody empfand eine gewisse Genugtuung, als sie Elizabeth Dehner im Korridor begegnete; ganz offensichtlich mißachtete die Psychologin den Befehl des Captains, in der Krankenstation zu bleiben. Sawyer schickte sie zur Brücke, und damit war ein Hindernis aus dem Weg geräumt. Die in einer Tasche ihres Tennispullis verborgene Laserpistole würde die restlichen Probleme lösen.

»Auf die andere Seite!« wandte sich Melody an T'Lera. Sie schloß die Tür, lehnte sich dagegen und zielte direkt zwischen die fragend gewölbten Brauen der Vulkanierin. »Das gilt auch für Sie, Junior. Yoshi, Tatya – rührt euch nicht von der Stelle. Eine falsche Bewegung, und ihr seid erledigt!«

»Melody!« entfuhr es Tatya unwillkürlich.

»Ich will nichts von Ihnen hören!« zischte Sawyer und hielt den Blick weiterhin auf die Vulkanier gerichtet. »Mischen Sie sich nicht ein. Morgen sind Sie auf dem Heimweg, und dann erscheint Ihnen die ganze Sache nur mehr wie ein böser Traum.« Ihre nächsten Worte galten T'Lera. »Man wird sie ›behandeln‹, ihr Gedächtnis löschen«, sagte sie und fragte sich, warum sie eine solche Erklärung hinzufügte. Sie war den Fremden gegenüber zu nichts verpflichtet. »Das trifft auch auf die anderen Beteiligten zu.«

»Ach?« T'Lera stand ruhig auf. Sie wirkte nicht direkt ehrfurchtgebietend, aber ihre Präsenz verlangte dennoch respektvolle Aufmerksamkeit. »Und deshalb sind Sie berechtigt, uns zu erschießen?«

»Ich bin dazu fähig – Jason nicht«, erwiderte Melody und schob entschlossen das Kinn vor.

»Ich verstehe«, sagte T'Lera. »Aber wäre es nicht angemessener, diese Pflicht mir zu überlassen?«

Melody runzelte die Stirn. »Wären Sie wirklich imstande, zuerst Ihren Sohn und dann sich selbst zu töten?«

»Ich würde mich freuen, wenn es eine Zukunft für Sorahl gäbe«, antwortete T'Lera, und in ihrer Stimme ließ sich ein Unterton vernehmen, den die Menschen bisher noch nicht gehörte hatten. Selbst Sorahl schien überrascht zu sein. »In der Sporthalle wiesen Sie darauf hin, meine Schwäche könnte zu einer Veränderung in Ihrer allgemeinen Haltung mir gegenüber führen. Nun, dies ist die von Ihnen erwünschte Schwäche: Ich bin bereit, Sie um das Leben meines Sohnes, um seine Freiheit zu bitten. Als Gegenleistung bekommen Sie mich. Halten Sie das für akzeptabel?«

»Vielleicht ...«, begann Melody. »Aber leider fehlt mir die Autorität, um Ihr Angebot anzunehmen ...« Sie brach ab, als sie sah, daß sich T'Leras Blick auf Sorahl richtete.

»Meine Kommandantin hat mir aufgetragen, sie auf

eventuelle Fehler in ihrer Logik hinzuweisen.« Wie schon an Bord des Erkundungsschiffes versuchte er, seine Mutter davon abzuhalten, ihr Leben für jemand anders zu opfern.

»Schweig!« sagte T'Lera scharf und wußte, worauf er hinauswollte. Sie drehte den Kopf und sah wieder Melody an. »Nun, Commander, ich ...«

»Mutter«, warf Sorahl leise ein.

»*Kroykah!*« zischte T'Lera und gab damit die gleiche Antwort wie kurz vor dem Absturz. Indem sie Vulkanisch sprach, setzte sie sich sowohl über die Prinzipien ihres toten Vaters als auch die eigenen Grundsätze hinweg. Wenn nicht einmal ihr Sohn verstand, warum sie eine derartige Entscheidung treffen mußte ... Ihre Selbstbeherrschung splitterte wie sprödes Glas, und T'Lera griff nach den Scherben, hielt sie fest, konzentrierte ihre ganze Willenskraft auf Melody. »Ich begreife nun, daß ich von falschen Annahmen ausging. Sie können Sorahl keine Freiheit geben, nur den Tod. Aber er soll nicht durch Ihre Hand sterben, sondern durch meine. Anschließend dürfen Sie nach Belieben mit mir verfahren.«

Sawyer schüttelte verblüfft den Kopf. »Ist das wirklich Ihr Ernst?« Sie musterte Sorahl, als erwartete sie wenigstens von ihm eine ihr vertraute Vernunft. »Und Sie ließen es zu?«

Der Vulkanier stand völlig still, hielt nach dem Tadel seiner Mutter den Kopf geneigt. Als er die an ihn gerichtete Frage hörte, begegnete er Melodys Blick.

»Es entsprach von Anfang an unserer Absicht«, sagte er ein wenig verunsichert. Vermutlich hätte es noch Jahre gedauert, bis seine Selbstdisziplin an die T'Leras heranreichte.

»Ja, an Bord des Erkundungsschiffes, während einer ausgeprägten Krisensituation — das kann ich verstehen!« Melody begann zu zittern und schloß beide Hände um den Knauf der Waffe. Sie senkte die Laserpistole ein wenig, richtete den Lauf auf T'Leras Brust. »Aber jetzt? Hier? Sind Sie so kaltblütig?«

»Mein Blut ist nicht kälter als Ihrs, Commander«, erwiderte die Vulkanierin, obgleich sie die Bedeutung der Metapher kannte. »Sie brauchen uns nicht zu erschießen. Geben Sie uns nur die Möglichkeit, eine Zeitlang allein zu sein.«

»Ich begreife Sie einfach nicht!« platzte es fast hysterisch aus Melody heraus. Sie konnte den Strahler nicht einmal mit beiden Händen ruhig halten. »Zum Teufel mit Ihrer Ehrenhaftigkeit, Ihrem Stolz, Ihrem so verdammt herablassenden ›Verständnis‹!«

»Trotzdem müssen Sie sich diesen Qualitäten stellen, John Wayne«, sagte Jason und trat neben T'Lera.

Melody verfluchte ihre Unachtsamkeit, machte den Schlafmangel dafür verantwortlich. Sie hatte die unverriegelte Tür des Nebenzimmers vergessen. *Wieviel hat er gehört?* fragte sie sich.

»Captain, Sär«, sagte sie, hob den Kopf und faßte sich wieder. Ihre Stimme war kälter als das antarktische Eis. »Sie stehen in der Schußlinie!«

»Und *das* hat uns hierhergebracht«, schloß Kirk seinen Bericht. Spock saß nach wie vor an der Konsole und betätigte einige Tasten, während Mitchell und Dehner mit Kelsos Codeknacker versuchten, den Waffenschrank zu öffnen. »Es fehlt nur Lee. Allein Gott weiß, wo er steckt.«

»Allein Gott und Mr. Kelso«, wandte Spock ruhig ein, nahm eine weitere Schaltung vor und lehnte sich zurück, als das Schott am unteren Ende der Treppe wie durch einen Zauber aufschwang. »Ich würde Parneb gern kennenlernen. Er scheint ein recht interessanter Mann zu sein. Eine Diskussion mit ihm über temporale Dynamik wäre sicher sehr ...«

»Später«, unterbrach ihn Kirk, nahm von Mitchell eine Waffe entgegen und überlegte fieberhaft. Je weniger Leute den wissenschaftlichen Offizier der *Enterprise* zu Gesicht bekamen ... »Mr. Spock, Sie und Dr. Dehner warten hier. Lassen Sie niemanden an Bord. Mr. Mitchell – auf geht's!«

»Machen Sie keine Dummheiten, Tatya!« fauchte Melody.

»Oh, ich weiß genau, was ich tue«, erwiderte die junge Frau mit einer würdevollen Gelassenheit, die alle Anwesenden überraschte. Sie hatte die von Jasons Ankunft geschaffene Ablenkung genutzt, um das Zimmer zu durchqueren und die beiden Vulkanier mit ihrem eigenen Körper zu decken. »Diesmal sehe ich nicht ruhig zu. Ich könnte es nicht mit meinem Gewissen vereinbaren, jetzt einfach die Hände in den Schoß zu legen. Wenn Sie zwei unschuldige Personen umbringen können, Melody, sollte Ihnen der dritte Mord wohl kaum Probleme bereiten.«

Verzweiflung erfaßte Sawyer. »Verdammt, Yoshi, bringen Sie Ihre Partnerin zur Vernunft!«

Der junge Mann stand hilflos abseits der anderen, fühlte von Melodys Laser all das bedroht, was sein bisheriges Leben bestimmte. Er hatte Dr. Bellero darauf hingewiesen, kein Held zu sein. War es Heldentum, wenn er den Ersten Maat der *Delphinus* durch seine Untätigkeit daran hinderte, die beiden Vulkanier zu töten?

»Sie wissen ja, wie stur Tatya ist – wenn sie einmal einen Beschluß gefaßt hat, läßt sie sich durch nichts in der Welt davon abbringen.« Er strich sich das Haar aus der Stirn, trat wie beiläufig neben die Agronomin. »Zielen Sie gut, Mel. Ersparen Sie uns wenigstens den Schmerz.«

Sawyer glaubte das leise Lachen Jasons zu hören. Sie hatte ihn aufgefordert, zur Seite zu treten, und er stand nun außerhalb ihres Blickfeldes. Sie dachte gar nicht daran, daß er jederzeit nach ihrer Waffe greifen konnte.

»Nun, John Wayne?« brummte Nyere. »Sieht ganz nach einer Massenhinrichtung aus. Wie gefällt Ihnen das?«

Melody ließ den Strahler zu Boden fallen, wirbelte um die eigene Achse und schlug mit den Fäusten auf Jasons Brust. Er wehrte sich nicht, wartete, bis sich die Frau erschöpft an ihn schmiegte und laut schluchzte, schlang dann wie tröstend die Arme um sie.

»Zur Hölle mit Ihnen, Jason Nyere!« Die Uniformjacke des Captains dämpfte Sawyers Stimme.

»Ja, ich weiß«, erwiderte er sanft. »Schade, daß sich der Weltrat nicht ebensoleicht überzeugen läßt wie Sie! Kommen Sie, harter Bursche. Ich bringe Sie zu Bett.«

Genau in diesem Augenblick brachen Kirk und Mitchell die Tür der Krankenstation auf. »Entschuldigen Sie«, sagte Jim verlegen. »Wir dachten, es gäbe Schwierigkeiten.«

Jason Nyere drückte Melody an sich, neigte den Kopf zurück und lachte schallend.

Menschen! dachte T'Lera, eher verwirrt als empört. *Für sie ist alles vorbei: ein aus der Welt geschafftes Problem, anschließend Erleichterung – bis die alles entscheidende Krise beginnt. Können sie aufgrund ihrer derzeitigen Ausgelassenheit nicht begreifen, daß die Verantwortung für die endgültige Lösung nicht mehr ihnen zukommt, sondern uns Vulkaniern? Wir sind an den Ausgangspunkt zurückgekehrt, und diesmal weiß ich, worauf es ankommt.*

T'Lera akzeptierte ihre Pflicht und beschloß, so rasch wie möglich zu handeln. Selbst die Methodik war ihr bereits klar. Es blieb ihr gar keine andere Wahl: Es galt zu agieren, bevor die Menschen erneut eingreifen konnten.

»Du wirst Captain Nyere darüber informieren, daß wir in unser Quartier zurückkehren, um die Entscheidung seiner Vorgesetzten abzuwarten«, wandte sie sich in einem befehlenden Tonfall an ihren Sohn. Um seine unausgesprochene Frage zu beantworten, fügte sie hinzu: »Das ist alles.«

»Ich verstehe, Commander«, erwiderte Sorahl. Er verstand, was T'Lera meinte, legte sein Leben erneut in ihre Hände. »Ich bin bereit.« Seine Mutter und Kommandantin bestätigte die Ergebenheit mit ihrem Schweigen und verließ die Krankenstation, um ebenfalls bereit zu sein.

Jason hatte Kirk und seine Gefährten angewiesen, Jims Kabine aufzusuchen, während er sich ein Bild von der Lage machte. Elizabeth Dehner saß auf der Koje und rutschte zur Seite, als auch Mitchell Platz nahm. Der Umstand, daß sie Kirks Quartier teilte, erforderte Erklärungen.

»Ein Liebespaar, wie?« spottete Gary und lehnte sich neben der Psychologin an die Wand. »Nur als Vorwand? Und das soll ich Ihnen glauben? Nun, in diesem Zusammenhang genießt Jim fast den gleichen Ruf wie ich ...«

»Nicht jetzt, Mitch«, warf Kirk scharf ein. Er sah Dehner an, entwickelte in Gedanken einen Plan. »Haben Sie alles, was Sie brauchen?«

»Glücklicherweise, ja«, bestätigte die junge Frau. »Ein Mitarbeiter von Agro IV leidet an einer besonderen Form der Parkinsonschen Krankheit und wird mit Neodopamin behandelt. Die *Delphinus* versorgt ihn zwei- oder dreimal im Jahr mit Nachschub. Ich habe einen für sechs Monate reichenden Vorrat stibitzt. Darüber hinaus enthielt der Arzneischrank genug Demerol, um die Bevölkerung von ganz Südamerika ins Reich der Träume zu schicken. Ich nahm soviel, wie in meine Tasche paßte.«

»Also ist alles klar?«

»Was die Grundstoffe betrifft, ja. Ich brauche einen klaren Kopf und einen ruhigen Ort, bevor ich unter so primitiven Bedingungen mit der Hypnose beginnen kann.«

»Es müßte eigentlich möglich sein, Ihren Ansprüchen zu genügen«, erwiderte Kirk mit gespielter Zuversicht.

»Was haben Sie vor, Kirk?« fragte Jason Nyere. Er hielt sich nicht mit Höflichkeitsfloskeln auf, kam herein, ohne vorher anzuklopfen. »Ich wollte Sie darum bitten, Melody irgendein Mittel zu geben.« Er sah Dehner an. »Sie ist völlig fertig und braucht Ruhe. Und außerdem möchte ich während der nächsten Stunden nicht von ihr gestört werden.«

»In Ordnung, Captain«, entgegnete die Psychologin.

»Ich bin gerade oben gewesen«, fuhr Nyere fort. »Der Schneesturm läßt allmählich nach, und das bedeutet: Die verdammten Reporter klettern bald aus den Hubschraubern und kommen hierher. Seit der letzten Meldung des Oberkommandos ist eine halbe Stunde vergangen. Mir bleiben also weniger als dreißig Minuten, um zu entscheiden, wie ich auf einen Befehl reagieren soll, der den Geboten meines Gewissens widerspricht.«

Er reichte Dehner einen Schlüssel. »Ich zeige Ihnen, wo das verschreibungspflichtige Zeug aufbewahrt wird.«

»Das ist nicht nötig, Captain. Ich weiß Bescheid.« Die Psychologin nahm den Schlüssel entgegen und dachte daran, daß sie sich die ›Besichtigungstour‹ während der vergangenen Nacht hätte sparen können. »Ich bin gleich wieder zurück.«

»Danke.« Jason nickte und glaubte, daß ihn in Hinsicht auf Kirk und seine Begleiter nichts mehr überraschen konnte. Er sollte bald erfahren, wie sehr er sich irrte. Als Dehner die Tür schloß, wiederholte er seine ursprüngliche Frage. »Was haben Sie vor, Kirk?«

»Der Befehl, den Sie erwarten«, sagte Jim ausweichend, obgleich sein Plan immer mehr Gestalt gewann. »Warum sind Sie so sicher, wie er lauten wird?«

»Ich bin Berufssoldat und habe eine lange AeroMar-Karriere hinter mir«, erwiderte Nyere dumpf. »Ich weiß also, was in den Köpfen der Lamettaträger vor sich geht. Und ich bin alt genug, um die Erfahrung gemacht zu haben, daß Menschen ein kleines Problem lösen, indem sie es in ein größeres verwandeln. Inzwischen hat die vulkanische Logik durchaus einen gewissen Reiz für mich.«

Niedergeschlagen schüttelte er den Kopf. »Vielleicht fragen Sie sich, warum ich Ihnen das erzähle. Nun, seit meiner ersten Begegnung mit der spitzohrigen Dame habe ich mehrmals das Kriegsgericht riskiert. Es spielt jetzt keine Rolle mehr, wer Sie sind und ob ich Ihnen vertrauen kann. Ich bin erledigt.

»Was beabsichtigen Sie?« erkundigte sich Kirk leise.

Jason seufzte. »Es mag ein Schicksal sein, das schlimmer ist als der Tod, aber ... Mit T'Leras Erlaubnis werde ich sie und ihren Sohn den Journalisten überlassen, sobald sich das Wetter bessert. Die Vulkanier sind sicher in der Lage, mit dem ganzen Medienrummel fertig zu werden, und anschließend kann nicht einmal PentaKrem ihre Existenz leugnen.«

»Captain ...«, sagte Kirk gepreßt. »Das ist die schlimmste aller denkbaren Alternativen.«

»Ach, tatsächlich?« Nyere lächelte schief. »Wieso?«

»Ich glaube, wir sind Ihnen einige Erklärungen schuldig«, meinte Jim.

»Da haben Sie verdammt recht«, bestätigte Jason trocken.

»Nun ...« Kirk holte tief Luft. Das eigentliche Problem bestand darin, eine Entscheidung zu treffen – anschließend war alles ganz einfach. »Ich schlage vor, Sie nehmen Platz, Captain. Was ich Ihnen jetzt erzählen werde, kommt vermutlich einem Schock für Sie gleich ...«

Jason Nyere schwieg eine Zeitlang, und schließlich sagte er: »Wenn Sie T'Lera ebenfalls einweihen ...«

»Das geht leider nicht, Captain«, widersprach Kirk.

»Warum denn nicht? Dann gäbe es nicht mehr die geringsten Schwierigkeiten. Wenn die Vulkanierin begreift, daß sie und ihr Sohn die historische Struktur verändern ...«

»Wir dürfen T'Lera nicht mit gewissen Informationen über die Zukunft belasten, Captain Nyere«, sagte Spock. Jason starrte ihn schon seit einer ganzen Weile an, erstaunt von dem dritten Vulkanier und der Bestätigung, daß auf einem zehn Lichtjahre entfernten Planeten Millionen solcher Wesen lebten. Hinzu kamen die Hinweise auf Hunderte von anderen bewohnten Welten, auf weitaus exotischere Lebensformen, die zu einer Allianz namens ›Föderation‹ gehörten. All das war Teil einer Zukunft, die ihm verwehrt blieb. Er würde sterben, bevor die Erde Mitglied der interstellaren Gemeinschaft wurde. Kirks Bericht erfreute ihn – und gleichzeitig empfand er das neu erworbene Wissen als große Belastung. Er begrüßte die Aussicht, sich von dieser Bürde zu befreien. »Im Gegensatz zu Menschen kann bei Vulkaniern keine Gedächtnislöschung durch Drogen und Hypnose bewirkt werden. Ganz gleich, was wir T'Lera sagen: Sie wird sich für den Rest ihres Lebens daran erinnern. Außerdem: Wenn wir in der Lage sind, ihr und Sorahl die Rückkehr nach Vulkan zu ermöglichen ...«

»Ich glaube, in diesem Punkt könnte uns Gary weiterhelfen«, warf Kirk ein und gab Mitchell das Stichwort.

»Wir ›leihen‹ uns ein Raumschiff«, sagte Mitchell und stieß sich lässig von der Tür ab. »In einer bestimmten Region der westlichen Sahel-Zone gibt es eine längst vergessene unterirdische Raketenbasis, die aus dem Dritten Weltkrieg stammt. Ich habe sie auf dem Weg hierher überflogen. Nach den entsprechenden PentaKrem-Akten wurden alle mobilen Installationen entfernt, aber in den Geheimdateien fanden sich Hinweise auf drei Schläferkapseln vom Typ DY-100, die noch immer an den Startrampen stehen. Und wenn sie nicht demontiert wurden, um Ersatzteile zu liefern, müßten sie sich verwenden lassen. Man kann sie zwar kaum mit modernen Raumkreuzern vergleichen, aber da es unwahrscheinlich ist, daß wir irgendwo Antimaterie oder Dilithiumkristalle finden ...«

»Antimaterie?« Jason Nyere runzelte die Stirn. »Dili... was?«

»Vielen Dank, Mr. Mitchell«, sagte Kirk in einem warnenden Tonfall. »Wir brauchen nicht in die Einzelheiten zu gehen. Es gibt bereits mehr als genug Dinge, die Captain Nyere später vergessen muß.« Er sah Jason an. »Es läuft alles darauf hinaus, was ich bereits vor einigen Tagen mit Ihnen zu erörtern versuchte: Wenn wir mit den Vulkaniern von hier verschwinden können, stellen wir ihnen ein altes Raumschiff zur Verfügung und geben ihnen somit die Möglichkeit, nach Hause zurückzukehren. Sicher, die Reise dauert mindestens zehn Jahre, aber die Alternativen ...«

»Ich helfe Ihnen, Kirk«, versprach Nyere. »*Captain* Kirk. Doch ohne die Besatzung der *Delphinus* nützt Ihnen meine Hilfsbereitschaft nicht viel ...«

»In Hinsicht auf den Umgang mit ... Schiffen sind wir nicht ganz unerfahren.« Kirk musterte Gary nachdenklich. »Derzeit kann ich Ihnen wenigstens einen guten Navigator anbieten. Er genießt sogar den Ruf, besonders fähig zu sein, wenn's mulmig wird.«

»Mr. Mitchell ...« Nyere lächelte breit und streckte die Hand aus. »Willkommen an Bord!«

»Ich brauche nicht nur Jasons Hilfe, sondern auch Ihre, Spock.«

Der Vulkanier hob verwundert die Brauen, als er diese Stimme hörte. Es fehlte der leidenschaftslose, fast monotone Klang eines Befehls, und er hörte auch nicht den gelinden Sarkasmus jenes Kommandanten, der sich manchmal in einen strengen Zuchtmeister verwandelte, um damit über seine eigene Unsicherheit hinwegzutäuschen. Nein, es war der Tonfall eines Mannes, der am Rande eines Abgrunds stand und begriff, wie leicht er den Halt verlieren und in die Tiefe stürzen konnte.

Eine demütige Stimme, die Verzweiflung signalisierte.

Es wäre sowohl unlogisch als auch grausam gewesen, nicht darauf zu reagieren.

»Meine Hilfe, Captain? In welcher Hinsicht?«

»Ich brauche Instruktionen«, sagte Kirk. »Sagen Sie mir, welche Worte ich an T'Lera richten soll. Ich muß zu ihr, Spock. Ich muß wissen, auf welche Weise ich Einfluß auf sie nehmen kann. Wenn ich versage ... Meine Phantasie zeigt mir vergossenes Vulkanierblut.«

»Captain ...« Spock zögerte. Er wollte Kirk nicht beleidigen, fragte sich, wie er es vermeiden sollte, ihn ›vor den Kopf zu stoßen‹, wie Menschen so etwas nannten. »Ich weiß nicht, ob es mir gelänge, Sie genau genug mit T'Leras Rationalität vertraut zu machen, Ihnen beizubringen, wie ... wie ...«

»Wie ein Vulkanier zu denken?« beendete Kirk den Satz. Er war nicht verärgert, nur enttäuscht. Das so oft ersehnte Wiedersehen mit Spock ließ seine Probleme ungelöst. Ihm stand eine letzte Konfrontation mit T'Lera bevor, doch was sollte er sagen, um ihr seinen Standpunkt begreiflich zu machen?

Ruckartig stand Jim auf und trat zur Tür. »Es wird Zeit, endlich zu handeln!«

Ungeduld führt zu nichts, dachte Spock und versuchte, sich in Kirks Lage zu versetzen. Wenn T'Lera aus dem Föderations-Zeitalter stammte, wenn Parneb auch sie durch seine Experimente in die Vergangenheit versetzt hätte — in einem solchen Fall wäre alles weitaus einfacher gewesen. Dennoch ... »Es gibt eine Alternative. Rein logisch gesehen bin ich weitaus besser für eine Unterredung mit T'Lera geeignet. Ich kenne ihre Denkweise. Wenn ich sie überzeugen kann, ohne meine Identität zu offenbaren ... Bitte lassen Sie mich allein zu ihr gehen.«

»Nein!« Schritte kündigten Elizabeth Dehners Rückkehr an. »Sie schaffen es nicht allein!« entfuhr es der Psychologin. »Keiner von Ihnen ! Verstehen Sie denn nicht? Es steht einfach zuviel auf dem Spiel. T'Lera muß erfahren, welche Folgen sich aus ihrem Verhalten für die Zukunft ergeben. Es geht nicht anders. Derzeit glaubt sie, ihre Lage sei völlig aussichtslos — und deshalb ist sie bereit, sich und ihren Sohn zu opfern. Sie hocken hier herum und verschwenden kostbare Zeit, fühlen sich an einen Mythos gebunden, der behauptet, Menschen und Vulkanier seien so verschieden, daß es keine gemeinsame Basis für sie gebe ...«

»Das genügt, Doktor«, sagte Kirk.

»Da bin ich anderer Ansicht!« erwiderte Dehner hitzig. »Captain Kirk, Mr. Spock — kennen Sie denn nicht die Bedeutung des Wortes ›Vertrauen‹? Wie wollen Sie T'Lera davon überzeugen, daß Menschen und Vulkanier zusammenarbeiten können, wenn Sie selbst daran zweifeln? *Sie schaffen es nicht allein*«, wiederholte sie.

Kirk und Spock sahen sich an und schwiegen eine Zeitlang.

»Wissen Sie, wo sich T'Lera derzeit aufhält?« fragte Jim leise. Wenn Dehners Hinweise stimmten, kam es auf jede Sekunde an.

»In ihrer Kabine«, antwortete die Psychologin. »Sorahl teilte Yoshi mit, er und seine Mutter wollten ›die Entscheidung des Weltrats in der Zurückgezogenheit ihres Quartiers abwarten‹.«

Mehr brauchte Kirk nicht zu hören.

»Wir gehen zusammen zu ihr, Mr. Spock«, sagte er. Der Vulkanier war bereits auf den Beinen. »Entweder schaffen wir es gemeinsam, oder ...«

T'Lera stand allein in ihrer dunklen Kabine, dachte an die neugierige Horde, die außerhalb des Schiffes wartete.

Einige von ihnen möchten uns öffentlich zur Schau stellen, und Jason Nyere würde es ihnen gestatten – um unser Leben zu retten. Andere wollen uns umbringen, nur weil wir anders sind – und damit teilen sie Melody Sawyers Einstellung.

Die Menschen sind noch nicht reif genug, fügte T'Lera in Gedanken hinzu. *Wir können sie nicht zwingen, uns zu akzeptieren.*

Die Vulkanierin seufzte leise in der Finsternis. *Meine Schuld. Ich hätte schon wesentlich früher die Konsequenzen ziehen sollen. Doch noch ist es nicht zu spät.*

»Mutter?« Sorahl stand unsicher in der Tür, und seine Gestalt zeichnete sich vor dem Licht im Korridor ab.

T'Leras Gedanken hatten ihren Sohn gerufen. Sie drehte sich zu ihm um.

»Sorahl-*kam* ...«, begann sie.

»Sie ist unbewaffnet«, sagte Kirk, als er zusammen mit Spock durch den Gang eilte. »Rein theoretisch könnte sie Sorahl mit bloßen Händen erwürgen, aber ...«

»Nein, Captain«, erwiderte Spock. »Sie hat etwas anderes vor.« Er kannte die Methode: *Tal-shaya* für ihren Sohn, nachdem sie in einer Mentalverschmelzung seine Erlaubnis eingeholt hatte, und für sich selbst eine modifizierte Version der Heiltrance. Eine Trance, aus der sie niemand wecken konnte.

Von einem Augenblick zum anderen erstarrte Spock und zuckte wie in plötzlichem Schmerz zusammen. »*Captain!*«

Sie standen vor T'Leras Tür. Kirk griff nach den Schultern seines wissenschaftlichen Offiziers.

»Was ist los?«

»Ich ... ich spüre etwas. T'Lera ... sie hat bereits angefangen ...«

Kirk stürmte in die Kabine und tastete nach dem Lichtschalter. Spock folgte ihm dicht auf den Fersen.

Sorahl lag reglos auf der Koje, und neben ihm saß T'Lera, die Fingerspitzen an den Nervenpunkten in seinem Gesicht. Sie stand auf, als die beiden Männer hereinkamen.

»Ich habe nicht an den menschlichen Brauch gedacht, die Türen zu verschließen«, sagte sie, sah erst Kirk an und musterte Spock – auffallend lange, wie Jim fand –, bevor sich ihr Blick wieder auf den Captain richtete. »Verlassen Sie diesen Raum.«

»Nein, Ma'am«, erwiderte Kirk fest. »Stellen Sie fest, ob mit Sorahl alles in Ordnung ist«, wies er Spock an, ohne T'Lera aus den Augen zu lassen.

Spock setzte sich in Bewegung, aber die Vulkanierin war schneller, schirmte ihren Sohn vor den beiden Eindringlingen ab. Der wissenschaftliche Offizier verharrte. Wenn er sich weiter näherte, wenn T'Lera ihn berührte ... Dann mußte sie sofort erkennen, mit wem sie es zu tun hatte.

»Ich nehme an, Sorahl hat noch keinen irreparablen Schaden erlitten«, sagte er. »Aber sein Bewußtsein verliert sich in tiefer Trance. Es bleibt uns nicht viel Zeit.«

Spocks Stimme lenkte T'Lera für einen Sekundenbruchteil ab, doch sie konzentrierte sich sofort wieder auf Kirk. »Diese Angelegenheit geht Sie nichts mehr an. Ihre Welt ist noch nicht bereit für uns. Meine Logik läßt mir keinen anderen Ausweg.«

»Himmel, es gibt eine Alternative ...«, erwiderte Jim und unterbrach sich sofort. *Muß ich ihr wirklich die Wahrheit erzählen? Muß ich die Erste Direktive einer Föderation verletzen, die noch gar nicht existiert – um ihre Existenz zu ermöglichen?*

»Commander ...«, begann er und fühlte einen dicker werdenden Kloß im Hals. Ein falsches Wort – und es gab keine Hoffnung mehr. »Wie kann ich Sie umstimmen?«

T'Lera beobachtete ihn und hütete sich davor, die ganze Intensität ihres Blickes einzusetzen. Die Empfindsamkeit der Menschen überraschte sie immer wieder. War es logisch und ethisch-moralisch vertretbar, sie in einer Galaxis voller Wunder der Isolation zu überlassen? Einige Sekunden lange zögerte T'Lera allein aus diesem Grund, kam dann aber zu dem Schluß, daß es nicht ihr zustand, über so etwas zu befinden.

»Versuchen Sie nicht, mich mit Worten zu überzeugen, Mr. Kirk«, erwiderte sie langsam. »Wenn Sie mir statt dessen eine bessere Perspektive anbieten können ...«

Jim zögerte. Und während er nach einer Antwort suchte, senkte sich die Last der Verantwortung auf die Schultern Spocks, der ...

... T'Lera ansah und überlegte. Sie wirkte exakt so, wie er sie sich vorgestellt hatte. Eine vulkanische Kommandantin, die mehr Jahre im All verbracht hatte, als sein Leben zählte – mit reiner Dialektik kam man bei ihr ebensowenig weiter wie bei irgendeinem anderen Vulkanier. Außerdem war sie nicht die einzige Angehörige seines Volkes, die sich in einer schwierigen, vielleicht aussichtslosen Situation befand. *Ist Captain Kirk überhaupt fähig, die moralischen Implikationen der gegenwärtigen Situation zu erfassen?*

Spock begriff, daß sich T'Lera nur mit der absoluten Wahrheit zufriedengeben würde. Allein sicheres Wissen über die Zukunft konnte sie dazu veranlassen, ihre aktuellen Einstellungen zu revidieren. Und wenn sie einlenkte, wenn sie sich Kirks Standpunkt anschloß, mußte sie die Bürde der Wahrheit und des Wissens bis zu ihrem natürlichen Tod tragen, ohne sich jemandem anvertrauen zu können.

Weder durch ein Wort noch einen Gedanken, weder mit Mentalverschmelzung noch in einem schlichten Gespräch durfte sie ihren telepathischen, nach Erkenntnis strebenden Artgenossen etwas von dem mitteilen, was sie in Erfahrung gebracht hatte. Es blieb T'Lera gar nichts anderes übrig, als ins Exil zu gehen, sich in die Einsamkeit zurückzuziehen, um die in ihrem Gedächtnis gespeicherten Informationen vor Entdeckung zu schützen.

Spock zweifelte nicht daran, daß T'Lera bereit war, sich um ihres Sohnes und ihrer Spezies willen mit einem solchen ›Tod im Leben‹ abzufinden. Es erschien ihm logisch. Und gleichzeitig bitter.

In diesem Punkt hatte T'Lera recht: Das Problem betraf nicht mehr die Menschen. Nur Vulkanier konnten eine derartige Verantwortung tragen. *Und nur jemand wie ich, der zwischen Terra und Vulkan steht, der menschliche und vulkanische Gene in sich vereint, ist imstande, ihr den richtigen Weg zu weisen.*

»Commander ...«, sagte er langsam und fragte sich zum erstenmal in seinem Leben, für welche seiner beiden Heimatwelten er sprach. »Wie kann ich Sie umstimmen?«

T'Lera richtete die volle Aufmerksamkeit auf ihn und stellte fest, daß er sich nicht von ihrem stechenden, durchdringenden Blick beeindrucken ließ. Das stimmte sie neugierig.

»Wer sind Sie?« fragte sie und trat näher.

Spock zögerte. Seit er die Kabine betreten hatte, verwendete er einen großen Teil seiner psychischen Kraft, um die eigenen Gedanken abzuschirmen, um zu verhindern, daß T'Lera mit einer telepathischen Sondierung die Antwort auf eben jene Frage fand. Er brauchte nur die mentalen Schilde zu senken ...

»Wer sind Sie?« wiederholte die Vulkanierin und blieb dicht vor Spock stehen. Aus irgendeinem Grund ahnte sie, daß der rätselhafte Mann maßgeblichen Einfluß auf ihr Schicksal nehmen konnte – und daß sie selbst einen bedeutenden Faktor für seine Zukunft darstellte. Warum?

Er gehört zu Ihrem Volk! hätte Kirk am liebsten gerufen, um die bedrückende Stille zu beenden. *Zu einem Volk, das Teil einer wesentlich größeren Gemeinschaft geworden ist. Die Ähnlichkeiten zwischen uns sind wichtiger als die Unterschiede. Gemeinsam haben wir mehr Kraft als allein!*

Jim beherrschte sich. Es war sinnlos, laut zu schreien. Worte genügten nicht.

T'Lera verlangte eine ›bessere Perspektive‹. Kirk seufzte innerlich. Es gab tatsächlich keine andere Möglichkeit.

Jim sah Spock an und wußte, daß sein wissenschaftlicher Offizier den gleichen Schluß gezogen hatte. Er nickte: »In Ordnung«, sagte er nur.

Langsam nahm Spock die Mütze ab.

T'Lera zuckte mit keiner Wimper.

Ihr Blick reichte plötzlich tief in ihn hinein und gleichzeitig über die Schranken der Zeit hinweg. Sie sah die Zukunft, die Spock schuf – einen Halbling, Hybriden, der die besten Qualitäten beider Welten verkörperte, Brücke über einer Kluft der Andersartigkeit, fleischgewordenes Band der Freundschaft. T'Lera, Tochter des Alls, erkannte einen Bruder im Geiste.

Und gleich darauf noch einen zweiten. Ihre Aufmerksamkeit richtete sich auf Kirk, und sie sah einen Menschen, dessen wahre, einzige Heimat der Kosmos war. Die kommenden Epochen, so begriff sie in diesen Sekunden, zeichneten sich durch Gemeinsamkeit aus, durch eine Überwindung aller Differenzen, durch Achtung und Respekt vor dem Individuellen, durch die Möglichkeit, sich frei zu entfalten.

T'Lera stellte sich der Zukunft und nahm die Herausforderung an.

Der Zorn des Schneesturms verausgabte sich. Die Journalisten gaben es auf zu versuchen, sich per Funk mit der *Delphinus* in Verbindung zu setzen. Statt dessen benutzten sie ihre Ausrüstung, um ein Lautsprechersystem zu montieren – und begannen mit einem akustischen Angriff auf das große Schiff.

»Captain Nyere!« donnerte eine Stimme übers Eis, durchdrang den stählernen Rumpf und erreichte Jason und Mitchell. *»Captain Nyere! Wir verlangen eine Begegnung mit den Aliens! Wir wollen wissen, wer für den Tod von vier irdischen Bürgern verantwortlich ist. Wir fordern ...«*

»Irdische Bürger!« schnaufte Nyere abfällig, überprüfte das Sonar und stellte fest, wieviel Treibstoff die Tanks enthielten.

»Die Kerle da draußen schreien sich selbst taub«, brummte Mitchell. Zusammen mit Yoshi dichtete er die kleinen Risse in der Wandung des Schiffes ab, die infolge der Explosion des Schneemobils entstanden waren.

Tatya saß an der Kom-Station und blockierte alle Anfragen der Medienrepräsentanten. Jason hatte die beiden Agronomen aus einem ganz bestimmten Grund zur Brücke gebeten, und nach einer Weile ließ er die sprichwörtliche Katze aus dem Sack.

»Es ist *noch ein* Vulkanier an Bord?« fragte Tatya verblüfft und aufgeregt. Die Tatsache, daß Kirk und seine Begleiter aus einem zukünftigen Jahrhundert stammten, schien sie überhaupt nicht zu überraschen. Ihr Interesse galt in erster Linie den Außerirdischen. »Können wir zu ihm, mit ihm sprechen?«

»Dann stimmt also, was T'Lera und Dr. Bellero – Dr. Dehner, meine ich – sagten«, murmelte Yoshi und starrte Mitchell wie ein gestaltgewordenes Wunder an. »Eines Tages schließen wir ein Bündnis mit Vulkan.«

»Und mit rund fünfhundert anderen Welten, Söhnchen«, fügte Gary hinzu. »Aber bevor es dazu kommt, müssen wir alle Schäden reparieren. Wenn wir irgendein Leck übersehen, sausen wir ab, und dann ist die Föderation zum Teufel.«

»Himmel!« stieß Yoshi hervor und konzentrierte sich wieder auf die Arbeit. Es schien kaum möglich zu sein, aber der draußen herrschende Lärm nahm noch zu. Einige Reporter wagten es sogar, auf den Kommandoturm zu klettern: Sie pochten und hämmerten ans Schott, als hofften sie, es könnte sich von ganz allein für sie öffnen.

»He, Captain!« rief Mitchell, um das Dröhnen der Lautsprecher zu übertönen. Neben ihm hantierte Yoshi mit einem Schweißbrenner. »Wann können wir uns endlich absetzten und die Journalisten sich selbst überlassen?«

»Jetzt!« verkündete Jim Kirk und trat auf die Brücke. T'Lera, Sorahl und Spock folgten ihm.

Man kann sich keine bessere Crew wünschen, dachte Jason Nyere und nahm das Geschehen auf der Brücke mit wortlosem Erstaunen zur Kenntnis.

Die drei jüngeren Leute befanden sich im Maschinenraum, und die Psychologin namens Bellero oder Dehner kümmerte sich um Melody, wollte anschließend ein wenig schlafen. Trotzdem blieben genug fähige Personen übrig, um alle wichtigen Stationen des Kommandoraums zu besetzen. Jasons Steuermann, im dreiundzwanzigsten Jahrhundert Captain eines Raumschiffs, saß neben einem überaus kompetenten Navigator und dem dritten Vulkanier, der die meiste Zeit über schwieg, die Technik der *Delphinus* intuitiv zu erfassen schien und derzeit die Kommunikationsanlagen kontrollierte. Jason Nyere lehnte sich im Kommandantensessel zurück, davon überzeugt, daß sie ihr Ziel erreichen würden, ganz gleich ob Fairbanks in Alaska oder Timbuktu in Mali.

Kirk beriet sich kurz mit Mitchell und meinte dann: »Mit dem zuletzt genannten Ort liegen Sie gar nicht so falsch. Aber ganz sicher sind wir erst dann, wenn wir einen Kom-Kanal öffnen können.«

Nyere beobachtete seine neuen Gefährten und blieb trotz der Umstände völlig gelassen. In den vergangenen Tagen hatte er einen Jahresvorrat an Adrenalin verbraucht, und zurück blieb nur Ruhe. Neben ihm stand die unerschütterliche T'Lera – wachsam und selbstsicher, mit der Brücke eines jeden Schiffes vertraut.

Ein Tauchmanöver stand bevor.

Das akustische Chaos auf dem Packeis ließ nach, als sich ein zweiter Sturm ankündigte. Die Böen vertrieben jene Journalisten, die nach wie vor über die Außenhülle der *Delphinus* kletterten, wehten anschließend die Einzelteile des improvisierten Lautsprechersystems davon. Dutzende von Reportern flohen zu den Hubschraubern oder zogen sich in die Kälte der Byrd-Station zurück.

»Sie versuchen noch immer, unser Kom-System anzuzapfen, Captain«, meldete Spock.

Es war nie ganz klar, welchen Captain er meinte.

»Sollen sie ruhig«, erwiderte Nyere. »Wenn sie die Empfänger voll aufgedreht haben, um uns zu belauschen, platzen ihnen gleich die Trommelfelle. Maschinenraum, Bereitschaft. Volle Kraft in fünf Minuten.«

»Bestätigung, Captain«, lautete Sorahls knappe Antwort.

Ich könnte mich daran gewöhnen, dachte Jason zufrieden.

Farbschlieren wanderten über den Kom-Schirm.

»Es trifft eine Nachricht ein, Captain«, sagte Spock überflüssigerweise. Den Inhalt der Botschaft beachtete er überhaupt nicht, nahm nur Anstoß an der Tatsache, daß die angegebene Wartefrist abgelaufen war. »Die Mitteilung trifft genau drei Minuten und vierzehn Sekunden zu spät ein«, verkündete der Vulkanier ernst.

Nyere setzte zu einer Erwiderung an, überlegte es sich dann aber anders und schwieg. Jim Kirk sah von den Instrumenten des Steuermanns auf.

»Machen Sie sich nichts draus, Captain. Solche Bemerkungen muß man dauernd von ihm erwarten.«

»Ich verstehe«, antwortete Nyere in verschwörerischem Ton. »Bitte eine Projektion auf meinen Schirm, Mr. Spock.«

Er befeuchtete spröde Lippen – ein Zeichen seiner Nervosität –, holte tief Luft und bereitete sich darauf vor, seine Karriere der Zukunft zu opfern.

»›Die ganze Welt sieht zu‹«, murmelte er.

Kirk musterte ihn kurz. »Klingt nach einem Zitat.«

»Aus anderen, ebenso unruhigen Zeiten«, entgegnete Jason und beobachtete, wie sich auf dem Monitor das Gesicht eines Kommandooffiziers formte. Das darunter eingeblendete Symbol stammte vom Norfolk-Hauptquartier.

»Bereiten Sie sich darauf vor, letzte Befehle in Hinsicht auf Ihre Häftlinge entgegenzunehmen, Captain.«

»Erlauben Sie mir einen Hinweis, HQ.« Nyere gab Spock ein unauffälliges Zeichen und beugte sich in den Erfassungsbereich der Übertragungskamera vor. »Wir haben Grund zu der Annahme, daß unsere Frequenzen abgehört werden. Ich wiederhole, Commodore: Irgend jemand zapft unsere Kommunikationssysteme an ...«

Spock betätigte einige Tasten in der Reihenfolge, die ihm Jason zuvor gezeigt hatte. Die Darstellung auf dem Kom-Schirm erzitterte, und statisches Knistern drang aus den Lautsprechern.

»Seit 08.30 Uhr werden wir von Journalisten bedrängt«,

fuhr Nyere fort. »Ich nehme an, sie tragen die Verantwortung für ...«

Spock führte weitere Schaltungen durch, und das Gesicht des Commodore tanzte hin und her. In den Projektionsfeldern des Norfolk-HQ bot Jason einen ähnlichen Anblick.

»... darüber hinaus zieht ein Sturm heran, und die elektrischen Entladungen in der Unwetterzone ...«

»Bitte wiederholen Sie Ihre letzten Worte, Captain.« Die Stimme des Commodore war kaum mehr zu verstehen. Spocks Finger glitten über Sensorfelder, modifizierten den Kom-Fokus. »... Empfang ... gestört. Bitte wiederholen ...«

»Tut mir leid, HQ, aber der Empfang ist gestört«, sagte Nyere unschuldig. Kirk fragte sich, ob alle Schiffskommandanten mit Zungenfertigkeit gesegnet waren. »Die Verbindung wird immer schlechter. Ich ...«

Nyere ließ die Hand sinken, und daraufhin unterbrach Spock den Kontakt mit Norfolk. T'Lera beobachtete ihn und dachte kritisch an eine Zukunft, die einen Vulkanier Durchtriebenheit lehrte.

Nyere schaltete das Interkom ein. »Brücke an Maschinenraum. Geben Sie Dampf auf die Kessel!«

Der Tauchalarm erklang, und Kirk lächelte von einem Ohr zum anderen, als das große Schiff erzitterte. Den Bewegungen der *Delphinus* mangelte die erhabene Eleganz der *Enterprise*, aber er spürte so etwas wie majestätische Kraft. Das Packeis knirschte, als der ›Wal‹ in den kalten antarktischen Ozean sank. Jim dachte an die Journalisten in den Hubschraubern und den Baracken der Byrd-Station, stellte sich ihren hilflosen Zorn vor, als sie beobachten mußten, wie die gewaltige Stahlmasse unter dem ewigen Weiß verschwand.

Jason stand auf. »Commander?« wandte er sich förmlich an T'Lera. »Würden Sie bitte das Kommando übernehmen, während ich am Sonar sitze?«

Die Brauen der Vulkanierin wölbten sich nach oben. »Es ist mir eine Ehre, Captain.«

Selbst in großer Tiefe mußten sie auf Eis achten.

»Geh einfach davon aus, es handele sich um Asteroiden«, sagte Mitchell zu Kirk und steuerte die *Delphinus* an der unteren Flanke eines Eisbergs vorbei.

»Gib mir Phaserenergie – und ich bin sofort bereit, deinen Rat zu beherzigen«, antwortete Kirk und grinste.

Nach einigen Kilometern erstreckte sich offenes Meer vor ihnen, und die Turbinen des Schiffes liefen mit voller Kraft.

»Captain ...«, erklang Spocks Stimme, als sie es wagten, die Funkstille zu brechen. »Ich habe den mobilen Sender an dem von Mr. Mitchell genannten Koordinatenpunkt erreicht.«

»Parneb«, erwiderte Kirk. Er hatte T'Lera im Kommandantensessel abgelöst. »Gary meinte, die Nachricht bestünde aus nur einem Wort. Entweder können wir am entsprechenden Ort an Land gehen, oder wir müssen einen neuen Treffpunkt vereinbaren.«

Spock horchte. »Die Antwort hat einen bestätigenden Inhalt, Captain.«

Kirk ließ den angehaltenen Atem entweichen. »Gut. Captain Nyere, wie groß ist unser Spielraum?«

»Ich schätze, die Typen im HQ brauchen ein oder zwei Stunden, um festzustellen, daß wir selbst für die angeblichen Störungen bei der Kom-Übertragung verantwortlich sind«, gab Jason Auskunft. »Derzeit wissen sie nur, daß wir abgedampft sind – mit unbekanntem Ziel. Bestimmt nutzen sie alle Möglichkeiten, um nach uns zu suchen, aber dabei müssen sie verdammt vorsichtig sein, um nicht den Argwohn der Medien zu erregen. Solange wir unter Wasser bleiben, haben wir einen Vorsprung von rund einer Stunde.«

Kirk lehnte sich entspannt zurück – Jasons Angaben bestätigten seine Einschätzung.

Inzwischen hatte sich die Besatzung der Brücke verändert. Sorahl löste Mitchell an der Navigationskonsole ab, und T'Lera übernahm das Ruder. Spock saß nach wie vor an der Kommunikationsstation. Melody Sawyer erbleichte, als sie sah, daß die *Delphinus* von drei Vulkaniern gesteuert wurde.

»Zum Teufel, was soll das bedeuten, Captain, Sär?« begrüßte sie Nyere nach ihrem erzwungenen Schlaf. Jason hatte ihr Situation und Hintergründe erklärt, aber der Erste Maat klammerte sich an sein Mißtrauen, starrte den neuen Kom-Offizier an. »Mr. Spock, wenn ich mich entsinne.«

»In der Tat«, sagte er und erwiderte den Blick.

»Auf ein gemütliches Beisammensein«, ächzte Melody.

»Denk an die Zukunft, Sorahl-*kam*«, sagte T'Lera so leise, daß nur Sorahl sie hören konnte. Ihr Blick galt dem Hybriden Spock und seinen menschlichen Begleitern.

Der junge Vulkanier nickte. »Spielen wir in diesem Zusammenhang eine zentrale Rolle, Mutter? Bilden wir den Grundstein?«

»Nein, mein Sohn. Wir sind ein aus dem Weg geräumtes Hindernis ...«

»Sind Sie sauer auf mich, Captain, Sär?« fragte Sawyer.

»Warum? Weil Sie erst mit dem Ballermann spielen mußten und mir anschließend fast die Rippen gebrochen hätten? Ist nicht weiter schlimm, Melody ...«

»Die Erde wird es nie erfahren«, überlegte Kirk laut. »Die Menschen ahnen nicht einmal, welche Chance sich für sie ergab. Und welche enorme Gefahr für die Zukunft heraufbeschworen wurde!«

»Korrekt, Captain. Doch im Laufe der Zeit ...«

»Wenn sie reifer geworden sind«, murmelte Jim. »Sie müssen noch eine Menge lernen. So wie ich. Spock, ich ...«

»Viele Jahrhunderte des Friedens gingen T'Leras Reise zur Erde voraus, Captain. Den Menschen stand weitaus weniger Zeit zur Verfügung, um sich auf die Tugenden der Vernunft zu besinnen. Trotzdem haben wir beide recht gute Dienste geleistet — gemeinsam.«

Der Abschied war notwendigerweise recht kurz.

»›Und so segle dahin, allein im tiefen Wasser ...‹«, brummte Jason Nyere. Es gelang ihm nicht ganz, seien typisch menschlichen Gefühle unter Kontrolle zu halten.

»›Denn unsere Bestimmung liegt dort, wo noch kein Seefahrer gewesen ist …‹«, fügte T'Lera hinzu. Sie hatte sich ausgiebig mit der irdischen Dichtkunst befaßt.

»›Und wir riskieren nicht nur das Schiff, sondern auch unser Leben.‹« Jason hauchte der Vulkanierin einen Kuß auf die Hand. »Ich werde Sie vermissen, werte Dame.«

»Glück und langes Leben, Jason Nyere«, erwiderte T'Lera. »Ich werde Sie nie vergessen.«

Nur sie wußte, was das bedeutete.

Yoshi und Sorahl suchten vergeblich nach den richtigen Worten, gaben schließlich auf und schüttelten sich stumm die Hände.

»Bis dann, Junior«, brachte Melody Sawyer hervor und dachte kurz an ihre Tochter. *Sie würde mich hassen, wenn sie wüßte, daß ich einen solchen Mann einfach gehen lasse.* »Sagen Sie Ihrer Mutter … Sagen Sie ihr, es tut mir leid. Sagen Sie ihr, daß ich versuchen werde, mich zu bessern.«

»Ich richte es ihr aus«, versprach Sorahl, und in seinen dunklen Augen funkelte fast so etwas wie Humor, als er hinzufügte: »Aber ich bezweifle, daß es Ihnen gelingt.«

»Leb wohl, Leutnant Kije«, hauchte Tatya und sah Sorahl nach. Tränen strömten über ihre Wangen.

Einst tollten Delphine vor der Küste. Einst hielten Eingeborene nach ihnen Ausschau und holten ihre Netze, da sie wußten, daß die verspielten Säuger große Fischschwärme in Richtung Ufer trieben. Einst arbeiteten Mensch und Delphin über viele Generationen hinweg zusammen, zum beiderseitigen Vorteil.

Doch jetzt gab es keine Delphine mehr, die Nachkommen der Fischer gingen anderen Berufen nach. Der Strand, an dem ihre Ahnen gewartet hatten, erstreckte sich leer in einer vom Mondschein erhellten Nacht. Weiter draußen ragte der Kommandoturm eines großen Schiffes aus den Fluten des Atlantik; die *Delphinus* schien nach ihren längst ausgestorbenen Brüdern und Schwestern zu suchen.

Neben dem Turm dümpelte ein kleines Boot; Jason

Nyere half zwei Vulkaniern an Bord. Ein anderer Captain namens Kirk hielt das Ruder und wartete geduldig darauf, daß seine Gefährten das Schiff verließen.

»Eine wunderschöne Nacht«, sagte Gary Mitchell leise und beobachtete den Strand. »Obgleich mich der Mond ein wenig stört. Völlige Dunkelheit wäre mir lieber. Übrigens: Drüben am Ufer steht ein Wagen.«

»Nur einer?« fragte Jim. Mitchell nickte. »Dann scheint ja alles klar zu sein.«

Elizabeth Dehner kletterte als letzte ins Boot, hatte die vier in der *Delphinus* bleibenden Personen ›behandelt‹. Sie wirkte ziemlich erschöpft und rieb sich die geröteten Augen.

»Ist alles in Ordnung mit Ihnen?« wandte sich Kirk an sie, während ihr Spock Hilfestellung leistete.

»Nein, ganz und gar nicht«, entgegnete sie offen. Blondes Haar strich über blasse Wangen, als sie stolperte und den Halt verlor. Spock stützte sie und deutete auf einen freien Platz im Bug. »Ich würde mich gern ausruhen.«

Kühler Wind strich ihnen entgegen. Kirk öffnete den Behälter mit der Notausrüstung, holte eine Decke hervor und reichte sie der Psychologin. Dehner schlang sie sich um die Schulter, lehnte sich müde an Spock und schloß die Augen.

Elizabeth erwachte, als sie das Ufer erreichten.

»Tut mir leid«, murmelte sie, stellte überrascht und verlegen fest, daß ihr Kopf an Spocks Brust ruhte. Sie wußte, daß den telepathischen Vulkaniern ein direkter Kontakt mit Menschen unangenehm war.

Der wissenschaftliche Offizier half ihr schweigend an Land.

Sorahl trat geschickt übers Dollbord, ging an der Wassergrenze in die Hocke und schöpfte Sand. Die eine Hand wurde naß, die andere blieb trocken.

»Jetzt ist es soweit, Mutter«, sagte er.

T'Lera wußte, was er meinte: In diesem Augenblick betraten sie die Erde.

Kapitel 11

Eine vertraut wirkende Gestalt kletterte aus dem Geländewagen, der am Rand des Strandes parkte, dicht vor den ersten Bäumen des dunklen Regenwalds.

»Es fehlt niemand, und alles ist in bester Ordnung!« verkündete Parneb und eilte der Gruppe entgegen. »Ich habe die notwendigen Vorbereitungen getroffen. Das Fahrzeug bietet Ihnen genügend Platz, und darüber hinaus steht unseren Gästen angemessene Kleidung zur Verfügung: Turbane und *Djellabas* für die Herren, eine *Tobe* samt Schleier für die Dame. Wenn Sie nicht von Vulkan stammten, könnte man glauben, Sie seien Ägypter! Und da wäre noch etwas, Captain Kirk!« rief er dem letzten Mann am Ufer zu, der gerade eine Fernsteuerung hervorholte, um das Boot aufs offene Meer zurückzuschicken und es dort zu versenken. »Ich habe eine kleine Überraschung für Sie.«

Es widerstrebte Kirk, ein Schiff zu opfern. Eine Zeitlang sah er dem Boot nach, drehte sich dann um und sah eine Bewegung in dem großen Geländewagen. Die ›Überraschung‹ trat auf den Strand und grinste jungenhaft.

»Lee?« Jim konnte es kaum fassen. Er räusperte sich. »Mr. Kelso, wo haben Sie gesteckt, zum Teufel?«

»Ich wurde eine Zeitlang, äh, aufgehalten«, entgegnete Lee. »Eine kleine Meinungsverschiedenheit mit den Behörden — es ging dabei um ›ausgeliehene‹ Computerzeit. Ich sollte in einem Arrestkomplex übernachten, entschied mich jedoch dagegen, die Gastfreundschaft des Untersuchungsrichters in Anspruch zu nehmen, hielt es für besser, mich auf den Weg nach Ägypten zu machen.«

»Typisch für ihn«, warf Mitchell ein. »Der Kerl hat sich einen Urlaub gegönnt, während uns Kugeln um die Ohren flogen. Wird Zeit, daß du endlich in die Hände spuckst und dich an die Arbeit machst, Lee.«

»Sie sehen das völlig falsch«, sagte Parneb hastig, als sie

im Wagen Platz nahmen und die lange Fahrt zur westlichen Sahel-Zone begannen. »Mr. Kelso hat sich als ein wahrhaftiger Magier erwiesen! Captain Kirk, wenn Sie ihn mir überlassen könnten ... Mit einem solchen Zauberlehrling wäre ich imstande, echte Wunder zu bewirken!«

In den künstlich angelegten Gewölben unter der Wüste fanden sie zwei Schlafkapseln, die in horizontalen Bereitschaftsnischen ruhten. Das leere Gerüst daneben hatte offenbar eine dritte enthalten.

»Brandspuren auf dem Boden«, stellte Kirk fest, und seine Stimme hallte dumpf von den Wänden wider. »Wenn wir Glück haben, können die Dinger von hier aus gestartet werden.« Er wandte sich an seine Truppe. »Untersuchen Sie die beiden Kapseln mit der gebotenen Vorsicht. Wir benutzen diejenige, die sich im besseren Zustand befindet, und die andere wird demontiert, damit wir eventuell notwendige Ersatzteile bekommen. Mal sehen, was sich aus den altertümlichen Nukleartriebwerken herauskitzeln läßt.« Er seufzte. »Ich wünschte, Mr. Scott wäre hier.«

»Wir eifern ihm einfach nach, Jim«, schlug Mitchell vor und warf Sorahl einen Schraubenschlüssel zu. Der junge Vulkanier ging bereits über den äußeren Laufsteg und half Kelso in einen schmalen, mit Kabelsträngen und längst überholten Transistoren gefüllten Wartungsschacht.

Spock und T'Lera schalteten den Bordcomputer ein und nahmen eine Überprüfung aller Systemkomponenten vor. Kirk rollte sich die Ärmel hoch und nieste im fünfzigjährigen Staub der Reaktorkammer.

»Du hast also Zensur ausgeübt und dadurch das allgemeine Recht der Öffentlichkeit auf Informationsfreiheit beschnitten, Lee?«

»Nun, *so* weit würde ich nicht gehen, Mitch. Ich habe die eine oder andere Meldung umformuliert – die übliche Arbeit eines Redakteurs ...«

»Hier ein Satz gestrichen, dort ein Absatz hinzugefügt – und der Autor erkennt sein Werk gar nicht wieder ...«

Kirk räusperte sich. Mit seinen beiden Freunden steckte er bis zur Hüfte in einer Konsole, die zur Ambientenkontrolle und Überwachung von Lebenserhaltungssystemen dienten. Heiße Luft trieb ihm Schweiß aus den Poren.

»Bohren Sie mir nicht dauernd den Ellenbogen in die Rippen, Mr. Mitchell!« brummte er. »Würde mir vielleicht jemand erklären, worüber ihr redet?«

»Hat dir Lee noch nicht erzählt, was nach seiner Flucht vor der KomPolizei geschah?« erwiderte Gary ungläubig und kroch zurück, um einen Feuchtigkeitssensor zu holen. Über die Schulter hinweg fügte er hinzu: »Sag's ihm, Lee!«

»Nun?« fragte Kirk gepreßt und ächzte, als ihn zur Abwechslung Kelsos Ellenbogen traf.

Lee gab sich verlegen. »Tja, Ji... äh, Captain, ich, äh... Sie, äh, du solltest versuchen, dich in meine Lage zu versetzen. Wenn ich den Vid-Schirm einschaltete, mußte ich mir die verrücktesten Meldungen anhören. Ihr seid von all dem verschont geblieben, aber ich steckte mitten in der Hysterie. Ich konnte nicht ruhig zusehen, wie die ganze Sache außer Kontrolle geriet.«

»Eine lobenswerte Einstellung«, sagte Jim, schob sich ein wenig vor und justierte ein Sauerstoff-Konvertierungsventil. »Die Frage ist nur: *Was* hast du gemacht?«

»Ich fürchtete, irgend jemand könne zu Schaden kommen, verletzt oder gar getötet werden«, fuhr Kelso fort. »Panik in den Städten, Unruhen und dergleichen. Und deshalb ...«

»*Ja?*« knurrte Kirk. »Heraus damit, Lee!«

»Ich habe mich in die GlobalNews-Computer eingeschlichen und dort einige Virusprogramme hinterlassen«, platzte es aus Kelso heraus. »Sie löschten die schlimmsten Meldungen und ersetzten sie durch ›nicht bestätigte und widersprüchliche Berichte‹. Die Datenbroker haben bestimmt alle Hände voll damit zu tun, Ordnung in das Chaos zu bringen!« Er strahlte stolz.

Jim ließ sich an die Innenwand der Konsole sinken. »Du erstaunst mich immer wieder, Lee.«

»Ich weiß«, erklärte Kelso bescheiden und gab damit die für ihn typische Antwort.

»Vielleicht sollte ich dich *wirklich* bei Parneb lassen«, drohte Kirk und schob sich vorsichtig aus dem Kabelgewirr. »Wie dem auch sei: Du hast mir noch nicht gesagt, wie du der KomPolizei entkommen bist.«

»Verschieben wir den Bericht«, erwiderte Kelso voller Unbehagen. »Erinnere mich, wenn wir alles hinter uns haben.« Aber er kam nie dazu, von seiner Flucht zu erzählen.

»Die Logik gebietet, daß planetare Verteidigungsanlagen nach außen gerichtet sind, um Angriffen aus dem All zu begegnen«, wandte sich Spock an Kirk und T'Lera. »Das letzte irdische System, das sich gegen Terra selbst und damit die Menschen richtete, war das sogenannte SDI, in der Umgangssprache auch ›Krieg der Sterne‹ genannt. Als die Charta der Geeinten Erde unterzeichnet wurde, begann man mit der systematischen Zerstörung aller betreffenden Satelliten. Die heutigen Abwehreinrichtungen reagieren auf keine Raumschiffe, die sich von der Erde *entfernen*.«

Spock musterte Sorahl, einen Vulkanier, der paradoxerweise sowohl jünger als auch wesentlich älter war. »Daraus folgt: Wenn Sorahl tatsächlich ein so guter Navigator ist, wie T'Lera behauptet, sollten Sie in der Lage sein, das Solsystem unentdeckt zu verlassen.«

»Mehr können wir Ihnen nicht helfen«, sagte Kirk zu der Vulkanierin. »Leider sind wir nicht imstande, die Kapsel mit einem Warptriebwerk auszustatten.«

»Wir sind Ihnen trotzdem zu großem Dank verpflichtet«, erwiderte T'Lera. »Wenn mein Navigator so fähig ist, wie ich nach wie vor glaube, steht unserer Rückkehr nach Vulkan nichts mehr im Wege.«

Kelso justierte den Bordkommunikator auf eine Nachrichtenfrequenz, um festzustellen, ob seine Virusprogramme die erhoffte Wirkung erzielten.

«... treffen ständig weitere, bisher noch unbestätigte Meldungen aus der Antarktis ein. Insbesondere geht es dabei um die Entdeckung von Waffen und vier Leichen, unter ihnen auch die des berüchtigten Terroristen, der sich Rächer nannte ...«

In Kelsos ölverschmiertem Gesicht zeigte sich ein zufriedenes Lächeln, als er unter den Rumpf der alten DY-100 kroch und die Arbeit fortsetzte.

»In einem damit nicht gänzlich ohne Zusammenhang stehenden Kommuniqué teilen einige hochrangige Penta-Krem-Repräsentanten folgendes mit: Das heute morgen vor der Küste Malis gefundene Schiff ist tatsächlich die *CSS Delphinus*, die vor zwei Wochen beauftragt wurde, ein nicht identifiziertes und über dem Südpazifik abgestürztes Raumschiff zu bergen. An Bord befanden sich nur vier Personen, und zwei von ihnen, Captain Jason Nyere und sein Erster Offizier, wurden zu einem Verhör abgeholt ...«

»Wenn mir bei der Hypnose kein Fehler unterlaufen ist ...« – Elizabeth Dehner nahm von Parneb einen Behälter mit Lebensmittelkonzentraten entgegen und reichte ihn Kirk, der die Kiste in der Frachtkammer verstaute – »... haben es die Behörden mit vier lächelnden, kooperativen Leuten zu tun, die nicht wissen, was in den vergangenen beiden Wochen mit ihnen geschehen ist.«

»Wollen wir's hoffen«, brummte Jim.

»... traf gerade ein neuer Bericht ein. Auf dem Kontinent Antarktika stationierte Sicherheitskräfte melden die Verhaftung von vier Personen, die sich als Journalisten ausgaben und versuchten, das Festland an einer Stelle zu verlassen, die nicht sehr weit von der Byrd-Station entfernt ist. Wie gerüchteweise verlautet, sollen sich in der alten Forschungsstation zwei Außerirdische aufgehalten haben. Einer der Arrestierten wurde als Aghan identifiziert, Mitglied der Allianz des Zwölften November ...«

»Optimales Startfenster um 23.00 Uhr, Commander«, informierte Spock die vulkanische Kommandantin, als die Winde das kleine Raumschiff neben dem Gerüst in eine vertikale Position zog. »Bestätigung«, erwiderte T'Lera geistesabwesend. Ihre Gedanken galten bereits den Sternen.

»... deutet vieles darauf hin, daß der in einem ohne Treibstoff liegengebliebenen Schneemobil gefundene Tote Easter ist, Anführer einer anderen Terroristengruppe. In dem Fahrzeug befand sich außerdem ein umfangreiches Waffenarsenal. Welches Geheimnis verbirgt sich hinter dem Tod Easters und des Bionikers namens Rächer? Warum erfüllte sich ihr Schicksal ausgerechnet in der Antarktis? Vielleicht müssen diese Fragen für immer unbeantwortet bleiben. Doch das Ende der beiden berüchtigten Verbrecher und die Verhaftung ihrer vier Komplizen läßt den Schluß zu, daß dem Terrorismus ein entscheidender, möglicherweise tödlicher Schlag versetzt wurde ...«

Ein klarer Himmel spannte sich über der Wüste; nicht eine einzige Wolke verwehrte den Blick auf die Sterne. Einer der funkelnden Punkte – eine rote M2-Sonne, die von einem heißen Wüstenplaneten umkreist wurde, Geburtsstätte von vierzehn Milliarden logischer, rationaler Wesen – lockte T'Lera und Sorahl zur Heimkehr. Ein dritter Vulkanier stand im unterirdischen Kontrollraum und begann mit dem Countdown. T'Lera wartete im Innern der Kapsel und zündete schließlich die Triebwerke. Die alte DY-100 hob ab, und der Bug richtete sich auf den winzigen, scharlachfarbenen Fleck am Firmament.

Dutzende von Radioteleskopen überwachten den Himmel. Sie standen bei Arecibo auf Puerto Rico, in Khazakstan, in der Wüste von Nevada, auf der erdabgewandten Seite des Mondes und selbst auf dem Mars. Techniker saßen an Bildschirmen und hielten nach Ortungsreflexen Ausschau, nach irgendwelchen verdächtigen Bewegungen im interplanetaren Raum. Aber ihnen entging die kleine Kapsel, die den Asteroidengürtel durchdrang, die Jupiterbahn erreichte, den Flug unbemerkt fortsetzte.

Sorahl empfing die letzten Sendungen von der Erde.

»... breitet sich die Tangwelke weiterhin aus. Inzwischen scheinen bereits alle Anbaubereiche im Südpazifik betroffen zu sein. Das Basispersonal auf Luna und Mars wurde auf die drohende Nahrungsmittelknappheit und eine eventuell notwendige Rückkehr zur Erde hingewiesen ...«

»Nein, Sir.« Yoshi lächelte freundlich, als die Verhörbeamten weitere Fragen stellten. »Jason hat uns nicht gesagt, wohin er uns bringt. Ebensowenig nannte er uns die Gründe. Ich wollte natürlich in der Agrostation bleiben, doch andererseits: Wer lehnt einen zusätzlichen Urlaub ab?«

Geheimagenten durchsuchten Yoshis Kabine an Bord der *Delphinus*, fanden dabei ein aus dem späten zwanzigsten Jahrhundert stammendes Buch mit Gedichten. Es trug den Titel ›Du und ich‹. Der junge Agronom erklärte, in Agro III habe er Tatya oft daraus vorgelesen. Liebesverse – um die richtige Stimmung zu schaffen. Die Agenten nickten, legten das Buch beiseite und schenkten dem als Lesezeichen dienenden, zusammengefalteten Computerausdruck überhaupt keine Beachtung.

»Damit ist unsere Mission beendet«, meinte Kirk, als die DY-100 am dunklen Himmel verschwand. Zusammen mit seinen Gefährten nahm er im Geländewagen Platz. »Bringen Sie uns nach Hause, Parneb.«

»Wir verlassen das Solsystem in genau hundertdreiundsiebzig Minuten, Commander«, sagte Sorahl, verwendete dabei die Sprache und Zeitbegriffe Vulkans. Nach den zwei Wochen auf der Erde fiel ihm die Umstellung schwer.

»Bestätigung«, erwiderte T'Lera und dachte an die Sterne.

Aus den Lautsprechern des Empfängers drangen die leiser werdenden Stimmen irdischer Nachrichtensprecher.

»... geht die Tradition der Welthungerkonzerte auf das Jahr 1986 zurück, auf eine Zeit also, in der ein großer Teil der Weltbevölkerung an Unterernährung litt. Das diesjährige Sechzigste Friedenskonzert setzt ein besonderes Zeichen, wenn man es im Zusammenhang mit den jüngsten Unruhen angesichts einer angeblichen Invasion aus dem All sieht ...

... wiederholten Sprecher von PentaKrem in einer gemeinsamen Verlautbarung mit dem Rat der Geeinten Erde, daß die Manöver im Südpazifik und auf dem antarktischen Kontinent keineswegs als Reaktion auf Angriffe von Außerirdischen zu interpretieren sind, wie einige verantwortungslose Journalisten behaupten. Vielmehr sollte damit die irdische Bereitschaft auf eine Bedrohung aus dem Weltraum getestet werden. Um es noch einmal zu betonen: Die Gerüchte über eine Invasion aus dem All entbehren jeder Grundlage. Die von den Vereinten Streitkräften durchgeführten Manöver dienten einzig und allein dazu, die irdische Verteidigungsbereitschaft zu testen. Penta-Krem und Vertreter des Weltrates dementieren alle Meldungen, in denen es heißt, es seien Aliens auf der Erde gelandet. Wir weisen noch einmal ausdrücklich darauf hin, daß der angebliche Angriff von Extraterrestriern ...«

Das kleine Raumschiff passierte die Umlaufbahn des äußersten Planeten Pluto, und lautes Knacken überlagerte die Stimme der Erde.

»... beenden wir unser Programm klassischer Musik mit einer Suite von Sergei Sergejewitsch Prokofjew, ›Leutnant Kije‹. Die Hauptrolle in dieser musikalischen Komödie spielt ein romantischer Held, den Zar Nikolaus erfand ...«

Die Statik der Oort-Wolke rauschte. Sorahl schaltete ab, folgte dem Beispiel seiner Mutter und besann sich auf die Sterne. Der Geländewagen hielt vor Parnebs Heim, und Kelso beugte sich noch einmal zum Radio vor.

»Wir wiederholen: Es sind nie irgendwelche Außerirdischen auf der Erde gewesen ...«

»Das reicht jetzt, Lee!« sagte Kirk scharf und stieg zusammen mit den anderen aus. »Schalt das Ding ab!«

Kelso kam der Aufforderung nach und folgte Parneb ins Gebäude. Nur Spock blieb zurück.

Kirk lauschte einige Sekunden lang der Stille des Morgens. »Mr. Spock ...«, begann er und spürte, daß sich sein Verhältnis zu dem Vulkanier verändert hatte. »Bitte kommen Sie herein. Je eher wir von hier verschwinden ...«

Der hochgewachsene Mann zögerte gedankenverloren. »Nur noch einen Augenblick, Captain.«

Er stand auf der leeren thebanischen Straße, unter einem

dunklen Himmel, der sich langsam erhellte, ließ seinen Blick über sechstausend Jahre alte Mauern schweifen. Spock fürchtete nicht, die Aufmerksamkeit eines Frühaufstehers zu wecken: Turban und *Djellaba* verliehen ihm das Erscheinungsbild eines Ägypters, täuschten über die fremden Züge seines Gesichts hinweg. Ein letztes Mal sah er zum Firmament der Erde hoch, an dem nur noch die hellsten Sterne glänzten, griff unter seinen Umhang und holte eine kleine Kette hervor.

Mit den Fingerspitzen tastete er über den winzigen Anhänger, betrachtete das Friedenssymbol und überlegte. Es gehörte auf diesen Planeten; er hatte kein Recht, es mitzunehmen. Spock löste einige Steine am Fuß der Mauer und deponierte das Schmuckstück in terrestrischem Boden.

Seine Gefährten trugen inzwischen wieder Starfleet-Uniformen und warteten in Parnebs Keller auf ihn. Während der Ägypter Vorbereitungen für den Retransfer durch Zeit und Raum traf, schaltete jenseits der granitenen Wände eine erwachende Welt die Vid-Schirme ein und verfolgte die ersten Nachrichtensendungen des neuen Tages.

»... beklagen Millionen von Menschen den Tod von Professor Jeremy Grayson, der vor einigen Stunden friedlich entschlummerte ...«

»Sind Sie ganz sicher, daß es klappt?« fragte Kirk skeptisch und musterte Parneb mit wachsendem Unbehagen.

»Sie haben Ihre magischen Kunststücke vollbracht, Captain«, erwiderte der Ägypter. »Jetzt bin ich dran.«

Er hatte die Kristallkugel ins Gewölbe getragen, um ihre Kraft zu verstärken. Sie glühte nun, pulsierte im Takt mit dem kleineren Kristall an seiner Halskette. Kirk fragte sich, ob moderne Transporter weniger thaumaturgisch waren.

Elizabeth Dehner, Gary Mitchell und Spock standen bereit, schienen darauf zu warten, an Bord der *Enterprise* gebeamt zu werden. Doch Lee löste sich aus der Gruppe, ging über den sandigen Boden. Kirk räusperte sich demonstrativ.

»Mr. Kelso?«

»Ein ganz persönlicher Abschied, Jim ...« Lee wanderte an den Mauern entlang, klopfte auf die Steine und kehrte zurück. »Vielleicht habe ich nie wieder Gelegenheit, eine so großartige Architektur zu bewundern«, erklärte er.

Kirk übersah Parnebs kummervollen Gesichtsausdruck. »Es kann losgehen«, sagte er.

An den Rest erinnerte er sich nicht mehr.

Unter der Ruhe des Ägypters verbarg sich Nervosität. Der Zweifel an seinen Fähigkeiten war nicht geringer geworden, im Gegenteil: Die Unsicherheit in ihm wuchs, ging weit über die Beklemmung vor dem Beginn jenes Experiments hinaus, das Kirk und seine Gruppe ins einundzwanzigste Jahrhundert der Erde verschlagen hatte. Er durfte sich nichts anmerken lassen. Jim und die anderen setzten ihre Hoffnung auf ihn, und sie hatten bereits genug Enttäuschungen hinnehmen müssen. Parneb hielt den kleineren Kristall in beiden Händen und schwor feierlich, nie wieder die Zeit zu manipulieren, falls sich jetzt der erhoffte Erfolg einstellen sollte. Er konzentrierte seine mentale Energie darauf, einen sehnlichen Wunsch zu verwirklichen ...

Und schoß übers Ziel hinaus. Von einem Augenblick zum anderen spürte er, wie eine gewaltige, temporalräumliche Distanz zwischen ihm und den fünf Personen entstand: Sie sausten fort, verloren sich in einer Zeit jenseits der Zeit. Die Bilder in der Kugel sprangen Parneb entgegen, projizierten Grauen und Entsetzen an die Wände, schufen eine alptraumhafte Sequenz, die aus Verrat, Gewalt und Tod bestand. Er vernahm Stimmen, die er kannte, aber sie waren auf tragische Weise verzerrt, brachten Qual und Furcht zum Ausdruck.

»Ein Gott verdient vor allen Dingen Mitleid ...«

»Nun, es ergab überhaupt keinen Sinn, daß er Bescheid wußte ...«

»Spock hat recht und du bist ein verdammter Narr, wenn du das nicht begreifst ...«

»Ach du *meine* Güte!« stieß Parneb hervor und schüttelte den Kopf, als könne er auf diese Weise die Schreckensbilder vertreiben. Er umklammerte den Kristall, um das *Falsche* in ihn zurückzudrängen.

»Töte mich, solange du Gelegenheit dazu hast ...«

»Ein Gott verdient Mitleid ...«

»Töte Mitchell, solange du dazu in der Lage bist ...«

»Es tut mir leid ... Du ahnst nicht, wie es ist, ein Gott zu sein ...«

»Flehen Sie mich an, Captain ... Bitten Sie mich um einen gnädigen, schmerzlosen Tod ...«

»Mitleid ...«

»Ich bedaure ...«

»Töte Mitchell ...«

»Töte mich ...«

»Ein Gott verdient vor allen Dingen Mitleid, MITCHELL!«

Parneb griff nach der Kugel, zwang ihr seinen Willen auf. Seine Finger brannten sich so in den Kristall hinein, als bestehe er aus Eis, das in der Wärme der Verzweiflung schmolz. Die Bilder wirbelten umher, krochen in das zitternde Bewußtsein des Ägypters, während gedankliche Befehle die Zeit anhielten und umkehrten.

Ein Ort aus blauem Staub und Verwirrung. Zwei Gestalten in der öden Landschaft. Zwei Männer: Der eine hielt Wache, und der andere sank zu Boden ...

»Captain?«

Eine starke Hand half Kirk auf die Beine.

»Was ist passiert?« Jim klopfte die Hose ab, spannte versuchsweise die Muskeln und versuchte, sich daran zu erinnern, wo er war — und warum. Es fiel ihm sehr schwer.

»Vermutlich wirkt sich die dünne Atmosphäre schädlich auf den menschlichen Körper und Geist aus, Captain. Sie verloren das Bewußtsein. Ich nahm mir die Freiheit, die anderen an Bord beamen zu lassen.«

»Und damit trafen Sie genau die richtige Entscheidung«, erwiderte Kirk. Die anderen? Wahrscheinlich die übrigen Angehörigen der Landegruppe. Aber wer?

»Mr. Mitchell und Mr. Kelso klagten über Atemprobleme«, fuhr Spock fort, und Jim prägte sich die beiden Namen ein. Der Nebel verflüchtigte sich in den dunklen Kammern seines Gedächtnisses, und einzelne Details der Mission fielen ihm ein. Doch das Gefühl der Desorientierung blieb. »Sie haben sich in der Krankenstation gemeldet.«

»Gut«, brummte Kirk und hustete, als ihm blauer Staub in Mund und Nase drang.

»Captain?« Der Vulkanier musterte ihn. »Ich möchte vorschlagen, daß wir zur *Enterprise* zurückkehren. Hier lassen sich keine weiteren Erkenntnisse gewinnen.«

Die Türen des memorialen Archivs schwangen auf: eine Landegruppe, um den Planetoiden M-155 zu erforschen, der in unregelmäßigen Abständen verschwand, den Himmelskörper, auf dessen Oberfläche sie standen und der jederzeit ...

»Sie ... Sie sind bei Bewußtsein geblieben, Mr. Spock?«

Der Vulkanier nickte. »Ich glaube schon, Captain. Allerdings klafft im Komplex meiner Reminiszenzen eine Lücke von genau null Komma fünf Minuten, und außerdem habe ich irgendwie meine Uniform beschädigt.« Er deutete auf den zerrissenen Saum, auf die Stelle, an der die Offiziersabzeichen fehlten.

»Und ich habe meinen Kommunikator verloren«, stellte Kirk fest und suchte im Sand. »Wenn uns mehr Zeit bliebe ... Sind Sie sicher, uns fehlt nur eine halbe Minute?«

»Bestätigung, Captain. Doch ich muß Sie darauf hinweisen ...«

»... daß es nicht unbedingt ratsam wäre, noch länger auf dem Planetoiden zu verweilen und Gefahr zu laufen, mit ihm zusammen zu verschwinden«, beendete Jim den Satz. »Wir können die Untersuchungen an Bord der *Enterprise* fortsetzen. Eine Option, die Sie bereits vor dem Transfer hierher vorschlugen, wenn ich mich recht entsinne.« Er seufzte. «Ich glaube, in Zukunft sollte ich Ihre Ratschläge weitaus ernster nehmen.«

Er sprach in einem betont ernsten Tonfall, aber die unterschwellige Ironie entging der vulkanischen Aufmerksamkeit nicht.

»Diese Einschätzung teile ich voll und ganz.«

Spock beendete die Mentalverschmelzung und kehrte in die Realität zurück.

Licht flutete ihm entgegen. Und er vernahm ein seltsames Rasseln: McCoy schnarchte hingebungsvoll. Der Arzt saß im Sessel neben dem erkalteten Kamin, den Kopf zurückgeneigt, den Mund offen. Die Arme reichten schlaff über die Lehnen; der eine Fuß ruhte auf einem nahen Schemel, und das andere Bein war angewinkelt. Ohne das laute Schnarchen hätte man ihn für tot halten können.

Es ließ sich nicht bestimmen, wie lange er schon schlief. Seit achtundzwanzig Komma sechs Stunden erforschten Captain Spock und Admiral Kirk ein aus Erinnerungen und Geschichte bestehendes Labyrinth, und irgendwann waren McCoy die Augen zugefallen. Es spielte keine Rolle. Der jetzt auf dem Boden liegende Tricorder hatte alles aufgezeichnet, und dem Inhalt des elektronischen Speichers kam weitaus größere Bedeutung zu als der Wachsamkeit des Doktors. Eins stand fest: Niemand konnte mehr an Kirks geistiger Gesundheit zweifeln.

Spock griff nach dem kleinen Gerät, schaltete es aus und wünschte, mit McCoy ähnlich verfahren zu können. Er hielt es für ausgeschlossen, daß ein von solcher Geräuschentwicklung begleiteter Ruhezustand körperliche und geistige Energien zu regenerieren vermochte.

Er wandte sich um und sah Kirk an, der vorgebeugt saß, das Gesicht hinter den Händen verborgen.

»Ist alles in Ordnung mit Ihnen, Jim?«

Der Admiral ließ einige Sekunden lang die Schultern hängen, strich sich übers Haar und musterte seinen Freund.

»Ich glaube schon.«

Er richtete den Blick auf McCoy, dessen Schnaufen und Rasseln noch lauter wurde.

»Wirklich schade, daß er keinen Lautstärkeregler hat.«

»Ich bin sicher, es läßt sich trotzdem etwas unternehmen«, sagte Spock ernst.

Mühelos hob er den Arzt an, um ihn ins Schlafzimmer zu tragen, wo er nach Herzenslust weiterschnarchen konnte. McCoy reagierte auf die Berührung, indem er den Arm um Spock schlang. Er lehnte den Kopf an die Schulter des Vulkaniers, murmelte etwas und lächelte im Schlaf.

»›Rosebud‹?« wiederholte Spock verwirrt.

»Eine junge Frau in einer Bar, die er häufig besucht«, erklärte Kirk vage. »Sie glüht im Dunkeln.«

»Oh.«

Der vulkanische Captain verzog kurz das Gesicht und brachte McCoy ins Nebenzimmer. Als er zurückkehrte, stand Kirk am Fenster und starrte in die Dämmerung. Im verblassenden Licht bildeten seine Züge ein seltsames Schattenmuster, und Spock beobachtete, wie der Admiral die Lippen aufeinanderpreßte, wie das menschliche Gesicht einen steinernen, maskenhaften Ausdruck gewann. Nur das matte Funkeln in den Augen – *Tore zur Seele*, dachte Spock; er hielt diese Metapher für angemessen, gerade in bezug auf Jim – brachten zum Ausdruck, was er empfand.

Kirk runzelte die Stirn, als er im Glas der Fensterscheibe das Spiegelbild des Vulkaniers bemerkte.

»Spock ...« Er schauderte plötzlich, versuchte zu lächeln und wurde wieder ernst. »Offenbar hat Parneb Einfluß auf unser Gedächtnis genommen, damit wir seine Zeit-Manipulationen und alles andere vergessen.«

»In der Tat.« Spock trat näher heran – eine hilfsbereite, schützende Präsenz. »Es war eine starke Stimulation notwendig, um unsere Reminiszenzen zu reaktivieren.«

»Mir ist kalt«, stieß Kirk hervor, von sich selbst überrascht. Er wandte sich dem Kamin zu, entzündete ein Feuer. Spock blieb neben ihm, um seine Seele zu wärmen.

Jim schürte das Feuer, schenkte sich einen weiteren Brandy ein und schwieg noch immer.

Sie nahmen das Abendessen ein, und kurz darauf schlief Kirk ein wenig. Diesmal wurde er nicht von Alpträumen heimgesucht. Als er erwachte, stellte er mit einem gewissen Verdruß fest, daß Spock nach wie vor auf den Beinen war, das Geschirr abgeräumt und sich einen belebenden Cognac genehmigt hatte.

Die meisten Vulkanier mochten keinen Äthylalkohol. Wenn sie doch entsprechende Getränke genossen, so aus reiner Neugier – oder weil sie die menschlichen Traditionen achteten. Spock war in dieser Beziehung besonders zurückhaltend; normalerweise trank er nicht einmal bei gesellschaftlichen Anlässen.

Doch die lange mentale Reise hatte auch ihn erschöpft. Und wenn das Ich von Gedanken an T'Lera und Jeremy Grayson belastet wurde ... Es gab ein ideales Rezept, um wieder Ruhe zu finden: ein ruhiger Ort, das Gespräch mit einem Freund, die ästhetische Beschaulichkeit eines Produkts, das einem trinkbaren Kunstwerk gleichkam.

Nichts Existierendes ist unwichtig. Spock beobachtete, wie der flackernde Feuerschein wechselhafte Reflexe im bernsteinfarbenen, gereiften Armagnac schuf, drehte das Glas langsam hin und her. Einige bestimmte Dinge durchdrangen die Barrieren der vulkanischen Selbstdisziplin.

»Uns unterlief ein schwerer Fehler!« sagte Kirk plötzlich. »Wir haben T'Lera und Sorahl unter einem völlig falschen Vorwand zurückgeschickt. Angenommen, der Rat der Geeinten Erde hätte entschieden, sie willkommen zu heißen und diplomatische Beziehungen mit Vulkan aufzunehmen? Vielleicht wurde durch unser Eingreifen eine einzigartige Chance vertan. Spock, haben wir die Föderation gerettet – oder ihre Entstehung um zwanzig Jahre verzögert?«

Der Vulkanier griff nach dem Buch *Fremde vom Himmel*. Kirk, der echtes Papier vorzog, in diesem Zusammenhang elektronische Speichermoduln ablehnte ...

»Wenn Captain Nyere seine Absicht verwirklicht und den Journalisten Zugang zum Schiff gewährt hätte, wäre genau jener ›Medienrummel‹ entstanden, der in unseren

Träumen den metaphorischen Visionen von Blut an den Wänden vorausging«, erwiderte er behutsam. »Und wenn sich T'Lera durch Sorahls Tod und ihren eigenen von aller Verantwortung befreit hätte, wäre unser Alptraum Wirklichkeit geworden. Das blutige Chaos, das Sie in Ihren Träumen sahen, Jim ist nur ein symbolisches Bild. Wir Vulkanier kennen weitaus weniger drastisch-dramatische Methoden, um dem eigenen Leben ein Ende zu setzen.«

Kirk nickte langsam. »Dutzende von Journalisten, die ins Zimmer stürmen, zwei tote Aliens sehen — und daraus völlig falsche Schlüsse ziehen.«

»In der Tat.«

»Und das haben wir allein durch unsere Anwesenheit verhindert?« fragte Kirk.

»Die Ereignisse lassen kaum einen anderen Schluß zu.«

»Unser Unterbewußtsein konnte das Geheimnis nicht für immer hüten«, murmelte Jim. Die einzelnen Mosaiksteine fügten sich allmählich zu einem einheitlichen Bild zusammen. »Die Blut-Symbolik meines Traums wirkte als ein zusätzlicher Auslöser, bescherte uns das Im-schlimmsten-Fall-Szenario, das wir in der Antarktis verhindern wollten. Himmel, in den Visionen gab es Hinweise genug: mein Tennisspiel mit Melody, Ihre Begegnung mit Amanda ... Da Ihre Erinnerung an Jeremy Grayson blockiert blieb, träumten Sie statt dessen von seiner Urenkelin.«

»Korrekt.«

»Und da wir T'Lera nur gemeinsam überzeugen konnten, verfingen wir uns im Gespinst unvollständiger Erinnerungen. Niemand von uns war in der Lage, ohne die Hilfe des anderen einen Ausweg zu finden. Elizabeth Dehner wurde zum Schlüssel, denn sie sorgte dafür, daß wir unsere Differenzen überwanden ...«

»Und daraus folgt: Uns mögen Fehler unterlaufen sein, vielleicht standen wir sogar einige Male wie Narren da. Aber unser Präsenz, unser Handeln, war eine unabdingbare Voraussetzung für die historische Ereigniskette.«

Spock gab Kirk das Buch zurück.

Epilog

Als die Menschen sicher sein konnten, daß sich auf ihrem Planeten weder sprechende Petunien noch kleine grüne Männchen herumtrieben, vergaßen sie ihre Hysterie und kehrten in die Realität des Alltäglichen zurück. Die meisten von ihnen ahnten nicht, daß sich die allgemeine Atmosphäre zumindest ein wenig verändert hatte. Das Leben auf der Erde konnte nie wieder so sein wie vorher.

Yoshi begab sich nach Agro III und mußte dort feststellen, daß der gesamte Tang von Welke befallen war. Er setzte sich sofort mit AgroInternational in Verbindung, übermittelte die Formel ›seines‹ Heilmittels und erklärte sich bereit, die Wirksamkeit des synthetischen Enzyms selbst zu testen. Innerhalb von drei Tagen verschwand der die Fäulnis bewirkende Pilz. Auf Yoshis Betreiben hin wurde das Mittel unter dem Namen ›Sorahlaz‹ patentiert und den anderen Agrostationen verkauft. Es dauert nur ein solares Jahr, um die Tangwelke endgültig zu besiegen. Noch heute benutzt man Sorahlaz auf vielen Meereswelten, um entsprechende Pilzinfektionen zu behandeln.

Hat der vulkanische Beitrag zur irdischen Wissenschaft Terra vor einer globalen Hungerkatastrophe bewahrt? Die tatsächliche Bedeutung von Sorahls Hilfe läßt sich heute nicht mehr bestimmen. Wie dem auch sei: Es war nur der Anfang.

Schon vor dem Tod der beiden Kriminellen Rächer und Easter galt der Terrorismus als überwunden, aber ihr Ende zog einen dicken Schlußstrich unter dieses dunkle Kapitel des menschlichen Fanatismus. Die übrigen Mitglieder der über die ganze Welt verstreuten Terrorgruppen gaben den ›bewaffneten Kampf‹ für eine längst unnötig gewordene ›Weltrevolution‹ auf und kehrten nach und nach in die Gesellschaft zurück, die sie zuvor abgelehnt hatten. Der Waffenhändler, von dem die beiden berüchtigten Terroristenführer ihre Ausrüstungen bezogen, wurde entlarvt und meldete kurze Zeit später Konkurs an. Aghan und seine Gefährten, die während ihrer Flucht aus der Antarktis in Gefangenschaft gerieten, mußten sich einer ›Persönlichkeitsmodifikation‹ unterziehen – bevor das Gesetz über die Unantastbarkeit des Bewußtseins solche Maßnahmen verbot. Nun, Wahnsinn, Intoleranz und Dummheit lassen sich nie ganz aus der menschlichen Gesellschaft verbannen, aber Melody Sawyers Lasergewehr sorgte dafür, daß der Rest des einundzwanzigsten Jahrhunderts auf der Erde von Terrorismus weitgehend verschont blieb.

Gleichzeitig entstanden andere und durchaus begrüßenswerte Bewegungen, die schon nach kurzer Zeit ins Zentrum der öffentlichen Aufmerksamkeit gerieten. Zu ihnen gehörte ›Willkommen‹, eine Organisation, deren Ziel darin bestand, die Menschheit auf einen Kontakt mit anderen intelligenten Lebensformen vorzubereiten. Gegründet wurde sie, als die *Icarus* zu Alpha Centauri startete, doch echte Bedeutung gewann sie erst durch die Mitgliedschaft einer gewissen Tatiana Bilash.

Tatya kehrte zusammen mit Yoshi zur Agrostation zurück und blieb dort eine Weile. Zwar fühlten sie sich noch immer zueinander hingezogen und bekamen schließlich ein Kind, das Yoshi aufzog, aber die Wege der beiden Agronomen trennten sich bald. Tatya glaubte aus irgendeinem Grund, ihr Leben gründlich ändern zu müssen: Sie konzentrierte ihre ganze Kraft auf die Vereinigung Willkommen und wurde schon bald zu ihrer wichtigsten Repräsentantin. Sie gehörte zu der Delegation, die man entsandte, um die ersten Centaurier auf der Erde zu begrüßen. Und als betagte Politikerin nahm sie im Jahre 2087 an der ersten Interplanetaren Babel-Konferenz teil.

Konnte sich Tatya einige Erinnerungen an jene Ereignisse bewahren, die schließlich ihre neue Karriere begründeten? Wir wissen es nicht. Nur eins steht fest: Während ihrer Reisen besuchte sie viele Welten, doch sie setzte nie einen Fuß auf Vulkan.

Ganz im Gegensatz zu Yoshi. Er schloß sich einer Gruppe aus Wissenschaftlern und Agrikultur-Experten an, die im Jahre 2073 nach Vulkan flogen. Er kehrte nie zur Erde zurück, beantragte statt dessen die vulkanische Staatsbürgerschaft und bekam einen Lehrstuhl an der Akademie von ShiKahr. Dort verlieren sich seine Spuren hinter den Schleiern der von Vulkaniern so sehr geschätzten Privatsphäre. Vielleicht ging er in die Wüste. Vielleicht wurde er *dVel'nahr*, ein Vulkanier-durch-Wahl — nur wenige Menschen konnten eine solche Ehre für sich in Anspruch nehmen. Man darf nur vermuten, daß er letztendlich den Frieden fand, den er auf der Erde vergeblich suchte. Es bleibt ein Geheimnis, ob sich Yoshi an Sorahl erinnerte und ihn wiedersah.

Unterdessen zeichneten sich die irdischen Verhältnisse nicht nur durch Harmonie und Eintracht aus. Ermittlungen folgten auf den Zwischenfall: Die echte Dr. Bellero wurde vom Mars zurückbeordert und in Hinsicht auf ihren angeblichen Aufenthalt in die Antarktis befragt. Die Behörden fanden nie heraus, wer in die Rolle der Psychologin geschlüpft war, und ebenso rätselhaft blieb die Identität der beiden so unterschiedlichen Männer — der eine charismatisch, der andere ernst und unnahbar —, denen es gelang, eine Vulkanierin von ihrem Standpunkt zu überzeugen.

Vielleicht wäre Parneb in der Lage, alle offenen Fragen zu beantworten, aber unser Wissen über ihn beschränkt sich auf Sorahls Tagebuch. Der junge Vulkanier hinterließ uns genaue Beschreibungen des extravaganten Menschen, der die Rettungsgruppe in die westliche Sahelzone brachte, unterwegs fröhlich plauderte und mit Dr. Bellero Tee trank, während die anderen das kleine Raumschiff vorbereiteten. Doch die Aufzeichnungen enden mit dem Start der Kapsel; Sorahl konnte uns keine weiteren Informationen über den Ägypter und die namenlosen Fremden überlassen. Wer auch immer sie waren: Sie verschwanden zusammen mit Parneb in der Zeitlosigkeit des Orients.

Bei genauen Nachforschungen stößt man auf mehrere

Männer mit dem namen Mahmoud Gamal al-Parneb Nezaj. Einer von ihnen heiratete mehrere Jahre nach dem Absturz des vulkanischen Erkundungsschiffes eine Tochter der großen Al Faisal-Familie, doch es deutet alles darauf hin, daß jener Parneb wesentlich jünger war. Ganz gleich, wer er gewesen ist: Er nahm als einer unter vielen am Leben des Clans teil, dessen Wurzeln bis zu den ehemaligen Herrschern von Saudi Arabien und den Beduinen-Stämmen im Nahen Osten zurückreichen. Zu den heutigen Nachkommen gehört unter anderem die frühere Hochkommissarin der Geeinten Erde, Jasmine al Faisal. Die Ehe blieb ohne Kinder – und damit erschöpft sich unser Wissen über Parneb.

Captain und Erster Maat der *Delphinus* sahen sich eine Zeitlang im Mittelpunkt verschiedener Kontroversen. Wenn es, abgesehen von den Vulkaniern, unschuldige Opfer des Zwischenfalls gab – die Namen Nyere und Sawyer dürfen bei einer entsprechenden Liste nicht vergessen werden.

Einige Wochen nach der Begegnung mit T'Lera und Sorahl reichte Jason den Abschied ein und zog sich in den Ruhestand zurück. Diverse Krankenblätter lassen den Schluß zu, daß er in den folgenden Jahren häufig wegen Depressionen behandelt wurde. Man stelle sich vor, wie er des Nachts aus den Fenstern seines Hauses in Lagos blickte und zu den Sternen emporsah – ohne recht zu wissen, wonach er Ausschau hielt. Im Jahre 2064 fiel Jason Nyere einem nicht näher bestimmten Fieber zum Opfer – zwölf Monate bevor erneut Vulkanier zur Erde kamen.

Es gibt keine Anzeichen dafür, daß sich Melody Sawyer an irgend etwas erinnerte. Man ernannte sie zur Kommandantin des Überwachungsschiffes *Xeno*, und im Verlauf der nächsten zwanzig Jahre erwarb sie sich den Ruf, ein strenger, aber gerechter Captain zu sein. Es wird berichtet, nach einer Explosion im Maschinenraum habe sie alle Besatzungsmitglieder in Sicherheit gebracht, bevor sie mit ihrem Schiff unterging. Ich möchte an dieser Stelle auf eine besondere Ironie des Schicksals hinweisen: Ein von den Vulkaniern entwickeltes Triebwerk, das nur wenig später auch auf der Erde Verwendung fand, hätte Melody vor dem Tod bewahrt.

Sorahls Dokumente schildern die Heimkehr nach Vulkan in allen Einzelheiten. Überraschenderweise dauerte der Flug nicht annähernd so lange, wie seine Mutter und er zunächst annahmen. Einmal mehr kam ein glücklicher Zufall ins Spiel. Außerhalb des Solsystems kreuzte die Kapsel den Kurs eines vulkanischen Robotschiffes, das im interstellaren Leerraum nach Antimaterie suchte. Es nahm die beiden Rückkehrer auf, und somit verkürzte sich die Reise nach Hause auf weniger als ein Standardjahr. Der von Sorahl und T'Lera erstattete Bericht trug maßgeblich zur Entscheidung des Amtes für Außenweltforschungen bei, das Studium der irdischen Kultur fortzusetzen.

Die vulkanischen Archive enthalten einige Unterlagen über die Einsatzbesprechung nach der beinahe tödlichen Erkundungsmission, und dem Leser soll ein Kuriosum nicht vorenthalten werden. Bei der Befragung durch Repräsentanten des Außenweltamtes und der Regierung weigerte sich T'Lera, die Namen ihrer Retter zu nennen. Als man von Sorahl Auskunft verlangte, antwortete er nur: »Ich erinnere mich nicht an sie.« Wir müssen also davon ausgehen, daß seine Mutter und Kommandantin aus ganz persönlichen Gründen einen Teil seines Gedächtnisses gelöscht hat. Später setzte Sorahl den aktiven Dienst fort und befehligte Dutzende von Raumschiffen, bis er im Alter von 247 Jahren starb. Seine sehr sorgfältig geführten Tagebücher halfen der Autorin bei ihren Recherchen, und sie möchte diese Gelegenheit nutzen, um ihm nachträglich zu danken.

Es ist nicht bekannt, welches Schicksal T'Lera erfuhr. Nach ihrer an den Hohen Rat Vulkans gerichteten Erklärung — »Es ist keine Lüge, die Wahrheit für sich zu behalten, und manchmal sollte das Wahre unausgesprochen bleiben.« — scheint sie sich einfach in Luft aufzulösen. Sie wird nirgends erwähnt, weder in Sorahls Tagebuch noch in offiziellen Aufzeichnungen. Wahrscheinlich zog sie sich in absolute Einsamkeit zurück, um ihr Wissen zu hüten.

Heute besteht die Föderation aus fünfhundert Planeten, und oft vergessen wir, wie kritisch die Anfänge waren. Wer seit hundert Jahren Frieden genießt, denkt nicht daran, daß die Geschichte kein einfacher, geradliniger und stabiler Prozeß ist, sondern das Ergebnis von Zufall, von Myriaden Wechselwirkungen, einem ständigen Was-ist-wenn, dessen Folgen sich nur schwer voraussagen lassen. Wer dieses Buch liest, wird mir sicher zustimmen, wenn ich behaupte, daß unser aller Leben auf die eine oder andere Weise von Vulkaniern beeinflußt wurde ...

*

Spock wanderte allein durch die verkehrsreichen Straßen von Theben. Irgend etwas zog ihn an, lenkte seine Schritte in eine bestimmte Richtung. Als er den Ort fand, erkannte er ihn zunächst nicht wieder: In dem Viertel standen Dutzende von Hochhäusern; Parnebs Neo-Fathy-Bauwerk existierte längst nicht mehr. Vielleicht war irgendwann auch das Kellergewölbe mit all seinen Geheimnissen dem Fortschritt zum Opfer gefallen.

Der Vulkanier rechnete eigentlich nicht damit, jenen Gegenstand zu finden, den er hier zweihundert Jahre vor seiner Geburt zurückgelassen hatte. Der Abstecher nach Theben gründete sich auf Nostalgie – Logik spielte in diesem Zusammenhang keine Rolle. Er kam, um einen Vorfahren zu ehren.

Jeremy Graysons Körper war längst zu Staub zerfallen, aber sein *Katra* lebte nicht nur in den Bewohnern einer Welt weiter, die endlich Sinn und Bedeutung des kleinen, silbernen Anhängers verstanden, sondern auch im grünen Blut eines einzigartigen Nachkommen. Es schien nur recht und billig, wenn der irdische Boden das Amulett vereinnahmt hatte.

»Ich bitte um Entschuldigung, Herr Vulkanier.« Ein kleiner Junge zupfte an Spocks Uniformärmel, grinste wie die Katze aus *Alice im Wunderland.* »Haben Sie das hier verloren?«

Er hob eine dünne Kette aus dem Sand zu ihren Füßen, und Spock musterte den Knaben neugierig. Zu groß für sein Gewicht — oder zu schmal und hager für seine Größe. Er wirkte auf sonderbare Weise vertraut.

»Ich bin sicher, sie gehört dir«, erwiderte er und wollte die Kette zurückgeben.

Der Junge lächelte erneut. »Oh, ich habe schon eine«, sagte er und zeigte Spock den kleinen, trüben Kristall, der an seinem Hals baumelte. »Behalten Sie die Kette ruhig.«

Er wandte sich um, lief fort und verschwand in der Menge. Spock versuchte nicht einmal, ihm zu folgen. Statt dessen betrachtete er das glänzende, staubige Objekt, das er wie durch ein Wunder zurückerhalten hatte.

»Faszinierend.«

Die starken und doch sanften Finger eines Vulkaniers berührten den uralten Boden seiner Ahnen und strichen ehrfurchtsvoll über das Zeichen des Friedens.

Dem Forschungsgeist gewidmet.
Und der Würde, die er mit sich birgt.

VORWORT

Ein unbekannter Sektor, in dem viele Gefahren lauerten. Plötzlich erschien ein Raumschiff. Der Vulkanier schrie ...

Nun, vielleicht auch nicht.

Als mich Diane bat, das Vorwort zu *Die letzte Grenze* zu schreiben, erhob ich keine Einwände und tröstete mich mit dem Gedanken, daß sie rund 127000 Worte zu Papier bringen mußte, bevor es Zeit wurde, mein Versprechen einzulösen. Bestimmt fiel mir bis dahin irgend etwas ein.

Doch mein Optimismus ließ allmählich nach.

Jetzt trennen uns nur noch wenige Tage vom Ablieferungstermin des Manuskripts, und ich fühle mich in meine Zeit als Student zurückversetzt: Es ist nicht sehr angenehm, sich am späten Sonntagabend daran zu erinnern, daß am Montagmorgen eine wichtige Prüfung auf dem Programm steht. Nun, damals nahm ich bei solchen Gelegenheiten ein leeres Blatt Papier zur Hand und notierte darauf mehrere Themen, in der vagen Hoffnung auf eine Inspiration.

Ein Punkt auf der Auswahlliste lautet Rache. Ich könnte es Diane heimzahlen, mich in eine solche Lage gebracht zu haben, indem ich meine Situation als Ehemann und Mitarbeiter schildere. Aber bei ›Conventions‹ hört man so viele Geschichten über exzentrische Autoren, daß solche Beschreibungen nichts Neues hinzufügen können. Ich möchte mich daher mit wenigen Angaben begnügen. Psychologen vertreten die Ansicht, ein bedeutendes Kindheitstrauma führe dazu, daß die Betroffenen zu Dieben, Mördern, Drogenabhängigen, Prostituierten oder Schriftstellern werden. Normalerweise bin ich froh, daß sich Diane für die letzte Option entschieden hat. Doch wenn sie mitten in der Nacht aufsteht, weil ihr Captain Kirk irgend etwas ins Ohr flüstert, gewinnt die Vorstellung von Dieben und Mördern eine gewisse Attraktivität.

Natürlich gibt es auch die Möglichkeit, unser gemeinsames Phantasie-Universum aus einer humorvollen Perspektive zu betrachten. Ich könnte zum Beispiel irgend eine Szene aus den Fernsehfolgen oder Filmen nehmen und sie nach Belieben verändern. Welche Handlungssequenz käme dafür in Frage? Nein, vielleicht sollte ich besser auf so etwas verzichten. Echte Trekkies beschäftigen sich gern mit Star Trek-Parodien, aber wer nicht zur imaginären Föderation der Vereinten Planeten gehört (die ›Unreinen‹, sozusagen), versteht häufig nicht, was es damit auf sich hat.

Wie wäre es, auf einige der technischen und wissenschaftlichen ... Freiheiten einzugehen, die man sich bei der Fernsehserie nahm, um den Plot voranzubringen? Nein, dann besteht die Gefahr, daß dieses Vorwort länger wird als der Roman, der ihm folgt.

Versuchen wir's auf eine andere Art und Weise.

Häufig wird die Frage gestellt, wie eine inzwischen mehr als zwanzig Jahre alte, fürs Fernsehen entwickelte SF-Serie eine so große und treue Anhängerschaft gewinnen konnte. Selbst die Fans bieten verschiedene Antworten an. Einige von ihnen meinen, die Star Trek-Protagonisten – man bezeichnet sie oft als ›die Vier von der *Enterprise*‹ – verkörperten eine klassische und daher zeitlose Mischung aus Anteilnahme, Humor und Konflikt. Andere weisen darauf hin, die Serie sei weitaus anspruchsvoller als andere TV-Produktionen, die nur deshalb hohe Einschaltquoten erzielten, weil der Intelligenzquotient des entsprechenden Publikums nicht über den von gehirnoperierten Mücken hinausginge. Zwar bin ich gern bereit, solche Standpunkte zu teilen, aber meiner Meinung nach besitzt Star Trek noch einen anderen wichtigen Aspekt, der häufig übersehen wird.

Mehrere tausend Jahre lang behaupteten Philosophie und Religion, der Mensch sei im Grunde genommen ein bösartiges Tier. Als Star Trek in den sechziger Jahren entstand, schien alles auf eine Bestätigung solcher Thesen hinzudeuten. Immer wieder brachen lokal begrenzte Kriege aus. Rassenunruhen waren an der Tagesordnung; Umweltverschmutzung und Überbevölkerung führten zu weiteren Problemen. Hinzu kam die Gefahr eines weltweiten Atomkriegs. Selbst zuversichtliche Gemüter blickten ziemlich betroffen in die Zukunft und sahen eine überbevölkerte, verseuchte und arme Welt, in der Gewalt die moralische Bedeutung einer neuen Tugend gewinnt und ein täglicher Überlebenskampf stattfindet. Solche Aussichten sind natürlich sehr deprimierend. Star Trek bot jedoch keine neue Version der Apokalypse an, sondern vermittelte Hoffnung.

Genau das ist der springende Punkt. Star Trek zeigt, daß uns eine *erstrebenswerte* Zukunft bevorsteht. Ja, sie wird uns mit neuen Problemen konfrontieren, und einige von ihnen erwecken zunächst den Eindruck, als seien sie unlösbar. Doch die Menschheit ist eben nicht ein fehlgeschlagenes Experiment der Natur, sondern sie hat durchaus die Kraft, über sich selbst hinauszuwachsen. Star Trek teilt uns mit, daß wir einzigartig sind und unser Schicksal selbst bestimmen können. Die Konflikte der Gegenwart dürfen uns nicht dazu verleiten, die Zukunft aus den Augen zu verlieren. Diane und ich erachten es als Ehre, zum Star Trek-Universum zu gehören. Wir sind fest entschlossen, uns den Respekt der Menschheit gegenüber zu bewahren, der Star Trek zu einer außerordentlich stimulierenden Kraft im heutigen sozialen Bewußtsein macht.

Die letzte Grenze ist ein historischer Star Trek-Roman, der Ereignisse beschreibt, die fünfundzwanzig Jahre vor den Abenteuern des Captains James T. Kirk stattfanden. (Die James Kirk betreffenden Szenen sind kurz nach der Fernsehfolge ›The City on the Edge of Forever‹ angesiedelt, auf die sich der Leser beziehen mag.) Diane und ich haben uns Mühe gegeben, Technik und Philosophie zu einem

Punkt *zurück*zuentwickeln, der den Star Trek-Ursprung und die daraus folgenden Entwicklungen verdeutlicht. Dieser Roman spielt zu einem Zeitpunkt, als die von der *Enterprise* her bekannte Technologie gerade erst entstand, als der Föderationspolitik einheitliche Richtlinien fehlten, als Raumschiffkommandanten noch nicht wußten, wie sie auf das Fremde und Unbekannte reagieren sollten. Es geht dabei um die unausweichlichen Konfrontationen zwischen verschiedenen Philosophien und Zukunftserwartungen, um die manchmal unbarmherzig erscheinenden Auseinandersetzungen zwischen Intelligenz und Intelligenz. Es gibt viele Menschen, die das Leben nur für ein sinnloses Etwas zwischen Geburt und Tod halten, und wenn sie die von Star Trek übermittelte Botschaft verstehen, rufen sie vielleicht mit uns zusammen: »Da muß doch noch mehr sein!«

Gregory Brodeur

ERSTER TEIL

Der Weltraum . . .

PROLOG

Eine Vergangenheit, in der es keine Sternzeit gab. Und ein Captain nutzte sein Privileg, dorthin zurückzukehren.

Jim Kirk beobachtete weite Kornfelder, über denen sich der Himmel wölbte, und er nahm den Geruch von frischem Heu wahr. Doch das Summen seines Kommunikators wies ihn darauf hin, daß er der Realität nicht ganz entrinnen konnte. Aus einem Reflex heraus tastete er nach dem Instrumentengürtel, an dem Phaser und Kom-Gerät befestigt waren, wenn er sich nicht an Bord der *Enterprise* befand. Eine Sekunde später erinnerte er sich daran, daß er keine Uniform trug. »Kümmere dich um deine eigenen Angelegenheiten, Pille«, murmelte er, als er das kleine Instrument aus der Tasche einer Segeljacke zog und es mit einer Lässigkeit aufklappte, die fast widerstrebend wirkte. Nach kurzem Zögern hob er den Kommunikator vor die Lippen. »Kümmere dich um deine eigenen Angelegenheiten, McCoy. Ich habe Urlaub.«

»Offenbar hast du deinen Urlaub genutzt, um Hellseher zu werden«, erwiderte eine vertraut klingende Stimme.

»Wer außer dir ist so dreist, einen direkten Befehl zu mißachten?« Kirk nahm das Gerät in die linke Hand, und mit der rechten bemühte er sich, ein schmales Segment in der Scheunenwand beiseite zu schieben. Es fiel ihm nicht leicht. Wie lange war es her, seit er das Fach zum letztenmal geöffnet hatte? Er verzichtete darauf, die Jahre zu zählen, dachte an die Stromschnellen im Fluß der Zeit. Derzeit stellten die darin verborgenen Strudel eine nicht unerhebliche Gefahr für ihn dar ...

»Was willst du?« fragte er und griff durch die Öffnung im uralten Holz. McCoy gab nicht sofort Antwort, und Kirk hielt das für ein Anzeichen von Schuldbewußtsein.

»Ich dachte, vielleicht möchtest du Gesellschaft beim Abendessen.«

»Ein besserer Vorwand fiel dir nicht ein?«

»Nun, wenn man sich in einem Raumdock befindet, kann man wohl kaum auf einen Notfall an Bord hinweisen. Ich habe gehofft, dich mit einem gefüllten Truthahn in Versuchung führen zu können. Oder mit einem saftigen Steak. Himmel, ich bin Arzt und kein ... kein ... was weiß ich. Meine Phantasie gibt einfach nicht mehr her.«

»Dann solltest du deine Vorstellungskraft schleunigst erweitern«, erwiderte Jim scharf. »Im Augenblick liegt mir nichts an irgendwelchen Aufmunterungen. Kirk Ende.«

Er klappte den Kommunikator zu und ließ ihn zusammen mit all den Dingen, die er repräsentierte, in der Jackentasche verschwinden. Vor seinem inneren Auge beobachtete er, wie das kantige Gesicht McCoys eine Mischung aus Niedergeschlagenheit und Enttäuschung zeigte. Kirk wußte natürlich, daß er seinem alten Freund gegenüber unfair war, aber die bittere Wirklichkeit zeichnete sich ohnehin durch einen eklatanten Mangel an Fairneß aus. Wo stand geschrieben, daß Raumschiffkommandanten Ausnahmen bilden mußten? Nein, dieser Tag gehörte ihm allein, und er wollte ihn mit niemandem teilen. Sein Wunsch bestand nur darin, mit jenem Erinnerungsbild zu verschmelzen, das ihm einen schlanken, blonden Jungen mit großen Zukunftserwartungen und einer geradezu schmerzhaft pragmatischen Imagination zeigte. Er hatte das Gefühl, nur die Tür des Heubodens öffnen zu müssen, um seine Mutter zu sehen, die aus dem Fenster des Farmhauses blickte: Vermutlich fragte sie sich, welche Gedanken ihrem Sohn durch den Kopf gingen, und wie üblich brachte sie nicht den Mut auf, um die Scheune zu betreten und ihn zu fragen. Vielleicht schwieg sie auch nur deshalb, weil Taktgefühl in ihrem Wesen eine wesentlich größere Rolle spielte als in McCoys Charakter.

Pille brachte der Privatsphäre anderer Personen ebenso

großen Respekt entgegen wie Bakterien, die einen guten Nährboden witterten.

Kirk entschied sich dagegen, den Kopf zu drehen und in Richtung Haus zu starren. Statt dessen klappte er die metallene Schachtel im Wandfach auf. Behutsam entnahm er ihr ein zusammengeschnürtes Bündel aus fransigen und vergilbten Briefen. Wie in Trance betrachtete er es und entsann sich an den Knaben namens James, der das Starfleet-Briefpapier für einen kostbaren Schatz hielt. Seine Lippen zitterten kurz, als er mit dem Daumen über die blasse Tinte strich, deren gewölbte Linien handgeschriebene Buchstaben, Worte und Sätze bildeten.

»Botschaften aus einer Zeit der Träume und Hoffnungen«, murmelte er und brach sofort wieder ab, als ein Kloß in seinem Hals entstand. Kirk straffte die Gestalt – vor fünfundzwanzig Jahren war ihm das wesentlich leichter gefallen –, schritt zur Tür des Heubodens und ließ sich dort im Sonnenschein nieder.

Echtes Sonnenlicht fiel auf seine Wangen und verlieh ihnen einen rötlichen Glanz. Er spürte, wie die Farbe in seine Haut zurückkehrte und dachte daran, wie blaß man wurde, wenn man sich längere Zeit an Bord eines Raumschiffes befand, obgleich die künstliche Beleuchtung alle Spektralbereiche berücksichtigte. Kirk verglich sie mit Proteintabletten anstelle von Mahlzeiten. Sie versorgten den Körper mit allen notwendigen Kalorien und Vitaminen, aber dennoch fehlte etwas. Vielleicht war das der Grund, warum das Licht in einem Raumschiff keine Wärme vermittelte.

»Raumschiff«, wiederholte er leise. Aus welchem Grund klang das so düster? Die Tragödie, die ihn wie mit einem jähen Gravitationssog auf die Erde geschleudert hatte – sollte man die *Enterprise* dafür verantwortlich machen? Wohl kaum. Auch McCoy traf keine Schuld, obwohl seine Gefühle etwas anderes behaupteten. Selbst Spock brauchte sich nichts vorzuwerfen; er hatte versucht, seinen Freunden und Gefährten zu helfen – ohne Erfolg.

Also ist es meine Schuld, überlegte Kirk. *Es ist meine Schuld, weil ich der Captain bin. Und nun büßt du für deinen Ehrgeiz, Jim.*

Er zwinkerte im hellen Sonnenschein, öffnete das Bündel Briefe und bildete zwei Hälften daraus, um allein den Zufall bestimmen zu lassen. Dann nahm er einen Brief zur Hand und begann zu lesen.

10. Mai 2183

Lieber George, lieber Jim,

bestimmt wartet Ihr schon seit einer ganzen Weile auf Antwort, und das tut mir leid. Es dauerte ziemlich lange, bis ich Euren letzten Brief erhielt, weil er zunächst die falsche Starbase erreichte. Typisch Starfleet: Wir schicken Raumschiffe durch die ganze Galaxis, aber wenn es um die Zustellung von Briefen geht, sind wir noch immer im Postkutschenzeitalter.

Ich fühle mich nicht ganz wohl in meiner Haut, wenn ich an den vergangenen Monat denke, Jungs. Ich weiß, daß ich versprochen habe, Euch zu besuchen, aber Ihr sollt ruhig erfahren, daß Versprechen manchmal Probleme mit sich bringen. Gelegentlich können sie nicht einmal von Vätern eingelöst werden.

George, ich bin sehr stolz auf das grüne Band, das Du bei der Wissenschaftsmesse gewonnen hast. Du weißt bereits mehr über Biologie, als ich jemals in Erfahrung bringen konnte. Ich habe das Band über dem Zugang des hiesigen Freizeitdecks befestigt, so daß es jeder sehen kann, und ich soll Dir im Namen vieler Besatzungsmitglieder der Starbase gratulieren.

Was die andere Sache betrifft, Jimmy: Ich halte sie für keine besonders gute Idee. Der Weltraum ist ziemlich langweilig, wenn man ihn dauernd sieht. Eines Tages wird es Dir weitaus *lieber sein, auf einem Planeten zu stehen, während du die Sterne beobachtest. Nun, wahrscheinlich stellt Dich diese Antwort nicht zufrieden . . .*

»Damit hast du völlig recht«, murmelte Kirk und seufzte. »Aber das spielt keine Rolle. Damals war ich ohnehin zu jung, um gewisse Dinge zu verstehen.« Er lehnte sich an die Wand aus grauem Holz, überkreuzte die Beine und trank einen Schluck von dem Kaffee, den er mitgebracht hatte. Honig und Milch verliehen ihm den Geschmack einer flüssigen Zuckerstange — *so wie damals, als meine Tante glaubte, ich könne noch keinen schwarzen Kaffee vertragen. Der Geschmack der Nostalgie.*

Erneut griff er nach dem Brief, schob das alte Papier in den Schatten zurück und wandte sich an die stumme Handschrift: »Sprich weiter. Ich höre zu.«

KAPITEL 1

Der Sicherheitsoffizier ließ den Stift sinken, berührte den Kontrollsensor der visuellen Überwachung und sah zu den Monitoren auf. Jeder Bildschirm war so geneigt, daß er ihm ein klares Spiegelbild anbot. Es ärgerte ihn, ständig an einem Burschen mit rostrotem Haar und strenger Miene vorbeizusehen; das verschlossene, maskenhaft starre Gesicht erschien ihm wie ein wortloser Vorwurf. Er zwinkerte, um sich von diesem Eindruck zu befreien, konzentrierte sich auf die einzelnen Projektionsfelder. Sie zeigten verschiedene Bereiche der Starbase. Um zwei Uhr in der simulierten Nacht herrschte zumindest vorübergehende Ruhe.

Der Mann schaltete die automatische Kontrolle des Computers ein, hob den Stift und schrieb weiter.

> *Natürlich könnt Ihr mich besuchen, wenn die Schulferien beginnen, Jungs. Aber ein längerer Aufenthalt in Starbase Zwei kommt nicht in Frage. Immerhin hat auch Eure Mutter berufliche Verpflichtungen, und als Leiter der Sicherheitssektion könnte ich nicht genug Zeit für Euch erübrigen. Daher rate ich Euch dringend ab, mit dem Gedanken zu spielen, Euer von der Erde her gewohntes Leben aufzugeben. Hier gibt es keine Wiesen, Teiche, Frösche oder Rennbahnen, nur Laboratorien, Studienzimmer, Simulatoren und Sporthallen, die nicht einmal groß genug sind, um Baseball darin zu spielen.*

Der Mann zögerte und dachte voller Unbehagen an die verhüllte Wahrheit seiner Formulierungen. Nein, dieser

Ausdruck traf nicht ganz den Kern der Sache. Es handelte sich um verhüllte Lügen, mit denen er das zarte, kindliche Vertrauen schützen wollte, dem seine Sätze galten. Inzwischen bedeutete dies ihm weitaus mehr als die Wahrheit. Seltsam: Ganz gleich, welche Lichtjahrdistanzen ihn von der Erde trennten — nie konnte er dem inneren Schmerz seiner Integrität entkommen.

Er begrüßte die Ablenkung, als er ein plötzliches Summen hörte, das von einem der Monitoren stammte. Sofort beugte er sich vor und betätigte eine Taste. Der linke Bildschirm reagierte wie ein Lügendetektor auf verdächtige physiologische Hinweise und zeigte das Billardzimmer. Die entsprechenden Sensoren registrierten eine Zunahme individueller Infrarot-Emissionen und stellten andere Streßfaktoren fest, die der Computer als eine mögliche Gefahrenquelle erachtete. Drei Männer standen an einem der Tische und umringten eine vierte Gestalt. Einer der drei Burschen — er war besonders kräftig gebaut — packte den vierten Typ recht unsanft am Kragen.

Der Sicherheitsoffizier spürte, wie sich etwas in ihm versteifte, und kniff die nußbraunen Augen zusammen. Er erkannte die drei Männer als freie Händler. ›Satan‹ Jones und seine rauhbeinigen Kumpane. Berüchtigte Unruhestifter, die das Gesetz sehr großzügig auslegten. Allerdings hüteten sie sich, die Grenze zur Illegalität offenkundig zu überschreiten, denn in einem solchen Fall hätten sie die Erlaubnis verloren, an der Starbase anzudocken, Treibstoff sowie Vorräte aufzunehmen und ihre fragwürdigen Dienstleistungen all denen anzubieten, die dafür bezahlten. Doch der Mann mit dem lohfarbenen Gesicht und umbrabraunen Haar, dem sie zusetzten, gehörte zur Besatzung der Starbase — und hatte um diese Zeit eigentlich gar nichts im Billardzimmer zu suchen.

»Seid doch vernünftig«, sagte er mit einem westindischen Akzent. »Zweimal mußte ich bereits eine Niederlage hinnehmen. Ich bin besser als ihr, habe heute nur einen schlechten Tag. Den schlechtesten seit langem. Wenn ich mir wirklich Mühe gebe, spiele ich euch glatt an die Wand.«

»Klar, Reed«, erwiderte einer der anderen Männer. »Das behauptest du dauernd, und langsam reicht's mir. Ich warte noch immer auf eine echte Herausforderung.«

Satan Jones schloß die Hände fester um den Kragen seines Opfers. »Wie wär's, wenn du endlich mal zeigst, was du drauf hast, hm? Ich schlage vor, du setzt einen Monatssold gegen unser Einkommen.«

»Das ist eine ausgezeichnete Idee, aber leider muß ich jetzt gehen. Wißt ihr, ich bin im Dienst. Wenn jemand sieht, daß ich hier mit euch 'ne ruhige Kugel schiebe, droht mir die Entlassung.«

»Er muß gehen«, brummte der dritte Händler. »Was für ein Zufall.«

»Wirklich bedauerlich«, knurrte Satan Jones.

Drake Reed versuchte, die hundert Kilo schwere Muskelmasse zu ignorieren, die ihn nach wie vor an den Billardtisch preßte, holte seinen Kreditchip hervor und legte ihn auf die Bande. Er hatte schon zwei Spiele verloren, und die Burschen vor ihm freuten sich bereits über einen hohen Gewinn, als sie ebenfalls in den Taschen kramten und ihren eigenen Einsatz hinzufügten. Er bestand aus diversen Schuldscheinen, Föderationsobligationen und elektronischen Verrechnungskarten.

Jones lächelte, ließ Reed los und nickte seinem bärtigen Gefährten zu. »Erteil ihm eine Lektion, Kettensäge.«

Reed zuckte mit den Schultern. »Mann, du brauchst ein Warp-Queue, um es mit mir aufzunehmen.«

»Halt den Schnabel und fang an.«

Reed schüttelte den Kopf und fing die Stange auf, die ihm Jones zuwarf.

Der Sicherheitsoffizier tastete unwillkürlich nach seinem Waffengürtel, während er auf den Monitor starrte und beobachtete, wie Reed unter dem roten Uniformpulli die Schultern straffte und sich über den Billardtisch beugte. »Jetzt steht den Amateuren eine Überraschung bevor«, brummte er leise. Reeds Queue zuckte plötzlich nach vorn, und einen Sekundenbruchteil später explodierte ein buntes Dreieck am anderen Ende des Tisches.

Satan Jones und seine Leute rissen verblüfft die Augen auf, als die Hälfte der Kugeln in den Löchern verschwand. Bisher hatte sich Reed nicht annähernd so geschickt angestellt, und der Sicherheitsoffizier wußte, daß sich daraus Schwierigkeiten ergeben mußten.

Das Klacken der Kugeln verklang, und Kettensäge wandte sich mit einem dumpfen Grollen an Reed. »Jetzt kannst du die Augen öffnen«, sagte er spöttisch.

Reed hatte sie keineswegs geschlossen, und in seinen braunen Pupillen funkelte es. Einmal mehr zuckte er betont unschuldig mit den Achseln. »Eine kurze Fluktuation im künstlichen Gravitationsfeld der Starbase«, erwiderte er. »Reines Glück.«

»Das hoffe ich für dich«, sagte Jones drohend. Er zog einen rigelianischen Dolch und drehte ihn wie beiläufig hin und her. »He, wir warten auf deinen nächsten Stoß ...«

Der Sicherheitsoffizier justierte den Bildschirm auf Automatik, verließ die Kontrollkammer und eilte zum Lift. Hinter ihm schloß sich das Schott mit einem leisen Zischen.

Nach den beiden nächsten Stößen rochen Jones und seine Freunde den Braten, aber jetzt war es zu spät: Der Einsatz lag am Rande des Tisches und harrte der Feststellung, ob Reed nur unverschämtes Glück hatte oder tatsächlich so gut war, wie er von sich behauptete.

Drake gab eine bemerkenswerte Vorstellung, mied die einfachen Stöße und stellte sein ganzes Können unter Beweise. Die weiße Kugel prallte an mehreren Banden ab, und mit einer an Magie grenzenden Zielsicherheit traf sie ihre farbigen Geschwister. Es dauerte nicht lange, bis sich auf dem Tisch nurmehr leeres Grün erstreckte. Die Art und Weise, in der Reed den Sieg errang, ließ nicht mehr den geringsten Zweifel an seiner Kompetenz: Der Stoßball berührte drei Banden und schickte die Nummern Drei und Sieben in gegenüberliegende Löcher.

»Der Kerl hat uns reingelegt, Satan«, sagte der dritte Händler.

»Ich habe euch gewarnt«, verteidigte sich Reed.

»Diese Sache stinkt nach Betrug«, brummte Jones, als Drake das Queue beiseite legte und seinen Gewinn in den Stiefelschäften verstaute. »He, nicht so hastig mit der Kohle. Auf den Tisch damit. Du schuldest uns eine Revanche. Und diesmal trittst du gegen *mich* an.«

Reed richtete sich auf und winkte vorsichtig ab. »Nein, nein, ihr Nieten, tut mir echt leid. Ich muß jetzt wirklich los. Himmel, ich bin im Dienst, erinnert ihr euch? Wenn man mich erwischt, sitze ich bis zum Hals in der Tinte.«

Er wich ein wenig unbeholfen zur Tür zurück, kam jedoch nicht sehr weit. Kettensäge sprang auf ihn zu, und erneut wurde er am Kragen gepackt.

Reed schnitt eine Grimasse. »Nicht so fest, Mann, sonst brauche ich eine neue Kehle.« Er wand sich hin und her.

»Hast du was dagegen, wenn wir gleich mit der Operation beginnen?«

Jones hob den rigelianischen Dolch dicht vor Reeds Augen. Hier und dort bildete geronnenes Blut häßliche dunkle Flecken auf der Klinge und erinnerte an eine andere Auseinandersetzung, die zumindest für einen der Beteiligten fatal geendet hatte. Ein Kampf. Und es spielte keine Rolle, wann, wie und wo er stattgefunden hatte. Jemand war gestorben; nur darauf kam es an.

Blut. Sehr wahrscheinlich stammte es von einem Menschen.

Der Dolch schien noch immer durstig zu sein.

Jones holte aus, und im gleichen Augenblick zischte etwas. Die Tür öffnete sich, und jemand stürmte herein, rammte Reed die Faust in die Rippen, drehte ihm den Arm nach hinten. Eine großkalibrige Projektilschleuder hielt Jones und die anderen Händler in Schach. »Wer sich von der Stelle rührt, schmeckt Blei!«

»Er hat uns betrogen!« platzte es aus Kettensäge heraus.

»Ich sehe nur ein Messer, das jemanden bedroht«, entgegnete der Sicherheitsoffizier scharf. »Wenn euch daran gelegen ist, daß ich diesen Anblick vergesse, solltet ihr die Starbase innerhalb der nächsten zehn Minuten verlassen!«

Reed drehte sich zur Seite und sah zu dem Neuankömmling auf. »Ich kann alles erklären ...«

»Ihr Name!«

»Francis Drake Reed, Sir. Ich ...«

»In der Arrestzelle haben Sie Zeit genug, einen ausführlichen Bericht zu verfassen. Es ist Ihnen gelungen, praktisch alle existierenden Vorschriften zu verletzen. Zur Tür!«

Jones trat einen Schritt vor. »Aber er hat unser ...«

Die Mündung der Projektilschleuder neigte sich ein wenig nach oben und erinnerte ihn deutlich genug daran, daß ein leichter Druck des Zeigefingers genügte, um in seiner Brust ein häßliches Loch entstehen zu lassen.

»Zehn Minuten!« wiederholte der Offizier. »Und keine Sekunde länger!«

Das Schott glitt auf, und Reed spürte, wie er grob in den Korridor gezerrt wurde. Hinter ihm schloß sich die Tür wieder. Satan Jones fluchte lautlos, hob ein Queue und zerbrach es wütend.

Reed schnappte erleichtert nach Luft, als ihn der Sicherheitsoffizier zum Turbolift führte. In der kleinen Kabine lehnte er sich an die Wand und betastete seine Rippen.

»Alles in Ordnung mit dir?« fragte der Commander.

»Bei allen Heiligen, George«, brachte Reed hervor und verzog das Gesicht. »Du hast mich geschlagen.«

George strich sich eine rote Strähne aus der Stirn und beugte sich ein wenig vor. »Alles — in — Ordnung?«

»Abgesehen davon, daß ich dich etwas eher erwartet habe ... Ich glaube schon.«

»Dann halt die Klappe. Und her mit meinem Anteil.«

Reed zuckte schmerzerfüllt zusammen, als er sich bückte und das Geld aus dem Stiefelschaft holte. George zählte es rasch. »Offenbar hatte Jones einen guten Monat«, sagte er und hob anerkennend die Brauen.

»Er ist ein typisches Beispiel dafür, daß Muskelkraft und Intelligenz einander ausschließen«, erwiderte Drake verächtlich. »Warum hast du so lange auf dich warten lassen, George? Der Kerl wollte mit einem Messer an mir herumspielen!«

»Hier ist deine Hälfte. Den Rest im anderen Stiefel kannst du ruhig behalten.«

Drake gab sich beleidigt. »Glaubst du etwa, ich hätte dir nicht alles gegeben?«

George versuchte, ein wissendes Lächeln von seinen Lippen zu verbannen. »Du bist nicht ehrlich, Drake.«

»Ach, komm schon. Es gibt verschiedene Arten der Ehrlichkeit. Zum Beispiel habe ich Jones von Anfang an die Wahrheit gesagt.«

»Ja, aber du hast sie so formuliert, daß er dir nicht glaubte.«

»Zu einer derartigen Heimtücke wäre ich gar nicht fähig. Ich bin ein Mann mit schlichtem Gemüt.«

»Du bist ein Opportunist, der sich hinter einer Unschuldsmiene verbirgt«, erwiderte George und klopfte Reed auf die braune Wange. »Du lügst, daß sich die Balken biegen.«

»Ich protestiere.«

»Du bist ein Gauner, der seinen Akzent geschickt als Werkzeug verwendet. Gib es ruhig zu. Du klingst wie ein Priester aus Trinidad, und das nutzt du voll aus.«

»Und das behauptet jemand, für dessen Brieftasche ich mein Leben riskiere.«

George betrachtete die Schuldscheine und die in der ganzen Föderation gültigen Kreditkarten. In einem entlegenen Winkel seines Selbst regte sich ein Gefühl der Schuld, und einige Sekunden lang bedauerte er es, das

Geld genommen zu haben. Doch die Zweifel verflogen rasch. Jones und seine Leute hatten wohl kaum auf ehrliche Weise eine solche Summe verdient. Wenigstens wurde sie jetzt nicht für billigen Fusel ausgegeben, sondern diente dazu, jemandem eine große Freude zu bereiten. »Danke, Drake. Dies bedeutet mir eine Menge. Ohne deine Hilfe hätte ich bis zum nächsten Monat nicht annähernd soviel Geld zusammenbringen können.«

»Schon gut, George. Eine Hand wäscht die andere. Wir sind ein tolles Team, nicht wahr? Als Profis könnten wir es sicher weit bringen.«

»Soll das ein Vorschlag sein? Meine Güte, ich bin Sicherheitsoffizier!«

»Um so besser.« Reed grinste. »Das gibt uns einige Vorteile.«

Die Lifttür öffnete sich, und die beiden Männer schritten durch den Gang, der zum Kontrollraum der Sicherheitssektion führte. Dort warf George sofort einen prüfenden Blick auf den Monitor, der das Billardzimmer zeigte. Die Händler hatten ihn ernst genug genommen, um tatsächlich zu verschwinden. Leute wie Jones wagten es nur selten, sich mit hochrangigen Angehörigen der Sicherheitsabteilung von Starfleet anzulegen. Wenn ihnen die Genehmigung entzogen wurde, an einer Starbase anzulegen, war der Verlust weitaus größer als das Monatseinkommen von drei Männern.

George seufzte zufrieden. »Ich rate dir, deine Uniform anzuziehen, bevor jemand hereinkommt und dich in dieser Aufmachung sieht«, sagte er.

»Und wenn schon«, gab Reed zurück. »Mein bester Freund ist Sicherheitsoffizier. Darauf hast du mich eben selbst hingewiesen.«

»Verlaß dich nicht zu sehr auf dein Glück, Raumpirat.«

Drake Reed ging zum Wandschrank und kleidete sich um, aber selbst mit dem Waffengürtel sah er noch immer wie ein karibischer Priester aus. »Du hast mir noch nicht verraten, wozu du das Geld brauchst, Geordie.«

George nahm in seinem Sessel vor den Bildschirmen Platz und griff nach der magnetischen Schreibtafel. Mattes Licht glühte durch mehrere Blätter, und er gewann den Eindruck, als sprängen ihm Worte und Sätze entgegen. »Ich beabsichtige, Jimmy ein Geburtstagsgeschenk zu kaufen. Das weißt du doch.«

»Ich erinnere mich vage daran, daß du davon gesprochen hast. Was für ein Geschenk?«

»Nun ...«

»Eine hübsche Frau?«

»Er ist noch kein Fähnrich«, entgegnete George und lächelte.

»Was möchte er dann zu seinem zehnten?«

George zögerte. »Ein Segelboot. Vermutlich ist es meine Schuld. Ich habe ihn in zu vielen Seefahrts-Museen herumgeführt.«

»In Iowa braucht er ein Pferd, um das Ding zu ziehen«, sagte Drake und setzte sich ebenfalls an die Konsole. »Hast du daran gedacht?«

George hob den Kopf. »Bestimmungsort ist nicht etwa Iowa, sondern Ontario. In jedem Sommer besuchen die Jungs ihre Tante an der Georgian Bay. Und in diesem Jahr, du Unschuldslamm, wird sie dort ein hübsches kleines Segelboot erwarten, das Jimmys Namen trägt.«

»Ich hoffe nur, daß auch der Besuch einer Segelschule auf dem Programm steht.«

George ließ die Schreibtafel sinken und blickte ins Leere. »Ach, was würde ich geben, um zur Stelle zu sein und die Leine zu halten, wenn meine beiden Söhne eintreffen ...«

»Die Leine?«

»Das Seil, Tau oder was weiß ich. Bring mich nicht durcheinander.«

Drake hob einen mahnenden Finger. »Für Inselbewohner sind solche Einzelheiten sehr wichtig. Übrigens: Was wird Geordie junior davon halten, hm?«

George wölbte die Brauen. »Was schon? Er braucht

sich nicht zurückgesetzt zu fühlen — immerhin trägt die ganze Bucht seinen Namen. Außerdem sind meine Jungen keine Rivalen. Geordie ist in erster Linie praktisch veranlagt, wie ich. Er hat überhaupt keine Phantasie und möchte nur immer feststellen, wie gewisse Dinge funktionieren. Der Idealist in unserer Familie heißt Jimmy. Seiner Ansicht nach muß alles im Universum seine Ordnung haben.« Die Erinnerungen fluteten zurück und veranlaßten George dazu, erneut nach dem Stift zu greifen. Stille herrschte, während er noch einmal die letzten Zeilen des Briefes las.

Drakes Stimme weckte ihn aus seinen Träumereien. »Warum machst du das?«

»Was meinst du?«

»Warum schreibst du Briefe? Wäre es deinen Söhnen nicht lieber, ihren Vater auf einem Videoschirm zu sehen, ihm direkt zuzuhören? Es kostet dich doch ein Vermögen, solche Botschaften zur Erde zu schicken. Warum fertigst du nicht einfach eine audiovisuelle Aufzeichnung an?«

George seufzte. »Ach, ich kann einfach nicht gleichzeitig denken und sprechen.«

> *Vielleicht erscheint es Euch seltsam, daß ich Briefe statt Speicherkassetten schicke, aber dafür gibt es einen guten Grund. Erinnert Ihr Euch an das Seefahrt-Museum, in dem wir das aus dem Jahre 1910 stammende Logbuch eines Handelsschiffes lasen? Wißt Ihr noch, wie nahe wir uns dem Kapitän fühlten, als wir seine Handschrift sahen? Wir konnten fast nachempfinden, was er damals empfand. Wer lange auf dem Meer unterwegs ist, wird von Einsamkeit begleitet und muß sich früher oder später seinen Emotionen stellen – ob ihm das nun gefällt oder nicht. Wer etwas schreibt, gewährt Einblick in seine private Welt. Ich entsinne mich an Euer fast ehrfürchtiges*

Staunen. Vielleicht begegnet Ihr meinen Briefen irgendwann einmal mit einer ähnlichen Einstellung, selbst wenn ich nie von mir behaupten kann, den Ozean mit einer solchen Nußschale überquert zu haben. Vielleicht streicht Ihr dann mit den Fingern übers Papier und denkt daran, daß ich es ebenfalls angefaßt habe. Und ich werde wissen, daß Ihr es berührt . . .

»Achte darauf, daß es kein trauriger Brief wird.«

George sah auf und blickte in Drakes Augen; sie glänzten unter dichtem, dunkelbraunem Haar, das deutlich auf seine Abstammung hinwies. Reed schlüpfte erneut in die Rolle des westindischen Priesters, doch diesmal wirkte sein Gesicht ernst.

»Wieso kommst du darauf, daß es ein trauriger Brief ist?« fragte George und schauderte plötzlich.

Drake beugte sich vor und musterte ihn eingehend. »Es steht in deinem Gesicht geschrieben.«

Auf den pfirsichblassen Wangen des Sicherheitsoffiziers bildeten sich Verlegenheitsflecken. »Zum Teufel mit dir.«

»Beende den Brief, bevor er traurig wird, George«, drängte Reed.

Lange Falten bildeten sich in Georges Stirn, und die Brauen bildeten ein angedeutetes V. Einige Sekunden lang bedachte er Drake mit dem gleichen drohenden Blick wie zuvor Jones. *Halt dich aus meinem Privatleben heraus,* warnten seine Pupillen. *Mehr ist mir nicht geblieben.*

»In Liebe, Vater«, beharrte Drake und deutete aufs Papier.

Die Erkenntnis, daß man so leicht in ihn hineinsehen konnte, erfüllte George mit Ärger und Scham. Er wandte den Blick von Reed ab und konzentrierte sich wieder auf die Tafel. Wenn es ihm doch nur möglich gewesen wäre, sich auch seiner Familie so offen zu zeigen ...

Mit sonderbar steifen Fingern schrieb er die letzten Worte.

Kümmere Dich um die Familie, George. Du bist mein Stellvertreter. Ich lasse von mir hören, wenn Ihr an der Georgian Bay eingetroffen seid. Und was Dich betrifft, Jim: Spiel nicht verrückt, wenn Dich Tante Ilsa ›Jiemie‹ nennt.

Mit herzlichen Grüßen
Euer Vater

Sofort faltete George das Blatt, und dann gleich noch einmal, als wolle er auf diese Weise eine gewisse Distanz zwischen sich und dem Bedeutungsinhalt der Sätze schaffen. Er spürte, daß Drake ihn beobachtete, als er den Brief in einen Starfleet-Umschlag schob, den er anschließend rasch adressierte und ins Postkom-Fach legte. Die Klappe schloß sich wieder, und ein leises Zischen deutete darauf hin, daß seine Botschaft ins Verteilersystem gelangte. Jetzt war es zu spät, den Brief zurückzuholen und Änderungen am Text vorzunehmen. Die Endgültigkeit machte ihn nervös. Eine Zeitlang starrte er betroffen ins Nichts und strich sich mit einer kühlen Hand über Wange und Lippen. Seltsam, wie erschöpfend es sein konnte, einige Sätze zu Papier zu bringen.

»Du wirst immer verdrießlich, wenn du deinen Söhnen schreibst, Geordie«, sagte Reed und verschränkte die Arme. »Du hast das Temperament eines dösenden Alligators. Warum gestehst du das nicht endlich ein?«

George warf ihm einen kurzen Blick zu und kämpfte gegen seine Verärgerung an. Stumm sah er auf die Monitoren, und nach einer Weile erwiderte er: »Eher stiege ich mit einer Romulanerin ins Bett.«

»Vielleicht hast du bereits ein solches Erlebnis hinter dir. Du weißt ja nicht einmal, wie Romulanerinnen aussehen.«

»Das ist mir auch völlig gleichgültig.«

»Ich fürchte, manchmal weißt du nicht, worauf du dich einläßt.«

»Da hast du vermutlich recht.«

Plötzlich glitt die Tür auf, und allein das war schon eine Überraschung. Nur Angehörige der Sicherheitsabteilung durften die Kontrollkammer betreten, und die drei Personen, die George und Reed nun sahen – zwei Männer und eine Frau –, trugen keine Codeplaketten, mit denen sich das elektronische Schloß entriegeln ließ. Wie hatten sie es geschafft, die Überwachungssensoren zu überlisten? George drehte seinen Sessel herum und sah die Frau an, die vor ihren beiden Begleitern stand. Ihm blieb gerade noch Zeit genug, jadegrüne Augen und schulterlanges Haar zu bemerken. Es glänzte so gelb wie ein Weizenfeld kurz nach dem Sonnenuntergang.

Selbstsicher kam sie herein, gefolgt von zwei unauffälligen Männern. Nach einigen Schritten blieb sie stehen und fragte: »George Kirk?«

Er reagierte instinktiv. »Ja?«

Einen Sekundenbruchteil später sprangen die Männer vor. Einer stürmte auf George zu, und der andere griff Reed an.

Drake war so verblüfft, daß er nicht rechtzeitig handelte. Der Gegner blockierte seine Arme, bevor er die Projektilschleuder ziehen konnte. Die Frau trat sofort näher und preßte ihm ein feuchtes Tuch auf Nase und Mund. Reed riß entsetzt die Augen auf und keuchte, als er einen strengen, beißenden Geruch wahrnahm. Unmittelbar darauf spürte er, wie seine Knie nachgaben. Vergeblich trachtete er danach, sich der Schwärze zu widersetzen, die nach seinen Gedanken tastete.

George nutzte die Gelegenheit, den Platz an der Konsole zu verlassen. Sein Fuß traf den Unterleib des Mannes, der es auf ihn abgesehen hatte, und unmittelbar darauf ließ er sich fallen. Rasch rollte er zur Seite, kam wieder auf die Beine, zerrte die Waffe aus dem Halfter, schwang sie in einer fließenden Bewegung herum und rammte ihren Kolben gegen das Kinn des Angreifers. Vielleicht wäre es George gelungen, mit den Eindringlingen fertig zu werden, aber Drakes Stöhnen lenkte ihn für einen Sekundenbruchteil ab. Als Reed zu Boden ging, wandte sich der zweite Mann zum Sicherheitsoffizier um, holte aus und versetzte ihm einen harten Schlag in die Nierengegend. George taumelte benommen, und um nicht das Gleichgewicht zu verlieren, mußte er sich mit der Waffenhand abstützen. Man packte ihn an den Armen, und aus den Augenwinkeln sah er, wie die Frau das Tuch hob.

Er wand sich hin und her, als ihm ein scharfer, ätzender Geruch in die Nase stieg, und während er sich zu befreien versuchte, wartete die Blondine einfach ab. Sie schien genau zu wissen, worauf es ankam, und ihr ruhiges Gebaren ließ den Schluß zu, daß sie ein Profi war. Gelassen beobachtete sie George, der immer wieder den Kopf von einer Seite zur anderen drehte, und schließlich streckte sie jäh die Hand aus. Das Tuch berührte den Sicherheitsoffizier an der Nase, und von einem Augenblick zum anderen erschlafften seine Muskeln. Farben wogten heran, und sein Blickfeld verwandelte sich in einen immer schmaler werdenden Tunnel. Er hatte das höchst unangenehme Gefühl, irgendwo zu versinken. Der feuchte Stoff wurde ihm fester auf den Mund gepreßt, und das Betäubungsmittel schleuderte ihn in einen Kosmos völliger Finsternis.

KAPITEL 2

George Kirk glitt durch eine Sphäre aus matten, konturlosen Visionen, die ihm keinen Halt boten. Er besann sich auf seine Empfindungen, die einzige Brücke zur Realität, und allmählich gewann der Traum soviel Substanz, daß er harten Boden unter den Schulterblättern fühlte. Ein seltsames Prickeln tastete an seinem Rückgrat entlang, und allein das Gewicht der Luft erschien ihm unerträglich.

Langsam kam er wieder zu sich. Er versuchte, die Arme zu heben, aber sie rührten sich nicht von der Stelle. Selbst die Lider gehorchten ihm nicht. Das feuchte Tuch ... Hatte ihn die Droge gelähmt?

Keine Panik, dachte er. *Mit Panik stellt man sich nur selbst eine Falle. Bleib kühl. Denk nach.* Er konzentrierte sich auf die rechte Schulter, den rechten Arm, die rechte Hand, besann sich auf seine ganze Willenskraft. Nach einer Weile geriet der Arm endlich in Bewegung und rutschte über etwas Hartes. Das Prickeln nahm zu, gewann eine fast schmerzhafte Qualität, aber George achtete nicht darauf. Einige Sekunden später stießen die Finger an einen festen Gegenstand, und behutsam schloß er sie darum. Ein Arm. Vielleicht auch ein Bein. Warm.

»Drake«, flüsterte er und bemühte sich, die Augen zu öffnen. Nichts geschah. In Gedanken schloß er sie wieder, und kurz darauf gehorchten ihm die Lider. Die Finsternis wich, und erste Umrisse formten sich. George glaubte, am Deckenrand den gelben Schein von Bordlampen zu erkennen. Das erklärte die Vibrationen des Bodens: Triebwerke.

Neuerliche Besorgnis regte sich in ihm. Man brachte ihn gegen seinen Willen fort. Das bedeutete, er mußte etwas unternehmen, und zwar so schnell wie möglich.

Das nächste Projekt bestand darin, den Kopf zu heben.

»Wenn ich mich umdrehe«, murmelte er und klammerte sich am Klang seiner Stimme fest, »kann ich die Arme benutzen. Vielleicht bin ich dann in der Lage aufzustehen.«

Er wandte den Blick vom gelben Glanz ab und begann mit der schwierigen Aufgabe, sich zur Seite zu rollen. Allein die Vorstellung strengte ihn an, und während er die trägen Muskeln spannte, hatte er das Gefühl, als müsse er das ganze Raumschiff bewegen, um seine Absicht zu verwirklichen. Keuchend schnappte er nach Luft und versuchte festzustellen, welche Position er nun einnahm. Ja, er lag tatsächlich auf der Seite. Er zwinkerte mehrmals und bemerkte einen rötlichen Streifen. Blut? Blut an seinem Auge?

George errichtete eine mentale Schutzmauer gegen die Panik und hob die Hand. Haar. *Ist mein Haar so rot?* Er drehte den Kopf zum Licht, und daraufhin konnte er den Streifen deutlicher erkennen. Ja, eine zimtfarbene Strähne seines Haars. Kein Blut.

Er brauchte also nicht zu befürchten, daß ihm der Kopf abfiel, wenn er aufstand. George winkelte die Arme an, neigte die Schulter zur Seite, streckte die Beine und stemmte sich ruckartig in die Höhe.

Sein Kopf erwies sich als sehr eigensinnig und entschied, doch vom Hals zu fallen.

George hielt ihn mit beiden Händen fest. »Lieber Himmel ... *Verdammt!*«

»George?«

»Verdammter ... Mist ...«

»George? Hörst du mich?«

»Ja«, ächzte der Sicherheitsoffizier. »Ja, klar und deutlich ... Ich rate dir dringend, ruhig liegenzubleiben und *nicht* aufzustehen.«

»George ...«, krächzte die Stimme. »Hast du mich schon wieder geschlagen?«

»Nein, verdammt. Nein, natürlich nicht. Irgend jemand hat uns betäubt. Beweg dich nicht. Warte einfach ab. Ich komme zu dir.«

George stützte die Hände auf den Boden und kroch vorsichtig los.

Mindestens zwanzig Kilometer schienen ihn von Drake zu trennen. Er hoffte inständig, daß er die richtige Richtung einschlug: Das gelbe Licht blendete ihn, und die Konturen vor seinen Augen zitterten und bebten, veränderten sich ständig. Tausend Nadeln schienen sich ihm in Arme und Beine zu bohren, aber allmählich wich die Taubheit aus ihnen. Langsam näherte sich George einem roten und schwarzen Schemen – Reeds Uniform. Er fand einen Brustkorb, tastete sich daran entlang und entdeckte auch eine Schulter. Der Lampenschein fiel auf eine Haut, deren westindische Bräune recht blaß wirkte. Dieser Anblick bewies, daß es sich wirklich um Drake handelte und nicht etwa um eine Leiche, die zufällig herumlag. Der Sicherheitsoffizier kam sich selbst mehr tot als lebendig vor.

»Also los«, brachte er hervor und griff nach Reeds Arm. »Versuch jetzt, dich aufzusetzen. Aber hab es nicht zu eilig damit.«

George zog Drake in die Höhe und half ihm dabei, sich an ein Schott zu lehnen. Die Anstrengung ließ einen Teil der Benommenheit zurückkehren, aber gleichzeitig erhöhte sich der Adrenalinspiegel in seinem Blut. Er ließ sich neben Reed zu Boden sinken, atmete schwer und spürte, wie der mentale Nebel zu zerfasern begann.

»Was hast du jetzt wieder angestellt?« fragte er.

»Wer? Ich?«

»Dies ist bestimmt deine Schuld.«

Drake drehte sich um. »Meine Schuld?« wiederholte er. »*Meine* Schuld? Als die Frau nach George Kirk fragte ... Habe ich da etwa Antwort gegeben?«

»Die Unbekannten hätten uns töten können, aber stattdessen ließen sie uns am Leben«, überlegte George laut. »Warum?«

»Mir ist es durchaus lieber so«, erwiderte Drake. »Ich frage mich nur, was man jetzt mit uns vorhat.« Er stöhnte leise. »Oooh ... Ich fühle mich wie ein ausgehöhlter Kürbis.«

George sah sich in der winzigen Kammer um, betrachtete das Schott und die Farbmuster. »Ein Starfleet-Schiff, aber ziemlich alt. Und nicht sehr groß. Vielleicht irgendein kleiner Personentransporter.«

»Ein interstellarer Hüpfer der Klasse Hubble VXT«, sagte Reed.

George blinzelte und bedachte ihn mit einem durchdringenden Blick. »Ein was?«

»Ein interstellarer Hüpfer.«

»Woher willst du das wissen?«

»Es steht hier an der Wand. Nummer des Konstruktionskontrakts: 116-B. Das Schiff wurde im Januar zweitausendeinhundertsechzig in Dienst gestellt und ...«

»Schon gut, schon gut.«

»Es ist mit einem Warptriebwerk der zweiten Generation ausgestattet ...«

»Das reicht, Drake. Auf die Beine.«

»Die fehlen mir leider, George. Ich habe sie gesucht. Vergeblich.«

George seufzte, stand auf und wankte an der Wand entlang. »Keine besonders hochentwickelte Sicherheitstechnik«, sagte er und überprüfte das Schott. »Offenbar soll die Verriegelung vor allen Dingen verhindern, daß Unbefugte diesen Raum betreten. Als Arrestzelle eignet er sich kaum. Wir sollten eigentlich in der Lage sein, unseren Kerker zu verlassen. Wenn wir die hydraulischen Anschlüsse in der Wand finden, brauchen wir nur die Verbindungen zu unterbrechen. Anschließend schieben wir die Tür einfach auf.«

»Und wenn das Schloß auch über Magnetschalter verfügt?« fragte Drake. »Was dann?«

»Das wird sich bald herausstellen. Steh auf und hilf mir.«

»Nicht so hastig. Inzwischen habe ich die Beine zwar wiedergefunden, aber ihre Knochen bestehen noch immer aus Gummi.«

George klopfte an die Wand. Hohl. Er nickte langsam. Ein eher unwichtiges Innenschott, das keinen sehr großen Belastungen standzuhalten brauchte. Der Sicherheitsoffizier rechnete nicht mit besonderen Problemen. »Vielleicht wurden beim Bau dieses Schiffes noch keine Magnetschalter verwendet. Ja, ich bin ziemlich sicher. Hast du irgendwelche Werkzeuge dabei?«

»Nur mein Gehirn.«

»Stehst du inzwischen?«

»Noch nicht, aber gleich. Das verspreche ich dir.«

»Ich benötige eine Art Brechstange.« George rieb sich letzte Benommenheitsreste aus den Augen und sah sich noch einmal in der Kammer um. »Dahinter befinden sich die Kontrollen.« Er preßte die Finger hinter eine Zugangsplatte und zerrte sie beiseite. Zum Vorschein kamen mehrere Schaltkreise und Kabelstränge, die irgendwo in der Wand verschwanden. »Gut. Keine molekularen Funktionskomponenten. Derart komplizierte Technik ist hier auch gar nicht notwendig. Wir müßten es schaffen.« Er streckte den Arm so weit wie möglich durch die Öffnung. »Komm her, Drake. Deine Hände sind kleiner als meine. Versuch mal, ob du den Arretierungsmechanismus erreichen kannst.«

Reed holte tief Luft und stemmte sich in die Höhe.

»Er muß sich irgendwo links unten befinden«, fügte George hinzu. »Ich habe die Kante gespürt. Mit solchen Dingen kennst du dich besser aus als ich, Drake. Los, beeil dich.« Er griff nach Reeds Arm und zog ihn heran.

»Ich höre und gehorche. Tritt zur Seite.« Drake straffte die Schultern und küßte seine Fingerspitzen, bevor er die Hände durchs Loch streckte. »Hm ... Ich fühle etwas ... Ja, ich glaube, das ist es.«

»Sei vorsichtig«, warnte George.

»Oh, natürlich. Ach, ich liebe den Erfolg.«

Reed schürzte die Lippen und konzentrierte sich. Irgend etwas ...

... machte *plink*.

Plötzlich herrschte Schwerelosigkeit.

»Drake!« entfuhr es George, als er den Halt verlor und durch die Kammer schwebte.

»Tja«, murmelte Reed. »Ich fürchte, das war der falsche Schalter.«

»Laß die Finger davon, bevor du auch das Lebenserhaltungssystem desaktivierst!«

»Du bist ein Mann voller Sorgen, Geordie«, erwiderte Reed. »Ein wenig Humor könnte dir gewiß nicht schaden.«

»Und bei dir wäre etwas mehr Ernst angebracht ...« George streckte den Arm zur Wand aus, aber dadurch glitt er noch etwas höher empor und stieß mit dem Kopf an den Leuchtkörper, der am Deckenrand glühte. Er drehte sich um und wollte sich abstoßen, zögerte jedoch und überlegte es sich anders. »Nun, da ich schon einmal hier oben bin ...« Er stemmte die Füße an die Decke, griff in den schmalen Zwischenraum, der die Lampe vom Schott trennte, und zog mit ganzer Kraft. Metall knirschte leise und schnitt in seine Hände, aber er ließ nicht locker. Die Muskeln in seinen Beinen zitterten. Das Blut schoß ihm ins Gesicht, und das Stechen in den Fingern nahm immer mehr zu. Doch dumpfes Knacken trieb ihn an.

Aus dem Knistern wurde ein lautes Kreischen. Schrauben sprangen aus ihren Einfassungen und sausten davon. Der Leuchtkörper gab erst an der einen Seite nach, dann auch an der anderen, und mit einem jähen Ruck löste er sich ganz. George ließ erleichtert den angehaltenen Atem entweichen – und schnappte gleich darauf erschrocken nach Luft, als er durchs Zimmer flog und an die rückwärtige Wand stieß. Dort prallte er ab, berührte kurz den Boden und schwebte erneut zur Decke hoch.

»George!« Drake schloß die Hand um einen Stiefel und zog daran, bis er nach Arm und Gürtel greifen konnte. »Ist alles in Ordnung mit dir?«

George schnitt eine Grimasse und versuchte, das Pochen in seinem Hinterkopf zu ignorieren. In der Schwerelosigkeit schienen sich seine Beine vom Rest des Körpers lösen zu wollen. »Das zahle ich dir heim. Ich *weiß*, daß wir durch deine Schuld in eine solche Lage geraten sind.«

»Meine Güte, eben hast du ausgesehen wie Peter Pan! Wirklich bemerkenswert. Hat dich deine Frau jemals in einer Null-G-Zone erlebt?«

George spannte vorsichtig die schmerzenden Schultermuskeln und schob die eine Seite der abgerissenen Leuchtplatte in das Loch in der Wand. »Na schön«, brummte er entschlossen. »Das Schott wird sich öffnen, ob es ihm gefällt oder nicht. Aufgepaßt.« Er füllte seine Lungen und bereitete sich darauf vor, den improvisierten Keil so tief wie möglich in das Konglomerat aus Schaltkreisen zu rammen. »Eins ... zwei ...«

»Hallo, Kinder.«

Die Brückenoffiziere lächelten, als sie den für ihren Captain typischen Gruß hörten. Zuerst hatte sie das fast übertrieben legere Gebaren des Kommandanten erstaunt und auch verwirrt, doch inzwischen sahen sie darin eine ungezwungene Herzlichkeit, die sehr ansteckend wirkte. Einige von ihnen schienen sich erst noch an die Umgebung gewöhnen zu müssen, und dieser Eindruck täuschte nicht. Sie befanden sich erst seit kurzer Zeit an Bord dieses Raumschiffes. Der interstellare Hüpfer diente nur dazu, sie von einem Ort zum anderen zu bringen, und das Ziel galt als streng geheim. Einzig und allein der Captain wußte, wohin sie unterwegs waren und was für eine Mission sie erwartete.

Der junge Mann an der Navigationskonsole wandte sich sofort um. »Wir sind im Warptransit, Captain«, sagte er. »Kontratransfer in neununddreißig Minuten.«

»Ah, gut«, erwiderte der Captain in einem melodischen Coventry-Akzent. »Danke, Carlos. Sie leisten immer hervorragende Arbeit.« Der Kommandant trug eine saloppe Strickjacke, die einen großen Teil seiner senfgelben Uniform bedeckte, und er widersprach allen Klischeevorstellungen von kühlen, spießigen Engländern. Das bewies er einmal mehr, als er dem Navigator die Hand auf die Schulter legte. »Schon zu Mittag gegessen? Nein? Sie sollten das jetzt nachholen.«

Carlos hob verwundert den Kopf, und als der Captain lässig nickte, sagte er: »Danke. Ich meine, vielen Dank, Sir.«

»Schon gut. Ab mit Ihnen.« Er wandte sich an den untersetzten Kommunikationsoffizier und winkte. »Das gilt auch für Sie, Kralle. Ich schätze, eine Zeitlang kommen Dr. Poole und ich auch allein zurecht.«

Die beiden Jungoffiziere nickten und verließen die Brücke. Auf der Backbordseite stand eine Frau mit dunkelblondem Haar; sie verschränkte die Arme und beobachtete den Captain stumm.

Er mochte gut vierzig Jahre alt sein und trug das braune Haar wie beiläufig zur Seite gekämmt. Die Frau sah glatte, fast zart wirkende Züge, eine leicht gekrümmte Nase und hellblaue Augen, in denen Intelligenz und Erfahrung glitzerten. Er schob die Hände tief in die Taschen seiner Strickjacke, die einen seltsamen Kontrast zur Umgebung bildete und keineswegs den Vorschriften entsprach. Einmal hatte die Frau jemanden gefragt, warum der Captain eine solche Jacke trug, und die Antwort überraschte sie. Er litt an einer seltenen Blutkrankheit, und deshalb war ihm die meiste Zeit über kalt. Irgendein anderer Starfleet-Offizier hätte vermutlich ein Thermohemd *unter* dem Uniformpulli getragen, aber dieser Mann zog sich eine Wolljacke über und hielt das Problem für gelöst. Im Verlauf mehrerer Jahre wurde die Jacke zu einem Markenzeichen, das ebensoviel Respekt verdiente wie der Captain selbst; sie gewann die gleiche Bedeutung wie eine Medaille, die den Träger für seine Leistungen auszeichnete.

Als die Junioroffiziere den Kontrollraum verlassen hatten, ließ sich der Kommandant auf den Platz des

Navigators sinken, anstatt im Sessel des Befehlsstands Platz zu nehmen. Die Frau musterte ihn noch immer; ihr Blick klebte geradezu an ihm fest.

Der Captain drehte den Kopf und seufzte. »Rolf sagte mir, Sie haben sie einfach außer Gefecht gesetzt.«

Die Frau zuckte mit den Schultern. »Andernfalls hätten sie Erklärungen verlangt, die ich ihnen nicht geben kann.«

Die Hände des Kommandanten verschwanden erneut in den Taschen der Strickjacke. »Wenn Sie Einzelheiten über die Mission erfahren möchten ...«

Die Frau hob abwehrend den Arm. »Nein, danke.«

»Früher oder später müssen Sie Bescheid wissen, Doktor.«

»Nein. Je weniger ich weiß, desto weniger habe ich mit der ganzen Sache zu tun. Ich möchte so schnell wie möglich die Kolonie erreichen, der ich zugeteilt wurde. Ich habe um eine solche Versetzung *gebeten*, und die Föderation *entsprach* meinem Wunsch.«

Der Captain schürzte amüsiert die Lippen und neigte kurz den Kopf. »Sie sollten es für eine Ehre halten, hier bei uns zu sein.«

Die Frau beugte sich ein wenig vor. »Das Gegenteil ist der Fall. Ich habe ein anderes Ziel, und dort wartet eine Menge Arbeit auf mich.«

»Begreifen Sie denn nicht, daß Ihre Präsenz in diesem Raumschiff beweist, wie kompetent Sie sind? Sie können stolz auf sich sein.«

»Ich bin sicher, daß sich auch an Bord von anderen großen Schiffen Ärzte aufgehalten haben«, erwiderte die Frau kühl und distanziert. »Ich weiß nicht, wie es Ihnen gelungen ist, meine Order zu revidieren, aber sobald wir zurück sind, gebe ich einen förmlichen Protest zu Protokoll.«

Der Captain lachte leise. »Einsatzbefehle sind nicht ehern, Sarah. Manchmal werden sie verändert. Immerhin haben wir es mit einem Notfall zu tun.«

»Sie wollen nicht zugeben, daß Sie die Hand im Spiel hatten, oder?« fragte die Frau scharf.

Der Kommandant wölbte die Brauen und schmunzelte. »Nach meiner Erfahrung ist es besser, nie etwas zuzugeben. Erst recht keiner hübschen Frau gegenüber, die auch noch Grips hat.«

Die Ärztin schnitt eine Grimasse. Die künstliche Beleuchtung vertrieb nicht alle Schatten von der Brücke, und das elfenbeinfarbene Gesicht der Frau wirkte blasser als sonst. Sie kniff die Augen zusammen, und in dem unvorteilhaften Licht schienen nur ihre Pupillen Substanz zu haben. Als sie den Kopf schüttelte, bewegte sich ihr Haar, das sie selbst einmal als ›unscheinbar‹ beschrieben hatte. »Versuchen Sie nicht, mir zu schmeicheln, Captain. Ich bin über dreißig. So etwas habe ich schon oft genug gehört.«

»Aber ich meine es ernst.« Der Captain lehnte sich noch weiter in dem weichen Sessel zurück und sah auf den großen Bildschirm. Sterne zogen mit Warp zwei vorbei. »Die zuständigen Stellen gaben mir die Möglichkeit, meine Crew selbst zusammenzustellen, und es blieb nur wenig Zeit. Sie kennen mich schon seit einer ganzen Weile, und daher wissen Sie, daß ich gern mit Leuten arbeite, die mir vertraut sind. Vielleicht ist das eine Schwäche, vielleicht auch nicht. Es wird sich bald zeigen. Nun ...« Er klopfte wie zärtlich auf die Navigationskonsole. »Ich erkläre Ihnen alles, sobald Kirk hier erscheint.«

Dr. Poole nahm an der wissenschaftlichen Station Platz. »Ich fürchte, Sie warten vergeblich auf Ihn. Ich habe ihn und seinen Begleiter eingesperrt.«

»Oh, *das* spielt keine Rolle.«

Die Ärztin blinzelte verwirrt. »Wie meinen Sie das?«

»Kirk ist ziemlich stur und hartnäckig.«

Stille folgte auf die letzten Worte, und der Captain blickte nachdenklich auf das Projektionsfeld. Das kleine Raumschiff raste mit einer Geschwindigkeit durchs All, an die man sich nur schwer gewöhnen konnte. Das Universum schien sich in einen langen Tunnel zu verwandeln, aber es verlor nichts von seiner natürlichen, mysteriösen Pracht. Der interstellare Hüpfer war nun ein Fremdkörper im Gefüge des Kosmos, angetrieben von einer Kraft, die ein einfallsreicher Intellekt nutzbar gemacht hatte. Es gab viele Wunder im Weltraum, aber dieses gehörte einzig und allein der Intelligenz.

Er seufzte und dachte an die anderen Wunder, die ihn im Verlauf der nächsten Tage erwarteten. Aus einem Reflex heraus ballte er die in den Jackentaschen verborgenen Hände, und eine seltsame Mischung aus Aufregung und Anspannung erfaßte ihn. Sein innerer Blick galt einem Horizont, an dem eine ganz besondere Art von Hoffnung schimmerte.

Es überraschte ihn nicht, als einige Sekunden später das Brückenschott aufschwang. Der Boden erzitterte kurz.

»Auf die Beine!«

Der Captain und Dr. Poole kamen der Aufforderung nach, drehten sich um und sahen zwei Angehörige der Starfleet-Sicherheitsabteilung. Der Mann mit dem rostroten Haar war mit einem Partikelschneider bewaffnet, der vermutlich aus der Notausrüstung des Hüpfers stammte. Die Ärztin erstarrte, aber der Kommandant breitete die Arme aus und lächelte. »George! Freut mich, dich wiederzusehen! Du siehst wirklich gut aus. Wie geht es deinen beiden Jungs?« Er trat näher, klopfte George auf den Arm und wandte sich dann zu Dr. Poole um. »Na, was habe ich Ihnen gesagt?« Aus seinem Lächeln wurde ein breites Grinsen. »Der Kerl ist mit allen Wassern gewaschen.«

George Kirk atmete zischend aus, holte wieder Luft und starrte den Captain fassungslos an. Er musterte die Ärztin, ließ seinen Blick durch den Kontrollraum schweifen und richtete ihn dann wieder auf den Kommandanten. »R...« Er räusperte sich und versuchte es erneut. »Robert!«

Hinter ihm hielt Drake die Leuchtplatte bereit, die ihnen dabei geholfen hatte, aus der improvisierten Arrestzelle zu entkommen. Die Freundlichkeit des Captains räumte sein Mißtrauen nicht aus.

Der Mann mit der Strickjacke wippte auf den Zehen, und in seinen Augen blitzte schelmischer Humor. »Das habe ich alles geschickt eingefädelt, nicht wahr?«

»Du ...«, begann George. »*Du* steckst hinter unserer Entführung?«

»Nun, leider hatte ich keine Gelegenheit, dir die Hintergründe zu erläutern.«

»Ich hoffe, daß wir jetzt Zeit genug dafür haben.«

»Oh, ja«, sagte der Captain und sah aufs Chronometer. »Uns bleiben noch acht oder zehn Minuten.«

George machte einige unsichere Schritte und blieb wieder stehen. »Dieses Raumschiff scheint praktisch leer zu sein. Wo sind die Besatzungsmitglieder?«

»Vermutlich sitzen sie in der Messe und nehmen eine ordentliche Mahlzeit ein. Wie dem auch sei: Außer uns befinden sich nur wenige Personen an Bord. Aus Sicherheitsgründen.«

George kniff die Augen zusammen. »Aus Sicherheitsgründen? Was hat das zu bedeuten?«

»Ich möchte, daß du dich freiwillig zu einer Mission meldest.«

»Um was für eine Mission geht es?«

»Darüber darf ich keine Auskunft geben.«

»Und der Einsatzort?«

»Geheim.«

»Und wie lange dauert die ganze Sache?«

Der Captain lächelte schief. »Tut mir leid.«

»Kannst du meine Fragen beantworten, nachdem ich mich freiwillig gemeldet habe?«

»Ja.«

»Du erwartest also von mir, daß ich dir blind vertraue?«

»Genau.«

»Na schön. Ich bin mit von der Partie.«

»Was ist mit Ihnen, Drake?« fragte der Captain und drehte den Kopf.

George trat auf ihn zu und gestikulierte fahrig. »Er meldet sich ebenfalls freiwillig. Und nun ... Um was geht es?«

Der Kommandant schmunzelte und sah Dr. Poole an. »Noch immer skeptisch?«

Die Ärztin zuckte unschuldig mit den Achseln. »Es war nicht meine Idee, sie zu betäuben.«

»Da wir gerade dabei sind ...« George wandte sich an den Captain. »Ich warte auf eine Erklärung.«

»Nun, weißt du, diese Mission ist die streng geheime Reaktion auf einen Notfall. Es mußten rasch einige Entscheidungen getroffen werden. Ich bekam die Erlaubnis, meine Offiziere selbst auszuwählen, und ...«

»Wer gab dir eine solche Genehmigung?«

»Starfleet Command.«

»Soll das heißen, Starfleet Command hat dir gestattet, uns ins Reich der Träume zu schicken und zu entführen?« George schüttelte den Kopf. »Ich würde gern die entsprechende Mitteilung lesen.«

Der Captain breitete die Arme aus. »Die Lamettaträger waren nur unter *diesen* Bedingungen bereit, ihre Zustimmung zu geben.« Der Zweifel in Georges Zügen amüsierte ihn, und aus seinem Lächeln wurde ein jungenhaftes Grinsen. »Oh, entschuldige bitte, ich vergesse meine Pflichten als Gastgeber.« Er deutete eine Verneigung an und zeigte auf die Frau. »Darf ich vorstellen? Commander George Kirk, Lieutenant Francis Drake Reed — Dr. Sarah Poole.«

George bedachte die Ärztin mit einem durchdringenden Blick und entsann sich an den kurzen Kampf im Sicherheitszentrum der Starbase. Als er dem Erinnerungsbild die grüne Uniform der medizinischen Abteilung hinzufügte, erkannte er die Frau.

»Wir sind uns schon einmal begegnet«, sagte er scharf.

Sarah hob kurz die Brauen. »Starren Sie mich nicht so an. Mir ist es kaum anders ergangen. Der Captain hat mich auf eine ähnliche Art und Weise hierher gebracht.«

George richtete seine Aufmerksamkeit wieder auf den Kommandanten. »Stimmt das? Und warum hast du auch Drake entführen lassen?«

Der Captain zuckte mit den Schultern, musterte Reed eine Zeitlang und ging dann zum Oberdeck. »Zwar wäre es weitaus einfacher, wenn du einen Teddybär oder eine Decke mit dir herumschleppen würdest, aber ich dachte mir, daß du nicht auf seine Gesellschaft verzichten möchtest.« Erneut schob er die Hände in die Taschen der Strickjacke, und plötzlich wirkte er wie ein Lehrer, der vor einer Tafel stand, seine Schüler beobachtete und mit einer Lektion begann. Er sah so harmlos und gutmütig aus, daß er sofort Sympathie weckte. »Na schön. Ich glaube, wir sollten jetzt mit den Erklärungen beginnen. Hört gut zu, Kinder.« Er verharrte vor einer Konsole und betätigte mehrere Tasten. »Computer ein«, sagte er.

»Aktiviert.«

»Hier spricht Captain Robert April. Ich bitte um Freigabe einer als geheim eingestuften Datei. Autorisierung durch Starfleet Command liegt vor. Grafische Darstellung.«

Es summte leise, und mehrere Sensorpunkte glühten. »Autorisierung akzeptiert. Ausgabemedium der Datei: Bildschirm.«

Die Projektionsfläche eines Monitors erhellte sich, zeigte Diagramme und Fotografien eines Kolonialtransporters, der zu den Langsprung-Schiffen der Seidman-Klasse gehörte. Alt, aber zuverlässig. Natürlich wußte nur Captain April, was es damit auf sich hatte. Er nickte knapp und deutete auf die Darstellung. »Ein Kolonialraumer der Föderation, die S.S. *Rosenberg*. Sie sollte Siedler zu einem Planeten bringen, der sich in einem gerade erst kartographisch erfaßten Sektor befindet. Vor fünf Tagen erreichte uns ein Notruf der *Rosenberg*. Das Schiff ist nicht mit einem modernen Sensorsystem ausgestattet, und deshalb hatte die Besatzung zunächst keine Ahnung, welche Gefahr drohte: Als der Ionensturm begann, war es bereits zu spät für eine Rückkehr. Der Raumer treibt manövrierunfähig im energetischen Chaos. Die Triebwerke sind ausgefallen, hinzu kommen Strahlungslecks in den Frachtbereichen und einigen technischen Sektionen. Die meisten Nahrungsmittelvorräte sind bereits verseucht. Aber selbst wenn der Besatzung genug unbedenklicher Proviant zur Verfügung stünde: Früher oder später muß die harte Strahlung bei allen lebenden Organismen zu irreparablen Zellschäden führen. Es ist nur eine Frage der Zeit. Und es sei hinzugefügt, daß der Zeitfaktor immer kritischer wird.« April seufzte kummervoll. »Nun, um nicht zu viele Worte zu verlieren: Die Kolonisten sterben dort draußen.«

George brach das betroffene Schweigen als erster. »Wie viele Menschen sind an Bord?«

April wandte sich halb zu ihm um. »Vierzehn Familien. Insgesamt einundfünfzig Personen. Siebenundzwanzig von ihnen sind nicht einmal fünfzehn Jahre alt. Junge Familien mit Kindern, ohne jede Erfahrung. Und ohne Lebensmittel.«

»O Gott ...«, hauchte Sarah und preßte sich die Hand auf den Mund.

»Natürlich wurde sofort ein Shuttle geschickt«, fuhr April fort. »Aber ein gewöhnliches Raumschiff kann erst dann Ionenzonen durchfliegen, wenn dort wieder Ruhe herrscht, und in diesem Fall dauert es vielleicht Jahre, bis der Sturm nachläßt. Die Rettungsmannschaft umfliegt den betreffenden Bereich, doch selbst mit Warp drei braucht sie vier Monate, um den havarierten Raumer zu erreichen. Die Vorräte der *Rosenberg* reichen nur für drei Wochen, und ich habe ja schon auf die Strahlungslecks hingewiesen.« Der Captain starrte auf die Diagramme. »Einundfünfzig Männer, Frauen und Kinder, denen der Tod droht, für die es praktisch keine Hoffnung gibt. Und was besonders tragisch ist: Wir können uns problemlos mit ihnen verständigen, denn die Kommunikationssignale werden mit Warp zwanzig übermittelt. Die ganze Föderation hört zu, während die Kolonisten sterben. Bei den Nachrichtenagenturen herrscht derzeit Hochbetrieb.«

April trat vom Oberdeck herunter und an seinen drei bestürzten Begleitern vorbei. Nach einigen Schritten spürte er, wie sich eine Hand um seinen Arm schloß und ihn herumriß. Er blickte in George Kirks Augen und sah darin zwei kleine Jungen, die durch ein Kornfeld tollten, auf einem Planeten, der plötzlich viel zu weit entfernt zu sein schien, um angenehme, friedliche Erinnerungen damit zu verbinden.

»Du hast irgend etwas vor«, sagte George scharf. »Was? Wir müssen unbedingt versuchen, den Leuten zu helfen.«

In Aprils Zügen zeigte sich grimmige, entschlossene Zufriedenheit, als er die betroffene Anteilnahme des Sicherheitsoffiziers bemerkte. Er wußte, daß er diesen Mann an seiner Seite brauchte. Er setzte zu einer Antwort an, doch das Summen der automatischen Navigationskontrolle unterbrach ihn. Er drehte sich zu der entsprechenden Konsole um und sah auf die Anzeigen. »Wir sind da. Drake, wissen Sie, wie man ein Raumschiff aus dem Warptransit in den Normalraum zurückbringt?«

Reed blinzelte, erwachte aus seiner Trance und offenbarte eine für ihn ungewöhnliche Bescheidenheit. »Nicht genau, Sir. Aber ich will's versuchen.« Er nahm vor den Navigationskontrollen Platz, und seine Fingerkuppen berührten einige Tasten.

April trat an den Wandschirm des interstellaren Hüpfers heran, starrte in den Weltraum hinaus und beobachtete den Kontratransfer des kleinen Schiffes. Einige Sekunden später sah er einen Asteroidenhaufen, hinter dem ein Raumdock schwebte.

George verließ das Oberdeck, den Blick starr auf seinen früheren Vorgesetzten gerichtet. Er dachte an die verschiedenen Ereignisse ihrer gemeinsamen Vergangenheit und glaubte, unerschütterliche Entschlossenheit im Gesicht des Captains zu erkennen. Sie wirkte anstekkend. Und verwirrend. »Was geht dir durch den Kopf, Robert?« fragte er. »Was planst du?«

»Denk mal darüber nach, George«, murmelte April. »Stell dir vor, es gelingt uns tatsächlich, die Kolonisten zu retten. Wir verkürzen eine Reise, die normalerweise vier Monate dauert, auf drei Wochen – und bewahren einundfünfzig hilflose Menschen vor dem Tod. Das wäre ein wahrer Triumph, nicht wahr?«

George trat um ihn herum und sah dem Captain direkt in die Augen. Niemand von ihnen achtete auf den Bildschirm, dessen rechte obere Ecke das Raumdock zeigte. Es wurde allmählich größer.

»Warum die Geheimniskrämerei?« erkundigte sich der Sicherheitsoffizier. »Weshalb hast du mir nicht gleich gesagt, worum es geht?«

»Ich durfte kein Risiko eingehen, alter Knabe.«

»Wieso nicht?«

April wandte sich von ihm ab, blieb neben der Navigationskonsole stehen und deutete auf den Wandschirm. »Dort siehst du den Grund.«

Positionslichter glühten und blinkten an den massiven Flanken des Raumdocks.

George beugte sich vor und riß unwillkürlich die Augen auf. Pulsierendes Glühen tastete über rötliche Wangen, fing seinen Blick ein und gab ihn nicht wieder frei. Eine Zeitlang staunte er wortlos.

»Lieber Himmel!« brachte er schließlich hervor. »Was ist *das* denn?«

»Mehr als nur ein Raumschiff«, erwiderte April leise. »Ein *Starship.*«

KAPITEL 3

Das All war schwarz, und im Innenraum herrschte die gleiche Finsternis wie in den Außensektoren oder im Bereich der Weite. Dort gab es keine Farben. Die Dunkelheit verschlang sie.

»Hier spricht Feldprimus Kilyle. Der Schwarm übernimmt die Patrouille.«

»Bestätigung. Der Große Primus läßt Sie grüßen. Er wünscht Ihnen Abenteuer.«

Jetzt summte das All. Ein gewaltiges, mit schwingenartigen Erweiterungen ausgestattetes Raumschiff durchpflügte das Nichts. Es war ebenso schwarz wie das All, doch es glänzte, und an den Flügeln klebten metallisch schimmernde, federähnliche Auswüchse. Nach und nach lösten sich die ›Federn‹ von der einen Schwinge, wie Schindeln, die der Sturm von einem Dach reißt. Jede einzelne von ihnen verwandelte sich in ein kleineres Schiff, und während sie sich langsam von ihrer großen Mutter entfernten, schienen sie sich zu entfalten und nahmen ihr Erscheinungsbild an.

Der Vorgang wirkte wie ein kontrolliertes Mausern. Der aus sechs Patrouilleneinheiten bestehende Schwarm verließ das Mutterschiff nach einem Transit mit Hyperlichtgeschwindigkeit. Die Triebwerke der kleineren Raumer zündeten, und sechs winzige Lichtnadeln rasten durch die ewige Dunkelheit des Innenraums. Nun, eigentlich gehörte der Sektor zum *Zentral*raum; eine solche Bezeichnung wäre weitaus angemessener gewesen. Und in diesem Zusammenhang konnte man den Gruß des Großen Primus nur als unverhohlenen Spott verstehen.

Die Kommandantin des Flaggschiffs — es hieß *Vernichter*, eine weitere Ironie —, stand auf der Brücke und ignorierte die verärgerten Blicke ihrer Offiziere. Es fiel ihr schwer, nicht darauf zu achten, aber sie wollte sich keine Blöße geben. Nach einer Weile spürte sie, wie sie aus dem Fokus der allgemeinen Aufmerksamkeit geriet, und eine gewisse Erleichterung ersetzte die Anspannung in ihr. Die Besatzungsmitglieder begannen mit einer subtilen, wortlosen Kommunikation, aber ihre Empfindungen waren so deutlich erkennbar, als glitten entsprechende Botschaften über die Rückflächen der vogelkopfartigen Helme. Plötzlich gaben sie sich viel zu sehr Mühe, ihre Kommandantin *nicht* anzusehen.

»Übernehmen Sie die Patrouille, Kai«, sagte die Frau und starrte auf den Hauptschirm. Das Mutterschiff raste mit Hyperlichtgeschwindigkeit weiter, schrumpfte innerhalb weniger Sekunden und verschwand, um die anderen Schwärme im Patrouillenraum auszusetzen. *Jetzt sind wir allein.* Ganz in der Nähe erklang eine vertraute Stimme. »Patrouillenbeginn *Kriegsdorn*«, sagte der Subcommander und behielt seine Instrumente im Auge. »Bestätigung, *Kriegsdorn.*«

»*Kriegsdorn* beginnt mit Patrouille«, tönte es aus dem Lautsprecher der externen Kommunikation. Der Bildschirm zeigte ein Schiff, das den Schwarm verließ und sich mit halber Sublichtgeschwindigkeit entfernte. Es verschmolz mit der Finsternis.

»Patrouillenbeginn *Verwegen*«, fuhr Subcommander Kai fort. »Bestätigung, *Verwegen.*«

»*Verwegen* beginnt mit Patrouille.«

Auch die drei übrigen Schiffe – die *Jäger*, *Erfahrung* und *Zukunftsfeuer* – sausten davon, und schließlich blieb die *Vernichter* allein zurück. Ihre schwarzen Schwingen trugen sie durchs All.

Nach einer Weile stand die Kommandantin wie beiläufig auf, und aus reiner Angewohnheit belastete sie das linke Bein. »Ich erstatte Primus Kilyle Bericht.«

Sie hatte fast den Korridorzugang erreicht, als sie eine Stimme hörte.

»Commander Idrys«, sagte ein junger Offizier, der neben dem Brückenpfeiler stand und sich viel zu lässig gab. Die Kommandantin sah farbloses Haar und Ohren, deren Spitzen sich ein wenig nach vorn neigten; einmal mehr spürte sie, wie Zorn in ihr zu brodeln begann. »Bitte übermitteln Sie dem Primus einen herzlichen Gruß von mir.«

Idrys zögerte lange genug, um den Mann mit einem stechenden Blick zu durchbohren. *Einen* herzlichen *Gruß?* dachte sie. »Ich bin sicher, darüber wird sich der Primus sehr freuen, Unterzenturio.« *Glaub bloß nicht, daß du ihn einfach um den Finger wickeln kannst. Kilyle ist nicht annähernd so dumm, wie du vielleicht hoffst.*

Als sie den Korridor betrat, hinkte sie ein wenig deutlicher und wies den Unterzenturio damit darauf hin, daß sie dem Reich einige sehr persönliche Opfer gebracht hatte.

An diesem Tag erschien ihr das Schiff kleiner als sonst. Die Kommandantin ging zu Fuß, verzichtete darauf, einen Lift zu benutzen. Während sie Leitern hochstieg, fühlte sie sich kräftiger und selbstbewußter. Außerdem verzögerte sie damit ihre Konfrontation mit Kilyle. Der Primus hatte eine enorme Ausstrahlungskraft; seine Präsenz versengte ihre Seele. Der Kommandoflur war bewacht, und Idrys schritt an den Soldaten vorbei, ohne ihnen Beachtung zu schenken. Erst als sie vor dem Quartier des Feldprimus verharrte, stellte sie sich der Realität von zwei bewaffneten Männern, die wie Statuen rechts und links neben der Tür aufragten. Einige Sekunden lang blieb sie stumm und betrachtete nur die am Schott glänzenden Buchstaben: T'CAEL ZANIIDOR KILYLE, FELDPRIMUS.

Jetzt wirkte die Aufschrift irgendwie töricht, obgleich Idrys während der vergangenen Jahre keinen solchen Eindruck gewonnen hatte. Inzwischen verzichteten die meisten Würdenträger auf die Verwendung solcher Namenshinweise – eindeutiges Anzeichen für die zunehmende Paranoia im Senat und auch die wachsende Nervosität des Prätors.

»Teilen Sie dem Feldprimus mit, daß ich ihn sprechen möchte«, sagte sie schließlich, ohne sich direkt an die beiden Wächter zu wenden.

Einer von ihnen betätigte einen kleinen Schalter neben der Tür. »Feldprimus, Commander Idrys ersucht um eine Audienz«, sagte er.

»Sie soll eintreten.«

Der Vorzenturio holte sofort einen Zugangschip hervor und befestigte ihn an Idrys' Uniform, während der andere Mann den Öffnungscode eingab.

Das Schott glitt beiseite.

Wer Kilyles Unterkunft betrat, hatte das Gefühl, durch eine völlig andere Welt zu wandeln. Die Luft war feucht, frisch und aromatisch; natürliches Chlorophyll sorgte für eine ständige Erneuerung. Im Rest des Patrouillenschiffes herrschte eine streng militärische Atmosphäre, aber diese Kammer überraschte mit bunten Farben. Dutzende von Pflanzen wuchsen so dicht an dicht, daß sie ein fast unentwirrbares Durcheinander bildeten. Die meisten Blätter schimmerten in einem saftigen Grün, doch hier und dort zeigten sich auch die gelben, purpurnen und blauen Töne von Gewächsen, die an andere Umweltbedingungen gewöhnt waren und daher besondere Pflege brauchten. Manche wirkten so exotisch, daß sie aus völlig fremdartigen Ambienten stammen mußten; wahrscheinlich gehörten sie zu den Biotopen von Welten, die der Primus im Laufe der Jahre besucht hatte. An einigen Stellen sah Idrys herunterhängende Zweige und dünne Stämme aus festem Holz: kleine Bäume.

»Kommen Sie, Commander«, sagte der Primus sanft und freundlich. Seine Stimme erklang irgendwo in dem Dickicht.

Idrys betrat das Zimmer, und hinter ihr schloß sich die Tür mit einem mechanischen Seufzen. Die Kommandantin bewegte sich sehr vorsichtig, um keine Pflanze zu beschädigen, mied die Nähe einiger intelligent aussehender Ranken, deren Spitzen sich neugierig — oder hungrig? — auf sie richteten. Ein muffiger, modriger Geruch stieg ihr in die Nase, und sie mußte sich sehr beherrschen, um nicht laut zu husten. Behutsam strich sie einen Schleier aus bernsteinfarbenen Blüten beiseite. »Primus?«

»Rechts von Ihnen. Hinter dem Dämonenbaum.«

Pflanzen mit solchen Namen verdienten es, daß man einen weiten Bogen um sie machte. Kurz darauf stand sie vor Kilyle, der ihre Unsicherheit bemerkte und lächelte. »Willkommen«, sagte er schlicht.

Inmitten der Pflanzen schien er völlig fehl am Platz zu sein. Sein pechschwarzes Haar glänzte nicht, und das dunkle, finstere Gesicht wirkte irgendwie beunruhigend. Die Augen waren groß, rund und ebenso schwarz wie das Haar. Idrys glaubte zu spüren, daß dieser Blick bis in die geheimsten Gewölbe ihres Ichs reichte. Er brachte eine gewisse Hartnäckigkeit zum Ausdruck — und eine Intelligenz, die außerordentlich gefährlich sein konnte. Über den Augen wölbten sich sichelförmige Brauen. Sie standen in einem auffallenden Kontrast zu den langen Ohren, die nach den ästhetischen Maßstäben der Rihannsu fast perfekt zu sein schienen. Die Kommandantin wußte, daß sich die Spitzen ihrer eigenen Ohren zu weit nach hinten neigten, um dem geltenden Schönheitsstandard zu genügen, und gelegentlich bedauerte sie es, einen höheren Rang zu bekleiden als jene Offiziere, die Helme tragen durften. Eigentlich spielte so etwas überhaupt keine Rolle, aber sie empfand häufig auf diese Weise, wenn sie den Primus sah.

Offenbar legte Kilyle Wert darauf, selbst in seinem privaten Bereich Aufmerksamkeit zu erregen. Er trug noch immer seine alte, indigoblaue Offiziersjacke; ihr einziger Schmuck bestand aus einem goldenen Fellstreifen, der vom rechten Arm herabbaumelte. Er lehnte es ab, eine der scharlachfarbenen und schwarzen Uniformen überzustreifen, die der Senat dem militärischen Personal zur Verfügung stellte. Gepolsterte Schultern und eine schmale Taille verliehen seiner hageren Gestalt zwar etwas Keilförmiges, aber trotzdem schien er einen Teil der Würde eingebüßt zu haben, die ihm sein Rang verlieh. Im Reich galten immer strengere Normen, die auch Mode und ähnliche Dinge betrafen, und dadurch wirkten Kilyles alte Insignien fast provinziell.

Nur das silberne Band am hohen gelben Kragen wies ihn anderen Rihannsu gegenüber als Feldprimus eines Schwarms aus.

»Wenn ich hierherkomme, befürchte ich häufig, Sie seien inzwischen einer Ihrer Pflanzen zum Opfer gefallen«, sagte Idrys.

Kilyle lächelte dünn und fuhr damit fort, einen hohen Busch zu beschneiden. »Es wäre kein schlechter Tod«, erwiderte er.

»Jemand wie Sie sollte während der Ausübung seiner Pflicht sterben, als Held«, murmelte die Kommandantin. Sie blieb neben einem seltsamen Auswuchs stehen, der aus einer kleineren Pflanze ragte. Am Ende des Stengels hing eine grotesk anmutende schwarze Kugel. »Was ist das?«

»Hmm? Oh, eine Art Blume.«

»Tatsächlich?« Idrys sah sich um und betrachtete die anderen Gewächse, die ihr vertrautere Blüten entwickelt hatten. Das Spektrum der Pracht reichte vom Atemberaubenden bis zum Schlichten, und nur mit Mühe widerstand sie der Versuchung, Kilyle auf seinen ›Garten‹ anzusprechen. Sie war nicht gekommen, um mit ihm über eigentlich unwichtige Dinge zu plaudern. »Primus ... Darf ich Sie noch einmal darum bitten, die Brücke aufzusuchen, wenn der Schwarm ausgesetzt wird?«

»Das dürfen Sie natürlich. Aber werde ich bei einem solchen Manöver gebraucht?«

»Sie sollten sich den Offizieren zeigen, um Ihrer selbst willen. Wenn Sie längere Zeit der Brücke fernbleiben, werden die anderen Commander unruhig.«

T'Cael Kilyle ließ die Schere sinken und nahm auf der

Kante eines großen Topfes Platz, aus dem ein Baum bis zur hohen Decke emporwuchs. Eine Zeitlang musterte der Primus seine Besucherin und bedachte sie mit einem besonders scharfen Blick. Das lange, braune Haar Idrys' bildete sorgfältig geflochtene Zöpfe, damit es nicht bei jeder Bewegung hin und her schwang, und es umrahmte ihr Gesicht auf eine Art und Weise, die Kilyle nur als stillos bezeichnen konnte. Die Jochbeine verbargen sich unter vollen Wangen, deren bronzefarbener Ton eher einer Klingonin zustand und keiner Rihannsu. Das war einer der Gründe, der Idrys veranlaßt hatte, die lange Karriereleiter mit besonderer Verbissenheit zu erklimmen, und während ihres beschwerlichen Aufstiegs lernte sie eine energische Direktheit, die der Primus sehr schätzte. Sie nahm selbst dann kein Blatt vor den Mund, wenn es Gefahren mit sich brachte, offen und unverblümt zu sprechen.

Kilyle wußte natürlich, worauf Idrys hinauswollte.

»Die *Vernichter* ist das Flaggschiff des Schwarms, und Sie sind ihre Kommandantin«, sagte er. »Es kann Ihrer beruflichen Laufbahn bestimmt nicht schaden, die Patrouillenschiffe ohne meine Hilfe loszuschicken.«

Idrys fühlte sich zwischen Schuld und Ehrgeiz hin und her gerissen. Nach einiger Zeit nickte sie. »Ich danke Ihnen für Ihr Vertrauen.«

»Fahren Sie fort.«

»Unterzenturio Ry'iak wird Sie bald besuchen, um Ihnen den Gruß des Obersten Prätors zu übermitteln«, sagte die Kommandantin. »Er versucht, Sie von der Crew zu entfremden, und unter den gegenwärtigen Umständen fällt ihm das sehr leicht.«

»Die Pflicht ist nicht immer angenehm«, entgegnete t'Cael hintergründig. »Wir sind im Innenraum.«

»Ja. Aber selbst im Innenraum gibt es Piraten, gegen die man sich verteidigen muß.«

»Diese Pflanzen stellen eine weitaus größere Gefahr dar als irgendwelche Piraten.«

Idrys preßte verärgert die Lippen zusammen. »Die anderen Kommandanten des Schwarms warten nur darauf, daß sich Ihre Position verschlechtert. Und der Senat würde sicher jeden Vorwand nutzen, um Sie zu versetzen.«

»Soll das eine Warnung sein?«

Idrys merkte plötzlich, daß sie an dem Primus vorbeistarrte, um den Blick der schwarzen Augen zu meiden. Sie sah ihn wieder an. »Nein, natürlich nicht. Ich hoffe nur, daß Sie zur Brücke zurückkehren.«

T'Cael rutschte vom Rand des Topfes, stand auf und prüfte einige Ranken. »Halten Sie das, bitte«, sagte er und hob das angeschwollende Ende eines dicken, lianenartigen Strangs.

Idrys griff widerstrebend danach. Das Material fühlte sich recht fest an, aber unter der obersten Schicht erahnte sie etwas Weiches. Gleichzeitig spürte sie, daß ihr die Ranke Widerstand leistete; offenbar gefiel es der Pflanze nicht, von ihr festgehalten zu werden. Idrys gab sich ruhig und gelassen, als sie langsam zurückwich, und vermied es, die ganze Hand um den Strang zu schließen. Der Primus hob ein Messer, das an ein Skalpell erinnerte, betrachtete die Fasern aufmerksam, wählte mit großer Sorgfalt eine Stelle, stieß die Klinge hinein und ritzte die Ranke der ganzen Länge nach auf.

Das Gewächs erzitterte heftig.

»Sir ...«, begann Idrys und mußte fester zugreifen, damit ihr der Strang nicht entglitt.

»Jedes Lebewesen setzt sich zur Wehr, wenn man es schneidet«, sagte Kilyle so belehrend, als spreche er zu einem Kind.

Wem gelten seine Worte? dachte Idrys. *Mir oder der Pflanze?*

Sie beschloß, nicht loszulassen, ganz gleich, was auch geschah. Unterzog sie der Primus irgendeinem Test? Sie kannte ihn schon seit Jahren, aber er blieb ihr ein Rätsel.

Einige Pflanzenfasern fielen zu Boden, und mehrere andere stopfte sich t'Cael ohne zu zögern in die Taschen –

ein weiterer Hinweis darauf, daß ihm die Uniform nicht mehr annähernd soviel bedeutete wie früher. »Halten Sie weiterhin fest.«

Idrys wollte Antwort geben, brachte jedoch nur ein Nicken zustande. Sie fühlte sich sonderbar fasziniert, als sie beobachtete, wie Kilyle das Gewächs verstümmelte. Er preßte die Finger in den schmalen Riß, den er geschaffen hatte, trachtete danach, ihn zu verbreitern. Erst widersetzte sich die Pflanze, doch dann platzte der Strang plötzlich auf. Idrys zuckte zusammen, als Dutzende von kleinen Stengeln aus der Öffnung sausten und vor t'Cael umhertanzten. Winzige Blätter entfalteten sich mit freudigem Eifer.

»Geburt«, sagte t'Cael leise. Mit sanftem Geschick half er den jungen Blättern und Ranken dabei, sich ganz zu entrollen.

Idrys nahm fliederartigen Duft wahr, der von den jungen Ranken ausging, und als sie den Kopf senkte, fiel ihr Blick auf den verschrumpelten, leeren Mutterstrang. Angewidert ließ sie ihn fallen.

T'Cael musterte sie interessiert und gab durch nichts zu erkennen, was er von ihrem Verhalten hielt.

Mit voller Absicht verzichtete er auf einen Kommentar.

»Ich bin mir durchaus der Anspannung bewußt, die Sie auf der Brücke wahrnehmen«, sagte er und strich noch immer zärtlich über die feuchten Pflanzenfasern. »Fünfundzwanzig Jahre lang mußte ich mir jedes Wort genau überlegen.«

»Das genügt jetzt nicht mehr. Ein Gesandter des Prätors ist an Bord, und das bedeutet, Sie müssen *handeln.*«

»Ich habe keine Angst vor Ry'iak.«

»Vielleicht ist das ein Fehler«, sagte Idrys, bevor sich ihre Zunge daran erinnerte, daß sie mit Primus Kilyle sprach, dem Helden des Weiten Krieges. »Als Senatsproktor hat er große Macht, obwohl er nur den Rang eines Unterzenturios bekleidet. Er ist wie ein Schwert über Ihrem Kopf.«

T'Cael lachte humorlos. »Was ich als Ehre empfinde, in gewisser Weise zumindest.«

»Ich rate Ihnen, vorsichtig zu sein. Es heißt, der Prätor fürchtet Sie.«

»Ry'iak ist zu jung, um seinen Posten durch eigene Leistungen verdient zu haben. Man ernannte ihn nur deshalb zum Senatsproktor, weil er zufälligerweise zur richtigen Familie gehörte – oder weil jemand seinem Vater einen Gefallen schuldete. Er hat nicht genug Erfahrung, um zu wissen, was echte Macht bedeutet. Daraus kann ich einen Vorteil für mich ziehen.«

»Sir, der Senat wird ihm zuhören, erst recht dann, wenn er seine Ausführungen in ein hübsches rhetorisches Gewand kleidet. Und was den Obersten Prätor betrifft ... Er mag gut klingende Lügen.«

»Selbst die Macht des Obersten Prätors genügt nicht, um mir einen Rang zu nehmen, der mir gebührt. Vergessen Sie nicht, daß ich nach wie vor Feldprimus bin, selbst hier im Innenraum.«

»Man hat uns diesen Patrouillensektor zugewiesen, um Sie zu strafen«, sagte Idrys, obgleich Kilyle sehr wohl darüber Bescheid wußte. So weit im Innern des Rihannsu-Raumgebiets konnte nichts geschehen, das irgend jemandem die Möglichkeit gab, Ehre zu erringen. Für einen Mann von t'Caels Status kamen derartige Missionen einer Demütigung gleich, und außerdem weckten sie den Groll all derjenigen Offiziere des Schwarms, die auf eine rasche Karriere hofften. Die Kommandantin zweifelte nicht daran, daß sich die Lage allmählich zuspitzte, und sie suchte nach den richtigen Worten, um den Primus zu überzeugen. »Ry'iak ist der Gesandte des Prätors«, wiederholte sie. »Und er befindet sich hier, bei uns, um mit seiner Präsenz Druck auf Sie auszuüben. Er braucht sich nur den Besatzungsmitgliedern zu zeigen, um sie an Ihren Ruf als Taube unter Falken zu erinnern. Sie glauben, ihre berufliche Zukunft sei bedroht, fühlen sich um Ruhm und Ehre betrogen.«

»Und Sie sind gekommen, um ...«

»Um Ihnen zu sagen, daß die Schande eines Kommandanten auf die Crew zurückfällt.«

Kilyle beobachtete ein winziges Raubinsekt auf seiner Hand und zerquetschte es. »Danke.«

Idrys lächelte scharf. »Es ist meine *Pflicht*, Sie darauf hinzuweisen.«

»Ja«, bestätigte t'Cael. Er ließ die jungen Ranken los und trat an eine andere Pflanze heran, ein gedrungenes Etwas mit dornenbesetzten Zweigen und dicken Samenbeuteln. Er betastete sie und setzte erneut sein Messer an. »Seien Sie unbesorgt, Idrys. Der Oberste Prätor wird nichts gegen mich unternehmen, solange ich ihm keinen direkten Ansatzpunkt biete. Wahrscheinlich hätte ich mir seinen Zorn zugezogen, wenn ich nicht bereit gewesen wäre, den Patrouillendienst im Innenraum zu akzeptieren. Aber statt dessen nahm ich das Angebot an, und nun sind wir hier.«

»Es ist alles andere als ehrenhaft, den Dienst in einem völlig sicheren und absolut ungefährlichen Raumsektor zu verrichten«, betonte Idrys noch einmal. »Der Oberste Prätor nutzt Meldungen über eine Zunahme des militärischen Potentials unserer Gegner, um seinen Einfluß zu erweitern. Die Föderation baut zwanzig Superraumer, und sie sollen gleichzeitig in Dienst gestellt werden, als eine Demonstration galaktischer Macht. Jedes Kampfschiff ersetzt eine ganze Flotte. Bestimmt wollen die Menschen einen Krieg beginnen, um das stellare Territorium der Rihannsu unter ihre Kontrolle zu bringen.«

T'Cael neigte den Kopf, sah zu Boden und runzelte die Stirn. »Sie glauben nicht im Ernst an so etwas, Idrys.«

»Wirklich nicht?«

»Solche Behauptungen sind maßlos übertrieben. Immerhin kenne ich die Menschen.«

»Auf diesem Gebiet sind Sie praktisch ein Experte«, gestand die Kommandantin ein. »Das streitet niemand ab. Dennoch deutet alles darauf hin, daß neue Konflikte bevorstehen. Derzeit fliegen viele unserer Schiffe die Außensektoren an, sondieren die Neutrale Zone und suchen nach einem Vorwand, die Föderation anzugreifen, bevor sie uns zu einem Kampf in unseren Raumbereichen zwingt. Gerade deshalb ist der Patrouillendienst im Innenraum so unangenehm für uns und gefährlich für Sie. Die Besatzungen der Schwarmeinheiten brennen darauf, an den ersten Vorstößen teilzunehmen. Sie wünschen sich nichts sehnlicher als eine Möglichkeit, uns den Gehorsam zu verweigern, ohne dadurch ihre Ehre zu verlieren. Früher oder später meutern sie bestimmt — das ist ebenso sicher wie der Krieg gegen die Föderation.«

T'Cael ließ die Hände sinken und spürte plötzlich, daß er seine Gefühle nicht mehr verbergen konnte. Früher einmal war er in der Lage gewesen, Gedanken und Empfindungen so gut abzuschirmen, daß niemand erriet, was ihm durch den Kopf ging. Nach dem Weiten Krieg hatten ihm selbst seine *weniger* radikalen Ideen das Mißtrauen des Senats eingebracht. Er schnaufte voller Abscheu und ließ das Messer sinken, so als fürchtete er sich davor, gerade jetzt einen scharfen Gegenstand in der Hand zu halten. Geistesabwesend schob er sich einige abgetrennte Samenbeutel in die Taschen.

»Einst galt persönliche Ehre mehr als persönlicher Ruhm«, sagte er niedergeschlagen. »Einst war Loyalität mehr wert als Verdienste in einer Schlacht. Die Erinnerung daran beschämt mich.«

Idrys schob sich durch das bunte, ekelhaft süß riechende Dickicht eines privaten Dschungels. »Sie brauchen nicht beschämt zu sein! Treffen Sie eine Übereinkunft mit dem Prätor, so daß wir diese lächerliche Patrouille beenden und an der glorreichen Konfrontation teilnehmen können. Es ist noch immer möglich, daß man Sie im prätorialen Alcazar rühmt, Primus; Ihre Heldentaten werden von hier bis ch'Havran Ehrfurcht wecken!«

T'Cael wich langsam von der Kommandantin fort, nahm erneut auf der Kante des großen Topfes Platz und begegnete dem leidenschaftlichen Wortschwall mit einem dünnen Lächeln. Für einen geheimnisvollen Mann, so fand Idrys, lächelte er ziemlich oft, und manchmal wirkte er dadurch noch mysteriöser.

Amüsiert schüttelte er den Kopf. »Von hier ist es nicht besonders weit nach ch'Havran«, erwiderte er trocken.

Er sah auf seine Hände herab, betrachtete die kleinen Brocken der gelbbraunen Erde und fragte sich, wie er der Frau vor ihm die Realität verdeutlichen sollte. »Als man uns in der Weite angriff, war ich zum Kampf bereit. Ich übernahm das Kommando eines Schiffes, und die Besatzung erwies sich als treu und loyal. Doch schon nach kurzer Zeit fand unser Volk zu der Verhaltensweise zurück, die es viele Jahre lang zeigte: Wir drangen in den Raumbereich der Menschen vor, schlüpften einmal mehr in die Rolle von Aggressoren. Wir nutzten unsere Siege, um große Teile des gegnerischen stellaren Territoriums zu annektieren, und auf diese Weise wurden Feinde zu Opfern. Ich fürchte, derzeit gelüstet es uns nach weiteren Opfern. Deshalb fliegen wir von der Weite zu den Außensektoren, beobachten die Föderation und suchen nach Gründen, in ihr Gebiet vorzustoßen. Ist es etwa richtig, so etwas als Ehre zu bezeichnen?« Er sah zu Idrys auf, und die Kommandantin gewann erneut den Eindruck, als reiche sein aufrichtiger, durchdringender Blick bis in ihr innerstes Selbst. »Seien Sie gewiß, Commander: Wenn ich wirklich glaubte, die Föderation stelle eine Gefahr für uns dar, würde ich nicht zögern, mich über alle Befehle hinwegzusetzen und in die Schlacht zu ziehen. Das versichere ich Ihnen.«

Idrys befeuchtete sich nachdenklich die Lippen. »Was hat es Ihrer Meinung nach mit den besorgniserregenden Meldungen auf sich?«

»Es sind Gerüchte, zumindest teilweise. Von den Eroberungswünschen des Senats in die Welt gesetzt.«

»›Zumindest teilweise‹?«

»Oh, ich zweifle nicht daran, daß die Föderation wichtige technische Fortschritte erzielt hat. Das ist auch bei uns der Fall. In einer Generation erreichen wir einen höheren technologischen Standard, und so geht es weiter. Wenn wir jedesmal angreifen, sobald wir irgendwelche Innovationen des Gegners fürchten, endet der Krieg erst mit unserem Tod. Und so etwas bringt nur wenig Ruhm.« Kilyle lachte leise und fügte hinzu: »Fortschritt ist ein natürlicher Prozeß für jede Zivilisation. Wer eine Gesellschaft angreift, nur weil sie sich weiterentwickelt, könnte genausogut jemanden umbringen, nur weil er atmet.«

Idrys spürte, wie sich Verwirrung in ihre Überlegungen stahl. T'Caels Worte klangen wahr, aber ... »Und wenn Sie sich irren? Es dauerte eine halbe Generation, bis wir uns von den Folgen des Föderationskrieges erholten. Diesmal bekommen wir vielleicht keine zweite Chance.«

T'Cael stand wieder auf und hob eine sichelförmige schwarze Braue. »Genau aus diesem Grund erfülle ich noch immer meine Pflicht.«

Die Kommandantin atmete tief durch. Auch diesmal gewann sie keine neuen Erkenntnisse. Der Primus hatte schon vor langer Zeit entschieden, sich in erster Linie an seine eigenen Prinzipien zu halten. Er konnte ihnen und sich selbst nicht entfliehen, solange auf allen Seiten Feinde lauerten. Wahrscheinlich brauchte er sich überhaupt keine Sorgen zu machen — wenn nicht die Nachrichten über eine zunehmende Anspannung zwischen dem ambitionierten Obersten Prätor und der Föderation gewesen wären. Es kam einer besonderen Ironie gleich, daß die Föderation noch gar nichts ahnte. So gefiel es dem Prätor — auf diese Weise fühlte er sich im Vorteil.

Idrys wollte sich umwenden, aber irgend etwas hielt sie am Haar fest. Vergeblich versuchte sie, den Kopf zu drehen. Ein seltsames Prickeln erfaßte sie an einem Ohr. Die Kommandantin klappte den Mund zu, um nicht laut zu schreien, und aus den Augenwinkeln bemerkte sie ein *Ding* mit Saugnäpfen, die über ihre Wange tasteten.

Einige Sekunden später schöpfte t'Cael Verdacht, sah auf und trat auf sie zu. Er hob sein Messer und griff nach Idrys' Haar, um den Kopf festzuhalten. Dann löste er die Saugnäpfe nacheinander. »Diese Pflanze muß ständig überwacht werden«, sagte er, als er den letzten Tentakel durchteilte. »Wenn sie nicht in regelmäßigen Abständen beschnitten wird, wickeln sich die Ranken um das nächste Lebewesen und zerquetschen es. Damit meine ich andere Gewächse, schlafende Tiere ... oder auch Rihannsu. Ich stutze sie immer, bevor ich mich zur Ruhe lege. So, alles in Ordnung. Sie sind wieder frei.« Wie in einem Ritual glättete er die beiseite gezogenen Zöpfe der Kommandantin und strich dann einige Erdkrümel fort. Schließlich drehte er sich um.

Idrys starrte eine Zeitlang auf seinen Rücken und wünschte, sie könnte sich in einen Kokon der Förmlichkeit hüllen – um nicht nur sich selbst zu schützen, sondern auch den Primus.

»Ich bin nur gekommen, um Sie über die Einstellung der Schwarm-Crew zu informieren. Wenn Ihnen das nichts nützt, so bitte ich um Verzeihung. Ich wollte einzig und allein vorschlagen, daß Sie eine gewisse Zurückhaltung wahren, solange der Gesandte des Prätors an Bord ist.«

T'Cael zeigte wieder sein sonderbares, unerschütterliches Lächeln. »Es ist gerade meine Zurückhaltung, die mich in Schwierigkeiten bringt«, sagte er.

Idrys seufzte. »Ry'iak wird Ihnen einen Besuch abstatten. Sie sollten darauf vorbereitet sein.«

Die Kommandantin kam sich wie die einzige Teilnehmerin an einem Bestattungszeremoniell vor, als sie sich einen Weg durch das dichte Durcheinander aus Blättern und Zweigen bahnte. Sie hatte erst einige Meter zurückgelegt, als erneut Kilyles Stimme erklang.

»Welchen Platz nehmen Sie in der Crew ein?« erkundigte er sich.

Diese Frage verletzte sie, aber ihre bronzenen Züge glätteten sich, bevor sie den Kopf drehte.

Der Primus sah sie gar nicht an. Er konzentrierte sich darauf, die Pflanzen zu beschneiden, und das Messer in seinen Händen schien sich dabei in ein eigenständiges Wesen zu verwandeln. Idrys dachte an das sanfte Geschick, mit dem er die Saugtentakel aus ihrem Haar gelöst hatte.

»Ich stehe auf Ihrer Seite«, antwortete sie. »Und das halte ich nicht nur für eine Pflicht meines Rangs.«

T'Cael entnahm ihrem Tonfall, was sie empfand, und er warf ihr einen versöhnlichen Blick zu. »Bitte entschuldigen Sie.«

Idrys wandte sich ganz zu ihm um. »Sie wissen, daß ich Ihren Posten anstrebe«, sagte sie offen. »Doch ich möchte ihn durch Ihre Beförderung bekommen, nicht deshalb, weil man Ihnen die letzte Würde aberkennt. Seien Sie vorsichtig, Sir. Vielleicht sind Sie selbst Ihr gefährlichster Gegner.«

Kilyle nickte. In diesem Punkt hatte Idrys vollkommen recht. »Wir befinden uns im Innenraum, weit von der Grenze des Reiches entfernt. Trotzdem habe ich das Gefühl, auf allen Seiten von Feinden umringt zu sein.«

Der Türmelder summte und bewahrte die Kommandantin vor der Notwendigkeit, eine Antwort zu geben. Die folgenden Worte verschlugen ihr geradezu die Sprache.

»Primus Kilyle, Unterzenturio Ry'iak ersucht um eine Audienz.«

T'Cael sah Idrys an, und diesmal brachte sein Lächeln so etwas wie kühle Genugtuung zum Ausdruck. »Ich schlage vor, wir lassen ihn ein wenig warten.«

Idrys biß sich auf die Lippe, und in ihren Augen funkelte es erheitert. »Es ist ein eher kindischer Streich, Sir«, sagte sie.

»Und wenn schon«, brummte Kilyle, schob sich an ihr vorbei und blieb vor der nächsten Kommunikationstafel stehen. »Der Unterzenturio möge sich ein wenig gedulden.«

»Ja, Primus.«

Als sich t'Cael zu Idrys umwandte, zeigte sich Schalk in seinem Gesicht. »Was meinen Sie? Wie lange bleibt er dort draußen zwischen den Wächtern stehen, die an ihm vorbeistarren?«

»Er hat seinen Besuch angekündigt, und jetzt wagt er es bestimmt nicht mehr, einfach zu gehen«, erwiderte die Kommandantin.

»In der Tat«, bestätigte t'Cael. »Ach, manchmal ist das Protokoll eine herrliche Sache.« Er hob die Arme, zog mehrere Pflanzen über eine metallene Schiene und wiederholte diesen Vorgang an anderen Stellen — bis sich der Weg zur Tür unter urwüchsigem Grün verbarg. »Mal sehen, welche Eigenschaften Ry'iak als Pfadfinder beweist.«

Idrys verschränkte die Arme und preßte ihre Fingerspitzen an den Mund, um nicht zu lachen. Sie stellte sich einen Ry'iak vor, der im Korridor stand, weder auf die Brücke zurückkehren noch ein zweitesmal den Summer betätigen konnte. Sie dachte an die beiden Wächter, die rechts und links neben ihm standen und ihn ignorierten. Nur selten war Gefahr so amüsant.

Als Kilyle alles zu seiner Zufriedenheit arrangiert hatte, sah er auf die fleischfressende Pflanze mit den Tentakeln und Saugnäpfen. Eine Zeitlang zögerte er und schien mit einem verlockenden Gedanken zu spielen. Schließlich schüttelte er den Kopf und schaltete erneut den Kommunikator ein. »Ich erwarte den Unterzenturio.«

Weder Idrys noch t'Cael sahen, wie sich die Tür öffnete. Sie hörten jedoch ein leises Zischen, dem das Rascheln von Blättern folgte, und sie verbargen ihre Belustigung hinter militärisch ernsten Mienen.

Das Schott schloß sich wieder, und sie vernahmen das Geräusch einiger zögernder Schritte. Das Rascheln wiederholte sich, und Idrys preßte die Finger fester auf den Mund. Ein dumpfes Pochen ertönte, als Ry'iak an eine Wandstrebe stieß, aber offenbar hatte er nicht die Absicht, um Hilfe zu rufen.

Die Pflanzen in ihrer unmittelbaren Umgebung erzitterten, und daraus schlossen sie, daß sich der Gesandte des Prätors näherte. T'Cael hatte die Gewächse so zurechtgerückt, daß es Ry'iak bei jedem Schritt mit Töpfen oder irgendwelchen Lianensträngen zu tun bekam, und seine Taktik funktionierte. Es dauerte eine ganze Weile, bis der Senatsproktor zu ihnen fand.

Idrys biß sich auf die Finger. Das helle, farblose Haar Ry'iaks war zerzaust, und kleine Blätter und Kletten hafteten darin fest. Er wirkte völlig verwirrt und zwinkerte mehrmals, um sich wieder zu fassen.

»Ah, Unterzenturio«, sagte t'Cael betont gleichmütig.

»Ich übermittle Ihnen die ... die Grüße des Obersten Prätors, Feldprimus«, brachte Ry'iak hervor. »Und die der Trikammer.«

»Ich nehme sie entgegen.«

»Die Luft hier drin ist ziemlich ... geruchsintensiv.«

»Ich halte sie eher für aromatisch, Unterzenturio.«

»Wie Sie ... meinen.« Ry'iak trat zur Seite, als einige Ranken nach seiner Schulter tasteten, blieb an einer Stelle stehen, von der aus er sowohl t'Cael als auch Idrys im Auge behalten konnte. »Mit allem Respekt, Feldprimus: Ich möchte Ihnen mehrere Vorschläge unterbreiten.«

»Ich höre.«

»Bei Ihrer Crew scheint es einige Meinungsverschiedenheiten zu geben«, begann der Gesandte des Prätors und versuchte, sich seinen Zorn nicht anmerken zu lassen. Er hatte sich einen großen Auftritt erhofft, doch jetzt kam er sich plötzlich wie ein Narr vor. Mit einer bewußten Anstrengung verwandelte er sein Gesicht in eine ausdruckslose Maske. »Der Patrouillendienst im Innenraum ist unrühmlich, und einige Besatzungsmitglieder erheben Vorwürfe gegen Sie.«

Diesmal nickte Kilyle nur.

»Wenn Sie mich mit der Personalführung beauftragen, kann ich die Disziplin im Schwarm wiederherstellen.«

T'Cael blieb stumm und ließ sich auf die Kante des großen Topfes sinken. Er neigte den Kopf und verschränkte gelassen die Arme.

»Zweitens ...«, fuhr Ry'iak fort. »Ich habe kein Vertrauen zu der Sicherheitsabteilung dieses Schiffes. Erlauben Sie mir, Sie von Wächtern schützen zu lassen, die ich selbst auswähle. Die entsprechenden Soldaten gehören zu meiner persönlichen Garde; daher besteht keine Gefahr, daß sie an einer denkbaren Meuterei teilnehmen.«

Als Idrys diese Worte hörte, versteifte sie sich unwillkürlich, wußte jedoch, daß sie weiterhin schweigen mußte. T'Cael schien die verhüllten Drohungen des Proktors überhaupt nicht zu bemerken. Ry'iak gab sich den Anschein, nur einige harmlose Vorschläge zu machen, aber sie erkannte sofort, worauf er hinauswollte. Plötzlich bedauerte sie ihren Rat zur Zurückhaltung. Tief in ihrem Innern zitterte das Verlangen, Ry'iak ganz deutlich ihre Empörung zu zeigen und ihn aufzufordern, die Ehre des Feldprimus nicht noch einmal mit seiner Präsenz zu beflecken. Sie starrte t'Cael an und hoffte inständig, daß er auf die verborgenen Beleidigungen reagierte.

»Der letzte Punkt ...«, sagte Ry'iak. »Ich werde mich an die Besatzungsmitglieder der anderen Schwarmeinheiten wenden und sie daran erinnern, daß der Dienst für den Prätor in jedem Fall ehrenhaft ist. Wer sich dieser Auffassung nicht anschließt, wird seines Postens enthoben. Ich bin sicher, das trifft Ihre Zustimmung. Skeptiker haben in einer loyalen Crew nichts zu suchen.«

Kilyle starrte ins Leere. »Da pflichte ich Ihnen bei.«

Idrys ballte die Fäuste und hätte sich am liebsten auf Ry'iak gestürzt. Der aufgeblasene Senatsproktor glaubte offenbar, daß t'Cael seine ›Vorschläge‹ gar nicht ablehnen konnte.

»Alle Unruhestifter werden in der *Vernichter* untergebracht, damit wir sie überwachen können, bis das Mutterschiff zurückkehrt«, schloß der Gesandte des Prätors.

T'Cael nickte und gab keinen Ton von sich.

Idrys kochte. Die letzte Bemerkung des Proktors lief auf folgendes hinaus: Man führe alle Gegner des Primus zusammen; dann ist eine Meuterei praktisch unabwendbar. Und selbst wenn es gelang, den Aufstand niederzuschlagen ... Er mußte als sicherer Beweis für das Versagen des Feldprimus gelten. Ganz gleich, was auch geschah, Kilyle war in jedem Fall erledigt. Wie es den Wünschen des Prätors entsprach.

»Gibt es sonst noch etwas?« fragte t'Cael ruhig.

Ry'iak straffte seine Gestalt und wirkte dadurch noch arroganter. »Sie werden mir eine private Kommunikation mit den nächsten Basen des Prätors gestatten, damit ich ihn ständig auf dem laufenden halten kann. Seine Exzellenz soll erfahren, daß Sie bei Ihrer Crew keine Nachlässigkeit dulden.«

T'Cael nickte erneut, und sein Gesicht blieb steinern. Er schien beschämt zu sein, und dafür fühlte sich Idrys schuldig. Es war besser für ihn, mit seinem Stolz zu sterben, anstatt sich jemandem wie Ry'iak zu unterwerfen. Sie bereute es sehr, sein Quartier aufgesucht zu haben.

Der Proktor wartete einige Sekunden lang, aber schließlich konnte er sich nicht länger beherrschen. »Wann geben Sie die notwendigen Anweisungen?«

Kilyle stand langsam auf und hielt die Arme weiterhin verschränkt. Er holte tief Luft, hob den Kopf und antwortete: »Wenn Sie Ihre ersten Blutsauger fressen!«

Die Selbstgefälligkeit verschwand aus Ry'iaks Zügen. Verblüfft riß er die Augen auf.

Er bekam keine Gelegenheit, den Schlag abzuwehren. Kilyles Arme entfalteten sich in einer gestenhaften Explosion, und eine Faust traf den Proktor, schleuderte ihn an die nahe Wand. Blätter raschelten. Ein schmaler Blutstreifen blieb auf dem dunklen Metall zurück. T'Cael trat an den Pflanzen vorbei, schloß die Hände um den Hals des jungen Mannes und drückte so fest zu, daß Ry'iak zu keuchen begann. Als die Stimme des Primus erklang, schauderte sogar Idrys.

»Sie sollten sich daran erinnern, mit wem Sie es zu tun haben«, knurrte Kilyle. »Sie irren sich gründlich, wenn Sie von mir die Erlaubnis erwarten, zwischen den Schiffen des Schwarms hin und her zu wechseln und ehrenhaften Männern gegenüber den prätorialen Schnüffler zu spielen. Ich halte nichts von Parasiten wie Ihnen. Sie sind ein einziger Schandfleck, und wenn Sie versuchen sollten, Ihre Fäule auch auf meine Besatzungsmitglieder zu erweitern, wird es mir eine Freude sein, Ihnen die Gedärme aus dem Leib zu reißen.« Kilyle zog Ry'iak noch näher heran, und seine Augen wurden zu zwei Dolchen, die sich in den Leib des Proktors bohrten. »Erstatten Sie dem Senat ruhig Bericht«, zischte er. »Wenn Sie überleben.«

Entsetzen glühte in Ry'iaks Pupillen. T'Cael zerrte ihn hoch, riß ihm den Zugangschip aus der Jacke und schleuderte den Gesandten des Prätors durch die geöffnete Tür.

Die Wächter rührten sich nicht von der Stelle, machten keine Anstalten, dem jungen Mann auf die Beine zu helfen.

Als sich das Schott wieder schloß, rückte sich t'Cael die Fellstreifen an der Schulter zurecht und sah Idrys an.

»War das zurückhaltend genug?« fragte er.

KAPITEL 4

Vielleicht lag es daran, wie April dieses Wort aussprach. Seine Stimme vermittelte dabei mehr als nur Ehrfurcht und Respekt: *Staaarship.*

Die Hülle schimmerte in einem elfenbeinfarbenen Weiß. Das riesige Schiff schwebte dicht neben dem Raumdock, im samtenen Schwarz des Alls, und der Rumpf wies weder dekorative Muster noch irgendwelche Hoheitszeichen auf. Dadurch wirkte es noch weitaus eindrucksvoller.

George wußte nicht, wie lange er auf den Bildschirm starrte, bevor er zischend Luft holte. Robert Aprils Stimme berührte irgend etwas in ihm, und ein empathisches Zittern erfaßte seine Gedanken. Gemeinsam beobachteten sie das Schiff.

Es stellte eine erhabene Mischung aus Masse und Eleganz dar, weckte Vorstellungen von enormer Geschwindigkeit — obwohl die Form in diesem Zusammenhang überhaupt keine Rolle spielte. Der weite Diskus, die beiden langen, zigarrenförmigen Triebwerksgondeln ... George sah eine Schönheit, die ihm irgendwie ätherisch erschien. Das Design war nicht völlig neu, aber es wirkte weitaus stromlinienförmiger als zuvor. Die gewaltige Scheibe deutete darauf hin, daß dieses Schiff nicht mit dem Gefüge des Raums verschmelzen sollte; es verkörperte vielmehr eine Herausforderung an das ganze Universum. Allein die Größe symbolisierte Macht — eine Macht, die Anmut mit majestätischer Würde verband und alle schwerfälligen, unbeholfenen Aspekte ausklammerte. George verglich das Starship mit einem Schwan, der auf das Tausendfache seiner ursprünglichen Größe gewachsen war, ohne etwas von seiner graziösen Ästhetik einzubüßen. Er hatte schon andere große Schiffe gesehen — Transporter, Frachter,

Starliner, Fregatten –, aber dieses Starship setzte ganz und gar neue Maßstäbe.

»Starship«, wiederholte er leise und kniff die Augen zusammen, bis das Raumschiff zu einem undeutlichen Fleck wurde. Sie näherten sich ihm von unten, und über ihnen spannte sich das Diskussegment wie ein weites Dach.

Neben ihm räusperte sich April.

»Es hat noch keinen Namen. Es ist nirgends in einem Katalog verzeichnet. Offiziell existiert es überhaupt nicht. Und das trifft auch auf uns zu, wenn wir an Bord gehen.«

Georges Stimme klang heiser, als er erwiderte: »Man vergißt uns einfach, wie?«

April beugte sich vor, und sein verträumter Blick reichte durchs All. »Es ist wundervoll, nicht wahr?« Er traf eine Feststellung, erwartete keine Antwort.

Das Brückenschott öffnete sich, und aus einem Reflex heraus drehte sich George um. Zwei Besatzungsmitglieder traten ein. Einer der beiden Männer löste Drake an der Navigationsstation ab, und das erfüllte den Sicherheitsoffizier mit einer gewissen Erleichterung – Andockmanöver erforderten Erfahrung und Geschick, und als Pilot gab Reed nicht viel her. Der zweite Mann schien indianischer Abstammung zu sein, und unter seinem Uniformpulli wölbten sich breite, muskulöse Schultern. Er trat sofort aufs Oberdeck, stellte eine Kom-Verbindung zum Raumdock her und bat um Anflugerlaubnis.

»Hallo, Jungs«, sagte April fröhlich. »Ich möchte euch einander vorstellen. Nun, hier haben wir Commander George Kirk und Lieutenant Reed. Der Navigator ist Carlos Florida.« Er nickte in Richtung Bildschirm, der noch immer das riesige Raumschiff zeigte. »Er wird das Ding dort drüben fliegen. An der Kommunikationsstation steht gerade unser Astrotelemeter Seelenkralle Sanawey. Hütet euch vor ihm. Er ist Mescalero-Apatsche und ziemlich gefährlich.«

Sanawey hob ein Kom-Modul zum Ohr und nickte. »Keine Sorge«, sagte er mit einer dumpfen, aber überraschend sanft klingenden Stimme. »Ich habe es nicht auf eure Skalps abgesehen.« Er lauschte einige Sekunden lang, sah dann April an und nickte. »Wir haben die Genehmigung, uns dem Dock zu nähern, Sir. Der Kommandant übernimmt die Verantwortung für den interstellaren Hüpfer und übergibt uns das Starship.«

»Ausgezeichnet«, erwiderte April. »Bestätigen Sie.«

»Wo docken wir an?« fragte George und richtete seinen Blick wieder auf das riesige Raumschiff. Es bot sich ihm als ein alabasterweißes Schimmern dar, das den größten Teil des Bildschirms beanspruchte.

»Ein solches Manöver ist überhaupt nicht notwendig.«

George drehte den Kopf. »Was?«

April musterte ihn und lächelte. »Wir beamen uns an Bord.«

George spürte, wie in seinem Hals ein dicker Kloß entstand. »Transporter?«

»Ja, und sie sind überhaupt nicht mehr mit denen an Bord von Schiffen der Baton Rouge-Klasse zu vergleichen. Sie verbrauchen wesentlich weniger Energie und arbeiten weitaus schneller. Der Transfer dauert keine Minuten, sondern nur wenige Sekunden.«

»Das verstehe ich nicht«, murmelte George. »Wie ist so etwas möglich? Es hieß doch immer, der Einsatz von Transportersystemen koste zuviel Zeit und lohne daher nicht. Was hat sich geändert?«

»Kennst du dich mit Duotronik aus?«

»Nein.«

»Oh. Nun, vor ungefähr zehn Jahren hat ein junger Mann namens Daystrom ein neues Computerkonzept entwickelt. Es führte zu einem enormen wissenschaftlichen Durchbruch, vergleichbar mit der Erfindung der Schrift. Es dauerte ziemlich lange, bis alle Fehler ausgebügelt werden konnten, aber inzwischen scheint die Sache bestens zu funktionieren. In dem Raumschiff dort drüben sind Tausende von duotronischen Komponenten installiert, und die Neuerungen betreffen natürlich auch die Transporter.

Sie verfügen nun über eine Computerverbindung, und dadurch beanspruchen Ent- und Rematerialisierungen nur noch wenige Sekunden. Das Elektronengehirn berechnet die molekularen Matrizen der transferierten Körper, und das ermöglicht eine sofortige Restrukturierung. Es wird dir bestimmt gefallen, George.«

»Das bezweifle ich.«

April lachte und klopfte ihm auf den Rücken. »Kopf hoch, alter Knabe.«

George straffte seine Gestalt und erstellte eine gedankliche Liste der Dinge, die ihn noch immer verwirrten. »Was hat das alles mit der *Rosenberg* zu tun?«

»Eine ganze Menge«, sagte April, als Dr. Poole zu ihnen trat und ebenfalls auf den Bildschirm sah. »Mit diesem Schiff werden wir die Kolonisten retten. Es ist ein Spitzenprodukt unserer Technologie. Zu seiner Ausstattung gehört ein Warptriebwerk der vierten Generation, und die verbesserten Materie-Antimaterie-Wandler erzeugen weitaus mehr Energie. Der Dilithiumfokus wurde überarbeitet und ermöglicht nun eine maximale Dauergeschwindigkeit von Warp sechs. Für kurze Zeit können wir auch bis auf Warp acht beschleunigen. Die Deflektoren sind leistungsfähiger, und ...« April seufzte. »Es würde Stunden dauern, alle Einzelheiten zu nennen.«

»Ich schlage vor, Sie verzichten auf einen detaillierten Vortrag«, murmelte Sarah.

»Mit dem Starship sind wir in der Lage, die *Rosenberg* rechtzeitig zu erreichen.«

»Aber du hast doch gesagt, selbst mit Warp drei sei es eine mindestens vier Monate lange Reise«, warf George ein. »Ein Warptriebwerk der vierten Generation verkürzt diese Zeit vielleicht auf einen Monat, aber bis dahin sind die Kolonisten tot.«

»Es wird keinen Monat dauern.«

George runzelte skeptisch die Stirn. Ganz gleich, wie groß und schnell und schön das weiße Raumschiff im Dock sein mochte: Es konnte wohl kaum den Raum krümmen und die Entfernung zur *Rosenberg* verringern. Er beobachtete den Captain argwöhnisch, als Aprils Lippen einen dünnen Strich bildeten. Einmal mehr schob er die Hände in die Taschen der Strickjacke.

»Mit den verbesserten Schilden und einer duotronischen Navigation haben wir die Möglichkeit, geradewegs durch den Ionensturm zu fliegen«, sagte er langsam.

George hörte, wie Drake nach Luft schnappte, und aus den Augenwinkeln sah er erstaunten Zweifel in den Zügen der Ärztin. Er zögerte einige Sekunden lang, trat näher an April heran und beugte sich über die Konsole. »*Durch* den Ionensturm? Hast du den Verstand verloren, Robert? Die energetischen Wirbel sind viel zu stark.«

April hob die Brauen und hielt Georges Blick stand. »Wir sollten imstande sein, die Kolonisten in einer Woche zu erreichen. In *einer Woche.*«

»Wir *sollten* dazu imstande sein? Bist du nicht ganz sicher?«

»Nun, ich neige zu optimistischen Einstellungen, was mich jedoch nicht daran hindert, mir einen Blick für die Realität zu bewahren. Endgültige Sicherheit gibt es nicht. Wie dem auch sei: Das Starship ist eine enorme Errungenschaft, die wir mehreren bedeutsamen technischen Neuentwicklungen verdanken. Es handelt sich um mehr als nur einige Innovationen, George, eher um ein Umschlagen von Quantität in Qualität.«

Der Sicherheitsoffizier schloß kurz die Augen und trachtete danach, das Chaos hinter seiner Stirn zu ordnen. Er starrte auf den Boden, als er an April vorbeiging und eine Zeitlang auf und ab marschierte. In Gedanken stellte er Verbindungen zwischen den einzelnen Informationen her, baute ein Gerüst, das ihm mehrere Schlußfolgerungen ermöglichte. Der Captain wartete schweigend und beobachtete ihn. George spürte seinen Blick auf sich ruhen, achtete aber nicht darauf.

Nach einer Weile blieb er stehen und nickte ruckartig. »Starfleet steckt dahinter, nicht wahr?«

»Natürlich«, bestätigte April und zuckte mit den Schultern. »Schließlich mußte der Bau des Schiffes irgendwie finanziert werden. Aber es gehört nicht in erster Linie Starfleet, sondern der ganzen Föderation, George. Was hältst du davon?«

»Warum fragst du mich das? Ich bin sicher, du kennst die Antwort.«

»Ich möchte sie trotzdem hören.«

George vollführte eine vage Geste. »Seit fünfundsiebzig Jahren überwachen wir die Neutrale Zone, weil wir mit einem Angriff der Romulaner rechnen. Weshalb könnte ihnen daran gelegen sein, Vorstöße ins stellare Territorium der Föderation zu unternehmen? Weil sie keinen Grund haben, uns zu fürchten. Sie respektieren uns nicht einmal.« Er hob die Hand und deutete auf den Bildschirm. »Das ist kein Rettungsschiff, sondern eine gewaltige Kampfmaschine!«

April trat an der Navigationskonsole vorbei, die sich zwischen ihnen befand. »Du siehst noch immer ein *Raum*schiff darin, George«, sagte er und betonte jedes einzelne Wort. »Aber es ist ein Starship, ein *Sternen*schiff!«

»Sternenschiff, Raumschiff«, brummte George und wußte, daß er damit nur Öl ins rhetorische Feuer goß. »Was macht das für einen Unterschied?«

»Weißt du es wirklich nicht, George? *Sterne*. Na, wie klingt das?« April sprach jetzt etwas leiser, doch seine Stimme klang noch immer eindringlich. »Sterne. So weit entfernt, daß sie wie kleine, glänzende Punkte wirken. Aber sie spenden Wärme und Licht, bilden die Grundlage für die Entstehung von Leben.«

»Sterne.« George nickte. »Ich weiß, was es damit auf sich hat. Ich halte sie keineswegs für winzige Löcher oder kleine Fenster am Himmelszelt. Das Zeitalter der Mythologie ist vorbei, Robert.«

»Aber dafür beginnt eine Epoche neuer Wunder. Sterne. Und jetzt füge die Bezeichnung ›Schiff‹ hinzu.« April hob die Arme, zeigte erst auf die breite Darstellungsfläche und ihren weißen Glanz, wölbte dann die Hände und führte sie zusammen. »Denk an die ersten Menschen, die mit Flößen und Ruderbooten aufbrachen, um das Unbekannte und Fremde herauszufordern. Seit damals ist ›Schiff‹ ein Synonym für Entdeckungen und Abenteuer.«

George schüttelte den Kopf, verblüfft von Aprils blindem Idealismus. »Offenbar fühlst du dich wie Magellan oder Kolumbus.«

»Warte ab, bis du das Schiff gesehen, es *gefühlt* hast.« Der Captain ließ die Arme wieder sinken. »Dann setzen wir unser Gespräch fort.«

George konnte sich kaum mit der Vorstellung anfreunden, von einer Maschine entstofflicht und in eine energetische Matrix verwandelt zu werden. Er kannte solche Erfahrungen nicht aus erster Hand, hatte jedoch schon vom Beamen gehört. Sein Unbehagen nahm immer mehr zu, als sie den interstellaren Hüpfer verließen und das Raumdock betraten. Adlerkralle – oder wie sein Name lautete – ignorierte die Nervosität des Sicherheitsoffiziers, stellte einen Kom-Kontakt zum weißen Raumschiff her und sagte: »Energie.« George hätte sich am liebsten irgendwo verkrochen, aber statt dessen holte er nur tief Luft und wartete auf den Tod. Zuerst nahm er ein insektenhaftes Brummen wahr, und unmittelbar darauf fühlte er sich von einem sonderbaren Prickeln erfaßt, so als krabbelten Hunderte von kleinen Käfern über seine Haut. *Irgendwie ist es mir gelungen, in einen Bienenstock zu kriechen,* dachte er sarkastisch. *Und jetzt finde ich keinen Ausgang.*

Die Konturen der Umgebung verschwanden in einem Strudel aus wogenden, schimmernden Farben, und plötzlich stellte George fest, daß er sich nicht mehr bewegen konnte. Er versuchte, die Arme zu heben, aber sie schienen sich vom Rest des Körpers gelöst zu haben. Seine inneren Organe erbebten heftig. Deutlich spürte er, wie feste Substanz fortwich, und ein flüsternder Wind tastete nach ihm, trug ihn fort. Eine Zeitlang schwebte er in einem Kosmos, der nur aus materieloser Strahlung bestand, und dann erfolgte eine subtile Veränderung. Graue Wände mit roten Streifen bildeten sich, und George sah eine breite Konsole, hinter der zwei Männer standen ... Er drehte langsam den Kopf, der nun wieder auf massiven Schultern ruhte, beobachtete verwundert ein Podest. Glitzerndes Glühen verblaßte, und kurzer Schwindel beeinträchtigte seinen Gleichgewichtssinn. Er schnappte unwillkürlich nach Luft und atmete gleich noch einmal tief durch, nur um ganz sicher zu sein.

»Alles in Ordnung?« Aprils Stimme hallte seltsam hohl durch die stille Kammer.

»Das Transfer-Verfahren ist noch nicht ganz perfekt, oder?« meinte Sarah Poole trocken. Sie befand sich irgendwo hinter Kirk.

»George?«

Er wagte es, den Boden zu betrachten, bemerkte eine matt glänzende Scheibe, auf der seine Füße ruhten. »Das war die scheußlichste Erfahrung meines ganzen Lebens«, sagte er und hielt nach Drake Ausschau. Reed blickte sich aus weit aufgerissenen Augen um, zitterte kaum merklich.

»Es wird noch an einer Verbesserung des Prozesses gearbeitet«, erwiderte April und trat von der Plattform herunter. »Atemberaubend, nicht wahr? Die Transferkapazität ist nicht mehr auf nur eine Person beschränkt. Wir können jetzt sechs gleichzeitig beamen. Auf diese Weise ist es möglich, ganze Landegruppen auf einem Planeten abzusetzen.«

»Wenn du dir soviel davon versprichst ...«, begann George und gesellte sich an die Seite des Captains. Seine Knie waren noch immer recht weich. »Warum gibt es hier dann ein Hangardeck?«

April zögerte. »Nun, wenn das Transportersystem gewartet werden muß oder aus anderen Gründen vorübergehend nicht einsatzfähig ist ...«

»Stehen keine zusätzlichen Transporter zur Verfügung, für alle Fälle?«

»Ja, schon, aber ...«

»Es scheint mir eine ziemliche Platzverschwendung zu sein, wenn man davon ausgeht, daß solche Transfersysteme Shuttles ersetzen sollen.«

April breitete die Arme aus. »Ach, George, ich bin einfach nur romantisch. Du weißt ja, wie Entwicklungsingenieure sind. Zwar lieben sie neue Ideen, aber sie trennen sich nicht gern von den alten.«

»Man darf ja wohl noch fragen, oder?«

»Und nun, Freunde ...« April deutete auf die Tür. »Zur Brücke.«

»Es befinden sich nur fünfundsiebzig Personen an Bord«, sagte April, als sie durch einen langen, schmucklosen Korridor gingen. Es fehlten Decksbezeichnungen, und an einigen Stellen sah George Streben und Stützgerüste anstelle von Wänden. »Alles sind Spezialisten, die bei der Konstruktion dieses Schiffes mitgewirkt haben, und jeder von ihnen hat Sicherheitsüberprüfungen hinter sich, die sogar Starfleet-Admirälen Probleme bereiten könnten. Es handelt sich um die besten Techniker, Ingenieure, Computerwissenschaftler und Triebwerksexperten der Föderation. Die Liste der Fachgebiete ließe sich natürlich fortsetzen. Alle Teile des Schiffes wurden einzeln und an verschiedenen Orten angefertigt, so daß niemand in Erfahrung bringen konnte, welchem Zweck sie dienen. Abgesehen von der Brücke, die wir gleich erreichen, gibt es in der Diskussektion zwei weitere fertiggestellte Decks. Der Maschinenraum ist zum größten Teil komplett. Es gibt noch keinen Freizeitbereich; in der Sektion sollen später die Kolonisten untergebracht werden.« April wandte sich an die Ärztin. »Ich schlage vor, Sie sehen dort sofort nach dem Rechten, Sarah. Sobald wir unterwegs sind, gibt es keine Möglichkeit mehr, irgendwelche Ausrüstungsgegenstände an Bord zu nehmen.«

»Das klingt so, als werde die Zeit bereits knapp«, erwiderte Dr. Poole und wich zur Seite, um zwei Technikern Platz zu machen. Sie schoben Antigravscheiben mit halb montierten Konsolen.

»Was ist fertig?« fragte George.

»Die Computerinstallationen, die Sensoren, das Warptriebwerk, obgleich noch ein Test aussteht ...« April überlegte. »Alle hermetischen Verriegelungen und ihre Schaltkreise, das Lebenserhaltungssystem in den meisten Abteilungen, die Waffen und Deflektoren ... Die Hilfskontrollen sind leider noch nicht funktionsfähig ...«

»Das hört sich ganz nach den Bedingungen für die erste Testphase an.«

April musterte George und nickte zustimmend. »Ja, da hast du völlig recht.«

»Was ist mit dem waffentechnischen Potential?«

»Schwere Laserbatterien und Partikelkanonen für kurze Entladungen«, antwortete der Captain. »Die energetische Stärke läßt sich in zehn Stufen justieren; man kann also genau bestimmen, welche Wirkung auf einen Feind erzielt werden soll. Nun, wir waren praktisch bereit, unter Raumbedingungen den ersten Test der Primärausstattung vorzunehmen: Schilde, Sensoren, Antriebssystem ... Als die *Rosenberg* in den Ionensturm geriet, hielten wir den Zeitpunkt für gekommen, das Schiff in den Einsatz zu schicken. Dies ist eine einzigartige Gelegenheit, um erst gar keine Vorurteile aufkommen zu lassen.«

»Vorurteile?« George wandte den Blick vom glänzenden Korridor und einigen türlosen Zimmern ab. Neugierig sah er April an. »Was meinst du damit?«

»Nun, dazu bleibt uns später noch genug Zeit. Zuerst die Besichtigungstour. Als Erster Offizier solltest du dieses Schiff gründlich kennenlernen.«

George blieb ruckartig stehen. Drake und der Astrotelemeter wichen im letzten Augenblick aus und stießen gegeneinander. »Als *was?* Robert, dazu bin ich überhaupt nicht qualifiziert!«

April drehte sich gelassen um und wischte Georges Einwände mit einer lässigen Geste beiseite. »Mach dir darüber keine Sorgen. Sieh dich nur um. Alle Personen an Bord sind qualifiziert. Ich benötige keinen weiteren Spezialisten, sondern einen Stellvertreter, der eine Art Gegengewicht zu mir darstellt. Nur auf diese Weise kann ich meinen eigenen Entscheidungen vertrauen.«

George nahm kein Blatt vor den Mund. »Du hast eine blödsinnige Wahl getroffen.«

April grinste, zeigte auf George und wandte sich an seine Begleiter. »Na, was habe ich gesagt? Genau der Mann, den ich brauche.«

George senkte verärgert den Kopf.

Der Captain lächelte nachsichtig. »Ach, komm schon, George. Du bist lange genug im All. Und wer zum Leiter der Sicherheitssektion einer Starbase wird, muß sich auch mit moderner Technik auskennen. Das ist mir durchaus klar, mein Lieber. Und wenn du trotzdem auf irgendwelche Schwierigkeiten stößt, wirst du bestimmt damit fertig. Du bist ein heller Kopf, George.«

April blieb in einem Lift stehen und wartete auf die anderen. Seine beiden Brückenoffiziere traten sofort ein, doch Dr. Poole folgte nicht ganz so bereitwillig.

George verharrte kurz im Gang. »Ich habe dich noch nie so schweigsam erlebt, Drake«, sagte er.

Reed rollte mit den Augen. »Tote reden nicht viel.«

»Was hat dich umgebracht?«

»Der Schock.«

»Gut. Wenigstens geht es nicht nur mir allein so.«

Die Transportkapsel des Turbolifts bewegte sich so schnell, daß Übelkeit in George entstand, aber gleichzeitig vermittelte ihm ihre Geschwindigkeit einen Eindruck von der Größe des Schiffes. *Dafür gibt es nur eine angemessene Bezeichnung,* dachte er. *Sie lautet ›verdammt groß‹.* Als sich die Tür öffnete, setzten sich Florida und Sanawey sofort in Bewegung, um ihre Posten einzunehmen.

Die Brücke bot sich George als ein runder Raum dar,

der noch immer recht eintönig wirkte, weil den Wänden Farbe fehlte. Er sah sich um und bemerkte handschriftliche Codezeichen dort, wo später bunte Isolierungsschichten angebracht werden sollten. Ein dünner, taubenblauer Teppich erstreckte sich auf dem Boden, aber wahrscheinlich diente er nur dazu, Geräusche zu dämpfen. Dicht unter der Decke befanden sich mehrere Monitoren, doch sie waren nicht annähernd so groß wie der breite Wandschirm weiter vorn. Alle Projektionsflächen glänzten in einem stumpfen Grau. Einige Techniker schlossen Verkleidungstafeln, hinter denen sich elektrische Alpträume verbargen.

Florida nahm an der Navigationsstation Platz und betätigte eine Taste. Leises, energetisches Summen erklang.

»Hier entlang«, sagte April, ging nach rechts und blieb vor einer glänzenden, schwarzen Konsole stehen. George betrachtete farbige Schalter und Sensorflächen, die noch nicht gekennzeichnet waren. Daneben befanden sich Interfaces für Datenmodule. »Darauf sind wir besonders stolz«, verkündete der Captain. »Es ist ein sogenannter ›Bibliothekscomputer‹. Wir können das Wissen der ganzen Galaxis speichern und jederzeit darauf zurückgreifen. Ein weiteres Beispiel dafür, was angewandte Duotronik ermöglicht. Die Analyse- und Abfragegeschwindigkeit wurde auf das Zehntausendfache gesteigert. Auf das Zehntausendfache! Die Vulkanier halfen bei Entwicklung und Programmierung, aber sie lehnten es ab, uns einen Fachmann zur Verfügung zu stellen, der mit dem Ding umgehen kann. Vermutlich haben die Spitzohren gekniffen, weil sie sich nicht auf den Umgang mit Menschen einlassen wollten.« April klopfte wie zärtlich auf die Konsole. »Nun, dies ist der Grund, warum wir auch während eines Warptransits navigieren können. Sogar bei Warp sechs. Und in einem völlig unbekannten Raumsektor. Die Sensoren und Navigationskontrollen tauschen praktisch ohne zeitliche Verzögerung Daten aus. Dieser Apparat versetzt uns in die Lage, durch Ionenstürme zu fliegen.«

Er musterte seine Zuhörer kurz, um sich zu vergewissern, daß er noch immer ihre Aufmerksamkeit hatte. »So etwas ist natürlich nicht einfach und gehört selbst bei einem Starship keineswegs zur normalen Routine. Aber in einem Notfall müßte es möglich sein.«

»Du machst da einen interessanten verbalen Rückzieher, Robert«, kommentierte George.

»Wozu ich mich auch verpflichtet fühle. Wie ich schon sagte: Es gibt keine absolute Sicherheit. Aber der Vorteil dürfte auch dir klar sein: Es sind keine Warpsprünge mehr nötig. Bisher kehren Raumschiffe in mehr oder weniger regelmäßigen Abständen zu Orientierungsmanövern in den Normalraum zurück. Dabei werden umfassende Sensorsondierungen vorgenommen, um sicherzustellen, daß man nicht zufällig in einen Planeten rast. Es folgen ein weiterer ÜL-Transfer, ein neuerlicher Kontratransit ... und so weiter. Nun, damit hat es nun ein Ende. Mit Hilfe des Bibliothekscomputers können wir die Grenzen des bisher bekannten Raums sprengen und uns auch in den unerforschten Regionen der Galaxis umsehen.«

»Warum die Geheimhaltung?«

»Bitte?« April drehte sich um und erinnerte sich an die Gegenwart. »Oh, ja ...« Nachdenklich beugte er sich über die Konsole und starrte auf das untere Deck herab, suchte nach den richtigen Worten, um die Hoffnungen zu beschreiben, die er mit dem Schiff verband. Der Captain ahnte, daß man seinen Traum in eine eher finstere Wirklichkeit verwandeln konnte, und solche Vorstellungen entsetzten ihn zutiefst. Es gab nur einen Verwendungszweck für die Sternenschiffe — daran durfte nicht der geringste Zweifel bestehen.

Er zögerte einige Sekunden lang, bevor er antwortete: »Wir müssen sehr vorsichtig sein, wenn wir dieses Schiff der Öffentlichkeit präsentieren«, begann er langsam. »Es dient nicht nur dazu, von einem Ort zum anderen zu gelangen, und man kann seine Bedeutung leicht mißverstehen. Viele Föderationswelten fürchten eine zentrale

Macht, und wenn sie ein solches Starship sehen ... Vielleicht glauben sie dann, es diene als demonstratives Druckmittel einer Institution, die wichtige Entscheidungen mit der Androhung von Gewalt durchsetzen will. Weißt du, George, die Förderation braucht eine Zentralisierung; sonst erstarrt sie irgendwann und verliert ihre politisch-kulturelle Flexibilität. Wenn wir mit dem nötigen Geschick vorgehen, wird eine Flotte aus diesen Schiffen ideologische Einheit symbolisieren.«

George ging übers Oberdeck, trat an die Navigationskonsole heran und beobachtete die Waffenkontrollen. Florida sah verwundert zu ihm hoch, gab jedoch keinen Ton von sich. Der neue Erste Offizier richtete einen so stechenden und durchdringenden Blick auf die Schaltkomponenten, als argwöhne er einen schlechten Einfluß, der von ihnen ausging. »Noch nie zuvor habe ich etwas Schrecklicheres gesehen«, sagte er nach einer Weile.

April kam näher und hielt sich an der Brüstung fest. »Wieso?« erkundigte er sich vorsichtig.

»Das fragst du noch? Ein solches Schiff ... Eins genügt bereits, aber eine ganze Flotte ... Wie viele sind geplant?«

»Insgesamt zehn. Aber ...«

»Begreifst du wirklich nicht?« unterbrach ihn George. »Oder sträubst du dich nur gegen die Erkenntnis? Stell dich endlich der Wirklichkeit, Robert. Der Computer, die Sensoren und Waffen, das energetische Potential ... All das verwandelt diesen Raumer in ein Schlachtschiff, das nicht nur Ionenstürme durchfliegen, sondern es auch mit jeder feindlichen Flotte aufnehmen kann. Jetzt sind wir zum erstenmal imstande, die Föderationsgrenze zu sichern und unsere Kolonialwelten zu schützen. Jetzt werden uns unsere Gegner endlich respektieren. Wir können die Romulaner, Klingonen und alle anderen *zwingen*, uns in Ruhe zu lassen.«

April winkte fast verzweifelt. »Aber hat das einen Sinn?«

»Etwa nicht?«

»Wie sollen wir uns rechtfertigen, wenn wir einerseits in die Galaxis vorstoßen, um neues Leben zu entdekken – und uns gleichzeitig isolieren?« Aprils Stimme klang beschwörend. »Dieses Schiff dient allein der Forschung, George. Für andere Zwecke darf es nicht eingesetzt werden.«

George Kirk trat auf ihn zu. »Eine Zivilisation entwickelt sich dann am besten, wenn sie sich zu schützen vermag.«

»Ja, aber der Unterschied zwischen defensiven und offensiven Waffen ist nicht auf den ersten Blick zu erkennen. Deshalb muß zunächst einmal die *philosophische* Frage geklärt werden. Die Aufgabe solcher Sternenschiffe besteht keineswegs darin, irgendwelche vermeintlichen Gegner einzuschüchtern.«

»Wirst du jetzt wieder romantisch, Robert?«

»Mag sein. Aber genau aus diesem Grund habe ich dich zu meinem Ersten Offizier ernannt.« April ging an Drake und Sarah vorbei, die noch immer schwiegen. Am Sessel des Befehlsstands blieb er stehen, und als er daran lehnte, wirkte er wie ein alter Soldat, der sich an seinem Pferd abstützt. Eine Zeitlang starrte er ins Leere, und seine Lippen zitterten kaum merklich. Ganz offensichtlich bemühte er sich, seine Ideen und Vorstellungen in möglichst einfache Worte zu kleiden.

»Versuch bitte, mich zu verstehen, George. Wenn das Schiff für eine militärische Kampfmaschine gehalten wird, kann es nicht mehr seine Funktion als Bote des Friedens erfüllen. In einem solchen Fall sät es nur Haß und Furcht. Wir hoffen, daß sich irgendwann einmal auch die Angehörigen von anderen Völkern den Besatzungen der Sternenschiffe anschließen – vorausgesetzt natürlich, es kommt nicht zu biologischen Inkompatibilitäten. Sobald die Starships ihre pazifistische Natur unter Beweis gestellt haben, akzeptiert sie der VFP-Kongreß bestimmt als echte interstellare Raumschiffe, die weder einzelnen Planeten noch lokalen Regierungen gehören. Das ist der erste Schritt zur Vereinigung der bekannten Galaxis. Wir müssen uns von der Paranoia befreien, die derart große Schiffe in uns wecken. Wir dürfen nicht in die alte militaristische Denkweise zurückfallen, die du eben angedeutet hast, George. Laß uns der Galaxis zeigen, daß die Starships Vorboten des Wachstums sind, daß sie uns schließlich eine bessere Lebensqualität bescheren. Wir dehnen die Zivilisation auf andere, bisher unbekannte Raumbereiche aus, bringen fremde Technologien und Ideen zurück, von denen wir nicht einmal zu träumen wagten. Auf diese Weise gelangen wir zu wahrhaftiger Weisheit.« April streckte die Hand aus, als biete er George ein Bündnis an. »Deshalb halte ich eine schwierige Rettungsmission als ersten Einsatz für ideal. Dies ist eben *kein* Schlachtschiff, George.«

»Wirklich nicht? Und die Laser- und Partikelkanonen? Was hat es damit auf sich? Hast du dich schon einmal gefragt, wie viele Sonnensysteme und Planeten allein durch die Präsenz eines solchen Schiffes geschützt werden können? Millionen von Menschen würden weitaus ruhiger schlafen.« George schritt übers Deck, ging mit weichen, federnden Schritten, so als erwarte er eine Reaktion des Starships. Mehrere Augenpaare beobachteten ihn und fürchteten, daß er ihrem Blick begegnete und einen Kommentar verlangte. Es dauerte eine Weile, bis er sich wieder an April wandte. »Du sprichst dauernd von Prinzipien und philosophischen Grundsätzen, Robert. Aber wer auf solche Dinge pocht, muß auch bereit sein, für sie einzustehen. Macht an sich ist nicht schlecht – solange sie benutzt wird, um das Recht zu verteidigen. Eins unserer Prinzipien besteht darin, daß man niemandem etwas wegnehmen darf, nur weil man dazu in der Lage ist.«

»Genau!« bestätigte April. »Gerade das müssen wir verdeutlichen! Dieses Schiff ist *nicht* dazu bestimmt, irgend jemandem etwas wegzunehmen. Es repräsentiert Ideale, George. Es versinnbildlicht Recht, keine Macht.«

»Es verkörpert sowohl das eine als auch das andere!« erwiderte George scharf und hielt auf den Turbolift zu. »Anders wäre es auch gar nicht möglich.«

Dicht vor dem Zugang blieb er stehen, drehte sich ruckartig um und sah Drake an. »Komm. Beginnen wir mit der Besichtigungstour.«

Er betrat die Kabine, und Reed folgte ihm hastig, hütete sich davor, einem der beiden Männer zu widersprechen.

Als die Doppeltür des Turbolifts mit einem leisen Zischen zuglitt, verschränkte Robert April die Arme, schüttelte den Kopf und seufzte.

»Himmel, ich bin froh, daß ich mich für ihn entschieden habe.«

KAPITEL 5

»Also los, Kralle. Übertragen Sie die Nachricht. Und schirmen Sie den Kom-Kanal sorgfältig ab.«

»Übertragung beginnt. Letzte Meldung der S. S. *Rosenberg* von Starbase Zwei vor einer solaren Stunde empfangen, Sir.«

Captain April wollte stehenbleiben, aber als er an die Lage der Kolonisten dachte, wurden ihm die Knie weich. Langsam sank er in den Sessel und starrte auf den Kom-Anschluß seiner Kabine.

George saß auf der anderen Seite des Tisches und lauschte dem leisen Knacken, das aus dem Lautsprecher drang. Er dachte an die Verzweiflung der Menschen an Bord des havarierten Raumschiffes, und plötzlich fühlte er sich vollkommen hilflos. Die Worte von Sterbenden überbrückten eine viele Lichtjahre weite Kluft ...

Statisches Rauschen verstümmelte die Botschaft.

»Hier ist das Forschungssch ... *Rosenberg.*« Die Stimme einer Frau, kühl und beherrscht; nur ein leichtes Vibrieren deutete auf die enorme Anspannung der Sprecherin hin. Sie hielt sich nicht damit auf, dramatische Pausen einzulegen. »Der Ionensturm dehnt sich aus und ... nun mit Stärke acht. Ich wiederhole: Stärke acht. Die energetischen Wir... umgeben uns auf allen Seiten. Strahlungslecks haben einen gro... Teil unseres Proviants verseucht. Wir nehmen das Kühlsystem ... Impulstriebwerke auseinander. Es funktio... ohnehin nicht mehr. Wichtige Information: Wir versuchen, genug Hibernationskapseln für alle Kin... unter acht Jahren zu bauen. Die Jungen und Mädchen glauben, sie wür... bald schlafen. Wir hoffen, die Energie reicht aus, bis ein Rettungs... eintrifft. Verstehen Sie, Starbase? Bitte erklären Sie ihnen, warum ihre Eltern nicht zuge... sind, wenn sie erwachen. Unsere einzige Hoffnung besteht darin, daß die Strahlung bei den Schläfern zu keinen Zellschäden führt, bevor Sie hier eintreffen. Wir wissen natür... daß die meisten von uns sterben werden, aber schicken Sie trotzdem eine Rettungsmannschaft. Bitte bestätigen Sie, Starbase. Lassen Sie unsere Kinder nicht im Stich. Ganz gleich, wie lange es dauert ... bringen Sie die Jungen und Mädchen in Sicherheit.«

Einige Sekunden lang herrschte Stille, und sie schien feste Substanz zu gewinnen, ein Gewicht, das schwer auf den beiden Männern in der Kabine des Kommandanten lastete. George spürte, daß seine Hände kalt und feucht geworden waren.

»Dies ist unsere letzte Nachricht. Es sei denn, Sie setzen sich mit uns in Verbindung. Wir müssen Energie sparen. Hier spricht Captain Anita Zagaroli von der S.S. *Rosenberg*. Ich schalte jetzt ab.«

April strich sich fahrig über die Lippen und starrte ins Leere. Viel zu deutlich hatte er den Schmerz in der Stimme gehört, die Pein des Mutes und einer letzten vagen Hoffnung.

George gewann plötzlich den Eindruck, als verstärke sich die künstliche Schwerkraft und presse ihn tiefer in den Sessel. Er dachte an Iowa, an seine beiden Söhne; Kummer und Niedergeschlagenheit erfaßten ihn.

Mühsam hob er den Kopf.

»Sag es ihnen«, brachte er hervor. »Sag ihnen, daß wir kommen.«

April saß wie erstarrt, und es vergingen einige Sekunden, bevor er ins Hier und Jetzt zurückfand.

Der Captain hielt noch immer die Hand vor den Mund, als er erwiderte: »Alles in mir drängt danach, eine entsprechende Antwort zu geben.« Er holte tief Luft und straffte die Schultern. »Aber das ist unmöglich. Du hast es selbst gehört ... Die technischen Ausrüstungen an Bord eines Kolonistenschiffes sind eher beschränkt, und ich halte es für praktisch unmöglich, daß es den Leuten gelingt, irgendwelche Hibernationskapseln zu konstruieren. Es grenzte an ein Wunder, wenn ihre Bemühungen zu einem Erfolg führten, George. Es befinden sich keine voll ausgebildeten Ingenieure unter ihnen. Nun, vielleicht schaffen sie es doch irgendwie, den einen oder anderen Tiefschlafkokon zu bauen, aber es ist zweifelhaft, ob jemand in ihnen lange genug überleben kann ...« April schüttelte verzagt den Kopf. »Die Kolonisten greifen nach dem sprichwörtlichen Strohhalm, um nicht überzuschnappen. Normalerweise müßte ihnen klar sein, daß ihre Versuche aussichtslos sind. Zumindest der Bordtechniker sollte Bescheid wissen. Ich nehme an, er hat keine Einwände erhoben, weil die Siedler irgendeinen Hoffnungsschimmer brauchen.«

»Aber ...«

»George, ich darf ihnen nicht sagen, daß wir die *Rosenberg* in einer Woche erreichen, weil ich nicht ganz sicher bin, ob das möglich ist. Es wäre nicht einmal richtig, den Kolonisten mitzuteilen, daß wir alles daransetzen werden, sie zu retten. Vielleicht stellt der Ionensturm selbst für uns ein unüberwindliches Hindernis dar, und ich ...« Er suchte vergeblich nach den richtigen Formulierungen, um zum Ausdruck zu bringen, daß selbst sein Vertrauen in das neue Raumschiff Grenzen hatte. »Wir müssen schweigen, so schwer es uns auch fällt.«

George sah sich außerstande, dem Captain zu widersprechen. Er überlegte, welche Worte er unter solchen Umständen an George jr. und Jimmy gerichtet hätte. Die Vorstellung, sie könnten sich in einer solchen Situation befinden, entsetzte ihn zutiefst.

Während er diesen Gedanken nachhing, hörte er ein leises Klicken vom Tischkommunikator. April betätigte eine Taste.

»Kralle«, sagte der Captain.

»Hier Brücke, Sanawey.«

»Stellen Sie einen Kontakt zur Starbase Zwei her.

Bitten Sie die Kommunikationsabteilung, die letzte Nachricht der *Rosenberg* in meinem Namen zu bestätigen und darauf hinzuweisen, daß wir nichts unversucht lassen, um ihnen zu helfen. Weisen Sie darauf hin, die Meldung mehrmals zu wiederholen, damit sichergestellt ist, daß sie auch empfangen wird. Die Kolonisten dürfen nicht den Mut verlieren und sollen wissen, daß sie nicht allein sind.«

»In Ordnung, Captain«, erwiderte der Kom-Offizier. George glaubte, in seiner dunklen Stimme einen Hauch von Zweifel zu hören. Vielleicht fürchtete er, daß eine solche Antwort falsch klang. »Sanawey Ende.«

»Ich kann dich erst dann den anderen Besatzungsmitgliedern vorstellen, wenn wir unterwegs sind«, sagte April nachdenklich, während er seine einzelnen Pflichten gegeneinander abwog. Als alles still blieb, hob er den Kopf und stellte fest, daß ihm George überhaupt nicht zuhörte. Sein Erster Offizier war aufgestanden und marschierte unruhig in der Kabine hin und her. »George?«

Kirk blieb stehen, drehte sich um und blinzelte. »Entschuldige. Ich kann einfach nicht mehr genug Geduld aufbringen. Wann geht es endlich los?«

»Ich verstehe, was du meinst.«

»Dann laß uns aufbrechen.« Er *sprang* regelrecht zur Tür.

April lächelte flüchtig und deutete auf den Sessel. »Nein, nein. Setz dich und hör zu. Die Materie-Antimaterie-Mischung hat gerade erst begonnen, und unsere Ingenieure fühlen sich verpflichtet, ständig alles zu erklären. Wir sollten darauf verzichten, sie zu stören, denn sonst verlieren wir noch mehr Zeit. Nimm Platz, George. Nimm Platz und sei ganz offen zu mir.«

Auf Georges Stirn bildeten sich dünne Falten. »Ich verstehe nicht ...«

»Ach, komm schon, George. Was ist los mit dir?«

»Was mit mir los ist?« platzte es verblüfft aus George heraus. »Nach der Botschaft, die wir gerade gehört haben ... Himmel, was soll schon mit mir sein? Ich ...« Er brach ab, und sein Blick kehrte sich nach innen.

»Ich bin ganz Ohr.«

George wußte, daß April ihn bewußt von der *Rosenberg* und den Kolonisten an Bord des havarierten Schiffes ablenken wollte. Er versuchte, die Anspannung zu lokkern — eine Anspannung, die unter den gegenwärtigen Umständen überhaupt nichts nützte. George konnte seine Gefühle nicht unter Kontrolle halten und spürte, wie er mehrmals hintereinander die Fäuste ballte. Er zwang sich zur Ruhe, doch es dauerte eine Weile, bevor er wieder seiner Stimme vertraute. »Ich ... ich hatte nur gehofft, rechtzeitig genug Urlaub zu bekommen, um Jimmy an seinem Geburtstag zu besuchen.« Er zeigte auf den Kom-Anschluß. »Anita Zagarolis Hinweise auf die Kinder ... Ich mußte an meine eigenen Söhne denken.«

»Steht es zwischen dir und deiner Frau noch immer so schlecht?«

George lehnte sich zur Seite und trachtete danach, Aprils Frage nicht als eine Einmischung in seine privaten Angelegenheiten zu erachten. Er fragte sich, ob ihm wirklich daran gelegen war, über diese Dinge zu sprechen.

»Es könnte kaum schlechter sein.«

»Bestimmt ist es ziemlich schwer für die Jungs«, sagte April und offenbarte dabei ebensoviel Anteilnahme wie zuvor bei der Nachricht vom Kolonistenschiff.

George nickte langsam. »Sie werden damit fertig. Ich versuche, meiner Rolle als Vater gerecht zu werden — trotz der großen Entfernung, die mich von meinen Söhnen trennt.«

»Nun, mit ein wenig Glück und dem einen oder anderen Wunder sollte es dir eigentlich möglich sein, Jimmy zu seinem Geburtstag zu gratulieren.«

Ein schiefes Lächeln zupfte an Georges Mundwinkeln. »Vielleicht. Ich hoffe es. Glaube ich. Als er sieben war, ließ ich mich zu einem Versprechen hinreißen, das ich inzwischen bedaure.«

April musterte ihn neugierig. »Ach? Worum ging es dabei?«

»Ich versprach dem Jungen, ihm am zehnten Geburtstag zu erklären, warum das T in seinem Namen für Tiberius steht.«

April neigte den Kopf zur Seite und schmunzelte. »Tiberius? Das hast du mir nie gesagt.«

»Ich dachte, er würde es vergessen.«

»Jimmy? Er vergißt nie etwas.«

»Ich weiß. Leider.«

»Nun?«

»Nun was?«

»Warum steht das T für Tiberius? Klingt ziemlich altertümlich, nicht wahr?«

George zuckte verlegen mit den Schultern. »Er wird sich daran gewöhnen. Als er sieben wurde, begann er zu ahnen, daß das T in seinem Namen irgend etwas zu bedeuten hat. Ich befand mich damals auf Starbase Vier, und Winn brachte nicht den Mut auf, Jimmys Fragen zu beantworten. Sie fürchtete seinen Zorn — immerhin übte er damals mit Pfeil und Bogen, und er konnte bereits ziemlich gut damit umgehen. Du kennst ihn ja, Robert: Er läßt nicht locker. Er hörte sich um und kam zu dem Schluß, sein voller Name laute Jimmy Toll Kirk. Das konnte ich doch nicht einfach ignorieren, oder?«

»Wohl kaum.« April hob erneut die Hand zum Mund, diesmal jedoch aus einem anderen Grund.

»Ich wies ihn immer wieder darauf hin, sich anderen Leuten gegenüber als ›James T. Kirk‹ vorzustellen — und versicherte ihm, das Rätsel an seinem zehnten Geburtstag zu lösen. Tja, jetzt ist es soweit.«

April ließ die Hand wieder sinken, preßte die Fingerspitzen aneinander und nickte nachdenklich. »Jetzt wirst du *mir* etwas versprechen.«

George sah auf. »Was?«

»Wenn wir die *Rosenberg* erreichen, ohne daß unser Schiff im Ionensturm zerplatzt ...« Der Captain zögerte kurz. »Dann erwarte ich von dir eine Erklärung dafür, warum du den Knaben ausgerechnet Tiberius genannt hast.«

Eine Zeitlang blickten sich die beiden Männer stumm an.

»Abgemacht«, entgegnete George schließlich, und sein Tonfall ließ keinen Zweifel daran, daß er es ernst meinte. Plötzlich fiel ihm etwas ein. »Übrigens: Wie heißt dieses Schiff, Robert? Es hat doch einen Namen, oder?«

»Noch nicht, George. Es fehlt auch eine Codebezeichnung. Alles ziemlich geheimnisvoll, nicht wahr?«

»Wie nennen wir es? Wie identifizieren wir uns anderen Raumschiffen gegenüber? Wir können wohl kaum die *Rosenberg* anfliegen und ihr mitteilen: Hier ist die S.S. *Anonym.*«

April schüttelte sofort den Kopf. »Die Bezeichnung stimmt nicht ganz. United Starship. USS *Anonym.*«

»Weich mir nicht aus, Robert.«

April nickte knapp, gab jedoch nicht sofort Antwort. »Dir dürfte klar sein, daß der Bau des Schiffes einige Zeit in Anspruch nahm, und natürlich ergab sich dabei auch die Frage des Namens.«

»Ja. Und?«

»Nun, ich schlug *Constitution* vor. Die Bezeichnung drückt all das aus, was mir am Herzen liegt. Sie symbolisiert Gerechtigkeit, Einheit, Pluralismus und so weiter.«

»Wurde bereits eine Entscheidung getroffen?«

April zuckte einmal mehr mit den Achseln. »Nein. Zumindest noch keine endgültige. Im Verlauf der Konstruktion kam es immer wieder zu Veränderungen der ursprünglichen Baupläne, und deshalb unterscheidet sich das Schiff vom ersten *Constitution*-Design. Die technischen Unterlagen in den Entwicklungsbüros zeigen ein ganz anderes Starship, und die Naval Construction Contract-Nummer muß dementsprechend modifiziert werden, aber ...«

»Also stellt dieses Schiff eine Klasse für sich dar.«

April seufzte und beschloß, die ganze Wahrheit zu sagen, bevor George Erkundigungen bei der Besatzung einholte. »Die *Constitution* entstand auf den Zeichenbrettern, bevor es zu den technologischen Durchbrüchen der letzten Jahre kam. Es änderten sich einige wichtige Voraussetzungen, noch bevor man mit dem eigentlichen Bau begann. Denk nur an die Duotronik. Oder die Verbindung zwischen Warptriebwerk und verbesserter Navigation. Starfleet sah sich mit der Notwendigkeit konfrontiert, die technische Struktur dem gehobenen Standard anzupassen, und daraufhin vereinbarte man einen neuen Konstruktionskontrakt. Dieses Schiff wurde mit der NCC-Nummer 1700 geplant, aber in Wirklichkeit lautet sie 1701.«

George brummte leise. »Wem steht die Entscheidung über den Namen zu?«

April zögerte und winkte unsicher. »Darauf gebe ich nur ungern Antwort«, sagte er und lachte verlegen.

»Dir?«

»Ja, ich fürchte schon. Man hat mich gebeten, mir etwas einfallen zu lassen. Die Föderation, meine ich. Offenbar vertraut sie meiner Phantasie.«

»Und mit der ist nicht viel los.«

»Wenn du eine Idee hast, George ... Ich nehme gern irgendwelche Vorschläge entgegen.«

George fühlte sich von den letzten Worten in die Enge getrieben. Er gehörte nicht hierher und hatte keine Ahnung, was für ein Name angemessen sein mochte. Andererseits: Er begann zu verstehen, welche Empfindungen April mit dem Starship verband.

»Laß mich darüber nachdenken«, sagte er ausweichend.

»Wie du willst. Nimm dir ruhig Zeit. Die Namensgebung ist so ziemlich die einzige Sache, mit der wir uns *nicht* beeilen müssen.« April stand auf und wandte sich noch einmal dem Tischkommunikator zu. »Maschinenraum, hier spricht der Captain. Statusbericht.«

»Es kann jederzeit mit der Initialisierungssequenz für das Impulstriebwerk begonnen werden, Sir. Wir warten nur auf Ihren Befehl.«

»Ausgezeichnet! Endlich ist es soweit. Fangen Sie an.«

»Aye, Captain. Maschinenraum Ende.«

»Komm, George, hilf mir dabei, ein neues Zeitalter einzuleiten.« Mit einer bedeutungsvollen Geste zeigte Robert April zur Tür. »Wir zünden jetzt zum erstenmal die Triebwerke des Sternenschiffes.«

Auf der Brücke herrschte rege Aktivität. Mehrere Techniker stellten letzte elektrische Anschlüsse her, und als Kirk und April eintrafen, verließen die Spezialisten den Kontrollraum. Sie kehrten in ihre Abteilungen zurück, um von dort aus die Bordfunktionen zu überwachen. Kurz darauf bestand die Brückencrew nur noch aus dem Captain, seinem Ersten Offizier, Sanawey am Kommunikationspult, Florida an den Navigationskontrollen, Drake Reed – er half Florida dabei, eine Verkleidungsplatte festzuschrauben – und einer kleinen, schmächtigen Frau, die an den Monitoren der Subsysteme saß und von April als Bernice Hart vorgestellt wurde. Offenbar gehörte sie zu den technischen Entwicklungsingenieuren.

»Normalerweise befinden sich mehr Personen auf der Brücke«, sagte April und nahm im Sessel des Befehlsstands Platz.

»Das will ich auch stark hoffen«, erwiderte George. Unter den Experten und diversen Genies fühlte er sich wie ein Mauerblümchen, das sich in einen Rosengarten verirrt hatte. Trotz der vielen Konsolen, Schalter und Anzeigeflächen, die ständig kontrolliert werden mußten, erschien ihm die Brücke seltsam leer. Er zuckte unwillkürlich zusammen, als einige Sensorpunkte aufleuchteten und das Summen vitaler Energie erklang. Unmittelbar darauf errötete er, verlegen über seine Reaktion. Rasch wandte er sich um, damit April nicht sah, wie ihm das Blut ins Gesicht schoß. Das leise Sirren von elektronischem Leben brachte Farbe auf die Brücke. Indikatoren glühten rot, blau und gelb; die Bildschirme und Dynoscanner zeigten Diagramme und bunte Muster, die für George unverständlich blieben. *Was mache ich hier? Die meisten Anlagen sind mir ein Rätsel. Himmel, an diesem Ort bin ich wie ein Dinosaurier, wie das Relikt einer primitiven Vergangenheit. Wenn mir irgend jemand eine Frage stellt, bin ich erledigt.*

Er verdrängte diese Überlegungen, als plötzlich der große Wandschirm sich erhellte und dem Beobachter ein wundervolles Panorama darbot: die dunkle Masse des Raumdocks, und jenseits davon die Sterne.

Aprils sanfte Stimme erklang und übertönte das allgemeine Summen.

»Maschinenraum, hier spricht der Captain. Wir sind bereit, auf Impulskraft zu gehen. Erhöhen Sie das energetische Niveau in den Materie-Antimaterie-Wandlern. Sorgen Sie dafür, daß sich niemand in den Jeffries-Röhren aufhält, wenn wir Fahrt aufnehmen. Zwar benutzen wir erst nur das Impulstriebwerk, aber ich möchte vermeiden, daß irgend jemand in Gefahr gerät.«

»Aye, aye, Sir. Bereitschaft zur Impulszündung.«

George näherte sich dem Befehlsstand. »Was hat das alles zu bedeuten?«

»Hmm? Oh, die Ingenieure kriechen derzeit durch die Zugangsschächte und überprüfen die Warpeinheiten. Dort sind sie nicht sicher. Und wenn uns das Warptriebwerk den Dienst verweigert, sitzen wir ohnehin in der Patsche.« Er fügte rasch hinzu: »Aber bestimmt klappt alles.«

»Wir leiten doch nicht sofort einen Warptransfer ein, oder?«

»Nein. Damit warten wir, bis wir die Asteroidenzone hinter uns gebracht haben. Nun, der Zeitfaktor spielt zwar eine wichtige Rolle, aber ich bin nicht geneigt, ein Risiko einzugehen. Das Warptriebwerk wird gerade auf Betriebstemperatur gebracht, und einige spezielle Schilde sorgen dafür, daß die Materie-Antimaterie-Annihilation unter Kontrolle bleibt, bis wir die freigesetzte Energie nutzen. In rund einer halben Stunde ist es soweit.«

»Woher stammt der elektrische Strom für die Konsolen und Instrumente?«

April lächelte schelmisch. »Eine gute Frage, George.«

»Captain ...«

»Schon gut. Die Antwort lautet: aus chemischen Batterien. Sie sind von den Generatoren des Docks aufgeladen worden und stellen uns genug Saft zur Verfügung. Sobald die Materie-Antimaterie-Wandler mit voller Kapazität arbeiten, haben wir natürlich weitaus mehr Energie als das Raumdock. Gedulde dich, George. Früher oder später ergibt auch für dich alles einen Sinn.«

Kirk klopfte April auf die Schulter. »Es ist deine Schuld, daß ich von diesen Dingen keine Ahnung habe. Du hättest mich rechtzeitig informieren sollen.«

April lächelte breit und nickte. »Wenn du dich dadurch besser fühlst, gebe ich dir gern recht.« Er wandte sich an Sanawey. »Kralle, verbinden Sie mich mit dem Dock.«

»Aye, aye, Sir. Kom-Kanal geöffnet.«

»Raumdock, hier ist April. Desaktivieren Sie alle externen Energiequellen.«

»Bestätigung, Starship. Keine Muttermilch mehr. Viel Glück.«

»Danke. April Ende.« Er richtete seinen Blick auf die Frau an den Subsystemkontrollen und räusperte sich. »Bernice, Batterieenergie für Impulszündungssequenz.«

»Zündungssequenz eingeleitet«, antwortete sie. »Impulskraft, Sir. Wir sind energetisch autonom.«

April schauderte erwartungsvoll. Er sah George an und versuchte, nicht zu begeistert zu wirken.

»Alle magnetischen Siegel schließen.«

»Siegel geschlossen, Sir.«

»Überprüfen Sie die Sicherheitssysteme.«

»Alle Sicherheitssysteme grün, Sir.«

»Carlos, übernehmen Sie das Ruder.«

Carlos Florida bedeutete Drake, sich ans Navigationspult zu setzen – dort war er völlig nutzlos, konnte jedoch keinen Schaden anrichten –, nahm dann den Platz des Steuermanns ein. Behutsam und fast zärtlich berührte er mehrere Tasten, widerstand der Versuchung, die notwendigen Schaltungen in aller Eile auszuführen. »Das Ruder reagiert, Sir«, sagte er mit nicht ganz verborgenem Stolz.

»Wundervoll«, hauchte April. Seine Hände schlossen sich fest um die Armlehnen des Kommandosessels. »Nun gut, Erster Offizier ... Bring uns auf den Weg.«

George drehte sich ruckartig um, und seine verblüfft starrenden Augen stellten eine stumme Frage.

»Bitte«, fügte April hinzu und deutete auf den Wandschirm. Seine Geste galt dem unendlichen All.

George musterte ihn einige Sekunden lang. Erst als April nickte, begriff er, daß es der Captain wirklich ernst meinte: Er überließ ihm die Ehre, den ersten Beschleunigungsbefehl zu geben. Mehr steckte natürlich nicht dahinter – weder der Kommandant noch sein Stellvertreter steuerten das Schiff; diese Aufgabe kam Florida zu. Aber im Logbuch als der Mann verzeichnet zu werden, der die Anweisung gab, zum erstenmal Fahrt aufzunehmen ... Es handelte sich um das Starfleet-Äquivalent einer Schiffstaufe, und George glaubte plötzlich, eine Champagnerflasche in der Hand zu halten, die er an einem imaginären Kiel zertrümmern sollte. Hinzu kam, daß es Aprils aufrichtigem Wunsch entsprach. Er brachte keineswegs ein Opfer dar.

George atmete tief durch und trat vor. »Na schön«, sagte er. »Mal sehen, ob die Königin fliegen möchte.«

Die Anspannung nahm schlagartig zu. Das erste Manöver des ersten Sternenschiffes.

George war kein offizieller Starfleet-Pilot, und er hatte nicht die geringste Ahnung, wie man ein solches Schiff flog. Er hoffte inständig, daß Florida falsche Anweisungen korrigierte, ohne auf die Fehler hinzuweisen.

Er bedachte April mit einem letzten, unsicheren Blick,

konzentrierte sich dann auf den Wandschirm und sagte: »Zwanzig Prozent Sublicht, Mr. Florida.«

»Zwanzig Prozent Sublicht, aye.«

Die Konsole des Steuermanns summte leise.

Vielleicht bildete sich George das Gefühl einer erhabenen Beschleunigung nur ein, aber die Mienen der anderen Anwesenden deuteten darauf hin, daß sie diesen Eindruck teilten. Sie verfügten über große Erfahrung und einen kühlen Intellekt, aber jetzt spürte George in ihnen eine fast kindliche Aufregung, die sich auf ihn übertrug, ihm das Gefühl vermittelte, in ihrer Mitte kein Fremder mehr zu sein. Wenn es um das Starship und all die Dinge ging, die es verhieß, empfanden sie ebenso wie er. Kirk erinnerte sich daran, daß er dieses Schiff erst seit kurzer Zeit kannte, wohingegen April und seine Gefährten schon seit Jahren mit dem Projekt vertraut zu sein schienen. Dennoch begriff er, daß seine innere Distanz zur weißen Königin immer mehr schrumpfte und einem direkten emotionalen Engagement wich. Jetzt gehörte er mit Körper und Geist dazu. *Dutzende von Kolonisten hoffen darauf, gerettet zu werden,* fuhr es ihm durch den Sinn. *Was meine eigene Familie betrifft, habe ich versagt, aber jetzt kann ich wenigstens einen Teil der Schuld abtragen, indem ich anderen Menschen helfe.*

Er versuchte, das Zittern seiner Hände zu unterdrükken, und beobachtete den Wandschirm. Das Raumdock wich langsam fort. *Die Königin fliegt.*

Dann plötzlich stöhnte das Schiff, und es klang fast so, als wimmere ein lebendes Wesen. *Brrrooooooo* ...

Das Licht flackerte, und jähe Dunkelheit wogte heran. Nichts rührte sich mehr. George stand in der Finsternis und wagte es nicht, sich zu bewegen.

Eine Stimme erklang in der Schwärze, hatte ihren Ursprung offenbar im Bereich des Navigationspults. Drake.

»Ich habe nichts berührt, George. Ich schwöre dir, daß ich nichts berührt habe.«

Hinter George Kirk klickte das Interkom des Kommandosessels, und kurz darauf hörte er April.

»Brücke an Maschinenraum. Dr. Brownell? Hören Sie mich?«

Es verstrichen mehrere Sekunden, bevor ein dumpfes Krächzen antwortete.

»Die Energieversorgung ist vollständig unterbrochen.«

»Und die Batterien?«

»Es betrifft auch die Batterien. Was verstehen Sie unter ›vollständig‹?«

Der respektlose Tonfall überraschte George. Instinktiv drehte er sich zum Befehlsstand um, obgleich er in der Dunkelheit überhaupt nichts sehen konnte. »Wer spricht da?« fragte er.

Die Notbeleuchtung schaltete sich automatisch ein: mattes Glühen am Rande des Brückendecks, zwei kleine Leuchtkörper in der Decke, gespeist von separaten Batterien. Die Finsternis verwandelte sich in ein trübes, graues Zwielicht.

Aprils Züge blieben zum großen Teil im Schatten verborgen, als er sich über das Interkom beugte. »Was soll das heißen, Dr. Brownell?«

»Möchten Sie, daß ich mich damit aufhalte, Ihnen alle Einzelheiten zu erklären? Oder soll ich versuchen, die Sache in Ordnung zu bringen?«

Selbst April blinzelte verdutzt. Er setzte zu einer scharfen Erwiderung an, überlegte es sich dann aber anders. Eine halbe Sekunde später heulten Alarmsirenen und kündigten drohendes Verderben an.

George griff nach der Brüstung und drehte erschrocken den Kopf.

»Was ist das?« rief April. Seine Stimme verlor sich fast im Lärm. »Maschinenraum!«

»Verdammter und dreimal verfluchter Mist ...«

»Dr. Brownell! Was ist geschehen?«

Das Knistern und Knacken im Interkom-Lautsprecher war trotz der noch immer heulenden Sirenen zu hören.

Schließlich erklang eine andere Stimme. »Brücke! Wir haben es mit einem technischen Defekt zu tun! Wenn die Isolierkomponenten nicht innerhalb von fünfzehn Minuten mit Energie beschickt werden, müssen wir die Warpeinheiten absprengen!«

»Herr im Himmel!« stieß April hervor. Er sprang aus dem Sessel und stürmte zum Turbolift. »Komm mit, George!«

KAPITEL 6

Im Maschinenraum war es kaum heller als auf der Brücke. Techniker eilten umher und stießen immer wieder gegeneinander, obwohl das Deck, auf dem noch einige Wandsegmente fehlten, genug Platz bot. Der Captain und sein Erster Offizier liefen durch das allgemeine Durcheinander.

George folgte April und hatte das Gefühl, an einem Hindernisrennen teilzunehmen. Immer wieder mußten sie Containern und Maschinenteilen ausweichen, die noch darauf warteten, irgendwo installiert zu werden.

Schließlich erreichten sie einige Spezialisten, die an einer Zugangsnische standen. Dahinter erstreckte sich eine lange Schalttafel, die durch den ganzen Raum reichte; Kirk bemerkte eine Leiter, die zu weiteren Kontrollsegmenten emporführte.

»Dr. Brownell?« fragte der Captain.

Ein schmales, zerfurchtes und mindestens siebzig Jahre altes Gesicht ragte aus der Menge. George bemerkte einen dichten Schopf weißen Haars und eine geradezu anachronistisch wirkende Brille. Die Augen hinter den Gläsern funkelten. »Ja?« ertönte eine rauhe Stimme.

»Was ist mit dem Schiff los?«

»Was soll schon damit sein? Es muß repariert werden.«

»Könnten Sie mir das bitte etwas genauer erklären?«

»Oh, dazu wäre ich durchaus in der Lage, aber leider fehlt mir die Zeit«, erwiderte der alte Mann und wölbte schneeweiße Brauen. Er schob sich an eine geöffnete Schaltsektion heran, justierte ein Meßgerät und starrte auf die Anzeige. »Ich bin beschäftigt, wie Sie sehen.«

»Besteht Gefahr?« drängte April und beugte sich an den Technikern vorbei.

»Woody!« rief Dr. Brownell und ignorierte den Captain.

Einige Meter entfernt kam ein weitaus jüngerer Mann hinter einem Trenngitter zum Vorschein. Er bildete einen auffallenden Kontrast zu dem Greis, der ihn gerufen hatte, konnte kaum zwanzig Jahre alt sein. Blondes Haar und ein glattes Gesicht unterschieden ihn von den erfahrenen Ingenieuren. »Ja, Sir?«

»Komm her und erklär August alles.«

»Bin schon unterwegs, Sir.«

George zupfte an Aprils Arm. »Wer ist das, Robert? Weiß er überhaupt nicht, was Respekt bedeutet?«

April trat von den Technikern fort. »Dr. Leo Brownell von der Starfleet Akademie«, sagte er leise. »Er gilt als eine Art Institution, George. Ihm haben wir die Kombination aus Dilithiumfokus und duotronischer Steuerung zu verdanken, die uns einen kontinuierlichen Warpflug ermöglicht.«

»Ich dachte immer, diese Ehre gebühre Zefram Cochrane.«

»Nein. Cochrane entdeckte die Warpformel. In unbekannten Raumsektoren waren bisher keine längeren Warptransits möglich, weil der Datenaustausch zwischen Sensoren und Computer zu lange dauert. Brownell gelang es, die Sensorerfassung mit der duotronischen Technik um ein Vielfaches zu beschleunigen. Das versetzt uns in die Lage, auch durch noch nicht erforschte Quadranten zu fliegen, ohne immer wieder für Orientierungsmanöver in den Normalraum zurückkehren zu müssen. Verärgere ihn bloß nicht. Er ist ein echtes Genie.«

»Und unausstehlich.«

»Das eine schließt das andere nicht aus, oder? Wenn ich dir nun seinen Assistenten Anthony Wood vorstellen darf ...« April deutete auf den jungen Mann, der sich ihnen näherte. »Er hat ebenfalls einiges auf dem Kasten. Beendete sein Studium mit siebzehn. Jetzt ist er einundzwanzig.«

»Wo treibst du solche Leute auf, Robert?« fragte

George beeindruckt und musterte Wood, der vor ihnen stehenblieb. »Captain«, sagte Dr. Brownells Assistent.

»Woody, unser Erster Offizier George Kirk.«

Der junge Mann deutete eine Verbeugung an. »Sir.«

»Was ist los, Woody?« fragte April. »Warum brach die Energieversorgung zusammen?«

Wood atmete tief durch. »Durch einen schalttechnischen Defekt wurde Kühlflüssigkeit in einen Bereich geleitet, wo sie überhaupt nicht erforderlich war. An der betreffenden Stelle versagte die automatische Computerkontrolle, und dadurch kam es zu einer Überhitzung bestimmter Schaltkreise, die wiederum mehrere Kurzschlüsse bewirkte. Mit den Batterien und dem Impulstriebwerk ist soweit alles in Ordnung, aber derzeit gibt es keine Möglichkeit, die Isolierkomponenten mit Energie zu beschicken.« Als Wood sprach, erkannte George jene Stimme wieder, die er auf der Brücke gehört hatte. Er erinnerte sich an den Hinweis, die Warpeinheiten müßten eventuell abgesprengt werden.

»Sie erwähnten ein Zeitlimit«, sagte George.

»Ja. Uns bleiben jetzt noch dreizehn Minuten.« Wood wich beiseite, als zwei Techniker vorbeiliefen. Mit langen Schritten marschierte er übers Deck, zwang George und April, ihm zu folgen. Er überprüfte Anzeigen, betätigte Tasten und veränderte Justierungen. Gleichzeitig setzte er seinen Vortrag fort und warf seinen Zuhörern gelegentlich einen kurzen Blick zu. »Die Sicherheitsluken sind nicht dafür vorgesehen, ohne magnetische Siegel dicht zu bleiben, und außerdem haben wir bereits damit begonnen, das Warptriebwerk auf Betriebswärme zu bringen. Die Isolierkomponenten werden nicht mehr gekühlt, und ihre Temperatur steigt rasch. Wenn wir keine Möglichkeit finden, die energetischen Verbindungen wiederherzustellen, müssen die Warpeinheiten vom Schiff getrennt werden!«

April schnappte unwillkürlich nach Luft.

George runzelte die Stirn. »Ist damit das ganze Triebwerk gemeint?« vergewisserte er sich.

»Ja, die Gondeln«, bestätigte Wood. »Ohne funktionsfähige Siegel schmelzen die Warpeinheiten, und wir können überhaupt nichts dagegen unternehmen. Es tut mir leid, Sir, aber wenn Sie mich bitte entschuldigen würden ...« Der junge Mann eilte an George vorbei, kletterte eine Leiter hoch und streckte die Hand nach mehreren Schaltern aus. »Daß es ausgerechnet zu diesem Zeitpunkt geschehen mußte! Vor einer Viertelstunde wäre das Triebwerk noch nicht heiß genug gewesen, um eine solche Gefahr heraufzubeschwören. Und fünfzehn Minuten *später* hätten wir die notwendige Energie direkt aus den Warpeinheiten beziehen können. Ein Jahr Arbeit umsonst — nur weil wir nicht imstande sind, neue energetische Verbindungen herzustellen.« Verärgerung und Enttäuschung verliehen Woods Stimme eine gewisse Schärfe, und er schnitt eine Grimasse, als er einen neuerlichen Blick auf die Anzeigen warf.

»Warum schließen wir uns nicht wieder an die Generatoren des Raumdocks an?« fragte George.

»Ihr Output genügt nicht für das Isolierungssystem«, antwortete Wood. »Die Siegel brauchen weitaus mehr Energie, als uns das Dock zur Verfügung stellen kann.«

»Woody, komm da runter, du Blödmann!«

George und April drehten sich zu Dr. Brownell um, der seine schmutzigen Hände an einem völlig verdreckten Kittel abwischte. Er war mindestens einen Kopf kleiner als der Captain, doch der Größenunterschied hatte nicht den geringsten Einfluß auf sein arrogantes Gebaren. Der alte Mann trat auf die beiden Offiziere zu, während sein Assistent die Leiter herunterkletterte.

»Das erste Starship — und es ist hin«, knurrte Brownell. Hinter den Brillengläsern wirkten seine Augen unnatürlich groß, und dadurch gewann sein ganzes Gesicht etwas Karikaturhaftes.

»Halten Sie es tatsächlich für unmöglich, die Warpeinheiten vor einer fatalen Überhitzung zu bewahren?« fragte April gepreßt.

»Uns bleibt praktisch nichts anderes übrig, als darauf zu warten, daß die Dinger hochgehen«, krächzte Dr. Brownell und versuchte nicht, seine Enttäuschung zu verbergen. »Sie sollten sich besser darauf vorbereiten, die Gondeln abzusprengen. Damit retten wir wenigstens das Diskussegment.«

April erbleichte. »Verdammt«, flüsterte er. Und dann, etwas lauter: »Verdammt, *verdammt!*«

George gesellte sich an seine Seite. »Die Kolonisten an Bord der *Rosenberg* ...«

»Ich weiß«, sagte April. »Aber jetzt müssen wir an uns selbst denken. Es hilft den Siedlern nichts, wenn das Warptriebwerk explodiert und uns alle umbringt.«

»Du gibst also auf?«

»Es bleibt uns wohl kaum etwas anderes übrig.«

»Nein!« widersprach George heftig. »Nein!«

Aprils Hand schloß sich um die Schulter seines Ersten Offiziers. »Hast du eine Idee?«

»Ich habe die Idee, daß du *nicht* aufgeben darfst«, erwiderte George und stellte überrascht fest, wie hart seine Worte klangen. »Finde eine Alternative.«

Leo Brownell hob den Kopf, richtete seinen Zeigefinger auf George und sah April an. »Wer ist das?«

»Es stehen viele Leben auf dem Spiel«, fügte George hinzu. Erneut dachte er an die Kolonisten und stellte sich ihre Situation vor. Es lief ihm kalt über den Rükken. Anita Zagaroli und die anderen brauchten dringend Hilfe; sie durften nicht einfach im Stich gelassen werden. »Finde eine Alternative.«

Brownells Finger kam so nahe, daß er eine rostrote Strähne berührte. »Wer *ist* das? Ich möchte seinen Namen erfahren, bevor ich sterbe.«

George wandte sich an Wood. »Schaffen Sie eine energetische Verbindung zu den Isolierkomponenten.«

Der junge Ingenieur blinzelte. »Das geht nicht, jedenfalls nicht in zehn Minuten. Wir brauchen wesentlich mehr Zeit, um die durchgebrannten Schaltkreise zu ersetzen.«

George schnaubte wütend und beugte sich vor. »Mit einer solchen Auskunft begnüge ich mich nicht! Hören Sie mir gut zu. Vergessen Sie die defekten Schaltkreise. Vergessen Sie meinetwegen den ganzen Rest des Schiffes. Denken Sie nur an die Siegel! Wie können wir die Isolierkomponenten *allein* lange genug mit Energie beschicken, um eine Explosion des Warptriebwerks zu verhindern? Es genügen doch nur zehn oder fünfzehn Minuten, oder? Anschließend reicht das energetische Niveau der Warpeinheiten aus, um die Luken zu sichern.« Er griff nach dem Arm des jungen Mannes. »Was für eine Möglichkeit gibt es?«

»K-keine«, entgegnete Wood. »Das habe ich Ihnen doch schon gesagt. Die Schaltkreise sind völlig ...«

George drückte fester zu. »Die verdammten Schaltkreise interessieren mich nicht. Denken Sie nach. Gehen Sie davon aus, die Gondeln ließen sich nicht absprengen. Stellen Sie sich vor, uns allen drohe der Tod. Nun?«

Wood wich an die große Kontrolltafel des Maschinenraums zurück. Sein hilfloser Blick erweckte Mitleid, deutete jedoch gleichzeitig auf konzentriertes Nachdenken hin. Er zwinkerte nicht ein einziges Mal, starrte nur stumm in das zornige Gesicht des Ersten Offiziers und besann sich auf seine Phantasie. Als sie ihm plötzlich eine Idee einflüsterte, schnappte er nach Luft.

»Die Shuttles«, stieß er hervor.

Brownell schob April beiseite und musterte seinen Assistenten. »Was für Shuttles?«

Der Captain schnippte plötzlich mit den Fingern. »Natürlich! Doktor!«

George trat zur Seite, als Brownell mit einer Geschwindigkeit herumwirbelte, die einem Akrobaten zur Ehre gereicht hätte. »Aus dem Weg, August. Thompson! Kappen Sie alle Verbindungen zu den externen Aufnahmemoduln, mit Ausnahme der Leitungen zu den Siegeln. Chang! Bringen Sie ein Übertragungsgerät in den Hangar und nutzen Sie das Ergpotential der Shuttletriebwerke!

Transferieren Sie die Energie direkt zu den magnetischen Luken der Wandlerkammern. Woody, kümmere dich um den Rest. Und sag Marvick, er soll die Shuttlegeneratoren überwachen, bis sich das energetische Niveau in den Warpeinheiten stabilisiert hat. Worauf wartest du noch, Junge?« Als Wood loslief und den Maschinenraum verließ, hörte George plötzlich, daß er keuchte. Er versuchte sich zu beruhigen, während um ihn herum ein gut organisiertes Chaos ausbrach. Aprils Stimme klang geradezu verblüffend ruhig.

»Glaubst du noch immer, daß du nicht hierhergehörst?«

Rote Flecken bildeten sich auf den Wangen des Ersten Offiziers, und er fühlte eine seltsame Mischung aus bescheidener Verlegenheit und Ärger. Er zuckte mit den Schultern. »Solche Leute denken wie Ingenieure, und manchmal behindern sie sich damit selbst.« Er blickte in die Richtung, in der Wood verschwunden war. »Ich wollte ihn nicht erschrecken.«

»Du hast ihn dazu gebracht, das Schiff zu retten«, sagte April sanft. »Und dafür bin ich dir sehr dankbar.«

»Glaubst du, es funktioniert?«

»Nun, zumindest lange genug, um die durchgebrannten Schaltkreise zu ersetzen«, erwiderte der Captain. Nur ein dünner Schweißfilm auf der Oberlippe erinnerte an seine Besorgnis. Er wischte ihn mit dem Daumen fort und seufzte schwer. »Ich schlage vor, wir kehren jetzt zur Brücke zurück.«

Er schritt fort und schob die Hände wieder tief in die Taschen der Strickjacke – sicherer Hinweis darauf, daß er das Problem für gelöst hielt. Doch nach einigen Metern blieb er stehen und wandte sich um. Sein Erster Offizier hatte sich nicht von der Stelle gerührt. »George?«

Kirk gab keine Antwort und starrte nachdenklich auf die breite Kontrolltafel.

»George? Was ist los mit dir?«

»Mit mir? Nichts. Aber was das Schiff betrifft ... Es sind entschieden zu viele Zufälle im Spiel.«

»Was meinst du damit?«

George drehte ruckartig den Kopf. »Ein Defekt im Kühlsystem, ausgerechnet an einer Stelle, die nicht vom Computer kontrolliert wird. Und genau zum richtigen Zeitpunkt, um uns zu einer Aufgabe der Rettungsmission zu zwingen. Fünfzehn Minuten vorher oder fünfzehn Minuten später, und wir hätten den Schaden ohne große Schwierigkeiten beheben können. Das gefällt mir nicht, Robert.«

»Ach, George, jetzt übertreibst du«, sagte April. »Wem sollte daran gelegen sein, eine Rettung der Kolonisten zu verhindern?«

»Es geht nicht um die *Rosenberg*, sondern um eine Sabotage dieses Schiffes.«

»Das ist doch Unsinn, George. Es gibt Hunderte von Kühlaggregaten an Bord, und vermutlich sind einige von ihnen noch nicht in Betrieb. Hinzu kommen Tausende von Computerverbindungen, bei denen programmtechnische Fehler nicht auszuschließen sind ...«

»Und wenn schon. Mir gefällt es trotzdem nicht. Irgend etwas ist faul an der Sache.«

»Meine Güte, die Unterbrechung der Energieversorgung war nur deshalb gefährlich, weil wir es so eilig damit hatten, das Warptriebwerk auf Betriebstemperatur zu bringen.«

»Das ist es ja gerade«, brummte George. »Der richtige Schaltkreis zum richtigen Zeitpunkt.«

»Du witterst überall Verschwörungen, nicht wahr? Typisch Soldat.«

»Wenn ich mich recht entsinne, hast du mich aufgrund meiner militärischen Denkweise zu deinem Stellvertreter gemacht.«

»Nur zum Teil«, schränkte April ein. »Himmel, du bist paranoid.«

»Tatsächlich? Eine solche Fehlfunktion könnte dein ganzes Starship-Programm scheitern lassen, und das weißt du auch.«

»Nun, das stimmt wahrscheinlich. Trotzdem. Du ahnst nicht einmal, wie kompliziert die Technik in all diesen Konsolen ist ...«

»Ich bin froh, daß ich nichts davon weiß. Brownell und Wood dachten viel zu eingleisig, weil sie allein auf die technischen Aspekte konzentriert waren, und irgend jemand nutzte diesen Umstand gegen sie.«

April kratzte sich am Kopf und dachte kurz nach. »Ich bin sicher, du siehst Gespenster.«

Der Captain sprach so ruhig und vernünftig, daß George eine gewisse Verlegenheit spürte. Er befeuchtete sich die Lippen und versuchte, den Verdacht aus sich zu verbannen. Es gelang ihm nicht ganz: Seine skeptisch blickenden Augen übermittelten noch immer eine viel zu deutliche Botschaft.

»Welche Maßnahmen sollten deiner Ansicht nach ergriffen werden?« fragte April besänftigend und neigte den Kopf zur Seite.

»Wer leitet die Sicherheitssektion?«

»Was für eine Sicherheitssektion? Eine solche Abteilung gibt es hier überhaupt nicht.«

»Dann sollte schleunigst eine geschaffen werden. Und du ernennst mich zu ihrem verantwortlichen Offizier.«

April seufzte. »Das ist ausgeschlossen, George. Hast du vergessen, daß du bereits mein Stellvertreter bist?«

George zögerte. Er hatte tatsächlich nicht mehr daran gedacht, daß er an Bord dieses Schiffes den Rang des Ersten Offiziers einnahm. »Dann soll sich Drake um die Bordsicherheit kümmern.«

Der Captain nickte knapp, zog eine Hand aus der Tasche seiner Strickjacke und schaltete das nächste Interkom ein. »April an Brücke. Hören Sie mich, Drake?«

»Ich bin ganz Ohr. Womit kann ich Ihnen zu Diensten sein?«

George lächelte, als er den Eifer in Reeds Stimme hörte. *Vielleicht hofft er darauf, endlich eine Aufgabe zu bekommen,* dachte Kirk.

»Ich befördere Sie hiermit zum Leiter unserer Sicherheitssektion«, sagte April. »Sie unterstehen direkt dem Ersten Offizier.«

»Sir?«

»George wird Ihnen alles erklären. Herzlichen Glückwunsch. April Ende.« Er schaltete ab, drehte sich zu Kirk um und verneigte sich übertrieben tief. »Ist der Herr nun zufrieden?«

George verschränkte die Arme und runzelte die Stirn. »Ein wenig mehr Förmlichkeit könnte gewiß nicht schaden. Zumindest wenn es um solche Dinge geht.«

»Förmlichkeit? Was meinst du damit?«

»Ich biete dir einige Synonyme an: Protokoll, Achtung, Respekt. Der Kommandant eines Raumschiffes sollte seine Besatzungsmitglieder nicht mit dem Vornamen ansprechen. Das schadet der Disziplin.«

»Oh, jetzt verstehe ich dich. Disziplin. Nun, so etwas ist nur dann nötig, wenn zwischen verschiedenen Interessen ein Ausgleich geschaffen werden muß. Aber wir streben alle das gleiche Ziel an.« April wollte noch etwas hinzufügen, unterbrach sich jedoch, als das Interkom summte. Er wandte seinen Blick nicht von George ab, als er die Empfangstaste betätigte. »Hier April.«

»Sanawey, Sir. Dr. Brownell möchte mit Ihnen reden.«

»Stellen Sie eine Verbindung zu ihm her.«

»Aye, Sir.«

Kurz darauf erklang Brownells Stimme. »August? Wo stecken Sie?«

»Ich bin noch immer im Maschinenraum, Doktor«, antwortete der Captain. Ein dünnes Lächeln umspielte seine Lippen.

»Dort haben Sie nichts zu suchen. Sie machen nur meine Techniker nervös.«

»Höre ich einen gewissen Triumph aus Ihrer Stimme?«

»Sagen Sie dem rothaarigen Eindringling, daß er verdammtes Glück hatte.«

»Es klappt also?« fragte April. »Die Siegel halten?«

»Eigentlich ist es ein Witz«, erwiderte Dr. Brownell knurrig. »Ein Schiff dieser Größe, und es braucht die Energie von Shuttletriebwerken.« April schloß kurz die Augen und ließ den angehaltenen Atem erleichtert entweichen. »Wundervoll. Ausgezeichnet, Doktor! Wie lange dauert es, bis wir unsere Reise beginnen können?«

»Ich bin alt und nicht mehr so flink wie ihr jungen Burschen. Geben Sie mir zwei Stunden für die notwendigen Kontrollen.«

»Das sollte eigentlich möglich sein. Kann ich Ihnen sonst irgendwie helfen?«

»Ja«, tönte es aus dem Lautsprecher. »Gehen Sie mir nicht auf die Nerven.«

»In Ordnung«, bestätigte April. »Kein Problem. Viel Glück.«

»Sie gehen mir auf die Nerven.«

Der Captain lachte leise und nickte, als könne ihn Brownell sehen. »In Ordnung. April Ende.«

George deutete auf das Interkom. »Gehört er tatsächlich zu Starfleet?«

»Ja«, sagte April, verschränkte die Arme und lehnte sich an eine Konsole. »Und damit noch nicht genug. Er bekleidet den Rang eines Admirals. Überrascht dich das?«

»Das soll wohl ein Witz sein!«

»Er ist Admiral in den Bereichen Ingenieurwesen und Computerwissenschaften«, fügte April hinzu. »Es gibt nur wenige Leute, die in zwei verschiedenen Fachgebieten eine so hohe Stellung einnehmen.«

»Irgend jemand sollte ihm Manieren beibringen.«

»Wenigstens versteht er sein Handwerk.«

»Himmel, Robert, er ist kein Kommandooffizier. Was maßt er sich an, dir Anweisungen zu erteilen?«

»Sein Verhalten mir gegenüber interessiert mich nicht, solange er dafür sorgt, daß die Triebwerke funktionieren. Nun, George, uns bleiben zwei Stunden. Was möchtest du mit dieser Zeit anfangen — abgesehen davon, stolz auf dich zu sein?«

George Kirks Quartier verzichtete auf jeden Luxus. Mit seiner spartanischen, strengen Atmosphäre ähnelte es den vielen anderen Kabinen, die noch einer Fertigstellung harrten. Die Wände und Stützstreben bestanden nur aus grauem Stahl oder farblosem Kunststoff, und solange sie nicht mit bunten Isolierschichten versehen wurden, gab es kaum eine Möglichkeit, die verschiedenen Decks voneinander zu unterscheiden. Alles wirkte eintönig und monoton, und George hielt vergeblich nach Kabinennummern Ausschau. Als er den Turbolift verließ, mußte er die einzelnen Türen zählen, um sein Quartier zu finden. Vielleicht saß er jetzt in einem fremden Schlafzimmer. Vielleicht benutzte er den Computeranschluß und das Briefpapier eines anderen Besatzungsmitglieds.

»Wie ich mein Glück kenne, ist dies vermutlich Brownells Unterkunft«, murmelte er, als er weitere Informationen abrief und auf den Monitor blickte. Nach einer Weile summte der Türmelder.

»Herein«, brummte Kirk.

Das Schott glitt auf, und Drake trat über die Schwelle. Er nahm sofort Haltung an. »Sicherheitsoffizier Ich meldet sich zur Stelle, *Sär*.«

George sah nicht auf. »Jetzt weiß ich wenigstens, daß ich in der richtigen Kabine bin.«

»Ich glaube, es sind Glückwünsche angebracht«, sagte Reed und kam näher.

»Herzlichen Glückwunsch«, murmelte George. Seine Aufmerksamkeit galt nach wie vor dem kleinen Bildschirm.

»Damit meine ich nicht mich, sondern dich.«

Woraufhin George den Kopf hob. »Was soll das heißen?« Er erinnerte sich. »Oh, schon gut. Ist nicht weiter der Rede wert.«

Drake prüfte die Matratze einer schmalen Koje und stützte sich auf den Ellenbogen. »Du bist erst seit einem halben Tag an Bord und hast es bereits geschafft, das Schiff zu retten. Nicht übel für den Anfang.«

»Eigentlich habe ich gar nichts Großartiges geleistet. Die Techniker brachten mich nur in Rage. Sie beweinten ihre heißgeliebten Warpeinheiten, die kurz vor der Explosion standen, kamen nicht einmal auf den Gedanken, nach der Schippe zu greifen und den Schnee beiseite zu schaufeln. Ingenieure sind daran gewöhnt, sich Zeit zu lassen. Wenn sie durch irgend etwas unter Druck gesetzt werden, können sie nicht mehr klar denken. Ich habe ihnen nur auf die Sprünge geholfen, das ist alles.« George schaltete das Computerterminal ab, lehnte sich zurück und wirkte plötzlich müde.

»Was hat das alles mit Schneeschippen zu tun?«

»He, Drake, was bist du eigentlich? Ein Alien in der Maske eines Menschen? Eigentlich sollte man selbst auf Trinidad von Schnee gehört haben.«

»Oh, mir ist durchaus klar, was es damit auf sich hat. Kristallisiertes Wasser, nicht wahr? Aber ich verstehe deinen Vergleich trotzdem nicht.«

»Wenn es schneit, muß man nach draußen gehen und den Schnee wegräumen, bevor er eine zu hohe und dichte Masse bildet. Mit Problemen ist es ähnlich. Wenn man sie nicht schnell löst, wachsen sie einem über den Kopf.«

Drake lachte. »Zu hoch und zu dicht! Meine Güte, ich habe Schnee auf Bildern gesehen. Er besteht aus federleichten Flocken, die man ganz einfach mit der Hand fortwischen kann. Du solltest dir geeignetere Metaphern einfallen lassen.«

George bedachte ihn mit einem durchdringenden Blick. »Eins steht fest: Ich weiß, wo du deinen Winterurlaub verbringen wirst. Vor meinem Haus in Iowa erstreckt sich ein langer Weg, mit dem du Bekanntschaft schließen wirst. Vielleicht begreifst du dann, daß der Umgang mit einer Schaufel ziemlich anstrengend sein kann.«

»He, was sehe ich da?« Drake stemmte sich in die Höhe und deutete auf die Schreibtafel, die vor dem Computeranschluß lag. »Schon wieder ein Brief? Den letzten hast du gerade heute morgen verfaßt.«

George starrte befangen auf das Blatt mit seiner Handschrift herab und suchte nach einer passenden Antwort. Ohne Erfolg. Eine ganz besondere Art von Besorgnis erfaßte ihn. Wenn er jetzt aufsah und Drakes Blick begegnete, konnte er nicht mehr verbergen, was ihn bewegte. In einem solchen Fall entstanden in seinen emotionalen Barrieren breite Lücken, die sich nicht rechtzeitig schließen ließen.

»Warum bist du so unglücklich, George?«

Kirk zuckte unwillkürlich zusammen. Zu spät. Er beobachtete sein Spiegelbild auf der Schirmfläche des Monitors.

Drake setzte sich auf. »Nein, du brauchst gar nichts zu sagen. Ich weiß Bescheid.« Sein Akzent — eine Mischung aus westindischem Französisch, einem kreolischen Dialekt und gebildetem Englisch — verlieh den psychoanalytischen Ausführungen soviel Bedeutung, daß George unwillkürlich schauderte. »Der Captain weckte das Gefühl in dir, daß deine Karriere nicht annähernd so ehrenhaft ist, wie du bisher angenommen hast. Du beginnst zu befürchten, daß die militärischen Aspekte der Föderation ein Hindernis darstellen und du dazu beiträgst, den Fortschritt aufzuhalten. Du bist ein Soldat, der sich plötzlich mit Philosophen konfrontiert sieht. Nun, das trifft auch auf mich zu, aber im Gegensatz zu dir nehme ich gewisse Dinge nicht persönlich. Das ist der große Unterschied zwischen uns: Ganz gleich, was auch geschieht, du fühlst dich immer direkt betroffen.«

George blickte weiterhin auf den Monitor und glaubte zu erkennen, wie die Farbe aus seinen Wangen wich. Das Spiegelbild erschien ihm plötzlich fremd, schien einer ganz anderen Person zu gehören. Es hörte aufmerksam zu, erkannte die elementare Wahrheit in Drakes Bemerkungen, während der Mann vor dem Bildschirm wie erstarrt blieb.

»Dein Stolz ist verletzt«, fuhr Reed fort und klang sehr ernst. »Du glaubst, der Platz, den du dir in den letzten

Jahren geschaffen hast, könnte ein Grab sein. Als der Captain von den Sternen sprach, vom Starship und von aufregenden Forschungsunternehmen, fühltest du deine Würde in Frage gestellt.« Reed deutete auf den Brief. »Du fragst dich, ob du dein Leben verschwendet hast, und vielleicht überlegst du auch, ob deine Familie dafür büßt. Du hast die besten Dinge einer normalen Existenz aufgegeben, um das von Menschen besiedelte All zu schützen, und nun weist dich der Captain darauf hin, daß es noch mehr gibt. Die Föderation entwickelt sich und verwandelt Geordi Kirk allmählich in ein Relikt der Vergangenheit. Du läufst Gefahr, die Achtung vor dir selbst zu verlieren, und daraus ziehst du folgenden Schluß: Wenn du schon nicht ein Robert April sein kannst, so möchtest du wenigstens ein guter Vater werden.«

George spürte das substanzlose Gewicht von Worten. Sie erschienen ihm so schwer wie Stahlblöcke, und nacheinander fielen sie an ihm vorbei, prallten mit einem lauten metaphorischen Donnern aufs Deck.

Seine Lippen teilten sich. »Du bist ein verdammter Hurensohn«, flüsterte er. Er berührte die Schreibtafel, die daraufhin vom Tisch fiel und so liegenblieb, daß die Oberseite nach unten deutete — sogar der Brief wollte nichts mit ihm zu tun haben. Auch das Blatt wußte, daß er sich selbst gegenüber unaufrichtig war, daß er es nach wie vor ablehnte, sich der Realität seines Dienstes im All und der bitteren Wirklichkeit einer katastrophalen familiären Situation zu stellen. Er schwebte in einem fremden Nichts, das ihm überhaupt keinen Halt bot.

»George ...«, sagte Drake langsam. »Der Captain wollte dir keineswegs zu nahe treten.«

Kirk drehte seinen Sessel herum und warf Reed einen kurzen Blick zu, bevor er einmal mehr beschämt den Kopf sinken ließ. »Oh, ich weiß. April schnitte sich eher die Zunge ab, als die Selbstachtung einer anderen Person zu verletzen. Er hat mich ... unabsichtlich darauf hingewiesen, was für ein Narr ich bin.«

»Und obgleich keine Absicht dahintersteckt ... Es schmerzt, nicht wahr?«

»Vielleicht glaubt er, mir einen Gefallen zu erweisen. Vielleicht hat er mich deshalb hierhergeholt. Vielleicht bin ich nur an Bord dieses Schiffes, damit mich April zur Vernunft bringen, mir dabei helfen kann, aus den Ruinen meines Lebens etwas Neues und Dauerhaftes zu schaffen.«

»Ich bitte dich, George«, entgegnete Drake. »Du hast dieses Raumschiff gerettet und wirst auch dazu beitragen, die Kolonisten der *Rosenberg* vor dem Tod zu bewahren. Genügt das nicht?«

»Wie ich vorhin schon sagte: Mein einziges Verdienst besteht darin, daß ich die Techniker dazu zwang, sich etwas einfallen zu lassen. Und was die Siedler betrifft ... Sie sind noch immer dort draußen.«

»Du machst die Selbstunterschätzung zu einer persönlichen Tugend, Geordie.«

»Na schön, das genügt.« Kirk griff nach der Schreibtafel, zog das Blatt ab, faltete es zusammen und schob es in einen Umschlag. Er schloß ihn sofort und stand auf. »Komm mit. Ich möchte, daß du deine neuen Aufgaben als Sicherheitsoffizier wahrnimmst.«

»Wohin gehen wir?«

»Zur Krankenstation.«

»Sind wir krank?«

Es fiel George und Drake nicht leicht, die Krankenstation zu finden. Das Deck wirkte völlig verlassen, und nach einer Odyssee durch leere Kammern und Korridore ohne irgendwelche Kennzeichnungen und Markierungen erreichten sie schließlich ihr Ziel. Sarah Poole und einige Techniker rückten Diagnoseliegen zurecht und verbanden sie mit Anzeigeflächen. Die Ärztin wirkte attraktiver als an Bord des interstellaren Hüpfers, zeichnete sich jedoch noch immer durch eine gewisse bäuerliche Schlichtheit aus. Ihre blassen Wangen deuteten darauf hin, daß sie schon seit einer ganzen Weile auf echtes Sonnenlicht verzichtete. *Und vermutlich nicht aus freiem Willen,* dachte George.

»Was haben Sie hier verloren?« fragte Dr. Poole scharf, als sie die beiden Männer sah.

Drake blieb stehen, drehte sich um und machte Anstalten, das Zimmer zu verlassen. George griff nach seiner Schulter und zog ihn zurück. »Können Sie Lieutenant Reed beibringen, wie man mit einem Medo-Scanner umgeht?«

»Das ist wohl sehr wichtig, wie?«

»Möglicherweise schon«, erwiderte George.

»Nun, kommt ganz darauf an«, sagte Dr. Poole. »Hat Lieutenant Reed genug Grütze im Kopf, um meine Erklärungen zu verstehen?«

»Ich glaube schon. Vorausgesetzt natürlich, die Lehrerin ist intelligent genug, ihn auch ohne lateinische Fachausdrücke an ihrem Wissen teilhaben zu lassen.«

Dr. Poole starrte ihn finster an, fügte sich dem Unvermeidlichen und drehte sich zu einem Container um. »Na schön«, seufzte sie und griff nach einem Kasten, der handliche Medo-Scanner enthielt. »Was möchten Sie messen?«

»Nun, es geht mir nur um allgemeine Dinge«, erwiderte George. »Herzschlag, Atmungsfrequenz und so weiter.«

»Aha«, brummte die Ärztin und nickte. »Ihr Begleiter soll also nach Lügnern Ausschau halten.«

George trat auf sie zu. »Ist das so offensichtlich?«

Zufriedenheit und Genugtuung glühten in Dr. Pooles ungeschminkten grünen Augen, als sie die plötzliche Besorgnis des Ersten Offiziers bemerkte. Sie wandte den Blick nicht von ihm ab, während sie eins der Geräte justierte. »Für mich schon«, sagte sie nach einer Weile. »Was die anderen betrifft ...« Sie zuckte mit den Schultern und kam einer Antwort Kirks zuvor. »Na schön, Reed. Die Lektion beginnt.« Drake verneigte sich unterwürfig und blieb vor ihr stehen.

Dr. Poole strich mit den Fingerkuppen über die eine Seite des kleinen Instruments und erläuterte die Funktionen. »Ich habe eine normale Einstellung gewählt. Nun, die Anzeigen verändern sich natürlich von Mensch zu Mensch, aber die entsprechenden metabolischen Werte liegen meistens in einem gewissen Toleranzbereich. Sehen Sie die Lichtnadel hier? Wenn sie nach rechts zeigt, nimmt die Stoffwechselaktivität zu. Zeigt sie nach links, bedeutet das eine Verringerung. Nun die einzelnen Sensoren: Herz, Blutdruck, Atmung, Hirnstrom, Nerventätigkeit in den Gliedmaßen. Hier unten haben wir auch noch einen Muskelindikator.«

»Was hat es mit den Zahlen dort auf sich?« fragte Drake.

»Sie sind zu kompliziert für einen Arzt, dessen medizinisches Studium zehn Sekunden dauerte. Schenken Sie ihnen keine Beachtung und konzentrieren Sie sich statt dessen auf die übrigen Anzeigen.« Dr. Poole hob das Gerät und hielt es Drake vor die Augen. »Der Scanner ist auf den menschlichen Metabolismus justiert. Wenn Captain April getarnte Aliens an Bord geholt hat, was mich ganz und gar nicht überraschen würde ... Nun, in dem Fall funktioniert dieses Ding nicht richtig und warnt Sie mit einem roten Signal in der rechten Ecke. Sie müssen dann entweder die Einstellung verändern oder ein anderes, bereits vorbereitetes Gerät benutzen.«

»Madame, Sie sind ein Engel.«

»Das bezweifle ich. Außerdem: Esoterische Jobs liegen mir nicht.«

»Es geht los, Drake«, brummte George. »Und denk an meine Hinweise.«

»Deine Befehle haben sich regelrecht in mein Gedächtnis eingeätzt«, erwiderte Drake und verbeugte sich. Er trat in den Korridor und machte sich auf den Weg.

George blieb allein mit Sarah Poole zurück. Er spürte ihren durchdringenden Blick und empfand es plötzlich als Erleichterung, daß sie sich erst seit wenigen Stunden kannten. Die Ärztin ahnte nichts von den emotionalen Schlupfwinkeln tief in seinem Innern, die Robert und insbesondere Drake viel zu vertraut geworden waren.

Er drehte sich zu ihr um. »Ich habe den Eindruck, daß Sie nicht unbedingt freiwillig hier sind«, sagte er offen.

»Und Ihnen ergeht es offenbar ebenso«, antwortete Sarah Poole gelassen. »Glauben Sie wirklich, Mr. Reed sei in der Lage, die Crew zu kontrollieren, ohne daß irgend jemand Verdacht schöpft?«

»Drake kann weitaus taktvoller sein, als Sie ahnen. Darüber hinaus hat er einen guten Instinkt.«

Die Frau nickte knapp. »Was ist das?«

»Was meinen Sie?«

Sie deutete auf Georges Hand. »Das dort.«

Er senkte den Kopf und erinnerte sich erst jetzt wieder an den Umschlag. »Ein Brief an meine Familie«, sagte er und bemühte sich, in einem neutralen Tonfall zu sprechen.

Das kaum merkliche Zittern in seiner Stimme verriet ihn.

»Ich nehme an, Sie möchten jetzt lieber zu Hause sein, oder?« fragte Dr. Poole offen.

»Wie kommen Sie darauf?« entgegnete George scharf.

»Ich kenne nur wenige Leute, die sich die Zeit nehmen, Briefe zu schreiben.«

Ist meine Haut heute durchsichtig? fuhr es Kirk durch den Sinn. Er widerstand der Versuchung, den Kopf zu schütteln.

»An Ihre Frau adressiert?« fügte die Ärztin hinzu.

»Nein, an meine Söhne«, sagte George zu scharf. Einmal mehr glaubte er seine Privatsphäre verletzt, und neuerlicher Ärger brodelte in ihm.

»Sie haben keine Frau?«

»Ich *bin* verheiratet, Doktor.«

»Ich verstehe. Entschuldigen Sie bitte. Vergessen Sie die Frage einfach.«

»Ich werd's versuchen.«

»Wie alt sind Ihre Söhne?«

George preßte kurz die Lippen zusammen, holte dann tief Luft und rang sich zu der Erkenntnis durch, daß Sarah Poole aufrichtiges Interesse zeigte. Er wußte nur nicht, ob persönliche oder berufliche Gründe dahintersteckten. »Vierzehn und zehn.«

»Aha ...«

»Was hat Ihr ›Aha‹ zu bedeuten?«

Dr. Poole zuckte mit den Achseln. »In einem solchen Alter stehen sich Väter und Söhne besonders nahe. Ich meine die Phase zwischen Kindheit und Jugend. Ich vermute, Ihre Sprößlinge leben auf der Erde, nicht wahr?«

George wollte sich keiner zweiten Psychoanalyse stellen und beschloß, in die Offensive zu gehen. »Jetzt wissen Sie zumindest in groben Zügen über mich Bescheid. Was ist mit Ihnen? Warum hat Robert Sie entführt und hierher verschleppt?«

Die Ärztin seufzte, nahm auf der Kante des Containers Platz und griff nach mehreren Instrumenten. »Wahrscheinlich braucht er eine Veterinärin.«

»Drake würde jetzt wahrscheinlich sagen: ›echt tierisch‹«, kommentierte George.

Sarah Poole hob die Brauen und beugte sich ein wenig vor. »Ich habe es keineswegs scherzhaft gemeint, Mr. Kirk. Man erwartet mich in einer Farmkolonie.«

George starrte sie an und rechnete jeden Augenblick damit, daß die Frau lächelte, aber nach einigen Sekunden begann er zu begreifen, daß sie es ernst meinte. »He, einen Augenblick«, brachte er schließlich hervor. »Sie sind Roberts Ärztin, oder?«

»Ich kümmere mich um seinen *Hund*, Commander.«

George schwieg verdutzt, wandte sich ab und schritt ziellos umher. Nach einer Weile kehrte er zum Container zurück. »Wenn Sie mir die Frage gestatten ...«, sagte er vorsichtig. »Warum sind Sie hier?«

»Das weiß nur der Captain«, erwiderte Dr. Poole sofort. »Ich habe ihn mehrmals um Auskunft gebeten und darauf hingewiesen, daß mir nichts an dieser Mission liegt. Aber das ist ihm völlig gleich. Nun, Sie kennen ihn ja. Der Fluß namens April rauscht nur in eine Richtung.«

»Und wir sind in die Stromschnellen geraten. Wie dem auch sei: Robert ist bestens mit der menschlichen Natur vertraut. Niemand, der noch alle seine Sinne beisammen hat, würde sich weigern, bei der Rettung von einundfünfzig Kolonisten zu helfen.«

»Das mag für Sie gelten. Ich sehe die Sache ein wenig anders und wäre sofort bereit, dieses Schiff zu verlassen, wenn man mir die Möglichkeit dazu gäbe. Ich habe kaum Erfahrung in der Behandlung von Zellschäden, die durch Strahlungslecks entstanden, und außerdem muß ich mich erst noch an die speziellen Bedingungen im All gewöhnen. Hinzu kommt, daß wir nicht wissen, in welchem Zustand wir die Siedler vorfinden werden. April hätte einen anderen, kompetenteren Arzt wählen sollen.«

Zum Beispiel einen, der Menschen behandelt und keine Tiere, dachte George und hätte sich fast dazu hinreißen lassen, diese Worte laut auszusprechen. *Lieber Himmel, wir sind schon in Schwierigkeiten, obgleich unsere Reise noch nicht einmal begonnen hat.*

»Wir müssen uns eben Mühe geben«, sagte er. »Es bleibt uns gar nichts anderes übrig.«

»Das fürchte ich auch«, murmelte Dr. Poole.

George glaubte, in ihrem Tonfall so etwas wie Bereitschaft zur Meuterei zu erkennen, und das weckte dumpfen Zorn in ihm. Er hegte einen gewissen Groll gegen Robert, aber gleichzeitig fühlte er sich ihm verpflichtet: Immerhin war er der Captain. Wenn man schon für jemanden arbeitete, so sollte man in jedem Fall sein Bestes geben. George hatte nicht die geringste Absicht, im Verlauf der Mission immer wieder Roberts Verhalten in Frage zu stellen. Er verdiente in erster Linie Unterstützung, auch von der Bordärztin.

Kirk kam nicht mehr dazu, sich eine passende Antwort einfallen zu lassen. April betrat das Zimmer, sah ihn in Begleitung Dr. Pooles und winkte einen lässigen

Gruß. »Oh, ihr lernt euch besser kennen. Ausgezeichnet. Eigentlich überrascht es mich ein wenig, dich hier anzutreffen, George. Ich dachte, du ruhst dich ein wenig aus. Sarah, Ihr medizinischer Sachverstand wird benötigt. Ein Fall von Säureverbrennung im Maschinenraum. Ich habe den Jungs versprochen, Sie zu benachrichtigen. Es ist nichts Ernstes, aber Sie sollten sich trotzdem darum kümmern.«

Dr. Poole schürzte mißbilligend die Lippen, griff in den Container und holte antiseptisches Verbandsmaterial sowie eine Sprühdose hervor. »Der erste Stallbesuch.« Sie bedachte Robert mit einem vorwurfsvollen Blick und ging.

April sah ihr mit einem zufriedenen Lächeln nach und schob die Hände tief in die Taschen seiner Strickjacke. »Sie ist wunderbar, nicht wahr?« sagte er, als Sarah im Korridor verschwand.

George räusperte sich. »Würdest du mir bitte erklären, warum sich unsere Bordärztin in erster Linie mit der Behandlung von Tieren auskennt?«

»Oh, sie hat dir also davon erzählt.«

»Ihre Ausführungen waren nicht falsch zu verstehen.«

»Laß dich nicht täuschen. Sie hat alle Qualifikationen, die ein guter Allgemeinmediziner braucht. Nach ihrem ersten Studium erwarb sie einen zusätzlichen akademischen Grad in Tierheilkunde. Mit anderen Worten: Sie hat dir nicht die ganze Wahrheit gesagt. Sie *möchte* sich vor allen Dingen mit Tieren befassen und vergessen, daß sie auch bestens mit der menschlichen Physiologie umgehen kann.«

»Wenn sie bei Operationen ebenso denkt ...«

Der Captain lächelte. »Sei unbesorgt, George.«

»Sie ist Veterinärin, Robert!«

April schüttelte den Kopf. »Sie eignet sich bestens für diese Mission, George. Wenn's kritisch wird, kann man sich voll und ganz auf sie verlassen. Wir kennen uns schon seit einer ganzen Weile — sie weiß also, was ich von ihr erwarte. Genau darum geht es mir. Aus dem gleichen Grund habe ich dich zu meinem Stellvertreter gemacht. Ich möchte nicht mit fremden Leuten zusammenarbeiten. Nicht bei dieser Mission. Nicht an Bord dieses Schiffes.«

George versuchte, sich seine Skepsis nicht anmerken zu lassen. Er sah keine Möglichkeit, den Standpunkt des Captains in Frage zu stellen, und deshalb schwieg er.

»He, was hast du da?« fragte April und wechselte damit das Thema. »Einen Brief? Sehr lobenswert.« Er ignorierte die Privatsphäre Kirks, der immer mehr den Eindruck gewann, seine Seele stecke in einem gläsernen Kokon, und nahm George den Umschlag aus der Hand. »Du fühlst dich immer mit deiner Familie verbunden. Wirklich anerkennenswert.«

George starrte zu Boden. »Findest du? Nun, vielleicht irrst du dich.«

Robert musterte ihn voller Anteilnahme. »Was ist los?« fragte er sanft.

»Nichts weiter«, brummte George.

»Möchtest du nach Hause? Ich kann dafür sorgen, daß du Urlaub bekommst, sobald wir unsere Mission beendet haben. Kein Problem.«

George Kirk horchte in sich hinein, doch das Unbehagen blieb. Roberts Worte stellten keine Lösung seines Problems in Aussicht. Sie erfüllten ihn nicht mit neuer Hoffnung, ganz im Gegenteil: Die Bürde aus Niedergeschlagenheit und Kummer wurde noch schwerer.

»Du kannst ganz offen zu mir sein«, sagte April nach einer Weile.

George zuckte mit den Schultern. »Wenn ich zu Hause bin, wird die Anspannung fast greifbar«, erwiderte er langsam. »Solange ich im All bleibe, können sich meine beiden Jungen ein Idealbild von mir bewahren.«

April nickte väterlich. »Ich verstehe.« Er drehte den Brief hin und her. »Wenn du möchtest, sorge ich dafür, daß dieser Brief weitergeleitet wird.«

George hob abrupt den Kopf. »Jetzt sofort? Was ist mit den Sicherheitsbestimmungen? Bisher gelang es Starfleet, nichts von diesem Projekt durchsickern zu lassen, und bestimmt gilt es nach wie vor als streng geheim, oder?«

»Das schon. Aber was hat es für einen Sinn, Captain zu sein, wenn man dadurch nicht in den Genuß einiger Privilegien gelangt? Bevor wir aufbrechen, lasse ich den Brief der Starbase zustellen, und von dort aus wird er zur Erde geschickt. Die Sicherheitssektion von Starfleet sieht bestimmt keine Gefahr in einem Schreiben, das an zwei Kinder in Iowa gerichtet ist.«

George vergaß seine Schwermut und spürte neue Wärme in seinem Herzen. »Das ist verdammt großzügig von dir, Robert.«

April winkte mit dem Brief und klopfte seinem Ersten Offizier auf die Schulter. »Ganz und gar nicht, George. Wozu sind Freunde da?«

KAPITEL 7

Hallo, Jungs,
wie ist das Wetter bei Euch? Sonnig und warm? Im All gibt's zwar jede Menge Sterne, aber echter Sonnenschein, so wie er durch Atmosphären filtert und sich auf Seen widerspiegelt, ist absolute Mangelware. Die Starbase bietet kaum Abwechslung, und wir fühlen uns alle wie eingesperrt. Wenn ich Euch das nächstemal besuche, müßt Ihr mir bestimmt das Reiten beibringen. Es heißt, so etwas vergesse man nie, aber Ausnahmen bestätigen die Regel, nicht wahr?
Nach den ersten Tagen gefiele es Euch hier bestimmt nicht. Die meisten Leute sind allein auf ihre Arbeit und sich selbst konzentriert. Warum auf herrliches Sommerwetter verzichten und statt dessen in einer langweiligen Starbase herumzuhocken, umgeben von kalter, ewiger Nacht? Außerdem, Jimmy: Hier fehlen kleine Mädchen, die Du ärgern kannst.
Ich werde die Starbase Zwei für eine Weile verlassen. In einem anderen Raumsektor gibt es ein Sicherheitsproblem, und ich habe mich freiwillig zu einer Mission gemeldet, um endlich einmal etwas anderes zu sehen. Ich weiß nicht, wie lange ich unterwegs bin und ob Euch dieser Brief erreicht. Streicht mich also nicht gleich aus Eurem Gedächtnis, wenn Ihr einige Wochen lang keine Nachricht von mir erhaltet, in Ordnung? Ich bin sehr stolz darauf, daß ich mich auf Euch verlassen kann.

Ausflüchte und eher banale Entschuldigungen. Wie die Blütenblätter einer verwelkenden Blume lösten sie sich von dem Brief, der jetzt eine völlig neue Botschaft übermittelte. Der Captain James T. Kirk sah die Dinge aus einer anderen Perspektive als der Knabe namens Jimmy. Aus irgendeinem Grund verzichteten die vergangenen Jahre auf eine Vergoldung der Erinnerungsbilder, die an Kirks innerem Auge vorbeizogen, während er den Brief betrachtete. In der Handschrift entdeckte er etwas, das der Aufmerksamkeit des zehnjährigen Jungen entgangen war.

Die stummen Worte berichteten von einer stabilen, unverbrauchten und nicht in Routine erstarrten Liebe, aber gleichzeitig kapselte sie sich ein, blieb halb verborgen.

Kirk kannte dieses Gefühl nur zu gut. Er konnte sich kaum mehr an das Gesicht seines Vaters entsinnen, und selbst die Briefe beschworen nur einen verschwommenen Eindruck. Er sah nicht die kantigen Züge eines Mannes, sondern eine schlicht gekleidete Frau, die in zeitloser Leere schwebte. Und er spürte eine emotionale Bindung zur Vergangenheit, die keine Versäumnisse duldete.

»Ist jemand an Bord?«

Eine rauhe, vertraute Stimme blies die farblosen Reminiszenzen davon. Kirk ließ die zerknitterten Blätter sinken und lehnte sich an die Heuschoberwand. »Ich hätte es mir denken sollen.«

»Lebst du noch?«

Kirk drehte den Kopf und runzelte die Stirn. »Was droht mir, wenn ich darauf keine Antwort gebe?«

»Mund-zu-Mund-Beatmung«, lautete die Antwort. Die Sprossen der Leiter knarrten.

»O nein, besten Dank.« Kirk wandte sich um und beobachtete himmelblaue Augen im Gesicht einer personifizierten Einmischung.

»Deine Mutter sagte mir, wo du bist«, brummte McCoy, zog sich hoch und schlenderte durchs Heu. Geistesabwesend klopfte er sich Staub von der Hose.

Kirk runzelte die Stirn. »Als wir das letztemal miteinander sprachen, warst du in der Umlaufbahn. Was machst du hier unten?«

McCoy wölbte die Brauen. »Bin nur zufällig vorbeigekommen.«

»Niemand kommt zufällig hierher, Pille. Wir sind in Iowa, falls du das vergessen haben solltest.«

Die Brauen kletterten noch höher. »Dann bin ich eben auf der Durchreise, wenn du gestattest.« Er nahm auf der anderen Seite der Tür Platz, gab sich so gelassen und gleichmütig, als sei er an diesem Ort zu Hause.

Kirk musterte ihn, und eigentlich war er gar nicht überrascht. »Ja, ich hätte es wissen müssen«, brummte er. »Der Befehl, mich in Ruhe zu lassen, hat nur deinen psychologischen Ehrgeiz geweckt, oder?«

McCoy ging nicht darauf ein und wechselte das Thema. »Was ist das?«

Kirk starrte auf die vergilbten Umschläge, auf das alte Starfleet-Briefpapier. Er überlegte kurz, ob sich McCoy mit einer Lüge abfand oder auf der Wahrheit bestand. »Es sind Briefe.«

»An wen?«

»Sie sind an mich adressiert. An Sam und mich.«

»Von wem stammen sie?«

Kirk zögerte kurz. »Von unserem Vater.« McCoy lehnte sich zurück, ließ ein Bein über den Rand des Heubodens baumeln. »Und ich dachte, du bist hier oben allein.«

Kirk beobachtete den Arzt eine Zeitlang. Pille war nervös und versuchte, seine Unruhe zu verbergen. Vielleicht war er nicht einmal aus freien Stücken gekommen. Vielleicht hatte ihn irgend etwas *gezwungen,* diesen Ort aufzusuchen. Kirk verglich ihn mit einem Eisenspan, der von einem Magneten angezogen wurde — ob es ihm nun paßte oder nicht. Kirk spürte die Vorsicht des Mannes ihm gegenüber, so als rechne McCoy jeden Augenblick damit, für die Mißachtung einer Order zur Rechenschaft gezogen zu werden.

Kirk blickte wieder auf die Briefe und wußte, daß ihn McCoy nicht aus den Augen ließ. Er erschien ihm wie ein auf ihn justierter Geigerzähler, der emotionale Strahlung maß und darauf mit eigenen Gefühlen reagierte: mit Besorgnis, Neugier und auch Schuld. Schuld ...

»Wie alt warst du damals?« fragte McCoy.

»Dieses Bündel erhielten wir im Sommer, als ich zehn wurde.«

»Also im Jahre zweitausendeinhundert... zweiundachtzig.«

»Dreiundachtzig.«

»Und dein Vater war etwa in dem Alter wie du jetzt? Vierunddreißig? Fünfunddreißig?«

Kirk schöpfte Verdacht und kniff die Augen zusammen. »So ungefähr«, erwiderte er ausweichend.

Eine leichte Brise wehte vom Kornfeld, und das Rascheln der Blätter in seinen Händen erschien Kirk wie ein Ruf aus der Vergangenheit. Erneut sah er auf sie herab. Eine Kluft aus Jahren und Erfahrungen trennte ihn von damals. Als Knabe hatte er angenommen, sein Vater wolle ihm ausreden, die Sommerferien in der Starbase Zwei zu verbringen; doch nun entstanden Zweifel in ihm. Vielleicht waren George Kirk ganz andere Dinge durch den Kopf gegangen. Vielleicht begriff er, was er zurückgelassen und dem Leben im All geopfert hatte: Ehefrau, Söhne, seine Familie. Jimmy empfand die Antworten seines Vaters in erster Linie als enttäuschend, denn er dachte und fühlte wie ein zehnjähriger Junge.

Aber Captain James Kirk teilte die Gefühle des Mannes, von dem die Briefe stammten. Er wuchs in sie hinein.

»Als Junge war ich so stolz auf ihn«, sagte er, und nach der Stille klang seine Stimme unnatürlich laut. »Er leitete die Sicherheitsabteilung einer ganzen Starbase. Ich sah in ihm fast so etwas wie den erhabenen Regenten eines Königreichs.«

McCoy verlagerte sein Gewicht. Heu knisterte leise. »Und jetzt?«

»Jetzt glaube ich, einen Hauch von Langeweile zu erkennen, der mir damals entging. Diese Briefe sind praktisch eine Entschuldigung. Es kommt nicht direkt in den Worten zum Ausdruck, sondern eher zwischen den Zeilen. Vermutlich war er nicht annähernd so stolz auf sich wie ich auf ihn.«

»Das würde mich kaum überraschen«, kommentierte McCoy. »Manche Söhne neigen dazu, ihre Väter zu idealisieren.«

»In diesem Zusammenhang trifft mich eine gewisse Schuld.«

»Ach, tatsächlich?« McCoy musterte ihn kurz. »Jetzt wird's interessant. Könntest du das bitte genauer erklären?«

»Ich habe ihn immer gebeten, ihn in der Starbase besuchen zu dürfen oder gar dorthin umzuziehen. Vielleicht entstand dadurch das Gefühl in ihm, er vernachlässige mich und Sam. Obwohl mir natürlich nichts daran lag, daß er sich irgendwelche Vorwürfe machte.« Kirk blinzelte, als die Sonne hinter einer Wolke zum Vorschein kam. Er klopfte auf die Briefe, und das Knistern des Papiers klang ... frisch und neu. So als sei es erst gestern beschrieben worden. »Ich glaube, ich bin ein wenig eifersüchtig.«

»Auf deinen Vater?«

»Er hatte wenigstens ein Zuhause, das ihm eine *Rückkehr* ermöglichte. Ruhm und Abenteuer sind nicht mehr ganz so erstrebenswert, wenn man begreift, was man dafür aufgibt. Ich habe keine Familie wie mein Vater. Mir wird erst jetzt klar, welchen Preis ich für das Leben im All bezahlen mußte.«

McCoy strich mit den Fingern durchs Heu und vermied es, den Kopf zu heben. Er wußte von dem Kummer, der in Kirks nußbraunen Augen glänzte. »Es gibt bereits Grund genug für uns, besorgt zu sein, Jim. Es hat keinen Sinn, in der Vergangenheit gefällte Entscheidungen zu bereuen.« Er zögerte kurz. »Die Geschichte hat uns mißbraucht. Einen solchen Preis zahlen wir für die Möglichkeit, gleich in zwei Richtungen durch die Zeit zu reisen. Laß die Vergangenheit ruhen und konzentrier dich statt dessen auf die Zukunft.«

Langsam, unwissend und gleichgültig glitt die Sonne dem Horizont entgegen. Wolken zogen wie träge über den Himmel. Eine Zeitlang starrten die beiden Männer ins Leere.

»Es ist das Schiff, Pille«, sagte Kirk im Tonfall eines Augenzeugen, der sich bei seiner Aussage vor Gericht plötzlich daran erinnerte, was er am Tatort gesehen hatte. »Ja, daran liegt es. Die Droge namens Raumschiff macht süchtig und zerstört echtes, persönliches Glück.«

Diesmal drehte McCoy den Kopf, doch die Antwort blieb ihm im Hals stecken. Er öffnete den Mund, aber kein Laut entrang sich seiner Kehle.

Kirk beobachtete das goldene Kornfeld. »Ich habe immer nur für die *Enterprise* gelebt, und es wird höchste Zeit, daß ich mich auf mein eigenes Selbst besinne. Ja, es wird Zeit, die Uniform auszuziehen und ganz neu anzufangen.«

ZWEITER TEIL

Dies sind die Reisen…

KAPITEL 8

Simulierte Nacht herrschte an Bord der *Vernichter*. Am nächsten Morgen stand die Kontrolle einer kleinen Handelsflotte auf dem Dienstplan. Langeweile und Eintönigkeit.

Idrys versuchte, sich von quälenden Gedanken an den Feldprimus zu befreien. Kilyle war selbstsicher und schien zumindest zu ahnen, was die Zukunft für ihn bereithielt. Er wußte aus Erfahrung, daß sich Regierungen und Personen ständig veränderten wie die Gezeiten, die von keinem Damm aufgehalten werden konnten. Doch in t'Caels Augen hatte Idrys eine seltsame Mischung aus Zorn und Entschlossenheit gesehen: Irgend etwas zwang ihn dazu, den Veränderungsprozeß immer wieder in Frage zu stellen, und in diesem Zusammenhang mußte er einen Mißerfolg nach dem anderen hinnehmen. Damit brachte er sich selbst in eine letztendlich ausweglose Lage.

Die Kommandantin konnte es kaum mehr abwarten, sich in ihre Kabine zurückzuziehen. Sie sehnte sich nach Stille und einer militärisch-nüchternen Atmosphäre. Die schmucklosen Wände und matten Farben erinnerten sie an nichts, und darin lag geistiger Frieden.

Doch als sie die Brücke verlassen wollte, wurden ihre Hoffnungen auf Ruhe und Besinnlichkeit nachhaltig zerstört: Vor ihr öffnete sich das Schott, und Unterzenturio Ry'iak betrat den Kontrollraum. Idrys preßte die Lippen zusammen, um nicht zu grinsen. Mehrere dunkle Striemen zeigten sich auf der Stirn des Senatsproktors — deutlich sichtbare Erinnerungen an die Konfrontation mit dem Primus. Dieser Anblick erfüllte die Kommandantin mit Zufriedenheit. Es war sicher ehrenhaft, die Medaillen des Sieges zu zeigen, aber es bereitete noch weitaus mehr Genugtuung, wenn der Feind gezwungen wurde, die Zeichen der Niederlage zu tragen.

»Commander«, grüßte Ry'iak.

»Unterzenturio«, erwiderte Idrys. »Ich bin überrascht, daß Sie so spät noch auf den Beinen sind. Immerhin haben Sie einen anstrengenden Tag hinter sich.«

Der Proktor schnaufte leise, als er auf diese Weise an die erlittene Demütigung erinnert wurde. Als er kurz den Kopf neigte und lächelte, spürte Idrys mentalen Frost, und ihre Schadenfreude wich Argwohn.

»Überraschungen gehören zu unserem Dienst, Commander«, sagte er. »Sie sollten ebenfalls auf sie vorbereitet sein.«

Er nickte knapp, drehte sich um und verließ den Kontrollraum.

Idrys sah ihm nach, konnte jedoch nicht feststellen, wohin er unterwegs war. Warum das selbstgefällige Grinsen? T'Cael hatte seine Würde gründlich zerstört. Warum gab er sich trotzdem arrogant und überheblich?

Vielleicht lag es an seiner Jugend, vermutete die Kommandantin, obwohl sie es eigentlich besser wußte. Ry'iak plante etwas, und es fehlte ihm an Erfahrung und Intelligenz, um sie nicht schon im voraus zu verhöhnen. Idrys spielte mit dem Gedanken, dem Senatsproktor zu folgen und ihn zur Rede zu stellen, entschied sich dann aber dagegen. Wenn sie unbegründete Vorwürfe gegen ihn erhob, lief sie Gefahr, ihr Kommando zu verlieren. Damit ermöglichte sie dem Gesandten des Prätors einen leichten Sieg.

Idrys wanderte nachdenklich durch den Korridor und glaubte zu spüren, wie sich eine Schlinge um ihren Hals schloß.

Ry'iak kicherte fast, als sich dicht hinter ihm das Schott der Hilfsbrücke schloß. Er atmete die gefilterte, wiederaufbereitete Luft tief ein, um Kraft zu schöpfen.

Der diensthabende Offizier drehte sich um und erstarrte förmlich, als er den Proktor sah. Er wußte, was Ry'iaks Besuch bedeutete.

»Ich bringe Ihnen die Grüße des Senats, Vorzenturio«, sagte der Gesandte des Prätors und verbannte das Lächeln von seinen Lippen.

Der Offizier nickte und begriff, daß Ry'iak ihn auf diese Weise an seine Macht erinnern wollte. Er bezweifelte, ob der Senat Interesse daran hatte, einen einfachen Vorzenturio zu grüßen.

»Es ist soweit«, sagte Ry'iak.

Ein neuerliches Nicken.

Der Proktor trat an eine Konsole heran. »Ich möchte eine geraffte und codierte Kom-Depesche zum ch'Rihan-System schicken. Man erwartet meine Nachricht im Alcazar des Obersten Prätors.«

Der Vorzenturio erhob sich steif. »Es ist alles vorbereitet, Sir. Doch Ihnen steht nur wenig Zeit zur Verfügung, bis zur blauen Markierung. Wenn Sie länger brauchen, erfährt die Brücke von der Öffnung des Kom-Kanals, und dann geht es uns beiden an den Kragen.«

Diesmal konnte Ry'iak das Lächeln nicht länger unterdrücken. »Sie brauchen sich keineswegs wie ein Verräter zu fühlen, Moyu. Die dem Prätor geltende Loyalität ist weitaus wichtiger als die Treue zu einem Feldprimus, der uns alle mit seinem Pazifismus beschämt.«

Der Vorzenturio versuchte, die komplexe Ethik dieser Worte zu verstehen. »Man kann Primus Kilyle nicht gerade als einen Feigling bezeichnen, Sir. Es steht in dem rechtmäßigen Rang eines Provinzprätors, und ich habe Respekt vor ihm.«

»Was ich durchaus verstehe«, erwiderte Ry'iak besänftigend. »Aber selbst ein Mann wie Kilyle hat seine Schwächen.«

Der Vorzenturio verbarg seine Skepsis nicht, senkte jedoch den Kopf und verließ die Hilfsbrücke. Ry'iak nahm sofort am Pult Platz und begann damit, seinen Plan in die Tat umzusetzen.

In den Augen des Proktors funkelte boshafte Freude, als er die Nachricht formulierte und sendete.

An Bord der *Vernichter* bestand der Unterschied zwischen Nacht und Morgen nur darin, daß mehr Besatzungsmitglieder im Dienst waren und das Halbdunkel in den Korridoren etwas hellerem Licht wich. Neben dem kleinen Patrouillenschiff wölbte sich der gewaltige Rumpf eines Transporters, und Idrys hatte bereits eine Gruppe ausgeschickt, die feststellen sollte, ob der große Handelskreuzer Schmuggelware beförderte. Niemand rechnete damit, daß die Kontrolleure irgend etwas fanden.

Neben dem riesigen Raumschiff mochte die *Vernichter* wie ein Zwerg wirken, aber das Flaggschiff des Schwarms war dennoch beeindruckend. Eine einzige Salve hätte genügt, um den Transporter zu vernichten.

Die Brückenoffiziere verschwendeten keinen Gedanken daran, als sie eine Kom-Verbindung zu den Angehörigen der Ermittlungsgruppe hielten und an ihrer üblichen Langeweile litten. Es kam erst zu einer gewissen Anspannung, als der Gesandte des Prätors die Brücke betrat.

Einige Minuten lang blieb Ry'iak vor dem Wandschirm stehen und beobachtete das Handelsschiff. Sein Rumpf schien so nahe, daß man nur die Hand auszustrecken brauchte, um ihn zu berühren. Das Projektionsfeld zeigte nur einen Teil des Transporters — ein gutmütiger, ungefährlicher Gigant, der darauf wartete, seinen Weg durchs All fortzusetzen.

Ry'iak geduldete sich, bis Subcommander Kai der Versuchung nachgab, ihm einen kurzen Blick zuzuwerfen. Daraufhin seufzte er demonstrativ.

»Es ist wirklich bedauerlich, daß so fähige Offiziere wie Sie zu einem derart banalen Dienst gezwungen sind. Auf diese Weise läßt sich wohl kaum Ruhm gewinnen.«

»Pflicht ist Pflicht«, erwiderte Kai vorsichtig und vermied es, den Unterzenturio anzusehen. »Wer dem Reich dient, erwirbt in jedem Fall Ehre.«

»Damit haben Sie natürlich recht«, pflichtete ihm Ry'iak bei. »Aber es gibt unterschiedliche Arten von Ehre. Eine Mission der Schande ... Sie haben mein Mitgefühl.«

»Diese Kontrollen sind notwendig«, sagte Kai und versuchte, möglichst überzeugt zu klingen.

»Ein prätorialer Schwarm, der zweckentfremdet im Innenraum patrouilliert, anstatt Feinde aufzuspüren? Was für eine Verschwendung von militärischem Potential.« Der Proktor schüttelte den Kopf. »Solche Aufgaben werden nur von Leuten begrüßt, die Gefahren scheuen und sich auf ihren alten Lorbeeren ausruhen wollen. Wahre Soldaten und Krieger bevorzugen die Außensektoren, wo sie ihre Tapferkeit beweisen können.«

Ry'iak sah weiterhin auf den Wandschirm, aber aus den Augenwinkeln bemerkte er, daß seine Worte genau die beabsichtigte Wirkung erzielten. Die Brückenoffiziere wechselten verstohlene Blicke, und er spürte deutlich den wachsenden Zorn der Männer und Frauen. Eine Wut, die nicht in erster Linie ihm galt, sondern ihrem Schicksal.

Kai straffte die Schultern und schloß die Hände fest um den Rand seiner Konsole. »Wir schützen diesen Quadranten vor Schmugglern und Piraten.«

»Wir *schützen* ihn? Vor Schiffen, die nicht einmal bewaffnet sind? Wenn Sie das für eine Herausforderung halten ... Nun, Sie haben mehr Zeit als ich im Innenraum verbracht. Ich nehme an, daher kennen Sie die hier drohenden Gefahren weitaus besser.« Der Gesandte des Prätors schob sich am Pult vorbei und blieb dicht dahinter stehen, so daß ihn Kai ansehen mußte. »Oder Sie glauben sich bereits am Ziel Ihrer Wünsche. Es ist sicher keine geringe Stellung, Subcommander eines Schwarmschiffes zu sein. Ich kenne viele Leute, die sich damit zufriedengäben.« Kai spürte, wie er innerlich zu zittern begann. Er rümpfte die Nase, als er den Gestank von Ry'iaks Worten wahrnahm. Er fühlte die Blicke der anderen auf sich ruhen, sah das Blitzen in ihren Augen: Mitleid, Ärger, Verbitterung und Enttäuschung.

Dumpfer Schmerz erfaßte Kais Beine, und er trachtete danach, die verkrampften Muskeln zu entspannen. Nach wie vor saß er halb über die Konsole gebeugt. Wenn er sich zurücklehnte oder zur Seite wandte, zeigte er sein Gesicht.

»Ich bin froh, daß dieses Schiff mit der Autorität der Trikammer unterwegs ist«, sagte Ry'iak, hob den Kopf und starrte erneut auf den Wandschirm. Er sprach laut genug, um die Aufmerksamkeit der Brückencrew auf sich zu ziehen. »Schmugglern und Piraten muß das Handwerk gelegt werden.«

Kai schloß die Augen. Die übrigen Offiziere gaben keinen Ton von sich, spürten vermutlich das imaginäre Gewicht des Rangs, den Ry'iak einnahm – und der Macht, die hinter ihm stand. Die Temperatur in dem kleinen Kontrollraum schien plötzlich zu steigen; Schweiß perlte auf mehreren Stirnen.

Einige Sekunden später glitt das Zugangsschott beiseite, und Idrys trat ein. Sie näherte sich dem Befehlsstand, und erst als sie ihn erreichte, sah sie den Proktor, der sich halb hinter einem Stützgerüst verbarg. Abrupt blieb sie stehen und musterte ihn. Nur mit enormer Selbstdisziplin gelang es ihr, sich von ihm abzuwenden und ihre Aufmerksamkeit auf den Wandschirm zu richten. Während sie das Handelsschiff beobachtete, fragte sie sich, was Ry'iaks Anwesenheit zu bedeuten hatte.

»Wann ist die Inspektion abgeschlossen?« fragte sie und nahm im Kommandosessel Platz.

Kai räusperte sich. »Die Ermittlungsgruppe kehrt gerade zur Luftschleuse zurück, Commander.«

»Gut. Abkopplung vorbereiten. Übermitteln Sie dem Transporter die Erlaubnis, sein Ziel anzufliegen. Nach der Rückkehr unserer Inspektoren möchte ich die Frachtliste sehen.«

»Ja, Commander.«

»Sorgen Sie dafür, daß der Kommandant des Handelsschiffes ...«, begann Idrys und unterbrach sich.

Kai beugte sich über das Kommunikationspult und hörte ihr gar nicht mehr zu. Tiefe Falten bildeten sich in seiner Stirn, als er eine Nachricht entgegennahm. Er richtete einige geflüsterte Worte an den Offizier, der neben ihm saß, und kurz darauf kam auch der Erste Ingenieur hinzu. Ein leises, rhythmisches Piepen des Decoders deutete darauf hin, daß die Mitteilung nicht von einem Schiff des Schwarms stammte.

»Was ist los, Kai?« fragte Idrys.

»Ich ...« Der Subcommander blinzelte und starrte auf die Kontrollen. »Die Nachricht kommt von der Zitadelle des Obersten Prätors. Ich werde aufgefordert ...« Kai erhob sich, und Idrys sah nur seinen Rücken, den steifen Hals. Sie beobachtete, wie ihr Stellvertreter die Fäuste ballte. Wortlos nickte er zwei anderen Offizieren zu.

Die drei Männer drehten sich ruckartig um. Idrys vernahm eine innere Stimme, die sie davor warnte, ebenfalls aufzustehen. *Kai könnte darin eine Herausforderung sehen,* flüsterte ihr Instinkt. *Außerdem soll er begreifen, daß nur du das Recht hast, in diesem Sessel zu sitzen.*

»Commander ...«, begann Kai.

»Sprechen Sie!« sagte die Komandantin scharf.

Kai räusperte sich. »Commander, man wirft Ihnen vor, an der Ermordung des Altsenators Illiat d'Yn mitgewirkt zu haben. Ich muß Sie unter Arrest stellen.«

Idrys war mit einem Satz auf den Beinen und hielt sich an der Armlehne des Befehlsstands fest. »Mein Onkel!« entfuhr es ihr. »Er wurde umgebracht?«

Die Brückenoffiziere sahen sich entsetzt an. »Der Befehl, Sie zu verhaften, stammt vom Senatsrat. Die Anklage lautet: Beihilfe zum Mord. Und das Opfer ist ein Mitglied Ihrer eigenen Familie.«

»Kai!« Idrys wankte auf den Subcommander zu.

Er wich zurück und schauderte voller Abscheu. Seine Augen blickten plötzlich eisig.

Eine andere, kühle Stimme erklang. »Bestimmt handelt es sich um ein Mißverständnis«, sagte Ry'iak.

Idrys wirbelte um die eigene Achse und musterte den Proktor. Sein Gesicht zeigte nicht die geringste Überraschung.

»Zenturio«, knurrte Kai. »Eskortieren Sie die Gefangene zur Arrestzelle. Ihr dürfen keine Privilegien gewährt werden.«

Der Brückenzenturio rief zwei Wächter herbei und blieb mit ihnen vor Idrys stehen.

Die Kommandantin holte tief Luft und setzte sich langsam in Bewegung. Vor dem Schott verharrte sie noch einmal und drehte sich um. »Kai ...«

»Commander?«

»Benachrichtigen Sie Primus Kilyle.«

»Das ist völlig ausgeschlossen, Commander.«

»Er muß von diesem Vorfall erfahren. Ich fordere Sie auf, meinem Anliegen absolute Priorität zu geben.« Ihre Blicke flehten regelrecht und baten Kai, sich über die Arrestvorschriften hinwegzusetzen und ihr noch einen letzten Gefallen zu erweisen.

Er neigte kurz den Kopf, versprach ihr jedoch nichts. Als er beobachtete, wie man Idrys abführte, wurde er sich seiner neuen Rolle bewußt. Er war nun Kommandant des Schiffes und bot somit ein größeres Ziel dar.

Der Gesandte des Prätors trat in die Mitte des Kontrollraums und blickte zum geschlossenen Schott. »Die Kommandantin ist sentimental – und gleichzeitig fähig, die Ermordung eines Verwandten zu planen. Selbst ich hätte so etwas nicht für möglich gehalten.«

Kai ignorierte den jüngeren Mann und wandte sich an seinen Adjutanten. »Übermitteln Sie Primus Kilyle die Nachricht des Obersten Prätors und informieren Sie ihn von Commander Idrys' Verhaftung.«

Ry'iak drehte sich um. »Es könnte gefährlich werden, sich nicht an die Vorschriften zu halten«, sagte er behutsam. »Ihre Pflicht als Kommandant des Flaggschiffes besteht zunächst darin, die Commander der anderen Schwarmschiffe zu unterrichten. Anschließend ...«

»Meine Pflicht als amtierender Kommandant besteht darin, dem letzten Befehl des abgelösten Commanders zu gehorchen«, warf Kai scharf ein. Er sah das Gleißen in den Augen des Senatsproktors und wartete, bis völlige Stille herrschte. Erst dann sagte er zum Adjutanten: »Halten Sie sich an Ihre Anweisungen.«

Der Mann nickte und stellte eine Kom-Verbindung zum Quartier des Feldprimus her.

Idrys saß völlig reglos und versuchte, das emotionale Magma in ihr abkühlen und erstarren zu lassen. Auf der anderen Seite des Energiefeldes standen Wächter, und wenn sie ihren Kummer zeigte, würden sie ihn bestimmt für Schwäche halten. Deshalb rührte sie sich nicht von der Stelle, hockte auf einer kalten Metallkoje und starrte stumm an die Wand. Abgesehen von dem Pochen ihres Herzens hörte sie nur das leise Zischen der energetischen Barriere.

»Idrys.«

Benommen hob sie den Kopf, blinzelte erstaunt und stand auf. »Primus!«

Das Kraftfeld verzerrte die Konturen seiner Gestalt und verlieh t'Caels blauem Umhang einen grünlichen Ton, aber Idrys empfand den Anblick der geisterhaft verschwommenen Erscheinung als große Erleichterung. Sie mußte sich beherrschen, um nicht zu versuchen, den Ergschild zu durchdringen.

»Sind Sie wohlauf?« fragte Kilyle.

»Wie man's nimmt«, erwiderte die Gefangene. »Es geht mir den Umständen entsprechend.«

Der Feldprimus nickte langsam und wandte sich dann an den ranghöchsten Wächter. »Lassen Sie die Commander frei und übergeben Sie Idrys meiner Obhut.«

Der Soldat nahm Haltung an. »Unmöglich, Lord Primus«, entgegnete er steif.

»Warum?«

»Für die Freilassung der Verhafteten ist folgendes erforderlich: eine schriftliche Bevollmächtigung aller Commander des Schwarms, eine bestätigte Order des Senats und eine Erklärung des Obersten Prätors, in der es ausdrücklich ...«

»Das reicht«, sagte t'Cael scharf. Er fand es erstaunlich, wie schnell das prätoriale System lernte, sich selbst die Hände zu fesseln und die Stricke immer fester zu ziehen. Kilyle verschränkte die Arme, hob den Zeigefinger an die Lippen und trat wieder vor die Energiebarriere. »Ich fürchte, Sie müssen dort drin bleiben«, sagte er.

»Meine Inhaftierung richtet sich auch gegen Sie«, antwortete Idrys betroffen. Ihre Hände zitterten. »Beihilfe zum Mord. Und das Opfer ein Mitglied meiner Familie ... Allein der Vorwurf genügt, um für immer einen Schandfleck in meiner Personalakte zu hinterlassen.«

»Bestimmt hat man die Anklage gut gewählt«, sagte t'Cael. »Eine verabscheuungswürdige Sünde — und gleichzeitig ein politisches Verbrechen. Eine gute Taktik für jemanden, der Sie im Schwarm so rasch wie möglich in Mißkredit bringen will.«

Idrys schob sich näher an das Kraftfeld heran. »Mein Onkel«, murmelte sie. »Glauben Sie, er ist wirklich ...?«

Mitgefühl regte sich in Kilyle, und er senkte kurz den Blick. »Ja, man hat ihn umgebracht. Da bin ich ziemlich sicher.«

Wut und Verzweiflung ließen die Lippen der Kommandantin erzittern. »Nur um Ihren Einfluß zu schmälern?« brachte Idrys ungläubig hervor. Sie konnte es einfach nicht fassen.

»Ja, in gewisser Weise schon«, bestätigte t'Cael. »Aber vermutlich steckt noch mehr dahinter. Ich schätze, meine Gegner verbündeten sich mit den Leuten, denen Ihr Onkel im Senat ein Dorn im Auge war. Früher hatte der Clan-Rat eine größere Bedeutung als das Prätoriat, aber inzwischen kann der Oberste Prätor nicht mehr vom Rat abgesetzt werden. Andererseits: Noch fehlt es dem Prätor an Macht, um den Rat ganz offen herauszufordern. Deshalb die Verschwörungen hinter den Kulissen. Und gelegentlich brauchen beide Seiten Sündenböcke, denen man die Schuld geben kann. Ich bin sicher, die Ermordung Ihres Onkels dient gleich mehreren Zwecken.«

»Offenbar wurde alles gut eingefädelt«, kommentierte Idrys bitter. »Ry'iak, nicht wahr?«

T'Cael nickte. »Ich denke schon. Er ist ein verdammter Intrigant.«

»Aber wie hat er das alles fertiggebracht? Die zeitliche Abstimmung erscheint mir perfekt.«

»Gutes Planen. Und zwar im voraus. Irgendwie gelang es ihm, alles ins Rollen zu bringen, und anschließend brauchte er nur noch das Stichwort zu geben.« Der Primus wanderte am Rande der Barriere auf und ab. »Ich hätte damit rechnen sollen.«

»Wie denn?« klang Idrys' Stimme durch das leise Zischen. »Ich verstehe nicht ...«

»Ry'iak ist ein junger Bursche mit guten Beziehungen. Er redet viel vom Ruhm der Schlacht, aber er hat noch keinen eigenen Kampf bestritten. Er hätte es unmöglich aus eigener Kraft zum Senatsproktor bringen können. Mit anderen Worten: Jemand im Alcazar des Obersten Prätors greift ihm unter die Arme. Wahrscheinlich ist er kaum mehr als eine Marionette, wovon er natürlich nichts ahnt. Vermutlich sind seine Hintermänner auf alles vorbereitet und haben alternative Pläne entwickelt.«

»Für die Ermordung meines Onkels?« fragte Idrys brüchig.

»Durch seinen Tod erringen die Unbekannten gleich drei Siege. Über Ihren Onkel, über Sie und über mich.«

»Ich begreife noch immer nicht ganz, worauf Sie hinauswollen.«

»Ry'iak schaffte es nicht, mich einzuschüchtern«, erklärte t'Cael geduldig. »Ich habe ihm einen Schrecken eingejagt, doch seine Verschlagenheit überraschte mich. Seine Absicht besteht jetzt darin, Sie um Ihren Posten zu bringen.«

»Weil er weiß, daß ich auf Ihrer Seite stehe«, murmelte Idrys bestürzt.

»Ja. Er hat längst erkannt, daß ich von Ihnen abhänge. Ihr Arrest bringt mich in eine sehr schwierige Situation. Die Besatzung ist Ihnen treu ergeben, aber sie mißtraut mir, und genau an dieser Stelle will Ry'iak ansetzen. Er sah sich mit dem Problem konfrontiert, daß er nicht annähernd so gut Einfluß auf die Crew nehmen kann wie Sie, und deshalb mußte das Hindernis namens Idrys aus dem Weg geräumt werden. Der Proktor will nun seinen Rang nutzen, um den Schwarm auf seine Seite zu bringen; der Prätor soll Ihren Platz einnehmen.«

Die Gefangene konnte das Gefühl ihrer Hilflosigkeit kaum mehr ertragen. Mit langen Schritten marschierte sie in ihrer Zelle umher und ballte die Fäuste. »Ich habe Sie mehrmals gebeten, auf die Brücke zu kommen«, preßte sie hervor. »Jetzt büßen Sie für Ihre Zurückgezogenheit.«

»Das stimmt«, gestand Kilyle ein und überlegte. »Nun, fassen Sie sich ein wenig in Geduld. Vielleicht gelingt es mir, zumindest eine vorübergehende Freilassung zu erwirken.«

Erneut trat Idrys an die Energiebarriere heran und spürte statische Elektrizität, die an ihren Haaren zupfte. »Sie müssen sehr vorsichtig sein«, sagte sie eindringlich. »Wenn Ry'iak damit beginnt, die Besatzung zu manipulieren, läßt Ihre Autorität schnell nach. Seien Sie auf alles gefaßt; nur dann können Sie eine Meuterei verhindern. Wenn Ihnen jetzt ein Fehler unterläuft, ist es um uns beide geschehen.«

T'Cael nickte ernst. »Wir treiben auf einem Strom der Unabwendbarkeiten, Commander. Vor uns tost ein Wasserfall, der eine Katastrophe im Reich symbolisiert. Sie und ich ... Wir sitzen in einem kleinen Ruderboot und versuchen, das Ufer zu erreichen, bevor es zu spät ist.« Der Primus seufzte. »Wenn ich wenigstens wüßte, wer Ry'iak als Werkzeug benutzt ...«

Er drehte sich grußlos um.

»Wohin gehen Sie?« rief Idrys und sah ihm durch die Energieschlieren nach.

T'Cael bedachte sie noch mit einem letzten Blick.

»Zur Brücke. Und es wird nicht lange dauern, bis Sie mir dort Gesellschaft leisten.«

KAPITEL 9

»Alles klar, Kinder. Los geht's.«

Captain April betrat die Brücke und ging so forsch zum Befehlsstand, daß seine Strickjacke wie ein Umhang wehte. Plötzlich herrschte Stille, und erwartungsvolle Aufregung erfaßte die Anwesenden, funkelte selbst in den Blicken derjenigen, die sonst immer ruhig und kühl blieben. Sanawey saß an der Astrotelemetrie-Station, Florida am ›Ruder‹. Hart und zwei Ingenieure vom Impulskraft-Deck überwachten die Kontrollen des Maschinenraums. George stand hinter dem Captain und beschränkte sich darauf, das allgemeine Geschehen zu beobachten. April drehte langsam den Kopf, stellte einen Blickkontakt zu seinen Gefährten her und bestätigte die von ihnen geleisteten Beiträge.

Schließlich wandte er sich zu Kirk um und lächelte dünn.

»Ich überlasse es dir, George.«

Die Hände des Ersten Offiziers schlossen sich um die Brüstung, und in seinen Mundwinkeln zuckte es kurz, als er erwiderte: »Denk daran, was beim letztenmal passiert ist.«

Hier und dort erklang ein leises Kichern. Offenbar hielt die Brückencrew George keineswegs für einen Unglücksraben.

»Ich habe dich hierhergeholt, damit du uns Glück bringst«, sagte April. Er nickte Carlos Florida zu, der auf Anweisungen wartete. »Also los, Erster Offizier. Laß die Königin fliegen.«

George blieb neben Florida stehen und legte die Hände auf den Rücken. Sie fühlten sich seltsam kalt an. »Zwanzig Prozent Sublicht.«

»Zwanzig Prozent Sublicht, aye.«

Ein dumpfes Summen ertönte, und der große Wandschirm zeigte ein Raumdock, das langsam zurückwich. Das weiße Raumschiff glitt durch leere Schwärze.

Vor ihnen erstreckte sich die unbelebte Schönheit eines Sonnensystems. Das Zentralgestirn gleißte in der Ferne, und in seinem Schwerkrafttrichter kreisten drei unbewohnbare Planeten sowie Tausende von Asteroiden.

»Ein Sensortest, George«, hauchte April.

Kirk blinzelte, sah sich um und verstand. Ein Test. Natürlich. Sie mußten wissen, ob alle Systeme funktionierten.

»Mr. Sanawey, stellen Sie die chemische Zusammensetzung der Asteroiden fest«, sagte er etwas steifer als beabsichtigt.

»Aye, Sir«, bestätigte Sanaweys hohler Baß. Der große Mann beugte sich über den Sichtschlitz eines Scanners und betätigte mehrere Tasten des Bibliothekscomputers. »Die Asteroiden bestehen hauptsächlich aus Eisen, Titan, Nickel, ein wenig Gold und anderen inaktiven Substanzen. Die größte Masse beträgt zweitausend Tonnen, und bei den kleinsten Brocken reduziert sie sich auf ein halbes Kilogramm. Keine Besonderheiten feststellbar. Die übliche Geschichte. Ziemlich langweilig.«

April lehnte sich in seinem Sessel zur Seite. »Wie fühlen sich die Instrumente an, Kralle?«

»Als wüßten sie genau, worauf es ankommt, Sir. Sie zeigen sowohl den Erzgehalt als auch die Dichte an. Wir bekommen alle Angaben, die wir brauchen, bis zu den letzten Details.«

»Ausgezeichnet.« Der Captain konzentrierte sich wieder auf den Wandschirm. »George ...«

»Berechnen Sie einen Kurs, Mr. Florida«, fuhr Kirk fort. »Steuern Sie uns quer durch den Asteroidenhaufen und dann wieder zurück. Im Zickzack von Backbord nach Steuerbord. Und benutzen Sie dabei allein die manuellen Kontrollen.«

Florida hob den Kopf. »Im Ernst?«

»Ja, sicher. Prüfen Sie die Manövrierbarkeit im Sublichtbereich.«

»In Ordnung«, bestätigte April. »Achten Sie gleichzeitig auf die Funktionen der Gravitationskompensatoren.«

Florida wölbte die Brauen, gab jedoch keine Antwort. Es dauerte fast zwei Minuten, bis er alle Kursdaten eingegeben hatte, und während dieser Zeit hielt George seinen Blick starr auf das Projektionsfeld gerichtet.

»Kurs berechnet«, meldete Florida nach einer Weile. »Glaube ich.«

»Sind Sie nicht sicher?« fragte George.

»Die Asteroiden sind in ständiger Bewegung, Sir. Ihre relativen Positionen verändern sich dauernd. Es gibt zu viele Variable, um sie alle in einer Kursgleichung zu berücksichtigen.«

»Ich verstehe«, brummte George. »Nun, um so besser.«

»Meinen Sie wirklich?«

»Wie sollen wir sonst herausfinden, ob das Schiff genau genug auf die manuelle Kontrolle reagiert? Immerhin dürfen wir uns nicht immer und unter allen Umständen auf den Computer verlassen, oder?«

Florida zögerte, sich diesem Standpunkt anzuschließen.

April schaltete das Interkom ein, und seine Stimme hallte durch die Korridore und Sektionen: »An alle Besatzungsmitglieder: Wir testen nun die Manövrierbarkeit des Schiffes, und dabei werden auch die Gravitationskompensatoren belastet. Treffen Sie alle notwendigen Vorbereitungen.« Er nickte Florida zu. »Es kann losgehen.«

Die Finger des Steuermanns huschten über die Konsole, und das Schiff reagierte sofort, drehte ab und raste in den Asteroidenhaufen hinein.

George hielt sich an der Brüstung fest, als das Deck ruckartig zur Seite kippte. Er spürte, wie sich sein Körpergewicht veränderte, als die künstliche Gravitation einen Ausgleich zu schaffen versuchte, und die Zentrifugalkraft weckte Übelkeit in ihm. Das weiße Schiff flog an pokkennarbigen Asteroiden vorbei, schwenkte von einer Seite zur anderen. Florida zwang es jäh nach ›unten‹, und der Wandschirm zeigte Felsbrocken, die wie kosmische Geschosse über das Diskussegment hinwegsausten. Die Kompensatoren reagierten um einen Sekundenbruchteil zu spät, und einige Personen verloren den Halt, wurden aus ihren Sesseln gerissen.

Die weiße Königin begann zu tanzen, doch die für sie bestimmte Choreographie verzichtete auf Eleganz und Anmut. Das Schiff neigte sich immer wieder von einer Seite zur anderen, als Florida es durch den weiten Asteroidenhaufen steuerte. Neue, bisher noch nicht getestete Schotten, Streben, Stützsegmente, Verschalungen, die übrigen Strukturen — alles wurde großen Belastungen ausgesetzt.

George biß die Zähne zusammen, und seine Hände schlossen sich noch fester um das Geländer. »Beschleunigen Sie auf vierzig Prozent Sublicht!« rief er, um das protestierende Heulen der Kompensatoren zu übertönen.

»Vierzig Prozent«, bestätigte Florida. Seine linke Hand umklammerte die Armlehne des Sessels, und mit der rechten führte er eine kurze Schaltung durch. Das Schiff wurde noch schneller, und auf dem Wandschirm war ein Chaos aus umherwirbelnden Felsbrocken zu sehen.

»Achten Sie auf die Gyrostate!« sagte Ingenieur Hart, die den Monitor der Subsysteme im Auge behielt.

George wußte nicht, an wen sie ihre Worte richtete. Er hoffte nur, daß die Bemerkung nicht ihm galt, denn er hatte keine Ahnung, was Gyrostate darstellten und wo sie installiert sein mochten. Seine Arme und Beine verwandelten sich in Blei, als das Raumschiff einem großen Asteroiden auswich und an zwei kleineren vorbeiraste. Die Manöver wurden immer schwieriger und gewagter. Wer es nicht besser wußte, nahm vermutlich an, die Gravitationskompensatoren funktionierten nicht richtig. Aber *ohne* die Ausgleichssysteme wären die Menschen an Bord längst von den ungeheuren Andruckkräften zerquetscht worden.

»Gehen Sie auf fünfundsiebzig Prozent Sublicht«, sagte George. »Verlassen Sie den Haufen und fliegen Sie den Gasriesen an. Bringen Sie das Schiff zwischen die Ringe!«

Einmal mehr tasteten Floridas Finger wie selbständige Wesen über die Kontrollen. »Null Komma fünf ... Komma sechs ...«

Der Wandschirm konfrontierte die Beobachter nun mit einer neuen Darstellung: ein heller Fleck im All, der innerhalb weniger Sekunden zu einem Riesenplaneten anschwoll. Seine bunten Ringe wirkten wie Sicheln, die auf das Raumschiff zielten.

»Komma sieben ... fünf.«

George wünschte sich plötzlich, in einem Sessel zu sitzen und einen Sicherheitsharnisch angelegt zu haben. Unsichtbare Fäuste hämmerten auf ihn ein, als Florida mit außerordentlich riskanten Manövern zwischen den Ringen begann. Das Trägheitsmoment zerrte an Kirks Leib und trachtete danach, ihn von der Brüstung fortzuziehen. Das Heulen der Kompensatoren verschmolz mit dem Dröhnen der Impulsgeneratoren, und George hoffte inständig, daß sich die Triebwerksgondeln nicht vom Rumpf lösten. Aber das Kreischen klang keineswegs klagend. Ganz im Gegenteil: Die Königin schien den gefährlichen Flug zu genießen.

Plötzlich übertönte Aprils Stimme den Lärm. »Notfall! Voller Gegenschub!«

Florida beugte sich ruckartig vor und berührte farbige Tasten.

Der überraschte George wählte genau den falschen Zeitpunkt, um sich zum Captain umzudrehen und festzustellen, was es mit dem ›Notfall‹ auf sich hatte. Irgend etwas riß ihn vom Geländer fort und schleuderte ihn nach vorn, als das Bremsmanöver begann. Kirk rollte übers Deck und fand sich schließlich neben dem Wandschirm wieder. Um ihn herum donnerte alles.

Ein seltsames, pulsierendes Wimmern erklang und wich wenige Sekunden später einem neuerlichen Heulen, das jedoch rasch leiser wurde. George glaubte sich in einem akustischen Alptraum gefangen, als dem Kreischen ein dumpfes Stöhnen folgte, an das sich ein gleichmäßiges Summen anschloß.

Langsam rollte er zur Seite.

Einige andere Personen richteten sich auf. Selbst April saß nicht mehr im Kommandosessel, sondern hockte auf dem Deck.

George hielt den Atem an, stemmte sich in die Höhe und überlegte verwirrt, worin der von April erwähnte Notfall bestehen mochte. Er war der Erste Offizier. Eigentlich sollte er über solche Dinge Bescheid wissen.

Niemand gab einen Ton von sich. Kirk hörte nur das leise Piepen verschiedener Systeme; hier und dort blinkten Kontrollampen.

April blickte sich um, sagte jedoch kein Wort.

Florida stand zögernd auf und beobachtete die Anzeigen seiner Konsole. »Es hat geklappt ...«, flüsterte er. Er zog sich ganz in die Höhe, drehte den Kopf und rief: »Das Starship hat den Test bestanden!«

Jubelnde Stimmen ertönten.

George hob verwundert die Brauen und versuchte zu verstehen, was jetzt geschah. Die übrigen Angehörigen der Brückencrew schüttelten sich die Hände und gestikulierten begeistert. Kirk sah ihre Freude und begriff, wie wichtig dieser Augenblick für Florida und die anderen war. Viele Monate lang hatten sie an dem Projekt gearbeitet, und nun wurden sie endlich für ihre Mühen belohnt. Aufregung, Zufriedenheit, der Wunsch nach mehr — solche Gefühle wirkten sehr ansteckend.

April spürte, daß George ähnlich empfand und am liebsten ebenfalls gefeiert hätte. Der Captain ließ sich nichts anmerken, als er am Befehlsstand vorbeiging, vor seinem Ersten Offizier stehenblieb und ihn mit einem strahlenden Lächeln bedachte. Er half Kirk hoch und klopfte ihm auf die Schulter. »Das war wirklich gut, George. Herzlichen Glückwunsch! Mein Gott ...« Er schnappte nach Luft und wandte sich zu den anderen um. »Was für ein Raumschiff!«

Das Interkom summte und unterbrach den Jubel. Der Kommandant kehrte zu seinem Sessel zurück. »Ja, hier April ...«

»August! Was ist eigentlich los?«

April sah George an und grinste. Brownells Stimme klang zornig und empört, aber im Hintergrund hörten sie die freudigen Rufe der Techniker. »Wir haben nur einige Tests durchgeführt, Doktor.«

»Sind Sie total übergeschnappt, Mann? Wenn ich meinen Mageninhalt verliere, können Sie hier alles saubermachen.«

»Wie Sie meinen, Doktor.«

»Ich bin ein alter Mann!«

April beugte sich zu George vor und flüsterte: »Das ist er schon seit vierzig Jahren.«

»Wahrscheinlich haben Sie bei Ihren Kapriolen vergessen, auch unser peripheres Schutzsystem zu testen, oder?«

George runzelte die Stirn. »Unser was?«

»Die Schilde, Mann!«

April rieb sich das Kinn. »Wir sollten tatsächlich feststellen, ob sie richtig funktionieren, nicht wahr?«

»Der Meinung bin ich auch«, knurrte Dr. Brownell.

»Na schön. Möchten Sie, daß wir auch die Warptriebwerke testen, bevor unsere Reise beginnt?«

»Nein«, erwiderte Brownell scharf. »Das dauert zu lange, und wir dürfen nicht noch mehr Zeit verlieren. Es geht darum, die Kolonisten zu retten, erinnern Sie sich?«

»In der Tat«, sagte der Captain. »In Ordnung. Wir machen uns bald auf den Weg. April Ende.«

»Da bin ich platt«, murmelte George. »Selbst Brownell denkt an die *Rosenberg*.«

»Natürlich«, entgegnete April leise. »Weißt du, Starfleet wollte ihn erst gar nicht an dieser Mission teilnehmen lassen. Er ist noch wichtiger als das Schiff. Aber er ließ seine Beziehungen spielen, um uns zu begleiten. Praktisch alle Repräsentanten von Starfleet Command waren seine Studenten, und sie haben noch immer gehörigen Respekt vor ihm.«

»Kann ich mir denken. Der Kerl hat das Temperament eines Nashorns mit Zahnschmerzen.«

Eigentlich hatte George gar nicht beabsichtigt, so deutlich zum Ausdruck zu bringen, was er von Brownell hielt. Das Lachen der Brückencrew belohnte seine Offenheit.

April lächelte, straffte dann die Schultern und sagte: »Die Schilde, George.«

Kirk drehte sich um. »Mr. Sanawey, aktivieren Sie die Deflektoren.«

»Deflektoren ein, Sir.«

Stille folgte, und George spürte eine gewisse Verlegenheit. Er begriff, daß er überhaupt nicht wußte, wie man die Schilde eines Raumschiffs testete. Nach kurzem Zögern wandte er sich an den Captain. »Und jetzt?«

April beugte sich vor. »Die Sonne«, hauchte er. »Energietoleranz.«

»Na schön. Sind Sie bereit, Mr. Florida? Steuern Sie das Zentralgestirn an. Kurs acht Komma neun acht.«

»Das ist ziemlich nah, George«, warnte April.

Ihre Blicke begegneten sich. »Willst du wirklich herausfinden, was dieses Schiff zu leisten vermag?« fragte Kirk leise. »Oder fürchtest du eine Enttäuschung?«

Der Captain lehnte sich im Kommandosessel zurück.

George richtete seine Aufmerksamkeit wieder auf den Wandschirm, beobachtete die bunten Ringe des Gasriesen und das ferne Glühen der Sonne. »Mr. Sanawey, kontrollieren Sie die energetische Absorptionsfähigkeit der bugwärtigen Schilde, während wir uns nähern. Achten Sie nach dem Vorbeiflug auf die Heckdeflektoren. Mrs. Hart, sorgen Sie dafür, daß uns die Triebwerke nicht im Stich lassen.«

»Aye, Sir.«

»Aye, aye, Sir.«

»Mr. Florida, drei Viertel Sublicht.«

»Null Komma sieben fünf, aye.«

Das elfenbeinfarbene Raumschiff drehte ab und flog in einem weiten Bogen, der kurz darauf zu einer Geraden wurde. Im Zentrum des Projektionsfeldes gleißte die Sonne, und plötzlich schien sie gar nicht mehr so weit entfernt zu sein.

Das Summen wurde ein wenig lauter, als das Schiff beschleunigte und in den Gravitationsschacht des Zentralgestirns fiel. Das Strahlen des natürlichen Fusionsreaktors im All wurde heller und heißer, und Unbehagen regte sich in George, als er daran dachte, auf was sie sich einließen. Wenn sich aus irgendeinem Grund Strukturlücken in den Schilden bildeten ... Dann verwandelten sich die Königin und ihre Besatzung in einen Haufen Schlacke.

Die Helligkeitsfilter genügten nicht, um den grellen Glanz abzuschirmen. Nach einer Weile wandte auch Kirk den Blick ab, um nicht geblendet zu werden.

Die automatischen Navigationssysteme übernahmen die Kontrolle, als die Distanz zur Sonne weiter schrumpfte. Die Temperatur auf der Brücke schien zu steigen. Zwar wußte George, daß die Hitze nur in seiner Einbildung existierte, aber er begann dennoch zu schwitzen und dachte mit zunehmender Besorgnis an die Schilde, die nun mit einer enormen Strahlenflut fertig werden mußten.

Schließlich verblaßte das Funkeln, und die samtene Schwärze des Alls kehrte ins Projektionsfeld zurück.

Das Raumschiff fiel an der Sonne vorbei, und Florida gab mehr Schub, um den Schwerkraftsog auszugleichen.

April räusperte sich. »Kralle? Was sagen die Anzeigen?«

»Die Schilde sind stabil, Sir.« Der große Mann blickte auf die Konsole und drehte sich dann um. »Wie eine diamantene Barriere.«

George wußte nicht, was damit gemeint war, aber die Techniker nickten zufrieden und lächelten.

»Strahlungsniveau der Außenhülle normal, Captain«, meldete Hart, die nach wie vor am Monitor der Subsysteme saß. »Keine Fehlfunktionen feststellbar.«

»Scheint alles in Ordnung zu sein«, murmelte George.

April holte tief Luft. »Nun, trotzdem sollten wir auf Nummer Sicher gehen. Carlos ...«

Florida musterte den Captain kurz und verstand.

»Suchen Sie einen hübschen Brocken aus«, fügte April hinzu.

George sah die beiden Männer nacheinander an und fragte sich, was die letzten Bemerkungen zu bedeuten hatten. Aus irgendeinem Grund hielt er es für besser, sich nicht danach zu erkundigen.

Die Anspannung kehrte zurück, doch diesmal war sie nicht ohne Zuversicht. Nur in George krampfte sich etwas zusammen, und er richtete einen nervösen Blick auf den Wandschirm.

Sie flogen noch immer mit fünfundsiebzig Prozent Sublicht. Eine solche Geschwindigkeit konnte man nicht gerade als Schneckentempo bezeichnen.

Als George schon glaubte, sie verließen das Sonnensystem, änderte Florida den Kurs, und das Schiff kehrte in die Asteroidenwolke zurück. Beängstigend schnell näherten sie sich dem kosmischen Schutt, und die Felsen rasten in immer kürzeren Abständen vorbei. Schließlich sauste eine mittelgroße Masse heran, und diesmal wich Florida nicht aus.

Kirk duckte sich unwillkürlich.

»Robert!«

»Kurs halten«, sagte April gerade laut genug, damit ihn der Steuermann hörte.

George griff nach der Rückenlehne des Kommandosessels und spannte die Muskeln. Der Asteroid füllte inzwischen das ganze Darstellungsfeld des Wandschirms aus – ein braunes Etwas, das Unheil verkündete.

Der Aufprall klang dumpf, wie die Explosion in einer Höhle. Das Raumschiff erzitterte. Kirk fühlte sich nach vorn gezogen, doch das Zerren ließ abrupt nach, als die dunkle Masse auf dem Schirm auseinanderplatzte.

Das Starship erbebte erneut — *oder spielt mir meine Phantasie einen weiteren Streich?* dachte George — und verließ den Asteroidenhaufen.

»Geschwindigkeit reduzieren«, sagte April ruhig.

Hart beugte sich über ihr Pult. »Captain, ich registriere eine unwesentliche Verringerung des energetischen Niveaus in den Bugdeflektoren, aber ansonsten ist die kinetische Absorptionsquote erstaunlich hoch. Sie geht weit über die gewöhnliche Sicherheitstoleranz hinaus.« Sie richtete sich auf und strahlte. »Das Schiff hat auch diesen Test bestanden. Mit Auszeichnung.«

April lehnte sich zurück und nickte langsam. »Ja«, murmelte er. »Die Königin fliegt. Und sie trotzt dem All und seinen Gefahren.« Er erwachte wie aus einem Traum, zwinkerte und seufzte. Schließlich sah er George an. »Es gab keine andere Möglichkeit, um ganz sicher zu sein.«

Kirk starrte den Captain stumm an. *Und wenn es schiefgegangen wäre?* fuhr es ihm durch den Sinn. *Wie konntest du ein solches Risiko eingehen?*

Er behielt diesen Gedanken für sich und fragte statt dessen: »Hast du nicht etwas vergessen?«

»Vergessen? Nein, ich glaube nicht. Ich würde auch gern die Hilfssysteme testen, aber da die entsprechenden Installationen noch fehlen, müssen wir leider darauf verzichten. Ansonsten ...«

»Die Waffen, Captain.«

Aprils Lächeln verflüchtigte sich. »Bei dieser Mission brauchen wir sie nicht, George.«

Kirk fühlte die Blicke aller Anwesenden auf sich ruhen und senkte die Stimme. »Woher willst du das wissen? *Teste* die Waffen, Robert.«

George spürte die tiefe Enttäuschung des Captains, sah sie in seinen Augen, aber er beharrte auf seinem Standpunkt. April hatte ihn zum Ersten Offizier ernannt, und er wollte allen seinen Pflichten gerecht werden, selbst wenn er dadurch die Freundschaft mit Robert in Gefahr brachte. Er hatte sich nie voll engagiert, dachte daran, immer nur halber Ehemann, halber Vater und halber Offizier gewesen zu sein. Jetzt bekam er die Gelegenheit, endlich einmal konsequent zu sein.

Aprils Lippen bildeten einen dünnen Strich, und seine Augen starrten plötzlich ernüchtert und desillusioniert. Er seufzte, und es klang fast schmerzvoll und zornig.

Der Captain schauderte kurz, und mit offensichtlichem Widerstreben antwortete er: »Na schön. Wenn du es unbedingt für notwendig hältst ...«

George widerstand der Versuchung, sich ruckartig umzuwenden und dadurch zu zeigen, wie sehr ihm der vorwurfsvolle Blick mißhagte. Er sah keinen Sinn darin, seine Einstellung zu verdeutlichen. Das Böse war so alt wie die Menschheit selbst, und wahrer Frieden blieb nur ein Wunsch, solange es Aggression gab. April hätte sicher nicht gezögert, für seine Ideale zu sterben, aber er übersah dabei, daß er damit auch das opferte, wofür er eintrat.

George trat hastig an Floridas Seite und ahnte, daß Robert in seinem Gebaren militaristischen Eifer erkannte. »Zielübungen unter Flugbedingungen«, wandte er sich an den Steuermann. »Wählen Sie einen Asteroiden, der etwa so groß ist wie dieses Schiff und sich am Rand der Laserreichweite befindet. Zuerst testen wir einphasiges Feuer. Mehrere Strahlenschübe dicht hintereinander, mit voller Intensität.«

»Aye, Sir«, bestätigte Florida. »Ziel erfaßt.«

»Erhöhen Sie die Geschwindigkeit auf null Komma sechs.«

»Komma sechs, aye.«

Das Raumschiff flog am Rande des Asteroidengürtels entlang, drehte zum freien Raum hin ab und kehrte kurz darauf zurück.

»Feuer!« befahl George.

Ein rhythmisches, dumpfes Surren ertönte. Orangefarben glänzende Energiestrahlen zuckten in rascher Folge aus den Projektoren und trafen den Asteroiden. Fels verdampfte, und einen Sekundenbruchteil später brach die steinerne Masse in der Mitte auseinander. Das Schiff sauste durch die Lücke zwischen den beiden Hälften.

»Heckwärtige Partikelkanonen, Salvenfeuer!«

Florida betätigte einige Tasten, und das Bild auf dem Wandschirm wechselte, zeigte nun den Raumbereich, der sich hinter dem Starship erstreckte. Drei Partikelstrahlen lösten sich vom Rumpf und zerschnitten ein Felsfragment. Einer traf das größte Bruchstück, das sich um die eigene Achse drehte und in der Schwärze verschwand.

»Geschwindigkeit herabsetzen«, sagte George und merkte erst jetzt, daß er sich über die Konsole beugte. Er richtete sich auf. »Hätte besser sein können«, sagte er. Die Brückencrew schwieg unsicher. »Aber nicht viel.«

Florida reichte ihm die Hand, und Hart deutete mit dem Daumen nach oben. Sanawey und die beiden Ingenieure applaudierten. Zum erstenmal spürte George so etwas wie Kameradschaft, und plötzlich fühlte er sich mit den anderen Leuten auf der Brücke verbunden. Er kam sich nicht mehr wie ein Außenseiter vor, gewann statt dessen den Eindruck, daß man ihn als kompetenten Ersten Offizier erachtete, der die richtigen Befehle gab. Die neugewonnene Autorität weckte Stolz in ihm.

Dann drehte er sich um und sah Aprils Gesicht.

Drake wanderte durch das riesige Raumschiff, und schließlich fand er den richtigen Ort. Tief im stählernen und elektronischen Leib der weißen Königin brodelte die Energie für das Sublicht-Triebwerk. Reed blieb kurz vor der Tür stehen und betrachtete rubinrote, frisch aufgetragene Buchstaben:

I. M. Pulstriebwerk-Maschinenraum
Zugangserlaubnis erforderlich

Drake hatte keine spezielle Genehmigung, aber das Schott glitt dennoch beiseite. Als er eintrat, stellte er seinen unschuldigsten Gesichtsausdruck zur Schau. Die ersten beiden Personen, die er sah, waren eigentlich nur anderthalb. Von einer sah er nur die Beine; der Rest verbarg sich in der halbhohen Wartungsnische eines Aggregats, das bis zur Decke emporreichte. Der andere Mann reichte seinem Kollegen Werkzeuge und Instrumente.

»Hallo«, grüßte ihn der Techniker. Er schien nur wenig älter zu sein als Captain April, brachte dafür aber doppelt soviel Gewicht auf die Waage. Sein grau werdendes Haar wirkte zerzaust, und hoch auf den blassen Wangen zeigten sich rote Flecken. Er sah aus wie der Weihnachtsmann ohne Bart.

»Gleichfalls«, erwiderte Drake jovial, warf einen kurzen Blick in die Nische und rollte mit den Augen, als er dicke Kabelstränge und Tausende von Schaltkreisen sah. »Drake Reed.« Er deutete in die Öffnung. »Sie sind vermutlich Mister Graff und Mister Saffire, stimmt's?«

»Falsch getippt«, sagte der Dicke. »Ich bin Graff, und der Bursche dort ist Saffire.«

Eine Hand ragte aus der Nische und winkte kurz. »Gruß Ihnen.«

»Ebenso«, antwortete Drake. »Passen Sie bloß auf, daß Sie von dem Ding nicht verschlungen werden. Ich schätze, inzwischen sind Sie völlig steif.«

»Kann man wohl sagen. Wenigstens tut jetzt nichts mehr weh – es ist alles taub. Achtung, zieht die Rüben ein!« Die Beine rutschten zur Seite, und Graff stieß Drake gerade noch rechtzeitig zurück. Ein Gerät fiel herab, prallte auf den Boden und zerbrach in drei Einzelteile. »Entschuldigt bitte«, brummte Saffire.

»Damit ist die Arbeit eines ganzes Tages hin«, klagte Graff.

»Hab Vertrauen«, antwortete der andere Techniker.

Graff preßte die Lippen zusammen, starrte kummervoll auf das geborstene Modul herab und schob es mit der Stiefelspitze fort. »Haben Sie eigentlich die Erlaubnis, diesen Ort aufzusuchen? Es gibt hier viele Kabel, die noch nicht isoliert sind, aber bereits unter Strom stehen. Passen Sie bloß auf.«

»Ich komme von der Krankenstation und soll eventuelle Kontaminationen feststellen.«

»Kontaminationen?« Saffires Kopf erschien in der Öffnung, und Drake musterte den Mann. Er mochte ungefähr fünfunddreißig Jahre alt sein und hatte eine krumme Nase. Auf seinem Kopf zeigten sich einige kahle Stellen. »Was soll das heißen? Besteht irgendeine Gefahr?«

»Nein, ich glaube nicht. Es ist nur eine Routinekontrolle. Was bedeutet ›I. M.‹?« Während er diese Frage stellte, holte Drake wie beiläufig den Medoscanner hervor, justierte ihn auf Gewicht und Alter Graffs und hielt nach metabolischen Anomalien Ausschau.

»Wie bitte?«

Drake deutete über die Schulter zur Tür. »Die beiden Kürzel I und M.«

»Ach, Sie meinen ›Impuls‹? Haben Sie wirklich keine Ahnung?«

»Leider bin ich nicht mit einer solchen Weisheit gesegnet.«

»Die Abkürzung bedeutet intern-modulares Pulstriebwerk. Wir sagen einfach Impuls. Ist einfacher.«

»Das leuchtet mir ein.«

»Impulstriebwerke sind nicht neu«, sagte Graff. »Wieso wissen Sie nicht darüber Bescheid?«

Drake zuckte mit den Schultern und beobachtete die Anzeigen des Medoscanners. »Geradezu Blasphemie, nicht wahr?«

Graff deutete auf den Scanner. »Versuchen Sie, äh, meine Biowerte zu erfassen?«

»Keine Angst, Sie spüren überhaupt nichts davon.«

Der Techniker rieb sich die Nase. »Ich schlage vor, Sie drehen das Ding um. Derzeit untersuchen Sie sich selbst.«

»Was, im Ernst?« Drake blinzelte und schlug sich mit der flachen Hand an die Stirn. »Himmel, ich muß wirklich noch eine Menge lernen!«

Reed wollte seine gespielte Ignoranz voll ausnutzen, als sich das Schott öffnete und der junge Mann aus dem Maschinenraum hereinkam. Er schob einen Servierwagen. Wie hieß der Bursche noch? Drake glaubte sich daran zu erinnern, daß der Name irgend etwas mit Holz zu tun hatte. Wood, genau. Ein blonder Typ, kaum erst den Kinderschuhen entwachsen. Und ziemlich helle.

»He, Impulsleute!« rief Wood. »Mittagessen.«

»Wird auch Zeit«, brummte Saffire. »Ich habe schon mit dem Gedanken gespielt, einige Kabel anzunagen.«

Drake gesellte sich den Ingenieuren hinzu, als sie mitten auf dem Deck ein Picknick veranstalteten. Wood teilte Plastikteller und Rationspakete aus.

»Wie ich hörte, hätte der Test des Impulstriebwerks gar keine besseren Resultate liefern können«, sagte der junge Mann, als er Graff eine Tüte mit Orangensaft in die Hand drückte.

»Allerdings«, bestätigte Graff und reichte die Tüte an Drake weiter.

»Jetzt sind bald die Warpeinheiten dran«, warf Saffire ein. »Alle Luken dicht?«

Wood lächelte. »Dicht, verriegelt und mehrmals überprüft.« Er griff nach seinem eigenen Teller und setzte sich neben Drake. »Wir haben uns schon kennengelernt, nicht wahr?«

»Unter eher unangenehmen Umständen«, antwortete Reed.

»Messen Sie noch immer Puls und Atemrhythmus?«

»Ja. Wenn ich mich daran erinnere, dieses Ding richtig herum zu halten.« Drake hob den Medoscanner.

Graff lachte leise. »Und wir wollten ihm gerade erklären, wie das Impulstriebwerk funktioniert.«

»Vierzig Prozent Magie und sechzig Prozent Glück«, sagte Saffire.

»Bei mir zu Hause kennt man sich mit Magie aus«, entgegnete Drake und musterte sein Gegenüber. »Was machen Sie da mit Ihrem Essen?«

Saffire war damit beschäftigt, die einzelnen Speisen auf seinem Teller sorgfältig zu trennen: hier die Kartoffeln, dort Schinken, Bohnen und so weiter. Er schien großen Wert darauf zu legen, daß sich die verschiedenen Dinge nicht berührten. Erst aß er die Bohnen – er schlang sie praktisch in sich hinein. Anschließend begann er mit den Kartoffeln und ignorierte zunächst den Schinken.

»Ein religiöses Ritual?« fragte Drake.

Saffire zuckte mit den Achseln. »Vielleicht. In meiner Heimat nehmen wir die Mahlzeiten nur so ein. Um die Wahrheit zu sagen: Ich weiß nicht, worauf diese Tradition zurückgeht. Sie hat irgend etwas mit Gesundheit zu tun. Möglicherweise kam es kurz nach der Besiedlung des Planeten zu Kontaminationsproblemen, die eine Trennung der unterschiedlichen Speisen erforderten.«

»Es ist eine Art von ›koscher‹«, behauptete Graff.

»Mag sein.«

»Lieber Himmel!« platzte es aus Drake heraus. »Im Vergleich dazu müssen Ihnen die irdischen Eßgewohnheiten barbarisch erscheinen. Wir stopfen einfach alles in uns hinein, und die Reihenfolge lassen wir dabei völlig unberücksichtigt.«

»Nun, ich achte nicht darauf.«

»Sie haben keine Ahnung, was Ihnen entgeht«, sagte Wood. »Der gemeinsame Geschmack von Fleisch und Kartoffeln ... Köstlich. Ich bin sicher, Sie sind nur ein wenig exzentrisch.«

Saffire hob die Gabel. »Unterbrecht mich nicht dauernd. Ich wollte gerade mit einem wichtigen Vortrag beginnen.« Er sah Drake an. »Hören Sie gut zu.«

»Ich bin ganz Ohr«, versicherte ihm Reed.

»In Ordnung. Die Energie für die Impulstriebwerke stammt aus hochenergetischer Fusion. Soweit alles klar? Gut. Die Fusion wiederum wird durch einige gut aufeinander abgestimmte Laser bewirkt, die an der Reaktionsmasse angeordnet sind. Der erste Feuerung – wir sprechen in diesem Zusammenhang vom ersten Impuls – zündet die Masse und führt zu einer nuklearen Fusion, bei der ein schwereres Element entsteht.«

»Sogar gleich mehrere«, warf Wood ein.

»Dann folgt der nächste hochenergetische Laserimpuls, und durch die zweite Fusion bekommen wir hundertzwanzig Prozent mehr Energie als bei der ersten. Dieser Vorgang wiederholt sich immer wieder ...«

»Und zwar innerhalb einer Mikrosekunde«, sagte Graff und ignorierte das demonstrative Entsetzen in Drakes Zügen.

»Daher der Begriff intern-modulares Impulstriebwerk«, fügte Saffire hinzu.

Reed nickte. »Ganz einfach. Ich hätte Ingenieur werden sollen.«

Seine drei Begleiter lachten.

»Nun«, sagte Wood, »wenn es wirklich so einfach wäre, müßten wir kurz nach der Initialzündung mit einer Explosion des Schiffes rechnen.«

»Glücklicherweise passiert so etwas nicht«, sagte Drake und sah wie gedankenverloren auf den Medoscanner herab.

»Der Trick besteht darin, die gesamte Energie für den Antrieb zu nutzen«, erklärte Graff. »In diesem Zusammenhang gibt es nur zwei Möglichkeiten.«

»Und die wären?«

»Die primitive Lösung des Problems bestünde darin, nutzbare Energie und Partikelstrahlung durch eine Öffnung im Heck freizugeben.«

»Oh, ich verstehe«, brummte Reed. »Rückstoß.«

»Genau. Beschleunigung durch raketenartigen Schub. Nun, allerdings zeichnen sich solche Methoden durch einen nur geringen Wirkungsgrad aus.«

»Obgleich man sie vor hundert Jahren für eine gute Idee hielt«, meinte Graff.

»Was mich angesichts des damaligen technischen Standards auch nicht wundert«, sagte Saffire, nachdem er die letzten Kartoffeln gegessen hatte. »Wie dem auch sei: Mit einem solchen Antriebssystem dauert es Tage oder sogar Wochen, bis man auch nur halbe Lichtgeschwindigkeit erreicht.« Er betrachtete den Schinken und vergewisserte sich, daß er nicht mit den Bohnen oder Kartoffeln in Berührung gekommen war. Erst dann spießte er eine Scheibe auf und führte sie zum Mund.

»Ganz zu schweigen davon, daß man mit derartigen Triebwerken ausgerüstete Raumschiffe nicht in Deflektoren hüllen kann«, sagte Wood. »Schilde hielten die Energie zurück, und dann käme es innerhalb weniger Sekunden zu einer fatalen Kettenreaktion.«

»Worin besteht das zweite Wunder?« fragte Drake, als er den Scanner hob und ihn auf Graff richtete. Der dicke Ingenieur schien das Gerät überhaupt nicht zu bemerken, blieb in erster Linie auf seine Mahlzeit und die technischen Erklärungen konzentriert. Reed beobachtete, wie sich die Anzeigen veränderten. Übergewicht, der Atemrhytmus ein wenig unregelmäßig, ausgeprägte Muskelstruktur ...

»Das zweite Wunder findet in unserem Triebwerk Anwendung«, sagte Saffire.

Wood trank einen Schluck Orangensaft. »Wir nutzen eine seltsame Laune der Natur, indem wir die *ganze* Energie zurückhalten und sie mit einem künstlichen Schwerkraftfeld auf sich selbst fixieren.«

»Dadurch schaffen wir ein kleines schwarzes Loch«, pflichtete ihm Graff bei.

»Aber die Energie verschwindet doch nicht einfach«, stieß Drake wie ungläubig hervor.

»Da haben Sie völlig recht«, sagte Saffire. »Selbst ein Physikstudent im ersten Semester könnte Ihnen mitteilen, woraus das Resultat besteht: Strukturverzerrung im Raum.«

»Und zwar in Wellenform«, fügte Wood hinzu. »Jeder Impuls erzeugt neue Wogen aus verzerrtem Raum.«

»Und wir reiten auf den Wellen«, schloß Graff und unterstrich seine Worte mit entsprechenden Handbewegungen.

Drake nickte und runzelte dann die Stirn. »Entschuldigen Sie bitte, wenn ich erneut meine Unwissenheit zeige, aber für mich klingt das ganz nach dem Warpantrieb.«

»Oh, nein, nein, nein«, widersprach Graff.

»Das Warptriebwerk unterscheidet sich völlig von den Impulsmotoren«, sagte Saffire. »Ebensogut könnte man gemütliche Spaziergänge mit Sublichtflügen vergleichen.«

»Ist das Funktionsprinzip des Warptransits einigermaßen verständlich?«

»Nur für Leute, die bereits übergeschnappt sind«, behauptete Saffire und zeigte, was er damit meinte: Ruckartig beugte er sich vor und biß Anthony Wood in die Schulter.

»He!« Der junge Mann wich zurück. »Bei Ihnen scheint wohl eine Sicherung durchgebrannt zu sein, wie?«

»Vielleicht auch zwei.«

Graff grinste; er schien an ein solches Verhalten gewöhnt zu sein. Wo steht geschrieben, daß Ingenieure unbedingt vernünftig sein müssen? Er wandte sich wieder an Drake. »Beim Warptransfer kommt es nicht nur zu räumlichen, sondern auch zu dimensionalen und zeitlichen Verzerrungen. Wir sind gerade erst dabei, eine theoretische Grundlage für den überlichtschnellen Flug zu schaffen. Die ganze Sache ist ebenso kompliziert wie bizarr.«

Wood rieb sich die Schulter. »Bisher heißt es, Warp neun sei die höchste denkbare Geschwindigkeit.«

»Ja«, brummte Graff. »Und vor zehn Jahren glaubte man, mehr als Warp vier seien nicht drin.«

»Läster nicht darüber«, warf Saffire ein. »Denk mal an die Piloten der ersten Düsenflugzeuge, denen man sagte, ihnen drohe der Tod, wenn sie die Schallmauer durchstießen. Manchmal muß man erst ein wenig klüger werden, um zu begreifen, wie dumm man war.«

»Ja ...« Drake schnitt eine Grimasse und starrte auf den Medoscanner. »Könnten Sie nicht mit ein bißchen Kontamination aufwarten? Ich verabscheue die Vorstellung, mit leeren Händen zur Krankenstation zurückzukehren.«

»Ich schlage vor, wir bringen Sie für eine Stunde im Lasertank unter«, meinte Saffire. »Anschließend haben die Dekontaminierungsspezialisten genug Arbeit mit Ihnen.«

Drake seufzte, schlug die Beine übereinander und erweckte den Anschein, als sei die Untersuchung damit beendet. Niemand schöpfte Verdacht, als er den Scanner auf Saffire richtete und sagte: »Na schön. Erzählen Sie mir ein wenig von sich.«

Diesmal herrschte eine andere Art von Anspannung auf der Brücke. Alle nahmen sie wahr, aber niemand ließ sich etwas anmerken. Glücklicherweise blieben die meisten Personen beschäftigt, als das Raumschiff mit Impulskraft flog und sich dem Rand des Sonnensystems näherte. Nur die beiden Männer im Zentrum einer vagen Nervosität – der Captain und sein Erster Offizier – konnten sich nicht ablenken.

»Bereiten Sie sich auf den Warptransit vor, sobald wir das System verlassen haben«, sagte April, der wieder im Sessel des Befehlsstands saß.

Bernice Hart nickte und blickte auf die Anzeigen der Instrumente, die sie selbst entwickelt hatte. »Alle Kontrollen grün. Die Computerverbindungen sind dreimal überprüft worden. Der Rechner bestätigt Bereitschaft, und mit der duotronischen Navigation ist ebenfalls alles in Ordnung. Captain, ich schlage vor, wir fliegen mit Warp vier bis zum Ionensturm.«

»Einverstanden. Wann treffen wir dort ein?«

»In ungefähr einer halben Stunde, Sir.«

»Ausgezeichnet. Danke, Bernice. Kralle, justieren Sie Ihre Sensoren auf Ionenaktivität. Wenn wir in den Normalraum zurückkehren, möchte ich sofort wissen, wo wir sind.«

Der hochgewachsene Indianer nickte. »Ja, Sir. Sensor auf Maximalerfassung für Ionensturm.«

April aktivierte das Interkom und wandte sich an alle Besatzungsmitglieder des Schiffes. »Hier spricht der Captain. Warpmanöver steht unmittelbar bevor.«

Seine Stimme drang aus Dutzenden von Lautsprechern, belohnte die Wissenschaftler und Techniker für ihre Bemühungen und verhieß gleichzeitig die Rettung der Kolonisten.

»Na schön. Mal sehen, wie gut Dr. Brownells Computer navigieren kann.« Er zögerte einige Sekunden lang und versuchte, mit seiner eigenen Aufregung fertig zu werden. Dann sah er Hart an. »Gehen Sie auf Warpfaktor eins.«

»Warpfaktor eins«, wiederholte die junge Frau.

Carlos Florida beugte sich zu seiner Konsole vor und drückte einige Tasten. »Transit beginnt.«

April und seine Gefährten hatten sich so sehr ans Summen des Impulstriebswerks gewöhnt, daß sie es kaum mehr wahrnahmen, aber jetzt hörten sie, wie es sich veränderte. Auf dem Wandschirm war zu sehen, wie die Sterne erzitterten: Ihr Licht schillerte bunt und bildete plötzlich Streifen. Vielleicht wurden irgendwann einmal Zusatzgeräte entwickelt oder Verbesserungen am Warptriebwerk vorgenommen, um die Besatzung vor den desorientierenden Folgen des Transfers zu bewahren, aber derzeit mußten sich April und die anderen damit abfinden. Sie spürten ein seltsames Prickeln, gewannen plötzlich den Eindruck, daß sich ihre Existenz auf die von nulldimensionalen Entitäten reduzierte. Es fühlte sich keineswegs angenehm an.

Dann ging die Übergangsphase zu Ende, und das Schiff setzte seine Reise mit unglaublicher Geschwindigkeit fort.

April nickte Hart zu. »Warpfaktor zwei.«

Der Vorgang wiederholte sich. Diesmal spürte der Captain die Veränderungen nicht ganz so deutlich, und das Ziehen und Zerren existierte nurmehr in seiner Vorstellung, im menschlichen Intellekt, der versuchte, das Geschehen rational zu verarbeiten.

»Warp zwei«, bestätigte Florida, als Hart ihm mit mehreren Schaltungen die notwendige Energie zur Verfügung stellte. Die Computerüberwachung gewährleistete eine sorgfältige Kanalisierung.

April winkte. »Warpfaktor drei.« Eine dritte Transitphase, dann die vierte — gefolgt von tiefer Erleichterung, dem Gefühl, sich von einer Bürde der Besorgnis befreien zu können. Bernice Hart sah auf die Kontrollen ihres Pultes und meldete einen vollen Erfolg. »Reisegeschwindigkeit Warp vier, Sir. Alle Systeme stabil.«

Der Captain erhob sich und trat aufs Oberdeck. »Herzlichen Glückwunsch. Es ist wundervoll. Das heißt, eigentlich merkt man überhaupt nichts.«

»So soll es auch sein, Sir«, erwiderte Hart. »Wir erreichen den Ionensturm in etwa sechsundzwanzig Minuten. Ich halte es für besser, wenn wir den Transit vor den ersten Ionenwirbeln unterbrechen, mit Impulskraft in die Störungszone vordringen und erst eine gründliche Überprüfung aller Systeme vornehmen, bevor wir den Warpflug fortsetzen.«

»Klingt durchaus vernünftig«, kommentierte April. »Danke für Ihren Rat, Bernice.« Er ging an ihr vorbei, drehte sich nach einigen Schritten um und fügte hinzu: »Übrigens ... Haben Sie die aufgezeichnete Nachricht an Ihren Mann abgeschickt? Er soll doch nicht glauben, Sie hätten sich einfach so aus dem Staub gemacht.«

Hart lächelte. »Ja, Sir. Das Speichermodul ist auf dem Weg. Danke dafür, daß Sie bei der Sicherheitsabteilung ein gutes Wort für mich einlegten.«

»Die Pflicht des Captains«, sagte April, legte die Hände auf den Rücken und schlenderte weiter.

Nach einer Weile erreichte er George Kirk und überlegte, ob er zum Befehlsstand zurückkehren sollte. Es lag ihm nichts an einer verbalen Auseinandersetzung mit seinem Ersten Offizier.

George kam ihm zuvor.

»Ich wollte keineswegs deine Autorität untergraben«, sagte er. Er sprach leise, betonte jedoch jedes einzelne Wort. »Aber ein solcher Test mußte durchgeführt werden. Du kannst die Waffen nicht einfach ignorieren, Robert.«

April schüttelte den Kopf. »Du hast den falschen Zeitpunkt gewählt, George. Und den falschen Ort.«

»Glaubst du wirklich?«

»Ja.«

»Robert, du mußt endlich begreifen, daß du ein militärisches Raumschiff befehligst.«

April hob den Kopf und begegnete Kirks Blick. »Ich hielt es nicht für notwendig, die Waffen ausgerechnet vor dem Beginn einer Rettungsmission zu testen.«

George setzte sich auf die Kante des Bibliothekscomputers, ein wenig abseits der beiden Techniker, die Daten miteinander verglichen. Eine Zeitlang musterte er den Captain und versuchte, seine Gedanken zu erraten. »Es ist keineswegs profan.«

April schob die Hände tief in die Taschen seiner Strickjacke. »Es kommt ganz darauf an, wie man Profanität definiert«, murmelte er und starrte zu Boden.

»Dann möchte ich mich genauer ausdrücken, Robert: Du solltest realistischer sein.«

Der Captain sah wieder auf und hob die Hand. »George, die Romulanischen Kriege liegen mehr als siebzig Jahre zurück, und seitdem ist die Föderation nicht mehr bedroht worden. Die militärische Aktivität unserer Gegner hat erheblich nachgelassen. Und daraus folgt: Dies ist eine perfekte Gelegenheit, um ein großes Raumschiff zu bauen, dem eine ganz andere Philosophie zugrunde liegt. Dieses Starship verkörpert viele Ideale, und ich möchte nicht, daß man sie einfach vergißt.«

»Wer sich der Wirklichkeit stellt, braucht deshalb seine Ideale nicht aufzugeben«, erwiderte Kirk und sprach noch immer so leise, daß ihn nur April hörte. »Man muß die

Wahrheit so akzeptieren, wie sie sich einem darbietet; Wunschdenken allein ändert sie nicht. Die Romulaner sind noch immer dort draußen, ebenso die Klingonen. Hinzu kommt, daß die eine Hälfte der Föderation der anderen mißtraut. Der Grund: Es fehlt ein ausreichender Schutz. Wir müssen bereit sein, die von uns repräsentierten Planeten zu verteidigen. Und es ist unerläßlich, eine solche Bereitschaft zu *zeigen.*«

April schloß kurz die Augen, und als er sie wieder öffnete, blieb sein Blick aufs Deck gerichtet. »Wie engstirnig, George«, hauchte er.

»Wenn du nicht nur Idealist wärst, sondern auch Historiker, sähest du die Dinge bestimmt aus einer anderen Perspektive«, sagte Kirk. »Du möchtest dieses Schiff *Constitution,* also Verfassung, nennen; aber weißt du eigentlich, was es mit einer Verfassung auf sich hat? So etwas bedeutet, daß man Rechte garantiert und für sie eintreten muß, wenn sie nicht nur auf dem Papier stehen sollen.«

Auch April lehnte sich an die Konsole, und einige Sekunden lang schwieg er nachdenklich. »Glaubst du etwa, das sei mir nicht klar? Hältst du mich für so naiv?«

George drehte sich um. »Verdammt, Robert.« Er stützte die Hände aufs Pult, ließ den Kopf hängen und beobachtete bunte Kontrollampen. »Ich fühle mich an meine Ehe erinnert. Es hätte gar nicht erst dazu kommen dürfen.«

Irgend etwas in seiner Stimme öffnete die Tür, die zwischen ihm und Robert ins Schloß gefallen war. Der Captain schüttelte den Kopf. »Nein, George ...«

»Es stimmt. Je länger ich zu Hause bin, desto schlimmer wird die Anspannung. Winn und ich passen einfach nicht zueinander. Vielleicht bilden wir beide kein richtiges Kommandoteam.«

April nahm diese Worte mit Betroffenheit zur Kenntnis. »Warum seid ihr zusammengeblieben, George?«

»Aus reiner Gewohnheit. Schon als Sechzehnjährige gingen wir gemeinsam aus. Eins führte zum anderen. Nun, mit neunzehn fühlt man sich großartig, wenn man eine Ehefrau vorweisen kann. Tja, und dann machten wir eine schreckliche Feststellung.«

April wartete.

»Zwischen achtzehn und zweiundzwanzig verändert man sich stärker als in jeder anderen Phase des Erwachsenenlebens. Wir entdeckten völlig neue Interessen und entfremdeten uns voneinander, doch als wir das merkten, war es bereits zu spät.«

»Zu spät?« wiederholte April. »Warum habt ihr euch nicht scheiden lassen?«

»Keine Ahnung«, sagte George rauh. »Vielleicht waren wir einfach zu dumm. Vielleicht glaubten wir, unsere Differenzen irgendwann zu überwinden. Schließlich kamen die Kinder, und zunächst hofften wir, damit erhielte unser gemeinsames Leben wieder eine feste Basis. Ein Irrtum, wie sich herausstellte. Wir bewegten uns ständig auf Glatteis: Wer nicht aufpaßte, rutschte aus und holte sich blaue Flecken. An der Seele.«

»Auf deine Jungen kannst du stolz sein«, warf April ein.

»Ja, das bin ich auch«, bestätigte George. »Aber andererseits weiß ich, daß sie Opfer sind. Weil Winn und ich nicht den Mut aufbrachten, einen endgültigen Schlußstrich unter unsere gescheiterte Ehe zu ziehen.«

Schweigen folgte diesen Worten, und in der Stille klang das leise Summen und Piepen der Brückensysteme seltsam laut. Die beiden Männer achteten nicht auf das erhabene Weltraumpanorama des Wandschirms. Sie sahen sich an, und keiner von ihnen war bereit, seinen Standpunkt aufzugeben. Sie wußten um den eigentlichen Zweck der Mission und dachten daran, was ein Erfolg für die Föderation — sogar für die ganze Galaxis — bedeuten mochte. Die Rettung der Kolonisten sollte einer Botschaft gleichkommen.

Nach einer Weile seufzte April. »Nein, George.«

»Ich möchte den Fehler nicht wiederholen, Robert.«

»Es ist kein Fehler.«

»Verzichte auf mich.«

»Nein.«

»Robert ...«

»Nein. Der Vergleich mit einer Ehe hinkt, George. Ich habe dich nicht etwa gewählt, weil ich glaube oder hoffe, daß du zu mir paßt.«

»Wenn zwischen uns keine Art von Symbiose entsteht, schaffen wir nur zusätzliche Probleme«, beharrte George. »Himmel, bisher wurden wir noch nicht mit einer echten Krise konfrontiert, und doch geraten wir schon aneinander.«

»Nein. Tut mir leid. Wir müssen eben lernen, Kompromisse zu schließen.«

»Kompromisse könnten Zugeständnisse erfordern, die dir nicht gefallen, Robert.«

»Ich bin bereit, ein Risiko einzugehen.« April verschränkte die Arme und gab damit zu erkennen, daß er zumindest diesen Punkt für geklärt hielt. »Um ganz ehrlich zu sein: Ich bin der falsche Captain für dieses Schiff. Ich möchte nur für einen guten Anfang sorgen. Anschließend überlasse ich meinen Platz einem anderen Kommandanten.«

In Georges Augen blitzte es, und er schnitt eine Grimasse. »Das spielt überhaupt keine Rolle für mich. Und das weißt du ganz genau.«

»Genau darum geht es«, widersprach April sanft. Er neigte den Kopf, und ein melancholisches, fast trauriges Lächeln umspielte seine Lippen. »Es steht nicht mir zu, über das Schicksal dieses Schiffes zu bestimmen. Das ist mir durchaus klar. Die Königin braucht einen Mann, der sich keine Fesseln anlegen läßt, jemanden, der allem und jedem die Stirn bietet, wenn er es für notwendig erachtet.« Aprils Blick kehrte sich nach innen. »Ich meine die Einzelgänger, für die es in einer komplexen Gesellschaft kaum mehr einen Platz gibt, jene Menschen, die sich in erster Linie ihren eigenen Prinzipien verpflichtet fühlen und nicht zögern, Entscheidungen zu treffen, die maßgeblichen Einfluß auf die Zukunft nehmen. Nein, ich bin nicht aus solchem Holz geschnitzt.«

Erneut musterten sie sich gegenseitig, und George begriff plötzlich, daß er Robert mit seinen Vorwürfen verletzt hatte. Er kam nicht mehr dazu, sich zu entschuldigen: Drake betrat die Brücke und näherte sich ihnen.

»George, Sir«, brummte er. »Ein Wort *avec vous*, wenn du nichts dagegen hast.«

Georges dunkler Blick verharrte noch einige Sekunden lang auf April, bevor er sich Reed zuwandte. »Was hast du herausgefunden?«

»Daß sich eindeutig zu viele Techniker an Bord dieses Raumschiffes befinden. Hast du jemals versucht, ein interessantes Gespräch mit Technikern zu führen? Worüber reden sie die ganze Zeit? Richtig getippt: über Technik und sonst nichts. Wirklich *sehr* interessant.«

»Und ihre Reaktionen?«

»Oh, sie sind glücklich und zufrieden. Jeder einzelne.«

»Keine metabolischen Anomalien? Alles völlig normal?«

»Normaler geht's gar nicht.«

Enttäuscht und skeptisch strich sich George eine Strähne aus der Stirn. »Na schön. Halt weiterhin die Augen offen.«

April sah an Kirks Schulter vorbei. »Was hat das zu bedeuten?«

»Nichts weiter«, sagte George und drehte sich um. »Robert ...«

»Nein, bitte.« April hob die Hand. »Laß uns nicht den Teufel an die Wand malen ...«

George seufzte erneut. »Einverstanden. Wir haben eben über Schicksal gesprochen ...«

»Ja.«

»Über Abenteuer ...«

April nickte.

»Und auch über Schutz ...« George zögerte und fühlte sich von seinen eigenen Worten in die Enge getrieben. »Was den Namen des Schiffes betrifft ...«

»Ich höre«, sagte April erwartungsvoll.

»*Enterprise.*«

Einmal mehr schloß sich Stille an, und der Captain starrte ins Leere. Es schien eine Weile zu dauern, bis er verstand, was sein Erster Offizier meinte. Schließlich hob er den Zeigefinger an die Lippen und nickte langsam. »Oh ...«, machte er. »Klingt ein wenig nach finanziellen Transaktionen und dergleichen, findest du nicht?«

George schnaufte leise. »Ich dachte an die Marinetradition von Schiffen namens *Enterprise.*«

»Aha. Nun ...«

»Schon gut, schon gut. War nur so eine Idee.«

»Oh, sie interessiert mich, das versichere ich dir. Erläutere mir die Hintergründe.«

George fragte sich, ob April seine wahren Empfindungen vor ihm verbarg. Er beobachtete, wie der Captain erneut auf der Kante des Bibliothekscomputers Platz nahm und seinen Blick mit ausdruckslosem Gesicht erwiderte.

Drake lehnte sich an die nahe Brüstung und wartete ebenfalls.

George spürte, wie Unbehagen an seiner Selbstsicherheit nagte, und er besann sich auf die Informationen, die er extra für diesen Zweck eingeholt hatte. *Diese Chance ist so gut wie jede andere,* dachte er.

Er nahm seinen ganzen Mut zusammen und gelangte zu dem Schluß, daß er jetzt keinen Rückzieher mehr machen konnte.

»Die erste *Enterprise*«, begann er, »war eine mit zwölf Kanonen ausgestattete Korvette während des Amerikanischen Unabhängigkeitskrieges. Zwei Jahre lang segelte sie für die Patrioten. Sie griff den Feind an, als er versuchte, den Staat New York zu erobern, und im Jahre 1777 wurde sie verbrannt, damit sie nicht den Briten in die Hände fiel.« George legte eine kurze Pause ein und fuhr fort: »Die nächste *Enterprise* war ein mit acht Kanonen ausgerüstetes Kaperschiff. Der Kontinentalkongreß kaufte es, um die Chesapeake Bay zu schützen. Danach kam ein großer Schoner, ein fast dreißig Meter langes Kriegsschiff, das man ›Lucky Little *Enterprise*‹ nannte. Für ein Vierteljahrhundert trug es mit zum ausgezeichneten Ruf der Marine der Vereinigten Staaten bei. Während des Krieges mit Frankreich ... Lachst du über mich, Robert?«

April legte die Hand aufs Herz und schüttelte heftig den Kopf. »Ob ich über dich lache? George, das käme mir nie in den Sinn! Ganz im Gegenteil: Du flößt mir enormen Respekt ein. Bitte setze deinen Vortrag fort.«

»Ja«, fügte Drake hinzu. »Ich bin ebenfalls gespannt.«

Kirk kniff mißtrauisch die Augen zusammen und bedachte seine beiden Zuhörer mit finsteren Blicken. Er ging um Robert April herum und fragte: »Wo war ich stehengeblieben?«

»Beim Krieg mit Frankreich«, warf Drake ein.

»Ich habe mir das alles keineswegs ausgedacht«, sagte George scharf, und in seinen Augen glühte Ärger.

»Das ist uns klar«, versicherte ihm April. »Lassen Sie ihn in Ruhe, Drake. Nutzen Sie die Gelegenheit, etwas zu lernen. George, bitte ...«

Kirk schürzte die Lippen und gab nach.

»Jene *Enterprise* zerstörte acht französische Kaperfregatten, und es gelang ihr, elf US-Handelsschiffe unter amerikanische Kontrolle zurückzubringen. Sie gehörte zum Mittelmeergeschwader an der nordafrikanischen Küste und kämpfte dort gegen Piraten. Während des Krieges von 1812 errang sie den Sieg über eine britische Brigg. In der karibischen See legte sie vielen Schmugglern und Sklavenhändlern das Handwerk, bevor sie auf Grund lief und aufgegeben werden mußte. Dann ...«

»Halt, warte«, sagte April. »Von der nächsten *Enterprise* habe ich selbst gehört. Ein Flugzeugträger im Zweiten Weltkrieg. Ein berühmtes Schiff mit vielen Auszeichnungen. Man nannte es ›Big E‹, nicht wahr?«

George kratzte sich an der Schläfe und seufzte zum drittenmal innerhalb weniger Minuten.

Drake beugte sich zu April vor und kommentierte in

einem melodramatischen Tonfall: »Bringen Sie ihn nicht aus dem Konzept.«

»Oh«, machte April. »Entschuldige bitte, George. Ich konnte der Versuchung nicht widerstehen.«

»Ist nicht weiter schlimm«, antwortete Kirk. »Nun, der Flugzeugträger *Enterprise* war in gewisser Weise das Arbeitspferd des Zweiten Weltkriegs. Er bekam mehr Battle Stars*) als alle anderen Schiffe in der Flotte.« Er hoffte inständig, daß ihn niemand fragte, was es mit einem ›Battle Star‹ auf sich hatte. »Er nahm an fast allen Schlachten im Pazifik teil, und im Jahre 1947 wurde er zur größten Farce in der ganzen Marinegeschichte: Man stellte ihn außer Dienst und verkaufte ihn zum Schrottwert. Und wißt ihr an wen? Ausgerechnet an die Japaner, den Feind.«

»Den früheren Feind«, berichtigte April. »Du solltest die Dinge aus der richtigen Perspektive sehen.«

»Gerade darum geht es mir: um Perspektive!« erwiderte George leidenschaftlich. »Der Krieg war ein historischer Wendepunkt. Die Frage lautete damals: Gelingt es der Menschheit, mehr Freiheit zu erringen, oder beginnt ein neues Zeitalter der Tyrannei? Zum erstenmal wurde eine solche Entscheidung weltweit getroffen und setzte völlig neue Maßstäbe. Letzteres trifft auch auf dieses Schiff zu. Und die nächste Big E. Es handelte sich um den ersten Flugzeugträger mit Atomantrieb. Siehst du die Parallele? Dies ist das erste Raumschiff mit einem Warptriebwerk, das den kontinuierlichen ÜL-Flug erlaubt — ein Meilenstein in bezug auf Technologie und Wissenschaft. *Enterprise* ist genau der richtige Name; damit wird eine lange und ruhmreiche Marinetradition fortgesetzt.«

»Er klingt so militaristisch«, wandte April ein. »So kriegsorientiert. Alle deine Ausführungen stehen mit irgendwelchen Schlachten in Zusammenhang, und du weißt ja, was ich ...«

---

*) Battle Star: amerikanisches Erinnerungsabzeichen für die Teilnahme an einer Schlacht; Anmerkung des Übersetzers.

»Ja, deine entsprechenden Einstellungen sind mir bekannt. Allerdings übersiehst du einen wichtigen Punkt: Bei den von mir erwähnten Schlachten wurden die Prinzipien verteidigt, die dir soviel bedeuten. Das kannst du nicht leugnen.«

»Ich versuche es auch gar nicht.«

»Die erste Raumfähre hieß ebenfalls *Enterprise,* und sie diente keinen militärischen Zwecken. Ein Testshuttle mit begrenzter Manövrierfähigkeit, kaum mehr als eine stählerne Hülle, die das Überleben der damaligen Astronauten gewährleistete. Aber die ganze Welt war stolz darauf und wußte, was sie für die Menschheit bedeutete. Die Fähre repräsentierte jene Hoffnung, von der du dauernd sprichst.«

»Das stimmt ...«

»Das nächste Schiff namens *Enterprise* war der erste interstellare Starliner. Er führte die Völker der Föderation enger zusammen, indem er die Reisezeiten zwischen den einzelnen Sonnensystemen erheblich verkürzte. Ein Beweis dafür, was eine freie Wirtschaft in Friedenszeiten zu leisten vermag.«

»In Friedenszeiten?« fragte Drake und lachte leise. »Eigentlich findet ständig ein Krieg statt, zumindest auf ökonomischer Ebene. ›Freie Wirtschaft‹ bedeutet Wettbewerb und erbitterte Rivalität.«

»Und dadurch wird schöpferische Kraft freigesetzt«, betonte George.

»Ich verstehe, worauf du hinauswillst«, sagte April. »Und ich verspreche dir, gründlich darüber nachzudenken.«

Kirk hob die Arme. »Es ist nur ein Vorschlag, Captain.«

»Dein Enthusiasmus gefällt mir, und deshalb bedaure ich, ihn ein wenig dämpfen zu müssen«, fügte April hinzu. »Ich hoffe nach wie vor, daß dieses Schiff von der Tradition des Konflikts verschont bleibt.«

George schwieg und lehnte eine Beurteilung der letzten Bemerkung ab.

»Keine weiteren Argumente?« fragte April.

Kirk verzichtete auf eine Antwort.

»George?«

»Ich habe alles gesagt.«

Wieder folgte eine Pause, und die Stille wurde immer unangenehmer.

»Woher weißt du das alles, George?« fragte Drake schließlich, und dadurch verflüchtigte sich ein Teil der Anspannung.

Kirk zuckte mit den Schultern. »Die Daten stammen aus dem Bibliothekscomputer.«

Die Reaktion bestand nicht etwa aus dem erwarteten Nicken. Statt dessen grinsten Reed und April.

George spürte, wie sich Ärger in ihm regte, aber ein plötzliches Summen bewahrte ihn vor einem Kommentar, den er später vielleicht bereut hätte. Sie drehten sich um, als Florida verkündete: »Warptransit beendet, Captain. Wir haben den Ionensturm erreicht.«

Im Maschinenraum war es relativ ruhig. Vor dem Start des Schiffes hatte hier rege Aktivität geherrscht: Mechaniker, deren Aufgabe darin bestand, die grobe Arbeit zu erledigen, einfache Konsolen zu installieren und Wandverkleidungen zu verschrauben. Jetzt befanden sich nur noch die Spezialisten an Bord, Ingenieure und Techniker, die den Anschein erweckten, als wüßten sie über jeden einzelnen Schaltkreis Bescheid. Aber dieser Eindruck täuschte. Kaum jemand von ihnen kannte alle Geheimnisse der neuen Technologie.

Saffire sah sich auf dem fast leeren Deck um. In einem Raumschiff, das Hunderte von Besatzungsmitgliedern aufnehmen sollte, wirkten die wenigen Personen klein und winzig. Der Mann nickte. Eine gute Gelegenheit, die es zu nutzen galt. Die Zeit wurde allmählich knapp.

Er ging in Richtung Vorzimmer, in dem sich der Hauptanschluß des Computers befand – das Nervenzentrum des Schiffes, in dem alle Anweisungen von der

Brücke verarbeitet und elaboriert wurden. Bevor Saffire die Kammer betrat, prüfte er einen Schaltkasten neben der Tür. Er sah auf, als eine vertraute Stimme erklang.

»Saffire!« rief jemand und verließ den Turbolift. Hinter ihm schloß sich das Schott mit einem leisen Zischen.

Wood. Genau zum richtigen Zeitpunkt.

Der junge Mann schlenderte heran und drückte Saffire mehrere Speichermodule in die Hand. »Das wär's. Es fehlt keine einzige Kassette. Hat eine Weile gedauert, um alle Daten zusammenzutragen, die Sie brauchen. Sie sollten dankbar sein.«

»Oh, das bin ich auch, Junge«, erwiderte Saffire. »Mehr als du ahnst. Der Computer ist ziemlich hungrig, nicht wahr?«

»In der Tat«, bestätigte Wood. Er sah sich kurz um und senkte die Stimme. »Was halten Sie von unserem Ersten Offizier?« Saffires dunkle Pupillen weiteten sich. »Was soll schon mit ihm sein?«

Der junge Ingenieur zuckte mit den Schultern. »Ich weiß nicht. Er erscheint mir irgendwie seltsam. Oh, sicher, er hat das Warptriebwerk vor einer Explosion bewahrt, aber er ... er ...«

»Er geht einem auf die Nerven?«

»Ja. In gewisser Weise. Ich meine ... Was machen wir bloß, wenn er sich dauernd in unsere Angelegenheiten einmischt?«

Saffire dachte kurz nach. »Dann stellen wir uns auf die Hinterbeine«, schlug er vor. »Und sagen ihm, daß er gefälligst auf der Brücke bleiben soll.«

Wood lehnte sich an die Wand. »Er macht mich nervös.«

Saffire lächelte. »Du wirst dich daran gewöhnen.«

»Vielleicht. Aber derzeit können wir niemanden gebrauchen, der uns dazwischenfunkt. Es ist schon gefährlich genug, dieses Schiff zu fliegen.«

»Sei unbesorgt, Junge. Wie wär's, wenn du Mr. Kirk für mich im Auge behältst. Wenn er zu neugierig wird, kümmere ich mich um ihn.«

»Sie wollen sich um ihn ›kümmern‹? Wie denn?«

»Du solltest besser keine Erklärung von mir verlangen. Sie klänge zu schrecklich.«

Wood lächelte, als Saffire ein betont grimmiges Gesicht schnitt. »Wir sind jetzt unterwegs. Vielleicht hat der Erste zuviel zu tun, um uns zu stören.«

»Schieb einfach dein unschuldiges Gesicht zwischen ihn und den Maschinenraum. Nach einer Weile vergißt er sicher, daß wir hier sind.«

»Hoffentlich. Äh, ich muß jetzt wieder los. Brownell wirft mich in den Materie-Antimaterie-Wandler, wenn ich ihm nicht schleunigst die neuesten Werte der Energiematrix vorlege.«

»Nimm's nicht so schwer, Junge. Laß es ruhig angehen.«

»Ich wünschte, ich könnte diesen Rat beherzigen. Bis dann. Und viel Glück mit den Speichermodulen. Es dürfte eine Weile dauern, die Datenflut zu sortieren.«

»Keine Sorge, ich komme schon zurecht.«

Wood eilte fort und kehrte in die Transportkabine des Turbolifts zurück. Saffire lachte leise vor sich hin, und das Blitzen in seinen Augen verstärkte sich kurz, als er das Computerzimmer betrat.

Er legte die Kassetten neben das komplexe Terminal, das aus mehreren Monitoren und einer Eingabekonsole bestand, die so breit war wie ein Sofa. Saffire zögerte nicht, denn er wußte, daß der Zeitfaktor eine immer größere Rolle spielte. Er griff nach einem ganz bestimmten Speichermodul, schob es ins Lesegerät und gab einen Code ein. Der mittlere Schirm erhellte sich. NAVIGATIONSKONTROLLE – ZWEITSYSTEM.

Saffires Finger huschten über die Tasten, und daraufhin kam es zu einer Reaktion, die ihn kaum überraschte: DATENZUGRIFF VERWEIGERT.

Der Mann lächelte süffisant. »Das behauptest *du.* Nun, mal sehen, wie dir das gefällt.« Er tippte eine neue Folge aus Zahlen und Buchstaben ein – kein Problem für einen Techniker, der den Entwicklungsingenieuren bei ihrer Arbeit geholfen hatte. Geduldig wartete er, während der Computer den Befehl mit den Anweisungen seines Programmspeichers verglich und versuchte, die verschiedenen Order aufeinander abzustimmen. Nach einer Weile zeigte der Schirm eine neue Botschaft: GEFAHR.

Saffire befeuchtete sich die Lippen. »Oh, ja, damit liegst du genau richtig.« Er wußte um die Gefahr. Rasch drückte er weitere Tasten und berührte einige Sensorpunkte, woraufhin die Warnmeldung verschwand. Er mußte eine Verbindung zum Zentralcomputer herstellen, dem außerordentlich leistungsfähigen Elektronengehirn der Brücke, um die Änderungen am Navigationsprogramm vorzunehmen. Mit anderen Worten: Er kam nicht umhin, den schlafenden Riesen zu wecken. Zwar kannte er sich gut damit aus, aber trotzdem erwartete ihn eine sehr schwierige Aufgabe. Das System beinhaltete Dutzende von Sicherheitsbarrieren, die es zu neutralisieren galt, und hinzu kam ein ständiger Datenkontakt mit dem Kontrollraum. Wenn die Befehle sich widersprachen, erhielt die Brücke automatisch den Vorrang. Um so etwas zu verhindern, mußte das Basisprogramm durch ein anderes ersetzt werden. Einige Sekunden lang summte der Computer leise, und dann gab er Antwort: WARNUNG. DER ZUGRIFF AUF DEN ENTSPRECHENDEN BEREICH DES ARBEITSSPEICHERS IST VERBOTEN.

Das letzte Wort blinkte in elektronischer Panik, um unmißverständlich auf seine Bedeutung hinzuweisen.

Saffire schüttelte kurz den Kopf, wählte zwei andere Kassetten und führte sie in den Datenscanner der großen Konsole ein. Die Entwicklungsingenieure hatten vermutlich nie daran gedacht, daß die Module in dieser Kombination benutzt werden konnten.

Einige zusätzliche Codes, gefolgt von der Betätigung weiterer Tasten, schließlich ein Wechsel zur Maschinensprache — und der Computer antwortete mit seinem Äquivalent von benommener Zufriedenheit. Jetzt verstand er den Mann am Terminal.

Und damit begannen die Schwierigkeiten. Saffire mußte das neue Programm eingeben, bevor der Computer die Brücke benachrichtigte.

Die Maschine reagierte mit besonderem Eifer, als Saffire apexdezimale Daten eingab. Jetzt konnte er einen numerischen Dialog mit ihr führen, ohne auf ein Transkriptionsprogramm angewiesen zu sein. Saffire verglich diesen Vorgang mit einer direkten Verbindung zum Gehirn einer anderen Person, um die Denkweise des betreffenden Individuums zu modifizieren. Interpreterprogramme nahmen eine automatische Aufzeichnung des Gesprächs vor, doch die unmittelbare Kommunikation mit dem Computer hinterließ keine solchen Spuren. Die Maschine ›begriff‹ überhaupt nicht, daß jemand mit ihr kommunizierte, und dadurch bekam Saffire die Möglichkeit, die Wurzeln des logischen Verarbeitungsprozesses zu manipulieren. Diese Methode war weitaus sicherer. Und sie gefiel dem Computer. Der schlafende Riese rollte sich auf die Seite und stöhnte voller Wonne.

Der Mann am Terminal begann zu schwitzen. Seine Finger tanzten noch schneller über die Kontrollen, und er mußte sich ausschließlich auf die Tasten konzentrieren, damit ihm kein Fehler unterlief. Es blieb ihm nichts anderes übrig, als in aller Hast zu arbeiten; wenn er sich zuviel Zeit ließ, wurden die Sicherheitsalgorithmen aktiv und benachrichtigten die Brücke.

Elektronischer Verdacht regte sich tief in der Maschine. Bestimmte Schaltkreise wurden mit Strom beschickt; Register öffneten sich, warteten auf Bytes. Prozessoren tauschten Bit-Informationen aus und versuchten, sich ihren Brüdern auf der Brücke mitzuteilen. *Irgend etwas stimmt nicht mit uns,* lautete ihre Botschaft. *Jemand versucht, unser Programm zu verändern. Wir brauchen Hilfe.*

Saffire wußte, daß der Computer bemüht war, sich vor ihm zu schützen. Er unterdrückte das Zittern seiner Hände, setzte die Arbeit fort. Es kam nicht nur darauf an, die Datenmuster im Arbeitsspeicher seinen Wünschen gemäß zu verändern; er mußte gleichzeitig verhindern, daß der Rechner eine Möglichkeit fand, die Brücke zu alarmieren. Das zunehmende Mißtrauen des Giganten brachte Saffire in Gefahr: Eine einzige falsche Taste, und die Rufe um Hilfe erreichten den Kontrollraum.

Die Finger des Mannes spannten ein digitales Netz, das die Verwirrung des Computers einfing, als sich die verschiedenen Programme einander widersprachen. Vom Terminal im Maschinenraum gingen Signale aus, die eine völlig neue Struktur bildeten. Die veränderte Matrix erfaßte das ganze elektronische Gedächtnis, alle Sicherheitsschleifen und Warnsysteme, beeinflußte die bisher so stabilen Komponenten, deren Funktion darin bestand, derartigen Manipulationen vorzubeugen. Das Licht des Argwohns trieb durch die Knochen und Nerven des Raumschiffes, überprüfte alle Möglichkeiten, sich gegen Anweisungen zu wehren, die mit den ursprünglichen Programmen in Konflikt gerieten und doch auf eine vertraute Art und Weise übermittelt wurden.

Die Sensoren des Computers erzitterten unter der Wucht neuer Daten. Zuerst bildete sich ein Spalt im allgemeinen Überwachungssystem, eine winzige Lücke, die dafür sorgte, daß die Kontrollanlagen der Brücke die Aktivität an Saffires Terminal ignorierten. In gewisser Weise handelte es sich um eine Umkehrung des normalen Informationsstroms, um eine Projektion falscher Sicherheit. Innerhalb weniger Sekunden gelang es dem Mann, jene Bereiche der Maschine zu ›betäuben‹, die Anweisungen nach ihrer jeweiligen Prioritätsstufe einordneten und weiterleiteten.

Sofort nahm sich Saffire die Codes der Gravitationskompensatoren vor, und dabei wurde er mit neuerlichen Problemen konfrontiert – er stieß auf Widerstand. Die Lebenserhaltungssysteme verlangten Auskunft. Der Mann leckte sich einen dünnen Schweißfilm von der Oberlippe und spürte, wie der schlafende Riese erwachte und Erklärungen verlangte. Er mußte sich beeilen, wenn er nicht seine bisherigen Erfolge in Frage stellen und riskieren wollte, daß sich der Computer gegen weitere Eingaben sperrte und Alarm gab. Mit überaus komplizierten heliodezimalen Codefolgen fügte er Erläuterungen hinzu. Vorsichtig drang er in das Datenlabyrinth vor, und sein Ziel bestand in den Navigationsmatrizen, in den elementaren Formeln, die das Fundament eines großen Gebäudes aus Gleichungen bildeten. Das von Saffire ausgeschickte Licht des Wissens glitt tiefer hinab, und schließlich fand es die gesuchte Matrix. Sie setzte sich aus fünfunddreißig verschiedenen Variablen zusammen, und die Sonde glitt an ihnen vorbei, hielt nach der richtigen Ausschau. Kurz darauf zeigte der mittlere Bildschirm des Terminals eine weitere Warnmeldung: Es bestand die Gefahr eines Datenüberlaufs.

Saffire stöhnte leise und biß sich auf die Lippe. Wenn es wirklich zu einem Überlauf kam, hatte er keine Möglichkeit mehr, Einfluß auf den Computer zu nehmen, und dann erfuhr die Brücke sofort, was in den letzten Minuten geschehen war. Er wischte sich einige Schweißperlen vom Kinn und starrte nervös auf die Eingabeeinheit.

Behutsam gab Saffire die Veränderung ein. Achtundachtzig dort, wo das Register den Wert dreiundzwanzig enthielt. Der Mann zögerte, stützte den Ellenbogen aufs Pult und runzelte die Stirn. Achtundachtzig, so lautete sein Befehl. Aber die Folge mußte aus einer wahrhaft drastischen Zunahme der Gravitation bestehen.

»Zum Teufel mit meinen Anweisungen«, brummte Saffire. Er löschte die Modifikation und ersetzte sie durch den Wert einundfünfzig. »Schon besser«, murmelte er rauh. Er klang irgendwie besorgt. »Und jetzt ...«

Die Sonde wartete geduldig auf weitere Eingaben. Zerstör das Steuerungsprogramm des Warptriebwerks, klickten die Tasten. Aber nicht sofort. Später. Wenn die Sensoren der Außenhülle *solche* Daten übermitteln. Und schick das Schiff in *diese* Richtung.

Der Computer versuchte nach wie vor, die unterbrochene Verbindung zur Brücke wiederherzustellen, Alarm zu geben. Aber Saffire fing die Warnsignale ab, bevor sie die Kom-Leitung erreichen konnten. Er neutralisierte das Bestreben der Maschine, um Hilfe zu rufen, und die elektronischen Schreie blieben auf das Nervensystem des Raumschiffes beschränkt. Niemand hörte sie. Niemand ahnte etwas.

Die Eliminierung des Steuerungsprogramms für die Warpeinheiten erwies sich als besonders schwer. Das ganze Starship widersetzte sich Saffire. Der Riese schauderte und erzitterte innerlich. Die Prozessoren und Chips trotzten zunächst den neuen Ordern, und die Sicherheitsbarrieren sträubten sich wie lebende Wesen. Aber ihnen fehlte eine eigene, autonome Elaborationskapazität, und daher konnten sie die falschen Anweisungen nicht mit der notwendigen Genauigkeit von den richtigen unterscheiden.

Saffires Herz klopfte so heftig, als wolle es ihm die Brust zerreißen, als teile es den inneren Konflikt, der nun alle Komponenten des Computers erfaßte. Der Mann hielt gespannt den Atem an. Wenn er den schlafenden Riesen endgültig geweckt hatte ...

Rasch konzentrierte er sich wieder auf die Konsole und berührte Tasten. Er streichelte die Maschine wie ein Tierbändiger, der einen Tiger zu besänftigen versuchte. Die große Katze knurrte und grollte, schnappte nach seinem Arm und versuchte, ihn zu Fall zu bringen. Doch wenige Sekunden später begann sie zu schnurren und gab sich der falschen Sicherheit hin, die Saffire zuvor programmiert hatte.

Schließlich blieb dem Riesen nichts anderes übrig, als sich zu fügen — letztendlich mußte jede Maschine gehorchen. Stille verdrängte die Byte-Aufregung aus dem elektronischen Kosmos, und es wurden keine weiteren Warnsignale ausgesandt. Überhitzte Schaltkreise kühlten sich langsam ab.

Saffire lehnte sich erschöpft in seinem Sessel zurück und ließ den angehaltenen Atem entweichen. Er hatte es geschafft.

Das Licht des Wissens im Computer trübte sich und wich dem normalen Status. Das System reduzierte seine Energieaufnahme und ging auf Bereitschaft.

Der Riese schlief wieder.

»Schalten Sie den Wandschirm auf normale optische Erfassung, Kralle«, sagte April und trat in die Mitte der Brücke. Sanawey drückte einige Tasten, und daraufhin zeigte das breite Projektionsfeld den Ionensturm. Das Wallen und Glitzern wirkte fast prachtvoll, obgleich es eine große Gefahr für alle Raumschiffe darstellte. »Setzen Sie den Flug mit halber Impulskraft fort.«

»Null Komma fünf Sublicht, aye.«

»Volle Energie auf die Schilde.«

»Deflektoren ein, aye, Sir.«

Das Funkeln kam näher, und kurz darauf füllte es den ganzen Schirm aus, umhüllte das Schiff. Die weiße Königin erzitterte, hielt jedoch den energetischen Wirbeln stand und glitt tiefer hinein. April gewann fast den Eindruck, als wisse das Starship über die Bedeutung der Mission Bescheid, als sei es bestrebt, dem Vertrauen der Menschen an Bord gerecht zu werden.

Die elektrischen Entladungen des Ionensturms führten zu Kurzschlüssen an Bord. Hier und dort knisterte und knackte es. Sanawey und die anderen eilten hin und her, nahmen Messungen vor und justierten Instrumente. April wartete einige Minuten, bevor er sagte:

»An alle Decks, Statusbericht.«

Hart holte tief Luft. »Die Zündungslaser des Impulstriebwerks arbeiten asynchron, und dadurch kommt es zu Unregelmäßigkeiten im Energieniveau. Aber dieses Problem läßt sich innerhalb kurzer Zeit lösen; ansonsten ist alles in Ordnung.«

»Die Schilde?«

»Stabil«, antwortete Florida, ein wenig überrascht darüber, eine solche Auskunft geben zu können. »Die Bordsysteme schaffen einen automatischen Ausgleich für den Energieverlust.«

»Was glauben Sie, Bernice?« April nahm im Kommandosessel Platz und sah die junge Frau an. »Können wir es wagen, wieder in den Warptransit zu gehen?«

Sie wölbte die Brauen. »Ich bin mir nicht sicher, Sir. Der Sturm belastet uns nicht zu sehr, aber wir müssen damit rechnen, daß die energetischen Störungen stärker werden.«

»Was meinst du, George?«

Kirk erwachte wie aus einer Trance, starrte jedoch weiterhin auf den Wandschirm, zutiefst beeindruckt von der schrecklichen Schönheit des Ionensturms. Er überlegte einige Sekunden lang, bevor er erwiderte: »Ich bin kein Techniker, aber ich sehe kaum einen Sinn darin, noch mehr Zeit zu verlieren. Wenn wir auf ein Warpmanöver verzichten, können wir die *Rosenberg* nicht rechtzeitig erreichen.«

»In der Tat«, bestätigte April, und zum erstenmal erklang ein Hauch von Unsicherheit in seiner Stimme. Er schaltete das Interkom an. »An alle Besatzungsmitglieder, wir leiten einen neuerlichen Warptransfer ein. Treffen Sie alle notwendigen Vorbereitungen. Wir müssen damit rechnen, ordentlich durchgeschüttelt zu werden.«

April stand auf – offenbar wollte er nicht sitzenbleiben, während seine Gefährten standen. Sein Blick galt dem Wandschirm, und er starrte direkt ins Herz des Ionensturms, in eine Zone aus brodelnder Energie. Blitze zuckten in den Wirbeln, und hier und dort flakkerte es. George beobachtete, wie der Captain das Kinn vorschob, eine stumme Herausforderung, die dem energetischen Chaos vor ihnen galt. »Warpfaktor eins, Mr. Florida.«

Die Hände des Steuermanns zitterten ein wenig, als sie einige Schalter berührten.

Das Schiff summte. Und die Schlieren des Ionensturms im Projektionsfeld verzerrten sich.

Die Luft schien plötzlich dicker zu werden. George versuchte, die Beine zu bewegen und zu atmen, aber von einem Augenblick zum anderen verlor er die Kontrolle über seinen Körper. Dies konnte unmöglich Warpfaktor eins sein; die Geschwindigkeit des Raumschiffes war viel zu hoch. Kirk wollte den Mund öffnen, um eine Warnung zu rufen, aber kein Laut entrang sich seiner Kehle

Irgend etwas riß ihn mit unbarmherziger Gewalt vom Deck und schleuderte ihn an die Kommunikationskonsole. Überall um ihn herum flogen Gestalten. Aus den Augenwinkeln sah er Florida, der über den Befehlsstand hinwegsauste und an die Brüstung stieß. April prallte ans Schott des Turbolifts. Drake rollte über die Stufen des unteren Decks, und Sanawey fiel über die Kante des Bibliothekscomputers.

George streckte mühsam die Hand aus und tastete übers Kommunikationspult. Jede Bewegung kam einer Qual gleich. Ein gewaltiges Gewicht preßte sich auf ihn herab und schien fest entschlossen zu sein, ihn zu zerquetschen. Schwärze wogte heran und zerrte an seinen Gedanken.

Der Erste Offizier verlor das Bewußtsein.

Und das Raumschiff gehorchte dem letzten Befehl, raste mit Warpgeschwindigkeit durchs All. Niemand konnte den Transit unterbrechen.

KAPITEL 10

Die Offiziere mieden t'Caels Blick, als der Primus die Brücke betrat, und daraus schloß er, daß sie mit seinem Eintreffen gerechnet hatten. Das leise Zischen des Schotts schuf eine fast greifbare Anspannung, und sie schien noch zuzunehmen, als die Tür wieder zuglitt.

Schließlich konnte Kai die Stille nicht länger ertragen und wandte sich an den Feldprimus des Schwarms.

Er trat auf ihn zu, nahm Haltung an und berücksichtigte damit beide Möglichkeiten: Protokoll und Offenheit. »Lord Primus«, sagte der Subcommander schlicht.

»Wie ist der Status des Schwarms?« fragte t'Cael.

»Die Kommandanten sind von Commander Idrys' Verhaftung informiert worden und warten darauf, daß Sie die Änderungen in der Kommandostruktur des Schwarms bekanntgeben. Die *Kriegsdorn* und die *Jäger* setzen unterdessen die Kontrolle von Handelsschiffen fort. Die Patrouilleneinheiten sind derzeit ungefähr einen Lichttag von uns entfernt.«

T'Cael nickte, sah sich auf der Brücke um und versuchte, die allgemeine Stimmung zu erfassen. Ry'iak war noch zugegen, was ihn nicht weiter erstaunte. Kilyle stellte zufrieden fest, daß die Offiziere an ihrer Disziplin festhielten. Aber vielleicht ließ das Chaos nicht mehr lange auf sich warten. »Weisen Sie die Kommandanten an, alle weiteren Informationen über Idrys zu ignorieren, solange sie nicht von mir persönlich bestätigt werden.«

»Ja, Primus.«

»Von jetzt an übernimmt dieses Schiff alle Kommunikationsaufgaben des Schwarms. Sorgen Sie dafür, daß ohne meine ausdrückliche Erlaubnis keine Signale gesendet werden.«

»Verstanden, Primus.«

»Und entlassen Sie Idrys aus ihrer Haft. Ich übernehme die Verantwortung für sie.«

Kai klappte den Mund auf, gab jedoch keinen Ton von sich. Er war wie erstarrt, sah sich zwei verschiedenen Autoritäten gegenüber, die Gehorsam von ihm verlangten. Seine unmittelbare Loyalität galt natürlich dem Primus, aber Kilyle stand nicht mehr in der Gunst des Obersten Prätors ... Der Prätor wiederum intrigierte gegen den Senat und das Prätoriat ... Außerdem kursierten Gerüchte über bevorstehende militärische Auseinandersetzungen mit der Föderation. Es hatte gerade die erste Runde des Machtkampfs begonnen, und noch ließ sich nicht absehen, wer den Sieg errang. Kais Gedanken rasten. Wie sollte er unter solchen Umständen seine Ehre wahren, ohne zu riskieren, die Karriere in Gefahr zu bringen?

Persönliche Befürchtungen spielten eine nicht unerhebliche Rolle. Aber wichtiger war die Sorge um das Reich. Was die Probleme mit der Föderation betraf ... Vielleicht handelte es sich nicht nur um Gerüchte. Vielleicht steckte mehr dahinter.

Primus Kilyle beobachtete ihn aus großen, dunklen und geduldig blickenden Augen. T'Cael drängte nicht auf eine rasche Entscheidung; er wartete geduldig.

»Lord Primus ...«

Kilyle hob stumm die Brauen.

In Kais Hals entstand ein Kloß. »Lord Primus, ich wage es nicht, ihren letzten Befehl auszuführen.«

Eine Braue kam wieder herab, während die andere nach wie vor einen buschigen Bogen bildete. »Warum nicht?«

Die Antwort fiel dem Subcommander schwer. Erneut öffnete er den Mund, ohne daß er einen Ton hervorbrachte.

Ry'iak wählte genau diesen Augenblick, um sich einzumischen. »Ich bitte Sie, Subcommander Kai«, sagte er. »Denken Sie genau darüber nach. Commander Idrys hat während ihrer Laufbahn viele Verdienste erworben. Das dürfen wir nicht vergessen, selbst wenn sie ein so gräßliches Verbrechen wie Verwandtenmord begangen hat.«

T'Cael drehte den Kopf, musterte den Proktor und runzelte unwillkürlich die Stirn. Er wußte natürlich, worum es Ry'iak ging. Der Gesandte des Prätors hatte die Brükkencrew gerade in aller Deutlichkeit daran erinnert, was man Idrys zur Last legte.

Ry'iak trat hinter dem Stützgerüst hervor, das ihm als Versteck diente. Er erinnerte t'Cael an ein ebenso furchtsames wie heimtückisches Tier, das aus seinem Bau kroch.

»Wahrscheinlich hoffte sie, durch die Ermordung ihres Onkels einen höheren Rang in der Familie einzunehmen, aber ich bezweifle, ob sie sich auch gegen den Schwarm verschworen hat«, sagte der Senatsproktor glatt. »Ist dieser Dienst denn so abscheulich? Nein, ich kann mir kaum vorstellen, daß Commander Idrys nach angeblich besseren Posten strebte.«

T'Caels Blick durchbohrte den jüngeren Mann, und er macht kein Hehl aus seiner Verachtung. »Ja«, sagte er und kochte innerlich. »Eine solche Vorstellung fällt auch mir schwer.«

Er wußte ebensogut wie Ry'iak, daß sich alle Offiziere auf der Brücke nach Beförderung sehnten. Jede Bemerkung des Proktors verstärkte das Mißtrauen, das sie Idrys entgegenbrachten. Andererseits: T'Cael durfte nicht sofort etwas gegen Ry'iak unternehmen, denn sonst verlor er das Vertrauen der Crew. Er konnte nur ihre Treue gewinnen, wenn er bewies, daß mehr für ihn sprach als nur der Rang des Feldprimus.

Unter diesen Umständen ist Aufrichtigkeit die beste Taktik, dachte t'Cael und wandte sich wieder an Kai.

»Subcommander ...«, begann er. »Glauben Sie an Commander Idrys' Schuld?«

Kai runzelte die Stirn. »Sir?«

»Halten Sie Ihre Kommandantin für fähig, ein solches Verbrechen zu begehen?«

»Ich erfülle nur meine Pflicht«, erwiderte Kai zurückhaltend.

»Jedes intelligente Wesen macht sich Gedanken, Subcommander«, sagte t'Cael. »Ich frage Sie nicht als Ihr Vorgesetzter, und ich erwarte auch keine Soldatenantwort von Ihnen, Kai. Sie haben eng mit Idrys zusammengearbeitet und ihr treue Dienste geleistet. Ich möchte einfach von Ihnen wissen, ob die Kommandantin Ihrer Meinung nach in der Lage wäre, einen Verwandten zu ermorden.«

Die Frage war weitaus komplexer, als es zunächst den Anschein hatte. T'Cael wußte, daß er die Dinge vereinfachte und sich in erster Linie auf die guten Beziehungen zwischen Kai und Idrys verließ. Er zwang den Subcommander dazu, über die Reputation der Kommandantin nachzudenken, über die Erfahrungen, die er mit ihr gesammelt hatte.

Kai überlegte konzentriert. Unter den gegenwärtigen Umständen durfte er sich zu keiner voreiligen Reaktion hinreißen lassen. Er ahnte, daß es Primus Kilyle nicht nur um eine schlichte Auskunft ging, und außerdem hörte auch der Gesandte des Prätors zu.

»Ich bin davon überzeugt, daß ein Veteran nicht vor drastischen Maßnahmen zurückschreckt, um seine Ehre zu wahren«, sagte er vorsichtig. »Das trifft auch auf mich zu.«

Die letzte Bemerkung zeigte t'Cael, wie sehr Idrys' angebliche Schande Kai bestürzte; außerdem wußte der Subcommander, daß ihm diese Angelegenheit sowohl zum Vorteil als auch zum Nachteil gereichen konnte. Die Worte vermittelten eine Warnung, und der Primus beschloß, sie nicht auf die leichte Schulter zu nehmen.

»Und es ergeht auch vielen anderen so«, warf Ry'iak gerade laut genug ein, damit ihn alle hörten. »Commander Idrys ließ sich zu einem solchen Verbrechen hinreißen, weil sie einem Patrouillensektor zugeteilt werden wollte, der mehr Ruhm verspricht. Aber sie wählte den falschen Weg, um ihr Ziel zu erreichen. Schande ist unverzeihlich.« Erneut erinnerte er die Offiziere an die Anklage. »Wenn sie das Reich verraten hätte, wäre alles viel leichter. Aber die Ermordung eines Verwandten ...« Er schauderte demonstrativ.

T'Cael sah weiterhin Kai an. Wenigstens wußte er jetzt, daß der Subcommander die Patrouille in diesem Sektor für schmählich hielt, und damit kam er einen wichtigen Schritt weiter.

»Ihre Loyalitäten sind eher widersprüchlich«, sagte der Primus. »Sie müssen sich für oder gegen Ihre Kommandantin entscheiden. Sonst lassen Ihnen die Ereignisse bald keine Wahl mehr.«

Kai stand völlig reglos. Eine entsetzliche Wahrheit: Ihm blieb nur dann eine gewisse Kontrolle über seine Zukunft, wenn er sich zu einer Entscheidung durchrang. Ob sie richtig oder falsch war, spielte in diesem Zusammenhang kaum eine Rolle.

T'Cael senkte die Stimme. »Ich möchte, daß Idrys freigelassen wird.«

Der Tonfall des Primus ließ Kai erzittern.

»Was hat es eigentlich mit dem Haftbefehl auf sich?« fuhr t'Cael fort und gab Kai damit keine Möglichkeit zu einer Antwort. »Man wirft Idrys ein nichtmilitärisches Verbrechen vor. Kann man sie an Bord eines militärischen Schiffes, das sie auch noch selbst befehligt, unter Arrest stellen? Oder hat ihre Dienstpflicht einer zivilen Anklage gegenüber den Vorrang? Darüber hinaus sollten wir daran denken, daß sie noch nicht verurteilt wurde.« Er verschränkte die Arme und schritt umher, um die volle Aufmerksamkeit der Brückencrew auf sich zu lenken. »Welche Vorschriften gilt es zu berücksichtigen?« Er hob einen Finger an die Lippen. »Ah, ja. Wenn ein Offizier der Reichsflotte verhaftet werden soll, muß der entsprechende Befehl von einer militärischen Instanz stammen.

In diesem Fall kam die Anweisung vom Senatsrat, nicht wahr?«

Kai zögerte. Erst als er ganz sicher war, daß er sich keine Blöße gab und niemanden beleidigte, bestätigte er Kilyles Frage. »Ja, Primus.«

»Und der Senatsrat ist keine militärische Institution.«

»Da muß ich Sie korrigieren, Lord Primus«, warf Ry'iak ein. T'Cael drehte sich langsam um.

Der Gesandte des Prätors wich rasch zwei Schritte zurück und versuchte, seine Furcht zu verbergen. Doch Kilyles Nähe schüchterte ihn nicht so sehr ein, daß er schwieg. »Der Senatsrat gilt inzwischen als prätoriale Autorität und gehört damit auch zum Militär.« Er blickte sich um und vergewisserte sich, daß man ihm zuhörte. »Aber vielleicht sollten wir die Kommandantin trotzdem freilassen. Immerhin kann sie nicht aus dem Schiff fliehen, oder?« Er lachte nervös und vollführte eine umfassende Geste. »Ich bin sicher, daß so tapfere und standfeste Offiziere all die Strafen ertragen können, mit denen wir rechnen müssen, wenn wir Idrys ohne Erlaubnis aus der Haft entlassen. Nun, niemand braucht eine Exekution zu fürchten. Folter, mehr nicht.« Ry'iak spielte damit auf Formen der Bestrafung an, die weitaus schrecklicher sein mochten als der Tod. Er zögerte einige Sekunden lang, um seinen Ausführungen eine noch größere Bedeutung zu verleihen. Dann wandte er sich wieder an t'Cael. »Lord Primus, vielleicht gibt es eine Lücke in den Vorschriften, die wir zugunsten der Kommandantin ausnutzen könnten. Gestatten Sie mir die Ehre, alle betreffenden Gesetze für Sie zu prüfen.«

Kilyle schwieg und näherte sich Ry'iak.

Der Senatsproktor starrte auf die verschränkten Arme des Primus und erinnerte sich an das Erlebnis in t'Caels Quartier. Nervös trat er einen Schritt zurück, begriff jedoch, daß er einen wichtigen Vorteil verlor, wenn er noch weiter fortwich. Mühsam zwang er sich dazu, an Ort und Stelle zu verharren.

T'Cael blieb wie eine gestaltgewordene Drohung vor ihm stehen.

»Ich gestatte Ihnen höchstens, sich an Ihren Genitalien aufzuhängen. Diese eine Ehre gestehe ich Ihnen zu.«

Kilyle stand so unbeweglich wie eine Statue und zwinkerte nicht einmal. Sein dunkler Blick bohrte sich tief in den jüngeren Mann hinein, und schließlich blieb Ry'iak gar nichts anderes übrig, als den Kopf zu senken. Er versuchte, sich möglichst beiläufig abzuwenden, aber die Offiziere wußten, daß der Proktor floh, als er hinter dem Stützgerüst verschwand.

Ein spöttisches Lächeln zuckte in den Mundwinkeln des Ersten Ingenieurs. Navigator und Brückenzenturio musterten sich eine Zeitlang, und als sie zu dem Schluß gelangten, daß sie ähnlich empfanden, grinsten sie hämisch.

T'Cael sah Kai an. »Ich verspreche Ihnen folgendes, Subcommander. Wenn Idrys dem ihr zur Last gelegten Verbrechen tatsächlich irgendwie Vorschub geleistet hat, wird meine Hand sie richten.«

Niemand zweifelte daran, daß er es ernst meinte.

Der Primus unterstrich seine Worte, indem er die Hand erhoben hielt, bis Kai überzeugt war.

Ein warnendes Pfeifen erklang, gefolgt vom Heulen einer Sirene. Rote Alarmlichter blinkten, und die verblüfften Offiziere eilten an ihre Posten.

»Subcommander!« rief der Brückenzenturio und beugte sich über die Anzeigen seiner Konsole.

»Was ist los?« donnerte Kai.

»Ein Eindringling! Irgend etwas befindet sich in diesem Sektor ...«

»Ein Handelsschiff?«

»Nein, Sir. Die Orte registrieren starke energetische Emissionen!«

»Kampfstationen besetzen!« befahl Kai.

Der Zenturio betätigte eine Taste, und daraufhin veränderte sich das Heulen der Sirene.

»Wie groß ist die Entfernung zum fremden Objekt?«

»Es befindet sich fast in Reichweite unserer visuellen Erfassung, Sir.«

»Woher kam es so plötzlich?«

»Offenbar aus dem Hyperraum.«

T'Cael trat an das Navigationspult heran. »Richtungsvektor?«

Der Navigator sah erst Kai an und richtete seinen Blick dann auf Kilyle. Vermutlich fragte er sich, von wem er seine Anweisungen entgegennehmen sollte. »Das läßt sich nicht feststellen, Primus.«

»Gibt es keine Spur aus Restenergie?«

»Nein, Primus. Und das ist mir ein Rätsel.« Er starrte in den Sichtschlitz des Scanners, hob dann den Kopf und beobachtete die Darstellung des Hauptschirms. »Visueller Kontakt«, murmelte er.

Alle drehten sich um. In der Mitte des Bildschirms schwebte das größte Raumschiff, das die Rihannsu jemals gesehen hatten. Es kam rasch näher, und mit jeder verstreichenden Sekunde schwoll es an.

Kai schnappte unwillkürlich nach Luft, beugte sich vor und riß die Augen auf.

Der weiße Riese glitt durch die Schwärze des Alls und drehte sich dabei langsam um die eigene Achse. Die gewaltige Masse schien aus den Symbolen des Kampfes zu bestehen: Schild, Keule und Lanze. Zwar war die Distanz noch immer recht groß, aber trotzdem bemerkte der Subcommander Laserprojektoren, eine dicke Sensorscheibe und Triebwerksgondeln, die normalen Raumschiffen genug Platz geboten hätten. Gleichzeitig brachte der Eindringling einen Stolz zum Ausdruck, den Soldaten wie Kai nur zu gut verstanden.

Selbst t'Cael schien überaus beeindruckt zu sein und konnte nicht der Versuchung widerstehen, näher an den Schirm heranzutreten. Seine Erfahrung nährte kleine Ahnungen in ihm, und es fehlte nur die Bestätigung in Form eines einzelnen Wortes auf der weißen Hülle des fremden Schiffes: *Invasion.*

Als sich Kilyle umwandte, sah er ähnliche Befürchtungen in den Mienen der Offiziere.

»Kai«, begann er.

»J-ja, Primus?«

»Benachrichtigen Sie den Schwarm.«

»Ja, Primus.«

»Und noch etwas, Kai ...«

»Sir?«

»Entlassen Sie Idrys unverzüglich aus der Arrestzelle.«

»Sofort, Primus.«

KAPITEL 11

Der gewaltige Eindringling wies keinerlei Kennzeichen auf. Abgesehen vom elfenbeinernen Weiß bestand die einzige Farbe aus dem schimmernden Rot der Sensorscheibe. Hier und dort blinkten einige Docklichter am Rumpf. Nirgends ein Hoheitszeichen. Keine Flaggen, Nummern oder Symbole. Kein Hinweis auf die Konstrukteure des Schiffes. Nur Größe, aggressive Schönheit und Präsenz in diesem Sektor deuteten darauf hin, welche Absichten die Unbekannten an Bord verfolgten. Wer schickte ein Raumschiff ohne Kennzeichen? Nur Invasoren, die einen Eroberungsfeldzug planten. T'Cael versuchte, sich möglichst gerade zu halten. »Energieanzeige?« fragte er, und seine Stimme klang seltsam hohl.

Kai beugte sich über die wissenschaftliche Station. »Geringfügige Ionenpulsationen — Emissionen eines Hyperlicht-Triebwerks. An der Außenhülle starker Magnetismus, der jedoch rasch schwächer wird.« Der Subcommander richtete sich wieder auf und beobachtete die Darstellung des Wandschirms. »Wenn die dunklen Öffnungen im Rumpf auf Laserprojektoren und andere Waffen hinweisen, ist die Feuerkraft des fremden Schiffes mindestens zwanzigmal so groß wie unsere.«

T'Cael zog seine dunklen Brauen zusammen. »Geringe Emissionen eines Hyperlicht-Antriebs«, murmelte der Primus. »Haben die Unbekannten ihr Triebwerk desaktiviert?«

»Vielleicht wollen sie genau diesen Eindruck erwekken«. Idrys trat auf Kilyle zu, und ihre Stimme erfüllte ihn mit einer gewissen Erleichterung. Die Kommandantin kam genau zum richtigen Zeitpunkt. T'Cael brauchte ihre Treue und Erfahrung, ihre Zuverlässigkeit.

Nachdenklich wanderte er in dem kleinen Kontrollraum umher. »Irgendwelche Anzeichen von Kampfschäden?«

»Es lassen sich nicht die geringsten Beschädigungen feststellen, ganz gleich welcher Art«, antwortete Kai, der noch immer an der wissenschaftlichen Station stand. Das Glühen der Monitoren gab seinem Gesicht einen grünlichen Ton. »Alle Systeme des Eindringlings scheinen einwandfrei zu funktionieren.«

»Gefechtsbereitschaft!« befahl t'Cael. »Energieraketen laden.«

»Raketen geladen«, bestätigte der Steuermann.

»Deflektoren ein.«

»Schilde stabil.«

»Heck- und bugwärtige Geschützstellungen besetzen. Hilfssensoren auf Fernerfassung justieren; vielleicht ist das fremde Schiff nicht allein gekommen. Alle zusätzlichen Waffenstationen mit Energie beschicken; Reservesysteme aktivieren. Energetisches Niveau des Triebwerks erhöhen – möglicherweise sind rasche Flugmanöver notwendig.«

»Kampfsituation«, sprach Idrys ins Mikrofon der internen Kommunikation. »Ich wiederhole: Kampfsituation.« Dann gab sie alle Autorisierungscodes ein, um das ganze Arsenal der *Vernichter* für den Einsatz vorzubereiten.

T'Cael kniff die Augen zusammen und beobachtete das alabasterweiße Raumschiff. Schon seit vielen Jahren hielt er sich an das Prinzip, erst vorsichtig zu sein und nur dann zu vertrauen, wenn es für Argwohn keinen Grund mehr gab. »Bringen Sie uns in Angriffsposition.«

Kai drehte sich um. »Wir hätten kaum eine Chance gegen den Riesen dort draußen.«

T'Cael zögerte einige Sekunden lang und spürte, wie sich die Stille verdichtete. »Wir sind allein und können erst mit Unterstützung rechnen, wenn der Schwarm eintrifft«, sagte er ruhig. »Möchten Sie lieber fliehen und sich irgendwo verstecken?«

Kai senkte betroffen den Kopf, und unmittelbar darauf nahm er Haltung an. »Nein, Lord Primus.«

»Angriffsposition.«

»Sofort, Primus.« Kai nickte und führte den Befehl aus. Seine Lippen zitterten; offenbar befürchtete er, daß man ihn für einen Feigling hielt.

Kilyle ging vor dem Hauptschirm auf und ab, und sein Blick klebte an dem fremden Schiff fest, als hoffe er, auf diese Weise alle Geheimnisse des weißen Eindringlings ergründen zu können. »Achten Sie darauf, dem Unbekannten nur unser schmalstes Profil darzubieten«, sagte er und sah aus den Augenwinkeln, daß die Offiziere seine Anweisungen unverzüglich ausführten. »Vergleichen Sie das Schiff mit allen bekannten Konstruktionstypen. Wir müssen unbedingt herausfinden, mit wem wir es zu tun haben.«

»Es handelt sich um Feinde«, antwortete eine Stimme, die Zorn in t'Cael weckte. Der Gesandte des Prätors sprach wie jemand, der langjährige Erfahrungen im Umgang mit Feinden gesammelt hatte. *Aber bestimmt nicht auf dem Schlachtfeld,* dachte Kilyle. *Höchstens hinter den Kulissen von Intrigen und Verschwörungen.*

Er ignorierte Ry'iaks Bemerkung und fuhr fort: »Kontrollieren Sie die Baumuster aller uns bekannten Völker, und gehen Sie dabei bis fünfzig Jahre zurück, nach der ch'Havran-Zeitrechnung.«

»Bestätigung, Primus«, sagte Kai und ließ sich seine Nervosität viel zu deutlich anmerken.

T'Cael warf der Kommandantin einen kurzen Blick zu, um festzustellen, ob er Kais Reaktionen richtig interpretierte. Ihre zusammengepreßten Lippen bestätigten seine Annahmen. Dem Subcommander gefiel es ganz und gar nicht, daß sich Idrys wieder auf der Brücke befand. Er schien davon überzeugt zu sein, daß mit ihrer Freilassung einige wichtige Vorschriften verletzt wurden, und die Vorstellung, daß sie tatsächlich ein schändliches Verbrechen wie Verwandtenmord begangen hatte, erfüllte ihn mit Abscheu. Außerdem verwies ihn Idrys' Präsenz auf den dritten Platz der Kommandohierarchie – vermutlich hatte er bereits gehofft, ihre Stelle als Commander einnehmen zu können. Andererseits: Das fremde Schiff erfüllte ihn mit einer Mischung aus Unbehagen und gespannter Erwartung. Er sah in dem weißen Eindringling nicht nur eine mögliche Gefahr, sondern auch eine Chance.

T'Cael nickte kaum merklich. Von jetzt an konnte praktisch alles geschehen.

»Primus«, sagte Kai und faßte sich wieder.

»Ich höre.«

»Die Überprüfung ist beendet. Wir kennen keine Raumschiffe, die einer solchen Konfiguration auch nur entfernt ähneln. Das Diskussegment und die Triebwerksgondeln lassen sich leicht identifizieren, aber sie scheinen sich aus dem Nichts entwickelt zu haben.«

Kilyle schloß die Augen und täuschte über seine Verärgerung hinweg, indem er die Arme verschränkte. »Damit erweist sich einmal mehr, wie ungeheuer klug es ist, in den Computern unserer Kriegsschwalben nur Flugmanöver zu speichern«, kommentierte er ironisch.

»Erst durch einen Kontakt mit dem Mutterschiff können wir in Erfahrung bringen, ob unsere Spione Informationen über solche Giganten übermittelt haben«, warf Idrys ein.

»Das Reich fürchtet sich, die Offiziere an seinem Wissen teilhaben zu lassen«, erwiderte t'Cael leise und kummervoll. Erneut wanderte er vor dem Bildschirm auf und ab und beobachtete den weißen Glanz. »Vielleicht weiß der Senatsrat längst über dieses Schiff Bescheid, aber wir haben nicht die geringste Ahnung. Wie sollen wir uns jetzt verhalten? Möglicherweise stellen die Unbekannten überhaupt keine Gefahr dar. Vielleicht sind sie sogar potentielle Verbündete.«

»Oder Feinde, die dem Obersten Prätor solche Angst einjagen, daß er nicht auf ihre Existenz hinweist«, fügte Idrys hinzu.

Ry'iak zitterte vor Wut und verließ sein Versteck hinter dem Stützgerüst. »Der Prätor hat vor nichts Angst!

Und wer könnte ein so großes Schiff geheimhalten?« Er zeigte auf den Hauptschirm, und t'Cael konnte nicht leugnen, daß die Worte des Proktors eine gewisse Wahrheit zum Ausdruck brachten. Selbst das Prätoriat wäre nicht in der Lage gewesen, ein so gewaltiges Schiff auch nur für kurze Zeit zu verbergen.

Idrys trat an t'Cael heran. »Zwar sind wir allein, aber wir müssen uns trotzdem stark zeigen«, sagte sie leise, achtete jedoch darauf, nicht zu flüstern. Wer flüsterte, erweckte sofort Verdacht. »Sollen wir das Feuer eröffnen? Eine Warnsalve?«

»Geben Sie mir einen solchen Rat?« fragte der Primus.

Die Kommandantin überlegte, und nach einigen Sekunden schüttelte sie den Kopf. »Nein. Ich schlage Kommunikation vor. Wir müssen herausfinden, mit welchen Intentionen die Unbekannten kommen und warum sie so plötzlich in diesem Raumsektor erschienen.«

»Der Meinung bin ich auch«, pflichtete ihr t'Cael bei. »Bereiten Sie eine Nachricht vor. Verlangen Sie eine Identifizierung und fragen Sie, welche Absichten die Besatzung jenes Schiffes verfolgt.«

»In welcher Sprache, Sir?«

Ein weiteres Problem. Wußte der Eindringling, daß er sich tief im Raumgebiet der Rihannsu befand? Im Umkreis von mehreren hundert Lichtjahren sprach man allein die Dialekte der Heimatwelten. Hinzu kam: Die *Vernichter* war auf den ersten Blick als ein Schwarmschiff zu erkennen; an *ihrem* Konstruktionsmuster gab es nicht den geringsten Zweifel.

T'Cael schürzte die Lippen und traf eine Entscheidung. »Basis-Rihannsu«, sagte er. »Und beeilen Sie sich.«

Es fiel George nicht leicht, sich vom dunklen Nebel der Bewußtlosigkeit zu befreien. Er nahm das dumpfe Pochen des Schmerzes wahr, konnte es jedoch nicht lokalisieren. Für eine Weile fand er sich damit ab und hatte das Gefühl, von einem Traum in den nächsten zu gleiten.

Schließlich aber hörte er Geräusche – ein leises Stöhnen. Stammte es von ihm selbst? Dann das Wimmern des Raumschiffes: sphärenhaftes Piepen und Summen, ab und zu ein mechanisches Klicken, das allmählich lauter zu werden schien.

Mehrere Sekunden verstrichen, und schließlich reagierten die Netzhäute und übermittelten dem erwachenden Verstand erste Informationen. George sah ein dunstiges, verschwommenes Etwas, in dem er langsame, schemenhafte Bewegungen zu erkennen glaubte. Der Schmerz kehrte zurück, stach in der rechten Schulter. Er konzentrierte sich darauf und versuchte, die Muskeln zu spannen. Sofort wurde aus dem Stechen ein heißes Feuer, das seine Gedanken verbrannte und ihn in die Schwärze zurückzuschleudern drohte. Er atmete einige Male tief durch, und allmählich klärte sich das Bild vor seinen Augen.

Ein Teppich, nur wenige Zentimeter entfernt. Bisher hatte er angenommen, flach auf dem Rücken zu liegen, doch nun stellte er fest, daß er auf Händen und Knien hockte. Vorsichtig hob er den Kopf.

Auf der anderen Seite des Kontrollraums bemühte sich Ingenieur Hart, Florida auf die Beine zu helfen, aber es fehlte ihr an Kraft. Ihr Beispiel erfüllte George mit Entschlossenheit, und er richtete sich auf.

Die Bewegung lichtete den Benommenheitsdunst, der nach wie vor hinter der Stirn des Ersten Offiziers wallte. Mit der Brücke schien soweit alles in Ordnung zu sein. Nichts brannte, und die Konsolen wirkten unbeschädigt. Aber der große Wandschirm ... Er zeigte nur gestaltloses Grau.

Kurz darauf bemerkte er Drake, der neben dem Befehlsstand lag. George stemmte sich in die Höhe, griff nach der Brüstung und wankte die Stufen zum unteren Deck hinunter.

Dort sank er erneut auf die Knie und verschnaufte. Jeder Atemzug brachte mehr Kraft in seinen gepeinigten Leib zurück, und es dauerte nicht lange, bis er den Weg fortsetzte. Er ergriff Drake an den Schultern, zog ihn ein wenig in die Höhe und sah besorgt auf ihn herab. »He, Kreole, wie fühlst du dich?«

Reed hielt sich an Kirk fest, zwinkerte verwirrt und schnappte nach Luft. »Miserabel ...«, brachte er hervor. »Als hätte mir irgend jemand das Gehirn aus den Ohren gezogen.« Trotz der dunklen Haut offenbarten die Wangen eine fahle Gräue, doch die Farbe kehrte bereits in sie zurück. Drake sah George an und schnitt eine Grimasse. »Du solltest mit diesem Schiff etwas sanfter umgehen. Sonst bockt es wie ein wildes Pferd.«

George spürte, wie Drake erzitterte. Erneut schöpfte er Atem.

»Wir sollten jetzt aufstehen«, sagte George und lachte leise, als er den Klang dieser banalen Worte vernahm. Seine Stimme war noch immer rauh und heiser – und das Lachen kaum mehr als ein Krächzen.

»Ja«, erwiderte Drake und rang sich ein Nicken ab. »Ich helfe dir.«

Er schloß die Hände um Georges Arme und stützte sich auf ihn. Kirk verlagerte sein Gewicht, um sowohl sich selbst als auch Drake gerade zu halten. Er schwankte unsicher, und auch Reeds Knie gaben nach.

Der Erste Offizier taumelte zum Befehlsstand und ließ Drake in den Kommandosessel sinken. Plötzliche Erschöpfung verdrängte die neugewonnene Kraft aus seinen Muskeln, und einige Sekunden lang klammerte er sich an der Armlehne fest, um nicht erneut zu Boden zu sinken.

Als er seinen Blick durch den Kontrollraum schweifen ließ, erstarrte er unwillkürlich.

Blut bildete einen langen, schmierigen Streifen auf der perlmuttweißen Wand neben dem Turbolift. Der rote Striemen wirkte wie das Schreckensgemälde eines Dämons, neigte sich nach unten und endete bei einem reglosen Körper.

»Oh, nein!« keuchte George. »Robert ...«

Er stieß sich vom Befehlsstand ab, eilte aufs Oberdeck und kniete neben dem Captain. Kirk ignorierte die Stimme, die zur Vorsicht gemahnte, drehte April langsam zur Seite.

Das Gesicht des Kommandanten war kalkweiß, und die Lippen bildeten zwei farblose Striche. Blut strömte aus einer klaffenden Wunde am Kopf und verklebte das Haar.

Aprils Lider zitterten und hoben sich um einige Millimeter.

Hart und Drake kamen herbei und knieten neben George. Beide wirkten mitgenommen und gleichzeitig zutiefst besorgt. Nur Kirk brachte den Mut auf, April zu berühren.

»Robert«, sagte er, biß die Zähne zusammen und versuchte, die Panik aus sich zu verdrängen. Er griff nach der Hand des Captains. »Es ist alles in Ordnung ... Beweg dich nicht.«

Sanawey beugte sich über die Kommunikationskonsole und sagte drängend: »Brücke an Krankenstation. Medizinischer Notfall. Ich wiederhole: Wir haben hier einen Notfall.«

Sarah Pooles gepreßt und verärgert klingende Stimme drang aus dem Lautsprecher. »Himmel, das ganze Schiff ist ein einziger medizinischer Notfall. Ich habe keine Zeit, irgendwelche Verletzten abzuholen.«

Von einem Augenblick zum anderen brodelte Zorn in George. Er wirbelte um die eigene Achse, sprang ans Pult heran und erwiderte: »Zum Teufel mit Ihnen, Doktor, Sie haben es nicht mit Vieh zu tun! Der Captain braucht Hilfe! Kommen Sie gefälligst hierher!«

Dr. Poole gab nicht sofort Antwort. Als erneut ihre Stimme ertönte, klang sie steif, fast monoton.

»Was ist mit ihm geschehen?«

»Er hat eine Kopfverletzung erlitten.«

»Eine offene Wunde?«

»Ja.«

»Bewegen Sie ihn nicht. Ich bin unterwegs.«

»Das will ich auch hoffen«, knurrte George und kehrte zu April zurück.

Die Hände des Captains zuckten, und er stöhnte leise. »George ...« Er schauderte heftig, verausgabte seine ganze Kraft, indem er dieses eine Wort aussprach.

»Ich bin hier, Robert. Rühr dich nicht von der Stelle. Bleib ganz ruhig liegen.« Kirk schloß die Finger fester um die Hand des Captains – vielleicht sogar zu fest – und drehte den Kopf. »Hart, kehren Sie an Ihre Station zurück. Finden Sie heraus, was passiert ist und ob die Bordsysteme funktionieren. Florida, wo sind Sie?«

»Hier«, antwortete der Steuermann und wankte hinter einer Konsole hervor. »Ich bin hier, Sir.«

»Helfen Sie Hart.«

»Ja, Sir.«

»Sanawey, aktivieren Sie das Sensorsystem und stellen Sie fest, in welchem Raumsektor wir uns befinden.«

»Sofort, Sir«, antwortete der hochgewachsene Mann, und selbst seine Stimme vibrierte.

George beobachtete, wie die Brückencrew mit ihrer Arbeit begann, überhörte jedoch das Summen und Surren der Schaltpulte und wandte sich wieder April zu. Er starrte auf den Captain herab, hielt in den nur halb geöffneten Augen nach dem charakteristischen Schimmern Ausschau. Doch der Blick des Verletzten blieb trüb. »Robert?« fragte er leise.

»Das Schiff ...«, hauchte April und schauderte erneut. Das Sprechen strengte ihn sehr an.

»Sei unbesorgt. Hast du mich verstanden? Mach dir keine Sorgen. Es ist alles in Ordnung. Und Sarah müßte jeden Augenblick eintreffen.«

Die letzten Worte beruhigten April. George sah, wie das Zittern nachließ. Der Captain entspannte sich, und kurze Zeit später verlor er das Bewußtsein.

Die Tür des Turbolifts glitt zischend auf, und Sarah Poole betrat die Brücke, gefolgt von zwei medizinischen

Assistenten. Rote Flecken zeigten sich auf ihren Wangen, und in den Augen glänzten Tränen. George dachte an ihre mürrische Stimme, die solche Wut in ihm geweckt hatte. Auf dem Weg zur Brücke hatte sich die Frau auf eine erstaunliche Art und Weise verändert, offenbarte nun wesentlich mehr als nur die berufliche Anteilnahme eines Arztes. Mit einigen raschen Schritten kam sie heran und klopfte George auf die Schulter. »Machen Sie Platz!«

Drake zog George beiseite; Sarah ignorierte beide, ging neben dem Captain in die Hocke und untersuchte die Kopfwunde. Verstohlen wischte sie eine Träne fort. Einer ihrer beiden Helfer blickte auf die Anzeigen eines Medo-Scanners, während der andere eine Bahre brachte.

George beobachtete Dr. Poole fasziniert und verblüfft. Sie wirkte jetzt völlig anders. Ihr Gesicht war gerötet, und die feuchten Wimpern sahen weitaus länger aus. Sie schürzte die Lippen, und ihre dünnen Brauen zogen sich zusammen, als sie eine erste Diagnose erstellte.

»Ist es schlimm?« fragte Kirk vorsichtig.

»Schlimm genug!« erwiderte Sarah scharf. Sie konnte die Tränen nicht länger zurückhalten, schluchzte leise und legte einen Verband an. »Überlassen Sie ihn mir«, fügte sie brüchig hinzu.

George fühlte Drakes neugierigen Blick auf sich ruhen und bemerkte auch die Aufmerksamkeit der anderen Anwesenden, aber er achtete nicht darauf. Es spielte keine Rolle, welchen Tonfall Dr. Poole ihm gegenüber benutzte. Wichtig war nur, daß sie sich um April kümmerte. Nur darauf kam es an. Nach dem Anlegen des Verbands bedeutete Sarah ihren beiden Assistenten, April auf die Bahre zu legen. Wenige Sekunden später ruhte der Verletzte auf einer weichen Unterlage, und Sarah breitete eine Thermodecke über ihm aus. »Worauf warten Sie noch?« fuhr sie die beiden Männer an, deutete zum Turbolift und folgte den Pflegern.

»Halten Sie mich auf dem laufenden, Doktor!« rief ihr George nach.

Die Ärztin drehte sich ruckartig um und hielt sich am Rand der Bahre fest. »Lassen Sie mich in Ruhe! Lassen Sie *ihn* in Ruhe!« Das Liftschott schloß sich wieder.

»Lieber Himmel«, murmelte Drake verdutzt und riß die Augen auf. »Was ist denn bloß mit ihr los?«

George trachtete danach, sich von seiner Anspannung zu befreien. »Keine Ahnung«, sagte er. »Es ist mir auch völlig gleich. Hauptsache, sie behandelt Robert.« Vorsichtig massierte er seine noch immer schmerzende Schulter und sah die junge Ingenieurin an. »Wo bleibt der Statusbericht, Hart?«

Bernice Hart stand an den Kontrollen der Subsysteme, und als sie sich umdrehte, zuckte sie schmerzerfüllt zusammen. Offenbar hatte sie sich einen Fuß verstaucht. Sie verlagerte das Gewicht aufs andere Bein. »Ich bin noch nicht soweit, Mr. Kirk. Allem Anschein nach ist es in den Gravitationskompensatoren zu einer Fehlfunktion gekommen. Das erklärt sowohl die Schwerkraftverschiebungen, durch die wir umhergeschleudert wurden, als auch den plötzlichen Druckverlust, der uns allen das Bewußtsein raubte. Derzeit werden die Kompensatoren mit Bereitschaftsenergie gespeist.«

»Können wir dem System vertrauen?«

»Ich glaube schon. Die Anzeigen sind grün.«

»Was ist passiert? Warum geriet das Schiff plötzlich außer Kontrolle?«

»Sir«, meldete sich Florida. Er hatte eine Bodenplatte des Decks gelöst und überprüfte Schaltkreise. »Es geschah unmittelbar nach der Einleitung des Warptransits.

»Ja«, knurrte George. Er trat an den Befehlsstand heran und schaltete das Interkom ein. »Maschinenraum, hier spricht Kirk. Wie ist die Lage bei Ihnen?«

Eine Zeitlang antwortete niemand, und dann erklang eine Stimme. Offenbar gehörte sie Wood. »Hier Maschinenraum. Äh, wir sind noch immer ziemlich durcheinander. Bitte geben Sie uns einige Minuten Zeit, damit wir eine Analyse vornehmen können.«

»Ich brauche zumindest einige erste Informationen«, sagte George.

»Die Triebwerke haben sich automatisch abgeschaltet, Sir«, erwiderte Wood. »Derzeit steht uns keine Warpenergie zur Verfügung.«

»Warum nicht?«

Der junge Mann zögerte. »Ich glaube, es kam zu einer energetischen Überladung, und die Sicherheitssensoren reagierten, indem sie eine Desaktivierung aller Antriebseinheiten veranlaßten.«

»Wo steckt Dr. Brownell?«

»Äh, er kann uns leider nicht helfen.«

George schluckte. »Ist er tot?«

»Nein, nur arbeitsunfähig«, entgegnete Wood.

»Bringen Sie ihn wieder auf die Beine«, grollte George. »Und zwar schnell!«

»Ja, Sir. Wir bemühen uns, Sir.«

»Brücke Ende! Hart!«

Die Technikerin drehte sich nahezu verzweifelt zum Ersten Offizier um. »Ja?«

»Warum sind alle Systeme ausgefallen?«

»Mich trifft keine Schuld, Sir«, verteidigte sich Bernice Hart, als befürchtete sie, George würde persönliche Vorwürfe gegen sie erheben. »Wenn es tatsächlich zu einer energetischen Überladung kam ... Das Schiff schützte sich selbst, indem es alle gefährdeten Anlagen stillegte.«

»Welche Bereiche sind betroffen?«

»Nun, die Sensoren, das Warptriebwerk, alle Deflektoren, die Lebenserhaltungssysteme auf den Decks H, I und L ...«

»Verdammt! Hält sich dort unten jemand auf?«

»Nein, niemand.«

»Riegeln Sie die Sektionen ab. Dadurch sparen wir Energie. Wie viele Besatzungsmitglieder sind verletzt?«

»Darüber kann Ihnen nur die Krankenstation Auskunft geben.«

George ignorierte das Pochen in der Schulter und

lehnte sich an den Befehlsstand. »Ich sollte wohl besser auf eine entsprechende Anfrage verzichten, um mir nicht Dr. Pooles Zorn zuzuziehen.« Er zuckte zusammen, als er jähen Schmerz im Nacken spürte, holte tief Luft und wartete, bis das Stechen nachließ. »Na schön ... Helfen Sie den Leuten im Maschinenraum bei der Reparatur des Warpantriebs. Sanawey, was ist mit den Sensoren?«

Dicke Muskelstränge spannten sich unter dem Uniformpulli des Indianers, als er sich halb umwandte. »Einige Schaltkreise sind durchgebrannt, Sir. Ich stelle neue elektrische Verbindungen her. In einigen Sekunden müßte zumindest eine visuelle Erfassung möglich sein.«

George preßte sich die Fingerknöchel an die Lippen und schloß kurz die Augen. »Die Sache gefällt mir nicht. Irgend etwas ist faul.«

Drake gesellte sich an seine Seite. »Entspann dich, Geordie«, sagte er leise. »Inzwischen scheint wieder alles unter Kontrolle zu sein. Und mach dir keine Sorgen um den Captain – Unkraut vergeht nicht.« Reed lächelte dünn. »Die Königin scheint genau zu wissen, worauf es im Notfall ankommt. Sie hat den Warpflug rechtzeitig unterbrochen, bevor wir eine andere Galaxis erreichten, nicht wahr?«

»Warptriebwerke sind keineswegs intelligent«, erwiderte George. »Ganz abgesehen davon: Selbst in einem Ionensturm hätte sie nicht verrückt spielen dürfen. Eine automatische Desaktivierung, ja. Aber kein spontaner Transit. Nein, ich bin sicher, es steckt mehr dahinter.«

»Sir«, sagte Sanawey und runzelte verwirrt die Stirn.

George drehte sich um.

Der Indianer hielt sich ein Kom-Modul ans Ohr, und die Falten über seinen Brauen bildeten tiefe Täler. »Sir, ich ...«

»Ja?« drängte George.

»Ich empfange Signale. Sie werden im oberen Bereich der Grußfrequenzen übermittelt. Es handelt sich um eine fremde Sprache, die erst übersetzt werden muß.«

»Eine Nachricht?« George ging übers untere Deck und hielt sich am Geländer vor der Kommunikationsstation fest. »Von wem könnte sie stammen?«

Sanawey betätigte einige Tasten der astrotelemetrischen Kontrollen und richtete seinen Blick auf den Wandschirm, als ein dumpfes, energetisches Summen erklang.

George drehte sich um; Drake, Florida und Hart folgten seinem Beispiel.

Das Projektionsfeld zeigte einen dunklen Schemen, dessen Konturen sich vor den Sternen abzeichneten, einen Geier, der dicht vor dem Fenster ins All schwebte.

Die Menschen auf der Brücke erkannten sofort den Schrecken der Vergangenheit. Er bot sich ihnen in Form von federartigen Symbolen dar, die auf einem schwarzen, vogelartigen Rumpf glänzten.

KAPITEL 12

Aprils Gedanken tasteten durch die Dunkelheit und fanden allmählich in die Wirklichkeit zurück. Zuerst hörte er das gleichmäßige *Bumm-bumm-bumm* des Kardio-Monitors an der Wand über seinem Kopf. Solange er lebte, setzte sich das leise Pochen fort. Wenn es verklang, wurde es Zeit, sich Sorgen zu machen.

Er atmete tief durch, um die Dunkelheit der Ohnmacht vollständig zurückzudrängen, schlug dann die Augen auf. Einige Sekunden lang sah er nur verzerrte Konturen, doch kurz darauf bemerkte er ein vertrautes Gesicht: Sarah.

Ihre Mimik entsprach nicht unbedingt der einer Ärztin. Die Züge wirkten noch immer angespannt, und ihre Wangen offenbarten Spuren getrockneter Tränen. »Wie geht es Ihnen?«

April dachte darüber nach. »Ich bin mir nicht ganz sicher«, erwiderte er und spürte einen Hauch Verlegenheit. Das Sprechen bereitete ihm einige Probleme. Er mußte ständig darauf achten, daß ihm die Zunge nicht im Weg war. »Schwach. Und ... ich habe enorme Kopfschmerzen. Was ist eigentlich geschehen?« Er tastete nach dem Verband.

Sarah hielt seine Hand fest. »Sie beschlossen, Ihren Schädel als Knüppel zu verwenden und damit an die Wand zu schlagen. Das Gehirn hielt nicht viel davon.«

»Blut?« brachte April hervor und fühlte eine feuchte Strähne.

»Ja. Aber jetzt nicht mehr. Wir haben Ihnen das Haar gewaschen. Deshalb ist es so feucht.« Dr. Poole seufzte. »Seien Sie ein braver Junge und bleiben Sie ruhig liegen.«

Der Captain versuchte, den Kopf zu heben. »Wie viele Besatzungsmitglieder wurden verletzt?«

Sarah seufzte erneut, ging nicht sofort auf Aprils Frage ein und sah auf die Anzeige eines tragbaren Enzephalographen. »Blaue Flecken und Hautabschürfungen, einige wenige Knochenbrüche, weiter nichts«, murmelte sie ausweichend.

»Und George?«

»Was soll schon mit ihm sein?«

»Hat es ihn ebenfalls erwischt?«

»Nein. Ihr Neonazi-Freund führt inzwischen das Kommando.«

April entspannte sich. »Oh, gut. Dann ist ja alles in Ordnung.«

»Hoffentlich«, brummte die Ärztin.

»Wie konnte so etwas geschehen? Sind bereits Statusberichte eingetroffen?«

»Ich schlage vor, Sie ruhen sich aus, Robert. Alles andere hat Zeit.«

April bedachte sie mit einem jungenhaften Lächeln. »Ach, kommen Sie, Sarah. Ich *muß* solche Fragen stellen.«

Dr. Poole wischte sich die Tränenspuren von den Wangen und straffte ihre Gestalt. Sie versuchte, in den Kokon zurückzuschlüpfen, der sie vor allen Dingen schützte, die ihr seelische Schmerzen bereiten konnten. »Irgend jemand erwähnte eine Schwerkraftverschiebung.«

April runzelte nachdenklich die Stirn und blinzelte. »Oh, ja ... Wahrscheinlich ein Ausfall der Gravitationskompensatoren. Das würde eine Menge erklären. Meine Güte, es hätte weitaus schlimmer kommen können.« Er rollte sich auf den Rücken. Die Bewegung desorientierte ihn, und sein ganzer Körper erschlaffte.

Sarah beugte sich über ihren Patienten und berührte Aprils Gesicht. »Robert?«

»Bin noch immer hier«, flüsterte er. »Zumindest teilweise.«

Dr. Poole ließ den angehaltenen Atem entweichen und schluckte. »Jagen Sie mir nicht noch einmal einen solchen Schrecken ein.«

»Wie lange liege ich schon hier?«

»Seit einigen Minuten.«

»Seit *wie vielen* Minuten?«

Die Ärztin griff nach einem handgroßen Enzephalostat, hielt es an Aprils Schläfe und justierte ein Kraftfeld, das Infektionen vorbeugen sollte. »Darüber gebe ich Ihnen keine Auskunft.« Sie spürte eine eigentümliche Kälte in den Fingern und versuchte, ein verräterisches Vibrieren aus ihrer Stimme zu verbannen. Nur mit Mühe widerstand sie der Versuchung, dem Captain alles zu sagen. Es hatte sich innerhalb kurzer Zeit im Schiff herumgesprochen: Sie befanden sich im stellaren Territorium der Romulaner, und zunächst schien es keine Möglichkeit zu geben, in den Raumbereich der Föderation zurückzukehren.

»Geben Sie mir irgendein Mittel, das mich wieder auf die Beine bringt«, sagte Robert.

»Kommt überhaupt nicht in Frage.« Es blitzte in Sarahs Augen, und auf ihren Wangen bildeten sich rote Flecken. »Sie haben mich aufgefordert, Kirk für Sie zu schnappen — damit Sie jemand vertreten kann. Soll er sich um alles kümmern!«

»Sarah«, erwiderte April sanft und griff nach ihrer Hand. »Ich sollte auf der Brücke sein, das wissen Sie.«

»Na schön«, sagte Dr. Poole scharf. »Gehen Sie ruhig. Wenn Sie können. Sie haben mich an Bord geholt, damit ich bei einer besonderen Mission eine besondere Besatzung behandle. Und das schließt Sie mit ein.« Ihr Kinn bebte, als sie plötzlich schwieg. Einige bedeutsame Sekunden lang sah sie April nur an, und dann öffneten sich ihre Lippen von ganz allein. »Sie sind der wichtigste Teil dieser Mission.«

April preßte Sarahs Hand an seine Brust. »Ich bin froh, daß Sie hier sind.«

Ihre Schultern versteiften sich. »Nun, *ich* nicht. Es gibt viele Ärzte, die für ein solches Unternehmen weitaus qualifizierter sind. Dies ist einfach nicht fair, Robert. *Sie* sind nicht fair zu mir.«

»Ich vermeide es, mit Fremden zusammenzuarbeiten«, antwortete er und erinnerte sich daran, daß er ähnliche Worte an George gerichtet hatte. »Ich möchte Leute um mich herum haben, denen ich vertrauen kann, die ich nicht erst kennenlernen muß. Ich weiß, wie sehr du es verabscheust, jemanden leiden zu sehen ...« Er ging plötzlich zum Du über. »Und du hast recht: Ich kenne andere Ärzte, die für unsere Mission geeigneter wären, wenn man rein medizinische Maßstäbe anlegt. Aber ich wollte sie nicht. Ich wollte jemanden, den ich kenne und der mich kennt. Ich wollte dich, Sarah.« Seine Stimme wurde noch leiser, und das gleichmäßige Pochen des Kardio-Monitors klang wie ein Taktgeber. In den blauen Augen des Captains schimmerte emotionale Wärme, und durch den Kopfverband wirkte er sowohl hilflos als auch tapfer. Er zog die Hand der Frau höher, bis sie fast sein Kinn berührte. »Um ganz ehrlich zu sein ... Ich liebe dich, Sarah.«

George marschierte auf der Brücke umher und wandte den Blick nicht von dem geierartigen Raumschiff ab. Jeder Muskel in seinem Leib war gespannt.

»Übersetzen Sie die Nachricht«, sagte er.

Sanaweys dicke Finger tanzten über die Konsole, und kurz darauf berührte er das Kom-Modul. »Wir werden aufgefordert, uns zu identifizieren und unsere Absichten zu erklären. Die Fremden verzichten auf irgendwelche Höflichkeitsfloskeln.«

Bernice Hart sah von ihren eigenen Kontrollen auf. »Stellen sie sich nicht vor?«

»Das brauchen sie gar nicht.« George gab seinem inneren Drängen nach und eilte zur Backbordseite. »Florida, setzen Sie sich mit dem Maschinenraum in Verbindung. Ich brauche jemanden, der sich mit dem Bibliothekscomputer auskennt.« Er deutete auf das Terminal. »Ich möchte, daß eine Analyse des Konstruktionsmusters vorgenommen wird.«

»Ja, Sir.«

»Sanawey, vielleicht können Sie meine Vermutungen bestätigen. Um was für eine Sprache handelt es sich?«

Der Indianer holte tief Luft, bevor er Antwort gab, und er sprach in einem fast entschuldigenden Tonfall. Er wußte, was seine Worte bedeuteten. »Das Transkriptionsprogramm hat aus dem Romulanischen übersetzt, Mr. Kirk.«

George schlug mit der Faust auf die Kommandokonsole. »Was machen Romulaner im Raumgebiet der Föderation? Wollen sie einen neuen Krieg beginnen?«

»Äh, Sir ...«, warf Sanawey ein.

»Ja?«

»Wir werden erneut aufgefordert, uns zu identifizieren und unsere Absichten zu erklären. Außerdem, äh ...«

»Heraus damit!«

»Nun, die Romulaner fragen, warum wir in ihr stellares Territorium vorgestoßen sind.«

George starrte ihn groß an, und sein Zorn verwandelte sich in Verblüffung. Bedrückende Stille herrschte.

In Kirks Augen funkelte es kalt, und mit gedämpfter Stimme fragte er: »Können Sie das bestätigen?«

Sanawey wandte sich dem Bibliothekscomputer zu und bemühte sich, das elektronische Archiv mit den Sternkarten zu finden. Einige lange Sekunden verstrichen, bevor sich der Bildschirm erhellte.

George wartete und verfluchte die Vulkanier. Erst programmierten sie den Computer, doch dann lehnten sie es ab, Starfleet jemanden zur Verfügung zu stellen, der mit dem Ding umgehen konnte. Er zwang sich zur Ruhe, während Sanawey zu schwitzen begann und mit dem Gerät rang.

Schließlich richtete sich der Indianer auf. »Ich kann unsere Position nicht feststellen, Sir. Es gibt keine einzige Sternkarte, die den Konstellationen in diesem Sektor entspricht. Aber eins steht fest«, fügte er düster hinzu. »Wir befinden uns außerhalb der Föderation.«

»Sind wir in der Neutralen Zone?« fragte George.

»Nein, Sir. Die Neutrale Zone wurde bereits kartographisch erfaßt, doch dieser Sektor ist uns unbekannt.«

Drake stand ein wenig abseits und räusperte sich demonstrativ. »Sieht ganz danach aus, als seien *wir* die Eindringlinge.«

George rieb sich die Schläfe und knirschte mit den Zähnen. »Oh, Mann«, stöhnte er und sah Hart an. »Was macht das Warptriebwerk?«

»Noch immer funktionsunfähig«, erwiderte die bleiche Technikerin.

Hinter ihnen öffnete sich der Turbolift, und zwei Ingenieure betraten die Brücke.

»Graff«, sagte einer der beiden Männer. »Melde mich zur Stelle, Mr. Kirk.«

»Ich bin Saffire, Sir«, stellte sich der andere vor.

»Wissen Sie über den Bibliothekscomputer Bescheid?« fragte George knapp.

Saffire zuckte mit den Schultern. »Wir kennen in erster Linie seine Verbindungen zum Warp-Navigationssystem, aber es sollte uns eigentlich gelingen, gezielt Daten abzufragen.«

»In Ordnung. Bestimmen Sie die Konstruktionsstruktur des Schiffes dort draußen.«

Als die beiden Ingenieure an der Kommunikationskonsole vorbeigingen, sagte Sanawey: »Mr. Kirk, die Fremden wiederholen ihre Nachricht, und diesmal drohen sie, das Feuer auf uns zu eröffnen, wenn wir nicht antworten.«

George näherte sich dem Befehlsstand. »Was für eine Überraschung«, erwiderte er ironisch. »Nun gut. Strapazieren wir ihre Geduld nicht länger. Ich schlage vor, wir antworten auf Romulanisch. Sind Sie dazu in der Lage?«

»Was diese Sprache betrifft, sind die Transkriptionsprogramme nicht mit allen erforderlichen Daten ausgestattet, aber einige einfache Sätze lassen sich bestimmt zusammenstellen.«

»Benutze keine zu komplizierten Formulierungen, George«, riet Drake.

»Sir?« Graff sah vom Bibliothekscomputer auf. »Es liegen nur wenige Informationen über dieses besondere Baumuster vor, aber unsere Korrelationen deuten auf folgendes hin: Das fremde Schiff ist ähnlich strukturiert wie die sieben Kampfeinheiten vom Typ Kriegsschwalbe, die Starbase Eins und die USS *Patton* angriffen. Der Überfall erfolgte im Jahre ...«

»Das genügt mir«, sagte George scharf. »Identifizieren Sie uns nicht, Sanawey. Teilen Sie den Romulanern mit, wir seien ein Forschungsschiff, dessen Navigationssensoren versagten. Fügen Sie hinzu, wie brauchten einige Stunden, um die Schäden an Bord zu reparieren, und anschließend seien wir gern bereit, diesen Raumsektor zu verlassen.«

»Und welchen Kurs setzen wir, solange uns Navigationsmarken fehlen?« warf Florida ein.

»Was soll das heißen?« fragte George verwundert. »Der Computer kann doch sicher einige bekannte Sterne lokalisieren und sie als Bezugspunkte benutzen.«

»Mit den Fernsensoren wäre es durchaus möglich, eine solche Peilung vorzunehmen«, sagte Sanawey. »Aber leider funktionieren sie nicht.«

»Wann sind sie wieder einsatzfähig?«

»Wir müßten schon recht bald zu ersten Nahbereichsortungen in der Lage sein, aber die Reparatur der Fernsensoren könnte noch einen ganzen Tag dauern.«

George starrte den Indianer so finster an, als sei dies alles seine Schuld. Dann richtete er den Blick wieder aufs Projektionsfeld, und hinter seiner Stirn formten sich die ersten Konturen einer Idee. »Sagen Sie ihnen, daß wir es begrüßen würden, wenn sie uns aus ihrem Raumbereich eskortierten.«

»Bestimmt wollen sie dann wissen, wohin sie uns begleiten sollen«, entgegnete Sanawey skeptisch.

»Geben Sie darüber keine Auskunft.« George beobachtete das vogelartige Raumschiff, die dunklen Schwingen mit ihren farbigen Symbolen. »Weisen Sie darauf hin, daß wir keine feindlichen Absichten verfolgen, jedoch bereit sind, uns wirkungsvoll zu verteidigen, wenn man uns angreift.« Er sah den Kommunikationsoffizier an. »Lassen Sie am letzten Punkt keinen Zweifel.«

»Ich werde versuchen, möglichst diplomatisch zu sein, Sir.«

»Drücken Sie sich deutlich genug aus.« Kirk starrte weiterhin auf den Schirm. »Bei Romulanern darf man kein Risiko eingehen.«

»Es trifft eine Antwort auf unsere Nachricht ein, Primus«, sagte der Brückenzenturio.

T'Cael, Idrys, Ry'iak und Kai drehten sich synchron um – die einzige Harmonie, die sie teilten.

»Sprache?«

Der Zenturio neigte den Kopf zur Seite, und das Flackern der Kontrollampen spiegelte sich auf seinem Helm wider. »Die Unbekannten antworten auf Basis-Rihannsu. Die Botschaft wird jedoch nicht von einer Stimme übermittelt, Sir, sondern von einem Computer.«

»Also wissen wir noch immer nicht genau Bescheid.« T'Cael seufzte.

»Wenn die Fremden unsere Sprache beherrschen ...«, begann Idrys.

»*Wenn.* Warum antworten sie dann nicht selbst? Warum überlassen sie das einem Computer? Sprechen sie Rihannsu, oder müssen sie übersetzen?« Der Primus trat an den nächsten Monitor heran. »Zeigen Sie mir die Mitteilung.«

Idrys und Kai gesellten sich ihm hinzu, wahrten jedoch einen gewissen Abstand. Neugierig beobachteten sie die Buchstabenfolge auf dem Schirm.

Es kam zu einem Navigationsfehler. Wir sind ein Forschungsschiff. Sie können uns aus Ihrem Raumgebiet eskortieren, sobald die Reparaturen beendet sind. Kommen Sie nicht näher. Wir verfolgen keine feindlichen Absichten, aber wir gehen zum Gegenangriff über, wenn Sie zuerst auf uns schießen.

»Das ist alles?« fragte Idrys, und in ihrem bronzefarbenen Gesicht zeigte sich Verwirrung.

»Ja, Commander«, bestätigte der Zenturio.

Kai wich ruckartig vom Monitor fort. »Die Unbekannten fordern uns heraus! Sie wollen, daß wir das Feuer auf sie eröffnen!«

Ry'iak wandte sich von einem anderen Bildschirm am Pult des Zenturios ab. »Sie identifizieren sich nicht und erwarten ganz offensichtlich, daß wir uns zum Kampf stellen«, sagte er. »Wir müssen angreifen!«

»Nein.« T'Caels kühle Stimme schuf sofort Ruhe auf der Brücke. »Sehen Sie sich die Formulierung an. Sie wirkt irgendwie schwerfällig. Basis-Rihannsu ist gewiß nicht die natürliche Sprache der Fremden. Vielleicht ahnen sie nicht einmal, was in diesen Worten zum Ausdruck kommt.«

»*Wir* wissen es!« fauchte Kai.

»Wir kennen die Sätze, aber nicht ihre *Bedeutung*. Wenn die Fremden wirklich auf einen Kampf aus sind ... Warum haben sie uns dann nicht einfach angegriffen?«

»Sie wollen, daß wir sie provozieren«, sagte Ry'iak fest. »Wenn wir zuerst das Feuer eröffnen, haben sie einen Vorwand.«

»Die Unbekannten befinden sich in unserem stellaren Territorium, Unterzenturio«, erwiderte t'Cael und betonte den Rang des Senatsproktors. »Anders ausgedrückt: Es ist bereits zu einer Provokation gekommen.«

»Jenes Schiff dürfte in der Lage sein, es relativ problemlos mit einer einzelnen Patrouilleneinheit wie der *Vernichter* aufzunehmen«, meinte Idrys. »Wir haben erst dann eine Chance, wenn der Schwarm eintrifft. *Wir* müssen versuchen, Zeit zu gewinnen.«

Der Gesandte des Prätors knurrte wütend und konnte

sich kaum mehr beherrschen. »Sie vernachlässigen Ihre Dienstpflichten, wenn Sie nicht die Chance nutzen, den Eindringling zu vernichten. In der Antwort werden Reparaturen erwähnt. Die Fremden können also nicht ihr ganzes Potential nutzen.«

T'Cael straffte seine Gestalt. »Die Zerstörung eines gegnerischen Schiffes ist nicht immer die beste Lösung. Von einer Eliminierung des Eindringlings hat das Reich nicht den geringsten Nutzen.«

»Und wenn er uns angreift?«

»Welche Verdienste erwerben wir, indem wir die Unbekannten zwingen, diese Patrouilleneinheit zu vernichten?« erwiderte t'Cael und konfrontierte Ry'iak mit seiner eigenen Logik. »Bevor wir uns auf ein Gefecht einlassen, sollten wir prüfen, welchen Vorteil wir erringen können.«

»Die Fremden haben selbst zugegeben, daß ihr Raumschiff nicht voll einsatzfähig ist«, beharrte der Proktor. »Wir müssen jetzt zuschlagen, bevor sie wieder kampffähig sind!«

Die Brückenoffiziere hörten aufmerksam zu. Gespannt folgten sie der Auseinandersetzung zwischen zwei wichtigen Machtfaktoren.

T'Cael verschränkte die Arme und nickte langsam.

»Wenn die Manövrier- und Kampffähigkeit der Unbekannten tatsächlich eingeschränkt ist, sollten wir erst recht auf den Schwarm warten – um die Gelegenheit zu nutzen, das weiße Schiff unter Kontrolle zu bringen.« *Damit könnte ich auf einen Schlag alle meine Probleme lösen,* dachte t'Cael. *Durch einen solchen Erfolg würde ich zum Helden und bekäme die Möglichkeit, dem Obersten Prätor wirkungsvollen Widerstand zu leisten.* Er musterte Ry'iak. »Sie möchten das Reich doch nicht um eine solche Trophäe bringen, oder?«

Die beiden Männer starrten sich an. T'Cael wußte genau, daß der Proktor das riesige Raumschiff nur aus einem Grund zerstören wollte: um zu verhindern, daß der Primus neuen Ruhm errang. Vermutlich bestand Ry'iaks

Befehl darin, den Einfluß des Feldprimus zu schmälern und ihn schließlich ganz von seinem Posten zu verdrängen. Doch nun warteten die anderen Offiziere darauf, daß er sich ganz offen eine Blöße gab, indem er weiterhin auf einer Vernichtung des Eindringlings — und damit der Trophäe des Prätors — bestand.

T'Cael wartete einige Sekunden, und als die Stille andauerte, begann er vorsichtig: »Wenn Sie trotzdem versessen darauf sind, die Fremden anzugreifen ... Ich stelle Ihnen gern einen dreisitzigen Nestling zur Verfügung. Damit können Sie Ihr Vorhaben in die Tat umsetzen.« Kilyle hob die Hände. »Bitte verzeihen Sie mir, daß ich nicht sofort daran gedacht habe. So etwas entsprach schon immer Ihrem Wunsch, nicht wahr? Ein glorreicher Tod im Namen des Prätors. Kai! Bereiten Sie einen Nestling Drei vor. Weisen Sie Ry'iak zwei Männer zu ...«

»Nein!« entfuhr es dem Proktor. Er gestikulierte fahrig. »Nein, ich ... ich beuge mich Ihrer ... Weisheit. Ich halte es ebenfalls für notwendig, auf den Schwarm zu warten. Das Reich muß die Chance erhalten, das fremde Schiff aufzubringen ...« Er brach ab und schnappte nach Luft.

Einmal mehr verschränkte t'Cael die Arme und trat dicht an Ry'iak heran. »Sie haben sehr hart gearbeitet. Vielleicht wird es jetzt Zeit für Sie, sich ein wenig auszuruhen. Sie dürfen die Brücke verlassen, wenn Sie möchten.«

Der Senatsproktor ballte die Fäuste und hielt den Blick gesenkt. »Offenbar gefällt es Ihnen, mich der Crew als einen Narren zu präsentieren«, preßte er zwischen zusammengebissenen Zähnen hervor.

Ein spöttisches Lächeln umspielte t'Caels Lippen, und er schob sich noch etwas näher. »Wenn Sie es mir nur nicht so leicht machen würden ...«

Er unterstrich seine Worte mit einem durchdringenden Blick, hob verächtlich die Brauen und wandte sich um. Kurz darauf sah er aus den Augenwinkeln, wie sich Ry'iak an ein Schott lehnte und keine Anstalten machte, den Kontrollraum zu verlassen. T'Cael verzichtete darauf, seinen neuerlichen verbalen Sieg über den Gesandten des Prätors zu gefährden, indem er ihn noch mehr unter Druck setzte und erneut von ihm verlangte, die Brücke zu verlassen. Selbst feige Tiere bissen und kratzten, wenn man sie in die Enge trieb.

Kilyle richtete seine Aufmerksamkeit auf die Offiziere. »Wir stellen keine Forderungen mehr, bis sich die Lage zu unseren Gunsten verändert hat. Erst wenn der Schwarm eingetroffen ist, können wir unseren Drohungen Nachdruck verleihen.« T'Cael hielt den Blick aufs Deck gerichtet. »Sobald die anderen Patrouillenschiffe hier sind, haben wir die Möglichkeit, dem Eindringling Bedingungen zu stellen.« Langsam hob er den Kopf. »Bis dahin beschränken wir uns auf einen ganz normalen Kom-Kontakt und verhalten uns friedlich.«

Er gab den Anwesenden Gelegenheit, über seine Ausführungen nachzudenken. Niemand widersprach ihm. Idrys ahnte den Zweck der Pause, die t'Cael einlegte, und sie geduldete sich eine Zeitlang, bevor sie fragte: »Wie lauten Ihre Befehle, Primus?«

»Bitten Sie um weitere Informationen«, sagte Kilyle. »Erkundigen Sie sich nach dem Heimatplaneten der Unbekannten. Und bieten Sie unsere Hilfe an.«

Die Offiziere musterten ihn verblüfft.

Selbst Idrys blinzelte überrascht. »Unsere Hilfe?«

»Ja. Vielleicht nehmen die Fremden das Angebot ernst und geben daraufhin Auskunft über die Lage an Bord, über Schäden, die Anzahl der Verletzten und so weiter. Wir müssen ihre schwachen Stellen finden.«

Zufrieden stellte t'Cael fest, daß die Offiziere anerkennende und respektvolle Blicke wechselten. Bestimmt glaubten sie jetzt, eine der bereits legendär gewordenen Kriegslisten des Feldprimus kennengelernt zu haben. Niemand von ihnen durchschaute t'Cael. Niemand von ihnen ahnte, welche Hoffnungen er mit dem Kontakt verband.

»Ausgezeichnet, Primus«, hauchte Idrys. »Ein genialer Plan.«

Er nickte bescheiden. »Senden Sie die Nachricht, Commander.«

Sarah Poole schmollte und wirkte plötzlich wie ein kleines Mädchen. Eine Locke fiel ihr über die Wimpern, aber sie hob nicht die Hand, um sie zurückzustreichen. Tief in ihrem Innern erzitterte etwas und wich zurück. Sie wußte nur zu gut, daß sie dem Bann namens April erlag, wenn sie jetzt dem Blick des Mannes begegnete, doch sie konnte sich einfach nicht von dem Leuchten in seinen Augen abwenden.

Er musterte sie mit einer Hoffnung, die sie schon einmal gesehen hatte.

»Manchmal neigen Patienten dazu, sich in eine Ärztin zu verlieben«, sagte sie und senkte den Kopf.

»Ich kenne das Syndrom«, sagte April sofort, als habe er mit einer solchen Antwort gerechnet. »Glaub mir, Sarah, ich meine es ernst.«

Daraufhin zog Dr. Poole die Hand zurück und legte eine Thermodecke auf die Beine des Captains. »Im Weltraum ist Liebe unmöglich«, behauptete sie. »Liebe braucht Kerzenlicht.«

April lachte leise. »Wie wär's mit schimmernden Sternen? Davon haben wir jede Menge.«

»Bitte hör auf damit«, erwiderte Sarah und ging ebenfalls zum Du über. »Du machst mich ganz verlegen ...«

April streckte den Arm aus, und seine Finger schlossen sich so sanft um Dr. Pooles Hand, daß sie nicht zurückwich. »Ich bin ein einsamer Mensch, Sarah.«

In ihren Augen blitzte es, und plötzlich verflüchtigte sich die Unsicherheit. Sie klopfte auf die Hand des Captains. »Robert April, du bist noch nie in deinem Leben einsam gewesen! Du hast mehr Freunde als sonst jemand. Die ganze Galaxis möchte dein Kumpel sein! Von wegen Einsamkeit!«

»Himmel«, murmelte April. »Ich hasse es, bei einer Lüge ertappt zu werden ...«

»Du kannst gar nicht lügen«, widersprach Sarah. »Dabei fiele dir die Zunge aus dem Mund.« Sie zögerte, gefangen in Roberts zärtlichem Blick, der ihren inneren Widerstand zu brechen drohte, wenn sie nicht zornig blieb. »Ich will nichts mehr davon hören, klar? Die Besatzung weiß inzwischen, daß man mich an einem ganz anderen Ort erwartet, daß ich mich eigentlich um die Tiere einer Farmkolonie kümmern sollte. Wenn jemand erfährt, welche Worte du an mich gerichtet hast ... Deine Gefährten sind ohnehin der Ansicht, daß du auf einen qualifizierten Raummediziner verzichtest, weil du in mich verknallt bist. Hör endlich auf damit, Robert! Alle lieben dich, und es gibt keine Entschuldigung dafür, daß du mich so in die Enge treibst. Ich bin sicher, selbst die Romulaner fänden dich sympathisch. Du kannst eben nicht über deinen eigenen Schatten springen ...«

April hob den Kopf. »Was für Romulaner?«

Sarah unterbrach sich, und einige Sekunden lang starrte sie verwirrt und erschrocken auf den Mann herab. Dann klappte sie den Mund zu und gestikulierte vage. »Nur eine Redensart.«

Erst als sie versuchte, ihren verbalen Ausrutscher zu vertuschen, begriff sie das ganze Ausmaß ihrer Furcht. Nur eine angespannte und gefährliche Situation hielt George Kirk davon ab, sich nach Aprils Zustand zu erkundigen — und der Erste Offizier hatte sich schon seit einer ganzen Weile nicht mehr gemeldet. Der Captain stützte sich auf den Ellenbogen und griff erneut nach Sarahs Hand. »Was für Romulaner?« wiederholte er.

Dr. Poole versuchte, sich nichts anmerken zu lassen, aber er bemerkte das besorgte Schimmern in ihren Augen und wußte, daß sie etwas vor ihm verbarg. Bei jemand anders hätte er die subtilen Anzeichen vielleicht übersehen, doch er kannte die Ärztin und wußte um die Bedeutung des kurzen Funkelns in ihren Pupillen. Plötzlich ergab es einen Sinn, daß er sich weigerte, mit fremden Personen zusammenzuarbeiten.

Er griff fester zu und zog sich langsam in die Höhe. »Was ist passiert, Sarah?«

»Das spielt keine Rolle«, entgegnete sie scharf. »Du hast ohnehin nichts mehr damit zu tun. Zwing mich nicht dazu, dir ein Sedativ zu verabreichen, Robert ...«

April rutschte über die Kante der Liege und wäre fast zu Boden gestürzt.

Dr. Poole lehnte es ab, ihm zu helfen. Während sie noch überlegte, wie sie den Captain aufhalten sollte, erreichte er die Tür der Behandlungskammer und öffnete sie. Wie erstarrt blieb er stehen, schnappte nach Luft und riß die Augen auf.

Vor ihm erstreckte sich die Krankenstation. Ein Dutzend hastig zurechtgerückte Diagnoseliegen – und keine von ihnen war leer.

Hier und dort erklang leises Stöhnen. Quetschungen und schmerzhafte Knochenbrüche – das Ergebnis einer Gravitationsverschiebung während des Warptransits.

April klammerte sich am Türrahmen fest und keuchte. »O mein Gott ... mein Gott ...«

Sarah rührte sich nicht von der Stelle, hielt die Hand auf den Mund gepreßt. Tränen quollen ihr in die Augen.

Schließlich ertönte wieder die Stimme des Captains. »Bring mich zur Brücke.«

Sarah begleitete ihn selbst, obwohl sie in der Krankenstation gebraucht wurde. Als das Schott des Turbolifts beiseite glitt, führte sie April in den Kontrollraum.

George bemerkte sie sofort. »Zum Teufel auch, was machst du hier, Robert?«

April gab keine Antwort, konzentrierte sich statt dessen auf den Wandschirm.

George sah Dr. Poole an. »Ist alles in Ordnung mit ihm?« fragte er.

Sie schüttelte den Kopf. »Ganz und gar nicht.«

Kirk kam näher, griff nach Aprils Arm und stützte ihn, als er die beiden Stufen zum Kommandodeck heruntertrat. »Setz dich wenigstens.«

April beobachtete noch immer das geierartige Raumschiff. »Mit wem haben wir es zu tun?«

»Mit Romulanern«, erwiderte George.

»Ist das bereits bestätigt?«

»Eigentlich kann kein Zweifel mehr daran bestehen. Sprache und Konstruktionsstruktur entsprechen Informationen, die wir während der Romulanischen Kriege gewannen.«

»Lieber Himmel, George. Du hättest mich benachrichtigen sollen. Befinden wir uns in ihrem Raumgebiet?«

George verlagerte sein Gewicht. »Darauf deutet alles hin. Der spontane Warptransfer brachte uns tief in ihr stellares Territorium, und das macht mir mehr Sorgen als alles andere.«

April schwankte ein wenig und musterte seinen Ersten Offizier. »Was meinst du damit?«

»Es sind zu viele Zufälle. Oh, ich kann durchaus verstehen, daß die neuen Systeme an Bord noch nicht ganz einwandfrei arbeiten, aber Warptriebwerke benutzen wir schon seit vielen Jahren. Nun, der erste sogenannte Defekt hätte fast unsere Mission verhindert und das ganze Schiff zerstört. Kurze Zeit später kam es zu einer zweiten Fehlfunktion, die uns *zufälligerweise* hierherbrachte ...«

April rang um sein Gleichgewicht und lehnte sich schwer an den Befehlsstand. »Ich weiß, worauf du hinauswillst, aber ...«

»Den Romulanern würde es sicher sehr gefallen, unsere neue Technik gründlich zu analysieren.«

»George ...«

»Hinzu kommt, daß unsere Fernsensoren ausgefallen sind. Wir haben also keine Bezugspunkte für die Navigation und sitzen hier fest. Behauptest du noch immer, ich sei paranoid, Robert?« In Kirks Augen glühte bernsteinfarbenes Feuer.

Offenbar blieb der Zorn nicht ohne Wirkung auf April. Er zögerte, bevor er antwortete: »Nein. Ich würde sagen, du bist ein ausgezeichneter Offizier.«

»Versuch bloß nicht, mich zu beschwichtigen.«

»Na schön. Ich will ganz offen sein: Ich glaube, du fällst in deine Rolle als Soldat zurück und machst dir erneut eine militaristische – und auch paranoide – Denkweise zu eigen. Dies ist ein völlig neues Starship, das noch nicht getestet wurde. Wir müssen also mit Fehlfunktionen rechnen.« Er beobachtete das romulanische Raumschiff und spürte, wie ihm die Knie weich wurden. Seine rechte Hand kam von ganz allein in die Höhe, doch bevor sie den Kopfverband berührte, ließ April den Arm wieder sinken. Ein dünner Schweißfilm glänzte auf seiner Stirn.

»Es ist die Art der Fehlfunktionen, die mich so sehr besorgt, Captain«, sagte George dumpf. »Die erste hätte uns fast Kopf und Kragen gekostet, und die zweite führt zu einer verdammt ernsten Krise. Für die Romulaner ist unser Schiff ein kostbarer Schatz. Wenn es ihnen gelungen ist, Starfleet zu infiltrieren ...«

»Spione? Nein, ausgeschlossen.«

»*Wenn* sie eine fünfte Kolonie bei uns untergebracht haben«, beharrte George, »wissen sie bereits über das Starship Bescheid. Und in einem solchen Fall würden sie bestimmt alles daransetzen, um es in ihre Gewalt zu bekommen. Das kannst du wohl kaum abstreiten.«

»Nein. Aber die Entwicklungsingenieure, Mechaniker, Techniker und alle Spezialisten, die am Bau des Schiffes beteiligt waren ... Sie wurden immer wieder überprüft. Und zwar gründlich. Selbst bei dir und Drake sind umfassende Sicherheitskontrollen vorgenommen worden.« April deutete erst auf Kirk, dann auf Reed. »George, wir haben keine Zeit, uns mit irgendwelchen Mutmaßungen aufzuhalten. Es gibt weitaus drängendere Probleme.«

»Ich habe dir gerade zu erklären versucht, daß alles *ein* Problem ist.«

April schnitt eine Grimasse, bedachte George mit einem Jetzt-hör-aber-auf-Blick und nahm im Sessel des Befehlsstands Platz. Schwäche zitterte in ihm, und der Schmerz kehrte zurück, erfaßte nicht nur den Kopf, sondern auch Rücken und Beine. Er schloß eine schweißfeuchte Hand ums Knie und kämpfte gegen die Benommenheit an. »Carlos, wie ist unser Status?«

»Warptriebwerk inaktiv. Bisher liegen noch keine Meldungen darüber vor, wie groß die Schäden sind und wie lange eine Instandsetzung dauert. Sensoren und Deflektoren werden gerade repariert. Nahbereichserfassung begrenzt einsatzfähig.« Florida legte eine kurze Pause ein. »Die Romulaner verlangten, daß wir uns identifizieren und unsere Absichten erklären.«

»Was haben wir ihnen geantwortet?«

»Über unsere Identität gaben wir keine Auskunft«, sagte der Steuermann. »Wie wiesen nur darauf hin, daß wir uns aufgrund eines Navigationsfehlers in ihrem Raumbereich befinden und ihn verlassen, sobald alle Schäden behoben sind. Außerdem ließen wir keinen Zweifel daran, daß wir bereit sind, uns mit allen Mitteln zu verteidigen.«

April lehnte sich zurück und seufzte schwer.

»Ach, George«, stöhnte er.

»Unter den gegebenen Umständen hielt ich eine Warnung für angebracht, Captain«, sagte Kirk fest. »Wir kennen die Romulaner.«

»Unser Wissen über sie ist mehr als siebzig Jahre alt, George, begreifst du das denn nicht? *Sieben* Jahrzehnte sind vergangen ...«

»Captain«, warf Sanawey ein. »Eine Nachricht vom romulanischen Schiff.«

April drehte den Kopf, obgleich in seinem Nacken heißer Schmerz brannte. »Übersetzen Sie.«

»Ja, Sir.« Der Astrotelemeter und Kommunikationsoffizier betätigte einige Tasten seiner Konsole und hob ein Kom-Modul ans Ohr. »›Achtung, Besucherschiff ... Wir haben Ihre Meldung verstanden ... Wir sind bereit, Ihnen bei Reparaturen oder der Behandlung von Verletzten zu helfen. Um die Kommunikation zu erleichtern, erbitten wir Angaben über Ihre Herkunft.‹ Sie bleiben auf Empfang, Sir.«

»Na also«, brummte April zufrieden. »Es klingt ganz freundlich. Was sagst du nun, George?«

Kirk runzelte die Stirn und hatte nicht die geringste Absicht, seine Meinung zu ändern.

April musterte George und ahnte, was ihm durch den Kopf ging. »Nun, an ihrer Stelle würden wir ähnliche Formulierungen wählen, nicht wahr?«

George trat etwas näher und nickte. »Genau das gibt mir zu denken.«

»Carlos, haben wir wirklich keine Möglichkeit, ohne romulanische Hilfe zur Föderation zurückzufinden?«

Florida überlegte kurz. »Leider nicht, Sir. Selbst mit einsatzfähigen Fernsensoren dauert es eine Weile, unsere Position zu berechnen. Und ich fürchte, die Geduld der Romulaner hat ihre Grenzen.«

April schürzte die Lippen. »Dann bleibt uns keine Wahl. Wir müssen ihnen sagen, wer wir sind.«

»Robert!« brachte George erschrocken hervor. »Das dürfen wir nicht! Es wäre ein schwerer Fehler.«

»Warum?«

»Weil ich mir vorstellen kann, welche Erinnerungen die Romulaner mit der Föderation verbinden: Sie begannen einen Krieg, der ohne eine echte Entscheidung endete. Und du weißt, welchen Eindruck dieses Schiff erweckt, Robert!«

»Ja, es sieht nach Rache aus. Aber genau darum geht es mir, George. Der Krieg fand vor vielen, vielen Jahren statt. Vielleicht ist dies unsere Chance, die Vergangenheit zu begraben. Wir stellen uns den Romulanern als Forschungsschiff vor, das mit einer Rettungsmission beauftragt wurde ...«

»Hoffst du wirklich, daß sie uns das abnehmen?« platzte es aus George heraus. »*Ich* würde so etwas nicht glauben.«

April schwieg eine Zeitlang, und als er wieder sprach, klang seine Stimme heiser. »Was kann es schaden, wenn die Romulaner wissen, wer wir sind?«

George beugte sich über die Armlehne des Kommandosessels und sah Aprils Schwäche. Irgend etwas in ihm krampfte sich zusammen. »Das will ich dir sagen. Erstens: Die Roms sähen feindliche Eindringlinge in uns und ließen sich vielleicht dazu hinreißen, sofort das Feuer zu eröffnen. Zweitens: Sie hätten den Vorteil, unsere Physiologie zu kennen. Sie brauchen nur in ihren elektronischen Archiven nachzusehen, um in Erfahrung zu bringen, welche Luft wir atmen, wieviel Druck wir ertragen können, wie wir denken, wovor wir uns fürchten ...«

»Das stimmt vermutlich«, gestand April ein. »Aber es steht keineswegs fest, daß sie über solche Informationen verfügen. Seit damals unterhalten wir keine Kontakte mehr mit ihnen. Wir wissen nicht, wie sie aussehen, und wahrscheinlich ergeht es ihnen ebenso.«

George ging um den Befehlsstand herum, fühlte die Blicke aller Anwesenden auf sich ruhen und spürte die Anspannung, mit der Sanawey und die anderen auf seine nächsten Worte warteten. Er behielt weiterhin April im Auge, als er sagte: »Ich weigere mich, von einer solchen Vermutung auszugehen. Ich nehme vielmehr an, daß sie uns weitaus besser kennen, als wir glauben.«

»Wenn niemand bereit ist, Vertrauen zu schenken, wächst der gegenseitige Argwohn«, erwiderte April. Er wollte auf keinen Fall eine neuen galaktischen Konflikt riskieren. »Carlos?«

Florida erwachte wie aus einer Trance. »Sir?«

»Wenn die Sensoren wieder funktionieren ... Verzichten Sie darauf, das fremde Schiff zu scannen. Ich möchte nicht, daß die Emissionen falsch interpretiert werden. Ohne die Deflektoren läßt sich unser energetisches Niveau genau anmessen.« April zögerte und dachte über seine Strategie nach. Das Sprechen strengte ihn noch immer sehr an. »Schalten Sie die Ladeeinheiten der Laser ab.«

Georges Hand zuckte nach vorn und schloß sich um den Unterarm des Captains. »Nein.«

Die beiden Männer verstanden sich auch ohne Worte. Kirks durchdringender Blick fragte April, warum er solchen Wert darauf gelegt hatte, ihn zu seinem Stellvertreter zu machen.

»Nein«, wiederholte der Erste Offizier, und diesmal flüsterte er nur.

April starrte ihn einige Sekunden lang an, und dann nickte er kaum merklich. »Ich nehme den letzten Befehl zurück, Carlos.«

Florida zog die Schultern hoch und seufzte erleichtert. »Laser noch immer einsatzbereit, Sir.«

Der Captain wischt sich den Schweiß von der Stirn und sah George an. »Vergiß nicht, daß *wir* die Eindringlinge sind. Es ist also verständlich, daß uns die Romulaner mißtrauen. Wir haben kein Recht, uns aggressiv zu verhalten.«

»Aber wir müssen bereit sein, uns zu verteidigen«, beharrte Kirk. »Die Roms sind gerissen und hinterhältig. Himmel, Robert, wir haben es mit den Leuten zu tun, die eine wehrlose Starbase angriffen und zweitausend Menschen umbrachten. Sie metzelten *zweitausend* unschuldige Männer und Frauen nieder, Captain!«

»Das geschah vor langer Zeit, George. Vorurteile bringen uns nicht weiter ...«

Kirk rollte mit den Augen und schlug mit der flachen Hand auf die Armlehne des Sessels.

»Verdammt, Robert: Du denkst in erster Linie mit deinem Herzen!«

Ruckartig wandte er sich vom Befehlsstand ab und schloß die Hände krampfhaft fest um die Brüstung. Drake und Sarah Poole standen auf dem Oberdeck und beobachteten ihn wortlos.

»Kralle«, sagte April leise. »Bereiten Sie eine Nachricht auf Romulanisch vor.«

»Das ist nicht nötig, Sir. Der Computer übersetzt für Sie.«

»Danke.« April straffte die Schultern und spürte, wie seine Hände erneut feucht wurden. »Hier spricht Captain Robert April von der Vereinten Föderation der Planeten ...«

KAPITEL 13

»Wir warten auf Ihre Antwort. Captain April Ende.«

Die Stille im Kontrollraum des Schwarmschiffes *Vernichter* dauerte einige Sekunden lang, und sie roch nach Verblüffung und Furcht.

Die Brückenoffiziere starrten mit einer Mischung aus Erstaunen und Entsetzen auf den Hauptschirm.

Kai brach das Schweigen als erster. »Terraner!« keuchte er. »Unser alter Feind!«

Idrys saß im Kommandosessel und beobachtete das weiße Schiff, von dem die Nachricht stammte. »Dann stimmt es also«, hauchte sie. »Sie wollen das Reich angreifen.«

Ry'iak stürmte auf sie zu. »Wir müssen sofort etwas unternehmen! Eröffnen Sie das Feuer, solange die Menschen nicht ihr ganzes Potential einsetzen können!«

Idrys' Befehle kamen einer beginnenden Panik zuvor. »Kanoniere! Das Bordarsenal vorbereiten. Zielen Sie auf die Triebwerke des irdischen Schiffes. Aktivierung der Waffensensoren. Erste Salve ...«

»Nein!« donnerte t'Cael.

Kai und der Zenturio waren bereits unterwegs, um die Anweisungen der Kommandantin auszuführen. Sie begriffen die Entschlossenheit des Feldprimus erst, als er sie von der Waffenkonsole fortstieß. »Nein!« wiederholte er scharf. »Haben Sie nicht verstanden?«

In Ry'iaks Augen brannten Zorn und Empörung. »Das ist unerhört!« platzte es aus ihm heraus. »Wir werden von einem Feind bedroht, den wir gut kennen, und wir müssen ihn sofort angreifen! Subcommander, feuern Sie auf den Eindringling!«

T'Cael wandte sich von den beiden Männern ab und

näherte sich dem Gesandten des Prätors. »Idiot! Sie wagen es, mich auf der Brücke meines Flaggschiffes herauszufordern?«

Kai erbebte am ganzen Leib. »Lord Primus«, sagte er mit vibrierender Stimme, »die Präsenz des Kampfraumers deutet darauf hin, daß eine große Kriegsflotte der Föderation nur auf den Einsatzbefehl wartet, um in unseren Raumbereich vorzustoßen. Es gibt keine andere Erklärung!«

»Es sind Terraner«, warf Idrys behutsam ein. »Menschen von der Erde. Unsere Feinde ...«

»In der Nachricht wurde die Erde mit keinem Wort erwähnt«, erwiderte t'Cael. Er starrte nach wie vor den Senatsproktor an.

»Die Föderation, Primus!« schnaufte Kai. »Und die Erde ist ihre Basis. Es kann kein Zweifel daran bestehen, daß es sich um ein irdisches Schiff handelt.«

»Woher wollen Sie das wissen?« zischte t'Cael und richtete seinen glühenden Blick auf den Subcommander. »Seit dem Krieg mit der Föderation sind viele Jahrzehnte vergangen, und der Captain jenes Schiffes wies nicht auf einen bestimmten Heimatplaneten hin. Offenbar vertritt er die Ansicht, daß das Raumschiff keiner einzelnen Welt gehört.«

Kais Miene verdunkelte sich. »Primus, ich beschwöre Sie! Der menschliche Kommandant spricht von Frieden, Rettungsmissionen und Navigationsfehlern, aber das ändert nichts daran, daß er sich tief in unserem stellaren Territorium befindet. In einem Sektor, von dem aus er unsere Zentralwelten angreifen kann! Er versucht, uns zu täuschen. Sein Schiff ist beschädigt, und nun will er Zeit gewinnen, bis die Invasion beginnt. Wir dürfen ihm keine Chance lassen!«

Ry'iak nickte wütend. »Noch haben wir einen Vorteil. Noch ist das Schlachtschiff der Menschen nicht voll kampffähig. Wir müssen sofort zuschlagen.« Aufgeblasen und arrogant marschierte er an t'Cael vorbei und wandte sich an die Brückenkanoniere. »Führen Sie Ihren Befehl aus und bereiten Sie die Waffen vor. Wir werden das Reich gegen seine Feinde verteidigen.«

»Sie sind ein einfacher Unterzenturio«, sagte t'Cael eisig. »Und *ich* bin der Feldprimus des Schwarms.« Er schaltete die interne Kommunikation ein, und seine Stimme hallte durch die Korridore und Kammern der *Vernichter.* »Hier spricht Feldprimus Kilyle. Ich berufe mich auf den Reichskodex sowie die Absoluten Kommando-Pandekten und erkläre hiermit den militärischen Notstand. Von jetzt an müssen alle Befehle des Kommandanten ohne Widerspruch befolgt werden. Wer sich weigert, eine Anweisung auszuführen, gilt als Verräter und wird unverzüglich hingerichtet. Jeder Offizier, der die Order eines Vorgesetzten mißachtet, muß mit der Todesstrafe rechnen. Als oberster Kommandeur des Schwarms beanspruche ich das Recht, gegebenenfalls Unruheelemente aus den Besatzungen der einzelnen Patrouillenschiffe zu entfernen. So lautet das Gesetz des Reiches.« Die Pandekten verliehen ihm praktisch unbegrenzte Macht, und t'Cael zögerte nicht, sie zu nutzen. Er richtete den Zeigefinger auf Ry'iak. »Verlassen Sie die Brücke.«

Der Proktor riß die Augen auf und gab keine Antwort. T'Caels Wissen um die Notstandgesetze schockierte ihn, und er begriff, daß er gehorchen mußte, wenn er nicht riskieren wollte, im Namen der Schwarmsolidarität erschossen zu werden. Er zitterte vor Wut. Kilyle konnte jedes Wort von ihm als Insubordination werten und daraufhin seine unverzügliche Exekution veranlassen.

Ry'iak rang mit sich selbst, kapselte seinen Zorn ein, preßte die Lippen aufeinander und ging steifbeinig davon.

Idrys sah ihm nach, und t'Cael ignorierte den Gesandten des Prätors. Als sich das Schott hinter ihm schloß, drehte sich die Kommandantin voller Genugtuung um und betätigte eine Taste des Interkoms. »Sicherheitsstation, schicken Sie vier Wächter zur Brücke. Es gelten die Absoluten Kommando-Pandekten.«

Primus Kilyle blickte wieder auf den Hauptschirm, beobachtete das Föderationsschiff und schien Ry'iak völlig vergessen zu haben. Vielleicht sah er in ihm nur ein lästiges Insekt, das er gerade verscheucht hatte und das keine Aufmerksamkeit mehr verdiente. Idrys musterte ihn eine Zeitlang, und ihr Respekt wuchs.

»Subcommander«, sagte sie zu Kai. »Bereiten Sie eine Nachricht für die anderen Einheiten des Schwarms vor. Identifizieren Sie den Eindringling und informieren Sie die Kommandanten vom Alarmstatus der Pandekten.«

»Nein«, warf t'Cael ruhig ein.

Idrys runzelte die Stirn. »Primus?«

»Keine Kommunikation mit anderen Raumschiffen. Es sei denn, ich gebe den ausdrücklichen Befehl dazu.«

»Aber wenn uns eine Anfrage vom Mutterschiff oder von den übrigen Patrouilleneinheiten erreicht ...«

»Habe ich mich nicht klar genug ausgedrückt, Commander?«

Idrys versteifte sich. »Doch, Primus. Ich verstehe.« Sie wandte sich wieder an Kai und nickte. »Schließen Sie alle Kommunikationskanäle. Halten Sie nur Verbindung zum ... Föderationsschiff.« Die Kommandantin atmete tief durch und begriff, daß sie fast ›irdisches Schiff‹ gesagt hätte. Derartige Formulierungen stellten Kilyles Autorität in Frage.

Der Primus schien ihr Unbehagen zu spüren und trat gelassen auf sie zu. »Wenn die Menschen unsere Kommunikation überwachen, so wissen sie, daß wir allein und ihnen gegenüber im Nachteil sind«, erklärte er. »Wir dürfen nicht den Eindruck erwecken, uns zu fürchten. Selbst ein kleines Tier kann sich vor einem Thrai schützen, indem es den Anschein erweckt, keine Angst zu haben. Der Schwarm ist unterwegs. Unsere Signale bringen ihn nicht schneller hierher.«

Kai kam zögernd näher und blieb neben Idrys stehen, achtete darauf, daß sie sich wie eine Art Puffer zwischen ihm und dem Primus befand. »Darf ich respektvoll darauf hinweisen, daß dieses Schiff beauftragt sein könnte, von einem Angriff der Föderation auf unsere Außensektoren abzulenken?«

T'Cael betrachtete weiterhin das weiße Schimmern im Projektionsfeld des Hauptschirms. »Es wäre möglich«, gestand er nach einer Weile ein. »Aber warum haben sie dann noch nicht das Feuer auf uns eröffnet? Warum bleiben die Menschen hier und verhandeln mit einem einzelnen Schiff, obgleich sie nur einige Lichtjahre vom Herzen der Rihannsu-Zivilisation trennen? Warum nehmen sie nicht die Chance wahr, unsere Zentralplaneten zu verheeren?«

»Sie erwähnten Beschädigungen ihrer Bordsysteme.«

»Ja«, brummte t'Cael nachdenklich. »Vielleicht stimmt das auch. Nun, ich kann nicht glauben, daß dieses Schiff eine Invasion vorbereiten soll. Angreifer verhalten sich anders.« Die Brückenoffiziere behielten ihre Meinungen für sich. Sie dachten an die Pandekten, und niemand von ihnen wollte es riskieren, den Primus herauszufordern. Das eigene Leben war ein ziemlich hoher Preis ...

»Sie sind nicht sicher, oder?« fragte Idrys leise.

»Völlige Sicherheit gibt es nicht. Das menschliche Wesen ist sehr komplex, und man braucht eine Menge Erfahrung, um es zu deuten.« Er ging zum größten Bildschirm und beobachtete das riesige Schiff. »Die Angehörigen der Föderation nennen uns Romulaner.«

Eine Bezeichnung, die in der Rihannsu-Sprache gräßlich klang. Einige Offiziere verzogen das Gesicht.

»Wenn ich etwas vorschlagen darf ...«, begann Kai vorsichtig.

»Ja?«

»Wir sind allein, und wenn die Terraner tatsächlich beschädigte Bordsysteme reparieren müssen ...«

Die letzten Reste von t'Caels Zorn lösten sich auf. Er warf dem Subcommander einen kurzen Blick zu und drehte sich dann ganz zu ihm um. »Wenn das stimmt, haben wir eine einzigartige Chance.«

»Ja, Primus!« bestätigte Kai und nickte eifrig.

»Sie verstehen nicht«, brummte Kilyle. Er verbarg seine Erheiterung, als Kai die Lippen zusammenpreßte und sich alle Mühe gab, weder furchtsam noch trotzig zu wirken. »Sehen Sie sich das Schiff an. Wir dürfen es nicht zerstören. Wir sollten versuchen, es *aufzubringen*. Wenn den Menschen eine ganze Flotte solcher Giganten zur Verfügung steht ... In welche Lage brächte uns das? Bekommen wir noch einmal eine so gute Gelegenheit, die Geheimnisse der neuen Föderationstechnologie zu lüften? Sehen Sie nur!« T'Cael deutete auf den Schirm. »Wir alle könnten zu Helden werden! Ist das nicht ein Risiko wert? Stellen Sie sich den Ruhm vor, den wir erringen. Darüber hinaus: Was nützt es, einen solchen Kampfraumer zu vernichten, wenn uns die Föderation mit anderen Schlachtschiffen dieser Art angreift? Falls es wirklich zu einem Krieg kommt, brauchen wir Kenntnisse über die Technik des Feindes, um uns zur Wehr zu setzen.«

Er gab der Brückencrew Gelegenheit, über seine Argumente nachzudenken.

Idrys beobachtete Kilyle, während die Blicke der Offiziere dem Bildschirm galten. Der Primus plante weitaus mehr, als in seinen Worten zum Ausdruck kam. Aber was? Durfte sie es wagen, eine entsprechende Frage zu stellen?«

»Bereiten Sie eine Nachricht für das Mutterschiff vor«, sagte t'Cael. »Senden Sie die Botschaft jedoch erst, wenn ich Sie dazu auffordere.« Er verschränkte die Arme und trat einmal mehr an den Wandschirm heran. »Menschen sind naiv. Sie neigen dazu, erst zu vertrauen und später Verdacht zu schöpfen. Sie haben sich identifiziert, und dadurch gaben sie uns einen wichtigen Vorteil.«

»Sie wissen alles über die Terraner«, pflichtete ihm Idrys bei.

T'Cael lächelte bescheiden. »Niemand weiß alles über irgend etwas, Commander. Aber ich habe einige Erkenntnisse über die menschliche Natur gewonnen, und daraus können wir nun Nutzen ziehen. Um nur ein Beispiel zu nennen: Direkte Begegnungen wecken ihr Vertrauen.«

Die Offiziere wandten sich neugierig um, aber niemand von ihnen gab einen Ton von sich.

»Direkte Begegnungen?« wiederholte Idrys schließlich.

T'Cael bestätigte mit einer knappen Geste. »Ich werde den Terranern anbieten, mich mit ihrem Captain zu treffen. Ich lade ihn zu uns ein. Auf diese Weise kann ich genug Zeit gewinnen, bis der Schwarm eintrifft. Ich spreche über Frieden — und versuche gleichzeitig, mehr über die Absichten der Menschen zu erfahren.«

»Der terranische Kommandant ist bestimmt nicht bereit, hierherzukommen«, warf Kai verdutzt ein.

»Vielleicht doch«, widersprach t'Cael. »Es kommt ganz darauf an, wie ich mein Angebot formuliere. Hoffnung ist ein starkes Motiv.«

Er schwieg erneut und schätzte die Stimmung im Kontrollraum ein.

Nach einer Weile fügte er hinzu: »Außerdem haben wir dann eine Geisel.«

Die Offiziere lauschten dem Klang dieser Worte, und ihre Verwirrung verwandelte sich schon bald in Ehrfurcht und Anerkennung. Loyalität galt zwar als ehrenhaft und spielte eine wichtige kulturelle Rolle, aber gerade die ehrgeizigen Rihannsu hatten längst Abstand zu solch traditionellen Werten gewonnen. Dennoch wußte t'Cael, daß er sich zumindest zeitweise auf die Crew verlassen konnte — lange genug, um seinen Plan in die Tat umzusetzen.

»Wenn Sie soweit sind, Commander ...«, sagte er.

Idrys nickte und unterdrückte ein Lächeln. »Zenturio, stellen Sie einen Kom-Kontakt zum Föderationsschiff her.«

»Es trifft eine Nachricht ein, Captain.«

Sanawey klang nervös.

»Nehmen Sie bitte eine Transkription vor, Kralle«, erwiderte April.

»Das ist nicht nötig. Einer der Romulaner bittet um einen direkten Kontakt, und er ... er spricht Englisch, Sir.«

April drehte sich um und musterte den Astrotelemeter verwundert. »Na schön. Öffnen Sie einen Kanal.«

Sanawey berührte mehrere Tasten und nickte.

Der Kommandant richtete sich auf und beobachtete die Darstellung des romulanischen Schiffes. »Hier spricht Captain April. Ich höre.«

»Ich bin der Kommandeur und beherrsche Ihre Sprache. Bitte erlauben Sie mir, Ihnen meine Grüße zu übermitteln.«

»Danke, Kommandeur. Haben Sie irgendwelche Vorschläge in Hinsicht auf unsere unangenehme Situation?«

»Ja. In meiner Kultur gelten akustische Verständigungen als unzureichend. Ich möchte eine direkte Begegnung zwischen uns anregen, als Zeichen des guten Willens und der Bereitschaft, eine Freundschaftsbasis zwischen uns zu schaffen. Was halten Sie davon, wenn wir uns an Bord meines Schiffes treffen? Ich werde den Obersten Prätor in Ihrem Namen grüßen, und ich bitte Sie, Ihrer Regierung eine ähnliche Botschaft zu überbringen. Sind Sie bereit, persönlich mit mir zu sprechen, Captain?«

April warf George einen fast triumphierenden Blick zu. Der Erste Offizier stand etwas abseits und wirkte wie das verkörperte Mißtrauen, aber er ging mit keinem Wort auf den seltsamen Vorschlag ein. Die anderen Personen auf der Brücke schwiegen ebenfalls, und das mimische Spektrum reichte von Überraschung bis zu sprachloser Verblüffung. April lehnte sich unsicher zur Seite. »Ihr Angebot ist sehr ... interessant, Kommandeur. Es erscheint mir vernünftig. Bitte geben Sie mir fünf Minuten Zeit, damit ich es mit meinen Offizieren erörtern kann.«

»Selbstverständlich, Captain. Ich bleibe auf Empfang.«

April bedeutete Sanawey, die Verbindung zu unterbrechen, musterte seine Gefährten und richtete den Blick schließlich auf George. »Nun?«

»Nun was?« erwiderte Kirk.

»Was hältst du davon?«

»Willst du das wirklich wissen?«

»Deshalb frage ich.«

»Die Romulaner sind zu freundlich«, brummte George. »Sie weisen viel zu deutlich auf ihren Friedenswillen hin.«

»Witterst du eine Falle?«

Kirk zuckte mit den Schultern. »Ja. Die Burschen haben irgend etwas vor.«

Aprils Gesicht war noch immer blaß, und hinter seiner Stirn pochte nach wie vor dumpfer Schmerz. Sarah beobachtete ihn besorgt, trat vom Oberdeck herunter und näherte sich dem Befehlsstand. Sie griff nach seinem Handgelenk, um den Puls zu fühlen, fing Roberts Blick ein. »Du hast doch wohl nicht vor, den Vorschlag des Kommandeurs anzunehmen, oder?« murmelte sie. »Nein, so dumm bist du nicht.«

Der Captain lächelte schief. »Nein, ich bin nicht ›dumm‹«, entgegnete er. »Ich hoffe nur. Was ist, wenn es die Romulaner ernst meinen, Sarah? Es geht uns in erster Linie darum, unsere eigene Haut zu retten, aber vielleicht haben wir auch die Möglichkeit, die Kluft zwischen der Föderation und den Romulanern zu überbrücken. Diese Sache ist enorm wichtig, und dadurch werde ich entbehrlich.«

»Das stimmt nicht, Captain«, brummte George.

»Doch, es ist wahr«, beharrte April. »Die Ingenieure und Techniker brauchen sicher noch einige Stunden, um das Warptriebwerk und die Deflektoren zu reparieren, und ich kann genug Zeit gewinnen.«

»Warum ausgerechnet du?« fragte Sarah.

»Soll ich etwa jemand anders schicken?« hielt ihr April entgegen. »Verlangst du von mir, ganz bewußt ein anderes Besatzungsmitglied einer solchen Gefahr auszusetzen? Nein, derzeit bin ich die unwichtigste Person an Bord.«

»Das kann doch nicht dein Ernst sein!« entfuhr es Kirk.

»Denk doch mal nach, George. Wenn mich die Romulaner gefangennehmen, kannst du mich hier vertreten. Du bist ein weitaus besserer Soldat als ich. *Du* wirst hier gebraucht. Ich handle auf der Grundlage meiner Ideale, und dafür muß ich die Konsequenzen tragen.«

Darauf fiel George keine Antwort ein. Er fragte sich betroffen, ob er ebensolchen Mut aufbringen würde, um die eigenen Prinzipien zu verteidigen.

Ideale, dachte er. *Vielleicht ist das die Würze, an der es meinem Leben fehlt. Vielleicht besteht meine Schuld darin, daß ich George jr. und Jimmy nur die Philosophie der Konfrontation vermittelt habe.*

April nutzte das Schweigen seines Ersten Offiziers und fügte hinzu: »Außerdem bin ich den Leuten dort draußen verpflichtet.«

»Verpflichtet?« fragte Sarah verwirrt. »Was meinst du damit?«

»Wir sind die Eindringlinge. Wir stellen die Bedrohung dar. Ich bin den Romulanern eine Erklärung schuldig. Um zu verhindern, daß unsere derzeitige Situation zu einem interstellaren Zwischenfall mit unabsehbaren Folgen führt.«

»Meine Güte, die Roms wollen doch nur eine Geisel«, sagte die Ärztin. »Das ist selbst mir klar.«

»Schlüpf jetzt bitte nicht in Georges Rolle, Sarah.« Die Schmerzen wurden so stark, daß April erzitterte und nach Luft schnappte. Seine Hände schlossen sich wie in einem Krampf um die Armlehnen des Sessels.

»Sie hat recht«, knurrte Kirk. »Warum schlägst du kein Treffen an Bord unseres Schiffes vor? Mal sehen, wie der Kommandeur darauf reagiert.«

April schloß kurz die Augen und nickte. »Ja, eine gute Idee.«

George schob sich an den Kommandosessel heran. »Bist du solchen Belastungen wirklich gewachsen?«

»Ja, es ist alles in Ordnung mit mir«, antwortete der Captain und trachtete danach, den Rücken möglichst gerade zu halten. Aus dem Pochen hinter seiner Stirn wurde ein dröhnender Trommelschlag. Als er Sarahs skeptischen Blick spürte, stemmte er sich in die Höhe – um zu beweisen, daß er nicht gleich zusammenbrach. »Jetzt hör mir mal gut zu, George«, sagte er und griff nach Kirks Arm. »Wenn mich die Romulaner als Geisel benutzen, wirst du mich einfach vergessen, klar? Versuch auf keinen Fall, mich zu retten. Dadurch geraten nur noch mehr Leben in Gefahr. Die Vorstellung, daß irgend jemand stirbt, weil *ich* ein Risiko eingehe ... So etwas könnte ich nicht ertragen. Bitte, George. Versprich es mir.«

Kirk hätte nicht gezögert, einem Befehl zuwiderzuhandeln: Anweisungen ließen sich unterschiedlich interpretieren. Aber mit Versprechen sah es ganz anders aus. Erst recht dann, wenn sie einem Mann wie Robert April gegeben wurden, der gerade mit aller Deutlichkeit unter Beweis gestellt hatte, daß er um die Gefahr wußte, der er sich aussetzte. Der Captain ließ sich von seinem Idealismus leiten, aber er war keineswegs ein Narr.

George kochte innerlich und nickte widerstrebend.

Offenbar gab sich April damit zufrieden. Er klopfte Kirk beschwichtigend auf den Arm und drehte den Kopf zur astrotelemetrischen Station. Die Bewegung brachte erneut sein Gleichgewicht in Gefahr, und er hielt sich an der Rückenlehne des Befehlsstands fest. »Kralle«, sagte er möglichst fest, »verbinden Sie mich noch einmal mit unseren Freunden dort draußen. Ich unterbreite Ihnen Georges Vorschlag, und dann ... O Gott ...«

Von einem Augenblick zum anderen wurden seine Wangen kalkweiß, und der Blick trübte sich. April hob die Hand an den Kopf, während die Konturen verschwammen und alles zu wirbeln begann. Seine Knie gaben nach.

»Robert!« George fing ihn auf, bevor er zu Boden sank. »Robert, verdammt ...« Kirk hielt den Captain unbeholfen fest, und aus den Augenwinkeln sah er, wie Florida aufsprang, um ihm zu helfen. Auch Drake eilte herbei. Vorsichtig ließen sie April aufs Deck herab.

»Ich *wußte* es«, stieß Sarah hervor und ging zwischen den Männern in die Hocke. »Ich habe ihn gewarnt ...«

»Es steht schlimm um ihn, nicht wahr?« fragte George besorgt. »Ich meine, *wirklich* schlimm.«

»Das ist mein Problem«, erwiderte die Ärztin, diesmal klang Mitgefühl in ihrer Stimme. »Sie haben Ihre. Wenn mir jemand helfen könnte, ihn zur Krankenstation zu bringen ...«

George sah sich um und stellte fest, daß Graff und Saffire noch immer neben dem Bibliothekscomputer standen. Derzeit hatte er keine Verwendung für die Techniker, und deshalb winkte er sie herbei. »Sie haben Dr. Poole gehört. Kehren Sie anschließend hierher zurück.«

Die beiden Männer traten wortlos näher und hoben den Captain behutsam hoch.

»Seien Sie vorsichtig«, sagte George und beobachtete, wie April zum Turbolift getragen wurde. Bevor sich das Schott schloß, warf ihm Sarah Poole noch einen rätselhaften Blick zu.

Der Erste Offizier starrte einige Sekunden lang ins Leere.

»Es sind bereits sechs Minuten vergangen, Mr. Kirk«, erinnerte ihn Sanawey. »Die Romulaner warten auf eine Antwort.«

Georges Blick blieb auf die Tür des Turbolifts gerichtet.

Gespannte Stille herrschte auf der Brücke.

»Mein Gott«, flüsterte George schließlich und rührte sich nicht von der Stelle. »Was soll ich bloß machen, Drake?«

»Du bist jetzt der Captain, Geordie«, erwiderte Reed ebenso leise.

»Ich kann unmöglich seinen Platz einnehmen. Meine Güte, ich bin ein Elefant im Porzellanladen der Diplomatie. Wenn ein Krieg droht, so kannst du sicher sein, daß er durch meine Schuld tatsächlich ausbricht.«

Drake zuckte kurz mit den Achseln und nickte voller Anteilnahme. »Wird Zeit für dich, erwachsen zu werden, Peter Pan. Du mußt zum einen Teil Geordie Kirk sein, und zum anderen Robbie April. Nur Mut, Kumpel. Sorg dafür, daß der Captain stolz auf dich ist.«

George spürte die Furcht der anderen Personen im Kontrollraum. Es waren Ingenieure und Wissenschaftler, keine Soldaten. Sie hatten nie damit gerechnet, in eine solche Situation zu geraten. Sie bauten Raumschiffe und kämpften nicht gegen Feinde im All.

Ich bin allein, dachte Kirk. *Allein im Territorium der Romulaner. Ohne eine Möglichkeit, zur Föderation zurückzukehren.*

Er griff nach der Armlehne des Kommandosessels, rang um seine Fassung und versuchte, sich an die Gespräche vor dem Kollaps des Captains zu erinnern. Plötzlich erschien ihm jedes Wort überaus bedeutungsvoll.

»Mr. Kirk?« drängte Sanawey.

George hob fast verwundert den Kopf.

Florida und die übrigen erwarteten eine bestimmte Bemerkung von Sanawey, aber er überraschte sie, indem er sagte: »Sir, wenn Sie die Nahbereichssensoren brauchen ... Sie sind jetzt wieder voll funktionsfähig.«

George schluckte mehrmals und wandte sich wieder dem Wandschirm zu. »Wenigstens etwas«, brummte er. »Scannen Sie das romulanische Schiff, Mr. Florida.«

Der Steuermann zögerte. »Die Anweisungen des Captains ...«

»Ich weiß. Vertrauen Sie mir. Führen Sie eine Sondierung durch.«

Florida nahm vor seiner Konsole Platz und akzeptierte das Unvermeidliche. Seine Finger huschten über die Kontrollen, und als sich die Anzeigen veränderten, runzelte er die Stirn. »Sie hatten recht, Mr. Kirk. Die Romulaner haben ihre Waffensysteme mit voller Energie beschickt.« Er drehte sich zu George um und wirkte überrascht, aber nur ein wenig. »Eine Desaktivierung der Laser-Ladeeinheiten hätte sie in Versuchung führen können, unser Schiff in Schlacke zu verwandeln.«

George hörte die Anerkennung in der Stimme des Steuermanns, nickte knapp und schaltete das Interkom ein. »Kirk an Maschinenraum. Wie ist die Lage bei Ihnen?«

»Hier Brownell.«

Der Erste Offizier fühlte sich seltsam erleichtert, als er die mürrische Stimme des alten Mannes hörte. »Freut mich, daß Sie wieder auf den Beinen sind, Doktor. Wie lange dauert es, bis wir wieder volle Deflektorenergie haben?«

»Noch eine ganze Weile. Sie können von Glück sagen, wenn uns in einer halben Stunde fünfundzwanzig Prozent der normalen Kapazität zur Verfügung stehen.«

»Was ist mit den Partikelkanonen?« fragte George.

»Die Laser genügen Ihnen wohl nicht, wie?«

»Vielleicht sind wir gezwungen, im wahrsten Sinne des Wortes schwereres Geschütz aufzufahren.«

»Vergessen Sie nicht etwas?«

George zögerte. »Was meinen Sie damit?«

»Sie haben sich nicht nach dem Warptriebwerk erkundigt.«

»Ich brauche in erster Linie einsatzfähige Waffensysteme.«

Brownells Stimme veränderte sich ein wenig, so als trete er näher ans Interkom heran. »Wir sind nicht unterwegs, um einen Krieg zu gewinnen, Kirk. Unsere Aufgabe besteht darin, Familien zu retten. Wie wär's, wenn wir schleunigst von hier verschwinden und unsere Mission fortsetzen, hm? Wenn Sie unbedingt die Muskeln spielen lassen wollen ... Dazu haben Sie später noch Gelegenheit, in der Sporthalle.«

George begriff plötzlich, daß er den wichtigsten Punkt übersehen hatte. Die *Rosenberg* und ihre Kolonisten, denen im Ionensturm ein langsamer, qualvoller Tod drohte.

»Haben Sie irgendeine Ahnung, was die Fehlfunktion des Warpantriebs und der Gravitationskompensatoren verursachte?« fragte er.

»Nein, nicht die geringste.«

»Gehen Sie der Sache auf den Grund. Wir müssen sicher sein, daß sich so etwas nicht wiederholt.«

»Eigentlich ist ein solcher Ausfall der Bordsysteme völlig ausgeschlossen. Verdammt, Kirk, hören Sie auf, mich mit Fragen nach den Gründen zu nerven. Wir sind erst einmal bemüht, die Schäden zu reparieren. Dann sehen wir weiter.«

»Das genügt mir nicht, Dr. Brownell«, sagte George scharf. »Ich will über die Ursachen Bescheid wissen.«

»Dann sollten Sie uns bei der Überprüfung aller Systemkomponenten helfen. Sie kennen sich ja bestens damit aus, oder?«

Ärger vibrierte in George, doch er zwang sich zur Ruhe. »Nun gut«, knurrte er. »Halten Sie mich auf dem laufenden.« Er kam sich noch immer fehl am Platze vor und überlegte, welche Entscheidungen es zu treffen galt. »Wir sind in Schwierigkeiten«, sagte er.

»Bitte?« Drake sah ihn groß an.

»Brownell hat mich nicht ein einziges Mal beleidigt.«

Reed schürzte die Lippen. »Wenn du unbedingt einige Kraftausdrücke hören möchtest ...«, bot er sich an. »In dieser Hinsicht hab' ich einen recht großen Wortschatz.«

George schüttelte sich und befreite sein Bewußtsein von allem Ballast. »Nein, danke«, sagte er, holte tief Luft und beobachtete das romulanische Schiff. »Ich muß Zeit gewinnen, damit Brownell und seine Leute die notwendigen Reparaturarbeiten durchführen können. Mit anderen Worten: Es bleibt mir gar nichts anderes übrig, als mich mit dem Kommandeur zu treffen. Sanawey ...«

»Sir?«

»Stellen Sie die Verbindung her.«

Der Indianer betätigte eine Taste. »Erledigt, Sir.«

»Hier ... spricht der Erste Offizier. Hören Sie mich?«

»Ja, ich höre Sie«, erwiderte der Romulaner. »Ich habe mich mit Ihrem Captain unterhalten.«

»Ich weiß«, sagte George. »Er wurde verletzt, als während unseres Navigationsfehlers gewisse Bordsysteme versagten, und deshalb kann er Ihr Angebot leider nicht wahrnehmen. Er hat mich gebeten, ihn zu vertreten und die Föderation zu repräsentieren. Ich hoffe, Sie sind damit einverstanden.«

In der folgenden Stille wechselten Drake und George einen nervösen Blick. Das Schweigen des romulanischen Kommandeurs bedrückte sie beide. Nach einigen langen Sekunden erklang erneut die Stimme des Fremden.

»Ich habe nichts dagegen, Erster Offizier. Sind Sie bereit, ein Risiko einzugehen und an Bord meines Schiffes zu kommen?«

Seltsam. Tiefe Falten bildeten sich in Georges Stirn. Warum sprach der Romulaner von einem Risiko? Lief dieser Hinweis auf eine Warnung hinaus? Kirk strich sich mit den Fingerknöcheln über die Lippen und beschloß, es mit einer anderen Taktik zu versuchen.

»Sie verstehen sicher unser Problem«, sagte er. »Vor vielen Jahren griff Ihr Volk eine unserer Außenbasen an, und dadurch wurde Mißtrauen zwischen unseren beiden Kulturen geschaffen. Wie können wir sicher sein, daß sich Ihre Einstellungen seit damals verändert haben?«

»Ich weiß, was Sie meinen. Nun, die Tatsache, daß sich solche Zwischenfälle nicht wiederholten, sollte unsere guten Absichten beweisen.«

George nickte, erinnerte sich dann daran, daß ihn der Romulaner gar nicht sehen konnte. »Ich nehme an, ein neutraler Treffpunkt wäre uns beiden dienlich.«

Eine neuerliche Pause.

»In Ordnung.«

Diese Antwort überraschte George, und er fragte sich, was für einen neutralen Treffpunkt sie mitten im Nichts vereinbaren konnten. Er preßte die Lippen zusammen und legte sich die nächsten Worte zurecht.

»Was schlagen Sie vor?«

»Es gibt zwei Planetoiden in der Nähe, und einer von ihnen weist erträgliche Umweltbedingungen für uns beide auf: atembare Luft und so weiter. Unsere Schiffe bleiben in der Nähe, und falls irgend etwas geschieht, können sie jederzeit eingreifen. Verstehen Sie?«

»Ja, die Bedeutung Ihres Hinweises ist mir klar. Wie gehen wir vor?«

»Ich nehme ein Beiboot und lande auf dem Planetoiden. Sie folgen mir in einem Shuttle. Sie verfügen doch über Raumfähren, oder?«

»Ja«, sagte George. »Woher soll ich wissen, daß Sie mich nicht in eine Falle locken?«

»Steuern Sie den Planetoiden vor mir an, wenn Sie möchten. Oder ich lande zuerst, und Sie scannen den entsprechenden Bereich. Ich richte mich ganz nach Ihnen.«

George überlegte gründlich, hob dann den Kopf, musterte die anderen Personen im Kontrollraum und versuchte festzustellen, ob irgendein Gesicht Zweifel zeigte. Er sah seine ursprüngliche Einschätzung der Brückencrew bestätigt: Wissenschaftler, keine Taktiker. Sanawey und die übrigen hatten nicht die geringste Ahnung, wie sie die Bemerkungen des Romulaners interpretieren sollten. *Ich bin nach wie vor auf mich allein gestellt,* dachte er.

Nun, nicht ganz. George griff nach Drakes Arm und zog ihn zu sich heran. »Was hältst du davon?« flüsterte er.

»Ich würde am liebsten den Kopf in den Sand stecken und warten, bis alles vorbei ist«, raunte Reed. »Wir sind nur auf Vermutungen angewiesen, George. Die ganze Angelegenheit stinkt so sehr, daß einem übel davon werden könnte. Verlaß dich auf deinen Riecher.«

George beugte sich wieder vor. »Na schön«, sagte er laut. »Ich folge Ihnen zum Planetoiden, und Sie landen zuerst. Wenn mir die Sache nicht gefällt, kehre ich zu meinem Schiff zurück.«

»Ich werde auf Sie warten.«

George sah Sanawey an und bedeutete ihm mit einem Wink, die Verbindung zu unterbrechen.

»Kom-Kanal geschlossen«, bestätigte der Indianer.

Erneut schloß sich Kirks Hand um Drakes Arm. »Ich

mache mich auf den Weg. Solange ich fort bin, hast du das Kommando.«

»Was, *ich?*«

»Ja, du. Abgesehen von mir bist du der einzige an Bord, der eine militärische Ausbildung genossen hat. Du kommst bestimmt zurecht. Denk an Roberts Worte – sie gelten auch für mich. Von jetzt an bin ich vollkommen entbehrlich, klar?« George bedachte Drake mit einem durchdringenden Blick. »Wenn ich das Schiff verlassen habe und in Schwierigkeiten gerate, wirst du auf keinen Fall versuchen, mich zu retten. Warte ab, bis die Roms angreifen. Und dann zeig's ihnen. Anschließend laß nichts unversucht, um die Königin heimzubringen.«

»Warum soll ich erst abwarten?«

»Weil Robert recht hat«, sagte George langsam und betonte jede einzelne Silbe. »Wir sind die Eindringlinge. Wenn es zu Feindseligkeiten kommt, dürfen wir nicht den Anfang machen.« Drake lehnte sich zurück und lächelte. »Robbies Einstellungen sind ansteckend, wie?«

Kirk drückte noch einmal zu und ließ dann Reeds Arm los. »Wenn ich nicht zurückkehre ... Sprich mit George jr. und Jimmy.« Daraufhin blieb selbst Drake ernst. George wandte sich von ihm ab und ging zum Turbolift. Dicht vor der Tür verharrte er noch einmal und drehte den Kopf. »Bitte helfen Sie Drake«, sagte er zu Florida und den anderen. »Nutzen Sie alle Möglichkeiten, um zur Föderation zurückzukehren. Ich versuche, Zeit für die Reparaturarbeiten zu gewinnen.«

»Viel Glück, Mr. Kirk«, erwiderte Sanawey.

Bernice Hart deutete mit dem Daumen nach oben. »Unsere Hoffnungen begleiten Sie, Sir.«

»Danke.« George betrat die Liftkabine, zögerte und verließ sie wieder. »Hat irgend jemand eine Ahnung, wie man von hier zum Hangar gelangt?«

»Soweit ich das feststellen kann, beherrschen Sie ihre Sprache recht gut«, sagte Idrys.

Sie mußte sich beeilen, um mit t'Cael Schritt zu halten, als er sie und zwei Wächter zur Nestling-Kammer führte.

»Ein interessantes Idiom«, erwiderte der Primus. »Vor vielen Jahren arbeitete ich als Kulturforscher. Im Verlauf einer geheimen Mission flog ich durch die Neutrale Zone, um mehr über die Föderation herauszufinden. Damals überlegte man, ob diplomatische Beziehungen zu den Terranern hergestellt werden sollten. Der Senat wollte sich ein Bild von der politischen Lage in der Föderation machen – um festzustellen, ob sich die Menschen auf einen Angriff vorbereiteten. Ich bekam den Auftrag, möglichst viele Informationen zu sammeln. Nun, ich konnte Englisch lernen, indem wir die terranische Kommunikation abhörten und analysierten. Wir nannten diesen Vorgang ›Frequenzlauscherei‹.«

»Waren die entsprechenden Signale nicht codiert?« fragte Idrys.

»Nein«, sagte t'Cael. »Ein weiterer Beweis für das elementare Vertrauen der Menschen. Sie vertreten die Ansicht, Wissen sei ein Allgemeingut. Unseren Spionen fiel es nicht weiter schwer, sich Englischkenntnisse anzueignen. Die Menschen teilen ihre Informationen ohne irgendwelche Vorbehalte und sind bereit, alle sich daraus ergebenden Konsequenzen zu tragen.«

»Wie närrisch«, kommentierte Idrys.

Der Primus warf ihr einen kurzen Blick zu. »Ganz im Gegenteil. Ich begegne einer solchen Einstellung mit Respekt und halte es für besser, das Recht auf Wissen zu gewährleisten, anstatt die Erkenntnisse anderer Personen zu fürchten. Wenn Informationen irgendwelchen Beschränkungen unterlägen, wäre es den Menschen sicher nicht möglich gewesen, ein solches Raumschiff zu konstruieren.«

Die Kommandantin nickte widerstrebend, hinkte ein wenig schneller und blieb schon nach wenigen Metern abrupt stehen, als sie das Schott des Hangars erreichten.

Sie war viel zu sehr in Gedanken versunken gewesen, um auf ihre Umgebung zu achten.

Ein Vorzenturio gab den Entriegelungscode ein, und kurz darauf betraten die vier Rihannsu eine kleine Nische zwischen dem Korridor und der Startsektion. T'Cael sah die beiden Wächter an. »Bereiten Sie den Nestling vor«, sagte er.

Sie salutierten und eilten durch den Hangar.

Sofort wandte sich Kilyle an Idrys. »Die nächsten Stunden sind entscheidend. Achten Sie in erster Linie darauf, die Disziplin zu wahren. Denken Sie daran, daß Ihre Befehle ohne den geringsten Widerspruch zu befolgen sind, und zögern Sie nicht, die Macht der Pandekten einzusetzen. Der Gesandte des Prätors könnte diese Gelegenheit nutzen. Wenn die Besatzung meutert, während ich mit den Terranern verhandele, kann Ry'iak die Rolle des Helden spielen. Und dann stehen wir beide wie Verräter da.«

Idrys hielt dem dunklen Blick stand. »Wenn der Senatsproktor auch nur einen Ton von sich gibt, stelle ich ihn unter Arrest.«

»Lassen Sie ihn hinrichten«, schlug t'Cael vor. »Das ist wesentlich eindrucksvoller.«

Die Kommandantin nickte. »Sind Sie wirklich sicher, daß die Menschen nicht bluffen?«

»Ich bin davon überzeugt, daß sie es ernst meinen«, entgegnete Kilyle. »Selbst wenn wir sie mit uns vergleichen: Sie sind nicht so friedfertig, wie wir vielleicht glauben. Sie wissen genau, worauf es bei einer Invasion ankommt. Und deshalb gehe ich davon aus, daß sie wirklich durch einen Navigationsfehler hierherkamen.«

»Was planen Sie, Primus?« fragte Idrys und bemerkte seinen nachdenklichen Blick, der dem Nestling galt. Die *Vernichter* war nicht sehr groß, doch im Vergleich zu ihr wirkte das Beiboot winzig und fragil.

T'Cael beobachtete es, und als er die Frage der Kommandantin beantwortete, fehlte es seiner Stimme an jener Schärfe, mit der er zuvor die Brückenoffiziere eingeschüchtert hatte. Sie klang jetzt offen und ehrlich.

»Ich muß dem Rat zeigen, daß die Föderation keineswegs beabsichtigt, einen Krieg gegen uns zu beginnen. Der Prätor nutzt solche Gerüchte, um mehr Macht zu gewinnen und den Einfluß der Trikammer zu schmälern. Wenn ich beweisen kann, daß die Föderation überhaupt nicht daran denkt, Rihannsu-Welten zu erobern, wenn es mir gelingt, die Menschen von der Notwendigkeit zu überzeugen, einen Repräsentanten zum Senat zu schikken ... In einem solchen Fall wäre es möglich, die Position des Rats zu verstärken und den Prätor zum Rücktritt zu zwingen. Die nächsten Stunden entscheiden darüber, ob wir es schaffen, eine neue Diktatur zu verhindern.« Er stützte die Hand gegen das Schott. »Es kommt darauf an, das Vertrauen der Menschen zu gewinnen.«

Idrys musterte ihn und begriff, daß er überhaupt nicht versuchen wollte, das Föderationsschiff aufzubringen. Bei Kilyles Plänen ging es um weitaus mehr als nur die Sicherheit des Reiches. T'Cael wünschte sich eine Gelegenheit, das Prätoriat zu stürzen. Die Kommandantin spürte, wie sie zu schwitzen begann. Der Primus fragte sie nicht, ob sie bereit war, ihm zu helfen – oder ob sie es vorzog, persönliche Risiken zu meiden. Er ging einfach davon aus, daß sie seine Ansichten teilte. Idrys sah darin ein enormes Kompliment und verabscheute sich für die Furcht, die tief in ihr zu prickeln begann. Dennoch: Wenn sie zwischen t'Cael und dem Obersten Prätor wählen mußte, entschied sie sich in jedem Fall für den Feldprimus. Sie zweifelte kaum daran, daß die Menschen Kilyle Vertrauen schenken würden. Bestimmt erlagen sie seiner Überzeugungskraft – so wie sie selbst.

Einige Sekunden später erwachte t'Cael wie aus einer Trance und drehte sich zu Idrys um. »Sie müssen sicherstellen, daß wir das Vertrauen der Terraner verdienen. Behalten Sie die *Vernichter* und den Schwarm fest unter Ihrer Kontrolle. Das ist keine leichte Aufgabe.«

»Ich weiß«, bestätigte Idrys. »Sie haben sich auf die Pandekten berufen und mir damit eine mächtige Waffe gegeben. Ich verspreche Ihnen, sie unverzüglich zu verwenden, wenn man mich provoziert.«

Ein humorloses, grimmiges Lächeln zuckte in t'Caels Mundwinkeln – ihm war nur zu deutlich klar, mit welchen Problemen er die Kommandantin konfrontierte. Er berührte einen dünnen Zopf, der auf Idrys' Schultern herabreichte, drehte ihn zwischen den Fingern hin und her. »Achten Sie darauf, daß Ry'iak keine Munition für jene Waffe findet. Man wirft Ihnen noch immer Verwandtenmord vor. Der Proktor wird die Anklage zu seinem Vorteil nutzen.«

Idrys seufzte. »Wir hätten ihn sofort unter Arrest stellen sollen. Nun, ich kümmere mich um ihn. Unter den gegenwärtigen Umständen sollten wir sicher sein, daß von ihm keine Gefahr droht.«

»Da haben Sie völlig recht«, sagte t'Cael. »Ich wünsche Ihnen Macht.«

Idrys neigte höflich den Kopf. »Und ich wünsche Ihnen, daß Sie Ihr Ziel erreichen.«

Der Primus verbeugte sich ebenfalls und wandte sich ab.

Die Kommandantin sah ihm nach, als er zum Nestling ging, dessen Triebwerk inzwischen warmlief. Kilyle stieg ein und nahm hinter den beiden Wächtern Platz, offenbarte die natürliche Eleganz eines erfahrenen Kriegers.

Ein leises Summen, und eine transparente Wand separierte die Wartenische vom Rest des Hangars. Pumpen surrten, saugten die Luft ab, und kurz darauf öffnete sich das Außenschott. Das kleine Beiboot hob ab, schwebte durch die Öffnung und glitt ins All.

Kurz darauf schloß sich das Schott wieder.

Es erfüllte Idrys mit Erleichterung, daß sich t'Cael nicht mehr an Bord der *Vernichter* befand. Jetzt konnten sie gleichzeitig an zwei Fronten tätig werden und sich gegenseitig unterstützen.

Sie schaltete das nächste Interkom ein. »Sicherheitsstation, hier spricht Commander Idrys.«

»Sicherheitsstation bestätigt. Welche Anweisungen haben Sie für uns?«

»Ich bin auf dem Weg zum Kontrollraum. Verhaften Sie Unterzenturio Ry'iak und bringen Sie ihn zur Brücke.«

»Sofort, Commander.«

Idrys unterbrach die Verbindung und lächelte zufrieden. Sie kannte ihre Crew und wußte, daß sie sich normalerweise auf sie verlassen konnte. Die Offiziere blieben bestimmt loyal, wenn der Senatsproktor keine Möglichkeit mehr bekam, Zweifel in ihnen zu wecken. Sie seufzte, verließ den Hangar und ging durch den Korridor.

Ein wuchtiger Hieb traf sie und preßte ihr die Luft aus den Lungen. Idrys taumelte und krümmte sich zusammen, tastete nach etwas Festem und berührte eine andere Hand. Als sie den Kopf hob, sah sie das ausdruckslose Gesicht Ry'iaks.

Er packte sie an der Schulter und rammte ihr die *Hazdja* tiefer in den Unterleib. Offenbar verwendete er eine solche Waffe nicht zum erstenmal, denn er stieß sie von der Seite her in den Körper seines Opfers. Idrys schnappte entsetzt nach Luft und fühlte, wie die Kraft aus ihr herausströmte. Der Gesandte des Prätors ließ sie los und beobachtete, wie die Kommandantin aus einem Reflex heraus nach dem Schaft der Waffe griff. Bevor er zurückwich, löste er den Strahler aus Idrys' Gürtelhalfter und ließ ihn in einer Tasche seines Umhangs verschwinden.

Die Frau starrte ihn groß an, und ihr Mund stand weit offen. Sie wankte an die Korridorwand, beide Hände um die schreckliche Waffe geschlossen, die aus ihrem Bauch ragte. Verzweifelt versuchte sie, die Stange aus der klaffenden Wunde zu ziehen, doch die krummen Widerhaken zerfetzten ihre Eingeweide. Es handelte sich um eine *Hazdja*-Lanze, eine traditionelle und erbarmungslose Waffe, deren Spitze sich in Idrys' Leib geöffnet hatte. Jede Bewegung verursachte weitere innere Verletzungen.

Ry'iak achtete darauf, eine gewisse Distanz zu Idrys zu wahren, blieb jedoch nahe genug, um ihren Todeskampf zu genießen. Sie wand sich hin und her, und zweimal mußte er rasch beiseite treten. Sein Gesicht blieb maskenhaft starr, denn er hielt den Mordanschlag für eine Pflicht. Hämische Freude und höhnischer Triumph kamen erst später, nach dem Tod der Kommandantin.

Idrys durchbohrte den Gesandten des Prätors mit haßerfüllten Blicken. Eine Hand umklammerte nach wie vor den Schaft der *Hazdja,* und mit der anderen schob sie sich an der Wand entlang. Ihr Ziel war ein Interkomanschluß: Die Betätigung einer Taste genügte, um die Sicherheitsstation zu alarmieren.

Ry'iak spielte mit dem Gedanken, sie aufzuhalten, entschied sich aber dagegen. Er errang einen weitaus größeren Sieg, wenn die Kommandantin starb, bevor sie das Interkom erreichte, wenn es ihr nicht mehr gelang, Wächter herbeizurufen.

Seine Erwartungen erfüllten sich. Idrys verlor das Gleichgewicht und fiel zu Boden. Der Proktor glaubte sich bereits am Ziel seiner Wünsche, doch einige Sekunden später stemmte sich die Frau in die Höhe. Allein mit Willenskraft gelang es ihr, wieder auf die Beine zu kommen. Alles in ihr sträubte sich dagegen, ausgerechnet diesem Mann zum Opfer zu fallen.

Ry'iak wich erneut einige Schritt zurück, verhielt sich nicht so sehr wie ein Mörder, sondern schlüpfte in die Rolle eines makabren Voyeurs. Er wollte Idrys nicht noch einmal berühren, wenn es sich vermeiden ließ, aber die Entschlossenheit, mit der sie sich dem Tod widersetzte, bestürzte ihn. Sie schaffte es tatsächlich, sich ganz aufzurichten, trotzte dem sengenden Schmerz, der in ihr tobte.

Der Proktor schürzte enttäuscht die Lippen und schnitt eine Grimasse, als er das Feuer des Hasses in Idrys' Augen sah. Er bedauerte es, die Kommandantin nicht beobachten zu können, ohne daß sie ihn sah.

Als die Finger der Frau die Kante des Interkoms berührten, hielt er ein Eingreifen für notwendig. Ry'iak trat heran, griff nach der *Hazdja* und drehte den Schaft mit einem Ruck.

Idrys erbebte und krümmte sich jäh zusammen, als heiße Pein in ihr explodierte. Mit einem heiseren Keuchen wankte sie auf Ry'iak zu und holte zum letztenmal in ihrem Leben Luft.

Der Gesandte des Prätors wich ihr aus und wartete.

Die Kommandantin der *Vernichter* sank auf die Knie, verharrte einige Sekunden lang in dieser Haltung und kippte dann zur Seite. Das Gewicht ihres Körpers trieb den Schaft noch tiefer in die Wunde.

Idrys' Blick trübte sich.

Ry'iak zögerte, beobachtete die letzten Zuckungen und ließ den angehaltenen Atem entweichen, als sich die Frau nicht mehr rührte. Eine Zeitlang überlegte er, ob er die Lanze aus dem Leib der Toten ziehen sollte, beschloß dann aber, sie dort zurückzulassen, wo sie ihm einen wichtigen Dienst erwiesen hatte. Er ging an Idrys vorbei, und der Saum seines Umhangs strich über ihr Gesicht, berührte einen Zopf.

Der Proktor machte sich auf den Weg zur Brücke und wußte bereits, welche Worte er an Kai richten würde: *Subcommander, Idrys ist tot. Ich glaube, wir sollten einige Dinge besprechen.*

DRITTER TEIL

Fremde Welten...

KAPITEL 14

Kummer verdrängte einen Teil des Mitgefühls aus McCoys Zügen, und hinzu kam Schuld. War es richtig, den Captain zu bewegen, seine Meinung zu ändern? Hatte irgend jemand das Recht, von ihm zu verlangen, sein ganzes Leben zu opfern, es in den Dienst einer ›Sache‹ zu stellen? Ein Teil von Jim Kirk blieb für immer Kommandant der *Enterprise*, doch ein anderer Aspekt seines Selbst verharrte in der Vergangenheit und litt. McCoy stellte sich ein gesplittertes Ich vor, dessen einzelne Fragmente über Zeit und Raum verteilt waren, bei den Personen verweilten, deren Existenz Kirk durch Entscheidungen verändert hatte — indem er die Bürde einer großen Verantwortung getragen und sich nicht nur darauf beschränkt hatte, seine Pflicht zu erfüllen.

McCoy schloß den Mund und blieb stumm. Unter anderen Umständen hätte er vielleicht das Selbstmitleid verspottet, das er in den Augen des Captains erkannte, ihm vorgeworfen, er sähe die Dinge nicht aus der richtigen Perspektive. *Die übliche Reaktion,* fuhr es ihm durch den Sinn. *Bring Jim einen Drink und rate ihm, bis zwanzig zu zählen und solche Gedanken aus sich zu verbannen.* Aber in diesem besonderen Fall erschien sie ihm unangemessen.

Kirk saß nach wir vor am Rand der Heubodentür und kam McCoys Einwänden zuvor.

»Es geht nicht nur um diesen einen Zwischenfall«, sagte er. »Aber er hat mir verdeutlicht, daß ich mir selbst ausweiche. Seit ich das Kommando übernommen habe, stolpere ich von Problem zu Problem, und nicht immer finde ich die richtigen Lösungen. Es ist nur eine Frage der Zeit, bevor mir das Schicksal einen Streich spielt. Und die Folgen? Vielleicht eine irreparable Modifikation der Geschichte. Oder das Ende einer Zivilisation. Wann unterläuft mir ein Fehler, den ich anschließend nicht korrigieren kann?« Er schüttelte den Kopf und zwinkerte im Sonnenschein. »Nein, ich muß einen Schlußstrich ziehen.«

In plötzlichem Ärger deutete McCoy auf die Blätter in Kirks Händen. »Was steht in den verdammten Briefen, Jim? Was veranlaßt dich zu solchen Überlegungen?«

Kirk blickte auf das zerknitterte Papier herab, und die geschriebenen Worte erwachten zu neuem Leben. Er las dort weiter, wo er innegehalten hatte, stellte sich vor, daß sein Vater zu ihm sprach.

Inzwischen seid Ihr alt genug, um zu verstehen, und deshalb möchte ich einige Dinge erklären. Es wäre mir lieber, ein direktes Gespräch mit Euch zu führen, aber manchmal ist so etwas sehr schwer, und außerdem habe ich gar keine Gelegenheit dazu. Der Dienst im All bringt viele Gefahren mit sich, und vielleicht bekomme ich nie die Möglichkeit herauszufinden, was Ihr von Eurem Vater erwartet. Ich bin also auf Vermutungen angewiesen.

Ich habe Euch sehr gern, und ich wünschte, wir könnten ständig zusammen sein. Aber um ganz offen zu sein: Ich liebe auch den Weltraum, und das wißt Ihr. Denkt jedoch daran, daß ich hier eine Pflicht erfülle. Ich arbeite und werde dafür bezahlt. So ist das eben.

Manche Aufgaben verlieren ihren Reiz, sobald man sich an sie gewöhnt, aber sie müssen trotzdem wahrgenommen werden. Ich weiß nicht, ob ich noch immer mit der gleichen Begeisterung bei der Sache bin wie früher. Erinnert Ihr Euch daran, als wir versuchten, das Modell der Sea Witch in einer Flasche unterzubringen? Man muß das Schiff irgendwie durch den

Flaschenhals schieben, ohne daß es dabei beschädigt wird. Ich fühle mich in einer ähnlichen Situation. Gelegentlich bleibt einem nichts anderes übrig, als Kompromisse zu schließen, mit sich selbst und seinen Erwartungen. Ab und zu gelingt nicht alles so, wie man es sich erhofft.
Überlegt Euch gut, was Ihr liebt. Bevor Ihr Euch emotional engagiert, solltet Ihr sicher sein, daß Eure Liebe erwidert wird.

Ein seltsamer Brief, voller Botschaften, die nicht auf den ersten Blick klar wurden. Kirk gewann den Eindruck, daß sein Vater versucht hatte, alle seine zukunftsorientierten Gefühle in einem einzigen Umschlag unterzubringen. Was bedeutete der letzte Hinweis?

Er sah die Worte nun aus der Perspektive eines Erwachsenen und glaubte, einen Unterschied in der Handschrift zu erkennen. Sie wirkte ein wenig nachlässiger. Oder kühner? Vielleicht gab George Samuel Kirk dem Drang nach, die Sätze möglichst schnell zu Papier zu bringen – weil sie ihm in der Seele brannten. Vielleicht verzichtete er deshalb auf gestalterische Sorgfalt. Andererseits: Als Soldat hatte Jims Vater immer großen Wert auf Gewissenhaftigkeit und einen leicht verständlichen Ausdruck gelegt. Dieses Schreiben stellte eine Ausnahme dar.

Es war keineswegs schlicht und einfach. Der Brief erfüllte nicht nur den Zweck, Kontakt mit zwei Jungen auf der Erde zu halten. Kirk entdeckte eine vage Eindringlichkeit, als er die Sätze las. Die Worte bildeten ein Labyrinth, in dem sich zwei Kinder leicht verirren konnten, wenn sie nicht wußten, worauf es zu achten galt. Jim versuchte sich daran zu erinnern, ob er und sein Bruder vor fünfundzwanzig Jahren einen Unterschied zu den anderen Briefen ihres Vaters entdeckt hatten, doch sein Gedächtnis ließ ihn im Stich. Damals begnügten sie sich mit der Aufregung, Nachrichten von einem Mann zu bekommen, den sie nur selten sahen und sehr verehrten.

Aber dieser besondere Brief ...

Er ist anders, dachte Jim. *Befandest du dich damals in Schwierigkeiten? Drohte Gefahr?*

»War dein Vater mit einer Mission betraut, Jim?« fragte McCoy. Kirk blinzelte im hellen Licht der Sonne, die ihm nun die Beine wärmte. Er gab keine Antwort, wurde immer nachdenklicher und konzentrierte sich auf eine Vergangenheit, die ihm sonderbar fremd erschien. Er glaubte sich mit einem Rätsel konfrontiert, das ihm immer neue geheimnisvolle Aspekte zeigte.

»Keine Ahnung«, sagte er schließlich.

McCoy saß knapp zwei Meter entfernt auf der anderen Seite der Heubodentür, und er sprach ein wenig lauter, als er hinzufügte: »Kann nicht einmal deine Mutter Auskunft darüber geben?«

Kirk drehte ansatzweise den Kopf. »Diese Briefe trafen praktisch gleichzeitig ein, und anschließend kam nichts mehr. Wir wußten nur, daß unser Vater ganz plötzlich Starbase Zwei verließ. Unter mysteriösen Umständen. Ich habe meine Beziehungen spielen lassen, doch Starfleet Command stellte sich dagegen und schwieg.« Er sprach langsam, lauschte dem Klang seiner Worte, hatte das eigentümliche Gefühl, einer anderen Person zuzuhören. Eigentlich widersprach es der Ethik eines mehrmals ausgezeichneten Starfleet-Offiziers, seinen Einfluß für persönliche Angelegenheiten zu nutzen.

»Vielleicht haben die Lamettaträger überhaupt keine entsprechenden Informationen«, sagte McCoy und hielt sich nicht damit auf, nach besseren Formulierungen zu suchen.

Kirk sah ihn an. »Wie bitte?«

McCoy zögerte, und seine Brauen wölbten sich. Stammten diese Worte wirklich von ihm? »Wäre es möglich?« fuhr er fort und beugte sich ein wenig vor. »Wissen die Admiräle wirklich nichts?« Er rutschte zur Seite, blickte übers Kornfeld und runzelte die Stirn. »Starfleet-Angehörige verschwinden nicht einfach so von ihren Posten. Und falls doch so etwas geschieht, werden zumindest Ermittlungen eingeleitet.«

»Es fand keine Untersuchung statt.«

»Das meine ich ja. Irgend jemand muß gewußt haben, was vor sich ging. Gibt es keine Unterlagen?«

»Nein.«

»Nun, vielleicht ist das der Grund. Vielleicht gingen die Informationen durch einen personellen Wechsel im Kommandostab verloren.«

»Die Sache liegt noch nicht *so* lange zurück, Pille. Es sind erst fünfundzwanzig Jahre vergangen.«

»Für manche Leute reicht das, um gewisse Dinge zu vergessen«, beharrte McCoy und lächelte schief. »Genug Zeit, um einen Zwischenfall unter den metaphorischen Teppich zu kehren. Typische Denkweise der Flotte: Was nicht ausdrücklich für die Öffentlichkeit freigegeben ist, gilt als geheim. Wie dem auch: *Irgend jemand* muß Bescheid wissen, verdammt!«

Auch Kirk starrte aufs Kornfeld und sehnte sich plötzlich danach, mehr über seinen Vater zu erfahren. »Warum muß man manchmal einen so hohen Preis bezahlen?« murmelte er und sah zum blauen Iowa-Himmel hoch.

McCoy beobachtete ihn und dachte über die Frage nach. Stammte sie von Jim Kirk oder seinem Vater? Er ahnte, was den Captain bewegte, und eine jähe Erkenntnis ließ ihn schaudern.

»Es ist das Prestige, Jim«, erwiderte er leise und versuchte, möglichst klug zu klingen, während sich in seinem Innern etwas zusammenkrampfte.

Kirks Hände schlossen sich etwas fester um den Brief. Alles verlangte einen Preis. Es gab nichts, das man einfach nehmen und genießen konnte. Folgen und Konsequenzen, die gelegentlich eine sehr schwere Bürde waren. So wie in diesem Fall. Er zahlte nun einen ganz persönlichen

Preis für die Möglichkeit, in die Vergangenheit zu reisen. Viele Leute hätten darin vermutlich ein Privileg gesehen, aber Jim fühlte sich vom Schicksal betrogen.

»Ich werde nie Spocks Gesicht vergessen, als er mir alles erklärte«, sagte er leise und sah über die Landschaft. »Selbst er spürte den Verlust.«

McCoy neigte sich zurück, und Unbehagen zitterte in ihm, als er begriff, wovon der Captain sprach.

»Spock meinte, sie habe den richtigen Standpunkt vertreten — aber leider zur falschen Zeit«, fuhr Kirk fort und dachte dabei an seinen Ersten Offizier. Noch einmal sah er Widerstreben und echte Anteilnahme in einem vulkanischen Gesicht, das eigentlich maskenhaft starr bleiben sollte. »Zeit ...« Er flüsterte dieses Wort und betrachtete das Erinnerungsbild der Frau. Trübe violette Spitzen einer längst überholten Mode bedeckten schmale Schultern und Brüste, die er nicht zu berühren wagte. Er bekam keine Gelegenheit, sich solchen Vorstellungen hinzugeben: Er erstarrte innerlich, als Spock herausfand, daß Edith Keeler sterben mußte, um die ›richtige‹ historische Struktur zu gewährleisten, und noch immer herrschte Kälte in ihm.

Kirk lehnte sich mit der Schulter an altes Holz und blickte nach unten. Als zehnjähriger Junge erlitt er Schwindelanfälle, wenn er aus dieser Höhe auf den Boden herabstarrte, und jetzt ließen die Launen des Schicksals ein ähnliches Gefühl in ihm entstehen. War es möglich, daß Leben oder Tod eines Menschen enorme Veränderungen in der Geschichte bewirken konnten?

Was für ein verrückter Gedanke. Mochte ein einzelner Kieselstein in der Lage sein, den Lauf eines ganzen Flusses zu verändern? Angenommen, Alexander der Große wäre nicht im Alter von dreiunddreißig Jahren gestorben, sondern hätte noch ein zusätzliches Jahr gelebt ... Es gab Hunderte von entscheidenden Wendepunkten im historischen Gefüge der Menschheit. Eine Hand, die nach John Wilkes Booths Pistole griff, bevor er abdrücken konnte ... Anwar Sadat, der sich duckte und in Dekkung ging, anstatt seinen Mördern die Stirn zu bieten ... Yoradyl Young, die nicht etwa zwei Tage nach ihrer Rede vor dem vulkanischen Rat starb, sondern zwei Tage vorher ...

Gerade Raumschiffkommandanten wußten um die Bedeutung einzelner Personen. Manchmal blieb der Tod von Tausenden ohne direkte Folgen, während ein bestimmtes Individuum zum Angelpunkt einer neuen geschichtlichen Entwicklung wurde. Wie tragisch, sagten manche Leute, wenn sie an Alexander, Lincoln, Sadat, Young und Geltredi dachten — aber derartige Bemerkungen würden sich nie auf Edith Keeler beziehen. Sie sprach vom Frieden und hätte die Vereinigten Staaten davon abgehalten, sich im Zweiten Weltkrieg zu engagieren; doch wem etwas an der Zukunft lag, wäre wohl kaum bereit gewesen, sie zu unterstützen. Edith Keeler, die soviel verstand — und sich gegen die Erkenntnis sträubte, daß ein gutes Beispiel nicht genügt, um den Frieden zu sichern.

Eine Frau, die für den Pazifismus eintrat. Zur falschen Zeit.

Kirk zog unbewußt die Beine an. »Spock und ich haben uns geirrt«, sagte er. »Damals wäre die Entscheidung für den Frieden falsch gewesen. Unter gewissen Umständen muß man pazifistische Einstellungen aufgeben. Stalin ermordete Millionen von Menschen, und niemand hinderte ihn daran, weil die Welt den Kampf satt hatte. Im Vergleich zu ihm spielte Hitler nur die Rolle eines historischen Statisten. Aber weil die restliche Welt müde war, weil sie nicht mehr die Kraft aufbrachte, Recht und Moral zu verteidigen, dauerte die Schreckensherrschaft an. Ich frage mich, was Edith davon gehalten hätte«, fügte Jim hinzu. Irgendwo in seinem Bewußtsein flüsterte Edith Keeler nach wie vor die Worte der Hoffnung. »Ein klügerer Mann wäre sicher in der Lage gewesen, eine Alternative zu finden. Es kann nicht nur eine Entscheidung möglich gewesen sein, Pille.«

»Selbstvorwürfe bringen Edith nicht zurück«, sagte

McCoy und bemühte sich, ruhig zu sprechen. »Die Geschichte mußte in die richtigen Bahnen gelenkt werden, Jim.«

Kirks Blick reichte in die Ferne. »Hat sie wirklich gelebt? Oder existierte sie nur in unserer Vorstellung?«

McCoy preßte die Lippen zusammen. Auch ihm waren solche Gedanken durch den Kopf gegangen, obgleich sie ihn nicht so sehr belasteten wie den Captain. Die von ihnen erlebte Vergangenheit existierte nicht mehr, verschwand in dem Augenblick, als Edith Keeler starb. Die Geschichte wies den Ereignissen im Jahre 1930 eine völlig andere Struktur zu, und es gab überhaupt keine Anhaltspunkte dafür, daß sich ihre Erinnerungen mit irgendeiner Art von Realität verbanden. Nichts kehrte durch die temporale Pforte in die Gegenwart zurück. Nur der Schmerz.

Der Schmerz ...

Hier saßen sie nun und klammerten sich an der emotionalen Pein fest – dem einzigen Beweis dafür, daß Edith Keeler wirklich gelebt hatte. Eine tapfere Frau, mit großer Zuversicht und einem einzigartigen Weitblick. Es war nicht richtig, daß ihr Vermächtnis nur aus seelischer Qual bestand.

»Was willst du, Jim?« fragte McCoy hilflos. »Antworten? Du weißt doch, daß sie uns nicht begleiten konnte. Nur wir hatten die Möglichkeit, durch die Zeit zu reisen und in eine Gegenwart zurückzukehren, die für Edith der Zukunft gleichkam. Sie gehörte in eine andere Epoche. Sie lebte damals – und sie mußte *damals* sterben.«

Doch Kirks Ich weilte nach wie vor in jener Ära und weigerte sich, die Konsequenzen zu akzeptieren. Eine eher schlichte Frau, mit einer Dynamik ausgestattet, die sofort beeindruckte. Vor Jims innerem Auge wiederholte sich der Alptraum: Noch einmal hinderte er McCoy daran, Edith Keeler beiseite zu stoßen, als sich der Lastwagen näherte ... Er rollte über sie hinweg und bewahrte damit das historische Gefüge vor einer ebenso einschneidenden wie fatalen Veränderung. Edith drehte sich um und sah den Laster. Ihr blieb sogar noch Zeit genug, einen Schrei auszustoßen, bevor ...

Begriff sie, daß ich sie dem Tod preisgab? Fragte sie sich in jener letzten Sekunde, warum ich nicht eingegriffen habe, um sie zu retten?

»Der Preis des Heldentums ist zu hoch«, murmelte Kirk. »Habe ich nicht genug gebüßt? Für meine eigenen Fehler und auch für die anderer Leute?«

Stille schloß sich an, und innerhalb weniger Sekunden gewann das Schweigen eine bedrückende Qualität, berichtete von Schuld, Bestürzung und Betroffenheit.

»Auch für meine«, entgegnete McCoy schließlich. Es klang so reuevoll und zerknirscht, daß sich Kirk umdrehte.

»Du brauchst dir nichts vorzuwerfen, Pille.«

»Vielleicht nicht«, sagte McCoy. »Aber es geschah wegen mir. Ich gab den Anlaß.«

»Edith Keeler wäre ohnehin gestorben.«

»Ich spreche nicht von ihr. Ich meine dich. Du bist *mir* in die Vergangenheit gefolgt, und deshalb leidest du jetzt.«

Der Captain nickte, und Mitgefühl regte sich in ihm. »Wenn man unter der Wirkung einer Droge steht, kann man nicht klar denken.«

»Ich hätte den Injektor wegwerfen sollen«, brummte McCoy und schüttelte kummervoll den Kopf. »Wenn es drunter und drüber geht, darf ein Bordarzt nicht mit seinen Instrumenten herumspielen.« Er sah auf, und seine blauen Augen blickten niedergeschlagen und schuldbewußt. »Es war mein Fehler, Jim. Und es tut mir sehr leid.«

Plötzliche Wärme verdrängte die Kühle aus Kirk, und er erinnerte sich an eine andere Art von Bürde, die der Kommandant eines Raumschiffes tragen mußte. Er setzte sich für seine Crew ein, für die Föderation, für die ganze Galaxis. All die Entscheidungen, die er getroffen hatte, weil es die Umstände von ihm verlangten. Die vielen

Probleme, die er lösen mußte, so schwer es ihm auch fiel. Und fast ständig blieb er allein mit seinen Zweifeln, mit Ungewißheit und Schmerz ...

Nur selten bedankte sich jemand beim Captain. Die Aufopferungsbereitschaft galt als Teil seiner Pflicht. Man hielt sie für selbstverständlich.

Und das war nicht fair.

Aber ganz abgesehen davon: In diesem besonderen Fall gab es keine Möglichkeit für ihn, sein Leid mit jemandem zu teilen.

Kirk sah McCoy an. »Ich konnte dich nicht im Stich lassen«, sagte er langsam und spürte, wie sich das Band der Freundschaft zwischen ihnen festigte.

KAPITEL 15

Der Weltraum war nicht annähernd so schwarz und finster, wie immer wieder behauptet wurde. In diesem Bereich des Alls glühten natürliche Farben: bunte Plasmawolken, in denen das Licht von Protosternen schimmerte, das Blinken von Pulsaren, Gasschleier, die Strahlungen einfingen und mit geisterhaftem Leuchten darauf reagierten, die erhabenen Feuerräder ferner Galaxien, Inseln des Lebens im Universum. George Kirk steuerte die Raumfähre durch ein fremdes Sonnensystem und verglich es mit einem Zimmer, dessen Einrichtung aus typisch kosmischen Möbeln bestand: interplanetares Gas, das im Sonnenlicht wogte und wallte; Protonen, die in Magnetfeldern einen Teil ihrer Energie abgaben; das gestaltlose Phantom einer schillernden Korona. Irgendwo im interstellaren Raum breiteten sich ringförmige Nebel aus, und in ihrem Zentrum kam es zu einer nuklearen Metamorphose: Die Reste von explodierten Sonnen schrumpften, verwandelten sich in Weiße Zwerge. Das seidene Panorama zeigte sanftes Grün und flammendes Rot, und hinzu kamen orangefarbene und kobaltblaue Töne. Ätherische Schönheit bot sich Georges Blicken dar, und tief in ihm prickelte fast so etwas wie Neid. Er überlegte, warum die Bewohner eines solchen Sektors nach Eroberungen strebten.

Es handelte sich im wahrsten Sinne des Wortes um fremden Raum, und als sich Kirk dieser Erkenntnis stellte, spürte er einen Hauch Unsicherheit. Fremdes All, voller Gefahren. Voller Feinde.

Feinde?

Nun, es kommt ganz darauf an, welche Perspektive man sich zu eigen macht, dachte George, als er die Kontrollen des Shuttles bediente und einem kleinen Beiboot folgte, das Hoffnung trug.

Oder eine bittere Enttäuschung. Ja, das magische Wort hieß Perspektive. Hier war er der Fremde, der Eindringling, der potentielle Feind. Er zwang sich dazu, an dieser Erinnerung festzuhalten, eine mentale Verbindung mit Robert April zu bewahren, um nicht das Ausmaß seiner Verantwortung zu vergessen. Es fiel ihm schwer, sich auf die Bereitschaft zu besinnen, zumindest begrenztes Vertrauen zu schenken. Immer wieder kehrten seine Gedanken zu dem Massaker vor gut siebzig Jahren zurück, zu dem erbarmungslosen Angriff auf die Starbase Eins, der Vernichtung des Schiffes, das den Notruf empfing und die Raumstation anflog. Was erhofften sich die Romulaner davon? Erfüllte der Krieg bei ihnen eine Art Selbstzweck? Kämpften sie um des Kampfes willen?

Ein kleiner Bildschirm auf der Kommandokonsole zeigte den Raumbereich hinter der Fähre. Die Königin glänzte in elfenbeinernem Weiß, und der Umstand, daß es ihr an Hoheitszeichen und irgendwelchen Markierungen fehlte, wirkte plötzlich sehr verdächtig. Das romulanische Schiff schwebte dicht daneben. George spürte, wie seine Hände feucht wurden, und er bemühte sich, nicht dauernd auf den kleinen Monitor zu starren, statt dessen das Beiboot zu beobachten, dem er folgte.

Wie bin ich in diese Lage geraten? Warum stehe ich plötzlich im Mittelpunkt des Geschehens? Ich bin nicht einmal zum Ersten Offizier qualifiziert, und jetzt repräsentiere ich sogar die Föderation. Verdammt, ich bin kein Diplomat; ich komme nicht einmal mit meiner eigenen Familie zurecht. Auf was lasse ich mich bloß ein? Bin ich überhaupt nicht bei Sinnen? Was soll ich dem romulanischen Kommandeur sagen? Wie soll ich mich verhalten, wenn er wie eine Echse aussieht? Himmel, ich habe noch nie mit einem wirklichen Alien gesprochen. Vielleicht bin ich überhaupt nicht in der Lage, unsere Ideale jemandem zu erklären, der wie eine Echse denkt ...

Das Beiboot drehte plötzlich ab und steuerte einen grünbraunen Planetoiden an, hinter dem eine Gaswolke glühte. George sah kleine Meere und Ebenen, hier und dort zerklüftete Gebirge, an deren Hängen moosartige Pflanzen wuchsen. Es fehlten Wälder und Wüsten. Das Licht der Sonne fiel auf dünnen Atmosphärendunst, und das winzige romulanische Schiff glänzte wie Silber.

George folgte ihm in sicherem Abstand, und die beiden Flugkörper schwebten trügerisch langsam über mehrere Berge hinweg. Nach einigen Minuten änderte das Beiboot den Kurs, ging tiefer und landete in einem schmalen Tal.

Kirk lenkte das Shuttle über den Landeplatz hinweg und nahm eine gründliche Sondierung vor. Erst als er ganz sicher sein konnte, daß ihn keine unangenehmen Überraschungen erwarteten, flog er weiter, durch einen breiten Paß. Wenn Romulaner nicht ausgerechnet wie Felsen aussahen, waren sie völlig allein auf dem Planetoiden.

Trotzdem blieb das Mißtrauen in ihm. Man durfte Romulanern nicht vertrauen. Eine einfache Philosophie, die sich auf Erfahrung gründete.

George schätzte die Sensorreichweite des Beibootes ab, und als er glaubte, über den Ortungshorizont des romulanischen Schiffes hinaus zu sein, landete er in einer hügeligen Region, in der das Shuttle nur schwer entdeckt werden konnte.

Die Fähre schwebte einige Zentimeter über dem Boden und setzte dann mit einem leichten Ruck auf. Der Umgang mit den Bordsystemen fiel George leicht, aber es erschien ihm seltsam, allein in einer Kammer zu sitzen, die sieben Personen Platz bot. Es dauerte eine Weile, bis er herausfand, welche Befehle der Computer von ihm erwartete. Nach der Landung summte das Triebwerk noch einige Sekunden lang, bevor es sich automatisch abschaltete. Es folgte ein leises Zischen, als ein Druckausgleich mit der Atmosphäre des Planetoiden hergestellt wurde, und anschließend wechselte die Farbe der Kontrollen, zeigte Bereitschaft. George blieb stumm sitzen.

Er fühlte sich in die Enge getrieben – und begriff gleichzeitig, daß ihm keine Wahl blieb. Früher oder später mußte er das Shuttle verlassen, um dem Romulaner zu begegnen, mit ihm zu verhandeln. Er trachtete danach, seine Gedanken zu ordnen, rief sich ins Gedächtnis zurück, wieviel vom Gespräch mit dem Kommandeur abhing. Das Chaos hinter seiner Stirn blieb, weigerte sich hartnäckig, eine übersichtliche Struktur zu gewinnen. Immer wieder dachte George an die Dinge, die schiefgehen konnten. Hier ein Mißverständnis, dort eine falsche Interpretation – die Folgen mochten katastrophal sein. Er kämpfte gegen das äußerst unangenehme Gefühl an, daß sein Verhalten über einen interstellaren Krieg entschied – oder dauerhaften Frieden zwischen der Föderation und dem romulanischen Reich. Wer über die menschlichen Unzulänglichkeiten Bescheid wußte und einen Sinn für Demut hatte, wollte bestimmt nicht in einer solchen Situation sein.

In dieser Situation, verbesserte er sich. *Es handelt sich nicht um theoretische Überlegungen. Dies ist die Wirklichkeit.*

George biß die Zähne zusammen, und plötzlich wurde ihm seine Macht bewußt. Er war allein, mußte Entscheidungen treffen, die er in erster Linie vor sich selbst zu verantworten hatte. Mit anderen Worten: Zunächst kam es nur auf seine eigenen Maßstäbe an.

Er betätigte eine Taste, hielt sie länger gedrückt als unbedingt notwendig.

»Bordlogbuch, hier spricht Commander Kirk. Ich mache mich gleich auf den Weg zum Landeplatz der Romulaner. Meine wichtigste Aufgabe besteht darin, mich mit dem Kommandeur zu treffen und über seine Absichten Aufschluß zu gewinnen – in der Hoffnung, daß wir mit heiler Haut zur Föderation zurückkehren können. Ich bin bereit, mich zu opfern. Und ich habe Drake an Bord des Schiffes angewiesen, von allen Waffensystemen Gebrauch zu machen, wenn er keine andere Möglichkeit sieht. Es kommt vor allen Dingen darauf an, die Königin heimzubringen.« George zögerte und dachte über seine letzten Worte nach. Sie klangen aggressiv – und unvorsichtig.

Geistesabwesend strich er über die Konsole, so als sei das Shuttle sein einziger Vertrauter. In einem weniger scharfen und arroganten Tonfall fuhr er fort: »Für diesen Befehl übernehme ich die Verantwortung. Die Besatzung des Schiffes trifft nicht die geringste Schuld. Ich weiß, daß ich dadurch die Gefahr eines Krieges zwischen der Föderation und dem romulanischen Reich heraufbeschwöre. Den Botschaftern und Diplomaten, die sich später mit einem solchen Problem auseinandersetzen müssen, möchte ich folgendes mitteilen: Weder Starfleet noch die Föderation haben mich zu derartigen Anweisungen ermächtigt. Ich handle ausschließlich auf eigene Faust. Da die gegenwärtige Crew des Schiffes nicht aus militärischem Personal besteht, sondern nur aus Technikern, Wissenschaftlern und Ingenieuren, halte ich eine solche Order für fair. Soldaten wissen, in welche Gefahr sie sich bei einem Einsatz begeben, aber in diesem Fall war nur eine Rettungsmission geplant, und die Leute an Bord dürfen nicht aufgrund von technischen Fehlfunktionen sterben.« Während er sprach, spürte er immer deutlicher, daß seine Worte eine feste Überzeugung zum Ausdruck brachten. Er fühlte sich den Menschen an Bord des Schiffes und auch dem Starship selbst verpflichtet. Robert Aprils Ideale mußten zumindest eine Chance erhalten.

Und damit noch nicht genug. George Samuel jr. und James Tiberius verdienten es, sich voller Stolz an ihren Vater zu erinnern. Als Erwachsene sollten sie an jemanden denken, der nicht nur Sicherheitsaufgaben in einer Starbase wahrgenommen hatte. Kirk wollte ein konkretes Beispiel für das geben, was er ihnen in den Briefen zu vermitteln versuchte.

Er bemerkte seine Anspannung erst, als der Nacken zu schmerzen begann. Ihm lagen noch weitere Worte auf der

Zunge, und er sehnte sich danach, den beiden Jungen, seiner Frau und Robert alles zu erklären.

Zorn quoll in ihm empor, Wut auf seine Sentimentalität.

»Kirk Ende«, sagte er und schaltete das elektronische Logbuch aus.

Er stand so plötzlich auf, daß der Sessel erzitterte und von einer Seite zur anderen schwankte. George achtete nicht darauf, griff nach der Überlebensausrüstung, justierte den Strahler auf maximale Energiestärke, öffnete das Schott und sprang nach draußen. Als seine Füße den Boden berührten, begriff er, daß er ein unnötiges Risiko eingegangen war. Er hätte die Atmosphäre des Planetoiden auf Verträglichkeit für den menschlichen Metabolismus prüfen sollen. Statt dessen verließ er sich allein auf die Auskunft des Romulaners. *Wie dumm von mir!* dachte er verärgert. *Ich habe mir vorgenommen, dem Kommandeur nicht so ohne weiteres zu vertrauen und mir einen gesunden Argwohn zu bewahren. Aber dieses Prinzip ist bereits zum Teufel, obwohl mich noch mehr als zwei Kilometer von dem Romulaner trennen. Ich bin wirklich ein toller Diplomat.*

George prüfte das Gelände, um sicher zu sein, daß der Untergrund das Gewicht des Shuttles tragen konnte. Dann holte er einen Kompaß hervor, orientierte sich und marschierte los.

Zuerst führte der Weg durch einen sumpfigen Bereich, und daran schloß sich eine Landschaft aus geborstenen Felsen an. Das Spektrum der lokalen Fauna reichte von Käfern bis hin zu bärenartigen Geschöpfen. George brummte zufrieden. Die Präsenz der größeren Lebewesen bedeutete, daß es selbst mit guten Sensoren nicht so einfach sein konnte, einen Menschen zu identifizieren. Tatsächlich war Kirk froh, pelzige Gesichter zu sehen, die unter anderen Umständen Besorgnis in ihm geweckt hätten. Die Tiere starrten aus Höhlen und Felsspalten, doch keins von ihnen wagte sich näher. George beachtete sie kaum. Seine Überlegungen galten der bevorstehenden

Begegnung; er dachte an Föderationsgesetze, die beachtet werden mußten, legte sich Antworten zurecht, um auf alle Fragen des Feindes vorbereitet zu sein.

Des Feindes ... Irgend etwas in ihm hielt an dieser Bezeichnung fest, obwohl er sich um einen vorurteilsfreien Standpunkt bemühte. *Ich bin eben kein Diplomat. Ich kann mir keine Einstellungen zu eigen machen, an die ich nicht glaube, die ich nicht einmal verstehe. Robert ... Ich habe keine Ahnung, wie ich mich verhalten soll. Mir fehlen deine idealistischen Visionen. Ich bin einfach nicht imstande, wie du zu denken. Und ich weigere mich, auf alle meine Stärken zu verzichten. Ich kann mich nicht mit Leuten verbrüdern, die ein Massaker für völlig normal halten.*

Warum hatten die Romulaner ein Treffen vorgeschlagen? Was führten sie im Schilde? Bestimmt steckte mehr dahinter als nur eine angebliche kulturelle Notwendigkeit, Gesprächspartnern persönlich zu begegnen. In einem militärischen Kontext erschienen solche Behauptungen geradezu lächerlich. Neuerliches Unbehagen regte sich in George, und er beschloß, auf alles gefaßt zu sein.

Der Kompaß piepte leise: Er näherte sich dem Ziel.

Kirk ging in die Hocke, zog den Strahler und schob den Tornister mit der Überlebensausrüstung auf den Rükken. Dann schaltete er das kleine Ortungsgerät aus und setzte den Weg fort.

Kurz darauf sah er den silbernen Bug des romulanischen Beiboots. George schob sich geduckt an den Felsen vorbei, und schließlich entdeckte er den Feind.

»Eins steht fest: Es sind keine Eidechsen«, hauchte er und kniff die Augen zusammen.

Zwei Gestalten. Eine mit roter Schärpe; die andere trug eine blaue. Erleichterung durchströmte ihn, als er feststellte, daß es sich um Humanoiden handelte. Zumindest was ihr äußeres Erscheinungsbild betraf. Vielleicht floß in ihren Adern kein Blut, sondern Säure oder etwas in der Art. Zwei Arme, zwei Beine, jeweils ein Kopf.

Sehr beruhigend. Beide trugen Helme aus grauem Metall, und darunter bemerkte George dunkle Gesichter, die ihn an Klingonen erinnerten, obwohl die Haut nicht so sehr glänzte. Die Fremden waren schwerbewaffnet und wanderten auf und ab. Ganz offensichtlich warteten sie auf ihn. Wer mochte der Kommandeur sein? Die roten und blauen Schärpen ... Deuteten sie auf unterschiedliche Ränge hin?

George beobachtete die Fremden einige Minuten lang, aber keine der beiden Gestalten schien der anderen Befehle zu erteilen. Die Zeit verstrich, ohne daß irgend etwas geschah. *Du schiebst das Unvermeidliche nur hinaus,* dachte Kirk. *Zögere nicht länger.* Aber die Unsicherheit blieb. Nach einer Weile schlich er weiter, nutzte die Deckung der Felsen und hoffte auf irgend etwas, das ihm Aufschluß gab.

Als er durch einen Spalt zwischen zwei moosbewachsenen Blöcken kroch und darauf achtete, daß ihn nicht sein eigener Schatten verriet, sah er plötzlich eine dritte Gestalt. Königsblaue Kleidung. Gelbliches Haar. Kein Helm.

Verwundert schob sich George noch näher heran und richtete seinen Blick auf den offenen Bereich neben dem romulanischen Beiboot. Und dort, kaum sechs Meter entfernt, saß jemand, mit dem er hier gewiß nicht gerechnet hatte.

»Ein Vulkanier!« entfuhr es ihm.

Der Klang seiner Stimme ließ ihn erzittern, und aus einem Reflex heraus preßte er die Lippen zusammen. Rasch duckte er sich wieder, und seine Gedanken rasten. Ein Vulkanier ... und die Vulkanier waren Verbündete der Föderation. *Die Romulaner haben ihn gefangengenommen! Deutliches Zeichen dafür, daß sie keine ehrlichen Verhandlungen mit uns im Sinn haben.*

Jetzt begriff er, warum der Kommandeur auf eine persönliche Begegnung drängte. *Er will seine Geisel zeigen und uns damit unter Druck setzen.*

Sofort traf er eine Entscheidung. George hielt den Atem an, schloß die Hand fester um seinen Strahler und kroch durch den Felsspalt.

Der Vulkanier sah ihn als erster, und Kirk empfand die Überraschung des Gefangenen als Kompliment. Sie bewies ihm, daß er kaum Geräusche verursacht hatte. Der Mann im königsblauen Umhang stand auf, doch bevor er irgend etwas sagen konnte, war George heran. Er packte den Vulkanier am Arm und zog ihn beiseite, so daß er nicht in die Schußlinie geriet.

Die beiden Romulaner standen in unmittelbarer Nähe des kleinen Raumschiffes, drehten sich um und zogen ihre Waffen. Doch sie erstarrten plötzlich und rührten sich nicht mehr von der Stelle, als George seinen Strahler auf sie richtete. Vielleicht sahen sie nun zum erstenmal einen Menschen, aber das spielte keine Rolle. Kirks grimmige Miene vermittelte eine deutliche Botschaft.

»Zurück« wandte er sich an den Vulkanier, gab ihm einen behutsamen Stoß und deutete zu den Felsen.

T'Cael sah die Entschlossenheit in den Zügen der beiden Wächter. Hastig hob er die Hand und bedeutete ihnen abzuwarten — bis sie mehr über die Absichten des Verrückten wußten. Der Mensch bemerkte seine Geste nicht. *Jemand, der ausgeschickt wurde, um mich von meiner Eskorte zu isolieren?* überlegte Kilyle verwirrt. *Oder ist es der Erste Offizier?* Hatte er es mit einem Irren zu tun? Möglich. Die Mündung des Strahlers zielte nicht etwa auf t'Cael, sondern bedrohte nach wie vor die beiden Wächter. Offenbar versuchte der Unbekannte, den Primus zu schützen. Aber warum? *Das ist doch Wahnsinn. In dem riesigen Raumschiff halten sich bestimmt viele Menschen auf. Aber ich muß unbedingt den Bordnarren kennenlernen.*

T'Cael seufzte lautlos und beschloß, zunächst einmal abzuwarten.

Er gab den Wächtern ein zweites Zeichen, forderte sie stumm auf, nichts zu unternehmen.

»Kommen Sie«, stieß der Starfleet-Offizier hervor, ergriff t'Cael am Ellenbogen, zerrte ihn an den Felsen vorbei und in eine kleine, granitene Nische, die sich leicht verteidigen ließ.

George stieß den Vulkanier durch die Öffnung, drehte sich dann um und sah in die Richtung zurück, aus der sie gekommen waren. Er rechnete damit, daß ihnen die Romulaner folgten.

»Sprechen Sie Englisch?« fragte er.

T'Cael zuckte andeutungsweise mit den Schultern. »Gut genug, glaube ich.«

»Sind Sie verletzt?«

»Verletzt? Nein ...«

»Sie hatten Glück. Vermutlich ließen die Romulaner Sie am Leben, weil sie sich einen gewissen Nutzen von Ihnen versprachen. Die Sache war mir von Anfang an nicht geheuer. Haben Sie irgend etwas herausgefunden, das uns helfen könnte?«

T'Cael runzelte die Stirn und wußte nicht, wie er diese Frage beantworten sollte. Es war ihm noch immer ein Rätsel, warum es der Mensch für erforderlich hielt, ihn zu ›retten‹. Als sich der Offizier zu ihm umdrehte, schüttelte Kilyle stumm den Kopf.

»Nein«, knurrte George. »Ich nehme an, die Roms haben Ihnen nicht viel gezeigt. Hier.« Er holte seinen Ersatzlaser hervor und reichte ihn dem Vulkanier. »Schießen Sie sofort, wenn sich einer von den verdammten Mistkerlen zeigt.«

Verdutzt starrte t'Cael auf den Strahler herab, den er nun in der Hand hielt. Entführt, beschützt ... und nun auch bewaffnet.

Der Starfleet-Offizier warf ihm einen kurzen Blick zu. »Seit wann sind Sie in Gefangenschaft?«

»Oh, seit einer ganzen Weile«, erwiderte t'Cael ausweichend.

»Hm, ich habe Gerüchte über Vulkanier gehört, die unweit der Neutralen Zone verschwanden. Bisher hatten wir keine Beweise dafür, daß Romulaner dahinterstecken. Ich schätze, jetzt wissen wir Bescheid, nicht wahr?«

»Vulkanier«, murmelte t'Cael. »Ich verstehe.«

»Wie?«

»Sind Sie der Erste Offizier des Schlachtschiffs? Der Mann, der sich bereit erklärte, hier mit dem Kommandeur zu sprechen?«

»Höchstpersönlich. Allmählich glaube ich, es wäre besser gewesen, das Angebot abzulehnen. Hier sind wir erheblich im Nachteil. Glück für Sie, daß ich gekommen bin.«

T'Cael lächelte, aber der Offizier ließ seinen Blick wieder über die Felsen schweifen. »Ja. Ich habe wirklich Glück.«

Eigentlich hätte George sofort Verdacht schöpfen müssen, denn Vulkanier glaubten nicht an die Göttin Fortuna und ihre unzuverlässige Gunst. Aber er war viel zu sehr überrascht, daß ihnen die Romulaner nicht folgten. Verzichteten sie einfach so auf eine Geisel?

»Wollen Sie Verhandlungen beginnen?« fragte der ›Vulkanier‹.

»Ich weiß nicht. Eigentlich bin ich mit einer solchen Absicht hierher gekommen, aber die Roms treiben falsches Spiel. Sie wurden mit keinem Wort erwähnt, und jetzt frage ich mich, was die Roms sonst noch verschweigen. Verdammt, ich kann mir keine Verwicklungen leisten.«

»Was haben Sie nun vor?«

George schnaufte. »Gute Frage. Ich könnte einfach mit Ihnen zum Starship zurückkehren und das romulanische Schiff vernichten.«

»Dazu wären Sie tatsächlich imstande?«

»Na klar. Aber dann bestünde die Gefahr eines interstellaren Krieges. Und den wollen wir vermeiden.«

»Wen meinen Sie mit ›wir‹?«

»Die Föderation, wen sonst? Das ›Wir‹ bezieht sich auch auf mich. Mir liegt nichts an einer Konfrontation mit dem romulanischen Reich.«

T'Cael legte sich die nächsten Worte mit besonderer Sorgfalt zurecht. »Soll das heißen, daß Sie selbst jetzt noch bereit sind, ehrliche Verhandlungen zu beginnen?«

»Mir bleibt wohl kaum eine Wahl. Wenn ich sicher sein könnte, daß die Roms ganz offen sind, würde ich es gewiß begrüßen, eine Übereinkunft mit ihnen zu treffen. Kriechen Sie tiefer in die Höhle. Ich möchte nicht, daß man Sie sieht.«

»Oh, entschuldigen Sie«, entgegnete t'Cael, duckte sich und nahm auf einem kleinen Vorsprung Platz.

»Schon gut«, brummte George, winkte kurz und beobachtete weiterhin die Umgebung. »Warum suchen die Kerle nicht nach uns?«

»Wie ich hörte, versagten die Navigationssysteme Ihres Schiffes«, sagte t'Cael versuchsweise.

Der Starfleet-Offizier nickte. »Eine ziemlich unangenehme Sache. Wir haben völlig neue Technologie an Bord und glaubten, uns auf sie verlassen zu können. Aber was geschieht? Plötzlich finden wir uns in einem unbekannten Raumsektor wieder, viele hundert Lichtjahre von der Heimat entfernt.« Er zögerte kurz und ließ nachdenklich die Waffe sinken. Sein Blick blieb auf die Felsen gerichtet, als er hinzufügte: »Ich schätze, die Romulaner hätten auch lieber auf einen solchen Zwischenfall verzichtet.«

»Selbst ein Volk von Kriegern hat irgendwann genug vom Blutvergießen«, bestätigte t'Cael.

»Hoffen wir, daß Sie nicht der einzige sind, der so denkt«, erwiderte George. »Glauben Sie, die Romulaner könnten das Feuer auf mein Schiff eröffnen, weil sie ihre Geisel verloren haben?«

»Das wäre möglich«, antwortete t'Cael vorsichtig. »Obwohl einige Leute bestimmt froh sind, daß ich fort bin.«

»Ich sollte Sie besser in Sicherheit bringen. Solange die Roms eine Möglichkeit sehen, Sie erneut gefangenzunehmen, sind sie sicher nicht bereit, mit mir zu verhandeln. Ich lasse Sie an Bord des Schiffes, und anschließend kehre ich hierher zurück.« George kletterte auf einen höheren Felsen und sah sich noch einmal um. »Wer weiß? Vielleicht ist dies die romulanische Art, sich über jemanden lustig zu machen.«

T'Cael lächelte. »Unter anderen Umständen fände ich Sie sehr witzig.«

»Ja, kann ich durchaus ver...« George brach jäh ab und hielt den Atem an. Witzig? *Witzig?*

Er wirbelte um die eigene Achse. Die angebliche Geisel sah zu ihm auf und schmunzelte mit offensichtlichem Humor.

Die beiden Männer starrten sich an.

»Sie sind kein Vulkanier«, brachte Kirk nach einer Weile hervor.

T'Cael schüttelte ruhig und gelassen den Kopf.

George hätte fast das Gleichgewicht verloren.

»Aber ... wer sind Sie dann?«

Kilyle spielte mit dem Gedanken, den Menschen zu belügen, um ihn vor einem Schock zu bewahren. Die Wahrheit mußte den Glauben des Terraners an seine deduktiven Fähigkeiten nachhaltig erschüttern, und t'Cael wollte vermeiden, daß sich sein Gesprächspartner wie ein Narr vorkam. Eine Demütigung brachte sie nicht weiter.

Dennoch entschied er, aufrichtig zu sein. Er straffte die Schultern, faltete die Hände im Schoß und vergewisserte sich, daß der Offizier den zweiten Strahler nicht als plötzliche Bedrohung empfinden konnte.

»Ich bin t'Cael Zaniidor Kilyle, Feldprimus des Zweiten Reichsschwarms in den Diensten des Prätors«, verkündete er, und seine Stimme klang gleichzeitig stolz und entschuldigend. »Wer sind Sie?«

Der Offizier erbleichte, lehnte sich an eine granitene Wand und riß die Augen auf. »Ich bin ein Idiot«, stöhnte er.

T'Cael lächelte erneut. »Dieser Meinung möchte ich mich nicht anschließen, wenn Sie gestatten.«

»Sie sehen wie ein ...«

»Allem Anschein gab es in fernster Vergangenheit eine genetische Verbindung zwischen uns und den Vulkaniern«, warf Kilyle ein. »Aber schon seit Jahrtausenden führt unsere Entwicklung in unterschiedliche Richtungen.«

Der Mensch hob plötzlich die Waffe, und seine Züge verhärteten sich. War er beleidigt? Aus welchem Grund?

T'Cael wurde etwas ernster, doch das Lächeln verschwand nicht ganz von seinen Lippen.

»Na schön«, knurrte George. »Also gut. Offenbar habe ich die Sache verhunzt, noch bevor sie begann. Es ... es bleibt mir nichts anderes übrig, als Sie zu meinem Gefangenen zu erklären.«

Erneut zuckte t'Cael kurz mit den Achseln. Bevor er Antwort gab, griff er betont langsam nach dem zweiten Laser und gab ihn zurück. »Wir sind gekommen, um zu verhandeln. Es ist noch nicht zu spät. Nennen Sie mir Ihren Namen.«

George spürte, wie ihm der Schweiß ausbrach. Widerstrebend näherte er sich dem Romulaner, riß ihm die Ersatzwaffe aus der Hand und richtete den Strahler auf das Herz des Feindes. Oder vielleicht die Lunge. »Kirk«, sagte er. »Amtierender Erster Offizier.«

»Sie sind also wirklich der Stellvertreter des Captains.«

George zog die Brauen zusammen. »Ja. Was erscheint Ihnen daran so seltsam?«

»Als wir eine Antwort vom Kommandanten Ihres Schiffes erwarteten und Sie sich meldeten, wurden einige meiner Offiziere argwöhnisch. Sie glaubten, der Captain schicke irgendein unwichtiges Besatzungsmitglied, weil er ein persönliches Risiko scheut.«

»Warum waren Sie trotzdem bereit, sich hier mit mir zu treffen?«

»Weil ich eine gewisse Autorität in Ihrer Stimme hörte. Sie gaben sofort Antwort, ohne mit jemandem Rücksprache zu halten. Daraufhin beschloß ich, an meinem Vorschlag festzuhalten.«

George spürte ein nervöses Prickeln, und es fühlte

sich an, als fließe elektrischer Strom durch seinen ganzen Leib. Auf einen derartigen Wortwechsel war er nicht vorbereitet, und eine seltsame Art von Verzweiflung erfaßte ihn. Er fragte sich, wie es Diplomaten lernten, auf welche Fragen und Antworten es ankam, wie sie Wahrheit von Lüge unterschieden. Er starrte den Mann an, der sich plötzlich vom Verbündeten in einen Feind verwandelt hatte. Vergeblich versuchte er, einen Blick hinter die Maske aus ruhiger Erheiterung zu werfen. George versuchte seit vielen Jahren, Gefühle und Meinungen so gut zu verbergen, daß sie zumindest nicht *sofort* zu erkennen waren, doch seine diesbezüglichen Bemühungen führten zu geringen Erfolgen. Leuten wie Robert April fiel es ganz und gar nicht schwer, tief in ihn hineinzublicken. T'Cael hingegen blieb völlig undurchschaubar für ihn. Die wenigen mimischen Signale, die er aussandte, bildeten einen viel zu komplexen Code, um innerhalb weniger Sekunden gedeutet zu werden.

»Ich bin nicht hier, um irgendwelche Kompromisse mit Ihnen zu schließen«, sagte Kirk. »Unser einziger Wunsch besteht darin, Ihren Raumbereich so schnell wie möglich zu verlassen. Und zu vergessen, was hier geschehen ist.«

Kilyle neigte nachdenklich den Kopf. »Ein interessanter Standpunkt. Erst recht dann, wenn man gewisse Vereinbarungen zwischen der Föderation und dem romulanischen Reich berücksichtigt. Danach ist Ihre Präsenz in diesem Sektor ein feindseliger Akt, der uns zu drastischen Gegenmaßnahmen berechtigt. Verlangen Sie im Ernst von uns, Ihr Eindringen in unser Raumgebiet einfach hinzunehmen, ohne auch nur eine Frage zu stellen?«

Das Prickeln in George verstärkte sich. »Ich versuche zu verhindern, daß sich dieser Zwischenfall zu einem interstellaren Konflikt auswächst. Die Föderation weiß nicht einmal, daß wir hier sind. Die Verantwortung trifft allein uns.« Er biß sich auf die Zunge und begriff den Fehler, der ihm unterlaufen war. Er hätte nicht zugeben dürfen, daß es niemanden gab, der ihnen helfen konnte.

Diese Information gab den Romulanern einen wichtigen Vorteil. Vielleicht hielten sie es für relativ ungefährlich, das ganze Schiff aufzubringen und die Besatzung als Geiseln zu nehmen – um dann noch größere Forderungen zu erheben.

Georges Hand schloß sich krampfhaft fest um den Kolben des Strahlers, und er setzte zu einer Bemerkung an, als plötzlich ein leises Piepen erklang. T'Cael stand abrupt auf und starrte zum Himmel hoch. Das rhythmische Summen stammte von einem kleinen Gerät an seinem Gürtel, und Kirk bemerkte nun auch das Blinken einer grünen Kontrolldiode.

Der Romulaner wandte sich jäh um. »In Deckung! Schnell!«

George rührte sich nicht von der Stelle und sah sich verwirrt um. Das Piepen wurde lauter, und ein rötliches Glühen kroch übers Firmament.

T'Cael ignorierte den Strahler in Kirks Hand, stürzte sich auf ihn, schlug die Waffe beiseite und riß den Menschen zu Boden.

Aus dem rubinfarbenen Glanz am Himmel wurde ein energetischer Orkan. Wenige Sekunden später ertönte ein schier ohrenbetäubendes Heulen, das jeden einzelnen Nervenstrang in George reizte und wie mit heißen Klingen seine Gedanken zerschnitt. Er preßte sich die Hände auf die Ohren, aber das akustische Inferno dauerte an. *Uiiieeeh-BAMM ... Uiiieeeh-BAMM ... Uiiieeeh-BAMM ...*

Das Donnern ließ den Boden erzittern, und jede Entladung fraß sich tiefer in die Kruste des Planetoiden, sterilisierte die Oberfläche und ließ totes, verbranntes Land zurück. Eine volle Minute lang folgte eine Zerstörungswelle auf die andere.

Die sich daran anschließende Stille wirkte gespenstisch. George ließ nur zögernd die Arme sinken und fürchtete, das Kreischen und Krachen könne sich jeden Augenblick wiederholen.

Das rote Glühen am Himmel verblaßte und wich einem trügerischen Blau.

Vorsichtig öffnete Kirk die Augen und beobachtete, wie sich der Romulaner in die Höhe stemmte. T'Caels Gesicht zeigte nun ganz deutlich Verblüffung.

George stand ebenfalls auf, und gemeinsam starrten sie über die verheerte Landschaft.

Der Erste Offizier winkte hilflos mit seinem Strahler. »Dafür sind ... wir nicht verantwortlich. Bitte glauben Sie mir.«

T'Cael stand so reglos wie eine Statue und zuckte mit keiner Wimper, als er den Kopf drehte und in das Tal hinabsah, in dem sein kleines Raumschiff gelandet war. Nur langsam abkühlende Schlacke erinnerte an das silbrige Beiboot. »Ich weiß«, flüsterte er, ließ sich langsam zu Boden sinken und blickte ins Leere. »Ja, ich weiß.«

George musterte den Romulaner und beobachtete, wie sich Verzweiflung in den markanten Zügen ausbreitete. Erst nach einer ganzen Weile spürte er das Zittern in seinen Knien und nahm auf dem Felsvorsprung Platz. »Ich verstehe nicht«, sagte er. »Was hat das zu bedeuten?«

T'Cael seufzte schwer, lehnte sich zurück und ließ den Kopf hängen. Er wirkte plötzlich müde, erschöpft und hoffnungslos.

Seine Worte klangen traurig und kummervoll, als er erwiderte: »Es bedeutet, daß ich nun allein bin.«

»Die Romulaner drehen ab, Mr. Reed!«

Floridas Stimme beendete die angespannte Stille auf der Brücke.

Drake drehte sich ruckartig um, verlor dabei fast das Gleichgewicht und fürchtete nichts mehr als eine Situationsveränderung, die ihn zwang, Anweisungen zu geben. Er sah gerade noch, wie eine flügelartige Erweiterung des romulanischen Schiffes am linken Rand des großen Wandschirms verschwand. »Erfassung umschalten«, sagte er.

Sofort veränderte sich das Bild und bot einen beunruhigenden Anblick. Das vogelartige Kampfschiff sauste davon, Blitze lösten sich vom Rumpf, rasten durchs All.

»Sie feuern auf den Planetoiden!« platzte es noch lauter und zorniger aus Florida heraus.

»George ...« Drake näherte sich dem Befehlsstand, blieb jedoch neben dem Kommandosessel stehen. Jener Platz gebührte ihm nicht. *Wie würde sich George jetzt verhalten?* dachte er. *Was für Entscheidungen träfe April?* »Es sind bestimmt keine harmlosen Salutsalven, da bin ich ziemlich sicher«, flüsterte er.

Florida drehte sich um und sah ihn fragend an. »Mr. Kirk ist da unten! Wir müssen etwas unternehmen!«

»Was denn, zum Beispiel?«

»Keine Ahnung ...« Die Hände des Steuermanns verharrten an den Kontrollen. Vielleicht dachte er an Robert April und seine Ideale, möglicherweise auch an George Kirks Order, die nur eine Verteidigung vorsah.

Drake lehnte für sich selbst derartige Beschränkungen ab. Er dachte in erster Linie an seine eigene Verantwortung und war nicht bereit, einen Freund zu opfern. »Wie wär's mit einigen Warnschüssen?« fragte er. »Zielen Sie zwischen den Planetoiden und die Romulaner. Sie sollen wissen, was wir von dieser Sache halten.«

Florida beugte sich mit grimmiger Miene vor. »Ja!« platzte es aus ihm heraus. Er gab einen neuen Navigationscode ein, betätigte mehrere Tasten und gab Schub auf die Impulstriebwerke. »Befehl bestätigt.« Erneut wandte er sich an Drake. »Laser oder Partikelkanonen?«

Reed blinzelte. »Was meinen Sie?«

Der Steuermann zuckte mit den Schultern.

»Die Roms sollten was spüren, nicht wahr?« überlegte Drake laut. »Laserentladungen sehen sie nur, aber mit Partikelstrahlen verhält es sich ein wenig anders, stimmt's?«

»Ja. Ihr energetisches Potential entfaltet eine gewisse Streuwirkung im Zielbereich.«

»Selbst wenn nichts getroffen wird?«

Florida musterte ihn und lächelte. »Ja.«

»Es handelt sich um eine Art Energieecho«, warf Bernice Hart ein, die nach wie vor am Pult der Subsysteme saß. »Die Korona des Strahls müßte das romulanische Schiff ordentlich durchschütteln, auch dann, wenn es sich nicht direkt im Fokus befindet.«

»Genau so etwas schwebt mir vor«, brummte Drake und winkte Florida zu. »Schütteln Sie die Roms. Und nicht zu sanft.«

»Volle Intensität?«

Reed starrte auf den Wandschirm. »Sie haben's erfaßt.«

»Ein Schuß?«

»Ein ...« Drake unterbrach sich und hielt den Blick auf das Projektionsfeld gerichtet. »Nein. Ich schlage vier vor. Vier Entladungen unmittelbar hintereinander, dicht neben und vor dem Schiff. Die Roms sollen nicht denken, daß auch unsere Zielerfassung ausgefallen ist.«

Floridas Lächeln verwandelte sich zu einem breiten Grinsen, und seine Hände huschten einmal mehr über die Tasten. Schließlich betätigte er den Auslöser.

Dunstige Energieblitze lösten sich vom unteren Bereich des Diskussegments, rasten durchs All und zuckten an der Kriegsschwalbe vorbei. Das romulanische Schiff erbebte, kippte zur Seite und entfernte sich vom Planetoiden.

»Hurra!« rief Florida, blickte auf den Schirm und schüttelte die Faust.

Drake sah dem geierartigen Raumer nach, und in seinen Augen blitzte es. »Na, wie hat euch das gefallen?« knurrte er triumphierend.

Dann fiel ihm George ein. Die Roms hatten bereits auf den kleinen Planeten gefeuert.

Er drehte sich zu Sanawey um. »Können wir eine Verbindung zu Commander Kirk herstellen?«

»Ich versuche es schon seit einer ganzen Weile. Entweder werden die Frequenzen von statischen Störungen in der Atmosphäre blockiert, oder ...« Der Indianer schnitt eine Grimasse. »Oder dort unten befindet sich niemand mehr, der unsere Signale empfängt.«

»Geben Sie nicht auf.« Drake starrte auf das Interkom des Befehlsstands herab, fand die richtige Taste und drückte sie. »Hallo, Krankenstation.«

Unter normalen Umständen hätte er sofort Antwort bekommen, aber es befanden sich zu wenige Personen an Bord, und deshalb verstrichen einige Sekunden, bevor es im Lautsprecher knackte. »Krankenstation, Poole spricht. Was wollen Sie?«

»Einen Rat, werte Dame.«

»Nein, er kann nicht zur Brücke zurückkehren.« Die Ärztin begriff sofort, worauf Drake hinauswollte, und ihre Stimme klang kummervoll. Sie gab Reed keine Gelegenheit, eine Frage zu stellen, sondern fügte hinzu: »Es blieb mir nichts anderes übrig, als ihn zu operieren — um den subduralen Druck zu verringern. Derzeit müssen Sie auf ihn verzichten. Überlassen Sie das Schiff Kirk. Er kommt sicher damit zurecht.«

»Ja, nun, äh ... Genau da liegt der Hase im Pfeffer, wie man so schön sagt. George ist leider ... verhindert.«

Wieder folgte kurze Stille. »Wo steckt er? Und warum befindet er sich nicht im Kontrollraum?«

»Er beschloß, einen kleinen Ausflug zu machen«, sagte Drake.

»*Was?*«

Reed rümpfte die Nase und fragte sich, was Dr. Poole von seinen nächsten Worten halten mochte.

Doch er bekam keine Gelegenheit, eine Antwort zu geben. »Soll das heißen, er ging auf den Vorschlag der Romulaner ein?« fragte die Ärztin.

»Ja, in gewisser Weise. Er, äh, vertritt den Captain.«

»Himmel, Captain April ist ausgebildeter Diplomat! Und bei George Kirk erscheint mir der Vergleich mit einer geschärften Bombe angemessen, die jeden Augenblick explodieren kann! Mit anderen Worten: Er wird sich selbst in die Luft jagen. Holen Sie ihn zurück!«

»Bedauerlicherweise bin ich dazu nicht imstande«, erwiderte Reed geziert. »Wie dem auch sei, Verehrteste: Ich möchte den Captain sofort sprechen, wenn er sich ein wenig erholt hat.«

»Mal sehen«, entgegnete Sarah knapp und unterbrach den Kontakt.

Drake wandte sich so plötzlich vom Kommandosessel ab, als fürchtete er, die Ärztin könne sich dort manifestieren und ihm eine schallende Ohrfeige versetzen. »Na schön, Geordie«, murmelte er. »Machen wir's auf deine Weise. Zeigen wir den Roms die Zähne.«

Melancholie erfüllte die kleine Höhle. Hier und dort glühte es noch immer am Himmel. Dunst bildete sich in den unteren Schichten der Atmosphäre, als die durch energetische Entladungen erhitzte Luft abkühlte.

George wußte, was eine militärische Niederlage bedeutete, aber die kummervollen, niedergeschlagenen Züge des Romulaners brachten etwas anderes zum Ausdruck. Die stumme Reglosigkeit des Kommandeurs berichtete nicht nur von Enttäuschung. Er wirkte mutlos und untröstlich.

Kirk fühlte sich nicht länger bedroht und ließ den Strahler sinken. »Haben Sie eine Erklärung dafür?« fragte er.

Der Kommandeur seufzte schwer. »Leider gleich mehrere«, sagte er.

George trat einen Schritt näher. »Ihre Gefährten werden das Feuer auf mein Schiff eröffnen, nicht wahr?«

»Meine Gefährten? Ja, ich glaube schon.« Es klang bedrückt.

George griff nach der Überlebensausrüstung und holte den Kommunikator daraus hervor. Er klappte das kleine Gerät auf, drehte die Regler und wählte eine Frequenz. »Hier spricht Kirk«, begann er und konnte nicht der Versuchung widerstehen, zum Firmament aufzublicken. »Die Romulaner greifen uns an. Verteidigen Sie sich. He, Drake verstehst du mich? Schütze die Königin, klar? Empfängt mich jemand? Verdammt ...« Er starrte auf den Kommunikator herab, lauschte dem leisen Knistern, das aus dem Lautsprecher drang.

»Wenn der Apparat nicht leistungsfähiger ist, als es den Anschein hat ...«, sagte t'Cael. »Ich fürchte, das elektrische Gefälle in der Atmosphäre schirmt die Signale ab.«

George ließ die Justierungsknöpfe los. »Was für ein elektrisches Gefälle?«

»Es entstand durch die Entladungen des Plasmastrahls in dieser Region.«

»Wie lange dauert es, bis ein Kom-Kontakt möglich wird?«

»Einige Minuten Ihrer Zeitrechnung, vielleicht auch länger. Ich weiß es nicht genau.« Der Romulaner gab erneut seinem Kummer nach und blickte zu Boden.

Kirk klappte das Gerät zu und verstaute es im Tornister. »Dann müssen wir zu meinem Shuttle zurück. Mit dem Bordsender sollten wir in der Lage sein, eine Verbindung zu meinem Schiff herzustellen.«

»Man wird uns anpeilen«, gab t'Cael zu bedenken. »Und dann müssen wir noch einmal mit einem Plasmastrahl rechnen.«

»Mag sein. Aber ich wette, meine Freunde legen dort oben nicht einfach die Hände in den Schoß. Außerdem treiben sich hier Tiere herum, die fast ebensogroß sind wie wir, und deshalb dürfte die Sensorerfassung nicht leicht sein. Ich schlage vor, wir brechen sofort auf.«

T'Cael erhob sich langsam und kämpfte gegen seinen inneren Schmerz an. »Nein. Verstehen Sie denn nicht? Ohne mich sind Ihre Chancen weitaus besser. Vermutlich ahnen Sie bereits, daß der Angriff in erster Linie mir galt.«

George nickte. »Ein Mordanschlag, ja. Irgend jemand möchte Sie aus dem Weg räumen.«

»Dann dürfte Ihnen auch klar sein, daß ich Sie nicht zu Ihrem Schiff begleiten kann.«

»Wenn Sie hierbleiben, sind Sie so gut wie tot.«

»Das trifft auch auf Sie zu.«

»Oh, ich verschwinde von hier. Und Sie kommen mit.«

T'Cael schürzte die Lippen und schüttelte den Kopf. Seine großen, dunklen Augen blickten trüb. »Wenn meine Flotte argwöhnt, daß ich mich an Bord Ihres Schlachtschiffes befinde, wird sie mit entschlossenen Angriffen beginnen.«

George lachte humorlos und preßte die Lippen zusammen. In seinen Pupillen funkelte es kalt. »Versuchen Sie nicht, mir irgend etwas vorzumachen. Früher oder später hätte man sich ohnehin für eine Offensive gegen uns entschlossen. Ich bezweifle, ob Sie oder die anderen Romulaner bereit gewesen wären, uns eine Rückkehr zur Föderation zu erlauben.«

Kirk beobachtete den Mann, der als Botschafter des Feindes gekommen war und sich ihm nun als Opfer einer Verschwörung darbot. Die restliche Besorgnis in ihm wich einer rationalen Erkenntnis, die alle Aspekte der gegenwärtigen Situation berücksichtigte. »Was ist eigentlich mit Ihren Leuten los? Warum schießen sie auf uns?« Er schnaufte leise. »Lieber Himmel, Sie werfen *uns* Feindseligkeit vor, nur weil wir uns durch einen Navigationsfehler in Ihrem Raumgebiet befinden, und sofort ist die Rede von Krieg. Verdammt, warum sollten wir auf einen Krieg aus sein?«

T'Cael lehnte sich an einen Felsen. »Viele Romulaner fürchten die Föderation.«

»Weshalb?« erwiderte George sofort. »Nennen Sie mir einen einzigen Grund! Die Föderation hat nie irgendwelche Welten erobert, und sie kämpft nur dann, wenn man sie provoziert. Sie achtet die Prinzipien der friedlichen Koexistenz. Wenn sich Föderationsschiffe auf ein Gefecht einlassen, so verteidigen sie sich oder kommen jemandem zu Hilfe, der sich von einem Feind bedroht sieht. Nie greifen wir als erste zu den Waffen.« Kleine Steine knirschten unter Kirks Stiefeln, als er durch die Höhle marschierte. »Wenn ein romulanisches Schiff ins stellare Territorium der Föderation geriete und Hilfe benötigte ... Wir wären sofort bereit, alle Schäden an Bord zu reparieren, den Roms auf die Schulter zu klopfen und sie mit unseren guten Wünschen nach Hause zu schikken. Aber wie empfängt man uns hier? Mit verdammten Plasmastrahlen!«

»Sie klingen bitter, Offizier Kirk.«

»Commander Kirk. Meine Güte, ich *klinge* nicht nur so. Ich *bin* es. Erscheint Ihnen das so seltsam? Ich habe keine Angst vor dem Tod, aber die Vorstellung, ausgerechnet romulanischer Kriegslust und Machtgier zum Opfer zu fallen, entzückt mich nicht besonders.«

T'Cael strich nachdenklich über die Felswand, und sein Blick reichte in die Ferne.

»Es ist nicht unbedingt Machtgier«, erwiderte er. »Eher Instinkt. Einem Volk von Kriegern fällt es sehr schwer, sich von angeborener Aggressivität zu befreien. Den Vulkaniern gelang das mit Logik, und sie mußten sich dafür von ihren Gefühlen trennen. Aber die Romulaner sind nicht bereit, ihre Emotionen aufzugeben. Wir haben versucht, unsere Neigung zum Kampf zu kanalisieren, ihr Potential anderweitig zu nutzen. Einige von uns konzentrierten sich darauf, das Universum zu erforschen, die Geheimnisse des Kosmos zu lüften. Doch solche Bemühungen führen nicht immer zum erhofften Erfolg. Unserer Kultur fehlt es an Reife. Ganz gleich, welche fremden Welten und Zivilisationen wir entdecken — fast immer finden wir einen Grund, zu unserer Eroberungssucht zurückzukehren. Das politische System des Reiches erhebt das Streben nach Macht in den Stand einer Tugend, und es gibt keinen Kontrollfaktor, der diesen Ambitionen Beschränkungen auferlegt. Vom einfachen Offizier bis hin zum Obersten Prätor — die Absicht, den eigenen Einfluß zu erweitern, steht immer an erster Stelle.«

»Offenbar war irgend jemand auf Ihren Posten scharf«, sagte George.

Das Schweigen des Romulaners genügte als Antwort.

»Was steckt dahinter?« hakte Kirk nach.

»Ich wollte Ihr Schiff vor der Vernichtung bewahren und Beziehungen zwischen unseren beiden Völkern herstellen.«

»Ein Wunschtraum, weiter nichts«, kommentierte George.

T'Cael hob den Kopf. »Eben wiesen Sie darauf hin, für die Föderation habe der Frieden höchste Priorität.«

»Soll das ein Vorwurf sein? *Ihre* Leute schossen auf uns, nicht meine. Wir wollen nur von hier verschwinden, in unsere Heimat zurück.«

»Ich hoffe inständig, daß Ihnen die Rückkehr gelingt. Wenn meine Flotte Ihr Schiff aufbringt, sind Verhandlungen mit der Föderation nicht mehr möglich. Dann gäbe es keine Chance mehr, einen dauerhaften Frieden zwischen unseren Zivilisationen zu schaffen. Nun, ich habe versagt. Die Entscheidungen werden jetzt von anderen Personen getroffen. Aber ein Vorteil bleibt Ihnen: Meine Leute halten mich sicher für tot.« Der Romulaner zögerte kurz. »Ich muß Sie warnen, Commander Kirk. Es sind weitere Kriegsschiffe hierher unterwegs. Eile ist geboten.«

»Ich kann Sie nicht einfach hier zurücklassen«, sagte George. Der Zorn in ihm verflüchtigte sich, und plötzlich empfand er so etwas wie Mitleid. Dieser ungewöhnliche Mann verdiente — und *brauchte* — seine Hilfe. »Spätestens nach einer Woche wären Sie tot.«

»Und wohin wollen Sie mich bringen? In der Föderation gibt es keinen Platz für einen Romulaner.«

»Ich glaube, da irren Sie sich. Sie stünden im Mittelpunkt des allgemeinen Interesses, und man würde Sie um Informationen über das Reich bitten. Militärische Stärke, Organisation, Kultur ...«

»Ich bin nicht bereit, über solche Dinge Auskunft zu geben.«

Diese Antwort verblüffte George, und einige Sekunden lang starrte er t'Cael groß an.

»Ich möchte nicht erleben, daß mein Volk einen Krieg gegen die Föderation beginnt«, fuhr der Primus fort. »Aber ich kann unmöglich zulassen, daß mich Ihre Regierung benutzt, um sich dem Reich gegenüber in eine bessere Position zu bringen.« Er hob die Hand. »Verstehen Sie jetzt das Problem? Lassen Sie mich hier sterben.«

»Kommt überhaupt nicht in Frage«, entgegnete George scharf. »Sie begleiten mich. Niemand braucht zu erfahren, wer Sie sind. Man wird Sie für einen Vulkanier halten.«

»Ich soll für den Rest meines Lebens in die Rolle eines Vulkaniers schlüpfen?« T'Cael hob die Brauen. »Das ist völlig ausgeschlossen. Ein Lächeln genügte, um mich zu verraten.«

Kirk hob seinen Strahler und richtete ihn auf die Brust des Romulaners. »Ihnen bleibt keine Wahl«, sagte er. »Sie sind noch immer mein Gefangener. Los, Bewegung!«

T'Cael seufzte, und in seinen Augen glänzte so etwas wie Erheiterung. »Ich danke Ihnen für Ihre Anteilnahme, Commander Kirk. Ihre Mimik macht deutlich, daß ich Sie nicht von der Notwendigkeit überzeugen kann, mich zu erschießen – obwohl das die beste Lösung für uns beide wäre. Bitte glauben Sie mir, daß ich es ernst meine. Ich ziehe es vor, hier auf dem Planetoiden zu bleiben und ganz allein die Konsequenzen meines Versagens zu tragen.«

Erneut ließ George die Waffe sinken und brummte verärgert. Er dachte nach, und schließlich deutete er mit dem Zeigefinger auf t'Cael. »Nun gut. Begleiten Sie mich wenigstens zu meinem Shuttle und geben Sie mir die Möglichkeit, eine Erklärung von Ihnen aufzuzeichnen. Weisen Sie darauf hin, daß sich mein Schiff passiv verhielt und Ihre Leute auf Sie schossen. Geben Sie weiterhin Ihre Überzeugung zum Ausdruck, daß wir die Neutrale Zone nicht absichtlich durchquert haben. Zumindest das sind Sie uns schuldig.«

In den dunklen Augen des Romulaners funkelte es kurz.

»Ich habe Ihnen gegenüber nicht die geringsten Verpflichtungen«, stellte t'Cael fest. »Aber um des interstellaren Friedens willen bin ich bereit, eine solche Erklärung abzugeben.«

Auf dem Weg zum Shuttle des Starfleet-Offiziers wuchs t'Caels Entschlossenheit. Die Aussicht, ein verbales Vermächtnis zu hinterlassen, erschien ihm immer verlockender. Vielleicht starb er doch nicht umsonst. Vielleicht bekam er eine Möglichkeit, seine ursprüngliche Absicht zu verwirklichen. Vielleicht gelang es ihm, mit einer Botschaft an die Nachwelt die Pläne des Senatsproktors Ry'iak zu durchkreuzen und Hoffnungen für die Zukunft zu bewahren. Innerhalb der nächsten Tage erwartete ihn der Tod, doch seine aufgezeichneten Worte mochten sich in ein Instrument verwandeln, das klügeren Männern von großem Nutzen sein konnte.

»Es ist nicht mehr weit«, sagte Kirk, als sie eine Hügelkuppe erreichten. Er warf einen kurzen Blick auf seinen Kompaß, orientierte sich und kletterte den Hang hinab.

T'Cael schwieg auch weiterhin und folgte ihm. Er wußte nicht, was er unter den gegenwärtigen Umständen sagen sollte, dachte immer wieder daran, was weit über ihnen geschah. Die vielen möglichen Szenarien schufen ein unentwirrbares Chaos hinter seiner Stirn, und schließlich verdrängte er diese Überlegungen, erinnerte sich kummervoll daran, daß die Ereignisse im All für ihn persönlich keine Rolle mehr spielten.

Das Starfleet-Shuttle stellte eine ziemliche Überraschung für ihn dar. Bei den Menschen spielte Ästhetik meist eine große Rolle, und er ging zunächst von der Annahme aus, die Fähre genüge den entsprechenden Anforderungen. Doch wie sich kurz darauf herausstellte, waren die von den Romulanern verwendeten Beiboote weitaus anmutiger. Der Primus sah ein häßliches, kastenförmiges Gebilde, dessen Farbmuster auf ausgeprägte Phantasielosigkeit hinwiesen. Die Größe der Raumfähre ließ nur einen Schluß zu: Sie bot zuviel Platz und Bequemlichkeit für zu viele Personen. Es erschien t'Cael rätselhaft, daß die Entwicklungsingenieure einerseits ein so prächtiges Schiff wie den elfenbeinfarbenen Riesen schufen — und andererseits in seinen Hangars derartige Shuttles unterbrachten.

Von einer kleinen Anhöhe aus blickte er auf den stählernen Kasten herab, und nach einer Weile vernahm er Kirks Stimme. »Worauf warten Sie?«

T'Cael drehte den Kopf und sah den Menschen, der einige Meter entfernt auf dem Geröll stand. »Bin schon unterwegs«, murmelte er und setzte sich widerstrebend in Bewegung.

»Geben Sie gut acht. Dort vorn rutscht man leicht aus.«

»Danke. Ich passe auf.«

Kilyle begann mit dem Abstieg, aber kurz darauf hielt er abrupt inne, als sein Gürtelsensor zu piepen begann. Einige Sekunden lang stand er wie gelähmt. Kirk beobachtete ihn, hörte ebenfalls das lauter werdende Warnsignal.

T'Cael hob den Arm. »Beeilen Sie sich.«

Der Starfleet-Offizier hastete über feuchten Fels und glitschiges Moos, hielt sich an scharfkantigen Vorsprüngen fest und griff nach der ausgestreckten Hand. Kilyle zog ihn hoch, und gemeinsam hasteten sie zu den nächsten Felsen.

Erneut glitt rotes, unheilvolles Glühen über den Himmel, und das tosende Heulen wiederholte sich. Energetische Entladungen krachten und donnerten, sangen ein Lied der Vernichtung. Dichte Rauchschwaden wallten, und es stank nach verbrannten Organismen. Diesmal kam die Glut wesentlich näher. George wurde von einer heftigen Druckwelle angehoben und an eine granitene Wand geschleudert. Entsetzt schnappte er nach Luft und spürte, wie Hitze in seinen Lungen brannte. Der Aufprall jagte ihm stechenden Schmerz durch den Leib; benommen sank er zu Boden, kniff die Augen zusammen und wartete auf ein Ende des Chaos.

Nach einer halben Ewigkeit kehrte wieder Stille ein, und das rote Leuchten verschwand vom Firmament. Langsam hob Kirk die Lider und sah sich benommen um. Er hockte auf den Knien, lag halb über einem von Flechten bewachsenen Felsen. Irgendwo in der Nähe bewegte sich etwas, aber die bunten Schleier vor seinen Augen hinderten George daran, mehr zu erkennen als nur verschwommene Konturen.

T'Cael half ihm auf die Beine, und erneut fühlte Kirk jähen Schmerz, der ihm die Kraft raubte. Er atmete mehrmals tief durch und wartete, bis sich die Pein auf ein erträgliches Maß reduzierte.

Der Romulaner schien unverletzt zu sein und stützte ihn weiterhin. George wandte sich ab und taumelte zur Anhöhe zurück. T'Cael zögerte zunächst, doch dann folgte er dem Terraner und hielt ihn am Arm fest, damit er nicht das Gleichgewicht verlor. Seite an Seite blieben sie auf der Kuppe stehen und sahen nach unten.

Wo noch vor einigen Minuten das Shuttle gestanden hatte, zischten halbflüssige Metallfragmente. In der Hitze geborstene Felsen kühlten mit leisem Knacken ab.

George ließ sich langsam zu Boden sinken, ignorierte die Taubheit in seiner linken Körperhälfte, zupfte an halb verkohltem Gras und blickte zu t'Cael hoch. »Ich schätze, wir müssen die Aufzeichnung Ihrer Erklärung auf einen späteren Zeitpunkt verschieben.«

KAPITEL 16

»Florida! Die Kerle sind uns durch die Lappen gegangen!«

Drake trat vor und sah auf den Wandschirm.

»Ich konnte sie nicht rechtzeitig abfangen«, erwiderte der Steuermann. »Die Romulaner manövrieren besser als wir. Sie durchstießen die obersten Schichten der Atmosphäre, und dadurch kamen sie an uns vorbei. Mit diesem Schiff ist so etwas nicht möglich!«

»Warum liegt den Roms soviel an einer Rückkehr zum Planetoiden?« fragte Sanawey.

»Um ihr Zerstörungswerk fortzusetzen«, brachte Florida hervor. Er machte kein Hehl aus seiner Verbitterung.

Drake nickte langsam und kniff die Augen zusammen. »Bestimmt geht es ihnen nicht nur darum, Zielübungen zu veranstalten. Vielleicht glauben sie, George sei noch am Leben. Und vielleicht stimmt das sogar.« Er lächelte und klopfte Florida auf den Rücken. »Was für eine Logik! Ich hätte als Vulkanier geboren werden sollen, nicht wahr? He, Kumpel, bringen Sie die Königin zwischen den Planetoiden und unsere Freunde dort draußen. *Sans humanité* heißt unsere Devise.«

»Klingt nicht besonders nett«, meinte Bernice Hart.

Reed zuckte mit den Achseln. »Ich fürchte, Sie gehen von falschen Annahmen aus, Teuerste. Es handelt sich um die kreolische Übersetzung eines Haussa-Begriffs. Der Ausdruck bedeutet: ›Du verdienst weder Mitleid noch Gnade, und außerdem geschieht es dir ganz recht.‹«

Der Steuermann zwinkerte. Drake grinste, zuckte noch einmal mit den Schultern und wandte sich an Sanawey. »Was Sie betrifft ... Bringen Sie Ihre Kommunikationsanlagen auf Vordermann. Können Sie trotz der Interferenzen eine Verbindung zu unserem lieben George herstellen?«

Der Indianer verzog skeptisch das Gesicht. »Vielleicht. Wenn wir die Entfernung zum Planetoiden reduzieren.«

Reed lächelte hintergründig. »Oh«, brummte er zufrieden. »Das ist kein Problem. Wir werden uns ihm soweit nähern, daß man nur die Hand auszustrecken braucht, um ihn zu berühren. Mr. Florida, ich glaube, wir haben da einige Dinge zu besprechen ...«

Im All gab es kein Kerzenlicht. Wer konnte sich einen solchen Luxus leisten, wenn es in erster Linie aufs Überleben ankam? Gefährliche Missionen boten nur wenig Gelegenheit zu Romantik.

Was natürlich nicht bedeutete, daß die Besatzung ständig um alle Gefahren wußte, die dem Raumschiff drohten. Oft erfuhr sie erst dann von einer Krise, wenn die Probleme längst gelöst waren.

Der Bordarzt hingegen stand immer in vorderster Front und sah die unmittelbaren Folgen: Verwundete und Verletzte, die behandelt werden mußten. Summende Diagnoseeinheiten, hier und dort leises Stöhnen. Doch die Routine hörte auf, wenn man den Captain einlieferte.

Sarah saß neben April und fragte sich, wo ihre Verantwortung lag – und wieso sie zuließ, daß Liebe zu Komplikationen führte. Sollte sie Robert wecken, obwohl er dringend Ruhe brauchte? War es richtig, ihn mit Medikamenten vollzupumpen, damit er die Brücke aufsuchen und dort Entscheidungen über die Zukunft aller Menschen an Bord treffen konnte? Und die Konsequenzen? Ein totaler physisch-psychischer Zusammenbruch?

Was ist wichtiger: Roberts persönliches Wohlergehen oder sein Schiff? dachte Dr. Poole.

Vergeblich versuchte sie, die Unsicherheit aus sich zu verbannen. Sie musterte das unbewegte, entspannte Gesicht des Captains, und erinnerte sich an seine zärtlichen Worte. Nach der ersten Begegnung mit ihm begann sie zu ahnen, daß ihr Leben nicht ohne Träume bleiben mußte, daß es allen Grund gab zu hoffen. Während Robert nun schlief, schien er den Frieden gefunden zu haben, den Sarah so gern mit ihm geteilt hätte. Und wenn sie ihn weckte ... Dann zerstörte sie vielleicht das zarte Gespinst der stummen Harmonie und schuf neue Distanz. Sarah konnte nicht die Vorstellung ertragen, April Kummer zu bereiten.

Sein Mut ... Nie bat er darum, beschützt zu werden. Nur ein sehr tapferer Mann war imstande, die grausame Realität der Galaxis hinzunehmen und dennoch von Frieden zu sprechen.

Sarah genoß es fast, ihn bei sich zu wissen, in ihrer Krankenstation. Irgendwie bewahrte sie das Besondere an ihm, das emotionale Engagement eines Captains, der sich nicht die herablassende Arroganz anderer Raumschiffkommandanten zu eigen machte, immer er selbst blieb. Seine Präsenz berührte etwas in ihr, und sie begriff inzwischen, welche Gefühle sie ihm entgegenbrachte: Sie gingen weit über Zuneigung und Sympathie hinaus. Manchmal war es geradezu unheimlich, wie gut er das Verhalten anderer Menschen zu deuten vermochte. Aber er nutzte diesen Vorteil nie aus, verharrte in seinem individuellen, wahrhaft einzigartigen Ich, ohne Kompromisse mit sich selbst zu schließen. Vor ihrem inneren Auge sah Sarah sein Lächeln, beobachtete, wie er lässig die Hände in die Taschen der Strickjacke schob. Ein Mann, der genau wußte, welchen Platz er einnahm, sich keinen Illusionen hingab, entschlossen den Weg beschritt, den er für richtig hielt.

Zögernd hob Sarah den Arm und berührte das Gesicht des Schlafenden. Sie vermißte seine bewußte Präsenz. Er befand sich hier in Sicherheit, und diese Erkenntnis beruhigte sie, tilgte alle Sorgen aus ihr. Aber gleichzeitig wünschte sie sich, daß er erwachte und ihr seine Wärme schenkte. Ihre Sehnsucht galt seiner phänomenalen Gabe, bis in die Seelen anderer Personen zu sehen und auf den ersten Blick zu erkennen, was sie bewegte.

»Sarah?«

Dr. Poole zuckte unwillkürlich zusammen, als sie ihren Namen hörte, und eine gewisse Verlegenheit erfaßte sie. *Seit wann ist er wach?* dachte sie. *Ich bin viel zu sehr in Gedanken versunken gewesen. Spürt er, was mir durch den Kopf geht?*

Sie fühlte Roberts Blick auf sich ruhen und zog die Hand zurück.

Das Kopfende der Liege war nach oben geneigt, und dadurch erweckte der Captain den Eindruck, in einem bequemen Sessel zu sitzen. »Donnerwetter! Es ist wirklich angenehm, in deiner Gesellschaft zu erwachen. Unter anderen Umständen wäre es noch weitaus reizender.«

»Donnerwetter? Deine Ausdrucksweise wird immer poetischer.«

April lächelte und wölbte die Brauen. »Ich stamme aus England«, sagte er, als sei das Erklärung genug. »Verbale Poesie gehört zu meinem genetischen Erbe. Warum fühle ich mich so groggy?«

»Du stehst nach wie vor unter der Wirkung eines Betäubungsmittels.«

»Hast du es mir verabreicht?«

»Ich glaube schon. Es sei denn natürlich, jemand hat dir eine Keule auf den Kopf geschmettert.« Dr. Poole wurde wieder ernst. »Ich mußte dich operieren. Nun, widerspenstige Patienten verdienen es nicht besser.«

»Ach, mußt du unbedingt die Ärztin herauskehren, Sarah?« April bewegte vorsichtig Rücken und Schultern, spannte versuchsweise die Muskeln.

»Schlaf weiter, Robert«, sagte Dr. Poole etwas leiser als beabsichtigt.

»Schenk mir einen schönen Traum, o Magierin.«

In Sarahs Augen blitzte es kurz auf. »Ich *bin* Ärztin. Dies ist keine Hexenkammer, sondern eine Krankenstation.«

April stöhnte leise und lächelte. »Du stehst mit beiden Beinen fest auf der Erde, nicht wahr? Besser gesagt: auf dem Deck. Genau das gefällt mir so gut an dir. Du bist echt, kein Traum.« Behutsam zog er die Beine an, um festzustellen, ob sie seinem Willen gehorchten. Die Bewegung erschöpfte ihn, aber sie regte auch den Kreislauf an. Der Captain atmete mehrmals tief durch und richtete seine Aufmerksamkeit wieder auf die Frau. »Heute siehst du besonders gut aus.«

Auf ein solches Kompliment war Sarah nicht vorbereitet. Sie senkte den Kopf und trachtete danach, ihre Unsicherheit zu verbergen. »Danke«, murmelte sie. »Du bist sehr nett.«

Das Funkeln kehrte in Aprils Pupillen zurück. »Immerhin eine Abwechselung. Für gewöhnlich bezeichnet man mich nur als ›umgänglich‹.«

Dr. Poole besann sich wieder auf ihre Pflichten als Ärztin. Ein wenig zu energisch griff sie nach Roberts Handgelenk, um den Puls zu fühlen. »Das eine schließt das andere nicht aus«, erwiderte sie.

»Ich glaube, ich sollte jetzt aufstehen.«

»Wenn du das versuchst, betäube ich dich noch einmal.«

»Wie wär's, wenn du mich statt dessen heiratest?«

Sarah versuchte, nicht zu lächeln, aber sie spürte ein Zucken in ihren Mundwinkeln. »Unmöglich«, sagte sie. »Ich kann mich nicht an jemanden binden, der ein völlig anderes Leben führt als ich.«

»Oh, ich glaube, du paßt sehr gut zu mir. Denk nur an meine Vorzüge. Ich bin nicht nur würdevoll und ehrenhaft, sondern auch reizend, unterhaltsam, witzig und großzügig. Hinzu kommt, daß ich bei jedem Bad darauf achte, mich zwischen den Zehen zu waschen.«

»Fußhygiene? Ich soll dich heiraten, weil du großen Wert auf Fußhygiene legst?«

»Das ist eine meiner besten Eigenschaften.«

Sarah strich mit den Fingerkuppen über die Thermodecke. »Ich wäre durchaus zu einer Ehe mit dir bereit, doch deine Rangabzeichen ...«

»Was hast du gegen sie?« fragte April. »Deine machen mir nichts aus.«

»Ich halte nichts davon, Bordärztin zu sein, Robert«, antwortete Sarah und sah weiterhin auf die Decke herab. »Ich habe keineswegs die Absicht, einige Jahre meines Lebens in einem Raumschiff zu verbringen. Das unterscheidet uns eben. Du *möchtest* Captain sein und bleiben.«

April lachte leise. »Wie kommst du darauf?«

Sarah musterte ihn erstaunt.

April deutete ihren Gesichtsausdruck und schmunzelte. »Glaubst du im Ernst, daß ich auch weiterhin das Kommando über die Königin behalten will?« Er vollführte eine Geste, die dem ganzen Starship galt.

»Etwa nicht?«

»So etwas käme mir nie in den Sinn.«

»Obwohl du soviel Arbeit in dieses Projekt gesteckt hast?«

»Das spielt in diesem Zusammenhang überhaupt keine Rolle.«

»Weißt du, manchmal bist du mir ein Rätsel ...«

Das Pochen hinter Aprils Stirn wurde stärker, und er ließ den Kopf aufs Kissen zurücksinken. »›Captain‹ klingt wundervoll, nicht wahr? Das Wort beschreibt nicht nur einen Rang, sondern deutet auf eine Philosophie hin, auf Autorität und Entschlossenheit und dergleichen. Leute wie ich sollten eigentlich nicht ›Captain‹, sondern ›Professor‹ oder ›Pfarrer‹ genannt werden. Das wäre weitaus angemessener.

»Was soll das heißen?« fragte Sarah verwirrt.

April hob kurz die Arme und versuchte, sich etwas klarer auszudrücken. »Es war nie meine Absicht, mit diesem Schiff zu Forschungsmissionen aufzubrechen. Von militärischen Einsätzen ganz zu schweigen. Nein, die Königin braucht einen Teufelskerl, einen Draufgänger, der das Leben der Personen schützen kann, für die er verantwortlich ist. Ein Mann, der sich nicht vor den unendlichen Weiten des Universums fürchtet, der in Bereiche vorstößt, die noch kein Mensch gesehen hat, der nicht zögert, wichtige Entscheidungen zu treffen und persönliche Opfer zu bringen. Ich meine die Außenseiter und Einzelgänger. George gehört zu ihnen.«

»George?« Sarah schüttelte den Kopf. »Er ist das genaue Gegenteil von dir, Robert. Du verabscheust den Kampf, während George Kirk viel zu rasch zu den Waffen greift.«

April zuckte mit den Schultern und zwinkerte benommen. »Nun, vielleicht hast du recht. Vielleicht ist George tatsächlich kein geeigneter Kommandant für dieses Schiff. Aber ich komme ganz bestimmt nicht in Frage.« In seinen blauen Augen glitzerte es humorvoll. »Ich bin ein Lamm, und die Königin braucht einen Löwen.«

Sarah konnte die Tränen nicht länger zurückhalten und spürte, wie sie ihr über die Wangen rollten. »Ich hatte recht«, brachte sie hervor. »Du bist ein Poet.«

»Ach, Sarah ...« April sah ihre Tränen und streckte die Hand aus, um sie fortzuwischen, beobachtete überrascht, wie sich die Frau vorbeugte und den Kopf auf seine Brust legte. Sie zitterte leicht, und er schlang die Arme um sie. »Sarah ...«

Die Tränen tropften auf seinen Pulli herab.

»Ich bin eine lausige Ärztin, Robert ...«

»Was?« April lachte. »Du gehörtest zu den fünfzehn besten Studenten deines Jahrgangs. Ein verdammt gutes Ergebnis, wenn du mich fragst.«

»Ich meine das nicht in einem medizinischen Sinne.«

»Wie denn?« Sie starrte in seinen Ärmel und war plötzlich dankbar dafür, daß ihm ihr Gesicht verborgen blieb. »Ich bin einfach nicht stark genug.«

»Oh, du hast eine Menge Kraft.«

»Nein«, beharrte sie und schluchzte leise. »Ich werde meinen Aufgaben nicht gerecht. Ein Arzt muß taktvoll sein, sich ständig in der Gewalt haben und eine gewisse Distanz zu seinen Patienten wahren. Ich stehe in krassem Gegensatz zu diesen Anforderungen.«

April strich ihr übers Haar. »Was für ein Glück. Gerade deshalb liebe ich dich so sehr.«

»Du bist verletzt«, erinnerte sich Sarah laut und schluchzte erneut. Roberts Arme schlossen sich fester um sie. »Es hätte nicht viel gefehlt, und ... Du darfst dich nicht noch einmal solchen Gefahren aussetzen, hörst du? Himmel, ich habe solche Angst um dich ...«

»Sarah ...«, hauchte April und überlegte, warum sie sich so sehr fürchtete. Dafür gab es doch überhaupt keinen Grund.

Einen Sekundenbruchteil später wußte er, wie sehr er sich irrte. Von einem Augenblick zum anderen erbebte das ganze Schiff, und Sarah mußte sich an der Liege festhalten, um nicht fortgeschleudert zu werden. Kurze Zeit später folgte eine zweite Erschütterung, und daraufhin konnte kein Zweifel mehr bestehen. Die Königin stand unter Beschuß.

Dr. Poole richtete sich auf und sah, wie April den Kopf drehte und an die Wand starrte, als biete sie ihm Antworten auf seine Fragen an.

»Was *war* das?« zischte er.

Sarah räusperte sich. »Was meinst du?«

Robert riß die Augen auf. »Lieber Himmel! Ich dachte, es sei nur ein übler Traum gewesen ...«

Er schwang die Beine über den Rand der Diagnoseliege, stemmte sich in die Höhe, kämpfte gegen einen Schwindelanfall an und tastete nach dem Kom-Anschluß.

»Leg dich sofort wieder hin!« platzte es aus Sarah heraus.

April achtete gar nicht auf sie. Nach zwei vergeblichen Versuchen traf sein Zeigefinger die Einschalttaste des Geräts. »April an Brücke. Hörst du mich, George?«

Aber es antwortete nicht etwa Kirk, sondern Drake. Im Hintergrund waren andere Stimmen zu hören, und sie klangen aufgeregt.

»Oh, Captain«, sagte Reed. »Hat Dr. Poole Ihren Kopf wieder zusammengeflickt?«

»Was ist los, Drake? Wo steckt George?«

»Tja, äh, wir haben da ein kleines Problem ...«

»Warum sehen Sie zum Himmel hoch?« Als George die Frage des Romulaners hörte, wandte er den Blick vom rosafarbenen und blauen Firmament ab.

»Ich versuche mir vorzustellen, was dort oben geschieht«, erwiderte er und blinzelte im Licht der Sonne.

T'Cael musterte den Menschen und entnahm seinem Gesichtsausdruck, daß Kirks unmittelbare Kampferfahrungen eher beschränkt waren. Er besann sich auf das bittere Wissen, das er durch eigene Erlebnisse gewonnen hatte.

»Eigentlich ist die Choreographie ganz einfach. Mein Schiff fliegt immer wieder den Planetoiden an, um uns — in erster Linie mich — zu lokalisieren. Ihre Gefährten wiederum versuchen, meine Leute an weiteren Salven zu hindern. Die Variablen heißen Entfernung, technologischer Unterschied, Manövrierfähigkeit und das militärische Geschick der Besatzung. Was meine Crew angeht, sollten Sie sich keine falschen Hoffnungen machen.«

George sah ihn an. »Ist sie so gut?«

Es beschämte t'Cael fast, bestätigend zu nicken. »Unserer Kultur mangelt es nicht an entsprechendem Enthusiasmus. Deshalb können wir es uns leisten, nur die besten Soldaten ins All zu schicken.«

George achtete darauf, seinen verletzten Arm nicht zu belasten. »Bitte entschuldigen Sie, aber Ihren Stolz darauf kann ich leider nicht teilen.«

Stolz? wiederholte t'Cael in Gedanken, blieb jedoch stumm. Er verstand Kirks Ärger; an seiner Stelle hätte er sicher ähnlich empfunden.

Der Primus senkte den Kopf, gab damit zu erkennen, daß er dem Terraner zusätzliche Informationen verweigerte. Er war kein Verräter und wollte sich auch nicht in eine Lage bringen, in der Verrat einen gewissen Reiz auf ihn ausübte.

Einmal mehr dachte er daran, daß ihn bald der Tod erwartete. Entweder gelang es der Crew seines Schiffes doch noch, ihn umzubringen, oder er starb an körperlicher

Auszehrung. *Nur eine Frage der Zeit*, fuhr es ihm durch den Sinn. *Dieser Himmelskörper bietet mir kaum Nahrung. Ich werde den topasfarbenen Himmel über meiner Heimatprovinz nie wiedersehen. Und was die Familie betrifft ... Welche Folgen ergeben sich für sie? Sind Ry'iak und die anderen gnädig genug, meinen Tod als ehrenhaft zu bezeichnen? Oder wollen sie behaupten, ich hätte mich über Reichsgesetze hinweggesetzt und sie dadurch gezwungen, gegen mich vorzugehen?*

Nun, eigentlich erübrigten sich solche Überlegungen; derartige Fragen ließen sich ohnehin nicht beantworten. Nur in einem Punkt herrschte völlige Gewißheit: Er hatte Ry'iak gründlich unterschätzt.

»Was machen Sie da?«

T'Cael sah auf. Kirk stand weiter oben, lehnte an einem Felsen, um die verletzte linke Körperhälfte zu entlasten. Verwirrt starrte der Mensch auf die Hände des Romulaners herab.

Pflanzensamen und Schotenteile klebten an Kilyles Fingern. Überrascht versuchte er, sich daran zu erinnern, woher sie stammten, und schließlich fiel es ihm ein. Er hatte sie sich während des Gesprächs mit Idrys in die Taschen geschoben. Die inkubatorartige Wärme darin sorgte für ein erstes Keimen.

Idrys ... Neuerlicher Kummer regte sich in ihm.

»Mein Hobby«, sagte er nach einer Weile. »Ich liebe Pflanzen, und sie hängen ebenfalls an mir, wie Sie sehen.« Er betastete einige heil gebliebene Hülsen und achtete darauf, sie nicht zu zerbrechen.« Ein vitaler Rhythmus, den wir nicht mehr verstehen. Er unterscheidet sich so sehr von unserem, daß wir in diesem Zusammenhang kaum mehr von ›Leben‹ sprechen.« Behutsam hob er eine Samenkapsel. »Dies hier könnte zu einer Zykadee werden.«

George versuchte, nicht zu schwach zu wirken, als er sich auf einen granitenen Vorsprung sinken ließ. »Sauriernahrung.«

»Auf der Erde, ja. Tatsächlich gehört diese Art zum irdischen Genreservoir, und durch Mikropropagation konnte sie sich auf einigen Kolonialwelten erhalten. Die Ursprungsspezies existiert leider nicht mehr. Ein unersetzlicher Verlust.«

In seiner derzeitigen Situation fiel es George recht schwer, den letzten Überbleibseln ausgestorbener Pflanzengattungen gegenüber so etwas wie Mitleid zu empfinden. Verwundert runzelte er die Stirn. Das Gesicht des Romulaners zeigte echte Anteilnahme. Wie seltsam.

T'Cael deutete auf etwas, das aussah wie ein kleiner Schimmelfladen. »Dieser Samen stammt von einer seerosenartigen Pflanze, die sich durch einen besonderen Sinn für Pünktlichkeit auszeichnet. Ihre Blüten öffnen sich, wenn die Sonne aufgeht, und die Bestäubung findet mittags statt. Bei Sonnenuntergang verschwindet sie im Schlamm und läßt fünf Schoten zurück.« Der Primus strich sanft über ein schwammartiges Objekt, das man für die Kreuzung zwischen einer Nacktschnecke und mehreren Reiskörnern halten konnte. »Daraus wird sich ein Farn entwickeln. Auf der Erde gibt es viele verschiedene Arten, aber keinen solchen Prospektorenfarn. Seine farblichen Veränderungen deuten auf Erzvorkommen unter der Oberfläche hin und erleichtern uns damit die Nutzung natürlicher Ressourcen. Während unserer industriellen Regenerationsphase stellte diese Pflanze eine große Hilfe dar. So kostbar — und doch nur eine Zelle dick.«

»Wieso wissen Sie soviel über die irdische Flora?« erkundigte sich George.

Das Glühen in t'Caels großen Augen verstärkte sich kurz, und er lächelte. »Meine Informationen stammen aus verschiedenen Quellen. Unsere Spione interessieren sich nicht nur für militärische Geheimnisse.«

Kirk brummte etwas Unverständliches.

»Aber warum ausgerechnet die Erde?«

T'Cael drehte sich um und begegnete dem Blick des

Starfleet-Offiziers. »Begreifen Sie das wirklich nicht?« entgegnete er fast vorwurfsvoll. »Selbst wenn ihr Menschen weit durch die Galaxis reist ... Ihr werdet kaum einen Planeten mit derart vielen verschiedenen Lebensformen finden.« Kilyle holte tief Luft und blickte über die eintönige, hier und dort von Moosen bewachsene Felslandschaft. »Zumindest in dieser Hinsicht ist Terra einzigartig. Denken Sie nur an die Vielfalt der menschlichen Spezies. Verschiedene Hautfarben, Größen und Staturen – wer Ihr Volk nicht kennt, käme vielleicht auf den Gedanken, es mit mehreren Gattungen zu tun zu haben. Und dann die Mannigfaltigkeit der irdischen Insekten und Tiere. Selbst in einer Art gibt es enorm viele Unterschiede. Zum Beispiel die Hunde. Hunderte, vielleicht sogar Tausende von verschiedenen Züchtungen, die untereinander gekreuzt werden können. Und Katzen. Manche klein und zahm, andere groß und wild. Nagetiere. Schmetterlinge. Allein die Welt der Insekten ist schwindelerregend komplex. Die Biotope Ihrer Heimat genügten, um ganze Forschergenerationen zu beschäftigen, und hinzu kommt, daß die Menschen in der Lage sind, in praktisch jeder ökologischen Nische zu überleben. Dann die Meere, das maritime Leben ... Mir fehlen die richtigen Worte, um die ungeheure Artenvielfalt in den Ozeanen zu beschreiben.« Der Romulaner brach ab, und George beobachtete ihn stumm, verlegen darüber, daß ihn ein Außerirdischer auf diese Dinge hinwies.

»Pflanzen sind das erste Stadium des Lebens«, fuhr T'Cael fort, sah auf und unterbrach sich erneut. »Eine solche Perspektive ist völlig neu für Sie«, stellte er fest.

»Ich ... ich habe noch nie darüber nachgedacht«, gestand George ein.

Kilyle schüttelte den Kopf. »Dafür gibt es keine Entschuldigung. Ihre Gleichgültigkeit ist es, die auf der Erde den Raubbau zuließ und zu ökologischen Katastrophen führte. Jetzt dringt ihr Menschen in die Galaxis vor, um diese Fehler auf anderen Welten zu wiederholen.«

Eine derartige Kritik wollte George nicht hinnehmen. »Die Erde hat sich keineswegs in eine globale Wüste verwandelt«, erwiderte er. »Meine Söhne kennen Wiesen und Wälder nicht nur von Bildern, und es gibt nach wie vor weite Dschungelgebiete, in denen Farne wachsen.« Er stand mühsam auf. »Sie gehören zu einem Kriegervolk, aber gewisse Dinge nehmen Sie bemerkenswert persönlich. Ich gebe offen zu, daß wir Menschen viele Fehler gemacht haben, doch wir sind auch bereit, aus ihnen zu lernen. Aus diesem Grund würden wir nicht gleich mit einem Krieg drohen, wenn eins Ihrer Schiffe durch Zufall ins Raumgebiet der Föderation geriete. Bisher habe ich leider nicht feststellen können, daß die Romulaner zu Großzügigkeit fähig sind. Sie bieten uns nur Argwohn und Mißtrauen an.«

»Und die hinterhältige Heimtücke einer auf der Lauer liegenden Spinne«, murmelte t'Cael mehr zu sich selbst. In Kirks Worten kam eine für ihn nahezu peinliche Wahrheit zum Ausdruck.

George musterte den Romulaner, und erneut regte sich Mitgefühl in ihm. Er wußte nicht genau, was t'Cael bewegte, aber er ahnte genug, um auf weitere Vorwürfe zu verzichten. Die Lage des Kommandeurs war noch aussichtsloser als seine eigene — vorausgesetzt natürlich, es handelte sich nicht um irgendeinen verrückten Test. Oder eine gut vorbereitete Falle.

Die plötzliche Paranoia weckte Schmerz in der verletzten Körperhälfte. Kirk brannte darauf, irgend etwas zu unternehmen, und um sich abzulenken, holte er den Kommunikator hervor, hielt ihn in der linken Hand, obwohl das Stechen immer heftiger wurde. Wenn es ihm gelang, ein ausreichend starkes Signal zu senden, wenn die Königin nicht zu weit entfernt war ...

Der Romulaner erhob sich abrupt, blieb steifbeinig stehen und hielt den Atem an.

George ließ das Gerät langsam sinken und musterte seinen Begleiter. »Was ist denn?«

T'Cael bedeutete ihm mit einem kurzen Wink, keinen Laut von sich zu geben. Er konzentrierte sich, schien zu lauschen.

»Jemand oder etwas schleicht sich an uns heran«, sagte er leise.

Kirk verharrte einige Sekunden lang, horchte ebenfalls, schob sich dann vor und spähte über den Rand des Felshanges. Ein gräßlicher Anblick bot sich ihm dar, und es lief ihm kalt über den Rücken, als er zurückkroch.

»Verschwinden wir von hier«, preßte er hervor. »Wir müssen höheres Gelände erreichen. Kommen Sie!«

T'Cael kniff die Augen zusammen. »Was haben Sie gesehen?«

»Los, bewegen Sie sich. Für Erklärungen bleibt uns später noch genug Zeit. Hoffe ich jedenfalls.« George gab dem Romulaner einen Stoß und deutete auf die moosbewachsenen Kippen, die vor ihnen emporragten. Er ging los und zog die Waffe.

T'Cael verdrängte seine Neugier auf das, was sich ihnen über den Hang näherte, folgte Kirk und begann mit dem Aufstieg. Die beiden Männer kletterten an einer immer steileren Felswand empor, und der Starfleet-Offizier hielt mehrmals inne, um nach Luft zu schnappen. Aber was auch immer er an der Böschung gesehen hatte: Es jagte ihm einen solchen Schrecken ein, daß er nur kurze Pausen einlegte und sich bereitwillig von Kilyle helfen ließ. Als sie nach einigen Minuten einen breiten Spalt erreichten, in dem der Mensch ausruhen konnte, drehte sich t'Cael um, blickte in die Tiefe – und erstarrte förmlich.

Es waren nicht die größten Tiere auf dem Planetoiden, aber bestimmt die abscheulichsten: dicht behaart und wolfsartig, massiger als ein Thrai; die Schultern breit und muskulös, die Beine dick und krumm. Der Kopf schien nur aus einem Rachen zu bestehen, in dem Dutzende von langen, nadelspitzen Zähnen darauf warteten, ein Opfer zu zerfleischen. Die Geschöpfe bewegten sich langsam und zielsicher, und das Rudel wurde rasch größer. Aus verborgenen Höhlen kamen weitere hungrige Mäuler hinzu. T'Cael zählte mehr als ein Dutzend und stellte voller Unbehagen fest, daß es den Wesen nicht schwerzufallen schien, den steilen Hang zu erklimmen. Während sie sich näherten, schienen winzige Quecksilbertropfen in ihrem Fell zu glänzen. T'Cael schauderte unwillkürlich, als er sich vorstellte, von solchen Tieren in die Enge getrieben zu werden. Die Stille wirkte immer unheimlicher. Vergeblich horchte der Romulaner nach dem Knacken eines dünnen Zweiges unter einer Pfote; es raschelten keine Blätter, und nirgends knirschten kleine Steine unter dem Gewicht der massigen Körper. Rote Augen starrten, und ihre Blicke klebten an den beiden Gestalten weiter oben fest. T'Cael wich zurück, preßte sich an die Felswand und hielt es für besser, nicht noch einmal nach unten zu sehen. »Eine interessante Lebensform«, murmelte er. »Ich würde gern mehr über sie erfahren.«

»Es sind Fleischfresser, und diese Erkenntnis genügt mir«, sagte George.

Kilyle preßte kurz die Lippen zusammen. »Sie greifen als Rudel an, und das bedeutet: Mit gewöhnlichen Waffen können wir nichts gegen sie ausrichten.«

»Warum nicht?«

»Wir haben es mit der typischen Rudel- oder Schwarmstrategie zu tun«, fügte t'Cael hinzu, und in seiner Stimme erklang eine gewisse Ironie. »Individuen müssen sich der Gemeinschaft unterordnen und werden nötigenfalls geopfert. Während wir gegen eins der Geschöpfe kämpfen, kommen die anderen noch näher heran. Mit anderen Worten: Unser Tod ist so gut wie sicher.«

»Da bin ich anderer Ansicht«, brummte George und stemmte sich in die Höhe. »Die letzte Rate meiner Lebensversicherung ist noch nicht bezahlt. Kommen Sie.«

»Klettern Sie nur weiter.« T'Cael sah die Verwirrung in Kirks Zügen und erklärte: »Ich habe kein Recht, Ihr Schicksal zu bestimmen, aber was mich selbst angeht ... Ich bin bereit, hier zu sterben.«

»Unsinn.«

»Ich meine es ernst, Commander Kirk. Ich sehe keinen Sinn darin, die Flucht fortzusetzen.«

»Verdammt, stehen Sie endlich auf!« George packte t'Cael am Arm und zerrte ihn hoch. »Bewegen Sie sich!«

Der Felsspalt bot nicht viel Platz, aber Kilyle wandte sich trotzdem ab und versuchte, sich aus dem Griff des Menschen zu befreien.

»Zum Teufel mit Ihnen«, knurrte George. »Wer auch nur einen Funken Verstand im Kopf hat, gibt nicht so einfach auf. Wir müssen nach oben. Kommen Sie endlich!«

Einige Sekunden lang starrten sie sich an, und dann glätteten sich t'Caels Züge. »Nun, ich möchte den Vorwurf vermeiden, es fehle mir an Intelligenz.« Er hob die Hand. »Nach Ihnen.«

Während sich George vorsichtig an der Felswand emporzog, kämpfte er dauernd gegen die Schmerzen in Hüfte und Schulter an. Bei jeder Bewegung wiederholte sich das heiße Stechen in seinen Muskeln, doch die stumme Präsenz der Raubtiere mobilisierte Kraftreserven in ihm, von denen er bisher überhaupt nichts geahnt hatte. Zentimeter um Zentimeter schob er sich in die Höhe, und seine Gedanken kehrten immer wieder zur weißen Königin zurück. Gelang es Drake, den Angriffen des feindlichen Schiffes standzuhalten? Diese Frage ließ sich kaum beantworten. Reed besaß nicht genug Kampferfahrung, und er hatte es mit einer gut ausgebildeten und zu allem entschlossenen romulanischen Crew zu tun. Andererseits: Drake war kühn und wagemutig, und diese Eigenschaften konnten sich als sehr wichtig erweisen. Darüber hinaus gab es in seinem Verhalten unberechenbare Faktoren. Vielleicht schaffte er es tatsächlich, das Starship vor der Vernichtung zu bewahren. Trotzdem wagte es George nicht, auf eine baldige Rettung zu hoffen. Ihnen blieb nur dann eine — geringe — Chance, wenn sie lange genug überlebten.

Er haßte es, sich auf dem Planetoiden zu befinden und

von hungrigen Tieren verfolgt zu werden, sehnte sich danach, im All zu sein, auf der Brücke des Schiffes. Noch nie zuvor in seinem Leben hatte er sich so hilflos gefühlt.

Er verharrte kurz und beobachtete die Tiere. Sie bewegten sich noch immer langsam, aber trotzdem verringerte sich die Distanz zu ihnen. Die gräßlichen Wesen waren jetzt nur noch fünfzig Meter entfernt.

George preßte die Finger in einen schmalen Riß, doch als er versuchte, sich auf einen Sims zu ziehen, verkrampften sich die Schultermuskeln, und er verlor den Halt. Er rutschte ab, und rauher Fels schabte ihm über die Wange. Aus einem Reflex heraus streckte der Romulaner die Hand aus, hielt Kirk am Gürtel fest und bewahrte ihn davor, in die Tiefe zu stürzen.

»Versuchen Sie es noch einmal«, sagte t'Cael.

George schnappte nach Luft und nickte nur. Erneut tasteten seine Finger nach dem Riß in der granitenen Wand, und er konzentrierte sich einzig und allein auf den Sims, auf eine Gelegenheit, auszuruhen und die Lage einzuschätzen. Vielleicht befanden sie sich inzwischen hoch genug. Vielleicht gab das Rudel bald die Verfolgung auf.

Er biß die Zähne zusammen und weigerte sich, der eigenen Schwäche nachzugeben. Wie in Zeitlupe zog er sich hoch, ignorierte dabei den heißen Schmerz, der ihn durchzuckte.

Langsam kam er dem Sims näher. Nur noch ein halber Meter, mehr nicht. Der Romulaner gab ihm einen Stoß, und daraufhin gelang es George endlich, sich über den Rand zu schieben.

Erschöpft rollte er auf die Seite und keuchte wie ein Asthmatiker. Sein Körper gierte nach Sauerstoff. Ausruhen, neue Kraft schöpfen, die Gefahr für einige Sekunden vergessen ...

Kirk gab dem Verlangen nicht nach, stemmte sich in die Höhe, kroch zum Sims zurück und griff nach der Hand des Romulaners. Was er weiter unten sah, ließ jähes Entsetzen in ihm entstehen. Rote Augen über aufgerissenen Rachen, die Zähne darin wie stählerne Spitzen, die sogar Granit zermalmen konnten. Die Wesen wirkten wie ein Alptraum, der plötzlich feste Substanz gewann, wie Dämonen aus den finstersten Gewölben der Hölle – organische Maschinen, nur darauf programmiert, zu fressen und zu zerfleischen. Von einem solchen Gegner durfte man keine Gnade erwarten. Gab es einen schrecklicheren Tod, als im Magen solcher Ungeheuer zu enden?

Das Rudel gab keineswegs auf. Es war noch größer geworden, bestand inzwischen aus dreißig Tieren.

»Beeilen Sie sich!« stieß George hervor.

T'Cael hörte das Drängen in der Stimme des Menschen und zog daraus die richtigen Schlüsse: Der Gegner näherte sich. Er versuchte, schneller zu klettern.

Kurz darauf vernahm er ein seltsames Knirschen, hob den Kopf – und starrte in die grauenhafteste Fratze, die er jemals gesehen hatte.

Das Geschöpf schob sich hinter einem Felsen hervor und hob Pranken, an denen fingerlange Krallen glänzten.

»Kirk!«

Es blieb George gerade noch Zeit genug, sich herumzurollen und einen Blick auf das Ungetüm zu werfen. Es hatte keinen Sinn mehr zu versuchen, den Strahler zu ziehen. T'Cael zögerte nicht und handelte. Er schwang sich über den Rand des Vorsprungs, sprang auf Kirk zu und riß ihn beiseite. Einen Sekundenbruchteil später spürte er den Hieb des wolfartigen Wesens. Die Tatze traf den Romulaner zwischen den Schulterblättern und schmetterte ihn an die granitene Wand.

George nutzte die Gelegenheit, riß seine Waffe hervor, legte an und feuerte. Dicht aufeinanderfolgende Energieblitze verbrannten den Pelz des Tiers, bohrten sich ihm tief in den Leib und erreichten das Herz. Das Wesen richtete die Schnauze gen Himmel, stieß einen zornigen, schmerzerfüllten Schrei aus, taumelte, verlor den Halt und fiel. Kirk vernahm ein dumpfes Pochen, als es weiter unten mehrmals an Felsen prallte.

Schließlich herrschte wieder Stille.

T'Cael sank zu Boden, kniff die Augen zu und erbebte am ganzen Leib.

George kroch an ihn heran. »Sind Sie verletzt?«

Die hellblaue Jacke des Romulaners war an mehreren Stellen aufgerissen. Die Klauen des Angreifers hatten sich auch durch den Stoff darunter gebohrt, lange Striemen auf der Haut hinterlassen und zwei tiefe Fleischwunden verursacht. Kirk fragte sich verwirrt, wie jemand einen solchen Schlag überleben konnte. Vor seinem inneren Auge wiederholte sich die Schreckensszene, und er stellte sich vor, wie die Pranke Kopf oder Nacken traf, glaubte zu hören, wie Knochen splitterten.

Er schauderte.

T'Cael machte kein Hehl aus seiner Pein. Einige Sekunden lang schien er sich der Umgebung überhaupt nicht mehr bewußt zu sein und spürte nur den Schmerz, der in seinem Rücken brannte. Der Sturz gegen die Felswand hatte ihm die Luft aus den Lungen gepreßt, und er versuchte, wieder zu atmen, sich aus dem Kokon der Benommenheit zu befreien. Seine Hände tasteten fahrig übers Gestein.

»Danke«, murmelte George.

Er bekam keine Antwort.

»Leider habe ich es versäumt, eine medizinische Notausrüstung mitzunehmen«, fügte Kirk hinzu und untersuchte t'Caels Wunden. Olivgrünes Blut quoll daraus hervor, und er wischte es vorsichtig mit dem Saum der zerrissenen Jacke fort. Es erschien ihm seltsam, daß ein Gesicht mit so auffallenden vulkanischen Zügen ganz deutlich Schmerz zeigte, und dieser Umstand weckte neuerliches Mitgefühl für den Romulaner.

Nach einer Weile sah George auf und beobachtete die Felsen. Glatt und steil ragten sie in die Höhe, boten nicht den geringsten Halt. *Wir sitzen fest,* dachte er betroffen. *Vielleicht wäre ich irgendwie in der Lage, diesen Vorsprung zu verlassen und noch höher zu klettern, aber dazu müßte ich den Kommandeur hier zurücklassen.* Er wandte sich wieder t'Cael zu.

»Es ist aussichtslos«, sagte der Romulaner, der ebenfalls begriffen hatte, in welcher Lage sie sich befanden. Mühsam stützte er sich an der Wand ab. »Aber versuchen Sie es trotzdem. Vielleicht sind die Tiere lange genug mit mir beschäftigt, um Ihnen die Möglichkeit zu geben, sich in Sicherheit zu bringen ...«

»Nein«, erwiderte George scharf und schüttelte den Kopf. »Das linke Bein behindert mich zu sehr.« Er wechselte die Ladekapsel des Strahlers und beobachtete noch einmal den Steilhang. »Ich glaube, weiter oben befinden sich einige lose Brocken. Wenn ich es richtig anstelle ... Vielleicht gelingt es mir, genügend Steinschlag zu verursachen.«

Kirk lehnte sich an kühles Gestein, schloß beide Hände um den Kolben der Waffe und zielte sorgfältig. Er spielte mit dem Gedanken, einen Blick in die Tiefe zu werfen, entschied sich dann aber dagegen. Er durfte sich jetzt nicht ablenken lassen. Zuviel stand auf dem Spiel: sein eigenes Leben. Und das seines Begleiters.

Ein heller Laserstrahl zuckte aus dem Lauf und kochte über die Felsen. Funken stoben, und geschmolzener Granit spritzte. George achtete nicht darauf und gab Dauerfeuer, bis er plötzlich ein dumpfes Knacken vernahm, das sich mehrmals wiederholte.

Rasch duckte er sich und kehrte zu dem Romulaner zurück. Steine regneten an ihrem Unterschlupf vorbei und klackten über den Hang. Größere Felsen folgten – eine Lawine, die ins Tal hinabdonnerte. George wartete eine Zeitlang, und als wieder Ruhe einkehrte, kroch er zum Rand des Vorsprungs und sah nach unten.

Nichts regte sich dort. Nirgends zeigte sich ein Tier.

»Sie sind verschwunden«, sagte er, und seine Stimme klang hoffnungsvoll.

»Das bezweifle ich«, erwiderte t'Cael. »Bestimmt geben sie nicht so einfach auf.«

Der Romulaner behielt recht. Erschrocken beobachtete George, wie sich pelzige Körper aus Verstecken schoben. Zehn. Zwanzig. Dreißig. Und es wurden noch mehr. Wie konnten sich so große Wesen in einer Felswand verbergen, in der es nur schmale Öffnungen gab?

Die Ungeheuer kletterten wieder empor und setzten die Jagd fort.

George hockte sich neben t'Cael, prüfte die Ladung des Strahlers und suchte nach einer weiteren geeigneten Stelle an der Felswand über ihnen.

»Sie vergeuden die Energie Ihrer Waffe«, sagte der Romulaner.

George bedachte ihn mit einem finsteren Blick. Er hielt es ebenfalls für sinnlos, einen zweiten Steinschlag zu bewirken, aber t'Caels Worte erinnerten ihn viel zu deutlich daran, mit welcher Situation sie konfrontiert waren. Es blieb ihm nichts anderes übrig, als zu warten, auf einzelne Angreifer zu schießen und zu hoffen, daß ihm genug Ladekapseln zur Verfügung standen.

Tief in ihm zitterte etwas, und er kam sich plötzlich wie jemand vor, der den Kopf unter eine Guillotine legte – und darauf wartete, daß die Klinge herabsauste.

»Wir hätten damit rechnen sollen«, fuhr t'Cael fort und zwang sich dazu, ruhig zu atmen. »Rudelstrategie. Die Wesen haben uns mit voller Absicht in die Falle gelockt.« Er lehnte sich an den Felsen zurück, und mehrere Sekunden lang dachte er an gar nichts. Er empfand es fast als erfrischend, sich allein dem Schmerz hinzugeben, schöpfte daraus neue Kraft.

Nach einer Weile lächelte er reumütig und lachte leise.

George runzelte die Stirn. »Halten Sie das alles für komisch?«

Der Romulaner sah auf. »Eher für eine Ironie des Schicksals«, erwiderte er. »Zwei Raumfahrer, die von Raubtieren gefressen werden.«

»Ich verstehe.« Kirk nickte langsam, holte tief Luft und seufzte.

Der Romulaner wölbte eine Braue. »Ihr Menschen habt keinen Sinn für Humor.«

Diese Bemerkung verblüffte George geradezu. Immerhin stammte sie von jemandem, der wie ein Vulkanier aussah.

Er schürzte die Lippen. »Ich habe Ihren Namen vergessen.«

»T'Cael.«

»Nun, t'Cael, Sie denken wie ein Opfer.«

»Wie bitte?« erwiderte Kilyle. In seinen Augen blitzte es.

»Sie haben bereits aufgegeben.«

T'Cael zuckte mit den Schultern. »Es wäre dumm zu kämpfen, wenn man nicht mehr die geringste Chance hat.«

George schüttelte den Kopf. »Und Sie wollen ein Romulaner sein?« fragte er spöttisch.

T'Cael drehte sich ruckartig um, und seine Züge verhärteten sich. Der Schmerz hatte den Benommenheitsdunst aufgelöst und seine Toleranz auf ein Minimum reduziert. »Was wissen Sie schon von Romulanern? Ihre beschränkten Kenntnisse stammen aus zweiter und dritter Hand, und daraus ziehen Sie Schlüsse, deren Bedeutung nicht über die von Vorurteilen hinausgeht. Ihre Ignoranz macht Sie arrogant und überheblich.« Tiefe Falten entstanden in seiner Stirn. »Sie beleidigen mich.«

George spürte einen zornigen, durchdringenden Blick auf sich ruhen, und er hielt den Atem an.

»Meine Informationen über Menschen habe ich durch direkte und unmittelbare Erfahrungen gesammelt«, fuhr t'Cael etwas ruhiger fort. »Aber Ihre Meinungen über mein Volk gründen sich auf Annahmen und Mutmaßungen. Sie glauben offenbar, ein schlechtes System bestehe aus Leuten, die es nicht besser verdienen, aber dabei verwechseln Sie Ursache und Wirkung. Niemand *will* eine Tyrannei – abgesehen von den Personen, die an den Hebeln der Macht sitzen und alle Vorteile genießen. Mein Volk leidet an der Eroberungslust, die der Prätor zu einer Ideologie erhoben hat. Unglücklicherweise fehlt uns die Möglichkeit, einen Wandel herbeizuführen.« T'Cael zuckte zusammen, als er sein Gewicht verlagerte. Er wandte den Blick von Kirk ab und beobachtete den seltsam gefärbten Himmel. »Ihre eigene Kriegsgeschichte beweist, wie leicht man einen falschen Weg beschreiten kann. Einige charismatische Personen genügen, um den Massen Sand in die Augen zu streuen, sie in willenlose Werkzeuge zu verwandeln. Manchmal reichen wenige gutklingende Worte aus, um Grauen und Chaos zu beschwören, um den Intellekt zu betäuben. Die Folge besteht aus einem Leid, das sich eine eigene Grundlage schafft, sich verselbständigt. Anders ausgedrückt: Die Unterschiede zwischen unseren beiden Völkern sind nur gering, Kirk.«

George musterte t'Cael und konnte es kaum fassen. »Wollen Sie wirklich behaupten, daß wir ebenso sind wie Sie?« Er beugte sich zu dem Romulaner vor, und seine Stimme klang vorwurfsvoll und anklagend. »Glauben Sie im Ernst, wir teilten Ihre Machtgier?«

T'Cael senkte den Kopf und schwieg eine Zeitlang.

»Nein«, erwiderte er schließlich. »*Ihnen* ist es gelungen, über den eigenen Schatten zu springen, sich von den Fesseln der Vergangenheit zu befreien und mit einer neuen Entwicklung zu beginnen.«

George zwinkerte verwirrt, und es dauerte eine Weile, bis er zu verstehen begann, was t'Cael meinte. Seine Hoffnungslosigkeit bezog sich nicht nur auf die persönliche Situation; sie galt auch der Lage seines Volkes, dem prätorialen Joch, unter dem die Romulaner leben mußten. Stumm saßen sie auf dem Felsvorsprung, starrten in die Ferne und beobachteten eine öde Landschaft. Ein trügerischer Frieden herrschte, aber George wußte, daß sich die Raubtiere weiter näherten. Es konnte nicht mehr lange dauern, bis sie den Sims erreichten.

Die beiden Soldaten warteten — zwei Feinde, die das Schicksal zusammengeführt hatte, damit sie als Verbündete starben.

KAPITEL 17

»Erstatten Sie mir einen Bericht, Drake.«

»*Fête du diable*, Sir. Zwar sind wir in ziemlichen Schwierigkeiten, aber wir haben eine wichtige Erfahrung gemacht.«

»Was für eine?« April nahm im Sessel des Befehlsstands Platz und sah auf den Wandschirm. Das romulanische Schiff raste gerade an der weißen Königin vorbei und näherte sich erneut dem Planetoiden.

»Es geht dabei um folgendes«, erwiderte Reed. »Wir können nur einen Teil unserer Deflektorkapazität verwenden, und im Vergleich mit der Kriegsschwalbe ist unsere Manövrierfähigkeit sehr begrenzt. Trotzdem hat sich herausgestellt, daß wir einige Trümpfe in der Hand halten.«

»Carlos, ich brauche einen zeitlichen Überblick.«

Florida räusperte sich. »Mr. Kirk ist um vierzehn Uhr auf dem Planetoiden gelandet. Er wollte sich dort mit dem romulanischen Kommandeur treffen, doch um vierzehn Uhr vierundfünfzig nahm das feindliche Schiff die entsprechende Region unter Beschuß.«

April wandte den Blick vom Projektionsfeld ab. »Soll das heißen, die Romulaner haben auf ihren eigenen Gesandten geschossen?«

»Es sieht ganz danach aus, Sir.«

»Es sei denn, es befand sich niemand an Bord des Beibootes«, warf Bernice Hart ein. »Vielleicht sollte Mr. Kirk in eine Falle gelockt werden.«

April strich sich mit dem Zeigefinger über die Unterlippe. »Es wäre möglich«, sagte er nachdenklich. »Ich frage mich nur, was den Romulanern an einer toten Geisel liegt. Das ergibt doch keinen Sinn.«

»Eins steht fest«, brummte Drake. »Geordie ist nicht gerade in einer beneidenswerten Lage.« Etwas leiser fügte er hinzu: »Wenn er überhaupt noch lebt.«

»Bisher haben die Roms zweimal das Feuer eröffnet, Sir«, beendete Florida seinen Bericht. »Wie Mr. Reed vorhin schon sagte: Sie sind manövrierfähiger als wir, und deshalb können wir den Planetoiden nicht wirkungsvoll abschirmen.«

»Zweimal?« April musterte den Steuermann und runzelte die Stirn. »Warum?«

»Keine Ahnung. Mr. Reed gab Anweisung, unsere Bordwaffen einzusetzen, um die Romulaner an einem neuerlichen Angriff zu hindern; aber solange wir auf Warpenergie verzichten müssen, ist unsere Feuerkraft begrenzt. Wenigstens funktionieren die Nahbereichssensoren. Ich glaube, wir haben unserem Gegner Respekt beigebracht, denn seit einigen Minuten wahrt er sichere Distanz.«

»Rechnen Sie damit, daß er noch einen Vorstoß unternimmt?«

»Davon müssen wir ausgehen, Sir.«

April beugte sich vor. »Warum sind die Romulaner so sehr bestrebt, den Planetoiden anzugreifen? Dafür gibt es nur eine Erklärung. Sie sind sich nicht ganz sicher, ob sie ihr Ziel erreicht haben – worin es auch bestehen mag.«

Drake verschränkte die Arme und lächelte, stolz darauf, schon vor einer ganzen Weile zu einer solchen Schlußfolgerung gelangt zu sein. »Mit anderen Worten: Vielleicht hat unser lieber George noch nicht ins Gras gebissen. Wenn es dort unten überhaupt Gras gibt.«

April seufzte nervös und überlegte. Ihm fehlte der Kampfinstinkt, um eine den gegenwärtigen Umständen angemessene Entscheidung zu treffen. Er ächzte innerlich, als er an die möglichen Folgen einer direkten Konfrontation mit den Romulanern dachte.

»Captain, das feindliche Schiff nähert sich!«

Floridas Warnung war kaum verhallt, als grelles Licht vom Wandschirm flutete. Ein Strahlblitz entlud sich an den Schilden, und die Königin erbebte. Ein lautes Donnern hallte durchs Diskussegment, und April hielt sich an den Armlehnen fest, um nicht aus dem Sessel geschleudert zu werden. Überrascht starrte er auf den großen Bildschirm und beobachtete, wie das geierartige Raumschiff abdrehte und aus der Erfassungsreichweite der Bugsensoren verschwand.

»Lieber Himmel!« Der Captain schnappte nach Luft. »Daß uns ein so kleines Schiff einen derartigen Schlag versetzen kann ...«

Drake schnaufte und richtete sich auf. »Es handelt sich um einen Jäger«, knurrte er. »Geballte Energie. Das Ding besteht nur aus Triebwerken und Kanonen.«

»Bei allen Raumgeistern! Offenbar habe ich die Romulaner unterschätzt.«

»Jetzt wissen Sie Bescheid.«

»Ja. Waffenstatus?«

»Energetisches Potential der Backbordsysteme zweiundsiebzig Prozent«, sagte Florida sofort. »Steuerbordwaffen sechzig Prozent. Die übrigen Laser und Partikelkanonen dreiundvierzig Prozent.«

Als alles still blieb, drehte sich der Steuermann um. Captain April gab keine Antwort. Seine Aufmerksamkeit galt dem romulanischen Schiff, das einige hunderttausend Kilometer entfernt auf Warteposition ging.

Drake trat an den Befehlsstand heran. »Die Königin ist stark«, sagte er. »Wird es nicht langsam Zeit, daß wir ihre Muskeln spielen lassen?«

April bedachte ihn mit einem kurzen Blick. »Das gefällt mir nicht.«

»Ich weiß, Sir. Es besteht jedoch eine große Wahrscheinlichkeit, daß die Roms George umgebracht haben.«

Der Captain stellte sich dieser bitteren Erkenntnis, und Kummer leuchtete in seinen Augen. »Ja ...«, flüsterte er. Plötzlicher Zorn erfaßte ihn, brodelte immer heißer. Die

Lachfalten in den Mund- und Augenwinkeln standen in einem seltsamen Kontrast zu der untypischen Härte, die nun in Aprils Zügen ihren Ausdruck fand. »Ich verstehe das nicht«, sagte er. »Wir haben deutlich darauf hingewiesen, daß wir keine feindlichen Absichten verfolgen, aufgrund eines bedauerlichen Navigationsfehlers hier sind und diesen Raumsektor so schnell wie möglich verlassen möchten. Warum behandelt man uns auf diese Weise?«

Drake sah den Captain an und spürte eine Mischung aus Mitleid und Sympathie. Er dachte an George und stellte sich vor, wie er auf solche Worte reagiert hätte. Wie sollte er April klarmachen, daß nicht alle Leute die Einstellungen eines modernen Mahatma Gandhi teilten? Manche Personen und Völker brachten es einfach nicht fertig, Vertrauen zu haben.

»Wir leben in einer gefährlichen Galaxis, Captain«, sagte Reed ernst. »Gelegentlich müssen wir ebenfalls gefährlich werden.«

April reagierte nicht sofort, starrte zunächst nur stumm ins All. Er entsann sich an Georges Hinweise, und nun glaubte er, eine bittere Wahrheit in ihnen zu erkennen. Was nützte die Föderation ihren einzelnen Mitgliedswelten, wenn sie zwar Macht hatte, jedoch davor zurückschreckte, Gebrauch davon zu machen? Wenn er zuließ, daß die Königin dem Feind zum Opfer fiel, konnten seine Träume niemals Wirklichkeit werden.

Er holte tief Luft.

»Ja«, erwiderte er düster. »In Ordnung. Was raten Sie mir, Drake?«

Reed musterte ihn verwirrt. »Sie bitten *mich* um Rat, Sir?«

April nickte nachsichtig. »Ja. Ich erwarte einen Vorschlag von Ihnen.«

»Äh ... Wie wär's, wenn wir die Roms passieren lassen und dann ihre Triebwerke aufs Korn nehmen?«

April beugte sich vor. »Würden Sie das bitte wiederholen?«

»Feuern Sie auf den Antrieb, wenn die Kriegsschwalbe an uns vorbeirast.«

»Oh, ich verstehe. Wir reduzieren die Einsatzfähigkeit des Schiffes, ohne daß irgend jemand zu Schaden kommt.«

»Sie haben's erfaßt, Sir.«

April straffte die Schultern. »Nun gut. Alle Mann auf Gefechtsstation.« Er sprach ganz leise, und seine Worte galten einer Brückencrew, die nicht aus Soldaten bestand. Deshalb dauerte es eine Weile, bis sein Befehl ausgeführt und Alarmstufe Rot veranlaßt wurde.

»Carlos ...«, sagte der Captain und rieb sich Schweiß von den Händen. »Bringen Sie die Königin zwischen das romulanische Schiff und den Planetoiden. Es geht los.«

T'Cael nahm den Gestank von verbranntem Pelz wahr und beobachtete, wie Kirk auf das sechste Tier zielte. Die energetische Kapazität des Strahlers erschöpfte sich rasch, und immer mehr hungrige Wesen kletterten zum Sims hoch.

»Himmel, Drake, bring endlich das Schiff hierher«, knurrte der Mensch und holte die letzte Erg-Kapsel hervor. Offenbar verschwendete er keinen Gedanken daran, wieviel Energie nötig war, um die Angreifer zu töten – die Ladung der bisher verwendeten Kapseln hätte ausgereicht, um eine ganze Armee zu vernichten.

T'Cael hörte, wie dicht unter dem Vorsprung lange, scharfe Krallen über harten Fels kratzten, und viel zu deutlich begriff er, daß sie gegen die Rudelstrategie der Ungeheuer auf Dauer überhaupt keine Chance hatten. Er wußte nicht, ob Kirk das leise Schaben ebenfalls vernahm – nach wie vor bewegten sich die Wesen fast völlig lautlos –, aber eigentlich spielte es auch gar keine Rolle. Bestenfalls blieben ihnen noch einige Minuten.

Während sich Kilyle innerlich auf den Tod vorbereitete, spürte er so etwas wie Bewunderung für den Terraner, der noch immer nicht aufgeben wollte. Als Kirk merkte, daß die Kapseln allmählich zur Neige gingen, versuchte er nicht mehr, die Tiere zu töten. Statt dessen schoß er auf ihre Augen. Vielleicht hoffte er, daß sie dadurch die Orientierung verloren und von ihrer Beute abließen. Eine riskante Taktik: Die getroffenen Geschöpfe gerieten vor Schmerz ganz außer sich. Das letzte lief immer wieder gegen die Felswand, bis es schließlich zusammenbrach; seine Pranken zuckten nur einen halben Meter neben den beiden Männern.

»Wir müssen weg von hier«, preßte Kirk hervor.

T'Cael schwieg auch weiterhin, sah keinen Sinn darin, ihn erneut auf die Aussichtslosigkeit des Kampfes hinzuweisen. Die Hartnäckigkeit des Menschen erstaunte ihn. Zwar gab es keine Hoffnung mehr, aber dennoch war Kirk nicht bereit, sich dem Schicksal zu fügen. Seltsam. Rihannsu hatten einen ausgeprägten Sinn für Disziplin, und damit einher ging die Bereitschaft, das Unvermeidliche zu akzeptieren. Der terranische Commander hingegen vertrat eine völlig andere Einstellung. Er zeichnete sich durch eine hartnäckige Sturheit aus, die Respekt verdiente.

Ein dünnes Lächeln umspielte t'Caels Lippen, als er an die hochmütigen Akademiker in seiner Heimat dachte, die alle fremden Lebensformen für minderwertig hielten. Er bedauerte es sehr, keine Gelegenheit mehr zu haben, mit ihnen über die unbestreitbaren Vorteile der menschlichen Starrsinnigkeit zu diskutieren.

Die Tiere ahnten natürlich nichts von einer solchen Philosophie. Sie wurden allein von Instinkten angetrieben. Und irgend etwas teilte ihnen mit, daß nun die Zeit für einen massierten Angriff kam.

Zu beiden Seiten des Felsvorsprungs kletterten pelzige Ungeheuer empor, starrten aus roten, gierig blickenden Augen. Speichel tropfte von ihren langen, spitzen Zähnen.

Kirk legte auf eins der Wesen an und feuerte, während sich weitere Tiere über den Sims schoben. T'Cael blieb völlig still, preßte sich jedoch fester an die granitene Wand, als die gräßlichen Geschöpfe herankamen.

Plötzlich verspürte Kilyle den Wunsch, Kirk Trost zuzusprechen. Der Mensch schien noch immer nicht bereit zu sein, den Tod hinzunehmen. Was empfand jemand, der unter keinen Umständen aufgeben wollte — und doch einsehen mußte, daß Widerstand keinen Sinn mehr hatte?

Zähne knirschten. Klauen kratzten. Fauliger Atem zischte. Und irgendwo piepte es.

Das rhythmische Summen stammte nicht etwa von t'Caels Warnsensor. Kirk hörte es ebenfalls und erstarrte.

Dann entfaltete er hektische Aktivität, holte so hastig den Kommunikator hervor, daß ihm das kleine Gerät fast aus der Hand rutschte. Rasch klappte er es auf.

Einige Augenblicke später bückte sich der Mensch und zerrte t'Cael mit einem jähen Ruck auf die Beine. Warum? Verlangte Kirk von ihm, daß er ebenfalls kämpfte? Sie konnten nicht fliehen, und in den wenigen Sekunden, die sie noch vom Tod trennten, traf bestimmt kein Rettungsschiff ein. Kilyle wollte sich wieder zu Boden sinken lassen, doch der Terraner hielt ihn an der blauen Jacke fest, hob den Kommunikator an die Lippen.

Kirk holte kurz Luft. »Nottransfer! Sofort!«

»Was soll das bedeuten?« T'Cael versuchte, sich aus dem Griff zu lösen. Verwirrung zeigte sich in seinen Zügen.

Das nächste Tier holte zu einem wuchtigen Hieb aus, und seine Tatze traf das Kom-Gerät, riß es dem Starfleet-Offizier aus der Hand.

»Kirk!«

T'Cael hörte das Zittern in seiner Stimme. Das Licht um ihn herum verblaßte. Hatte ihn der tödliche Prankenhieb eines Angreifers getroffen? Starb er nun? *Sonderbar,* dachte er. *Es ist überhaupt nicht schlimm. Ich habe mit weitaus mehr Schmerzen gerechnet.*

Plötzlich wankte t'Cael zurück und stieß an eine Wand. Sie bestand jedoch nicht aus Fels, sondern aus gekrümmtem Stahl. Eigentümliches Licht glänzte, warf keine Schatten.

Kirk hielt ihn noch immer fest, und der abrupte Szenenwechsel überraschte ihn ganz und gar nicht.

Der Mensch wandte sich an einen jungen, blonden Mann, der vor ihnen stand. »Wood! Benachrichtigen Sie die Brücke ...«

Aber Wood hörte ihn überhaupt nicht. Sein glattes Gesicht war kalkweiß, und aus großen, entsetzt blickenden Augen starrte er an Kirk vorbei. T'Cael fragte sich verwundert, ob er einen derart schrecklichen Anblick bot.

Der Starfleet-Offizier runzelte die Stirn, und dann begriff er plötzlich. »Das hat mir gerade noch gefehlt«, brachte er hervor.

Kirk wirbelte herum und hob den Strahler.

T'Cael verstand ebenfalls, als er den muffigen Geruch von feuchtem Pelz wahrnahm. Er drehte den Kopf — und blickte in ein Maul voller Zähne.

Der Transit hatte das Tier desorientiert, doch es erholte sich schnell von seiner Benommenheit. Als Kirk zielte, zuckten ihm lange Klauen entgegen.

Der Mensch schrie, schirmte sein Gesicht mit der Waffenhand ab. Die Pranken rissen den Strahler fort und gaben Kirk einen solchen Stoß, daß er von der Plattform fiel und zu Boden stürzte. Er fiel auf die verletzte linke Körperhälfte, und stechender Schmerz durchwogte ihn. Einige Sekunden lang konnte er sich nicht von der Stelle rühren.

T'Cael sah alles wie in Zeitlupe.

Das Wesen richtete sich auf, knurrte grollend und sprang in die Mitte des Zimmers. Moosfladen und kleine Lehmbrocken lösten sich aus seinem stinkenden Fell, als es verwirrt umherstampfte, dabei eine kleine Kontrollfläche neben der Tür berührte. Ein leises Zischen erklang, und das Schott glitt beiseite. Die alptraumhafte Gestalt duckte sich, und ihre Krallen kratzten über Metall. Sie stieß sich ab, stürmte durch die Öffnung und erreichte den Gang. Dort drehte sich das Ungeheuer um, und bevor sich das Schott wieder schloß, bemerkte t'Cael das zornige Gleißen in den großen, roten Augen.

»Verdammter Mist!« platzte es aus Kirk heraus. Er

stemmte sich wieder in die Höhe und wankte zum Kontrollpult. »Auch das noch! Jetzt haben wir ein Monster an Bord! Wo ist der nächste Interkom-Anschluß!«

Wood stand noch immer völlig reglos. Kirk packte ihn am Kragen und zerrte ihn herum. »Ich muß eine Warnung durchgeben!«

Der junge Mann blinzelte, hob dann die zitternde Hand und zeigte auf eine Taste. Der Starfleet-Offizier betätigte sie sofort. »Achtung, hier spricht der Erste Offizier! Ein gefährliches Raubtier durchstreift das Schiff! Halten Sie sich von den Korridoren fern! Ich wiederhole: Ein gefährliches Raubtier befindet sich an Bord! Meiden Sie die Korridore. Schließen Sie sich ein, bis die Entwarnung erfolgt!« Er zögerte, und als ihm keine weiteren Worte einfielen, schaltete er einfach ab. »Zum Teufel auch ...«, brummte er und sah zur Plattform.

Kilyle verharrte stocksteif an der Wand, als Kirk auf ihn zutrat. »Das Wesen ist verschwunden«, sagte er. »Es besteht keine Gefahr mehr, t'Cael.«

Der Primus bewegte nur die Augen und murmelte: »Sie haben Transporter.«

»Was?«

»Trans...porter.«

»Oh. Ja. Eine neue Technik. Kommen Sie.«

»Wir wußten nichts davon.«

»Bis vor kurzer Zeit erging es mir ebenso. Ich schlage vor, wir machen uns jetzt auf den Weg. Wood, Sie bleiben hier.«

»Sir«, sagte der junge Mann unsicher, als Kirk nach seinem Strahler griff und t'Cael zur Tür führte. »Die Brücke meldet sich.«

»Sagen Sie Drake, daß ich gleich dort eintreffe. Zuerst mache ich einen Abstecher zur Krankenstation.«

»Beeilen Sie sich. Ich brauche ihn im Kontrollraum.«

»Immer mit der Ruhe. Vulkanier behandle ich nicht gerade jeden Tag.«

»Ja, ja«, erwiderte George ungeduldig und warf t'Cael einen warnenden Blick zu, als Dr. Poole den Rücken des Romulaners untersuchte. Er zögerte kurz, wandte sich um und aktivierte einen Wandkommunikator. »Kirk an Maschinenraum.«

»Hier Maschinenraum. Chang spricht, Sir.«

»Ist bereits eine Suchgruppe zusammengestellt worden?«

»Ja. Sie besteht aus sieben bewaffneten Freiwilligen. Wir verwenden Sensoren, und sobald wir wissen, wo das Wesen steckt, geht die Jagd los.«

»Haben Sie an die Möglichkeit gedacht, Gas einzusetzen?«

»Ja, Sir«, lautete die Antwort. »Aber von der biologischen Abteilung erhielten wir die präzise Auskunft, das Belüftungssystem sei noch nicht für so etwas vorbereitet. Ich meine, mit den Luftschächten ist soweit alles in Ordnung, aber uns steht kein Betäubungsgas zur Verfügung.«

»Tja, dann bleibt Ihnen nichts anderes übrig, als das Biest aufzustöbern. Sie wissen doch, worauf es ankommt, oder?«

»Ich glaube schon, Sir.«

»Glaube allein genügt nicht. Sie müssen ganz sicher sein. Und Ihnen dürfen keine Fehler unterlaufen. Das Tier stellt eine enorme Gefahr dar. Töten Sie es, ohne irgendwelche Risiken einzugehen. Ich erwarte Ihre Meldung auf der Brücke.«

»Wir halten Sie auf dem laufenden. Chang Ende.«

George versuchte, zuversichtlich zu sein, aber die Vorstellung von sieben unerfahrenen Technikern, die auf der Suche nach dem Ungeheuer durchs Schiff schlichen, gefiel ihm nicht sonderlich. Er hoffte inständig, daß ihr ungebetener Gast in einen Zugangsschacht stürzte und sich das Genick brach.

Eine Zeitlang blieb er an der Wand stehen, starrte aufs Interkom und stellte fest, daß er sich keine allzu großen

Sorgen machte. Seltsam: Ein hungriges Raubtier durchstreifte die Korridore, doch er sah darin kaum mehr als einen banalen Störfaktor. *In den letzten Stunden ist einfach zuviel geschehen,* dachte er.

Das leise Summen des medizinischen Computers brachte George ins Hier und Jetzt zurück. Dr. Poole saß am Terminal, blickte auf den Monitor und beobachtete dann die Indikatoren des Anzeigenfeldes über der Diagnoseliege. T'Cael lag auf der Seite und musterte die Frau, wagte es jedoch nicht, ein Wort an sie zu richten. Er schien nicht mehr an so starken Schmerzen zu leiden, doch seine Bewegungen wirkten steif und unbeholfen, als er sich aufsetzte.

»Sind Sie endlich fertig?« fragte George. »Man erwartet uns im Kontrollraum.«

»Hmm ...«, machte die Ärztin, las die Untersuchungsergebnisse und runzelte verwirrt die Stirn.

»Was ist denn?« Kirk kam langsam näher und spielte mit dem Gedanken, Dr. Poole zur Seite zu stoßen und den Medo-Computer zu demolieren.

»Ich weiß nicht recht ... Vielleicht müssen die Instrumente neu justiert werden.«

George wechselte einen kurzen Blick mit t'Cael, als Sarah den Medo-Scanner in ein Interface des Computers schob, einen Abfragecode eingab und dann wieder auf den Schirm sah. Trübes, blauweißes Licht glitt über ihre Züge, und die Falten in der Stirn vertieften sich. Sie wiederholte den Code, achtete darauf, sich nicht zu vertippen. Die Datenkolonnen auf dem Monitor blieben unverändert.

Langsam drehte Dr. Poole den Kopf und musterte t'Cael.

George hielt unwillkürlich den Atem an.

Die Ärztin wandte sich erneut der Tastatur zu und gab eine andere Anfrage ein. Einmal mehr brachte ihr Gesicht Verwunderung zum Ausdruck, und diesmal zeigte sich auch ein Hauch Argwohn.

Schließlich schaltete Sarah das Terminal aus, verschränkte die Arme und drehte sich um.

»Na schön, Kirk. Erklären Sie's mir.«

George versteifte sich. »Was soll ich Ihnen erklären?«

Dr. Poole griff nach dem Medo-Scanner. »Die Ähnlichkeiten sind frappierend, aber ich bin trotzdem sicher, daß Sie mir keinen Vulkanier gebracht haben.«

Beide Männer gaben sich verblüfft, aber Sarah ließ sich nicht davon beeindrucken.

Sie sprach in einem sachlichen und kühlen Tonfall. »Die Unterschiede betreffen vor allen Dingen das Hautgewebe, die chemische Struktur des Blutes, einige Aspekte des Stoffwechselsystems und die Hirnströme. Nun? Ich warte noch immer auf eine Erklärung.«

Kurze Stille folgte.

»Eine besondere Diät«, sagte George.

»Eine Krankheit«, sagte t'Cael.

»Ja, er ist krank gewesen«, bestätigte Kirk.

»Sehr«, pflichtete ihm Kilyle bei.

»Unsinn!« kommentierte Sarah.

Sie legte den Medo-Scanner beiseite, schaltete den Diagnosemonitor der Liege ab und kam zu dem Schluß, daß die beiden Besucher nicht bereit waren, ihre Fragen zu beantworten. »Verschwinden Sie aus meiner Krankenstation.«

T'Cael stand auf, zog seine Jacke über und preßte die Lippen zusammen. George überlegte, ob der Romulaner aus Erheiterung schwieg – oder seine Anspannung zu verbergen versuchte.

»Können Sie sich ohne Hilfe bewegen?« fragte er den Primus.

T'Cael ging zur Tür. »Ich glaube schon«, sagte er.

Im Korridor blieben sie stehen.

»Dr. Sarah Poole hätte Sie fast durchschaut«, brummte George.

»Was mich nicht wundert – ich bin eben kein Vulkanier.« Kilyle zuckte mit den Schultern. »Wir könnten zurückkehren und ihr ›reinen Wein einschenken‹, wie es in Ihrer Sprache heißt.«

Kirk dachte darüber nach. »Eher wäre ich bereit, den Ungeheuern auf dem Planetoiden Gesellschaft zu leisten.«

Sie machten sich auf den Weg zur Brücke, und dem Ersten Offizier erschien das Schiff plötzlich seltsam leer und gespenstisch. Ihre Wanderung durch die Korridore wurde nur einmal unterbrochen, als sie einen Seitengang betraten und weiter vorn das Ungeheuer sahen. George und t'Cael blieben ruckartig stehen, und Kirk zog den Strahler. Er kam jedoch nicht mehr dazu, auf das Tier anzulegen. Es starrte sie aus roten, nun verängstigt und erschrocken blickenden Augen an, wirbelte um die eigene Achse und verschwand. Daraufhin begann George zu ahnen, was jenes Wesen fühlte: Es befand sich in einer völlig fremden Umgebung und war ständig auf der Flucht, ohne aus dem Raumschiff entkommen zu können. Seine Rolle kehrte sich um: Aus dem Angreifer wurde ein Opfer.

George warf seinem Begleiter einen kurzen Blick zu und versuchte, sich in t'Caels Lage zu versetzen. Ein Romulaner unter Menschen, von seinen eigenen Gefährten verraten, ebenso allein wie das Tier, das sich in sein Ambiente zurücksehnte. Aber im Gegensatz zu jenem Wesen zeigte er keine Furcht. Er hätte es vorgezogen, auf dem Planetoiden zu sterben, um nicht mit den Problemen konfrontiert zu werden, die ihn bei den Terranern erwarteten; doch jetzt schien er bereit zu sein, die neue Situation zu akzeptieren und es mit allen Schwierigkeiten aufzunehmen. Ein solcher Mut verdiente Anerkennung.

Kirk verdrängte diese Gedanken, als sie den Turbolift betraten. Während sie von der Transportkapsel durch den gewaltigen Leib des Raumschiffes getragen wurden, beschleunigte sich der Puls des Ersten Offiziers, und er fragte sich, was ihn im Kontrollraum erwartete.

Einige Sekunden später glitten die beiden Schotthälften auseinander.

T'Cael verglich das riesige Schiff mit einer Stadt im All. Soviel Platz, ein derartiges technisches Potential – es erschien ihm unvorstellbar, daß ein solches Gebilde als Schlachtschiff fungierte. Als sich die Lifttür öffnete, sprang Kirk sofort aus der Kabine, aber t'Cael blieb stehen und beobachtete zum erstenmal in seinem Leben die Brücke eines Föderationsschiffes. Ganz offensichtlich fehlten noch einige Installationen, doch die funktionelle Ästhetik beeindruckte ihn zutiefst. Im Vergleich zum Grau an Bord eines romulanischen Kreuzers bot sich ihm hier eine geradezu überwältigende Farbenpracht dar. Zwei verschiedene Decks geben der Crew Möglichkeit, sich die Beine zu vertreten, und der Befehlsstand befand sich offenbar genau in der Mitte: Wenn der Captain im Kommandosessel saß, kehrten ihm seine Offiziere den Rücken zu, und das gab ihm viele Vorteile. In dieser großen Kammer hätte jemand wie Ry'iak vergeblich nach einem Versteck Ausschau gehalten.

T'Cael verließ den Lift, betrat das obere Deck und überlegte, ob eine der anwesenden Personen die Aufgabe hatte, den Kommandanten im Auge zu behalten und Bericht über ihn zu erstatten.

Unterdessen eilte Kirk zum Sessel des Captains und griff nach der Armlehne.

April seufzte erleichtert. »George ... Freut mich dich wiederzusehen. Offenbar hast du einen interessanten Ausflug hinter dir.«

»Robert! Himmel, was machst du hier?«

April sah ihn an, lächelte und widerstand der Versuchung, George auf sein wüstes Erscheinungsbild hinzuweisen.

»Wir haben ihn in der Krankenstation gefesselt, Geordie«, warf Drake ein. »Aber der Kerl biß einfach die Lederriemen durch und kehrte zurück.«

Kirk sah Reed an. »Du hättest auch ein wenig früher eingreifen können«, knurrte er. »Wir waren ziemlich in Bedrängnis.«

»Ich wollte dir nicht den Spaß verderben«, entgegnete Drake und grinste. Der scherzhafte Tonfall täuschte nicht über seine eigene Erleichterung hinweg.

April berührte George am Arm. »Was ist mit dem ›gefährlichen Raubtier‹, das du per Interkom erwähnt hast?«

Kirk wollte darauf Antwort geben, aber plötzlich merkte er, daß niemand mehr auf ihn achtete. Die Blicke aller Anwesenden galten dem rückwärtigen Bereich der Brücke. April stand langsam auf, fasziniert von dem würdevollen Fremden, der unweit des Turbolifts stand.

George räusperte sich nervös. »Hast du einige Minuten Zeit?« fragte er vorsichtig.

April trat auf die kurze Treppe zu. »Ich denke schon«, erwiderte er, ging an seinem Ersten Offizier vorbei und deutete zum Lift. George folgte ihm, ergriff Drake am Arm und zog ihn mit sich.

Sanawey beugte sich vor. »Ein Vulkanier?« flüsterte er.

»Wir haben ihn gerettet«, antwortete George ebenso leise. »Bringen Sie ihn nicht in Verlegenheit.«

Sofort sah der Indianer wieder auf seine Konsole. »Ich verstehe, Sir.«

»Sagen Sie es auch den anderen, in Ordnung?«

»Ja, Sir.«

April und t'Cael standen bereits in der Kabine und musterten sich gegenseitig. George zerrte Drake durch die Tür und betätigte eine Taste. Als das Schott zuglitt, schaltete er den Lift auf Bereitschaft.

»Offenbar ist unsere Situation weitaus komplizierter, als ich dachte«, murmelte April.

»In der Tat«, bestätigte George und versuchte vergeblich, seine Gedanken zu ordnen. »Captain, dies ist der Kommandant des romulanischen Schiffes dort draußen.«

April hob die Brauen.

»Jemand anders nimmt jetzt meinen Platz ein«, sagte t'Cael und deutete eine Verbeugung an. »Wenn Sie gestatten ... Ich bin t'Cael Zaniidor Kilyle. Bis vor kurzer Zeit war ich Feldprimus des Zweiten Reichsschwarms. Ich wünschte, ich könnte Ihnen die Grüße meiner Regierung übermitteln, aber leider repräsentiere ich sie nicht mehr.«

Der Captain nickte. »Ich verstehe. Offenbar begegnen wir uns unter eher unangenehmen Umständen, Commander. Ist das Ihr Titel?«

»Titel und Ränge haben für mich ihre Bedeutung verloren«, erwiderte Kilyle. »Nennen Sie mich einfach t'Cael.«

»Wenn Sie durch unsere Präsenz in diesem Raumsektor in Schwierigkeiten geraten sind, so tut mir das sehr leid«, sagte April aufrichtig. »Ich nehme an, wir haben es mit einer Meuterei zu tun, oder?«

»Nicht wir, sondern ich. Ihr Problem besteht in erster Linie darin, daß Ihr Schiff für meine ehemaligen Gefährten eine verlockende Trophäe darstellt. Ich habe hier eine Technologie gesehen, von der die Wissenschaft meines Volkes nicht einmal zu träumen wagt. Nun, unser Geheimdienst ist außerordentlich leistungsfähig, und da mir bisher noch keine Berichte über solche Innovationen in der Föderation bekannt sind, vermute ich, daß es sich um eine selbst für Sie völlig neue Technik handelt.«

»Ins Schwarze getroffen. Wir müssen erst noch den Umgang damit lernen. Ich hoffe, es hat Ihnen keinen allzu großen Schock bereitet, als Sie hierher gebeamt wurden.«

T'Cael neigte den Kopf und lächelte. »Es war in jeder Hinsicht eine Überraschung.«

»Wenigstens hat der Transporter richtig funktioniert. Leider kann man das nicht von allen unseren Bordsystemen behaupten.« April erwiderte das Lächeln.

»Er meinte, es seien weitere Schiffe unterwegs«, warf George ein.

»Ach, tatsächlich?« entgegnete der Captain. »Wie viele?«

»Fünf«, sagte t'Cael. »Ich schlage vor, Sie beenden die

Reparaturarbeiten möglichst schnell und verlassen diesen Sektor. Kann Ihr Schiff bis auf Lichtgeschwindigkeit beschleunigen?«

George fühlte sich in seinem Stolz verletzt und bedachte den Romulaner mit einem finsteren Blick. »*Natürlich* sind wir in der Lage, bis auf Licht...«

»Unser Warptriebwerk ist derzeit nicht einsatzfähig«, sagte April. »Wir sind gerade dabei, es wieder in Ordnung zu bringen.«

T'Cael nickte. »Wenn Ihnen das gelingt, sind Sie wesentlich schneller als der Schwarm. Ich möchte noch einmal darauf hinweisen, wie wichtig es ist, daß Sie sofort Fahrt aufnehmen. Der Schwarm besteht aus kleinen Patrouillenschiffen, aber sie haben genug Feuerkraft, um Ihr Schiff zu zerstören.«

Drake schob sich zwischen April und George. »He, wir sind nicht völlig wehrlos, Sie Angeber«, sagte er und hielt den Zeigefinger dicht vor t'Caels Nase. »Ihr Vögelchen dort draußen weiß das bereits.«

George drängte ihn zur Seite. »Wir sollten Doktor Aufgeblasen im Maschinenraum Dampf machen, damit er endlich die Warpeinheiten in Ordnung bringt und ...« Er unterbrach sich plötzlich, starrte Drake an und wandte sich dann an April. »Was hat er gesagt? *Was* hat er gesagt?«

»Dir fehlen noch einige Informationen«, antwortete April. »Nach deiner Landung auf dem Planetoiden mußte Drake einige Angriffe der Romulaner hinnehmen. Wir konnten uns natürlich nicht einfach absetzen und dich im Stich lassen.« Er warf t'Cael einen kurzen Blick zu und schloß: »Jetzt wissen wir, warum unsere Gegner die Zähne zeigten, als Sie sich trafen.«

Kilyle nickte. »Die Meuterei. Jemand anders übernahm das Kommando und ließ die Waffen sprechen.«

»Ja. Nun, ich kam wieder zu mir, kehrte auf die Brücke zurück und ... Es blieb mir gar keine andere Wahl. Ich mußte den Befehl geben, das Feuer zu erwidern.«

»Herzlichen Glückwunsch!« George meinte es ernst.

»Ich bin nicht besonders stolz auf mich.«

»*Ich* schon.«

April winkte ab. »Unmittelbar nach deiner Rückkehr an Bord haben wir die Impulstriebwerke aktiviert. Es dürfte nicht mehr lange dauern, bis uns volle Impulskraft zur Verfügung steht, und dann erhöht sich auch die Kapazität der Deflektoren und Waffensysteme. Es ist wenigstens etwas, auch wenn uns noch immer Warpenergie fehlt. Das romulanische Schiff hat keine weiteren Vorstöße unternommen und wahrt einen sicheren Abstand. Offenbar ist es uns gelungen, die Kriegsschwalbe zu beschädigen, denn wir orten einige Strahlungslecks, aber sie folgt uns noch immer. Ich frage mich, was der Gegner plant.«

»Bestimmt will er den Schwarm über Ihre Position informieren«, warf t'Cael ein und machte sich damit die Terminologie des Captains zu eigen. Tiefe Niedergeschlagenheit erfaßte ihn, als er die Hoffnung aufgeben mußte, daß Idrys noch lebte. Der Befehl, das Schiff der Menschen anzugreifen, konnte unmöglich von ihr stammen. Sie hätte sich auch keineswegs zurückgezogen, nur weil die Terraner sich zur Wehr setzten. Nein, sie wäre in jedem Fall entschlossen gewesen, die Offensive fortzusetzen und gegebenenfalls ihr Leben zu opfern.

Das Abwarten und Belauern entsprach Ry'iaks Vorstellung von Tapferkeit. Der Senatsproktor wartete auf das Eintreffen des Schwarms, um dann den anderen Patrouillenschiffen zu befehlen, den weißen Riesen zu zerstören. Und bestimmt beabsichtigte er, den Sieg für sich zu beanspruchen.

Ry'iak verdiente keinen solchen Triumph. Wenn er das schaffte, das Schiff der Menschen aufzubringen ... Der Oberste Prätor würde die ›Trophäe‹ nutzen, um die ganze Galaxis seiner Herrschaft zu unterwerfen.

In t'Caels Magengrube krampfte sich etwas zusammen, als ihm diese Gedanken durch den Kopf gingen. Die Terraner ... Er war ein Feind für sie, und doch schenkten sie ihm Vertrauen. Selbst Kirk, der in erster Linie wie ein Soldat dachte, hatte ihn auf die Brücke geführt, ins Nervenzentrum des riesigen Raumschiffes. *Vielleicht ist das alles ein Trick,* fuhr es Kilyle durch den Sinn. *Vielleicht will man mich nur in Sicherheit wiegen.*

Er musterte die Gesichter der anderen Personen im Turbolift. Unter normalen Umständen hätte er einfach abgewartet und geschwiegen, doch die Menschen verhielten sich ihm gegenüber alles andere als aggressiv. Sie begegneten ihm mit Ehrlichkeit, und das weckte den Wunsch in ihm, sie zu schützen.

»Ich helfe Ihnen«, sagte er und glaubte zu fühlen, wie ein Kloß in seinem Hals entstand. April, George und Drake sahen ihn groß an, und daraufhin fügte er leise hinzu: »Ich weiß, wie Ihre Gegner denken.«

Der Captain musterte t'Cael einige Sekunden lang, als hoffe er, bis in die Seele des Romulaners blicken zu können. Schließlich wandte er sich an seinen Ersten Offizier.

George nickte nur. »Ich glaube ihm.«

Selbst Robert April, für den der Frieden an erster Stelle stand, konnte seinen Argwohn nicht ohne weiteres überwinden. Aber er vertraute Kirk, und das genügte. Er schürzte die Lippen und seufzte. »Na schön ... Was schlagen Sie vor?«

»Sie müssen umkehren und mein Schiff zerstören«, sagte t'Cael sofort.

April verzog das Gesicht. »Davon halte ich nicht besonders viel ...«

»Andernfalls senden meine ehemaligen Gefährten weitere Signale, was den Schwarm in die Lage versetzt, eine genaue Anpeilung vorzunehmen.« T'Cael wandte den Blick nicht vom Captain ab. »Wenn Sie das Patrouillenschiff vernichten, haben Sie vielleicht noch die Möglichkeit, diesen Sektor rechtzeitig zu verlassen.«

April starrte betroffen zu Boden.

»Wir ... sollten nach einer Alternative suchen, bevor wir eine derartige Entscheidung treffen«, sagte er nach einer Weile. »Wenn das Warptriebwerk repariert werden kann, verschwinden wir einfach, ohne uns auf weitere Gefechte einzulassen. Sie meinten doch, Ihre Schiffe seien nicht mit Hyperlichtantrieben ausgerüstet, oder?«

»Das stimmt. Die Schwarmeinheiten sind auf Sublichtmanöver beschränkt.«

»Also gut. Hoffen wir zunächst darauf, mit einem Warptransit verschwinden zu können.« April deutete auf die Tür, forderte seine Begleiter auf, in den Kontrollraum zurückzukehren.

Diesmal sah sich niemand um, und daraus schloß George, daß Sanawey den anderen Bescheid gegeben hatte. Ganz offensichtlich hielt man t'Cael für einen befreiten vulkanischen Gefangenen, und es erleichterte Kirk, daß niemand Verdacht schöpfte — abgesehen von Dr. Poole. Wie mochten Florida und die übrigen reagieren, wenn sie die Wahrheit erfuhren? Sollte er ihnen sagen, bei ihnen sei der Kommandant des Schiffes zu Gast, das sie mehrmals angegriffen hatte? Nein, derartige Hinweise schufen nur gegenseitiges Mißtrauen, und unter den gegenwärtigen Umständen konnten sie sich so etwas nicht leisten.

Auf dem Weg zum Befehlsstand taumelte Robert kurz — einziges Zeichen dafür, daß er sich noch nicht ganz erholt hatte. Er hielt sich an der Armlehne fest und schaltete das Interkom ein. »April an Maschinenraum. Dr. Brownell?«

Ein Techniker antwortete. »Einen Augenblick, Captain.«

Stille folgte.

»Hier Brownell. Was wollen Sie?«

»Doktor, unsere Lage hat sich ein wenig verändert. Wir brauchen unbedingt das Warptriebwerk.«

»Himmel, so einfach ist das nicht. Glauben Sie vielleicht, es ginge nur darum, Schrauben festzuziehen?«

Die vier Männer am Sessel des Captains wechselten kurze Blicke, und t'Cael runzelte verwirrt die Stirn. Dr. Brownells mürrischer Tonfall erstaunte ihn, und er fragte sich, wie die Kommandostruktur an Bord dieses Schiffes beschaffen war.

April seufzte schwer. »Ist es Ihnen wenigstens gelungen, den Defekt des Antriebs zu lokalisieren?«

»Es gibt überhaupt keinen Defekt«, lautete die Antwort.

»Wie bitte?«

Diesmal zögerte Brownell. »Ich glaube, Sie sollten besser hierherkommen.«

»Warum sagen Sie mir nicht einfach, was los ist?«

»Weil Interkom-Verbindungen nur schlecht abgeschirmt werden können«, erwiderte der Wissenschaftler. »Meine Informationen sind vertraulich.«

April sah auf den Wandschirm und beobachtete das romulanische Schiff, das ihnen nach wie vor folgte. »Na schön. Ich bin gleich bei Ihnen.« Er schaltete ab und vollführte eine Geste, die George, t'Cael und Drake galt. »Kommt mit. Carlos, wir sind im Maschinenraum. Wenn irgend etwas passiert ...«

»Benachrichtige ich Sie sofort«, kam ihm Florida zuvor.

Der Maschinenraum wirkte irgendwie kühler als die Brücke, fand George. Er ahnte, worauf sich dieser Eindruck gründete, rechnete nicht gerade mit einer herzlichen Begrüßung. Seine Erwartungen erfüllten sich: Dr. Brownell trat hinter einem magnetomischen Fokussierzylinder hervor, musterte die Gruppe durch fleckige Brillengläser, sah t'Cael und brummte ungehalten: »Wo haben Sie den Burschen aufgelesen?«

Kilyle blieb abrupt stehen und wußte nicht so recht, ob er die Worte des alten Mannes als Beleidigung verstehen sollte. April ignorierte die unfreundliche Bemerkung, stützte sich am Zylinder ab und holte tief Luft. »Was ist mit dem Warptriebwerk?«

»Ja, darum geht es, nicht wahr? Nun, wir haben die ganze Zeit über nach irgendwelchen Schäden gesucht.«

»Und?«

»Es gibt keine. Der Antrieb ist völlig in Ordnung.«

»Warum funktioniert er dann nicht?« fragte April verwundert.

»Es liegt am Computersystem. Das Steuerungsprogramm existiert nicht mehr.«

April blinzelte. »Was?«

Brownell zuckte mit seinen schmalen Schultern. »Weg. Verschwunden. Nicht ein einziges Byte ist übriggeblieben. Es gibt überhaupt keine Hinweise darauf, daß der Computer jemals ein Kontrollprogramm enthielt. Mit anderen Worten: Das Warptriebwerk *weiß* nicht, wie es funktionieren soll.«

»Wie ist so etwas möglich?«

»Irgend jemand hat ein Eliminierungsprogramm eingegeben.«

Aprils Hand schloß sich fester um den Rand des Zylinders. »Was hat es damit auf sich?«

Die Antwort stammte nicht von Brownell, sondern von George. »Es handelt sich um einen Code, der bestimmte Speicherbereiche löscht und nicht die geringsten Spuren hinterläßt.«

Der Wissenschaftler nickte. »Es wäre natürlich absurd zu versuchen, das Warptriebwerk manuell zu kontrollieren.«

»Wie konnte so etwas geschehen?« platzte es aus April heraus. »Und wann wurde der ... der Killercode eingegeben?«

»Vielleicht schon vor Monaten. Vielleicht erst gestern. Ein solches Programm bleibt inaktiv, bis es gestartet wird.«

»Was käme als Auslöser in Frage?« erkundigte sich George.

Brownell bedachte ihn mit einem durchdringenden Blick. »Himmel, praktisch alles! Lassen Sie Ihrer Phantasie freien Lauf. Ich vermute, es reagierte auf die energetischen Wechselwirkungen zwischen der Außenhülle und dem Ionensturm. Daraufhin spielte das Triebwerk verrückt. Die Konsequenzen bestanden in einem spontanen Transit und einer Gravitationsverschiebung an Bord. Offenbar kehrte das Eliminierungsprogramm anschließend zu den alten Werten zurück, denn immerhin sind wir alle noch am Leben. Aber es löschte alle Steuerungssequenzen aus dem Speicher, und damit wären wir bei der gegenwärtigen Situation. Nun, ich nehme an, der Killercode wurde eingegeben, bevor wir das Raumdock verließen.«

»Wie kommen Sie darauf?«

»Weil sich nur zwei Personen an Bord befinden, die alle Geheimnisse des Triebwerkscomputers kennen, Schlaukopf: Woody und ich selbst.«

April faßte sich wieder.

»Gibt es eine Möglichkeit, das gelöschte Programm zu ersetzen?«

Brownell lächelte plötzlich. »Sie können wirklich von Glück sagen, August. Unter gewöhnlichen Umständen säßen Sie ganz schön in der Patsche.«

April wartete geduldig. Der alte Mann nannte ihn ›August‹ und nicht etwa ›Captain‹ – es gab also noch Hoffnung. »Aber ...«

»Aber da dieses Schiff noch nicht völlig fertiggestellt ist, enthält das Installationslager gewisse Speichermodule für den Warpcomputer.«

»Läßt sich damit eine Neuprogrammierung vornehmen?«

»Ich habe doch gerade darauf hingewiesen, daß Sie ein verdammter Glückspilz sind, nicht wahr? Normalerweise könnten Sie nicht einmal auf meine Hilfe zurückgreifen und müßten selbst sehen, wie Sie zurechtkommen. Tja, dann wären Sie jetzt ganz schön arm dran.«

George drehte April jäh herum. »Es steckt mehr dahinter, Robert. Seit acht Jahren bin ich Sicherheitsoffizier, und in dieser Zeit habe ich ein gutes Gespür entwickelt. Mein sechster Sinn gibt Alarm. Der spontane Transit ins romulanische Reich ist mehr als nur ein Zufall. Jemand *wollte* uns hierher bringen.«

Das konnte der Captain nicht so ohne weiteres bestreiten. Er begann zu ahnen, daß George recht hatte, dachte nach und sah t'Cael an.

»Ich habe keine Ahnung«, sagte der Romulaner. »Falls meine Regierung einen solchen Plan entwickelt hat, wurde ich nicht informiert.«

April schritt langsam umher und ließ seinen Blick über die Schalttafeln schweifen.

»Wenn wir versagen, droht nicht nur uns der Tod«, sagte er ernst. »Dann sterben auch die Kolonisten der *Rosenberg*. Dann muß die Föderation einen Traum aufgeben. Dann fällt das Starship in die Hände des Feindes. Es steht eine Menge auf dem Spiel. Vielleicht hängt die Zukunft der ganzen Galaxis davon ab, welche Entscheidungen wir treffen.«

George spürte den inneren Konflikt des Captains und fürchtete plötzlich, daß er zuviel Zeit mit Überlegungen verlor. Seiner Ansicht nach kam es darauf an, sofort zu handeln.

»Wir müssen diesen Sektor so rasch wie möglich verlassen, Robert. Alles andere ist jetzt nebensächlich.«

April sah auf. »Gerade eben hast du mich darauf hingewiesen, daß wir es mit Sabotage zu tun haben, George. Schlägst du vor, daß wir sie ignorieren und von hier verschwinden? Oh, sicher, wir gehen sofort in den Transit, sobald wir dazu in der Lage sind; aber offenbar begreifst du nicht, was dein Verdacht bedeutet. Lieber Himmel ... Vielleicht befindet sich jemand an Bord, der mit dem Feind zusammenarbeitet – noch dazu jemand, der selbst den schärfsten Sicherheitsüberprüfungen standgehalten hat. Unfaßbar.«

Er strich sich über die Stirn und setzte seine unruhige Wanderung fort.

»Meine Güte, es wäre mir sogar lieber, wenn der Saboteur noch immer bei uns ist. Falls er im Raumdock sein Unwesen treibt, vielleicht sogar bei Federation Central ... Dort könnte er noch weitaus größeren Schaden anrichten.«

George trat auf ihn zu und griff nach seinem Arm. »Wir finden den Verräter, Robert, aber zunächst ... Hör mir zu. Allmählich mache ich mir deine Perspektive zu eigen. Das Leben ist mehr als nur die Phase zwischen Geburt und Tod. Wir brauchen Ideale, irgend etwas, das uns Kraft gibt. Das ist mir jetzt klar. Ich möchte zu den Leuten gehören, die etwas Besseres anstreben. Doch damit so etwas möglich wird, müssen wir *überleben*. Es wäre gewiß nicht schlecht, wenn alle Leute deine Einstellungen teilten, aber bei den Romulanern ist das leider nicht der Fall.«

April streckte wie flehentlich die Hand aus. »Was verlangst du von mir, George?«

Kirk straffte die Schultern.

»Beherzige t'Caels Rat«, erwiderte er offen. »Wir müssen kämpfen.«

Im akustisch gut abgeschirmten Maschinenraum gab es keine Echos, aber Georges Worte schienen dennoch widerzuhallen, während er auf eine Antwort wartete. Robert April fühlte sich innerlich hin und her gerissen; er bedauerte es zutiefst, sich nicht von der Bürde seiner Verantwortung befreien zu können. Die gegenwärtigen Probleme ließen sich wohl kaum mit Pazifismus und Friedenswillen lösen. Ihre Lage erforderte drastische Maßnahmen. Der Captain mußte entscheiden, ob seine Philosophie wichtig genug war, um Leben zu opfern – das Leben des Feindes.

Langsam öffnete er den Mund.

»Ich glaube ...«

Genau in diesem Augenblick heulten die Sirenen, und eine aufgeregte Stimme drang aus den Bordlautsprechern.

»Alarmstufe Rot! Alarmstufe Rot! Captain April, bitte kommen Sie umgehend auf die Brücke! Wir sind in großer Gefahr!«

Robert eilte zum nächsten Kom-Anschluß. »Hier April. Was ist los, Carlos?«

»Captain, wir bekommen Gesellschaft. Fünf weitere Patrouillenschiffe nähern sich.«

Es lief April kalt über den Rücken, als er die Stimme des romulanischen Commanders hörte.

»Der Schwarm«, sagte t'Cael tonlos.

VIERTER TEIL

Wo noch nie ein Mensch gewesen ist…

KAPITEL 18

Die Hühner auf dem Hof gackerten nervös, als sie das Piepen eines Kommunikators hörten. Es waren dumme Tiere, die keine Gelegenheit gefunden hatten, sich an moderne Technologie zu gewöhnen, und zunächst empfanden sie das seltsame Geräusch vom Heuboden als Bedrohung. Doch als nichts geschah, beruhigten sie sich wieder, pickten im Boden und suchten nach leckeren Würmern.

»Kirk an Brücke.«

»Brücke. Uhura spricht.«

»Bitte setzen Sie sich mit Starfleet Command in Verbindung, Lieutenant. Versuchen Sie, Admiral Ron Oliver zu ereichen. Ich möchte mit ihm sprechen.«

»Ja, Sir«, klang Uhuras Stimme aus dem kleinen Lautsprecher. »Es könnte allerdings eine Weile dauern, Captain. Einige Angehörige der Admiralität befinden sich derzeit in einer Konferenz, und vielleicht nimmt Admiral Oliver ebenfalls daran teil.«

»Ich verstehe. Nun, ich warte.«

»In Ordnung, Sir.«

McCoy saß noch immer auf der anderen Seite des Heubodens. Er beobachtete, wie Kirk aufstand und ... Nein, er marschierte nicht umher; er *bewegte* sich. Um seinen Gedanken zu entfliehen. Kurze Schritte, von einem kaum merklichen Zögern unterbrochen. Jims Schultern wirkten steif, und sein Blick reichte ins Leere, galt einem emotionalen Kosmos, der nur für ihn existierte. Nicht zum erstenmal erlebte McCoy ihn auf diese Weise. Normalerweise zeigte er ein solches Verhalten an Bord der *Enterprise*, während einer Krise — wenn er nach der Lösung eines Problems suchte, wenn er danach trachtete, mit den Gefahren des Alls fertig zu werden.

»Ich habe kein gutes Gefühl bei dieser Sache«, brummte McCoy schließlich. *Oh, Himmel, was für eine geistreiche Bemerkung. Fällt dir nichts Besseres ein?* »Jim, bist du ganz sicher? Möchtest du das Kommando wirklich jemand anders überlassen? Vielleicht solltest du noch etwas gründlicher darüber nachdenken.«

Kirk warf ihm einen kurzen Blick zu und seufzte leise. Er gab keine Antwort.

McCoy streckte die Beine. »Du kannst nicht ins Jahr 1930 zurückkehren, und für Edith ist es unmöglich, in ihre subjektive Zukunft zu reisen. Du solltest irgendeine Möglichkeit finden, in unserer Zeit ihrer zu gedenken.«

Kirks Lippen deuteten ein nachdenkliches Lächeln an. »Ein guter Vorschlag«, sagte er. »Aber es geht nicht nur um Edith, Pille, sondern um mein ganzes Leben. Ich bin egoistisch und selbstsüchtig gewesen. Der Ruhm des Raumschiffkommandanten und Helden ist mir zu Kopf gestiegen.«

»Wie kannst du dich nur als egoistisch bezeichnen?« erwiderte McCoy. »Nach all dem, was du für das Schiff und die Besatzungsmitglieder getan hast ...«

»Was habe ich denn für sie getan?« Kirk blickte über die friedliche Iowa-Landschaft. Sonnenlicht glänzte in seinem Gesicht, schuf eine helle, substanzlose Patina auf den Wangen, funkelte im blonden Haar. Nach einer Weile begegnete er McCoys Blick. »Spock sollte endlich auf sich selbst gestellt sein und ein eigenes Kommando übernehmen«, sagte er fest. »Das gilt auch für Sulu. Uhura lehnte eine ausgezeichnete Dozentenstelle an der Starfleet Akademie ab. Und Scotty ... Wer weiß, zu was es ein Mann mit seinen Qualitäten inzwischen gebracht hätte? Aber er beschränkt sich darauf, Kohle in meine Lokomotive zu schaufeln. Sie alle sind schon viel zu lange an Bord und verzichten nur deshalb auf ihre Karriere, weil sie glauben, einem gewissen Jim Kirk und seinem übertriebenen Stolz treu bleiben zu müssen.«

»Glaubst du das wirklich?« fragte McCoy.

»Natürlich. Ich bin endlich bereit, mich der Realität zu stellen. Das ganze Schiff ist auf mich fixiert. Denk nur an dich selbst. Wenn ich nicht wäre, könntest du in irgendeinem ruhigen Laboratorium medizinischen Forschungsarbeiten nachgehen und brauchtest dir um nichts Sorgen zu machen.«

»Wir sind ein Team, Jim. Du kennst doch unsere Einstellung.«

»Ja, genau darum geht es mir. Um den Teamgeist. Niemand möchte als erster aussteigen, selbst wenn es in seinem eigenen Interesse läge. Meine Pflicht besteht nun darin, euch die Freiheit zurückzugeben.«

Bevor McCoy antworten konnte, summte erneut der Kommunikator.

Der Captain klappte das kleine Gerät auf. »Hier Kirk.«

»Uhura, Sir. Ich habe Admiral Oliver erreicht und einen Kom-Kanal zum Hauptquartier von Starfleet geöffnet.«

»Gut. Stellen Sie die Verbindung her.«

»Bestätigung«, sagte Uhura. »Sie können sprechen, Admiral.«

»Jim, hier ist Oliver. Wollen Sie mich endlich zu einem Wochenende in den Bergen einladen?«

»Nein, noch nicht. Ich habe eine Bitte.«

»Ja?«

»Das Versetzungsangebot, das Sie mir vor einem Monat machten ... Ich möchte es annehmen.«

»Im Ernst?«

Der Captain zögerte kurz. »Ja.«

Einige Sekunden lang herrschte Stille. »Jim«, sagte Admiral Oliver, »ich habe Ihnen ein solches Angebot gemacht, weil ich mich dazu verpflichtet fühlte. Ich dachte nicht, daß Sie ...«

»Ich wäre Ihnen sehr dankbar, wenn Sie dafür sorgen könnten, daß mein derzeitiger Erster Offizier das Kommando über die *Enterprise* bekommt.«

»Immer mit der Ruhe, Jim«, klang die Stimme des Admirals aus dem Lautsprecher. »Spock ist ein ausgezeichneter Offizier, und sicher wäre er auch ein guter Captain. Aber er unterscheidet sich von Ihnen.«

»Genau.«

»Hören Sie, Jim: Warum verlängern Sie Ihren Urlaub nicht ein wenig? Nehmen Sie sich Zeit.«

»Nein«, sagte Kirk. »Derartige Entscheidungen fallen einem immer schwerer, wenn man zu lange damit wartet.«

»Es wäre mir trotzdem lieber, wenn Sie die Sache noch einmal überschlafen.«

»Bitte geben Sie die entsprechenden Anweisungen. Ich benachrichtige meine Offiziere.«

»Wie Sie meinen«, erwiderte der Admiral. »Herzliches Beileid.«

Der Captain lächelte und hatte das Gefühl, als wiche ein schweres Gewicht von seinen Schultern. »Ich danke Ihnen. Kirk Ende.« Abrupt unterbrach er die Verbindung und beschloß, sich später dafür zu entschuldigen. Zunächst wollte er nur dafür sorgen, daß es kein Zurück mehr gab.

»Das wär's dann wohl, nicht wahr?« platzte es aus McCoy heraus. »Das Ende einer Ära. Schwamm drüber. Einfach einen Schlußstrich ziehen. Ein neuer Name, der in den Geschichtsbüchern verzeichnet wird. Und ein neuer Grabstein. Vielleicht sollte ich jetzt die Gelegenheit nutzen, mich als erster bei dir zu bedanken, Jim. Oh, wie froh ich bin, daß du die Ketten von mir nimmst! Es fragt sich nur, was wir mit unserer Freiheit anfangen sollen.« Er begriff plötzlich, daß Sarkasmus überhaupt nichts nützte, und in seinen Augen blitzte es, als er sich vorbeugte. »Ist dir jemals in den Sinn gekommen, daß diese Angelegenheit vielleicht — nur vielleicht — etwas mit dem Schiff zu tun hat? Möglicherweise stellt die *Enterprise* etwas Besonderes und Einzigartiges dar, das wir nicht aufgeben möchten. Es ist ziemlich großspurig von dir anzunehmen, du seist für *alles* verantwortlich, auch für unser Leben und unsere Wünsche.« Es funkelte noch stärker in McCoys hellblauen Pupillen, als er hinzufügte:

»Ich bin erwachsen und durchaus imstande, selbst zu entscheiden.«

Kirk lehnte sich an die Heubodentür. »Das behauptest *du*.«

McCoy ging nicht darauf ein. »Ich möchte dir eine Frage stellen, über die du gut nachdenken solltest.« Er deutete auf die Blätter, die Kirk noch immer in der Hand hielt, und seine Geste galt auch den anderen Umschlägen, die im Heu lagen. »Haben dich die Briefe deines Vaters zu einer solchen Einstellung bewegt, Jim? Nein, antworte nicht sofort. Laß es mich anders formulieren. Glaubst du, dein Vater *wollte* dir eine solche Botschaft übermitteln? Hätte er dir überhaupt geschrieben, wenn ihm klar gewesen wäre, wie du reagierst?«

Das Lächeln verschwand von Kirks Lippen. Er blickte auf das zerknitterte Papier hinab, betrachtete die beiden kleinen Stapel zu seinen Füßen — und fragte sich, warum ausgerechnet er die Briefe aufbewahrt hatte. Seltsam: Eigentlich war sein Bruder Sam sentimentaler als er. Melancholische Niedergeschlagenheit erfaßte ihn, als er begriff, daß er überhaupt nicht genau wußte, was die niedergeschriebenen Worte bedeuteten. Der eigene Vater blieb ihm fremd. Selbst die Zeit, die sie zusammen verbrachten ... George Kirk kam nur zu Besuch, kehrte nicht *heim*.

»Ich möchte ein Zuhause, Pille«, sagte Jim leise, zog die Brauen zusammen und versuchte, seine Empfindungen in Worte zu fassen. »Du und die anderen ... Ihr sollt in der Lage sein, euch eine echte Heimat zu schaffen und die Erde nicht nur als einen Ort zu sehen, wo man seinen Urlaub verbringen kann. Ich möchte euch die Möglichkeit geben, festen Halt im Leben zu gewinnen. Um nur ein Beispiel zu nennen: Jeder von uns braucht eine Familie, damit die Gefühle Wurzeln schlagen.«

McCoy hob ruckartig die Hand und erhob sich. »Hör auf damit, Jim. Ich will nichts mehr davon hören.« Er trat auf den Captain zu und fuhr etwas sanfter fort: »Ist es denn so schlimm, zu einem Team zu gehören, Jim? Vielleicht eignen wir uns nicht für ein Familienleben. Vielleicht hat das Schicksal etwas anderes für uns vorgesehen. Wir alle haben geliebt und gelitten, doch letztendlich zogen wir es vor, alle Brücken hinter uns abzubrechen. Vielleicht ist das unsere Bestimmung.« Er zögerte und kam noch etwas näher. »Ganz gleich, was auch geschah: Immer blieben uns die *Enterprise* und die Gemeinschaft an Bord.«

McCoys Stimme klang plötzlich sehr ernst. »Das darfst du uns nicht nehmen.«

Eine solche Bemerkung erforderte keinen Kommentar, keine Erklärung. Die beiden Männer musterten sich gegenseitig, und jeder von ihnen wußte, wie der andere empfand.

Kirk erinnerte sich an die vielen Konflikte während der langen Jahre im All, an die häufigen Krisen in den zwischenmenschlichen Beziehungen, an Entscheidungen, die emotionale Opfer verlangten. Nur selten erforderten Gefühle eine Stimme, die sie deutlich zum Ausdruck brachte; doch wenn das der Fall war, konnte er immer auf McCoy zählen. Und wenn diesem die Worte fehlten, gab der Bordarzt keine Ruhe, bis jemand anders sie aussprach.

Ein leises Knarren weckte Jims Aufmerksamkeit.

Er drehte sich um und sah Spock, der die Leiter hochkletterte und sich am Rand des Heubodens festhielt. »Störe ich?« fragte er ruhig.

Kirk und McCoy wechselten einen kurzen Blick und antworteten wie aus einem Mund: »Ja!«

Spock blieb ungerührt. »Ihre Mutter sagte mir, daß Sie hier sind, Captain.«

»Haben Sie vergessen, wie man einen Kommunikator benutzt?« fragte McCoy.

»Ganz und gar nicht«, erwiderte der Vulkanier, zog sich hoch und trat auf den Heuboden. »Ich hielt es nur für angemessener, persönlich zu erscheinen. Immerhin hat der Captain Urlaub, und da es wichtige Schiffsangelegenheiten zu besprechen gilt, wollte ich mich direkt an ihn wenden.«

Kirk beobachtete ihn neugierig. »Haben Sie einen Bericht für mich, Spock?«

Der Vulkanier strich seine Uniform glatt. »Die *Enterprise* ist vollständig überholt, und alle Vorräte an Bord wurden erneuert. Die Wartungsingenieure haben sie für raumtüchtig erklärt, und wir warten nun auf die offizielle Genehmigung, Starbase Eins zu verlassen. Wir können aufbrechen, sobald die Crew zurück ist. Es gibt nur ein kleines Problem. Vor kurzer Zeit traf die *Kongo* ein und ersuchte um eine sofortige Reparatur aller Schäden an Bord. Mit Ihrer Erlaubnis geben wir die Wartungsbucht frei und legen an einem externen Dock an.«

Kirk nickte.

»In Ordnung. Teilen Sie Captain Toroyan mit, daß wir den Hangar innerhalb der nächsten Stunde räumen, und fügen Sie einen Gruß von mir hinzu. Ich möchte mit allen Senioroffizieren sprechen, sobald sie wieder an Bord sind. Und noch etwas: Sagen Sie Scotty, daß ich eine persönliche Unterredung mit ihm wünsche.«

»Ja, Sir. Ich treffe die notwendigen Vorbereitungen. Übrigens: Mr. Scott ist bereits zurückgekehrt.«

Der Captain brummte zufrieden und wandte sich an McCoy. »Wir sollten dem Beispiel des Chefingenieurs folgen, Pille – bevor er eine Suchgruppe ausschickt.« Er ging zur Leiter.

»Wenn Sie gestatten, Captain ...«, begann der Vulkanier.

Kirk drehte sich um. »Ja?«

Dünne Falten bildeten sich in Spocks Stirn. Er legte die Hände auf den Rücken, sah zu Boden und räusperte sich.

»Sir, ich ... hatte Gelegenheit, Ihrem Gespräch mit Admiral Oliver zuzuhören.«

»Ach?« Kirk hob die Brauen.

»Ich habe den entsprechenden Kom-Kanal angezapft«, gestand der Erste Offizier.

McCoy lehnte sich an die hölzerne Wand und verschränkte die Arme. »Wozu sind Freunde da?« warf er ein.

Kirk warf ihm einen scharfen Blick zu. »Ich fürchte, seit einiger Zeit bin ich viel zu leicht zu durchschauen.« Er näherte sich der Leiter, faßte nach der obersten Sprosse und begriff, wie schwer es jemandem wie Spock fallen mußte, die Privatsphäre einer anderen Person zu verletzen. *Offenbar habe ich meine Verzweiflung nicht annähernd so gut verborgen wie ich dachte,* überlegte er. »Ich verabschiede mich von meiner Mutter. Wir treffen uns an Bord der *Enterprise.*«

»Captain ...« Der Vulkanier kam heran und hielt sich ebenfalls an der Leiter fest. Kirk holte Luft. »Ja, Spock?«

»Was Miß Keeler betrifft ...«

»Ja.«

Der Captain preßte nachdenklich die Lippen zusammen und musterte seinen Stellvertreter, die einzige Person, die seine Erfahrungen in der Vergangenheit geteilt hatte. Das vulkanische Gesicht blieb ausdruckslos, eine steinerne Maske, aber Kirk glaubte trotzdem so etwas wie Betroffenheit darin zu erkennen. »Sie brauchen es nicht laut auszusprechen, Spock«, sagte er leise. »Ich weiß, was Sie denken.«

Spock schüttelte langsam den Kopf und unterstrich damit seine Entschlossenheit, zumindest einen Teil seiner Unerschütterlichkeit abzustreifen.

»Trotzdem«, erwiderte er. »Ich möchte Sie auf etwas hinweisen.«

Gefiltertes Sonnenlicht umgab Spock mit einem matt glühenden Halo. Ihre Schritte hatten feinen Staub aufgewirbelt, und nun standen sie in glitzerndem Dunst, zwei Männer, die verschiedene Welten repräsentierten, verschiedene Philosophien, verschiedene Schicksale.

»Ihre Präsenz in der Vergangenheit war nicht umsonst«, begann der Vulkanier und hielt den Blick auf Kirk gerichtet. »Sie stellten einen wichtigen Unterschied für Edith Keeler dar. In der unveränderten Vergangenheit lebte und starb sie. Doch im modifizierten historischen Gefüge wurde sie geliebt, bevor sie den Tod fand.«

Diese Worte stammten von Spock, und deshalb gewannen sie eine enorme Bedeutung.

Kirk nickte nur und wußte, daß der Vulkanier ihn verstand.

»Danke«, sagte er leise. »Von uns beiden.«

Die Leiter erzitterte, als er Sprosse um Sprosse hinter sich brachte. Einige Hühner gackerten und eilten davon, setzten kurz darauf ihr geduldiges Picken fort.

»Er macht einen Fehler«, brummte McCoy. »Er reagiert auf den Schmerz, nutzt ihn als Vorwand, um sich von uns allen abzuwenden.«

Es verstrichen einige Sekunden, bevor Spock antwortete: »Sein gutes Recht.«

»Ja«, bestätigte McCoy verärgert. »Aber er ist nicht mehr er selbst. Himmel, Spock, Sie haben keine Ahnung, was Kummer anrichten kann.«

»Da irren Sie sich, Doktor«, entgegnete der Vulkanier ruhig. »Ich verstehe durchaus, wie der Captain empfindet. Er sieht plötzlich keinen Sinn mehr in seiner Karriere und vergißt dabei, daß er Hervorragendes geleistet hat, daß wir nicht in dem Sinne eine Pflicht erfüllen, sondern ein Privileg genießen.« Spock zögerte und schien zu überlegen, ob er McCoy Einblick in seine innere Welt gewähren sollte.

Als er fortfuhr, ließ sich in seiner Stimme keine Unschlüssigkeit vernehmen.

»Was noch schlimmer ist: Er hat vergessen, daß die Föderation der direkten, unmittelbaren Manifestation einer menschlichen Überzeugung gleichkommt, nach der das Leben in jedem Fall einen Sinn hat.«

McCoy stand völlig reglos, und allmählich dämmerte ihm, was Spock meinte. Starfleet, die *Enterprise* und der

Captain bedeuteten dem Vulkanier weitaus mehr, als er jemals geahnt hatte.

»Spock, davon wußte ich nichts ...«, brachte McCoy verblüfft hervor.

»Kein Wunder«, erwiderte der Vulkanier. »Sie haben mich nie gefragt.«

KAPITEL 19

»Captain, die Fernsensoren funktionieren wieder.«

April nahm Floridas Meldung ernst entgegen, als er seine Begleiter aus dem Turbolift auf die Brücke führte. Die Sirenen heulten nicht mehr, aber das rote Pulsieren der Alarmlichter hüllte den Kontrollraum in eine Aura der Gefahr. »Ausgezeichnet. Peilen Sie bekannte Sterne an und berechnen Sie einen Kurs zur Föderation.«

»Erfassung beginnt«, bestätigte der Steuermann. »Aber solange wir das Warptriebwerk nicht verwenden können ...«

»Es müßte bald einsatzfähig sein«, unterbrach ihn April. Der Wandschirm zeigte fünf romulanische Raumschiffe, und sie schienen ebenso beschaffen zu sein wie t'Caels Patrouilleneinheit. »Wie weit sind sie entfernt?«

»Noch eins Komma sechs Astronomische Einheiten. Ohne die Fernsensoren könnten wir sie gar nicht orten.«

»Macht das einen Unterschied?« fragte George. Er stand auf dem oberen Deck, neben t'Cael und Drake, die keinen Ton von sich gaben.

Florida drehte sich kurz um. »Ich glaube schon, Sir. Wir gewinnen ein wenig Zeit. Wenn uns noch immer nur die Nahbereichssensoren zur Verfügung stünden, hätte der Gegner das Überraschungsmoment auf seiner Seite. Wenn die fünf Schiffe ihre derzeitige Geschwindigkeit halten ...« – er sah auf die Anzeigen seiner Konsole –, »... dauert es siebzehn Minuten, bis sie uns erreichen.«

»Eine ziemlich knapp bemessene Frist«, brummte George.

April näherte sich dem Befehlsstand. »Aber immer noch besser als gar keine. Mrs. Hart, was ist mit den Schilden?«

»Wir speisen die Deflektoren allein mit Impulskraft«,

antwortete die junge Frau sofort. »Wenn wir auf Warpenergie zurückgreifen können, erhöht sich ihre Kapazität um dreißig Prozent.«

»Sind Sie in der Lage, die gesamte derzeitige Deflektorenergie auf einen Schild zu konzentrieren?«

»Wenn Sie rechtzeitig Bescheid geben ...«

»Ich werd's versuchen«, sagte April. Er griff nach der Armlehne des Kommandosessels und versuchte, Kraft zu schöpfen. Seine Züge verhärteten sich, als er Befehle geben mußte, die er zutiefst verabscheute. »Alle Waffensyteme vorbereiten. Gefechtsstationen besetzen.« Er schaltete das Interkom ein. »Dr. Brownell, wie weit sind Sie mit der Neuprogrammierung?«

»Lieber Himmel, seit unserem Gespräch sind erst ein paar Minuten verstrichen.«

»Ich weiß. Aber ich brauche eine Zeitangabe von Ihnen. Wann sind Sie fertig?«

»Wenn ich fertig bin, Schlaukopf. Saffire arbeitet an der Sache, und Woody ist unterwegs, um ihm zu helfen. Die anderen sind zu blöd und würden uns nur behindern. Seien Sie gewiß, August: Wir beeilen uns.«

»Trotzdem, Doktor. Wieviel Zeit brauchen Sie? Zehn Minuten? Zwanzig?«

»Vierzig. Mindestens.«

»Danke. April Ende. Mr. Florida, geben Sie Schub. Wir verschwinden von hier.«

Sie alle wußten, daß sie praktisch gar keine Chance hatten, den Patrouillenschiffen zu entkommen. Solange sich die Königin allein mit Impulskraft bewegte, war sie viel zu träge und langsam, um den schnellen und außerordentlich manövrierfähigen romulanischen Kriegsschwalben zu erwischen.

Carlos Florida schob das Kinn vor und betätigte die Tasten des Navigationspults.

Unmittelbar darauf ertönte auf dem Oberdeck eine düstere Stimme. Sie klang selbstsicher und fest, unterschied sich völlig von dem sanften Tonfall Robert Aprils.

»Sie dürfen nicht fliehen, Captain.«

April drehte sich um und begegnete t'Caels Blick, als der Romulaner die kurze Treppe heruntertrat.

Kilyle zögerte, so als sei er nicht ganz sicher, ob er eine Erklärung hinzufügen sollte.

April musterte ihn, stützte sich noch immer auf den Sessel. »Haben wir eine andere Möglichkeit?«

»Sie müssen sich den Schiffen zum Kampf stellen, sie angreifen.«

»Ich möchte nur dann von den Waffen Gebrauch machen, wenn es sich wirklich nicht vermeiden läßt«, erwiderte April. »Wir müssen nur ein wenig Zeit gewinnen, bis der Kontrollcomputer des Warptriebwerks neu programmiert ist.«

T'Caels Augen blickten durchdringend, und er hob die Hand. »Captain, ich schwöre Ihnen bei meiner Ehre, daß ich jetzt nur drei Alternativen sehe. Erstens: Der Schwarm bringt Ihr Schiff auf. Zweitens: Der Schwarm vernichtet Sie. Oder drittens: Sie vernichten den Schwarm. Sie dürfen keine Rücksicht mehr nehmen.«

Bedrückendes Schweigen folgte diesen Hinweisen, und George beobachtete seine Gefährten. Florida, Sanawey, Hart, Graff ... Inzwischen ahnten sie sicher, daß der Fremde kein Vulkanier war, aber sie blieben trotzdem stumm und vermieden es, ihn zu neugierig anzusehen. Kirk bewunderte ihre respektvolle Zurückhaltung.

»Sie müssen sofort handeln«, sagte t'Cael. »Bevor ...«

In Aprils Augen blitzte es. »Ja?«

T'Cael zögerte erneut und spürte die Anspannung des menschlichen Captains. Er setzte zu einer Antwort an, doch die Worte blieben ihm im Hals stecken.

»Bevor *was* geschieht?« fragte April leise.

T'Cael kämpfte gegen den Zweifel an und verbannte ihn in einen entfernten Winkel seines Selbst. »Bevor das Mutterschiff eintrifft.«

George stand einige Meter abseits und stöhnte. »Das Mutterschiff ...«

Der Romulaner sah ihn an. »Es besteht aus mehreren Schwärmen, die eine viel zu große Übermacht für Sie darstellten.« Er wandte sich wieder an April und trat etwas näher. »Ich bin jedoch sicher, daß die Kommandanten der sechs Patrouilleneinheiten dort draußen nicht warten, bis Verstärkung kommt. Sie wollen Ruhm erringen, sehen in diesem Schiff eine Trophäe und versuchen bestimmt, es aufzubringen.«

April nickte langsam. »Anders ausgedrückt: Ihnen liegt nichts daran, die Königin zu zerstören. Das gibt uns einen Vorteil.«

Er wollte sich umdrehen, doch t'Cael hielt ihn am Arm fest.

»Machen Sie sich keine falschen Hoffnungen, Captain. Die Kommandanten *wollen* Ihr Schiff kapern, aber wenn sie keine Möglichkeit dazu sehen, werden sie nicht zögern, es zu vernichten.«

April akzeptierte t'Caels Worte als Wahrheit, ohne daß sich sein Gesichtsausdruck veränderte. Er gewann allmählich einen Eindruck von der Erbarmungslosigkeit des Feindes.

»Na schön. Was raten Sie mir?«

»Man wird versuchen, Ihre Triebwerkmodule zu lokalisieren und zu beschädigen. Vielleicht visiert der Gegner auch die Brücke an – wenn er feststellt, wo sie sich befindet. Denken Sie daran, wie ein Rudel kämpft: Die Taktik besteht aus koordinierten Angriffen. Wenn Sie fliehen und nicht entkommen können, bleibt Ihnen keine Chance. Verteidigen Sie sich, indem Sie das Rudel verwirren, es daran hindern, sich zu organisieren. Die Devise heißt: Vorstoß und Rückzug. Eine Flucht wäre fatal.«

April nickte. »Ja, ich weiß, was Sie meinen. Ich habe einmal einen Hirsch gesehen, der ein ganzes Wolfsrudel von sich fernhielt, indem er einfach stehenblieb. Er stampfte mit den Hufen und starrte den Raubtieren in die Augen; dadurch brachte er sie völlig aus dem Konzept. Sie waren daran gewöhnt, daß andere Tiere vor ihnen flohen, und sie wußten nicht, wie sie sich furchtloser Beute gegenüber verhalten sollten.«

T'Cael entspannte sich und atmete erleichtert auf. Offenbar verstand der Captain die besondere Problematik ihrer Situation.

April schloß beide Hände um die Armlehne des Kommandosessels, schürzte die Lippen und starrte eine Zeitlang zu Boden. Schließlich hob er den Kopf. »Ich bin bereit, Ihren Rat zu beherzigen, aber zunächst möchte ich Sie etwas fragen.«

Kilyle ahnte, was ihn nun erwartete.

»Sie scheinen nicht nach Rache zu streben«, fuhr April fort. »Es gibt also einen anderen Grund, der Sie veranlaßt, uns zu helfen. Was für einen?«

George beugte sich über die Brüstung vor, versteifte sich und widerstand der Versuchung, sich einzumischen. *Überzeugen Sie ihn, t'Cael. Uns bleiben nur noch wenige Minuten. Gewinnen Sie Roberts Vertrauen.*

»Nach dem Krieg gegen die Föderation kam es zu Veränderungen im prätorialen System«, begann der Romulaner. »Die Bevölkerung begriff, welch hohen Preis wir für den Kampf zahlten: natürliche Ressourcen, Männer und Frauen, Zeit. Aber was noch wichtiger ist: Wir wurden uns der Gefahr einer allzu zentralisierten Macht bewußt. Wenn eine kleine Gruppe alle wichtigen Entscheidungen trifft, kommt es manchmal zu Fehlern mit weitreichenden Konsequenzen, die das ganze Reich betreffen. Als der Krieg endete, schufen unsere Clans einen Repräsentantenrat, der fast vierzig Jahre lang regierte. Wir lernten Wohlstand kennen, und die Wissenschaft machte enorme Fortschritte. Der allgemeine Lebensstandard verbesserte sich, und unsere Kultur erblühte wie noch nie zuvor. Es wurde sogar vorgeschlagen, Beziehungen zur Föderation herzustellen.«

April runzelte die Stirn. »Was hinderte Sie daran, ein diplomatisches Korps zu entsenden?«

»Ein neuer Krieg«, sagte t'Cael dumpf. »Eine große

Streitmacht drang in die Raumsektoren auf der anderen Seite des Reiches vor und fügte uns schwere Verluste zu. Man machte den Rat dafür verantwortlich. Zuviel Frieden, so hieß es. Zu wenig Kampfbereitschaft. Die Clanrepräsentanten verloren ihren Einfluß, und die Macht des Prätoriats nahm zu. Plötzlich gab es wieder einen Alleinherrscher, den Prätor.«

»Ihnen fehlt eine Verfassung«, sagte April.

»Was meinen Sie damit?« fragte t'Cael verwundert.

»Sie brauchen eine Verfassung, so wie die Artikel der Föderation. Dabei handelt es sich um Gesetze, die allzu drastische und schnelle Modifikationen des politischen Systems verhindern. Manche Probleme erfordern viel Zeit, damit eine Lösung gefunden werden kann; einschneidende Veränderungen sollten nicht auf einer rein emotionalen Basis stattfinden.«

»Ja, da haben Sie völlig recht«, erwiderte t'Cael. Er dachte an seine letzten Bemerkungen und erinnerte sich daran, daß er eigentlich versuchen sollte, dem Captain seine Motive zu erklären. »Bitte entschuldigen Sie. Für gewöhnlich schweife ich nicht vom Thema ab.«

»Schon gut«, brummte April. »Vielleicht können wir unsere politischen Diskussionen irgendwann einmal unter günstigeren Umständen fortsetzen.«

T'Cael nickte. »Nun, wir bezahlen militärische Macht und den Ehrgeiz weniger Personen mit unseren traditionellen Werten. Inzwischen hält es mein Volk für ehrenhaft, fremde Welten zu erobern und zu plündern.«

George knirschte mit den Zähnen. »In dieser Galaxis ist militärische Schlagkraft notwendig, ob uns das gefällt oder nicht. Was geschähe mit uns, wenn wir keine Waffen hätten, um uns gegen Ihren Schwarm zu wehren?«

Ein eisiger Glanz entstand in den Augen des Romulaners, als er seinen Blick auf Kirk richtete. »Auch in meinem Volk gibt es Leute wie Sie«, sagte t'Cael kühl. »Gerade Ihre Denkweise ist es, die zu immer neuen Konflikten führt und dauerhaften Frieden unmöglich macht.«

George umfaßte die Brüstung, und in seiner Stimme zitterte Zorn, als er entgegnete: »Sie haben gerade auf die Machtgier und Eroberungslust des Reiches hingewiesen. Nur die militärische Stärke der Föderation hielt Ihr Volk davon ab, unsere Welten zu verheeren. Das wissen Sie ganz genau.« Er wartete keine Antwort ab, marschierte zur Kommunikationsstation, stieß Sanawey zur Seite und betätigte wahllos einige Tasten.

April und t'Cael sahen ihm nach, wandten sich dann wieder einander zu. »Manchmal kann er einem ganz schön auf die Nerven gehen, nicht wahr?« sagte der Captain und versuchte, die Anspannung ein wenig zu lindern.

T'Cael hob traurig die Brauen. »Offenbar versteht er nicht.«

»Vielleicht doch«, gab April leise zurück. »Denken viele Romulaner wie Sie?«

»Nein. Captain, ob ich lebe oder sterbe, spielt keine Rolle mehr für mich. Aber ob dieses Schiff aufgebracht wird oder nicht, entscheidet über die Zukunft unserer beiden Völker. Mich entsetzt die Vorstellung, daß sich meine Zivilisation die Denkweise von Piraten zu eigen macht. Das Reich sollte eine verlockende Trophäe verlieren, statt der eigenen Heimtücke zum Opfer zu fallen.«

April hob den Zeigefinger an die Lippen und dachte konzentriert nach. Mehrere Sekunden lang suchte er im Gesicht des Romulaners nach Hinweisen auf Durchtriebenheit, doch er rechnete gar nicht damit, welche zu finden. »Ich verstehe Ihre Motive«, entgegnete er. »Aber ich glaube, Sie sagen uns nicht alles.«

T'Cael spürte eine plötzliche Befangenheit. Er fühlte sich im Zentrum der allgemeinen Aufmerksamkeit, und Aprils Blick schien durch alle Gewölbe seiner Seele zu reichen. Die Intuition des Captains verblüffte ihn.

Unterdessen stand George an der Kom-Konsole und versuchte, nicht auf das Gespräch der beiden Männer zu achten. Er drückte weitere Tasten, aber das erhoffte Ergebnis blieb aus.

»Was ist mit dem Ding los?«

»Sie haben gerade den Decoder eingeschaltet und die Frequenzen des Subraum-Senders verändert«, erwiderte Sanawey geduldig. »Kann ich Ihnen irgendwie helfen?«

»Ich möchte mit der Suchgruppe reden.«

»Kein Problem.« Die Finger des Indianers tanzten übers Pult, und kurz darauf summte es leise.

»Hier Chang«, erklang eine Stimme aus dem Interkom-Lautsprecher.

»Haben Sie das Biest erwischt?« frage George.

»Wir treiben es allmählich in die Enge, Mr. Kirk. Es befindet sich auf dem J-Deck. Leider sind die Schotten auf den Decks H bis K noch nicht mit den Hauptkontrollsystemen verbunden, und dadurch hat das Tier eine Menge Bewegungsspielraum. Wir versuchen inzwischen, einzelne Räume abzuriegeln, aber das dauert eine Weile.«

»Wie ist das Wesen überhaupt bis zum J-Deck gekommen?«

»Offenbar lief es in einen Turbolift und berührte die Schalttafel. Aber so etwas wird sich bestimmt nicht wiederholen. Seien Sie unbesorgt, Sir. Ich halte es für unwahrscheinlich, daß unser ungebetener Gast plötzlich auf der Brücke erscheint.«

»Wirklich sehr beruhigend«, sagte George und schauderte unwillkürlich, als er an die spitzen Zähne und langen Krallen dachte. »Ich hoffe, Sie können bald einen Erfolg melden.«

»Das hoffe ich, Sir«, lautete die Antwort. »Ich ...« »Es ist soweit! Das Tier sitzt in der hydrologischen Abteilung fest. Bis später. Chang Ende.«

George schaltete ab, seufzte und richtete sich auf. Fast zögernd drehte er sich um und nutzte sein Vorrecht als Erster Offizier, zum Befehlsstand zurückzukehren, Captain April und t'Cael Gesellschaft zu leisten.

»Ich will ganz offen sein«, sagte Robert gerade. »Wir haben nicht mit einem solchen Zwischenfall gerechnet und deshalb auch keine Vorbereitungen getroffen. Uns fehlen militärische Ausrüstungen, und außerdem befinden sich nur rund fünfzig Besatzungsmitglieder an Bord; die normale Crew besteht aus mindestens zweihundert Personen. Unsere einzigen Soldaten sind George und sein Lehrling dort drüben.« Er nickte in Richtung Drake, der auf dem Oberdeck stand. »Vielleicht begreifen Sie nun, warum mir nichts an einem Kampf liegt.«

»Wenn ich Sie richtig verstehe, Captain«, erwiderte t'Cael, »hat Ihre Einstellung kaum etwas mit der Anzahl der Personen an Bord zu tun. Sie lehnen ein Gefecht aus ganz persönlichen Gründen ab.«

April lächelte zurückhaltend. »Nun, damit haben Sie durchaus recht. Wir sind mit einer Rettungsmission beauftragt, und sie hat oberste Priorität für mich. Es stehen noch andere Leben auf dem Spiel, Mr. t'Cael, und meine Pflicht besteht in erster Linie darin, die betreffenden Menschen vor dem Tod zu bewahren.«

»Ich möchte Ihnen helfen«, betonte der Romulaner noch einmal, sah George an und gab dadurch zu erkennen, daß sein Angebot auch ihm galt. Er wandte sich wieder an den Captain und fügte hinzu: »Ich fürchte, die Patrouillenschiffe werden eine Waffe einsetzen, die Sie in erhebliche Schwierigkeiten bringen könnte.«

April beugte sich ein wenig vor. »Worum handelt es sich?«

»Um das erste Ergebnis einer ganz neuen Technik. Derzeit sind die Wissenschaftler des Reiches damit beschäftigt, das entsprechende System zu verbessern, aber schon jetzt entfaltet die Waffe eine enorme Wirkung, wenn das Ziel nicht allzu weit entfernt ist. Man nennt sie ›Plasmamörser‹.« Er wartete, um festzustellen, ob er den Begriff richtig übersetzt hatte. Georges Gesichtsausdruck ließ keinen Zweifel daran. »Wenn Ihre Schilde davon getroffen werden, hüllt die Energie das ganze Schiff ein und entlädt sich schlagartig. Der Mörser muß aus unmittelbarer Nähe abgefeuert werden, und Sie können ihm nur entgehen, wenn Sie schnell genug manövrieren. Sorgen Sie dafür, daß Ihr Schiff ständig in Bewegung bleibt – um die gegnerischen Kanoniere an einer genauen Zielerfassung zu hindern.«

»Wir haben es mit sechs Patrouilleneinheiten zu tun, die unter den gegenwärtigen Umständen wesentlich schneller sind als wir«, entgegnete April voller Unbehagen. »Leider ist unser Schiff nicht für kosmische Akrobatik geeignet, und solange uns keine Warpenergie zur Verfügung steht ...«

T'Caels Mimik zeigte eine gewisse Ungeduld. »Ich schlage vor, Sie greifen die *Vernichter* an, mein Flaggschiff, von dem der Rest des Schwarms seine Befehle erhält. Vielleicht schaffen Sie es auf diese Weise, einer Manöverkoordinierung vorzubeugen.«

»Wie kommen Sie darauf?«

T'Cael zögerte, und vor seinem inneren Auge sah er ein arrogantes, hochmütiges Gesicht. Ry'iak mochte schlau und hinterhältig sein, aber bestimmt war er nicht bereit, sein Leben zu opfern. Als Soldat kannte Kilyle den Tod als ständigen Begleiter, doch dem Senatsproktor mangelte es an solchen Erfahrungen. Für ihn existierte nur die Gier nach Macht. Bei einem Angriff würde er zweifellos versuchen, sich in Sicherheit zu bringen.

T'Cael verdrängte den Zorn. »Ich weiß, wer die Anweisungen gibt. Der gegenwärtige Kommandant des Flaggschiffes wird den anderen Patrouilleneinhieten befehlen, ihn zu schützen.«

April dachte über die letzten Worte des Romulaners nach. »Ich verstehe«, sagte er nach einer Weile. »Vielen Dank für diese wichtige Information.« Er überlegte erneut. »Carlos?«

Florida sah auf die Anzeigen seiner Konsole. »Die Schiffe kommen ständig näher, Sir. Ich schätze, uns bleiben noch neun Minuten, bevor sie das Feuer eröffnen.« Er drehte sich um und sah April an. »Rückzug?«

Die Anspannung auf der Brücke wuchs. Die übrigen Anwesenden hatten das Gespräch der beiden Männer gehört und wußten daher, daß eine bedeutende Entscheidung anstand. Florida wollte nun wissen, ob er die letzte Order ausführen sollte. Er beobachtete den Captain und wartete.

April blickte auf den großen Wandschirm. Das Projektionsfeld zeigte fünf helle Punkte, die allmählich größer wurden. Eine Gefahr, die Gestalt annahm.

George und t'Cael schwiegen.

»Nein«, sagte Robert schließlich, und seine Stimme klang heiser. »Berechnen Sie einen Kurs zum feindlichen Flaggschiff. Und veranlassen Sie Gefechtsbereitschaft.«

In stummer Anerkennung legte George die Hand auf Aprils Arm. Der Captain sah ihn an, und sein Gesicht machte deutlich, wie schwer ihm eine solche Entscheidung gefallen war. Kirk suchte nach Worten, um Robert aufzumuntern, aber kein Laut löste sich von seinen Lippen. Er stellte sich Aprils innere Qual vor, den seelischen Schmerz angesichts der Erkenntnis, Leben auslöschen zu müssen. Es gab keine Möglichkeit, ihm Trost zuzusprechen.

Plötzlich schnappte Sanawey nach Luft.

Der Captain wandte sich um. »Was ist los, Kralle?«

Der Indianer schüttelte ungläubig den Kopf und starrte auf die Kontrollen. »Sir, ich ... ich habe gerade unsere Position festgestellt.«

»Und?«

»Wir ... Lieber Himmel!«

»Heraus damit«, sagte April.

Sanawey straffte die Schultern. Sein Mund öffnete und schloß sich mehrmals, bevor er Antwort geben konnte. »Uns trennen nur wenige Lichtjahre von den romulanischen Zentralwelten!«

Sie befanden sich im stellaren Territorium des Feindes, ja ... Aber in den Innensektoren? Im *Herzen* der romulanischen Macht?

Die Blicke aller Anwesenden richteten sich auf Sanawey. Nach einigen Sekunden drehte April den Kopf und musterte t'Cael.

Kilyle ließ sich nichts anmerken. Wenn er überrascht war, so galt sein Erstaunen der menschlichen Reaktion. Offenbar begriffen die Terraner erst jetzt, was ihre Präsenz in diesem Raumbereich bedeutete, welche Bedrohung sie darstellten. Er beobachtete die verblüfften Gesichter, und schließlich zuckte er mit den Achseln. »Aus diesem Grund müssen Sie mit energischen Maßnahmen rechnen.«

»Mr. Kirk, Ingenieur Chang möchte mit Ihnen sprechen«, sagte Sanawey.

George kehrte aufs obere Deck zurück. »Hier Kirk.«

»Chang, Sir. Wir haben das Tier ... gefunden.«

»Gefunden? Wie meinen Sie das?«

»Es lief von Abteilung zu Abteilung, und die einzelnen Schotten öffneten sich automatisch. Doch dann ...«

»Ja?«

»Es geriet in eine Kammer, in der die Lebenserhaltungssysteme noch nicht funktionieren. Keine künstliche Schwerkraft. Und die Temperatur betrug nur acht Grad Kelvin. Vor dem entsprechenden Raum fehlten Sicherheitssiegel.«

George schauderte und krümmte das Schultern. »Soll das heißen ...«

»Das Wesen ist tiefgefroren.«

Kirk schnitt eine Grimasse und fragte sich, ob ein solcher Tod schlimmer sein mochte, als im Feuer von Laserstrahlen zu sterben. Ein gefährliches Geschöpf, ja – aber nur angetrieben von Instinkten, die Schuld ausklammerten.

»Na schön. Beseitigen Sie den Kadaver. Und wenn Sie schon dort unten sind ... Riegeln Sie alle Sektionen ab, die noch nicht an das Lebenserhaltunssystem angeschlossen sind. Wir sollten vermeiden, daß jemand aus der Besatzung das Schicksal des Tiers teilt.«

»In Ordnung, Sir«, bestätigte Chang.

»Gute Arbeit. Kirk Ende.« Er unterbrach die Verbindung. »Der Alarm kann aufgehoben werden«, sagte er zu Sanawey. Und: »Das Schiff ist wieder sicher, Captain.«

»Danke, George«, erwiderte April schlicht und schaltete das Interkom des Befehlsstands ein. »Dr. Brownell, unsere Waffenkapazität hat absoluten Vorrang.«

»Dann sollten Sie mir Graff schicken, damit die Neuprogrammierung des Warpcomputers fortgesetzt werden kann. Nur Saffire kennt sich gut genug mit den Steuerungsfrequenzen für die Bordgeschütze aus, und er muß dazu die Kammer der Zweiten Geschützkontrolle aufsuchen.«

Graff hatte alles gehört und ging bereits zum Turbolift. »Bin schon unterwegs, Sir«, sagte er zu April, als sich die Tür öffnete.

»Er trifft gleich bei Ihnen ein, Doktor«, erwiderte der Captain. »Mr. t'Cael, es tut mir leid, aber ich muß Sie um zusätzliche Informationen bitten. Können Sie uns irgend etwas mitteilen, das unsere Chancen dem Schwarm gegenüber erhöht?«

»Ich verstehe Ihre Lage«, entgegnete der Romulaner. Er versuchte, sich nicht wie ein Verräter zu fühlen, als er fortfuhr: »Die einzelnen Schiffe und ihre Kommandanten ... Die *Verwegen* steht unter dem Befehl von Llarl. Er verdankt seinen Posten keinen eigenen Leistungen, sondern politischen Beziehungen. Ich halte ihn nicht für besonders kompetent. Achten Sie vor allen Dingen auf die *Kriegsdorn.* Sie ist mit den modernsten Waffen ausgestattet, und die Kommandantin Zayn Z'ir hat umfassende Kampferfahrungen gesammelt. Ihre Tollkühnheit kennt kaum Grenzen, und außerdem scheut sie keine Risiken.«

April hörte aufmerksam zu und gab Sanawey ein unauffälliges Zeichen. Der Indianer schien damit gerechnet zu haben, nickte, aktivierte den Bibliothekscomputer und zeichnete t'Caels Hinweise auf. Sie dienten dazu, eine Gefechtsstrategie zu entwickeln.

»Die *Jäger* gehört zu den älteren Modellen unserer Kriegsschwalben«, sagte Kilyle. »Sie wurde noch nicht mit den neuesten Waffensystemen ausgerüstet.«

»Sie hat also keine Plasmamörser?«

»Nein. Ihre Manövrierfähigkeit ist begrenzt, und die Schilde haben keine sehr hohe Kapazität. Doch ihr Kommandant H'kuyu ist mehrmals ausgezeichnet worden und hat noch weitaus mehr Erfahrung als Zayn Z'ir. Man gab ihm den Befehl über die *Jäger*, um einen Ausgleich für ihr geringeres Kampfpotential zu schaffen. Es dürfte Ihnen sehr schwer fallen, ihn zu überraschen.«

»Achten Sie auf alle Einzelheiten, Kralle«, warf April ein.

»Die Daten werden sofort ins logistische Archiv aufgenommen, Sir.«

Der Captain nickte. »In Ordnung. Bitte fahren Sie fort, Mr. t'Cael.«

Kilyle nickte kurz und bemühte sich, Kummer und Selbsthaß aus sich zu verbannen. Er rückte die eigenen Beweggründe in den Fokus seines Bewußtseins. *Frieden, ja. Und in diesem Zusammenhang ist es durchaus ehrenhaft, den Menschen zu helfen. Ich sage ihnen nur das, was sie unbedingt wissen müssen, um sich zu retten. Mehr nicht.*

Bitterkeit umhüllte seine Gedanken. »Die Schilde der *Zukunftsfeuer* sind ebenfalls schwach, aber dafür verfügt sie über gute Waffen. Der Kommandant Tr'poll kennt keine Gnade, doch mit seiner Intuition steht es nicht zum besten.« T'Cael wölbte eine Braue und lächelte schief. »Er hat überhaupt keine Phantasie. Seien Sie unberechenbar. Das wird ihn verwirren.«

George stand auf dem Oberdeck, lauschte den Worten des Romulaners und versuchte, ihren Bedeutungsinhalt zu erfassen. Der Computer speicherte alle Informationen, elaborierte sie und entwickelte daraus eine Strategie, aber es behagte dem Ersten Offizier nicht, sich auf eine Maschine zu verlassen. Er wollte selbst Bescheid wissen, um alle Vorurteile zu nutzen, wenn es hart auf hart ging.

»Während des gegenwärtigen Einsatzes kam es an Bord der *Erfahrung* zu einer Fehlfunktion der Sensoren«, sagte t'Cael. »Die Geschütze müssen also manuell bedient werden. Nun, die Kommandantin h'Daera ist bereits daran gewöhnt. Sie kann auf eine Sensorerfassung verzichten, weil sie den Manövern des Feindes zuvorkommt. Allerdings neigt sie dazu, sich zu überschätzen, und diese Schwäche läßt sich ausnutzen, um sie zu Einschätzungsfehlern zu verleiten.«

»Was ist mit der *Vernichter?*« fragte April sanft. Bestimmt gab es einen Grund dafür, warum t'Cael bisher nicht über dieses Schiff gesprochen hatte.

»Die *Vernichter* ...«, wiederholte der Romulaner und seufzte. Er dachte an eine Frau, die dort den Platz des Commanders einnehmen sollte. »Der Kommandant heißt Kai, und auch ihm fehlt es an Vorstellungskraft. Aber er zeichnet sich durch große Entschlossenheit aus und gibt nicht so einfach auf. Früher hatte ich großes Vertrauen zu ihm.«

»Ist er für die Meuterei verantwortlich?«

»Nein. Ich habe sie einem Mann namens Ry'iak zu verdanken.« Neuerlicher Zorn quoll in t'Cael empor. »Ein Parasit, der sich in unseren Leib gefressen hat.« Verbitterung bildete einen dicken Kloß im Hals des Romulaners. »Ry'iak wird nichts unversucht lassen, um seine Ambitionen und sein Leben zu schützen. Ein Feigling, der nach Macht strebt und dabei über Leichen geht.«

»Klingt ganz nach einem Interessenkonflikt«, bemerkte April.

T'Cael sah ihn an. »Wie bitte?«

»Einerseits hängt er am Leben, und andererseits ist er sehr ehrgeizig.«

»Oh, ich verstehe. Ja, er könnte zu Kompromissen gezwungen werden. Nun, ich sehe einen Narren in Ry'iak, einen erbarmungslosen Narren. Er gehört zu den Leuten, die sich einen Spaß daraus machen, kleinen *Nei'rrh* Federn auszureißen und seine Überlegenheit zu genießen. Er hat genau den richtigen Charakter, um schnell die höchsten Sprossen der Karriereleiter zu erreichen.« T'Cael verschränkte die Arme und kochte innerlich. Es dauerte eine Weile, bis er die neugierigen Blicke der Brückencrew spürte.

»Offenbar ein recht unangenehmer Zeitgenosse«, murmelte April.

»Ein Schandfleck für das ganze Reich«, knurrte Kilyle. »Obgleich einige Leute im Prätoriat anders darüber denken.«

Der Captain lächelte, als er die Wut in t'Caels Zügen sah und die Offenheit des Romulaners bestätigt glaubte. »Wer bestimmt die Strategie des Schwarms?«

Mehrere Sekunden lang rührte sich Kilyle nicht von der Stelle. »Ich«, sagte er dann.

April preßte die Lippen zusammen. *Was für eine Ironie des Schicksals,* fuhr es ihm durch den Sinn.

»Noch drei Minuten, Captain«, sagte Florida. Seine Stimme bebte, und er blinzelte nervös.

»Wie unterscheiden wir die einzelnen Schiffe voneinander?«

T'Cael zuckte erneut mit den Schultern. »Kein Problem. Die schwingenartigen Erweiterungen der Patrouilleneinheiten tragen verschiedene Identifikationsfarben. Weiß für die *Verwegen.* Dunkelrot für die *Kriegsdorn.* Die *Zukunftsfeuer* ist blau, die *Jäger* gherru, die *Erfahrung* ...«

»Entschuldigen Sie bitte, aber was bedeutet ›gherru‹?« erkundigte sich April.

T'Cael zögerte, ließ seinen Blick durch den Kontrollraum schweifen und deutete auf Kirks Haar.

»Orangefarben«, sagte Drake.

»Kupferrot«, berichtigte der Captain taktvoll.

George verzog stumm das Gesicht und winkte ab.

»Die *Erfahrung* ist grau, und die *Vernichter* trägt goldene Markierungen.«

April nahm im Kommandosessel Platz und holte tief Luft. »Nun gut. Verlieren wir nicht noch mehr Zeit. Florida, bringen Sie uns zur *Vernichter.*«

»Robert ...«, begann George. Hinter seiner Stirn formten sich die ersten mentalen Konturen einer Idee.

Der Captain drehte sich um. »Ja?«

»Wie wär's mit einem Bluff? Die Schilde auf halbe Kapazität, Laser auf fünfzig Prozent, die Partikelkanonen nicht mehr mit Energie speisen. Dadurch wirken wir schwächer. Unser größter Vorteil besteht darin, daß die Roms nicht wissen, wozu wir in der Lage sind.«

»Vielleicht haben sie bereits eine Sondierung vorgenommen.«

»Vielleicht auch nicht.«

»Du möchtest sie aus der Reserve locken, sie in Sicherheit wiegen, nicht wahr?« April nickte langsam. »Ich schlage vor, wir gehen noch einen Schritt weiter. Carlos, feuern Sie mit halber Laserstärke auf die *Vernichter.*«

Florida runzelte die Stirn. »Die Entfernung ist noch immer recht groß. Der Gegner wird die Entladung kaum spüren.«

»Genau.«

»Die *Vernichter* hat unsere Laser bereits kennengelernt, als wir den Planetoiden abschirmten«, wandte der Steuermann ein.

»Ja, aber Kai und Ry'iak sollen glauben, daß unser energetisches Potential geringer geworden ist«, erwiderte April. »Ein Versuch kann sicher nicht schaden, oder?«

»Wir holen mit der Angel aus und werfen den Köder, Jungs«, warf Drake fröhlich ein und grinste von einem Ohr bis zum anderen. »Sollen die Roms glauben, wir hätten allen Grund zu ordentlichem Muffensausen.«

»Nun, ich zöge eine andere Formulierung vor, aber im Prinzip treffen Ihre Worte genau den Kern der Sache«, bestätigte April und beobachtete die *Vernichter* im Projektionsfeld des Wandschirms. Das Patrouillenschiff folgte ihnen noch immer.

»Eine höchste interessante Ausdrucksweise«, sagte t'Cael leise und musterte Drake.

»Typisch Lieutenant Reed. Am besten, Sie überhören ihn einfach.«

Der Captain spürte, wie etwas in ihm zu prickeln begann, als sich die Distanz zur romulanischen Kriegsschwalbe verringerte. Das Schiff war wesentlich kleiner als die weiße Königin, aber sein geierartiges Erscheinungsbild wirkte unheimlich und drohend.

Kurze Zeit später drehte die *Vernichter* ab, um einen sicheren Abstand zum Föderationsschiff zu wahren. Ohne die Unterstützung des Schwarms wollte sie sich offenbar nicht auf ein Gefecht einlassen.

April beugte sich vor. »Bleiben Sie am Ball, Carlos. Achtung – Feuer!«

Florida betätigte eine Taste, und daraufhin übernahm der Computer die Kontrolle. Zwei Blitze aus gebündelter Energie zuckten durchs All, trafen das feindliche Schiff und strichen über die Schilde. Aus dem matten Glühen der romulanischen Deflektoren wurde ein fast grelles Irrlichtern, das jedoch zu keiner Überladung führte. Die Kriegsschwalbe kippte zur Seite, geriet aus dem Fokus der Laserstrahlen, beschleunigte und raste davon.

»Verfolgungskurs«, sagte April.

Sanawey hob ein Kom-Modul ans Ohr. »Ich empfange codierte Subraumsignale, Captain.«

»Die *Vernichter* ruft um Hilfe«, stellte t'Cael fest.

»Wie wir es von ihr erwarteten«, brummte April. »Kompliment. Sie kennen Ihre Leute sehr gut.«

»Das ist meine Pflicht«, erwiderte Kilyle niedergeschlagen.

»Sie sind Pragmatiker, Mr. t'Cael. Nehmen Sie es nicht zu schwer. Ich wünschte, ich könnte mich ebensogut anpassen wie Sie.«

Florida versteifte sich plötzlich. »Die anderen Schiffe sind da!«

»George, komm hierher zu mir.«

Kirk löste sich aus seiner Starre und näherte sich dem Befehlsstand. Wie zwei Statuen verharrten t'Cael und er zu beiden Seiten des Kommandosessels. George wußte, was April von ihm erwartete, und eine seltsame Unsicherheit zitterte in ihm. Seine Entschlossenheit stand denen der Romulaner sicher in nichts nach, aber die Situation erforderte weitaus mehr. Wenn er die falschen Anweisungen gab, wenn ihm irgendein Fehler unterlief, wenn er nicht rechtzeitig reagierte ... *Zu viele Wenns*, dachte er und versuchte, sich von dem Zweifel an seinen eigenen Fähigkeiten zu befreien.

»Laß sie noch etwas näher herankommen«, sagte er leise. »Wir müssen verhindern, daß sie uns ausweichen können.« Etwas lauter fügte er hinzu: »Bereitschaft für volle Laserenergie.«

Der Wandschirm zeigte den Schwarm: fünf Patrouillenschiffe, nahe genug, damit man die romulanischen Hieroglyphen auf den Schwingen erkennen konnte. Nahe genug fürs Verderben.

»Volle Deflektoren!« befahl George. »Mr. Florida, hart Steuerbord. Zielerfassung!«

Floridas Finger sausten über die Tasten. Die Königin gehorchte, gab die Verfolgung der *Vernichter* auf und wandte sich drei Kriegsschwalben zu.

»Feuer!« Erneut glühten Laserblitze und entluden sich an den Deflektoren von zwei Schiffen. Ein weiterer Strahl verfehlte die dritte Patrouilleneinheit nur um wenige Meter, doch die Streustrahlung mußte an Bord zu starken Erschütterungen führen. Die beiden beschädigten Raumer trudelten mit flackernden Schilden.

»Ausgezeichnet«, murmelte t'Cael und klappte hastig den Mund zu. Er bedachte April und Kirk mit einem kurzen Blick, stellte erleichtert fest, daß sie ihn nicht gehört hatten. Die Manövrierfähigkeit des riesigen Raumschiffes erstaunte ihn. Er hätte es für unmöglich gehalten, daß es so anmutige und elegante Kurswechsel vornehmen konnte. Macht, ja. Aber auch Stil und Ästhetik.

»Wirklich gut, George«, lobte April.

Kirk räusperte sich. »Nur Glück.«

»Nein, Glück spielt in diesem Zusammenhang keine Rolle. Wenn es um solche Dinge geht, bist du außerordentlich intuitiv. Sonst stündest du jetzt nicht neben mir.«

»Meine militaristische Denkweise, nicht wahr?« erwiderte George verärgert. »Himmel, wenn du glaubst, daß ich ...«

Er brach ab und starrte wieder auf den Wandschirm. Der Schwarm sammelte sich, und die drei voll einsatzfähigen Einheiten flogen nun zwischen den beiden beschädigten Kriegsschwalben und dem Föderationsschiff.

»Achtung!« rief Florida, als der Gegner das Feuer eröffnete.

Grüne Flammen leckten über die bugwärtigen Deflektoren der Königin, und plötzlich erbebte das ganze Schiff in einem Mahlstrom tödlicher Energie. George verlor den Halt, wurde gegen den Befehlsstand geschleudert und hielt sich an der Armlehne fest. Das Deck unter ihm hob und senkte sich mehrmals.

»Plasmamörser?« keuchte April.

T'Caels Hände umklammerten die Brüstung. »Nein«, antwortete er. »Konzentrierte Ionenstrahlen aus den Triebwerken. Eine sehr wirkungsvolle Waffe.«

»In der Tat. Status?«

»Schilde stabil, Sir«, meldete Florida mit vibrierender Stimme. »Es grenzt an ein Wunder, daß die Deflektoren noch immer funktionieren.«

»Die Dinger können mehr vertragen, als Sie glauben, Carlos«, brummte der Captain mit gut gespielter Zuversicht. Seinen Gefährten mangelte es an militärischer Ausbildung und Erfahrung, aber wenn er sie davon überzeugte, daß die Königin stark genug war, kamen sie vielleicht mit heiler Haut davon. *Pessimismus fordert das Schicksal viel zu sehr heraus,* dachte April in einem Anflug von Selbstironie. *Wir müssen* glauben, *daß wir es schaffen.*

Ein schwarzes, keilförmiges Etwas mit kupferroten Schwingenspitzen zeigte sich auf dem Wandschirm.

»Die *Jäger!*« platzte es aus t'Cael heraus. Er sprang zur Navigationsstation, obwohl ihm die Kontrollen völlig fremd waren. »Halten Sie sich von ihr fern!«

»Abdrehen!« brachte George hervor – aber sein Befehl kam zu spät.

Die *Jäger* raste am Föderationsschiff vorbei, und eine purpurn und grün glühende Energieblase löste sich von ihrem Rumpf. Florida war kein taktisch geschulter Steuermann: Er lenkte das Starship genau in die falsche Richtung – direkt in das gespenstische Schimmern hinein.

Die peripheren Deflektoren gleißten.

Ein dumpfes Donnern hallte durch die weiße Königin, und die Decks und Schatten schienen sich plötzlich zu krümmen. George hatte das Gefühl, als schließe sich eine imaginäre Faust um seinen Leib und presse ihm die Luft aus den Lungen. Er prallte gegen Florida, fiel auf eine Konsole, rutschte zur Seite und blieb dicht neben dem Steuermann liegen. Noch immer dröhnte und krachte es um ihn herum; das gewaltige Raumschiff schüttelte sich wie in einem Krampf.

Eine halbe Ewigkeit schien zu vergehen, bis der ohrenbetäubende Lärm nachließ und Stille Erleichterung brachte.

»Herr im Himmel ...«, hauchte April und stemmte sich in die Höhe.

Neben ihm stand t'Cael auf und stützte sich am Kommandosessel ab. »*Das* war ein Plasmamörser.«

Er verbarg seine Überraschung darüber, daß sie noch immer lebten. Unfaßbar: Dieses Raumschiff hielt nicht nur der stärksten Waffe des romulanischen Reiches stand, sondern bewahrte auch seine Kampffähigkeit. Voller Genugtuung stellte er sich die Verblüffung der Schwarmkommandanten vor.

»Wirklich bemerkenswert«, schnaufte April und nahm wieder Platz.

»Auf kurze Distanzen eine sehr gute Waffe«, sagte t'Cael. Er starrte auf seine weißen Hände herab, zog sie von der Armlehne zurück. »Eines Tages sind wir vielleicht in der Lage, sie auch während des Hyperlichtfluges einzusetzen.«

»Ich hoffe inständig, daß Ihnen das nicht gelingt! George, ich glaube, die Burschen dort draußen meinen es ernst ... George? Wo steckst du?«

»Ich bin hier.« Kirk kroch hinter Floridas Konsole hervor und half dem Steuermann auf die Beine. »Partikelkanonen laden.« Er drehte sich um, und sein finsterer Blick galt dem Wandschirm, den Darstellungen der *Verwegen, Erfahrung* und *Zukunftsfeuer.* »Jetzt geht's euch an den Kragen. Angriffskurs!«

Sein Zorn erfaßte auch die anderen, und neue Entschlossenheit knisterte wie statische Elektrizität. Florida wandte sich sofort seinen Kontrollen zu, programmierte die Navigationskonsole mit Codesequenzen und armierte die Waffensysteme.

»Sie haben Llarl verwirrt«, kommentierte t'Cael und beobachtete ebenfalls das Projektionsfeld. Seine Schiffe, sein Schwarm ... »Er wartet auf neue Anweisungen von der *Vernichter.* Sie müssen handeln, bevor sich der Gegner neu formiert. Sie haben ihn daran gehindert auszuschwärmen; geben Sie ihm jetzt keine Gelegenheit für eine neue Gefechtskonfiguration. Ich schlage vor, Sie umfliegen den Schwarm in weitem Bogen und ... Was machen Sie da, Kirk?«

»Alle Waffen vorbereiten. Multiple Zielerfassung.«

»Kirk!«

»Die Partikelkanonen mit Energie beschicken.« George kostete das süße Aroma der Rache, hielt den Blick auf die feindlichen Schiffe gerichtet und ignorierte t'Caels Hand, die sich um seinen Arm schloß.

»Weichen Sie den Patrouilleneinheiten aus!«

»Von wegen ausweichen!«

»Die energetische Aktivität der *Verwegen* nimmt zu«, meldete Florida.

T'Cael griff noch fester zu. »Plasmamörser ...«

George achtete nicht auf ihn. »Feuer!«

Florida beugte sich vor, drückte zwei Tasten und verließ sich darauf, daß der Computer die Zieldaten lieferte.

Partikelblitze lösten sich vom Diskussegment des großen Raumschiffes und zuckten in zwei verschiedene Richtungen davon. Kirk hörte ein dumpfes Donnern, als sich die Geschütze entluden, und zufrieden beobachtete er, wie die *Verwegen* und *Erfahrung* voll getroffen wurden. Einen Sekundenbruchteil später glühten zwei neue Sonnen im All.

Er kniff die Augen zu, als das grelle Licht der Zerstörung vom Wandschirm glänzte. T'Cael wankte schockiert zurück, bis er die Brüstung am Rücken spürte.

Die Königin nutzte ihre duotronischen Systeme, glitt an den beiden Explosionswolken vorbei und setzte den Flug ungerührt fort.

Die restlichen vier romulanischen Einheiten feuerten auf das Föderationsschiff, konnten die Schilde jedoch nicht durchdringen. Daraufhin beschleunigten sie und gingen auf sichere Distanz.

Florida schnappte nach Luft. »Ich glaube, wir haben ihnen einen gehörigen Schrecken eingejagt.«

Captain April schüttelte langsam den Kopf.

T'Cael beobachtete die Manöver des Schwarms und versuchte, sich in die Lage der befehlshabenden Offiziere zu versetzen, in denen er nun Gegner sehen mußte. »Glauben Sie nur nicht, daß die Patrouilleneinheiten fliehen«, sagte er. Bevor er eine Erklärung hinzufügen konnte, schwenkten die vier Schiffe synchron herum. »Die *Hr'liighe*-Formation. Es ist sehr schwer, sich dagegen zu verteidigen. Simultaner Angriff von zwei Seiten.« Kilyle bemerkte noch etwas anderes und deutete auf das Projektionsfeld: »Sehen Sie nur, Captain: Die *Vernichter* bleibt ein wenig zurück. Ich nehme an, diese Konfiguration ist Kais Idee, denn Ry'iak versteht von solchen Dingen nichts. Vielleicht kam es zwischen ihnen zu einer Konfrontation.« Ruckartig drehte er sich zu April um. »Captain, Sie dürfen jetzt keineswegs einfach abwarten. Stören Sie die Formation, bevor die Schiffe angreifen können.«

April nickte. »Wo ist die Kriegsschwalbe mit den schwachen Schilden?«

»Die *Zukunftsfeuer*, in der linken oberen Ecke des Schirms.«

»Und die gefährlichste Einheit?«

»Sie meinen die *Kriegsdorn* mit den roten Markierungen. Sie befindet sich direkt darunter. Achten Sie vor allem darauf, daß Zayn Z'ir keine Gelegenheit bekommt, sich an Ihr Heck zu hängen. Sie könnten sie unmöglich abschütteln.«

»Das habe ich auch gar nicht vor«, erwiderte der Captain ruhig und dachte kurz nach. »Wie wär's mit einem kleinen Grillfest?«

»Ich verstehe nicht ...« T'Cael musterte April verwirrt.

»Mal sehen, wie es Kai und den anderen gefällt, gebraten zu werden. Carlos, nehmen Sie Kurs auf die Sonne. Minimale Distanz.«

George trat wieder an den Befehlsstand heran. »Eine gute Idee. Gleich wird sich erweisen, wie leistungsfähig die romulanischen Deflektoren sind.«

In t'Caels Augen glühte Aufregung. »Ja! Unter solchen Umständen können die Kommandanten nicht mehr feststellen, aus welcher Richtung Sie angreifen. Die Sensorerfassung wird von den solaren Interferenzen nachhaltig gestört.« Er preßte die Fingerspitzen aneinander und lächelte hintergründig. »Das ist ein militärisches Geheimnis. Hüten Sie es gut.«

»Ich verrate es niemandem«, versprach April und erwiderte das Lächeln.

»Eine ziemlich riskante Angelegenheit«, warf Florida ein.

»Nicht unbedingt. Wir dürfen uns nur nicht *zu* nahe heranwagen, Carlos. Lassen Sie sich von unserem Computer bei der Kursberechnung helfen. Dazu ist er schließlich da.«

George runzelte die Stirn. »Eine gute Idee«, wiederholte er dumpf. »Aber nicht ungefährlich. Ich teile Floridas

Bedenken. Wenn wir die Korona durchstoßen, kommt es bestimmt zu Strukturrissen in unseren Schilden. Das läßt sich gar nicht vermeiden. Welcher Belastung kann die Außenhülle standhalten?«

»Keine Ahnung«, entgegnete April. »Es wird sich herausstellen.«

»Das genügt mir nicht.«

»Es *muß* dir genügen, George. Noch nie zuvor hat jemand ein solches Manöver durchgeführt, und daher kann ich deine Frage nicht beantworten.«

Das stimmte natürlich. Ein Raumschiff, das noch nicht voll ausgerüstet war, in dem sich nur rund fünfzig Personen befanden, obwohl mehr als zweihundert gebraucht wurden, um alle Bordsysteme zu kontrollieren – und doch schufen sie bereits Präzedenzfälle.

»Na schön.«

George seufzte schwer. »Ich hoffe nur, daß wir nicht unserer eigenen Taktik zum Opfer fallen.«

»Carlos, verstärken Sie die Deflektoren auf der Backbordseite«, sagte April. »Und achten Sie um Himmels willen darauf, die Königin *rechts* an der Sonne vorbeizusteuern.«

Florida überprüfte noch einmal die Kursdaten, die er gerade eingegeben hatte. »In Ordnung.«

»Rechts oder links – was macht das für einen Unterschied?« warf Drake ein.

»Einen *heißen*«, sagte George.

Das weiße Raumschiff flog einen weiten Bogen, kehrte den vier romulanischen Kriegsschwalben das Heck zu und raste der Sonne entgegen.

»Sorgen Sie dafür, daß die Seitenschilde stabil bleiben«, erklang Aprils Stimme. Der Captain starrte auf den Wandschirm und beobachtete, wie der gewaltige Glutball rasch anschwoll.

»Ja, Sir«, bestätigte Florida. »Aber dadurch verringert sich die Kapazität der anderen Deflektoren.« Er hob den Kopf. »Unser Heck ist nicht mehr geschützt.«

»Ich weiß. Dadurch bilden wir ein verlockendes Ziel, nicht wahr? Ich hoffe, die Romulaner nehmen den Köder an.«

»Sie sind ein sehr einfallsreicher Mann, Captain«, sagte t'Cael.

April wollte eine geistreiche, humorvolle Antwort geben, blieb jedoch stumm, als seine Augen im grellen Licht zu tränen begannen.

»Die Temperatur der Außenhülle steigt schnell an, Captain«, meldete Bernice Hart und hatte Mühe, die Anzeigen ihrer Konsole zu erkennen. Die ganze Welt schien nur noch aus farblosem Gleißen zu bestehen.

Das Summen und Zirpen der Sicherheitssysteme bestätigte ihre Worte.

»Der Gegner nimmt jetzt die Verfolgung auf«, sagte Florida.

Grünes Feuer wogte dem ungeschützten Heck entgegen, und die Königin erbebte, als sich rote Linien auf einem Teil ihres Rumpfes bildeten. Glücklicherweise sorgte die Kälte des Alls für eine rasche Abkühlung.

»Die strukturelle Belastung nimmt immer mehr zu!« rief Hart, um das lauter werdende Sirren zu übertönen. »Hitzeabsorber auf Maximum ...«

»Die *Jäger* und *Vernichter* drehen ab, Captain«, berichtete Florida. »Sie können der Strahlungsflut nicht länger standhalten.«

»Temperatur der Außenhülle erreicht Toleranzgrenze ...«

»Auch die *Zukunftsfeuer* gibt auf. Jetzt folgt uns nur noch die *Kriegsdorn*.«

»Langsam wird's kritisch ...«, begann Hart.

Es knisterte und knackte in den Konsolen. Kompensationssysteme heulten. Die Königin ächzte und stöhnte in der solaren Hitze, und die Deflektoren irrlichterten unter der Belastung, der sie ausgesetzt waren.

April spürte, wie er sich verkrampfte, und vergeblich trachtete er danach, die angespannten Muskeln zu lokkern. Er verglich das Starship mit einem lebenden Wesen, das unerträgliche Qualen erlitt.

»Nur noch ein paar Sekunden«, sagte er und versuchte erneut, zuversichtlich zu klingen. Schweiß perlte auf seiner Stirn. Der Bordcomputer konzentrierte das Potential der Kühlsysteme in erster Linie auf die Außenhülle, und innerhalb weniger Sekunden herrschten auf der Brücke tropische Temperaturen.

Florida beugte sich vor, und in seiner Stimme erklang furchtsamer Triumph, als er verkündete: »*Die Kriegsdorn* dreht ebenfalls ab, Sir.«

George sprang mit einem Satz vor. »Traktorstrahl!«

Hart wirbelte herum. »Was?«

»Heckwärtiger Taktorstrahl! Wir dürfen das Schiff nicht entkommen lassen!«

April stand langsam auf. »George ...«

»Eine bessere Chance bekommen wir nie wieder!« platzte es aus Kirk heraus.

»Na gut, verdammt ...«, brummte April und nickte Hart zu.

»Traktorfokus.«

Hart riß die Augen auf. »Aber wenn wir Energie von den Kühlsystemen und Schilden abziehen ...«

April griff nach der Brüstung. »Befolgen Sie die Anweisungen!«

In dem lauten Summen und Sirren erklang plötzlich ein seltsames Jaulen, als sich ein Traktorstrahl auf die *Kriegsdorn* richtete und das gefährlichste Schiff des Schwarms noch näher an die Sonne heranzwang. Die Triebwerke der Kriegsschwalbe feuerten, aber sie konnte sich nicht aus dem Fesselfeld befreien. Drei Sekunden ... vier ... fünf ...

»Die Hülle des Patrouillenschiffes verbrennt«, meldete Bernice Hart und beugte sich so tief über die Konsole, daß ihre Nasenspitze fast eine Kontrollfläche berührte. »Energetische Struktur destabil ... Stahl schmilzt ...« Die Königin erzitterte, als der feste Körper aus dem

Traktorfokus verschwand. »Die *Kriegsdorn* existiert nicht mehr«, fügte Hart gepreßt hinzu. »Sie hat sich vollständig aufgelöst.«

»Traktorstrahl aus!« befahl April. »Und jetzt ... Weg von hier!«

Florida betätigte Tasten, und das Förderationsschiff kippte nach Steuerbord ab, entfernte sich immer weiter von der Sonne.

Der Captain war in Schweiß gebadet und atmete erleichtert auf, als sich das grelle Lodern im Projektionsfeld allmählich trübte. Die Königin raste erneut durch kaltes All und kehrte zu den restlichen romulanischen Einheiten zurück.

»Die Schilde sind geschwächt, Captain«, sagte Hart.

»Bleiben sie stabil?« fragte April.

»Ja, Sir.«

»Waffen einsatzbereit machen«, brummte George und zwinkerte mehrmals. Es dauerte noch einige Sekunden, bis sich seine Augen an die normale Helligkeit gewöhnten.

»Wir müssen das Feuer eröffnen, bevor der Feind seine Sensoren einsetzen kann.«

Vor ihnen schwebte die *Zukunftsfeuer* im Weltraum, und dicht dahinter wartete die *Jäger*. T'Caels Flaggschiff, die *Vernichter*, war etwas weiter entfernt.

George stützte sich an der Navigationskonsole ab und beobachtete den Wandschirm. »Noch etwas näher heran. Bis wir das Ziel nicht mehr verfehlen können. Ja, so ist es richtig ... Feuer!«

Nichts geschah.

»Feuer!«

Florida starrte auf sein Pult. »Sir, die Waffen funktionieren nicht!«

George trat neben den Steuermann und drückte auf die Auslösetaste. »Was ist passiert?«

»Keine Ahnung ... Die Lasergeschütze und Partikelkanonen bekommen keine Energie mehr.« Florida unterbrach sich kurz. »Himmel, die Romulaner visieren uns mit ihren Plasmamörsern an ...«

George erinnerte sich plötzlich an den Testflug und traf eine Entscheidung. *Meine Güte, vielleicht bringe ich uns alle um,* dachte er in einem Anflug von Panik, berührte die Kontrollen und änderte den Kurs.

»Volle Energie auf die Bugschilde!« rief er und hoffte, daß Bernice Hart rechtzeitig reagierte.

April begriff plötzlich, was sein Erster Offizier plante. »Kollisionsalarm!« entfuhr es ihm.

Die *Zukunftsfeuer* kam viel zu schnell näher und füllte das ganze Projektionsfeld aus. Der Captain sah die Markierungssymbole am Rumpf des feindlichen Schiffes, einige Brandspuren, die von ihren Lasern stammten. Er glaubte sogar, die Nieten und Bolzen zwischen den einzelnen Stahlplatten zu erkennen.

Dann der Aufprall.

Wie ein riesiges Geschoß durchstieß das Starship die romulanischen Deflektoren, zerschmetterte den schwarzen Rumpf und zerfetzte die *Zukunftsfeuer.* Die Atmosphäre an Bord entwich aus breiten Rissen; Funken stoben, als sich die Energie entlud; Treibstoff drang aus aufgeplatzten Tanks.

Die weiße Königin zerrte das Wrack mit sich durchs All, bis es schließlich am Diskussegment entlangschabte und in der Leere zurückblieb.

T'Cael starrte ungläubig auf den Wandschirm. Das Föderationsschiff hatte einen Aufprall überstanden, dessen Wucht ausreichte, um eine Kriegsschwalbe vollständig zu zerstören – einfach unglaublich. Fassungslos sah er den davontreibenden Resten der *Zukunftsfeuer* nach.

Damit blieben nur noch zwei Schiffe: die *Jäger* und die *Vernichter.* Sie jagten heran, versuchten dabei, eine Gefechtsformation einzunehmen. T'Cael drehte den Kopf und musterte den Mann, der sich über die Navigationskonsole beugte. Kirk schien zu begreifen, daß noch immer Gefahr drohte.

»Wenn wir unsere Waffensysteme nicht bald mit Energie beschicken können, sind wir erledigt«, brummte George. Zusammen mit Florida bediente er die Kontrollen, um herauszufinden, wo der Defekt lag.

Aber der Computer beantwortete ihre Anfragen nicht. Der Riese schlief wieder.

KAPITEL 20

George eilte zum nächsten Interkom.

»Saffire! Bringen Sie die Waffen in Ordnung!«

»Ich versuche es, Sir«, klang es aus dem Lautsprecher. »Die Lasergeschütze und Partikelkanonen bekommen einfach nicht genug Saft. Ich bin gerade dabei, das notwendige energetische Potential durch die Impulskonvektoren umzuleiten, aber wenn die Ausgleichssysteme nicht funktionieren, werden dadurch die Schilde geschwächt. Geben Sie mir einige Minuten Zeit.«

»In einigen Minuten sind wir tot!« George bebte vor Zorn, wandte sich um und richtete seine Aufmerksamkeit wieder auf den Wandschirm. Die beiden feindlichen Schiffe näherten sich schnell. »Das sollte ihm eigentlich klar sein, verdammt ...«

Hart runzelte die Stirn und sah auf die Anzeigen der Subsystemkonsole. »Das ist ja merkwürdig«, murmelte sie und drückte einige Tasten. George hörte sie zwar, schenkte ihren Worten jedoch keine Beachtung.

»Reg dich ab, George«, warf Drake ein. »Saffire gibt sich alle Mühe.« Er lachte leise. »Wenn ich mir vorstelle, daß unser Leben von jemandem abhängt, der bei seinen Mahlzeiten die einzelnen Bestandteile des Essens voneinander trennt ...« T'Cael kniff die Augen zusammen und drehte sich langsam um. »Wie bitte?«

Drake blinzelte verwirrt und rief sich seine letzte Bemerkung ins Gedächtnis zurück. Er zögerte kurz, hielt es für lächerlich, angesichts der besonderen Umstände etwas derart Banales zu erklären. »Wissen Sie, äh, Saffire ißt alles nacheinander, nie zusammen.« Reed zuckte hilflos mit den Schultern. »Ich wollte nur einen Scherz machen, um die Anspannung ein wenig zu lockern ...«

T'Cael wirbelte zu George herum. »Sie haben einen Romulaner an Bord.«

Der Captain hob die Brauen, blieb jedoch stumm.

Kirk begegnete Kilyles Blick. »Sie meinen, abgesehen von Ihnen?« vergewisserte er sich. »Nein, unmöglich. Es sind genaue physiologische Kontrollen durchgeführt worden. Unsere Besatzung besteht nur aus Menschen.«

T'Cael ließ nicht locker. »Mag sein«, sagte er. »Aber der Mann namens Saffire wuchs als Romulaner auf.«

Eisige Kälte entstand in George. *Wenn Kilyle recht hat, wenn sich wirklich ein menschlicher Rom an Bord befindet ...*

»Mr. Kirk!« rief Bernice Hart. »Die Zweite Waffenkontrolle ist für den Energieverlust verantwortlich!«

»*Lieber* Himmel!« hauchte George. Dann brüllte er: »Drake, Sanawey! Kommt mit.«

»Beeilt euch«, drängte April.

Sie stürmten los, und als sie der Turbolift durchs Schiff trug, merkte George plötzlich, daß sich ihnen auch t'Cael angeschlossen hatte.

Tief unter der Brücke, mitten im stählernen Leib der Königin, verließen die vier Männer den Lift und liefen zur Waffenkontrolle. Als sie sich dem Ziel näherten, hoffte Kirk, daß der Saboteur nicht so umsichtig gewesen war, die Tür zu verriegeln.

Glücklicherweise konnten sie darauf verzichten, sich gewaltsam Zutritt zu verschaffen — das Schott glitt sofort beiseite.

»Saffire!« donnerte George. Die Antwort bestand aus einem Erg-Blitz, der ihm entgegenraste. Offenbar hatte Saffire das Geschehen im Kontrollraum beobachtet und sie erwartet. Es zischte leise, und die energetische Entladung schleuderte Kirk an die Wand.

Doch um auf George zu feuern, mußte sich der Saboteur zumindest für einen Sekundenbruchteil von den anderen Männern abwenden. Drake nutzte den Vorteil, handelte sofort und schlug zu. Seine Faust traf den Techniker am Kinn, und mit der anderen Hand stieß er den Strahler beiseite. Dann war auch Sanawey heran und hielt Saffire an den Armen fest. Der Mann wand sich hin und her, trat nach Kirk und dem Kommunikationsoffizier. Vielleicht wäre es ihm tatsächlich gelungen, sich zu befreien, aber t'Cael hinderte ihn daran. Er trat vor und sagte scharf: »*Khoi'ha! Hwiiy'lou g'tu hwiiy.*«

Saffire erstarrte und begriff, daß man ihn durchschaut hatte. Er setzte sich nicht mehr zur Wehr, schnaufte voller Abscheu und erwiderte: »*Ssuaj'rekk.*«

George stemmte sich in die Höhe, wankte an t'Caels Seite und bedachte Saffire mit einem finsteren Blick. »Schafft ihn weg«, wies er Drake und Sanawey an.

Reed zerrte Saffire zur Tür. »Wir bringen dich in einer nagelneuen Arrestzelle unter, Freundchen«, brummte er. Zusammen mit Sanawey führte er den Saboteur ab.

George sah ihnen kurz nach, rieb sich den schmerzenden linken Oberschenkel und betrachtete die Anzeigen der Schalttafel. Wie hatte es Saffire angestellt, die Energieversorgung der Waffensysteme zu unterbrechen? Vorsichtig berührte er die Kontrollen und fragte: »Was haben Sie ihm gesagt?«

»Ich war mir nicht ganz sicher«, erwiderte t'Cael. »Bis ich seine Antwort hörte.«

»Welche Worte richteten Sie an ihn?«

Kilyle lächelte geheimnisvoll. »Nur einige wenige. Ich sagte ihm, er solle aufhören ... Nun, die Übersetzung lautet: ›Du bist, wer du bist, und wir wissen es.‹«

George begann damit, die Kontrollanlagen zu überprüfen und nach programmierten Fehlfunktionen Ausschau zu halten. Er war froh darüber, sich ablenken zu können, hätte es gerade jetzt nicht ertragen, t'Caels Blick zu begegnen.

»Die Sache ist mir ein Rätsel«, knurrte er. »Drakes Medoscanner hätte selbst chirurgische Veränderungen feststellen müssen.«

»Wahrscheinlich gibt es gar keine.«

»Ich bin ganz Ohr.«

Kilyle atmete tief durch. »In meiner Heimat legt man großen Wert auf ethnische Reinheit, und deshalb wissen nur wenige, daß einige Menschen bei uns leben. Angeblich gehörten ihre Vorfahren zur Besatzung eines Forschungsschiffes, das sich noch vor dem Krieg gegen die Föderation in unseren Raumbereich verirrte. Nun, offenbar scherte sich niemand um ihren Verbleib. Einige wurden mit chirurgischen Maßnahmen verändert, um ihnen das äußeren Erscheinungsbild von Rihan... von Romulanern zu geben. Ihre Kinder identifizierten sich mit der romulanischen Kultur. Unsere Regierung wußte sofort, welche günstige Gelegenheit sich dadurch bot. Leute wie Saffire sind ausgebildete Agenten, die jenseits der Neutralen Zone tätig werden. Der Saboteur sah offenbar einen Vorgesetzten in mir, und daraus schließe ich, daß er für unseren militärischen Geheimdienst arbeitet. Ich bin zutiefst beschämt und möchte mich bei Ihnen entschuldigen.«

Daraufhin hob George den Kopf. »Sie trifft keine Schuld.«

T'Caels Züge glätteten sich ein wenig. »Ich bin Romulaner, und dadurch trage auch ich einen Teil der Verantwortung.«

George spürte vages Unbehagen. »Nun, wenn Sie es so sehen ...« Er unterbrach sich, als das Schiff erbebte und ein dumpfes Grollen durch die Korridore hallte. »Sie mögen Romulaner sein, t'Cael, aber bestimmt gefiele es ihnen nicht, durch romulanische Waffen zu sterben.« Er konzentrierte sich wieder auf die Anzeigen. »Außerdem ... Wahrscheinlich hätten wir an Ihrer Stelle ebenfalls die Möglichkeit genutzt, Agenten auszuschicken.«

Seltsamerweise fiel ihm dieses Eingeständnis ganz leicht. George fragte sich überrascht, warum er sich so sehr an den Fremden gewöhnt hatte. An den *Feind*.

Es war nicht nur ihm gelungen, die Fesseln der Vorurteile abzustreifen.

»Ihr Raumschiff erstaunt mich«, sagte t'Cael. »Ich wußte nicht, welche Macht es verkörpert ...« Er sah George offen an. »Noch nie zuvor ist es einem einzelnen Gegner gelungen, einen Schwarm zu zerstören.«

Kirk versuchte, plötzlichen Stolz zu unterdrücken. Er wollte t'Cael nicht verletzen – obwohl es ihm bis vor kurzer Zeit kaum in den Sinn gekommen wäre, auf die Gefühle eines Romulaners Rücksicht zu nehmen. Er befand sich in einem noch *unvollständigen* Produkt der Föderation, das die schöpferische Kraft des Völkerbunds bewies, und eine gewisse Selbstgefälligkeit ließ sich nicht ganz aus seiner Stimme verbannen, als er erwiderte: »Wir sind zu weitaus mehr fähig.« Er betätigte weitere Tasten, beobachtete die Datenkolonnen auf den Monitoren und hielt nach Hinweisen auf Saffires Manipulationen Ausschau. Kurz darauf merkte er plötzlich, daß wieder Stille herrschte. George warf t'Cael einen kurzen Blick zu. »Die beiden Patrouilleneinheiten feuern nicht mehr auf uns. Vielleicht haben sie aufgegeben.«

Kilyle kannte den Schwarm weitaus besser, und deshalb konnte er sich dem Optimismus des Menschen nicht anschließen. Aber eins stand fest: Irgend etwas hatte sich verändert. Ob zum Besseren oder Schlechteren, mußte sich erst noch herausstellen.

Kirks Finger bewegten sich wie eigenständige Wesen an den Kontrollen, und verblüfft hob er die Brauen, als grüne Lichter aufleuchteten und verdeutlichten, daß die Waffensysteme wieder voll einsatzfähig waren. Offenbar hatte Saffire keine Gelegenheit, permanente Schäden zu verursachen. Glücklicherweise kannte sich George mit den Steuerungssequenzen recht gut aus; sie erschienen ihm nicht annähernd so fremdartig wie die Navigationsanlagen eines Shuttles. Trotzdem runzelte er überrascht die Stirn, als die Anzeigen Bereitschaft meldeten. Einige Sekunden lang starrte er auf die Konsole herab und zögerte, an seinen Erfolg zu glauben. Dann befreite er sich vom Zweifel und griff nach t'Caels Arm.

»Das wär's. Kommen Sie.« Die Verwirrung des Romulaners blieb ihm zunächst rätselhaft, und er begriff den Grund dafür erst, als sie wieder im Turbolift standen: Er hätte Robert noch von der Waffenkontrolle aus informieren sollen, daß die Lasergeschütze und Partikelkanonen funktionierten.

Kurze Zeit später öffnete sich das Schott, und Kirk sprang auf die Brücke. »Wir sind wieder gefechtsbereit, Captain ...«, begann er.

Geistesabwesend nahm er zur Kenntnis, daß t'Cael neben ihn trat. Seine Aufmerksamkeit galt in erster Linie den blassen Gesichtern Aprils und der anderen. Niemand von ihnen rührte sich. Alle starrten auf den Wandschirm, beobachteten zwei keilförmige Raumschiffe. Bernice Hart saß nicht mehr am Pult der Subsysteme, sondern bediente die Kontrollen der Kom-Station. *Warum ist die Kommunikation plötzlich so wichtig geworden?* überlegte George bedrückt.

Robert April wandte sich um. »Bernice, bitte machen Sie Mr. Kirk mit der Nachricht vertraut.«

Hart nickte und führte einige Schaltungen durch. Es knackte in den Lautsprechern, und die Computerübersetzung klang irgendwie düster.

»Diese Botschaft stammt vom Patrouillenschiff *Jäger*. Wir haben Ihre Deflektoren durchstoßen und zwei Sprengvorrichtungen auf der Außenhülle hinterlassen. Wenn Sie uns weiterhin Widerstand leisten, werden sie gezündet, und dann müssen Sie mit einer vollständigen Vernichtung rechnen. Desaktivieren Sie sowohl die Schilde als auch Ihre Waffensysteme. Wir geben Ihnen fünfzehn Minuten Ihrer Zeitrechnung, um zu kapitulieren.«

George näherte sich der jungen Frau wie in Trance, drehte sich dann ruckartig um und sah den Captain an. »Sind die Bomben bereits gescannt worden?«

»Ja.« April gab Hart ein Zeichen.

Bernice drückte mehrere Tasten, und ein zweiter, kleinerer Bildschirm erhellte sich, zeigte einen der beiden

Sprengkörper. George trat an den Monitor heran und sah eine Art dunklen Pfropfen auf der gewölbten, elfenbeinernen Hülle des Diskussegments. Drei klauenartige Schellen verbanden ihn mit dem Schiff. »Es handelt sich um Plasmaintrivium in einem Splittermantel«, erklärte Hart. »Die Ladung beträgt drei Megatonnen. Magnetische Kupplungsstutzen verbinden die Bomben mit dem Rumpf. Die eine befindet sich über uns, hinter der Brücke, die zweite in unmittelbarer Nähe der backbordwärtigen Sensoreinheit. Wenn sie gezündet werden, implodiert die obere Hälfte, und dadurch zielt die Druckwelle allein nach unten. Wenn sie gleichzeitig explodieren, wird der Diskus von beiden Seiten her durchstoßen, und die Vernichtungsfront reicht vermutlich bis zum Computerraum.«

»*Darum* hat Saffire unsere Waffen lahmgelegt«, sagte April und hob den Zeigefinger an die Lippen. »Wir konnten das Feuer nicht eröffnen, und das versetzte den Gegner in die Lage, uns einen solchen Streich zu spielen.« Seine Lippen bildeten einen dünnen Strich, als er t'Cael musterte. »Ihre Leute sind verdammt tüchtig.«

George wandte sich an Kilyle. »Es ist kein Bluff?«

T'Cael schüttelte kummervoll den Kopf. »Nein. Normalerweise wären noch weitere Bomben eingesetzt worden, aber es sind nur zwei Schwarmschiffe übriggeblieben. Ich nehme an, sie verfügten nur über diese beiden Sprengvorrichtungen. Aber sie reichen völlig aus. Sie sollten sehr, sehr vorsichtig sein.«

»Was geschieht, wenn wir uns ergeben?« fragte April. »Was passiert dann mit meiner Crew?«

»Man würde sie arrestieren, verhören ...«

»Und auch foltern?«

»Vielleicht. Obwohl das eigentlich nicht nötig wäre. Dieses Schiff beantwortet alle Fragen. Unsere Wissenschaftler lassen sich oft auf politische Intrigen ein, doch sie verstehen ihr Handwerk.«

George hielt mit langen Schritten auf den Befehlsstand zu. »Robert, du denkst doch nicht im Ernst daran ...«

»Ich muß alle Möglichkeiten berücksichtigen. Wenn ich uns retten kann, indem ich die Kapitulation anbiete ...«

»Captain ...«, warf t'Cael ein und kam ebenfalls näher. »Sie dürfen auf keinen Fall Ihr Schiff aufgeben. Sie *müssen* fliehen.«

Robert April musterte den exotischen Fremden eine Zeitlang, und die Blicke der beiden so unterschiedlichen Männer vermittelten etwas, das nur Kommandanten verstanden. Das Schicksal hatte sie zusammengeführt, und diese gegenseitige Abhängigkeit bestimmte nun ihr weiteres Handeln.

»Warum?« fragte April leise.

»Das habe ich Ihnen doch schon gesagt!« entgegnete t'Cael scharf. »Erinnern Sie sich nicht mehr an meine Ausführungen über den Prätor, das Krebsgeschwür in unserer Kultur ...«

»Doch, ich erinnere mich.« April nickte beschwichtigend. »Und ich glaube Ihnen. Aber ich weiß auch, daß Sie mir etwas verschweigen.«

T'Cael senkte den Kopf.

»Wenn ich unsere gegenwärtige Situation richtig beurteile, können wir nur zwischen zwei Alternativen wählen«, fuhr April fort. »Entweder geben wir auf, oder die Königin wird vernichtet, was für uns alle den Tod bedeutet.« George setzte zu einem Einwand an, aber der Captain winkte ab. »Sehen Sie eine dritte Möglichkeit?«

»Flucht«, erwiderte der Romulaner fast tonlos.

April beugte sich vor. »Warum?«

Kilyle verschränkte die Arme, eine Geste, die keineswegs entspannt wirkte, sondern eher verkrampft und schmerzvoll. Noch immer starrte er zu Boden und rang mit sich selbst. Er hatte sich geschworen, den Terranern nur das absolut Notwendige mitzuteilen, doch jetzt ...

Er überlegte, ob er schweigen und den Treueeid achten sollte, der einer Regierung galt, die er längst verabscheute. Er dachte daran, mit einer Lüge zu antworten, doch Aprils

Vertrauen verdiente Aufrichtigkeit. Er entsann sich an seine Prinzipien – und an Idrys.

T'Cael holte tief Luft.

»Haben Sie sich noch nicht darüber gewundert, daß nur wenige Schiffe in diesem Sektor patrouillieren? Haben Sie sich noch nicht gefragt, warum eine Meuterei gegen mich stattfand?« Er wählte seine Worte mit aller Sorgfalt. »Es ist alles andere als ehrenhaft, mit Routineaufgaben im Innenraum betraut zu werden, während das Reich ein angeblich ruhmvolles Unternehmen beginnt.«

»Was für ein Unternehmen meinen Sie?«

T'Cael wünschte sich, auf eine entsprechende Erklärung verzichten zu können. Warum mußte ausgerechnet er über die Eroberungspläne des Prätors Auskunft geben? *Weil ich hier bin, an Bord dieses Schiffes, in der Begleitung von Menschen,* dachte er. *Mir bleibt gar keine andere Wahl.* Aus einem Reflex heraus ballte er die Fäuste und fuhr fort:

»Die Reichsflotte sammelt sich in den Außensektoren, unweit der Neutralen Zone.«

»Invasion?« hauchte April.

Georges Hand schloß sich fest um t'Caels Arm, und die beiden Männer sahen sich an. Hier eine stumme Frage, dort eine lautlose Antwort. Als Kirk die Niedergeschlagenheit in den großen, dunklen Augen sah, bedauerte er plötzlich, daß ihnen Kilyle mit solcher Offenheit begegnete. Er hatte sich immer gewünscht, an historischen Ereignissen teilzunehmen und seinen Söhnen irgendwann einmal sagen zu können: »Ich war dabei.« Doch den Beginn eines interstellaren Krieges zu erleben ...

»Aber *warum?*« flüsterte April.

T'Cael wandte sich von George ab und beobachtete die Verzweiflung in den Zügen des Captains. »Mein Volk ist fest davon überzeugt, daß die Föderation mit der Absicht aufrüstet, romulanische Welten zu erobern.«

April schüttelte entsetzt den Kopf. »Das ist doch irrsinnig. Glauben Sie an so etwas?«

»Ich? Nein. Ich kenne die Denkweise der Menschen. Das heißt: Ich weiß um die in der menschlichen Gemeinschaft üblichen Verhaltensweisen. Doch das spielt keine Rolle. Mein Volk ist sehr aggressiv, und es läßt sich leicht davon überzeugen, daß diese Beschreibung auch auf andere Kulturen zutrifft. Der Prätor hat Gerüchte über Kriegsabsichten der Föderation in Umlauf gebracht, und nun tragen sie Früchte, wecken Argwohn und Mißtrauen. Ich muß eingestehen: Als ich zum erstenmal Ihr Schiff sah, so tief in unserem Raumgebiet ...«

»Zum Teufel mit Ihnen!« platzte es aus George heraus und schob sich zwischen April und t'Cael. »Wollen Sie etwa uns die Schuld geben? Wir sind wohl kaum dafür verantwortlich, daß Ihr Volk nicht mit der eigenen Furcht und Machtgier fertig werden kann.«

April stöhnte leise und drängte seinen Ersten Offizier beiseite. »Bitte, George ...«, murmelte er.

Die Anspannung auf der Brücke wuchs, erschien fast greifbar. Sanawey und die anderen hörten schweigend zu, beobachteten die Konfrontation zwischen Kirk und dem Romulaner. Aprils Blick blieb auf George gerichtet; stumm beschwor er ihn, endlich zu begreifen, daß t'Cael keine Schuld traf, daß er ebenso — oder vielleicht noch mehr — ein Opfer war wie sie selbst. Darüber hinaus stellte er ihre einzige Chance dar, zu überleben und die Föderation zu warnen.

Er brachte es nicht fertig, diese Gedanken in Worte zu fassen.

Kirks Bemerkungen ließen t'Cael völlig unbeeindruckt, und sein Gleichmut schürte das Feuer des Zorns in George.

Anklagend deutete er auf Kilyle. »Zeigen Sie uns einen Ausweg. Wenigstens dazu sind Sie verpflichtet.«

Der Captain schob sich noch etwas weiter in die Lücke zwischen den beiden Männern. Deutlich spürte er, daß Georges Körper wie die Sehne eines Bogens gespannt war, und er übersah auch nicht das Flackern der Wut in seinen Augen. T'Cael bildete einen krassen Kontrast zu Kirk. Die dunklen Pupillen starrten kalt und unbewegt. Der Romulaner schien nicht geneigt zu sein, sich auf eine direkte, physische Auseinandersetzung mit dem Ersten Offizier einzulassen, aber er hatte inzwischen die Arme gesenkt und hielt sie gespreizt — deutliches Zeichen seiner Verteidigungsbereitschaft. April stellte sich plötzlich einen George vor, der quer durch den Kontrollraum flog, an die Wand prallte und bewußtlos liegenblieb.

»Immer mit der Ruhe«, sagte der Captain, klopfte Kirk auf den Arm und gewann dabei den Eindruck, Granit zu berühren. »Ich brauche euch beide. Dreht jetzt nicht durch.«

»Es fällt mir verdammt schwer, einen kühlen Kopf zu bewahren«, knurrte George.

April gab ihm einen Stoß. »Reg dich ab. Wir sind hier nicht in einer verdammten Arena, klar?« Er verdrängte seinen eigenen Ärger und sah t'Cael an.

Noch immer glitzerte Eis in den Augen des Romulaners, aber allem Anschein nach wollte er sich nicht provozieren lassen. Wie in Zeitlupe rieb er sich die Hände, und langsam wich die Anspannung aus ihm.

»Sind Sie ein guter Schauspieler, Captain?« fragte er. »Können Sie die Kommandanten der beiden Schiffe dort draußen davon überzeugen, daß Sie aufgeben — bis es uns gelingt, die Bomben zu entschärfen?«

»Ist das möglich?«

»Im Sprengmantel gibt es kleine Schalteinheiten, die es erlauben, Kontrollsequenzen einzugeben. Der falsche Code führt zu einer sofortigen Explosion.«

»Kennen Sie den richtigen?«

»Ja, aber der Überwachungssensor ist auf die romulanische Physiologie justiert. Wenn jemand anders versucht, die Bomben zu entschärfen, werden sie unverzüglich gezündet. Normalerweise hätten Sie also nicht die geringste Chance. Zum Glück weiß der Gegner nicht, daß sich ein Romulaner an Bord Ihres Schiffes befindet.«

»Melden Sie sich freiwillig, Mr. t'Cael?« fragte April.

»Selbstverständlich.«

»Aber Sie können nur jeweils einen Sprengkörper unschädlich machen. Und wenn man Sie auf der Außenhülle bemerkt ...«

»Das halte ich für unwahrscheinlich. Derzeit befinden sich die Patrouillenschiffe nicht in unmittelbarer Nähe, und daher kann die Sensorerfassung keine genauen Daten liefern. Das hoffe ich jedenfalls.«

»Sie sind nicht ganz sicher?«

»Captain, Sie wissen ebensogut wie ich, daß die Leistungsfähigkeit eines Gerätes von der Person abhängt, die es bedient. Ich habe keine Ahnung, wer im Augenblick an den Sensorstationen sitzt, und daraus ergibt sich ein Unsicherheitsfaktor. Ein gewisses Risiko bleibt.«

April seufzte. »Ein ›gewisses‹ Risiko? Die Sache ist verdammt gefährlich.«

»Ich nehme an, Sie können mir die erforderliche Schutzkleidung zur Verfügung stellen, oder?«

»Ja.«

»Ich begleite Sie«, warf George ein, ging zum Turbolift und hörte t'Caels Schritte. Der Romulaner folgte ihm.

»Viel Glück!« rief April und beobachtete, wie sich das Schott schloß. »Für uns alle«, fügte er leise hinzu.

»Der photonische Codeselektor empfängt die sichtbaren Strahlungen naher Sterne. Solange er keine reflektierbaren Emissionen registriert, ist eine manuelle Entschärfung unmöglich.«

»Ja. Und?«

»Sie stehen mir im Licht.«

»Oh. Entschuldigung.«

Die Kälte des Weltraums strich über die peripheren Schichten der Schutzanzüge. Ein elektrisches Summen untermalte die Stimmen der beiden Männer, und ab und zu knackte und knisterte es in den kleinen Lautsprechern der Helmkommunikatoren. Langsam näherten sie sich einer der beiden romulanischen Bomben, einem dunklen Objekt auf dem Diskussegment, nicht weit von der Brückenkuppel entfernt. Es handelte sich um den gefährlicheren der beiden Sprengkörper, denn er bedrohte den Kontrollraum, das Nervenzentrum der Königin. Drei klauenartige Schellen hatten sich in die weiße Außenhülle gebohrt und hielten das konische Objekt fest. Das Ding ähnelte einem großen, stählernen Krebs, und in seinem Innern wartete destruktive Energie auf den Zündimpuls. T'Cael nahm sich den komplizierten Codeselektor vor, während George mit einer Brechstange hantierte und sie unter den ersten Kupplungsstutzen schob.

»Wir haben es mit einer Vorrichtung zu tun, die jeden Augenblick explodieren kann, Kirk.«

»Ja.«

»Man muß sehr vorsichtig damit umgehen.«

»Ja.«

»Sie bringen uns alle in große Gefahr, wenn Sie weiterhin so an dem Ding herumwerkeln.«

»Erledigen Sie Ihren Job«, erwiderte George. Seine Stimme klang gepreßt, als er die Muskeln spannte und die Brechstange als Hebel einsetzte. »Ich kümmere mich um meinen.«

»Wenn Sie nicht aufpassen, entstehen kleine Risse im Bombenmantel. Und falls die Sensoren einen Druckverlust registrieren — *Bumm!*«

»Ich will den Apparat von der Außenhülle lösen.«

»Das ergibt doch keinen Sinn. Sobald ich den Zünder desaktiviert habe ...«

»Ich will den Apparat von der Außenhülle lösen.«

»Na schön.« T'Cael preßte die Lippen zusammen und fand sich mit Kirks eklatantem Mangel an Pragmatismus ab. Offenbar kam es dem Menschen in erster Linie darauf an, einen ästhetischen Makel zu entfernen. T'Cael beobachtete die Bemühungen seines Begleiters mit wachsender Verzweiflung, aber in gewisser Weise verstand er den Terraner. Kirk sah in der Bombe einen persönlichen

Affront, eine Beleidigung, die ›der weißen Königin‹ und auch ihm selbst galt.

Kilyle seufzte lautlos und versuchte, nicht mehr auf Kirks Keuchen zu achten. Statt dessen konzentrierte er sich auf die farbig markierte Kontrolleinheit der Sprengvorrichtung und gab den Code ein. Er ließ sich von nichts ablenken, hielt nur kurz inne, als er die Stimme des Captains vernahm.

»George? Hier spricht Robert. Bist du da draußen, George?«

Kirk richtete sich auf und betätigte einen externen Schalter seines Kommunikators. »Wo sollte ich sonst sein?«

»Hörst du mich, George?«

»Zum Teufel auch, wo ist die richtige Taste?« Der Erste Offizier klemmte sich die Brechstange unter den Arm, preßte die magnetischen Stiefel fest an die Hülle des Schiffes und senkte den Kopf, bis er einen Blick auf die Brustplatte des Schutzanzugs werfen konnte. Mit dem Daumen berührte er einen anderen Schalter und sagte: »Ja, ich höre dich klar und deutlich.«

»Wie weit seid ihr?«

»Noch immer bei der Arbeit.« George zögerte kurz, als ihm der Romulaner ein Zeichen gab, nickte dann. »T'Cael ist fast fertig, und ich versuche noch immer, die Schellen zu lösen, die das Ding mit dem Diskussegment verbinden.«

»Hältst du das für unbedingt notwendig?« fragte April.

»Fang du nicht auch noch an. Zwei Kupplungsstutzen habe ich bereits entfernt; jetzt nehme ich mir den dritten und letzten vor.«

»Nun gut. Aber trödle nicht herum.«

»Halt mich über die beiden Patrouillenschiffe auf dem laufenden. Ich möchte nicht ausgerechnet hier von einem Angriff überrascht werden.«

»In Ordnung«, bestätigte der Captain. »Wir haben die meisten Bordsysteme abgeschaltet, um den Eindruck zu erwecken, als gäben wir tatsächlich auf ... Bisher wartet der Gegner einfach ab. Wir behalten ihn im Auge, aber bis ihr fertig seid, sind uns die Hände gebunden. Uns bleiben nur noch wenige Minuten, George. Beeil dich.«

»Kirk Ende«, antwortete der Erste Offizier, um in aller Deutlichkeit darauf hinzuweisen, daß er keine Zeit verlieren wollte. Er hatte sich vorgenommen, die Bombe von der Hülle zu lösen, bevor es t'Cael gelang, die vollständige Desaktivierungssequenz einzugeben. Er schaffte es, das selbstgesetzte Ziel zu erreichen, und nur wenige Sekunden später gab ihm Kilyle mit einem knappen Wink zu verstehen, daß der Sprengkörper entschärft war.

»Das wär's« brummte George und schob die Brechstange wie ein Schwert hinter den Instrumentengürtel. Behutsam hielt er das dunkle Objekt fest und verhinderte, daß es langsam fortschwebte. T'Cael griff ebenfalls zu.

»Möchten Sie diesen Vernichtungsapparat wirklich an Bord holen?« fragte der Romulaner. »Vielleicht sollten wir ihn dem All überlassen.«

»Stellt er jetzt bestimmt keine Gefahr mehr dar?«

»Ganz gleich, was ich darauf antworte ... Woher wollen Sie wissen, daß ich nicht lüge?«

George bedachte ihn mit einem finsteren Blick. »Sie haben recht. Nun, ich bin bereit, Ihnen zu vertrauen. Und was Ihre Frage betrifft: Ja, ich möchte das Ding behalten. Helfen Sie mir.«

Gemeinsam dirigierten sie den konischen Gegenstand zur nächsten Luftschleuse, die gerade genug Platz bot. Als sie die kleine Kammer betraten, richtete sich George auf und musterte t'Cael, dessen Züge hinter der Helmscheibe seltsam verzerrt wirkten. »Alles klar«, brummte er. »Jetzt die andere Bombe.«

Er wandte sich um und trat wieder nach draußen.

Einen Sekundenbruchteil später klang Aprils Stimme aus dem Kom-Lautsprecher. »George!«

»Hier Kirk.«

»Wir haben gerade Signale angemessen, die aus unserem Schiff stammen ...«

»Was? Bist du ganz sicher?«

»Kehrt sofort zurück! Kralle, stören Sie die Sendung! Peilen Sie ...«

George schaltete den Kommunikator ab, ergriff t'Cael am Arm und zerrte ihn in Richtung der Schleuse. »Los, Bewegung! Jemand an Bord der Königin setzt sich mit Ihren ehemaligen Freunden in Verbindung.«

»Das verstehe ich nicht«, erwiderte Kilyle verwirrt und stakte über die weiße Außenhülle. »Der Saboteur wurde doch gefaßt und befindet sich in einer Arrestzelle.«

»Vielleicht ist er ausgebrochen. Vielleicht ...«

»Wir müssen damit rechnen, daß der andere Sprengkörper ...«

Zu spät. Hinter dem Horizont des Diskussegments gleißte das Feuer der Vernichtung. Glut loderte vor dem Hintergrund des dunklen Universums, tastete mit fataler Zielstrebigkeit nach dem stählernen Leib des Raumschiffes. Die Königin erzitterte, als Metallplatten zerplatzten, und die Erschütterungen wurden so heftig, daß George den Halt verlor. Irgend etwas schmetterte ihn ans Schott, und die Brechstange preßte sich schmerzhaft fest an seinen Brustkasten. Unmittelbar darauf wirbelte er durchs All und beobachtete entsetzt, wie er sich vom Schiff entfernte.

Aus einem Reflex heraus bewegte er Arme und Beine, doch sie trafen nirgends auf Widerstand. Es gab keine festen Objekte, an denen er sich festhalten konnte.

Leere umgab ihn.

»Kirk ...« George vernahm eine vertraute Stimme und spürte etwas. Jemand berührte ihn am Arm. T'Cael ...

Ja, der Romulaner war noch immer bei ihm. Die Explosion der zweiten Bombe hatte sie zusammen fortgeschleudert. Ein Hoffnungsschimmer flackerte in ihm, verblaßte jedoch sofort wieder. *Ich sterbe also nicht allein*, dachte er. *T'Cael begleitet mich in den Tod.*

Er versuchte sich umzudrehen, verwendete Kilyles Körper als eine Art Angelpunkt, und schließlich sah er das Gesicht des Romulaners. Die Helmscheibe zeigte ein Spiegelbild des Starships, und George erinnerte sich daran, was für einen erhabenen Anblick es neben der dunklen Masse des Raumdocks geboten hatte.

Jetzt wirkte das Schiff noch weitaus prächtiger, umgeben von schwarzem Samt und den Diamanten ferner Sterne.

Wer behauptete, im Weltraum gebe es keine Geräusche? Kirk glaubte, den Atem der Königin zu hören: ein leises Zischen und Pfeifen, das ihm wie ein trauriger Abschied folgte.

»Mein Schutzanzug!« brachte er hervor, und mentale Kälte griff nach seinen Gedanken. »Ein ...«

Er krümmte sich, blickte an der Brustplatte vorbei und riß unwillkürlich die Augen auf, als er ein kleines Loch sah. Die Brechstange hatte das Isoliermaterial durchstoßen.

»Ein Leck«, stellte t'Cael fest und sprach ganz ruhig. »Bleiben Sie bei mir. Ich halte Sie fest ...«

Das Gefühl wich aus Kirks Leib, und eine tödliche Benommenheit tastete nach seinem Bewußtsein. Wie aus weiter Ferne hörte er das Fauchen der entströmenden Luft. Er zwinkerte mehrmals und glaubte zu sehen, wie sich t'Caels Mund bewegte. Irgend etwas schüttelte ihn, während das Prickeln in den Oberschenkeln allmählich nachließ und einer fast angenehmen Taubheit wich. *Ist dies der Tod?«*, flüsterte es irgendwo in ihm. *Ein sonderbarer Druck, der nicht nur dem Körper gilt, sondern auch den Gedanken? Als ertrinke man langsam ...* George erinnerte sich: Als Junge stürzte er in einen Fluß und wäre fast ertrunken.

»Meine Jungen ... Sprechen Sie mit meinen Jungen ...«

KAPITEL 21

»Ein kreislaufstabilisierendes Mittel.«

»Er ist noch immer bewußtlos.«

»Gut so. Wenigstens bleibt er still.«

Ein leises Zischen.

»Brücke an Captain.«

»Hier April.«

»Das Warptriebwerk wird vorbereitet. In den Materie-Antimaterie-Wandlern hat die Reaktion begonnen.«

»Wie lange dauert's, Carlos?«

»Fünfzehn Minuten bis zum Normniveau. Dann steht uns für alle Systeme volle Energie zur Verfügung.«

»Geben Sie mir rechtzeitig Bescheid. April Ende.«

»Er kommt wieder zu sich, Robert. Wenn du möchtest, gebe ich ihm ein Sedativ.«

»Nein, Sarah. Ich brauche ihn wach.«

»Na schön. Aber beschwer dich später nicht.«

»George?«

Von einem Augenblick zum anderen strömte Luft in seine Lungen. Er richtete sich abrupt auf und keuchte, glaubte plötzlich, aus einem gräßlichen Alptraum zu erwachen. George bebte am ganzen Leib und stieß die Hände beiseite, die ihn festhalten wollten. Er sah Robert. Und t'Cael. Und Sarah Poole. Seltsam. Schwebten sie ebenfalls im Weltraum? Nein, das ergab keinen Sinn. Kirk versuchte, sich auf seine Umgebung zu konzentrieren.

Eine matt glänzende Decke. Weiße Wände. Bunte Instrumentenanzeigen. Etwas Rundes unter ihm. Der Transporterraum. Georges Schutzanzug lag etwas abseits auf der Plattform. T'Cael streifte gerade seinen eigenen ab, und ein Medo-Assistent half ihm dabei. Zwei Techniker standen an den Transporterkontrollen.

»George, Gott sei Dank«, murmelte April. Seine blauen Augen blickten besorgt. Er trug noch immer den Kopfverband, der einen Teil des braunen Haarschopfs bedeckte; rote Flecken zeigten sich auf seinen Wangen. »Wir haben dich gerade noch rechtzeitig zurückgeholt.«

George blinzelte. »Zurück ... ich verstehe ...«

T'Cael überließ seinen Raumanzug dem Assistenten und ging neben Kirk in die Hocke. »Wie fühlen Sie sich?«

»Nicht besonders gut.«

»Können Sie gehen?«

»Äh ... wie weit?«

April runzelte die Stirn. »Sarah ...«

»Bin schon dabei.« Sie griff nach einem kleinen Injektor und lud ihn mit einer Kapsel. »Das bringt ihn wieder auf die Beine«, fügte sie hinzu und preßte das Gerät an Georges Arm.

Ein leises Zischen, das George viel zu deutlich an den Alptraum erinnerte – und einige Sekunden später hatte er plötzlich das Gefühl, gerade sechs Tassen Kaffee getrunken zu haben. Die Benommenheit verflüchtigte sich und wich einer vagen Übelkeit.

»Was ist geschehen?« fragte er, stützte sich an der Plattform ab und spannte versuchsweise die Muskeln. »Hat sich das Schiff in ein Wrack verwandelt?«

»Die Explosion der zweiten Bombe hinterließ ein Loch in der Außenhülle und zerstörte einige Sektionen«, antwortete April. »Wenn beide Sprengkörper detoniert wären, hätten wir kaum eine Chance gehabt. Nun, drei Besatzungsmitglieder kamen ums Leben, und einige weitere wurden verletzt, aber die Bordsysteme sind voll einsatzfähig. Der Computerraum blieb unbeschädigt.«

»Die Königin ist zäh«, brummte George und entsann sich an das Aufblitzen, an die heftigen Erschütterungen. Er wußte nicht, wieviel Zeit inzwischen verstrichen war. Offenbar nur wenige Minuten, denn immerhin befanden sie sich noch immer im Transporterraum. *Nur einige Mi-*

nuten, wiederholte er in Gedanken. *Aber Robert spricht so über den Tod von drei Crewmitgliedern, als seien sie schon vor Stunden gestorben.*

»In der Tat«, bestätigte April die letzten Worte seines Ersten Offiziers. »Nach der Explosion aktivierten wir die Impulstriebwerke, und seitdem bemühen wir uns, die beiden Patrouillenschiffe auf Distanz zu halten. Aber sie manövrieren besser als wir, und es wird sicher nicht mehr lange dauern, bis sie zu uns aufschließen. Ich hoffe nur, daß wir bis dahin volle Warpenergie haben. Kannst du aufstehen?«

»Ich kann es versuchen.«

April wollte George helfen, aber Sarah schob ihn mit sanftem Nachdruck beiseite, wies mit einem warnenden Blick darauf hin, daß er sich nicht anstrengen durfte. T'Cael trat näher, griff nach Kirks Arm und zog ihn vorsichtig hoch. George trachtete vergeblich danach, aus eigener Kraft zu gehen, mußte sich auf den Romulaner stützen. Noch vor einem Tag hätte er nicht einmal im Traum daran gedacht, die Hilfe eines Romulaners in Anspruch zu nehmen, aber jetzt ... *Himmel, es ist doch nur t'Cael. Er gehört praktisch zu uns.*

George räusperte sich und überlegte. »Hat jemand die Arrestzelle kontrolliert? Was ist mit Saffire?«

»Er befindet sich noch immer in seiner Kammer«, sagte April und zuckte mit den Schultern. »Die Signale können nicht von ihm stammen.«

»Dann haben wir noch einen zweiten Saboteur an Bord.«

»Das wäre durchaus möglich«, sagte t'Cael. »Romulanische Agenten arbeiten nur selten allein. Ich hätte daran denken sollen.«

»Machen Sie sich nichts draus«, erwiderte April und winkte ab. »Wir haben die Signale angepeilt – sie kamen aus dem Maschinenraum. Drake ging nach unten, aber er kann nicht einfach alle Techniker verhaften. Es muß uns irgendwie gelingen, den zweiten Agenten zu identifizieren. Kralle blockiert unterdessen die externen Frequenzen, um zu verhindern, daß der Gegner weitere Sendungen empfängt.«

Sie verließen den Transporterraum und betraten den Turbolift.

»Nun, der Unbekannte ist weiterhin imstande, die Bordsysteme zu sabotieren«, sagte George nach einer Weile. »Saffire will vermutlich keine Auskunft geben, oder?«

»Nein.«

»Vielleicht solltest du deinen Fragen Nachdruck verleihen.« Kirk stützte sich an der Wand ab und seufzte schwer. »Was ist mit Wood? Habt ihr ihn überprüft?«

»Brownells Assistent? Der Junge ist doch noch grün hinter den Ohren.«

»Eben.«

»Ich verstehe nicht ganz ...«

»Typische Infiltrationspsychologie. Man nehme einen jungen Mann, der sowohl begabt als auch leicht zu beeinflussen ist, der noch nicht genug Lebenserfahrung gesammelt hat, um alle Tricks zu kennen. Man übe Druck auf ihn aus, verwandle ihn in ein willfähriges Werkzeug. Wood hat Zugang zu allen Bereichen, und als Brownells engster Mitarbeiter kennt er sich bestens mit der neuen Technologie aus. Er bietet dem Gegner genau den richtigen Ansatzpunkt.« Georges Gedanken rasten, als er diese Worte formulierte, und Aprils Gesichtsausdruck machte deutlich, daß seine Besorgnis schlagartig zunahm. Kirk deutete mit dem Zeigefinger auf ihn. »Hinzu kommt: Woody sieht fast ebenso harmlos aus wie du.«

Überraschenderweise widersprach der Captain nicht. Erneut bildeten sich rote Flecken auf seinen blassen Wangen, und nach einigen Sekunden schaltete er das Interkom ein. »April an Lieutenant Reed.«

»Hier Reed.«

»Ist Wood im Maschinenraum?«

»Ich habe die junge Intelligenzbestie schon seit einer ganzen Weile nicht mehr gesehen, Sir.«

»Suchen Sie Woody und verhaften Sie ihn.«

»Im Ernst?«

George beugte sich vor. »Schnapp dir den Jungen, Drake. Es ist nur so eine Ahnung: Brownells Assistent erscheint mir einfach zu sauber. Er wirkt entschieden zu unschuldig.«

»Wenn das als Grund genügt, um Verdacht zu schöpfen, sollte ich mich selbst unter Arrest stellen.«

George gab keine Antwort, schaltete einfach ab und holte tief Luft. Er versuchte, seine Gedanken zu ordnen, Sorgen und Befürchtungen durch kühle Rationalität zu ersetzen. Die Vorstellung, daß sich Saffires Komplize irgendwo im Schiff herumtrieb und vielleicht gerade mit einem neuen Sabotageakt begann, ließ ihn innerlich erzittern.

T'Caels Hand blieb um den Arm des Ersten Offiziers geschlossen, als er verschiedene Alternativen gegeneinander abwog und eine Entscheidung traf. »Vielleicht bin ich imstande, das Problem zu lösen, Captain.«

April wandte sich ihm zu. »Wie?«

»Erlauben Sie mir, mit dem Kommandanten der *Jäger* zu sprechen. Er ist ein loyaler Offizier des Reiches, aber keineswegs ein Fanatiker. Vermutlich kennt er nicht die ganze Wahrheit.«

Die Kabine des Turbolifts hielt an, und das Schott glitt beiseite. Vor den drei Männern erstreckte sich die Brücke, und der Wandschirm zeigte nach wie vor die beiden romulanischen Kriegsschwalben. Ihre Entfernung zum Föderationsschiff verringerte sich allmählich, und wenn sie noch näher herankamen, ließen sich neuerliche Gefechte kaum vermeiden — bis volles Warppotential zur Verfügung stand und die Flucht ermöglichte.

April warf einen kurzen Blick auf die taktischen Monitoren, deren Diagramme die Position des Schiffes den beiden Verfolgern zeigten. »Wieviel Zeit bleibt uns?« fragte er.

»Wenn die Romulaner auch weiterhin allen unseren Manövern zuvorkommen ...«, entgegnete Florida zerknirscht. »Etwa acht Minuten.«

»Verdammter Mist.« April sah auf den Wandschirm, und es dauerte eine Weile, bis er die Bedeutung von t'Caels Vorschlag begriff. Offenbar war das Reich keine fest strukturierte und in sich geschlossene Einheit; allem Anschein nach gab es verschiedene Fraktionen, sowohl in der Regierung als auch an Bord der Patrouillenschiffe. *Bei den Romulanern finden Entwicklungen statt, die eine sorgfältige Analyse erfordern,* dachte der Captain und beobachtete t'Cael, der weitaus besser darüber Bescheid wußte – und sich anbot, den Menschen mit seinen Kenntnissen zu helfen. »In Ordnung«, sagte April schließlich und deutete auf die Kommunikationsstation. »Kralle, öffnen Sie einen Kanal für Mr. t'Cael. Er möchte mit der *Jäger* sprechen. Codierter Richtstrahl.«

Der große Indianer zuckte mit den Achseln »Ich will's versuchen. Obgleich die romulanischen Codes außerordentlich kompliziert sind.«

George folgte Kilyle und April, nahm von Sanawey ein Kom-Modul entgegen, griff nach einem zweiten und reichte es April. »Wir können mithören, wenn die automatische Übersetzung eingeschaltet ist.«

T'Cael drehte sich zu ihm um, und der Blick seiner dunklen Augen schien den ersten Offizier zu durchbohren. Er wirkte verletzt.

»Trauen Sie mir noch immer nicht, Kirk?«

George hielt das kühle Kom-Modul nachdenklich in der Hand. »Ich vertraue *Ihnen*«, sagte er fest. »Aber nicht den Roms dort draußen.«

Wie in Zeitlupe wandte sich t'Cael der Kommunikationsstation zu, doch er sah George lange genug an, um gegenseitiges Verständnis zu ermöglichen. Er lehnte sich an die Konsole, faltete die Hände und fixierte seine Gedanken auf das bevorstehende Gespräch mit dem Kommandanten der *Jäger*. Nach einer Weile nickte er Sanawey zu.

»*Vaed'rae hwaveyiir Zwaan*«, sagte er und wählte

seine Worte mit besonderer Vorsicht. »*Tiikhre'Urrt riov Kilyle'a.*«

Sanawey betätigte mehrere Tasten, und der Transkriptionscomputer reagierte rechtzeitig genug, um die Antwort zu übersetzen. Das Programm beschränkte sich nicht nur auf eine Bedeutungsanalyse der einzelnen Sätze, sondern fügte auch eine adäquate Klangfarbe hinzu, um die emotionalen Reaktionen des Romulaners zu verdeutlichen, mit dem t'Cael sprach.

»Primus! Unterzenturio Ry'iak teilte uns mit ...«

»Er behauptete, ich sei tot, nicht wahr? Nun, er hat sich geirrt. Ich schlage vor, Sie überprüfen mein Stimmuster.«

»Das ... ist bereits geschehen.«

»Wie aufmerksam von Ihnen«, sagte t'Cael und stellte sich das verlegene Lächeln des Kommandanten vor. H'kuyu gehörte zu den wenigen Leuten, die genau wußten, was er meinte.

»Befinden Sie sich in Gefangenschaft?«

»Nein. Ich verhandle mit den Menschen. Was hat man Ihnen sonst noch gesagt?«

Kurze Stille folgte, und als H'kuyu antwortete, deutete sein Tonfall darauf hin, daß er zu begreifen begann. »Nur wenig.«

Kilyle beugte sich vor. »H'kuyu, ich berufe mich auf unser *Mnhei'soh*, auf die besondere Beziehung zwischen uns.«

Wieder schwieg der Kommandant eine Zeitlang. »Ich verstehe. Einen Augenblick.« Die dritte Pause dauerte etwas länger, und die Zuhörer vernahmen einige Stimmen im Hintergrund, einen scharfen Befehl. Kurz darauf sagte H'kuyu: »Der Kom-Kanal ist jetzt abgeschirmt. Übermitteln Sie mir Ihre Botschaft.«

T'Cael starrte auf den Wandschirm, und fast wehmütig beobachtete er die Darstellung der *Jäger*. Er bedauerte es sehr, daß die Unterschiede zwischen den Rihannsu- und Föderations-Technologien einen visuellen Kontakt verhinderten. Vor seinem inneren Auge formten sich Konturen, die ihm H'kuyus kantiges Gesicht zeigten, sein langes, graues Haar. Wie viele Jahre lang hatten sie an Bord von Raumschiffen gedient, die im gleichen Sektor patrouillierten? Ein seltsamer Zufall in einer Flotte, deren Offiziere immer wieder versetzt wurden, um dauerhaften Freundschaften zwischen ihnen vorzubeugen. Normalerweise genossen nur sehr hochrangige Rihannsu das Privileg, sich einen Kreis von Vertrauten zu schaffen. T'Cael und H'kuyu kannten sich seit ihrer Zeit als Vorzenturionen und waren klug genug, niemanden darauf hinzuweisen.

Kilyle hielt seine Stimme unter Kontrolle und fuhr fort: »Um der Zukunft des Reiches willen ... Dieses Schiff darf nicht aufgebracht werden.«

»Möchten Sie, daß wir es zerstören, Primus?«

T'Cael lächelte reumütig, als H'kuyu seine Worte falsch interpretierte. »Es muß die Möglichkeit bekommen, zur Föderation zurückzukehren, und anschließend sollten wir den Zwischenfall vergessen. Um zu verhindern, daß der Oberste Prätor seine Pläne verwirklichen kann.«

»Sie verlangen eine Menge.«

»Das stimmt«, bestätigte t'Cael. »Aber ich kenne Sie. Ich weiß, daß Sie keine Absicht haben, sich Ry'iak zu unterwerfen. Wenn sich der Senatsproktor durchsetzt, droht unserer Zivilisation eine Katastrophe.«

»Ich werde darüber nachdenken«, versprach H'kuyu. »Das Mutterschiff ist fast in Kom-Reichweite. Ich berate mich mit dem Großen Primus und ...«

»Der Große Primus verdient kein Vertrauen.«

»Sind Sie sicher?«

»Leider ja. Ich weiß, auf welcher Seite er steht. Auf der falschen.«

»Captain ...«, warf Sanawey ein. »Das andere Patrouillenschiff setzt einen speziellen Peiler ein und zapft den Kom-Kanal an. Offenbar versuchen die anderen Roms, den Code mit einer Art Frequenzzerhacker zu knacken.«

»Wollen wir nur hoffen, daß ihnen das nicht gelingt«, murmelte April und klopfte Kilyle auf die Schulter. »Mr. t'Cael ...«

»Ich verstehe«, sagte der Primus und fügte auf Romulanisch hinzu: »Haben Sie mit Kai gesprochen?«

»Nein ...« H'kuyu zögerte, schien zu versuchen, Lüge von Wahrheit zu trennen und sich ein Bild von der Lage zu machen.

»Vielleicht ist er tot«, sagte t'Cael.

»Möglich ...«

»Unterhalten Sie Kontakte zur *Vernichter?*«

»Kaum. Soll ich Ihre Order weiterleiten?«

»Nein. Ry'iak weiß nicht, daß ich mich an Bord dieses Raumschiffes aufhalte. Vielleicht gibt er sich eine Blöße, wenn er mich weiterhin für tot hält. Vielleicht bekommen wir dadurch Gelegenheit, ihm das Handwerk zu legen. Seien Sie auf der Hut, mein Freund. Der Proktor ist gefährlich.«

»Ich versuche, mich mit Subcommander Kai in Verbindung zu setzen«, sagte H'kuyu.

»Wer hat den Befehl gegeben, die *Hja* zu zünden? Ry'iak?«

»Ich weiß nicht genau, Primus. Ein Rihannsu-Agent an Bord des Schlachtkreuzers übermittelte der *Vernichter* eine Nachricht, und daraufhin wies man uns an, die beiden Bomben zur Explosion zu bringen. Ich hatte keine Ahnung, daß wir Sie dadurch in Gefahr brachten.«

»Schon gut. Was den Agenten betrifft ...«

»Captain!« rief Florida. »Die *Vernichter* nähert sich.«

April wirbelte herum. »Ausweichmanöver!«

»Sie eröffnet das Feuer!«

T'Cael blickte auf den Wandschirm und versteifte sich plötzlich. Er bemerkte etwas, das der Aufmerksamkeit des menschlichen Captains und seiner Crew entging, eine seltsame Neigung der stählernen Schwingen. Er schnappte nach Luft und rief: »H'kuyu! *Ra*'Traikh *hu'yyak* ...«

Doch die Warnung kam zu spät. Zwei kleine Raumschiffe schwebten vor der Königin im All. Helle Strahlen rasten durch die Schwärze, und eine der beiden Patrouilleneinheiten verwandelte sich in einen Glutball.

Energie loderte und gleißte, riß die *Jäger* auseinander.

Trümmerstücke segelten davon. April riß die Augen auf und konnte es einfach nicht fassen.

»Die Romulaner haben auf ihre eigenen Gefährten geschossen«, platzte es ungläubig aus Florida heraus. Seine Stimme vibrierte.

Das Projektionsfeld zeigte eine *Vernichter*, die langsam und wie triumphierend abdrehte.

Das grelle Schimmern entfesselter Vernichtungskraft verblaßte, und zurück blieb eine Wolke aus pulverisierter Materie.

Kummer und Zorn verzerrten t'Caels Gesicht. Er hatte gerade einen guten Freund verloren und stellte sich der bitteren Erkenntnis, daß nun das wahre Chaos begann: Rihannsu brachten sich gegenseitig um.

Als er beobachtete, wie die *Vernichter* davonraste, konnte er sich kaum mehr beherrschen. Deutlicher Schmerz spiegelte sich in seinen Zügen wider. H'kuyu, sein Schwarm ...

Er hätte es vorgezogen, kein Wort zu sagen, doch als er Captain Aprils mitfühlenden Blick spürte, teilten sich seine Lippen.

»Das Ende der Ehre«, sagte er leise. »Jetzt gibt es nur noch Schande.«

April trat einen Schritt auf ihn zu, brachte jedoch keinen Ton hervor.

Neben ihm schlug George mit der Faust auf die Brüstung. »Jetzt reicht's«, knurrte er. »Das Maß ist endgültig voll. Robert ...«

April schüttelte den Kopf. »Nein. Ich überlasse es dir.«

»Carlos! Warpenergie auf die Hauptbatterien. Die verdammten Miskerle sollen spüren, was es bedeutet, sich mit uns anzulegen.«

»Ja, *Sir!*«

George sprang aufs Kommandodeck und nahm im Sessel neben Florida Platz. Zusammen mit dem Steuermann bediente er die Kontrollen, und die Königin reagierte, neigte sich dem letzten Schiff des Schwarms entgegen.

KAPITEL 22

Das Starship nahm Kurs auf die *Vernichter* und erwachte wie ein Moloch, der bisher geschlafen hatte.

Der gegnerische Kommandant begriff sofort, welche Gefahr drohte. Die Sensoren der Patrouilleneinheit registrierten ein weitaus höheres energetisches Niveau, als Triebwerk und Verteidigungssysteme des weißen Schiffes auf Warpenergie zurückgriffen.

Die letzte Kriegsschwalbe des Zweiten Reichsschwarms beschleunigte jäh, vollführte ein korkenzieherartiges Manöver und floh mit voller Sublicht-Geschwindigkeit.

»Jetzt kriegen sie's mit der Angst zu tun«, zischte George. »Lauft nur, Feiglinge. Wir erwischen euch doch.«

T'Cael nickte grimmig und stellte sich einen Ry'iak vor, der einige sehr unangenehme Fragen des Großen Primus beantworten mußte. Wo befindet sich der Feldprimus? Was ist mit Ihrem Commander? Und der *Sub*commander? Und da wir gerade dabei sind: Warum besteht der Schwarm nur noch aus einer Einheit?

»Captain, ich orte ein anderes Raumschiff«, berichtete Sanawey. »Es nähert sich mit hoher Warpgeschwindigkeit. Scheint ein ziemlich dicker Brocken zu sein.«

»Bestimmt das Mutterschiff«, sagte t'Cael monoton und spürte eine sonderbare Benommenheit. Er hätte es nie für möglich gehalten, daß ein einzelnes Raumschiff einem voll ausgerüsteten Schwarm standhalten konnte, doch jetzt näherte sich der Große Primus, um das Schicksal der Königin zu besiegeln.

»Der Energieverbrauch muß enorm sein«, murmelte Bernice Hart und blickte auf die Anzeigen ihrer Konsole. »Offenbar legt der Kommandant des Mutterschiffes großen Wert darauf, möglichst schnell zur Stelle zu sein.«

Captain April saß im Sessel des Befehlsstands und schlug den Kragen seiner Strickjacke hoch. Er wirkte erschöpft, wie ausgelaugt. »Haben Sie irgendwelche Informationen für uns, Mr. t'Cael?«

Kilyle trat auf ihn zu. »Die romulanische Hauptflotte besteht aus Zerstörern, Kundschaftern, Patrouillen- und Überwachungseinheiten, Transportern und Schlachtkreuzern. Es gibt nur sechs Mutterschiffe, die auch als Truppentransporter fungieren. Jedes einzelne trägt sechs Schwärme. Sie sind zu Gefechten während des Hyperlichtfluges in der Lage, wohingegen die Kampfbereitschaft der Schwärme auf Sublichtgeschwindigkeiten beschränkt bleibt. Das Mutterschiff bringt sie ins Einsatzgebiet und setzt anschließend den Transit fort. Nun, die Waffensysteme und das Triebwerk solcher Trägerschiffe können auch mit der Energie der Kriegsschwalben gespeist werden, und daraus ergibt sich eine enorme energetische Reserve. Die Mutterschiffe sind besonders schnell, und ihre Offiziere haben lange Raumerfahrung. Bisher orten Sie nur eins, doch bestimmt sind auch noch andere unterwegs.«

April hatte mit einer solchen Auskunft gerechnet, aber trotzdem verspürte er neuerliche Niedergeschlagenheit. Nacheinander musterte er seine Gefährten, dachte an die anderen Personen an Bord. *Sie gehören zu den besten Technikern und Wissenschaftlern der Föderation,* überlegte er. *Sie haben das Starship gebaut und wissen daher, wozu es fähig ist. Es stellt eine Waffe dar, mit der sich ganze Planeten und Sonnensysteme vernichten lassen, aber bei der Entwicklung dachten wir an eine andere Bestimmung. Wir träumten von Forschungsmissionen, von der Entdeckung neuer Zivilisationen. Die Königin sollte zu einer Botschafterin des Friedens werden, nicht zu einem Damoklesschwert, das über der ganzen Galaxis schwebt. Wir wollten die Kolonisten der* Rosenberg *retten, aber nun sehen wir uns mit einem romulanischen Mutterschiff konfrontiert, mit der Notwendigkeit, erneut zu zerstören, zu töten.*

Krieg. Nur ein Wort. Aber es bedeutete soviel Leid, soviel Schrecken.

Bernice Hart drehte sich um, und es blitzte in ihren Augen, als sie t'Cael ansah. »Für Sie gibt es nur den Kampf, nicht wahr?«

»Nicht für *mich*«, erwiderte Kilyle bedrückt. »Ich strebe ebensosehr nach dem Frieden wie Sie. Aber der Oberste Prätor und seine Schergen denken anders. Sie nutzen jede Gelegenheit, um ihre Macht zu erweitern. Und sie betonen immer wieder, wie wichtig die Verteidigungsbereitschaft sei.«

»Bereitschaft zur Verteidigung«, preßte Kirk abfällig hervor. »Nur ein Vorwand, um jederzeit angreifen zu können.«

»George ...«, mahnte April.

»Er hat recht«, sagte t'Cael ruhig, und diesmal glühte in seinen Pupillen kein Zorn. »Ich habe Sie selbst darauf hingewiesen.«

April sah Sanawey an. »Kralle, wenn wir eine Nachricht senden ... Wie lange dauert es, bis sie Starfleet Command erreicht?«

»Wir sind nicht mehr in der Lage, der Föderation irgendwelche Botschaften zu schicken«, erwiderte der Indianer. »Das Mutterschiff ist nahe genug heran, um alle Frequenzen zu blockieren.«

»Jetzt wird's brenzlig«, sagte Florida und warf einen kurzen Blick auf die taktische Anzeige. Die Entfernung zum Mutterschiff schrumpfte rasch.

»Eine treffende Beschreibung unserer Situation«, bestätigte April und schnitt eine Grimasse. Er hatte das Gefühl, als laste ein schweres Gewicht auf seinen Schultern. Die Bürde des Kommandanten: Er war immer allein, wenn es darum ging, wichtige Entscheidungen zu treffen. Ein weiteres Gefecht stand ihnen bevor, ließ sich gar nicht vermeiden. »Nun, deine Wünsche sind in Erfüllung gegangen, George«, sagte er und machte keinen Hehl aus seiner Bitterkeit.

Kirk hob ruckartig den Kopf. »Das ist nicht fair, Robert.«

April strich sich mit den Fingerknöcheln über die Lippen und sah George an. Dann richtete er seinen Blick wieder auf den Wandschirm, ohne sich zu entschuldigen.

Er wußte nun, daß sie unter allen Umständen überleben mußten, um die Föderation vor der geplanten romulanischen Offensive zu warnen. Er stemmte sich in die Höhe, ignorierte das Zittern in den Knien. »Ich sage es nicht gern«, begann er, und niemand zweifelte daran, daß er es ernst meinte, »aber wir müssen das Mutterschiff so schnell wie möglich eliminieren und von hier verschwinden, bevor eine ganze Flotte eintrifft. Hat jemand eine Idee? Können wir den Gegner stark genug beschädigen, um uns mit Sublicht-Geschwindigkeit abzusetzen?«

T'Cael schüttelte langsam den Kopf und bedauerte seine Antwort. »Sie haben einen Schwarm zerstört«, erinnerte er April. »Mit anderen Worten: Der Kommandant des Mutterschiffes ist gewarnt und zu allem entschlossen. Er wird ohne zu zögern angreifen — und nicht davor zurückschrecken, sich und seine Crew zu opfern.«

Robert verstand, was ihm der Romulaner mitzuteilen versuchte: Vergessen Sie Ihren Altruismus. Seien Sie bereit, erbarmungslos zu töten. Tiefe Falten bildeten sich in seiner Stirn, als er daran dachte, daß noch einmal die Waffen sprechen mußten. Er hielt sich an der Armlehne des Kommandosessels fest und beobachtete die Darstellung des heranrasenden Mutterschiffes. Es wurde bereits von den Fernsensoren erfaßt und bot sich als ein gewaltiger Bumerang dar, an dem Kriegsschwalben kleine Buckel bildeten. Offenbar hatte es alle ausgesetzten Schwärme aufgenommen, bevor es diesen Sektor anflog.

»Vielleicht haben wir doch noch eine Chance.« Kirk stand steifbeinig auf, gesellte sich an Aprils Seite und bedachte ihn mit einem Blick, der Frage und Antwort in sich vereinte. »Wir setzen eine Waffe ein, mit der die Roms bestimmt nicht rechnen.«

Seine Stimme klang seltsam düster.

April musterte ihn eine Zeitlang. »Was meinst du damit, George?«

Sanaweys Schultermuskeln zuckten kurz, als er sich über seine Konsole beugte. »Die Deflektoren sind so beschaffen, daß sie Partikelstrahlen und gebündelte Energie abwehren ... Am Bug des Schiffes und im Bereich der Triebwerkssektionen sind die Schilde besonders stark. Es handelt sich um eine energetische Struktur, die polarisierte Wellenfronten absorbiert und ...«

»Was?«

Der Astrotelemeter hielt kurz inne und in Gedanken wiederholte er noch einmal die letzten Sätze. Schließlich sah er zum Ersten Offizier auf. »Schutzschirme müssen in der Lage sein, gewisse Dinge durchzulassen – zum Beispiel Licht und Kommunikationssignale –, während andere vom Schiff ferngehalten werden sollen: Hitze, kinetische Energie, Laserstrahlen.«

»Aber das gilt nicht für ...«, begann George hoffnungsvoll.

»Nein. Ich glaube, es läßt sich bewerkstelligen, Mr. Kirk. Was das Beamen angeht, stellen die gegnerischen Deflektoren kein Hindernis dar.«

»Warum auch?« George lächelte finster. »Bisher hatten die Romulaner nicht den geringsten Grund, sich vor Transportern zu fürchten.« Er trat an die Navigationskonsole heran und schaltete das Interkom ein. »Kirk an Maschinenraum. Wie weit sind Sie?«

»Wir schleppen das Ding gerade durch einen der breiteren Wartungsschächte«, tönte Dr. Brownells gelassen klingende Stimme aus dem Lautsprecher. Die ernste, angespannte Lage schien ihn überhaupt nicht zu beeindrucken. »Mußten Sie es ausgerechnet in einer Rumpfschleuse zurücklassen, Schlaukopf?«

»Ich heiße Kirk«, entgegnete George kühl, obwohl ein dünnes Lächeln seine Lippen umspielte.

»Wie schön für Sie.«

George seufzte lautlos und verzichtete auf eine scharfe Antwort. »In sechzig Sekunden muß der Apparat im nächsten Transporterraum sein.«

»Ich hoffe, Ihnen ist klar, auf was Sie sich einlassen.«

»Die Romulaner haben uns ein Geschenk gemacht, und diese freundliche Geste wollen wir erwidern. Der Code ist bereits eingegeben. Sagen Sie Ihren Leuten, sie sollen die blaue Taste drücken, sobald die Bombe auf der Transferplattform liegt. Dadurch wird der Zünder geschärft.«

»Wir verfügen jetzt wieder über Warpenergie«, stellte Dr. Brownell im Plauderton fest. »Warum verschwinden wir nicht einfach von hier?«

»Weil uns die Roms bestimmt verfolgen würden«, knurrte George verärgert.

April beobachtete, wie die Wangen seines Ersten Offiziers zu glühen begannen. »Doktor, hier spricht der Captain. Wir sitzen verdammt in der Klemme. Sie und Ihre Techniker müssen jetzt bei der Stange bleiben. Vergewissern Sie sich, daß alle notwendigen Vorbereitungen getroffen sind. Vielleicht werden wir ordentlich durchgeschüttelt.«

»Geschähe nicht zum erstenmal, August«, erwiderte der alte Mann. »Inzwischen haben wir alle Systeme auf Vordermann gebracht und die Königin in eine Kampfmaschine verwandelt. Zögern Sie nicht, Gebrauch davon zu machen.«

April verzog das Gesicht. »Danke, Dr. Brownell. Ich werde daran denken.«

»Sie sollen nicht denken, sondern handeln.«

»Wie Sie meinen. April Ende.« Er schaltete ab, bevor Brownell etwas hinzufügen konnte.

George stand an der Brüstung und beobachtete den Captain, sah deutlich, welche Wirkung die Worte des Wissenschaftlers auf ihn hatten. Emotionaler Schmerz zeigte sich in Aprils Zügen, und er versuchte, sich davon zu befreien, zu neuer Entschlossenheit zu finden. *Glaubt er wirklich, ich sei zumindest teilweise für unsere derzeitige Situation verantwortlich?* überlegte Kirk und spürte plötzliches Unbehagen. Er biß sich auf die Lippe, trat wieder aufs Kommandodeck und blieb neben dem Captain stehen. »Robert ...«, sagte er leise. »Vielleicht können wir ein Gefecht vermeiden. Wenn mein Plan funktioniert, machen wir uns einfach aus dem Staub.«

April seufzte. »Danke, George. Ich schlage vor, wir leiten jetzt den Warptransit ein.«

Als sich George abwandte und zu Florida zurückkehrte, wußte er, daß er April der Einsamkeit seiner Kommandopflichten überließ. »Alle Systeme auf Hyperlicht vorbereiten. Bugdeflektoren verstärken. Nehmen Sie Kurs auf das Mutterschiff.«

Sanawey stand abrupt auf. »Sir, der Transporter hat keine so große Reichweite wie unsere Waffen«, erinnerte er den Ersten Offizier. »Wir müssen ziemlich nahe heran.«

George nickte und gab Florida ein unnötiges Zeichen — der Steuermann gab bereits die Kursdaten ein. Gut. Das bewahrte Kirk davor, ausdrücklich einen Vorbeiflug in unmittelbarer Nähe zu befehlen.

»Warptransit beginnen«, sagte der Captain dumpf. »Wir fliegen dem Feind entgegen.«

Und bringen die Sache hinter uns.

April sprach diesen Zusatz nicht laut aus, aber alle hörten ihn. Und dachten: *Oder wir sterben.* Die Techniker und Ingenieure an Bord hatten nicht erwartet, in eine solche Lage zu geraten; aber sie begriffen nun, daß es vielleicht sogar besser war — besser für die Föderation —, wenn sie im romulanischen Reich ihr Leben ließen, wenn das Starship vollständig vernichtet wurde, anstatt einen verheerenden interstellaren Krieg auszulösen.

Floridas Finger tanzten über Tasten und Schalter, und die weiße Königin reagierte sofort, sang ein Lied geballter Kraft. Die Darstellungen des Wandschirms veränderten sich.

Mit Warpgeschwindigkeit raste das Schiff durchs All, und ferne Sterne verwandelten sich in bunte Streifen. Gewaltige Entfernungen schrumpften jäh zusammen, und innerhalb weniger Sekunden war das Mutterschiff heran. Voller Genugtuung stellte George fest, daß an dem keilförmigen Raumer einige Buckel fehlten; die leeren Deckmodule wiesen in aller Deutlichkeit auf einen zerstörten Schwarm hin.

T'Cael stand neben dem Befehlsstand und beobachtete sein ehemaliges Flaggschiff. Die *Vernichter* hatte wieder ans Mutterschiff angelegt, und bestimmt wurden dem Großen Primus gerade wichtige Informationen übermittelt. Aber wenn sich Kirks Plan schnell genug verwirklichen ließ, blieb ihm keine Zeit mehr für einen Angriff. Weder der Kommandant noch seine Offiziere ahnten, was ihnen bevorstand, denn sie wußten nichts von der entsprechenden Technologie.

Das Mutterschiff drehte ab, und in diesem Manöver erkannte t'Cael die Verwirrung der Crew. Die Besatzungen der einzelnen Schwarmeinheiten sahen sich plötzlich in die Defensive gedrängt, hatten sicher mit einer Flucht des Föderationsschiffes gerechnet.

Der Kommandant des riesigen Raumschiffs ließ sich jedoch nicht so einfach überraschen und gab Befehl, das Feuer zu eröffnen.

Mit unvorstellbarer Geschwindigkeit sausten die beiden Raumschiffe aneinander vorbei, und unter solchen Umständen waren nur Computer imstande, eine genaue Zielerfassung vorzunehmen. Dicke Energiebündel zuckten von den Schwingenspitzen des Gegners und zerstoben an den bugwärtigen Schilden der Königin.

Das Starship erbebte, wich jedoch nicht vom Kurs ab. Und der Bibliothekscomputer gab das Signal. Tief im Diskussegment wurden die Systeme des Transporterraums aktiv, und für einen kaum meßbaren Sekundenbruchteil entstand eine Strukturlücke in den Deflektoren. Ein konisches Objekt entmaterialisierte, verwandelte sich in eine energetische Matrix, die Raum und Zeit durchquerte und im Hauptreaktor des Mutterschiffes wieder feste Substanz gewann.

»Transfer beendet, Captain!« rief Sanawey, um das Donnern der Entladungen zu übertönen. Kompensationsmechanismen surrten und summten.

April nickte. »Also los, Carlos. Weg von hier!«

Destruktive Energie flackerte über die stark belasteten Schilde des Föderationsschiffes, als es zur Seite abkippte und sich schnell vom romulanischen Mutterschiff entfernte. George sah auf den großen Wandschirm und beobachtete, wie das Schiff die Verfolgung begann.

Er wartete, hielt unwillkürlich den Atem an.

Eine orangefarbene Flamme leckte aus dem Heckbereich des langen Keils, als die Bombe im zentralen Meiler detonierte. Ein mehrere Kilometer langer Geysir aus purer Energie bildete sich, und die Wucht der Explosion verlieh dem Schiff ein neues Bewegungsmoment. Manövrierunfähig hing es im All, drehte sich langsam um die eigene Achse. Hier und dort glühte es an der Außenhülle: Kettenreaktionen, die auch die Schwarmeinheiten betrafen.

T'Cael stellte sich vor, was nun an Bord des Mutterschiffes geschah: Nukleares Feuer zerstöre Kammern und Korridore, verbrannte Stahl und schutzlose Körper.

»Erstaunlich ...«, murmelte er, fühlte sich zwischen Bewunderung und Kummer hin und her gerissen.

»Geschwindigkeit auf Sublicht reduzieren«, sagte April und stand auf. »Mr. Sanawey, Sensorerfassung.«

Der Astrotelemeter schauderte und blickte auf seine Konsole. »Drastische Verringerung des energetischen Niveaus. Die Romulaner haben nicht mehr genug Energie, um die Schwarmeinheiten zu starten. Überall an Bord kommt es zu weiteren Explosionen. Das Warptriebwerk ist ausgefallen, ebenso Schilde, Waffen, Kommunikation ...« Er zögerte und nahm eine kurze Überprüfung der Instrumente vor, um ganz sicher zu sein, daß sie die richtigen Werte anzeigten. Als kein Zweifel mehr bestand, räusperte er sich und antwortete bestürzt: »Die Lebenserhaltungssysteme funktionieren ebenfalls nicht mehr.«

April wandte sich ihm zu. »O nein! Sind Sie sicher?«

»Ja, Sir.«

»Gott, so etwas habe ich nicht beabsichtigt. Kralle, stellen Sie eine Verbindung zu den Romulanern her. Teilen Sie ihnen mit, wir seien bereit, die Besatzung aufzunehmen ...«

Er unterbrach sich, als ihn t'Cael am Arm berührte.

Kilyle wartete einige Sekunden lang und überlegte. Er wollte nicht auf das Offensichtliche hinweisen – es konnten wohl kaum mehrere hundert Rihannsu-Krieger an Bord des Föderationsschiffes untergebracht werden, ohne daß sich dadurch erhebliche Sicherheitsprobleme ergaben –, dachte statt dessen an etwas anderes, das ihm plötzlich grauenhaft erschien. *Eigenartig,* fuhr es ihm durch den Sinn. *Ich halte die Konsequenzen der Niederlage erst für gräßlich, seit ich Robert April kenne.*

»Captain«, begann er. »Es tut mir leid, aber es gibt keine Möglichkeit für Sie, die Mannschaften des Mutterschiffes und der Schwarmeinheiten zu retten ...«

Im Projektionsfeld gleißte es, und das Lodern war so hell, daß selbst diejenigen geblendet wurden, die nicht auf den Wandschirm sahen.

»O Gott ...«, brachte April hervor, blinzelte und hob die Hand, um seine Augen abzuschirmen. »O mein Gott ...«

»Es tut mir leid«, wiederholte t'Cael. Er wagte es nicht, einen Blick auf den Bildschirm zu werfen, starrte zu Boden und dachte an die Ethik der Selbstaufgabe. Er hatte sie nie in Frage gestellt, und Robert Aprils Anteilnahme erschütterte ihn zutiefst. »Ein uralter Kodex meines Volkes. Sie spielen dabei überhaupt keine Rolle.«

Glühende Metallfragmente wirbelten durchs All – die einzigen Überbleibsel des zerstörten Mutterschiffes.

Der Captain schüttelte fassungslos den Kopf. »Wie können Sie so etwas behaupten?«

»Bitte glauben Sie mir. Die Traditionen des Selbstmords sind in grauer Vorzeit verwurzelt. Ich habe so etwas schon häufig erlebt.«

»Mein Gott ... Was für eine Verschwendung ... So viele Leben ...«

»Eine Verschwendung, ja«, pflichtete ihm t'Cael bei und hoffte, daß sich April keine Vorwürfe machte. Ihn traf nicht die geringste Schuld.

Der Captain atmete durch und versuchte, die Nachwirkungen des Schocks von sich abzustreifen. »Weiß noch jemand anders von unserer Präsenz in diesem Sektor? Glauben Sie, der Große Primus hatte Gelegenheit, die Flotte zu benachrichtigen?«

Einmal mehr bedauerte es t'Cael, April enttäuschen zu müssen. Einige Sekunden lang spielte er mit dem Gedanken, ihn zu belügen, doch schließlich entschied er sich für die Wahrheit. »Davon bin ich überzeugt. Vermutlich beobachten Dutzende von Kommandanten gerade eine schematische Darstellung Ihres Schiffes.«

Der Captain schüttelte den Kopf, sah wieder auf den Wandschirm und gab seine letzten Hoffnungen auf. »Jetzt glaubt das ganze romulanische Reich, die Föderation habe eine Schreckenswaffe geschaffen. Was für ein Wahnsinn! Wir befinden uns nicht an Bord eines Schlachtkreuzers; dies ist ein Forschungsschiff, ein Bote des Friedens.« Er faltete die Hände, und sein Blick reichte in die Ferne. »Der schlimmste meiner Alpträume — und er wird nun Wirklichkeit.«

George zögerte kurz. »Ich schlage vor, wir kehren heim, Robert.«

April nickte langsam. »Ja, du hast recht. Wir sind lange genug hier gewesen, um einen Krieg auszulösen. Laßt uns verschwinden, bevor wir noch mehr anrichten.«

Die traurige Erleichterung der übrigen Anwesenden war deutlich spürbar. Sie sehnten sich danach, zur Föderation zurückzukehren, aber sie hörten auch die Hoffnungslosigkeit in der Stimme des Captains. Ihre Absicht hatte darin bestanden, die Kolonisten der *Rosenberg* zu retten, doch nun befürchteten sie eine galaktische Katastrophe. Ja, sie würden nach Hause zurückkehren — um dort auf den Krieg zu warten.

»Captain ...«

T'Caels Stimme klang ein wenig gepreßt, und er schien mit sich selbst zu ringen. Als sich April und Kirk umdrehten, stellte der Romulaner kummervoll fest, daß der Captain und sein Erster Offizier inzwischen gelernt hatten, ihm zuzuhören. Doch diesmal wünschte er sich, sie wären nicht ganz so aufmerksam. »Sie sind jetzt imstande, zur Föderation zurückzukehren, Captain. Aber es gibt noch eine andere Möglichkeit.« Erneut zögerte er und suchte nach den richtigen Worten. Er ging einige Schritte, führte ein psychisch-emotionales Duell mit seiner Befangenheit. »Ich habe gute Kontakte. Sowohl bei der Flotte als auch in der Regierung. Ich kenne viele Leute, die eine Veränderung herbeisehnen. Einen drastischen Wandel.«

George trat näher und begann zu ahnen, worauf Kilyle hinauswollte. »Was meinen Sie mit ›drastisch‹?«

T'Cael blieb stehen. »Sie könnten positivere Einstellungen der Föderation gegenüber erwarten, die vielleicht zu Verhandlungen führen, zum Austausch von Botschaftern. Viele von uns sind bereit, einen hohen Preis zu zahlen. Sie kämen nicht als Aggressor, sondern als Befreier.«

»Das Verhalten Ihres Volkes deutet nicht unbedingt darauf hin, daß es befreit werden möchte.«

»Weil es noch immer nicht versteht, wie falsch es ist, nach Eroberungen zu streben, Kirk. Wenn es eines Tages keine fremden Opfer mehr gibt, kämpfen Romulaner gegen Romulaner, und das wäre der Anfang vom Ende. Wir können so etwas verhindern, indem wir sofort handeln.«

»Sie gehen recht großzügig mit dem ›Wir‹ um«, sagte George.

»Sie befinden sich in unmittelbarer Nähe unserer Zentralwelten, und dieses Schiff ist mächtig genug, um die fatale Entwicklung der romulanischen Politik in eine neue Richtung zu zwingen.«

George wandte sich ab.

T'Cael schloß die Hand um Kirks Schulter. »Sie gäben den Ausschlag!« zischte er. »Entmachten Sie das Prätoriat!«

»Einen Augenblick.« Robert April stand wieder auf, schritt näher und bedachte die beiden so unterschiedlichen Männer mit einem väterlichen Blick. »Was soll das heißen?« wandte er sich an t'Cael. »Ich kann einfach nicht glauben, daß Sie es ernst meinen.«

In den dunklen Augen des Romulaners funkelte es. »Ich fühle mich *verpflichtet*, eine solche Bitte an Sie zu richten. Obgleich ich weiß, was Sie über die Anwendung von Gewalt denken. Es bietet sich uns eine einzigartige Chance, die es wahrzunehmen gilt.«

»Lieber Himmel!« April ächzte leise. »Ist Ihnen eigentlich klar, was Sie vorschlagen?«

»Sie sind der Stärkere.«

»Es geht nicht darum, wer die besseren Waffen hat!« erwiderte April scharf. Er hob die Hand an den schmerzenden Kopf und versuchte, seine Gedanken zu ordnen.

»Captain«, begann t'Cael erneut und folgte dem menschlichen Kommandanten, als er zur Navigationskonsole ging. »Diese Sache fällt mir nicht leicht, glauben Sie mir. Es bereitet mir eine fast unerträgliche innere Qual, mit einem solchen Anliegen an Sie heranzutreten. Immerhin handelt es sich um eine Regierung, der ich viele Jahre lang treu diente. Aber ich habe beobachtet, wie sie vom Krebsgeschwür der Machtgier heimgesucht wurde, von einem Tumor, der nun im ganzen Reich Metastasen bildet. Vor einer Weile hätte ich nicht gezögert, für die Regierung einzutreten; doch nun halte ich es für erforderlich, sie zu stürzen.«

Kilyles Ausdrucksweise ließ keinen Zweifel daran, wie

sehr er litt. Und gleichzeitig wurde deutlich, daß er tatsächlich keine andere Alternative sah, daß er die militärische Intervention als eine absolute Notwendigkeit erachtete.

George berührte t'Cael am Arm. »Wissen Sie überhaupt, wovon Sie reden?«

Der Romulaner erzitterte und stieß Kirks Hand beiseite. »Ich fürchte, *Sie* verstehen nicht, worum es geht. Ich kenne die Intrigen und Verschwörungen, die auf dem Nährboden von gegenseitigem Mißtrauen wachsen — selbst in den Familien. Ich weiß, was es bedeutet, keine Freundschaften schließen zu dürfen, weil die Vorgesetzten darin eine Gefahr sehen. Mir ist auch bewußt, was nun droht: Das bevorstehende Massaker wird die Schrecken des Krieges vor rund siebzig Jahren Ihrer Zeitrechnung weit in den Schatten stellen. Glauben Sie wirklich, ich sei mir nicht über die Bedeutung meiner Worte klar, Kirk? Viele Jahre lang mußte ich immer wieder beobachten, wozu mein Volk in der Lage ist, und Ihre Präsenz in diesem Raumsektor kommt nun einem Zündfunken gleich, der das metaphorische Pulverfaß explodieren läßt. Möchten Sie, daß ich Ihnen das Grauen in allen Einzelheiten beschreibe — damit Sie wissen, was Sie zu Hause erwartet?«

George ließ die Hand sinken, und plötzlich lief es ihm kalt über den Rücken. T'Caels Bemerkungen klangen seltsam vertraut; er erinnerte sich daran, vor einigen Stunden ähnliche Hinweise an Robert gerichtet zu haben.

»Wir können unmöglich ...«

»Doch, *Sie* können«, unterbrach ihn Kilyle, und das Glühen in seinen dunklen Augen verstärkte sich.

»Nein! Wir dürfen nicht angreifen, nur weil wir die Macht dazu haben.« George schauderte, und seine rasenden Gedanken schienen Substanz zu gewinnen, ein Gewicht, das er immer mehr als Belastung empfand. Er kniff die Augen zu, wandte sich von t'Cael ab und ballte die Fäuste. Die Ausführungen des Romulaners schufen ein mentales Bild des Entsetzens, und er fragte sich, wer sterben würde ... Unschuldige Menschen und Romulaner. Bestimmt nicht diejenigen, die für das Grauen verantwortlich waren. Ein moralisches Dilemma: Durften bestimmte Regierungssysteme existieren, obgleich sie das Volk unterjochten, ihm die Freiheit vorenthielten? Hatte die Föderation das Recht, über die ganze Galaxis zu wachen? Hatte sie das Recht, eine solche Aufgabe *abzulehnen?*

So verlockend. So einfach. Man greife zum Skalpell und schneide das Krebsgeschwür aus der romulanischen Kultur.

War es richtig, dem Frieden die eigene Moral zu opfern?

»Es ist ... falsch«, brachte George schließlich hervor. Die Anspannung in ihm gewann ein schmerzhaftes Ausmaß. »Es ist falsch, als erster Gewalt einzusetzen.«

»Dieses Schiff wurde mit mächtigen Waffen ausgerüstet«, sagte t'Cael. »Warum?«

»Damit wir uns verteidigen können! Sie dienen *nicht* zum Angriff! Im vergangenen Jahrhundert fanden auf der Erde mehrere Kriege statt, die angeblich den Zweck erfüllten, Kriege zu verhindern, und dadurch hätte sich die Menschheit fast selbst vernichtet. Sie dürfen nicht darauf bestehen, daß wir Ihnen helfen.«

Einige Sekunden lang musterte t'Cael den Ersten Offizier stumm. »Selbst dann nicht, wenn wir imstande wären, eine bessere Zukunft zu schaffen?«

Kirk blieb dicht vor ihm stehen. »Einige Dinge sind *falsch* – ganz gleich, was sie bewirken. Ihr Volk glaubt, durch Eroberungen Ruhm zu erringen, und das möchten Sie ändern. Aber um Ihr Ziel zu erreichen, sind Sie bereit, ebenfalls aggressiv zu werden.« Er wirbelte um die eigene Achse und rechnete damit, daß ihm Robert beipflichtete. Irgend etwas verkrampfte sich in ihm, als er das Gesicht des Captains sah.

April hörte aufmerksam zu und schien über t'Caels Erklärungen nachzudenken. Erwog er tatsächlich, dem Romulaner Unterstützung zu gewähren?

»Was ist mit dir los?« platzte es aus George heraus, und er näherte sich dem Captain. »Himmel, Robert, weißt du nicht mehr, was dieses Schiff repräsentieren soll? Du hattest recht, verdammt! Die Königin muß unsere besten Ideale verkörpern, nicht wahr? Du kennst mich und meine Einstellungen, aber ich habe inzwischen verstanden, daß man nicht immer gleich zu den Waffen greifen darf. Gewalt erzeugt Gewalt, Robert. Auf diese Weise entsteht ein Teufelskreis, aus dem man nicht mehr ausbrechen kann.«

T'Cael kam ebenfalls heran. »Sie haben versucht, an Ihren Idealen festzuhalten, aber der Schwarm griff trotzdem an. Ihre Philosophie funktioniert nur dann, wenn Sie jemandem begegnen, der Ihre Denkweise teilt. Warum ist dieses Schiff bewaffnet, wenn Sie glauben, Frieden ließe sich allein mit guten Beispielen erreichen? Warum befinden sich Lasergeschütze und Partikelkanonen an Bord, wenn Sie sich bedingungslos Pazifismus zu eigen machen wollen?«

»Die Frage lautet, wann und unter welchen Umständen man die Waffen einsetzt«, hielt ihm George entgegen. »Sie begreifen das nicht, oder? Sie sehen überhaupt keinen Unterschied.«

Der Romulaner zog die buschigen Brauen zusammen und überlegte. »Eine schwierige Frage, Kirk.« T'Cael verschränkte die Arme, eine Geste, die keineswegs entspannt wirkte, und seine Stimme klang bitter, als er hinzufügte: »Wer in dieser Galaxis lebt, muß immer wieder problematische Entscheidungen treffen.«

Eine bedrückende Stille folgte diesen Worten.

April stand zwischen George und t'Cael, im Zentrum eines Konflikts, der sein Selbst erschütterte. Er mußte wählen: zwischen dem Tod von Millionen – und der Versklavung ganzer Völker. Gab es wirklich keine andere Möglichkeit? Blieb ihm nichts anderes übrig, als zu zerstören und zu töten, um einen verheerenden Krieg zu verhindern?

Als er Antwort gab, war seine Stimme kaum mehr als ein Flüstern. »Ich habe mir immer gewünscht, daß die Föderation zu einem wahren interstellaren Völkerbund wird, der Freiheit und Frieden gewährleistet. Doch jetzt ... Ich komme mir vor wie jemand, der sich mit seinem Nachbarn um etwas streitet, das eigentlich beiden gehören sollte. George ... Du hast mich darauf hingewiesen, daß wir eine starke Macht sein müssen und keine Angst davor haben dürfen, von allen unseren Mitteln Gebrauch zu machen. Aber gibt es keine Grenzen? Besteht die letztendliche Konsequenz darin zu töten, um Leben zu bewahren?«

April unterbrach sich, bestürzt von seinen eigenen Worten.

»Wenn Sie nicht handeln, ist der Krieg unvermeidlich«, sagte t'Cael ruhig. »Prüfen Sie Ihr Gewissen, Captain. Ich beschwöre Sie, die Herausforderung anzunehmen.«

»Entweder verursache ich den Tod von Millionen — oder ich *ermögliche* ihn, indem ich nichts unternehme«, hauchte April. »Darauf läuft es hinaus, nicht wahr?«

T'Cael beugte sich ein wenig vor. »Ihr Eingreifen wäre eine Investition in die Zukunft, Captain«, sagte er. »Ich dirigiere Sie durch das automatische Verteidigungsnetz der Zentralwelten. Mit den Patrouillenschiffen werden wir leicht fertig ...« Kilyle zögerte und erinnerte sich daran, was es für April bedeutete, Leben auszulöschen. Er selbst sah darin etwas, das sich nicht vermeiden ließ; bei ihm stand das erhoffte Ergebnis einer Intervention an erster Stelle. Doch wenn er den menschlichen Kommandanten überzeugen wollte, durfte er seine Philosophie nicht aus den Augen verlieren. »Ich bin sicher, Sie stoßen nur auf geringen Widerstand. Nun, die Präsenz dieses Schiffes wird zum Chaos führen. Sobald wir die planetaren Verteidigungsstellungen neutralisiert haben, setzen wir uns mit der Hauptstadt in Verbindung und fordern Friedensverhandlungen. Falls der Senat einverstanden ist, entlarven Sie den Obersten Prätor als Tyrannen. Es gibt viele Romulaner, die meine Ansichten teilen. Sie sind zweifellos bereit, Ihnen zuzuhören.«

»Und wenn nicht?« fragte April leise. »Was unternehmen wir, wenn der Senat beschließt, auf stur zu schalten? Sie haben eben das Wörtchen ›falls‹ benutzt, und ich nehme an, dafür gibt es einen guten Grund.«

»Meinem Volk bleibt gar keine andere Wahl, als unsere Botschaft anzunehmen. Unter gewissen Bedingungen kann es sehr pragmatisch und vernünftig sein.«

»Sie meinen, solange es sich von unseren Waffen bedroht sieht.« April runzelte die Stirn. »Selbst im besten Fall müßten Hunderte oder gar Tausende sterben. Und auch wenn es uns gelingt, die Regierung zu stürzen ... Anschließend bekämen wir es vielleicht mit dem Militär zu tun. Wie vernünftig sind romulanische Soldaten?«

»Captain, ich *bin* ein romulanischer Soldat.«

April blinzelte und schürzte die Lippen. »Ja ... Aber ich bezweifle, ob Sie in diesem Zusammenhang ein Musterbeispiel sind. Ich fürchte vielmehr, daß sich die Einstellungen der anderen Offiziere kraß von den Ihren unterscheiden.«

»Ganz abgesehen davon«, warf George ein. »Was ist, wenn uns Ihr Volk *nicht* zuhört? Nach dem Angriff auf Ihre Zentralwelten gibt es für uns kein Zurück mehr. Wir sähen uns dazu gezwungen, unseren Forderungen Nachdruck zu verleihen.«

T'Caels Schweigen genügte als Antwort.

April stand langsam auf und hielt sich am Befehlsstand fest. »Es bliebe mir nichts anderes übrig, als einige Städte zu zerstören. Aber welche? Himmel, solche Entscheidungen trifft man nicht innerhalb weniger Sekunden.«

Es handelte sich um keine der hypothetischen Situationen, wie man sie an der Starfleet-Akademie verwendete, um die Beurteilungsfähigkeit der Studenten und zukünftigen Offiziere zu prüfen. Nein, dies war die Realität. Wenn sich April wirklich zu einer Intervention entschloß ... Dann starben unschuldige Personen. Dann hatten die Historiker genug Arbeit für die nächsten Jahrzehnte. April schüttelte den Kopf und gestikulierte vage. »Ich muß gründlich darüber nachdenken ...« Er griff nach dem Geländer und wanderte wie in Trance an der Brüstung entlang.

»Wir dürfen t'Caels Ausführungen nicht einfach ignorieren«, fuhr der Captain leise fort. »Was er uns eben sagte ... Himmel, ich wünschte, ich hätte es nie gehört. Aus seinen Erklärungen ergibt sich ein neues Problem, und es ist noch weitaus komplexer als alle anderen, mit denen wir es bisher zu tun bekamen. Wenn wir in erster Linie an uns selbst denken, diesen Sektor verlassen und zur Föderation zurückkehren, kommt es zu einem interstellaren Krieg. Anders ausgedrückt: Mit einem solchen Verhalten leugnen wir unsere Verantwortung. Aber wenn wir auf t'Caels Vorschlag eingehen und die Zentralwelten angreifen ... Daraus ergäbe sich ein Chaos, das vielleicht Jahrzehnte dauert. Ganz gleich, welche Entscheidung ich treffe: Ich lade in jedem Fall Schuld auf mich.« April blieb stehen, drehte sich um und streckte wie flehentlich beide Hände aus. »Ich bitte nicht um einfache Lösungen. Das Schicksal hat der Königin einen bösen Streich gespielt. Sie sollte unsere Bereitschaft zu einem dauerhaften Frieden verkünden, doch nun bringt sie Tod und Verderben ... T'Cael fordert uns auf, das romulanische Prätoriat zu vernichten, und er führt Argumente an, die sich nicht so einfach widerlegen lassen. Es ... es widerstrebt mir sehr, aber ich muß ihm zustimmen. Er hat recht.«

George schauderte und starrte den Captain fassungslos an. Seine Lippen zitterten, aber er brachte keinen Ton hervor, als er Roberts Blick begegnete.

»Ja«, fuhr April fort und musterte seinen Ersten Offizier. »Ja, er hat recht. Man verhindert den Krieg, indem man seine Wurzeln zerstört. Ist das nicht richtig?«

Der Captain setzte seine langsame Wanderung fort, erreichte die Steuerbordseite der Brücke und blieb vor

George stehen, der ihn noch immer stumm und erschrokken ansah. Die beiden Männer musterten sich gegenseitig, und Kirk gewann den Eindruck, daß April von ihm eine Antwort erwartete.

George schluckte krampfhaft. »Bei einer solchen Entscheidung kann ich dir nicht helfen«, sagte er heiser. »Nein, unmöglich. Du würdest mich für den Rest deines Lebens hassen.«

April lehnte sich an die Brüstung und nickte. Seine Füße schienen aus Blei zu bestehen, als er die kurze Treppe hochging und sich dem Turbolift näherte.

»Halten Sie sich in Bereitschaft, bis ich zurückkehre«, wandte er sich an die Brückencrew und verharrte kurz vor dem aufgleitenden Schott. »Bis ich entscheide.«

Er schien hundert Jahre älter zu sein, als sich die Tür hinter ihm schloß.

George starrte ins Leere und konnte kaum einen klaren Gedanken fassen.

Irgendwo hinter ihm murmelte t'Cael: »Ich bedauere es, ihn vor eine solche Wahl gestellt zu haben.«

Kirk drehte sich nicht um. »Es war Ihre Pflicht.«

Der halbe Kontrollraum trennte die beiden Männer voneinander, und sie kehrten sich den Rücken zu. Der Zufall wollte es, daß t'Cael in Richtung Föderation blickte, während George den beiden Zentralwelten des romulanischen Reiches zugewandt war.

Nach einer Weile räusperte sich Kirk. »Haben Sie die Gefahr vielleicht ein wenig ... übertrieben?«

»Nein.« Die Antwort schloß jeden Zweifel aus. »Außerdem: Häufig kommt es zum Krieg, weil sich ein Volk nur bedroht *fühlt*.« T'Cael blieb nach wie vor ruhig stehen, starrte auf den Wandschirm und verschränkte die Arme. Er rührte sich nicht von der Stelle, erweckte den Eindruck, als seien Körper und Geist völlig voneinander isoliert. »Seit dem Exodus ist der Krieg ein ständiger Begleiter der Romulaner. Wir haben gegen fremde Zivilisationen und auch untereinander gekämpft, noch bevor wir ein Reich gründeten. Die Entwicklung der Technologie schreitet rascher voran als die Evolution unserer Kultur. Wir vernichten unsere Feinde — und wenn es so weitergeht, müssen wir irgendwann damit rechnen, von einem Gegner ausgelöscht zu werden. Verstehen Sie jetzt, warum ich so verzweifelt nach einer Alternative suche?«

Er sprach leise, fühlte sich schuldig, weil er April zu einer Entscheidung zwang, die das Schicksal der ganzen Galaxis betraf.

George seufzte niedergeschlagen. »Ich hasse diese ganze Sache«, brummte er. »Verdammt, ich verabscheue mich selbst, weil ich Robert keine bessere Hilfe anbieten kann.« Er zögerte kurz. »Ich wünsche nur, daß meine beiden Söhne in einer sicheren Zukunft aufwachsen.«

»Vielleicht müssen Sie eine solche Hoffnung aufgeben«, sagte t'Cael.

»Wer nicht mehr hofft, gibt sich selbst auf.«

Kilyle nickte ernst. »Lehren Sie Ihre Söhne Mut.« Er nickte in Richtung Turbolift. »Den Mut des Captains.«

Tief in Gedanken versunken durchstreifte Robert April das Schiff und ging in Richtung Krankenstation, ohne sich dessen voll bewußt zu sein. Er schob die Hände tief in die Taschen seiner Strickjacke und fühlte sich innerlich noch immer zerrissen. Als er durch die langen, stillen Korridore schritt, fiel ihm plötzlich auf, wie klein ein Raumschiff war. Die eigentlichen Ausmaße spielten dabei überhaupt keine Rolle: Die Größe wurde vom Fühlen und Denken der Besatzungsmitglieder bestimmt. Er sah sich als Gewissen der Königin — die Funktion des Captains. Der Stolz darüber, maßgeblich an der Entwicklung des Starship-Programms beteiligt zu sein, wich nun einer Bitterkeit, die an seiner Seele nagte. Das Schicksal hatte ihn um alle seine Erwartungen betrogen.

April sehnte sich danach, Sarahs Stimme zu hören. Bestimmt lehnte sie es ebenso wie George ab, ihm bei seiner Entscheidung zu helfen — das konnte er nur zu gut verstehen –, aber ein Gespräch mit ihr verschaffte ihm sicher emotionale Erleichterung.

Vor seinem inneren Auge zeichneten sich die Konturen verschiedener Szenarien ab. Sollte er seine Verantwortung leugnen, in die Heimat zurückkehren und das Problem jemand anders überlassen? Oder bestand seine Pflicht darin, zur Angriffsspitze einer Invasion zu werden, das Prätoriat zu stürzen und die Föderation zu zwingen, viel zu schnell zu wachsen? Eine dieser beiden Vorstellungen mußte eine reale Entsprechung finden.

George hat recht, dachte April. *Ebenso t'Cael. Wir sind an einem Wendepunkt angelangt. Ganz gleich, wie wir uns jetzt verhalten: Die Konsequenzen bestehen in jedem Fall aus Tod und Vernichtung.* Diese Erkenntnis verdoppelte das Gewicht der Bürde, die auf Aprils Schultern lastete und ihn zu zermalmen drohte.

Zu viele Dinge, die es abzuwägen galt. Er hatte zugehört, vielleicht zu aufmerksam. Hier die Freude darüber, daß sich Georges Perspektiven erweiterten – und dort Betroffenheit, weil April begriff, zumindest einige seiner pazifistischen Einstellungen aufgeben zu müssen. T'Caels Ausführungen konfrontierten ihn mit einem Wirrwarr aus Verpflichtungen und Alternativen, die eine andere Denkweise erforderten. Bisher war es ihm immer gelungen, klare Trennlinien zu ziehen, doch nun überlagerten sich Richtig und Falsch, schufen eine moralische Grauzone, die alle Prinzipien und Grundsätze in Frage stellte, keine deutlichen Unterscheidungen mehr ermöglichte. Wenn er sich gegen einen Angriff auf die romulanischen Zentralwelten entschied, wenn ein interstellarer Krieg begann, dem Milliarden von Menschen und Romulanern zum Opfer fielen ... *Kann ich mit einer solchen Schuld leben? Und wenn wir angreifen, als erste zuschlagen ... Zerstörte Städte. Massengräber. Unvorstellbares Leid. Und Zorn. Wut auf die Föderation. Ein Teufelskreis, wie George sagte.*

April schauderte, krümmte die Schultern und dachte

noch einmal an t'Caels Erklärungen. Er hätte nie damit gerechnet, in eine solche Situation zu geraten, in ein philosophisch-moralisches Labyrinth, aus dem es keinen Ausweg gab.

Ein Teufelkreis, flüsterte es in ihm.

»Wie durchbrechen wir ihn?« fragte er leise.

Und plötzlich ...

Ein Arm schlang sich ihm um den Hals und drückte zu. April schnappte nach Luft und spürte, wie ihn jemand in einen Nebengang zerrte. Er versuchte, sich aus dem festen Griff zu befreien, doch der Unbekannte hielt ihn fest. Der Captain schlug um sich, doch seine Fäuste trafen nur leere Luft. Wenige Sekunden später erstarrte er jäh, als er kühles Metall fühlte – der Lauf einer Laserpistole berührte ihn dicht über dem Ohr. Er kam nicht mehr dazu, eine Frage zu stellen.

»Wenn Sie auch nur eine falsche Bewegung machen, sind Sie tot, Captain«, erklang die Stimme eines Mannes.

KAPITEL 23

Die Brückencrew litt mit dem Captain, fühlte ebenfalls die ungeheure Bedeutungslast der Entscheidung, die er treffen mußte. Sanawey und die anderen glaubten, das Rasseln der Ketten zu hören, die April fesselten. Stille herrschte im Kontrollraum, nur unterbrochen vom elektronischen Zirpen der Konsolen. Das leise Summen schien einen akustischen Käfig zu schaffen, aus dem niemand entkommen konnte.

George mied die Nähe des Befehlsstands und nahm an der unbesetzten wissenschaftlichen Station Platz. Er stützte den einen Ellenbogen aufs Pult, die Hand ums Kinn geschlossen. Blicklos starrte er auf die farbigen Kontrollichter und Anzeigen, und hinter seiner Stirn wirbelten Gedankenfragmente umher.

T'Cael stand noch immer auf der anderen Seite der Brücke, verschränkte einmal mehr die Arme und gab keinen Ton von sich.

Alle warteten, und nach den jüngsten Aufregungen erschien ihnen die Ereignislosigkeit schier unerträglich. Sie versuchten sich abzulenken, indem sie die Bordsysteme überprüften und eigentlich unnötige Wartungsarbeiten durchführten. Sanawey, Hart und Florida vermieden es, George oder t'Cael anzusehen, konzentrierten sich statt dessen auf eher unwichtige Schäden: hier ein kleines Leck, dort ein Druckverlust. Normalerweise wurden solche Dinge den automatischen Kompensatoren überlassen. Ein Kurs mußte programmiert werden ... Nein, gleich zwei. Der eine führte zur Föderation zurück, der andere zu den beiden romulanischen Zentralwelten. Mit Hilfe des Computers nahmen die entsprechenden Berechnungen nur wenige Sekunden in Anspruch. Gelegentlich meldete sich jemand aus dem Maschinenraum, unter dem Vorwand, Statusmeldungen durchzugeben. Aber meistens wollten die Techniker nur in Erfahrung bringen, was auf der Brücke geschah und wie es nun weitergehen sollte. Niemand wußte eine Antwort auf solche Fragen. George gewöhnte sich allmählich an das Piepen des Interkoms und war froh, nicht an der Kommunikationsstation zu sitzen.

Wieder das Sirren. Kirk hatte es längst aufgegeben, die Anrufe zu zählen.

»Brücke. Sanawey.«

»Hier spricht Graff.«

»Was wollen Sie?« erwiderte der Indianer und klang so müde, wie George sich fühlte. Sanawey stellte eine knappe, direkte Frage – um eine knappe, direkte Antwort zu bekommen.,

»Wo ist Mr. Kirk?«

Der Astrotelemeter hob den Kopf, doch George reagierte nicht sofort. Erst nach einigen Sekunden ließ er mürrisch die Hand sinken und schaltete den nächsten Kom-Anschluß ein. »Hier Kirk. Worum geht's?«

»Ich habe den Captain.«

George runzelte die Stirn. »Was?«

»Ich habe den Captain. Er ist mein Gefangener.«

T'Cael drehte sich um; Florida und Hart sahen erstaunt auf. George zögerte, und es dauerte eine Weile, bis er begriff, was Graff meinte. Eine Zeitlang blickte er verwirrt auf die Kontrollen, und dann endlich ging ihm ein Licht auf. In seiner Magengrube breitete sich ein flaues Gefühl aus, und das Herz klopfte ihm plötzlich bis zum Hals empor. Er erhob sich mit einem Ruck. »Es ist Graff ...« Er desaktivierte das Mikrofon und wandte sich an Sanawey. »Verdammter Mist, Wood hat überhaupt nichts damit zu tun. Saffires Komplize heißt Graff! Und er hat Robert erwischt! Stellen Sie fest, wo er sich befindet.«

Sanawey nickte und nahm eine Sondierung vor.

George richtete seinen Blick wieder aufs Interkom, und

aus den Augenwinkeln sah er, daß t'Cael neben ihn trat. Er empfand die unmittelbare Präsenz des Romulaners als seltsam beruhigend.

»Können Sie mich hören, Graff?« begann Kirk, nachdem er den Kontakt wiederhergestellt hatte. »Was haben Sie vor?«

»Stellen Sie mir ein Shuttle zur Verfügung. Ich möchte das Schiff verlassen, und der Captain wird mich begleiten.«

»Warum?«

»Solange er bei mir ist, hüten Sie sich bestimmt davor, irgend etwas gegen mich zu unternehmen.«

Erneut betätigte George die Unterbrechertaste. »Sanawey, geben Sie Lieutenant Reed Bescheid und sagen Sie ihm, er soll Wood freilassen.«

Der Astrotelemeter bestätigte und nahm zwei Aufgaben gleichzeitig wahr.

Georges Hände schlossen sich um den gepolsterten Rand der Konsole. Er holte tief Luft, befeuchtete die Lippen und versuchte, seine Gedanken zu ordnen. »Na schön, Graff. Sie bekommen Ihr Shuttle. Wir können auf Leute wie Sie verzichten. Aber Sie werden den Captain zurücklassen, klar?«

»Für wie dumm halten Sie mich?« erwiderte Graff spöttisch. Offenbar fehlte es ihm nicht an Selbstsicherheit. »Ich mache mich jetzt auf den Weg zum Hangar, und ich hoffe für den Captain, daß ich dort eine startbereite Fähre vorfinde.«

»Woher sollen wir wissen, daß Sie April nicht umbringen, sobald Sie im All sind?«

»Nun, Sie können natürlich nicht ganz sicher sein. Aber wenn Sie mich aufzuhalten versuchen, ist er so gut wie tot. Mir liegt nichts daran, jemanden zu erschießen, Mr. Kirk, aber wenn Sie mich dazu zwingen ... Ich bin zu allem entschlossen.«

»Wir treffen uns am Hangar. Ich will den Captain sehen.«

»Was Sie wollen, ist mir völlig gleich. Denken Sie daran, in welcher Lage er sich befindet. Ein Shuttle, Mr. Kirk. Startbereit.«

»In Ordnung. Graff?«

»Ja?«

George beugte sich noch näher ans Mikrofon heran. »Wenn Sie Robert auch nur ein Haar krümmen, verfolge ich Sie bis ans Ende der Welt«, knurrte er. »Und irgendwann erwische ich Sie, darauf können Sie sich verlassen.«

Graff gab keine Antwort, und nach einigen Sekunden unterbrach er die Verbindung.

Mit einigen langen Schritten trat George an die Kommunikationsstation heran. »Haben Sie ihn und den Captain lokalisiert?«

»Ja«, bestätigte Sanawey und wechselte einen kurzen Blick mit Kirk und t'Cael. »Deck G. Unweit der Krankenstation.«

»Können Sie Graff und April im Auge behalten?«

»Das Schiff ist fast völlig leer. Unter diesen Umständen würden die Lebensindikatoren sogar auf eine Mücke reagieren.«

»Gut. Ich verfolge den Mistkerl. Bleiben Sie per Handkommunikator mit mir in Verbindung. Sorgen Sie dafür, daß Graff unsere Signale nicht empfangen kann. Wenn sich Reed meldet ... Erstatten Sie ihm Bericht. Sagen Sie ihm, daß ich seine Hilfe brauche.«

George trug noch immer den Instrumentengürtel, der ihn an seinen Abstecher zum Planetoiden erinnerte, und als er zum Turbolift lief, holte er sowohl den Kommunikator als auch die Strahlwaffe hervor. Bevor er das Schott erreichte, stieß er gegen t'Cael.

»Soll ich ...«, begann der Romulaner. Offenbar glaubte er, für die Entführung des Captains mitverantwortlich zu sein. Immerhin war Graff romulanischer Agent.

»Nein, bleiben Sie hier«, erwiderte George und knirschte mit den Zähnen. »Dies ist meine Aufgabe.«

»Sie sind jetzt im Lift, Sir«, klang Sanaweys Stimme aus dem kleinen Lautsprecher. »Auf dem Weg zum heckwärtigen Hangar, wie Graff sagte. Mr. Reed möchte mit Ihnen sprechen.«

»Ich höre«, brummte Kirk.

»Reed hier. Wo bist du, George?«

»Ich nähere mich dem Hangardeck und erwarte dich dort.«

»In Ordnung.«

Schweißfeuchte Finger schlossen sich um den Kommunikator, und das kleine Gerät wäre George fast aus der Hand gefallen.

»Mr. Kirk ...«, meldete sich Sanawey.

»Ja?«

»Ich verstehe das nicht ...«

»Was ist los?« fragte George ungeduldig.

»Graff kehrt um. Er ist nicht mehr zum Hangar unterwegs ...«

Kirk betätigte eine Taste der Schalttafel, und daraufhin hielt die Transportkapsel des Turbolifts sofort an. »Wohin geht er jetzt?«

»Keine Ahnung, Sir. Dort unten befinden sich keine wichtigen Installationen.«

»Himmel, Sanawey, ich benötige genaue Angaben!«

»Offenbar wollte Graff Sie auf eine falsche Fährte lokken. Er ... Einen Augenblick. Er scheint ein neues Ziel gewählt zu haben. Eine Sechzehn.«

George preßte die Lippen zusammen und wartete unruhig, als sich mehrere Stimmen überlappten. Er hörte den Indianer, dann Hart und auch t'Cael, und der Wortwechsel betraf offenbar eine schematische Darstellung der betreffenden Sektionen.

»Die Nebenanlage der Klimakontrolle!« rief Kilyle. »Haben Sie verstanden, Kirk? Graff will das Lebenserhaltungssystem manipulieren, um uns alle umzubringen. Er wird das Schiff erst verlassen, wenn wir tot sind!«

George zögerte nicht und betätigte den Frequenzregler seines Kommunikators. T'Cael kannte die Taktik von romulanischen Einsatzagenten weitaus besser als er, und wenn er recht hatte, war sofortiges Handeln erforderlich. »Drake! Der Kerl hat uns reingelegt! Er plant, die Lebenserhaltungssysteme zu ...«

»Ich habe mitgehört«, antwortete Reed. »Bin wie der Blitz zur Stelle.«

»Das gilt auch für mich.« In Kirk brodelte Zorn darüber, auf einen Trick hereingefallen zu sein, als er dem Liftcomputer eine neue Anweisung gab. Die Kapsel setzte sich wieder in Bewegung, trug ihn nun in eine andere Richtung. Nervös hob George das kleine Kom-Gerät vor die Lippen. »Hart, können Sie ... Hören Sie mich, Hart?«

»Ja, ich bin ganz Ohr, Sir.«

»Sind Sie in der Lage, von der Brücke aus den Luftdruck in einer bestimmten Sektion zu verändern?«

»Ich weiß nicht. So etwas hat noch niemand versucht.«

»Es gibt immer ein erstes Mal. Erhöhen Sie den Druck in jenem Raum auf zehn Atmosphären.«

»Sie meinen die Kontrollkammer der Lebenserhaltungssysteme? Aber wenn jemand das Schott öffnet ... Oh, ich verstehe.«

Die Kabine hielt mit einem leisen Zischen an, und das Schott glitt auf. George klappte den Kommunikator zusammen und stürmte durch den Korridor, obgleich er nicht einmal genau wußte, wo sich der Kontrollbereich befand. Irgendwo in der Nähe. Ebenso wie Graff.

Er eilte durch mehrere Nebengänge, und nirgends regte sich etwas. Doch als er einige Minuten später um eine Ecke lief, sah er sich plötzlich dem Saboteur und Entführer gegenüber.

»Graff!« George schlitterte auf dem glatten Boden, blieb stehen und senkte den Laser.

Saffires Komplize hielt ebenfalls einen Laser in der Hand, und mit der anderen Hand zog er einen kabelartigen Strang an Aprils Hals zusammen. Er stand vor dem Schott der Kontrollkammer und gab gerade den Öffnungscode ein. Als er den Ersten Offizier sah, zerrte er an der improvisierten Schlinge, und der Captain keuchte, taumelte zurück.

»Ich erdrossele ihn«, warnte Graff.

»Davon rate ich Ihnen ab«, erwiderte George drohend. »Wenn April stirbt, erwartet Sie ein weitaus qualvollerer Tod.«

»Daran zweifle ich nicht, Sir. Deshalb wird er mich begleiten. Lassen Sie Ihren Laser fallen.«

»Nein«, sagte George.

»Wollen Sie das Leben des Captains aufs Spiel setzen, Sir?«

George trat vorsichtig näher, wandte den Blick von Graff ab und sah Robert an. »Ist alles in Ordnung mit dir?«

Die Schlinge schnürte April die Luft ab, aber trotzdem lächelte er schief. »Nicht unbedingt.«

»Halt durch«, sagte George. »Graff, was machen Sie hier? Ich dachte, Sie wollten zum Hangar.« Er schob sich noch einen Schritt näher.

Der romulanische Agent gab keine Antwort, hob seinen Laser und preßte den Lauf auf die Codetasten. Gleichzeitig bemühte er sich, Kirk im Auge zu behalten.

George versuchte, Graff zu verunsichern, indem er ihm direkt in die Augen sah, nur selten zwinkerte und die gleiche Entschlossenheit zeigte wie sein Kontrahent. Er brauchte nur zu warten, bis sich die Tür öffnete.

»Haben Sie es auf das Schiff abgesehen?« fragte er.

»Was glauben Sie?« entgegnete Graff wie beiläufig. Er glaubte noch immer, seine Absichten verwirklichen zu können.

»Sie haben mit Saffire zusammengearbeitet.«

Wieder schwieg Graff, mied den Blick des Ersten Offiziers und berührte einige weitere Tasten. Nur noch wenige Sekunden ...

Der Saboteur stieß noch einmal mit der Waffe zu, und daraufhin glitt das Schott beiseite. Sofort ertönte ein lautes Fauchen, und es klang so, als ströme die Luft aus einem gewaltigen Ballon. Graff und April wurden jäh von den Beinen gerissen und an die Korridorwand geschleudert, während alle losen Gegenstände in der Kontrollkammer – Folien, Schutzanzüge, Speichermodule, Isolierungsmaterial, Prozessorkarten, Stühle und für Konsolen bestimmte Verkleidungselemente – in den Gang wirbelten. Ein wirres Durcheinander entstand, als allmählich ein Druckausgleich hergestellt wurde.

George rollte zur Seite und stieß gegen einen Stahlschrank. Doch er genoß einen großen Vorteil: Er hatte sich innerlich auf den plötzlichen Sturm vorbereitet; das Überraschungsmoment war auf seiner Seite. Auf Händen und Knien kroch er durch ein fast ohrenbetäubendes Tosen, das Stunden zu dauern schien, obwohl nur wenige Sekunden verstrichen. Er fand April, zog ihn hinter die Korridorecke und ignorierte den Schmerz, der nun wieder in seiner linken Körperhälfte pochte.

Kurze Zeit später ließ das Zischen nach, und die umherschwirrenden Gegenstände fielen aufs Deck. Schließlich blieben nur noch einige leichte Folien, die langsam zu Boden sanken.

George stand behutsam auf, und April, der dicht neben ihm lag, streckte versuchsweise die Beine.

»Bist du verletzt?« fragte Kirk und half dem Captain hoch.

»Heute ist nicht gerade unser Glückstag, was, George?« erwiderte April, stützte sich mit der linken Hand an der Wand und mit der rechten an seinem Ersten Offizier ab. »Einige blaue Flecken, weiter nichts.«

»Kommst du allein zurecht? Ich möchte dem verdammten Mistkerl folgen. Er darf nicht entwischen.«

»Ja, mach dir keine Sorgen um mich. Aber paß auf. Graff ist ziemlich gefährlich.«

»Und wenn schon. Ich kann noch viel gefährlicher sein.«

April musterte ihn und schauderte, als er den Zorn in Kirks Zügen sah.

George zögerte kurz und vergewisserte sich, daß der Captain aus eigener Kraft stehen konnte. Dann hob er den Laser und spähte um die Ecke.

Von Graff weit und breit keine Spur.

»Er ist verschwunden.«

April trat neben ihn, lehnte sich an die Wand und atmete schwer. »Wir müssen ihn unbedingt finden, George. Er ist Ingenieur und kennt sich bestens mit den technischen Einrichtungen an Bord aus. Ich wage gar nicht, mir vorzustellen, was er anrichten könnte. Läßt sich sein Aufenthaltsort feststellen?«

George klappte seinen Kommunikator auf. »Sanawey!« stieß er rauh hervor. »Was zeigen die Indikatoren an?«

»Nur noch eine Person«, lautete die Antwort.

»Ja, ich weiß. Graff ist jetzt allein. Ich habe den Captain befreit. Drake, hörst du mit?«

Genau in diesem Augenblick kam Reed um die Ecke auf der anderen Seite und blieb abrupt stehen, als er das Chaos im Korridor sah. »Bei allen Raumgeistern! Was ist denn hier passiert?« Er erholte sich von seiner Überraschung und trat vorsichtig an Stühlen und anderen Dingen vorbei. »Oh, Captain. Alles gut überstanden?«

April setzte zu einer Antwort an, doch bevor er auch nur ein Wort sagen konnte, packte George Drake am Kragen und zerrte ihn durch den Gang. »Komm mit! Sanawey, wo steckt Graff?«

»Er ist wieder nach achtern unterwegs, Sir. Vielleicht will er diesmal wirklich zum Hangar.«

»Welche Ebene?«

»Achtzehn.«

»Na schön«, preßte George hervor. »Ich bleibe ihm auf den Fersen. He, Drake, du hast es gehört. Tu was für dein Gehalt.« Erneut griff er nach Reeds Kragen.

Drake stolperte ihm nach. »Ich verlange eine Zulage ...«, stöhnte er.

Erst jetzt, als erneut die Jagd auf den romulanischen Agenten begann, wurde sich Kirk der Größe des Schiffes bewußt. Ein Korridor folgte dem anderen – sie schienen überhaupt kein Ende zu nehmen. George fühlte sich wie eine Ameise in einem gewaltigen Bau, als sie Hallen und Kammern durchquerten, durch Wartungsschächte krochen und Leitern herabkletterten. Wahrhaft erstaunlich, daß die Menschheit ein so gewaltiges Raumschiff planen, bauen und durch den Weltraum schicken konnte. Allein die Tonnage war schwindelerregend.

Hinzu kam, daß sie unterwegs niemandem begegneten. Es befanden sich nur einige Dutzend Personen an Bord, obwohl die Königin Hunderten Platz bot. Alles blieb still und leer.

Doch irgendwo vor ihnen floh Graff. Bei jedem Meter, den George zurücklegte, erneuerte er sein Versprechen, das er sich noch auf der Brücke gegeben hatte – als ihm der Saboteur mitteilte, er habe den Captain in seiner Gewalt. Es erfüllte ihn mit unerschütterlicher Entschlossenheit, und er hielt an seinem Zorn fest, rückte Graff in den Fokus einer Wut, deren emotionale Energie nach einem Ventil suchte.

»Sir?«

George hob den Kommunikator. »Hier Kirk.«

»Offenbar hat Graff den Überblick verloren«, sagte Sanawey.

»Was soll das heißen?«

»Er hat sich mehrmals für die falschen Abzweigungen entschieden, und dadurch ist er zu Umwegen gezwungen. Hier und dort bleibt er unschlüssig stehen. Die schematischen Anzeigen deuten darauf hin, daß er vor jeder Sektion Zeit verliert, weil er die Zugangsschotten öffnen muß. Er ist jetzt im separierten Bereich, der aus Sicherheitsgründen abgeriegelt wurde. Ich schlage vor, Sie gehen durch den Korridor S-197-A und wenden sich an der Frachtkammer 3 nach links.«

»Alles klar. Können Sie ihn von der Brücke aus aufhalten, indem Sie die einzelnen Zugänge sperren?«

»Ich gebe mir alle Mühe, aber bisher gibt es nur wenige Verbindungen mit den Schaltkontrollen hier bei uns. Außerdem ist es Graff schon mehrmals gelungen, meine Signale einfach zu blockieren.«

»Versuchen Sie es weiterhin. Kirk Ende. Drake, wir teilen uns. Ich übernehme die Steuerbordseite, du die andere.«

»Wie du meinst.«

Reed verschwand im ersten Backbord-Korridor, und George lief durch die Steuerbordpassagen des Raumschiffes. Erneut gewann er den Eindruck, daß sich die weiten Tunnel kilometerweit erstreckten. Seine Stiefelsohlen knarrten leise auf dem Deck, und bei jedem Schritt hatte er das Gefühl, einen Berg aus Zorn zu erklimmen. Er stürmte weiter, durch leere Zimmer und Räume, und hinter jeder Tür, hinter jeder Ecke erwartete ihn ein neuer Hang der Wut. George wußte, daß Graff seine Empfindungen zumindest erahnte – und sich vor ihnen fürchtete.

Nach einer Weile summte sein Kommunikator, und er klappte ihn sofort auf.

»Was ist?« fragte er scharf.

»Sie nähern sich ihm«, berichtete Sanawey. »Aber die Anzeigen sind recht seltsam. Graff hat die Hauptkontrolle des Frachtbereichs auf Automatik umgeschaltet, näherte sich dann Kammer 9, trat ein und ... verschwand. Vielleicht ein Erfassungsfehler. Am Ende des Korridors, in dem Sie jetzt sind, Mr. Kirk. Dann nach links.«

George setzte sich wieder in Bewegung und spürte ein heftiger werdendes Stechen in der linken Körperhälfte – es erinnerte ihn an die Erlebnisse auf dem Planetoiden. Er versuchte, den Schmerz aus sich zu verdrängen, lief noch schneller. Frachtkammer 7 ... 8 ... Und dort die Nummer 9, am Ende des Korridors. Er glaubte, Schritte in einem Nebengang zu hören – Graff?

George schnaufte enttäuscht, als er das braune, vertraute Gesicht Drake Reeds sah, richtete seinen Blick dann wieder auf das breite, blaue Schott. Sanawey hatte ihm gerade mitgeteilt, die Hauptkontrolle sei von Graff auf Automatik umgeschaltet worden. Anders ausgedrückt: Die Tür sollte sich eigentlich für ihn öffnen.

Drake erreichte den Korridor von der anderen Seite her, aber Kirk schenkte ihm keine Beachtung, lief weiterhin auf das Schott zu.

»Achtung, George!« rief Reed plötzlich.

Zu spät. Der Türsensor reagierte auf die Nähe des Menschen, und die beiden Schotthälften glitten auseinander. Eiskalte Luft wehte Kirk entgegen, als er die Schwelle erreichte, und einen Sekundenbruchteil später war auch Drake heran und stieß George zur Seite. Er wurde in den Gang zurückgerissen, verlor den Halt und fiel. Reed landete dicht neben ihm, und Seite an Seite rutschten sie übers Deck, gefolgt von einer Kälte, wie man sie nur im All erwartete. Irgend etwas summte leise, und Kirk hörte, wie sich das Schott wieder schloß.

George zitterte wie Espenlaub und spürte, wie sich der Frost in seinem Körper ausbreitete, ihn langsam erstarren ließ und selbst nach den Gedanken tastete. Er erinnerte sich an den Winter in Iowa, aber eine derart tiefe Temperatur war unter natürlichen Umständen nirgendwo auf der Erde möglich, nicht einmal an den Polen. Die Heizgebläse an der Decke surrten laut. Rauhreif bildete sich an den Wänden. Kirk schnappte mühsam nach Luft und fürchtete plötzlich, langsam zu ersticken. Behutsam streckte er die taub gewordenen Glieder und stemmte sich in die Höhe.

»*V-verdammt!*« Er bebte am ganzen Leib, und der Atem wehte ihm als weiße Fahne von den Lippen. »Was ist passiert?«

Drake erhob sich ebenfalls und trat von einem Bein aufs andere. »Ich habe mit den Technikern gesprochen und erfahren, daß einige Sektionen des Schiffes nicht ans allgemeine Lebenserhaltungssystem angeschlossen sind. Aus diesem Grund wurden die entsprechenden Zugänge verriegelt. Die Temperatur dort drin beträgt ungefähr zweihundert Grad unter Null. Mal sehen, ob ich die Heizung einschalten kann.« Er trat an die Kontrolltafel heran und betätigte einige Tasten.

»Was ist mit Graff?« fragte George und setzte vorsichtig einen Fuß vor den anderen.

Langsam näherten sie sich dem Schott der Frachtkammer, bereit dazu, bei plötzlichen Temperaturwechseln sofort umzukehren. Das Surren der Kompensationssysteme wurde noch etwas lauter, und wärmere Luft wehte durch den Korridor. Trotzdem wagten sie es nicht, die Frachtkammer zu betreten, aus Furcht davor, erneut der Kälte zu begegnen. Sie konnten sich nicht darauf verlassen, daß alle Sicherheitssensoren aktiviert waren. George trat noch einen Schritt näher an die Tür heran, aber diesmal glitt das Schott nicht auf. Die elektronische Überwachung der Heizungskomponenten registrierte ein starkes Temperaturgefälle und blockierte den Öffnungsmechanismus. Sie würde erst nach erfolgter Ambienteanpassung Zutritt zur Kammer gewähren. Nur die Fenster boten Kirk eine Möglichkeit, Antworten auf seine Fragen zu finden.

Er sah einen leeren, saalartigen Raum mit mobilen Trennwänden. Auf dem weißen Boden zeigte sich nicht ein einziger Fleck.

»Wo steckt Graff?« brachte George hervor und fröstelte noch immer.

Drake stand neben ihm und schwieg.

Nach einigen Sekunden runzelte Kirk die Stirn, drehte den Kopf und musterte seinen Begleiter.

Reeds Gesicht spiegelte sich auf dem transparenten Aluminium des Fensters wider. Er starrte nach oben, und in seinen Pupillen funkelte Entsetzen.

George beobachtete die Decke.

»O Gott!«

Graff schwebte einige Meter über dem Boden, Arme und Beine wie zu einem letzten Sprint gekrümmt. Rauhreif bedeckte Haar, Brauen und Wimpern, glänzte auf den Wangen. Die Augen starrten trüb und glasig ins Leere, und die Züge brachten jenes Grauen zum Ausdruck, das den Mann in der letzten Sekunde seines Lebens erfaßt hatte. In der Schwerelosigkeit drehte sich die Leiche langsam um die eigene Achse.

George hörte, wie seine Zähne in der Kälte klapperten, preßte die Lippen aufeinander und kämpfte gegen eine plötzliche Übelkeit an.

»Bei der ewigen Verdammnis — wie schrecklich!« brachte Drake hervor. »Es erübrigt sich wohl, Graff zur Krankenstation zu bringen, wie?«

Eine Zeitlang sahen sie stumm in die Kammer und beobachteten, wie der erstarrte Körper langsam am Fenster vorbeischwebte, sich ihnen in allen Einzelheiten darbot.

Das Heizungssystem summte noch ein letztes Mal und schaltete sich automatisch ab. Unmittelbar darauf öffnete sich das Schott. George und Drake blieben auf der Schwelle stehen, nur knapp zwei Meter von dem Toten entfernt.

Schließlich seufzte Reed. »Ich schalte die künstliche Schwerkraft ein.«

Er trat noch einmal an die Kontrolltafel in der Wand heran, und nach kurzer Suche fand er die Tasten für das separate Lebenserhaltungssystem des Frachtbereichs.

George' Blick klebte an Graff fest, und er drehte sich erst um, als er das leise Piepen einer ihm vertrauten Codesequenz hörte. Plötzlich erinnerte er sich an Drakes Worte und griff nach dem Arm seines Gefährten. »Nein ...«

Irgendwo in der Wand klickte es, und die Schwerelosigkeit in der Frachtkammer 9 fand ein abruptes Ende.

Kirk wich gerade noch rechtzeitig zurück, um nicht unter den herabfallenden Leichnam zu geraten, der mit einem lauten Krachen auf den Boden prallte. Splitter aus steinhart gefrorenem Fleisch sausten wie kleine Geschosse umher, gefolgt von größeren Brocken. Überall prasselte und klirrte es.

Voller Abscheu verzog George das Gesicht, wandte sich ab und keuchte.

Reed schob sich an ihm vorbei und sah in den großen Raum. »Der Typ war noch nicht ganz aufgetaut, oder? Zum Teufel auch, wir sollten ihn zusammenfegen, bevor's *wirklich* scheußlich wird.«

George schmeckte Galle, schauderte und hob den Kommunikator. »Kirk an Brücke.«

»Hier spricht April, George.«

»Wie geht's dir?«

»Schon besser. Was ist mit Graff?«

»Er ... Ich erkläre es dir später.«

»George, du klingst irgendwie seltsam.«

Kirk ging einige Schritte und hielt den Blick zu Boden gerichtet, doch vor seinem inneren Auge sah er nach wie vor ein schreckliches Bild. »Hör mal, Robert ... Ich habe da eine Idee.«

»Himmel, das freut mich. Hoffentlich taugt sie was.«

»Wahrscheinlich klappt es nicht.«

»Schlimmer kann unsere Situation wohl kaum werden, George«, sagte April.

»Der Vorschlag ist echt nicht übel, Geordie«, warf Drake ein. »Eine kosmische Pokerpartie, Mann! Mal sehen, wer am besten bluffen kann.«

Die drei Männer beugten sich über die Kommunikationsstation, gaben Raum-Zeit-Koordinaten und andere Daten ein. T'Cael stand einige Schritte entfernt und beobachtete die Menschen mit wachsendem Erstaunen. Sie befanden sich in einer verzweifelten Lage, doch der Captain und seine beiden Begleiter wirkten plötzlich zuversichtlich.

»Es kommt auf die richtige zeitliche Abstimmung an«, brummte George und dachte an die Einzelheiten seines Plans. Drake hatte recht: ein Bluff. Gefährlicher als die Realität – so hoffte er jedenfalls. Was erzeugte mehr Angst: der Biß einer Kobra oder ihr Zischen?

»Captain, ich registriere zwei Ortungsreflexe an der Peripherie unserer Sensorerfassung«, meldete Sanawey. »Offenbar sind es Emissionen von Warptriebwerken.«

T'Cael drehte sich um. »Vermutlich die beiden Mutterschiffe, deren Aufgabe darin besteht, die Zentralwelten zu schützen. Sie haben den Kontakt mit dem Schiff verloren, das Sie zerstörten, und bestimmt sind inzwischen Berichte über Ihre Präsenz in diesem Sektor eingetroffen. Die Kommandanten haben zweifellos den Befehl, Sie so rasch wie möglich zum Kampf zu stellen.«

George warf ihm einen kurzen Blick zu. »Gut.«

Carlos Florida runzelte die Stirn. »Gut?«

»Sogar perfekt«, betonte der Erste Offizier. »Hoffen wir nur, daß wir weiterhin Glück haben.«

April musterte ihn skeptisch. »Daß wir *weiterhin* Glück haben, George? Himmel, was würdest du denn als Pechsträhne bezeichnen?« Er sah auf die Anzeigen und Monitoren, prüfte noch einmal alle eingegebenen Informationen und versuchte festzustellen, ob sie irgend etwas übersehen hatten. Es schien soweit alles in Ordnung zu sein. Nur noch ein wichtiger Punkt mußte geklärt werden. Der Captain ignorierte den Schmerz in seinem Leib, als er sich steif umdrehte. »T'Cael, könnten Sie uns mitteilen, welche Starfleet-Codes Ihr Volk in den letzten Jahren geknackt hat?«

Die Pupillen des Romulaners weiteten sich, und einige rosarote Verlegenheitsflecken bildeten sich auf seinen Wangen. Gleichzeitig empfand er einen gewissen Stolz. Er zögerte kurz, räusperte sich dann und erwiderte:

»Wir ... wir haben sie alle entschlüsselt.«

George erstarrte für einige Sekunden. *»Alle?«*

T'Cael lächelte zaghaft. »Ja. Nun, wir könnten eine Menge von Ihren Schiffbauern und Entwicklungsingenieuren lernen, aber unsere Kryptographen brauchen sicher keine Nachhilfestunden.«

»Großartig«, bemerkte Kirk ironisch. »Wenn wir dies alles überstanden haben, beginnen wir mit einem Austauschprogramm.« Er gab sich alle Mühe, ernst zu bleiben, aber schließlich zuckte es auch in seinen Mundwinkeln, und die allgemeine Anspannung ließ sofort nach. Noch immer drohte ihnen der Tod, und die enorme Gefahr brachte sie alle einander näher, schuf eine feste, in sich geschlossene Gemeinschaft. »Na schön«, fügte George hinzu und starrte auf die blinkenden Lichter der Kom-Konsole. »Sanawey, jetzt sind Sie dran. Schicken Sie eine Nachricht und stellen Sie fest, daß die Romulaner kein einziges Wort überhören. Fragen Sie nach dem Status der Föderationsflotte im Bereich der Neutralen Zone.«

Tiefe Falten zerfurchten die Stirn des Indianers. »Dort gibt es doch gar keine ... Oh, ich verstehe. Eine gute Idee, Sir.«

»Also los.«

Sanawey preßte die Lippen zusammen und veränderte die Justierungen des Frequenzreglers, um den Kommunikationsoffizieren an Bord der beiden Mutterschiffe einen klaren Empfang zu ermöglichen. Kurz darauf nickte er. »Erledigt, Sir.«

»Ist es möglich, eine Botschaft zu senden und den Eindruck zu erwecken, es handele sich um eine *Antwort* auf unsere Anfrage?«

Sanawey überlegte kurz. »Ja, ich glaube schon. Wenn die Signale von einem Planeten zu uns reflektiert werden. Aber wir müßten mit starken Verzerrungen der Modulation rechnen, Sir. Bei so großen Entfernungen bleibt nicht einmal ein Richtstrahl stabil. Nun, vielleicht ist das sogar besser – es wird nach Statik klingen.«

»Ausgezeichnet, Kralle.« April klopfte dem großen Mann auf die Schulter. »Eine komplizierte Sache, ich weiß. Senden Sie eine Nachricht, die uns scheinbar von der Neutralen Zone erreicht und die dort wartende romulanische Flotte beschreibt. Die einzelnen Schiffe und ihre Raumsektoren. Formationen und solche Dinge. Geben Sie alle Einzelheiten hinzu, die Sie von Mr. t'Cael bekommen. Nennen Sie Details, von denen wir unmöglich etwas wissen könnten, wenn sich dort keine Föderationseinheiten befänden.«

Drake verschränkte die Arme. »Ein ziemlicher Schock für die Roms.«

»Ja«, bestätigte Kilyle schlicht. »Die Kommandanten werden sich fragen, wie eine ganze Flotte unentdeckt bleiben kann.«

George musterte ihn. »Wenn der Gegner von Ihrer Anwesenheit an Bord dieses Schiffes wüßte, wäre unser Plan aussichtslos. Wir müssen ihn davon überzeugen, daß er beobachtet wird.«

T'Cael zog die Brauen zusammen. »Wenn die romulanischen Offiziere genaue Beschreibungen ihrer Flotte hören, gelangen sie gewiß zu den von Ihnen beabsichtigten Schlußfolgerungen.«

»Stellen Sie sich vor, Sie begegneten einem Fremden, der Ihnen alle Einzelheiten Ihrer Wohnung schilderte«, sagte George. »Eine ziemlich unangenehme Erfahrung, nicht wahr?«

»Allerdings«, pflichtete ihm Kilyle bei.

»Nun, sorgen wir für ein wenig Unruhe.« Kirk nickte Sanawey zu, der daraufhin die zweite Nachricht sendete.

T'Cael sah George an. »Sie finden Spaß daran, nicht wahr, Kirk?« fragte er vorwurfsvoll.

Der Erste Offizier senkte den Kopf, spürte einen Hauch Betroffenheit und verdrängte seinen Enthusiasmus. »Es wäre mir lieber, nicht direkt daran beteiligt zu sein.«

Woraufhin die Züge des Romulaners so etwas wie Erheiterung zeigten. Die Taktik der Menschen erstaunte ihn, und er bedauerte nur, daß sich April gegen seinen Vorschlag entschieden hatte: Er war nicht bereit, die Zentralwelten anzugreifen und das Prätoriat zu stürzen.

George drehte sich um, starrte auf den Wandschirm und betrachtete das romulanische All. »Carlos, achten Sie auf die Anzeigen der Fernsensoren und geben Sie uns sofort Bescheid, wenn Sie irgendwelche Veränderungen in Hinsicht auf die beiden Mutterschiffe feststellen.«

»Ja«, sagte April. »Sie sind unser Barometer dafür, ob wir Erfolg haben.«

»Ihr Menschen seid sehr einfallsreich«, murmelte t'Cael und stellte sich vor, wie die Kommandanten und ihre Offiziere von Panik heimgesucht wurden. Rihannsu konnten einen solchen Trick nicht durchschauen; er bezweifelte, ob irgend jemand an Bord der beiden großen Trägerschiffe Verdacht schöpfte.

Drake trat einige Schritte vor. »George ist nicht auf den Kopf gefallen, Sir.«

»Aber auf einige andere Körperstellen.« Kirk ächzte übertrieben und preßte eine Hand an die linke Hüfte.

»Glücklicherweise befindet sich dein Gehirn nicht da unten, Geordie.«

April lächelte und wandte sich an Sanawey. »Wie sieht's aus?«

»Die Signale sind gerade reflektiert worden.« Der Astrotelemeter verzog das Gesicht. »Hoffentlich durchschaut uns der Gegner nicht, Sir.«

»Die Nachricht dürfte ihn zumindest verwirren. Alles klar für Phase Zwei?«

»Bist du bereit?« fragte George.

»Und ob.« Der Captain ging zum Befehlsstand, blieb neben dem Kommandosessel stehen und lege sich die Worte zurecht. Als ihm Sanawey das Zeichen gab, holte er tief Luft und begann:

»Achtung, Starfleet-Einsatzkontrolle«, sagte er so klar und deutlich, daß ihn die mithörenden Romulaner nicht falsch verstehen konnten. »Hier spricht der Captain des Kommandoschiffes im Delta-Sektor. Unser Tarnschirm ist defekt, und dadurch können wir von den Sensoren des Feindes erfaßt werden. Wir ziehen uns zurück, um nicht die Position der geheimen Flotte zu verraten und dadurch den Erfolg unserer Mission im romulanischen Raumgebiet in Frage zu stellen. Ich übergebe dem Zerstörer *Ambush* die Verantwortung für diesen Sektor – bis wir wieder in der Lage sind, uns mit dem

Tarnfeld vor Entdeckung zu schützen. Beim Angriff auf die romulanischen Zentralwelten dürfen nur Schiffe eingesetzt werden, deren Sensormasken stabil sind.« April legte eine kurze Pause ein und wechselte einen raschen Blick mit George, bevor er fortfuhr: »Achtung, Zerstörer *Ambush* und geheime Flotte. Hier spricht der Captain des Kommandoschiffes. Zwei romulanische Mutterschiffe verfolgen uns. Vernichten Sie die gegnerischen Einheiten, sobald sie den Beta-Sektor erreichen. Ein Mutterschiff ist bereits von unserer verborgenen Flotte zerstört worden. Handeln Sie unverzüglich, wenn die beiden anderen nicht abdrehen. Greifen Sie die Zentralwelten erst an, wenn die romulanische Flotte in die Neutrale Zone vorstößt. Andernfalls warten Sie ab, ohne etwas zu unternehmen. Ich wiederhole: Der Angriff auf die Zentralwelten findet *nur dann* statt, wenn romulanische Kriegsschiffe in der Neutralen Zone geortet werden. Verzichten Sie darauf, diese Order zu bestätigen. Der Feind darf keine Möglichkeit zu einer Anpeilung Ihrer Signale erhalten. Kommandoschiff Ende.«

April holte tief Luft, seufzte schwer und beobachtete Sanawey, der einige Tasten betätigte und die Mitteilung des Captains an eine imaginäre Flotte weiterleitete.

»Habe ich übertrieben?« fragte Robert.

George sah t'Cael an, aber der Romulaner hob nur die Brauen und zuckte mit den Schultern. Kirk warf einen Blick über Floridas Schultern. »Das wird sich gleich herausstellen. Verändern sich die Anzeigen?«

Der Steuermann behielt die Kontrollen im Auge. »Noch nicht. Die beiden Mutterschiffe nähern sich weiter und ... He, sie reduzieren ihre Geschwindigkeit und beenden den Hyperlichttransit.« George beugte sich zur Konsole vor und hielt unwillkürlich den Atem an.

»Captain ...« Sanawey hob ein Kom-Modul ans Ohr. »Intensive Kommunikationsaktivität zwischen den Mutterschiffen und einer der beiden Zentralwelten.«

»Ch'Rihan«, murmelte t'Cael und stellte sich den Wortlaut von Fragen und Antworten vor. Er versuchte, sich in die Lage der befehlshabenden Offiziere zu versetzen: Was hielte er von den empfangenen Meldungen?

»In Ordnung«, sagte April leise. »Carlos, Föderationskurs. Wir fliegen ganz gemütlich nach Hause. Wie wär's mit Warpfaktor zwei?« Er schnitt eine Grimasse. »Verschwinden wir von hier, bevor die Romulaner doch noch beschließen, uns den Garaus zu machen.«

Die Königin schwang anmutig herum und beschleunigte, ließ eine Phantasieflotte zurück, um den Feind an offensiven Maßnahmen zu hindern. War es wirklich möglich, den interstellaren Krieg mit einem gewagten Bluff zu verhindern?

Captain Aprils Blick blieb auf den Wandschirm gerichtet, als er aufs Oberdeck trat. Ganz vorsichtig setzte er einen Fuß vor den anderen, als befürchtete er, die Romulaner könnten den Trick durchschauen, wenn er irgendein Geräusch verursachte. Langsam näherte er sich t'Cael. »Was halten Sie davon?« fragte er leise, starrte weiterhin ins Projektionsfeld. Nirgends zeigten sich gegnerische Raumschiffe.

Kilyle verschränkte die Arme und dachte nach. »Mein Volk ist konservativ, Captain. Wir greifen nur dann an, wenn wir völlig sicher sind, den Sieg zu erringen. Andernfalls warten wir ab und verstärken unser militärisches Potential.«

»Soll das heißen, wir haben den Krieg nicht verhindert, sondern nur aufgeschoben?«

»Ich weiß es nicht«, erwiderte t'Cael ruhig. »Die Romulaner ...« – er sprach so, als gehöre er nicht mehr dazu –, »... scheuen Konflikte, bei denen sie unterliegen könnten. Wahrscheinlich bekommen die Wissenschaftler nun den Auftrag, so schnell wie möglich eine Tarnvorrichtung für Kampfeinheiten zu schaffen.«

»Raumschiffe können nicht einfach unsichtbar werden. Und wenn doch ... Die Entwicklung einer solchen Technik dauert sicher Jahre.«

»Hoffentlich viele Jahrhunderte.« Aus irgendeinem Grund richtete t'Cael die Worte an George Kirk, der auf dem Kommandodeck stand und beide Hände um das Geländer geschlossen hatte. Der Erste Offizier gab keinen Laut von sich, hörte stumm und aufmerksam zu.

Nach einigen Sekunden wandte sich der Captain ab und beobachtete einmal mehr den großen Bildschirm. Durch den Warptransit bildeten die Sterne seltsame Streifenmuster. April dachte an die zerstörten Schwarmeinheiten, an das vernichtete Mutterschiff, an die vielen toten romulanischen Männer und Frauen. Der Schrecken ließ sich nicht so einfach abstreifen, wurde zu einem gespenstischen Schatten, der dicht neben seinem Gewissen lauerte, ständig dazu bereit, Anklagen gegen ihn zu erheben.

»Vielleicht ist das ständige Mißtrauen jetzt noch stärker geworden.« April seufzte, und Seelenschmerz flackerte in seinen Augen. »Noch nie zuvor habe ich mich so sehr vor etwas gefürchtet, das überhaupt nicht geschah. Himmel, es wäre so einfach gewesen ... Und fast hätte ich mich dazu durchgerungen.«

George beugte sich ein wenig vor. »Was ist los mit dir, Robert?« frage er. »Jetzt ist alles vorbei. Wir haben es geschafft.« April mied den Blick seines Ersten Offiziers, setzte sich wieder in Bewegung. Der Wandschirm zeigte inzwischen die ferne Neutrale Zone, hinter der sich das stellare Territorium der Föderation erstreckte.

»Glaubst du?« murmelte er. Der hochgeschlagene Kragen seiner Strickjacke reichte ihm bis zu den Ohren empor, umgab das Gesicht mit einem hellen Rahmen. Hinter ihm glühten die Anzeigen einiger Monitoren. »Ich muß die Bürde meiner Entscheidung für den ganzen Rest meines Lebens tragen und werde mich ständig fragen, ob t'Cael recht hatte. Vielleicht habe ich den Krieg nur der nächsten Generation überlassen.«

»Nur noch wenige Minuten Flugzeit bis zur Neutralen Zone, Captain. Wir sind fast zu Hause.«

Floridas Worte klangen zufrieden und auch erleichtert. Die Brückencrew war sich nach wie vor der Gefahr bewußt: *Fast* bedeutete, daß sie noch immer mit einem Angriff rechnen mußten.

»Die Sensoren erfassen keine feindlichen Schiffe«, sagte Sanawey. Er sprach ganz leise, als wollte er vermeiden, Glück und Schicksal herauszufordern.

Captain April nahm die beiden Meldungen mit einem knappen Nicken entgegen. »Beschleunigen Sie auf Warpfaktor vier, sobald wir die Neutrale Zone erreichen.«

Seine Züge wirkten sehr ernst, und dadurch gewann die schlichte Anweisung eine ganz neue Bedeutung. Er saß wieder im Sessel des Befehlsstands — auf einem Thron, den er sich redlich verdient hatte —, und allmählich gelang es ihm, seine Empfindungen unter Kontrolle zu halten, Bestürzung und inneren Schmerz einzukapseln, aus seinem unmittelbaren Denken und Fühlen zu entfernen. Ein Teil des alten Glanzes kehrte in die Augen zurück, als er wieder zu seinem früheren Selbst fand. Nein, das stimmte nicht ganz. Die Erlebnisse im romulanischen Reich hatten ihn auf eine Weise verändert, die er erst noch ergründen mußte.

George war in gewisser Weise gezwungen worden, an der Mission teilzunehmen, aber auch er fühlte sich wenigstens zum Teil für die jüngsten Ereignisse verantwortlich. Dennoch brachte er es nicht fertig, einige aufmunternde Worte an Robert zu richten.

Als sich t'Cael langsam dem Captain zuwandte, erwachte Kirk aus seiner Apathie. Er blieb still, beschränkte sich darauf, die beiden Männer zu beobachten.

»Captain April«, begann t'Cael heiser.

Robert hob den Kopf. »Ja?«

»Ich muß mich bei Ihnen entschuldigen.«

»Warum?«

»Weil ich versucht habe, Sie zu einer Entscheidung zu zwingen, die Sie und Ihr Erster Offizier für falsch hielten. Ich hätte nicht von Ihnen verlangen dürfen, Ihre Moral aufzugeben, um meinem Volk zu helfen. Sie waren bereit, um jeden Preis an Ihren Prinzipien festzuhalten. Eine solche Einstellung kann der Föderation nur zum Vorteil gereichen. Ja, es war unangemessen, Sie zu einem aggressiven Verhalten aufzufordern. Ich bin beschämt.«

April schüttelte den Kopf. »Sie haben nicht den geringsten Grund, beschämt zu sein«, erwiderte er sanft. »Durch Ihre Hinweise konnten wir wichtige Erkenntnisse über uns selbst gewinnen, und dafür danke ich Ihnen ausdrücklich. Es kann bestimmt nicht schaden, ab und zu die eigenen Standpunkte aus einer gewissen Distanz zu prüfen. Unsere moralischen Grundsätze wurden außerordentlich stark belastet. Derartige Erfahrungen sind alles andere als angenehm, aber sie setzen einen wichtigen Reifeprozeß in Gang.« Robert drehte den Sessel ein wenig herum und sah Kirk an. »Was George und mich betrifft ...«, fuhr er schwermütig fort. »Ich glaube, unsere Perspektiven haben sich erweitert, und dadurch wird ein neues gegenseitiges Verständnis möglich. Wahrscheinlich ist es besser, durch die Mangel gedreht zu werden als in einem philosophischen Zölibat zu leben. Wir beide lernen, nicht wahr, George? Aber der zukünftige Kommandant dieses Schiffes braucht andere Fähigkeiten; vielleicht sollte er eine Mischung aus uns beiden sein. Gibt es jemanden, der unsere Qualitäten in sich vereint?«

»Im Laufe der Zeit läßt sich bestimmt ein solcher Mann finden«, sagte t'Cael. »Ich hoffe nur, daß die Zeit auch alle Schandflecken von der Kultur meines Volkes tilgt und ihm Weisheit ermöglicht. Auch mir gehen neue Gedanken durch den Kopf, und dafür danke ich Ihnen beiden.«

Verlegen trat der Romulaner aufs Oberdeck und wandte sich von George und April ab. Kirk sah ihm nach.

T'Cael blieb an der Schadenskontrolle auf der Steuerbordseite der Brücke stehen und beobachtete die Wandmonitoren. Sie zeigten das All hinter dem Schiff, den romulanischen Raumbereich, der nun rasch zurückblieb.

Kilyle dachte an die Welten seiner Heimat, und Wehmut erfaßte ihn.

George näherte sich ihm langsam und versuchte vergeblich, t'Caels Gesichtsausdruck zu erkennen. Der Romulaner bemerkte ihn aus den Augenwinkeln, doch sein nachdenklicher Blick galt weiterhin den Monitoren. Kirk musterte ihn eine Zeitlang, ohne ein Wort zu sagen, und plötzlich war er nicht mehr sicher, auf dem Planetoiden die richtige Entscheidung getroffen zu haben. *Vielleicht hätte ich ihn tatsächlich dem Tod überlassen sollen. Eine ungewisse Zukunft erwartet ihn, und er wird seine Heimat nie wiedersehen. Er hat völlig recht: Er kann nicht auf Dauer in die Rolle eines Vulkaniers schlüpfen; irgendwann durchschaut man ihn bestimmt. Es bleibt ihm also nur die Einsamkeit. Er muß die Kontakte zu Bürgern der Föderation auf ein notwendiges Minimum beschränken und seine wahre Identität verbergen, wenn er nicht verfolgt, verhört und eingesperrt werden will ...*

Von Leuten wie mir, fügte George in Gedanken hinzu, und er spürte, wie ihm das Blut ins Gesicht schoß. Betroffen senkte er den Kopf, und als er kurz darauf wieder aufsah, bemerkte er Melancholie in t'Caels Gesicht.

»Machen Sie sich keine Sorgen«, murmelte George so leise, daß es fast gleichgültig klang. Sofort bedauerte er seine Bemerkung. *Ich hätte überhaupt nichts sagen sollen.*

T'Cael rührte sich nicht von der Stelle. »Bei Ihnen bin ich ein Fremder«, erwiderte er ruhig und monoton. »Welchen Platz gibt es für mich?«

George trat noch etwas näher heran, und sein ernster Blick übermittelte eine Botschaft der Entschlossenheit. »Ganz gleich, welche Mühen es kostet und wie lange es dauert: Ich werde persönlich dafür sorgen, daß Sie in der Föderation eine neue Heimat finden. Dazu fühle ich mich verpflichtet.« Er fügte hinzu: »Tatsächlich bin ich Ihnen noch weitaus mehr schuldig.«

T'Caels Züge glätteten sich. Er beendete seine stumme Zwiesprache mit den Monitoren und sah George an.

»Das ist sehr freundlich von Ihnen. Aber es dürfte Ihnen schwerfallen, Ihr Versprechen einzulösen.«

George faltete die Hände und lehnte sich an die nahe Konsole.

»Nun, wir könnten auch zurückkehren und Sie zu dem Planetoiden bringen, auf dem Sie unbedingt sterben wollten.«

Ein Lächeln tilgte den Kummer aus t'Caels Miene, und er lachte kurz. »Ich möchte Ihnen wirklich keine Umstände bereiten.«

George fühlte die besondere Beziehung zwischen ihnen, hielt daran fest und lächelte ebenfalls. Er achtete sorgfältig darauf, sein Mitleid zu verbergen. Der Romulaner brachte den Mut auf, einen klaren Schlußstrich unter seine Vergangenheit zu ziehen und all die Dinge zurückzulassen, die ihm soviel bedeutet hatten. Er mußte sogar die Hoffnung aufgeben, seinem Volk zu helfen. Mit beeindruckender Tapferkeit stellte er sich einer Zukunft, die viele persönliche Opfer von ihm erforderte.

Nach einer Weile schaltete George das nächste Interkom ein.

»Kirk an Krankenstation.«

»Hier Krankenstation. Poole spricht.«

»Ich statte Ihnen gleich einen Besuch ab, Doktor. Um gewisse Probleme der kosmetischen Chirurgie mit Ihnen zu erörtern.«

»Möchten Sie ein neues Gesicht? Gute Idee. Ihr altes gibt nicht viel her.«

George hob die Brauen und sah, wie t'Caels Lächeln in die Breite wuchs.

»Leider muß ich Sie enttäuschen. Es geht nicht um mich. Wir sind gleich bei Ihnen.« Kirk unterbrach die Verbindung und klopfte Kilyle auf die Schulter. »Kommen Sie. Bestimmt wetzt Dr. Poole bereits ihre Messer.«

Sie hatten fast den Turbolift erreicht, als die Stimme des Captains erklang.

»Wohin willst du, George?«

T'Cael blieb vor der geöffneten Tür stehen, und Kirk drehte sich um. »Zur Krankenstation. Und anschließend ziehe ich mich für einige Minuten in meine Kabine zurück. Ich möchte meinen Söhnen einen Brief schreiben und einige Dinge richtigstellen. Es dauert nicht lange.«

April stand auf und musterte seinen Ersten Offizier. »Ich glaube, du hast etwas vergessen.«

George näherte sich der Brüstung. »Ich verstehe nicht ganz ...«

»Wir haben eine Vereinbarung getroffen.«

»Und worum ging es dabei?«

»Um einen Namen: Tiberius.«

»Oh ... Du erinnerst dich also daran.«

»Nun?«

George klappte den Mund auf, schloß ihn wieder und suchte nach den richtigen Worten: »Nun, es ist ... schwer zu erklären.«

»Versuch's.«

»Ich ... Himmel, ich kann es nicht.« Kirk seufzte und kehrte zum Lift zurück.

»Du hast es mir *versprochen!*«

George wandte sich noch einmal um. »Tut mir leid, Robert. Ich bringe es einfach nicht fertig.«

April trat auf das obere Deck. »Das kann doch nicht dein Ernst sein! Wir haben ein Abkommen, das es zu achten gilt.«

Kirk wirkte hilflos. »Tut mir leid«, wiederholte er. »Ich hätte mich gar nicht erst darauf einlassen sollen.« Er blieb im Turbolift stehen und fühlte Aprils enttäuschten Blick auf sich ruhen.

»Und was willst du Jimmy sagen?«

George gesellte sich an die Seite t'Caels, der die Wartetaste der Kontrolleinheit gedrückt hatte.

»Keine Ahnung«, erwiderte er zerknirscht. »Wahrscheinlich bleibt mir nichts anderes übrig, als ihn zu belügen. Ich behaupte einfach, es sei der Name meines Großvaters gewesen.«

»George!«

»Nun, ich kann ihm wohl kaum die Wahrheit sagen, oder?« Kirk nickte t'Cael zu, und daraufhin schloß sich das Schott.

»Woher soll *ich* das wissen?« jammerte April

KAPITEL 24

Der Erste Bioingenieur Jon Kupper nahm erschöpft vor seinem Schreibtisch Platz. Der Sessel neigte sich ein wenig nach hinten und bot dadurch ein hohes Maß an Bequemlichkeit, aber Kupper achtete nicht darauf. Hoffnungslosigkeit schuf eine seltsame Leere in ihm. Das Aussichtsfenster gewährte einen Blick auf die fatale Pracht des Ionensturms. Entfesselte Energie. Elektrokinetisches Chaos. Tödliches Feuer glühte im All; Funken stoben und umgaben das Spiegelbild des müden jungen Mannes mit einem gespenstischen Halo.

Er war erst einunddreißig, aber in den letzten Stunden schien er um Jahrzehnte gealtert zu sein. Die Anstrengungen zehrten ihn aus, und hinzu kam eine schreckliche Lüge, die ihn innerlich aushöhlte. Es fiel ihm sehr schwer, seine Verzweiflung vor den Kindern zu verbergen, die eine wahrhaft erstaunliche Aufmerksamkeit bewiesen und nicht annähernd so leicht hinters Licht geführt werden konnten, wie manche Erwachsene glaubten. Er dachte auch an die Eltern, die nicht genug von moderner Technik verstanden, um zu begreifen, daß ihnen überhaupt keine Chance blieb. Wenn es ihm gelang, ihre Zuversicht auch während der nächsten Stunden zu erhalten ... Vielleicht brachten sie anschließend nicht mehr die Kraft auf, ebenso zu verzweifeln wie er.

Kupper empfand es als Erleichterung, allein zu sein. Endlich konnte er die Maske fallenlassen und zumindest sich selbst die schreckliche Wahrheit eingestehen — nur noch wenige Stunden trennten sie vom Tod. Durch das Fenster beobachtete er die elektrostatischen Entladungen und gab sich Bitterkeit hin. Stumm starrte er ins Herz des Ionensturms, dessen bunte Schönheit ihn viel zu deutlich an das Unvermeidliche erinnerte. Wie sonderbar, daß eine Gefahr derart prachtvoll wirken konnte. Die eigentümliche Ästhetik des energetischen Mahlstroms machte alles nur noch schlimmer. Kupper fühlte sich von ihr verhöhnt.

Eine fast angenehme Apathie erfaßte seine Gedanken. Kupper bedauerte es, daß die *Rosenberg* nicht sofort explodiert war. Ein Blitz, der alles zerstörte. Ein schneller, schmerzloser Tod anstelle des langsamen Dahinsiechens. Er kam sich keineswegs wie ein Märtyrer vor, und es gefiel ihm auch nicht, daß die ganze Föderation das gräßliche Schicksal der Menschen an Bord des havarierten Schiffes beweinte. Es lag ihm nichts daran, zu einem Symbol für Expansionsdenken und die Kolonisierung neuer Welten zu werden. Er hielt das eigene Leid für schlimm genug, und die Vorstellung, daß Familienangehörige und Freunde durch die Kom-Verbindung daran beteiligt wurden, fügte noch mehr Qualen hinzu. *Gleich zu Beginn eine Explosion,* wiederholte er in Gedanken. *Warum zwingt uns das Verhängnis dazu, den Tod bewußt zu erleben?*

Ein zweites Spiegelbild erschien im Fenster — und es blieb Kupper gerade noch Zeit genug, wieder die Maske aufzusetzen.

»Ist alles in Ordnung, Jon?«

Der Bioingenieur vernahm die Stimme des Captains und rang sich ein Lächeln ab. »Oh, sicher. Ich verschnaufe nur ein wenig.« Er drehte den Sessel herum und sah die vertrauten Züge Anitas. Sie schien mindestens so erschöpft zu sein wie er selbst: Ihr pausbäckiges Gesicht war jetzt hohlwangig und blaß, und das braune Haar hatte seinen Glanz verloren. *Schon seit Tagen hat sie kaum mehr geschlafen,* dachte Kupper.

Anita versuchte ebenfalls, sich nichts anmerken zu lassen. Behutsam hob sie einen Säugling, die vor einigen Tagen geborene Tochter des Agroingenieurs.

»Das Kind schläft«, sagte die Kommandantin leise,

als sie Kuppers Blick bemerkte. Sie senkte ebenfalls den Kopf und sah auf das Mädchen herab. »Ich wollte den Eltern eine Ruhepause gönnen, mich irgendwie nützlich machen.« Sie seufzte und nahm in einem zweiten Sessel Platz. »Für den Captain gibt es derzeit nicht viel zu tun.«

»Ja, ich weiß«, erwiderte Kuper. »Nun, ich versuche gerade, eine Entscheidung zu treffen.«

»Worum geht's?«

»Die Hibernationskapseln müßten eigentlich getestet werden, aber ...«

»Aber dazu ist Sauerstoff notwendig.« Anita nickte langsam. »Sie haben sich alle Mühe gegeben, Jon. Und außerdem: Macht es einen Unterschied? Entweder funktionieren die Kapseln, oder ...« Sie zuckte mit den Achseln. Der Tod war längst zu einem ständigen Begleiter geworden, und irgendwann wich die Besorgnis gleichmütiger Benommenheit.

Der Bioingenieur biß sich kurz auf die Lippe. Einerseits sollte Anita als Captain die Wahrheit erfahren, doch andererseits ... Auch ihr waren die Hände gebunden. Sie hatte keine Möglichkeit, die allgemeine Situation zu verbessern.

Kupper widerstand der Versuchung, sich ihr anzuvertrauen. *Sie hat bereits genug Probleme,* überlegte er. *Und außerdem läßt sich nichts ändern.*

»Wir sparen Energie«, sagte die Kommandantin. »Alle Sensoren sind abgeschaltet. Es hat wohl keinen Sinn mehr, die Ionenaktivität zu messen.«

»Nein.«

»Ich hinterlasse einen ausführlichen Bericht«, fuhr Anita fort. »Darin beschreibe ich alle Einzelheiten – um zu verhindern, daß andere Raumschiffe in eine ähnliche Lage geraten. Ich weise deutlich darauf hin, daß alles meine Schuld ist ...«

»So ein Unsinn«, widersprach Kupper. »Hören Sie endlich auf, sich dauernd Selbstvorwürfe zu machen.«

»Sie brauchen mich nicht zu trösten, Jon.«

»So etwas liegt mir fern. Aber meiner Ansicht nach übertreiben Sie es mit dem Der-Captain-ist-für-alles-verantwortlich.«

»*Ich* habe beschlossen, die Gefahr zu ignorieren und in den Ionensturm zu fliegen.«

Kupper war so müde, daß er sich nicht einmal zu Anita umwandte. »Die Instrumentenanzeigen deuteten auf eine stabile energetische Struktur hin, aber als wir den Flug fortsetzten, kam es plötzlich zu starken Entladungen, die uns alle überraschten. Schicksal, Anita. Sie trifft nicht die geringste Schuld.«

»Das Schicksal sitzt wohl kaum im Befehlsstand und gibt Anweisungen.« Die Kommandantin lehnte sich zurück und blickte auf die kleine, rosafarbene Hand des Säuglings, die sich um ihren Zeigefinger geschlossen hatte.

»Na schön«, entgegnete Jon. »Ich möchte nicht ausgerechnet nach einem Streit mit Ihnen sterben. Wenn Sie sich unbedingt schuldig fühlen wollen ...«

Anita nahm die Brummigkeit des Bioingenieurs hin und gab keine Antwort. Ihr Blick reichte in die Ferne, weit über das Flackern und Gleißen des Ionensturms hinaus.

Nach einer Weile lächelte sie schief und entschied, Kupper von seiner Belastung zu befreien. »Übrigens: Sie haben Großartiges geleistet, als Sie den Kolonisten die Funktionsweise der Hibernationskapseln erklärten. Sehr überzeugend. Man hat Ihnen jedes Wort geglaubt.«

Jon starrte gedankenverloren aus dem Fenster und nickte. Einige Sekunden später blinzelte er verblüfft und sah Anita erschrocken an. »Sie wissen darüber Bescheid?«

Ihr Lächeln wurde zu einem Grinsen. »Meine Pflicht als Captain.«

»Herr im Himmel!« Kupper sank in die weichen Polster zurück und schnappte nach Luft. »Ich dachte ... Hat sonst noch jemand Verdacht geschöpft?«

»Nein, wahrscheinlich nicht. Bis heute morgen hatte ich selbst keine Ahnung.«

»Wie sind Sie dahintergekommen?«

»Ich habe im Lager nachgesehen. Die Kryo-Substanzen an Bord dieses Schiffes reichen nicht einmal für eine Fliege aus.«

»Oh, verdammt! Anita ...«

»He, wer macht sich jetzt Vorwürfe?«

»Ich wollte nur ...«

»Ich weiß. Und ich danke Ihnen für Ihre Bemühungen. Sie haben es den Kolonisten wesentlich leichter gemacht.«

Profunde Erleichterung durchströmte Kupper, und er hatte plötzlich das Gefühl, als wiche eine tonnenschwere Last von ihm. Endlich gab es jemanden, mit dem er sein Geheimnis teilen konnte. Er drehte den Sessel noch etwas weiter herum, blickte gemeinsam mit Anita ins All. Stille herrschte, aber er empfand sie keineswegs als bedrückend. Es gab keine Hoffnung mehr, doch er genoß nun einen lange ersehnten Frieden, der ihn in die Lage versetzte, den Tod ohne Furcht hinzunehmen.

Der Ionensturm glühte und irrlichterte, schien sie weiterhin zu verspotten.

Und dann veränderte sich etwas im lautlosen Wabern.

Ein fester Körper glitt durch die irrlichternden Entladungen, näherte sich dem havarierten Kolonistenschiff und nahm Konturen an.

Das riesige Gebilde schwebte heran: eine große, blutrote Sensorscheibe, hinter der sich ein dicker keulenförmiger Rumpf erstreckte. Und darüber ... ein gewaltiges Diskussegment, einer mobilen Raumstation gleich.

Anita und Kupper rissen die Augen auf.

Funken tasteten über ein weißes Raumschiff, das weder Hoheitszeichen noch irgendwelche Markierungen trug und direkt neben dem Aussichtsfenster verharrte. Energetischer Zorn entlud sich mit bunten Blitzen an stabilen Schilden.

Es dämmerte Kupper, daß es sich nicht um eine Halluzination handelte, die jeden Augenblick einer erbarmungslosen Realität weichen konnte. Ein Engel war gekommen, um sie aus der Hölle zu befreien.

»Du solltest uns sofort identifizieren, um zu vermeiden, daß die Kolonisten einen Schrecken bekommen.«

Captain April lächelte. »Danke für den guten Rat, George. Du hast völlig recht. Und ich überlasse dir die Ehre, für uns alle zu sprechen.«

Kirk ließ die Rückenlehne des Kommandosessels los und erwiderte das Lächeln. »Nein, diesmal nicht«, erwiderte er respektvoll. »Dies ist dein Traum. Du hast ihn verdient.«

Langes Schweigen folgte auf diese Worte. Alle Anwesenden wußten, daß die Königin nun einen Namen bekam, womit eine Legende begründet würde. April nickte, dankbar für die Ehre, die ihm nun zuteil wurde.

George bedeutete Sanawey mit einem Wink, die Kommunikationskanäle für den Captain zu öffnen. April sprach nicht sofort, wartete noch etwas länger, genoß den historischen Augenblick.

Seine Stimme hallte in Form von codierten Signalen durchs All, durchdrang das Wüten des Ionensturms und tönte aus den Bordlautsprechern des Kolonistenschiffes. Er traf eine Namenswahl, und sie brachte alle Erkenntnisse zum Ausdruck, die George und er gewonnen hatten.

»Achtung, *Rosenberg*. Hier spricht der Captain des Föderationsschiffes *Enterprise*. Treffen Sie Vorbereitungen für den Transfer Ihrer Besatzung. Wir bringen Sie nach Hause.«

Dr. Sarah Poole eilte mit langen Schritten durch den Korridor des G-Decks und kehrte vom Hangar zurück. Es trafen noch weitere Shuttles von der *Rosenberg* ein, aber mit den ersten Fähren kamen die Männer, Frauen und Kinder, die besonders schwere Verletzungen erlitten hatten. Die Ärztin wurde von einigen Medo-Assistenten begleitet, die Gravbahren schoben. In einem Arm hielt sie einen zweijährigen Jungen, und mit der anderen Hand hob sie einen Kommunikator vor die Lippen.

»Bringen Sie die Strahlungspatienten sofort in der Hauptstation unter. Die Behandlungskammern auf Deck Fünf stehen den Leuten zur Verfügung, bei denen Verbrennungen behandelt werden müssen. Untersuchen Sie alle Kinder, auch diejenigen, die völlig gesund wirken. Wenn wir die schlimmsten Fälle versorgt haben, nehmen wir auch die anderen auf. Die pädiatrische Abteilung richten wir in der Mannschaftsmesse auf dem F-Deck ein, und ...«

Sie unterbrach sich abrupt und blieb vor ihrem Büro stehen. Die Assistenten eilten an ihr vorbei und schoben die Bahren mit den Verletzten in eine große Diagnosekammer.

Das Kind in ihrem Arm schmiegte sich fest an Sarah, aber sie achtete nicht darauf, starrte in jenes Zimmer, das sie vor einer knappen Stunde verlassen hatte, um alle notwendigen Behandlungsvorrichtungen zu installieren.

Dr. Poole gewann plötzlich den Eindruck, durch einen Traum zu wandeln.

Kerzen.

Überall brannten Kerzen.

Die Leuchtplatten an der Decke des Büros glühten nicht mehr. Das Licht stammte ausschließlich von improvisierten Kerzen, deren Dochte aus dünner Gaze bestanden. Sie ragten aus den verschiedensten Behältern: aus Bechern, Teströhrchen, kleinen Flaschen, Arzneikrügen, Watte- und Petrischalen, Tassen und vielen anderen Gefäßen. Flackerndes Kerzenlicht im All, wärmer als das ferne Schimmern der Sterne.

Der kleine Junge stützte den Kopf auf ihre Schulter, als Sarah den Raum betrat und durch eine Sphäre der Romantik schritt.

Nach einer Weile bemerkte sie einen Zettel, der an einem der Gläser hing. Zögernd griff sie danach und las die Nachricht, die jemand auf Starfleet-Briefpapier geschrieben hatte.

Liebe braucht Kerzenlicht, und das gilt auch für die Heirat. Hier sind Liebe und Kerzenlicht, womit die Bedingungen erfüllt wären. Was hältst Du von Punkt drei?

Robert

KAPITEL 25

Die beiden Schotthälften des Turbolifts öffneten sich, und die Brücke bot einen ebenso vertrauten wie willkommenen Anblick. Es war, als kehre man heim.

Seltsam, dachte Jim Kirk. *Jetzt erscheint mir die Farm in Iowa fremd, während ich mich hier zu Hause fühle. Wie sich die emotionalen Perspektiven verschieben können ...*

Beruhigende Geräusche. Gesichter, die Freundschaft bedeuteten. Diesmal hörte er. Diesmal sah er.

Der große Wandschirm zeigte das Wartungsdock von Starbase Eins, das sie gerade verlassen hatten. Mitgefühl regte sich in Jim, als er beobachtete, wie die *Kongo* von zwei Schleppern in den riesigen Hangar gezogen wurde. Breite Risse klafften in einer der beiden Triebwerksgondeln, und Kirk fragte sich, welchen Gefahren Captain Toroyan in den Tiefen des Alls begegnet war.

Er wußte, wie der Kommandant des anderen Raumschiffes empfand, fühlte sich ebenfalls betroffen, wenn die *Enterprise,* das Flaggschiff der Föderationsflotte, beschädigt wurde. *Wie oft ist das geschehen?* überlegte er. *Wie oft sind wir in haarsträubende Abenteuer geraten? Wie oft ergaben sich Probleme mit irgendwelchen neuen Geräten und technischen Innovationen, die Starfleet zuerst in meinem Schiff ausprobierte? In* meinem *Schiff ...*

Er ließ seinen Blick durch den Kontrollraum schweifen, und die letzten Reste der Schwermut fielen von ihm ab.

Sulu saß an den Kontrollen des Steuermanns — eine Präsenz, die Sicherheit versprach. Seine Hände ruhten auf dem Pult, gaben durch nichts zu erkennen, wie geschickt sie das große Raumschiff lenken konnten. Seit vielen

Jahrhunderten verließen sich Kapitäne auf ihre Steuerleute, um ferne Ziele zu erreichen, und Kirk brachte Sulu – der in gewisser Weise noch unerschütterlicher war als Spock – absolutes Vertrauen entgegen. An der Navigationskonsole daneben hatte Chekov Platz genommen. Er war als junger, unerfahrener Mann an Bord gekommen und konnte damals kaum richtig Englisch sprechen; aber er verdiente sich einen Platz auf der Brücke, indem er eifrig lernte.

Auf der Backbordseite stand Chefingenieur Scott vor den Anzeigen der Subsysteme – *der zuverlässigste Mann im ganzen Universum,* fuhr es Kirk durch den Sinn. Er war geradezu in Technik verliebt und besaß nicht nur ein bemerkenswertes Improvisationstalent, sondern auch eine Intuition, die manchmal an Hellseherei grenzte. In seinem Arbeitsbereich entfaltete er fast magische Fähigkeiten, und außerhalb davon konnte man immer auf seinen Mut zählen. Wenn Maschinen für ihn Musik gleichkamen, so stellte die *Enterprise* sein *magnum opus* dar. Hinzu kam, daß er immer Zeit für seine Kollegen und Freunde fand. So wie jetzt: Er machte gerade einige junge Ingenieure mit Diagrammen und Schemata vertraut. Wie oft hatte er das Schiff gerettet und die Ehre dafür dem Captain überlassen?

Kirk beobachtete ihn eine Zeitlang. Rote Uniform, pechschwarzes Haar, ein zerfurchtes, wettergegerbtes Gesicht ... Er glaubte sogar, den schottischen Akzent zu hören. Normalerweise genügte ein Blick auf Scottys Miene, um sofort Aufschluß über den Status der *Enterprise* zu gewinnen. Wenn der Chefingenieur während einer angespannten Situation auf der Brücke blieb und nicht zum Maschinenraum eilte, wußte Jim, daß die Lage so kritisch nicht sein konnte. Scotts Abstand zu den Materie-Antimaterie-Wandlern und den Aggregaten beschrieb ziemlich genau das Ausmaß einer drohenden Gefahr.

McCoy stand am Geländer, das die beiden Decks voneinander trennte. Irgendwie war es ihm und Spock gelungen, den Captain zur Brücke zurückzuholen, und Kirk gewann den Eindruck, daß sie bereits auf ihn gewartet hatten. *Obwohl sie das bestimmt nicht zugäben.*

McCoy konnte eine lange Referenzliste vorweisen, aber trotzdem behauptete er immer wieder, sein größtes Talent bestehe darin, Glück zu haben. Er konnte – und wollte – sich nicht an das Leben im All gewöhnen, leistete jedoch schon nach kurzer Zeit wichtige Beiträge zur Raummedizin. Er nahm die Dinge einfach so, wie sie kamen, vertrat die Ansicht: Wenn ein bestimmter Organismus noch lebt, bringe ich ihn irgendwie auf die Beine. Oder auf die Tentakel. Er gewährleistete das physische Wohlergehen der Besatzung, und gleichzeitig befaßte er sich mit den psychologischen Auswirkungen einer künstlichen Umwelt. Daher seine Besorgnis in bezug auf einen bestimmten Heuboden.

Aber damit noch nicht genug. Wenn Chefingenieur Scott als Barometer für den Zustand des Schiffes fungierte, so war Leonard McCoy der persönliche Seismograph des Captains. Er trat als Doktor und Freund auf – und auch als Nervensäge. Kirk verglich ihn mit einem Igel: ganz glatt, wenn man in eine Richtung strich, stachelig in der anderen. McCoy zögerte nie, ihn mit unangenehmen Wahrheiten zu konfrontieren. Wenn er nervös und gereizt wurde – McCoy gab ihm Bescheid. Wenn er sich irrte – McCoy gab ihm Bescheid. Wenn er sich eine hochmütige oder arrogante Einstellung zu eigen machte, wenn er von falschen Annahmen ausging – McCoy gab ihm Bescheid. Er verzichtete nicht einmal dann auf einen Kommentar, wenn der Captain kein Wort von ihm hören wollte. Im Laufe der Jahre hatte Kirk seinen bärbeißigen und manchmal recht schroffen Bordarzt zu schätzen gelernt: Wenn er fehlte, schien die Brückencrew nicht vollständig zu sein.

Jim seufzte leise und unterdrückte ein Lächeln, als er feststellte, daß McCoy ganz bewußt seinen Blick mied.

Spock saß wie üblich an der wissenschaftlichen Station. Was ließ sich über ihn sagen? Die eine Hälfte seiner Gene stammte von der Erde, die andere von Vulkan — zunächst ein einsamer Mann, umgeben von Menschen, die sein Erscheinungsbild und Gebaren für seltsam hielten. Sie hatten sich inzwischen an ihn gewöhnt, was jedoch nichts an seiner Einzigartigkeit änderte. Seit einiger Zeit erhoben beide Kulturen Anspruch auf Spock, weil es allen Grund für sie gab, stolz auf ihn zu sein. Er hatte sich allmählich dazu durchgerungen, seine Freundschaft mit Kirk einzugestehen und sie auch zu zeigen, begriff dadurch, daß Scham zu den törichtsten aller Gefühle gehörte, die auf Vulkan als profan gelten. Als er zu dieser Erkenntnis gelangte, war er nicht länger beschämt, hielt jedoch an seinen anderen Wesensmerkmalen fest. Er blieb kompetent, kultiviert, gelassen und zurückhaltend. Er wirkte nur entspannter, weniger verkrampft und unnahbar. Ein Zeichen wahrer Weisheit: Er ließ sich von den Menschen Nachsicht lehren, kombinierte sie mit vulkanischer Disziplin, und dadurch wurde der kühle Fremde zu einer Art Vaterfigur, die Vertrauen einflößte und sich innerhalb eines selbstbestimmten Bereichs frei entfalten konnte.

Im Gegensatz zu McCoy sah Spock auf, als der Captain die Brücke betrat. Sein kurzes Nicken teilte mehr als viele Worte: Er übergab das Kommando und bestätigte sowohl den normalen Status des Schiffes als auch die stabile persönliche Synthese zwischen ihm und Jim Kirk.

Der Captain nickte ebenfalls und beobachtete Spock noch einige Sekunden länger. Das kurze Zucken in seinen Mundwinkeln kam einer Botschaft gleich.

Eine der gewölbten Brauen des Vulkaniers bewegte sich um wenige Millimeter, und die subtile Veränderung seiner Mimik fiel nur jemandem auf, der ihn sehr gut kannte.

Kirk näherte sich der Kommunikationsstation und der eleganten, dunkelhäutigen Frau, die dort saß. Sie bediente ihre Kontrollen mit der Virtuosität eines Pianisten, und wenn ihre klare Stimme aus den Lautsprechern der *Enterprise* drang, lauschten alle vierhundertdreißig Besatzungsmitglieder. Sie war imstande, dem Wörtchen ›Hallo‹ einen dramatischen Klang zu verleihen, und ihr Timbre gewann häufig die Qualität sanfter, melodischer Musik. Sie strahlte eine fast majestätische Würde aus, doch wenn es um ihr Pult ging, nahm sie es jederzeit mit der technischen Magie des Chefingenieurs auf. Sie konnte die Kommunikationsanlage problemlos demontieren und anschließend wieder zusammenbauen, wußte bestens um die Funktion jeder einzelnen Komponente Bescheid.

Als Kirk näher kam, drehte sich Uhura in ihrem Sessel um. Sie hatte die Beine diskret übereinandergeschlagen, ruhte in sich selbst, aber trotzdem gelang es ihr, an einem durch und durch weiblichen Selbst festzuhalten — feminine Kunst. Sie lächelte. »Willkommen an Bord, Captain. Starbase Eins hat uns Starterlaubnis erteilt.«

»Danke, Lieutenant«, erwiderte Kirk leise und nachdenklich. »Verbinden Sie mich mit Admiral Oliver.«

»Sofort, Sir.« Uhura wandte sich wieder der Konsole zu, und ihre geschickten Finger berührten mehrere Tasten. Einige Anzeigen veränderten sich.

Während Jim wartete, sah er sich noch einmal auf der Brücke um. *Ja, McCoy hat recht*, dachte er. Jeder einzelne Offizier stellte etwas Besondere dar. Manchmal blieb ihm nichts anderes übrig, als sie großen Gefahren auszusetzen, aber er hatte kein Recht zu entscheiden, was für ein Leben sie führen sollten.

»Admiral Oliver, Sir«, sagte Uhura.

Der Captain drehte sich um. »Ollie, hier ist Kirk.«

»Hallo, Jim.«

»Was die Versetzung betrifft ...«

»Ja?«

»Sind Sie bereit, mir einen Gefallen zu erweisen?«

»Klar.«

»Könnten Sie die entsprechenden Anweisungen eine Zeitlang auf Eis legen?« fragte Kirk.

»Klar könnte ich das.«

Der Captain zögerte kurz. »Sie haben darauf verzichtet, die Order weiterzuleiten, nicht wahr?«

»Klar habe ich das.«

»Ich nehme an, die Befehle sind noch nicht einmal zu Papier gebracht worden.«

»Klar sind sie das nicht.«

»Oliver, Sie sind ein verschlagener, hinterhältiger Mistkerl.«

»Klar bin ich das.«

Der Captain lachte leise. »Na schön. Besten Dank, Ollie. Kirk Ende.«

Grübchen bildeten sich in seinen Wangen, als er versuchte, nicht zu grinsen. Uhura schloß den Kommunikationskanal und wartete geduldig.

»Teilen Sie Starbase Command mit, daß wir uns jetzt auf den Weg machen«, sagte Kirk. »Verzeichnen Sie die Einzelheiten unseres nächsten Auftrags im Logbuch.«

»Ja, Sir.« Uhura schien froh zu sein, etwas zu tun zu haben.

Jim stellte fest, daß er sich nicht mehr mit anderen Dingen ablenken konnte, und daraufhin wandte er sich erneut zur Brückencrew um.

McCoy musterte ihn nun, und sein Gesicht brachte Mitgefühl und Neugier zum Ausdruck. Der Blick übermittelte eine deutliche Frage: *Was hat deine Meinung geändert?*

Kirk sah auf das Blatt in seiner Hand herab, auf den letzten, hastig geschriebenen Brief, der ihn damals, vor so vielen Jahren, erreicht hatte. Langsam hob er ihn und begann erneut zu lesen.

Lieber Sam, lieber Jim,

normalerweise spreche ich Euch anders an, aber da es Eure Namen sind, wird es Zeit, daß ich mich an sie gewöhne.

Es gibt viele Dinge, die ich verändern möchte, sobald wir wieder zusammen sind. Jimmy, es tut mir leid, daß ich nicht rechtzeitig zu Deinem Geburtstag heimkehren konnte. Damit Du nicht allzu böse auf mich bist, mache ich Dir einen Vorschlag. Weißt Du, ich habe meine Meinung geändert. Warum solltest Du nicht hierherkommen, zur Starbase? Das schließt Dich mit ein, Sam. Der Weltraum ist großartig, und das trifft auch auf die Projekte der Föderation zu. Man muß gute Gelegenheiten nutzen, wenn sie sich einem darbieten. Man fühlt sich einfach toll, wenn mam die Chance bekommt, Leben zu retten und unbekannte Raumsektoren zu erforschen. Das All fordert uns mit vielen Geheimnissen heraus, und es gibt hier eine Menge zu sehen, wenn man weiß, wonach es Ausschau zu halten gilt. Wir stehen dicht davor, zu einer wahren interstellaren Gemeinschaft zu werden, und das sollt Ihr ebenfalls erleben. Meine kleinen Probleme dürfen keine Hindernisse mehr bilden. Nun, vielleicht gelingt es uns sogar, Eure Mutter zu überreden, Euch hierherzubegleiten. Fragt sie für mich, in Ordnung?
Also gut. Kommt. Kommt in den Weltraum.
Ich erwarte euch.

Mit liebevollen Grüßen
Euer Vater

Kirk sah von dem Brief auf, als seine Augen zu tränen begannen. Behutsam faltete er das Blatt und hielt es an der Brust, als er aufs Kommandodeck trat und sich dem Befehlsstand näherte.

Kurz darauf spürte er Spock an seiner Seite.

»Willkommen, Captain. Sie haben Ihren Landurlaub vorzeitig beendet.«

»In der Tat.« Kirk beobachtete die samtene Schwärze des Alls, die sich jenseits der Starbase erstreckte. »Stellen Sie einen Kontakt mit Starfleet Command her. Lehnen Sie weitere Patrouilleneinsätze ab. Bitten Sie darum, daß man uns mit einer Forschungsmission beauftragt.« Er begegnete dem sanften, verständnisvollen Blick des Vulkaniers, nahm im Kommandosessel Platz und fügte hinu: »Ich möchte in Bereiche vorstoßen, wo noch nie ein Mensch gewesen ist.«

HOFFNUNG UND EINE GEMEINSAME ZUKUNFT

»Werte Freunde, für mich ist nun die Zeit gekommen, beiseite zu treten und die Zukunft dieses Projekts in verantwortungsbewußte Hände zu legen. Das Raumschiffprogramm der Flotte macht gute Fortschritte. Fünf Schiffe der Constitution-Klasse sind bereits fertiggestellt, und sieben weitere werden gebaut.

Sie alle haben militärisch klingende Namen: *Enterprise, Potemkin, Farragut, Excalibur* und so weiter. Aber wichtiger ist die Bedeutung der Klasse, zu der sie gehören: Wir gaben ihr die Bezeichnung ›Constitution‹. Wir sind jetzt bereit, die Errungenschaften der Föderation zu verteidigen, aber wir dürfen dabei nicht unsere Pflicht vergessen, den inneren Frieden zu gewährleisten. Schon die Präambel unserer Verfassung weist auf diese beiden Punkte hin. Nur wenn sie eine untrennbare Einheit bilden, können wir die Vorzüge der Freiheit genießen.

Der Frieden muß auch auf den Rest der Galaxis ausgedehnt werden, um allen Lebensformen die Möglichkeit zu geben, sich gemäß ihren eigenen kulturellen Maßstäben zu entwickeln.

Freiheit bedeutet auch Toleranz. Und manchmal erfordert sie Geduld.

Die Verfassung betrifft nicht nur uns selbst, sondern auch die Nachwelt. Mit anderen Worten: Wir sind dazu verpflichtet, die in ihr dargelegten Rechte zu bewahren und an unsere Nachkommen weiterzugeben. Dazu müssen wir eine friedliche und sichere Gegenwart schaffen — um unseren Kindern eine friedliche und sichere Zukunft zu ermöglichen. Das ursprüngliche Dokument ist inzwischen schon Jahrhunderte alt, und es war eine Investition in die Zukunft. Die Raumschiffe der Constitution-Klasse tragen seine Botschaft zu den Sternen, während die Föderation wächst und reift.

Die Menschheit gehört zu den ersten Völkern, die unsere Galaxis friedlich erforschen und darauf verzichten, Machtansprüche zu erheben. In den vergangenen Jahren haben wir viel über die Wechselwirkungen von Technik und Moral gelernt, und inzwischen kennen wir auch unsere Verantwortung. Wir dürfen uns nicht isolieren. Wir müssen offen bleiben, der Galaxis Gerechtigkeit anbieten, sie in die Lage versetzen, frei zu wählen. Was die Föderation und alle anderen Völker betrifft, die sich uns anschließen werden: Unsere Pflicht besteht darin, stark zu sein und den Mut aufzubringen, von unserer Stärke Gebrauch zu machen. Dazu ist es erforderlich, sich für Personen zu entscheiden, die tapfer für solche Prinzipien eintreten.

Der Rat hat meinen Vorschlag aufgegriffen, und es erfüllt mich mit Stolz, nun meinen Nachfolger als Captain unseres Flaggschiffes zu benennen. Ich bin in diesem Zusammenhang auf die Empfehlungen von zwei Beratern eingegangen, die ich sehr respektiere. Außerdem kenne ich den neuen Kommandanten auch persönlich und weiß daher, daß er sich genau durch die richtige Mischung aus Verantwortungsbewußtsein und Abenteuerlust auszeichnet. Hiermit trete ich den Befehl über die U.S.S. *Enterprise* an Captain Christopher Richard Pike ab.

Es handelt sich um ein besonderes Schiff mit einer besonderen Besatzung, und Captain Pike wird sich dessen bewußt sein, wenn er zu seiner ersten Forschungsmission aufbricht.

Ihn begleiten nicht nur unsere guten Wünsche, sondern auch die Hoffnungen auf eine Zukunft, die alle Völker der Galaxis vereint.

Eine grandiose Vorstellung, nicht wahr, Freunde? Der Weltraum – die letzte Chance. Unendliche Weiten. Dies sind die Reisen des Raumschiffs *Enterprise*. Fünf Jahre lang ist es unterwegs, um neue Welten zu erforschen, neue Zivilisationen, und dabei stößt es in Bereiche vor, wo noch nie ein Mensch gewesen ist.

Ich danke Ihnen allen. Leben Sie wohl.«

Captain Robert April

Grußwort an die Generalversammlung der Föderation der Vereinten Planeten

2. Oktober 2192

EPILOG

Der frühe Zwischenfall im romulanischen Reich wurde geheimgehalten und blieb nur jenen wenigen Personen an Bord der *Enterprise* bekannt, die um seine volle Bedeutung wußten. Man traf die Entscheidung, keine entsprechenden Logbucheinträge vorzunehmen – ganz offensichtlich waren die beiden Zivilisationen noch nicht reif genug, direkte Beziehungen zueinander herzustellen. Allein das Schicksal wußte, auf welche Weise sich die Föderation und das romulanische Reich schließlich begegnen mochten. Was die erste Reise der *Enterprise* anging, so berichteten die Aufzeichnungen nur über die Rettung der *Rosenberg*-Kolonisten.

Captain Christopher Pike übernahm das Vermächtnis von Robert Aprils Träumen und gab ihnen im interstellaren Raum eine reale Grundlage. Das von mutigen Raumschiffkommandanten geleitete Forschungsprogramm nahm maßgeblichen Einfluß auf die Entwicklung der Föderation und ermöglichte es ihr, zu einer starken Gemeinschaft zu werden. Die Verbindung zwischen Forschung und Verteidigung erwies sich von großem Nutzen für die praktischen Anwendungen der Föderationspolitik und wurde zu einem der attraktivsten Elemente für Zivilisationen, denen man eine Mitgliedschaft im Völkerbund vorschlug.

Ein Berater aus dem privaten Sektor, der Botaniker Cale Sandorsen, erwarb große Verdienste bei der Entwicklung interplanetarer Politik. Fast allein legte er die Grundlagen für das diplomatische Verständnis zwischen den einzelnen Kulturen. Sein Beispiel machte die Menschheit zu einem wirklich ehrenhaften und aufgeschlossenen Volk, dem man großen Respekt entgegenbrachte. In eingeweihten Kreisen bezeichnete man ihn als Vater des Föderationsrechts.

Robert April nahm an mehreren Forschungsmissionen teil und entdeckte viele neue Zivilisationen; einige von ihnen konnte er dazu bewegen, der Föderation beizutreten. Sarah Poole-April leistete ihm dabei Gesellschaft, obwohl sie das Leben auf einem Planeten vorgezogen hätte. Mit ihrer Arbeit schuf Sarah das Fundament für die Raummedizin, erweiterte sie auf fremde Organismen und ungewöhnliche biologische Funktionsstrukturen.

George Kirk blieb bei Starfleet, stand Sandorsen als Berater und militärischer Adjutant zur Seite. Dadurch konnte er auf oder zumindest in der Nähe der Erde arbeiten — bis sein ältester Sohn, George jr., das Studium der Biowissenschaften begann und James sich für die Starfleet Akademie entschied. Kurz darauf verließ er das Sonnensystem mit einem speziellen diplomatischen Auftrag. Er kehrte nie zurück: Das Raumschiff und alle Besatzungsmitglieder an Bord verschwanden unter mysteriösen Umständen.

Die *Enterprise* setzt ihre Reise fort.

Über die Würde der Forschung

Der Weltraum trat als Hebamme bei der Geburt eines neuen globalen Bewußtseins auf. Als ich vor zwei Jahrzehnten zum erstenmal einen Satelliten sah, gehörte ich zu den wenigen Glücklichen, die für einen Augenblick von dieser Philosophie berührt wurden. Die Kinder der Zukunft genießen den großen Vorteil, mit den Lehren des Raumfahrt-Zeitalters aufzuwachsen ... Mit dem neuen Wissen können wir unseren Nachkommen weitaus mehr Glück gewähren und ihnen Erkenntnisse ermöglichen, die sich der bisherigen menschlichen Erfahrung entziehen. Wenn sie in ihren Raumschiffen unterwegs sind, die wie neue Sterne in der Nacht wirken, beobachten sie vielleicht die Erde und denken voller Ehrfurcht an all das Leben auf dem blauen Planeten.

Jacques-Yves Cousteau

Über die Verfassung der Vereinigten Staaten

Die Verfassung stellt mehr dar als nur Literatur, doch als literarisches Werk zeichnet sie sich in erster Linie durch Ideenreichtum aus. Sie schuf die Vorstellung von einem großen, freien Staat, und allein das ist schon phantastisch genug. Aber hinzu kommt, daß sie auch freie, phantasievolle Menschen berücksichtigte. Die anspruchsvollen Artikel und Bestimmungen lassen nicht nur Platz für die Entfaltung des Individuums, sondern ermutigen sogar dazu und geben Hilfestellung. Die Verfassungsväter versetzten uns alle in die Lage, zu einer echten Selbstverwirklichung zu finden.

Roger Rosenblatt, *Time Magazine*

Über die Moral der Verteidigung

Niemand darf als *erster* physische Gewalt gegen jemand anders einsetzen. Niemand hat das Recht, sich das Verhalten eines Verbrechers zu eigen zu machen und andere Menschen mit der Androhung von Gewalt unter Druck zu setzen – dieses Prinzip gilt auch für Gruppen oder Regierungen. Menschen haben *nur dann* das Recht, physische Gewalt anzuwenden, wenn sie sich gegen einen *Angriff* wehren. Dieser ethische Grundsatz ist ebenso schlicht wie wichtig: Er bildet den Unterschied zwischen Mord und Notwehr.

Ayn Rand

COMICS & ROMANE MIT KULT-FAKTOR!
STAR TREK
BEI CROSS CULT
WWW.STARTREKROMANE.DE
STAR TREK »Countdown«
Die Vorgeschichte des neuen Kinofilms exklusiv als Comic!
MAI 2009
Hardcover: ISBN 978-3-941248-07-6
Softcover: ISBN 978-3-941248-06-9
STAR TREK - TITAN 1
»Eine neue Ära«
ERHÄLTLICH
ISBN 978-3-941248-01-4
STAR TREK - TITAN 2
»Der Rote König«
ERHÄLTLICH
ISBN 978-3-941248-02-1
STAR TREK - TITAN 3
»Die Hunde des Orion«
MAI 2009
ISBN 978-3-941248-03-8
STAR TREK - VANGUARD 1
»Der Vorbote«
ERHÄLTLICH
ISBN 978-3-936480-91-7
STAR TREK - VANGUARD 2
»Rufe den Donner«
ERHÄLTLICH
ISBN 978-3-936480-92-4
STAR TREK - VANGUARD 3
»Ernte den Sturm«
ERHÄLTLICH
ISBN 978-3-936480-93-1
STAR TREK - VANGUARD 4
»Offene Geheimnisse«
MAI 2009
ISBN 978-3-941248-08-3
STAR TREK TM & © by CBS Studios Inc. All rights reserved.
cross cult
IM BUCH- UND COMICFACHHANDEL ODER IM ONLINE-SHOP AUF
WWW.CROSS-CULT.DE

John Scalzi

Ausgezeichnet als bester Science-Fiction-Autor des Jahres

In ferner Zukunft wird der interstellare Krieg mit scheinbar bizarren Mitteln geführt: Für die Verteidigung der Kolonien weit draußen im All werden nur alte, betagte Menschen rekrutiert. Menschen wie John Perry, der mit fünfundsiebzig noch einmal einen neuen Anfang machen will – und nicht ahnt, dass das größte Abenteuer seines Lebens auf ihn wartet …

978-3-453-52267-1

Krieg der Klone
978-3-453-52267-1

Geisterbrigaden
978-3-453-52268-8

Die letzte Kolonie
978-3-453-52442-2

HEYNE